NAMEN DES EWIGEN

Doz. theol. Dr. Abraham Meister

NAMEN DES EWIGEN

Verlag Mitternachtsruf

Verlag Mitternachtsruf
Ringwiesenstrasse 12a
CH 8600 Dübendorf

Internet: www.mitternachtsruf.ch
E-Mail: post@mitternachtsruf.ch

NAMEN DES EWIGEN
ISBN 3 85810 092 7
Bestell-Nr. 18501

2. Auflage Dezember 2006
Druck: EKM-Nyomda, Budapest

Inhaltsverzeichnis

Zum Geleit

Sich mit der Vielfalt der Namen Gottes zu beschäftigen, ist etwas Herrliches und Segenbringendes. Durch Seine Namen systematisch in das eingeführt zu werden, was Gott ist, eröffnet eine weite geistliche Dimension, die staunen lässt. Mit diesem Buch hält der Leser einen fast unermesslichen Schatz in den Händen.

Es freut uns, das außerordentliche Standardwerk «Namen des Ewigen» nach etlichen Jahren neu herausgeben zu können. Wir waren von verschiedenen Seiten darauf angesprochen und dazu ermutigt worden, diese aufwändige Arbeit in Angriff zu nehmen. Fünfzig Jahre des Studiums von Doz. theol. Dr. Abraham Meister zeugen für den Reichtum dieses Werkes. Die Thematik dürfte einzigartig sein. Gerade deshalb ist es ein äußerst wertvolles Arbeitsbuch und sowohl zum persönlichen Bibelstudium als auch für Verkündiger oder Bibelschüler sehr geeignet.

Wir sind überzeugt, dass innerhalb der Christenheit ein reges Interesse für ein Lexikon dieser Art besteht und glauben an die Notwendigkeit, sich mit diesem herrlichen Thema der Namen Gottes zu beschäftigen.

«Auf dich vertrauen, die deinen Namen kennen; denn du hast nicht verlassen, die dich suchen, Herr» (Ps 9,11).

Norbert Lieth

Dübendorf, November 2006

Vorwort

Der Titel des vorliegenden Nachschlagewerkes ist nicht von gestern auf heute entstanden. Der Inhalt des Buches, das darf ohne Übertreibung gesagt werden, kam durch ein jahrzehntelanges Bibellesen und Studium zustande. Um in einer möglichst kurzen Betitelung alles auszudrücken, war eine große Denkarbeit erforderlich. Es sind sämtliche Namen Gottes, unseres Herrn und Heilandes Jesu Christi und des Heiligen Geistes alphabetisch geordnet und erklärt. Alle wichtigen Bibelstellen, in denen die hier behandelten Namen vorkommen, wurden in ihrem Zusammenhang berücksichtigt und erläutert. Sparsamkeit an Zeit und Kraft dürfte das Gesamte und Einzelne wohl kaum an den Tag legen. Bei jeder Ausarbeitung eines Namens wurde trotz der angestrebten Gründlichkeit immer wieder versucht, eine Grenze einzuhalten. Um unnötige Wiederholungen zu vermeiden sind vielfach Hinweise und Rückbeziehungen angedeutet. Von sämtlichen vorkommenden und zitierten Schriftstellen existiert ein Verzeichnis. Manche Stellen, Verse, Abschnitte, Kapitel und Psalmen der Heiligen Schrift enthalten eine Anzahl der hier erklärten Namen, in verschiedenen biblischen Büchern zeigt sich eine Vorliebe für besondere Gottesnamen. Alle diese und ähnliche Besonderheiten haben Beachtung gefunden.
Es sind im Vorliegenden außer dem Luthertext auch die Ausdrucksweisen anderer deutscher Übersetzungen berücksichtigt worden. Alle Erklärungen der Namen gründen sich auf den hebräischen und griechischen Text. Vieles hat dadurch eine andere Deutung oder Korrektur aufzuweisen. Willkür oder Wortklauberei war dabei in keiner Weise die Triebfeder, sondern das Streben, den heilsgeschichtlichen Wert allemal zu ermitteln. Die große Kleinarbeit an allen Einzelheiten wurde Jahre lang im eigensten Interesse unternommen, weil in weiten Kreisen kein Verständnis dafür vorlag. Ein Verleger fand kaum Symphatie an solcher Sache, da kein allzu großes Geschäft davon zu erwarten war. Wie mit allen theologischen Arbeiten, hängt auch mit der Abfassung dieser Ausführungen Freude und Tragik auf der Wegstrecke meines Lebens zusammen. Schwere Wirtschaftskrisen, Arbeits- und Einkommenslosigkeiten, echte und falsche Geistesströmungen, wahre und engherzige Brüder sind mir abwechselnd oft begegnet, Lebensgefahren und Lebensfreuden waren meine Begleiter. Zu solchen Ergebnissen kommt man bei der Rückschau bis in die ersten Anfänge dieser Studienarbeit.
Wie bei allen theologischen Studien auf dem Fundamente der Heiligen Schrift, weiß ich mich auch bei der Namenserklärung des Heiligsten

und Höchsten seit früher Jugend von der Gnade und Kraft Gottes geleitet, getragen und geschützt. Lebenserfahrungen solcher Art weisen auch auf die Verantwortung für alle anvertrauten Pfunde und Gnadengaben, um Alles für das Reich Gottes willig zur Verfügung zu stellen. Offenbare Irrlehren, die sich immer stärker ausbreiten, wonach behauptet wird, «Gott ist anders», oder «Gott ist tot», rechtfertigen ein jahrzehntelanges Bemühen um eine biblische Gotteserkenntnis, die wohl kaum besser übermittelt werden könnte, als durch die vielseitigen und inhaltsreichen heiligen Namen der Bibel. Die eingehenden Privatstudien in der stillen Studierstube der Öffentlichkeit zugänglich zu machen, wird als notwendiger Auftrag erkannt, damit Gemeindeglieder, Schüler, Lehrer, Prediger, Theologen, eine Anregung finden, eine biblisch fundierte Erkenntnis von Gott, Christus und dem Heiligen Geist zu erlangen.

Die Suche nach dem rechten Buchtitel für das, was die Ausführungen enthalten, der auch anspricht und biblisch sein muß, veranlaßte lange Zeit, das Gesamte in der Verborgenheit durchzuführen. Ursprünglich war vorgesehen: «Namen-Lexikon der göttlichen Dreieinigkeit.» Um aber eine längere Erklärung dieses «Terminus technicus» (Fachausdruck) im positiven und negativen Sinne zu sparen, für den es eben keine biblische Begründung gibt, wurden Überlegungen nach einem anderen Titel unternommen. Nach den biblischen Aussagen in Matthäus 28, 19 und 2. Korinther 13, 13 ergab sich die jetzige Betitelung, als die zahlreichen hier aufgeführten Namen fast alle erklärt waren. Der Inhalt des paulinischen Schlußwortes des zweiten Korintherbriefes von der Gnade Jesu Christi, der Liebe Gottes und der Gemeinschaft des Heiligen Geistes dürfte dem Leser dieser Namenserklärung sehr oft begegnen zur Stärkung des Glaubens und zur Gewißheit des Heils.
Das hier gebotene Nachschlagewerk war als Seitenstück zu dem bereits veröffentlichten «Biblisches Namenlexikon» gedacht. Eine alphabetische Zusammenstellung der Namen der Glieder der Gemeinde Jesu Christi ist auch am Werden. Die im Namenlexikon behandelten mehr als 3600 Eigennamen von Personen, Städten, Flüssen, Ländern regten an, auch über die mehr als 600 Namen Gottes, Jesu Christi und des Heiligen Geistes nachzusinnen.

Ein aufmerksames Bibellesen zeigt immer, daß Gott durch einen einzigen Namen nicht völlig erkannt werden kann, alle biblischen Gottesnamen vermitteln nur eine stückweise Erkenntnis der göttlichen Vollkommenheiten, jeder Einzelname zeigt nur eine Seite der Gottesoffenbarung, die einzelnen Namen ergänzen sich. Es war geplant, den gesamten Stoff in drei kleineren Büchern herauszubringen, das heißt: die Namen Gottes als erstes Buch, die Namen Jesu Christi als zweiter Band, und als dritte Schrift die Namen des Heiligen Geistes. Von diesem Plan wurde aus sachlichen Gründen Abstand genommen, weil sich viele Namen zugleich auf Gott und Christus beziehen, würde das in drei getrennten Bändchen oft zu unnötigen Wiederholungen und Überschneidungen führen. Der Leser hätte dann auch nicht alles direkt bequem bei der Hand.

Wer in der ganzen Bibel schon mit einer nicht allzu großen Überlegung liest, findet sehr oft den Namen «Gott» oder «Herr», die Benennungen «Jesus Christus» und «Heiland» und die Bezeichnung «der Heilige Geist», was ihm nicht fremd sein dürfte. So geläufig das bei den Meisten durch Lesen und Hören auch sein mag, der größte Durchschnitt empfindet auf diesem Gebiet nur Worte und Töne, die nicht über die Grenze des Alltäglichen hinausliegen, manchmal sogar sich unter dieser Linie befinden. Selbst in den Reihen, wo eigentlich mehr erwartet werden müßte, wird vergeblich nach einer biblischen Gottes- und Christuserkenntnis gesucht, eine klare Erkenntnis vom Heiligen Geist ist erst recht nicht vorhanden. Die sogenannte GOTT-IST-TOT-THEOLOGIE», besser gesagt «die Atheistisch-Antichristliche-Satans-Anthropologie» verdirbt alles mit ihrer Brunnenverschüttung und Quellenvergiftung ohne jede Verantwortung, was sich exegetisch keineswegs begründen läßt. Die Begründung dieser Behauptung dürfte in den Abschnitten «Gott des Lebens» und «der lebendige Gott» ganz besonders klar vor Augen stehen. Es ist darum das ernste und verantwortungsbewußte Anliegen durch das vorliegende Nachschlagewerk eine klare schriftgebundene Gottes- und Christuserkenntnis zu vermitteln.

Die vorliegende Zusammenstellung und Ausführung der biblischen Namen Gottes, Jesu Christi und des Heiligen Geistes wurde angeregt durch ein mehr als 50jähriges, zusammenhängendes Bibellesen nach dem hebräischen und griechischen Text. Es ist vor allem ein Ergebnis der vollständig niedergeschriebenen Bibelübersetzung nach dem Grundtext. Exegetische Auslegungen zu jedem biblischen Buch, theologische Abhandlungen aller Disziplinen, die ein ganzes Zimmer bis unter die Decke ausfüllen, sind auch mit großem Eifer benutzt worden. Es sind außer den Namen, ohne den Rahmen dieses Studienbuches zu sprengen, die Tugenden (s.d.) Gottes, oder seine Vollkommenheiten erklärt, von Eigenschaften Gottes, wie manche Dogmatiker, spricht man nicht allzu gerne, weil dies ein zu eng begrenztes Denken von Gott hervorbringt. Die in der Heiligen Schrift gestellten Fragen: «Wer ist wie Jahwe oder Gott?» (s.d.) mögen diesen Gedanken bestätigen.

Jeder aufmerksame Leser der deutschen Bibel oder anderer Bibelübersetzungen kann leicht erkennen, warum die Fülle dieser heiligen Eigennamen hier aufgeführt und erklärt ist. Wenn die Heilige Schrift auch wohl oft gelesen wird, stehen die zahlreichen Namen von Gott, von Jesus und vom Heiligen Geist nicht so schnell und klar vor Augen. Eine sehr einseitige und engbegrenzte Schau von göttlichen Dingen, die meistens üblich ist, kann für eine solche Erkenntnis nicht allzu förderlich sein. Viele Lexikas und Kommentare lassen uns für die Erforschung um das Verständnis der Gottesnamen sehr oft im Stich. Die alphabetische Anordnung möge dem Gedächtnis eine Hilfe bieten und das Gesamte in einer klaren Übersicht zeigen. Die kürzere oder ausführlichere Erklärung aller Einzelnamen ist auf den hebräischen und griechischen Text gegründet, der Wortlaut verschiedener Übersetzungen wurde, wenn es wichtig erscheint, mit berücksichtigt, auch wenn nötig, korrigiert. Jeder Leser, gleich welche Bibelübersetzung er auch benutzt, dürfte ein brauchbares Hilfsmittel an diesem Buche finden!

Die Aufstellung und Auslegung aller Namen Gottes, Jesu Christi und des Heiligen Geistes dürfte dazu beitragen, ein denkbar hohes Ziel zu erstreben, nämlich eine rein biblische Gottes- und Heilserkenntnis. Gottes innige Liebe, Gerechtigkeit, Heiligkeit und Vollkommenheit in Christo, welche der Heilige Geist vermittelt, kann nur durch die Offenbarung seiner Namens-Fülle klar und richtig erkannt werden. Wer an die göttliche Inspiration der ganzen Heiligen Schrift glaubt, dem muß auch jeder einzelne göttliche und heilige Name so wertvoll sein, daß er ihn genau betrachtet, um seine besondere Bedeutung im Zusammenhang der Heilsgeschichte klar zu erkennen. Wenn bedacht wird, daß etwa 90 verschiedene Wendungen allein mit dem Namen «Gott» (s.d.) in Verbindung stehen, dann ist das ohne Frage schon sehr sinnvoll. Die oftmaligen Hinweise (s.d.) dürften hinreichend erklären, wie vielseitig die Heilige Schrift Gott offenbart. Gott bekundet sich in seinem Wort durch zahlreiche Namen sehr sinnreich, damit wir Menschen Ihn erkennen, um uns seines Heiles in jeder Lage und Not stärken und trösten zu können. Einige Beispiele aus der Schrift mögen begründen, daß die Zusammenstellung der gesamten Namen keine müßige Spielerei ist. Am Eingang von Psalm 18, 1-2 sind 10 verschiedene Namen Gottes, in Psalm 62 befinden sich 9 Gottesnamen und im 144. Psalm stehen 8 Namen dieser Art; im 1. Kapitel des Johannesevangeliums werden 19 Namen Jesu Christi erwähnt, im 4. Evangelium sind insgesamt 31 Namen der Person Jesu Christi. Es ist demnach anzunehmen, daß solche Namensunterschiede sehr sorgfältig ausgewählt und mit Bedacht angewandt und genannt werden. Für eine Gottes- und Christuserkenntnis dürfte das keineswegs unwichtig sein.

Bei der sorgfältigen Aufstellung war es unvermeidlich, daß sich manche Gedanken wiederholen. Wiederholungen kommen sogar in der Bibel oft vor. Man bedenke, was Paulus schreibt: «Es ist mir nicht lästig, euch dasselbe zu schreiben, euch aber sicher» (Phil. 3, 1). Wiederholte Ausführungen, das möge bedacht werden, in den Abschnitten der verschiedenen Gottesnamen, zeigen das mehrfach Erwähnte in einem anderen Licht. Ein lateinisches Sprichwort sagt gut: «Wiederholung ist die Mutter der Studierenden!» Es ist auch ein Anliegen, daß dem Leser neben exegetischen Ergebnissen auch theologische und dogmatische Kenntnisse übermittelt werden, die in einzelnen Namen mitenthalten sind. Eine biblische Theologie, Christologie und Pneumatologie möge aus dem Gesamten erkannt werden.

Der belehrende und erbauliche Wert dieser gesamten Erklärung möge mit der aufgeschlagenen Bibel erprobt werden! Um das Ganze für jeden Diener und Leser des göttlichen Wortes besonders nutzbar zu machen, sind im Anhang alle im Text vorkommenden Schriftstellen in einem vollständigen Verzeichnis nach der Reihenfolge der biblischen Bücher zusammengestellt. Wer das Bibelstellen-Verzeichnis fleißig und aufmerksam benutzt, wird erkennen, daß ihm manche Bibelverse in einem anderen Licht erscheinen. Es ist versucht worden, auch schwierige Stellen der Schrift auf diesem Wege durch eine gründliche Wort-Exegese zu erläutern.

Die Deutung der heiligen göttlichen Namen möge in mancher Hinsicht bei allen aufrichtigen Lesern die Heilserkenntnis fördern helfen, daß im ganzen Buche die Paulusworte empfunden werden: «Die Gnade des Herrn Jesu Christi und die Liebe Gottes und die Gemeinschaft des Heiligen Geistes mit euch allen!» (2. Kor. 13, 13.) Wenn man die mehr als 600 Namen, wie sie hier aufgeführt sind, mit ruhiger Überlegung durchdenkt, wird man mit großer Freude und einer festen Zuversicht des Glaubens reich belohnt, über die Fülle der Heilswahrheiten und der Bundestreue Gottes. Es ist der Wunsch, daß aus jeder Zeile des Buches dem Leser ein «Soli Deo Gloria» entgegentönt!

Wer die Heilige Schrift immer wieder im ganzen Zusammenhang denkend durchliest, empfindet die Macht ihrer Worte, wie in keinem anderen Buch der Weltliteratur. Es ist überaus fesselnd, einem jeden heilswichtigen Wort der Bibel bis auf die letzten Spuren nachzugehen und für den Geist eine schöne Beschäftigung von bleibendem Wert. Die biblische Sprache wird von einem Forscher und Kenner wie eine harmonische Stimme aus der wirklichen Heimat empfunden. Eine ganze ungeteilte Hingabe an den Bibeltext führt zum besten Teil, von dem reichlich ausgeteilt werden kann, ohne vom Ganzen das Geringste zu verlieren.

Unermeßliche Tiefen und Höhen stehen allezeit dem «fröhlichen Bibelforscher» vor Augen. Die Erforschung der biblischen Ursprachen ist immer wieder ein Trank aus frischen Quellen. «Alle meine Brunnquellen sind in Dir», kann dem Psalmisten nachempfunden werden (Ps. 87, 7). Gottes Selbstoffenbarung durch die Worte der Bibel ist Gnade, Liebe, Kraft, Hilfe, Trost, Freude, Friede, Glaube, Licht, Leben, Wahrheit, Speise, Gewißheit, Festigkeit, Heil, Segen, Erkenntnis in reicher Fülle. Die unaufhörliche Freude am Herrn, die ein anhaltendes Bibellesen und Forschen weckt, ist eine Stärkung in allen Lebenslagen. Die ganze Heilige Schrift lehrt Beten, was der himmlische Vater nie unbeachtet läßt. Die ganze Bibel kann für alle Umstände und Verhältnisse im Leben und im Sterben ausgewertet werden. Wer über diese Behauptung lächelt, versteht nichts von der biblischen Gottesoffenbarung. Eine solche Unkenntnis ist nicht allein bei Atheisten vorhanden, sondern auch unter vielen Mitläufern in kirchlichen und freikirchlichen Kreisen zu finden. Es fehlt meistens an einer klaren Gottes- und Christuserkenntnis. Gott ist es in seiner Gnade wohlgefällig, sich selbst und das Heil in Christo in zahlreichen Namen zu offenbaren, die in der Bibel vorkommen. Diese Tatsache dürfte es als gerechtfertigt erscheinen lassen, die Gottesnamen, die christologischen Hoheitstitel und die Bezeichnungen des Heiligen Geistes mit einem fleißigen Forschungseifer auf Grund der Heiligen Schrift zu betrachten.

Die Bibel bietet nirgendwo eine Begriffsbestimmung von Gott. Ihr ganzer Inhalt aber offenbart eine reichhaltige Charakterzeichnung der göttlichen Vollkommenheiten. Die Glieder der Gemeinde Christi sind als ein Königtum von Priestern erwählt, die Tugenden (s.d.) dessen zu verkündigen, der sie berufen hat aus der Finsternis zu seinem wunderbaren Licht. Was ist für eine solche Verkündigung inhaltlich mehr geeignet, als eine gute Kenntnis der biblischen Namen und Titel Gottes, Christi und des Heiligen Geistes?

Die vorliegende Zusammenstellung der zahlreichen und vielseitigen theologischen, christologischen und pneumatologischen Namen, Titel und Sinnbilder, die Gottes Charakterzüge und Wirkungen zu unserem Heil enthüllen, dürfte in Staunen versetzen. Die vielen biblischen Bezeichnungen bieten in hohem Maße einen Einblick in die Fülle Gottes, des Schöpfers, des Erlösers, des Richters und des Vollenders, und des Wirkens des Heiligen Geistes.

Es ist nicht beabsichtigt, mit dem vorliegenden Buch eine Unterhaltungslektüre zu schaffen, die wie Zeitungen, Romane oder Anekdoten gelesen werden kann. Das Vorliegende möge ein Nachschlagewerk sein, das jedem «Diener des göttlichen Wortes», als auch Forschern und Freunden der Bibel eine gute Anregung und Hilfe bietet. Namen, die oft vorkommen und besonders wichtig sind, wurden ziemlich eingehend und gründlich behandelt. Jede Erklärung hat ihre Begründung in den biblischen Ursprachen; Schreibweisen oder Übertragungen verschiedener Übersetzungen werden mit der maßgebenden urtextlichen Grundbedeutung in Beziehung gesetzt und entsprechend korrigiert. Wer sich über die göttlichen Namen und die christologischen Hoheitstitel orientieren will, wird von Lexikas, Auslegungen und Abhandlungen, wie schon erwähnt, selten in die Breite und Höhe, in die Länge und Tiefe der alle Erkenntnis übersteigenden Liebe Christi geführt. Nach Möglichkeit möge diese Lücke in der Literatur ausgefüllt werden! Es ist an keiner Arbeit und Zeit gespart worden, um diesen Dienst auszuüben. Um alles jederzeit griffbereit zu haben, wurde die alphabetische Anordnung gewählt, Namen, die sich aufeinander beziehen oder verwandt sind, werden durch das Zeichen (s.d.) kenntlich gemacht. Die fortlaufende Numerierung vor den einzelnen Namen dient der Nutzbarmachung des Bibelstellen-Verzeichnisses im Anhang.

Die vorliegende Namen-Aufstellung umfaßt ein sehr großes Gebiet, das sich sachlich in drei Hauptteile aufgliedern läßt, in die Namen Gottes, in christologische Hoheitstitel, in Bezeichnungen des Heiligen Geistes. Von dieser Aufgliederung wurde Abstand genommen, weil Gottesnamen oft auch Christusnamen sind, daß dann Namen von einer in die andere Gruppe übergehen. Eine Spezialanordnung würde zu unnötigen Wiederholungen führen. Es sind Namen dieser Art aus diesem Grunde in die nötigen Unterpunkte aufgeteilt. Im Anhang wird eine Übersicht der drei Hauptgruppen mit ihren dazu gehörigen Namen in alphabetischer Reihenfolge geboten. Hier im Eingang oder Vorwort möge kurz der Wert der drei Hauptgruppen der Namen und Titel begründet werden, eingehender geschieht dies an den bestimmten Stellen.

a.) **Wert und Bedeutung der biblischen Gottesnamen.**

Die Fülle der göttlichen Gnade, des Lebens aus Gott und der Reichtum seiner Gaben ist groß und vielseitig. Gottes Größe und Vielseitigkeit wird in zahlreichen Gottesnamen offenbart. Die Namen «El» (s.d.), «Eloah» (s.d.), «Elohim» (s.d.), die mit «Gott» (s.d.) übersetzt werden, stehen mit manchen Vollkommenheiten und anderen Bezeichnungen in Verbindung. In ungefähr 2 000 Bibelversen ist von etwa 30 Charakterzügen Gottes die Rede. Jede Schriftaussage dieser Art zeigt aber nur eine Seite der göttlichen Vollkommenheiten, keine offenbart zugleich alles. Was die Heilige Schrift von Gott dem Unsichtbaren und Ewigen enthüllt, kann nur stückweise erkannt werden. Die Erfahrung des Glaubens empfindet, daß Gott sich in einer höheren Weise kundtut, als sämtliche Benennungen Gottes es ausdrücken. Diese Empfindung auf Grund einer neuen Glaubenserfahrung veranlaßte Jakob, Gott kühn zu fragen: «Wie ist dein Name?» (1. Mose 32, 29.) Gott soll ihm selbst den Schlüssel zu einer eben gemachten Erfahrung geben!
Nach dem Gesamtinhalt der Schrift ist die allseitige Gottesoffenbarung in Seinem «Namen» (s.d.) angedeutet. Annähernd 400 Schriftstellen handeln von dem «Namen». Es wird an keiner dieser Stellen eine göttliche Eigenschaft erwähnt. Was dieser Name für eine Fülle der Gottheit in sich birgt, davon vermag der sterbliche Mensch nur eine schwache Ahnung zu erlangen. Die völlige Erkenntnis dieses so oft erwähnten «Namens» wäre noch eine lückenlose Bekanntschaft der göttlichen Vollkommenheit. Der weise Agur fragt aus diesem Grunde: «Wie heißt sein Name und wie heißt sein Sohn?» (Spr. 30, 4.) Ein Weiser weiß, daß er nichts weiß. In göttlichen Dingen weiß der Mensch am wenigsten. Manoah, der auch nach dem Namen Gottes fragt, empfängt die Antwort: «Er ist wunderbar» (Richt. 13, 17. 18). Dieser Name ist schwer verständlich und rätselhaft.
Christus, der mit Gott völlig eins ist, trägt einen Namen, der über alle Namen ist (Phil. 2, 9), den keiner kennt, als nur Er selbst (Offb. 19, 12). Gottes Innerstes läßt sich von keinem Menschen ergründen. Wenn es auch heißt: «Und sein Name wird das Wort Gottes genannt» (Offb. 19, 13), so führt das doch nicht zur vollen Klarheit. Der Schall des Wortes wird wohl gehört, aber nicht völlig verstanden.
Im Alten Bunde war ohne Zweifel mit dem «Namen» Gott in Christo gemeint, wozu eine genaue Erwägung sämtlicher Bibelstellen führt, in welchem «der Name» als Bezeichnung Gottes vorkommt. Für die alttestamentlichen Gläubigen war der Name des Sohnes Gottes ein Geheimnis. Die Gottes- und Christuserkenntnis ist auch jetzt noch ein Geheimnis, denn Jesus sagt: «Und niemand erkennt den Sohn als nur der Vater, niemand erkennt den Vater, als nur der Sohn, und welchem es der Sohn will offenbaren» (Matth. 11, 27).
Das ganze Alte Testament unterscheidet den verborgenen Gott und Seinen Offenbarer, der Ihm gleich ist. Der, welcher Gott offenbart, heißt am häufigsten «der Gesandte» (s.d.) oder «Engel des Herrn» (s.d.), hebräisch «Maleach Jahwe» (s.d.), aber auch «Gott» (s.d.) he-

bräisch «El» (s.d.) «Elohim» (s.d.), «Adonai» (s.d.), «Jahwe» (s.d.). Er ist eins mit Gott und doch verschieden von Ihm. Dieser Gesandte Jahwes ist der Leiter der Patriarchen (1. Mose 48, 15), der Erwecker des Moseh (2. Mose 3, 2), der Führer des Volkes durch die Wüste (2. Mose 14, 19; 23, 20; 33, 14; Jes. 63, 9), der Fürst über das Heer des Herrn (s.d.) (Jos. 5, 13), und noch der Leiter und Regierer des Bundesvolkes (Richt. 2, 1ss.; 6, 11; 13, 3). Jesajah nennt Ihn den «Engel des Angesichts» (s.d.) (Jes. 63, 9), Maleachi den «Engel des Bundes» (s.d.) (Mal. 3, 1). Im Alten Testament spricht ein Engel nirgendwo im Namen Gottes, er unterscheidet sich immer von Jahwe, der «Engel des Herrn» (s.d.) in 1. Mose 16, 7 und an den hier genannten Stellen, redet oft als Jahwe selbst. Seine Erscheinung ist die Offenbarung des höchsten Gottes in eigener Person. Gott sagt ausdrücklich von Ihm: «Mein Name ist in Ihm» (2. Mose 23, 21). Das heißt, Gottes verborgene Vollkommenheit erscheint durch Ihn. Die Namen des Neuen Testamentes «Wort» (s.d.), «Sohn» (s.d.), «Ebenbild» (s.d.), «Glanz Gottes» (s.d.), bedeuten das gleiche. Es ist das den Menschen zugewandte Angesicht, der Offenbarer des verborgenen Gottes. Der von Christus gebrauchte Ausdruck: «Der mich gesandt hat»; oder: «Ich bin vom Vater gesandt» (Matth. 10, 40; Luk. 10, 16; Joh. 5, 27; 6, 29; 17, 3) und die Bezeichnung «Apostel» (s.d.) (Hebr. 3, 1), beziehen sich auf die Namen «Engel (Gesandter) Jahwes», oder «Engel des Bundes» (s.d.).

Das Alte Testament bereitet die Erscheinung des Gott-Menschen auf zwei Wegen vor. Einerseits wird ein über alles großer und herrlicher menschlicher Gesandter Gottes verheißen, der Gesalbte (s.d.), der Messias (s.d.), oder Christus (s.d.). Ihm werden in seiner Menschheit zugleich göttliche Namen, Charakterzüge und Werke zugeschrieben (1. Mose 49, 10; Ps. 2; 110; Jes. 9, 5; Mich. 5, 1). Andererseits unterscheidet sich der Offenbarer des verborgenen Gottes deutlich von Gott. Es dürfte nicht unwichtig sein, daß die Heilige Schrift 365 Namen enthält, durch welche sich Jesus (s.d.), der Sohn Gottes (s.d.) der Menschheit offenbart.

Es dürfte keinem aufmerksamen Bibelleser unbekannt sein, daß im Alten und Neuen Testament auch oft der Heilige Geist (s.d.) erwähnt wird. Viele Erklärer sehen ihn als «Person» an, weil sein Wirken durch Tätigkeitswörter zum Ausdruck kommt. In der Schrift, das ist wohl zu beachten, findet sich keine Stelle, nach welcher der Heilige Geist im Gebet angeredet wird, wie das z. B. in manchen Kirchenliedern geschieht. Die Bibel enthält keine so einseitige Ansicht vom Heiligen Geist, sondern sie offenbart durch eine tiefgründige Bildersprache seinen Charakter und sein Wirken. So oft vom Geiste Gottes die Rede ist, ist es der Mühe wert, alle Bibelstellen im Zusammenhang zu erwägen, um auch darüber zu einer umfassenden und nüchternen Heilserkenntnis zu gelangen. Aus der Fülle des Stoffes gewähren die etwa 80 Namen und Vollkommenheiten des Heiligen Geistes manches wertvolle Erkenntnisfündlein, wenn sie näher erklärt werden.

Wenn unser Erkennen von Gott auch Stückwerk ist und bleibt, so dürfte es doch ein fruchtbares und segensvolles Forschen der Heiligen Schrift sein, die Namen Gottes und des Heiligen Geistes in christozentrischem Lichte zu lesen.

Der Psalmist ruft aus: «Lobet ihr Knechte Jahwes, lobet den Namen Jahwes, es sei gesegnet der Name Jahwes von jetzt an bis in Ewigkeit: Vom Aufgang der Sonne bis zu ihrem Niedergang sei gelobt der Name Jahwes!» (Ps. 113, 1-3). Der Name Gottes ist eine Ausdrucksweise in der Bibel, eine bemerkenswerte Zusammenfassung alles dessen, was ein Mensch von Gottes verborgener Herrlichkeit und Güte erfahren kann. Es ist mit einem Wort seine Ehre. Die verschiedenen Namen Gottes sind das Ergebnis von seinem Dasein, was Er ist, so wundervoll und vielseitig, daß kein einzelner Name es hinreichend ausdrücken kann, was Paulus seine «Fülle» (s.d.) nennt. Weil Gottes Vollkommenheiten unvergleichlich sind, enthält jeder unterschiedliche Name irgend eine besondere Tugend (s.d.), die ein anderer Titel nicht hervorbringt.

Die vielen Namen und Titel, die von Gott in der Bibel offenbart werden, enthalten eine Enthüllung von seiner Person und seinem Charakter, vor allem von seinen Vorsätzen mit der Menschheit. Viele Mitläufer im christlichen Volk sind darüber sehr unwissend. Bei uns bedeuten Namen meistens wenig, wir benutzen sie nur als Kennzeichnung für Bestimmung einer Person von der anderen. Im Morgenland ist das ganz anders. Biblische Namen sind von Bedeutung. Eltern waren bestrebt, in dem Namen den Charakter der Kinder auszudrücken, die ihnen gegeben wurden. Die Eltern des Nabal, was Tor bedeutet, handelten einfach so, weil der früheste Charakterzug sie enttäuschte. Jahre später erkannte sein Weib: «Wie sein Name ist, so ist er, Nabal ist sein Name und Torheit ist in ihm» (1. Sam. 25, 25). Namen wurden im späteren Leben gelegentlich geändert, um sie dem Charakter anzupassen. Unser Herr tat nichts Ungewöhnliches, als Er dem Simon den neuen Namen «Petrus» gab.

In den meisten Fällen bezeichneten die Namen mehr den Glauben oder die Hoffnung der Eltern als den Charakter ihrer Nachkommen; z. B. «Elijah – Jahwe ist Gott»; «Elimelech – Mein Gott ist König»; «Jojachin – Stärke ist Jahwe». Die Namen aber, welche Gott selbst erwählt, um sich selbst seinem Volk zu erkennen zu geben, sind nicht mit irgend welchen menschlichen Schwächen oder Schranken behaftet, sie sind ein Teil der Selbstoffenbarung, durch welche Er in besonderen Zeiten und auf verschiedene Weisen sein Volk in die Erkenntnis von Ihm leiten will. Von Gott, wie Er selbst wirklich ist, in seiner Absolutheit und unvergleichbaren Majestät, können wir nichts aus uns selbst erkennen. Die Namen aber, durch welche uns erlaubt ist, Ihn anzureden, sammelt, wie es scheint, unsere Kräfte nach seinem Wirken und seinem Willen. Die göttlichen Namen verbreiten und strahlen aus das Licht der himmlischen Wahrheit und übertragen auf Menschen ihren Glanz, wenn sie in unserem Bereich des Inneren Eingang finden, leuchten sie für immer. Jeder für Gott ursprünglich gegebene Name ist sozusagen eine frische und dauernde Offen-

barung seiner Natur. In dem einen und dem anderen Titel wird uns ein Einblick in seine unaussprechliche Herrlichkeit gewährt.
Während viele unterschiedliche Namen für Gott sind, offenbart jeder eine bestimmte Seite seines Charakters oder seiner Gnade. Es ist der Satz bemerkenswert: «Der Name Gottes wird oft im Alten Testament gebraucht, er steht für Gott selbst, es ist die steigende Offenbarung von allem, was bekannt gemacht wird durch die verschiedenen persönlichen Namen. So wurde der «Name Jahwes» als Jahwe dem Moseh bekannt gemacht am Berge Sinai, als Gott vor ihm herging und Er selbst erklärte, daß Er ist Jahwe, Jahwe, Gott, barmherzig und gnädig, geduldig und groß an Güte und Treue . . .» (2. Mose 34, 5. 6). Das «Anrufen des Namens Jahwes» war wie Gott anzubeten (1. Mose 21, 33; 26, 25); «seinen Namen vergessen» (Jer. 23, 27) war ein Abweichen von Ihm; «den Namen Jahwes unnütz im Munde führen» (2. Mose 20, 7) ist eine Beleidigung der göttlichen Majestät. Der Name Gottes zeigt die Würde, den Ruhm, die Herrlichkeit und den heiligen Charakter des Schöpfers Himmels und der Erde. Der Name (s.d.) deutet an die ganze göttliche Erscheinung, den Charakter Gottes, wie er offenbart wird in seiner Verbindung mit seinem Volk und in seinem Umgang mit ihm. Dieser Ausdruck schließt darum für das Volk Israel die inhaltsschwere Tatsache der Offenbarung und Erfahrung in sich, daß Gott, der Schöpfer Himmels und der Erde, besonders ihr Gott war, der Israel berufen hatte in den Gemeinschaftsbund mit sich selbst. Er ist der Gott des Gnadenbundes. Hinter jedem Gebrauch des Ausdruckes «der Name Jahwes» steht die Überzeugung, daß Er niemals seinen Bund verleugnen oder zurückgehen wollte von dem Bund der Verheißung. Sein Name ist ein Unterpfand von allem, was Er verheißen hat, zu Ihm und durch Ihn (1. Sam. 12, 22; Ps. 25, 11).

b.) **Der heilsgeschichtliche Wert der Namen Jesu Christi.**

Im Neuen Testament schließt der Name Jesus in sich, alles was «der Name Gottes» im Alten Testament enthält. Er umfaßt und drückt den Gesamtwert des Neuen Bundes aus. Sünder werden durch den Glauben an seinen Namen errettet (Joh. 1, 12; 2, 23). Unser Herr hat verheißen: «Wo zwei oder drei versammelt sind in meinem Namen, dort bin ich in ihrer Mitte» (Matth. 18, 20). Er lehrte seine Jünger beten: «in meinem Namen» (Joh. 14, 13. 14), und Er war überzeugt, daß der Vater es geben werde in diesem Namen (Joh. 15, 16; 16, 23. 24). Er warnte die Seinen, obgleich sie von allen Menschen um seines Namens willen gehaßt werden (Matth. 10, 22); aber Er verheißt eine große Belohnung, für das, was sie immer an irdischen Verbindungen oder Besitzungen um seines Namens willen verlassen (Matth. 19, 29).
Es ist nicht verwunderlich, daß in der Apostelgeschichte das Leben und das Zeugnis der Urgemeinde sich in «dem Namen» konzentriert. Es war den von Furcht ergriffenen Führern der Juden die Botschaft der Apostel so ins Herz gedrungen, daß sie Petrus und Johannes verboten, weder bei allen zu sprechen und zu lehren in dem Namen Jesu (Apostelg. 4, 18); und es wurde wiederholt: «Haben wir euch nicht

streng befohlen, daß ihr nicht lehren sollt in diesem Namen?» (Apostelg. 5, 28.) Für diesen Ungehorsam wurden sie geschlagen. Die Apostel gingen weg. «. . . erfreut, daß sie gewürdigt waren für seinen Namen Schmach zu leiden» (Apostelg. 4, 41), und sie hielten an zu predigen, «daß durch seinen Namen jeder, der an ihn glaubt, Vergebung der Sünden empfängt» (Apostelg. 10, 43). Das schnelle Wachsen der Gemeinde war verbunden mit «allen, die deinen Namen anrufen» (Apostelg. 9, 14. 21). Paulus trieb von der betrübten Magd zu Philippi den Wahrsagergeist aus «in dem Namen Jesu Christi» (Apostelg. 16, 18) und durch Wunderwirkungen zu Ephesus «wurde der Name des Herrn Jesu hochgepriesen» (Apostelg. 19, 17). Paulus schreibt in seinem Brief an die Römer die herrliche Erklärung, was das Thema in den evangelistischen Reden beständig zu jeder Zeit sein muß: «Wer immer den Namen des Herrn anruft, wird errettet» (Röm. 10, 13). Das schreibt der Apostel in Übereinstimmung mit Petrus (Apostelg. 2, 21), was Joel vom Namen Jahwes sagt (Joel 3, 5), wenden beide Apostel auf den Namen Jesu an.

Der Name des Herrn! Was für ein Thema ist dies! Es spricht an am Tage des Heils, von allem, was der Herr Jesus ist und für sein Volk: Erlöser (s.d.), Mittler (s.d.), Haupt der Gemeinde (s.d.), Großer Hoherpriester (s.d.) und «der kommende König» (s.d.). Das Studium der Selbstoffenbarung Gottes in dem Namen, durch welche Er sich selbst zu erkennen gibt, seit allen Anfängen der menschlichen Geschichte bis zur letzten Enthüllung in der Fleischwerdung des Wortes, sollte zu einer tieferen Erkenntnis von Ihm anleiten und zu einer ehrfürchtigeren Anbetung zu seinen Füßen!

«Es ist unter dem Himmel kein anderer Name gegeben, wodurch wir müssen errettet werden» (Apostelg. 4,12). Das ewig gesprochene Wort, das alle Dinge geschaffen hat, dreht sich in der Fülle der Zeit um den Namen Jesu, in seiner höchsten und tiefsten Demut. Es mag merkwürdig erscheinen, daß die eindrucksvollen Titel Jahwes im Alten Testament im Neuen nicht vorkommen. Eine wenig tiefere Betrachtung wird den Grund zeigen. Unter der göttlichen Anordnung im Alten Bunde war es notwendig, das erlöste Volk Gottes durch verschiedene Sinnbilder und Vorbilder zu belehren, weil, obgleich sie von der Knechtschaft befreit waren, war ihre Freiheit nur natürlich, in ihrem Herzen waren sie dagegen durch die Sünde fern von Gott. Durch die Natur kannten sie nichts von dem geistlichen Zugang und der Anbetung. «Der Allein-Geborene vom Vater» (s.d.) war noch nicht im Fleisch erschienen, und sie konnten darum den Herrn nicht kennen (Jer. 31, 34), ausgenommen durch Gestalten und Vorbilder. Unser Licht ist selbstverständlich größer als bei ihnen, denn im Neuen Testament finden wir die Selbstoffenbarung Jahwes in der Person seines geliebten Sohnes, wir haben darum aufzusehen auf den Herrn Jesum Christum wie auf Jahwe, und uns zu bemühen, Ihn zu erkennen in aller seiner Schönheit und Vollkommenheit, um zu sehen, daß jeder Titel des Alten Testaments in Ihm lebendig zu finden ist.

Auf dem Wege nach Emmaus begegnete der auferstandene Herr zwei untröstlichen Jüngern; Er begann mit Moseh und allen Propheten, ihnen zu erklären in allen Schriften die Dinge, die sich auf Ihn selbst beziehen (Luk. 24, 27). Dies bevollmächtigt uns, in allen Schriften Christum zu sehen. Seine Fleischwerdung und sein Versöhnungswerk wird allein in den prophetischen Aussprüchen nicht nur erklärt, sondern es wird auch vorausgeschaut in Vorbildern, Sinnbildern und Gleichnissen. Einiges davon wird hervorgehoben in der Betrachtung von Titeln wie König (s.d.), Priester (s.d.) und «Lamm Gottes», andere Bezeichnungen liegen außerhalb des Rahmens dieses Buches, z.B. die verschiedenen Vorbilder der Stiftshütte und des Tempels, die seine Person oder sein Versöhnungswerk vorbilden. Es ist die personifizierte Weisheit (s.d.) in den Sprüchen, es ist dennoch kein streng prophetischer Titel, aber «Ratgeber» (s.d.). Verschiedene Sätze im Hohenliede, die im Sprachschatz des christlichen Volkes gesammelt sind, wie «Höchster unter Zehntausenden», «Rose von Saron» und «Lilie des Tales», sind keine Namen Christi, obgleich Er in manchen Liedern damit gepriesen wird. Mehr als diese alle sind es zweifellos eine Anzahl Titel unseres Herrn, welche Ihm durch prophetische Inspiration gegeben wurden, sie sollten sein Volk zubereiten, Ihn zu erkennen und zu begrüßen, wenn Er kommt. Sie sind ein reiches Erbe der Gemeinde von den Schriften des Alten Testamentes.

Es sind hier die Erscheinungen Christi vor seiner Menschwerdung zu erwähnen: Der Engel Jahwes und andere Gotteserscheinungen (vgl. 1. Mose 18, 1-33; 31, 11-13; 32, 24-30; 2. Mose 14, 19; Richt. 6, 1 usw.). In dem Herabkommen in die menschliche Geschichte, in die Erfahrungen der Patriarchen und in den alten Tagen der Nation Israels erschien Gott in menschlicher Gestalt auf gewisse Weise, und es ist unzweifelhaft in jedem Falle die zweite Person Gottes, das sichtbare Bild des unsichtbaren Gottes, welches Menschen erblickten und dessen Stimme sie hörten (vgl. Jes. 6, 1-5; Joh. 12, 41).

Der Name «Jesus», der Ihm auf göttlichen Befehl bei der Geburt gegeben wurde, erklärt seine Gottheit: alle Namen Gottes im Alten Testament weisen auf Ihn und finden in Ihm ihre Erfüllung. Die messianischen Aussprüche der Psalmen und der Propheten stimmen damit überein und sind zu vervollständigen, sie bieten immer die Offenbarung in den Namen. Sein Name umfaßt alle Gnade, daß man Gott als Mensch schauen kann. Die älteste Erwartung in der Schrift vom Kommen Christi ist in den Worten des Herrn an die Schlange nach dem Fall enthalten: «Ich will Feindschaft setzen zwischen dir und dem Weibe und zwischen deinem Samen und ihrem Samen, und er wird deinen Kopf zermalmen und du wirst ihn in die Ferse stechen» (1. Mose 3, 15). Dies kann allein auf Christus gerichtet sein, wie immer in dem Licht der folgenden Schriften. Eine noch klarere Ankündigung wurde dem Abraham in der Verheißung gegeben: «In dir werden alle Geschlechter der Erde gesegnet sein», und die Ausweitung dieser Verheißung in der Erfahrung des Patriarchen zeigte unser Herr: «Abraham sah meinen Tag, er sah ihn und war erfreut» (Joh.

8, 56). Die älteste messianische Verheißung wurde in den Worten des sterbenden Jakob hinsichtlich Judahs eröffnet: «Das Zepter wird von Judah nicht entwendet, . . . bis der Schilo (s.d.) kommt» (1. Mose 49, 10). Hier ist der erste prophetische Titel Christi. Es sind noch folgende christologische Namen im Alten Testament: Prophet (s. d.), Priester (s. d.), Zemach (s. d.), Immanuel (s. d.), Wunderbar (s. d.), Ratgeber (s.d.), starker Gott (s.d.), Ewigvater (s.d.), Fürst des Friedens (s.d.), Knecht Jahwes (s.d.), Führer (s.d.), Gesetzgeber (s.d.).
Ein Studium der Namen Jesu Christi ist nicht ohne guten Grund. Viele dieser Namen haben ihre Geschichte, und für die Schriftauslegung ist ihre Kenntnis von Wichtigkeit. Wir können ihren ursprünglichen und zeitgenössischen Sinn feststellen und untersuchen, wie er durch Jesus selbst und von den Schreibern des Neuen Testamentes benutzt wurde. Sie gewähren darum eine willkommene Kenntnis des Gegenstandes in einer Erforschung, aus welchen weit mehr zu folgern ist als oft bei Spekulationen. Sie führen uns ferner zurück in eine Zeit lehrhafter Bewegungen, wo nur mit dem Wirken begonnen wurde, lange vor der Periode war mehr eine formelle Diskussion während des zweiten bis fünften Jahrhunderts. Sie zeigen leichte Spuren der alten christlichen Überlieferung, auf welche Paulus, der Hebräerbrief und Johannes hinweisen und welche sie auf verschiedene Weise entwickeln, sie enthüllen einen Gährungsprozeß der christologischen Reflexion in der jüdischen Christenheit, aber auch in den heidnischen Gemeinschaften der griechischen Welt. Die verschiedenen Namen befähigen uns die Geschichte des christologischen Denkens aufzuspüren, seitdem sie Ansichten zeigen, welche fortbestehen bis in die letzten Zeiten und andere Meinungen, welche beiseite geschoben werden, weil sie sich als unentwickelt und unzulänglich erwiesen. Die Namen Jesu sind beides, die Vorahnung und der Niederschlag der Christologie in ihren Anfängen, sie nehmen Entwicklungen vorweg und enthüllen, was Christen dachten in ihrer theologischen Schöpfungsperiode. Die Frage, was Jesus ist, dem kommt man am besten durch die Betrachtung näher, wie Er sich als Mensch nannte, denn durch seine Namen ist Er das, was Er offenbart hat und bekannt gab.

c.) **Der theologische Wert der Bezeichnungen des Heiligen Geistes.**

Gottes Dinge werden nicht erkannt, außer durch den Geist Gottes (1. Kor. 2, 11). Wie wichtig es ist, daß sich der Heilige Geist durch verschiedene Namen im Neuen Testament zu erkennen gibt? Es ist einerseits die Fülle der Offenbarung über sich selbst im Wort, jeder Name berichtet mehr als alles übrige, was Er ist. Wenn in der Tat nichts mehr als seine Namen aufgezählt würden, besäßen wir darin schon allein eine reiche Offenbarung von Ihm. Andrerseits, wenn wir diese Namen in unsere eigene geistliche Not stellen, ist ihre Tiefe und Breite unaussprechlich und seine gesegnete Fähigkeit begegnet der Not auf allen Seiten. Ein jeder einzelner dieser Namen hat einen praktischen Wert für unser Inneres. Die ausgeprägte Herrlichkeit der göttlichen Anordnung des Heiligen Geistes ist eine persönliche Wohnung im Herzen der Gläubigen, um dort den Vater und den Sohn zu offenbaren.

Die Tatsache, daß Gott ist Drei in Einem, ist nicht offenbart, obgleich es im Alten Testament einbegriffen ist. Der Geist wird darum nicht als eine Person der Gottheit betrachtet, aber als Gott in Wirksamkeit durch seinen Geist. Das hebräische Wort, das mit «Geist» (s.d.) übersetzt wird, leitet selbst auf diesen Punkt der Ansicht: «Es ist sonst wiedergegeben mit «Wind», Hauch oder Odem. Wie der Wind unsichtbar und unerklärlich ist, besitzt er dennoch eine lebendige Kraft, er wird erfahren gleichsam im milden Säuseln oder im mächtigen Sturmwind, so wird der Geist, wie Gott, in seinen geheimnisvollen Wirkungen betrachtet. Unser Herr gebraucht auch die gleiche Bildersprache (Joh. 3, 8). Wind enthält ferner den Gedanken vom «Geist des Lebens» (s.d.). Während Gott den Menschen aus Staub des Erdbodens bildete, blies Er in seine Nase den Hauch des Lebens, und der Mensch wurde eine lebendige Seele (1. Mose 2, 7).

Der erste Hinweis auf den Geist wird in 1. Mose 1, 2 gefunden in bezug auf die Schöpfung. Die Erde war wüst und leer und der Geist Gottes war brütend auf dem Angesicht der Gewässer. Das Bild von der Vogelmutter wird gebraucht, die für ihre Jungen sorgt. Durch den Geist Gottes war das Chaos zur Schönheit und Ordnung zu unserer Freude auf Erden gebildet. Das große Werk der Schöpfung wurde hervorgebracht durch Gott den Vater (Hebr. 11, 3), durch den Sohn (Hebr. 1, 2) und durch den Geist (1. Mose 1, 2). Der Psalmist erklärt die Aktivität des Geistes in der Schöpfung (Ps. 33, 6) und in allen Fortschritten der Natur (Ps. 104, 30). Gott läßt die Welt nicht bestehen durch die Auswirkung von Gesetzen und Grundsätzen, Er erhält und ordnet alle Dinge durch seinen Geist, so daß wir Gott in Wirklichkeit in der Natur wahrnehmen. Was uns interessiert ist immer seine Verbindung mit Menschen. Der erste Hinweis auf den Geist in bezug auf Menschen ist ernst und abzulehnen, die zusammengefaßte Geschichte der Sünde und des Verderbens geht der Flut voraus: «Mein Geist soll nicht immer wetteifern mit den Menschen» (1. Mose 6,3). Hernach kommt ein starker Kontrast, das Zeugnis von Pharao hinsichtlich Josephs: «Ein Mann, in welchem der Geist Gottes ist» (1. Mose 41, 38). Pharao war nun ein Heide, und vielleicht dachte er von dem Geist Gottes in Ausdrücken seines mythologischen Glaubens, aber nichts destoweniger war seine Stellung von Grund aus wahr, obgleich er mehr aussprach, als er wußte. Pharao erkannte in Joseph eine Weisheit und einen «Geist», welcher sich unterschied von den meisten und höchsten seiner ägyptischen Ratgeber. Wir finden so in der ältesten Gottesoffenbarung, daß der Geist Gottes Gaben und Begünstigungen austeilt, die sich auf einer höheren Höhe befinden als die ältesten Naturanlagen.

Ferner wird ein größerer Grad in der biblischen Belehrung von dem Geiste angedeutet in 2. Mose 31, 3; wo Bezaleel erfüllt wurde mit dem Geiste Gottes, mit Weisheit und mit Verstand und mit Erkenntnis, und mit jeder Art von Kunstfertigkeit, zu beaufsichtigen die Vorbereitung und das Bauwerk der Stiftshütte. Er war offenbar ein Genie, ein Künstler und ein sehr geschickter Handwerker. Über diese natürlichen Gaben aber hinaus kam der Geist Gottes auf ihn, um eine besondere Fähigkeit zu verleihen für die Aufgabe, zu welcher er bestellt war. Das ist sehr bezeichnend. Wie oft denken vom Geist erfüllte Männer und Frauen, wie hervorragende Propheten und Heilige: der Geist Gottes kommt nicht allein, das inspirierte Wort für den Prediger zu geben, sondern er befähigt und bevollmächtigt verordnete Leute in den täglichen Berufsgeschäften des Lebens.

Während der traurigen Richterperiode lesen wir von dem Kommen des Geistes Gottes auf den einen und anderen, zu befreien und zu richten sein Volk. Othniel, der Schwiegersohn des Kaleb, über welchen er kam und 40 Jahre blieb (Richt. 3, 10. 11), Gideon, mit welchem er selbst bekleidet wurde (Richt. 6, 34), so daß es vielmehr der Geist Gottes war, als Gideon, in und durch ihn er die mächtigen Werke ausführte; Jephthah (Richt. 11, 29) und Simson (Richt. 14, 6. 19; 15, 14), deren Geschichten die unvorstellbare Gnade und Geduld Gottes betonen in seinem Umgang mit den Menschen.

Die nächste Geschichte von der Bevollmächtigung des Geistes handelt von Saul, welcher offenbar erfüllt war mit dem Geist, daß er weissagte (1. Sam. 10, 6. 10), aber allzu bald lesen wir von seinem Abfall, bis zuletzt der Geist von ihm wich (1. Sam. 16, 14). Von seinem Nachfolger wird berichtet, daß der Geist des Herrn auf ihn kam von dem Tage an (1. Sam. 16, 13).

Eine Zusammenfassung all dieser Geschichten von Gottes Verbindung mit seinem Volk durch seinen Geist ist in Nehemia 9, 20-30 geboten: «Du gabst auch deinen guten Geist sie zu leiten und zeugtest gegen sie durch deinen Geist und deinen Propheten.» So werden wir zu den Propheten geführt, welche aussprachen die Gesichte Gottes durch den Geist. In einer solchen Aussage sagt Joel die Ausgießung des Geistes am Pfingsttage voraus (Joel 2, 28; Apostelg. 2, 16). Michah stellt gegenüber die reichlichen Mittel Gottes mit der traurigen Haltung des Volkes, er fragt: «Ist der Geist des Herrn begrenzt?» und er wendet sich zu dem Hinweis, was sie alles erfahren könnten, wenn sie wollten: «Aber wahrlich, ich bin voll der Macht durch den Geist des Herrn» (Micha 2, 7; 3, 8). Zuletzt spricht Sacharjah im Blick auf die Wiederherstellung des Tempels, er legt nieder einen bleibenden geistlichen Grundsatz, das ganze Werk Gottes zu regieren: «Nicht durch Macht, noch durch Kraft, sondern durch meinen Geist, sagt Jahwe der Heerscharen» (Sach. 4, 6).

Im Neuen Testament ist das persönliche Wohnen des Geistes eins der größten Themen, aber der dauernde Gebrauch des Ausdruckes, «der Geist Gottes» zeigt die Beständigkeit seines Werkes und verbindet die völligere Offenbarung mit allem, was im Alten Testament gegeben wird.

Während die Zwölfe zu ihrer Mission ausgesandt wurden, sagt unser Herr voraus, daß sie gebracht werden vor die Ratsherren und Könige um seinetwillen und Er ermahnte sie, sich keine Gedanken zu machen, wie oder was sie sprechen sollen, denn nicht ihr seid es, die da reden, sondern der Geist eures Vaters, welcher in euch spricht (Matth. 10, 18-20). Nach seiner Auferstehung sagte Er ihnen, in Jerusalem zu warten wegen der Verheißung des Vaters (Apostelg. 1, 4). Die bedeutende Stelle ist 1. Korinther 6, 11: «Ihr aber seid gewaschen, ihr aber seid geheiligt, ihr aber seid gerechtfertigt in dem Namen des Herrn Jesus und durch den Geist unseres Gottes.» Die Worte «gewaschen» – «geheiligt» – «gerechtfertigt» umfassen unsere innerliche Erfahrung im Glaubensleben, von der Wiedergeburt bis zur völligen Entwicklung des Glaubens, alles wird bewirkt durch die Erlösung, die Christus für uns vollbrachte und die wirksam ist in unserer Erfahrung durch den Geist. Er ist es, welcher uns die Dinge Christi übermittelt und offenbart und enthüllt und austeilt (Joh. 16, 15). Alles das, was wir sind und haben in Christo ist unser in und durch den Geist Gottes.

Paulus schreibt an die Gläubigen von Korinth: «Unser Brief ist geschrieben in eure Herzen nicht mit Tinte, sondern durch den Geist des lebendigen Gottes (2. Kor. 3, 3). Petrus sagt von der Feuerprobe, durch welche etliche seiner Leser hindurchzugehen berufen waren, ermutigt er sie mit dem Gedanken, daß der Geist der Herrlichkeit (s.d.) und Gottes ruhet auf euch (1. Petr. 4, 14). Das ist eine wörtliche endgültige Erweiterung dieses alttestamentlichen Titels. Der Geist der Herrlichkeit umfaßt die Verklärung und Verheißung der Herrlichkeit für alle Erlösten. Die Offenbarung unseres Herrn wird diese Leiber unserer Niedrigkeit verwandeln in die Herrlichkeit des Leibes seiner Herrlichkeit. In dieser Verwandlung, das Werk des Heiligen Geistes in dem Menschen, wird die letzte Erfüllung stattfinden.

Die Gemeinde Jesu Christi benötigt den Heiligen Geist zu allen Zeiten. Am Ende der Tage hat sie ihn besonders nötig. Wenn das Welt- und Gottesreich immer mehr ihren Höhepunkt erreichen, ist der Besitz des Geistes unentbehrlich, um dem Welt- und Zeitgeist, und dem Irr- und Schwarmgeist unserer Tage widerstehen zu können. Der Einzelne im engen Kreise seines persönlichen Lebens und die Gemeinde für ihren Zeugendienst, bedürfen des Heiligen Geistes. Die Wirksamkeit des Geistes Gottes an den Gläubigen ist vierfach: 1.) die Tröstung (Joh. 14, 16); 2.) die Bestrafung (1. Mose 6, 3; 1. Petr. 4, 17); 3.) die Leitung (Joh. 16, 13); 4.) die Belehrung (Joh. 14, 26). Das Erste und Nötigste, das wir brauchen, ist die Tröstung des Heiligen Geistes. Der Geist muß unserer Schwachheit aufhelfen (Röm. 8, 26). David bittet nach seinem tiefen Fall: «Tröste mich wieder mit deiner Hilfe und mit einem freudigen Geiste rüste mich aus!» (Ps. 51, 14). Die Strafe des Heiligen Geistes besteht darin, daß wir die Sünde immer tiefer und wirklicher erkennen (Ps. 51, 7). Der Geist darf nicht gedämpft werden (1. Thess. 5, 19). Der Geist muß in alle Wahrheit leiten. Die Apostelgeschichte zeigt die Leitung des Einzelnen und der ganzen Gemeinde. Das Gebiet, auf dem der Geist seine Belehrung ausübt, ist der Boden der biblischen Offenbarung des Alten und des Neuen Testamentes. Er hilft, daß wir erleuchtete

Augen des Verständnisses bekommen durch die überschwengliche Größe seiner Kraft und die Wirkung seiner mächtigen Stärke (Eph. 1, 18.19). Er macht zu Haushaltern über Gottes Geheimnisse (1. Kor. 3, 1). Jesus macht seinen Freunden durch den Geist kund, was Er von dem Vater gehört hat (Joh. 15, 15). Der Heilige Geist übt seine Belehrung aus, indem Er die großen Zusammenhänge der Schrift immer deutlicher vor Augen stellt, damit wir ein einheitliches und klares Bild der biblischen Welt- und Heilsanschauung erlangen.

Erklärungen der Namen Gottes, Jesu Christi und des Heiligen Geistes

1. **A und O,** entspricht dem urtextlichen «Alpha und Omega», dem Anfangs- und Schlußbuchstaben des griechischen Alphabetes. Es ist eine hebräische Ausdrucksweise, der sich jüdische Ausleger allgemein bedienen, um eine Sache von Anfang bis zu Ende zu bezeichnen. So heißt es: «Adam hat das ganze Gesetz von Aleph bis zum Tau übertreten» (Jalkut Rubeni Fol. 17, 4); ferner lautet ein Ausspruch: «Abraham hat das ganze Gesetz von Aleph bis zum Tau gehalten» (Jalkut Rubeni Fol. 48, 4). Das griechische «Alpha und Omega», dem das hebräische «Aleph und Tau» entspricht, bedeutet in unserer Sprache «von A bis Z».
In Offb. 1, 8; 21, 6; nach dem Textus Receptus auch in Offenbarung 1, 11 ist «A und O» die Selbstbezeugung Gottes in der ewigen Dauer Seiner Herrschaft. Diese Formel ist in Offenbarung 22, 13 im gleichen Sinne als Selbstbezeichnung Christi angeführt. Nach den hier genannten Stellen der Offenbarung bedeutet diese Namensbezeichnung den Anfang und das Ende (s.d.), der Erste und das Letzte (s.d.); es wird damit das Allumfassende, das Ewige ausgedrückt.
Christus ließ in Seiner Offenbarung den Johannes Worte hören und Vorgänge schauen, welche für die Erkenntnis des inneren Wesens Jesu von höchster Bedeutung sind. Es ist von besonderer Wichtigkeit, daß sich der Sprechende, der sich als das «A und O» bezeichnet, sich auch als «Herr» (s.d.), «Gott» (s.d.), «welcher war und ist und kommt» (s.d.), als der «Allmächtige» (s.d.) offenbart. Weil der himmlische Vater in der ganzen Offenbarung nie das Wort ergreift, Jesus aber oft, ist anzunehmen, daß Christus hier als der Herr, der allmächtige Gott zu Johannes spricht. Jesus nennt Sich «der Erste und der Letzte» (s.d.) und «der Lebendige» (s.d.) (vgl. Offb. 1, 17; 2, 8), «der da kommt». Das Kommen Christi ist die Summe des ganzen Buches (Offb. 22, 20; 1, 7), welche der hier erwähnten Namensbezeichnung vorangestellt ist. Die Formel «A und O» versichert Jesu Ewigkeit, Sein Kommen und Seine Herrschermacht. Die Prädikate: «Welcher ist und war und kommt» (Offb. 1, 4; 4, 8; 16, 5) und «der Herr, Gott, der Allmächtige» (Offb. 4, 8; 15, 3; 16, 7; 19, 6. 15) werden sonst in der Offenbarung dem Vater beigegeben. Hier in Offenbarung 1, 8 werden die höchsten Prädikate des Vaters auf Jesus übertragen. Jesus ist mit dem Vater in Einheit. Das Verhältnis Jesu und des Vaters, wie Johannes es in den Visionen schaut, besteht einerseits in demütiger Unterordnung unter den Vater (Offb. 1, 1), andrerseits in Einheit mit dem Vater (Offb. 1, 8). Das Prädikat: «der Erste und der Letzte», was eine Erläuterung der

Formel «A und O» ist, entspricht nach Jesaja 41, 4; 44, 6; 48, 12 der Selbstbezeichnung Jahwes. Wenn sich Jahwe der Erste und Letzte nennt, so liegt darin die Bürgschaft, daß Israels Feinde durch die Unüberwindlichkeit des Starken niedergeworfen werden. Das zertretene Volk darf auf Grund dieses Gottesnamens auf eine vollkommene Erlösung hoffen. Dieser Sinn der alttestamentlichen Stellen ist in der Offenbarung auf Christus übertragen.

Christus ist das «Alpha und das Omega» aller Geschichte, Er ist ausschließlich der Eine und Ewig-Gleiche. Ehe ein Anfang der Welt begonnen hatte (vgl. Offb. 3,14), ist Er die ursprüngliche, einheitliche Haupt- und Grundperson, der auch die ganze Fülle zuletzt abschließt und zusammenfaßt. Jesus ist nicht allein der Erlöser des Menschengeschlechtes, sondern auch als der Erste und Letzte die Lebensquelle der ganzen Schöpfung. Christus ist der Grund, Ausgangspunkt, Ursprung, Mittelpunkt und Ziel von allem (vgl. Kol. 1, 16. 20; Hebr. 1, 3). Er ist Alles in Allem, immer Derselbe (s.d.), ewige Gott (Hebr. 13, 8). Er ist allein vor jedem Anfang und am Ende wieder Derselbe. Christus, der Gottmensch ist Anfang und Schluß aller Zeit für die Welt, für den göttlichen Regierungs- und Reichsplan. Wenn die Stellen der Offenbarung den Sinn von Jes. 43, 10 wiedergeben, daß Gott ohne Anfang und ohne Ende ist, so liegt in der symbolischen Bezeichnung «A und O» die Bürgschaft für die Erfüllung der Verheißung. Christus ist der Allmächtige (s.d.), dessen Allmacht die Ausführung Seines Heilsratschlusses von Anfang bis zu Ende verbürgt. In Seiner Hand liegt alles Heil, aber auch das Gericht über alle, die Ihm widerstreben (Offb. 21, 5; 22, 18. 19).

Christus beginnt im ersten Gesicht Seine Rede mit den Worten: «Ich bin der Erste und der Letzte und der Lebendige» (Offb. 1, 17); beim Gesicht des neuen Jerusalem ruft Er dem Seher Johannes zu: «Ich bin das A und das O, der Anfang und das Ende» (Offb. 21, 6); am Schluß der ganzen Offenbarung lautet die Rede: «Ich bin das A und das O, der Erste und der Letzte, der Anfang und das Ende» (Offb. 22, 13). Es ist klar, daß diese Selbstbezeichnungen, mit welchen Jesus Seine Visionen an Johannes beginnt und beendet, von Bedeutung sind. Sie enthalten die Bürgschaft dafür, daß Christus ausführt, was Er verheißt und androht; daß die Reiche dieser Welt gewißlich sein Besitz werden. Wenn Er der Letzte oder das Omega ist, so bedeutet das, daß Er das Ziel der Entwicklung, der endliche Überwinder über alle Feinde, der als Triumphator auf dem Kampfplatze steht. Er lenkt den Lauf der Entwicklung nach Seinem Wohlgefallen und schafft allen Überwindern die endliche Ruhe. Er kann der Letzte oder das Omega nur sein, weil Er der Erste oder das Alpha ist, aus welchem die Quelle allen Lebens strömt, von welcher alles abhängig bleibt. Er, der Anfang aller Schöpfung hat das Ende aller Dinge in Seiner Hand. Gegen Ihn kann nichts aufkommen, denn Er ist es, in welchem allein lebt und lebt, was überhaupt einen lebendigen Odem in sich hat. Er, das Alpha und das Omega, der Erste und der Letzte, der Anfang und das Ende, ist die Quelle aller Schöpfung, das Ziel alles

Geschaffenen, die Kraft, welche ihre Entwicklungs- und Vollendungsgeschichte treibt. Während die gesamte Welt- und Menschheitsgeschichte von ihrem Ausgang zu ihrem Ziele läuft, ist Er Derselbe, der ohne Wandel und Wechsel über ihr steht.
Jesus ist es, welcher in der Offenbarung von Sich sagt: Ich bin das Alpha und das Omega, der Erste und der Letzte, der Anfang und das Ende, der da lebt von Ewigkeit zu Ewigkeit. Christus ist es, der von Ewigkeit zu Ewigkeit regiert (Offb. 11,15). Jesus Christus bleibt Derselbe, nicht allein gestern und heute, nicht nur bis zum Abschluß der ganzen Weltzeit, sondern bis in Ewigkeit (Hebr. 13, 8).

2. **Abba,** die aramäische Form des hebräischen «Ab»-Vater (s.d.). Es wird im Neuen Testament immer richtig mit «ho pater» – «der Vater» übersetzt (Mark. 14, 36; Gal. 4, 6). Jesus rief in der schwersten Stunde Seines Erdenlebens, während des Todeskampfes in Gethsemane in echter Sohnesstellung: «Abba!» Paulus schreibt, daß wir durch den Geist der Sohnschaft (s.d.) dieses «Abba» schreien. In höchster Not und Bedrängnis ist es unser Vorrecht, diesen Schrei von uns zu geben und auszustoßen (Röm. 8, 16).

3. **Abbild** ist kein Ausdruck der Lutherbibel, er entspricht aber nach dem Urtext einer Namensbezeichnung Jesu Christi, die in anderen Übersetzungen als «Bild» (s.d.) und «Ebenbild» (s.d.) wiedergegeben wird. Paulus bezeichnet Jesus, den Vermittler der ersten Schöpfung, den Sohn der Liebe Gottes als Abbild Gottes, der vor Seiner Menschwerdung in der Gestalt Gottes und Gott gleich war. Mit Jesus, dem Abbild Gottes stehen Seine Namen «der Erstgeborene der Schöpfung» (s.d.) «das Bild des unsichtbaren Gottes» (s.d.) und «der Abglanz Seines Wesens» (s.d.) in Beziehung. Wie das Wesen eines menschlichen Vaters sich in seinem Erstgeborenen abbildet, so ist auch Gottes Wesen in Seinem Sohne abgebildet. Weil sich im Sohne Gottes das Wesen des himmlischen Vaters abbildet, konnte die Welt und alles von Ihm, in Ihm, durch Ihn und zu Ihm hin erschaffen werden (Kol. 1, 15-17; 1. Kor. 8, 6; Röm. 11, 36). Der Sohn, Gottes Abbild, der Erstgeborene der Schöpfung steht in Beziehung zu dem, was Paulus von Seinem Dasein vor Seiner Menschwerdung schreibt (Phil. 2, 6), daß Er Gottes Gestalt und Gott gleich war, was Er aber durch Seine Fleischwerdung in Demut ablegte.

4. **Abglanz der Herrlichkeit** (griechisch apaugasma tes doxes) ist eigentlich «der Ausglanz der Herrlichkeit Gottes (Hebr. 1, 3). Das griechische «apaugasma» wird vielseitig gedeutet. Nach dem Verbum «apaugazein» – ausstrahlen ist apaugasma die Auswirkung, das Resultat des Ausstrahlens, ein Bild, das durch Ausstrahlen bewirkt wird. Es ist ein Glanz, der in einem Licht seinen Ursprung hat, aber doch ein Lichtkörper für sich ist, in dem das ganze Urlicht leuchtet. Dadurch kommt die Mitexistenz des Ausgestrahlten mit dem Ausstrahlenden zum Ausdruck. Auf Christus übertragen verhält es sich so, daß Er

als Urquelle in Gott der Sohn ist, aber auch eine selbständige Existenz für sich ist. Das Wesen des Sohnes ist dem Wesen des Vaters gleich, Seine Herrlichkeit ist die Herrlichkeit des Sohnes. Das Licht, das von der Herrlichkeit des Vaters ausstrahlt, konzentriert sich im Sohne, der Gottes Herrlichkeit den Menschen offenbart (Joh. 14, 9).

Das göttliche Urlicht, wovon der Sohn der Ausglanz ist, wird als «Herrlichkeit» (s.d.) (doxa) bezeichnet. Herrlichkeit ist ein bildlicher Ausdruck, der Gottes Gegenwart im Lichtglanz offenbart (vgl. 1. Joh. 1, 5; 1. Tim. 6, 16; Jak. 1, 17). Das griechische «doxa» entspricht dem hebräischen «kabod Jahwe», in welchem alle Vollkommenheiten Gottes in ungeteilter Offenbarungsfülle enthalten sind, der im Alten Bunde kein Sterblicher nahen konnte. Die Herrlichkeit Gottes hat sich im Sohne, welcher der «Ausglanz der Herrlichkeit» ist, der Kreatur im höchsten Sinne offenbart. Der Ausdruck des Hebräerbriefes ist so aufzufassen, wie das Johannesevangelium den Begriff «Herrlichkeit» (s.d.) anwendet.

5. **Adam,** der Stammvater des Todes, wird von Paulus Christum, dem Stammvater des Lebens gegenübergestellt (Röm. 5, 12-19). Durch den Fall des ersten Adam sind die Vielen gestorben, in der Gnade des einen Menschen Christus Jesus ist für die Vielen die Gnade und Gabe Gottes überfließend gewesen. Christus hat dem Falle Adams Seine Rechtsgutmachung, dem Ungehorsam Adams Seinen Gehorsam entgegengesetzt. Die gleiche Gegenüberstellung Christi gegen Adam ist im Blick auf die Auferstehung angedeutet (1. Kor. 15, 20-22). Wie durch einen Menschen der Tod, so kam durch den Einen Menschen die Auferstehung der Toten.

In Adams Leib lag von Natur ein Zug zum Sterben. Das Irdische muß der Natur nach zur Erde werden. Christus, der zweite Adam, gibt uns einen Leib, der über die Sterblichkeit hinaus ist. Paulus entwickelt das in seiner dritten Gegenüberstellung von Adam und Christus (1. Kor. 15, 44-49). Der erste Adam wurde zu einer lebendigen Seele, Christus, der zweite Adam wurde zu einem lebendigen Geist, Er war der Herr aus dem Himmel und zeugt denn auch das Himmlische nach Seinem Bilde.

Paulus nennt Jesus den zweiten Menschen oder den letzten Adam, weil kein dritter mehr zu erwarten ist. Der Apostel erklärt durch diesen Namen, wie sonst durch den Namen «Menschensohn» (s.d.) ausgesprochen wird, das Verhältnis Jesu zur Menschheit. Was der Römer- und der 1. Korintherbrief vom zweiten Adam ausführen, ist der Art, daß sich die Menschheit nach diesem Sohne sehnte, weil sie aus diesem irdischen Leben, das ein Leben des Todes geworden ist, in das geistliche, ewige Leben durch Ihn gezeugt wird. Das ist Christum möglich, weil Er, der zweite Mensch aus dem Himmel ist (1. Kor. 15, 47), im Gegensatz zu Adam, der aus der Erde ist. Damit wird Christi Ursprung aus dem Himmel und Seine himmlische Art angedeutet, gegen Adam, der von der Erde war und dessen ganze Art irdisch war.

6. **Adler** dient wegen seiner Fürsorge zu den Jungen als Bild der Liebe Gottes (5. Mose 32, 11). Der Adler lehrt seine Jungen fliegen, er schwebt über ihnen, breitet seine Flügel aus, er nimmt sie auf und trägt sie auf seinen Fittichen, um sie an die Bewegung zu gewöhnen. Die zärtliche Liebe der Adler paßt gut als Vergleich zur Liebe Gottes, durch welche Israel durch die Wüste wie auf Adlers Flügeln getragen wurde (vgl. 2. Mose 19, 4; 5. Mose 1, 30. 31).

7. **Adlersflügel** sind ein Gleichnis der göttlichen Vaterliebe, Seiner Fürsorge, Seines Schutzes und Seiner Wohltaten (vgl. 2. Mose 19, 4; 5. Mose 32, 11). Es ist die Liebe, die Angefochtene und Verfolgte unter dem Schatten seiner Flügel birgt (Ps. 36, 8). Wer gläubig auf Ihn harrt, erlangt neue Kraft aus der Kraft des Allmächtigen, daß er wie auf Adlersflügeln aus der Tiefe auffährt, daß er getrost wandelt und stark ist (Jes. 40, 31). An der Gemeinde der Endzeit wird das Symbol der Adlersflügel am Herrlichsten verwirklicht (Offb. 12, 14). Schnell und ungehindert wird die vom Drachen verfolgte Gemeinde in ihren Bergungsort, in die Wüste getragen.

8. **Adonai** – Mein Herr. Dieser Gottesname wird 134 mal genannt. Adonai ist eigentlich Plural von «Adon», das von «don» – herrschen, richten, walten – herkommt. Dieser Name kommt im Pentateuch und im Buche Josuah nur in der Anrede an Gott vor (vgl. 1. Mose 15, 2. 8; 18, 3. 27. 30ss.). Wo der Herr nicht angeredet wird, steht «Adon» – Herr, der die Gewalt hat (2. Mose 34, 23). Er ist «Herr der ganzen Erde» (Jos. 3, 11. 13; Mich. 4, 13; Sach. 4, 14). Gott bedient sich nie selbst dieses Namens. Adonai hängt oft mit «Jahwe» (s.d.) zusammen. In dem Namen «Adonai» – mein Herr, liegt nicht allein die Anerkennung der göttlichen Oberherrlichkeit, sondern auch das Bewußtsein der besonderen Angehörigkeit an Gott. Wer im Gebet den Namen «Adon» ausspricht, weiß, daß er unter Gottes Leitung und Schutz steht. Es ist kein Ausdruck der Furcht, sondern des Vertrauens. Nach dem späteren Sprachgebrauch liegt in Adonai der Begriff des mächtigen Allherrschers (Jes. 8, 7; 40, 10). Die LXX übersetzt Adonai mit «kyrios» – Herrscher (s.d.). Der Gottesname «Adonai» steht mit den Personennamen Adonai-Besek, Adonai-Zedek, Adonijahu, Adonikam und Adoniram in Verbindung.

9. **Advokat** vgl. Tröster!

10. **Der alleinige Machthaber,** griechisch «dynastes» (1. Tim. 6, 15). Alle obrigkeitlichen Personen führen diese Bezeichnung im abgeleiteten Sinne, weil sie im Grunde genommen ohnmächtig sind (Ps. 146, 3). Sie alle sind Gott unterstellt (Spr. 21, 1). Es ist nach paulinischer Anschauung Christus.

11. **Der allein Unsterblichkeit hat** (1. Tim. 6, 16). Gott verleiht jedem Lebewesen Leben, den Menschen und Engeln die Unsterblichkeit. Weil Gott allein unsterblich ist, ist außer Ihm alles sterblich.

12. **Der allein wahre Gott** (Joh. 17, 3). Er ist der einzige Gott, welchem im Gegensatz zu den Göttern und Götzen der Heiden der Name «Gott» in Wahrheit gebührt (vgl. 1. Kor. 8, 4; 1. Joh. 5, 20; 1. Thess. 1, 9; Jes. 65, 16). Der Vater Jesu Christi ist allein der wahre Gott. Außerhalb der Heilsoffenbarung in Christo hat man nur ein falsches Gedankengebilde von Gott. Monotheistische Juden, wenn sie auch angeben, nur den «Einen Gott» (s.d.) anzuerkennen (Joh. 5, 37. 38; 8, 42. 43. 54. 55), so haben sie dennoch keinen Gott, weil sie den Sohn leugnen (1. Joh. 2, 23).

13. **Der allein weise Gott** (Röm. 16, 27; Jud. 25; 1. Tim. 1, 17). Gott wird im Blick auf die Offenbarungsgeschichte allein weise genannt. Keiner ist weise als nur Gott. In dem Reichtum Seiner Weisheitstiefe wußte Gott Mittel und Wege zu finden zur Rettung einer verlorenen Welt. Nach einer anderen Lesart heißt es in 1. Tim. 1, 17 und Jud. 25: «der Alleinige». Er ist es, der beschließt, niemand kann es hindern. Israels Zentraldogma, den Monotheismus, bekennen auch die an Christum Glaubenden.

14. **Allerhöchster,** hebräisch heißt der Name «Elijon» – der Höchste (Ps. 83, 19); oder Allerhabene, und griechisch «hyspistos» – der Höchste (Apostelg. 7, 48). Dieser Gottesname steht oft allein (4. Mose 24, 16; 5. Mose 32, 8; 2. Sam. 22, 14; Jes. 14, 14; Ps. 18, 14; 21, 8; 46, 5; 50, 14; 73, 11; 77, 11; 78, 17; 87, 5; 91, 1. 9; 107, 11; Klagel. 3, 35. 38; Ps. 82, 6), meistens in dichterischer Rede. Verbindungen dieses Namens mit «Jahwe» (Ps. 47, 3), «El» (Gott) (1. Mose 14, 18-20. 22. 25). Der Name «elijon» bezeichnet ein Wesen das alles andere übertrifft, mit welchem nichts zu vergleichen ist. Er kennzeichnet Gottes Erhabenheit über die toten Götzen der Heiden und über die ganze Schöpfung (vgl. Ps. 83, 19; 97, 9). Der Allerhöchste ist unendlich groß, Seine Vollkommenheiten, Sein Wirken und Sein Thron im Himmel (Apostelg. 7, 48. 49) sind über alles erhaben.

15. **Allerverachtester** wird Jesus in der Weissagung vom Leiden des Knechtes Jahwes genannt (Jes. 53, 3). Im Urtext heißt die Stelle: «Verachtet und verlassen von Menschen». Er war so verachtet, daß man Ihn nicht wert zu leben achtete, sondern Ihn zum Scheusal machte (vgl. Jes. 49, 7). Weil der Unglaube im Stande seiner Erniedrigung die verborgene göttliche Herrlichkeit nicht sah, war der Knecht Jahwes die Verachtung der Menschen. Es war ihnen unverständlich, daß Sein Weg aus der Niedrigkeit zur Herrlichkeit führte. Der Prophet schildert den höchsten Grad der Erniedrigung und Herabwürdigung, indem er Sein Leiden mit einem Aussätzigen vergleicht. Wörtlich nach dem Urtext hat Er aufgehört unter die Menschen zu gehören, kein Mann mehr zu sein (vgl. Jes. 52, 14). Es liegt auf der gleichen Linie, was Ps. 22, 6 ausspricht: «Ich bin aber ein Wurm (s.d.) und kein Mann, der Menschen Hohn und der vom Volke Verachtete.» Christus, der König, sollte der Geringste aller Knechte wer-

den, der verachtetste Mensch, den die Welt gesehen hat. Die körperliche Entstellung hatte den Gipfelpunkt des Elends erreicht. In Erinnerung an dieses Prophetenwort sagt Jesus von sich, daß Er viel leiden muß und für nichts geachtet wird (vgl. Mark. 9, 12; 8, 31).

16. **Allgegenwärtig ist Gott** (Ps. 139, 7; Jer. 23, 23. 24; 1. Kön. 8, 27; Jes. 66, 1). Der Raum des Weltalls ist nach heutiger Erkenntnis begrenzt. Die Zeit ist auch begrenzt. Raum und Zeit hat seinen Bestand im Unendlichen und Grenzenlosen. Gott ist in Seinem ewigen und endlosen Dasein allgegenwärtig. Er ist über alle Grenzen und Formen der Zeit, des Raumes und der Materie erhaben, ja der Urgrund aller Dinge. Gottes Allgegenwart gibt sich in Seiner vollkommenen Aktivität zu erkennen.

17. **Der Allheilige** siehe der Heilige!

18. **Allmacht Gottes** wird in der Schöpfung der Welt enthüllt. Die Bibel sagt: «Unser Gott ist im Himmel, alles, was ihm wohlgefällt, tut er» (Ps. 115, 3). Und: «Ist eine Sache Jahwe unmöglich?» (1. Mose 18, 14; Luk. 1, 37; vgl. Ps. 33, 9.) Alles Endliche, jede Ursache hat seinen Grund in seinem absoluten Urheber, in Gott. Von Ihm ist alles abhängig. Seiner unbeschränkten Macht kann nichts eine Grenze setzen. Er schaltet und waltet über Alles mit grenzenloser Kraft. Der allmächtige Gott ermüdet und ermattet nie (Jes. 40, 28). Keine Anstrengung vermag Seine Leistungskraft zu erschöpfen. Er wirkt und schafft, was Er will. Er will, was Seiner Vollkommenheit entspricht. Die hebräische Bibel nennt Gott in diesem Sinne «El-Schaddai» (s.d.).

19. **Allmächtiger** entspricht dem griechischen «pantokrator», ist von «pas» und «krateo» – alles beherrschen, hergeleitet. Gott ist der Allmächtige (2. Kor. 6, 18), oder der Allherrscher. In der Offenbarung kommt der Name neunmal vor (Offb. 1, 8; 4, 8; 11, 17; 15, 3; 16, 7. 14; 19, 6. 15; 21, 22). Die LXX übersetzt im Alten Testament das hebräische «Jahwe Zebaoth» (2. Sam. 5, 10; 7, 25. 27) mit «pantokrator». Dieser Titel deutet an, daß am Ende der Tage ein König, Richter und Priester kommt, der dem Allherrscher, dem Herrn der Heerscharen des Alten Testamentes entspricht. Die Offenbarung zeigt, daß Christus, der König aller Könige (s.d.) und der Herr aller Herren (Offb. 19, 16) kommt. Die Reiche der Welt werden dann seines Christus und unseres Herrn werden (Offb. 11, 15). Vgl. El-Schaddai!

20. **Allweise** ist Gott als absoluter Urheber der Weltordnung. Die Schrift lobt begeistert diese Vollkommenheit Gottes. In den biblischen Naturbetrachtungen, die das Wohlgeordnete und Zweckmäßige der ganzen Schöpfung rühmen, steht Seine Weisheit im Vordergrund (Ps. 104, 24; Hiob 28, 23s.; Spr. 3, 19. 20; Jer. 10, 28; 51, 15; Spr. 8, 22s.). Der Spruchdichter sagt aus: «Jahwe gründete durch Weisheit die Erde, befestigte die Himmel durch Einsicht; durch Seine Erkenntnis brachen die Tiefen hervor» (Spr. 3, 19. 20).

Die Weisheit (s.d.), die hier als Eigenschaft aufgefaßt wird, steht auch als Person vor uns. Es heißt in diesem Sinne: «Jahwe besaß mich zu Anfang seines Weges, vor seinen Werken von jeher, von Ewigkeit her war ich eingesetzt, von Anfang her, vor den Anfängen der Erde» (Spr. 8, 22. 23). Mehrfach wird Gottes Weisheit personifiziert (Hiob 28, 12s.). Sie tritt nach biblischer Auffassung selbständig auf, existierte von Ewigkeit her und ruhte in Gott. Bei der Schöpfung des Universums war die Weisheit das wirkende Prinzip aller Weltentwicklung, der Erstling (s.d.) der Werke Gottes und die Werkmeisterin (Spr. 8, 30). Der allweise Gott durchdrang und durchdringt alle Seine Werke (vgl. Sir. 1, 8). Sie ist das Prinzip der ewigen Wirksamkeit, das zwischen Gott und der Welt vermittelt. Gottes Weisheit ist ein Abglanz des ewiden Lichtes, ein unbefleckter Spiegel des göttlichen Schaffens und ein Bild Seiner Güte (Weish. 7, 26). Weisheit ist Gottes denkender Geist, welcher alle Seine Vollkommenheiten in sich schließt (Weish. 7, 26). Gottes Weisheit bleibt allen Menschen unerforschlich, sie ist Ihm allein bekannt (Spr. 8, 1ss; Hiob 28, 13s). Sie ist darum köstlicher als alle Kostbarkeiten.

Paulus nennt Gott «den allein Weisen» (Röm. 16, 27; 1. Tim. 1, 17). Er sagt das im Blick auf Seine Offenbarung in der Geschichte (vgl. Röm. 11, 23; Apostelg. 7, 12). Gott ist allein weise im Gegensatz zur selbstgefälligen Klugheit der Menschen, die sich von Seiner geoffenbarten Wahrheit nicht leiten lassen.

21. **Allwissenheit** Gottes geht aus Seiner Allgegenwart hervor, womit sie eng verbunden ist (vgl. Ps. 139). Die Schrift rühmt oft diese göttliche Vollkommenheit (Ps. 147, 4-5; Hebr. 4, 13; 1. Joh. 3, 19. 20). Weil Gott der Urgrund alles Daseins ist und alles auf Ihm beruht, besitzt Er von allem Endlichen eine vollkommene Kenntnis. Sein Wissen ist über jede Schranke der Zeit und des Raumes erhaben. Gottes Wissen umfaßt die ganze Schöpfung, das ganze Universum und den Werde- und Entwicklungsgang der ganzen Geschichte. Gott weiß jedes Wort, das noch so unausgesprochen ist und jeden Gedanken, der im Geist des Menschen entspringt (Ps. 139, 2-4). Dem alles durchschauenden Auge Gottes entgeht nichts (vgl. Hiob 34, 21s; Spr. 5, 21), es mag noch so schlau und heimlich verborgen werden.

22. **Allein** bezeichnet von Gott Vollkommenheiten, Tugenden, Werke und Wunder, die außer Ihm keiner besitzt. Jahwe ist allein Gott (5. Mose 4, 35; 32, 39; 1. Kön. 19, 19). Er ist allein der Schöpfer, der Israel bildete (5. Mose 32, 6) und leitete (5. Mose 32, 12). Er allein kennt das Herz aller Menschenkinder (1. Kön. 8, 39; 2. Chron. 6, 30). Er ist allein der Gott aller Königreiche auf Erden (2. Kön. 19, 15; Jes. 37, 16). Jahwe hat allein Himmel und Erde gemacht (Neh. 9, 6). Die Himmel spannt Er allein aus (Hiob 9, 8). Er ist allein der Höchste über die ganze Erde (Ps. 83, 18). Er tut allein Wunder (Ps. 72, 18; 86, 10; 136, 4). Sein Name ist allein hoch und erhaben (Ps. 148, 13; Jes. 2, 11. 17). Er ist allein der wahre Gott (Joh. 15, 3), allein gewaltig (1. Tim. 6, 15) und allein heilig (Offb. 15, 4).

23. **Der alles in allen erfüllt** siehe Fülle!

24. **Alpha und Omega** siehe A und O!

25. **Altar,** wird in Hebräer 13, 10 in einem schwer verständlichen Bibelwort als Besitz der neutestamentlichen Heilsgemeinde genannt. Die Ausleger haben sich oft damit beschäftigt, was hiermit gemeint ist. Einige glauben, der Abendmahlstisch wie in 1. Kor. 10, 21 wäre der Altar. Patristische Erklärer sehen hier die Kirche. Andere denken an das Kreuz Christi. Nach einer noch anderen Auffassung wird Christus selbst unter dem Altar verstanden. Theophilus erklärt: «Die Rede, daß auch wir die Beobachtung haben, bezieht sich nicht auf derartige Speisen, sondern auf den Schlachtopferaltar, fürwahr auf das unblutige (?) Opfer des lebendigmachenden Leibes.» Ein neuerer Erklärer denkt an das himmlische Heiligtum, dem in Offenbarung 6, 9; 14, 18 ein Altar zugeschrieben wird. Thomas von Aquino erklärt: «Dieser Altar ist das Kreuz Christi, an dem Christus für uns geopfert ist, oder Christus selbst, in dem und durch den wir unsere Gebete darbringen, und das ist der goldene Altar, von dem in Offenbarung 8 die Rede ist.»
Weil im Hebräerbrief das Opfer der Hauptbegriff ist, wird Altar als Hilfsbegriff aufgefaßt in dem Sinne: «Wir haben ein Opfer.» Hiernach ist Christus also gemeint, der sich als Opfer für uns in den Tod gab.

26. **Der Alte** ist in Daniel 9, 9. 13. 22 bildlich von Gott gebraucht. Nach dem aramäischen «aththiq jomin» ist es ein «Vorgerückter an Tagen». Gott wird nicht der Alte genannt, weil Er die Spuren der Vergänglichkeit an sich trägt wie ein Mensch, wenn er alt geworden ist. Der urtextliche Ausdruck bezeichnet mehr das Herrliche, Edle und Altehrwürdige. Die Aussage des Psalmisten: «Du aber bist derselbe (s.d.) und deine Jahre hören nicht auf» (Ps. 102, 28) steht gegensätzlich zu den Worten vom Himmel und von der Erde, daß sie veralten werden (Ps. 102, 27). Sie werden nach dem hebräischen «balah» abgenutzt und morsch werden, sie schwinden hin. Gott steht dagegen über allem Vergänglichen. Im Gesicht Daniels wird Gott «der Vorgerückte an Tagen» genannt, weil Er der ewige Schöpfer (s.d.), der da ist und war, ehe der erste Tag der Schöpfung wurde. Er ist von Ewigkeit zu Ewigkeit (Ps. 90, 2).

27. **Der alte Gott** heißt in 5. Mose 33, 27 nach dem hebräischen Text «Elohe qedem» – «Gott der Urzeit» (s.d.). Es ist ein poetischer Ausdruck für «El-Olam» (s.d.) und «Elohe Olam» (Jes. 40, 28) – «Gott der Ewigkeit» (vgl. Ps. 90, 1), Er ist ein Gott, der in der Urzeit sich vielfach bewährte und immer Derselbe (s.d.) bleibt. Nach dem Targum von Onkelos heißt es in 1. Mose 1, 1: «In der Urzeit schuf Gott den Himmel und die Erde.» Er ist mächtig, den Paradieseszustand der Urzeit wiederherzustellen (Jes. 51, 9). Er verkündet von Anfang an den Ausgang und von der Urzeit her was sich ereignet (Jes. 46, 10). In Ihm findet man eine Wohnung (s.d.) und eine Zuflucht (s.d.), so un-

endlich Er auch ist. Der ewige Gott ist der tragende Arm Seines Volkes. Die tragende Tätigkeit ist wie Er Selbst von ewiger Dauer (vgl. Jes. 40, 28; 46, 4). Mehrfach preisen die Psalmsänger die Taten Gottes aus den Tagen der Vorzeit (Ps. 44, 2; 77, 6. 12; 78, 2; 143, 4).

28. **Amen,** ein hebräisches Wort, das «treu», «wahrlich», «gewiß,» «so soll es sein!» bedeutet. Nach dem Urtext lautet in Jesaja 65, 16 der ganze Gottesname: «Elohe Amen» – «Gott des Amen». Luther übersetzt, und die LXX: «Wahrhaftiger Gott.» In neueren Übersetzungen heißt Er: «Gott der Treue» (s.d.), was auch dem hebräischen «Amen» entspricht. Er heißt «Gott des Amen» oder «Gott der Treue», weil Er alle Verheißungen in «das Ja und das Amen» umsetzt (2. Kor. 1, 20).
Es ist ein ebenso eigentümlicher Name, wenn sich Jesus «der Amen, der Treue und Wahrhaftige» (Offb. 3, 14) nennt, Er sagt damit von sich, daß Er das ist, was das Wort «Amen» sagt. Zu allem, was Gott je verheißen hat, ist Er das persönliche Amen, die persönliche Erfüllung und Verwirklichung.
Die Treue Gottes wird im Alten und Neuen Testament gerühmt, wenn Er auch nur einmal der «Gott des Amen» heißt. Moseh nennt Ihn in seinem Abschiedsliede: «El-Emunah» – «Gott der Treue» (5. Mose 32, 4a). Er wird auch «El-Emeth» – «Gott der Treue oder der Wahrheit» (s.d.) genannt (Ps. 31, 7). Treue ist der Ausfluß der göttlichen Herrlichkeit und Unveränderlichkeit, die mit Wahrheit gleichbedeutend ist. Die Treue Gottes bleibt trotz des Unglaubens Seines auserwählten Volkes (Röm. 3, 3). Er führt das Werk der Gnade und Heiligung in Seiner Treue zum Ziel (1. Kor. 1, 9; 1. Thess. 5, 24). Gott verhängt wegen Seiner Treue keine größere Versuchung über uns, als wir ertragen können (1. Kor. 10, 13). Er bewahrt vor dem Argen, dem Teufel (2. Thess. 3, 3). Wenn Christus auch die Verleugner und Ungläubigen verstoßen muß, so bleibt Er dennoch treu, wahrhaftig und beständig in dem, was Er geredet und versprochen hat (2. Tim. 2, 13). Wenn wir fest und treu sein können, ist es der Treue Gottes zu danken (2. Kor. 1, 17ss.).

29. **Anfang,** nach einigen Lesarten «der Anfang» in Kol. 1,18 im kosmologischen Sinne eine Namensbezeichnung Christi. Sprachlich ist «reschith oni», oder Erstling, Anfang meiner Manneskraft (1. Mose 49, 3) damit zu vergleichen. «Arche» – Anfang, steht in der Bedeutung von «arche» (1. Kor. 15, 20. 23) – «Erstling» (s.d.), «archegos tès zoès» (Apostelg. 3, 15) – «Fürst des Lebens» (s.d.), oder «Urheber des Lebens» (s.d.), andere übersetzen «Bahnbrecher des Lebens» (s.d.), von «protos» (Apostelg. 26, 23) – «Erstling» und noch von «proteuein» (Kol. 1, 18), – «der Erste sein, den Vorrang haben». Anfang bezeichnet Christus nach dem Zusammenhang als den, der die Siegel des Todes zuerst brach und Unsterblichkeit ans Licht brachte. Bezüglich des Todes ist Er der Herzog (s.d.) unserer Errettung, unser Bahnbrecher und Vorkämpfer. Wie Er als Erstling alles ins Leben rief, so ist Er auch der Urheber der neuen Schöpfung, der Rettung der Menschen aus Sünde und Tod.

30. **Anfang der Kreatur Gottes,** nach dem griechischen Text: «Der Anfang der Schöpfung Gottes» (Offb. 3, 14), eine Selbstbezeichnung des erhöhten Herrn. Diese Benennung berührt sich nahe mit der Bezeichnung: «Anfang und Ende» (s.d.). Jesus will damit nicht sagen: «Ich bin der Erste der Geschöpfe», sondern, «Ich bin der, aus welchem ihr Leben entsprungen ist.» Er ist das Prinzip, der Brunnquell der Schöpfung Gottes. Die Lobgesänge der ganzen Schöpfung im Himmel, auf der Erde, unter der Erde, auf dem Meere, und aller, die in ihnen sind (Offb. 5, 13), bilden für den Evangelisten Johannes einen großartigen Kommentar, wodurch er das Verhältnis des Sohnes Gottes zur Schöpfung erkannte (vgl. Joh. 1, 3ss.). Der Name «der Anfang der Schöpfung Gottes» bedeutet nicht, daß die ganze Schöpfung mit Ihm angefangen hat, sondern, daß sie von Ihm ausgegangen ist und auf Ihn hinzielt. Er ist gleichsam der Schöpfer aller Dinge.

31. **Anfang der Schöpfung Gottes,** siehe Anfang der Kreatur Gottes!

32. **Von Anfang, vor der Erde,** der ganze Vers lautet nach dem Urtext: «Von Ewigkeit her hat Jahwe mich eingesetzt, vor dem Anfang, vor den Urzeiten der Erde» (Spr. 8, 23). Hiermit wird die Ewigkeit der Weisheit und ihre Selbständigkeit bezeugt. Der seltene Ausdruck «nasak» – einsetzen, gilt von der Einsetzung in ein königliches Amt (Ps. 2, 6). Die Weisheit ist demnach eine weltbeherrschende Königin. Die Weisheit oder der Sohn Gottes, war vor dem Anfang, vor den Urzeiten der Erde. Der Anfang reicht vor der Zeit bis in die Ewigkeit zurück (vgl. Mich. 5, 2). Die ewige Zeugung des Sohnes Gottes wird ausgedrückt, so weit es sich in menschliche Worte fassen läßt.

33. **Anfang und Ende** ist die sinngemäße Erklärung von «A und O» (s.d.). Gott und Christus werden als Ursprung oder Urheber und zugleich als Endziel aller Dinge bezeichnet. Die Weltgeschichte gelangt trotz der eingedrungenen Sünde zu dem Ziele, das Gott ihr gesetzt hat (Offb. 21, 7). Er hat in Christo dem Gekreuzigten (s.d.) und Auferstandenen Sünde und Tod überwunden, und zur Erneuerung der Welt eine unerschöpfliche Quelle des Lebens eröffnet. Anfang und Ende aller Entwicklung steht in Seiner Macht, auch die Mitte steht in Seiner Hand. Das ganze geschichtliche Werden ist dauernd von Ihm bedingt. Er, der den Ursprung, den Fortgang und die Vollendung aller Geschichte hervorbringt, kann am Ende der Zeiten geben, was jeder verdient hat (Offb. 22, 7).

34. **Anfänger einer neuen Menschheit** ist keine Namensbezeichnung Jesu Christi, die in der Bibel vorkommt, sie ist vielmehr nach der paulinischen Gegenüberstellung von Adam (s.d.) und Christus formuliert worden (Röm. 5, 20ss.). Die ganze Menschheit, die von Adam herkommt, hat Christum nötig und ist für Ihn bestimmt worden. Der ganze Schaden, den Adams Fall für alle Menschen brachte, wird durch die Schöpfermacht der Gnade Gottes in Christo für die aufgehoben, die

im Glauben von Christo herstammen. So ist Christus, der zweite Adam, der Anfänger einer neuen Menschheit, der Gerechtigkeit, des Geistes und des Lebens. Kein Mensch hört auf, ein Sohn Adams zu sein, er ist der Sünde und dem Tode unterworfen. Die neue Menschheit in Christo ist und bleibt bis zum Tode und bis zum Tage Christi eine Menschheit von Adam her (1. Kor. 15, 48ss.). Soweit sie aber glaubt, hat sie aufgehört, eine alte Menschheit von Adam her zu sein, sie ist von Christus her eine neue Menschheit geworden.

35. **Anfänger und Vollender des Glaubens,** nach dem Urtext ist Jesus «der Urheber und Vollender des Glaubens» (Hebr. 12, 2). Die Englische Bibel und manche Ausleger schreiben unrichtig «unseres Glaubens». Jesus ist der Urheber und Vollender des Glaubens überhaupt. Es ist vom «Glauben Jesu Christi» die Rede. Sein Glaubenslauf und seine Glaubensüberwindung werden als Vorbild hingestellt. Durch den Namen «Urheber und Vollender» wird Jesus als der dargestellt, der den Glauben durch Ausdauer bis zum Ziele der Vollendung darstellte.
Jesus stand im gleichen Vertrauensverhältnis wie Seine Brüder (Hebr. 2. 13). Sein Bitten und Flehen, Seine Gottesfurcht, haben den Glauben zur Voraussetzung (Hebr. 5, 7. 8). Seine Vollendung im Gehorsam hielt mit Seinem Glauben Schritt (Hebr. 5, 8). Wenn wir glauben können, ist es durch Ihn zustande gekommen (vgl. Apostelg. 3, 16). Was Paulus lebte, lebte er im Glauben des Sohnes Gottes (Gal. 2, 20). Das regt an, den «Glauben Jesu Christi» (s.d.) beachten zu wollen (vgl. Röm. 3, 22; Gal. 2, 16; Eph. 3, 12; Phil. 3, 9). Man vergleiche an diesen Stellen die Fußnoten der Elberfelder Bibel. In den meisten Bibelübersetzungen wird «Glaube Jesu Christi» ungenau mit «Glaube an Jesus Christus» übertragen.

36. **Angesicht Gottes** wird im Alten Testament oft erwähnt. Die Bedeutung ist immer nach dem Zusammenhang zu bestimmen. Der hebräische Sprachgebrauch bezeichnet mit «Angesicht» (panim) häufig die Person, die einem das Gesicht zeigt, die einem erscheint und gegenwärtig ist. Das «Angesicht Gottes» bedeutet hiernach Seine Erscheinung und Seine Gegenwart. Es wird durch diese Ausdrucksweise veranschaulicht, wie Gott mit den Menschen in Beziehung treten will, oder der Mensch mit Ihm.
Die Hauptstelle (2. Mose 33, 14ss.) erklärt, daß Gottes Angesicht mit den Israeliten nach Kanaan zu ziehen gedachte. Das bedeutet, Gott geht selbst mit diesem Volke (vgl. 5. Mose 4, 37; 2. Sam. 17, 11; 2. Mose 34, 9). Er offenbart sich in einer Weise, daß Er für den Menschen erfahrbar ist. Das «Angesicht Gottes», diese Seite der göttlichen Offenbarung steht nicht widersprüchlich zu Schriftaussagen, in welchen das Schauen Gottes als eine Unmöglichkeit für den Menschen dargestellt wird (vgl. 1. Tim. 6, 16). Der sündige Mensch kann nach einer Reihe von Bibelstellen den Anblick des Heiligen nicht ertragen, ohne zu sterben (vgl. 1. Mose 16, 13; 32, 21; 2. Mose 3, 6; 19, 21; 33, 20; 4. Mose 4, 15. 20; 18, 3. 22; Richt. 6, 22; 13, 22; Jes. 6, 5). Wenn

das göttliche Angesicht für den sündigen Menschen nicht schaubar ist, so redet die Schrift dennoch von einem Reden Gottes mit Moseh «von Angesicht zu Angesicht» (2. Mose 33, 11) und «von Mund zu Mund» (4. Mose 12, 8), ja sogar, daß Moseh «Jahwes Gestalt» (themunath Jahwe) schaute. Dieser scheinbare Gegensatz löst sich auf, wenn bedacht wird, daß Gott sich in Seiner Übernatürlichkeit den Menschen in nahender und zugekehrter Gestalt offenbart.

Der Engel, durch welchen Jahwe Sein Volk erlöste, heißt «der Engel des Angesichtes» (Jer. 63, 9) (s.d.). Die Gotteserscheinung, die in der Jakobsgeschichte (1. Mose 32, 31s.) als «Angesicht Gottes» bezeichnet wird, führt Hosea auf den «Engel» zurück (Hos. 12, 4). Von hier aus ist erst der volle Sinn des hohenpriesterlichen Segens (4. Mose 6, 25ss.) verständlich: «Jahwe lasse leuchten sein Angesicht über dir und sei dir gnädig; Jahwe erhebe sein Angesicht über dich und gebe dir Frieden!» Es handelt sich hier um kein Sinnbild, sondern um ein bestimmtes, wirkliches Wohnen Gottes in Israel, das Seine göttliche Gnadengegenwart und Hilfe erfährt. Gottes Angesicht oder Gegenwart bringt umgekehrt den Feinden die Vertilgung (Ps. 21, 10). Das Verhüllen des göttlichen Angesichtes bedeutet die Entziehung Seiner Gegenwart (5. Mose 31, 17; Hiob 13, 24; Ps. 22, 25; vgl. Ps. 69, 18). Die Sünde ist schuld, wenn Gott Sein Angesicht verbirgt (Jes. 59, 2). Das Furchtbarste ist, wenn Gott einen Menschen von Seinem Angesichte verwirft (Ps. 51, 13). Die Geraden bleiben dagegen vor Seinem Angesicht (Ps. 140, 14). Das Leuchtenlassen Seines Angesichtes bedeutet Gottes Freundlichkeit und Gnade den Menschen gegenüber (4. Mose 6, 25; vgl. Ps. 31, 17). Das Erheben des göttlichen Angesichtes kennzeichnet, daß Gott im Begriffe ist, mit Seiner Gnade zu helfen 4. Mose 6, 26; vgl. Ps. 4, 7). Er hilft mit Seinem Angesicht (Ps. 42, 6). Gottes Angesicht ist für den Gerechten und Begnadigten eine Quelle der Freude und des Glückes (Ps. 21, 7; 17, 15; Hiob 33, 26). Gottes gnädiges Angesicht ist wie die hellleuchtende Sonne (Ps. 89, 16). Das Licht des göttlichen Angesichtes deckt auch die verborgenen Sünden auf (Ps. 90, 8), es richtet sich gegen die hartnäckigen Sünder (Jer. 44, 11; 3. Mose 26, 17; Ps. 34, 17). Das ewige Gericht geht von Gottes und Jesu Christi Angesicht aus (2. Thess. 1, 9; vgl. Offb. 20, 11).

Gottes Angesicht ist immer ein Hinweis auf Seine Gegenwart. Dieser Sinn kommt am umfassendsten in Psalm 139, 7-10 zum Ausdruck. Es ist hier ein Schriftzeugnis von Gottes Allgegenwart (s.d.). Die Gemeinschaft Seiner Gegenwart darf zum Gebet ermuntern, Sein Angesicht zu suchen (Ps. 100, 2; vgl. Ps. 27, 8). Im Alten Bunde war der Tempel das Unterpfand für Gottes Gegenwart, woraus sich die Sehnsucht der Verbannten nach dem Heiligtum erklärt (Ps. 42, 3). Weil das Wort die allgemeinste Offenbarungsform ist, wird auch oft die «Stimme Gottes» (s.d.) für «Gottes Angesicht» gebraucht. Ebenso ist die Redewendung «Herrlichkeit Jahwes» (s.d.) für Gottes Gegenwart gebräuchlich.

37. **Anstoß,** siehe Eckstein, Fels des Ärgernisses, Stein des Anstoßes!

38. **Anteil,** siehe Erbgut!

39. **Anwalt** wird, nach neueren Übersetzungen, Gott an einigen Stellen des Alten Testamentes genannt. Dem Ausdruck liegen die beiden hebräischen Worte «dajjan» und «goèl» zu Grunde. Das hebräische «dajjan» – «Richter» (s.d.), «Verteidiger» (s.d.) entspricht am meisten der Übertragung «Anwalt»; während «goèl» (s.d.) besser mit «Blutsverwandter» (s.d.), «Retter» (s.d.) oder «Erlöser» (s.d.) übersetzt wird. David stellte seine Sache, als er sich an Saul rächen konnte, Gott anheim, der recht richtet (1. Sam. 24, 13). Er nennt Gott seinen Anwalt (1. Sam. 24, 16). Was er sagt, erinnert an die Worte Jakobs zu Laban (1. Mose 31, 53). Der gleiche hebräische Ausdruck wird noch von David in Psalm 54, 3 ausgesprochen: «Gott, durch deinen Namen rette mich, und durch deine Kraft richte mich.» Rette mich und richte mich, oder «Hilf mir und sei mein Anwalt!», stehen zueinander in Beziehung. Wer betet, um errettet zu werden, muß eine gerechte Sache vor Gott haben, was nur sein kann, wenn Gott unser gnädiger Anwalt ist.
David ist darin ein Vorbild Christi, er verfolgte schon eine neutestamentliche Gesinnung (vgl. Röm. 12, 19-21). Die Sprache des freimütigen Glaubens nennt Gott einen «Anwalt».
Obgleich Gott erhaben über der ganzen Schöpfung steht, ist Er der Anwalt der Witwen (Ps. 68, 6). Die Vulgata übersetzt «Verteidiger». Er verhilft den Witwen zu ihrem Recht. Diese Ärmsten und Elenden sind der Gegenstand Seiner zärtlichsten Fürsorge (vgl. 2. Mose 22, 21; 5. Mose 10, 18; Ps. 146, 7-9). Die Witwen, die zu Gott in ihrer Not aufblicken, haben den treuesten Anwalt und den mächtigsten Verteidiger. Die Worte des Psalmisten haben ohne Frage dem Apostel Jakobus vor Augen gestanden (Jak. 1, 27), wenn er mahnt, die Witwen und Waisen in ihrer Trübsal zu besuchen.

40. **Apostel** heißt Jesus nach dem Habräerbrief (Hebr. 3, 1). Es wird hier nach dem ursprünglichen Sinn von «Bote» oder «Gesandter» (vgl. 1. Kön. 14, 6) gebraucht. Christus wird der Apostel genannt, weil Er von Gott gesandt wurde, um als Gottesbote den Menschen den göttlichen Heilswillen zu verkündigen. Durch Seine Sendung erging die himmlische Berufung an die Menschheit. Er ist der unmittelbare von Gott ausgesandte Apostel (Hebr. 2, 3), Seine Jünger wurden dagegen mittelbar in die Welt gesandt. Im Neuen Testament wird Jesus nur an dieser Stelle als «Apostel» bezeichnet. Das Verbum «apostellein» – senden, wird dagegen oft von der Sendung des Sohnes Gottes in die Welt gebraucht (vgl. Matth. 10, 40; 15, 24; Luk. 4, 18. 43; Joh. 3, 17. 34; Gal. 4, 4), ebenso wird «exapesteilen» – «aussenden» in diesem Sinne angewandt (vgl. Joh. 3, 13. 17. 31. 34; 6, 57; 8, 23. 26). Christus verkündigt als Apostel das Heil, während Er als Hoherpriester das Heil erwirbt und spendet.
Um ein Mißverständnis zu meiden, nennt der Hebräerbrief Ihn nicht einen «aggelos» (Engel s.d.), sondern «Apostel», das sachlich auch dem hebräischen «maleach» – Bote (s.d.) entspricht. Andere Erklärer sind geneigt, das griechische «Apostolos» hebräisch mit «scheliach» – «Gesandter» zu übersetzen (vgl. die Bedeutung von Siloah in Joh. 9, 7).

Nach dem Talmud wird «apostolos» als «scheliach beth din» (Gesandter des Gerichtshauses) und «scheliach derachamana» – «Gesandter des Barmherzigen» aufgefaßt, was aber nicht annehmbar ist. Ebenso unrichtig ist die Behauptung, Christus würde in Beziehung auf den alttestamentlichen «maleach Jahwe» Apostel genannt.
Die gläubige Gemeinde bekennt sich zu der ganzen Wahrheit und Erlösungsgnade. Jesus wird darum der Apostel und Hohepriester (s.d.) unseres Bekenntnisses genannt. Die beiden Namen, Apostel und Hoherpriester sind ein Hinweis auf Sein Lehramt und Sein Versöhnungswerk. Christus ist als Apostel Gottes Vertreter für die Menschen auf Erden; als Hoherpriester ist Er der Vertreter der Menschen vor Gott. Er, der neutestamentliche Gottesbote und Hoherpriester ist im Unterschied zu allen alttestamentlichen Gesandten Gottes und Hohenpriestern als der Größte anzusehen.

41. **Arm** (brachium) ist im Alten Testament ein Anthropomorphismus, ein sinnbildlicher Ausdruck für das Eingreifen Gottes in die Weltregierung. Der «Arm Jahwes» versinnbildlicht Gottes Kraft und Stärke. Ähnlich kennzeichnen die selteneren Redewendungen «Hand des Herrn» (s.d.) und «Finger Gottes» (s.d.) die Macht des Schöpfers (s.d.) und Erlösers (s.d.) Gottes Allmacht. Die Errettung aus der Sklaverei Ägyptens wurde dem «ausgestreckten Arm Jahwes» zugeschrieben (2. Mose 6, 6; 5. Mose 4, 34; 11, 2). Der große und ausgestreckte «Arm Jahwes» bildete den Schrecken der heidnischen Völker. Er ist auch ein Mittel, um die Nationen von der Herrlichkeit des Gottes Israels zu überzeugen (1. Kön. 8, 42; 2. Chron. 6, 22; 2. Mose 15, 16). Die Psalmisten verkündigen darum ihren Zeitgenossen den «Arm Jahwes» (Ps. 71, 18), womit in der Welt Gottes Macht und Recht aufrecht erhalten bleibt (vgl. Ps. 89, 11ss.; 98, 1).
In den prophetischen Büchern ist oft von dem «Arm Jahwes» die Rede (vgl. Jer. 27, 5; 32, 17; Hes. 20, 33ss.). Jesajah erinnert durch die Redewendung «Arm Jahwes» an die erste große Erlösung aus Ägypten. Diese Ausdrucksweise ist für ihn der sprachliche Terminus für Gottes Erlösungsmacht in Christo, die sich zu uns herabläßt (vgl. Jes. 51, 9; 52, 10; 53, 1). Christus ist geradezu der «Arm Gottes». Jesajah denkt sich unter dem Arm Seiner Herrlichkeit den Namen für den «Erlöser-Engel» selbst (vgl. Jes. 63, 12), der das Gericht und die Erlösung vollführt. Es ist Gottes Wohlgefallen, daß Er für Israels Wiederherstellung und Erlösung die Stolzen aushaut (Jes. 48, 14; 51, 9). Der Arm Jahwes erfüllt, was die Weissagung verspricht. Gottes Arm ist im Alten Testament geistlich aufzufassen, denn Er offenbart sich in Christo in ganzer Erscheinung und Person (Joh. 12, 36. 37). Der Prophet schaut Christus als den erlösenden Arm, der Heil schafft. Diese Auffassung vom «Arm des Herrn» besingt Maria in ihrem Lobgesang (Luk. 1, 51) und Paulus bezeugt die Erlösung, die davon ausgeht, den Nationen (Apostelg. 13, 17).

42. **Arzt** ist nach dem Luthertext ein Name (2. Mose 15, 26), den Gott sich selbst beilegt, um dem Volke in der Wüste Seine Hilfe zu

offenbaren. Die wörtliche Übersetzung des hebräischen Textes lautet: «Denn ich Jahwe bin es, der dich heilt!» Das urtextliche «Jahwe rapheka» erinnert an den im apokryphischen Buche Tobias genannten «Engel Raphael» – Gott heilt (Tob. 12, 15).
Gott sprach diese Worte zu Israel, als kein Trinkwasser in der Wüste, sondern nur bitteres Wasser zu finden war (2. Mose 15, 25). Jahwe wies Moseh ein Holz, das er ins Wasser warf, daß das Wasser süß wurde. Durch diese Wundertat offenbarte sich Gott als Arzt, der alle Krankheiten heilen kann. Gottes Wunderheilung wird in der ganzen Heiligen Schrift immer wieder erwähnt.
Moseh war wohl der Erste, als seine Schwester Mirjam aussätzig war, der auf dieser Zusage und Erfahrung die Bitte aussprach: «O Gott, bitte, heile sie!» (4. Mose 12, 13.) In den Psalmen und in den Propheten hat Gottes Heilmacht ein mehrfaches Echo gefunden.
König David, der durch eine tödliche Krankheit fast dem Tode verfallen war, durfte erfahren, daß Gott Ihm Heilung gewährte (Ps. 30, 3). Wie der Herr unsere äußeren Krankheiten und inneren Leiden heilt, bezeugen die bekannten Psalmworte: «Der Heilung schafft allen deinen Gebrechen» (Ps. 103, 3). Gott bedient sich für die Heilung Seines Wortes, das Er aussendet (Ps. 107, 20). Wie ein helfender Arzt heilt Gott die zerbrochenen Herzen und verbindet die schmerzhaften Wunden (Ps. 147, 3). Nach Art eines Krankenpflegers unterstützt der Herr den Kranken auf dem Siechbett. Er gibt der Krankheit eine Wendung zur Genesung, daß keine Spur des Siechtums zurückbleibt (Ps. 41, 4). Gott, den großen Arzt, bittet der Psalmsänger vor allem um Heilung seiner Seele, weil er gesündigt hat (Ps. 41, 5).
Der Prophet Jesajah mußte dem Volk das Gericht ankündigen, daß ihm tiefe Wunden geschlagen wurden. Gottes Erbarmen triumphiert, indem der Herr die Wunden des Volkes verbindet und heilt (Jes. 30, 26). Gott will in Seiner Gnade alle Wunden heilen (Jes. 57, 19). Der Prophet zeigt den leidenden Gottesknecht, durch dessen Striemen den Sündern Heilung zuteil wird (Jes. 53, 5). Hier ist die große Homöopathie, die Gleiches mit Gleichem heilt, daß die Wunden des Gottessohnes alle Sündenwunden heilen.
Jeremiah erlebte, daß falsche Propheten sich als Quacksalber an den Wunden des Volkes erwiesen (Jer. 6,14). Die Betrüger preisen ihr Universalheilmittel immer wieder an (Jer. 8, 11). Es ist keine Heilung für das Volk da, wenn auch die Kurpfuscher Heilung oder Genesung versprechen (Jer. 30, 13). Falsche Propheten sind keine Ärzte, wie es auch Hiob erfahren mußte (Hiob 13, 4). Jeremiah zeigt dem Volke, das aus allen Wunden blutet, den rechten Arzt. Der kommende König heilt durch Seine Wunden jeden, der sich Ihm völlig aufdeckt (Jer. 30, 17). Menschliches Heilen ist nur Flickwerk, Gott vollbringt eine ganze Heilung. Der Prophet bittet deshalb: «Heile mich, Jahwe, so bin ich geheilt!» (Jer. 17, 14.)
Der Prophet Hosea, der den tötenden Gotteszorn und die wieder lebendigmachende Gottesliebe verkündigt, läßt seine Volksgenossen ausrufen; die ihre Krankheit und Wunden empfinden (Hos. 5, 13): «Kommt,

laßt uns zu Jahwe umkehren, denn Er hat uns zerrissen und wird uns heilen, Er hat geschlagen und wird verbinden» (Hos. 6, 1). Wenn sich Gottes Zorn abwendet, will Er sie lieben und ihre Abtrünnigkeit heilen (Hos. 14, 4).

Im Alten Bunde möge noch die Verheißung vom Aufgang der Sonne der Gerechtigkeit (s.d.) mit Heilung unter ihren Flügeln erwogen werden (Mal. 4, 2). Gott ist der große Arzt, der alle Krankheiten heilt.

Das Neue Testament zeigt Jesus als den Arzt aller Elenden und Kranken. Er eröffnete Sein irdisches Wirken mit dem Prophetenwort: «Der Geist des Herrn (s.d.) ist auf mir, . . . zu heilen die zerbrochenen Herzen . . .» (Luk. 4, 18). Er hat unsere Schwachheiten und Krankheiten auf Sich genommen (Matth. 8, 17). Alle Kranken, die zu Ihm gebracht wurden, heilte Er (Matth. 12, 15; 14, 14).

Die Apostel bezeugten nach des Herrn Himmelfahrt dem Volke und den Ältesten Israels, Jesus von Nazareth, als den großen Arzt. Der Glaube Seines Namens gab dem Gelähmten die vollkommene Gesundheit (Apostelg. 3, 16). Es wurde allen kundgetan, daß Jesus, der Gekreuzigte und Auferstandene, den Kranken geheilt hatte (Apostelg. 4, 10). Gott wurde durch dieses Zeichen der Heilung verherrlicht (Apostelg. 4, 22). Die Jünger beteten um die Ausstreckung der Hand Gottes (s.d.) zur Heilung durch den Namen des heiligen Knechtes Jesu (Apostelg. 4, 30) (s.d.). Das sind neutestamentliche Beweise, daß Jahwe sich als der große Arzt im Namen Jesu Christi offenbart.

Gott offenbart als der große Arzt noch in Ewigkeit an den Völkern Seine Gnade, daß Er ihnen Heilung schenkt. Die Blätter am Strome des Lebens dienen zur Heilung der Nationen (Hes. 47, 12; Offb. 22, 2).

43. **Auferstehung** ist einer der heilswichtigsten Begriffe der ganzen Heiligen Schrift. Jesus sagt am Grabe des Lazarus von sich: «Ich, Ich bin (s.d.) die Auferstehung und das Leben» (Joh. 11, 25). Das griechische «ego eimi» – «Ich, Ich bin» (s.d.) ist eine Anspielung auf den hebräischen Gottesnamen «Jahwe» (2. Mose 3, 14; s.d.), womit Jesus Sein ewiges göttliches Dasein und Seine übernatürliche Majestät ausspricht. Wer in der Gedankenwelt des Alten Testamentes lebt, empfindet aus den Worten: «ego eimi» ein Zeugnis für die Gottheit Jesu Christi, die mit dem Glauben geehrt werden kann. Die beiden Worte «Auferstehung und Leben» (s.d.) bilden das Zentrum der Lazarusgeschichte.

Im nächsten Zusammenhang ist von einer leiblichen Auferstehung am jüngsten Tage die Rede. Die Worte: «Ich, Ich bin die Auferstehung» überbieten den Glauben der Martha an die künftige Auferstehung. Jesus bietet für die Gegenwart den Trost der Totenauferstehung. Das göttliche «ego eimi» beansprucht Glauben für jetzt; der lebendige Glaube an das Fortleben im Jenseits ist ins Diesseits verlegt, denn Er sagt noch, «Ich werde die Auferstehung sein». Jesus steht hier als der Lebendige, Leben gebende Gott vor Martha. Was Jesus sagt, hat den Sinn wie 5. Mose 30, 20: «Denn dies **ist** dein Leben.»

Was bedeutet der Doppelbegriff «Auferstehung und Leben»? Christus ist die Auferstehung, weil Er das Leben ist. Er hat das Leben ursprünglich in Sich Selbst (Joh. 5, 26). Er ist Leben, im Kampfe mit dem Tode, welchen Er für uns im Fleische schmeckte (Hebr. 2, 9), erwies sich das Leben als Auferstehung. Der Engel nannte Ihn am Ostermorgen «den Lebendigen» (s.d.) (Luk. 24, 5). Nicht weil Er auferstanden ist, ist Er der Lebendige, sondern weil Er der Lebendige ist, darum ist Er auferstanden. Weil Er der Lebendige ist, war es unmöglich, daß der Tod Ihn festhalten konnte (Apostelg. 2, 24). Was Jesus ist, gibt Er den Seinen (Joh. 14, 19). Er ist die Auferstehung der Sterbenden und das Leben der Lebenden.

Im brennenden Dornbusch sagte Jahwe zu Moseh: «Ich bin der Gott Abrahams, Isaaks und Jakobs» (2. Mose 3, 6). Er offenbarte sich als der lebendige Gott der schon Gestorbenen und doch Ihm Lebenden. Das ist ein großes Wort! Was Jesus sagt, ist noch größer! Der ewige Gottessohn in unserem Fleische befindet sich auf dem Wege zum Sterben durch Sein «Ich, Ich bin». Alle Unsterblichkeitshoffnungen und Auferstehungsgewißheiten werden erst fest und klar durch Sein göttliches «Ich, Ich **bin** die Auferstehung und das Leben.»

44. **Der Aufgang aus der Höhe,** griechisch «anatolè ex hyspous», der uns durch die herzliche Barmherzigkeit (s.d.) unseres Gottes besucht hat (Luk. 1, 78), wird im Lobgesang des Zacharias in der Bedeutung eines Eigennamens Jesu Christi genannt. Nach dem Vorgang der LXX ist «anatoleè» (Aufgang) in Jer. 23, 5; 33, 15; Hes. 16, 7; Sach. 3, 8; 6, 12 die Übersetzung des hebräischen «Zemach» (s.d.) – «Sproß» (s.d.). Interessant ist der Wortlaut der LXX Übersetzung in Sach. 3, 8: «Siehe, ich bringe meinen Knecht, den Aufgang»; und in Sach. 6, 12: «Siehe, ein Mann, sein Name ist der Aufgang!» Es empfiehlt sich hiernach, weil Zacharias vom messianischen Heil redet, unter «Aufgang aus der Höhe» an den aufgehenden Sproß, an den Zemach aus dem Hause Davids zu denken.

Dieser Deutung werden Bedenken entgegengestellt. Er wird gefragt: «Wie kann uns ein Sproß besuchen?, daß Er aus der Höhe kommt und einen hellen Schein verbreitet.» Neuere Erklärer verwerfen diese Erklärung. Das griechische «anatellein» – «aufgehen» wird von den Klassikern oft vom Aufgang der Sonne angewandt, aber auch in der Bibel (vgl. 1. Mose 32, 31; Mal. 4, 2; Matth. 5, 45), und «anatolè» bezeichnet den Aufgang jedes Gestirns (Matth. 2, 2. 9) und die Gegend des Sonnenaufgangs (4. Mose 21, 11; 5. Mose 4, 41. 49; Matth. 2, 1; 24, 27; Offb. 7, 2). Mit «anatolè» wird aber an keiner Bibelstelle die aufgehende Sonne benannt. Ohne Schwierigkeit könnte es jedoch als Umschreibung der Sonne angenommen werden. Es wird an Verheißungsworte erinnert: «Es wird ein Stern aus Jakob aufgehen» (4. Mose 24, 17); «Die Herrlichkeit des Herrn ist über dir aufgegangen» (Jes. 60, 1), und: «Es wird denen, die meinen Namen fürchten, die Sonne der Gerechtigkeit aufgehen und Heilung unter ihren Flügeln» (Mal. 4, 2).

Diese Auslegung wird auch beanstandet. Zacharias hätte bei dem «Aufgang aus der Höhe» an das Wort aus Jesaja 9, 1 gedacht: «Das Volk, das da in Finsternis wandelt, sieht ein großes Licht; die da wohnen im Lande des Todesschattens, über euch erscheint ein Licht.» Nach dem Zusammenhang im Lobgesang des Zacharias ist der Zweck angegeben, warum uns der Aufgang der Höhe besucht hat.
Alle Ausleger, wie Ephrem der Syrer, deuten die Redewendung: «Der Aufgang aus der Höhe» auf den Stern der Weisen aus dem Morgenlande. Eine naheliegende Beziehung sieht man auch in der vorhingenannten Maleachistelle. Die Sonne der Gerechtigkeit (s.d.) ist nach der zeitgenössischen jüdischen Literatur «der Stern des Messias». Das Testament Levis (Kap. 18) sagt von Ihm, daß Er wie die Sonne der Gerechtigkeit sein wird. Dieser Stern des Messias ist der Saturn. Tacitus sagt im 5. Buche seiner Geschichte, daß «bei den Juden der Stern des Saturn sich im höchsten Kreise und mit vorzüglicher Macht bewege». Das große Ereignis der Zeitwende war, als sich der Saturn, der Messiasstern mit dem Jupiter, dem Königsstern, im Tierkreiszeichen der jüdischen Weltvollendungshoffnung, in den Fischen, begegnete. Es war die berühmte Konjunktion im Jahre 7 v. Chr. Der Aufgang des Saturn, die anatolè im Sternbild der Fische war das große Zeichen in der Deutung auf die messianische Zeit der Erfüllung. Neben der Geschichte des Sternes der Weisen bei Matthäus ist die Redewendung im Lobgesang des Zacharias «Aufgang aus der Höhe» ein wichtiges Dokument dafür, daß Jesus nach der urgemeindlichen Tradition im Jahre 7 v. Chr. geboren wurde.

45. **Aufseher,** siehe Bischof eurer Seelen!

46. **Auge** und **Augen Gottes** werden im Alten Testament oft erwähnt. Es ist ein Anthropomorphismus. Die Schrift redet menschlich und verständlich. Manchmal sind diese Stellen wörtlich zu verstehen, vielfach sind es auch Sinnbilder. Wenn von den Augen Gottes die Rede ist, dann steht außer 1. Mose 6, 11 und Jos. 2, 5 immer der Gottesname Jahwe (s.d.), aber nie der Name «Elohim» (s.d.) damit in Verbindung. Das ist zu beachten. Der Name des Bundesgottes, des Gottes der Offenbarung, die im menschgewordenen Sohne, in Christo, ihren Höhepunkt erreicht hat, steht fast immer mit den Augen Gottes im Zusammenhang. So ist darum von den «Augen Jahwes» die Rede, es dürfte darin ein weissagender Hinweis auf die Menschwerdung Christi liegen. Das Neue Testament, das die vollkommenste Gottesoffenbarung in Christo verkündigt, spricht an keiner Stelle von den Augen Gottes.
Die Augen Jahwes sind ein Symbol Seiner Allwissenheit (s.d.), alles ist vor Ihm aufgedeckt (Ps. 139, 16; vgl. Hebr. 4, 13). Sein Auge ist ein Organ des Wohlgefallens und der Gnade (s.d.) (vgl. 1. Mose 18,3; 2. Mose 34, 9). Wenn Jahwe Seine Augen über jemand auftut, dann bedeutet dies Seine Huld (2. Chron. 6, 40), oder auch Sein strafender Ernst (2. Kön. 19, 16; Jes. 37, 17).

Jahwe richtet Seine Augen auf die Schöpfung und auf die Wege der Menschen (Jer. 32, 19). Seine Augen schauen an allen Orten (Spr. 15, 3) und durchdringen alle Länder (2. Chron. 16, 9). Sie können zum Guten leiten (Ps. 32, 8), aber auch Strafe enthüllen (Am. 9, 4). Die Hohen werden durch Seine Augen erniedrigt (2. Sam. 22, 28). Die Ruhmredigen bestehen nicht vor Seinen Augen (Ps. 5, 6). Seine Augen schauen auf die Treue im Lande (Jer. 5, 3) und auf die Gerechten (Ps. 34, 16).
In der Offenbarung ist noch dreimal von den Augen des Menschensohnes die Rede (Offb. 1, 14; 2, 18; 19, 12), die wie Feuerflammen sind. Dadurch wird Seine Allwissenheit und Wachsamkeit für die Gemeinde ausgedrückt. Das Lamm (s.d.) hat sieben Augen, welche die sieben Geister Gottes sind (Offb. 5, 6). Dieser Bericht erinnert an zwei Weissagungen Sacharjas (Sach. 3, 9; 4, 10). Die sieben Augen Jahwes werden als die Kräfte Gottes aufgefaßt, die über und in der Schöpfung walten. Die sieben Augen Jahwes und des Lammes werden als Geister Gottes auf die ganze Erde ausgesandt (Sach. 4, 10; Offb. 5, 6). Es ist die Vollkommenheit des Geistes Gottes, der auf Christum ruht.

47. **Der Auserwählte Gottes** kommt nur einmal im griechischen Text des Neuen Testamentes vor (Luk. 23, 35). Die Obersten verspotteten den Herrn am Kreuze, indem sie sprachen: «Andere hat er errettet, er rette sich selbst, wenn er Christus ist, der Auserwählte Gottes!» Die vorübergehenden Spötter hatten eine andere Auffassung vom Auserwählten Gottes. Sie erfüllten durch ihren Hohn die Weissagung des Psalmisten (Ps. 22, 8). Das Zeugnis Johannes des Täufers lautet nach einer anderen Leseart: «Denn dieser ist der Auserwählte Gottes» (Joh. 1, 34). Der gleiche Name für Jesus wird vom Vater im Himmel am Berge der Verklärung ausgesprochen: «Dies ist mein Sohn, der Auserwählte, ihn hört!» (Luk. 9, 35.) Diese neutestamentlichen Schriftworte erinnern an die Weissagung Jesajahs vom «Knechte Jahwes» (s.d.): «Siehe, mein Knecht, ich werde ihn stützen, mein Auserwählter, an welchem meine Seele Wohlgefallen hat . . .» (Jes. 42, 1). Er war durch Gottes Heilsrat dazu auserwählt, am Kreuze das Werk der Erlösung zu vollbringen (vgl. Hebr. 10, 7-10). Obgleich Er den Vater um mehr als 10 Legionen Engel bitten konnte, um Sich zu befreien und Seine Feinde vernichten, fügte Er Sich als Gottes Auserwählter in den göttlichen Rat zu unserer Erlösung. Er war von Gott dazu auserwählt, das Kreuz zu erdulden und um die nachfolgenden Herrlichkeiten zu empfangen. Von der Erwählung Gottes her gesehen ist das ganze Erdenleben Jesu Christi bis zu Seinem Leiden und Sterben erst verständlich. So oft der Herr dem göttlichen «Muß» Folge leistete (vgl. Matth. 16, 21; Mark. 8, 31; Luk. 9, 22; 17, 25; 24, 17. 26. 44. 46), handelte Er als «Auserwählter Gottes.»

48. **Ausgang** steht an verschiedenen Stellen des Alten und des Neuen Testamentes in heilsgeschichtlicher Bedeutung. In den Psalmen und im Propheten Hosea werden Seiten des göttlichen Heils damit verbun-

den. Während der Verklärung sprachen Moseh und Eliah über den Ausgang Christi in Jerusalem.

1.) Der Psalmist rühmt: «Unser Gott, ist ein Gott der Errettungen (s.d.) und Jahwe dem Herrn sind des Todes Ausgänge» (Ps. 68, 21). Es ist nicht ohne Grund, daß Gott ein Gott der Errettungen genannt wird. Wenn auch der Tod die Seinen unzählige Male umlagert und in vielfältiger Weise einengt, so hat Gott dennoch manche Arten der Rettung und Bereitschaft. Der Psalmsänger denkt zunächst an eine Rettung aus großen Gefahren, sachlich kann aber auch an einen eigentlichen Tod gedacht werden. Von einer Rettung aus dem Tode ist noch in Psalm 48,15 die Rede: «Denn dieser Gott ist unser Gott immer und ewig, er führt uns über den Tod hinaus!» Der hebräische Text an dieser Stelle bereitet keine geringen Schwierigkeiten. Die Wortabtrennung, die Punktierung und Änderungsvorschläge des urtextlichen «al muth» ergeben einen unterschiedlichen Sinn. Es ist immer noch am sinnreichsten: «Über den Tod hinaus» zu übersetzen. Schon Hieronymus erklärte ganz gut: «Er selbst wird unser Führer im Tode sein!» Nach einer anderen Leseart: olamoth «in die Ewigkeiten» bedeutet der Vers, daß Gott in die Ewigkeiten, in diese und in die künftige Welt die Seinen leitet. Aquila übersetzt: «Athanasia» – Unsterblichkeit. Gott führt hiernach in die Welt, wo kein Tod ist.

In starker Zuversicht rühmt der Dichter: «Fürwahr, Gott errettet meine Seele aus der Hand des Scheol, denn er nimmt mich auf» (Ps. 49, 16; vgl. Ps. 89, 49; Hos. 13, 14). Wie er sich diese Erlösung denkt, zeigt er in dem Nachsatze: «Denn er nimmt mich auf!» Diese Worte enthalten eine Anspielung auf die Entrückung Henochs (1. Mose 5, 24) und auf die Himmelfahrt Eliahs (2. Kön. 2, 5. 10). Es ist die gleiche Hoffnung, die der Dichter des bekannten 73. Psalmes ausspricht: «Du nimmst mich mit Ehren hinweg!» (Ps. 73, 24). Hier sind Hinweise, die über die trostlose Vorstellung von dem Wege aller Menschen in die Tiefen des Scheols weit hinausweisen. Der Glaube, daß Gott Ausgänge des Todes hat, ist ein kühner Aufschwung. Selbst wenn der Tod schon eingetreten ist, hält er die Erlösung für ganz gewiß. Die Bitte: «Bist Du nicht von Urzeit her. Jahwe, mein Gott, mein Heiliger (s.d.), laß uns nicht sterben!» (Hab. 1, 12), kann Erhörung finden, weil Er die Ausgänge des Todes besitzt. Der ganze Lobpreis gilt erfüllungsgeschichtlich Ihm, unserem Retter und Erlöser, der das ausgangslose Gefängnis des Todes geöffnet hat, weil Er die Schlüssel des Hades und des Abgrundes hat (Offb. 1, 14).

2.) Der Prophet Hosea bezeugt von Gott: «Denn sein Ausgang ist fest wie die schöne Morgenröte» (Hos. 6, 3). Es ist ein Bild aus der Natur für Gottes herrliche Erscheinung. Bildlich steht der Ausgang des Morgenrotes von dem wieder hervorbrechenden Licht des Heils nach der Nacht des Unglücks. Gott läßt das Licht aufgehen wie den Ausgang der Morgenröte (Jes. 58, 8). Wie die aufgehende Sonne durch ihren Vorboten der Morgenröte den Himmel allmählich rötet, so überwindet die Liebe Gottes die Finsternis des Zornes. Wer keine Morgenröte hat, ist in der Nacht des Todes ohne Aussicht auf das Licht des

Heils (Jes. 8, 20). Sein Ausgang, der wie die Morgenröte feststeht, kündigt den Tag des Heils an, der alle Finsternis vertreibt (vgl. Jes. 60, 2). Wenn große Gerichte wahre Buße und Sehnsucht nach Ihm geweckt haben, kommt der volle Ausgang der Morgenröte in dem Messias (2. Sam. 23, 4; Ps. 72, 6).

3.) Moseh und Eliah sagten am Berge der Verklärung dem Herrn Seinen Ausgang, der in Jerusalem vollendet werden sollte (Luk. 9, 31). Der griechische Text hat den gewählten Ausdruck «exodos» – Ausgang. Es wurde Ihm der Tod für die Sünde und Schuld der Menschen angekündigt. Ihm wurde aber auch gezeigt, wie Er aus dem Tode ins Leben hinübergehen werde, um die ganze Erlösung zu vollbringen und den Ausgang des göttlichen Heilsrates darstellen und erfüllen sollte (vgl. Hebr. 10, 11. 12). Es ist nicht nötig, den Ausgang Christi nur als Seinen Kreuzestod zu verstehen. Alles, was Ihm in und um Jerusalem begegnete, Sein Leiden, Sein Tod, Sein Begräbnis, Seine Auferstehung und Himmelfahrt, gehört zu diesem Ausgang.

49. **Ausgang und Anfang von Ewigkeit her** heißt in Micha 5, 1 wörtlich: «Seine Ausgänge sind von Urzeit her, seit ewigen Tagen.» Die LXX übersetzt: «Und Seine Ausgänge sind von Anfang her, ewiglich von Tagen.» Die Vulgata überträgt: «Und Sein Ausgang ist von Anfang, von den Tagen der Ewigkeit her.» Die Worte: «Seine Ausgänge» haben den Auslegern von jeher Schwierigkeiten bereitet. Das hebräische «moza» kann einen Ausgangs-Ort, oder -Punkt und Zeitpunkt bedeuten. Es wird durchweg an Seine Ausgangsörter gedacht, von welchen der Messias ausgegangen ist. Die Orte, von welchen der Messias ausgegangen ist, sind die Urzeiten, die Tage der Ewigkeit. Die Worte: «Von der Urzeit, von den Tagen der Ewigkeit» enthalten eine Steigerung. Zuerst wird die Existenz Christi vor Seiner zeitlichen Geburt in Bethlehem betont und sie wird gegen alle der Ewigkeit begründet. Im Gegensatz zur menschlichen Niedrigkeit Jesu Christi wird der göttliche große Ursprung geltend gemacht: Schon nach Micha 5, 3: «Und er wird stehen, und wird weiden in der Kraft Jahwes und in der Hoheit des Namens Jahwes, seines Gottes» erscheint Jesus mit Gott in innigster Verbindung. Ihm gehört die Fülle der göttlichen Kraft und Majestät ganz an, was über jede menschliche Stufe weit hinausgeht. Mit dieser Stelle geht Jesaja 40, 5 Hand in Hand, nach welcher durch die Erscheinung Christi die Ehre Jahwes offenbar wird. Es ist hier eine der alttestamentlichen Weissagungen, die bezeugen, daß Christus Gott ist und daß Er schon dagewesen ist, ehe Er ins Fleisch kam.

Die Ausgangspunkte Jesu Christi sind von Urzeit her, von den Tagen der Ewigkeit. Da läßt sich weder Anfang noch Ende fassen. Hier spricht man mit Recht von der Ewigkeit des Sohnes Gottes. Der Prophet redet in Worten von der Ewigkeit, welche die Zeit ausdrücken, daß die Schranken des Zeitlichen gleichsam vom Gedanken an die Ewigkeit durchbrochen werden. Die Mehrzahl «Ausgänge» deutet an, daß es kein einzelner Ausgangsort, Ausgangspunkt und keine einzelne Ausgangszeit ist, aus welcher der Sohn Gottes hervorgegangen ist. Er steht ja im Gegensatz zu allem Räumlichen und Zeitlichen. Christus, der durch Seine Menschwerdung in Bethlehem geboren wurde, existierte vor aller Zeit und vor allen sichtbaren und erschaffenen Dingen (vgl. Spr. 8, 22s.; Joh. 1, 1). Die Ausgänge, aus welchen der Sohn Gottes hervorging, sind die Vorzeit und die Ewigkeit. Er heißt darum auch «Vater der Ewigkeit» (vgl. Jes. 9, 6).

50. **Ausleger** ist in der Elberfelder Bibel die Wiedergabe des hebräischen «meliz» – Dolmetscher (s.d.), Unterhändler, Mittler (s.d.) in Hiob 33, 23; eines nicht gewöhnlichen Engels, sondern des «Engels Jahwes» (s.d.), oder des «Sohnes Gottes» (s.d.). Der dunkle Vers kann übersetzt werden: «Wenn für ihn ein Engel als Mittler (s.d.) vorhanden ist, einer aus Tausend, zu verkünden dem Menschen Seine Gerechtigkeit.» Die LXX übersetzt ungenau: «Wenn gleichsam todbringende Engel sein werden, nicht einer von ihnen wird ihn verwunden, wenn er im Herzen beabsichtigt, zum Herrn umzukehren.» Das urtextliche «meliz» hat den Sinn von Redner, Mittler (s.d.), Fürsprecher (s.d.), Paraklet (s.d.), Tröster (s.d.), Dolmetscher, Bote (s.d.). In diesem Zusammenhang ist von der Krankheit eines Menschen die Rede, die um ein Haar tödlich verläuft, durch welche Gott etwas Besonderes zu sagen hat. Aufschlußreich ist die Begründung der Abwendung des Unheils, für die Rettung aus Todesnot. Die Erwähnung des Mittlers oder Fürsprechers aus Tausenden und eines Auftrages gewährt einen tiefen Einblick in die Engelwelt. Der gute Ausgang der tödlichen Krankheit wird durch den Meliz, den Mittler, den Fürsprecher bewirkt. Die Fürbitte des Mittlers aus Tausenden, der Seinesgleichen in der Engelwelt nicht hat, gilt vor Gott so viel, daß die Macht der tödlichen Krankheit gebrochen wird. Was Elihu hier ausspricht, grenzt nahe an das Geheimnis des Einen Mittlers zwischen Gott und den Menschen (1. Tim. 2, 5), von dem vieles bis auf die letzten Zeiten verborgen war. Es ist hier eines der schönsten Zeugnisse des Altertums von dem Messias, dem einzigen Mittler und Fürsprecher bei Gott.

Elihu, der Freund Hiobs, schildert in diesem Zusammenhang (Hiob 33, 23-26) neutestamentlich gesehen die Erlösung und Rechtfertigung aus Gnaden. Seine Ausführungen haben Ähnlichkeit mit dem 103. Psalm. Der Sprecher zeigt, wie die Trübsal, wenn sie aufs Höchste gestiegen ist, durch die Vermittlung des Messias, des Fürsprechers und Bundesengels, ein Siegel der Verheißungen Gottes von der Gnade in Christo wird. Es ist erstaunlich, daß Elihu über das große Geheimnis, das bis auf die letzten Zeiten verborgen blieb, ein so helles Licht hatte. Bündig und schön ist von dem Erlöser der Menschen die Rede. Was hier berichtet wird, gehört zu den herrlichsten und klarsten Zeugnissen des Alten Bundes von dem einzigen Mittler bei Gott.

Der Engel ist nicht ein gewöhnlicher, sondern der «Engel Jahwes» (s.d.), der Sohn Gottes, der schon im 1. und 2. Buche Moseh oft genannt wird. Er ist es vor allem, der aus dem Schoße Gottes hervorkommt und zu den Menschen gesandt wird. Engel ist eben nach der Grundbedeutung des hebräischen und griechischen Wortes ein «Bote»

oder ein «Gesandter». Hier wird nicht die Natur, sondern der Dienst des Engels Jahwes gezeigt. Er ist der Meliz, der Mittler (s.d.), der Paraklet (s.d.), Tröster (s.d.) und Fürsprecher (s.d.), der uns Seine Gerechtigkeit kundtut, um Seinen Begnadigten die wahre Gerechtigkeit zu schenken.
Elihu steht dem Geheimnis des Mittlers sehr nahe, der Sein Leben zum Lösegeld für viele gegeben hat (Matth. 20, 28). Dieser Dolmetscher oder Mittler hat in der Engelwelt nicht Seinesgleichen, denn Er ist der einzige Mittler zwischen Gott und Menschen (1. Tim. 2, 5).

51. **Ausrichter** kommt in der Lutherbibel nur in Hebräer 7, 22 vor. Es ist eine sprachwidrige Übersetzung des griechischen «eggyos», was eigentlich «Bürge» (s.d.) bedeutet. Jesus ist Bürge eines besseren Bundes geworden. Nach dem Zusammenhang wurde Christus Hoherpriester nach der Ordnung Melchisedeks, der Bürge des Neuen Bundes. Die Bürgschaft aus Christi Kreuzestod zu folgern, ist unrichtig, weil Sein Tod nicht den Neuen Bund zur Voraussetzung, sondern zur Folge hat. Durch Seinen Kreuzestod ist wohl der Bund gestiftet worden; es handelt sich hier aber um die Aufrechterhaltung des bereits gestifteten Bundes. Weil Jesus zum wahren und ewigen Hohenpriester des neutestamentlichen Bundesvolkes gemacht worden ist, darum ist Er der Bürge dafür, daß es einen Neuen und besseren Bund gibt, und daß dieser Bund ein ewiger ist. Es wird also der Gnadenbund des Neuen Testamentes verbürgt. Jesus ist der Bürge dieses Bundes, der als Hoherpriester die Menschen vor Gott vertritt und ihnen die Teilnahme an den Segnungen dieses Bundes gibt.
Das Stammwort des griechischen «eggyos» – Bürge ist «eggyan» – in die Hand übergeben; ein Pfand übergeben, daher verbürgen. Im Hebräischen ist Pfand, «arrabon», eine Ableitung von «ereb» – Bürge sein. Ausleger, welche «eggyos» und «mesistes» – Mittler (s.d.) für identische Begriffe halten, leiten «eggyos» von «eggys» – nahe, oder «eggyzein» – nahen, ab. Es ist demnach ein Bürge eines Vertrages, der zwischen zwei Parteien geschlossen wird, daß er für die Zuverlässigkeit des Vertrages eine Fürsprache leistet. Er bringt beide Parteien näher und wird so der Mittler für beide. Bei dieser Auslegung werden beide Begriffe vermischt. Ein Bundesmittler ist etwas anderes als ein Bundesbürge. Jesus kann eben der Bürge des Neuen Bundes sein, weil Er vorher und jetzt noch ein Mittler ist.
In Christus dem Bürgen hat sich erfüllt, was der Prophet Jeremiah ausspricht: «Und sein Herrlicher soll aus ihnen hervorkommen, und ihr Herrscher mitten von ihnen ausgehen, und ich werde ihn sich nähren lassen und er soll mir nahen, denn wer ist der, der mit willigem Herzen sich als Bürge zu mir nahet?» (Jer. 30, 21.) Es ist hier von einem Nahen in vollem Bewußtsein und von einer Bürgschaft die Rede, die kein Sterblicher ohne zu sterben wagen konnte. Um vor der Zunge der Stolzen bestehen zu können, bittet der Psalmist: «Sei Bürge für deinen Knecht zum Guten!» (Ps. 119, 122.) Jahwe soll sich zwischen Ihn und Seine Feinde stellen, um Ihn als Bürge zu vertreten (vgl. Hiob 17, 3; Jes. 38, 14). Jesus, der Bürge des Neuen Bundes ver-

bürgt den an Ihn Glaubenden die völlige Versöhnung mit Gott. Er hat die Bürgschaft vor Gott für uns übernommen, um an unserer Stelle die Schuld abzutragen.

52. **Baal** bedeutet «Herr, Besitzer, Eheherr und Gemahl». Es war eine kanaanitische Gottheit. Der Name dieser heidnischen Gottheit wurde eine Zeit auf Jahwe übertragen. Um das zu verstehen, sind die religionssynkretischen Bestrebungen in Israel kurz zu erwägen. Eine offene Opposition gegen den wahren Gott, wie zur Zeit des Königs Ahab, fand nicht immer statt. Äußerlich wurde Jahwe die Treue gehalten, daß Seine Feste gefeiert und die vorgeschriebenen Opfer dargebracht wurden. Daneben dachte man aus, wie sich der Baalsdienst mit dem Dienste Jahwes vereinigen ließ. Den heidnischen Göttern gewährte man Anerkennung, die Heiden erkannten Jahwe, den Bundesgott Israels an. Die gegenseitige Toleranz ging so weit, daß alle Völker ihren höchsten Gott mit dem Namen «Baal» benannten. In Israel wurde versucht, den Anforderungen Jahwes zu genügen, und man neigte sich vor den Götzen der umliegenden mächtigen Völker. Die Grenzen zwischen Gott und Baal wurden aufgehoben. Jahwe und Baal wurden identifiziert. Jahwe nannte man auch Baal (Hos. 2, 16). Man feierte die Tage Jahwes (Hos. 2, 13), aber auch die Tage der Baalim (Hos. 2, 15). Die Feindseligkeit gegen den Jahwedienst war aufgehoben, aber eine weit gefährlichere Religionsmengerei oder ein Religions-Synkretismus wurde herrschend. Äußerlich galt der Jahwedienst, innerlich erhob sich der Baalsdienst zur Alleinherrschaft.

Die Gemeinde Israels vergleicht Hosea mit einem Weibe, das seinen Mann vergessen hat und seinen Buhlern nachläuft. Der Götzendienst ist nach der prophetischen Bildersprache ein Abfall oder Ehebruch. Der Baalsdienst war ein Bruch des Ehebundes, den Gott mit Israel geschlossen hatte. Die Vermengung des Jahwedienstes mit dem heidnischen Götzendienst führte dahin, daß Jahwe «Baal» genannt und als «Baal» verehrt wurde. Die Vielgötterei und die Religionsmengerei wurde abgeschafft, daß es dahin kommen werde, was Hosea weissagt: «Und es geschieht an jenem Tage, spricht Jahwe, wirst du mich rufen mein Mann und nicht mehr rufen mein Baal» (Hos. 2, 18).

Es ist ein Werk der göttlichen Gnade, daß Jahwe «mein Mann» genannt wird und nicht mehr «mein Baal». Jahwe ist der Eheherr Seines israelitischen Volkes (vgl. Jes. 54, 5. 6; 62, 4; 2. Sam. 11, 26). Jahwe wird von der Gemeinde als ihr Ehegemahl und ihr Schöpfer (s.d.) betrachtet. Obgleich die Gemeinde im Vergleich zu Jahwe schwach ist, ist sie von Gott geliebt, die Ihn zum Herrn und Gemahl hat. Dieses Liebesverhältnis zu Gott äußert sich in Ehrfurcht, daß der Name der Baalim nicht mehr über die Lippen gebracht wird (Hos. 2, 19). Der Wortlaut dieser Verheißung ist aus 2. Mose 23, 13 entlehnt: «Und in allem, was ich euch zu sagen habe, sollt ihr bewahren, und an den Namen anderer Götter sollt ihr nicht gedenken, nicht soll er von deinem Munde gehört werden!»

53. **Bahnbrecher** siehe Durchbrecher!

54. **Barmherzigkeit,** hebräisch rachamim, griechisch splagchma, bedeutet eigentlich «Eingeweide», als Sitz des zarten Mitgefühls (vgl. Spr. 12, 10). Es ist Gottes Erbarmen mit dem Hilfs- und Heilsbedürftigen (Ps. 25, 6; 40, 12; 51, 3).
Das Alte Testament vergleicht Gottes Barmherzigkeit mit dem Mitleid des Weibes, das ihres Kindes nicht vergißt (Jes. 49, 15). Der Mensch ist in seinem Elend als Sünder ein Gegenstand des göttlichen Erbarmens (Jes. 49, 13; Klagel. 3, 31. 33). Wegen der herzlichen Barmherzigkeit (splagchma tou eleous) vergibt Gott die Sünde (Luk. 1, 78). Gott erbarmte Sich der Stadt Niniveh wegen der vielen Menschen und Tiere in ihr (Jon. 4, 11). Die Barmherzigkeit ist Gottes tiefstes Wesen. Sie ist Gottes Eigenart, daß Er Sich des Elenden erbarmen muß (Jes. 54, 10; Jer. 31, 20). Oft rühmt die Schrift die Fülle der göttlichen Barmherzigkeit in den Doppelbegriffen «barmherzig und gnädig» (2. Mose 34, 6; Ps. 86, 15; 145, 8, Jon. 2, 13; 4, 2), und «Barmherzigkeit und Treue» (1. Mose 32, 11).
Gottes Barmherzigkeit hat keine Grenzen, sie ist von ewiger Dauer (Ps. 23, 6). Sie besteht in unverdienter Güte am Elenden (Jes. 49, 13; Klagel. 3, 22; Hab. 3, 2). Gott übt vor allem Seine Barmherzigkeit an Israel. Das bezeugen sehr deutlich die fünf Bücher Mosehs, die Chronika und die Bücher des Esra und des Nehemiah, im Blick auf Gottes Führungen. Weil sich Seine Barmherzigkeit am tiefsten in der Vergebung der Sünden offenbart, berufen wir uns vor Gott nicht auf unsere Gerechtigkeit, sondern auf Seine große Barmherzigkeit (Dan. 9, 18). Seine Barmherzigkeit wird durch Umkehr erlangt (Jes. 55,7).
Das Neue Testament rühmt auch den Reichtum der göttlichen Barmherzigkeit (Röm. 9, 15s.; vgl. 2. Mose 33, 19; 2. Kor. 1, 3; Eph. 2, 4). Das Gleichnis vom verlorenen Sohn offenbart vor allem das göttliche Erbarmen (Luk. 15, 11-32). Gottes Erbarmung wird nicht durch unser Tun verdient (Tit. 3, 5). Sie ist ein freies Geschenk (Luk. 1, 78). In Christo erscheint die ganze Fülle des göttlichen Erbarmens. Ihn jammerte des Volkes, oder Er wurde von Erbarmen ergriffen (Matth. 9, 36; 14, 14; 15, 32). Zu Ihm riefen die Menschen in ihrer Not: «Erbarme Dich unser!» (Matth. 9, 27; 15, 22; 17, 15; Mark. 9, 22; 10, 47; Luk. 17, 13.) Er wurde uns Menschen in allem Elend gleich, um Sich über uns erbarmen zu können (Hebr. 2, 17). Christi Vollmacht besteht darin, daß Er Sünde vergibt und die Wiedergeburt schenkt (1. Petr. 1, 3; Tit. 3, 5). Gott will Sich aller Menschen, die im Unglauben leben, erbarmen (Röm. 11, 32).

55. **Baum des Lebens** stand in der Mitte des Gartens Eden (1. Mose 2, 9). Er wird nicht so genannt, weil der Mensch sein Leben von ihm hat. Jener Baum konnte dazu dienen, das menschliche Leben vor dem Tode zu bewahren. Wenn es Gott gefiel, vermochte der Lebensbaum, ohne den Tod zu schmecken, ins himmlische Freudenleben zu versetzen. Es ist nicht bekannt, wie dieser Baum beschaffen war und welche Früchte er trug. Der Baum des Lebens ist neben dem Baum der Erkenntnis ein anderes Gewächs.

Die verbotene Frucht vom Baum der Erkenntnis bewirkte den Tod (1. Mose 2, 17). Der Lebensbaum hebt die Todeswirkung des Erkenntnisbaumes auf. Der Genuß von der Frucht dieses Baumes ist nicht verboten. Die Kraft und das Wesen des Lebensbaumes war dem Menschen nicht bekannt geworden. Es sollte erst nach seiner Bewährung geschehen. Nach dem Sündenfall wurde der Mensch der Möglichkeit seines Genusses entrückt. Die Entfernung der menschlichen Stammeltern aus dem Paradiese und die Bewachung zum Wege des Lebensbaumes ist eine Tat der göttlichen Fürsorge. Der Mensch ließ sich verführen, um Böses und Böse zu erkennen. Die weitere Verführung um die Unsterblichkeit zu erlangen machte Gott zunichte (1. Mose 3, 22). Die Unzulänglichkeit zum Baume des Lebens zeigt, daß der Mensch das ewige Leben empfängt, wann und wie Gott es will.
Der Baum des Lebens, und was heilsgeschichtlich damit zusammenhängt, ist christozentrisch zu erläutern. Die Austreibung aus dem Garten Eden und die Bewachung des Weges zum Baume des Lebens hat das Paradies nicht vernichtet und den Lebensbaum nicht weggeschafft. Christus kann das Paradies wieder geben (Luk. 23, 43) und Er vermag, den Genuß vom «Holz des Lebens» zu gewähren, wann und wem Er will (Offb. 2, 7; 22, 2. 18).

56. **Baumeister** des himmlischen Jerusalem ist Gott (Hebr. 11, 10). Der hierfür zu Grunde liegende urtextliche Ausdruck «technites» bedeutet, daß Gott einen Plan für diesen Bau entworfen hat. Die Vulgata übersetzt «technites» mit «artifex», was mit Kunstmeister, Werkmeister, Bildner und mit dem entsprechenden Worte «Techniker» wiedergegeben werden kann. Das himmlische Jerusalem ist nicht von Menschenhänden erbaut, seine Pläne wurden von keinem menschlichen Verstande entworfen, sondern Gott ist der Baumeister und Architekt, der die Pläne und Zeichnungen entworfen hat.
Schon im Alten Bunde entwarf Gott den Plan und das Modell der Hütte des Zeugnisses (2. Mose 25, 9. 40; 26, 30; Apostelg. 7, 44; Hebr. 8, 4. 5). Jahwe hatte sogar das Material und die Maße der Zelthütte genau angeordnet, daß von einer architektischen Berechnung die Rede sein kann (2. Mose 38, 21). Das hebräische «thabenith», das von «banah» – bauen abgeleitet ist, bedeutet ein Bild jeder Art (5. Mose 4, 17), einen Grundriß (1. Chron. 28, 11), einen Abriß (2. Kön. 16, 10), dann ein Muster oder ein Modell. Die LXX übersetzt «thabenith» in 2. Mose 25, 40 mit «kata ton typon» – nach dem Vorbild. Moseh schaute ein vollständiges Muster oder Modell, das Gott selbst entworfen hatte, nach welchem die Zelthütte mit allen ihren Geräten gebaut werden mußte.
Der salomonische Tempel wurde auch nach einem Muster oder Modell gebaut, das durch den Geist in David war (1. Chron. 28, 11. 12. 18. 19). Gott ließ auch den Propheten Hesekiel die Maße des künftigen Tempels genau angeben (Hes. 40-42). So offenbart Sich Gott als der Baumeister Seines Heiligtums, der alle Pläne dafür bis ins Einzelne

entwirft. Menschliche Überlegung und Willkür hat hier kein Recht. Wer an Seinem Hause baut, muß Seinen Entwurf und Seine Pläne genau befolgen.
Gott ist auch der Baumeister des irdischen Jerusalem. Von dieser Tatsache war der Israelite des Alten Bundes tief beeindruckt. Wenn David auch Jerusalem gebaut hat, so spricht er doch die Bitte aus, daß Gott Jerusalems Mauern bauen möge (Ps. 51, 18). Ihm vertraut man, daß Er Zion bauen wird (Ps. 102, 16; 147, 2). Die Arbeit aller Bauleute ist vergeblich, wenn Jahwe nicht das Haus baut (Ps. 127, 2).

57. **Becher,** hebräisch «kos» ist oft das Bild für das zugeteilte Geschick und Los in der Welt. Der Psalmist sagt: «Jahwe ist mein Becher» (Ps. 16, 5). Gott ist die einzige Quelle seiner Glückseligkeit. David sagt von des Herrn treuer Hirtensorge: «Mein Becher ist Überfluß» (Ps. 23, 5). Er genießt die sättigende Fülle. Jahwe ist für die Seinen ein Becher, der nie leer wird und nicht dursten läßt, der Quell aller Güter, der reichlich versorgt mit allem, was auf dem Lebensweg zur Erquickung dient. Das Bild vom Becher hat noch eine andere Anwendung. Von den Frevlern heißt es: «Feuer, Schwefel und Glutwind sei das Teil ihres Bechers» (Ps. 11, 6). Es ist, was ihnen als zu leerender Inhalt ihres Kelches zugeteilt wird. Der Becher ist sonst noch die bildliche Bezeichnung des Unglücks (vgl. Ps. 75, 9; 60, 5). Was Obadjah mit kurzen Skizzenstrichen zeichnet, führen Jesajah (Jes. 51, 17), Hesekiel (Hes. 23, 24), besonders Jeremiah ausführlich aus (Jer. 25, 15. 27; 48, 26; 49, 12). Ganz im Gegenteil dazu rühmt der Dichter: «Den Becher der Errettung will ich erheben» (Ps. 116, 13). Es ist ein Dank für das erlebte vielseitige und reiche Heil. Feierlich wird der Kelch emporgehoben und getrunken. Der Sänger hat hier das Schelamim, Dankopfermahl, im Sinn, wobei in dankbar fröhlicher Stimmung gegessen und getrunken wird.

58. **Befreier in Zeit der Bedrängnis** nennt Jeremiah Jahwe in seinem Gebet neben dem Gottesnamen «Hoffnung Israels» (s.d.). Luther übersetzt den Namen mit Nothelfer (s.d.).

59. **Beistand** siehe Helfer!

60. **Belohner** ist in Hebräer 11, 6 die Übersetzung des griechischen «misthapodotes» – Lohnvergelter. Luther überträgt «Vergelter» (s.d.). Der Ausdruck steht nur an dieser Stelle. Im Hebräerbrief kommt noch dreimal das Dingwort «misthapodosia» – Lohnerteilung, Lohnvergeltung vor (Hebr. 2, 2; 10, 35; 11, 26). Es ist ein volltönendes Kompisitum, es ist sachlich mit dem einfachen «misthos» – Lohn gleichbedeutend. Nach der Zusammensetzung von «misthos» – Lohn und «apodidomi» wieder zurückgeben, gibt Gott wieder zurück, was der Mensch Ihm gegeben hat. Der Lohn, den Er den nach Ihm Suchenden gibt, besteht in der Anrechnung des Glaubens zur Gerechtigkeit und im Empfang

der Krone des Lebens (vgl. Jak. 1, 12). Ja noch mehr, Er ist Selbst der «sehr große Lohn» (1. Mose 15, 1).

61. **Berg** ist zur Zeit der Gefahr eine sichere Zuflucht; sein Anblick erweckt den Eindruck des Dauerhaften, Sicheren und Zuverlässigen. Nach der hebräischen Redensart heißt Gott «Berg meiner Rettung» (Ps. 18, 3; 2. Sam. 22, 3). Es ist eigentlich «Horn meiner Rettung» (s.d.). Weil «karan» das Stammwort von «keren» – Horn, die Bedeutung von emporragen ist, ist «keren» oder Horn ein Ausdruck für eine Anhöhe oder für einen Berg (vgl. Jes. 5, 1). In der Schweiz werden ja auch hohe Berge als «Hörner» bezeichnet.

62. **Bergung** siehe Zuflucht!

63. **Berufer** wörtlich nach Römer 9, 12 «der Berufende» ist Gott, wodurch Sein Vorsatz nach Auswahl besteht. Gottes Erwählung und Vorsatz zur Seligkeit werden hier durch das Beispiel Jakobs erläutert. Nach göttlichem Wahlvorsatz stand fest, daß Jakob das Heil, das er erwartete (1. Mose 49, 18), in dem verheißenen Samen Abrahams erben sollte. Diese Festigkeit hat Gottes Vorsatz, weil er nicht aus Verdienst der Werke des Berufenen, sondern auf Gnade des Berufenden gegründet ist. Die Vorsicht des Apostels ist zu beachten. Paulus sagt nicht, aus dem Vorsatz des Erwählers, sondern des Berufenden. Die Berufung ist ein fortdauerndes Liebeswerk Gottes. Gott beruft durch die Erwählung den Samen Abrahams oder Christi ohne Ansehen der Person, ohne Rechnung, was die Werke eines Menschen wert sind. Gott bringt durch die Berufung den Vorsatz der Erwählung zustande (vgl. Röm. 8, 28-30).
Die Redewendung in diesem Zusammenhang: «nicht aus Werken» steht gegensätzlich zu dem «aus Glauben». Der Glaube ist in diesem Verse mit eingeschlossen, indem der Berufende genannt wird. Kein Wort von der Berufung eines Menschen, sondern die Würdigung der Gabe Gottes durch das berufende Wort betont der Apostel.
Wer die Gnade des Berufenden bekennt, die Jakob zum Glauben an die Verheißung führte, fordert die menschliche Vernunft geradezu heraus. Wenn es allein an Gottes Berufungsgnade liegt, den Glauben zu wecken und den Wahlvorsatz zu verwirklichen, wie wird denn ein Teil der Menschen erwählt, berufen, gerecht und selig, daß dann andere verloren gehen? Solche Fragen werden nur aus Vermessenheit und Verzagtheit gestellt. Ein Verzagter darf wissen, daß unsere Seligkeit durchaus nicht fest stehen würde, wenn sie von unseren Werken abhängig wäre. Die Gnade des Berufenden ist ein viel festeres Fundament für unsere Erwählung. Der Glaube, der durch die Gnade des Berufenden eine in uns gelegte Gabe ist, gewährt die größte Sicherheit.
Die Nichterwählten sind Verächter der Gottesliebe, die alle Menschen in der Berufungszeit erretten möchte. Die einzelnen Heilswahrheiten: Gottes allgemeiner Gnadenwille, Seine Vorsätze zur Errettung, die sich

Seinen Gnadenwillen gefallen lassen, die allgemeine heilsschaffende Predigt, das zuvorbedachte Gericht der Verwerfung der Ungläubigen, welche die Errettung ablehnen, lassen sich nach menschlicher Logik nicht zusammenreimen. In der ewigen Vollendung wird in vollkommenster Harmonie vor unseren Augen stehen, was uns jetzt als Disharmonie erscheint. Gegenwärtig begnügen und vergnügen wir uns an Gottes Wort, das unsere Seligkeit an Gottes Wahlvorsatz hängt und uns hinweist auf den Berufenden, damit der Glaube auf Gottes Kraft begründet ist.

64. **Bild** steht im Alten und Neuen Testament mit Gott und Christus in Beziehung. Dem Worte «Bild» liegen im Hebräischen die Ausdrücke «zelem» – Bild und «thebunah» – Bild, Gestalt zugrunde. Die griechische Bibel bedient sich des Ausdruckes «eikòn» – Bild.

1.) Im Schöpfungsberichte steht der Satz: «Und Gott sprach: Lasset uns Menschen machen in unserem Bilde nach unserer Ähnlichkeit» (1. Mose 1, 26). Das könnte den Sinn haben, der Mensch trägt das Bild Gottes, er ist darin eingefaßt und damit bekleidet. Die Worte: «Nach unserer Ähnlichkeit» sind nur eine nachdrückliche Betonung des Gedankens im Vordersatz. Griechische und lateinische Kirchenlehrer haben nach der Septuagintaübersetzung «eikòn» – imago und «homoiosis» – similitudo, von der physischen und ethischen Seite des göttlichen Bildes im Menschen gesprochen. Dieser zweifache Sinn liegt jedoch nicht im Text. Die Menschengestalt rein äußerlich als ein Bild Gottes anzusehen, liegt auch nicht im Wortlaut des Verses (vgl. 1. Mose 5, 1; 9, 6). Es kann in der ganzen Bibel nur in anthropomorpher Weise von Gott die Rede sein, selbst wenn Er Sich ganz besonders offenbart. Das heißt aber nicht, sich Gott in Menschengestalt vorstellen zu können. Gott ist Geist, damit wird immer wieder verboten, sich ein Bild von Gott anzufertigen. Gottes Bild kann darum keine körperliche Darstellung sein. Wenn Gott Geist ist, und Sich in verschiedenen Erscheinungsformen ohne Gestalt offenbart (2. Mose 20, 4; 5. Mose 4, 15; Jes. 31, 3), so ist es unmöglich, Gott durch ein sinnlich wahrnehmbares Bild darzustellen. Das Bild und die Ähnlichkeit Gottes kann mit der äußeren Gestalt des Menschen nicht identifiziert werden. Es bezieht sich also nur auf die geistige Begabung und den Sinn für das Ewige, daß der Mensch alle übrigen Lebewesen überragt und sie beherrschen kann. Der Mensch ist demnach nicht Gott gleich, weder in seiner Gestalt, noch in seinem Wesen, er ist von Gott erschaffen und Ihm in Seinem Adel ähnlich, in der Herrschermacht über die Erde ist er gleichsam Gottes Stellvertreter.

Wenn Paulus den Menschen als «Gottes Bild» bezeichnet (1. Kor. 11, 7; vgl. Jak. 3, 9), dann spricht er von dem wiederhergestellten Menschen, der durch den Sündenfall völlig verdorben war. Gott, der uns durch Christum mit Sich Selbst ausgesöhnt hat, bestimmte uns zu Gleichgestalteten mit dem Bilde Seines Sohnes (Röm. 8, 29). Um die Gleichgestaltung mit dem Bilde Christi ganz zu ermessen, ist im letzten Punkte noch zu erwägen, daß «Gottes Bild» in Christo vollkommen offenbart wird.

2.) Das Alte Testament verbietet das Anfertigen eines Bildes nach irgend einer Gestalt (2. Mose 20, 4; 5. Mose 5, 8), um damit Gott darzustellen. Es heißt nämlich ausdrücklich, daß Israel keine Gestalt gesehen hat, als Jahwe redete (5. Mose 4, 15). Sie hörten wohl den Laut der Worte, sahen aber kein Bild oder eine Gestalt. Die Berichte von Jahwes Offenbarungen bezeugen durchweg die göttliche Übersinnlichkeit. Gott selbst blieb bei solchen Kundgebungen fern und unsichtbar, wenn Er auch Seine Worte redete. Naturvorgänge wirkten dabei mit, wie z. B. der Donner am Sinai. Moseh erwähnt solche Manifestationen, um klarzustellen, daß Gott nicht irgend in einer Gestalt oder einer Abbildlichkeit erscheint. Die sinnenfälligen Begleiterscheinungen solcher Gottesoffenbarungen zeigen durch ihre Erhabenheit, daß Jahwe über die Fassungskraft der menschlichen Sinne weit hinausgeht. Damit ist nicht ausgesprochen, Jahwe könne keinerlei Bild (themunah) annehmen. Gott nimmt zuweilen eine Gestalt oder ein Bild an, um sich dem Fassungsvermögen des Menschen anzupassen. Moseh schaute das Bild Jahwes (4. Mose 12, 8). Der Psalmist freute sich auf den Zeitpunkt, nach seinem Erwachen am Auferstehungsmorgen an Seinem Bilde satt zu werden (Ps. 17, 15).

Wenn es sich in Wirklichkeit um Jahwes Bild handelt, vermag Moseh nicht, Ihm ins Angesicht zu schauen, sondern nur von hintenher (2. Mose 33, 20. 23). Er verspürte nur die Wirkungen. Der Sinn der Schriftstelle (5. Mose 4, 12) ist, daß Gott Sich nicht in einem sinnlich wahrnehmbaren Bilde offenbaren kann und will. Der natürliche Mensch möchte den Ewigen bestimmter erfassen. Gott ist aber immer noch höher als unser Denkvermögen; Er hat einen noch tieferen und höheren Inhalt, als Er uns erscheint. Hier bleibt bei allen Gottesoffenbarungen nur der Glaube übrig. Eine Vollendung von Herrlichkeit zu Herrlichkeit im Sohne von Angesicht zu Angesicht, kann nur geahnt und gehofft werden. Hier ist die ganze Grenze der Gottesoffenbarung des Alten Bundes.

3.) Nach dem Inhalt des Neuen Testamentes offenbart Sich Gott in Christo. Er ist das «Bild des unsichtbaren Gottes» (Kol. 1, 15a). Gottes Bild gelangt in Ihm in ganzer Fülle zur Erscheinung. Die Bezeichnung «der Erstgeborene» (s.d.) dient dafür zum Verständnis. Wer nach der Christologie des Kolosserbriefes in das Königreich des Sohnes Seiner Liebe versetzt ist, darf im Sohne den unsichtbaren Vater schauen. Der Sohn ist eben ganz das Bild des Vaters. Christus konnte darum sagen: «Wer mich sieht, sieht den Vater» (Joh. 14, 9).

Der Kolosserbrief bezeichnet Christus als das Bild und den Erstgeborenen Gottes. Das entspricht den Ausführungen des Apostels von Christi Präexistenz, der in Gestalt Gottes (morphe) seiend, es nicht für einen Raub achtete, Gott gleich zu sein (Phil. 2, 6). Die Gleichheit mit Gott und das Sein in der Gottesgestalt vor Seiner Menschwerdung war der Reichtum, den Er unseretwegen verließ.

Weil in Jesus die Fülle Gottes wohnt, vermag Er uns in den Stand zu versetzen, mit verhülltem Angesicht die Herrlichkeit des Herrn im **Spiegel anschauend** und uns in das gleiche Bild umzugestalten (2. Kor. 3, 18). Der Ausdruck «katoptrozomai» – wie im Spiegel beschauend, der nur an dieser Stelle steht, ist mit Vorbedacht gewählt. Die Herrlichkeit des Herrn kann kein Mensch, solange er im Fleische lebt, unvermittelt schauen (vgl. 2. Mose 34, 18-23; 1. Tim. 6, 16). Den Herrn völlig anzuschauen, ist uns für die Ewigkeit vorbehalten. Jetzt schauen wir Ihn durch einen Spiegel, mit Hilfe eines nicht völlig klaren Bildes, dann aber von Angesicht zu Angesicht (1. Kor. 13, 12). Im Angesichte Jesu Christi, der Gottes Bild ist, erglänzt uns die Herrlichkeit Gottes, und wir werden in das gleiche Bild umgestaltet. Wir werden umgestaltet in das Bild des Herrn, das wir im Spiegel schauen. Dem Bilde Christi werden wir völlig gleich, wenn wir Ihn sehen, wie Er ist. Der Leib unserer Niedrigkeit wird auch umgebildet, um in das Bild seiner Herrlichkeit gleichgestaltet zu werden. Die Umgestaltung ins Bild der Herrlichkeit Christi wird jetzt schon an denen vollzogen, die als neue Menschen Christum angezogen haben, die gleichgestaltet werden zur Vollerkenntnis nach dem Bilde dessen, der Ihn erschuf (Kol. 3, 10).
Christus ist Gottes Bild (2. Kor. 4, 4). Der Messias (s.d.), der Sohn Seiner Liebe (s.d.), in welchem wir die Erlösung durch Sein Blut haben, ist Gottes, des Unsichtbaren (s.d.) Bild (Kol. 1, 14-15). Gott, der ein unnahbares Licht bewohnt, den kein Mensch gesehen hat und auch nicht sehen kann (1. Tim. 6, 16), gibt Sich im Bilde des Gesalbten (s.d.) zu erkennen. Er ist der Abglanz (s.d.) und der Charakter (s.d.) Seines Wesens (Hebr. 1, 3). Wer Ihn sieht, sieht den Vater (s.d.) (Joh. 14, 9). Dieses klare und deutliche Bild ist es, nach welchem der Mensch ursprünglich erschaffen war, und zu welchem die an Christum Glaubenden umgestaltet werden in Herrlichkeit, Gerechtigkeit, Heiligkeit und Wahrheit. Wenn der Leib unserer Niedrigkeit nach der Auferstehung umgebildet und gleichgestaltet sein wird dem Bilde Seiner Herrlichkeit, tragen wir nicht mehr das Bild des Irdischen, sondern das Bild des Himmlischen (1. Kor. 15, 49).
Das Bild Gottes und Jesu Christi steht heilsgeschichtlich mit uns Menschen von der ursprünglichen Schöpfung bis zur völligsten Vollendung in engster Beziehung.

65. **Bildner** kommt im Luthertext nur einmal von Künstlern vor, welche die Cherubim im salomonischen Tempel anfertigten (2. Chron. 3, 10). Gott wird an einigen Stellen des Propheten Jesajah «Bildner» genannt. Jahwe nennt sich vor allem selbst mit diesem Namen. Der Gottesname ist von dem Tätigkeitswort «jazar» – bilden, eine Form geben abgeleitet. Das Verbum wird in der Geschichte von der Erschaffung des Menschen angewandt (1. Mose 2, 7. 8. 18). Wegen des Gebrauches von «jazar» statt von «bara» – schaffen, das Kapitel 1. Mose 2 als älter zu datieren als 1. Mose 1, läßt sich nicht begründen, weil Schriften jüngeren Datums auch diesen Ausdruck verwenden. Das

Verbum «jazar» wird mehrfach vom Bilden des Schöpfers benutzt (Ps. 94, 9; 33, 15; 74, 17; Jes. 45, 7. 18; 49, 8), es ist auch mit «bara» von Gottes Schöpfertätigkeit verbunden. Nach einigen Schriftstellen geht dem Wirken Gottes eine Vorherbestimmung voraus (Jes. 22, 11; 37, 26; 43, 7; 46, 11). Das partizipielle Substantiv «jozer», das mit «Bildner» übersetzt wird, bedeutet an einigen Stellen «Töpfer» (s.d.) (vgl. Ps. 94, 4. 20) und einen Anfertiger von Statuen (Jes. 44, 9).
Nachdem Israel lange die tiefsten Züchtigungen durchlebte, wendet sich Gott ihm wieder mit doppeltem Erbarmen zu. Er sagt zu Seinem Volk: «Und nun also spricht Jahwe dein Schöpfer (s.d.), Jakob und dein Bildner, Israel!» (Jes. 43, 1.) Die bis dahin hinter dem Zorn verborgene Liebe gelangt wieder zu ihrem Vorrecht. Jahwe, der Israel geschaffen und gebildet hat, indem Er Abraham den Sohn der Verheißung gab und die Siebzig der Familie Jakobs in Ägypten zum Volk anwachsen ließ, wird Sein Volk auch schirmen und erhalten. Die Vorgeschichte ist eine Bürgschaft dafür. Trotz der tiefen Versunkenheit nahte durch Gottes Gnade und Weisheit die Stunde Seiner Erlösung und Seine Wiederherstellung. Der Zuspruch dieser Liebe wird eindringlich und nachdrücklich durch die Selbstbezeichnungen Jahwes bestätigt: «So spricht Jahwe dein Schöpfer und dein Bildner von Mutterleibe, der dir beisteht» (Jes. 44, 2). Israel, das Volk und alle Einzelnen sind als Knechte Jahwes (s.d.) vom äußersten Fernpunkt des Werdens an Jahwes Gebilde. Jahwe hat Israel das Dasein gegeben, daß Er es nicht dem Untergang verfallen läßt. Israels Befreier leitet Seine Rede mit den Worten ein: «So spricht Jahwe dein Erlöser (s.d.) und dein Bildner von Mutterleibe» (Jes. 44, 24).
Jahwe hat in der Vergangenheit Großes an Seinem Volke getan, Er wird das auch in Zukunft ausführen. Sein Volk war dennoch unzufrieden. Weil sie die Wege Jahwes meistern wollten, lautet die Rüge: «Wehe dem Hadernden mit seinem Bildner, eine Scherbe unter den Scherben aus Erde! Kann wohl der Ton zu seinem Bildner sagen: Was machst du?» (Jes. 45, 9.) Der Mensch, Gottes Gebilde wird mit dem Tongebilde des Töpfers verglichen. Gott ist Schöpfer (s.d.) und Bildner. Jahwe sagt zu dem vermessenen Kritiker: «So spricht Jahwe, der Heilige Israels (s.d.) und sein Bildner» (Jes. 45, 11). Die beiden Gottesnamen sprechen Jahwes Tadellosigkeit und Hoheitsrechte über Israel aus. Wer Israel meistern will, soll das Volk Seinem Vater (s.d.) und Seinem Bildner überlassen, der alles geschaffen hat und von dem alles abhängt.

66. **Bischof eurer Seelen** wird Christus den Lesern des ersten Petribriefes dargestellt (1. Petr. 2, 25), welchen der Apostel noch als Hirte (s.d.), Erzhirte (s.d.) (1. Petr. 5, 4) und Lamm (s.d.) (1. Petr. 1, 19) bezeichnet. Wenn ein Ausleger diesen Namen auf Gott bezieht, so liegt nach dem Zusammenhang kein Anlaß dazu vor. Das griechische «episkopos» ist eigentlich Aufseher, was hier mit Seinem Namen «Hirte» in Verbindung steht. Ein Bischof oder Aufseher bewacht, hütet, leitet, beschützt, bewahrt und besucht das ihm Anvertraute. Die Be-

zeichnung Christi als Bischof oder Aufseher ihrer Seelen steht im Gegensatz zu den ungerechten und grausamen Sklavenaufsehern. Das erinnert an die LXX-Übersetzung in Jesaja 60, 17: «Und ich gebe ihnen friedsame Fürsten und gerechte Aufseher» (episkopos). Der hebräische Text hat für «episkopos» den Ausdruck «nagas» im Sinne von Herrscher. Christus ist ein gerechter und friedsamer Aufseher und Herrscher ihrer Seelen, der sich durch Sein Sühneleiden und Seinen Tod völlig für sie dahingegeben hat. Sein Aufseherdienst steht nach des Apostels Worten mit Seinem Hirtendienst in engster Beziehung, was Seine Fürsorge für die ihm anvertraute Herde andeutet. Christus hat Sich darin als der von Gott verheißene Hirte Seiner Herde und als Vorbild aller Gemeindevorsteher erwiesen.

Was Petrus ausführt, erinnert vor allem an die Verheißung in Hesekiel 34, 11. 12. 16 nach dem LXX-Text: «Ich, ich werde deine Schafe suchen und ich werde sie besuchen (griechisch episkopeo), gleichwie der Hirte seine Herde sucht, das Verirrte lasse ich heimkehren, oder bekehre ich» (vgl. Hes. 34, 16; 1. Petr. 2, 25). Jesus, der Bischof ihrer Seelen hat Sich als der suchende Hirte der verlorenen Schafe in Fürsorge angenommen, daß Er das Zerschlagene verbindet, das Sterbende stärkt, das Starke bewacht und sie weidet mit Gerechtigkeit (Hes. 34, 16; vgl. Matth. 9, 36; 26, 31; Jer. 50, 6). Mit dem Namen «Bischof» oder «Aufseher» wird demnach eine Seite der seelsorgerlichen Tätigkeit Christi herausgestellt.

67. **Bereiter des Hauses** in bezug auf das israelitische Bundesvolk ist Christus (Hebr. 3, 3). Das griechische «ho kataskeuasas tou oikias» bedeutet nach dem Verbum «kataskeuazein» – «Zubereiter, Herrichter, Einrichter». Es ist umfassender als das lateinische «fabricare». Der Ausdruck bezeichnet das Beschaffen alles dessen, was zur Errichtung und Einrichtung, zum Aufbau und Ausstattung eines Hauses gehört. Die LXX übersetzt das hebräische «asah» – machen (Spr. 23, 5) und «barah» – schaffen (Jes. 45, 7) mit «kataskeuazein». Demnach hat das Wort den Sinn von schaffen und bilden. Die Peschitto, die streng beim Bilde des Bauens bleibt, übersetzt «Erbauer». Im Blick auf das Volk Israel hat Christus das Haus gegründet und sämtliche Einrichtungen desselben ausgeführt.

Es ist wichtig, den bildlichen Begriff vom Haus an dieser Stelle richtig aufzufassen. Schon Onkelos faßt die Worte: «Er ist treu in meinem ganzen Hause»; «Er ist treu in meinem ganzen Volk.» Das Targum Jonathans faßt ebenso «Beth» – Haus als Volk. Jesus kann daher ohne Bedenken als der Gründer des Volkes Israel aufgefaßt werden. So wird von Johannes dem Täufer gesagt: «Und er wird vor dem Herrn hergehen in dem Geist und der Kraft des Eliah, zu bekehren die Herzen der Väter zu den Kindern und die Ungläubigen zum Verständnis der Gerechten, zu bereiten dem Herrn ein zugerüstetes Volk» (Luk. 1, 17). Die Hebräerbriefstelle vergleicht zwischen dem, der ein Haus aus rohem Material und Steinen baut, und dem, der es hernach

wohnlich einrichtet. Dem, der das Haus wohnlich einrichtet, gebührt ein großer Vorzug mehr als dem, der es aus rohen Stoffen baut.
Christus ist der Gründer des Hauses Gottes oder der alttestamentlichen Theokratie, aus welcher das neutestamentliche Gottesreich hervorgegangen ist. Er ist der Stifter des Gottesreiches, dessen Anfänge in die ältesten Zeiten der Geschichte Israels zurückgehen.
Der folgende Vers: «Denn jedes Haus wird von irgend jemand hergerichtet, der aber alles hergerichtet hat, ist Gott» (Hebr. 3, 4), scheint nach den Ausführungen zum vorigen Vers im Widerspruch zu stehen. Bisher wurde Christus die Gründung und Ausrüstung des alttestamentlichen Gottesreiches zugeschrieben. Im 2. Vers heißt nun die Theokratie des Alten Bundes geradezu «Gottes Haus». Wer die Gottheit Christi verneint, betont mit Vorliebe diesen angeblichen Widerspruch. Wenn Gott auch der Urheber und Herr aller Dinge ist, so stellt das gar nicht in Abrede, daß alles durch Christum vermittelt wurde. Das Haus Gottes oder die Theokratie des Alten Bundes hat ihren Ursprung in Gott, Christus aber hat sie verwirklicht. Er ist in allem der Vermittler der Schöpfung und Tätigkeit Gottes nach außenhin, denn durch Ihn hat alles sein Dasein und seine Geschichte (Hebr. 2, 10). Der Gründer des Hauses steht höher als das Haus. Weil Christus das Haus gegründet hat, steht Er höher als dasselbe. Da Moseh ein Glied der alttestamentlichen Theokratie oder des Hauses Gottes war, steht Christus der Gründer dieses Hauses höher als Moseh. Die höhere Stellung Christi dem Moseh gegenüber zu beweisen, darauf kommt es dem Verfasser des Hebräerbriefes in diesem Zusammenhang an, wenn er Christus den Bereiter des Hauses nennt.

68. **Der immerdar Bittende** kennzeichnet im himmlischen Heiligtum die hohenpriesterliche Tätigkeit Christi (Hebr. 7, 25). Der ganze Vers ist zu übersetzen: «Daher er auch zu retten vermag, die durch ihn zu Gott nahen auf das Vollkommenste, während er allezeit lebt, um für sie **einzutreten»** (oder Fürbitte zu leisten). Dem griechischen «entygchanein», für jemanden bitten oder eintreten, entspricht das hebräische «paga» – jemand bittend angehen, in ihn dringen: für einen anderen bitten. Die Anwendung dieses Wortes ist am sinnvollsten an zwei Jesajah-Stellen zu finden. Jahwe war erregt und erstaunt, daß kein **«Dazwischentretender»** da war (Jes. 59, 16). Das heißt, keiner trat zwischen Gott und das Volk, um Gott die Lage des Volkes fürbittend ans Herz zu legen. Während des großen Abfalles sagt Gott dagegen dem Propheten, daß Er seine Fürbitte nicht hören werde (vgl. Jer. 7, 16; 11, 14; 14, 11). Es traf sicherlich einen Jeremiah sehr schwer, daß ihm von vornherein die Erhöhung seines Gebetes versagt wurde.
Hier ist es von größter heilsgeschichtlicher Bedeutung, daß Gott die Fürbitte Seines Sohnes erhört, der auch wirklich ein «Dazwischentretender» ist, um die Nöte der Seinen dem Vater ans Herz zu legen. Jesajah weissagt von dem leidenden Knecht Jahwes: «Und er hat die Sünden vieler getragen und für die Übeltäter gebetet» (Jes. 53, 12). Am Kreuze hat Christus als Leidender und Sterbender hier auf

Erden für Seine Feinde Fürbitte geleistet. Durch das Gebet des Gekreuzigten: «Vater, vergib ihnen, denn sie wissen nicht, was sie tun!» (Luk. 23, 34), wurde die Weissagung Jesajahs erfüllt.
Die Stelle des Hebräerbriefes spricht von der fürbittenden Tätigkeit Christi als Hoherpriester im himmlischen Heiligtum. Durch diese Fürbitte kommt die Rettung für alle Menschen zustande, die durch Ihn zu Gott nahen. Das Nahen zu Gott hängt von Seiner Fürbitte ab. Die Worte: «Um für sie einzutreten» fassen das ganze hohenpriesterliche Walten Christi im Himmel zusammen. Seine gesamte hohenpriesterliche Tätigkeit am Kreuze und zur Rechten Gottes ist eine Vermittlung für die sündige Menschheit. Paulus, der sich auch des Ausdrucks «entygchanein» bedient, bezeichnet damit Christi Mittlerstellung und Stellvertretung vor Gott (Röm. 8, 34). In der Kultusterminologie wird der Ausdruck vom Eintreten für den Sünder bei Gott durch Opfer und Gebet gebraucht. Gottes Rat und Wille, Sünder zu retten, Geheiligte selig zu machen, wird durch die Hand und Vermittlung Christi zum Ziele gebracht, der Sein Leben zum Schuldopfer darbrachte (Jes. 53, 10).
Wem gilt Christi Fürbitte und Dazwischentreten? Allen, die bis ans Ende, früher oder später, wirklich durch den einzigen Mittler zu Gott kommen. Das Gericht über die Sünder, die nicht wissen was sie tun, wird durch Seine Fürbitte aufgehalten, solange sie nicht verstockt sind. Das hat eine größere Tragweite, als es menschliche Kurzsicht und Ungeduld glaubt. Wenn Begnadigte aus Schwachheit sündigen, gilt ihnen: «Und wenn jemand sündigt, haben wir einen Anwalt bei dem Vater, Jesum Christum den Gerechten. Und dieser ist die Sühnung für unsere Sünden, nicht aber für die unsrigen allein, sondern auch für die der ganzen Welt» (1. Joh. 2, 1. 2). Wer durch den Glauben gerechtgesprochen ist, darf sich mit Freuden aneignen: «Wer wird gegen Gottes Auserwählte Anklage erheben? Gott, der da rechtfertigt! Wer ist, der da verurteilt? Christus, der gestorben, vielmehr, der aber auferweckt ist, welcher zur Rechten Gottes ist, welcher auch für uns eintritt!» (Röm. 8, 33. 34). In Versuchungen, wenn der Satan unserer begehrt, gilt das Wort: «Ich habe für dich gebetet, daß dein Glaube nicht aufhört!» (Luk. 22, 31. 32.) Wird der Glaube unter schweren Nöten schwach, so gibt Er das Wollen und das Vollbringen. Es bleibt für uns nur das Kommen, aber auch nur, indem Er uns zu Sich zieht. Unser Kommen zu Gott, daß unser Suchen zum Finden wird, liegt in der entgegenkommenden Kraft Seines Dazwischentretens oder Seiner Fürbitte. Die tiefe Bedeutung Seines Eintretens für uns bei Gott offenbart Sein Hohenpriesterliches Gebet (Joh. 17).
Die Fürbitte des ewigen Priestertums Christi dient auch als Stütze der falsch verstandenen Apokatastasis, wonach alle gefallenen Menschen und Engel zuletzt selig werden sollen. Es läßt sich biblisch nicht begründen, daß der Segen des ewigen Priestertums Christi bis in alle Ewigkeit noch unversöhnte Kreaturen versöhnt. Das wäre ein undenkbarer Widerspruch in sich selbst. Einmal müßte dann doch der Letzte zu Gott gebracht sein und das Priestertum in diesem Sinne aufhören.

Wie ist es zu verstehen, daß Sein Priestertum ewig währt? Es ist ewig nach Seiner Wirkung, indem die Kraft Seines unvergänglichen Lebens eine ewige, vollkommene Erlösung bewirkt. Der vielumfassende Ausdruck kann nicht auf die Allversöhnung gedeutet werden, das zeigt eben die Begrenzung dieses Verses: «Die durch Ihn zu Gott kommen!»
Die Frage: «Was geschieht mit dem, der nicht zu Gott kommt?», wird in der Schrift deutlich beantwortet. Diese klare Antwort geht vielen nicht ein, die in guter Absicht zuletzt alles selig haben möchten. Sie wagen zu Gott zu sprechen wie im 4. Buche Esra, einem apokryphischen Buche aus den neunziger Jahren des ersten nachchristlichen Jahrhunderts: «Das ist meine erste und letzte Rede, nämlich, daß es besser war, dem Adam die Erde nicht zu geben, oder wenn sie ihm gegeben war, ihn zu hindern, daß er sündigte.» Das gleiche Buch gibt die richtige Antwort: «Das Jetzige ist für die Jetzigen und das Zukünftige für die Zukünftigen. Es fehlt viel, daß du solltest meine Schöpfung mehr lieben, denn ich. Du aber sei weise für dich, und suche Ehre an deines Gleichen. Die Wurzel des Bösen ist vor euch versiegelt. Darum frage nicht weiter nach der Menge derer, die verloren gehen!» (4. Esr. 7, 46; 8, 46-55.)
Christi hohenpriesterliche Fürbitte ist kein Ruhekissen. Es ist für diejenigen der Mittler, der zwischen sie und Gott tritt, die durch Ihn zu Gott kommen. Der Traum von einer Gnade in künftigen Äonen kann dahin führen, die gegenwärtige Gnadenzeit zu versäumen. Seine Fürbitte erweist sich an denen kräftig, die als Sünder versöhnt sind. Für sie ist Er vor dem Angesichte Gottes erschienen (Hebr. 9, 24).

69. **Bluträcher** war im Alten Bunde der nächste Verwandte (Goel s.d.), der einen schuldigen und unschuldigen Mörder töten durfte, solange er nicht die Freistadt erreicht hatte (4. Mose 35, 12. 19. 21. 24. 25. 27; 5. Mose 19, 6. 12! Jos. 20, 3. 5; 2. Sam. 14, 11). Damit wurde die Sitte der Blutrache erheblich abgemildert. Der Totschläger hatte durch die Einrichtung der Freistädte ein erträgliches Gefängnis. Der Bluträcher durfte die Rechte als nächster Verwandter eines Verstorbenen ausüben, die aus solchem engen Verwandtschaftsverhältnis entstanden. Das Wort, das im Hebräischen für «Bluträcher» steht, wird auch für «Erlöser» (s.d.) und Loskaufer im friedlichen Sinne angewandt. Alte Ausleger betonen, daß Christus im höchsten und edelsten Maße der Goel, der Erlöser der gesamten Menschheit geworden ist.

70. **Born,** hebräisch «maqor» – Quelle, wird für das Haus Davids und die Bewohner Jerusalems in der messianischen Zeit gegen die Sünde und die Unreinheit geöffnet sein (Sach. 13, 1). Diese Quelle ist ein Bild für die sündentilgende, reinigende und heiligende Gnade Gottes. Aus diesem Born kommen wie aus einem sprudelnden Quell Wasserströme in reichem Maße, mit welchen die Befleckung und die Unreinheit weggewaschen werden kann. Die Weissagungsworte erinnern an das Entsündigungswasser (4. Mose 8, 7) und an das Unreinigungs-

wasser (4. Mose 19, 9), das die Sünde und die Unreinheit tilgte. Der Prophet verbindet den Anblick des zerstochenen Erlösers (Sach. 12, 10) mit dem geöffneten Heilsbrunnen. Darin gleicht er dem Propheten Jesajah, der auch die heilschaffenden Wunden Christi mit der Einladung zur Gnade vereinigt (Jes. 53, 5; 55, 1. 2). Der geöffnete Born ist nichts anderes als das Blut Jesu Christi des Sohnes Gottes, das von aller Sünde reinigt (1. Joh. 1, 7; 5, 6).

71. **Bote** wird in Jesaja 42, 19 von einigen Auslegern als ein Titel des Messias angesehen. Der Name «Knecht Jahwes» (s.d.) bezieht sich im Propheten Jesajah auf Christus (Jes. 42, 1; 49, 6; 50, 10; 52, 13-53, 12) und auf das Volk Israel (Jes. 41, 8. 9; 42, 18. 19; 43, 10; 44, 1. 2; 45, 4. 5). Weil nun der Titel «Bote» (vgl. Ausleger) in einem engeren Zusammenhang steht (Jes. 42, 18. 19), in welchem mit «Knecht Jahwes» das Volk Israel gemeint ist, kann der Prophet in diesem Falle nicht an den Messias gedacht haben. Der Inhalt der beiden Verse läßt sich auch schwerlich auf Christus anwenden.
In Jesaja 52, 7 ist unter dem «Boten» der Messias zu verstehen, denn hier wird nach dem Urtext ein «einzelner Bote» genannt. Der Vers ist zu übersetzen: «Wie lieblich sind die Füße des Boten der frohen Botschaft, der da Frieden verkündigt, Gutes predigt, Heil ansagt, der zu Zion spricht: «Dein Gott ist König!» Der erste Satz dieses Verses wird von Nahum aufgenommen (vgl. Nah. 2, 1). Beide Propheten denken sich unter dem Boten der Freudenbotschaft, oder nach der LXX «des Evangeliums» den Messias, der in Israel Gottes Wort lehrte und bekräftigte. (In Jes. 41, 27 meint sich der Prophet selbst mit dem Freudenboten.) Alte Ausleger sind der Ansicht, daß die Propheten des Alten Bundes, Jesajah und Nahum sich unter dem Boten des Evangeliums keinen anderen gedacht haben, als den Gesandten (s.d.) und Hohenpriester unseres Bekenntnisses (s.d.) Christus Jesus (Hebr. 3, 1). Paulus deutet die Jesajahstelle im Geiste Christi auf die Boten und Gesandten, die in Seinem Namen das Evangelium verkündigen (Röm. 10, 15). Der Apostel hat darum den Singular in Jesaja 52, 7 und Nahum 2, 1 in den Plural umgewandelt, daß er ganz in dem Sinne Christi von dem Gefolge Seiner Freudenbotschafter oder Evangelisten schreibt (vgl. Ps. 68, 12).

72. **Brandopfer** war das vornehmste Opfer des Alten Bundes. Der hebräische Name «olah» – aufsteigen kennzeichnet das Brandopferbringen als ein «heälah oloth» hinaufsteigen lassen der Brandopfer (vgl. 3. Mose 14, 20). Das Aufsteigen des Opfers im Feuer fand bei jeder Opfergattung statt, was also nichts Besonderes beim Brandopfer darstellte. Das Außergewöhnliche bei diesem Opfer bestand darin, daß nicht nur ein Teil, sondern «Alles», «das Ganze» (hebräisch «hakol») aufstieg (3. Mose 1, 9). Dieser Unterschied wird noch durch den Namen «kalil» – Ganzopfer (vgl. 5. Mose 33, 10; Ps. 51, 21) hervorgehoben, womit das Brandopfer allerdings nur selten bezeichnet wird. Im Targum steht in 3. Mose 6, 12 für «kalil» die aramäische Be-

nennung «gemira» – das Vollendete. Der Begriff des Ganzen macht jedenfalls die Grundidee des Brandopfers aus, was auch durch das griechische «holokautoma» – Ganzbrandopfer zum Ausdruck kommt.
Alle Sühnopfer vor der mosaischen Gesetzgebung waren Brandopfer, deren Blut vergossen und dessen Fleisch ganz verbrannt wurde. Dadurch wurde auf die einfachste Art der Opfertod Christi vorgebildet (vgl. 1. Mose 8, 20; 22, 7. 8; 2. Mose 3, 21). Die aufsteigenden Brand- oder Ganzopfer bei welchen der Gedanke einer allgemeinen Sühnung zugrundelag, sind ein Vorbild auf Christum (vgl. Hebr. 10, 6-9), der sein reines, heiliges und gottgeweihtes Leben an Stelle der Sünder völlig in den Tod gab. Das 9. und 10. Kapitel des Hebräerbriefes bietet über das Ganzopfer Jesu Christi zu unserem Trost eine sorgfältige Belehrung.
Eine stehende Ausdrucksweise beim Brandopfer lautet immer wieder: «Ein Geruch des Wohlgefallens», oder wörtlich nach dem Hebräischen: «Ein Geruch der Beruhigung» (1. Mose 8, 21; 2. Mose 28, 18. 25. 41; 3. Mose 1, 9. 13. 17; 2, 12; 3, 5; 4. Mose 28, 13. 24. 27. 29; 8, 13), d.h. Gott ruht von seinem Zorn und läßt Versöhnung walten.
Diese Redewendung ist geistlich zu deuten wie ähnliche Ausdrücke (vgl. 1. Mose 4, 4. 5; 3. Mose 26, 31; Am. 5, 21; Eph. 5, 2). Jahwe nahm die wohlgefällige Opferung an, sie gefiel Ihm wohl. Der Hebräerbrief betont in Übereinstimmung mit dem Alten Testament (Hebr. 10, 6. 8; vgl. 1. Sam. 15, 22; Ps. 40, 7. 9; 50, 13; 51, 19; Jes. 1, 11; Jer. 6, 20; 7, 21-23; Hos. 6, 6; Am. 5, 21; Mich. 6, 6-8), daß Gott kein Wohlgefallen an Brand- und Sündopfer hat. Das heißt, sämtliche Opfer des Alten Bundes ohne Beziehung auf Christus sind in Gottes Augen wertlos. Die Worte: «Ich komme», oder «Ich bin gekommen» (Hebr. 10, 9) bringen zum Ausdruck, daß Christus vollkommen den Willen Gottes erfüllte um die Sünder zu erlösen. Dieser Gedanke gehört zum vollsinnigen Opferbegriff. Die vollkommene Erfüllung des göttlichen Willens, dem Christus ganze Genüge leistete, gehört dazu, uns Menschen auf einmal zu erlösen, was alle levitischen Opfer nicht vermochten. Was Christus vollbracht hat, bedarf keiner Ergänzung. Die Hingabe Seines Leibes bezeichnet das Ganz-Brand-Opfer besonders, das die sühnenden Sündopfer und Speisopfer, das die stellvertretende Sühnung und Gerechtigkeit umfaßt und gleichsam in sich schließt. Das Brandopfer ist eben die Grundlage aller späteren Opferarten. Von dieser Sicht her kann Christus als das Ganz-Brand-Opfer angesehen werden, das Er Gott zum angenehmen Wohlgeruch darbrachte (vgl. Eph. 5, 2).

73. **Bräutigam** ist ein Name Christi, wodurch die innigste Lebens- und Liebesgemeinschaft des Herrn mit Seiner Gemeinde ausgesprochen wird. Dieser Gedanke kommt schon oft im Alten Testament zum Ausdruck. Jahwes Verhältnis zu Israel erscheint unter dem Bilde des Ehebundes. Durch die Teilnahme am Götzendienst wurde nach der Auffassung des Gesetzes und der Propheten die heilige Ehe mit Gott gebrochen (2. Mose 34, 15). Die Abtrünnigkeit des Volkes forderte

Jahwes Eifersucht heraus (5. Mose 32, 15). So oft Jahwe als «eifriger Gott» (El-Qana s.d.) erscheint, steht die Liebe im Hintergrunde, die zürnt, wenn sein Ehebund treulos verachtet wird (2. Mose 20, 5; 4. Mose 14, 33).

a.) Die Propheten des Alten Testamentes vergleichen mit dem Bilde der Verlobung und der Ehe das Bundesverhältnis zwischen Gott und Seinem Volke. Diese göttliche Liebesgemeinschaft, die Israel genießen durfte, war immer ein Hinweis auf die Liebe Christi, des Bräutigams Seiner Gemeinde. Die eine Zeit vom Bräutigam verlassene israelitische Volksgemeinde, die einer einsamen Witwe gleicht, wird eine fröhliche Kindermutter (Jes. 54, 5). Jahwe, ihr Schöpfer (s.d.) ist ihr Ehemann (s.d.). Gott freut sich über Sein Volk wie ein Bräutigam an der Braut. Er wendet ihm eine so innige und starke Liebe zu, wie sie die erste Liebe eines Brautpaares zeigt (Jes. 62, 4. 5. 6.).

Der Prophet Hosea verkündigte Gottes zärtlichste Sünderliebe und Bundestreue, ja eine überfließende Gnadenfülle. Israels Abgötterei oder Ehebruch deutet in dieser Prophetie gegensätzlich auf das Geheimnis Christi und Seiner Brautgemeinde. Die Ehe Hoseas bildet Israels Ehebruch ab, den es schon in Ägypten trieb (vgl. Hos. 1, 2; Jer. 2, 2; Hes. 16). Jahwe wußte um den ehebrecherischen Götzendienst Israels, aber auch um seine Wiedervereinigung. Der Prophet zeigt das geöffnete Vaterherz Gottes, der auch im Zorn Seiner Barmherzigkeit gedenkt; Er offenbart, daß Sein Zorn eigentlich Eifer ist, der den Bruch der ersten Liebe schmerzlich empfindet und ernstlich hinwegräumen will. Jahwe ist darauf bedacht, die erste bräutliche Liebesgemeinschaft wieder aufzurichten (Hos. 1, 10).

Die Weissagung Hoseas enthüllt die Vermählung des Unendlichen mit dem Endlichen, die Versöhnung des Heiligsten mit dem Abgefallenen. Jahwes Wiederversöhnung mit Israel wird durch das Bild der Verlobung dargestellt (Hos. 2, 19. 20). Das ungetreue Weib findet wieder eine gnadenvolle Aufnahme, statt verstoßen zu werden. Es war ein Grund zur Ehescheidung vorhanden wegen ihres jahrelangen Ehebruches. Gottes Gnade vergibt und vergißt, daß in bräutlicher Liebe der Bund der Ehe befestigt wird.

Von Hosea hat der Prophet Jeremiah den Bundesgedanken übernommen, daß er auch Gott als den Bräutigam Israels ansieht. Gott erinnerte durch den Propheten daran, daß Sein Volk in der ersten Zeit Ihm eine liebe Braut war. Die Liebe der Verlobung und der Bund mit Ihm, was Gott erwähnt, offenbaren die innige Ehegemeinschaft (Jer. 2, 2).

Alle alttestamentlichen Schriftworte von Gottes Verbindung mit Israel, die unter dem Bilde des Ehebundes dargestellt sind, zielen auf die Zeit der Hochzeit des Lammes (Offb. 19, 7; 20, 6). Die Vereinigung Gottes mit Seinem Volke, die in der bräutlichen Liebe Christi zu Seiner Gemeinde ihren Höhepunkt erreicht, wird in Psalm 45 und im Hohenliede in den prächtigsten Farben geschildert. Das Verhältnis des Jahwe-Messias wird auch hier unter dem Bilde der Ehe dargestellt. Das ganze Alte und Neue Testament ist völlig in die Sprache und in die Gedankenwelt des Hohenliedes eingetaucht. Die eheliche Ver-

bindung zwischen Gott und Seinem Volke wird vollendet durch die Erscheinung Jahwes im Messias, der im Alten Bunde als Bräutigam auftritt.
b.) Im Neuen Testament bezeichnet Johannes der Täufer Christus zuerst als Bräutigam (Joh. 3, 25-30). Er selbst nannte sich der Freund des Bräutigams. Der Bräutigam ist kein anderer als Christus und die Braut ist Seine Gemeinde. Das Zeugnis des Täufers stimmt überein mit den vielen Schriftzeugnissen von dem großen Brautgeheimnis zwischen Christus und der Gemeinde, die sich im Hohenliede zu einem Brautliede vereinigen.
Die Ansicht des Täufers setzt Jesus bei den Johannesjüngern voraus (Matth. 9, 17; Mark. 2, 19-22; Luk. 5, 34-39). Jesus stellt sich in Gegensatz zur Meinung Seiner Zeitgenossen, die das Fasten für nötig hielten. Wenn Er dagegen die Zeit Seines Auftretens als eine Freudenzeit deutet, dann offenbart Er Sich als der Messias. Schon die jüdische Lehranschauung bei Maimonides behauptet: «Alles Fasten wird in den Tagen des Messias aufhören, und es werden keine anderen als gute Tage und Tage der Freude sein, wie geschrieben steht» (Sach. 8, 19). In der rabbinischen Literatur gilt die messianische Zeit als Hochzeit. Zu Jesaja 54, 5 wird dort erklärt: «In den Tagen des Messias wird Hochzeit sein!» Der Herr knüpft an diese Gedanken Seine Worte an; Er bekennt Sich als der gekommene Freudengeber und nennt die Zeit Seiner Erscheinung für die Jünger eine Hochzeit.
Der Name Bräutigam ist ein Messiastitel, der auf die Weissagung und Erfüllung hinweist. Mit einer großen Generalzitation nennt sich Jesus «der Bräutigam». Das ist ein echter Orientalismus. Das Verhältnis zwischen Herrscher und Volk wird hiernach als eine Ehe aufgefaßt, daß der König als Bräutigam und das Volk als Braut gilt. Im tieferen Sinne ist es Jahwe, der Gott Israels, der kommen wird, um die Hochzeit zu halten. Wo Er ist, da besteht für Seine Jünger die Bräutigamsfreude oder die Freudenzeit. Die Wegnahme des Bräutigams ist eine Andeutung auf des Herrn Leiden und Sterben.
Hieraus sind die Hochzeitsgleichnisse Christi verständlich. Es ist das Gleichnis von der Hochzeit des Königssohnes (Matth. 22, 1-14) und von den zehn Jungfrauen (Matth. 25, 1-13). Darin wird die ewige Trennung der Gläubigen und Ungläubigen offenbart. Die Türe wird geöffnet und verschlossen. Die Voraussetzung für den Eingang ist die Bekanntschaft mit dem Bräutigam. Die Einladung ergeht an alle, aber jeder muß sich die Hochzeitskleidung beschaffen.
c.) Die Gedankenwelt der Schrift, die um den Bräutigam kreist, nimmt auch Paulus auf. Er ist eifrig darum besorgt, Christum, dem Bräutigam Seiner Gemeinde, eine reine Jungfrau zuzuführen (2. Kor. 11, 2). Die Liebe Christi zu Seiner Gemeinde vergleicht der Apostel mit der Hochzeit (Eph. 5, 25-32). Die Brautliebe zum Bräutigam und die Liebe des Bräutigams zur Braut ist dann am innigsten. Christus gab sich für Seine Brautgemeinde dahin, indem Er Seine Liebe zu ihr mit der Tat bewies. Die Sorge des Paulus, Christum reine Braut darzustellen (2. Kor. 11, 2), schreibt er hier dem Herrn selbst zu. Er, der

Schönste unter den Menschenkindern, wurde der Allerverachtetste (s.d.) und Unwerteste, damit Seine Braut in ihrer Häßlichkeit durch die Sünde in Ihm herrlich und makellos erscheint. Das ist die Tat Seiner großen Bräutigamsliebe, welche der Braut allein aus Gnaden geschenkt wird. Makellose Reinheit empfängt die Brautgemeinde als Hochzeitsgabe. Die makellose und runzellose Schönheit der Braut ist die Frucht der Evangeliumspredigt, denn die Frohe Botschaft verkündigen heißt nach der Ursprache des Alten Testamentes «glätten», die Runzeln und Furchen vom Antliz hinwegzuglätten, daß es jugendlich und schön wird (vgl. Jes. 52, 7).
Aus den Evangelien und den Paulusbriefen ist ersichtlich, daß die Braut oder Gemeinde Christi gegenwärtig in einer Vorbereitungszeit lebt, weil ihr das eigentliche Ziel, die ewige Vereinigung mit dem Bräutigam noch bevorsteht. Die Offenbarung, die hauptsächlich den wiederkommenden Herrn zeigt, enthüllt, daß dje Hochzeit des Lammes mit dem Sturze des Antichristentums beginnt und die herrliche Friedenszeit bricht dann an (Offb. 19, 7). Die Gemeinde der an Christus Glaubenden erstrahlt dann auf der neuen Erde in schönstem Schmucke (Offb. 21, 2). Damit ist das Ziel der Sehnsucht aller Gläubigen erreicht.

74. **Brot** gehört zu den edelsten Gaben Gottes. Alle Menschen benötigen es zur Erhaltung des Lebens. Gott hat das Brot aus väterlicher Güte gegeben und als Hauptspeise angeordnet. Schon im grauen Altertum genügte diese Speise für eine vollständige Mahlzeit. Manche Schriftstellen bezeichnen die gesamte Nahrung des Menschen überhaupt als Brot (1. Mose 3, 19; 49, 20; 2. Mose 16, 4; 3. Mose 26, 5; Matth. 6, 11; 2. Thess. 3, 12). Das hebräische «lechem» und das griechische «artos» kann Brot und Speise bedeuten.
Im Anschluß an die Speisung der 5 000 nennt sich Jesus «das Brot des Lebens» (Joh. 6, 35. 48), «das Brot, das vom Himmel kommt» (Joh. 6, 41. 50), und «das lebendige Brot» (Joh. 6, 51). Die durch das Wunder der Brotvermehrung Gesättigten suchten den Herrn wegen der vergänglich wirkenden Speise (Joh. 6, 27). Der Sohn des Menschen will ihnen die unvergängliche Speise darbieten. Die ungläubigen Juden sehen in der Brotvermehrung kein so großes Zeichen, sie erinnern an die Manna-Speisung während der vierzigjährigen Wüstenwanderung. Sie zitieren das Schriftwort: «Er gab ihnen Brot vom Himmel zu essen» (Joh. 6, 31; vgl. Ps. 78, 24; 105, 40; 2. Mose 16, 4. 15). Jesus widerspricht ihnen und sagt, daß nicht Moseh, sondern Sein Vater das wahrhaftige Brot vom Himmel gibt (Joh. 6, 32). Das Brot Gottes gibt der Welt Leben (Joh. 6, 33). Diese Hinweise wecken bei den Zuhörern ein Verlangen nach dem Brote Gottes. Der Herr ist bereit, die Bitte zu erfüllen, wie es aber die Menschen nicht verstehen. Die stolzen Schriftanführer begründeten ihre Aussage auf das Alte Testament. Die Antwort des Herrn erinnert an die Namen für das Manna: «Korn des Himmels», «Brot des Himmels», «Brot der Starken» (Brot der Engel). Es war keine gewöhnliche Speise, die auf Erden durch natürliche Einwirkung entstanden ist, sondern ein Wunderbrot, das die Wüsten-

wanderer sättigte. Die Väter in der Wüste, so rügt es der 78. Psalm sehr scharf, verachteten in ihrem Unglauben diese Nahrung, wie später die Ungläubigen das Wunderbrot Christi.
Jesus ist trotzdem gerne bereit, die Bitte der Fordernden zu erfüllen. Er stellt ihnen jedoch die Bedingung, daß sie Ihn als das vom Himmel kommende Brot, als das Brot Gottes zum Leben in der Welt, als das Brot des Lebens erkennen. Ein dreifacher Fortschritt ist wahrzunehmen. Der Ausdruck «das Brot **des** Lebens» faßt zusammen, daß Er selbst das Leben ist und in Sich hat, daß Er mit und aus Sich selbst gibt (vgl. Joh. 6, 35. 51. 53. 54). Obgleich der Herr nur vom Brot spricht, erwähnt Er nicht allein das Nichthungern, sondern auch das Nichtdürsten. Das hat den Sinn, daß hier jedes Bedürfnis und ungestillte Verlangen des Menschen zum Ausdruck kommt (vgl. Jes. 49, 10; Offb. 7, 16). Weil jenes Manna nur den Hunger stillte, aber nicht den Durst (2. Mose 17), übertrifft das wahre Himmelsbrot (Joh. 6, 41) das Vorbildliche bei weitem. Er sättigt die durstige Seele und füllt die hungrige Seele mit Gutem (Ps. 10, 7. 9).
Der Herr wiederholt Seine Behauptung: «Ich, ich bin das Brot des Lebens» (Joh. 6, 48). Das bedeutet, nicht mein Wort, nicht meine Lehre, sondern Ich Selbst bin dieses Brot, der Ich Gottes Leben in mir habe, das vom Himmel stammt. Damit betonte Jesus, daß Er Selbst das Brot ist, und hernach nennt Er Sich «das Brot, das ich geben werde» (Joh. 6, 51). Dieser Unterschied ist zu beachten. Das Rätsel, wie ein lebendiger Mensch für andere Menschen Brot sein kann, wird dadurch gelöst, daß Er Sich nicht nur teilweise, sondern ganz mitteilt. Das Brot ist für Andere, wenn es ihnen gegeben wird.
Von dem Brot, das Jesus gibt oder mitteilt, sagt Er «ist mein Fleisch» (s.d.) (Joh. 6, 51). Das heißt, das Brot ist Seine Person und Seine Erscheinung und ebenfalls Er Selbst. Der gleiche Gedanke liegt in den wiederholten Worten: «Denn das Brot Gottes ist, das aus dem Himmel herabkommt» (Joh. 6, 33), und: «Ich, ich bin das Brot, das aus dem Himmel kommt» (Joh. 6, 50); und schließlich: «Dieses ist das Brot, das aus dem Himmel kommt» (Joh. 6, 58). Damit spricht der Herr aus: «Ich, ich bin es, der vom Himmel herabsteigt.» Es ist hier auf die Zeitform zu achten. Er sagt nicht nach dem Partizipium «katabainòn», «Ich steige fortwährend herab», auch nicht: «Ich, ich steige herab», sondern: «Ich, ich bin herabgestiegen», Er ist einmal Fleisch geworden.
Wenn der Herr sagt: «Ich, ich bin das Brot», dann spricht Er bildlich von Sich Selbst oder von Seiner Person, mit den Worten: «Es ist mein Fleisch» erklärt Er das gleiche im eigentlichen Sinne. Die Redewendung «mein Fleisch» bedeutet Seine Leiblichkeit in völlig sündloser Heiligkeit, die vom göttlichen Leben durchdrungen ist. Die Worte des Prologs: «Das Wort ward Fleisch» haben den gleichen Sinn. Es heißt nicht «Sein Leib», wie in den Abendmahlsworten, sondern «mein Fleisch», womit der Herr schlicht und einfach Seine Menschlichkeit betont. Er stand als Mensch vor Seinen Hörern, die Er auf ein künftiges Geben des Lebensbrotes hinweist. Die Worte: «Was ich geben

werde» sind ein Hinweis auf Seinen Tod. Jesus wird erst durch Sein Leiden und Sterben zum Brot des Lebens für uns. Nach dem ganzen Zusammenhang offenbart Sich Jesus durch die Worte: «Ich, ich bin (s.d.) das Brot des Lebens», und: «Das Brot aber, welches ich, ich geben werde, das ist mein Fleisch», als Gott und Mensch in einer Person.

75. **Bruder** war Jesus nach verschiedenen Stellen des Neuen Testamentes von noch anderen Kindern Josephs und Marias (vgl. Joh. 2, 12; Apostelg. 1, 14; 1. Kor. 9, 5; Gal. 1, 9). Bei einem Ereignis erwähnten fleischlich Gesinnte, indem sie Ihn Seine Brüder nennen, die bürgerliche und geringe Herkunft des Herrn (Matth. 13, 53-58; Mark. 5, 1-6; Luk. 4, 15-30) um Sein Auftreten als Gottesgesandten in Zweifel zu ziehen.

Während einer Rede zum Volke wurde Jesus von Seiner Mutter und Seinen Brüdern gewünscht, um mit Ihm zu reden (Matth. 12, 46-47; Mark. 3, 31. 32; Luk. 8, 19. 20), und Ihn zu sehen. Die Brüder Jesu nicht für wirkliche Brüder oder für Söhne Josephs und der Maria, sondern für Verwandte und Vettern zu halten, dafür ist im ganzen Neuen Testament weder sprachlich noch inhaltlich ein Beweis zu finden. Seine engsten leiblichen Verwandten machten ihr Bruderrecht in einer Art geltend, wie es nur im Unglauben geschehen kann (vgl. Joh. 7, 3. 5. 10). Der Herr tritt ihrem fleischlichen Verlangen mit der Frage in den Weg: «Wer ist meine Mutter und welches sind meine Brüder?» (Matth. 12, 48; Mark. 3, 33). Inhaltlich fragt der Herr, welche Menschen stehen mir näher als meine leiblichen Verwandten? Aus dem Zusammenhang ist ersichtlich, daß die geistlich Gleichgesinnten Ihm die nächsten Verwandten sind, womit Er enger verbunden ist als mit Seinen Familienangehörigen dem Fleische nach. Jesus bezeichnet Seine Jünger, die Hörer und Täter Seines Wortes und des Willens Seines Vaters im Himmel als Seine Brüder (Matth. 12, 49. 50; Mark. 3, 34; Luk. 8, 21).

Jesus nannte Seine Jünger vor der Auferstehung Schüler, Kindlein (Joh. 13, 33) und Freunde (Joh. 15, 15). Der Auferstandene redet die Jünger als Kindlein (Joh. 21, 5) und Brüder an (Matth. 28, 10; Joh. 20, 17). Am Tage des Gerichtes bezeichnet Er die Armen und Hilfsbedürftigen als Seine Brüder (Matth. 25, 40).

Kein neutestamentlicher Bericht bestätigt, daß einer der Jünger und Apostel es wagte, Christus als Bruder anzureden (vgl. Joh. 21, 15; 20, 7; 13, 13). Jakobus, der ein Bruder des Herrn genannt wird, bezeichnet sich selbst als Knecht Gottes und unseres Herrn Jesu Christi (Jak. 1, 1), ebenso stellt sich Judas, des Jakobus Bruder als ein Knecht Jesu Christi seinen Lesern vor (Jud. 1). Gott ist der Vater (s.d.), Christus der Meister (s.d.), die Seinen sind alle Brüder (Matth. 23, 9; vgl. Luk. 22, 32). Die Redewendung in dem bekannten Liede: «Christus, der ist mein Leben: Mit Freud' fahr' ich von dannen, zu Christ dem Bruder mein» ist biblisch nicht zu begründen.

Der Hebräerbrief enthält einen Hinweis auf das Bruderschaftsverhältnis zwischen Christus und den Menschen. Die Geheiligten sind Brüder Christi, die Er zu Gott führt (Hebr. 2, 11). Der Schreiber begründet diese Tatsache mit der Schrift des Alten Testamentes und zwar mit Psalm 22, 31: «Ich will meinen Namen kundtun meinen Brüdern in der großen Versammlung!» Hier ist ein Beweis, daß Christus die durch Sich Geheiligten Seine «Brüder» nennt, aber nicht umgekehrt, daß die Geheiligten Christus als «Bruder» bezeichnen. Mit diesem Schriftbeweis begründet der Verfasser des Briefes Christi liebevolle Gesinnung zu den Brüdern. Der Beruf der Brüder in Christo ist, in Sein gottinniges Verhältnis einzugehen, um echte Kinder Gottes zu werden. Um den Brüdern die ganze Erlösung zuzuwenden, mußte Er den Brüdern, die der menschlichen Natur angehören, in allen Stücken gleich werden (Hebr. 2, 17).
Der Name «Bruder» ist der höchste Ehrenname der Gläubigen an Christum untereinander. Die Schrift aber zeigt mit keiner Silbe, daß Christus als «Bruder» benannt wird. Ihm gegenüber gebührt vielmehr, von uns mit dem höchsten Namen «Herr» oder «Jahwe» genannt zu werden.

76. **Brunnen** wird an den Stellen, die hier in Frage kommen, von neueren Übersetzern mit Born (s.d.) oder Quelle (s.d.) wiedergegeben. Es entspricht auch mehr dem hebräischen «maqor» und dem griechischen «pegè» in den betreffenden Schriftversen. Wenn der Brunnen auch oft tiefer als eine Quelle liegt, so ist der Brunnen doch von der Quelle abhängig. Daher dürfte es exegetischer und richtiger sein, Gott und Christus als «die Quelle des Lebens» anzusehen (Ps. 36, 10).
a.) Vom Brunnen ist oft im bildlichen Sinne die Rede. Nach dem Luthertext wird Gott an einigen Stellen mit dem Brunnen verglichen, was eigentlich mit Quelle zu übersetzen ist. Der Prophet Jeremiah zeigt den törichten Abfall des Volkes und spricht die wehmütige Klage aus: «Ein zweifaches Böses hat mein Volk getan, mich haben sie verlassen, eine Quelle lebendigen Wassers, ihnen Brunnen zu hauen, brüchige Brunnen, welche kein Wasser halten können» (Jer. 2, 13). Eine Quelle lebendigen Wassers und brüchige Brunnen werden wirksam gegenübergestellt. Jahwe, der so mächtig geholfen hat, Ihn haben sie verlassen; die nichtigen Götzen, die nichts nützen, denen laufen sie nach. Diese traurige Tatsache wird durch die beiden gegensätzlichen Bilder, den Brunnen mit fließendem Quellwasser und den brüchigen Zisternen veranschaulicht. Jeremiah wiederholt noch einmal den gleichen Gedanken (Jer. 17, 13). Jahwe ist gleichsam der Ursprung alles wahren Lebensgenusses und aller Freude. Außer Ihm ist alles nur Schein und Betrug.
Jesajah sprach schon von den Heilsbrunnen, aus welchen sie mit Freuden schöpfen sollen (Jes. 12, 3). Hesekiel, Jeremiahs Zeitgenosse, ging im Gesicht so tief durchs Wasser, daß er nicht mehr gründen konnte (Hes. 47, 3). Eine Zeit später prophezeite Sacharjah von dem geöffneten Born (Quelle) für die Bürger Jerusalems (Sach. 13, 1).

Noch manches Jahrhundert verging, bis am Tage des Laubhüttenfestes der Herr selbst auftrat und rief: «Wen da dürstet der komme zu mir und trinke!» (Joh. 7, 37.)

b.) In einem irrtümlichen Sinn wird der genannte «Brunnen Israels» (Ps. 68, 27) auf Christum gedeutet. Die Anmerkungen der Berlenburger Bibel lauten inhaltlich, daß Er der Herr ist, der da ist aus dem Brunnen Israels, der Messias, der nach Seiner Menschheit aus ihm stammt. An dieser Stelle ist mit diesem Bilde die ursprüngliche Herkunft Israels ausgesprochen. Eine Erklärung hierzu bieten zwei Stellen des Propheten Jesajah (Jes. 49, 1; 51, 1).

c.) Die bildliche Anwendung von Brunnen erinnert noch an einen Spruch im Gespräch Christi mit der Samariterin am Jakobsbrunnen. Der Herr sagt: «Welcher aber irgendwie von dem Wasser trinkt, welches ich ihm geben werde, wird in Ewigkeit nicht mehr dürsten, sondern das Wasser, das ich ihm geben werde, wird in ihm eine Quelle Wassers, die ins ewige Leben quillt» (Joh. 4, 14). Die Quelle des Lebens ist im eigentlichen Sinne ein Leben des Geistes aus Gott. Alle Quellen der Erde gelten dagegen nur als Brunnen oder Wasserbehälter. Wahres Quellwasser ist allein das geistliche, das intensiv und nachhaltig überall selbst wieder zur Quelle wird. Der vom Lebenswasser Trinkende hat in sich selbst eine Quelle. Wer den lebendigen Quell in sich aufgenommen hat, geht ein in die Fülle des ewigen Lebens. Das Quellwasser, das aus dem Meer fließt, kehrt wieder ins Meer zurück. Das Ewige kehrt zum Ewigen zurück.

77. **Burg** wird in verschiedenen Psalmen bildlich von Gottes Schutz angewandt. Die hebräische Bibel hat dafür die Worte «mezudah» und «misgab», das erste bedeutet eine Bergfeste oder eine Verschanzung; «mezudah» ist wie «misgab» und «merum» eine Höhe, ein Zufluchtsort, eine Stätte der Sicherheit, oder eine unzugängliche Höhe (vgl. 2. Sam. 23, 14; Jer. 48, 24), es kann auch ein Gipfel (Hiob 39, 28; Jes. 33, 16) oder ein «Bergschloß» (2. Sam. 5, 7. 8) damit bezeichnet werden. Es ist ein Ort, von dem man weit ausschauen kann, eine Berghöhe, ein Berggipfel, oder ein Berghöhenhaus, das auf der Spitze eines hohen Berges liegt und ein sicheres Asyl gewährt. Der Ausdruck «mezudah» wird auch als ein Nachstellungsort, eine Verschanzung, ein Spähort, oder eine Höhenwarte gedeutet. Alte Erklärer deuten das Wort als einen hohen Berg, auf welchem keiner zu zittern und in die Knie zu sinken braucht. Ein anderer Ausleger erklärt «mezudah» als einen hohen Fels auf welchem einer feststeht und nicht zuschanden oder beschämt wird, von dem man sagen kann «meine Burg». Die LXX übersetzt «mezudah» mit «kataphyge» – Zuflucht, womit auch «refugium» der Vulgata gleichbedeutend ist. Eine Burg ist nach der biblischen Ursprache ein fester, schwer zugänglicher Ort, der eine Zuflucht und Sicherheit gewährt (vgl. 1. Sam. 23, 14. 19; 24, 1; Richt. 6, 2; Jes. 33, 16; Hiob 39, 28). Das Bild ist natürlich und geläufig. Die Anwendung dürfte durch die geographische Beschaffenheit Palästinas

und die Geschichte der Lebenserfahrungen Davids veranlaßt worden sein.
Eine Verstärkung von «mezudah» ist «beth-mezudoth» – Haus der Bergfesten (Ps. 31, 3), was dem «mezudoth-selaim» – Felsenburgen (Jes. 33, 16) entspricht. Die LXX übersetzt in Psalm 31, 3: «Und um mich im Hause der Zuflucht zu retten.» In Psalm 71, 2 überträgt sie diese Stelle entsprechend: «Und an einem sicheren Ort errette mich!» Wahrscheinlich hat sie «lebith mibzaroth» – Haus der Festung gelesen (vgl. Dan. 11, 15).
In einigen Psalmen wird Jahwe «meine Burg» genannt, und noch mit anderen Gottesnamen «Stärke» (s.d.), «Fels» (s.d.), «Zuflucht» (s.d.), «Hoffnung (s.d.), «Retter» (s.d.), «Hort» (s.d.), «Horn des Heils» (s.d.), «Zuflucht» (s.d.), «Feste» (s.d.), «Zuversicht» (s.d.), «Schutz» (s.d.), «Schild» (s.d.) erwähnt (vgl. Ps. 18, 2-3; 2. Sam. 22, 3; Ps. 31, 2; 71, 4. 5. 6; 91, 2; 144, 2), die Ihn als Beschützer und Retter rühmen. Es ist beachtenswert, wie oft der Sänger das Wörtlein «mein» in diesen Zusammenhängen ausspricht. Er eignet sich Gott nach allen genannten Namen und Vollkommenheiten an. Sein Verhältnis zu Gott ist ein festes und persönliches, aus welchem sein künftiges Heil hervorgeht und sein bisher erfahrenes hervorging. Wenn der Psalmsänger Gott «meine Burg» nennt, wird der göttliche Schutz gerühmt, den er oft in den größten Gefahren erleben durfte.
Der Prophet Jesajah stellt dem Gerechten und Redlichen den göttlichen Schutz in Aussicht. Er sagt davon: «Der wird auf Höhen wohnen, Felsenburgen sind seine Burg» (Jes. 33, 16). Er lebt in Gottes Liebe, wo nichts Böses zu fürchten ist. Wie auf einer unerreichbaren Höhe ist Er in unzugänglichen Felsenburgen eingeschlossen. Es sind keine von Menschenhänden gebaute Festungen, sondern von Gott erschaffene natürliche Schutz- und Zufluchtsorte.
Zweimal, wo Gott in den Psalmen «meine Burg» genannt wird, steht noch «meine Gnade» (s.d.) damit in Verbindung (vgl. Ps. 59, 18; 144, 2). Der Dichter betrachtet es als Gottes Gnade, daß er Gott als «meine Burg» ansprechen darf. Seine Gnade sättigt und erfreut ihn. Am Tage der Angst, die hinter ihm liegt, war Gott seine unerklimmbare Burg, sein unnahbares Asyl. Es ist lauter Gnade, wenn Gott seine Burg ist. Der Name «meine Gnade» faßt alle anderen Gottesnamen zusammen. Wenn Gott um Seiner Gnade willen seine Burg ist, wohnt er in Ihm wie hinter unbezwingbaren Mauern und unerschütterlichen Bollwerken. Keiner kann ihn aus dieser Burg vertreiben oder darin aushungern. Diese Burg ist für jede Belagerung eingerichtet. Weltliche Könige hatten von ihren selbst erbauten Festungen eine hohe Meinung. David verließ sich auf Gott, der ihm weit mehr war, als alle mächtig ausgebauten Festungen und Bollwerke. Er konnte in Glaubenszuversicht sagen: «Jahwe meine Burg». Der deutsche Reformator dichtete in diesem Sinne nach Psalm 46 das Lied: «Ein feste Burg ist unser Gott!»

78. **Bürge** wird im Alten und im Neuen Testament Gott und Christus genannt.

a.) Hiob bittet: «Stelle dich doch als meinen Bürgen bei dir; wer ist es, der sich für mich verbürgt?» (oder die Hand einschlägt.) (Hiob 17, 3.) Das hebräische «arab» an dieser Stelle bedeutet neben Bürge noch «Pfand», sich verbürgen, eine Schuld oder Verpflichtung übernehmen, ein Pfand leihen oder darbringen. Wer Bürge ist, entrichtet für einen Schuldner die Schuld. Wenn er und der Schuldner die Schuld nicht entrichten können, verfällt der Bürge selbst der Sklaverei oder Schuldhaft. Der Bürge gab vor Gericht dem Schuldner und dem Gläubiger die Hand. Setzte der Bürge ein Pfand ein, so wurde er wie ein Schuldner behandelt. Hiobs Bitte, Gott möge sein Bürge sein und die Hand für ihn einschlagen, hat Er in Christo dem ganzen Menschengeschlecht in größtem Ausmaße erfüllt.
Die Bitte Hiobs an Gott, seinen Bürgen, erinnert an die schön ausgesprochenen Worte: «Auch siehe da, mein Zeuge ist im Himmel, und der mich kennt, ist in der Höhe» (Hiob 16, 19). Ihm war schon die biblische Lehre von Christi Menschwerdung und Erlösung bekannt, wodurch die Gerechtigkeit erworben wird. Um die Worte Hiobs zu verstehen, ist hier Gott der Vater und Gott der Sohn anzunehmen. Der Sohn redet für ihn und führt seine Sache. Wie der Vater hat es der Sohn für ihn zu tun. Hiob weiß um Christi Mittleramt, der sein Schiedsmann ist, was lange nach ihm Johannes (1. Joh. 2, 1. 2) und Paulus (2. Kor. 5, 14ss.) erkannten. Aus dem, was Hiob an beiden Stellen (Hiob 16, 19. 20; 17, 3) ausspricht, ist sein heller Glaubens- und Hoffnungsblick zu erkennen, den mancher Gläubige des Neuen Bundes nicht hat.
Gott ist und bleibt inmitten der Verkennung der Mitmenschen und dem Spott der Freunde sein Zeuge (s.d.). Er hält daran fest, daß Gott als Bürge für ihn einsteht. Auf Erden hat er weit und breit keinen, der sich mit ihm mit treuem Handschlag verbindet und als Bürge für ihn eintritt. Die Gewißheit, daß Gott sein Bürge ist, hat ihn in der größten Anfechtung nicht verlassen.
b.) An einer Stelle des Neuen Testamentes wird Christus «Bürge» genannt (Hebr. 7, 22). Viele Ausleger der verschiedenen Konfessionen fassen das griechische «eggyos» wie «mesistes diathekes» – Mittler (s.d.) des Bundes (Hebr. 8, 6. 9. 15; 12, 24) im juristischen Sinne, der für einen anderen, wenn es nötig ist, mit seinem eigenen Gut und Leben eintritt. Christus ist darum auch in gleicher Person Hoherpriester. Er wurde der Bürge des Neuen Bundes, indem Er für die schuldige Menschheit Sein Leben zum Opfer gab. Wenn Jesus als Mittler des Neuen Bundes bezeichnet wird, so ist darin noch nicht das Opfer mit einbegriffen, daß Er für diese Bundesschließung darbrachte. Der Begriff des Bürgen ist in dieser Beziehung enger als Mittler. Der juristische Sinn haftet dem lateinischen «sponsor» und dem griechischen «eggyos» nicht so stark an, den die meisten Ausleger dem Worte beimessen. Die Bedeutung des urtextlichen Ausdruckes ist vielmehr «Zeuge» (s.d.) oder «Gewährsmann». Zur Erläuterung vergleiche man 2. Makkabäer 10, 28: «Die einen hatten als Bürgen für das Glück und den Sieg mit ihrer Tapferkeit die Zuflucht zum Herrn.» Theodotius er-

klärt: «Welcher durch die Aufrichtung des Hauses die Hoffnung unserer Auferstehung befestigt.» Einige Ausleger betrachten Christus als «Bürgen des Bundes» vor Gott und als Befestiger des Bundes für die Menschen. Er befestigt den Bund für uns, indem Er durch Seine Auferstehung und durch Seinen Geist die Gewißheit der ewigen Güter verleiht. Christus ist im umfassendsten Sinne der «Gewährsmann», was nicht mit dem «Mittler» und dem juristischen «Bürgen» vermengt werden darf. Die Übersetzung der Lutherbibel für «eggyos» – Ausrichter (s.d.) ist sogar sprachwidrig.

79. **Busenssohn** ist bei einigen Auslegern der alten Zeit die Übersetzung des hebräischen «amon» in Sprüche 8, 30; was sonst mit «Werkmeister» (s.d.) übersetzt wird. Die griechische Wiedergabe «Schoßkind» wird «Sohn der Liebe» (s.d.) sein. Dem Sinne nach bildet das folgende: «Und ich war täglich seine Wonne, zu jeder Zeit vor ihm spielend» (Spr. 8, 31) einen guten Zusammenhang. Wie ein geliebter Sohn war Er an der gesamten Schöpfung mittätig in seliger Freude, der durch alles des Vaters Wonne ist. Er war der Lieblingssohn und Sein beständiges Ergötzen.
Die Übersetzung «Busenssohn» erinnert an die Worte Johannes des Täufers: «Der eingeborene Sohn Gottes, der in des Vaters Busen ist» (Joh. 1, 18). Damit kommt die innigste und seligste Gemeinschaft des eingeborenen Sohnes mit dem Vater zum Ausdruck. Die Liebe, welche der Sohn am Busen des Vaters vor Grundlegung der Welt genoß, sollen nach seinem Ratschluß, der in der Ewigkeit vor aller Zeit gefaßt wurde, Seine Jünger erfahren (Joh. 17, 23). In den tiefen Gründen der Ewigkeit, in dem innigsten Liebesverhältnis zwischen dem Busenssohn und dem Vater, in der Menschwerdung und im Leiden und Sterben des größten Bürgen und Mittlers liegt die Beseligung der begnadigten Sünder beschlossen. Die hohenpriesterliche Fürbitte Christi schaut rückwärts und vorwärts in die Tiefen der Ewigkeit, da Er in des Vaters Busen ist. Man beachte hier die Partizipalform: «ho òn eis ton kolpon tou patros», d.h.: Er ist allezeit zu des Vaters Brust hingekehrt.

80. **Ceder** ist nach babylonischer Auffassung ein Bild für mächtige Könige und Reiche. Assur erschien als eine Ceder auf dem Libanon (Hes. 31, 3s.). Hesekiel bedient sich dieses Bildes in einer messianischen Weissagung. Der davidische Stamm, aus welchem der Messias hervorgeht, wird als eine hohe Ceder auf dem Libanon dargestellt. Nebukadnezar bricht ihren Gipfel ab und bringt ihn nach Babylon. Damit wird die Wegführung Jojachins und der königlichen Familie veranschaulicht. Der Herr nimmt von dem Gipfel der Ceder ein dünnes Reis und pflanzt es auf dem Berge Zion. Es wächst zur stattlichen Ceder empor, alle Vögel wohnen unter ihrem Schatten (Hes. 17, 22-24). Was Hesekiel weissagt, erinnert lebhaft an das Gleichnis vom Senfkorn (vgl. Matth. 13, 32). Jesus zeigt damit den Fortschritt des Reiches Gottes, der mit Seiner Menschwerdung begann. Sein Reich gelangte

aus geringen Anfängen zur herrlichen Vollendung. Hesekiel zeigt die Niedrigkeit des davidischen Reiches als Durchgangspunkt zu einer noch größeren Höhe.
Nebukadnezar konnte unter Gottes Zulassung nur eine vorübergehende Erniedrigung bewirken, der allmächtige Gott schafft dagegen eine bleibende Erhöhung. Das zarte Reis der Ceder kann nicht das Reich Gottes nur in seiner anfänglichen Niedrigkeit bezeichnen, es muß vielmehr ein Sproß des Stammes Davids sein. Hesekiel hat hier offenbar ähnliche Darstellungen älterer Propheten vor Augen (vgl. Jer. 23, 5). Die Ceder bedeutet wie bei Daniel nicht ein Reich, sondern einen König. Das erhellt schon daraus, daß sich Nebukadnezar durchweg mit der Königsfamilie befaßt. Das zarte Reis der hohen Ceder, das hernach selbst zur hohen Ceder wird, ist kein anderer als der sich tief erniedrigte Messias aus dem Hause Davids. Parallelstellen im Propheten Hesekiel und in anderen Propheten bestätigen diese Annahme. Erklärer der gegenteiligen Ansicht behaupten, die hesekielsche Weissagung hätte den Messias nicht als Individuum vor Augen, sondern die Idee des davidischen Stammes. Sachlich ist diese Differenz unbedeutend. Die Verheißung für den Stamm Davids und für das Volk geht schließlich doch nur durch den Messias eigentlich und völlig in Erfüllung.

81. **Charakter Seines Wesens** ist ein Prädikat des Sohnes Gottes (Hebr. 1, 3). Es bezeichnet das gleiche wie «Abglanz der Herrlichkeit» (s.d.), im ersten Satzteil, nur von einem anderen Gesichtspunkte aus. Die Herrlichkeit (doxa) zeigt Gottes Wesen angesichts Seiner Offenbarungsherrlichkeit; die «hypostaseos» bezeichnet das Wesen Gottes in Seiner innersten Bestimmtheit. Das griechische «charakter tes hypostaseos autou» ist die Ausgestaltung des Wesens Gottes im Sohne. Gottes Wesensgleichheit und Wesensherrlichkeit sind im Sohne zur Ausgestaltung gelangt.
Der uns bekannte, aus dem Griechischen stammende Ausdruck «Charakter» hergeleitet von «charassein» – eingraben, einschneiden, bedeutet das Gepräge eines Stempels, das Eingegrabene, den Stempelschnitt oder scharf ausgeprägte Merkmale und Eigenschaften. Christus, der Charakter des Wesens Gottes, trägt die ausgeprägten Züge des Vaters. Die Grundzüge des göttlichen Wesens gelangen in Ihm zum Ausdruck. Im Wesen des Sohnes ist Gottes Wesen ausgeprägt. Der Sohn ist das Gleichbild des Vaters. Die charakteristische Beschaffenheit des Sohnes trägt das vollkommene Gepräge Gottes. Es ist kein Charakterzug im Wesen Gottes, der nicht auch im Sohne vorhanden ist. Der Sohn ist die charakterliche Versichtbarmachung und Verkörperung des unsichtbaren Gottes. Wer Ihn sieht, sieht den Vater.

82. **Christus** ist die griechische Übersetzung des hebräischen «hammaschiach» – der Messias (s.d.) oder «der Gesalbte» (s.d.) (vgl. Joh. 1, 41; 4, 25). Ein sinnvolles Wortspiel mit diesem Namen sind die

Worte in 2. Korinther 1, 21: «Der uns aber mit euch befestigt in Christum und uns gesalbt hat, ist Gott.» Gesalbte wurden mit dem heiligen Öl gesalbt. Im Alten Bunde empfingen Hohepriester (4. Mose 35, 25), Könige (1. Sam. 15, 1; 2. Sam. 3, 39) und Propheten (1. Kön. 19, 16) die Salbung. Der Hohepriester, der gesalbt wurde, heißt nach der LXX «ho archiereus ho kechrismenos» (3. Mose 4, 3) und «ho hiereus ho christos» (3. Mose 4, 5). Vorwiegend wird im Alten Testament der König als «ho christos» bezeichnet. Ein König war meistens ein «messchiach Jahwe» oder ein «Gesalbter Jahwes» (vgl. 1. Sam. 2, 10. 35; 12, 3. 5; Ps. 2, 2; 20, 7). Der Gesalbte gehört zum engeren Kreis der Diener Gottes, die den göttlichen Heilsrat vollenden. Christus ist nach Daniel 9, 25 und Psalm 2, 2 der erwartete Heiland (s.d.), der verheißene König (s.d.) und Retter (s.d.) Seines Volkes (vgl. Jes. 11, 1-5). Er heißt auch «Maschiach ben David» – Messias, Sohn Davids. Der Königsgedanke kommt mit der Messianität in einigen neutestamentlichen Stellen (Luk. 2, 11; 23, 2. 37. 39; Apostelg. 2, 36; Mark. 15, 32; Apostelg. 4, 26) deutlich zur Geltung. Die älteste Bezeichnung eines heilbringenden messianischen Königs findet sich in den Psalmen Salomos durch den Ausspruch: «Alle Heiligen und ihr König, Christus der Herr» (Ps. 17, 36). Der Königstitel bezieht sich immer auf das Verhältnis des Herrschers zum Volke im Herrschaftsgebiete; der Messias- oder Christustitel ist auf die göttliche Einrichtung und Ausrüstung zurückzuführen, daß die Verheißung Gottes mit solchem Helfer in Verbindung steht. Der messianische Würdentitel enthält einen Hinweis auf das Königreich Gottes in welchem der göttliche Heilsrat Wirklichkeit wird.

I.

Der Name «Christus» oder «der Christus» kommt mehr als 400 mal im Neuen Testament vor. Es ist mehrfach gefragt worden, ob Christus als Würdename oder als Eigenname verwendet wird. Nach einer Ansicht soll Christus nirgends ein Eigenname sein, weil nur 60 Stellen bei diesem Namen den Artikel bei sich haben. Der semitische Sprachgebrauch kann hier nicht zur Erklärung dienen. Das artikellose «maschiach» im «Babylonischen Talmud» hat die Bedeutung eines Eigennamens. Das aramäische «maschicha» – der Messias hat den neutestamentlichen Sprachgebrauch kaum beeinflußt. Die Bedeutung des Namens ist aus dem Neuen Testament selbst zu ermitteln.
Aus der Wirksamkeit und den Zeugnissen Jesu geht hervor, daß Er beanspruchte, der Messias zu sein. Sein Tun und Sein Anspruch weisen auf die Zukunft. Seitdem die Erlösung durch den Auferstandenen und gen Himmel Gefahrenen vollendet wurde, war die Urgemeinde davon überzeugt, daß Jesus der Inhaber der messianischen Machtfülle ist. Die Krafterweisung des Messias, die in Jesus wirksam wurde, tritt in der Verkündigung in den Vordergrund. Hier liegt die Ursache für die vorwiegende Nennung des Christusnamens. Der Name «Christus» wird sogar genannt, wenn von der irdischen Wirksamkeit Jesu die Rede ist. Die Vorstellungen vom Messias fließen fast überall mit der historischen Erscheinung Jesu zusammen.

1.) Die eigentümliche Anwendung des Christusnamens ist noch genauer zu erwägen. Christi Wesen und Art soll von den Gläubigen angenommen und zu ihrem Lebensprinzip werden. Die Gläubigen sind beschnitten worden mit der Beschneidung Christi (Kol. 2, 11), mit Christo gekreuzigt (Gal. 2, 19; vgl. Röm. 6, 6), mit Christo gestorben (Kol. 2, 20; Röm. 6, 8), mit Ihm begraben (Röm. 6, 4; Kol. 2, 12), mit Christo zusammengewachsen (Röm. 6, 5), sie leben mit Ihm (Röm. 6, 8), sie sind mit Christo lebendig gemacht (Eph. 2, 5), mit Ihm auferweckt (Kol. 3, 1), miterweckt und mitversetzt unter die Himmlischen (Eph. 2, 6). Christus bildet hiernach eine Lebenseinheit mit den Gläubigen, sie leben in Seinem Sinn. Sein Denken und Wollen ist in ihnen (vgl. Gal. 2, 20; Eph. 3, 17; Gal. 4, 19), sie ziehen Christum an (vgl. Gal. 3, 27; Röm. 13, 14), sie werden ein von Christus erfüllter Wohlgeruch (2. Kor. 2, 15).

Wenn es sich an diesen Stellen auch um ein ethisches Verhalten der Gläubigen handelt, so ist es doch entscheidend, daß Christus Urbild und Norm ist, daß die Gläubigen das Abbild und die inividuelle Nachbildung sind. Das frühere Leben des Apostels sank angesichts der Person Jesu in den Staub; die überragende Erkenntnis Christi Jesu, seines Herrn hat ihn gelehrt, alle früheren Lebensgüter und Ziele für Schaden zu achten (Phil. 3, 7-8). Darin liegt eingeschlossen, daß Paulus Christi Art und Wesen nachbildete, und was Jesus als Herr an ihm wirksam machen konnte. Weil in Christo alle Schätze der Weisheit und der Erkenntnis beschlossen sind, braucht jemand nur ernstlich auf Ihn hinzuschauen, um für sich die Summe aller Weisheit und Erkenntnis zu erlangen (Kol. 2, 3). Christus ist die Norm, nach welcher alles gemessen werden kann (Kol. 2, 8). Wo Er im Menschen eingeht, gewinnt der Friede die Herrschaft (Kol. 3, 15). Die Liebe, welche alle Unterschiede und Schranken überwindet, heißt Liebe Christi (Eph. 3, 19). Christus ist das Leben der Gläubigen (Kol. 3, 4; Gal. 2, 20; Phil. 1, 21). Er wirkt in ihnen (Kol. 3, 17); Christi Sinn (1. Kor. 2, 16) und Wahrheit (2. Kor. 11, 10) ist in ihnen. Christus redet in ihnen (2. Kor. 13, 3). Zur Erläuterung dieser Heilswahrheiten ist noch die Wendung «in Christo» in einem späteren Zusammenhang zu beachten.

Christus ist das allesbeherrschende Lebensprinzip. Daraus ist der eigenartige Gedanke entstanden, daß Christus ein Organismus oder einen Leib bildet, welchem die Gläubigen als Glieder angehören (vgl. 1. Kor. 6, 15; 12, 12. 27; Röm. 12, 5; Eph. 5, 30). Christus ist dazu bestimmt, alles harmonisch zu durchdringen (Kol. 3, 11). Die Gemeinde wird zum Vollmaß der Fülle Christi gestaltet (Eph. 4, 12. 13). Er waltet als Haupt über Seine Gemeinde (Eph. 4, 15; 1, 20; 5, 23. 24. 32). Der Christusname wird also im Neuen Testament so angewendet, daß das Bild des im Himmel thronenden Herrn mit der Vorstellung des auf Erden in Niedrigkeit wandelnden Jesus verschmolzen wird. Beide Seiten zeigen Ihn in Seiner Heilsbedeutung für uns.

2.) Eine Feierlichkeit kommt durch den Namen «Jesus Christus» zum Ausdruck. Er dient ganz besonders zur Hervorhebung der messianischen Würde Jesu. Christus ist zu Jesus ein zweiter Name. Mehrfach ist die Redewendung «durch Jesum Christum» anzutreffen (vgl. Gal. 1, 1; Röm. 1, 8; 16, 27; Phil. 1, 11; Eph. 1, 5; Tit. 3, 6). Dadurch wird Jesu messianische Vermittlung zwischen Gott und Menschen ausgesprochen. Paulus spricht von dem messianischen Heilswerk, das Jesus nach Gottes vorherbestimmtem Rat vollendet hat (vgl. Eph. 1, 5; Gal. 3, 1; 1. Kor. 2, 2; 3, 11; Röm. 16, 25; 2. Tim. 2, 8; Röm. 5, 15. 17). Vielleicht betont der Apostel das Werk Jesu Christi im Gegensatz zu Adam. Jesus ist der zur Vollendung gelangte Messias und ein Gegenstand des Glaubens (vgl. Gal. 3, 22; Röm. 3, 22). Er waltet als Herr (1. Kor. 8, 6; Phil. 2, 11). Er offenbart sich als Messias (Gal. 1, 12) und verwirklicht die Verheißungen des Alten Bundes (Gal. 3, 14).

Es ist zu beachten, daß Paulus den Namen «Jesu» voranstellt in der Wendung: «Jesus Christus in euch» (2. Kor. 13, 5; Phil. 1, 11). Die Voranstellung der Messiasbezeichnung könnte zu erwarten sein. Der Apostel stellt statt dessen den Namen «Jesus» voran, weil die Messiaswürde schon in Seinem Erdenleben beginnt. Was Jesus in Seinem Erdenleben wirkte und ausführte, ist mit dem Zustand Seiner Erhöhung völlig identisch. Einerseits erwartet Paulus eine Hilfe durch den Geist Jesu Christi (Phil. 1, 19), andrerseits redet er davon, daß Gott den Geist durch Jesum Christum reichlich ausgegossen hat (Tit. 3, 6). Beide Male denkt der Apostel an den Geist, der von dem himmlischen Jesus ausgesandt wurde. Die Zusammenstellung der Namen «Jesus» und «Christus» drückt aus, daß der erhöhte Christus im Himmel und der erniedrigte Jesus auf Erden identisch sind.

3.) Die Formel «Christus Jesus» ist speziell paulinisch. Der Doppelname «Jesus Christus» kommt auch in den übrigen Schriften des Neuen Testamentes vor (vgl. Mark. 1, 1; Joh. 1, 17; 17, 3). Der Hebräerbrief hat diesen Doppelnamen viermal, der 1. Petribrief neunmal, der 2. Petribrief achtmal, der Judasbrief sechsmal und die Offenbarung dreimal. Das Lukasevangelium führt den Namen «Jesus Christus» an keiner Stelle an, die Apostelgeschichte hat ihn dagegen elfmal. Die umgekehrte Reihenfolge «Christus Jesus» ist nur paulinisch. In einigen Stellen der Apostelgeschichte (vgl. Apostelg. 3, 20; 17, 3; 18, 5. 28; 5, 42) ist das vor Jesus stehende «Christus» prädiktativ, was einfach bedeutet, sie verkündigten, daß Jesus «der Messias» ist. Eine paulinische Formel liegt auch in Apostelgeschichte 24, 24 nicht vor, denn die Wendung «tes eis Christon soun pisteos» hat den Sinn des Glaubens an den Messias Jesus. Die Redewendung: «Jesus, der der Christus genannt wird» (Matth. 1, 16; 27, 17. 22) setzt die Formel «Christus Jesus» voraus.

Paulus bedient sich in seinen Briefen oft der Formel «Christus Jesus». Sie steht meistens ohne Artikel mit Ausnahme in Epheser 3, 1 (vgl. Kol. 2, 16; Eph. 3, 11). Im 1. Thessalonicherbrief steht die Formel, im Römerbrief ist sie oft, die Pastoralbriefe haben sie vierundzwanzigmal, der Kolosserbrief hat sie dreimal, der Epheserbrief zehnmal und der Philipperbrief dreizehnmal. Der Apostel empfand wohl das Bedürfnis, das Messianische an Jesus besonders zu betonen. «Christus Jesus» braucht darum nicht nur eine einfache Umkehrung von «Jesus Christus» zu sein. Der Doppelname «Christus Jesus» ist gleichbedeutend mit dem einfachen Christus, so bestätigt es der Gebrauch von «Christus» und von «Christus Jesus». Es heißt: «Wir sind getauft in Christum Jesum» (Röm. 6, 3), und: «Ihr seid in Christum getauft worden» (Gal. 3, 27). Es ist zu vergleichen «der Glaube des Christus Jesus» und der «Glaube Christi Jesu». Die Gläubigen heißen die des Christi und die des Christi Jesu (Gal. 5, 24). Die Galater nehmen Paulus wie Christus Jesus auf (Gal. 4, 14). Der Eckstein (s.d.) des Hauses Gottes ist Christus Jesus (Eph. 2, 20). Gott vollzieht das Gericht durch Christus Jesus (Röm. 2, 16; vgl. Phil. 1, 6). Paulus begehrt mit einer Liebesglut nach den Philippern, die Christus Jesus in sich trugen (Phil. 1, 8). Er mahnt zu der Gesinnung, die Christus bewiesen hat (Phil. 2, 5). Der Apostel spricht sogar von dem Menschen (s.d.) Christus Jesus (1. Tim. 2, 5).

4.) Nur an zwei Stellen kommt der Name «unser Herr Christus» oder «der Herr Christus» vor (Röm. 16, 18; Kol. 3, 24). Es ist eine eigentümliche Zusammenstellung. Sie hebt Jesus über jedes Menschenmaß hinaus. Das ganze Neue Testament kennt sie sonst nicht. In Römer 16, 20 wird dieser Name durch «unser Herr Jesus» abgelöst. Beide Male spricht Paulus von einem Dienst, den man dem Herrn Christus schuldig ist. Paulus bestimmt jedenfalls das Dienstverhältnis der Gläubigen zu Christus dem Herrn, dem sie als Sklaven untergeordnet sind. Die Römerbrief- und die Kolosserbriefstellen sind direkte Parallelen.

5.) Feierliche Namen der Person Jesu sind «der Herr Jesus Christus» und «unser Herr Jesus Christus». Die Würdestellung Jesu, den Gläubigen gegenüber, wird volltönend und feierlich zum Ausdruck gebracht. Es liegt gleichsam eine Erhabenheit in dieser Formel. Eine paulinische Eigentümlichkeit ist diese Apposition nicht, denn die beiden Petribriefe, der Jakobusbrief, der Judasbrief und die Offenbarung haben diese feierliche Formel. Paulus bedient sich meistens in den Eingangs- und Schlußgrüßen seiner Briefe dieser Wendung. Diese Bezeichnung tritt vielfach auf, wenn Jesus in Verbindung mit Gott genannt wird, mit Ausnahme in einigen Eingangsgrüßen und Briefeingängen (2. Thes. 1, 12; 2, 16; 1. Kor. 6, 11; 15, 57; Röm. 15, 6; Eph. 1, 17; 5, 20). Es kommt immer das Heilsmittlerische der Person Jesu dadurch stark zum Ausdruck, selbst da, wo Paulus im Namen des Herrn Jesu Christi gebietet (1. Thes. 3, 6. 12; 1. Kor. 1, 16). Der Apostel spricht dadurch aus, daß ihm Jesus, der erhöhte Herr, immer vor Augen schwebte, der mit dem auf Erden wandelnden identisch ist. Der Herr Jesus Christus ist ihm eine umfassende Einheit des ganzen Christus. Er kam aus dem himmlischen Dasein ins menschliche Fleisch (2 Kor. 8, 9). Paulus fordert auf: «Ziehet an den Herrn Jesus Christus» (Röm. 13, 14). Es ist von dem Kreuz Christi (Gal. 6, 12), wie von dem Kreuz unseres Herrn Jesu Christi bei dem Apostel die Rede (Gal. 6, 14).

6.) Die beiden Namen «Christus Jesus unser Herr» und «Jesus Christus unser Herr» sind keine verschiedenen Umkehrungen, sondern als eine Apposition von «ho kyrios» der Herr (s.d.) aufzufassen. Es sind Näherbestimmungen und Erläuterungen der Namen «Christus Jesus» und «Jesus Christus». Die beiden Thessalonicherbriefe und der Galaterbrief haben die erste Formel nicht, Paulus bedient sich erst später mehr des Namens «Christus Jesus». Beide Formeln haben etwas sehr feierliches. So oft der Apostel «Christus Jesus» schreibt, will er das Messianische in den Vordergrund rücken. Die Voranstellung von «Jesus» in Römer 5, 25 und Römer 7, 25 betont mehr die Heilsvermittlung des Herrn während Seines Erdenlebens. Paulus dachte besonders an Seinen Tod als Tat des Gehorsams und die Darbringung Seines Opfers. In Römer 1, 4 schwebte ihm Jesu Durchgang durch die Davidssohnschaft nach dem Fleisch zur Herrlichkeitsstellung vor. Die Berufung in die Lebensgemeinschaft des Sohnes Gottes steht mit dem Geschichtsverlauf der göttlichen Heilsveranstaltung in Verbindung, was die Aufeinanderfolge von «Jesus Christus» veranlaßt (vgl. 1. Kor. 1, 9).

II.

1.) Der Messiasgedanke steht mit der Gottessohnschaft Christi in enger Beziehung. Die Apposition «Jesus Christus, Gottes Sohn» ist keine Zusammensetzung von Synonymen, daß es nur ein wohllautendes Wortgeklingel wäre. Es sind verschiedene Namen des Herrn, die einander ergänzen, die aber nicht verwechselt werden dürfen, sondern zu unterscheiden sind. Das Markusevangelium verkündigt Jesus Christus als Sohn Gottes (Mark. 1, 1). Er hat Sich als solcher in Seinem Leben und durch Sein Wirken erwiesen, daß Ihn Seine Jünger als Gottes Sohn erkannt und bekannt haben. Petrus, der Wortführer der Jüngerschar bekennt Jesus Christus als den Sohn des lebendigen Gottes (Matth. 16, 16). Die Jünger hatten dem Volk gegenüber die feste Überzeugung voraus, daß Jesus der Christus ist, welche auf der Glaubenserfahrung der Gottessohnschaft beruht. Im Umgang mit Jesus haben sie den lebendigen und lebendigmachenden Gott erfahren, wodurch ihnen feststand, daß Jesus der Christus ist. «Jesus Christus, der Sohn Gottes» ist ein Titel, der das ganze Berufswerk des Herrn umfaßt. Dieser Titel ist das Bekenntnis der Gemeinde geworden und geblieben (vgl. Apostelg. 8, 37; 9, 22; 17, 3; 18, 28; Joh. 6, 69; 20, 31).
Jesus wurde von dem Hohenpriester gefragt, ob Er der Messias, der Sohn Gottes sei (Matth. 26, 63). Der Herr bejahte beide Fragen. Aus mehreren Stellen des Matthäusevangeliums (Matth. 3, 17; 11, 27; 14, 33; 16, 16; 26, 63-66; 21, 37; 22, 41-45) geht deutlich hervor, daß «Sohn Gottes» (s.d.) nicht dasselbe ist wie «der Christus». Durch «Sohn Gottes» wird die übernatürliche Herkunft Christi von Gott bezeichnet. Die Gottessohnschaft ist die Voraussetzung der Messianität Jesu. Der Hohepriester erblickt es als eine Gotteslästerung, daß Er sich als «Gottes Sohn» bekennt.
Nach der Parallelstelle im Markusevangelium fragt der Hohepriester den Herrn: «Bist du der Christus, der Sohn des Hochgelobten?» (Mark. 14, 61.) «Der Hochgelobte» (s.d.) ist eine Umschreibung des Namens Gottes, den die Juden nicht aussprachen. Die beiden Namen

«Christus» und «Sohn Gottes» werden hier genannt. Im hohenpriesterlichen Verhör betrachtete man Jesus als «Mensch» (s.d.). Der Sinn der Frage war darum, ob Er Sich als «Gottes Erwählter» ansah, und ob Er erwartete, der «König Israels» (s.d.) zu werden.

Die Ansicht, daß Christus Gottes Sohn ist, entstammt der messianischen Weissagung in Psalm 2. Dort ist die Quelle und der Anlaß dafür, daß erwartet wurde, der Messias werde Gottes Sohn werden und sein. Wenn Jesus sich als der Christus offenbarte, mußte Er auch den Namen «Sohn Gottes» führen. Paulus und Petrus betonen auf Grund vom 2. Psalm, daß Jesus durch die Auferstehung und Erhöhung auf den göttlichen Thron «Christus» und «Sohn Gottes» genannt wird (Apostelg. 2, 34s; 13, 33). Jesu Messianität und Gottessohnschaft sind durch die Auferstehung als Wirklichkeit offenbart worden.

2.) Die Benennung «der Christus Gottes, der Auserwählte» (Luk. 23, 35) entspricht dem Sprachgebrauch des Lukas (Luk. 3, 26; 9, 20; Apostelg. 4, 26). Er ist der Auserkorene und Auserwähte (s.d.) als Messias. Christus wird noch mehrfach als «der Auserwählte» bezeichnet (vgl. Luk. 9, 35; Joh. 1, 34). Gottes Wahl und Beschluß ist auf Ihn gefallen. Durch Ihn sollte die messianische Königsherrschaft Wirklichkeit werden. Der göttliche Beschluß dazu war schon vor aller Zeit gefaßt.

3.) Von Wichtigkeit ist in diesem Zusammenhang die Frage des Herrn: «Wie sagen die Schriftgelehrten, daß der Christus Davids Sohn ist?» (Mark. 12, 35.) Jene Schriftgelehrten hatten ein ganzes Lehrgebäude über den Messias aufgerichtet. Die überirdische Natur des Messias war diesen Gelehrten nicht unbekannt (Matth. 26, 63; Joh. 7, 27; 12, 34), der sinnliche Weltmonarch aber, aus Davids Stamm, galt ihnen als Hauptsache. In einem wichtigen Paragraph ihrer Lehranschauung heißt es, daß der Messias ein Nachkomme Davids sein muß. Die weitere Frage des Herrn: «David selbst nennt ihn Herrn, und woher ist er sein Sohn?» (Mark. 12, 37), verneint keineswegs die davidische Herkunft Christi (vgl. Röm. 1, 3; Matth. 1; Luk. 3) nach dem Fleische. Wenn David Ihn seinen Herrn nannte, so war Er noch mehr als ein davidischer Nachkomme. Jesus ist kein Messias und Sohn Davids im landläufigen und politischen Sinne des jüdischen Volkes. Er hat einen anderen Messiasbegriff. Nach der Prophetie Daniels kommt der Messias vom Himmel herab. Christus ist nicht ein «Sohn Davids» (s.d.), der auf Grund Seiner Abstammung den Thron Seiner Väter besteigt. Weil der Messias vom Himmel her kommt, wird Er durch Gottes Allmacht auf den Thron Gottes erhoben. Sein Reich ist nicht von dieser Welt.

4.) Jesus wurde, als Er am Kreuze hing, spottweise «Christus, der König Israels» genannt (Mark. 15, 32). Die messianische Königswürde ist auch durch die dreisprachige Kreuzesinschrift entwürdigt worden, obgleich sie damit proklamiert wurde. Schon während des Verhörs vor Pilatus erklärte Jesus, daß Er ein König (s.d.) ist, aber von einer völlig anderen Art als jeder weltliche Herrscher (Joh. 18, 33-37). Die Frage des Landpflegers und des Herrn Antwort setzen die Anschuldigungen der Juden voraus, Jesus hätte von sich gesagt: «Er sei Christus der König» (Luk. 23, 2). Der Bericht des Evangelisten Johannes ist eine Ergänzung der synoptischen Mitteilungen. Der römische Landpfleger faßte den Messiastitel politisch auf. Jesus lehnte diese Auffassung ab. Die Ansicht dagegen, die ein gläubiger Israelit davon hatte, bestätigte Er. Jesus bekannte sich als Christus oder Messias den Heiden gegenüber. Er ist kein politischer König nach heidnischer Weltanschauung, aber auch kein Messias nach jüdischer Meinung, die aus der mißverstandenen Weissagung gefolgert wurde.

5.) Im Neuen Testament heißt der Herr an verschiedenen Stellen der paulinischen Pastoralbriefe und im 2. Petribrief: «Jesus Christus unser Erretter», oder «Christus Jesus unser Erretter». Die Zusammenhänge, in welchen dieser Name vorkommt, offenbaren die größten Heilsgüter. Der Name Jesus bezeugt die Menschwerdung des Sohnes Gottes; Christus erinnert an Seine Erhöhung nach der Erniedrigung. Im Stande der Niedrigkeit und Herrlichkeit, was durch Christus Jesus» zum Ausdruck kommt, offenbart sich der Herr als unser Heiland (s.d.).

a.) Paulus verwendet die Apposition «Jesus Christus unser Erretter» im Zusammenhang mit dem Kernpunkt des Evangeliums (2. Tim. 1, 10). In Sünde verlorene, dem Tode verfallene Menschen werden durch Gottes freie Gnade in Christo errettet. Jesus, der von den Propheten verheißen wurde, erschien in der Fülle der Zeit als Erretter (s.d.) und Heiland (s.d.) (vgl. Luk. 2, 11). Dadurch, daß Jesus Leben, Unvergänglichkeit und Unverweslichkeit an das Licht brachte, offenbarte Er sich als Retter und Heiland im herrlichsten Sinne des Wortes.

b.) Der Apostel schließt diese Namensapposition mit in seine Grußworte: «Gnade und Friede von Gott dem Vater und Jesus Christus unserem Erretter (Tit. 1, 4). Es ist charakteristisch, daß er «Jesus» nicht «Herr», sondern «soter» oder Retter nennt. Möglich ist, daß Paulus dies im Blick auf die Irrlehrer schreibt, die Jesus das Prädikat «Herr» (s.d.) nicht versagten, aber Seine Heilandswürde nicht achteten. Gott sandte Christus Jesus zur Errettung der Menschen. Nach dem Grußworte ist Er unser Heiland, die Quelle der Gnade und des Friedens.

c.) Im gleichen Briefe erwähnt Paulus die «Herrlichkeit unseres großen Gottes und Heilandes Jesu Christi» (Tit. 2, 13). Der Satzkonstruktion entsprechend wird hier die Gottheit Christi ausgesprochen. Gott hat in Christo bewirkt, daß Er Ihn als Opfer für die sündige Menschheit schenkte zu dem Zweck, sich ein Eigentumsvolk zu erwerben, das Er von aller Ungerechtigkeit erlöste und reinigte. Durch die Tat der Erlösung ist Er würdig, unser großer Gott und Heiland genannt zu werden.

Durch Jesum Christum unseren Heiland ist der Geist der Erneuerung (s.d.) reichlich ausgegossen worden (Tit. 3, 6). Damit ist der Heilige Geist (s.d.) gemeint, daß eine völlige Erneuerung geschehen konnte. Durch die Vermittlung des erhöhten Retters hat Gott den Geist gesandt (vgl. Apostelg. 2, 33-37; 10, 45; Joel 3, 1; Hes. 36, 25). Der verherrlichte Retter und Heiland vermittelte die Ausgießung des Geistes an Seine Gemeinde, ohne welche keine Sinnesänderung und Rettung eines Einzelnen möglich ist (2. Kor. 1, 21; Joh. 15, 32). Christus offenbart Sich so dem Einzelnen als Heiland und Retter.

d.) Der 2. Petribrief hat auch diese echt paulinische Namensapposition des Herrn. Es ist hier ein Beweis von vielen, daß Petrus in seiner ganzen Schreibart von Paulus abhängig war. Er bedient sich der Redewendung: «Durch Gerechtigkeit unseres Gottes und Heilandes Jesu Christi» (2. Petr. 1, 1). Dieser Brief spricht fünfmal von der Erkenntnis Gottes und unseres Heilandes (2. Petr. 1, 1. 3. 8; 2, 20; 3, 18). Unser Gott und Heiland hat eine Gerechtigkeit durch Glauben walten lassen. Man will an dieser Stelle die Einheit Gottes und Christi sehen. Das Wichtigste des Ganzen ist, daß Jesus jetzt schon, nicht erst beim Weltgericht als Richter erscheint, wenn es sich um die Zuwendung des grundlegenden Heilsstandes handelt. Er verfügt als höchster Gebieter über das Heil. Jesus Christus ist für Petrus Gott (s.d.) und Retter Seiner Gemeinde.

Der Herr (s.d.) und Heiland Jesus Christus reicht einen reichlichen Eingang in das ewige Königreich dar (2. Petr. 1, 11). Ihm ist allein das ewige Reich zuteil geworden. Er hat es darum allein in der Hand, den Seinen einen weiten Eingang in Sein Reich zu verschaffen.

Wie schon erwähnt, ist dem Apostel die Erkenntnis Jesu Christi unseres Erretters von Wichtigkeit. Durch diese Erkenntnis sind die Seinen dem Unflat der Welt entflohen (2. Petr. 2, 20). Es ist eine heilsame Erkenntnis, Jesus Christus als Heiland und Erlöser aus der Knechtschaft des Verderbens erkannt und erfahren zu haben.

Die rechte Gottes- und Christuserkenntnis besteht darin, daß Gott in Christo als Retter erkannt wird (vgl. 1. Joh. 2, 23). Unser Gott und Heiland ist als Der zu erkennen, der Gerechtigkeit gibt und nach Seiner Gerechtigkeit begnadigt. Petrus mahnt darum, in der Gnade und Erkenntnis unseres Herrn und Heilandes Jesu Christi zu wachsen (2. Petr. 3, 18). Gnade und Erkenntnis sind hier sinnvoll vereinigt. Im Wachstum dieser Erkenntnis und Gnade wird das Gut des Heils bewahrt.

Wo der Glaube und die Erkenntnis rechter Art sind, werden die Namen «Herr», «Heiland», «Jesus», «Christus» eine Quelle der Kraft und Gnade. Es ist ein rechtes Heilswerk (Joh. 20, 28).

e.) Die Samaritaner bekannten von Jesus, «daß dieser der wahre Retter (s.d.) und Heiland (s.d.) der Welt, der Christus ist» (Joh. 4, 42). Dieser Name steht vielleicht mit dem Ausspruch des Herrn in Beziehung: «Das Heil ist von den Juden» (Joh. 4, 22). Der Ausdruck: «Der Retter der Welt» ist universalistisch (1. Joh. 4, 14; vgl. 1. Tim. 4, 10; Tit. 2, 10. 13). Dieser Universalismus hat seine Wurzeln im Pentateuch, den die Samaritaner besaßen und allein vom ganzen Alten Testament anerkannten. Dort steht die Verheißung an Abraham: «In deinem Namen sollen alle Völker gesegnet werden!» Der Umgang des Herrn mit der Samariterin am Jakobsbrunnen war dem partikularistischen Dünkel des jüdischen Messianismus geradezu entgegengesetzt. In Samaria, außerhalb der Grenzen Israels, wurde Christus als der Retter der Welt aufgenommen. Sie werden in dieser Beziehung Vorläufer der Gläubigen aus den Heiden. Der Apostel Paulus war auch zu der Erkenntnis gelangt, daß Christus Jesus ein Retter aller Menschen ist, die an Ihn glauben (1. Tim. 4, 10; Tit. 2, 10. 13).

III.

Es sind Genitivverbindungen mit dem Namen «Christus», «Christus Jesus», «Jesus Christus» und «Herr Jesus Christus» zu erwägen. Dadurch wird angedeutet, was von Jesus ausgeht oder von Ihm verursacht wird und wessen Eigentümer oder Herr Er ist. Mehrfach hat eine solche Genitivverbindung auch den Sinn von dem Inhalt einer Sache. Die zahlreichen Verbindungen mit dem Namen Christi zeigen die Vielseitigkeit Seiner Person und den Reichtum an Heilsgütern, welchen Er den Seinen vermittelt. Wegen der Fülle der Genitive, die mit dem Namen Christi verbunden sind, bietet eine alphabetische Anordnung die beste Übersicht.

1.) Im **Angesichte** Jesu Christi strahlt die Herrlichkeit (s.d.) Gottes (2. Kor. 4, 6). Die Gottesherrlichkeit erscheint im Angesichte Christi sichtbar, weil Er das Abbild (s.d.) des himmlischen Vaters ist. Wer Ihn sieht, sieht den Vater (s.d.). Diese Herrlichkeit schauten die Jünger schon während Seines Erdenlebens (Joh. 1, 16). Er offenbarte durch jedes Zeichen und Wunder Seine Herrlichkeit, wie das Johannesevangelium mehrfach berichtet. Die Herrlichkeit Gottes ist nach alttestamentlicher Vorstellung die Offenbarung Seiner Gegenwart. Im Angesichte Jesu Christi wird die Gegenwart des unsichtbaren Gottes enthüllt. Der höchste Gipfel der Verherrlichung Gottes wird durch den gläubigen Anblick des gottdurchleuchteten Angesichtes Jesu Christi erreicht.

2.) Die **Ankunft** (parousia) Jesu Christi (1. Kor. 15, 23) bezeichnet des Herrn zweites Kommen im Gegensatz zu Seiner ersten Erscheinung (s.d.) auf Erden im Fleische, mit welcher sich das Weltgericht und die Totenauferstehung vollzieht (2. Petr. 3, 4. 12; vgl. 2. Thes. 2, 8).

3.) Ein **Apostel** Jesu Christi (apostolos) ist ein Abgesandter oder Botschafter, den Christus selbst erwählt und berufen hat (Matth. 1ss.; Luk. 6, 13; 11, 49; Apostelg. 1, 26). Paulus wurde persönlich vom Herrn zum Apostel gerufen (Röm. 1, 1; 1. Kor. 1, 1. 17; Gal. 1, 1). Es gab auch Menschen, die sich im falschen Sinne als Apostel Christi ausgaben (vgl. 2. Kor. 11, 3).

4.) Die **Auferstehung** Jesu Christi (anastasis) ist ein Kernpunkt der evangelischen Verkündigung. Der Glaube wäre ohne sie vergeblich (1. Kor. 15, 14). Seine Auferstehung ist eine Bürgschaft für unsere Auferstehung. Sie ist darum die Grundlage unserer Auferstehungshoffnung. Er konnte sich deshalb die «Auferstehung» (s.d.) nennen.

5.) **Auserwählte** Christi oder Gottes (Röm. 8, 33) sind von den Berufenen zu unterscheiden, die das Heil wohl angeboten bekommen, aber nicht erfassen. Auserwählte Christi werden des Heils teilhaftig (vgl. Matth. 22, 14; 24, 31. 32). Ihnen wird das künftige Heil zuteil (2. Tim. 2, 10).

6.) Das **Ausharren** (hypomone) Jesu Christi wird als die Beharrlichkeit und Ausdauer in der Erwartung Seiner Wiederkunft (2. Thes. 3, 5; Offb. 1, 9; 3, 10) ausgelegt. Es bedeutet in der Thessalonicherstelle nichts anderes, als die Geduld oder das Ausharren, wie es Jesus bewiesen hat. Eine Erinnerung an ein geduldiges Hoffen auf die Wiederkunft Christi will hier wenig passen. In dieser Schriftstelle sollen die Leser von sich selbst auf den Herrn hingelenkt werden, um sich besonders der Geduld und Beharrlichkeit zu erinnern, die Christus in Seinem ganzen Erdenleben bis in den Tod bewiesen hat. Die Stellen der Offenbarung bezeichnen allerdings das geduldige Warten auf das Kommen Jesu.

7.) Paulus schreibt: «Ich sehne mich nach euch allen in den **Barmherzigkeiten** Jesu Christi» (Phil. 1, 8). Das urtextliche «en splagchnois Christou Jesou» heißt wörtlich: «In den Eingeweiden Jesu Christi». Damit wird die zarteste Liebe und Fürsorge Gottes ausgedrückt (vgl. Jes. 46, 3; Matth. 9, 36; Luk. 1, 78). Der Apostel will andeuten, er liebt die Philipper und verlangt nach ihnen mit der innigsten Bewegung des Herzens und der Eingeweide, wie Christus die zärtlichste Liebe gegen sie hegt.

8.) Ein **Berufener** (kletos) Jesu Christi (Röm. 1, 6) ist im Unterschied von einem Auserwählten (eklektos) nicht **von,** sondern **zu** Ihm gerufen, daß er Ihm angehört.

9.) Die **Beschneidung** (peritome) Christi besteht im Ausziehen des Fleischesleibes (vgl. Kol. 2, 11. 13). Es ist eine Beschneidung nach der heilsgeschichtlichen Bedeutung. Die Beschneidung des Herzens (5. Mose 10, 16; 30, 6; Jer. 4, 3. 4; Röm. 2, 28. 29) ist mit der Beschneidung Christi identisch. An die Beschneidung, die an Christus vollzoden wurde, ist kein Denken, auch nicht an die Taufe. Es ist die Beschneidung, die im Reiche Christi in Übung steht.

10.) Die **Besprengung** (rhantismos) des Blutes Jesu Christi (1. Petr. 1, 2) ist die Zuwendung der Sühne, welche Christus für uns geleistet hat, um durch Sein Blut gereinigt und von der Schuld ledig zu werden.

11.) Das **Blut** (haima) Jesu Christi wird im Sinne des sühnenden Opfertodes gebraucht, das den Bund zwischen Gott und Mensch besiegelt (Matth. 26, 28; Mark. 14, 24; Luk. 22, 20; 1. Kor. 11, 25-27; Hebr. 10, 29; 13, 20). Die Menschen werden dadurch von ihrer Sündenschuld gelöst und ihre Schuld wird gesühnt (Röm. 3, 25; Eph. 1, 7; Kol. 1, 14; 1. Petr. 1, 19; Hebr. 9, 12). Dieser Sündenerlaß und diese Reinigung gilt den Gläubigen (Röm. 5, 9; 1. Petr. 1, 2; 1. Joh. 1, 7; Hebr. 9, 14; 12, 24; Offb. 1, 5; 7, 14).

12.) Die **Darbringung** des Leibes Jesu Christi (Hebr. 10, 10) ist das Opfer, das in der Dahingabe Seines Leibes in den Tod als Sündopfer stattfand. Durch die Darbringung (prosphora) Seines Leibes ist die Reinigung und Heiligung zustande gekommen, die Gesamtwirkung des Opfers Christi, die Frucht Seines Kreuzestodes. Die Darbringung Seines bereiteten Leibes (Hebr. 10, 5) ist die Erfüllung sämtlicher Tieropfer des Alten Bundes. Der Tod des Herrn wird also als «prosphora», als das heiligende Opfer bezeichnet. Im Tode Christi hat das Opfer, vor allem die Opferschlachtung ihre Vollendung gefunden.

13.) **Diener** (diakonos – ein «durch den Staub Gezogener») Christi sind Beauftragte, die im Auftrage des Herrn fungieren. Christus erklärt dem, der Ihm dient: «Wenn jemand mir dient, folgt er mir, und wo ich bin, daselbst wird auch mein Diener sein» (Joh. 12, 26). Nach dem paulinischen Sprachgebrauch ist ein «Diakonos» einer, der in zweifacher Beziehung im Dienste der göttlichen Heilsordnung verwandt wird in seinem Verhältnis zu Christus dem Herrn des Heils, der ihm den Dienst aufträgt; und im Verhältnis zu denen, welchen durch seinen Dienst das Heil übermittelt wird (Kol. 1, 7; 1. Tim. 4, 6; vgl. 1. Kor. 3, 5).

14.) Ein **Diener** (leitourgos) Christi nennt sich Paulus, wenn er seinen Dienst mit einem Priesterdienst vergleicht (Röm. 15, 16). Er bezeichnet sich als «Leitourgos» im Blick auf Christum, dem Diener (s.d.) oder Pfleger (s.d.) des Heiligen und der wahrhaftigen Hütte. Hierzu vergleiche man die paulinische Aussage: «. . . sondern wenn ich geopfert werde über dem Opfer und Dienst (leitourgia) eures Glaubens . . .» (Phil. 2, 17). Der Apostel vergleicht seinen Dienst am Evangelium mit einem Schlachtopfer, das Gott angenehm ist (vgl. Phil. 4, 18), seinen Märtyrertod mit einem Trankopfer (2. Tim. 4, 6). Er ist als solcher ein «Liturgos Christi».

15.) Die **Drangsal** oder Trübsal (thlispis) des Christus in Kolosser 1, 24 wird auf dreifache Art erklärt: 1.) Wird es als die Drangsal aufgefaßt, die der Messias erlitten hat. 2.) Nach anderer Auffassung sind die Trübsale gemeint, die der Messias jetzt erleidet. 3.) Sind es die Drangsale, welche die Seinen zu erdulden haben, die in Seinem Dienste stehen oder nach Seinem Willen leben. – Der Wortlaut könnte auf das erste deuten. An eine Ergänzung des Erlösungswerkes Christi wäre dabei nicht zu denken. Verdienstliche Leistungen oder überschüssige Werke und Verdienste stehen der ganzen biblischen und paulinischen Theologie entgegen. Für das genugtuende Leiden Christi steht nie der Ausdruck «Trübsal Christi». Es könnte ein Leiden sein, das zur Erbauung dient (vgl. Joh. 15, 20). Die zweite Deutung wird so formuliert, Christus liebt die Seinen so, daß wenn sie leiden, Er selbst leidet. Während Paulus die Drangsale ertrug, litt Christus sie gleichsam selbst. Diese Auslegung ist nicht stichhaltig. Es müßte dann heißen: «Christus erfüllte Seine Trübsale im Leben des Paulus.» – Die dritte Erklärung der «Drangsale Christi» bleibt demnach die richtigste. An Leiden, welche der Herr zu leiden hat, ist allerdings kein Denken. Es sind vielmehr Leiden gemeint, die keinem erspart bleiben, der in Christi Nachfolge steht (vgl. 2. Kor. 1, 5; 4, 10; Phil. 3, 10). In der Nachfolge Christi ist jedem das bestimmte Maß an Drangsal zugeteilt. Der Apostel sah seine Gefangenschaft als ein Erfüllen der Trübsal des Christus an, weil nach seiner Überzeugung noch ein Rückstand von dem ihm zugeteilten Leidenmaß vorhanden war. Dieser Gedanke paßt gut zum ganzen Vers: «Jetzt freue ich mich in den Leiden für euch und ich ergänze das Fehlende der Drangsal des Christus an meinem Fleisch für seinen Leib, welches die Gemeinde ist» (Kol. 1, 24). Paulus freut sich, das ihm zugedachte Trübsalsteil in der Nachfolge Christi erfüllen zu dürfen, statt nach dem «Warum» der göttlichen Führung in den Leiden zu fragen.

16.) Die **Erscheinung** (epiphaneia) Christi bedeutet Seine Offenbarung auf Erden (2. Tim. 1, 10; vgl. 1. Petr. 1, 20), im Unterschied zur Apokalypsis – Offenbarung (s.d.). In den übrigen Stellen des Neuen Testamentes ist die «Epiphaneia» die Wiederkunft Christi (2. Thes. 2, 8; 1. Tim. 6, 14; 2. Tim. 4, 1. 8; Tit. 2, 13).

17.) Das **Evangelium** (euaggelion) Jesu Christi ist die Frohe Botschaft nach ihrer Herkunft oder ihrem Ursprung (Mark. 1, 1; Röm. 15, 19; 1. Kor. 9, 12; 2. Kor. 2, 12; 9, 13; 10, 14). Das Evangelium der Herrlichkeit Christi ist die Heilsbotschaft nach ihrem Inhalt (2. Kor. 4, 4). Man vergleiche hier die sinnverwandte Wendung: «Die Predigt Jesu Christi.»

18.) Die **Fülle** (pleroma) Christi ist ein Begriff des Überschwänglichen, das sich bis ins Unermeßliche und Unendliche steigert. Paulus hoffte, mit einem vollen Maße des Segens Christi nach Rom zu kommen (Röm. 15, 29). In Christo wohnt die ganze Fülle Gottes (Kol. 2, 8; vgl. Eph. 3, 19), alle Fülle der göttlichen Geistesgaben (Kol. 1, 19). Während Seines Standes der Erniedrigung war in Ihm, dem fleischgewordenen Wort die Fülle oder der Reichtum der göttlichen Gnade und Wahrheit (Joh. 1, 16), und der Geist Gottes (s.d.) ohne Maß (Joh. 3, 33). Die Fülle wohnt ganz besonders nach Seiner Erhöhung in Ihm. Er erfüllt das ganze Weltall (vgl. Eph. 1, 23; 4, 9. 10). Die Gemeinde, Sein Leib, erfüllt Er mit Seiner persönlichen Gegenwart, damit sie zum vollkommenen Mannesalter der Fülle Christi heranwächst (Eph. 4, 13). Die Gemeinde heißt darum «die Fülle des Christus» (Eph. 1, 23).

19.) Die **Gabe** (dorea) steht oft mit einem explikativen Genitiv in Verbindung, um anzugeben, worin das Geschenk besteht. In Epheser 4, 7 heißt es: «Einem jeden aber von uns ist gegeben worden die Gnade nach dem Maße der Gabe des Christus.» Die uns geschenkte Gnade (s.d.) ist uns durch das Maß zugeteilt, über das Christus verfügt.

20.) Ein **Gefangener** oder Gefesselter (desmios) Christi Jesu war Paulus, weil ihn die Sache Christi in die Gefangenschaft brachte und daß er darin festgehalten wurde (Eph. 3, 1; 2. Tim. 1, 8; Phil. 1, 9). Es ist gleichbedeutend mit «der Gebundene im Herrn» (vgl. Eph. 4, 1).

21.) An zwei Stellen ist vom **«Geheimnis»** (mysterion) des Christus die Rede (Eph. 3, 3; Kol. 2, 3). Es ist die geheime Lehre, welche durch Offenbarung des verborgenen Ratschlusses Gottes in Christus kund wurde. Durch Ihn sind Heilswahrheiten enthüllt worden, die auf göttlicher Offenbarung beruhen.

22.) **Gehorsam** (hypakoe) Christi (2. Kor. 10, 5) bedeutet nach dem Zusammenhang eine Unterwerfung unter den in Christo geoffenbarten Heilswillen Gottes. Die Worte: «eis ten hypakoen tou Christou» sind zu übersetzen: «In den Gehorsam gegen Christus.» Er soll allein und mit ganzer Anerkennung zur Geltung gelangen. Eine solche praktische Anerkennung Christi, die ihr Prinzip bis zur letzten Konsequenz durchführt, steht im Gegensatz zur verborgenen und öffentlichen Christuswidrigkeit.

23.) Weil Christus der Inhaber der ganzen Geistesfülle ist, daß jeder Mensch, der den **Geist** (pneuma) hat, durch Seine Vermittlung in den Geistesbesitz gelangt, heißt der Heilige Geist (s.d.) «der Geist Jesu Christi» (s.d.) oder «der Geist Christi» (Phil. 1, 19; 1. Petr. 1, 11). Der Geist Jesu Christi, der in den Propheten redete, wird von einigen Erklärern als Geistesbesitz des präexistenten Christus gedacht. Andere Ausleger denken an Propheten der Urgemeinde, die durch den Heiligen Geist, der am Pfingsttage ausgegossen wurde, geweissagt haben.

24.) Die **Gemeinschaft** (koinonia) mit dem Vater und Seinem Sohne Jesus Christus (1. Joh. 1, 3) ist eine enge zusammenhängende Verbindung und ein vertrauter Umgang. Diese innige Verbindung wird auch durch Leiden nicht gebrochen, sondern befestigt (Phil. 3, 10). Die Gemeinschaft an dem Blute und dem Leibe Christi kommt im Abendmahl zur Darstellung (1. Kor. 10, 16). Gott hat die Seinen in die Gemeinschaft Seines Sohnes berufen (1. Kor. 1, 9).

25.) Das **Gesetz** (nomos) Christi (Gal. 2, 6) ist nach Chrysostomus ein Gesetz der gegenseitigen Ab- und Aushilfe, wie es sich im Leben des organischen Körpers zeigt. Dieses Gesetz waltet auch im Leben der Gemeinde. Das Gesetz Christi steht gegensätzlich zum mosaischen Gesetz. Das heißt nicht, daß ein solcher gesetzlos lebt, er steht nämlich unter dem Gesetz Christi (1. Kor. 9, 21). Das Evangelium, die Frohe Botschaft vom Reiche Gottes, enthält nicht allein die Verkündigung von der Gnade und dem Heil, sondern auch Bestimmungen Christi für den Eintritt in das verheißene Reich. Es ist ein neues Gesetz, dessen Beobachtung unser Herr als Richter von den Seinen fordert (vgl. Matth. 5, 20; 7, 21). Damit ist der Ausdruck «Gesetz Christi» erklärt.

26.) Der **Glaube** (pistis) Jesu Christi, von dem in Römer 3, 22. 26; Galater 2, 16. 20; Philipper 3, 9; Philipper 5; vgl. Galater 3, 22; Epheser 3, 12; Jakobus 2, 1; Offenbarung 3, 13; 14, 12; die Rede ist, bedeutet, daß Jesus die Urquelle und der Vollender des unerschütterlichen Heilsvertrauens ist. Der Hebräerbrief nennt Ihn den Anfänger und Vollender des Glaubens (s.d.). Ohne Ihn ist kein Glaube möglich. Der Glaube Jesu Christi ist «der Glaube» (vgl. Luk. 18, 8), wonach der Sohn des Menschen fragt, wenn Er wiederkommt. Die spezielle «pistis tou Christou» ist als gen. subj., aber nicht als gen. obj. zu fassen, nämlich der «Glaube Jesu Christi», nicht «der Glaube an Jesum Christum». Dieser Sinn ist unbedingt tiefer, als es allgemein aufgefaßt wird.

27.) Wie die Gesamtgemeinde der Leib Christi und Christus das Haupt dieses Leibes genannt wird, so heißen die Gläubigen **Glieder** des Leibes (1. Kor. 12, 27; Eph. 5, 30). Die Leiber der Gläubigen heißen «Glieder des Christus», weil sie zum Dienste Christi bestimmt sind (1. Kor. 6, 15).

28.) Die **Gnade** (charis) Jesu Christi, die Er in Seiner Barmherzigkeit und in Seiner Erniedrigung durch Seinen Opfertod offenbarte (Röm. 5, 15; 2. Kor. 8, 9; Gal. 1, 6), vermittelt die Gnade Gottes. Gnade kennzeichnet Gottes Geneigtheit gegen die sündige Menschheit. Es ist Seine freiwillige Liebe, die jeden Rechtsanspruch ausschließt, die aber durch keine Schuld gehindert wird, Sünde zu vergeben. Diese Gnade ist an den Sohn Gottes gebunden, weil sie in Ihm erschienen ist (1. Petr. 1, 13). Sie wird darum die Gnade unseres Herrn Jesu Christi genannt (Röm. 16, 20; 1. Kor. 16, 23; 2. Kor. 8, 9; 13, 13; Gal. 1, 6; 6, 18; Phil. 4, 23; 1. Thes. 5, 28; 2. Thes. 3, 18; 1. Tim. 1, 14; Phil. 25 ; 2. Petr. 3, 18). Die vollständige Formel ist vielfach in den Briefeingängen des Neuen Testamentes zu lesen (vgl. 1. Kor. 1, 3; Röm. 1, 7).

29.) Zu beachten sind die Verbindungen: «Der **Gott** unseres Herrn Jesu Christi» (Eph. 1, 17), und «Der Gott und der Vater unseres Herrn Jesu Christi» (Röm. 15, 6; 2. Kor. 1, 3; 11, 31). Gott (s.d.) wird durch Christus der Gott und Vater (s.d.) derer, die an Jesus glauben. Es ist eine heilsgeschichtliche Bezeichnung Gottes im Neuen Testament an Stelle des alttestamentlichen Gottesnamens.

30.) Die **Herrlichkeit** (doxa) Christi ist in Seinem göttlichen Charakter (s.d.) begründet (Joh. 1, 14), sie offenbart sich durch Seine Zeichen (Joh. 2, 11). Seine volle Herrlichkeit empfängt Er nach der Erhöhung (Matth. 19, 28; Mark. 10, 37; Luk. 24, 26; 1. Tim. 3, 16). Seine Herrlichkeit (s.d.) zeigt sich nach außen bei Seiner Wiederkunft zum Gericht (Matth. 16, 27). Jesus Christus ist unser Herr der Herrlichkeit (Jak. 2, 1). Wenn diese Herrlichkeit enthüllt wird, gelangen auch die Seinen zur Herrlichkeit, die als Herrlichkeit Gottes (s.d.) bezeichnet wird, weil sie von Gott stammt (Röm. 5, 2) und als Herrlichkeit Christi (2. Thes. 2, 14), weil sie von Christus kommt.

31.) Die **Hoffnung** (elpis) unseres Herrn Jesu Christi (1. Thes. 1, 3) ist ein gen. obj., daß Christus der Gegenstand der Hoffnung ist. Er heißt auch sonst «die Hoffnung» (s.d.) (Kol. 1, 27; 1. Tim. 1, 1), nicht weil alle unsere Zuversicht auf Ihm ruht, sondern weil durch Seine Wiederkunft und die Offenbarung des Reiches Gottes sich die Herrlichkeitshoffnung erfüllt (Tit. 2, 13). Beachtenswert ist, daß durch diesen Genitiv das so wichtige Hoffnungselement stark betont wird.

32.) **Knecht** (doulos) Christi heißt jeder Gläubige, im engeren Sinne ein Verkündiger des Evangeliums. Christus bedient sich ihrer zur Förderung und Ausbreitung der Frohen Botschaft (Röm. 1, 1; Gal. 1, 10; Eph. 6, 6; Tit. 1, 1; Jud. 1). Ein Knecht (hyperetes) Christi ist ein ausgesprochener Verkündiger des Evangeliums (vgl. Apostelg. 26, 16; 1. Kor. 4, 1).

33.) Das **Königreich** (basileia) Christi ist ein Begriff, der andeutet, daß der Messias das Königtum Gottes verwirklicht (Matth. 16, 28; 20, 21; Luk. 22, 29; 23, 42; Eph. 5, 5; 2. Tim. 4, 1. 18; Hebr. 1, 8). Christus richtet vor allem den Heilswillen Gottes aus, woran die neue Ordnung der Dinge gebunden ist. Er ist der Bringer der Gottesherrschaft, worin Seine Messianität aufgeht. In Seiner Person wird Gottes Königswille voll und ganz verwirklicht. Die Verwirklichung der Königsherrschaft Gottes vollzieht sich innerhalb des Weltganzen. Christus fördert durch Sein Reden und Tun die Erkenntnis des göttlichen Königswillens. Seine Worte, daß Sein Königreich nicht von dieser Welt ist, erklären, daß sich nicht die gegenwärtige Ordnung der Dinge anschickt,

Gottes Herrlichkeit und Ratschluß zu verwirklichen. Sein Königreich entstammt vielmehr der oberen Welt.

34.) Die **Kraft** (dynamis) Christi offenbart sich besonders als herrliche Königsgewalt bei Seiner Wiederkunft (vgl. Matth. 24, 30; Mark. 13, 26; Luk. 21, 27; 2. Thes. 1, 7; 2. Petr. 1, 16; Apostelg. 5, 12). Sie enthüllt sich als eine göttliche Macht (2. Petr. 1, 3). In der Wirksamkeit auf das geistliche Leben der Gemeinde (1. Kor. 5, 4), im Einfluß auf die Gemüter (2. Kor. 12, 9) kann Christi dynamische Macht wahrgenommen werden. Es ist die Macht, die alles hält und trägt (Hebr. 1, 3). Während Seines Erdenlebens zeigte sich diese Kraft in Seinen Zeichen und Wundern (Mark. 5, 30; Luk. 5, 17; 6, 19). Es waren sogar Kräfte, die bei Seinen Zeichen und Wundern vorhanden und wirksam waren (Matth. 13, 54; 14, 2; Mark. 6, 14).

35.) Das **Kreuz** (stauros) Christi ist ein Hinweis auf den Kreuzestod des Herrn (1. Kor. 1, 17). Das «Wort vom Kreuz» bedeutet die erlösende Kraft Seines Kreuzestodes (1. Kor. 1, 18). Es gab Menschen, die keine Verfolgung wegen ihres Eintretens für die Überzeugung von der erlösenden Kraft des Kreuzestodes Christi erleiden wollten (vgl. Gal. 5, 11; 6, 12. 14; Eph. 2. 15; Phil. 3, 18). Jesus heißt noch «Christus der Gekreuzigte» (s.d.)

36.) Der **Leib** (soma) Christi ist in zweifachem Sinne aufzufassen. Zunächst wird von dem Brechen Seines Leibes gesprochen, was die Dahingabe Seines Lebens bedeutet (vgl. Matth. 26, 26; Mark. 14, 22; Luk. 22, 19; Joh. 2, 21). Durch die Dahingabe Seines Leibes hat Er das Opfer für die Erlösung dargebracht (vgl. 1. Kor. 11, 24; Hebr. 10, 10).

Der Leib des Christus ist im übertragenen Sinne die Gemeinschaft der Gläubigen oder Seine Gemeinde. Sie dienen und leben zu einem Zwecke zusammen, wie alle Glieder eines Leibes für einen Zweck bestimmt sind (1. Kor. 10, 16; Eph. 1, 23; Kol. 1, 24). Christus ist das bestimmende Haupt (s.d.) Seiner Gemeinde (Eph. 4, 15; 5, 23; Kol. 2, 19). In dem einen Leib der Gemeinde wirkt der eine Geist Christi (Eph. 4, 4).

37.) Die **Leiden** (pathema) Christi sind nicht Sein Verhalten, sondern die Leiden, die um Christi willen ertragen werden (2. Kor. 1, 5; Phil. 3, 10; 1. Petr. 4, 13).

38.) Die Wendungen «der **Name** Jesu Christi» und «**Name** Christi» heben hervor, was Christus auf Erden Seiner Würde nach charakteristisch ist und nach außen hin offenbart. Dieser Gedanke liegt auch in dem hebräischen «schem Jahwe» – Name Jahwes. Er bezeichnet die Heilsoffenbarung in Christo. An diesen Namen sind alle Vorstellungen und Eigenarten Christi geknüpft. Der Name (s.d.) ist der Grund, auf welchem die Tat oder Wirkung erfolgt; er allein berechtigt zu einer Handlung, er erteilt die Vollmacht und Autorität. Es ist die Redewendung: «Um Seines Namens willen» zu beachten.

39.) Die **Offenbarung** (apokalypsis) Jesu Christi kann ein gen. subj. und ein gen. obj. sein. Mehrfach ist eine solche Offenbarung auf Seine Vermittlung, einen besonderen Umgang mit Christus zurückzuführen, dessen Paulus sich gewiß war (2. Kor. 12, 1; Gal. 1, 12; vgl. Offb. 1, 1). Sie kommt auf ekstasischem oder visionärem Wege zustande. In Römer

16, 25 ist von der Enthüllung des Geheimnisses Christi die Rede. Die Offenbarung des Herrn Jesu Christi ist eine Bezeichnung für Seine Wiederkunft, besonders des Jüngsten Tages (1. Kor. 1, 7; 2. Thes. 1, 7; 1. Petr. 1, 7. 13; 4, 13).

40.) Die **Predigt** Christi (kerygma) ist die göttliche Heilsbotschaft oder der Heroldsruf, die Bekanntmachung durch den Herold. Der Gegenstand des Heroldsrufes ist Christus der Gekreuzigte (vgl. Röm. 16, 25; 1. Kor. 1, 21; 2. Tim. 4, 17; Tit. 1, 3).

41.) Die **Rede** (rhema) Christi ist die Lehre, welche die Verkündiger des Evangeliums darbieten (Röm. 10, 17).

42.) Der **Reichtum** (ploutos) Christi (vgl. Offb. 5, 12) umfaßt die Güter, mit welchen der Messias die Seinen bereichert (Eph. 3, 8). Dieser Reichtum ist alles, was Christus zu geben bereit ist. Der Reichtum Christi ist der Überfluß der himmlischen Herrlichkeit nach allen Seiten, im Gegensatz zur Armut der Menschen. Es ist die Fülle Seiner Herrlichkeit, welche Gott in Christo der Gemeinde offenbart, die im Glauben an Christum mit Gott Gemeinschaft hat.

43.) Der **Richterstuhl** (bema) Christi ist ein erhöhter Ort oder die Schiedsrichtertribüne, auf welcher das Urteil über die Gläubigen gesprochen wird (2. Kor. 5, 10). Es ist ein Unterschied zwischen dem großen weißen Thron (Offb. 20, 10), auf dem das Endgericht stattfindet.

44.) Der **Tag** unseres Herrn Jesu Christi (1. Kor. 1, 8; 2. Kor. 1, 14; Phil. 1, 6. 10) heißt nach dem alttestamentlichen Sprachgebrauch «der Tag des Herrn», «der Tag Jahwes» (Apg. 2, 20; vgl. Jes. 2, 12; 13, 6. 9; Hes. 13, 5; 30, 3; Joel 1, 15; 2, 1. 11; 3, 4; Amos 5, 18. 20; Ob. 15; Zeph. 1, 14; 2, 2). Die Prophetie bezeichnet damit das Endgericht aller Gottesfeindschaft. Der Gott der Offenbarung und der Verheißung gibt diesem Tage Seine Prägung. Für die Gerechten ist es ein Tag der Heimsuchung (Jes. 10, 3; 1. Petr. 1, 12), für die Gottlosen ein Tag des Zornes Zeph. 1, 15. 18; 2, 2; Jes. 13, 13; Hes. 7, 19; vgl. Röm. 2, 5). Es ist der große Tag (Offb. 6, 17; 16,14; Jud. 6; Apostelg. 2, 20; Jer. 30, 7; Mal. 3, 23). Das Neue Testament nennt ihn auch den «Tag Gottes» (2. Petr. 3, 12), den «Tag des Gerichts» (Matth. 10, 15; 11, 22. 24; 12, 36), den Tag, an welchem Gott richtet (vgl. Röm. 2, 16), den Tag des großen Gerichtes (Jud. 6). Er heißt auch einfach «jener Tag» (Matth. 7, 22; Luk. 10, 12; 2. Thes. 1, 10; 2. Tim. 1, 12. 18; 4, 8), oder «der Tag» (1. Thes. 5, 4; 1. Kor. 3, 13; Hebr. 10, 25), und «der letzte Tag». Für die Gemeinde Christi ist dieser Tag ein Tag der Erlösung (Eph. 4, 30; Luk. 21, 28). Christus ist Richter (s.d.) an diesem Tage (Matth. 7, 22). Er vollzieht dann die Auferweckung der Toten (Joh. 6, 39. 40. 44. 54) und erscheint in der Herrlichkeit des Vaters (Matth. 16, 27). Dieser Tag heißt darum «der Tag unseres Herrn Jesu Christi». Es ist noch zu unterscheiden «der Tag des Herrn», «der Tag Jesu Christi» und «der Tag des Menschensohnes» (s.d.). Wenn von dem Tag des Herrn die Rede ist, steht die Weissagungslinie damit in Verbindung, die an den Namen dieses Tages anknüpft. Der Ausdruck: «Tag Jesu Christi» enthüllt vorwiegend das tröstliche Moment dieses Tages für alle Gläubigen. Die Tage des Menschensohnes (Luk. 17, 22. 26) sind im Zusammenhang mit Seinem irdischen Leben zu verstehen. Jedenfalls offenbart Jesus an diesem Tage Seine Messianität.

45.) Der **Thron** (thronos) Christi (Matth. 19, 28; 25, 31; Offb. 3, 21; 20, 11; 22, 3), ist ein Attribut himmlischer Größe, Erhabenheit und Majestät. Christus thront gleichsam als König und Alleinherrscher im Königreiche Gottes.

46.) Die **Wahrheit** (aletheia) Christi wohnte in Paulus (2. Kor. 11, 10). Er war gewürdigt, Christi Wahrheit zu erkennen und sich zu eigen zu machen. Nach der Wahrheit, wie sie bei Christus zu finden ist, hat er gelehrt (vgl. Eph. 4, 21).

47.) Das **Wort** (logos) Christi ist die neutestamentliche Heilsverkündigung (1. Kor. 1, 6). Es hat Christus, vor allem Seine Auferstehung zum Inhalt (Apostelg. 4, 33; vgl. Kol. 3, 16).

48.) Das **Zeugnis** (martyrion) Christi ist die neutestamentliche Botschaft (1. Kor. 1, 6). Es hat Christus, vor allem auch Seine Auferstehung zum Inhalt (Apostelg. 4, 33). Ein solches Zeugnis beruht einerseits auf eigener Erfahrung, und es wird mit dem eigenen Blute besiegelt.

IV.

Die oft wiederkehrende Ausdrucksweise im Neuen Testament «in Christo», «in Christo Jesu», «in Christus» hat wohl der Apostel Paulus geprägt. Johannes bedient sich ziemlich selten dieser Formel. Diese Redewendung faßt gleichsam das ganze Evangelium wie ein Brennpunkt in einer Linse zusammen. Die Zusammenhänge, in welchen die Präposition «in» (griech. en oder eis) gebraucht wird, zeigen Gottes Sein in Christus, unser Sein in Christo und Christi Sein in uns.

1.) Paulus und Johannes gestalten ihre Aussagen mit der Redewendung «in Christo», «in Christo Jesu» und «im Herrn» so, daß sie sich innerhalb im Rahmen des göttlichen Heilsrates bewegen. Von einer Spekulation beider Apostel über das Verhältnis zwischen Gott und Christus, die völlig außerhalb des göttlichen Heilswillens liegt, kann keine Rede sein. Sie befassen sich damit, was Gottes Sein in Christo für das Heil der Menschen bedeutet.

Paulus und Johannes bezeugen Gottes Sein in Christo: «Gott war in Christo und versöhnte die Welt mit Ihm selber» (2. Kor. 5, 19; vgl. Joh. 14, 10; 17, 21). Christus ist auf der ganzen Erde der einzige Ort, wo Gott mit Seiner Gnadengegenwart wohnt. Vor Seiner Menschheit und Menschwerdung war die Hütte des Zeugnisses und der Tempel die Stätte Seiner Gegenwart. Christus ist in Person der Ort der gnädigen Gegenwart Gottes. Er steht deshalb mit der göttlichen Gegenwart im Alten Bunde in Verbindung. Gott offenbarte Sich den alttestamentlichen Gläubigen auf Ihn hin (vgl. Röm. 3, 25). Die Heilsgeschichte Gottes strebt zu Ihm hin. Er ist ihr Ziel, in Ihm wird sie erfüllt und vollendet. Die Decke, die über dem Alten Testament lag, ist aufgehoben (2. Kor. 3, 14). Der abrahamitische Segen ist in Christo von Israel zu allen Völkern gelangt (Gal. 3, 14; Eph. 3, 6).

Christus ist das Zentrum des Neuen Testamentes. Sämtliche Worte, die sich um die Redewendung «in Christo» gruppieren, sind vereinigte Strahlen um diesen Mittelpunkt, die von hier aus wieder allseitig ausstrahlen. «Gott hat uns begnadigt in dem Geliebten» (Eph. 1, 16). Er hat uns in Christo verziehen (Eph. 4, 32). Es ist uns gezeigt worden der überschwängliche Reichtum Seiner Gnade in Christo (Eph. 2, 7; 1. Kor. 1, 4s.; 2. Tim. 2, 1. 10). Wir werden ohne Verdienst gerecht aus Seiner Gnade durch die Erlösung, die in Christo Jesu geschehen ist (Röm. 3, 24; 2. Kor. 5, 21; Gal. 2, 17; Eph. 1, 7. 11; Kol. 3, 14). In Ihm ist unser Friede (Joh. 16, 6. 33). Von der Liebe Gottes, die in Christo Jesu ist, kann uns nichts scheiden (Röm. 8, 39). Gott hat uns in Ihm erwählt (Eph. 1, 4. 9; 3, 11; Röm. 16, 13). Er beruft uns in Christo Jesu (Phil. 3, 14; 1. Petr. 1, 3). Wir haben in Ihm das Wort der Wahrheit gehört (Eph. 1, 13). Gott hat uns in Christo Jesu mitauferweckt und unter die Himmlischen versetzt (Eph. 2, 6). In Christo Jesu unserem Herrn haben wir ewiges Leben (Röm. 6, 23; 2. Tim. 1, 1). Wir werden alle in der Auferstehung in Christo lebendig gemacht (1. Kor. 15, 22).

Christus ist der Ort der göttlichen Gnadengegenwart und der Quell des ewigen Lebens. Aus Ihm strömen Gottes Kräfte, die neues Leben wirken. Das Gesetz des Geistes, das in Christo Jesu lebendig macht (Röm. 8, 2), steht gegensätzlich zum Gesetz der Sünde und des Todes. Gottes Wille ist in Christo Jesu Wirklichkeit (1. Thes. 5, 18), in Ihm ist die Wahrheit (Eph. 4, 21). Begnadigte Sünder sind Geheiligte in Christo Jesu (1. Kor. 1, 3; Phil. 1, 1), sie sind in Christo Jesu zu guten Werken geschaffen (Eph. 2, 10). Gott schenkt zu jeder Zeit die Überwindung in Christo (2. Kor. 2, 14). In Christo Jesu haben wir allen menschlichen Satzungen gegenüber die Freiheit (Gal. 2, 4).

2.) Was Christus für uns vor Gott getan hat, und was wir durch Ihn von Gott empfangen, wird durch die Präposition «für» (hyper) und «durch» (dia) ausgedrückt. Die Präposition «in» (en) kennzeichnet dagegen den Zusammenhang oder die Verbindung, die wir mit Christus haben. Dieses Verbundensein wird doppelseitig entfaltet, Christus in uns und wir in Ihm.

Die Formel «Christus in uns» ist selten, aber beachtenswert. Paulus fragt: «Erkennet ihr euch selbst nicht, daß ihr in Jesus Christus seid?» (2. Kor. 13, 5.) «Christus in euch» schreibt Paulus, hat zur Folge, daß der Geist der Gerechtigkeit wegen lebt (Röm. 8, 10). Christus in uns ist die Hoffnung der Herrlichkeit (Kol. 1, 27). Der Apostel bekennt: «Christus lebt in mir» (Gal. 2, 20).

Vielfach wird ausgesprochen, daß wir «in Christo» sind. «Von ihm kommt es, daß ihr in Christo Jesu seid» (vgl. 1. Kor. 1, 30; Röm. 8, 1; 16, 11; 2. Kor. 5, 17). Johannes führt die gleiche Sprache, indem er schreibt: «Wir sind in dem Wahrhaftigen in seinem Sohne Jesus Christus» (1. Joh. 5, 20; 2, 5; Joh. 14, 20).

Es gibt nach der Schrift die Möglichkeit, daß Menschen mit Christus in Verbindung stehen, was durch die Redewendung ausgedrückt wird, wir sind «in Christo Jesu». Wer in Ihm ist, ist das mit seiner ganzen Person. Eine Unmöglichkeit ist es dann, daß nur Einzelgebiete unseres Lebens mit Ihm verbunden sind, etwa unser Wollen und Tun. «In Ihm» sein heißt, unser ganzes Dasein, das ganze Leben und Sterben ist mit Ihm verbunden. Sämtliche Lebensfunktionen geschehen in Christo. Das Grüßen (Röm. 16, 8. 22; 1. Kor. 16, 19), die Freude (Phil. 3, 1; 4, 4. 10), das Reden (Röm. 9, 1; 2. Kor. 2, 17; 12, 19; Eph. 4, 17), das Heiraten (1. Kor. 7, 39), das eheliche Leben (Kol. 3, 18), der Kindersegen und der Kindergehorsam gegen die Eltern (Eph. 6, 1; Kol. 3, 20), die Gastfreundschaft (Röm. 16, 2; Phil. 2, 29), die Mühe des Lebens (1. Kor. 15, 58; Röm. 16, 12), sogar das Sterben (1. Kor. 15, 18; 1. Thes. 4, 16; Offb. 14, 13) geschieht in Christo.

Paulus war sich bewußt, daß sein ganzer Missionsdienst in Christo geschah. Er schrieb von seinen Wegen «die in Christo sind» (1. Kor. 4, 17), von seinen «Banden in Christo» (Phil. 1, 13; Eph. 4, 1), von seinen Mitgefangenen «in dem Herrn» (Röm. 16, 7; Phil. 23). Der Apostel wußte sich selbst «in Christo» (2. Kor. 12, 2). Herzen und Sinne seiner Gemeinde in Philippi wußte er «in Ihm» (Phil. 4, 7). «In Ihm» war er gewiß (Röm. 14, 14), «in Ihm» hatte er Vertrauen zu den Gemeinden (Gal. 5, 10; 2. Thes. 3, 4; Phil. 2, 24). Paulus hatte große Freudigkeit «in Ihm» (Phil. 8; Eph. 3, 12), er rühmte sich «in Ihm» (Röm. 15, 17; 1. Kor. 15, 31). «In Ihm» wurde ihm eine Türe in Troas aufgetan (2. Kor. 2, 12). «In Ihm» zeugte er die Gemeinde zu Korinth (1. Kor. 4, 15) als junge Kinder «in Christo» (1. Kor. 3, 1), als ein Werk «in dem Herrn» (1. Kor. 9, 1). Die Epheser waren ihm «in Christo» nahe geworden (Eph. 2, 13). Er schreibt darum von seinem lieben und getreuen Sohn, Bruder oder Mithelfer «in dem Herrn» (1. Kor. 3, 17; Eph. 6, 21; Phil. 1, 14; Kol. 1, 2; Phil. 16; Röm. 16, 3. 9) und von Vorstehern «in dem Herrn» (1. Thes. 5, 12).

Weil es ein Sein «in Christus» gibt, ist es sinnvoll, von einem Wandel «in Christo» zu sprechen (Kol. 2, 6; 1. Petr. 3, 16). Nach paulinischer Ansicht gibt es eine Bewährung «in Ihm» (Röm. 16, 10), ein Feststehen «in Ihm» (Phil. 4, 1; 1. Thes. 3, 8), ein Starksein «in Ihm» (Eph. 6, 10). Paulus war mächtig gemacht «in dem Christus» (Phil. 4, 13). Der Apostel schreibt von einer Klugheit «in Christo» (1. Kor. 4, 10), von einer Ermahnung «in Ihm» (1. Thes. 4, 1; 2. Thes. 3, 2), von einem Sichrühmen «in Ihm» (Phil. 1, 26) und einem Lichtsein «in Ihm» (Eph. 5, 8). Paulus schreibt darum nicht nur von einem Glauben **an** Christus, sondern auch von einem Glauben **in** Christo Jesu (Kol. 1, 4; 1. Tim. 3, 13; 2. Tim. 3, 15; Apostelg. 13, 39). Es ist vom Glauben, der Liebe (2. Tim. 1, 13; 1. Tim. 1, 14; Gal. 5, 6), von der Vollkommenheit (Kol. 1, 28; 2, 19), von der Beschneidung «in Ihm» (Kol. 2, 11) und von dem Empfang des Dienstes «in dem Herrn» (Kol. 4, 17) die Rede.

Paulus sieht einzelne Glieder der Gemeinde und ganze Gemeinden «in Christo». Eine Gemeinde ist keine mir und dir nichts zusammengewürfelte Masse von Menschen, sondern ein Organismus wie ein Leib, der viele Glieder hat. Die vielen Glieder sind ein Leib «in Christo» (Röm. 12, 5; Gal. 3, 28). Die Gemeinde wächst zu einem heiligen Tempel «in dem Herrn» (Eph. 2, 21). Paulus grüßt die Thessalonicher als eine Gemeinde in Gott, dem Vater und dem Herrn Jesus Christus

(1. Thes. 1, 1). Er redet von den Gemeinden Judäas «in Christo» (Gal. 1, 22; 1. Thes. 2, 14). Von der Gemeinde aus weitet sich der Blick des Apostels auf die ganze Schöpfung. «In Ihm» ist alles geschaffen (Kol. 1, 16). Alles ist «in Christo» zusammengefaßt (Eph. 1, 10).

3.) Der Sinn der vorkommenden Formel «in Christo» wird vielfach mißverstanden. Oft glaubt man, der Gläubige gehe in Christus unter, wie ein Strom ins Meer ausmündet, daß er «in Ihm» Name und Gestalt verliert. Das ganze Neue Testament weiß nichts von einem mystischen Glauben, daß der Mensch zuletzt mit Gott eins oder identisch wird. Das Sein «in Christo» hebt die Grenze zwischen Ihm und dem Menschen nicht auf; Er steht den Seinen als ihr Herr gegenüber, die Gläubigen stehen Ihm als die Verantwortlichen gegenüber. Diese aufgerichtete Grenze liegt in den Paulusworten: «Ich lebe aber, doch nun nicht ich, sondern Christus lebt in mir; denn was ich jetzt lebe im Fleische, das lebe ich im Glauben des Sohnes Gottes» (Gal. 2, 20). Er wird nicht Christus, sondern bleibt Fleisch, sein Ich lebt weiter. Die Grenze bleibt.

Nach einem anderen Mißverständnis soll das Sein «in Christus» bedeuten, daß das Denken auf Ihn gerichtet wird und Seine Grundsätze ins Wollen aufgenommen werden. Seine Lehre soll angenommen und Sein Vorbild nachgeahmt werden. «In Christo» heißt soviel wie «im Heerlager Christi», im Reiche Gottes sein. Paulus und Johannes reden oft von der Nachfolge Christi, sie benutzen aber für diese Verbindung mit Christo nie die Präposition «in». Wenn beide von der Nachfolge Christi schreiben, gebrauchen sie andere Ausdrucksweisen. Die Präposition «in» darf darum nicht mit «durch», «wegen» oder «an» gleichgesetzt werden.

Ein drittes Mißverständnis ist die räumlich-lokale Auffassung. Die Präposition «in» ist allerdings immer lokal gemeint. Es wird die Ansicht vertreten, Christus wäre eine Art Fluidum, in welchem der Gläubige lebt. Diese Auffassung findet man in den Worten bestätigt, daß die Gläubigen Christum angezogen haben (Gal. 3, 27; Röm. 13, 14). Sie wären dann in Ihm wie der Körper im Kleid, oder wie der Vogel in der Luft.

Diese räumlich-lokale Auffassung von «in Christo» scheitert an den Parallelausdrücken «in Adam», «im Fleisch» und «im Geist». Diese vier Ausdrucksweisen haben einen neuen, überräumlichen Sinn. Mit diesem «in» kommt ein zweites Sein zum Ausdruck, das von unserem räumlich-lokalen Sein völlig unabhängig ist. Wer mit seinem ganzen Herzen anderswo ist, wo er körperlich weilt, weiß um dieses überräumliche Sein. Es liegt in den Worten: «Wo euer Schatz ist, da ist auch euer Herz!» (Matth. 6, 21.) Ein Gläubiger kann in tiefem Herzensgrunde an einem ganz anderen Orte sein als dort, wo er räumlich-lokal lebt, er ist in Christo.

Dieses nicht räumliche Sein in Christo läßt sich nur durch eine räumliche Ausdrucksweise erklären. Unser Denken und Wollen ist auf Christus gerichtet, wir sind auf diese Weise «in Ihm». Sämtliche Lebensfunktionen sind von «Ihm» aus orientiert, die Arbeit im Berufe, das Leben in der Familie, der Kampf des Lebens, die Leiden, die Freude, die Traurigkeit, das Leben und das Sterben, das alles geschieht «in Christo». Diese überräumliche Gemeinschaft mit Christus wird noch durch Bilder veranschaulicht. Johannes zeigt diese Verbindung durch das Bild vom Weinstock, an dem die Reben sind (Joh. 15, 1ss.). Paulus veranschaulicht diese Gemeinschaft durch das Bild des Leibes, an welchem wir Glieder sind (1. Kor. 12, 12s; Röm. 12, 4s.). Beide Bilder erklären, daß unser ganzer Mensch mit Christus verbunden ist, daß unsere Lebensfunktionen «in Ihm» geschehen. Wir glauben darum nicht nur «an» Ihn sondern auch «in» Ihm. Der Gläubige wandelt Ihm nicht allein nach, sondern wandelt auch «in» Ihm. Wir leiden in Ihm, sind schwach und stark in Christo. Wir sind ein Licht «in Ihm», wir sterben «in Ihm» und werden «in Ihm» auferweckt.

83. **Davids Herr** ist im Blick auf Psalm 110, 1, einem prophetisch-messianischen Psalm, ein christologischer Hoheitstitel (Matth. 22, 44; Mark. 12, 36; Luk. 20, 41-44). Jesus fragte die Pharisäer: «Was dünkt euch über Christus? Wes Sohn ist er?» Sie sagten Ihm: «Davids!» Er sagte ihnen: «Wie also nennt David im Geiste ihn Herrn, indem er sagt: Es hat gesprochen der Herr zu meinem Herrn: Setze dich zu meiner Rechten, bis daß ich lege deine Feinde zum Schemel deiner Füße? Wenn David ihn Herrn nennt, wie ist er sein Sohn?» Die Gegner konnten die Frage des Herrn nicht beantworten.
Die rechte Schlußfolgerung, welche die Pharisäer nicht zogen, beruht auf zwei einwandfreien Voraussetzungen, daß der 110. Psalm davidisch und daß er prophetisch-messianisch ist. Der künftige Messias stand gegenwärtig vor dem Geiste Davids. Der Messias ist gleichsam Davids Sohn (s.d.) und Davids Herr, Er ist menschlich und göttlich. Schriftgemäß kann sich Jesus als der geweissagte Messias und als Gottes Sohn (s.d.) bekennen.
In den vier letzten Streitgesprächen des Herrn mit Seinen Gegnern (Matth. 21-22; Mark. 11, 27 bis 12, 37; Luk. 20, 1-44) ist die Messianität Jesu das Grundthema. Die Frage nach der Herkunft des Messias erfordert die Doppelantwort: «Er ist Davids Sohn und Er ist Gottes Sohn!» Die Fragestellung erinnert an Matthäus 14, 33; 16, 16, ohne daß dieser Ehrenname hier genannt wird. Der Name «Herr» (s.d.) stellt den Messias an Gottes Seite, Er bekommt den gleichen Würdenamen wie Gott selbst. Der Messias ist präexistent Davids Sohn, der an Gottes Seite steht. Es entsprach ganz der Erwartung, daß man auf einen irdischen Messias und auf einen Menschensohn hoffte, der vom Himmel kommt (vgl. Matth. 3, 11. 12; Mark. 12, 35). Die Einheit beider Erwartungen liegt in der Person Jesu, Er ist wirklicher Mensch aus dem Geschlechte Davids und der Sohn des Menschen, der vom Himmel stammt. Er ist der Messias-Gottessohn und zugleich der Weltrichter-Menschensohn, der vom Himmel kommt. Dies ist das Geheimnis, das in den beiden christologischen Namen «Davids Sohn» und «Davids Herr» enthalten ist.

84. **Davids Sohn** ist ein messianischer Titel, den die Juden mehr gebrauchten als einen anderen Messiasnamen. Diese Bezeichnung bringt

den nationalen Ehrgeiz des jüdischen Volkes zum Ausdruck. Der Name «Sohn Davids» wird im Volksmund mit dem Gedanken an die irdische Herrlichkeit verbunden, wie sie im «goldenen Zeitalter» der davidisch-salomonischen Regierung vorhanden war. Dieser messianische Titel beschreibt Christus nach Seiner menschlichen Herkunft als einen nationalen Befreier. Das Volk und seine Führer hofften, unter Seiner Herrschaft würden alle Gottesverheißungen für Israel erfüllt.
Jesus wurde verschiedentlich mit diesem Namen begrüßt. Er selbst gebrauchte nicht diesen Titel. Der Herr ließ diese Begrüßung zu, als der blinde Bartimäus (Luk. 18, 38. 39) und die Kinder beim Einzug in Jerusalem (Matth. 21, 15. 16) Ihn so anredeten. Im Streit mit den Pharisäern vernichtete Er die falsche Ansicht, indem Er darauf hinwies, daß Er Davids Herr ist, also noch mehr als Davids Sohn (Matth. 22, 41-45). Jesus leugnete nicht, daß Er ein Sohn Davids war, wie einige Kritiker behaupteten, sondern Er erklärte, daß Ihm eine viel größere Herrlichkeit und eine höhere Würde zukomme als einem irdischen König. Er war dennoch der messianische König. Er richtete aber Seine Königsherrschaft nicht so auf, wie es sich die Juden vorstellten. Christus erfüllte jedoch alle ihre Hoffnungen, wie es am Ende der Tage der Überrest Israels erkennen wird (Röm. 11, 25-27). Paulus, ein echter Jude, bekannte mit Freuden, daß unser Herr aus dem Samen Davids nach dem Fleische war, welchen Er durch Gottes Offenbarung mit dem höchsten Würdetitel: «Sohn Gottes» (s.d.) benannte (Röm. 1, 3; 2. Tim. 2, 8).
Im Markusevangelium wird der Titel «Sohn Davids» dem Herrn nur zweimal zugeschrieben: in der Geschichte des blinden Bartimäus (Mark. 10, 47; vgl. Matth. 20, 30s; Luk. 18, 38); und in der Lehrstreitfrage mit den Schriftgelehrten (Mark. 12, 35-37). Das Matthäusevangelium legt in sechs Fällen Jesus diesen Titel bei (vgl. Matth. 1, 1; 9, 27; 12, 23; 15, 22; 21, 9. 15). Matthäus verrät ein besonderes Interesse an diesem Namen. Der erste Vers seines Evangeliums, die Eingangsworte des Geschlechtsregisters Christi nennen Jesus Christus einen Sohn Davids (Matth. 1, 1). Damit wird ausgesprochen, daß Jesus der verheißene Messias, der König aus dem Stamme Davids ist. Er ist der Erste des davidischen Königtums, durch welchen die Verheißung erfüllt wird, die dem Hause Davids und dem Volke Israels gegeben wurde. Christus führt die Geschichte Israels zum Ziele. Lukas hat kein Beispiel, daß er Jesus «Sohn Davids» nennt, abgesehen davon, was er von Markus übernommen hat. Weder im Johannesevangelium noch im übrigen Neuen Testament kommt dieser Messiastitel vor. In der israelitischen Urgemeinde lag allerdings ein großes Interesse für diesen messianischen Namen vor. In den heidenchristlichen Gemeinden hatte dieser Name nicht diese große Bedeutung, dort wurde der göttliche Name «Herr» (s.d.) bevorzugt.

85. **Der Dazwischentretende** vgl. Der immerdar Bittende!

86. **Demütig** von Herzen (tapeinos) nennt sich Jesus (Matth. 11, 29). Von Philo wird das griechische «tapeinos» – niedrig, unbedeutend, gering im üblen Sinne gebraucht. Im Alten Testament steht der Aus-

druck im Gegensatz zu «hyperphanos» – übermütig, toll, dreist (vgl. Spr. 3, 34; 29, 23). An verschiedenen neutestamentlichen Stellen ist die Verbindung von «sanftmütig» (praus) und «demütig» zu beachten (vgl. Kol. 3, 12; Eph. 4, 2). Es ist zweifellos ein Anklang an die bekannten Worte des Herrn (vgl. Matth. 11, 29). Für Paulus war die Sanftmut und Demut Christi in Seinem Verhalten vorbildlich (2. Kor. 10, 1). Der Begriff «demütig» hat seine inhaltliche Prägung auf Grund des Lebensbildes Christi erhalten. Der Apostel stellt die Demut (tapeinophrosyne) den Philippern als Vorbild vor Augen (Phil. 2, 3s.).

Wenn der Herr auffordert, von Ihm zu lernen, dann ist Er kein Lehrer, der hartnäckig und hochmütig auf die Schüler herabsieht, sondern Er neigt Sich in Sanftmut und Demut zu ihnen. Was Jesus hier von Sich sagt, gehört zu Seiner schönsten Selbstcharakteristik (vgl. Matth. 11, 19). Wenn Jesus auch der Sohn des himmlischen Vaters ist (Matth. 11, 25-27), so setzt Er sich dennoch als der Sohn des Menschen unter die unmündigen Kinder, um es auf jede Weise mit ihnen zu versuchen. Sanftmut und Demut, obgleich es menschliche Tugenden sind, hat nur Einer, der Sohn des Menschen, daß Er Sich allein der wahren Demut rühmen kann.

87. **Der da ist und der war und der kommt** (vgl. Offb. 1, 4. 8; 11, 17). Wörtlich übersetzt lautet die Wendung: «Der Seiende und der war und der Kommende.» Der ganze dreigliedrige Satz wird von manchen Auslegern als eine Umschreibung des Gottesnamens «Jahwe» (s.d.) gedeutet. Diese Wendung, die scheinbar gegen jede grammatische Form verstößt, enthält in Wirklichkeit einen Eigennamen Gottes nach hebräischer Denkweise. Die Auslegung des Namens Jahwe in 2. Mose 3, 14 lautet: «Ich bin, der ich bin» (s.d.), oder anders übersetzt: «Ich werde sein, der ich sein werde!» Die Beziehung auf die Vergangenheit fehlt hier. Von der in der Offenbarung vorkommenden Redewendung dürfte der erste Satz «Der Seiende» mit dem Gottesnamen «Jahwe» identisch sein. Die Umschreibung «Ich bin, der ich bin» und «der Seiende», drückt beides eine dauernde Gegenwart aus. Das heißt, es ist keine Zeit, da Gott nicht war und keine Zeit, da Gott nicht sein wird. Nichts, was erschaffen worden ist, kann sich in Wirklichkeit des «Seins» rühmen, denn alles Erschaffene ist nicht ewig, sondern der Vergänglichkeit unterworfen. Gott umfaßt allein als «der Seiende» die ganze Ewigkeit, die von keiner Zeit eingeschränkt werden kann. Die französische Übersetzung von «Jahwe» «l'Eternel» – «der Ewige» ist sehr sinnvoll. Gott ist der ewig Seiende, der zu aller Zeit «Derselbe» (s.d.) bleibt, bei dem kein Wechsel noch ein Schatten der Umkehr ist (Jak. 1, 17).

Der Seher der Offenbarung bezeichnet Gott nicht nach der natürlichen Zeitfolge: «Der war, der da ist und der sein wird!» Daraus würde sich ein Mißverständnis ergeben, als hätte sich Gott im Verlaufe der Zeit entwickelt. Gott ist als der Seiende über jeden Zeitwechsel erhaben. Seine Unveränderlichkeit ist nun nicht derart, daß Er der Welt- und Menschheitsgeschichte fernsteht. Der Gott der Heilsoffenbarung um-

spannt die Vergangenheit und Zukunft. In der Vergangenheitsgeschichte enthüllt Er sich als «Der war». In der Zukunft offenbart sich Gott als «der Kommende» (s.d.), der nach der Verheißung zum Gericht über Seine Feinde und zur Rettung Seines Volkes erscheint (vgl. Jes. 40, 10).
In der dritten Stelle der Offenbarung heißt Gott nur noch «Der Seiende und der war» (Offb. 11, 17), der Kommende fehlt. Das beruht darauf, weil das Kommen Seines Königreiches Gegenwart geworden ist. Das Zukünftige ist Gegenwart geworden. Das Reich und der Thron Gottes und Seines Gesalbten (s.d.), was bisher verborgen war, ist jetzt Wirklichkeit und von jetzt ab gegenwärtig.

88. **Derselbe** heißt Gott im Alten Testament und Christus im Neuen Bunde.
a.) Gott läßt Moseh in seinem Abschiedsliede sagen: «Sehet denn, daß ich, ich es bin, der da ist» (5. Mose 32, 39). Der letzte Satzteil kann auch übersetzt werden: «Ich bin Derselbe!», was in Israel zu einem stehenden Gottesnamen geworden ist. Jede Einschränkung des «es» (hebr. hu) ist Willkür. Jahwe ist das wahre Sein, Sein eigenes Sein, rein von Sich Selbst und von nichts abhängig. Außer Ihm ist nichts, was Er nicht Selbst ist. Die Worte: «Ich Derselbe» (hebräisch Aai hu) sind eine Ergänzung des Gottesnamens «Jahwe» im unbeschränktesten Umfang. Das hat nach dem folgenden Zusammenhang den Sinn, daß Er alles kann und hat, alle Herrlichkeit und Majestät. Alles, was sonst herrlich und majestätisch erscheint, besitzt nur ein geliehenes Maß. Er durchdringt und durchwirkt alles; Er kann vernichten und wieder beleben. Alles, was sich von Ihm trennt, steht Ihm entgegen, es tritt aus dem Bereiche Seiner Schöpfertätigkeit in den Untergang. «Ich Derselbe» leitet zum Folgenden: «Und ist kein Gott neben Mir!» Neben, über und vor Ihm existiert kein Gott. Er ist es allein, der absolutes Sein besitzt.
b.) Jahwe sagt von Sich durch Jesajah: «Ich Jahwe bin Erster und bin der Letzte, ich bin Derselbe» (Jes. 41, 4). Die Heiden und ihre Götter sind von gestern und morgen nicht mehr. Er aber kann von Sich sagen, Er ist von Uranfang an, dessen Sein aller Geschichte vorausgeht und bei den Menschen der künftigsten Generation noch «Derselbe» ist. Gott ist eben durch alle Zeiten hindurch «Derselbe», der Sich gleich bleibt. «Derselbe» ist dem Sinne nach eine Entfaltung des Namens «Jahwe», denn dieser Gottesname ist ein absolutes freies «Ich», es ist innergeschichtlich und übergeschichtlich. Jahwe ist Herr und Gebieter Seines absoluten Seins. Durch diese Namensoffenbarung bestimmt Jahwe rein aus Sich selbst. Er ist der Derselbe, ein unbedingt freier, unwandelbarer und ewiger Gott.
Jesajah zeigt, daß «Derselbe» allein Gott und Gott auf ewig ist (Jes. 43, 10). Gottes Sein hat weder Anfang noch Ende. Ihm ist kein anderes göttliches Sein vorausgegangen, Ihm kann daher kein anderes göttliches Sein folgen. Die Götter der Heiden, künstliche und zeitliche Gebilde, sind ein Widerspruch in sich. Gott «Derselbe» leistet Bürg-

schaft für das kommende Heil (Jes. 43, 13). Er und kein Anderer ist der absolut Seiende und Lebendige, der sich als der Seiende betätigt und Heil schafft. Das hebräische «hu» (Derselbe) und «moschia» – Heiland (s.d.) sind verwandte Namen, die nach dem Neuen Testament im Jesusnamen übergegangen und erfüllungsgeschichtlich aufgegangen sind.

Der Prophet kündigt seinen Volksgenossen an, daß Jahwe «bis ins Greisenalter Derselbe ist» (Jes. 46, 4). Er ist der Absolute und Sich immer der Gleiche. Wie Er Sich als der tragende und rettende Gott Seines Volkes bewiesen hat, so betätigt Er Sich bis in alle Zukunft.

Für Israel, das Volk der Heilsgeschichte, liegt in dem Namen «Derselbe» eine hohe Verpflichtung. «Ich bin der Derselbe» ist der Fundamentalsatz des alttestamentlichen Glaubens. Jahwe ist der Ausschließliche, Eine und Ewig-Gleiche, das A und O (s.d.) aller Geschichte, besonders der Geschichte Israels, der Schöpfer Himmels und der Erde (Jes. 48, 12).

c.) Das Echo des jesajanischen Trostbuches klingt im 102. Psalm durch, der wohl um die Zeit gedichtet wurde, als das babylonische Exil dem Ende zu ging. Der Gedanke «Du bist Derselbe» (Ps. 102, 28) spendet dem Sänger Trost und Kraft, daß er sich nicht denken kann, Gott gibt Sein Volk und Seinen Gesalbten dem Untergang preis, sondern Er wird beide dem Ziele der Herrlichkeit zuführen. Die Unvergänglichkeit Gottes steht im Gegensatz zu allem Vergänglichen. Der Sinn der Aussage nach dem Zusammenhang ist: «Du bist Er, der, auf den es hier ankommt, Du bist unvergänglich, durch alle Geschlechter hindurch sind Deine Jahre, Himmel und Erde sind dagegen vergänglich.

Nicht ohne Grund nimmt Nehemiah diesen bedeutenden Gottesnamen nach dem babylonischen Exil am Eingang seines Bußgebetes wieder auf (Neh. 9, 6). In einem wuchtigen Bekenntnis wird Jahwe, der alleinige Gott als «Derselbe» gerühmt. Er steht als der Ewig-Seiende über allen Schöpfungswerken und über der Geschichte Israels.

d.) Der Sänger des 102. Psalms rühmt die unvergängliche Bundestreue Jahwes durch den Gottesnamen «Derselbe». Der Dichter und das in der Gefangenschaft weilende Volk gründen darauf die ganze Hoffnung, weil Gott «Derselbe» Unveränderliche in Seinem Sein ist, erfüllt Er Seine Verheißungen und macht dem Exil ein Ende. Die vorexilischen Propheten sehen in dem Retter aus der Gefangenschaft den Messias. Der Hebräerbrief bezieht die Psalmworte (Ps. 102, 26-28) auf die Unveränderlichkeit des Sohnes Gottes. Der Gottesname «Derselbe» geht gleichsam auf Ihn über. Seine Unwandelbarkeit ist über die ganze Schöpfung erhaben. Von Ihm, dem Unwandelbaren gehen die Umwandlungen in der Schöpfung aus. Diese Wandlungen der ganzen Schöpfung ereignen sich am Ende der messianischen Zeitperiode. Der Sohn Gottes bleibt bei diesem Wechsel des Alls «Derselbe». Die Unwandelbarkeit des Sohnes im Gegensatz zur Schöpfung und zu den Engeln zeigt Seine Erhabenheit über Alles.

e.) Der bekannte Spruch: «Jesus Christus, gestern und heute und derselbe in Ewigkeit» (Hebr. 13, 8), enthält noch diesen Gottesnamen. Diese Schriftaussage wird oft als Losungswort für das Leben der Gläubigen hingestellt. Dem Zusammenhang nach bildet er einen Anschluß an die Mahnung, den Glauben der Führer nachzuahmen (Hebr. 13, 7) und den Übergang zu der Warnung, sich nicht von Irrlehrern fortreißen zu lassen (Hebr. 13, 9). Der Ausspruch bedeutet dann, Derselbe Christus, den jene Glaubensmänner bis in den Tod in Wort und Tat bekannt haben, der Christus, der sie im Laufe des Glaubens bis ans Lebensende stärkte, lebt noch, Er wird Sich als der gleiche Unwandelbare erweisen.

Der Struktur des Satzes entsprechend bildet das urtextliche «ho autos» zu Jesus Christus das Prädikat, das alle drei Zeitbestimmungen zusammenfaßt. Die Wiedergabe: «Jesus Christus, gestern und heute und Derselbe in Ewigkeit» entspricht nicht dem griechischen Text. Es ist zu übersetzen: «Jesus Christus, Derselbe gestern und heute und in Ewigkeit!» Christus wird hier nicht in Seiner Ewigkeit dargestellt, sondern vielmehr in Seiner fortdauernden Zuwendung des Heils. Jesus Christus, der menschgewordene Gottessohn bleibt für das Menschengeschlecht immer der gleiche Heiland, Er bleibt es in gleicher Weise. In dieser Unveränderlichkeit Seiner Person liegt der Grund, daß Er in Seiner Gnade und Wahrheit «Derselbe» bleibt. Die Zeitbestimmungen gestern, heute und in Ewigkeit umfassen Vergangenheit, Gegenwart und Zukunft.

Der Name «Derselbe» ist ein Hinweis auf die unwandelbare Selbstgleichheit der Person Christi. Mitten im Kommen und Gehen der Generationen bleibt Er Derselbe in Seinem Verhältnis zu Seiner Gemeinde. Christus bleibt der zentrale Inhalt des Glaubens und die Quelle der Gnade. Jesus Christus leistet als Hoherpriester Fürbitte für uns; Er hilft den Seinen und führt sie als königlicher Hoherpriester zur Vollendung. Weil Er «Derselbe» ist und bleibt, sollen Seine Gläubigen die Gnade in Ihm nicht mit fremdartigen Lehrern vertauschen.

89. **Der vor mir gewesen ist** bezeugt Johannes der Täufer dreimal von Christus (Joh. 1, 15. 27. 30). Das ganze Zeugnis lautet nach dem griechischen Text: «Der nach mir Kommende ist vor mir gewesen, denn er war mein Erster.» In den ältesten Handschriften hat Johannes 1, 27 nur den Satzteil: «Der nach mir Kommende» (s.d.), was maßgebende Ausleger nicht als das Richtige ansehen. Der vollständige Text an allen drei Stellen enthält das Wortspiel: «Mein Nachfolger ist mein Vorgänger.» Dieser scheinbare Widerspruch sollte die Aufmerksamkeit der Hörer wecken und die rätselhafte Form dem Gedächtnis einprägen.

Die Worte: «Der vor mir gewesen ist», beziehen Erklärer der alten und neuen Zeit auf die Überlegenheit Jesu an Rang und Würde über Johannes. Die beiden griechischen Präpositionen «opiso» – **nach** und «emprosthen» – **vor** beziehen sich auf die Zeit. Der Täufer will die Präexistenz Christi als Logos (s.d.) bezeugen. Die perfekte Zeitform «gegonen» – Er ist gewesen, drückt nicht das ewige Sein des Logos

aus (wohl aber der Aorist «en» – Er war), sondern einfach die Wirklichkeit Seiner Existenz vor der Erscheinung des Täufers oder Vorläufers. Christus ging in Seiner Gegenwart und Tätigkeit im ganzen Alten Bunde Seinem Vorgänger voraus (vgl. Joh. 12, 41; 1. Kor. 10, 4; Mal. 3, 1). Aus der Maleachistelle hat Johannes der Täufer auch diesen Namen entlehnt. Der Täufer begründet am folgenden Tage: «Denn er **war** mein Erster» (Joh. 1, 30). Es ist auch hier keine Beziehung auf einen höheren Rang, sondern auf die Zeit. In diesem Zusammenhang ist allerdings der Unterschied zwischen «gegonen» – Er ist gewesen und «en» – Er war, zu erwägen. Der Sinn ist, Er ist dem Täufer auf dem Schauplatz der Geschichte vorangegangen; dem Wesen nach aber gehört Christus einer höheren Ordnung an. Die Ausdrucksweise «mein Erster» vereinigt zwei Gedanken: «Er ist der Erste im absoluten Sinne und der Erste im Verhältnis zu Johannes dem Täufer.»
Es ist noch zu beachten, daß es heißt: «Denn Er **ist** vor mir gewesen», und nicht: «Er **war** vor mir gewesen.» Dieser kleine Unterschied beruht darauf, daß Jesus gegenwärtig war; in Johannes 1, 15 wird dagegen eine rein logische Beziehung ausgesprochen.
Zusammenfassend ist zu bemerken, wenn Johannes der Täufer der Zeit nach auch vor Jesus geboren war und sein Wirken früher als Er begann, so war der Kommende wegen Seines göttlichen Ursprungs Seinem Wegbereiter voraus. Ehe Johannes als Christi Vorläufer auftrat (Joh. 3, 29), war Er schon als das Wort (s.d.) im Anfang bei Gott. Das setzt Seine Präexistenz, Sein Dasein vor aller Zeit und allem Geschaffenen voraus. Das Johannesevangelium hat in Übereinstimmung mit den Zeugnissen des Täufers noch an drei Stellen buchstäbliche Erklärungen aus dem Munde Jesu von Seinem vormenschlichen und vorweltlichen Sein. Jesus sagt von diesem Dasein vor aller Zeit, daß Er nach Seiner Himmelfahrt da sein werde, wo Er zuerst war (Joh. 6, 62). Er belehrt die Juden: «Ehe Abraham geboren war, **bin ich**» (Joh. 8, 58). Der Herr stellt «ehe geboren» und «Ich bin» gegenüber, was nichts anderes bedeutet als ein Zeugnis Seines ewigen Daseins (vgl. Ps. 90, 1. 2; Jes. 43, 13). Jesus bezeugt Sich als der Erstgeborene aller Schöpfung (s.d.) und weist in Gottes Ewigkeit zurück. Das hier stehende «ego eimi» – Ich, Ich bin (s.d.) enthält das göttliche «ani hu» – Ich bin Derselbe (s.d.), das dauernde Gegegenwärtige und allem Werden und Vergehen entgegengesetzte Sein, was dem Namen «Jahwe» (s.d.) entspricht. Im Hohenpriesterlichen Gebet bittet der Sohn des Menschen den himmlischen Vater, Ihn in den Himmel aufzunehmen, wo Seine Gottheit von Ewigkeit her gewesen ist (Joh. 17, 5). Es ist Sein reines «Ich», das von Ewigkeit her in Herrlichkeit bei Gott war. In der Ewigkeit vor dem Anfang der Welt und Zeit war Jesus bei Gott. Diese überwältigenden Worte des Gebetes haben den Sinn, Er war immer der Herrlichkeit Gottes würdig; Er ist der Eigentümer, der Mittler, der Mitschöpfer aller Dinge vor aller Ewigkeit und Zeit, ja vor Grundlegung der Welt.

90. **Dieb** wird als Bild, nicht im üblen Sinne, sondern hinsichtlich Seines plötzlichen und ungeahnten Kommens, auf den Tag des Herrn

und den wiederkommenden Herrn angewandt. Christus mahnt die Gläubigen stets wach und auf den Zeitpunkt gerüstet zu sein, wenn Er aus der himmlischen Herrlichkeit wieder zu Seiner Gemeinde auf Erden zurückkehrt. In Seiner Mahnung liegt gleichsam eine Warnung, den Zeitpunkt Seiner Wiederkunft auszurechnen. Er kommt, wie ein Dieb in der Nacht einbricht (Matth. 24, 43; Luk. 12, 39). Das sprichwörtliche Bild wird von Paulus (1. Thes. 5, 2), Petrus (2. Petr. 3, 10) und von Johannes in der Offenbarung (Offb. 3, 3; 16, 15) wiederholt.
Die Grundstelle dieser bildlichen Vorstellung und Redensart dürfte im Propheten Joel sein (Joel 2, 9). Die Joelstelle haben sicherlich auch Jeremiah (Jer. 49, 9) und Obadjah (Obadja 5) im Auge gehabt. Einige Ausleger finden in der Vergleichung etwas Auffälliges und Anstößiges. Um das Anstößige wegzuräumen, wird erklärt, Christus werde Selbst nicht mit dem Dieb in der Nacht verglichen, sondern nur Sein Kommen. In dem Bilde ist weder etwas Anstößiges noch etwas Auffälliges zu finden. Wenn sich vielleicht auch andere Bilder für diese Sache verwenden lassen, so kann doch nicht verkannt werden, daß der Vergleich mit dem Dieb in der Nacht das Plötzliche und Unbemerkte sehr anschaulich darstellt. Das Bild veranschaulicht auch das Unwillkommene und Erschreckende für alle Weltgesinnten, das ihnen raubt, woran ihr Herz hängt. Die alte Kirche knüpfte an die Vergleichung die Ansicht, die Ankunft des Herrn finde in der Nacht statt, noch genauer in der Osternacht, wie das Passah in Ägypten. Beachtenswert ist, daß die apostolische Predigt in Thessalonich ganz den eschatalogischen Reden Christi entsprach (vgl. Matth. 24 und Parallelen).

91. **Diener der Beschneidung** (diakonos peritomes) ist Christus in den Tagen Seines Fleisches geworden (Röm. 15, 8). Er wurde das, um der Wahrheit Gottes willen, um die Verheißungen der Väter zu erfüllen (Luk. 1, 54. 68). Wenn Juden und Heiden auch den gleichen Anteil an der Gnade Christi haben (vgl. Röm. 1, 16; 10, 12), so ist doch ein gewisser Vorzug für Israel zu beachten (vgl. Röm. 1, 16; 3, 1; 9, 2-5; 11, 16. 28). Jesus kam zunächst in Sein Eigentum, d. h. zu Israel (Joh. 1, 11). Er verhehlte nicht, daß Er nur zu den verlorenen Schafen des Hauses Israels gesandt war (Matth. 15, 20). Dementsprechend befahl der Herr den Aposteln, nicht in eine Stadt der Samariter zu gehen, sondern vielmehr zu den verlorenen Schafen Israels (Matth. 10, 5-6). Auf diese Weise war Jesus ein Diener der Beschneidung, um den Juden Dienste zu ihrer Rettung zu leisten (vgl. Matth. 20, 28). Oft bemühte Er sich, Sein Volk zusammenzubringen, wie eine Henne ihre Küchlein unter ihre Flügel. Sie wollten aber nicht, sondern weigerten sich, zu Ihm zu kommen. Jesus sagte ihnen darum, daß das Königreich von ihnen genommen, und einem Volke gegeben wird, das Seine Früchte bringt (Matth. 21, 43). Paulus bezeichnet Christus als «Diener der Beschneidung», damit die Gläubigen aus den Heiden sich nicht über Israel erheben, denn Gott steht diesem Volke viel näher als den übrigen Völkern.

92. **Dolmetscher** siehe Ausleger!

93. Ein **Durchbrecher,** hebräisch haporez, wird nach Micha 2, 13 am Ende der Tage zur Befreiung und Sammlung Israels auftreten. Nach der Grundbedeutung des hebräischen Namens durchbricht der Durchbrecher eine Mauer, um eine Stadt zu erobern, um dem Feind eine Niederlage zu bereiten. Die ganze Michastelle hat das Bild eines Gefängnisses zur Grundlage, in welchem das Volk eingeschlossen liegt. Der Durchbrecher befreit Israel durch Gottes gewaltige Hand. Er durchbricht die Kerkermauer. Die befreiten Gefangenen gehen hinter Ihm durch die Gefängnismauer zum Tore der Stadt. Sie können aus- und einziehen. Ihr König zieht ihnen voran.
Viele Erklärer verstehen unter dem Durchbrecher den Herrn selbst. Am Ende von Micha 2, 13 wird des Herrn, des Zugführers der Befreiten, in einem Doppelgliede gedacht. Moseh zog als Durchbrecher bei der Befreiung aus Ägypten an der Spitze Israels voran. Die Parallelstelle im Propheten Hosea (Hos. 2, 2), nach welcher sich die Söhne Israels und Judas ein Haupt setzten, ist eine deutliche Anspielung auf jenen Typus. Es ist hier noch möglich, unter dem Durchbrecher den von Gott erweckten Führer und Feldherrn zu verstehen. Jede göttliche Errettung beginnt mit der Erweckung und Ausrüstung eines solchen Führers. Was bei der vorbildlichen Errettung Mosehs und Serubabels war, das wird bei der höchsten und letzten Erlösung Christus sein.
Schon mehrere jüdische Ausleger haben unter dem Durchbrecher den Messias verstanden. Was hier nur angedeutet wird, erläutert das 5. Kapitel des Propheten Micha ganz ausführlich, es zeigt die vollkommendste Verwirklichung in Christo.
Die drei Verben des Verses (Micha 2, 13) «sie durchbrechen», «sie durchziehen», «sie gehen heraus», schildern malerisch die Erlösung, die keine menschliche Gewalt zu hemmen vermag. Die Schlußworte des Verses leiten den Blick auf den höchsten Führer des Zuges, der die letzte und endgültige Befreiung als der Durchbrecher, als König und Gott Seines Volkes durchführt. Den Sinn der Weissagung verstehen die Erklärer messianisch, die hier eine ausschließliche Beziehung auf Christum annehmen.

94. **Ebenbild** (griechisch eikon, hebräisch zelem) Gottes und des unsichtbaren Gottes (2. Kor. 4, 4; Kol. 1, 15), nennt Paulus Christus, den Sohn Gottes. Luther übersetzt noch das griechische «charakter» (Charakter s.d.) mit «Ebenbild»; andere Übersetzungen übertragen den Ausdruck «eikon» mit «Abbild» (s.d.) und «Bild» (s.d.). Obgleich Christus in menschlicher Gestalt und Niedrigkeit auf Erden einherging, war Er das Ebenbild des Gottes, der in einem Licht wohnt, da niemand hinzukommt, den kein Mensch gesehen hat, noch sehen kann (1. Tim. 6, 16; Joh. 1, 5. 18).
Ein Ebenbild ist ein Gleichnis und Ausdruck einer Person und Sache, daß die Natur und Gestalt derselben enthüllt wird. Das Ebenbild hat die Gestalt und das Gleichnis dessen, wovon es den Namen trägt. Es ist Sein Bild. Es gibt ja mancherlei unvollkommene Ebenbilder, die nur die äußerliche Gestalt eines Dinges anzeigen. In der Schöpfung

hat Gott dem Menschen Sein Ebenbild oder Bild eingedrückt. Ein ewiges und wesentliches, oder vollkommenes Ebenbild, wie es von Ewigkeit her in und bei Gott ist, das Gott in Allem ausdrückt und Ihm in Allem gleich ist, offenbart nur Jesus, der Sohn Seiner Liebe. Er ist in Seiner göttlichen Natur mit dem Vater völlig gleich und eins (Joh. 10, 30). Jesus offenbart in Seiner ganzen Person Gottes Macht, Gnade und Weisheit (Joh. 14, 9. 10; 1. Tim. 3, 16). Durch Seinen Dienst enthüllt Er Gottes Willen und Heilsrat (Joh. 1, 18).
Wenn der Sohn ein Ebenbild des Vaters genannt wird, unterscheidet sich der Sohn vom Vater, wie ein Bild vom Menschen, den es abbildet (vgl. Joh. 5, 32). Der Sohn ist demnach mit dem Vater eins, daß Er eine vollkommene Gleichheit mit Gott hat (Joh. 10, 30). Das ewige göttliche Verhältnis des Sohnes gegen den Vater ist so, daß der Sohn das Ebenbild des Vaters ist, aber nicht, daß der Vater das Ebenbild des Sohnes ist.
Das Wort Ebenbild deutet an, daß der Sohn Gottes (s.d.) und das Abbild Gottes einerlei ist. Ein Ebenbild Gottes bezeichnet Christi göttliche Natur. Die Bezeichnung «Ebenbild» des unsichtbaren Gottes ist ein Hinweis auf eine menschliche Natur. Gott, der himmlische Vater offenbart durch die Menschwerdung Christi Seine göttliche Vollkommenheit (Joh. 1, 14; 12, 45; 14, 9; 1. Tim. 3, 16).
Wenn der Apostel von einem «Ebenbild des unsichtbaren Gottes» schreibt, dann geschieht das aus Gründen der Vorsicht. Er nennt ein Bild Gottes, damit keine leibliche Abbildung Gottes vermutet wird. Weil Gott unsichtbar ist, kann Er nicht abgebildet werden. Christus ist nach Seiner unsichtbaren göttlichen Natur das Ebenbild des unsichtbaren Gottes. Dieses Ebenbild ist in Seiner Herrlichkeit (s.d.) und Seiner Natur nach weit von dem ersten Menschen unterschieden (1. Mose 1, 26-27; Jak. 3, 9), der nach Gottes Bild und Gleichnis erschaffen wurde.

95. **Eckstein** wird in einigen Schriftstellen (Jes. 8, 14; 28, 16; Ps. 118, 22; Matth. 21, 42; Apostelg. 4, 11; Röm. 9, 33; Eph. 2, 20. 21; 1. Petr. 2, 6. 7) als Bild auf unseren Herrn und Heiland angewandt. Im hebräischen Text heißt der Eckstein «rosch pinnah» – «Grund- und Eckstein», «eben-haroschah» – «Stein des Anfangs», und «eben bochan» – «auserwählter Stein». Die LXX übersetzt: «lithos tes kleronomias» – «Stein der Erwählung» oder «Stein der Losbestimmung» und «akrogoniaios» – «Eckstein», und «lithos entimos» und «polyteles» – «bewährter und köstlicher Stein». Diese Ausdrücke deuten auf die hohe Bedeutung des Ecksteins. Den Sinn der urtextlichen Ausdrücke bringen viele Erklärer der oben angeführten Bibelstellen zur Geltung, ohne aber eigentlich anzugeben, um welchen besonderen Eckstein es sich handelt, mit dem unser Herr und Heiland verglichen wird. So erläutert z. B. Kittel u.a. zu Psalm 118, 21: «Sodann wird in dem Dank an Jahwe, der draußen erschollen war, eingestimmt und in Anspielung auf ein Wort Jesajahs (Jes. 28, 16) das Bild vom Eckstein auf die Gegenwart angewandt. Dort war gesagt, daß Jahwe in Zion einen bewährten, kost-

baren Grundstein legen werde. Eckstein und Grundstein sind die das Gebäude tragenden und haltenden Steine.»
Auslegungen dieser Art deuten die hohe Bedeutung des Ecksteins an. Das Besondere dieses Ecksteins ist damit noch nicht erwähnt. Es ist zu bedenken, daß fast jedes Haus, von einer nicht zu absonderlichen Bauart, mehr als einen Eckstein hat, die auch alle entfernt werden können, ohne den Bau zu gefährden. Unser Heiland kann nun nicht mit verschiedenen Ecksteinen verglichen werden, weil wir nur **einen** Heiland haben. Wie die Schrift nur von einem Heiland spricht, erwähnt sie auch nur **einen** Eckstein. Der Genauigkeit wegen ist zu beachten, daß es immer **«der Eckstein»** heißt. Dieser genau bezeichnete Eckstein ist als ein besonderer Eckstein anzusehen, der sich von allen gewöhnlichen Ecksteinen unterscheidet.
Beachtenswert ist, was Ch. Ed. Caspari in seiner «Chronologisch-geographischen Einleitung in das Leben Jesu Christi» (Hamburg 1869, Seiten 251-252) erwähnt. Caspari erinnert an die lateinischen Verse des Aurelius Prudentius Clemens aus dem Jahre 394, die in flüssig deutscher Übersetzung folgenden Inhalt haben:

«Nach des alten Tempels Untergang,
Steht als Zeuge da ein Zinnenstein,
Denn dieses Ecksteins Mauer,
Bleibt bis in die Ewigkeiten,
Den verachteten einst die Erbauer,
Ist jetzt des Tempels auserwählter Stein,
Und ein Band der beiden Mauerseiten.»

Aus diesen Versen ist ersichtlich, daß der Eckstein sich nach altchristlicher Tradition in einer Mauerecke des alten Tempels befand, der die Zerstörung überdauert hat. Caspari bemerkt: «Es ist kein Wagnis anzunehmen, daß die Südostecke des Haram gemeint ist, in welcher enorme Bausteine das Fundament bilden.» Der Pilger von Bordeaux und Prudentius scheint auch den Eckstein in der Basis der Südostecke zu suchen.
Wenn der Südost-Eckstein des alten Tempels so außerordentlich groß war, daß er zwei Seiten desselben zusammenhielt und das ganze Gebäude stützte und trug, daß der Eckstein als besonders wichtig angesehen wurde, dann ist das Rätsel gelöst. Christus wird dann, besonders in Epheser 2, 20 nicht mit irgendeinem der vier Ecksteine eines gewöhnlichen Hauses verglichen, sondern mit dem besonderen, eigentümlichen Stein des alten Tempels. Er nahm mehr als die Hälfte seines Fundamentes ein, so daß das ganze Gebäude ohne Ihn zusammengestürzt wäre.

96. **Ehemann** siehe Mann!

97. **Eifer,** hebräisch qinah, bedeutet nach seiner Wurzel «qans» hochrot (vgl. 5. Mose 4, 24), es ist ein Begriff des Alten Testamentes, der für das Verständnis des Versöhnungswerkes eine tiefe Bedeutung hat. Der Ausdruck ist doppelseitig. Die Liebesglut hat die Zornes-

glut zur Kehrseite. Eifersucht eifert für den Gegenstand ihrer Liebe gegen alles, was diese Liebe antastet. Eifer (qinah), griechisch «zelos» ist die Energie, die ihr gekränktes Anrecht an die Schöpfung geltend macht, die sie mit Liebe verfolgt. Gottes Eifer gleicht nach der Schrift der ehelichen Liebe. Es ist ein Eifer für die Menschheit, besonders für die Gemeinde, der in einer zuvorkommenden Liebe besteht. Diese Liebe beansprucht, ungeteilt wieder geliebt zu werden. Wo ihr das Recht auf Gegenliebe versagt bleibt, kehrt sie sich in eine zürnende Liebe. In dieser Hinsicht ist in der Liebe nicht allein der Eifer enthalten, der auf Wiedergewinnung abzielt, sondern auch der verzehrende Eifer den Unrettbaren gegenüber (Nah. 1, 2; Hebr. 10, 27). Die Schrift leitet den Eifer der Liebe und des Zornes aus dem einheitlichen Grunde der absoluten heiligen Liebe ab. Weil diese Liebe heilig ist, schließt sie alles aus, was sich nicht von ihr umschließen läßt (Jos. 24, 19).

98. **Eifriger Gott,** hebräisch «El-Qana» umfaßt den Gedanken der göttlichen Heiligkeit. Diese Vollkommenheit gehört zum Wesen Gottes, daß Er im Alten Testament öfter diesen Namen hat (vgl. 2. Mose 20, 5; 34, 14; 5. Mose 6, 15). Der Begriff «Eifer Gottes» verhält sich zur Heiligkeit Gottes wie «El-Chai» – Der lebendige Gott (s.d.) zum Namen «Jahwe» (s.d.). Es heißt darum: «Der heiligste Gott ist selbst ein eifriger Gott» (Jos. 24, 19). So wird der Sache nach der Name «El-Qana» (s.d.), Gott, im Alten und Neuen Testament Gott beigelegt (vgl. 5. Mose 5, 9; 4, 24; Nah. 1, 2; Hebr. 10, 27; 12, 29). Der göttliche Eifer ist zweifacher Art. Die größten Gottestaten in Gericht und Liebe werden dem Eifer Jahwes zugeschrieben (vgl. Ps. 79, 5; Jes. 9, 7; 42, 13; 59, 17; Hes. 16, 38. 42; Zeph. 1, 18). Gottes Eifer wird durch ein inbrünstiges Gebet wachgerufen (Jes. 63, 15). Eifer ist die tiefe Empfindung Gottes gegen Handlungsweisen, die Seiner Heiligkeit widersprechen.
1.) Jede Verletzung des heiligen Gotteswillens wird gerächt (1. Kön. 14, 22; Hes. 5, 13; 23, 25). Gott vertilgt in Seinem Eifer, was sich in Widerspruch gegen Ihn auflehnt. Sein Eifer richtet sich gegen die Abgötterei, durch welche die Einheit Gottes angetastet wird (2. Mose 32, 21). Jegliche Sünde, die Gottes heiligen Namen entweiht, findet ihre Bestrafung. Gott sucht in Seinem Eifer die Übertretung heim (2. Mose 20, 5; vgl. Jos. 24, 19).
Gottes Eifer offenbart sich als göttlicher Zorn, der im hebräischen durch verschiedene Ausdrücke (aph: Schnauben der Nase, oder schnaubender Zorn, ebrah: wallende Zornglut; gezeph: vernichtender Zorn) zur Geltung kommt. Gottes Zorn ist im Grunde genommen die Erregung Seines wallenden Geistes, die gespannteste Energie Seines heiligen Willens, der Eifer Seiner verletzten Liebe. Die beiden Begriffe «Eifer» und «Zorn» hängen miteinander zusammen, ja, sie bedingen sich, was aus einigen Schriftstellen deutlich zu erkennen ist (vgl. 5. Mose 6, 15; 32, 21; Ps. 78, 58). Die verzehrende Wirksamkeit des göttlichen Zornes wird symbolisch durch das «Feuer» ausgedrückt. «El-Qana» (der eifrige Gott) ist ein verzehrendes Feuer (vgl. 5. Mose

32, 21; Hebr. 10, 27), das bis in den Scheol brennt. Der innere Zusammenhang des Zorneseifers mit der göttlichen Heiligkeit kommt in Jesaja 10, 17 zur Sprache: «Und es wird das Licht Israels (s.d.) zum Feuer, und sein Heiliger (s.d.) zur Flamme, und es verbrennen und verzehren seine Dornen und Disteln an einem Tage.» Weil der Zorneseifer eine Offenbarung der göttlichen Heiligkeit ist, kann keine Rede von einer willkürlichen Laune oder einer natürlichen Bösartigkeit sein, wenn Gott zürnt. Gott steht in dieser Vollkommenheit erhaben über allen heidnischen Göttern und allen Geschöpfen. Ein Mensch, der Gottes Heiligkeit verleugnet oder verwirft, wird durch Seinen Zorneseifer zur Erkenntnis des gerechten Gotteswillens und seiner eigenen Nichtigkeit überführt. Bundesbruch und mutwillige Störung des Bundeszieles sind es hauptsächlich, die den göttlichen Zorneseifer entzünden (vgl. 2. Mose 32, 10; 4. Mose 25, 3; 5. Mose 31, 16. 17). Der Gegensatz des Zorneseifers Gottes ist im Alten Testament «nacham»: «trösten» und «hitnachem»: «sich gereuen lassen»; es bedeutet eigentlich ein «Aufatmen», oder ein «Verschnaufen». Gottes Zornesoffenbarung hat durch Seine Heiligkeit auch ihr Maß, weil Er Seine Heilsabsicht damit im Sinne hat. Der Zorneseifer Gottes ist darum keine blinde Leidenschaft, sondern im tiefsten Grunde eine eifersüchtige, glühende Liebe (vgl. Hos. 11, 9; Jer. 10, 24; Jes. 28, 23).
2.) Jahwe eifert nicht allein für Sich, sondern auch für Sein auserwähltes und geheiligtes Volk, wenn es sich im Gnadenstande befindet oder wieder in Gnade aufgenommen wird. In dieser Beziehung ist der Eifer Gottes ein Liebeseifer, in dem ergreifend geltend gemacht wird, in welchem einzigartigen Verhältnis der heilige Gott Sein Volk gesetzt hat. Von diesem Sachverhalt spricht Moseh in seinem Abschiedsliede (5. Mose 32, 26). Erst die Propheten bedienen sich des Ausdruckes (Joel 2, 18; Sach. 1, 14; 8, 2). Der Eifer Gottes ist auch diesbezüglich ein Entbrennen, besonders ein Entbrennen in Barmherzigkeit (vgl. Hos. 11, 8). Aus dem göttlichen Eifer entwickelt sich die Verschonung (Joel 2, 18). Der Zusammenhang dieser Begriffe tritt deutlich in 2. Mose 32 zutage. Nach dem ersten Bundesbruch ergeht Gottes Zorn über das Volk (vgl. 2. Mose 32, 10). Moseh beschwor den göttlichen Eifer, den Gott nach der anderen Seite hin erweckt, das Erlösungswerk den Ägyptern gegenüber zu vollenden (2. Mose 32, 11). Gottes Zorneseifer schlägt in Barmherzigkeit um (2. Mose 34, 6).
Das bisher Erwähnte sind vorwiegend Antropopathien des Alten Testamentes. Es sind Aussagen über Gott, wo nach Ihm menschliche Empfindungen beigelegt werden, die auch wechseln. Diese Antropopathien können nicht bildlich aufgefaßt werden wie die Anthropomorphismen. Sie drücken wirkliche Beziehungen Gottes zur Menschheit aus. Wenn von einem Wechsel solcher Empfindungen Gottes die Rede ist, dann bezieht sich das auf die Veränderlichkeit des Menschen. Gott offenbart Sich dagegen immer in Seiner unveränderlichen Heiligkeit. So heißt es in Psalm 18, 26: «Bei dem Begnadigten bist du gnädig; bei dem vollkommenen Manne bist du vollkommen; bei dem Reinen bist du rein; bei dem Verkehrten bist du verkehrt.»

Derselbe Gott, der Sich dem Gerechten als rein und gut legitimiert, erscheint dem Verkehrten als solcher, der Seine Wege durchkreuzt. Das ganze Alte Testament kennt keinen Wechsel in Gottes Heiligkeit. Das geht deutlich aus zwei Aussprüchen in 1. Samuelis 15 hervor. Samuel sagt vor Gott: «Und es reute ihn nicht, denn er ist nicht ein Mensch, daß es ihn reut.» Hernach heißt es von Jahwe: «Und es gereute Jahwe, daß er Saul über Israel zum König gemacht hatte» (1. Sam. 15, 35). Solche Antropopathien dienen dazu, das Bewußtsein des lebendigen Gottes wach und kräftig zu erhalten.

99. **Einer,** hebräisch echad, ist im Alten Testament ein Prädikat Jahwes. Schon der Gottesname «Elohim» (s.d.), obgleich er ein Plural ist, faßt die Vielheit der göttlichen Kräfte und Vollkommenheiten im Gegensatz zum Polytheismus zu einer Einheit zusammen. «Jahwe ist Einer» bildet den Hauptsatz des monotheistischen Fundamentaldogmas im Mosaismus. Das letzte Bekenntnis eines sterbenden Juden lautet oft: «Adonai ochad» (Ein Gott). An der Spitze des Dekalogs steht das Gebot: «Du sollst keine anderen Götter neben mir haben!» (2. Mose 20, 3.) Die Behauptung, der Glaubenssatz von der Einheit Gottes hätte sich allmählich aus einer polytheistischen Religion entwickelt, und der mosaische Jahwe-Glaube setze noch andere Götter voraus, kann mit keiner alttestamentlichen Bibelstelle bewiesen werden.
1.) Mit dem hebräischen Gottesnamen «Elohim» soll eine polytheistische Idee verbunden sein. Einige Schriftaussagen werden dafür geltend gemacht. Im Schöpfungsbericht heißt es: «Lasset uns Menschen machen» (1. Mose 1, 26). Beim Turmbau zu Babel spricht Jahwe: «Wir wollen hinabfahren und ihre Sprache verwirren» (1. Mose 11, 7). Nach dem Sündenfall sprach Gott: «Siehe, Adam ist geworden wie Einer von uns» (1. Mose 3, 22). Der Plural ist an diesen Stellen als Majestätsplural aufzufassen. Von einer Vielgötterei sagen diese Schriftaussagen nichts.
An Jesajah lautet die Frage des Herrn: «Wer will unser Bote sein?» (Jes. 6, 8.) Hier sind durch die Pluralform «uns» die Seraphim mit einbegriffen; in Sacharja 14, 5 ist vom Hinabfahren Jahwes mit allen Heiligen die Rede. Der Polytheismus läßt sich also hier nicht begründen, denn jede Bibelstelle setzt den Monotheismus voraus.
2.) Die Behauptung, der alttestamentliche Jahweglaube setzte noch andere Götter voraus, ist grundlos. Viele Israeliten haben Jahwe als einen Gott neben anderen Volksgöttern betrachtet. In dieser Beziehung wird die Frage Jephtahs ins Feld geführt: «Nicht wahr, was dich dein Gott Kamos erben läßt, erbst du?» (Richt. 11, 24.) Es ist zu berücksichtigen, daß hier von der Vorstellung der Moabiter aus gefragt wird, womit nicht bewiesen werden kann, daß Jephtah an Kamos glaubte. Die Tatsache, daß Salomoh in diesem Stücke ins Schwanken geriet und den Dienst fremder Götter duldete, kann kein Argument für die wirkliche Existenz der Heidengötter sein. So oft der Ausdruck «Elohim acherim» (andere Götter) im Alten Testament gebraucht wird, steht er immer im Gegensatz zum strengsten Monotheismus (vgl. 2.

Mose 12, 12; Jes. 19, 1). Es ist noch zu beachten, daß die fremden Götter als «Lo-El» – «Nichtgötter», «Chabalim» – «Hauche», «Elilim» – «Nichtse» und «Methim» – «Tote» angesehen werden (3. Mose 19, 4; 26, 1; 5. Mose 32, 12. 21; Ps. 96, 5; 106, 28). Diese Aussprüche sind Hinweise für die Einheit Gottes im strengsten Sinne.

3.) Das bisher Ausgeführte ist identisch mit dem sakrosankten Worte: «Höre Israel, Jahwe unser Gott, Jahwe ist Einer» (5. Mose 6, 4). Hebräisch lautet der Text: «Schema Jisrael, Jahwe Elohenu, Jahwe echad.» Die hebräische Bibel hat das «Ajin» (a) in «Schema» und das «Daleth» (d) in «echad» größer geschrieben als die übrigen Buchstaben. Die Juden sehen darin ein Geheimnis. Mit der Kabbala deuten sie «Ajin» als Zahlbuchstabe 70, was die 70 Nationen bedeuten soll, an deren Namen in 5. Mose 32, 8 gedacht wird. Das «Daleth» enthält die Zahl 4, was von allen 4 Teilen der Welt zu verstehen ist. Das Gebot geht alle Juden in allen vier Weltteilen an.

Andere Kabbalisten setzen «Ajin» und «Daleth» zusammen, daß das Wort «ed» – Zeuge bedeutet. Es wird an die Worte erinnert: «Und ihr werdet meine Zeugen sein, spricht Jahwe; und wiederum ist Jahwe Israels Zeuge, wie geschrieben steht, und er ist ein Zeuge von Anfang an.» Endlich wird unter «ed» die Ewigkeit Gottes verstanden.

Die Worte in 5. Mose 6, 4 werden unterschiedlich übersetzt. Aben-Esra überträgt: «Jahwe ist unser Gott, Jahwe allein», was sich philologisch nicht begründen läßt. Die Übersetzung von Gousset: «Jahwe, unser Gott, Jahwe, sage ich, ist Einer», entspricht nicht der Satzkonstruktion des Urtextes. Mit dem zweiten «Jahwe» beginnt ein Prädikativsatz, wie das schon alte Übersetzer erkannten. Die Septuaginta hat die Wiedergabe: «Unser Gott ist ein Herr» (vgl. Mark. 12, 29). Die Vulgata hat den Wortlaut: «Dominus Deus noster dominus unus est» (Der Herr unser Gott ist ein Herr). Die aramäische, arabische, syrische und persische Bibel haben die gleiche Übertragung.

«Jahwe ist Einer» richtet sich gegen den Polytheismus, den Synkretismus, aber auch gegen den falschen Monotheismus, der Christum verleugnet. Die tiefsinnigen Worte enthalten keinen Monotheismus dieser Art, wovon gelehrte Juden des Altertums eine Kenntnis hatten. Die Israeliten legen auf diese Stelle (5. Mose 6, 4) ein großes Gewicht. Es ist eins der vier Bibelworte, welches sie auf ihre Gebetsriemen schrieben. Über das Wort «Elohim» (s.d.) sagt Simon ben Jarchi: «Komm und siehe das Geheimnis des Wortes 'Gott', dort sind drei Grade, ein jeder Grad ist für sich selbst allein; und dennoch sind sie alle eins und miteinander in eins verbunden, und sind nicht geteilt ein jeder von dem anderen!»

Bechai bemerkt noch: «Hier sind die drei obersten Herrlichkeiten zusammengefaßt, die Quelle der Vollendung, die Weisheit und Erkenntnis.» Solche Einblicke gewährt die jüdische Theologie in diesem wichtigen Bibelsatz über die Einheit Gottes. Die Stelle 1. Johannes 5, 7, das sogenannte «Komma Johanneum» scheint eine Erklärung dieses Wortes zu sein, welches das größte Geheimnis des Glaubens enthält.

4.) Der so wichtige Glaubenssatz: «Jahwe ist Einer» ist im Verlaufe der Geschichte oft unbeachtet geblieben. Der große und der verfeinerte Polytheismus, der Rationalismus, haben die Erkenntnis vom Geheimnis der Einheit Gottes sehr verdunkelt. Eine Religionsmengerei oder ein verstärkter Abfall, wodurch der wahre Gott mit heidnischen Götzen identifiziert wird, verunehren den Einen Gott. Der Prophet stellt eine Zeit in Aussicht, von der es heißt: «An diesem Tage wird Jahwe Einer sein und sein Name Einer» (Sach. 14, 9). Eine Verbindung des Götzendienstes mit dem Jahwedienst hört dann auf.

5.) «Gott aber ist Einer» ist inhaltlich eine Fundamentalwahrheit, die das Alte und Neue Testament gemeinsam enthält, die als Ausgangspunkt aller Gottes- und Heilserkenntnis voransteht. Jesus Selbst zitiert das mosaische Wort (5. Mose 6, 4) und bezeichnet es als das erste Gebot (Mark. 12, 29). Er verbindet, wie auch Mose in diesem Zusammenhang die Glaubenserkenntnis von dem Einen Gott mit dem Glaubensleben, das in seiner ganzen Liebe zu Gott dem Herrn besteht. Was Jesus lehrt, betont Jakobus mit Nachdruck, wenn er schreibt: «Du glaubst, daß Ein Gott ist. Gut tust du, auch die Dämonen glauben und zittern» (Jak. 2, 19). Er will erklären, daß eine buchstäbliche Glaubenserkenntnis von dem Einen Gott ohne Glaubenswerke nicht errettet. Der Glaubensartikel, wie ihn Israel übernommen hat, steht theoretisch wohl im Gegensatz zum heidnischen Polytheismus, ohne Werke ist es jedoch nur ein starrer und toter Orthodoxismus.

6.) Paulus bedient sich verschiedentlich des jüdischen Hauptglaubenssatzes im Zusammenhang mit wichtigen Heilswahrheiten. Der Apostel folgert aus dem Glaubenssatz: «Es ist ein Gott», daß es darum auch für alle Völker eine Glaubensgerechtigkeit geben muß (vgl. Röm. 3, 30). Die Folgerung beruht auf richtiger Gotteserkenntnis. Der gewöhnliche Jude war von dieser Ansicht weit entfernt. Neben dem engen jüdischen Partikularismus existiert im Alten Testament ein Universalismus der Monarchie Gottes (vgl. Am. 9, 7; Sach. 14, 9), an welchen sich der Apostel wendet. «Gott ist Einer», der gleiche Gott für Juden und Heiden. Dieser Eine Gott schlägt in der Glaubensgerechtigkeit der Juden und Heiden den gleichen Weg ein.

a.) Der Apostel betont die Einheit Gottes im Gegensatz zur Vielheit der heidnischen Götter (1. Kor. 8, 6). Ohne sich um den Einwand der Vernunft zu kümmern, bekennt Paulus Gott den Vater und den Herrn Jesum Christum. Nach der monotheistischen Ansicht des Judentums steht ein solches Bekenntnis im Widerspruch zu dem Glaubenssatz: «Es ist kein anderer Gott als der Eine» (vgl. Mal. 2, 10). Ein Jude hält es für Frevel an Jahwe, dem Gott Israels, Jesum einen Herrn zu nennen. Den Segen aber, den Einen Gott zu haben, wird nach paulinischer Erkenntnis, durch den Glauben an Christum erlangt. Wer glaubt, außer Christum Gott zu haben, hat statt den wahren Gott einen Abgott, und den Einen Gott verloren.

b.) Der Glaubenssatz: «Gott aber ist Einer» steht in Galater 3, 20; einer sogenannten «Crux Interpretum». In alter und neuer Zeit existieren über diese Stelle mehr als 600 Erklärungen. Die größte Schwierigkeit bereitet die Frage, wer der Mittler (s.d.), der nicht eines einigen Mittlers ist, nach der Ansicht des Apostels sein kann. Die beiden Sätze: «Der Mittler aber ist nicht Einer, Gott aber ist Einer», scheinen in Widerspruch zu stehen. Ein Mittler hat die Aufgabe, Gegensätze von zwei Parteien zu überbrücken. Wo keine Kontraste sind, braucht ein Mittler nichts zu vermitteln. Die Aufgabe, Schwierigkeiten und Meinungsverschiedenheiten zu überwinden und einen festen Willen an die Volksmasse heranzutragen, schreiben viele Ausleger dem Moseh zu. Er mußte zwischen Gott und dem Volke vermitteln. Gott ist der Eine, der durch Moseh Seinen festen unveränderlichen Willen dem Volke übermittelte. Wenn es heißt: «Ein Mittler ist nicht Gottes Mittler», dann heißt das, in Gott gibt es keine Gegensätze, die zu vermitteln sind. «Gott ist Einer», dessen Wille ein und derselbe Wille ist und bleibt.

Andere Ausleger denken nach dem Zusammenhang des Galaterbriefes an die Vermittlung zwischen Gesetz und Verheißung, Beschneidung und Vorhaut, besonders an den, durch welchen alles Eins geworden ist (Gal. 3, 28). Der Eine Mittler, der Mittler aller,. ist der Hinweisende auf den Einen Gott, der aller Gott ist. Es hat keinen Sinn, sich hier in die ewige, absolute, vollkommene, zwiespältige und unwandelbare Einheit des göttlichen Wesens zu versteigen, sondern ganz einfach an das paulinische «Ein Gott» zu denken, der Ein Vater aller ist.

c.) Im Epheserbrief rechnet Paulus den Einen Gott zur grundlegenden Einheit der Gemeinde (vgl. Eph. 4, 4-6). Die Ausführungen des Apostels in den Versen regen an, vom Inhalt des dritten Artikels des Apostolischen Glaubensbekenntnisses durch den zweiten zum ersten Artikel zu dem Einen Gott und Vater aufzusteigen. Was Israels höchstes Glaubensgut war, Einen Gott und Herrn zum Gott zu haben (5. Mose 6, 4), im Gegensatz zum Polytheismus der Heidenvölker, ist das Erbe der Gemeinde Christi geworden.

d.) Die Einheit Gottes, die Paulus stark betont, stellt er in 1. Timotheus 2, 5 mit Nachdruck in den Vordergrund. Der Apostel begründet durch den Satz: «Denn es ist Ein Gott», daß alle mit gleicher Liebe zum Heil in Christo gelangen. Gott ist es, der durch seine Einheit alle in Einheit umfaßt und zur Einheit führt. Das ist der tiefste Inhalt des Glaubenssatzes: «Gott ist Einer.»

Gott bereitet nach Seiner Einheit das Heil für alle Menschen aus freier Gnade. Die Glaubenserkenntnis: «Gott ist Einer» führt nach der Schrift zum Inhalt des Evangeliums. Kirchenväter und Scholastiker erklären ganz schriftgemäß, Gott ist Einer nach Seiner Allgemeinheit und Allumfassung Seines Wesens, weil Er allein alles aus Gnaden zur Einheit und Gottinnigkeit führt.

100. Der **Eingeborene** ist ein Name Jesu Christi, der als solcher nur im Johannesevangelium und im 1. Johannesbrief vorkommt. Johannes der Täufer, Jesus selbst und der Apostel Johannes nennen diesen christologischen Hoheitstitel.

Das griechische «monogenes», was mit «Eingeborener» übersetzt wird, bedeutet eigentlich «einzig geboren» oder «einzig in seiner Art». Das entsprechende hebräische «jachid» wird am besten mit «einzig» wiedergegeben. Es handelt sich jedenfalls um eine Einzigartigkeit, die immer auf eine besondere Wertschätzung und Innigkeit begründet werden kann (vgl. Luk. 7, 12; 8, 42; 9, 38; Hebr. 11, 17). Die Septuaginta übersetzt meistens das hebräische «jachid» – Einziger, mit «agapetos» – geliebt (vgl. 1. Mose 22, 2. 12. 16; Jer. 6, 26; Am. 8, 10; Sach. 12, 10).
Wenn in den johanneischen Schriften Christus als «monogenes» bezeichnet wird, dann soll damit das besondere Verhältnis des Messias zu Gott dem Vater ausgedrückt werden. Diese Beziehung darf nicht verwechselt werden mit «Geliebter» (s.d.) in den Synoptikern und mit dem paulinischen «eigener Sohn» (vgl. Röm. 8, 32) und «Sohn seiner Liebe» (Kol. 1, 16). Die Einzigartigkeit seines Verhältnisses, welche durch Christi Erscheinung und Wirksamkeit zum Ausdruck kommt, bezeichnet Johannes noch näher durch den Hinweis: «Der Sohn, der in des Vaters Busen ist». Dadurch wird Jesus als der «Einzige» echte Sohn Gottes offenbart. Dieser Name bezieht sich vor allem auf das Verhältnis Jesu zum Vater vor Seiner Menschwerdung.
Der Ausdruck «einzig geborener Sohn» schließt notwendig den Gedanken der Sohnschaft in sich. Der Begriff ist ein Hinweis auf eine übernatürliche Zeugung. Der «einzig geborene Sohn» steht den Söhnen gegenüber, die durch den Gauben an Seinen Namen, Vollmacht haben, Kinder Gottes zu werden (Joh. 1, 12). Viele Erklärer beziehen den Ausdruck auf die ewige Zeugung des Logos, andere auf die Tatsache Seiner Menschwerdung; einige denken an die übernatürliche Geburt. Luthardt meint, es sei damit von der besonderen Gemeinschaft mit Gott dem Vater die Rede, die Jesus während Seines ganzen Erdenlebens genoß. Die erste Auffassung ist schließlich dem Begriff am angemessensten.
a.) Johannes der Täufer nennt Jesus zuerst den «einzig geborenen Sohn». Die Offenbarung der Herrlichkeit des Eingeborenen vom Vater (Joh. 1, 14) beruht nach seinen Ausführungen auf der Fleischwerdung des Logos (s.d.) oder des Wortes (s.d.). Er, der Eingeborene Gottes (Joh. 1, 18) (obgleich diese Lesart von vielen Interpreten für eine dogmatische Erklärung gehalten wird), galt für die Jünger als ein Ausleger Gottes, den nie ein Mensch gesehen hat. Jesus, das Wort, ist vom Vater aus der Tiefe Seines Wesens zu einem Dasein in gleicher Wesenheit gezeugt, daß Er der Einziggeborene vom Vater heißt. In dem Namen «der Eingeborene» liegt der Sinn, daß die Sohnschaft nicht erst dem Fleischgewordenen, sondern schon dem Präexistenten beigelegt wird. Johannes wußte von Seiner vorweltlichen Sohnschaft. Die Herrlichkeit des Eingeborenen vom Vater wurde geschaut, weil Er sie aus Seinem vorweltlichen Sein mitbrachte.
Jesus, der Fleischgewordene, war der Eingeborene Gottes (Joh. 1, 18), weil Er schon als der Präexistente die Sohnschaft hatte. Er hat als der Eingeborene Gott gesehen und vollkommen erkannt, was keinem Menschen zuteil geworden ist.

Der Ausdruck «einziggeborener Sohn» ist keine Übertragung des Gedankens von dem Wesen, sondern von der Einzigartigkeit der Beziehung. Der Name erklärt nichts anderes als, Jesus ist allein die vollkommene Darstellung Gottes auf Erden (Joh. 1, 14. 18).
b.) Jesus nennt Sich der Eingeborene, der einzige Sohn Gottes, mit dessen Sohnschaft keine andere verglichen werden kann (Joh. 3, 16. 18). Diese Selbstbezeichnung ist ein Hinweis auf Seine vorweltliche Existenz. Der beim Vater vor der Welt Seiende hat das vorweltliche Leben vom Vater. Das ist die Lehre Christi und die konstante Lehransicht der Apostel. Jesus trug die vorzeitliche Zeugung in Seinem Bewußtsein. Wenn Er Sich Sohn Gottes (s.d.), oder der einziggeborene Sohn Gottes nennt, dann geht daraus Sein Wissen von der vorweltlichen Zeugung deutlich hervor.
Der Herr stellt durch diesen Namen nicht die Gleichartigkeit mit dem menschlichen Geschlecht ins Licht, sondern Er preist die Unermeßlichkeit der göttlichen Liebe gegen die Welt. Der Name «der Eingeborene» deutet nicht an, was der Heiland für Seine Brüder, die Menschen, sondern was Er für das Herz Gottes selbst ist. Das übertrifft noch den Erzvater Abraham, der seinen einzigen Sohn Isaak opferte.
Jesus offenbart, wie groß die Schuld ist, wenn dem Eingeborenen und Seinem Werk widerstrebt wird. Je herrlicher der Heiland, umso strafbarer ist die Abkehr von Ihm (Joh. 3, 18).
c.) Der Apostel Johannes schreibt von dem Eigeborenen im Zusammenhang der Liebe Gottes (1. Joh. 4, 9). Gott ist Liebe, darum zeugte Er das vollkommenste Ebenbild Seiner Selbst, den eingeborenen Sohn. Dieser ist der Gegenstand Seiner Liebe (Joh. 17, 24). Die Liebe bewegte Gott, zu Seiner Selbstoffenbarung, die ganze Schöpfung hervorzubringen. Jedes Geschöpf ist eine Offenbarung der göttlichen Liebe. Die vernunftbegabten Kreaturen sind die Krönung der gesamten Schöpfung, die darauf angelegt sind, Seiner Selbstoffenbarung teilhaftig zu werden, Sein Bild in sich aufzunehmen und nach Seinem Ebenbild dargestellt zu werden. Die Menschen entfremdeten sich durch den Fall dieser höchsten Bestimmung. Die ewige Liebe bewegte Gott, den höchsten Gegenstand Seiner Liebe, den eingeborenen Sohn, der Menschheit zu schenken. Innerhalb der Menschheit hat die Offenbarung der göttlichen Liebe dadurch stattgefunden, daß Gott Seinen eingeborenen Sohn in die Welt sandte.
Die Natur der Liebe Gottes liegt einmal in der Sendung des eingeborenen Sohnes, was die Größe des Geschenkes veranschaulicht, sodann in der Freundlichkeit Gottes, welche uns diese Gabe zudachte. Das Geschenk des eingeborenen Sohnes zeigt Gottes Liebe als heilig, die keine selbstsüchtigen Nebenabsichten hat. Seine Liebe ist zuvorkommend, sie gibt, wenn sie auch kein Geschenk als Gegengabe zu erwarten hat. Gottes Liebe ergab sich ganz besonders in der Feindesliebe (vgl. Röm. 5, 10). Durch die Sendung des eingeborenen Sohnes in die Welt hat Gott Seine größte Liebe offenbart.
Die Ausdrücke der Schrift: «Gott hat seinen eingeborenen Sohn in die Welt gesandt» (1. Joh. 4, 9) oder: «Der Sohn Gottes ist erschienen»

(1. Joh. 3, 8) und «der Sohn Gottes ist gekommen» (1 Joh. 5, 20), sind nicht so zu verstehen, als wäre Jesus erst durch die Sendung und irdische Zeugung zum eingeborenen Sohn geworden. Er war längst der eingeborene Sohn, ehe Er in diese Welt gesandt wurde. Er wurde gesandt; Er ist erschienen; Er ist gekommen, um sich als der «Eingeborene» zu offenbaren.

101. **El** ist abgeleitet von «Aul» – Stärke, Kraft. Ist im Alten Testament oft der Name für «Gott» (s.d.), dort stehen viele Eigennamen mit diesem Gottesnamen in Verbindung, z.B. Elidad, Elimelech, Eliasaph, Elihu. **El** steht oft allein für Gott im 3. Buche Moseh, in 1. und 2. Könige, in Joel, Amos, Obadjah, Haggai, Zephania, Sacharjah, in den Sprüchen, im Hohenliede, in Ruth, im Prediger, in Esther, in 1. und 2. Chronika. Die hier im folgenden zusammengestellten Verbindungen mit dem Gottesnamen «El» werden in hebräischer Sprache mit deutscher Übersetzung geboten. Die deutsche Übertragung ist mit dem üblichen Hinweis (s.d.) versehen, wo denn der betreffende Name näher erklärt wird. Es ist denn auf folgende Zusammensetzungen zu achten.
Vereinzelt ist «El-Chai» (s.d.) – «Gott des Lebens» (s.d.) (Jos. 3, 10). Zweimal steht «El-Elohim Jahwe» – «Gott der Götter ist Jahwe» (Jos. 22, 22); ferner: «El-Qana» – «Ein eifriger Gott» (s.d.) (Joh. 24, 19); «El-Berith» – «Gott des Bundes» (s.d.) (Richt. 9, 4) (vgl. Baal-Berith); «El-Deoth» – «Gott der Erkenntnis» (s.d.) (1. Sam. 2, 3); «Ha-El-Thammaim» – «Gott der Vollkommenheiten» (s.d.) (2. Sam. 22, 33); «Ki mi-El-mibbaladi Jahwe» – «Denn wer ist ein Gott außer Jahwe?» (2. Sam. 22, 32); «Ha-El-Mauzzi-Chail» – «Der Gott meiner starken Feste» (2. Sam. 22, 33); «Ha-El hannothen neqamoth li» – «der Gott, der mir Rache gibt» (s.d.) (2. Sam. 22, 48); «ki lo ken-Bethi Im-El» – «Denn ist nicht so mein Haus bei Gott?» (2. Sam. 23, 5); «H-El-haggadol» – «Der große Gott» (s.d.) (Jer. 32, 18; vgl. 5. Mose 10, 7); «El-Gemuloth» – «Ein Gott der Vergeltungen» (s.d.) (Jer. 51, 56); «El-Chanun» – «Ein gnädiger Gott» (s.d.) (Jon. 4, 2); «Mi-El-kamoka» – «Wer ist ein Gott wie Du?» (s.d.) (Mich. 7, 18); «El-Qanno we noqem» – «Ein eifriger und rächender Gott» (s.d.) (Nah. 1, 2); «El-baschammajim» – «Gott in den Himmeln» (s.d.) (Klag. 3, 41); «El-Schaddai» – «Gott der Allmächtige» (s.d.) (Hes. 10, 4); «Adam welo-El» – «Ein Mensch und nicht Gott» (s.d.) (Hes. 28, 2. 9); «El-Ani» – «Gott bin Ich» (s.d.) (Hes. 28, 2); «El-Chai» – «der lebendige Gott» (s.d.) (Hos. 2, 1); «Ki El anoki» – «Denn Ich bin Gott» (Hos. 11, 9); «Im-El» – «Mit Gott» (Hos. 12, 1); «Pene-El» – «Angesicht, vor Gott» (Mal. 1, 9); «El-Echad» – «Ein Gott» (Mal. 2, 10); «Bath-El-nekar» – «Tochter eines fremden Gottes» (Mal. 2, 11); «Ha-El Haggadol wehannora» – «Der große und furchtbare Gott» (Dan. 9, 4; 5. Mose 10, 17); «Al-Kal-El weal-El Elim» – «Über jeden Gott und über den Gott der Götter» (s.d.) (Dan. 11, 36); «Ha El-haggadol wehannora» – «Der große und furchtbare Gott» (s.d.) (Nah. 1, 5); «Ha El haggadol wehannora hagibbor» – «Der große Gott, stark und furchtbar» (Neh. 9, 32; vgl. 5. Mose 10, 17); «El-chanun werachum» – «Ein gnädiger und barmherziger Gott» (Neh. 9, 31). Viele dieser Belege sind formelhaft. El

kommt oft vor, in den Psalmen neunundsechzigmal, in Hiob 5, 8-40, 19 sogar achtundvierzigmal, im 1. Buche Moseh achtzehnmal, im 2. Buche Moseh siebenmal, im 4. Mosehbuche neunmal, in Jesajah 5, 18-31, 8 nur achtmal, in Jesajah 40, 18-46, 9 dreizehnmal.
El kommt in den Verbindungen vor: «El-Schaddai» – «Allmächtiger Gott» (s.d.) (1. Mose 17, 1; 28, 3; 35, 11; 48, 3; 2. Mose 6, 3); «El-Elohe haruchoth» – «Gott, der Gott der Geister» (s.d.) (4. Mose 16, 22); «Jahwe El haruchoth» – «Jahwe Gott der Geister» (s.d.) (4. Mose 27, 16). **El** ist oft in zusammengesetzten Namen: «Beth-El» – «Haus Gottes»; «Schamuel» – «Gott erhört»; «Elijah» – «Jahwe ist Gott»; «Elieser» – «Mein Gott ist Hilfe». Mit Elohim sind solche Formen unmöglich.
El ist ein alter Gottesname, wie das die Eigennamen zeigen, er ist meistens nur in Formeln gebräuchlich. Einige biblische Schriften scheinen ihn alleinstehend nicht zu benutzen, wie z. B. das Richterbuch, 1. und 2. Samuelis, 1. und 2. Könige, Jeremiah, Hesekiel, Sprüche, 1. und 2. Chronika, während die Psalmen und das Buch Hiob ihn oft gebrauchen. Elohim ist an die Stelle von El getreten.
Es sind folgende Ergänzungen: «El-Jahwe» – «Gott Jahwe» (4. Mose 12. 13); «El na repha na lah» – «O Gott, heile sie doch!» (4. Mose 12, 13); «Qumah Jahwe El nesa jadeka» – «Stehe auf Jahwe, Gott erhebe deine Hand!» (Ps. 10, 12); «Chesed El kol hajjom» – «Die Gnade Gottes ist jeden Tag» (Ps. 52, 3); «Attah Ha-El oseh pele» – «Du bist der Gott, der Wunder tut» (Ps. 77, 15); «El-Chail» – «Gott der Stärke» (Ps. 84, 8); «Jischma-El» – «Es hört Gott» (Ps. 55, 20).
«El» – «Gott», die Mehrzahl: «Elim» – «Götter». «El Elim» – «Gott der Götter» (Dan. 11, 36); «Bene Elim» – «Söhne Gottes»; das Gegenteil «Bene Adam» – «Menschensöhne» (Ps. 29, 1; 89, 7). «El-Berith» – «Gott des Bundes» (s.d.) (Richt. 9, 46); «Lo nizar El» – «Nicht ist gebildet ein Gott» (Jes. 43, 10); «Mi jazar El» – «Wer hat Gott geformt?» (Jes. 44, 10); «Aph-jiphal-El» – «Daß er einen Gott macht» (Jes. 44, 15); «Ušcherito I El asah» – «Und sein Übriges macht er zum Gott» (Jes. 44, 17); «Wejaasehu El» – «Und sie machen einen Gott» (Jes. 46, 6).
«El Echar» – «Ein einziger Gott» (s.d.) (Mal. 2, 10); «Kol-El» – «Jeder Gott» (Dan. 11, 36); «El Acher» – «Ein anderer Gott» (2. Mose 34, 14); «El Zar» – «Ein fremder Gott» (Ps. 44, 21; Ps. 81, 10); «El-Nekar» – «Ein fremder Gott» (5. Mose 32, 12; Mal. 2, 11); «El lo joschia» – «Ein Gott, der nicht hilft» (Jes. 45, 20); «El Zaddiq» – «Ein gerechter Gott» (s.d.) (Jes. 45, 21); «Adath El» – «Versammlung Gottes» (Ps. 82, 1); «Ascher Mi-El baschamajim» – «Wer ist ein Gott im Himmel?» (5. Mose 3, 24); «El-Ani» – «Gott bin Ich» (s.d.) (Hes. 28, 2); «Mi El kamopa» – «Wer ist ein Gott wie du?» (Mich. 7, 18).
Gott ist im Gegensatz zum Menschen (Adam). «Adam welo-El» – «Ein Mensch und nicht Gott» (Jes. 31, 3; Hes. 28, 9); «Lo Isch El» – «Nicht ein Mensch ist Gott» (4. Mose 23, 19); «Ki El anoki welo Isch» – «Denn Gott bin Ich und nicht ein Mensch» (Hos. 11, 9); «El jidphennu lo-Isch» – «Gott wird ihn schlagen und kein Mensch» (Hiob 32, 13); «Umah-jizedaq Enosch im-El» – «Wie wird ein Mensch gerechtfertigt bei Gott?» (Hiob 25, 4); «El» wechselt mit Jahwe (4. Mose 23, 8); «El-

Ael we El-Elohim» – «Zu Gott und zu Gott» (Hiob 5, 8); «El und Elohim» (Hes. 28, 2. 9); «Eljon» – «Der Höchste» (4. Mose 23, 26; Ps. 73,11; 107, 11); «El-Schaddai» (s.d.) (4. Mose 24, 4. 16; Hiob 8, 3; 35, 13; elfmal); «Lo-El» – «Nichtgott» (5. Mose 32, 21; Jes. 31, 3; Hes. 28, 2. 9).
Oft steht «El» – «Gott» allein ohne jede Beifügung. Die Wendung «El Jahwe» – «Gott Jahwe oder Jahwe ist Gott» (Ps. 118, 27); «Waani-El» – «Und Ich bin Gott» (Jes. 43, 12; «Ki anoki El» – «Denn Ich bin Gott» (Jes. 46, 9); «El mozzam» – «Gott führte sie aus» (4. Mose 23, 22; vgl. 24, 8); «Im-El» – «Mit Gott» (2. Sam. 23, 5); «El-mi thedamjun El» – «Zu was wollt ihr Gott nachbilden?» (Jes. 40, 18); «Bak El ween od ephes Elohim» – «Bei dir ist Gott und nicht ist außerdem ein Gott» (Jes. 45, 14); «Ki anoki El» – «Denn Ich bin Gott» (Jes. 46, 9). Von Psalm 7, 2 bis 150, 1 steht «El» vierundzwanzigmal, in Hiob 5, 8 bis 40, 19 kommt El siebenunddreißigmal vor. «Ha El» – «Der Gott ohne Beifügung» steht in 2. Samuel 22, 31. 33. 48; Psalm 18, 31. 33. 48.; 57, 3; 68, 20s.; Hiob 21, 14; 22, 17; 31, 28; 34, 10; 37; 40, 9.
«El» kommt auch mit Beifügung vor, z. B. «El-Elijon» – «Gott der Höchste» (1. Mose 14, 18); «El-Schaddai» – «Gott der Allmächtige» (1. Mose 17, 1); «El-Olam» – «Gott der Ewigkeit» (1. Mose 21, 33); «El-Qanna» – «Eifriger Gott» (2. Mose 20, 5); «El-Qenno» – «Gott der Eifersucht» (Jos. 22, 19; Nah. 1, 2); «El-rachum wechannun» – «Barmherziger und gnädiger Gott» (2. Mose 34, 6); «El-hannun werachum» – «Gnädiger und barmherziger Gott» (Jon. 4, 2; Neh. 9, 31); «Ha El hanneaeman» – «Der treue Gott» (5. Mose 7, 9); «El-Aemunah» – «Gott der Treue» (5. Mose 32, 4); «El-Aemeth» – «Gott der Wahrheit» (Ps. 31, 6); «El-gadol» – «Ein großer Gott» (5. Mose 7, 21; Ps. 77, 14; 95, 3); «Ha El haggadol» – «Der große Gott» (5. Mose 10, 17; Jer. 32, 18; Dan. 9, 4; Neh. 1, 5; 9, 32); «El-Chai» – «Gott des Lebens» (Jos. 3, 10); «El-Deoth» – «Gott der Erkenntnisse» (1. Sam. 2, 3); «Ha El haqqadosch» – «Der Heilige Gott» (Jes. 5, 16); «El-Mistathar» – «Ein verborgener Gott» (Jes. 45, 15); «El-Lemoschaoth» – «Gott der Errettungen» (Ps. 68, 21); «El-Gemuloth» – «Gott der Vergeltungen» (Jer. 51, 56); «El-Ha Kabod» – «Gott der Ehre» (Ps. 29, 3); «El-Neqamoth» – «Gott der Rache» (Ps. 94, 1); «El-Nosche» – «Gott der Vergebung» (Ps. 99, 8); «El-Ha Schammaji» – «Gott der Himmel» – vgl. «El-Be Schammajim» – «Gott im Himmel» (Klagel. 3, 41).
«El» – «Gott» steht auch oft mit persönlicher Beziehung: «Immanu-El» – «Gott mit uns» (Jes. 7, 14; 8, 8. 10); «Eli» – «Mein Gott» (Ps. 22, 2. 11; vgl. 2. Mose 15, 2; Ps. 18, 3; 63, 2); «El-Chajai» – «Gott meines Lebens» (Ps. 42, 9); «El-Sali» – «Gott mein Fels» (Ps. 42, 10); «El-Simchathi» – «Gott meine Freude» (Ps. 43, 4); «El-Jeschuathi» – «Gott meines Heils» (Jes. 12, 2); «El-Roi» – «Gott meines Sehens» (1. Mose 16, 13); «El-Abika» – «Gott deines Vaters» (1. Mose 49, 25); «Hannireh Eleka» – «Dein Gott, der erschien» (1. Mose 35, 1); «El Haoneh Othi» – «Gott, der mich erhört hat» (1. Mose 46, 3) «Ha El Elohe Abika» – «Der Gott deines Vaters» (1. Mose 46, 3); «El-Mecholeleka» – «Gott, der dich gebildet hat» 5. Mose 32, 18); «El» steht mit Seinen Verehrern in Verbindung: «El-Elohe Jisrael» – «Gott, der Gott Israels» (1. Mose 33, 20); «El-

Jaakob» – «Gott Jakobs» (Ps. 146, 5); «El Beth Jaakob» – «Gott des Hauses Jakob» (Jes. 29, 22); «El-Jeschurun» – «Der Gott Jeschuruns» (5. Mose 33, 26).

Mit dem Namen «El» wird auch der Besitz Gottes ausgedrückt: «El Imre» – «Reden Gottes» (4. Mose 24, 4. 16; Ps. 107, 11); «Pene-El» – «Angesicht Gottes» (Mal. 1, 9); «El-Kebod» – «Ehre Gottes» (Ps. 19, 2); «El-Rommoth» – «Gott der Erhebungen» (Ps. 149, 6); «Miqdesche-El» – «Heiligtümer Gottes» (Ps. 73, 17); «Nischemeth-El» – «Odem Gottes» (Hiob 37, 10); «Moede-El» – «Versammlungen Gottes» (Ps. 74, 8); «Niphleoth-El» – «Wunder Gottes» (Hiob 37, 14); «Maalle-El» – «Taten Gottes» (Ps. 78, 7); «Darke-El» – «Wege Gottes» (Hiob 40, 19); «Jad-El» – «Hand Gottes» (Hiob 27, 11). Es sind noch einige Sätze zu beachten: «Har-re-El» – «Berge Gottes» (Ps. 36, 7); «Kokbe-El» – «Sterne Gottes» (Jes. 14, 13); «Arze-El» – «Zedern Gottes» (Ps. 80, 11); «El-Gibbor» – «Starker Gott» (Jes. 9, 6).

Aus den gesamten Ausführungen ist einiges zusammenzufassen. **El** ist im Alten Testament die Bezeichnung des wahren Gottes. Ethymologisch soll nach neuerer Auffassung die Bedeutung dieses Namens unsicher sein. Früher wurde das Wort von «ul» oder «aul» – «stark sein» hergeleitet. Dillmann erwähnt in seinem Genesis-Kommentar zu 1. Mose 1, 1; daß «El» auch von «alah» abgeleitet wird. Nach der Wurzel «alah» soll dann die Bedeutung sein «welchem man zustrebt» und «ängstlich Zuflucht suchen». Diese Deutung ist unwahrscheinlich. Der Gebrauch und der Sinn von «El» geht deutlich aus der Phrase in 1. Mose 31, 29 hervor: «jesch le-El jadai» – «Er ist vorhanden für die Stärke meiner Hand» (vgl. 5. Mose 28, 32; Mich. 2, 1; Spr. 3, 27; Neh. 5, 5). Der Gottesname hat demnach den Sinn von «Macht» oder «Stärke». Gott ist hiernach «Der Starke», im Gegensatz zu «Enosch» – «Der Schwache», was mit «Mensch» zu übersetzen ist.

Manche Personen- und Ortsnamen mit der Vor- und Nachsilbe «El» (Gott) deuten auf ein frühes Vorkommen dieses Gottesnamens. «El» kommt zweihundertdreißigmal im Alten Testament vor (vgl. 1. Mose 14. 18. 20. 22; 16, 13; 21, 33; 33, 20); im Propheten Jesajah steht er vierundzwanzigmal (vgl. Jes. 5, 16), in den Psalmen zweiundsiebzigmal (vgl. Ps. 5, 5) und fünfundfünfzigmal im Buche Hiob (Hiob 5, 8). Redner und Dichter bedienen sich hauptsächlich dieses Gottesnamens. Wenn Jahwe gemeint ist, heißt es durchwegs «Ha El» – «Der Gott», durch den Artikel wird der jahwistische Monotheismus ausgedrückt (vgl. Ps. 18, 31; 33; 48; Hiob 8, 3; 13, 20; 12, 6). Der Gottesname «El» unterscheidet sich von dem verwandten Namen «Eloah» (s.d.) und «Elohim» (s.d.).

Der Name «El» ist auch oft mit Beiwörtern verbunden. So sind folgende Zusammensetzungen anzutreffen: «El-Chai» (s.d.), «El-Qana» (s.d.), «El-Elyon» (s.d.), «El-Roi» (s.d.), «El-Olam» (s.d.), «El-Schaddai» (s.d.). Mit «El-Zar» (fremder Gott) wird ein Götze bezeichnet (Ps. 81, 10). Die Redewendungen «El-Elohim» (Gott der Götter) (Ps. 50, 1) und «El-Elim» (Gott der Götter) (Dan. 11, 36) kennzeichnen «El» als den höchsten Gott. Der Name «El-Elohe Jisrael» (s.d.) «Gott, der Gott Israels»

(1. Mose 33, 20; vgl. 4. Mose 16, 22) enthüllt Gott in besonderer Weise als Gott Seines Volkes, den Israel zum Stammvater hat.

102. **El-Chai,** «Der lebendige Gott» ist ein Name, der nicht allzu oft in der Bibel vorkommt, der aber deshalb keineswegs unwichtig ist. Im Urtext heißt Gott noch «Elohim-Chai» (vgl. Jes. 37, 4) und «Elohim-Chaim» (5. Mose 5, 23). Die Übersetzung aller drei Schreibweisen ist die gleiche. Man vergleiche hierzu noch die Namen: Gott des Lebens und der lebendige Gott!

Gott ist der Lebendige im Gegensatz zum Fleisch (basar), oder zu jedem Geschöpf, bei welchem Vergänglichkeit und Hinfälligkeit heimisch sind (vgl. Jes. 31, 3; 40, 5. 6). Er trägt alle Potenzen des physischen Lebens in sich, daß von Ihm in jeder Beziehung das Wort gilt: «Bei dir ist die Quelle des Lebens» (Ps. 36, 10). Der Mensch, der vergißt, daß er Fleisch ist, muß fürchten, vor dem lebendigen Gott dem Tode zu verfallen. Wer seine Ohnmacht empfindet, wird nicht von Ihm getötet, sondern von Seinem Leben und Lebenskräften durchdrungen, um zur Unvergänglichkeit erhoben zu werden. Gott offenbart Sich als «El-Chai», indem Er in die Geschichte der Menschensphäre eingreift und Sich durch Seine Lebenskraft den Menschen zu erfahren gibt. Hagar, die hilflos in der Wüste umherirrte, durfte den Beistand Gottes erleben, daß sie den Brunnen, den Ort dieser Offenbarung: «Beer-lachai-roi» (Brunnen des Lebendigen und Sehenden) nannte (1. Mose 16, 14).

Josuah sagte zum Volke: «Ihr sollt erkennen, daß ein lebendiger Gott in eurer Mitte ist» (Jos. 3, 10). Der Zweck des Wunders, des Durchgangs durch den Jordan, war die Förderung der Gotteserkenntnis. Er heißt «El-Chai» zum Zeichen, daß Er nicht tot ist (vgl. Jer. 10, 9. 10).

David und Hiskiah empfanden die kriegerischen Anstrengungen ihrer Feinde als Lästerung gegen den lebendigen Gott (vgl. 1. Sam. 17, 26. 36; 2. Kön. 19, 4. 16). In Zeiten der Bedrängnis wurde ganz besonders der Glaube an diesen Gottesnamen «El-Chai» wachgerufen und gegen die toten Götzen der Heidenvölker geltend gemacht (vgl. Jes. 37, 4. 16).

Die vollkommene Erkenntnis des lebendigen Gottes stellt der Prophet Hosea für die messianische Zeit in Aussicht (Hos. 1, 11). Die Israeliten verehren keine wesenlosen Götzen, sie heißen dann Söhne des lebendigen Gottes. Der Prophet nennt mit Nachdruck den Namen «El-Chai» um den Gegensatz des wahren Gottes gegen die toten Götzen geltend zu machen. Weil die Götzen nicht leben, können sie auch nicht lieben. Es ist der gleiche Kontrast wie in 5. Mose 32, 37; wo Gott erklärt, daß Er tötet und lebendig macht, schlägt und heilt. Die Menschheit setzt in Wirklichkeit ihr Vertrauen auf die toten Götzen, statt an den lebendigen Gott zu glauben. Die Götter der Heiden sind tot (vgl. Ps. 115, 4-11; 135, 15-20), jeder Versuch, ihnen Leben einzublasen, scheitert, sie bleiben tot, trotz ihres Scheinlebens. Der wahre Gott ist und bleibt lebendig. Er zeigt Sich als der Lebendige, daß Er die Unbußfertigen schlägt und tötet, Seine Kinder aber heilt und lebendig macht.

Jeremiah stellt den Götzen den lebendigen Gott Israels gegenüber (Jer. 10, 10). Jahwe ist kein Scheingott, sondern eine Wirklichkeit, kein totes Holz, sondern ein lebendiger Gott. Er ist ein König der Ewigkeit; Er vergeht nicht wie die Götzen vergehen. Gott steht auch nicht regungslos, sondern vor Seinem Zorn bebt die Erde; die Völker können Seinen Grimm nicht ertragen, ohne zu Grunde zu gehen.
Gott erweist Sich als der Lebendige durch Seine Offenbarungsworte. Mit Ernst zeigt Jeremiah, daß den Menschen eine schwere Last drückt, die er nicht los wird, wenn er Seine Worte wendet (Jer. 23, 36). Die Worte des lebendigen Gottes anders deuten als sie gemeint sind, ist ein schweres Verbrechen.
Die wahren Gottesfürchtigen des Alten Bundes sehnten sich nach dem lebendigen Gott. Weil dieser Gott in Lebensgemeinschaft mit den Seinen steht, ist Er ein Gegenstand des Suchens und Verlangens, des Findens, Anschauens und des Genusses (vgl. Ps. 42, 3; 84, 3).
Gott, der Lebendige, wird den Göttern der Heiden entgegengestellt, die nichts offenbaren, nichts wirken, keine Gebete erhören, keine Hilfe leisten (vgl. 5. Mose 32, 37-39), es sind vielmehr Nichtse (vgl. 3. Mose 19, 4; 26, 1) und Tote (Methim Ps. 106, 28). Der Gottesname «El-Chai» ist ein Schrecken für den Schuldbewußten und ein Trost für den Hilfesuchenden und Heilsverlangenden.

103. **El-Elohe-Jisrael** – Gott, der Gott Israels ist der Name des Altars, den Jakob auf dem erkauften Grundstück zu Sichem erbaute (1. Mose 35, 20). Die Benennung des Altars ist so aufzufassen, daß der Name die Inschrift bildet (vgl. 2. Mose 17, 15). Zur Zeit Mosehs wurde der Gottesname «El-Elohe-Jisrael» in «Jahwe Elohe Israel» (s.d.) geändert (2. Mose 5, 1; 34, 23). Dieser Gottesname wird mit Vorliebe im Buche Josuah angewandt (vgl. Jos. 7, 13; 19, 20; 8, 30; 9, 18; 10, 40. 42; 13, 14. 33; 14, 14; 22, 24; 24, 2. 23).
Jakob erbaute den Altar mit dem Namen «El-Elohe-Jisrael», als er im verheißenen Lande nach seinem langen Exil in Padan-Aram sein erstes Lager aufschlug. Das war ein mutiges Bekenntnis und ein herzlicher Glaube. Der Erzvater kehrte in das Land zurück, aus welchem er lange Jahre vorher wegen seiner Doppelzüngigkeit auswandern mußte. Sein Herz war voll Furcht im Blick auf die Begegnung seines Bruders Esau. Er erinnerte sich seiner früheren Sünde. Der Herr aber war mit ihm auf der Reise. Nach seinem nächtlichen Kampfe bis zur Morgendämmerung wurde der hinkende Jakob mit dem Namen «Israel» – «Kämpfer Gottes» begrüßt. Durch diese Erfahrung gestärkt und im Vertrauen auf das Werk der Gnade in seinem Leben, wandte er sich vorwärts. Bei der ersten Gelegenheit errichtete er einen Altar. Das war ein Beweis seines Glaubens und für die Umwandlung des Charakters. Er betete an, Gott als seinen Gott zu bekennen, sich selbst aber als einen Mann Gottes. Zehntausende Nachkommen Jakobs haben geglaubt, angebetet und bezeugt, daß Gott, der lebendige Herr Himmels und der Erde, ihr Gott ist. Er hat das Wunder bewirkt, daß aus einem Jakob ein Israel wurde. Der Altar mit dem Namen «El-Elohe-Jisrael»

ist ein Denkmal, das an das Glaubenserlebnis Jakobs im Lande der Verheißung erinnert.

104. **El-Elyon,** griechisch «ho Theos hyspistos» – «Gott der Höchste». Dieser Gottesname ist mehrfach mit «El-Schaddai» (s.d.) verbunden (vgl. 4. Mose 24, 16; Ps. 91, 1). Jeder Name Gottes, wenn er auch mit einem anderen ähnlich oder sinnverwandt ist, hat doch eine besondere Bedeutung. «El-Elyon» und «El-Schaddai» sind beides Namen für ein und denselben Gott, sie enthüllen aber verschiedene Gesichtspunkte Seines Wesens und Seiner Gnade. Der Name «El-Elyon» drückt aus, daß Gott höher als Alles ist, Seine Erhabenheit steht über der ganzen Erde und Allem, was sie in sich schließt (Ps. 83, 19).
In Psalm 91, 1 ist «El-Elyon» sinnvoll mit «El-Schaddai» verbunden. Die Worte lauten: «Der da sitzt im Schirm (s.d.) des Höchsten und weilt im Schatten (s.d.) des Allmächtigen» (s.d.). Der Psalmvers ist ein sogenannter synonymer Parallelismus, daß beide Versglieder sich ergänzen. «El-Elyon» der unnahbar Hohe und Erhabene bietet einen sicheren Bergungsort (vgl. Ps. 91, 9); «El-Schaddai», der in Seiner Allmacht unüberwindlich ist, beschattet den Mann des Glaubens. Vor «El-Elyon» könnte das menschliche Herz zittern und beben; «El-Schaddai» ist die Quelle aller Gnaden und Barmherzigkeiten. Beide Namen ergänzen sich und stärken die Zuversicht des Glaubens.
Der Gottesname «El-Elyon» wurde zuerst durch den Priesterkönig Melchisedek zu Salem, dem Erzvater Aram, nach der Schlacht mit den fünf Königen im Tale Siddim, übermittelt (1. Mose 14, 17-24; vgl. Hebr. 7, 1-2). Dieser Name kommt in der ganzen Bibel sechsunddreißigmal vor. Wenn Melchisedek ein Priester Gottes des Höchsten genannt wird, dann ist damit ausgesprochen, daß er keinen polytheistischen, sondern einen monotheistischen Gottesglauben vertrat. Der Priesterkönig von Salem segnet den Erzvater im Namen dieses Gottes und er preist Ihn, daß Er die Feinde in Abrams Hand gab (1. Mose 14, 29. 30). Abram nennt «El-Elyon» den Schöpfer Himmels und der Erde (1. Mose 14, 22). Das hebräische «Qanah» mit «Besitzer» an dieser Stelle zu übersetzen, wie oft geschieht, ist unrichtig, schon die LXX überträgt den urtextlichen Ausdruck mit «ktizein» – «schaffen». Der Satz: «Schöpfer Himmels und der Erde» wirft ein helles Licht auf den Namen «El-Elyon». Er ist nicht, wie die meisten denken, ein hoher und erhabener Gott, der sich um Welt und Menschen nicht mehr kümmert, sondern Er regiert alles bis in die kleinsten Kleinigkeiten.
Jesajah erteilt mit einem Beispiel des Königs von Babel die Auskunft, daß es Gottes alleiniges Recht ist, der «Allerhöchste» zu sein. Der babylonische Weltherrscher (nicht der Teufel, wie nach der lateinischen Übersetzung «Lucifer» – Lichtträger, von manchen Auslegern gedeutet wird) sagte in seinem Hochmut: «Ich will meinen Thron über die Sterne Gottes erheben, . . . ich will auffahren über die Höhen der Wolken, ich will gleich sein dem Höchsten» (Jes. 14, 12-14). Der gewaltige Herrscher, den Jesajah mit einem Morgenstern vergleicht, wurde vom Himmel zur Erde gestürzt (Jes. 14, 12), in den Scheol, in die tiefste

Grube (Jes. 14, 15). Das Begehren des Tyrannen ging nicht in Erfüllung. Das jesajanische Triumphlied über den Sturz des Weltmonarchen belehrt, daß keiner, auch niemand von den Gewaltigsten der Erde, der Allerhöchste sein kann. Der Name «El-Elyon» gebührt allein dem Schöpfer Himmels und der Erde.
Der Gottesname «El-Elyon» wird mehrfach von Heiden genannt, seine Anwendung ist in Schriftworten, in deren Zusammenhängen Bezugnahmen auf Nichtisraeliten sind. Diese Tatsache darf nicht übersehen werden. Religionsgeschichtlich gesehen erklärt sich die Bekanntschaft des Namens «El-Elyon» daraus, daß noch ein unverdorbener Rest der Uroffenbarung aus der vorsündflutlichen Zeit bei den Heidenvölkern vorhanden ist. Wenn Schreiber der Bibel diesen Gottesnamen nennen, dann passen sie sich der Gotteserkenntnis an, die außerhalb der Grenzen Israels angetroffen wird.
Bileam, der Sohn Beors, nennt sich ein Hörer der göttlichen Rede, der die Erkenntnis des Höchsten hat und die Offenbarung des Allmächtigen sieht (4. Mose 24, 16). Jener falsche Prophet gehörte zu den wenigen der Heiden, die noch einige Überbleibsel von der Gotteserkenntnis hatten, die durch Noah und seine Söhne mündlich fortgepflanzt wurden.
Die Festsetzung der Landesgrenzen der Heidenvölker nach der Zahl der Söhne Israels schreibt Moseh dem Allerhöchsten zu (5. Mose 32, 8). Wie Jahwe der Bundesgott Israels ist, so ist «El-Elyon» eine Gottesoffenbarung für die Heidenvölker. Paulus bringt dieses Gotteswerk mit dem Schöpfer der Welt in Verbindung (Apostelg. 17, 24-26), ein Gedanke, den Abram mit dem Namen «El-Elyon» vereinigt (vgl. 1. Mose 14, 22).
David bezeugt von Gott dem Höchsten, daß Er Seine Stimme erschallen läßt (2. Sam. 22, 14; Ps. 18, 14). Gott steht nach seiner Überzeugung über den Naturgewalten, daß Er sie Seinem Willen gemäß regiert. Einige Psalmen Davids verdanken ihre Entstehung den Erfahrungen, die er machte, als Saul ihn verfolgte. In zwei dieser Psalmen nennt der Dichter den Namen «Höchster» (Ps. 7, 18; 57, 3). Gott hat ihn gerettet, darum besingt er Ihn als den Hocherhabenen. Durch Seine Offenbarung hat Er Sich einen Namen gemacht, der höher als alles steht. Er offenbart Sich als mächtiger Retter und Richter, der über die ganze Heilsgeschichte waltet. Dieser Name, den Gott Sich gemacht hat, tönt in dem davidischen Psalm als Echo zu Ihm zurück. In der Not ruft David zum Allerhöchsten, zum Überweltlichen, der über allem waltet. Der Dichter weiß, daß Er Seine Sache, des Verfolgten, zum Heil hinausführt.
Für erlebte Großtaten Gottes will er mit Mund und Harfe den Namen des Höchsten besingen (Ps. 9, 3). Es sind Tatbeweise, die über jedes menschliche Bitten und Verstehen weit hinausliegen. Er nennt darum den erhabenen Gottesnamen. Sehr sinnvoll wird der Name «El-Elyon» in einem der Königspsalmen angewandt (Ps. 21, 8). Durch die Gnade des Höchsten wankt der König nicht, sondern greift seine Feinde siegreich an. Der König ist sich in Demut bewußt, daß er von Gott

dem Höchsten abhängt. Er ist das Gegenteil von dem Hochmut des Königs von Babel.

Der Gottesname «El-Elyon» ist in den Psalmen sehr beliebt, die Asaph gedichtet hat. Seine Dichtungen haben meistens einen historischen Charakter, die Rückblicke auf urgeschichtliche Tatsachen bieten. Der Psalmsänger Asaph bringt den Namen «Höchster» mit der Darbringung der innerlichen Opfer in Verbindung. Gott braucht keine Opfer, um Sein Bedürfnis damit zu stillen. Er hungert nicht, Er bedarf keines Menschen, um Sich zu sättigen. Er ist der Höchste, über alles erhaben. Der Höchste will keinen äußeren Opferkultus, sondern geistliche Opfer (Ps. 50, 14). Eine schöne Theodizee ist der 73. Psalm von Asaph. Er schlägt alle Zweifel an der sittlichen Weltordnung nieder, trotz aller scheinbaren Widersprüche in der Welt. Der feste Glaube des Dichters, der bezüglich des Glückes der Gottlosen fast irre geworden ist, muß bewundert werden. Die Gottentfernten und Gottentfremdeten behaupten spöttisch, der Höchste hat keine Kenntnis von dem unterschiedlichen Dasein des Gottesfürchtigen und des Gottlosen (Ps. 73, 11). Sie fragen, wie sollte Gott ein allwissender Weltregent sein, weil die Gottlosen vielvermögend werden, die Gottesfurcht wird dagegen nicht belohnt. Trotz dieser Kontraste hält Asaph das Vertrauen an der gerechten Regierung des Höchsten fest.

Der Psalmist ist von Schmerz erfüllt, daß er sagt: «Mein Leiden ist das, Jahre der Rechte des Höchsten» (Ps. 77, 11). Er sucht in den volksgeschichtlichen Macht- und Gnadenoffenbarungen der alten Zeit seinen Trost. Die Jahre der Rechte des Höchsten sind Zeiten, welche Gottes gewaltige Hand gestaltet und ihm zumißt. Das ihm zugedachte Leiden hat seine Zeit und dauert nicht ewig. Es ist ein Bekenntnis der Lenkung der Ereignisse im Leben des Einzelnen und des Volkes. Im Laufe der Geschichte zeigt Sich der Höchste als der Unvergleichliche, mit welchem sich keiner der wesenlosen Götter vergleichen und messen kann.

Der Höchste offenbarte in der Geschichte Israels Seine Ruhmestaten, Machterweisungen und Wunder. Das Volk in der Wüste fuhr fort, sich weiter zu versündigen, sie empörten sich gegen den Höchsten (Ps. 78, 17). Der Psalmsänger rügt gleichsam, daß das Geschlecht in der Wüste die gnädige Lenkung der Volksgeschichte wie nichts achtete.

Der letzte Satz der Psalmen Asaphs lautet: «Der Höchste sei über die ganze Erde!» (Ps. 83, 19.) Er wünscht, daß am Ende der Geschichte Jahwe im Bewußtsein der Völker der Allerhöchste wird.

Bezeichnend ist, daß der Gottesname «Elyon» in Psalm 87 genannt wird, nach welchem sich zu Zion eine Gemeinde aus allen Völkern zusammenfinden wird. Das Ende aller Geschichte ist, daß Zion die Metropole aller Völker sein wird. Die Fülle der Heiden geht zu ihr ein. Bedeutsam heißt es: «Und er, der Höchste, gründet sie» (Ps. 87, 5). Ein schöner Hinweis, daß Gott Sich noch am Ende der Tage den Heidenvölkern als der Höchste offenbart.

Der sogenannte Sabbatpsalm (Ps. 92), ob er den Schöpfungs- oder den Schlußsabbat der Weltgeschichte meint, läßt sich nicht feststellen. Jedenfalls wird an der Spitze dieses Psalms der Name «Elyon» genannt. Gott der Weltschöpfer und Weltregierer wird gepriesen. Sein Walten ist Gnade und Treue. Der blühende Zustand der Frevler beunruhigt den Sänger nicht. Gottes Gerechtigkeit wird durch ihren Untergang glänzend gerechtfertigt. Die Gemeinde der Gerechten blüht dereinst wie Palmen und Zedern. Der große Weltsabbat wird die Schöpfung und Regierung der Welt durch den Höchsten als lauter Gnade und Treue enthüllen.

Der Gottesname «Elyon» wird noch im 107. Psalm angetroffen, der in anschaulichen Bildern Israels Rettung aus dem Exil und den wiedererlangten Wohnsitz im Lande der Väter besingt. Gottes Absicht, welche den Führungen Israels zugrunde liegt, ist deutlich erkennbar. Die Geschichte Seines erwählten Volkes wird nach Gottes Plan regiert, der aber von Israel verhöhnt wurde (Ps. 107, 11). Der Höchste führte dennoch Seine Heilsgeschichte zum Ziele, Seine ewig währende Gnade hat sich geschichtlich entfaltet.

Der Dichter der Klagelieder, der in einer trostlosen Zeit lebt, hält daran fest, daß Gott alles sieht und richtet. Er sieht nicht untätig zu, wie das Recht gebeugt und verdreht wird (Klagel. 3, 35. 36). Es geschieht alles vor dem Angesicht des Höchsten. Böses und Gutes, Unglück und Glück kommt nicht von selbst, sondern ist vom Höchsten bestimmt und angeordnet (Klagel. 3, 38). Damit widerspricht der Dichter dem Deismus. Gott der Höchste sieht nicht unbesorgt zu, was die Menschen tun und treiben, sondern Er greift tatkräftig ein.

Der Gottesname «El-Elyon» steht nur noch im Buche des Propheten Daniel, die übrigen Schriftpropheten des Alten Testamentes nennen ihn nicht. Hier steht «Elyon» im Majestätsplural «Elyonin». Dieser Name wird hier zuerst von einem Heiden genannt, Nebukadnezar nennt Daniels Freunde, nachdem sie aus dem Feuerofen gerettet wurden: «Knechte des höchsten Gottes» (Dan. 3, 26). Daniel sagt zu Belthasar: «Du, o König, der höchste Gott hat Nebukadnezar, deinem Vater, das Königtum und die Größe und die Ehre und die Herrlichkeit verliehen» (Dan. 5, 18). Er erklärt ihm, daß der höchste Gott über das Königtum der Menschen herrscht und darüber bestellt, wen Er will (Dan. 5, 21). Es ist also eine andere Geschichtsauffassung als gottlose Weltmonarchen sie haben. Kein Mensch macht Geschichte, sondern der Höchste.

Der Prophet Daniel empfing noch die Deutung, daß alle Weltreiche dem Untergang geweiht sind. Das unvergängliche Königreich empfangen die Heiligen des Höchsten (Dan. 7, 18), Seinen Heiligen übergibt Er auch das Gericht (Dan. 7, 22). Wenn sich auch der Antimessias oder Antichristus mit seiner Weltmacht gegen den Höchsten und Seine Heiligen auflehnt, so wird doch seine Herrschaft weggenommen und bis zum Ende vernichtet und zerstört (Dan. 7, 25). «El-Elyon» ist und bleibt der Höchste, der die ganze Weltgeschichte bis ans Ende der Tage leitet und regiert.

Das Neue Testament nennt den Namen des Allerhöchsten achtmal. In den lukanischen Schriften wird dieser Gottesname mit Vorliebe genannt. Lukas, der sein Evangelium für Heidenchristen schrieb, hat wohl mit Bewußtsein diesen Namen Gottes an bestimmten Stellen benutzt.

Der Engel Gabriel sagt zu Maria von Jesus, daß Er ein «Sohn des Höchsten» (s.d.) genannt wird (Luk. 1, 32). Es wird geweissagt, daß Jesus Sich, obgleich ein Mensch, auf Erden in Wort und Tat als Sohn des Höchsten offenbart. Sohn des Höchsten (Hyios hyspistou) ist mit «Sohn Gottes» (s.d.) (Hyios tou Theou) synonym. Lukas paßt sich hier der heidnischen Gottesauffassung an. Johannes der Täufer heißt ein «Prophet des Höchsten», aber nicht ein Prophet des Herrn (Luk. 1, 76). In dem Spruche der Bergpredigt (Matth. 5, 45) wo Matthäus von «Kindern des Vaters im Himmel» spricht, nennt Lukas «Kinder des Allerhöchsten» (Luk. 6, 35). Ein Besessener aus der Gegend der Gadarener nennt Jesus den Gottessohn, des Allerhöchsten (Luk. 8, 28; vgl. Mark. 5, 7). Es war sicherlich kein Israelit, sondern ein Heide, der Gott so nannte.

Die Apostelgeschichte erwähnt nur zweimal den Gottesnamen «Elyon» oder «Hyspistos» (Apostelg. 7, 48; 16, 17). Stephanus sagt in seiner Verteidigungsrede, daß der Höchste nicht in Tempeln wohnt, die Menschenhände gemacht haben. Die Sklavin eines Wahrsagers nennt Paulus und seine Begleiter «Knechte des Allerhöchsten», die den Weg der Rettung verkünden (Apostelg. 16, 17).

Nach allen Schriftstellen, in welchen der Gottesname «El-Elyon» vorkommt, läßt sich feststellen, daß damit der wahre Gott bezeichnet wird. Dieser Name wird vorwiegend von Nichtjuden gebraucht, die meistens unfreiwillig die Erhabenheit des Gottes Israels bekennen. Juden benutzen diesen Namen Gottes im Verkehr mit Heiden, um sich mit den Hörern auf den gemeinsamen Besitz der Gotteserkenntnis einzustellen. Der Allerhöchste steht im Gegensatz zu den Göttern der Heiden (5. Mose 10, 17; Ps. 97, 7-9; Dan. 2, 47). Er ist der Schöpfer aller Dinge und der Lenker der Geschichte, der alles zum Heil derer führt, die Ihm vertrauen.

105. **Eli** – mein Gott, ist die Gebetsanrede Christi in Seiner Gottverlassenheit am Kreuz, die hebräisch (Matth. 27, 46) und aramäisch überliefert ist (Mark. 15, 34). Der einzigdastehende Doppelruf: «Eli, Eli» – «**mein** Gott, **mein** Gott!» gründet sich auf Psalm 22, 2; eines Klagepsalms, dessen tiefe Klagen aus der schmachvollen Erniedrigung und furchtbaren Todesnot entstanden sind. Der Psalmist geht aus von trostlosem Angstgeschrei, schreitet fort zum vertrauensvollen Hilferuf, er endet im Dankgelübde und Anschauen des weltumfassenden Heils, das aus dem Erlösungswerk des Leidenden hervorgeht. David rang sich aus der finstersten Tiefe zur lichtesten Höhe empor. Der ganze Psalm hat einen weissagenden Charakter. Gott vermittelt hier dem Menschengeist Seine Heilsgedanken. Die Worte des Sängers werden zur prophetischen Verkündigung. Die Geschichte Davids gestaltet sich

zu vorbildlicher Darstellung des zukünftigen Heils. Aus der Tatweissagung der Vorgeschichte ergibt sich der Beweis für die Wahrheit des Evangeliums, wie auch aus der Wortweissagung. Der aufmerksame Leser vernimmt in diesem Psalm die Klagen des leidenden Messias. Die Tiefe und Höhe des geschichtlichen Hintergrundes ragt hinaus in die Lebens- und Leidensgeschichte des künftigen und wahrhaftigen Christus Gottes. Wer diese unumstößliche Tatsache nicht anerkennt, versteht kein Wort des ganzen Liedes. Das gilt vor allem von der Gebetsanrede: **«Eli»** – **mein** Gott!
Der trostlose Klageruf, der mit der Angst der Gottverlassenheit beginnt (Ps. 22, 2-12) erhebt sich zur vertrauensvollen Bitte. Die Frage: «Warum hast **Du** mich verlassen?», ist kein Ausdruck der Ungeduld und Verzweiflung, sondern des Befremdens und der Sehnsucht. Der Leidende empfindet, von Gott verstoßen zu sein, das Empfinden des göttlichen Zornes umgibt Ihn völlig, dennoch weiß Er Sich mit Gottes Liebe verbunden. Sein gegenwärtiger Zustand, der in Widerspruch in Seinem Verhältnis zu Gott steht, drängt Ihn zu der klagenden Frage: «Warum hast **Du** mich verlassen?» Das Gefühl Seiner Gottverlassenheit hat dennoch das Band der Liebe nicht zerrissen. Der Klagende nennt Gott «El**i**» – **mein** Gott, von Sehnsucht gedrängt, daß Gott Ihm diese Liebe wieder zuwendet, ruft Er «El**i**, El**i**!». Die klagende Frage: «Warum hast **Du** mich verlassen?» ist nicht ohne Beispiel (vgl. Ps. 88, 15; Jes. 49, 14). Die Gottverlassenheit des Gekreuzigten ist einzigartig, die mit der Klage anderer Dulder und Angefochtener nicht zu vergleichen ist. Das Gemeinsame ist jedoch hier und dort, daß hinter dem Zorne sich die Liebe Gottes birgt, an welcher der Glaube festhält. Mitten in der Empfindung des Zornes Gottes, hält Er Seine Gemeinschaft mit Gott aufrecht. Der Gekreuzigte bleibt bis zum letzten Atemzuge der Heilige Gottes (s.d.). Die Sühne, für die Er Sich opfert, ist Gottes eigener, ewiger Gnadenwille, der sich in der Fülle der Zeit verwirklichte. Mit der Sünde Seines Volkes und der, der ganzen Menschheit, läßt Er Gottes Gerichte über Sich ergehen. Die Schuld der Sünde der Menschheit erfährt Er selbst. Die unendliche Tiefe des göttlichen Zornes ist ernste Wirklichkeit. Sein Klageruf: «El**i**, El**i**, le**ma** sabach**ta**ni» – **«Mein** Gott, **mein** Gott, wo**zu** hast **Du** mich verlassen!», dringt durch den Zorn in Gottes Liebe. Die Gottverlassenheit besteht darin, daß Gottes Hilfe und Sein Hilfsgeschrei weit auseinanderliegen. Es ist eine Kluft zwischen Gott und dem unaufhörlich Rufenden nach Hilfe, daß Er nicht erhört wird. An die Stelle von «El**i**» – **mein** Gott, dem Namen der Macht, tritt der Gottesname «Eloha**i**» – «O mein Gott», der Name der Ehrfurcht (Ps. 22, 3). Sein ununterbrochenes Rufen bleibt ohne Antwort, ohne Beruhigung. Von der 6. bis zur 9. Stunde rief Jesus nach langem, stillem Ringen mit kräftiger Stimme: «El**i**, El**i**» (Matth. 27, 46). In der rechten, sinnvollen Betonung: **«Mein** Gott, **mein** Gott!» zeigt sich das Vertrauen und die Liebe zu Gott des Psalmsängers und des Erlösers am Kreuz bis zum Tode.
Die einfache Anrede «El**i**» – «**mein** Gott» kommt in der hebräischen Bibel noch etwa zehnmal vor. Andere Stellen, in welchen in der deut-

schen Übersetzung auch die Anrede: «Mein Gott» vorkommt, haben im Grundtext den Gottesnamen «Elohai» (s.d.), der im Alten Testament nahezu fünfzigmal anzutreffen ist. Hier sind die Bibelverse mit dem Gottesnamen «Eli» zu beachten, der Name Elohai erfordert eine besondere Erklärung.

Moseh sagt im Schilfmeerliede: «Meine Stärke (s.d.) und Lobgesang (s.d.) ist Jah (s.d.) und er war mir zum Heil (s.d.), das ist mein Gott (Eli) und ich will ihn rühmen, der Gott meines Vaters (s.d.) und ich will ihn erheben» (2. Mose 15, 2). Es bedeutet hier, Jahwe, der treue Bundesgott, der Sich in der Heilsgeschichte mächtig und rühmlich erwiesen hat, ein solcher ist **mein** Gott. Der Lobpreis von diesem Gott des Heils ist in die Psalmendichtung übergegangen.

David nennt in seinem größten Psalm eine Reihe von Gottesnamen, die als Frucht des Leidens durch die Verfolgung Sauls bezeichnet werden kann. Unter den zehn Namen, die in den Eingangsworten des Psalms aufgezählt werden, kommt auch das innige und zuversichtliche «Mein Gott» (Eli) über seine Lippen (Ps. 18, 2-3). Es sind lauter Anreden mit denen Gott angerufen wird, die sich immer volltönender entfalten. Die drei Gottesnamenreihen werden in inbrünstiger Herzensinnigkeit getragen. «Mein Gott» ist ein beliebter Name Gottes in den Psalmen Davids.

Der königliche Psalmsänger bedient sich im schon erwähnten messianischen Leidenspsalm noch einmal dieses Gottesnamens (Ps. 22, 11). Er sagt: «Vom Schoße meiner Mutter her bist du mein Gott.» Jahwe war von Mutterleibe an sein Gott. Er wuchs in die Gemeinschaft mit Gott hinein. Auf Grund dieser so weit zurückreichenden Verbindung bringt er seinen Hilferuf zum Ausdruck: «Gott, du bist mein Gott» ruft der Sänger aus. Im hebräischen Text ist nicht beide Male das gleiche Wort für Gott, nämlich «Elohim» und «El». Das erste Wort für Gott bedeutet Schauder, es bedeutet den zu fürchtenden Gott. Elohim steht deshalb mit «pachad» (s.d.) zusammen (vgl. 1. Mose 31, 42. 53). Bei dem zweiten Wort «El» wird dazu der Begriff der Stärke hinzugefügt. Es könnte der Ausspruch umschrieben werden: «O Du zu Fürchtender, meine Stärke», oder «mein starker Gott, der Du zu fürchten bist!» Die Form «mein Gott» kommt mehrfach vor, aber nie wird «El» mit «Dein» oder «Sein» verbunden. «Eli» enthüllt eine Wahrheit, die außerhalb der Wahrheit unbekannt ist. Der Name lehrt, daß Gott die Seele, die Ihn sucht, sich mit der ganzen Fülle Seiner Stärke hingibt. «Mein Gott» ist kein Wort einer menschlichen Vorstellung, sondern eine Wahrheit, die in Gott begründet ist. Gott liebt mit ganzer Kraft die Seinen. Es ist keine Anmaßung, Gott anzurufen: «Mein Gott». Der Gottesname «Eli» ist oft der Bestandteil von hebräischen Eigennamen. Gläubige Israeliten liebten es, auf das so wunderbar geoffenbarte innige Verhältnis des Schöpfers zu ihrem persönlichen Leben ihr Augenmerk zu richten.

Bei dem Aufenthalt in der Wüste Judah ruft David sehnsuchtsvoll aus: «Gott, mein Gott bist du, frühe suche ich dich!» (Ps. 63, 2.) Eine sonnenverbrannte Dürre und eine aschfarbige Natur umgibt ihn, ein unerquickliches Bild prägt sein Inneres, seine Seele dürstet, sein Fleisch schmachtet nach dem lebendigen Gott, der Lebensquelle. Seele und Leib sind krank vor Liebe und Sehnsucht, daß er in der anbrechenden Morgenröte Gott, seinen Gott, suchen will. So steht an der Spitze des Psalms: «Gott, mein Gott bist du!»

Der 68. Psalm ist eine der herrlichsten Blütenlesen aus der Poesie der Vorzeit, die Signalworte Mosehs, der Segen Mosehs, die Weissagungen Bileams, das Deuteronomium, das Deborahlied, das Lied der Hannah, der längste Psalm Davids, hallen in ihm wieder. Ein ganzes Füllhorn von Gottesnamen ist über ihn ausgeschüttet: «Elohim» (s.d.) – «Gott» (s.d.) kommt dreiundzwanzigmal vor, Jahwe (s.d.) (Ps. 68, 17), Adonai (s.d.) sechsmal, «Ha-El» – «Der Gott» zweimal, «Schaddai» (s.d.) – «Allmächtiger» (s.d.) (Ps. 68, 15); «Jah» (s.d.) (Ps. 68, 5), «Jahwe Adonai» – «Jahwe, Herr» (Ps. 68, 21), «Jah Elohim» (Ps. 68, 15), «El-Jesuathenu» – «Gott unseres Heils» (s.d.), «El-le Mosaoth» – «Gott der Rettungen» (s.d.), «El-Jisrael» – «Gott Israels» (s.d.) und «Eli» – «mein Gott und König in Heiligkeit» (s.d.). Der Sänger sagt von den Heidenvölkern: «Sie sehen deine Prachtzüge o Gott, die Züge meines Gottes, meines Königs in Heiligkeit» (s.d.) (Ps. 68, 25). Die Freude, die hier zum Ausdruck kommt, bezieht sich auf eine Freudenfeier, die Israel durch die Gerichts- und Erlösungstat seines Gottes und Königs erleben wird.

Der Sänger des 89. Psalms besingt die zuverlässigen Gnaden Davids (vgl. Jes. 55, 3). Seine geschichtliche Grundlage ist die Verheißung Gottes von dem davidischen Königtum. Auf Grund dieser Zusage heißt es: «Er wird mich anrufen: Mein Vater bist du, mein Gott und der Hort meines Heils» (2. Sam. 7, 14; vgl. Ps. 89, 27). Jesus hat am Kreuze so Gott, Seinen Vater, angerufen. Damit kommt Seine Sohnesliebe zum Vater zum Ausdruck, für welche Gott, der Vater, immer ein offenes Herz hat.

In Psalm 118, 28 wechselt der Gottesname: Eli und Elohai, daß der Psalmsänger ausspricht: «Mein Gott (Eli) bist du, so will ich dir danken, mein Gott (Elohai) ich will dich erhöhen.» Es ist der Ausruf der Festpilger, die nach Jerusalem kommen. Jahwe hat Sich als der Mächtige erwiesen, indem Er Seinem Volke das Licht der Gnade, der Freiheit und Freude erwiesen hat. Die Psalmworte erinnern an den Ausruf Mosehs im Schilfmeerlied (2. Mose 15, 2).

Die letzte Psalmstelle mit dem Gottesnamen «Eli» ist der Psalm 140, 7: «Ich spreche zu Jahwe: Mein Gott bist du, erhöre Jahwe, die Stimme meines Flehens!» Wie Jäger das Wild, so umgeben die Feinde den Beter, sie werfen Schlingen und Netze, sie spannen Netze und stellen Fallen (Ps. 140, 6). Er betet darum zu seinem Gott, um gegen die Feinde geschützt zu sein, die ihn umhegen wie der Jäger das Wild im Walde. Die Anrede «Mein Gott» erinnert an andere Psalmstellen (Ps. 22, 11; 89, 27). Wer so mit Gott in Verbindung steht, dessen Gebetsruf wird nicht verhallen.

In Jesaja 44, 17 ist die einzige Stelle des Propheten Jesajah, in welcher «Eli» vorkommt, aber in götzendienerischem Sinne. Der Götzendiener macht von einem Stücke Holz Brennmaterial und von dem anderen Stück einen Götzen, vor dem er niederfällt und betet und spricht: «Errette mich, denn du bist mein Gott!» Das gleiche Holz, das zum Alltagsgebrauch dient, ist auch für einen Götzen gut genug, von dem er Rettung in der Not erwartet. Es ist eben eine große Gedankenlosigkeit. Der Gottesname «Eli» bezeugt einen lebendigen Gott im Gegensatz zu den toten Götzen. Wer sich solche Götzen anfertigt, ist genau so verblendet und unvernünftig wie auch die Götzenbilder. Der Name «Eli» – «mein Gott», mit dem Gott angerufen wird, erhört in Wirklichkeit das Rufen der Beter.

106. **Eloah** ist wie «El» (s.d.) ein Name des wahren Gottes. Über die ethymologische Erklärung des Gottesnamens bestehen zwei Ansichten. Einerseits soll «Eloah» eine Ableitung vom Verbalstamm «ul» sein, dessen Grundbedeutung die «Macht» ist. Anderseits gilt «alah» – «Schauder, Furcht» als Wurzel von Eloah. Diese Herleitung dürfte richtig sein. Eloah bezeichnet hiernach das Grauen und ein Gegenstand des Grauens. Das entspricht dem Gottesnamen «Pachad» – «Furcht, Schrecken», der in 1. Mose 31, 42. 53 mit «Elohim» abwechselt. Wenn an dem Namen «El» die Macht oder Stärke haftet, dann wird mit Eloah der Eindruck der Macht angedeutet. Eloah ist hiernach eine grauenerweckende Macht. Durch diesen Gottesnamen kommt zum Ausdruck, daß der natürliche Mensch Gott gegenüber vom Gefühl der Furcht bestimmt wird.
Der Name «Eloah» steht siebenundfünfzigmal im Alten Testament, im Abschiedsliede Mosehs (5. Mose 32, 15. 17), in Jesajah (Jes. 44, 8), in Habakuk (Hab. 1, 11; 3, 3), in den Psalmen (Ps. 18, 32; 50, 22; 114, 7; 139, 19), in Sprüche 30, 5; dann einundvierzigmal im Buche Hiob (Hiob 3, 4 usw.), viermal im Propheten Daniel (Dan. 11, 37-39), endlich noch in Nehemia 9, 17 und 2. Chronika 32, 15.
Eloah wird von manchen Auslegern als Singular von Elohim gedeutet. Es ist grundsätzlich eine poetische Form des Gottesnamens, er wird darum hauptsächlich in dichterischen Stücken und Büchern des Alten Testamentes angewandt. Erklärer der neuen Zeit leiten Eloah von der arabischen Wurzel «Allah» ab, daß der Name soviel bedeutet wie «anbetungswürdig». Diese Anwendung dürfte in 5. Mose 32, 15 vorkommen: «Sie verließen den Gott, der sie geschaffen hatte», und: «Sie opferten den Teufeln, den Nichtgöttern» (5. Mose 32, 17). Es ist eine unnötige Bemerkung, daß Gott allein der Gegenstand der Anbetung ist, zumal Er der allmächtige Gott ist. Er ist nicht allein der Eine, zu welchem wir uns in der Not hinwenden können. Er ist auch der Eine, welchen wir zu jeder Zeit anbeten sollen. Er ist Gott unser Schöpfer (s.d.). Wir sind Ihm unsere Unterwürfigkeit schuldig, als das Werk Seiner Hände. Der höchste Sinn unseres Daseins ist die Erhebung unserer Herzen und unserer Stimmen zu Ihm hin in Preis und Anbetung.

107. **Elohai,** «Mein Gott», im Unterschied zu «Eli» (s.d.) eine zuversichtliche und innige Gebetsanrede, durch welche die herzliche, persönliche Gemeinschaft mit Gott zum Ausdruck kommt. Alttestamentliche Gläubige, der Psalmist und die Propheten bedienen sich mehr als vierzigmal dieser Anrede. Nachdem David seinem Sohne Salomoh Verfügungen über den Tempelbau erteilt hatte, richtete er ein abschließendes Mahn- und Verheißungswort an seinen Thronfolger: «Denn der Gott Jahwe, mein Gott, ist mit dir» (1. Chron. 28, 20). Er soll darum wacker und rüstig sein. Sein Gott wird ihn nicht verlassen. Er wird nicht Sein Heil von ihm abziehen. Eine oftmalige Verheißung (vgl. 5. Mose 31, 6. 8; Ps. 138, 8; Jos. 1, 5; Hebr. 13, 5). – Salomoh bedient sich im Tempelweihgebet der gleichen Gebetsanrede: «Wende dich aber zum Gebet deines Knechtes und zu seinem Flehen, Jahwe, mein Gott, daß du hörest auf das Rufen und auf das Gebet, das dein Knecht vor dir betet» (2. Chron. 6, 18). Sogar ein Prophet bedient sich der intimen Anrede, daß er nur redet, was sein Gott zu ihm sagt (2. Chron. 18, 13).
Sehr stark von Daniels Bußgebet ist das öffentliche Gebet Esras beeindruckt. Beide Gottesmänner bedienen sich mehrfach der Gebetsanrede: «Mein Gott» (Dan. 9, 4. 19. 20; Esr. 9, 5. 6). Bei aller tiefen Selbstbeschämung wissen sie von einer persönlichen Gemeinschaft mit ihrem Gott, trotz der Scheidewand der Sünde.
Verhältnismäßig oft bedient sich Nehemiah der vertrauten Gebetsanrede: «Mein Gott!» Er ist der Mann der Bibel, der die kürzesten Gebete ausspricht, deren Erhörung auf dem Fuße folgte. Er untersuchte die Beschaffenheit der Mauern Jerusalems, weil er, wie er sagte: «Was mir mein Gott in den Sinn gegeben hatte» (Neh. 2, 12). Es zeugt von einer innigen Verbindung mit Gott. Mehrfach spricht Nehemiah die Bitte aus: «Gedenke mir mein Gott zum Guten alles» (Neh. 5, 19; 6, 14; 13, 14; 22, 31), damit beendet er auch sein Buch. Ehe er eine Sache ausführte, berief er sich auf die Tatsache: «Und mein Gott gab mir den Gedanken ein» (Neh. 7, 5). Es ist anders als etwas in seinem Herzen vornehmen (vgl. Pred. 7, 2). Wer auf göttliche Eingebung achtet, berät sich nicht mit Fleisch und Blut (vgl. Gal. 1, 16).
In den Psalmen begegnet dem Leser die vertrauliche Gebetsanrede «Mein Gott» etwa vierzigmal. Es ist die Gebetsschule des Alten Bundes, in der man Gott so anredet. David bittet: «Stehe auf Jahwe, hilf mir, mein Gott!» (Ps. 3, 8.) Neben Jahwe, dem treuen Bundesgott, steht «mein Gott» als Ausdruck des persönlichen Glaubens. Der Hilferuf gründet sich auf bisherige Glaubenserfahrungen, deren Einzelerlebnisse bis in die Gegenwart gehen. Der König bedient sich in seinem Morgengebet, dem ersten Tagewerk, der Gebetsanrede: «Horche auf mein lautes Rufen, mein König (s.d.) und mein Gott!» (Ps. 5, 3.) Es ist bedeutsam, wenn der theokratische König, der die Stelle des Unsichtbaren vertritt, mit ganz Israel Jahwe als seinen König und seinen Gott anbetet. Er begründet in der Morgenröte seine Bitte auf Gottes Heiligkeit, denn er ist nicht ein Gott (El, s.d.) wie ein «Nicht-Gott» (5. Mose 32, 21), dem Gottlosigkeit gefällt (Ps. 5, 5). In der Anrufung des Weltrichters gegen Verleumdung und Vergeltung des

Guten und Bösen verbindet David mit der zweimaligen Gebetsanrede: «Jahwe mein Gott» (Ps. 7, 2. 4) sein oftmaliges Glaubens-, Liebes- und Hoffnungswort: «In dich finde ich Zuflucht», oder: «In dich vertraue ich» (vgl. Ps. 11, 1; 16, 1; 31, 2; 71, 1). In der Gefahr des Erliegens, weil es scheint, Gott habe ihn vergessen, fleht der Psalmist: «Schaue doch, antworte mir, Jahwe, mein Gott!» (Ps. 13, 4.) Er selbst ist ratlos und kann sich selbst nicht helfen (vgl. Jes. 63, 15). Der um Hilfe Rufende erfleht Antwort von seinem Gott. David schaut Gott rühmend im Rückblick auf sein Leben und er nennt am Eingang des Psalmes 10 Gottesnamen (vgl. Ps. 18, 2-3). Er spricht später noch zweimal den Namen «Elohai» – «Mein Gott» aus (vgl. Ps. 18, 29. 30). In, mit und durch seinen Gott vermag er alles, denn seine Kraft wird in Schwachheit vollendet. Jahwe, sein Gott, erleuchtet seine Leuchte (2. Sam. 21, 17; 1. Kön. 11, 36).

Hilfsbedürftig und voll Heilsverlangen erhebt der Sänger seine Seele zu Jahwe empor (vgl. Ps. 86, 4; 143, 8), dem Gott, der allein sein Verlangen stillen kann. Er erhebt sich zu Ihm empor, den er glaubenszuversichtlich mit «mein Gott» anredet (Ps. 25, 2). «Nicht werde ich zuschanden!», ist die Hoffnung des Glaubens (vgl. Ps. 31, 2. 18; Röm. 5, 5). Nach überstandener Krankheit, die an den Rand des Todes führte, sagt der Sänger: «Jahwe, mein Gott, ich schrie zu dir, da heiltest du mich» (Ps. 30, 2). Wegen der Erhörung seines Gebetes spricht er am Schluße seines Psalms aus: «Jahwe, mein Gott, ewig will ich dich loben» (Ps. 30, 13). Wie sehr die Anrede: «Jahwe, mein Gott» eine Vertrauensanrede ist, läßt sich mit der Aussage begründen: «Aber ich, auf dich vertraue ich, Jahwe, spreche: Mein Gott bist du» (Ps. 31, 15). Es ist zu beachten, daß die Sprache des Propheten Jeremiah, die in den Psalmen tief eingetaucht ist, in ihrer zarten Empfindung, Liebessehnsucht und ihrem Schmerz mit dem 31. Psalm verwandte Züge aufzuweisen hat. Jesus entnahm diesem Psalm sein letztes Kreuzeswort.

Wie Thomas (Joh. 20, 28), sagt auch der Psalmsänger: «. . . Wache doch auf zu meinem Rechte, mein Gott und mein Herr!» (Ps. 35, 22), und er bedient sich noch der Anrede: «Jahwe, mein Gott» (Ps. 35, 23). David klammert sich mit beiden Händen fest an den Gott des Himmels und der Erde als an seinen Gott. Der Sänger des Bußpsalms verzweifelt an sich selbst, aber nicht an Gott, daß er Ihm zutraut: «Du, du wirst antworten, o Herr mein Gott» (Ps. 38, 16). Er fürchtet nichts, solange Gott bei ihm ist, darum bittet er: «Mein Gott, sei nicht ferne von mir!» (Ps. 38, 22.) Der bittende Glaube gelangt zum frohlockenden Glauben.

In der Äußerung über Gottes Unvergleichlichkeit erscheint dem Sänger die Fülle der göttlichen Wunder und Heilsgedanken so gewaltig, daß er ausspricht: «Viel hast du ausgeführt, Jahwe, mein Gott, deiner Wunder und Gedanken für uns» (Ps. 40, 6). Er spricht im Gottvertrauen. Im Blick auf die alttestamentlichen Tieropfer spricht der Psalmist weissagend vom Messias: «Zu tun deinen Willen mein Gott, begehre ich» (Ps. 40, 9). Bei der Darbringung des gottwohlgefälligen

Opfers stand Christus in innigster Gemeinschaft mit Gott, dessen Willen Er willig erfüllte. In Zurückversetzung seiner Nöte, ruft der Sänger zu Gott seinem Helfer (s.d.) und Erretter (s.d.): «Mein Gott zögere nicht!» (Ps. 40, 18; Dan. 9, 19.) Ein festes Gottvertrauen ist nachahmenswert.
Vom Heimweh nach Zion in Feindesland ist die Seele des Sängers niedergedrückt. Dreimal im Jahr gingen die Israeliten ins Heiligtum (2. Mose 23, 17; 34, 23), um vor Gottes Angesicht zu erscheinen, wenn der Mensch Sein Angesicht auch nicht schauen kann, ohne zu sterben (2. Mose 33, 20). In der Fremde tönt ihm der höhnende Ruf entgegen: «Wo ist dein Gott?» Der Dichter aber rafft sich auf zu dem Bekenntnis des Vertrauens: «Harre auf Gott, denn noch werde ich ihm danken, daß er meines Angesichtes Heil und mein Gott ist» (Ps. 42, 6. 12; 43, 5). Die verschiedenen Benennungen: «Gott meines Lebens» (s.d.) (Ps. 42, 3. 9), «Gott meine Stärke» (s.d.) (Ps. 43, 2), «Gott, mein Fels» (s.d.) (Ps. 42, 10), «meines Angesichtes Hilfe» (s.d.) (Ps. 42, 12), «Gott meine Freude und Wonne» (s.d.) (Ps. 43, 5), «meine Hilfe und mein Gott» (Ps. 43, 5), in der Verbindung mit der Frage: «Wer ist nun dein Gott?» (Ps. 42, 4. 11) zeugen von zunehmender Glaubenskraft, die immer zärtlicher die Namen Gottes gebrauchen lehrt.
In seinem Bußgebet bittet David nach dem Luthertext: «Rette mich von den Blutschulden, Gott, der du mein Gott und Heiland bist!» (Ps. 51, 16.) Es heißt wörtlich: «Gott, du Gott meines Heils» (s.d.). Unumwunden bekennt er sein todeswürdiges Verbrechen und wendet sich zuversichtlich und mit vollem Vertrauen an seinen Gott. Sein Glaube wagt aus der Tiefe seiner Blutschuld sich zur Höhe der göttlichen Gnade.
Der Psalmist, ein Flüchtling in der Wüste, wo Gott die Tränen der Seinen aufbewahrt (Ps. 56, 9), spricht in Glaubenszuversicht: «Wenn ich rufe, so werde ich inne, daß du mein Gott bist!» (Ps. 56, 10); im hebräischen Text heißt es: «Das weiß ich, daß du mein Gott bist, oder: daß Gott für mich ist.» Es ist eine unwandelbare Grundfeste des Glaubens. Ein tröstliches Wissen, daß Gott für uns ist (vgl. Röm. 8, 31; Ps. 118, 8).
Die peinlichsten Ereignisse im Leben Davids dienen immer wieder dazu, den Schatz der heiligen Gesänge Israels zu bereichern. Die Verfolgung Sauls stimmt des Sängers Harfe zum 59. Psalm. Dreimal bedient sich der Verfolgte der Gebetsanrede: «Mein Gott» (Ps. 59, 2. 11. 18). Er bittet um Errettung von seinen Feinden, er vertraut, daß sein Gott ihm mit Seiner Gnade entgegenkommt. Der Psalm schließt mit dem Gottesnamen: «Gott meiner Gnade» (s.d.) (Ps. 59, 18). Der Name besagt ein Dreifaches: 1. Alle Gnade Gottes ist für Seine Heiligen da, es ist die vergebende, belebende, stärkende, tröstende und bewahrende Gnade; 2. für jeden Gläubigen ist ein ausreichendes Teil der Gnade Gottes vorhanden (vgl. 2. Kor. 12, 9); 3. Gott hat es auf sich genommen, das bestimmte Teil Seiner Gnade für Sein Volk zu verwalten und zu bewahren.
Der von Saul verfolgte David dichtete den Leidenspsalm (Ps. 69), auf den außer Psalm 22 das Neue Testament am meisten hinweist. Er be-

gehrte in seiner bittersten Not nichts Dringenderes, als seinen Gott (Ps. 69, 4). Ihn sein zu nennen, war ihm alles. Das Gesicht verging ihm, daß er solange auf seinen Gott harren mußte. Die Bitte in Psalm 70, 6 ist eine Wiederholung mit geringer Änderung von Psalm 40, 18; statt «Mein Gott», wie im Luthertext, steht hier Jahwe. Es ist berechtigt, die verschiedenen Namen Gottes anzuwenden, denn jeder hat seine Schönheit und Majestät.

In dem sogenannten Alterspsalm (Ps. 71) findet sich die Anrede: «Mein Gott» zweimal in der Verbindung mit der Bitte um Befreiung aus der Hand des Bösewichtes und ihm zur Hilfe zu eilen (Ps. 74, 4. 11). Im Jubel zu dem Gott des Lebens (s.d.) nennt der Psalmist Jahwe: «Mein König» (s.d.) und «mein Gott» (Ps. 84, 4; vgl. Ps. 5, 3). Er bringt seinem göttlichen König die Huldigung seines Herzens. Mit einem zweifachen «mein» hält er Gott wie mit beiden Händen fest. Der Gebetsruf: «Hilf deinem Knecht, du mein Gott» (Ps. 86, 2) vereinigt sehr sinnvoll «dein Knecht» und «mein Gott». Auf Grund dieses Verhältnisses erwartet er Gottes Hilfe. Siebenmal steht in diesem Psalm der Gottesname «Adonai» (s.d.) – «Herr, der nach der Sprache der Masora, der Wahre und Wirkliche bedeutet, der auch mit der Anrede «Mein Gott» (Ps. 86, 12) verbunden ist. Zuerst befand sich der Sänger im Gebetskampf (Ps. 86, 2), jetzt (Ps. 86, 12) in voller Begeisterung des Lobpreisens.

In dem Psalm, der das Sechstagewerk der Schöpfung besingt, rühmt der Sänger: «Jahwe, mein Gott, sehr groß bist du!» (Ps. 104, 1). Dieser Ausruf verschmilzt Kühnheit des Glaubens mit heiliger Ehrfurcht. «Mein Gott» sagt er zu Jahwe in Seiner Unendlichkeit, gleichzeitig sinkt er von Gottes Größe überwältigt in den Staub, daß er ausruft: «Du bist sehr groß!» Gott war am Sinai groß, daß Er Sein Gesetz mit den Worten eröffnete: «Ich, Jahwe, bin dein Gott!» (2. Mose 20, 2; 5. Mose 5, 6.) Die Größe Jahwes ist kein Grund, daß der Glaube nicht zur persönlichen Verbindung mit Gott führt. Es ist des Sängers Freude, daß sein Gott ein großer Gott ist, der Schöpfer des Universums. Der Sänger kommt zu dem Entschluß, Jahwe sein Leben lang zu loben, in engster Gemeinschaft mit dem Schöpfer, der ewig lebt und Leben gibt, daß er sagt, ich will singen «und meinen Gott loben, solange ich bin!» (Ps. 104, 33.) Er hat Anteil an dem Herrlichen und ist mit Gott auf das engste verbunden, dem sein Lob erschallt.

Der 109. Psalm wird mit Unrecht den sogenannten Rachepsalmen zugeordnet, die es im Alten Testament überhaupt nicht gibt. Die lang und breit sich ergießenden «Anathemas», wie in keinem anderen Bibelteil, erklären sich aus dem Selbstbewußtsein Davids, daß er der Gesalbte des Herrn ist. Die Verfolgung Davids war nicht nur eine Versündigung an ihn selbst, sondern auch an dem Christus in ihm. Weil Christus in David ist, nehmen die Aussprüche des Zorngeistes einen weissagenden Charakter an. Der Inhalt des ganzen Psalmes offenbart keine Privatrache. In diesem Sinne ist sein Hilferuf verständlich: «Stehe mir bei, Jahwe mein Gott» (Ps. 109, 26) Im Glauben erfaßt er

Jahwe und erfleht Seine Hilfe, daß Er ihm beisteht, die schwere Last zu tragen.
Für «Mein Gott» steht im hebräischen Text «Eli» (s.d.) und «Elohai» in Psalm 118, 28: «Mein Gott (Eli) bist du, mein Gott (Elohai), ich will dich preisen.» Der Gott, der so mächtige und wunderbare Taten vollbracht hat, ist sein. Alles Lob, dessen seine Seele fähig ist, bringt er Ihm dar. Er will Ihn erhöhen, denn Jahwe hat ihn erhöht. Im letzten der sieben Bußpsalmen bittet der Psalmist: «Lehre mich vollführen deinen Willen, denn du mein Gott, bist du (vgl. Ps. 40, 6), dein guter Geist führe mich in ebenem Lande!» (Ps. 143, 10.) Gott ist sein Gott, der ihn, den äußerlich und innerlich Angefochtenen nicht auf dem Irrwege lassen kann. Sein guter Geist, der des Menschen Heil fördert, leitet ihn in ebenem Lande. Der geographische Begriff: «erez mischor» – «ebenes Land» (vgl. 5. Mose 3, 10; Jos. 13, 9. 17; 20, 8; Jer. 48, 8. 21) für die gewellten Hochlandflächen Moabs, ist hier wie auch sonst, geistlich gewendet (vgl. Mal. 2, 6; Jes. 40, 4; Ps. 45, 7; 67, 5). Die letzte, hierhin gehörige Psalmstelle hat die Anrede: «Mein Gott, o König!» (Ps. 145, 1; vgl. 5, 3; 84, 4.) Der Sänger, der selbst König ist, nennt Gott mit diesem Namen, weil Er Ihm Sein Hoheitsrecht anerkannt. In ganzer Hingabe und Anhänglichkeit nennt er den König im höchsten Sinne in seinem Gelübde: «Mein Gott.» Seine untertänige Stellung erkennt er durch den Titel: «O König» an.
Der Prophet Jesajah bedient sich nur an einigen Stellen der Anrede: «Mein Gott». Jesajah sieht sich ans Ende der Tage versetzt, er feiert das Geschaute in Psalmen und Liedern. Die Anrede: «Jahwe, mein Gott bist du» (Jes. 25, 1), am Anfang seiner Weissagung erinnert an Psalmstellen (vgl. Ps. 31, 15; 40, 6; 86, 12; 118, 28; 143, 10; 145, 1; vgl. Jer. 31, 18). Es sind vorbildliche Stellen. Es wird den Israeliten, denen Gottes Erhabenheit und Unverstand des Götzendienstes zum Bewußtsein gekommen ist, die Frage vorgelegt: «Warum sagst du, Jakob, und sprichst du, Israel, verborgen ist mein Weg Jahwe, und meinem Gott entgeht mein Recht?» (Jes. 40, 27.) Die Kleingläubigen, aber doch Heilsbegierigen, die Zagenden, aber nicht Verzweifelten, dürfen glauben, daß ihr Weg vor ihrem Gott nicht verborgen ist, Er geht auch nicht am Unrecht ihrer Unterdrücker vorüber. – Der Knecht Jahwes kam sich vor, als hätte er sich umsonst abgemüht, für Hauch und Leere seine Kraft verzehrt. Er aber tröstet sich, daß sein Recht bei Jahwe und sein Lohn bei seinem Gott ist (Jes. 49, 4). Das ist in Kürze der Lebenslauf und der Ertrag des Gottesknechtes. Sein Glaube und seine Hoffnung sind nicht erschüttert. Er spricht die getroste Zuversicht mit den Worten aus: «Mein Gott ist meine Stärke» (s.d.) (Jes. 49, 5). Im Bewußtsein der eigenen Schwäche findet er in seinem Gott die Kraft (vgl. Jes. 12, 2; Ps. 28, 7; 118, 14).
Der Prophet Jeremiah berichtet nur einmal die Anrede: «Mein Gott». Ephraim spricht zu Jahwe. Er erkennt Gottes Züchtigung durch die Feinde, und ließ sich zurechtweisen. Die Einsicht, daß eine Rückkehr zu Jahwe nötig ist, veranlaßt zu der Bitte: «Bekehre du mich, so bin ich bekehrt.» Bekehrung ist ein Gotteswerk. Ephraim begründet seine

Bitte mit den Worten: «Denn du Jahwe, bist mein Gott!» (Jer. 31, 18.) Es muß zu Gott und Jahwe sich bekehren. Wer schon sagen kann: «Mein Gott», hat eine gute Grundlage dafür, daß Gott ihn bekehrt.

Der Prophet Hosea enthüllt Gottes Strafe zur Bekehrung und Erneuerung unter dem Bilde des Ehebundes Jahwes mit Israel (Hos. 2, 16. 25). Gott schließt einen Bund für sie, um Ihn zu erkennen. Die Folge dieser Bundesschließung ist Gottes volle Bereitschaft, Sein Volk reichlich zu segnen. Jahwe hört dann alle Bitten, die von Seiner Gemeinde aufsteigen. Israel heißt dann wieder eine Begnadigte und ein Volk Gottes. Das erkennt dann umgekehrt Jahwe, daß es sagt: «Mein Gott!» (Hos. 2, 25.) – Schnell wie ein Aar wird über das Haus Jahwes das Gericht hereinbrechen, weil sie den Bund gebrochen haben. In Israel sollte, wollte und möchte Gott wohnen (Hos. 9, 8. 15; 4. Mose 12, 7; Jer. 12, 7; Sach. 9, 8). Das abgefallene Volk beruft sich in der Not auf seine Kenntnis von Gott. Sie schreien zu Ihm: «Mein Gott, wir kennen dich, wir Israel» (Hos. 8, 2). Es ist ein totes Wissen, das keine Rettung bringt. Die schönsten Worte: «Mein Gott» werden in Heuchelei mißbraucht. Diese Anrede ist sonst die Summe des Gebetes. Heuchlerische Menschen ziehen aus der Bibel ein Komplimentierbüchlein, wo sie Formeln finden, die angewandt werden. Frommklingende Redewendungen ohne jede innere Kraft. Die Anrede: «Mein Gott» täuscht den vertraulichsten Umgang mit Gott vor, noch durch den Nachsatz: «Wir kennen Dich!» Eine Anmaßung der Gemeinschaft mit Gott, daß aber der Herr sagt: «Ich kenne euch nicht», trotz der Doppelanrede: «Herr, Herr!» (Matth. 7, 22.) Johannes schreibt: «Wer da sagt, daß er ihn kennt, und seine Gebote nicht bewahrt, der ist ein Lügner und die Wahrheit ist nicht in ihm» (1. Joh. 2, 4).

Der Prophet Habakuk bedient sich nur einmal dieser Anrede. Gott droht mit der Ankündigung des Gerichtes. Das grimmige und ungestüme Volk der Chaldäer, schneller als Parder und Abendwölfe, wie fliegende Adler, stehen gegen das Land auf. Im Namen des gläubigen Israel wendet sich Habakuk in zuversichtlicher Hoffnung an den Herrn mit der Frage: «Bist du nicht von der Urzeit her Jahwe, mein Gott, mein Heiliger?» (Hab. 1, 12). So furchtbar und niederschmetternd die Gerichtsdrohung auch lautet, dennoch schöpft der Prophet aus der Heiligkeit des treuen Bundesgottes Trost und Hoffnung, daß Israel nicht sterben wird. Das Gericht ist nur eine schwere Züchtigung. Die Gebetsfrage, mit welcher er sich zur Glaubenshoffnung emporringt, stützt sich auf zwei Gründe: 1. Jahwe ist von Alters her Israels Gott; 2. Er ist der Heilige Israels (s.d.), der keinen Frevel ungestraft hingehen läßt. In der Frage sind drei Prädikate Gottes gleich schwerwiegend. Jahwe ist der Gott, zu dem der Prophet betet, Er ist in Wort und Tat der Ewiggleichbleibende; Elohai – Mein Gott, ist Israels Gott, der sich seit der Urzeit immer als der Gott Seines auserwählten Eigentumsvolkes bezeugt. «Mein Heiliger» (s.d.) ist der absolut Reine, der das Böse nicht ansieht und nicht duldet, daß der Frevler den Gerechten verschlingt.

Im Propheten Sacharjah stehen zwei Stellen mit der Gebetsanrede «Mein Gott» in Verbindung. Die Herde wird zerstreut, zwei Drittel werden davon dem Tode überliefert, ein Drittel bleibt am Leben. Das übriggebliebene Drittel soll durch schwere Trübsale geläutert werden, um es von allem Sündigen zu reinigen und zum heiligen Volk zu machen. Das wie Gold geläuterte Volk (vgl. Jes. 1, 25; 48, 10; Jer. 9, 6; Mal. 3, 3; Ps. 66, 10) wird nach der oft wiederholten Verheißung von Gottes Wohnen unter Seinem Volk (Sach. 8, 8; Hos. 2, 25; Jer. 24, 7; 30, 22), den Namen Jahwes anrufen und Er wird ihm antworten (vgl. Jes. 65, 24), daß es von Gott heißt: «Ich spreche, mein Volk ist es, und es wird sprechen: Jahwe, mein Gott» (Sach. 13, 9). Das heilige Volk pflegt dann den vertrautesten Gebetsumgang mit Jahwe, Seinem treuen Bundesgott. – Sacharjah schaut auf den Tag des Herrn. Für Israel bringt dieser Tag zunächst Unglück und Verderben. Das Unheil veranlaßt Jahwe durch Vernichtung der Feinde und durch Rettung Seines Volkes, Seine göttliche Macht und Herrlichkeit zu offenbaren. Jahwe zieht für Sein Volk zum Kampfe, wie das mehr als einmal geschah (vgl. Jos. 10, 14. 42; 23, 3; Richt 4, 15; 1. Sam. 7, 10; 2. Chron. 20, 15). Für die Rettung Seines Volkes wird der Ölberg gespalten, daß die Seinen in das Tal der Berge fliehen können. Jahwe kommt dann mit Seinen heiligen Engeln, um durch Gericht Sein Reich zu vollenden, Jerusalem in Herrlichkeit zu verklären. Der Herr erscheint dann sichtbar. Die Gläubigen harren auf diese Erscheinung, weil sie ihnen die Erlösung bringt (Luk. 21, 18). Das fröhliche Harren kommt dann in der Anrede: «Mein Gott» (Sach. 14, 5) zum Ausdruck.
Damit sind alle Stellen des Alten Testamentes im Zusammenhang beachtet und kurz erläutert, in denen die vertrauensvolle Gebetsanrede: «Mein Gott» vorkommt. Im Neuen Testament kommt diese Anrede nur zweimal im Johannesevangelium und einige Male in einzelnen Paulusbriefen vor. Es ist hier hauptsächlich keine Gebetsanrede, sondern mehr ein Glaubensbekenntnis und eine Versicherungsformel.
Jesus kündigte den Jüngern nach der Auferstehung Seinen Hingang zum Vater an. Wenn Er ihnen auch äußerlich dadurch entzogen wird, dürfen sie Seiner durch Ihn vermittelten Gottesgemeinschaft gewiß sein und bleiben. Der Herr sagt in diesem Sinne: «Ich gehe zu meinem Vater und zu eurem Vater, und meinem Gott und zu eurem Gott» (Joh. 20, 17). Jesus sagt nicht, «unser Vater», sondern «mein» und andererseits «euer», meine Natur und eure Gabe. Und mein Gott und euer Gott. Er sagt hier nicht «unser Gott», unter welchem auch Ich ein Mensch bin, euer Gott, unter welchem Ich Selbst der Mittler (s.d.) bin. Jesus sagt nicht: «Ich fahre auf zu unserem Vater und zu unserem Gott, sondern zu Meinem Vater und zu eurem Vater und zu Meinem Gott und eurem Gott!» Jesus schließt Sich so in dieser Weise nicht mit den Brüdern zusammen, damit zwischen Ihm und den Seinen der Unterschied bleibt, daß Er von Natur Gottes Sohn ist, sie aber durch Gottes Gnade Gottes Kinder sind.
Vielfach spricht der Volksmund vom ungläubigen Thomas. Das Bekenntnis zu Jesus: «Mein Herr und mein Gott» (Joh. 20, 28; vgl. Ps.

35, 23), bezeugt Jesus nach der Auferstehung als «Gott». Die Anrede: «mein» enthüllt den Ernst und die Wahrheit: «Du bist mein mit all deinem Leben, all deiner Liebe.» Er sagt gleichsam: «Ich bin Dein, Ich liebe Ihn und lebe Ihm.» Das ist mehr als ein bloßer Name, dennoch genügt der Name Gottes, wenn er persönlich ergriffen und angerufen wird.
Paulus verbindet an vier Stellen mit «Mein Gott» die Danksagung (Röm. 1, 8; 1. Kor. 1, 4; Phil. 1, 3; Phil. 4). Gott ist durch Christum sein Gott geworden. Er dankt darum dem Gott und Vater durch Ihn. Der Apostel ist so innig mit Gott verbunden, daß er sich auch eine Demütigung von Ihm auferlegen läßt (2. Kor. 12, 21). Die Liebestat, die er von den Philippern empfing, war ein Duft des Wohlgeruches. Der Apostel hatte die Zuversicht, daß er schrieb: «Mein Gott aber erfülle allen euren Bedarf nach seinem Reichtum in Herrlichkeit in Christo Jesu» (Phil. 4, 19). Durch die Auferstehung Christi kann Gott unser Gott und unser Vater genannt werden. Für alle Lebenslagen ist es von Wichtigkeit. Die ganze Abhandlung von der Gebetsanrede: «Mein Gott» kann anregen, die Innigkeit der Gemeinschaft mit Gott zu stärken und zu fördern.

108. **Elohim** ist der meistgebrauchte Name für «Gott» (s.d.) im Alten Testament. Er kommt 2570 mal in der hebräischen Bibel vor. Es sind in der Heiligen Schrift viele Namen für Gott. Ein einzelner Name kann eben nicht vollständig ausdrücken, was Gott eigentlich ist. Das Studium der Gottesnamen nach den Zusammenhängen der Schriftabschnitte kann sehr fruchtbar sein, wenn es in rechter Weise geschieht. Die Bedeutung des Namens «Elohim» zu ergründen, dürfte ein ernstes Nachdenken wert sein. In fast sämtlichen Bibelstellen wird das hebräische «Elohim» in bald allen Sprachen mit einem Ausdruck wiedergegeben, der «Gott» bedeutet.
Neuere Ausleger wollen den Namen «Elohim» von dem arabischen, «ali ha» – «sich scheuen» herleiten, daß er nach dem verwandten Begriff «alah» dann «Scheu» oder «Ehrfurcht» bedeutet. Gott ist hiernach ein «mit Ehrfurcht zu betrachtendes höheres Wesen». Die Anwendung dieses Gottesnamens in der Bibel dürfte zu einem anderen Ergebnis führen. Der Name wird schon im Schöpfungsbericht mehrfach angeführt (1. Mose 1, 1-2. 4). Er steht oft mit dem Namen «Jahwe» (s.d.) in Verbindung. Jahwe ist allein Gott (5. Mose 4, 35; 7, 9; 1. Kön. 18, 21. 37). Das Spiel der kritischen Theologie in dem Wechsel der beiden Gottesnamen «Elohim» und «Jahwe» elohistische und jahwistische Quellen im Pentateuch und Hextateuch zu konstruieren, führt keineswegs tiefer in die Materie. Es kann gefragt werden, warum die angeblichen Quellen ihre Bezeichnungen nicht nach allen oft vorkommenden Gottesnamen haben, sondern nur nach Elohim und Jahwe? Unbekümmert um diese kritischen Quellenscheidungshypothesen mögen die biblischen Anwendungen und Zusammenhänge zur möglichen Klarheit des Namens «Elohim» leiten, mit einem Wort übersetzt werden, das «Gott» bedeutet.

Die klaren Ausführungen der Schrift im Zusammenhang mit dem Namen «Elohim» bestätigen den Gedanken, daß Er der Höchste, der Ewige, der Allmächtige und der Schöpfer des Universums ist. Die meisten Lehrer stimmen darin überein, daß der Name «Elohim» die größte Kraft bedeutet; Er ist der Seiende, dem alle Macht zugehört. Es wird Ihm eine unabhängige, uneingeschränkte und unbegrenzte Energie zugeschrieben.

Der erste Satz der Bibel: «Im Anfang schuf Gott die Himmel und die Erde», in welchem das Prädikat ein Singular ist, enthüllt einen absoluten Monotheismus. Diese Darstellung entstammt einer Zeit, als die Völker an viele Götter glaubten. Die schlichte und nüchterne Schilderung der Schöpfung trägt Kennzeichen der göttlichen Selbstoffenbarung. Der Schöpfungsbericht ist ein starker Beweis für die Inspiration der Schrift. Von einem Seitenblick auf die Götter der Heiden kann keine Rede sein. «Elohim» ist allein der Ewige (s.d.), der Allmächtige (s.d.), der Schöpfer (s.d.), der Ursprung und die Quelle alles Lebens und Seins.

Es ist zu beachten, daß auch die Götter der Heidenvölker mit dem Namen «Elohim» bezeichnet werden. Die Bibel meint damit keine wirklichen Götter. Interessant und sinnvoll ist die klangverwandte Benennung «Elilim» (Nichtse) für die Götter oder Götzen der Heiden (vgl. Jes. 2, 8; 18, 20; 10, 10s.; 19, 1. 3; 31, 7; Hes. 30, 13). Es sind Erfindungen des menschlichen Geistes und Werke ihrer Hände, obgleich böse Mächte im Hintergrund stehen (5. Mose 32, 17; 1. Kor. 10, 20). Der Mensch, der von Gottes Selbstoffenbarung abfällt, bedarf eines selbstgemachten Götzen, Gott muß dann nach seinem Gedanken sein. Der Name «Elohim» wird auf diese Weise eine Bezeichnung für ihre Götzen und Bilder (vgl. 1. Mose 31, 30; 2. Mose 12, 12; 23, 24). In ihrem eitlen Wahn machen sie Götter zur Genugtuung ihres Bedürfnisses. Es ist ein Abfall von der wahren Gottesoffenbarung. Im Gegensatz dazu schildert die Bibel Gott als den wahren, lebendigen Gott (s.d.), als den Schöpfer (s.d.) und Herrn des Alls.

Dieser Unterschied zwischen Gott und den Göttern der Heiden ist das Thema mancher biblischen Geschichten. In Ägypten konnten die Zauberer einige Zeichen nachahmen, die Gott durch Moseh wirkte. Die Götter Ägyptens erwiesen sich aber machtlos, da sie wirkliche Beweise liefern sollten. Gott führte dagegen Sein Volk durch Seine mächtige Kraft und Seinen ausgestreckten Arm. Die Philister erbeuteten die Bundeslade. Das schien anzudeuten, als wäre die Kraft ihres Gottes größer als des Gottes Israels. Dagon aber fiel zweimal vor der Bundeslade schmählich auf sein Angesicht. Das zweite Mal wurde Dagon beschämt. Auf dem Berge Karmel war der Ausgang, daß Gott aus dem Feuer antwortete, daß Er Gott ist. Es wurde wurde laut ausgerufen: «Jahwe ist Gott, Jahwe ist Gott!» (1. Kön. 18, 39.)

Der Gottesname «Elohim» ist eine Pluralform. Diese Gottesbezeichnung stammt aus dem Althebräischen, sonst erscheint sie in keiner semitischen Sprache, selbst im biblischen Aramäismus wird der Plural «Elohin» gebraucht. Die Form der Mehrzahl «Elohim», die auch

Götter bedeuten kann, meint in Verbindung mit «Jahwe» ganz bestimmt nur einen Gott. Der Plural ist demnach nicht numerisch aufzufassen. Manche älteren Theologen sehen in diesem Namen das Trinitätsgeheimnis, was nicht zu begründen ist. Der Name hat auch ursprünglich keine polytheistische Bedeutung gehabt, aus welcher sich später eine Singularbedeutung entwickelte. Der alttestamentliche Monotheismus ist keine Weiterentwicklung auf polytheistischer Grundlage. In dem Plural eine Zusammenfassung von Gott und den höheren Geistern anzunehmen, läßt sich nicht beweisen, denn in der Urzeit treten noch keine Engel in den Vordergrund. «Elohim» ist wohl mehr ein Quantitativplural, die Bezeichnung einer unbegrenzten Größe. Der Plural bezeichnet die unendliche Fülle der Macht und Kraft, die in Gott liegt.
Die alte Annahme «Elohim» als Pluralismus Majestatis anzusehen ist nicht ganz unrichtig. Es ist nur kein abstrakter Ausdruck eines Würdenamens. Der Plural faßt eine Mehrheit zu einer höheren Einheit zusammen, wie das auch noch bei anderen Gottesnamen vorkommt (vgl. Hos. 12, 1; Spr. 9, 10; Jos. 24, 19; Jes. 54, 5; Hiob 35, 10; Pred. 12, 1). Die Gottesnamen «der Heilige» (s.d.), «der heilige Gott» (s.d.), «der Schöpfer» (s.d.), stehen im Grundtext im Plural. Diese Ansicht scheint archäologisch zu begründen zu sein. Das Wort «Elohim» soll schon in Kanaan als Bezeichnung für **einen** Gott benutzt worden sein, bevor der Name nach Israel kam. Schreiber aus Kanaan reden nach dem Inhalt der Tel-El-Amarna-Briefe (1375 v. Chr.) den ägyptischen Pharaoh als «meine Götter», «mein Sonnengott» an. Nicht kananäische Schreiber benutzen die Singularform «Mein Gott». Pharaoh war trotz des Pluralgebrauches nur eine Person. Der Plural diente dazu, um die Totalität der äußeren Erscheinung, der Attribute und der Person Gottes zu bezeichnen. Es war eine Möglichkeit, um die Vielseitigkeit in dem Einen zu betonen. Der Name «Elohim» enthüllt eine ganze Fülle Gottes, die nur stückweise erkannt werden kann.

109. **El-Olam** – «Der ewige Gott» ist ein Name, der sehr selten in der Bibel vorkommt. Es wird damit ein wunderschöner Gesichtspunkt des göttlichen Charakters offenbar. Was das hebräische «Olam» alles in sich schließt, kann mit deutschen Worten nur sehr schwer übertragen werden. Die Übersetzungen dieses Ausdruckes: «ewig», «immer und ewig», «alt», «von altersher», «uralt», «Anfang der Welt», «Beständigkeit», haben meistens den Sinn von «immer». Die Übertragung «der ewige Gott» ist keine allumfassende Wiedergabe des Gottesnamens «El-Olam».
Es ist in der Schrift oft wahrzunehmen, daß der erste Gebrauch eines Namens nützliche Hinweise seiner wirklichen Bedeutung enthüllt. In diesem Falle sind die Umstände nicht allzu günstig für die Ergründung des Sinnes. Abraham hatte kurz nachher seine Probe bei der Opferung Isaaks zu bestehen. Er rügte Abimelech, weil seine Knechte den Wasserbrunnen gewaltsam weggenommen hatten. Sie machten einen Bund zu Beer-Seba. Abraham pflanzte eine Tamariske zu Beer-Seba und

rief an den Namen Jahwes, des ewigen Gottes (1. Mose 21, 33). Es wurde offenbar, daß Abraham nach seiner Erkenntnis und Erfahrung sich Gott gegenüber verpflichtet fühlte. Er hatte eine neue Erfahrung von dem Reichtum Seiner Gnade, die es notwendig machte, einen anderen Namen für Gott zu gebrauchen. Abraham vertraute seine Sache dem Einen an, der immer hilft, der um alle Dinge weiß, der auch mächtig ist, das Vertrauen zu rechtfertigen. Gott wurde von ihm «El-Olam» genannt. Es ist eine Entfaltung des Namens Jahwe (s.d.), denn Jahwe ist der Ewige (s.d.), der Immergleiche. Er ist nicht nur der ewig Seiende, sondern auch der ewig Lebendige. «El-Olam» offenbart sich unaufhörlich in Seiner verheißenden Gnade. Abraham durfte das immer wieder erfahren, seine Schwachheit deckte Gott mit Treue zu. Der Erzvater pflanzte eine Tamariske. Das dauerhafte Holz und das immergrüne Laub dieses Baumes sind ein Sinnbild der Ewigkeit des Gottes, den er «El-Olam» nennt.
Die Schriftstellen, in welchen der Gottesname «El-Olam» vorkommt, oder solche, die damit verwandt sind, enthalten einen bestimmten Gedanken. Wenn Jahwe von Sich selbst sagt: «Ich lebe in Ewigkeit» (5. Mose 32, 40), dann bedeutet das, Er ist absolut selbständig. Gott ist durch nichts Entstehendes und Vergehendes in der Zeit bedingt, Er ist der Erste (s.d.) und der Letzte (s.d.) (vgl. Jes. 44, 6; 48, 12). Im Unterschied zu Seiner ewigen Dauer ist selbst das höchste Alter eines Menschen winzig klein (Ps. 90, 1).
Der Gedanke, daß Gott ewig ist, regt zu der Verkündigung an: «Er wird sein Volk nicht verstoßen, sondern wieder erretten.» Jesajah tröstet darum seine Zeitgenossen: «Weißt du nicht, oder hast du nicht gehört, der ewige Gott ist Jahwe, der Schöpfer der Enden der Erde wird nicht müde und matt . . .» (Jes. 40, 28). Der Gott der Ewigkeit ist der Allmächtige (s.d.) im unermeßlichen Weltall Seiner Schöpfung. Im Himmel ist der Ewige, der Gnädige, der Sich zur Erde für Sein Volk und zu jedem Einzelnen herabläßt. Es gebührt Ihm das ganze Vertrauen. Der Barmherzige bleibt der Mächtige, Seine Allmacht steht im Dienste Seiner Gnade. Es heißt im Grundtext nicht: «Der ewige Gott ist Jahwe», sondern: «Der ewige Gott Jahwe, der Schöpfer der Enden der Erde» usw. Der Name «El-Olam» bezeichnet hier nicht hauptsächlich Gottes übernatürliche Zeitdauer und Zeitlosigkeit, sondern es steht damit der große Kreislauf der göttlichen Wege und Führungen in der Weltdauer und Weltregierung in Verbindung. Was die Jesajahstelle enthüllt, stimmt mit Abrahams Erkenntnis überein. Der Erzvater nennt Gott den Ewigen, der stark und allmächtig ist, um die Verheißungen vom ewigen Bunde zu erfüllen (1. Mose 13, 15; 17, 7. 8. 13. 19; vgl. 1. Mose 9, 12. 16). Der Gott der Ewigkeiten (Aeonen), der Schöpfer, der eher war als die Welt und beständig sein wird, wandelt Sich nicht und ermattet und ermüdet nicht, von der Schöpfung an bis zum Ende der Erde (vgl. Ps. 121, 4) schafft Er im Reiche der Gnade immer noch Neues. Weil Gott der Ewige ist, hat Er ein ewiges Königreich. Nichts vom Zeitlichen kann Ihm eine Grenze setzen. Es ist der Schöpfer bis zum Ende der Erde. Auf der ganzen Erde hat Er deshalb Seine Herr-

schaft. Der Gott der Ewigkeiten steht über allen Zeitläufen, in Seiner allmächtigen Gnade will und kann Er das kurze Zeitliche mit dem Ewigen erfüllen (vgl. Pred. 3, 1-11).
Im Neuen Testament wird der Gottesname «El-Olam» nur einmal erwähnt. Paulus schreibt von der Anordnung des «ewigen Gottes» (griech. epitage tou aionion theou), nach welcher das bisher auf ewige Zeiten hin verschwiegene Geheimnis jetzt durch die prophetischen Schriften erschienen ist, um allen Völkern den Gehorsam des Glaubens kundzutun (Röm. 16, 25. 26). Der ewige Gott steht nach apostolischer Ansicht über allen Zeiten, Er hat die Verhüllung und die Enthüllung des Geheimnisses angeordnet. Der ewige Gott waltet in der Welt- und Heilsgeschichte und verwirklicht Seine ewigen Pläne.
Zu Gott dem Ewigen sind wir Menschen Geschöpfe eines Augenblikkes. Dieses irdische Leben ist emporgehoben in dem ewigen Willen, Vorsatz und Leben Gottes in Christo (Röm. 8, 29. 30; Eph. 1, 4; 5, 11). Gottes Vorerkenntnis in Christo «vor Grundlegung der Welt» und unser Leben beziehen sich auf den ewigen Vorsatz. Gott gibt Gnade nach dem Zeitalter, in welchem wir leben.
Es ist ein sehr geistreiches Studium, den Gang des göttlichen Heilsplanes für die Zeitalter nach den Spuren des Wortes Gottes zu beachten. Durch den Fortgang der Schöpfung kann die Auswirkung der göttlichen Vorherbestimmung verfolgt werden. Die höchste Tat der Selbstoffenbarung und der Erlösungsgnade ist durch die Fleischwerdung (Inkarnation) des Sohnes Gottes vollführt worden. Die letzte Vollendung aller göttlichen Vorsätze zeigt das Buch der Offenbarung. Über allem Zeitlichen und Vergänglichen, über jedem Wechsel der Welt- und Menschheitsgeschichte steht Gott als «El-Olam», der Gott der Ewigkeit, die alleinige Zuflucht aller sterblichen und zeitgebundenen Menschen, die der Allmacht Seiner Gnade bedürfen.

110. **El-Qanna,** eifriger Gott, ist eine göttliche Selbstbezeichnung, die zuerst im Dekalog vorkommt. Jahwe erklärt von Sich Selbst: «Ich bin ein eifriger Gott» (2. Mose 20, 3). In 2. Mose 34, 14 wird das Adjektiv «eifrig» zum Gottesnamen erhoben, wo es heißt: «Denn Jahwe, dessen Name 'Eifrig' ist, ist ein eifriger Gott.» Diese und noch drei andere Stellen, in welchen dieser Ausdruck benutzt wird (vgl. 5. Mose 4, 24; 5, 9; 6, 15) enthalten das Gebot, daß Israel Gott allein anbeten soll, aber nicht die Götter der Heiden. Die Übersetzung des hebräischen «qana» darf keinen bösen Nebensinn enthalten, wie unser Wort «Eifersucht». Wenn der Ausdruck auch eine inhaltliche Wandlung erfahren hat, ist die Übertragung «Eifer» (s.d.) besser. Im Eifer Gottes äußert sich wohl Seine Strafgerechtigkeit (vgl. 2. Mose 20, 5; 5. Mose 5, 9; Jos. 24, 9). Jahwes Eifer ist ein gerechter Eifer, und ein Ernst, mit welchem Er für die Aufrechterhaltung der Bundesbedingungen eintritt, besonders im Blick auf die Verheißungen (vgl. Jos. 9, 6; Jon. 2, 18; vgl. Sach. 1, 14; 8, 2). Gottes Eifer hat nichts mit Mißgunst oder einem unlauteren Verlangen zu tun, sondern Er hat allein Anspruch an die Liebe Seines Volkes. Es ist seinetwegen, daß Sein Name geheiligt

und gefürchtet wird und daß man vor dem Götzendienst flieht. Der Gottesname «El-Qanna» bewahrt dem Volke Gottes die Reinheit der Anbetung.

111. **El-Roi,** «Gott des Sehens, oder des Gesichtes». Es ist zu bedenken, daß die göttliche Selbstoffenbarung ausschließlich an und durch Menschen geschieht. Sehr bedeutend ist, daß einer der tiefsinnigsten göttlichen Namen durch eine Frau gefunden und ausgesprochen wurde (1. Mose 16, 13). Es war Hagar, welche den Namen Jahwes anrief, der zu ihr redete. Der Name war aus ihrer eigenen Erfahrung der Gnade in ihrer äußersten Not geboren. Sarai hatte Abraham beeinflußt, daß er einen Sohn von Hagar, der ägyptischen Magd, haben sollte. Hernach stellte sich die Herrin gegen sie und sie handelte hart mit ihr. Hagar floh darum von Sarai. In der einsamen Wüste, sicherlich von einem panischen Schrecken heimgesucht, fand sie der «Engel des Herrn» (s.d.) und gab ihr Trost und Rat.

Der Gottesname «El-Roi» ist ein unaussprechlicher Trost, der für ein erschüttertes Gemüt Wirklichkeit wurde. Abgespannte Nerven von der Flucht wurden beruhigt. Hagar saß bei der Wasserquelle in der Wüste. Sie dachte an ihre traurige Lage. Sie wurde durch die Unfreundlichkeit ihrer Herrin aus dem Zeltlager Abrams getrieben. Jetzt war sie allein in dieser trostlosen Wüste. Wohin sollte sie gehen, was wird ihr zustoßen? In ihrer großen Not fand sie der Engel des Herrn. Sie faßte alle ihre Gedanken zusammen in dem Namen für Gott, der ihr eingegeben wurde, auszusprechen: «El-Roi», «Gott des Sehens.» Jetzt kam ihre Rettung. Mit Gott zu sein, wenn Er sieht, ist ein Ereignis. Er sieht nicht mit einem kalten Auge einer gleichgültigen Allwissenheit. Es ist vielmehr die wachende Sorge des himmlischen Vaters. Gott, der dem Moseh im brennenden Busch erschien, sagte: «Ich habe die Not meines Volkes in Ägypten gesehen, . . . und ich bin gekommen, sie zu befreien» (2. Mose 3, 7. 8).

Der Name «El-Roi» wird verschieden übersetzt und aufgefaßt. Eine Übersetzung: «Ein Gott des Sehens» wird erklärt, «Gott sieht» und «Er erlaubte, Ihn zu sehen». Die Wendung: «attah El-Roi» wird übertragen: «Du bist ein Sehens-Gott», d.h. Er ist der Allsehende, dessen allsehendes Auge die Hilflose und Verlassene im entferntesten Winkel der Wüste sieht. Hagars Aussage: «hagum halom raithi achare roi» hat den Sinn: «Habe ich auch nicht hernach gesehen, dem der mich gesehen?» Einige Ausleger erklären nach «raith», «Ich bin sehend geblieben», d. i. nicht gestorben. Sachlich und sprachlich läßt sich diese Auffassung aus 2. Mose 33, 23 erklären. Jahwe ist der Hagar in Seinem Engel erschienen. Während der Engel Jahwes (s.d.) mit ihr redete, sah sie nichts, nachdem Er entschwand, kam ihr zum Bewußtsein, daß Gott es war, der mit ihr redete und sie in Gnaden ansah. In ihrem Elend ist sie dem gnädigen und treuen Auge Gottes nicht entgangen. Jahwe, der zu ihr redete, nannte sie mit Recht: «Du ein Sehens-Gott.» In Erinnerung an die Erfahrung heißt der Brunnen: «Beer-lachai-roi» – «Brunnen des Lebendigen und des Sehens, oder der mich sieht». Es soll den Sinn der allgegenwärtigen göttlichen Vorsehung haben. Onkelos übersetzt frei aber gut: «Brunnen des Engels des Lebendigen (maleach qajjama) der sich mir zu scheinen gab.» Grundsätzlich wird die urtextliche Wendung noch anders erklärt. «Beer-lachai-roi» soll bedeuten: «Der Brunnen, der das Leben erhält, nachdem Gott gesehen wurde.» Diese Deutung wird durch einige Bibelstellen begründet (vgl. 1. Mose 32, 30; 2. Mose 3, 6; Richt. 13, 22). Nach alttestamentlicher Auffassung war es erschreckend, Gott mit sterblichen Augen zu sehen, weil dann der Tod eintreten mußte. Dieser sonst bildliche Gedanke läßt sich mit dem Gottesnamen «El-Roi» nicht in Verbindung bringen. Hagar schaute in dem Engel Jahwes, wie alte Ausleger diese Stelle auffassen, «Christus». Wer Gott in Christo sieht, stirbt nicht, sondern genießt des Lebens Fülle.

Die Glückseligkeit der von Herzen Reinen, Gott zu schauen (Matth. 5, 8), die noch aussteht, ist dem Alten Testament nicht ganz fremd. Gott fordert durch Jesajah auf: «Schaut auf mich, und ihr werdet errettet alle Enden der Erde!» (Jes. 45, 22.) Obgleich Gott der Allheilige ist, vernichtet Er nicht das Leben, sondern ist auch gnädig, daß das Leben erhalten bleibt.

In dem Gedanken an Gottes allsehendem Auge liegt ein reicher Trost (vgl. Ps. 139, 1. 2). Wer wie Hagar in der Einsamkeit leben muß, darf sich aufrichten an der Zusage: «Die Augen Jahwes sind über denen, die ihn fürchten, auf denen, die auf seine Barmherzigkeit hoffen» (Ps. 33, 18). Inmitten einer ungerechten und gottlosen Umgebung entgeht den Augen Gottes nicht die Not der Seinen. Petrus schreibt: «Die Augen des Herrn sind über den Gerechten, und seine Ohren merken auf sein Beten, das Angesicht des Herrn aber ist gegen die, die Böses tun» (1. Petr. 3, 12). Solche und ähnliche Schriftstellen könnten in großer Anzahl angegeben werden. Zum Schluß möge der Hinweis auf das bekannte Wort genügen: «Ich will dich mit meinen Augen leiten» (Ps. 32, 8). Wer ohne Rat und Ziel seinen Weg gehen muß, kann vor Fehltritten und Irrwegen bewahrt bleiben. Diese Stelle wird auch übersetzt: «Ich will dir ein Rat mit meinem Auge über dir sein!» Die Übertragung wird umschrieben mit den Worten: «Meine Augen sollen über dir sein, bewachend und leitend deinen Weg.» Der Gottesname «El-Roi» birgt im Licht der Bibel eine Fülle des Trostes in sich.

112. **El-Schaddai,** Allmächtiger Gott, gehört zu den alttestamentlichen Gottesnamen, die aus zwei Worten zusammengesetzt sind. Der Name «El» (s.d.), die Kurzform von «Elohim» (s.d.) oder «Jahwe» (s.d.), wird durch andere Worte ergänzt. Dadurch kommt ein besonderes Attribut Gottes zum Ausdruck, Seine Gnade und eine besondere Seite Seines Charakters wird enthüllt. In diesem zusammengesetzten Namen offenbart der erste Teil die Fülle des göttlichen Reichtums; der zweite Teil entfaltet Seine Person, Seinen Willen und Seine Vorsorge für Sein Volk.

«El-Schaddai» ist eine der meisten Namenszusammensetzungen, die durchweg mit «Allmächtiger Gott» übersetzt wird. Es ist eine sehr unzulängliche Übersetzung, die den tieferen Sinn dieses schönen Gottesnamens vermissen läßt. Die Offenbarung der Liebe Gottes gegen Seine Geschöpfe, die dieser Name enthält, kommt durch die übliche Wiedergabe nicht zur Geltung. Die Allmacht Gottes kommt schon im ersten Teil «El» (s.d.) zum Ausdruck. Das zweite Wort «Schaddai» soll den gleichen Gedanken ergänzen, was aber keine erschöpfende Erklärung des ganzen Namens sein kann.

Was bedeutet die Ergänzung «Schaddai»? Das Wort ist so alt, daß eine ursprüngliche Bedeutung schwer bestimmt werden kann. Einige hebräischen Lehrer erklären «Schaddai» als «stark» oder «mächtig». Der allmächtige Gott offenbart sich durch Furchtbarkeit Seiner Machttaten. In den meisten Fällen wird «El-Schaddai» mit «Allmächtiger Gott» übersetzt. Andere Erklärer sagen kurz, die beiden verwandten Worte betonen ethymologisch die Macht Gottes. Die Wiedergabe der LXX: «pantokrator» (Allmächtiger) und der Vulgata: «Omnipotens» (allmächtig) entsprechen dieser Deutung. Man leitet vielfach den Sinn von «schadad» – «verwüsten» her, um die unwiderstehliche Kraft Gottes zu betonen. Sehr verbreitet ist die Ansicht, «Schaddai» sei keine Ableitung vom Hebräischen, sondern vom akkadischen «schadu» – «Berg», daß damit ein Flurengott oder Berggott bezeichnet wird. Diese Herleitungen sind unannehmbar, daß «Schaddai» aufgefaßt wird als ein Gott von Bergen. In den meisten zusammengesetzten Gottesnamen läßt sich eine solche Verbindung nicht nachweisen. Nach dem hebräischen «schadad», «der Verwüster» zu übersetzen, paßt gar nicht zum Namen «El». Aquila, Symmachus und Theodotius übersetzen «hikanos» – «genug», indem sie «Schaddai» als Kompositum von «scha» und «dai» – «der das Genüge ist» deuten. Das ist auch ohne Analogie.

Es ist daran festzuhalten, daß sich der Name «El-Schaddai» von allen übrigen Gottesnamen der Bibel erheblich unterscheidet. «Schaddai» ist von einem Wort abgeleitet, das die Schrift an 18 Stellen für «Mutterbrust» anwendet. Auf Gott übertragen hat es den Sinn: «Er ist der Eine, der herzt.» Das führt zu dem Ergebnis, von der Mutterliebe Gottes zu sprechen.

Der Name «El-Schaddai» ist vielsagender, als es eine Übersetzung ausdrücken kann. Die Deutung: «eine mächtige Zuflucht» ist noch unzureichender. Der Gedanke der Allmacht kommt schon durch «El» zum Ausdruck. «Schaddai» geht weiter, der Zusatz deutet ein volles Genüge und einen völligen Trost an. Die Wiedergabe: «Der Gott aller Wohltaten», oder «Gott der Allgenugsame» wäre besser. Das Genüge und der Trost der göttlichen Liebe ist das Höchste und Beste.

Der Name «El-Schaddai» zeigt eine Fülle und einen Reichtum der göttlichen Gnade. Der hebräische Leser wird dadurch daran erinnert, daß von Gott jede gute und vollkommene Gabe kommt. Er wird nicht müde, Seine Barmherzigkeit über Sein Volk walten zu lassen. Er gibt mehr als Er empfängt. Das Wort «Schaddai» ist mit einer Wurzel verbunden, das eine «Brust» bezeichnet. Dieser einfache Gedanke beherrscht den Ausdruck.

«El-Schaddai» ist der meist gebrauchte Name, womit das Verhältnis Gott zu Seinen Kindern ausgedrückt wird. Die Mutter ist für den Säugling alles und genug. Er schmiegt sich an ihre Brust, weiß sich dort sicher und ist versorgt. Dort empfängt er alles, was er nötig hat. Der Name «El-Schaddai» ist ein anschauliches Bild der sorgenden und schützenden Liebe Gottes. Gott ist der Helfer, der Seinem Volke volles Genüge gibt.

Der erste Gebrauch dieses Namens ist bezeichnend. Wie alle Gottesnamen hat «El-Schaddai» einen Sinn, der sich von allen übrigen Bezeichnungen wesentlich unterscheidet. Er wird zuerst in 1. Mose 17, 1 erwähnt, nachdem Abram durch eine lange Probe am Ende der eigenen Fähigkeit angekommen war. Alle Hoffnung, Gottes Verheißung werde Wirklichkeit, schien sich zu zerschlagen. In diesem Augenblick der lang hinausgeschobenen Hoffnung und unerfüllten Erwartung, erschien Jahwe dem Abram und sagte: «Ich bin der Allmächtige Gott, wandle vor mir und sei vollkommen. Ich will einen Bund machen zwischen mir und dir und will dich mehren.» Hier ist keine Andeutung, wie einige behaupten: «Der Gott der Verwüstung», oder «der Gott der Berge». Er ist vielmehr der Eine, Mächtige und Gnädige, durch dessen Liebe und Macht die Verheißung allein erfüllt wird. Der Name «El-Schaddai» mußte für Abram ein Wohlklang gewesen sein, als er ihn hörte. Er vermittelte ihm eine neue Gotteserkenntnis, besonders von Seiner Liebe. Gottes mitleidvolles Verständnis, Seine allgenügsame Macht, das Unmögliche zu erfüllen, Sein Wohlgefallen im Mitteilen der besten Gaben, offenbarte dieser neue Gottesname.

Jahwe ist es, der Sich dem Abram als «El-Schaddai» offenbarte. In dem denkwürdigen Kapitel (1. Mose 17) sind die drei Gottesnamen «Elohim» (s.d.), «El-Schaddai» und «Jahwe» (s.d.) zu lesen, was Signaturen von drei unterschiedlichen Offenbarungs- und Erkenntnisstufen sind. Elohim schafft und erhält die Natur; «El-Schaddai» überwindet die Natur, daß darin geschieht, was gegen sie ist, um der Gnade sich zu beugen; «Jahwe» führt mitten in der Natur die Gnade zum Ziele, indem Er eine neue Schöpfung schafft. Der Boden der Natur ist von «Elohim» erschaffen; «El-Schaddai» durchfurcht ihn mit Seiner Allmacht und streut den Samen der Verheißung hinein; «Jahwe» bringt den Verheißungssamen zur Blüte und Frucht, die gesamte alte Schöpfung wird durch diese Frucht verwandelt. Der Bund mit Noah wird in dem Namen «Elohim» geschlossen, der Bund mit den Patriarchen in dem Gottesnamen «El-Schaddai»; der Bund mit Israel in dem Namen «Jahwe». Gottes Bund mit Noah hat die geschaffene und wiedererneuerte Natur zum Inhalt, der Patriarchenbund enthält ein bahnbrechendes Neues gegen die Natur und gegen alles Hoffen; der Bund mit Israel ist die Auswirkung eines neuen Anfangs, der die Gnade und die Wahrheit zum Kernpunkt hat.

Die Patriarchenzeit ist die Periode von «El-Schaddai». Ihr Charakter ist Allmacht, die auf das Natürliche einwirkt, um dem Übernatürlichen dienstbar zu werden. In dreifacher Beziehung gelangt Gottes Allmacht zum Ziel. Die Namen der beiden Ahnen Abram und Sarai werden durch den Zusatz eines «H» in Abraham und Sarah umgeändert, um Hinweise einer wunderbaren Zukunft zu werden. Alles Männliche des

Patriarchenhauses wird beschnitten, um fortan der Gnade als Werkzeug zu dienen. Die erstorbenen Leiber des 100jährigen Abraham und der 90jährigen Sarah, die keine Zeugungskraft mehr haben, werden durch die Allmacht «El-Schaddais» zu einer Gruft des Brunnens (vgl. Jes. 51, 1), aus welchem Israel und eine Menge von Völkern und Königen hervorgehen soll.

Was Abraham in dieser Krisis seines Lebens von Gott lernte, ist irgendwie auf seinen Sohn übergegangen. Für Isaak kam eine Zeit der Trennung, als er Jakob wegsandte, um eine Braut zu suchen. Er entließ ihn mit den Worten: «Gott der Allmächtige segne dich . . .» (1. Mose 28, 3). Die Auflösung einer Familie, der Weggang eines Sohnes, vielleicht sah er ihn in seinem Leben nie wieder. Es ist immer eine drückende Empfindung. Was Isaak tröstete, war das Bewußtsein, daß es eine Reise unter der Obhut des Allmächtigen war. Jakob fand in diesem Namen auch den stärksten Trost, als er seinen Sohn Joseph segnete (1. Mose 49, 25. 26).

Eine ergreifende Anwendung des Namens «El-Schaddai» ist im Buche Ruth zu finden. Nach jahrelangen sorgenvollen Erfahrungen kehrte Noomi nach Bethlehem zurück. Sie wurde begrüßt und war überrascht durch die Frage: «Ist dies Noomi?» Sie antwortete in Bitterkeit des Geistes: «Nennt mich nicht Noomi (was lieblich bedeutet), sondern nennt mich Mara (Bitterkeit), denn Jahwe hat gegen mich gezeugt und der Allmächtige hat mich betrübt» (Ruth 1, 20. 21). Wenn Gott die Gnade in Bitterkeit verwandelt hatte, war für sie nichts mehr zu hoffen und zu erwarten. Sie gebrauchte den Namen «El-Schaddai», um ihre ganze Hoffnungslosigkeit auszudrücken. Sie hatte aber ein hörendes Ohr für den Klang der Hoffnung. Gott ist in der Tat «El-Schaddai», der Sich Selbst an ihr bewähren wird.

Der Name «El-Schaddai» wird achtundvierzigmal im Alten Testament erwähnt, im Buche Hiob steht er einunddreißigmal. Die Tatsache ist ergreifend. Es ist nicht so, daß der Verfasser des Buches diesen Gottesnamen erfunden hat, vielmehr ist es der Heilige Geist, der Urheber der unverfälschten Schrift, der Gott so nennen läßt. Kein Buch des Alten Testamentes offenbart in so wundervoller Weise die Allmacht und das Angebot der Liebe Gottes, wie das im Buche Hiob geschieht.

Der Grundgedanke des ganzen Buches ist, daß der Allmächtige Hiob geschlagen hat, so wird es unverblümt und unbarmherzig von seinen Freunden behauptet. Wenn Gott einen Menschen so züchtigt, so folgern sie, muß er gottlos gewesen sein. Hiobs Qual lag darin begründet, daß er von seiner Unschuld wußte, er konnte es nicht verstehen, warum Gott so mit einem verfährt, den Er liebt. Er suchte aufrichtig «El-Schaddai» anzubeten und zu dienen, aber dennoch überfiel ihn dieses Unheil. Weil er «El-Schaddai» wirklich kannte, widersetzte er sich den Vorwürfen seiner Ankläger. Hiob hielt fest am Gottvertrauen, daß Gott mächtig ist, ihn aus der Qual zur höchsten Höhe des Glaubens zu führen. Das liegt in der Erklärung: «Obgleich Er mich schlägt, dennoch vertraue ich auf Ihn.»

Wer Gott als «El-Schaddai» kennt, ist fähig so zu dulden, wie einst Hiob. In Prüfungszeiten mag Er Sich anders zeigen als «der Vater der Barmherzigkeit und Gott der Liebe», der Glaube aber ruht in der Gewißheit, daß Gott in Wahrheit gut ist, und daß zuletzt mit Danksagung bekannt werden kann: «Er hat alles wohlgemacht.» Was Seine Güte bestimmt, Seine Allmacht vollendet es. Er ist der allmächtige Gott, in dessen Liebe der Schwache seine Zuflucht nimmt und findet.
In der Offenbarung heißt «Jesus» verschiedentlich «der Allmächtige» (s.d.) (griechisch Pantokrator). Nach dem Vorgang der LXX entspricht dieser Name nicht dem hebräischen «El-Schaddai», sondern dem Gottesnamen «Jahwe Zebaoth» (s.d.) (vgl. Am. 3, 13).

113. **Ende** heißt in der griechischen Bibel «telos». Christus nennt Sich der Anfang (s.d.) und das Ende (Offb. 1, 8; 21, 6; 22, 13). Die ältesten Handschriften haben diesen Satz nicht an derselben Stelle. Einige Ausleger glauben irrtümlich, diese Phrase wäre auf einen griechischen Ursprung zurückzuführen. Einen Parallelgedanken erwähnt Paulus von Gott mit den Worten: «Denn von ihm, und durch ihn und zu ihm sind alle Dinge» (Röm. 11, 36), in 1. Korinther 8, 6 schreibt der Apostel: «Von welchem alle Dinge sind und wir zu ihm hin.» Die Änderung der Präposition «dia» (durch) kennzeichnet Christus als den einen Herrn, durch welchen alle Dinge sind und wir durch Ihn. Bengel erklärt zu Römer 11, 36: «Es wird deutlich der Ursprung, der Verlauf und das Ziel aller Dinge bezeichnet.» Anfang und Ende, oder Ursprung und Ziel, werden mehrfach zugleich genannt, beides ist der vollständige Name, um sich zu ergänzen und alles zu umfassen.
Der Glaube, daß die Schöpfung und die Vollendung aller Dinge von Gott geplant ist, läßt sich biblisch begründen. Der Name «der Anfang und Ende» ist eine Variante von «der Erste (s.d.) und der Letzte» (s.d.). Der Satz braucht darum keine griechische Herkunft zu haben. Die Bedeutung der Namen Christi in der Offenbarung ist immer ein Zeugnis für die tiefgründige Christologie des Apostels Johannes. Es gehört mit zur johannischen Eigenart, die übernatürliche und göttliche Wesensart Christi durch gut ausgewählte Eigennamen auszudrücken.
Der Ausdruck «Ende» steht noch mit der paulinischen Begründung im Zusammenhang: «Denn Christus ist des Gesetzes Ende» (Röm. 10, 4). Für die Ergründung des Inhaltes ist auf die verschiedene Bedeutung des griechischen Wortes «telos» hingewiesen worden. Der Ausdruck bedeutet dreierlei: 1. Zoll, Steuer und Auflagen; 2. das Ende, der Ausgang und der Beschluß; 3. die Absicht, das Ziel, der Zweck.
Die allgemeine Bedeutung von «telos» – «Ende, Ziel», paßt am besten in den Zusammenhang. Die meisten Ausleger fassen den Ausdruck als Ziel, Endziel und letzter Zweck, was die Anwendung des Wortes an einigen Stellen bestätigt (Pred. 12, 13; 1. Tim. 1, 5; 1. Petr. 3, 8). Das Gesetz weist demnach auf Christum hin, es erhält durch Ihn Zweck und Bedeutung, Er ist das Ziel, wohin das Gesetz den Weg zeigt. Christus kann tatsächlich als das Ziel des Gesetzes angesehen werden. Bengel erklärt: «Das Gesetz drängt den Menschen, bis er Christum

ergreift.» Er spricht dann: «Du hast eine Freistätte gefunden. Ich lasse ab, dich zu verfolgen, du schmeckst es, du bist errettet.»
Ohne philologische Begründung und Begünstigung des Zusammenhangs fassen einige Interpreten «telos» als «Teleiosis» – Vollendung, und «pleroma» – Erfüllung des Gesetzes. Eine merkwürdige Deutung ist endlich noch: «Christus ist der Zoll des Gesetzes.» Er hat durch Seinen Opfertod die Schuld getilgt, die den Sünder getroffen hätte. Der Sinn der Worte: «Christus ist des Gesetzes Ende» umfaßt sachlich alle übrigen Deutungen. Das Ende ist auch das Ziel. Wäre in Christo nicht die Erfüllung des Gesetzes, könnte Er nicht das Ende desselben sein. Weil Christus das Gesetz dem Ende zuführte, hat Er es auch erfüllt.

114. **Engel,** hebräisch «maleach»; griechisch aggelon, «der Engel des Angesichts, der Engel des Bundes, der Engel Gottes, der Engel Jahwes (des Herrn)» sind im Alten Testament Erscheinungsformen, durch welche sich Christus vor Seiner Menschwerdung offenbarte. Diese Christophanien gehören zu den wichtigsten und schwierigsten Problemen des alttestamentlichen Schrifttums. Eine biblisch ausgerichtete Christologie, die in Jesus nicht allein einen menschlichen Heiland sieht, sondern auch Seine Gottheit anerkennt, benötigt, die Kenntnis seiner Vorbereitungen und Präludien der höchsten und vollkommensten Erscheinung Christi als Grundlage und Vorbedingung. In der Lehre von den Engeln gehen die Ansichten grundsätzlich weit auseinander, daß Christus in keinem dieser höheren Wesen erkannt wird. Für eine Deutung der Namen Jesu Christi gehört auch die Erwägung der o. a. Engelnamen, denn es sind Bezeichnungen Seiner Person.
1.) Die Heilsgeschichte während der Patriarchenzeit ist besonders reich an Gotteserscheinungen, die als Nachspiel des Vergangenen und als Vorspiel des Zukünftigen zu werten sind. Gott zeigt sich Bevorzugten einzeln persönlich und gegenwärtig auf Erden verhüllt oder in Gestalt eines Engels. Die Zeit der Erzväter ist eine Vorbereitung auf Gottes Wohnen in Israel und die Menschwerdung des Sohnes Gottes. Unter die Selbstoffenbarungen Gottes gehört die bis jetzt noch nicht dagewesene Erscheinung vom «Engel Jahwes» (Maleach Jahwe).
a.) Der Engel Jahwes erschien zuerst der flüchtigen Hagar in der Wüste (1. Mose 16, 7). Dieser Engel legt sich ein göttliches Werk bei und eine zahlreiche Nachkommenschaft Hagars stellt er ihr in Aussicht (1. Mose 16, 10). Er sagt dann: «Jahwe hat dein Elend gehört» (1. Mose 16, 11). Jahwe wird beigelegt, was vorher der Engel von sich sagte. Hagar kommt zu der Überzeugung, Gott gesehen zu haben (1. Mose 16, 13).
Der Hagar begegnete der Engel (Gesandte) Jahwes, der auch «Gott» – «El, Elohim, Adonai (s.d.) und Jahwe» (s.d.) genannt wird, der eins mit Gott und doch von Ihm verschieden ist. Er heißt auch oft einfach «der Engel». Sonst wird Er «der Fürst über das Heer des Herrn» (s.d.), «der Engel des Angesichtes» und der «Engel des Bundes» ge-

nannt. Der Engel Jahwes ist kein erschaffener, sondern der unerschaffene Engel, der Sohn Gottes (s.d.) vor Seiner Menschwerdung. Er ist derselbe, den das Johannesevangelium im Prolog «Logos» (s.d.) oder «das Wort» (s.d.) nennt. Später erscheint der Hagar noch einmal der Engel Gottes (Maleach Elohim), der sie wegen der Zukunft ihres Sohnes tröstete (1. Mose 21, 17). Der sich ihr offenbarte heißt «Elohim» (Gott) und «Maleach Elohim» (Engel Gottes). Er ist derselbe wie der «Engel Jahwes».

b.) Dem Abraham erscheinen drei Männer unter den Terebinthen in Mamre (1. Mose 18, 1). Zwei gehen nach Sodom von Abraham, der mit dem Dritten verhandelt, heißt es: «Er stand noch vor Jahwe» (1. Mose 18, 22). Der Mann, der mit Abraham verhandelt, wird achtmal «Jahwe» (1. Mose 18, 11. 13. 17. 20) und sechsmal «Adonai» (s.d.) genannt; Er ist allwissend (Vers 12. 13. 19), allmächtig (Vers 14), aller Welt Richter (s.d.) (Vers 23), der von Abraham göttliche Ehre empfängt (Vers 2 und 27). Er unterscheidet sich deutlich von den beiden Engeln. Alte Ausleger sehen hier mit Recht «Christus». Bei der Opferung Isaaks ertönt zweimal die Stimme des Engels Jahwe vom Himmel herab (1. Mose 22, 11). Wie ist diese Offenbarungsweise Gottes zu verstehen? Die alte Synagoge erklärt: Der Engel Jahwes ist die Schechinah, welche nach der Kabbala der Abglanz der Herrlichkeit Gottes, die Einheit der zehn Lichter ist. Die alte Kirche sieht in dem «Engel Jahwes» den Sohn Gottes, den Logos.

c.) Dem Jakob erschien der «Engel Gottes» (Maleach Ha-Elohim) im Traum (1. Mose 31, 11), der sich hernach der «Gott Bethels» nennt (1. Mose 31, 13). Die Erscheinung Gottes hat durch Vermittlung des Engels stattgefunden. Der Mann, mit welchem Jakob kämpfte, gab sich durch die Erteilung des Segens als Gott zu erkennen (1. Mose 32, 24). Die Antwort, welche Gott auf die Frage Jakobs gab, stimmt mit dem überein, was der Engel Jahwes auf die gleiche Frage antwortete (Richt. 13, 17. 18). Derjenige, der mit Jakob kämpfte, wird in Hosea 12, 5 «Maleach» oder «Engel» genannt. Am Ende seines Lebens sagt Jakob: «Der Engel, der mein 'Goel' (s.d.) oder 'Erlöser' (s.d.) ist» (1. Mose 48, 16). Der Engel, der Jakob mehrfach erschien, war der Sohn Gottes, der als der alleinige Erlöser verheißen wurde. In der Samaritanischen Übersetzung hat man das Wort «Maleach» in «Malach» – König (s.d.) verändert, was dann ein Beiname Gottes ist, um hier den christozentrischen Sinn zu umgehen.

2.) Der Engel Jahwes war der Erwecker Mosehs (2. Mose 3, 2) und der Führer der Israeliten durch die Wüste (2. Mose 14, 19; 23, 20; 33, 14; 4. Mose 20, 16; Richt. 2, 1).

a.) Jahwe sagt zu den Israeliten: «Ich sende meinen Engel vor dir» (2. Mose 23, 20). Es heißt von diesem Engel: «Denn mein Name (s.d.) ist in ihm» (2. Mose 23, 21). Gott zieht Selbst vor und mit Seinem Volke in diesem Engel her. Gottes Name ist in diesem Engel, d. h. Sein ganzes geoffenbartes Wesen. Was von Ihm gesagt wird sind Werke Jahwes (Ps. 78, 17. 40) und des Sohnes Gottes (1. Kor. 10, 9). Das hier Gesagte (2. Mose 23, 21) wird im Neuen Testament von Chri-

stus ausgesprochen (vgl. Joh. 5, 19; 23; 10, 30. 38; 14, 10; 17, 21; Kol. 2, 9).
Ein jüdischer Lehrer, Rabbi Bechai, erklärt nach der Kabbala, dieser Engel sei der Metathron, der Mitthronende Gottes, der Messias, Mittler (s.d.) und Bundesengel, das selbständige Wort (vgl. Joh. 1, 1). Diese Auslegung zeigt, wie nahe mancher Jude der Offenbarung Gottes in Christo stand.
b.) Wegen der Fürbitte gab Jahwe dem Moseh die Zusage: «Mein Angesicht (s.d.) soll gehen» (2. Mose 33, 14). Das Angesicht ist das Ebenbild (s.d.) des Vaters, der Sohn Gottes, der künftige Messias, der Engel des Bundes und Engel des Angesichtes. Er wird von diesem Angesicht wie von einer göttlichen Person gesprochen. Die jüdische Theologie erklärt das immer von der «Schechinah» – Gegenwart Gottes, und sie versteht den Messias darunter.
c.) Der Zusammenhang zwischen dem Angesichte Jahwes und dem Engel, in dem der Name Jahwes ist, wird durch das Wort Jesajahs erläutert: «Und er ward ihnen zum Heiland (s.d.) in allen ihren Bedrängnissen wurden sie nicht bedrängt, und der Engel seines Angesichtes errettete sie, und in seiner Liebe und in seiner Schonung kaufte er sie los, und er hob sie und trug sie alle Tage bis in Ewigkeit» (Jes. 63, 8. 9). Die Übersetzung der LXX: «Ou presbys oude aggelos, all' autos esosen autous»: «Weder ein Bote noch ein Bote (Engel), sondern Er selbst rettete sie», ist nicht stichhaltig, wenn auch manche Ausleger sie verteidigen. Der Engel Seines Angesichtes hat Seine Grundstelle in den mosaischen Büchern, der Name ist aus der Kombination von 2. Mose 23, 20 und 2. Mose 33, 14 geschlossen. Der Engel des Angesichts ist das andere Ich, in welchem Gott erscheint, denn Er ist in Ihm. In Seinem Angesicht kann Gott geschaut werden. Es ist der Bote und der Knecht Jahwes, gleichsam der Herr selbst, der in der Fülle der Zeit Fleisch werden sollte.
d.) Maleachi schließt und summiert das Alte Testament, indem er den kommenden Messias zeigt. Er nennt Ihn den «Engel des Bundes» (Maleach Haberith) (Mal. 3, 1). Der Bundesengel ist zweifellos der «Engel Jahwes». Der Bundesengel kann nicht mit dem Engel identifiziert werden, den der Herr vor Sich hersendet. In dem Bundesengel ein Gegenbild Mosehs zu sehen, einen Mittler zwischen Gott und dem Volke, durch welchen Gott Sein neues, vollkommenes, ewiges Gemeinschaftsverhältnis herstellen will, ist bedenklich. Die Wendung «der Engel des Bundes, den ihr begehrt», zeigt das Verlangen des Volkes, das nicht auf das Kommen eines zweiten Mosehs gerichtet war. Das Volk Gottes sehnte sich laut Gottes Verheißung nach einem Bundesengel, einem Gesandten oder Bevollmächtigten, der den Auftrag hat, Gottes Bund mit Seinem Volke zu pflegen. Dieser Bund ist nicht der Sinaitische, sondern der Neue Bund oder der Gnadenbund (vgl. Jes. 55, 3; 61, 8; Jer. 31, 31-34). Der Bundesengel ist des Neuen Bundes Mittler (vgl. Hebr. 9, 15). Jesus Christus ist dieser Engel des Bundes, der Sohn Davids, der Erbe aller Verheißungen des Alten Bundes, dessen Kommen ins Fleisch von dem Engel (Johannes den Täufer) vor-

bereitet wurde. Der Bundesengel, der Israel durch die Wüste führte, ist als verherrlichter Gottesmensch der Mittler des ewigen Bundes. 3.) Es ist noch auf den neutestamentlichen Gebrauch von «dem Engel des Herrn» (Aggelos kyriou) sorgfältig zu achten, um nicht einem Mißverständnis zu verfallen. Das griechische «ho aggelos kyriou» oder «aggelos tou Theou» entspricht dem hebräischen «maleach Jahwe» und «maleach Elohim». Im Neuen Testament ist nur an einzelnen Stellen Christus damit gemeint (vgl. Apostelg. 7, 30; 38), die anderen Schriftzeugnisse beweisen deutlich, daß einer der geschaffenen Engel erwähnt wird.
Zusammenfassend ist festzustellen, daß der «Engel Jahwes» im Alten Bunde die Vorausdarstellung Christi war. Die Engelerscheinungen Jahwes vor der Menschwerdung des Sohnes Gottes waren Präludien, in welchen sich Jahwe als Erlöser und Richter offenbarte. «Der Engel des Bundes», dessen Kommen zu Seinem Tempel Maleachi ankündigt, ist der Mittler des Neuen Bundes, der Knecht Jahwes (s.d.), der Mensch wurde, um den Gnadenbund zu vollenden und zu verwirklichen.

115. **Mein Entbinder,** hebräisch «gozi». Der Psalmist rühmt im Blick auf die Treue Jahwes: «Aus meiner Mutter Inneren warst du mein Entbinder!» (Ps. 71, 6.) Jahwe war für sein Leben schon vor der Geburt die Stütze. Er ist bis in seine Gegenwart für den Fortbestand seines Lebens die erhaltende Stütze und der tragende Grund. Die Lösung der Frucht von dem mütterlichen Schoße nahm Jahwe in Seine Hand. So hält der Psalmsänger Rückblick von der Jugend bis zur Kindheit und geht zurück in die Zeit vor seiner Geburt. Die LXX übersetzt «skepastes mou» – Mein Beschützer. Die Vulgata überträgt, wohl nach der unrichtigen Lesart: «ekspastes», wie in Psalm 22, 10: «Mein Herauszieher.» Diese Psalmstelle bezeugt auch, daß der Beter vom Schoße der Mutter an auf Jahwe angewiesen war, mit allen Bedürfnissen und Anliegen (vgl. Ps. 55, 23). Der Psalmist verdankt Jahwe sein Dasein und seine bisherige Erhaltung. Das ist der unerschöpfliche Gegenstand seines Lobes und Preisens. Es ist für ihn ein Gegenstand des Preisens, daß er aus dem dunklen Mutterschoß ans Tageslicht gebracht wurde. Die Erhaltung des Embryo im dunklen engen Raum ist eine göttliche Wundertat. Gottes Obhut waltet über Seine Auserwählten schon vor ihrem Erwachen zum bewußten Leben. Die Schrift erinnert noch mehrfach an den embryonalen Zustand, an die Entstehung des Menschen vor der Geburt (Ps. 139, 13-16; Hiob 10, 8-12), was zur Dankbarkeit gegen Gott veranlassen soll.

116. **Erbarmer,** hebräisch merachaman, ist an drei Stellen der Lutherbibel (Jes. 49, 10; Jes. 54, 10; Jak. 5, 11) eine Namensbezeichnung Gottes. Nach der Wurzel «racham» sagt der Name mehr, als die deutsche Übersetzung es wiedergibt. Das Stammwort bedeutet «weich sein», physisch ist die Weichheit der Empfindung damit gemeint. Ableitungen davon sind: «Leib, Mutterleib» und «Eingeweide» als Sitz

des zarten Mitgefühls. Mit «racham» wird Gottes Erbarmen und Mitleid gegen Hilfsbedürftige und Heilsverlangende ausgesprochen. Es ist die zarteste Liebe. Die griechische Wiedergabe «splagchnon» – Eingeweide (besonders die edlen Teile, Herz, Lunge, Leber), in übertragenem Sinne das Innere des Menschen, das Herz als Sitz der sanfteren Empfindungen, entspricht dem hebräischen Ausdruck ganz gut. In Lukas 1, 78 ist von der «splagchna eleous theou» – «herzliche Barmherzigkeit» oder «mitleidvolles Herz Gottes» die Rede. Den Sinn des grundtextlichen Ausdruckes gibt Teerstegen in einem Verse des bekannten Liedes: «Ich bete an die Macht der Liebe» ursprünglich mit folgenden Worten gut wieder, wenn es für das heutige Ohr auch eigenartig klingt: «Des Vaterherzens Eingeweide tun sich in diesem Namen kund.» Man vergleiche die Bibelworte: «Die Bewegung deiner Eingeweide und deine Erbarmungen, die gegen mich sich zurückhalten?» (Jes. 63, 15.) Gott offenbart als der Erbarmer Seine inbrünstige und zarteste Liebe gegen Elende und Hilflose.

a.) Der Prophet Jesajah schaut den Heiland (s.d.), Befreier und Hirten (s.d.) Seines Volkes. Er nennt Ihn den «Erbarmer» (Jes. 49, 10). Es ist eine öffentliche Signatur des Erlösers (s.d.). Der Erbarmer führt die Seinen an Wasserbrunnen, was in ganzer Vollendung am Ende der Tage durch das Lämmlein (s.d.) geschieht (Offb. 7, 16). Die Bürgschaft ist, daß Er sich Seiner Elenden erbarmt (Jes. 49, 13). Das Erbarmen des Erbarmers bleibt in Ewigkeit. Seine Barmherzigkeit wird nicht für die Zukunft in Aussicht gestellt, sondern Er erzeigt Sich fortwährend neu als Erbarmer, wie das durch die Partizipiumsform «meracham» deutlich zum Ausdruck kommt. Er ist als der Erbarmer auch Bürge für den ewigen Gnaden- und Friedensbund (Jes. 54, 10). Mit ewiger Gnade erbarmt Er sich, nachdem Er einen Augenblick im Zorneserguß Sein Angesicht verbarg. Der göttliche Zorn und das Verlassen des kleinen Augenblickes wird von dem Erbarmer mit großen Erbarmungen (rachamim gedolim) vergütet (Jes. 54, 7. 8). Der Erbarmer ist gleichsam reich an Barmherzigkeiten. Von diesem Reichtum schreibt auch Paulus im Sendschreiben an Ephesus (Eph. 1, 7; 2, 7). Die große Barmherzigkeit Gottes bewirkt nach neutestamentlicher Überzeugung die Sündenvergebung, die Wiedergeburt, oder den Gnadenstand der Gotteskindschaft (Eph. 2, 4; 1. Petr. 1, 3; Tit. 3, 4). Gott, der Erbarmer wird in Christo völlig offenbart.

b.) Die neutestamentliche Stelle (Jak. 5, 11), in welcher nach dem Luthertext «der Erbarmer» genannt wird, lautet wörtlich übersetzt: «Ihr habt gehört das Ausharren Hiobs, und habt das Ende des Herrn gesehen, denn der Herr ist sehr barmherzig (polysplagchnos) und mitleidig (oiktirmon). Das griechische «pölysplagchnos» steht im Neuen Testament nur bei Jakobus, es ist eine Nachbildung des hebräischen «rab chesed» – «große Gnade», was die LXX mit «polyelos» – «reich an Barmherzigkeit» übersetzt (vgl. 2. Mose 34, 6; 4. Mose 14, 18; Neh. 9, 17; Ps. 86, 5. 15; 103, 8; Joel 2, 13; 4, 3). Petrus und Paulus haben dafür «eusplagchnos» – «sehr mitleidig, barmherzig» (1. Petr. 3, 8; Eph. 4, 32). Das einfache «splagchnon» ist mehrfach mit «oiktirmos»

verbunden und bedeutet ein «Herz des Erbarmens» (vgl. Kol. 3, 12; Hebr. 10, 28). Der Herr hat demnach ein großes Herz, das reich an Erbarmen ist.
Die Auslegungen über diese Jakobstelle gehen weit auseinander. Das Ende des Herrn beziehen viele auf den Ausgang des Leidens Hiobs. Richtiger ist die Auffassung, das Ende des Herrn ist die Vollendung Christi, das entspricht dem Gebrauch von «telos» – «Ende, Ziel» bei Jakobus. Das Beispiel Hiobs und Christi werden verbunden und gegenübergestellt. Der große Dulder des Alten Bundes und der Dulder des Neuen stellt Jakobus seinen Lesern vor Augen. Christus ging in Sein Leiden und harrte aus, denn Er ist reich an Barmherzigkeit und sehr mitleidig. Dieser Gedanke läßt sich biblisch begründen (vgl. 1. Petr. 2, 21; 4, 1; Hebr. 2, 10). Die Vollendung des Leidens Christi, die über jedes menschliche Denkvermögen geht, beruht eben auf dem Reichtum Seiner Barmherzigkeit. Es ist durchaus kein Fehlgriff, in Jesus einen «Erbarmer» zu sehen.

117. **Erbe aller Dinge** ist der Sohn Gottes (Hebr. 1, 2). Einem Erben fällt nach dem griechischen «kleronomos» durch das Los etwas zu. Die etwas ungenaue Lutherübersetzung zu Psalm 16, 6: «Das Los ist mir gefallen auf's Liebliche, mir ist ein schönes Erbteil geworden», ist eine gute Definition des grundtextlichen Ausdruckes. Im übertragenen Sinne erhält der Erbe Anteil an einer Sache, das Mitrecht und die Herrschaft darüber. Im Hebräerbrief heißt der Messias als Sohn Gottes ein «Erbe aller Dinge» (kleronomos panton). Dieser Name des Sohnes Gottes macht einigen Auslegern Schwierigkeiten, daß verschiedene Folgerungen darüber gezogen werden.
Wenn das griechische «kleronomos» ins Hebräische zurückübersetzt wird, ist eine peinliche Sorgfalt geboten. Die hebräische Übersetzung «joresch» klingt für ein jüdisches Ohr anstößig. Es steht noch übler mit den Konsequenzen, die dann aus dem Worte «kleronomos» gezogen werden. Die Einsetzung des Sohnes als rechtsmäßigen Erben ist für keinen Juden annehmbar. Der Erbe kommt zum Besitz eines Eigentums, das ein Verstorbener hinterlassen hat. Eine Verfügung ermächtigt ihn, den Besitz an sich zu nehmen. Der Besitznehmer ist ein Erbe des Verstorbenen. Der erste Eigentümer ist gestorben, sein ehemaliges Gut heißt Hinterlassenschaft. Die Momente des Begriffes «Erbschaft» und «Erbe» passen auf Christus nicht (vgl. Gal. 4, 1. 2). Gott der Vater stirbt nicht, sondern lebt bis in Ewigkeit.
Aus diesen Gründen ist hebräisch der Infinitiv «lerescheth» und nicht das Partizipium «joresch» anzuwenden, was dem griechischen «kleronomos» entspricht. Das hebräische «lerescheth» drückt eine allgemeine Besitznahme aus, ohne an den Tod des früheren Besitzers zu denken (vgl. Ps. 25, 13; 37, 9. 11. 22; 29; Matth. 5, 5). Das Wort «jarasch» fällt auch nicht mit «nachal» zusammen, was eine Erbschaft ausdrückt, die in Gemeinschaft mit Brüdern oder Verwandten empfangen wird (vgl. 1. Mose 21, 16; 32, 6). Das Verbum «jarasch» bezeichnet eine alleinige, allgemeine Besitznahme (vgl. 1. Mose 15, 3; 2. Sam. 14, 7;

5. Mose 2, 5). In diesem Sinne hat Gott den Sohn eingesetzt, um alles allein in Besitz zu nehmen.
Große Schwierigkeiten verursacht der Nachsatz: «Durch welchen er auch die Welten gemacht hat» (Hebr. 1, 2b). Es ist gefragt worden, in welchem Verhältnis zu diesem Schöpfungsakt der «Erbe aller Dinge» steht. Einige Ausleger erinnern hier an die Zeugung des Sohnes vor der Weltschöpfung. In diesem Falle kann von keinem Besitz die Rede sein, der dem Sohne gegeben werden soll, als die Schöpfung noch gar nicht begonnen hatte. Wie ist es möglich, zu sagen, der Sohn ist zum Erben eingesetzt worden, dessen Zeugung noch bevorsteht? Die Unstimmigkeiten haben ihren Entstehungsgrund in der falschen Auffassung des griechischen «Kai» (und, auch), das dem hebräischen «waw» entspricht, was als «anteceppti temporis» aufzufassen ist. Danach ist nicht zu übersetzen: «Durch welche Er auch», sondern: «Nachdem Er durch Ihn die Welten gemacht hat.» Die Weltschöpfung geschah demnach vor der Besitznahme des Alls.
Die Weltschöpfung und die Erbeinsetzung hängen real zusammen. Der Sohn wurde zum Erben über das All eingesetzt, da Gott schon durch den Sohn die Schöpfung der Welten vermittelt hatte. Das Erbe besteht im Besitze des Alls und in der Herrschaft über das Universum.
Wann geschah die Erbeinsetzung des Sohnes Gottes? Die Einsetzung zur Erbschaft in Christi vorweltliches und vorzeitliches Dasein zu verlegen, ist sachlich und textlich unmöglich. Der menschgewordene Sohn Gottes empfing nach Seiner Himmelfahrt die Herrlichkeit wieder, die Er vor aller Zeit beim Vater hatte (Joh. 17, 5). Das Sitzen der Majestät zur Rechten in der Höhe fällt mit dem Akt der Erbeinsetzung zusammen. Die Einsetzung in das Erbteil ist die Teilnahme des Menschgewordenen an der göttlichen Herrschaft über das All. Die endgültige Besitzergreifung dieses Erbes wird nach der Niederwerfung der Weltreiche durch den Sohn am Ende der Tage erlangt (vgl. Ps. 2, 9-9).
Das Erbe des zur Rechten Gottes erhöhten Menschensohnes ist ein bleibendes Eigentum, an welchem alle teilnehmen und Miterben sind, die durch den Geist das Zeugnis haben, daß sie Kinder Gottes sind (Röm. 8, 15-17).

118. **Erbgut** ist Jahwe für die Leviten im Alten Bunde (4. Mose 18, 20; 5. Mose 10, 9; 18, 1. 2; Jos. 13, 33). Das hebräische «nachalah» an diesen Stellen wird noch mit «Erbe» und «Erbteil» übersetzt. Die genaue Wiedergabe des ersten biblischen Berichtes über den Anteil der Leviten im Lande Kanaan lautet: «Und Jahwe sprach zu Aaron: In ihrem Lande sollst du nichts besitzen und kein Teil soll dir sein in ihrer Mitte, ich bin dein Teil (s.d.) und dein Erbteil in der Mitte der Söhne Israels» (4. Mose 18, 20). Der Priester- und Levitenstand bekam kein Land und keine Städte als Besitz, wie die übrigen Stämme Israels. Der Verzicht auf ein irdisches Erbe in einem so fruchtbaren Lande wie Kanaan konnte als Verlust angesehen werden. Die Zusage, daß Jahwe Selbst ihr Teil und Erbe sein will, stellt das Höchste und

Beste in Aussicht. Alle Opfer und Einkünfte, die eigentlich Gott gehören, werden denen geschenkt, die den Altar bedienen. Es wird den Leviten nicht allein von Jahwe der volle Anteil und Genuß der Opfer zuerkannt, sondern Er selbst ist ihr Besitz (5. Mose 10, 9). Damit wurde den Leviten, die auf die Liebe der übrigen Israeliten angewiesen waren, eine hohe Ehre verschafft. Der große Schatz, daß Jahwe mit Seinen Rechten und Einkünften das Erbteil des Stammes Levi ist, wird inhaltlich wiederholt und steht an der Spitze (5. Mose 18, 1. 2). Wenn Jahwe Sein eigenes Erbe den Leviten überläßt, dann besitzen sie nicht nur was die übrigen Stämme Israels haben, sondern ihnen gehört, was bei ihnen alles zusammen einkommt. Während sie den Anteil des Landes entbehren mußten, hatten sie in und durch Jahwe das Ganze gewonnen. Im Buche Josuah, wo die Landesverteilung berichtet wird, bezieht man sich noch einmal auf diese Vorschriften des 4. und 5. Buches Moseh (Jos. 13, 14. 33). Die Opfer Jahwes sind das Besitztum des Stammes Levi, vor allem ist Jahwe Selbst sein Besitz oder Erbteil. Ohne jeden irdischen Besitz soll Jahwe und Sein Kultus das einzige Erbe sein.
Diese Grundstellen des Pentateuch hat offenbar der Psalmsänger des Alten Bundes vor Augen gehabt, wenn er ausspricht: «Jahwe ist mein Anteil und mein Becher, du erhältst mein Los» (Ps. 16, 5). Im Besitze Jahwes und Seiner Güter und Gaben überläßt Er gern der Welt ihre Scheingüter, die näher betrachtet doch nur Schmerzen sind. Was der Stamm Levi in nationaler Äußerlichkeit in geistigem Sinne darstellt, gilt jedem Gläubigen, nichts Irdisches, Sichtbares, Vergängliches, sondern der Herr ist sein Erbteil.
Der Herr bestätigt den Genuß an diesem Erbteil mit den Worten: «Die Meßschnüre sind mir gefallen in Lieblichkeiten, auch ist mir ein schönes Erbteil geworden» (Ps. 16, 6). Die Lieblichkeiten sind das geistliche Terrain, auf welchem dem Sänger der Besitz zugefallen ist. Das alles geht aus dem Gnadengeschenk Gottes hervor, daß Er unser Erbteil ist, das wir im Glauben besitzen. Gott ist auch «das Teil (s.d.) in Ewigkeit» für den levitischen Sänger Asaph (Ps. 73, 26). Neutestamentlich ausgedrückt ist Christus «das gute Teil», das nicht weggenommen wird (Luk. 10, 42).

119. **Erbherr** wird nach der Lutherbibel Gott am Schluß des 82. Psalms genannt. Die Stelle heißt nach der hebräischen Bibel: «Stehe auf, o Gott, richte die Erde, denn du wirst erben unter allen Heiden!» (Ps. 82, 2.) Die Zeitform «thinchal» – «Du wirst erben» wird in den Hiphil «thanchil» – «du läßt Erbschaft austeilen» geändert (vgl. Jos. 1, 6). Es wird auch vorgeschlagen «thimschol» – «Du wirst herrschen» zu lesen. Der Hiphilform entsprechend übersetzt die LXX: «Hoti-su katakleronomesis en pasi teis ethnesin» (Denn Du wirst das Los, das Erbe unter allen Heiden austeilen). Richtiger ist die Übersetzung der Vulgata: «Quoniam tu hereditabis in omnibus gentibus» (Denn Du wirst erben unter allen Heiden). Der revidierte Vulgatatext: «Quoniam

tu jure possides omnes gentes» (Denn Du besitzest durch Recht alle Heiden) ist eine freie Übertragung.
Es ist klar, daß der Begründungsnachsatz: «Denn Du wirst erben unter allen Heiden», mit dem Vordersatz vereinigt werden muß. Das Ganze ist ein Appell an das gerechte Gericht Gottes wegen des ungerechten Gerichtes der Menschen. Weil auf Erden schlecht gerichtet wird, bittet der Psalmist, daß Gott richten möge. Er ist es allein, dem es zusteht, von allen Völkern Besitz zu ergreifen. Gott hat ein Erb- und Eigentumsrecht, nicht nur an Israel, sondern auch an allem (Ps. 2, 8; 47, 5). Das Recht am Besitz der ganzen Erde ist für den Sänger der Grund, daß Gott in aller Welt Gerechtigkeit üben kann. Es ist noch an anderen Stellen der Grund der Hoffnung (Ps. 10, 16; 22, 29; 46, 11). Gott soll das Richteramt selbst übernehmen. Der Schlußvers des Psalms enthält den Wunsch des baldigen Eintritts der messianischen Zeit.
Gott erscheint auch sonst noch als Richter der Völker (Jes. 3, 13). Die Bitte Israels, gottlose Richter zu richten, treibt zu dem allgemeinen Wunsch, das Gericht über die ganze Erde ergehen zu lassen. Israel ist eben nicht allein, sondern alle Völker sind Sein Eigentum. Der ganze Inhalt des Verses reicht bis zum letzten Gericht über die ganze Erde. Der Erzvater Jakob deutet an, wenn der Messias allen Völkern erscheint, wird Israels Herrschaft aufgehoben (vgl. 1. Mose 49, 10). So geschah es, als die bösen Weingärtner, die den Eckstein (s.d.) verwarfen, das Gericht über sich und Israel zogen, ging das Reich Gottes zu den Heiden über (Matth. 21, 43). Wenn sich das gleiche Verderben in der Völkerwelt entwickelt, wanken die Grundfesten der Erde und es erhebt sich der König der Könige (s.d.). Er ist allein Gott, Er richtet die falschen Repräsentanten; Er nimmt im Königreiche der Gerechtigkeit und des Friedens das Erbe in Empfang, daß Ihm schon gegeben wurde (Ps. 2, 8). Die vollkommene Erfüllung der Psalmworte: «Denn du wirst erben unter allen Heiden», ereignet sich in den entferntesten Endzeiten.

120. **Erbschichter** wollte Jesus nicht sein, nach Seiner Frage, die Er einem Manne stellte, der Ihn bat, seinen Bruder zu veranlassen, das Erbe mit ihm zu teilen (Luk. 12, 13-14). Das griechische «meristen», was dem vorerwähnten «merisasthai» – «teilen» entspricht, hat den einfachen Sinn «Teiler». Das Wort ist selten. Die Lutherübersetzung «Erbschichter» ist deutlicher als die lateinische Wiedergabe «dirisorem» – «Teiler, Verteiler» und «dispensator» – «Kassierer, Schatzmeister». Die Frage des Herrn erinnert an die Worte, die an Moseh gerichtet wurden (vgl. 2. Mose 2, 14; Apostelg. 7, 27. 35).
Die Haltung Jesu, kein Schiedsrichter oder Schlichter von Rechtsstreitigkeiten sein zu wollen, ist vorbildlich. Obgleich Christus der Mitschöpfer und Erhalter der weltlichen Obrigkeit ist, so ist Sein Reich doch nicht von dieser Welt. Der Apostel Petrus schreibt in diesem Sinne ganz verständnisvoll, daß sich keiner in fremde Sachen mischen soll (1. Petr. 4, 15). Wir sollen Jesus nicht als Erbverteiler eines irdi-

schen Gutes anrufen, sondern als Helfer, um das himmlische Erbe zu erlangen.

121. **Der das Alles in Allem Erfüllende,** dieser genau wiedergegebene Satzteil des griechischen «tou ta panta en pasin pleroumenou» (Eph. 1, 23) ist schwer zu erklären. Die Übersetzungen sind verschieden und die Ansichten darüber gehen weit auseinander. Der ganze Nachsatz lautet, wenn das Verbum «pleroo» als Medium aufgefaßt wird: «Die Fülle des, der von sich aus Alles in Allem erfüllt.»
Es ist zunächst festzustellen, was Paulus unter Fülle (s.d.) an dieser Stelle versteht. Der Apostel war zweifellos durch das hebräische «mala», «völlig sein», veranlaßt, das griechische «pleroma» – «Fülle» im Sinne von der göttlichen Gegenwart und Herrlichkeit anzuwenden. Jüdische Lehrer erklären den Begriff nach ihrer Weise. Sie erinnern an die Worte: «Und die Herrlichkeit Jahwes erfüllte die Zelthütte» (2. Mose 40, 34) und: «Die ganze Erde wird erfüllt von seiner Herrlichkeit» (Jes. 6, 3). Die göttliche Herrlichkeit, welche die Juden durch «Schechinah» ausdrücken, bezeichnet Paulus als «pleroma».
Viele Ausleger glauben, die Gemeinde würde die Fülle genannt. Andere denken an die Engelwelt. Irrtümlich übersetzen einige «pleroma» durch «volles Körpermaß». Die Fülle Christi als die «Gläubigen» anzusehen, ist dem Neuen Testament ein fremder Gedanke. Beza erklärt: «Ergänzung oder Verstärkung, denn die Liebe Christi ist in der Gemeinde, daß Er alle mit allem bis zur Fülle auszeichnet, denn wie das Haupt den Gliedmassen und vielen Gliedern vorsteht, es sei denn, daß die Gemeinde ständig mit dem Leib verbunden ist.» Das griechische «pleroma» nicht mit Fülle zu übersetzen, ist gekünstelt. Das Verbum «pleroo» ist dem Substantiv entsprechend mit «erfüllen» zu übersetzen.
Die größte Differenz der Erklärer besteht über die Worte: «tou ta panta en pasi pleroumenou.» Viele halten das Verbum für eine Passivform, die meisten erklären es für eine aktive Medialform, das danach zu übersetzen ist: «Das Er von sich aus alle in allem erfüllt.» Winer meint, Paulus sagte von Gott, «Die Fülle dessen, der selbst von allem erfüllt ist.» Der Satz wird als Parallelsatz zum Vorhergehenden «Sein Leib» aufgefaßt. Daraus wird gefolgert, Christus ist als Haupt der Gemeinde nur vollständig, wenn sie mit Ihm verbunden ist. Die Gemeinde ist die Vervollständigung dessen, der in bezug auf alles in allem vervollständigt wird. Sprachlich ist diese Erklärung unhaltbar, und der Gedanke liegt dem Neuen Testament fern. Christus ist eben nicht der Empfangende von der Gemeinde, sondern Er erscheint als ihr Gebender.
Paulus will vielmehr sagen, die Gemeinde ist die Fülle, die Herrlichkeit Christi, der Selbst aller Herrlichkeit voll ist. Die Gemeinde gibt Ihm nichts, sie ist nur die Offenbarungsstätte Seiner Herrlichkeit (vgl. Eph. 3, 10). Die Worte «ta panta en pasin» entsprechen unserem deutschen «Alles in Allem», was sich auch aus dem Sprachgebrauch rechtfertigen läßt. Erläuterungsparallelen sind Epheser 4, 10 und Kolosser 2, 10.

Der Apostel nennt die Gemeinde die Fülle Christi, womit er sonst den Reichtum der in Christo wohnenden und ausgehenden Herrlichkeit bezeichnet. So ist die Fülle Christi, nicht weil sie Seine Herrlichkeit ist, die in Ihm wohnt, sondern weil Er Seine Herrlichkeit in ihr wohnen läßt. Sie ist die Herrlichkeit dessen, der das All in allen Seinen Gliedern erfüllt, weil Er allein mit ihr, wie das Haupt mit Seinem Leibe verbunden ist.

122. **Der Erhabene** ist eine Bezeichnung Gottes und Christi, die hauptsächlich im Propheten Jesajah vorkommt. Er bedient sich der hebräischen Wendung: «ram wenissa» (hoch und erhaben). Jahwe ist erhöht und hat eine hocherhabene Wohnung (Jes. 33, 5). Er offenbart Sich in Seiner Erhabenheit, wenn über die heidnischen und antichristlichen Vöker das Gericht ergeht (Jes. 33, 3. 10). Er bewohnt von Ewigkeit her die himmlische Höhe (Jes. 63, 15). Seiner Erhabenheit entsprechend sah Jesajah den Allherrn auf einem hohen und erhabenen Throne sitzen (Jes. 6, 1).
Der Erhabene, der im Himmel thront, ist nicht unnahbar, sondern Er schaut auf den Elenden herab (Jes. 66, 2). Die Erhabenheit der göttlichen Gedanken offenbart sich in der überschwenglichen Barmherzigkeit (vgl. Jes. 55, 8. 9). Der Prophet bringt mit dem klassischen Ausdruck von Gott dem Erhabenen den Kern der Heils- und Gnadenordnung in Verbindung. Er spricht die unausdenklichen und trostvollen Worte aus: «Denn so spricht der Hohe und Erhabene, der die Ewigkeit bewohnt, und sein Name ist der Heilige (s.d.): In der Höhe und im Heiligtum wohne ich und bei den Zerschlagenen und Niedergebeugten im Geist, lebendig zu machen den Geist der Niedrigen und lebendig zu machen das Herz der Zerschlagenen» (Jes. 57, 15). Gott wohnt in zwei Orten: «In der himmlischen Höhe und im Herzen der Zerschlagenen» (vgl. Ps. 51, 19). Es ist die selbstmitteilende und preiswürdige Herablassung der göttlichen Liebe. Gottes erbarmende Liebe verbindet das Höchste mit dem Niedrigsten und erhebt das Niedrigste zum Höchsten. Dieser trostreiche Spruch hat in der Bibel seine Parallelen (vgl. Ps. 113, 5. 6; 138, 6; Luk. 1, 48. 49; Hos. 11, 9).
Jesajah weissagt von Christus, dem Knechte Jahwes (s.d.): «Er wird sich erhöhen und erhaben werden und wird sehr hoch sein» (Jes. 52, 13). Die Worte bilden die Eingangspforte zur Weissagung vom Leiden und Sterben Jesu Christi. Die allertiefste Erniedrigung des Knechtes Jahwes und Seine höchste Verherrlichung nach der von Ihm vollbrachten Erlösung enthüllt der Prophet. Christus ist nach Seiner Vorausschau im dreifachen Sinne der Erhabene. Jesajah bringt das mit den Verben «jarum» – «Er wird sich erhöhen», «wenissa» – «Er wird erhaben werden» und «wegabah meod» – «Er wird sehr hoch sein» zum Ausdruck. Die drei Verben sprechen eine Steigerung aus, den Anfang, den Fortgang und den Gipfel der Erhöhung Christi. Biblisch denkende Ausleger erinnern an die Auferstehung, Himmelfahrt und an das Sitzen zur Rechten Gottes, an die drei erfüllungsgeschichtlichen Hauptstufen der Erhöhung. Von Stufe zu Stufe aufsteigend gelangt der

Knecht Jahwes zu einer überschwenglichen, allesüberragenden Erhabenheit (vgl. Phil. 2, 9; Apostelg. 2, 33; Eph. 1, 20. 23).

123. **Erlöser,** hebräisch Goèl, ist ein alttestamentlicher Gottesname. Gewisse Schriftaussagen, in denen dieser Name vorkommt, enthalten auch Hinweise auf Christum. Im Neuen Testament wird Christus an keiner Stelle «Erlöser» genannt, obgleich Er die Erlösung durch Seinen Kreuzestod vollbrachte (vgl. Luk. 1, 68; 24, 21; Gal. 3, 13; 4, 5; Tit. 2, 14; 1. Petr. 1, 18; Offb. 5, 9; 14, 3. 4), um die sündige Menschheit mit dem Kaufpreis Seines Blutes aus der Sklaverei loszukaufen. Was im Alten Testament durch den Namen «Erlöser» ausgesprochen wird, erklären die neutestamentlichen Schreiber mit anderen Namen Christi. In dieser Beziehung sind u.a. die Bezeichnungen «Erretter» (s.d.), «Retter» (s.d.) «Fürst des Lebens» (s.d.), «Lamm Gottes» (s.d.), «Sühnung» (s.d.), «Herzog der Seligkeit» (s.d.) zu beachten. Die Erklärung des Namens «Erlöser» ist auf den Inhalt der alttestamentlichen Gottesoffenbarung abzugrenzen, jedoch nicht ohne Hinweise auf vorbildliche Züge der Erlösung in Christo.
Der Name «Goèl» ist ein Poel oder ein Partizipium aktivum vom Stammwort «gaal» – «lösen, zurückkaufen». Die LXX hat an den meisten Stellen in ihrer unterschiedlichen Wiedergabe das hebräische «Goèl» als Partizipium aufgefaßt, was durch die Übersetzung «ho agchisteubon», «der Blutsverwandte» (3. Mose 25, 25. 26; 4. Mose 5, 8; 35, 19. 21. 24. 25. 27; Ruth 3, 9. 12; 4, 14), «ho loutromenos» – «gegen Lösegeld freigeben, erlösen» (1. Mose 48, 16; Ps. 103, 4; Spr. 23, 11; Jes. 43, 14; 44, 24; Jer. 50, 34), «ho lytrotes» – «Erlöser» (Ps. 19, 15; 78, 35), «ho rhysamenos» – «erlösen, aus der Gefahr ziehen» (Jes. 44, 6; 47, 4; 48, 17; 49, 7. 26; 54, 5; 59, 20) und «ho sozòn» – «der Rettende» (Jes. 60, 16) erwiesen ist. Die Vulgata übersetzt durchweg den Ausdruck mit «propinquus» – «Verwandter» und «redemptor» – «Loskäufer aus der Gefangenschaft».
Die beiden alten Übersetzungen, die LXX und die Vulgata, zeigen eine verschiedene Anwendung des hebräischen «goèl», was durchweg dem Zusammenhang der Texte entspricht. Diese unterschiedliche Verwendung des Ausdruckes und Namens läßt sich auch in der hebräischen Bibel nachweisen. Der «Goèl» ist der Blutsverwandte, der als nächster Angehöriger seine Einlösungspflicht erfüllen muß (vgl. 3. Mose 25, 25; 1. Kön. 16, 11; Ruth 2, 20; 3, 9; 4, 14. 18). Eine solche Verpflichtung wurde rechtskräftig, wenn ein Verwandter getötet worden war, der «goèl» war dann der Bluträcher (4. Mose 35, 19; 5. Mose 19, 6. 12; Jes. 20, 3. 5. 9; 2. Sam. 14, 11). Der Verwandte mußte seinen nächsten Angehörigen aus der Sklaverei loskaufen (3. Mose 25, 48). Ein verkauftes Landstück mußte der «goèl» zurückkaufen (3. Mose 25, 25; Ruth 4, 4. 6). Ein «goèl« mußte die kinderlose Witwe seines Bruders heiraten (Ruth 3, 13). Was jemand zu Unrecht verloren hatte, bekam er durch die Bemühung des «goèl» zurück (4. Mose 5, 8). Ein «goèl», das mit «Erlöser» wiedergegeben wird, ist im übertragenen Sinne ein Beschützer der Hilflosen (vgl. Ps. 72, 14). Der Ge-

danke des Loskaufes aus der Gefangenschaft und Sklaverei ist durchweg mit dem Gottesnamen «Goèl» (Erlöser) verbunden, wenn von dem «Gott Israels» (s.d.) die Rede ist.

Die Offenbarung des Gottes Israels und des «Heiligen in Israel» (s.d.) als «Goèl» (Erlöser) wird besonders durch den Propheten Jesajah betont, der seinen Volksgenossen die Erlösung aus dem babylonischen Exil in Aussicht stellt. Eine schöne Definition und Anwendung des Gottesnamens «Goèl» enthalten die Worte, die Jesajah mitteilt: «. . . denn ich habe dich erlöst, . . . denn ich, Jahwe, bin dein Gott, der Heilige in Israel, dein Heiland (s.d.), ich gebe Ägypten für dich als Lösegeld hin, Äthiopien und Saba an deiner Statt, darum, daß du teuer bist in meinen Augen, wert geachtet und ich dich liebgewonnen, so gebe ich die Menschen hin an deiner Statt und Völkerschaften für dein Leben» (Jes. 43, 1. 3.4). Der Heilige in Israel zahlt für Sein auserwähltes Volk einen denkbar hohen Kaufpreis, um es zu erlösen.

Israel war zur Zeit des Propheten ein auseinandergerissenes Volk, das auf einige Wenige versprengt und zusammengeschmolzen, einem elenden Häuflein glich. Das soll nicht so bleiben. Der Erlöser, aus blutsverwandtschaftlicher Liebe und Treue befreit sein unterdrücktes Volk (Jes. 41, 14). Alte Ausleger sehen in dem «Goèl» den Messias im Blick auf Sein altes Bundes- und Brudervolk, aus welchem Er nach dem Fleisch herkommt (vgl. Röm. 9, 5). Die Erlösung mit der Heimkehr aus dem babylonischen Exil als abgeschlossen anzusehen, ist töricht. Weil diese Erlösung ein Präludium der endgültigen Erlösung ist, meint der Prophet mit dem mehrfach erwähnten «Goèl» zweifellos Christus.

Im Blick auf Babel offenbart sich der Heilige in Israel in großartigster Weise als Erlöser Seines erwählten Volkes (Jes. 43, 14). Um Israels Erlöser zu werden, wird Babels Macht gestürzt und gebrochen. Wenn Cores Babel besiegt, tritt damit nicht allein der Wechsel eines Herrscherhauses ein, sondern es geschieht zum Heil des auserwählten Volkes. Alle Ereignisse der Weltgeschichte verhelfen zu der Offenbarung, daß der Heilige in Israel als Erlöser erscheint und erkannt wird.

Jesajah verkündigt das majestätische Thema von der Erlösung aus Babel durch Cores, als Bürgschaft für die höchste und endgültige Erlösung in Christo. In den Eingangsworten (Jes. 44, 6) sind sieben Gottesnamen zusammengefaßt: «Jahwe» (s.d.), «König Israels» (s.d.), «Goèl» (Erlöser), «Jahwe Zebaoth» (s.d.), «der Erste» (s.d.), «der Letzte» (s.d.) und «Elohim» (s.d.). Würde und Güte, Macht und Liebe sind vereinigt. Gott offenbart Sich als Erlöser Seines auserwählten Volkes, aber dennoch auch für die ganze Welt.

Die Freude des erlösten Gottesvolkes bricht aus in dem Jubelruf: «Unser Erlöser, welcher heißt: Jahwe Zebaoth, der Heilige in Israel» (Jes. 47, 4). Diese Gottesnamen ergänzen sich. Er besitzt eine Macht, die über allem steht; durch Liebe zu Seinem Volk, durch Zorn gegen die feindlichen Weltmächte wird Er bewogen, das Werk der Erlösung auszuführen.

Gottes Erlösungswerk soll sich durch den Knecht Jahwes (s.d.) bis an die Enden der Erde ausdehnen (Jes. 49, 6). Jahwe will das als Israels Erlöser vollbringen (Jes. 49, 7), durch Seinen Knecht. Er ist Israels Wiederhersteller, das Licht der Heiden und das Heil der ganzen Menschheit.
Die heidnische Weltmacht läßt das Volk Gottes nur gezwungen aus der Gefangenschaft in die Freiheit. Gott Selbst streitet gegen die Feinde Seines Volkes, um die Seinen zu erlösen. In dem großen Weltkrieg aller Nationen, der sich immer mehr anbahnt, werden alle Menschen erkennen, daß Jahwe der Heiland (s.d.) und Erlöser Israels, der Starke Jakobs (s.d.) ist (Jes. 49, 26).
Der Zustand des gefangenen Volkes in Babel vergleicht der Prophet mit einer verlassenen, kinderlosen Witwe. Gott aber bereitet Sich die Einsame und Verlassene als Seine Braut. In diesem Zusammenhang offenbart Sich Gott mit sechs Namen der Zusage: «Denn dein Mann (s.d.) will werden, der dein Schöpfer (s.d.) ist, Jahwe Zebaoth (s.d.) ist sein Name, und dein Erlöser, der Heilige in Israel wird Gott der ganzen Erde genannt werden» (Jes. 54, 5). Israels Bildner (s.d.) und Schöpfer ist der Erlöser, der ein Neues schafft, der sich mit Ihm vermählt. Der bekannte und bedeutende Name «Goèl» – «Blutsverwandter, Löser», kommt so zur Geltung, daß an die Sitte der Leviratsehe ein Anklang durchklingt (vgl. Ruth 2, 20; 3, 9; 12, 13). Gott ist hier der Goèl, Jahwe Zebaoth, der in Christus gekommen ist, es ist Christus persönlich. Gott der Schöpfer verbindet Sich in bräutlicher Liebe mit Seiner neuerschaffenen Menschheit. Diese Vermählung findet ihre Vollendung in der Hochzeit des Lämmleins (Offb. 21). Der Heilige in Israel, der Blutsverwandte Seiner Braut, dem auserwählten Volke ist «Gott der ganzen Erde». Er ist in Christo der Erlöser aller Völker (vgl. Röm. 9, 29. 30). Jahwe Zebaoth offenbart Sich als Machthaber aller Heerscharen, als Schöpfer läßt Er nicht ab, Sich als der Erlöser Seiner Brautgemeinde zu beweisen, weil Er Gott der ganzen Erde ist, darf sich die mit Ihm Vermählte auf eine Erlösung in weitestem Umfang freuen. Der einstmals verstoßenen, aber wiederaufgenommenen Jungfrau spricht der Erlöser nach einem kleinen Zornesaugenblick ein Erbarmen mit ewiger Gnade zu (Jes. 54, 8).
Was Jesajah von dem Erlöser weissagt, hat noch für die entferntesten Endzeiten Bedeutung. Diese Tragweite wird vom Propheten noch nicht erkannt. Nachdem das Antichristentum der letzten Zeit zur Herrschaft gelangt und gerichtet ist (Jes. 59, 19), findet eine echte und allgemeine Völkerbekehrung statt, gegen welche der Antichrist wie ein Strom wütet, den aber der Wind Jahwes vertreibt. Jesajah weissagt den Schwergeprüften: «Und es kommt für Zion ein Erlöser und denen, die sich bekehren von den Übertretungen in Jakob, spricht Jahwe» (Jes. 59, 20). Was sich bekehrt, ist der heilige Überrest aus Israel (vgl. Jes. 10, 21). Paulus faßt diese Stelle mit Jesajah 27, 9 und Psalm 14, 7 zusammen (Röm. 11, 25. 26) und macht eine Anwendung auf die Bekehrung des heiligen Restes aus Israel. Es ist zu beachten, daß es nicht heißt «ein Erlöser», sondern «ein Erretter» (s.d.) wird aus Zion

kommen. Dieser Unterschied beruht auf einer theologischen Ansicht schon von den Übersetzern der LXX her.
Zuletzt wird Gott von den gläubigen Israeliten «unser Vater» (s.d.) und «unser Erlöser von alters her» (Jes. 63, 16) genannt. Der Erlöser ist identisch mit dem «Engel des Angesichtes» (s.d.) (Jes. 63, 8. 9). Gott der Vater war von Urzeit her Israels Erlöser, daß Er sie aus Ägypten führte (2. Mose 6, 6) und daß Er Seinem Volke nur Gutes tat.
Von allen Propheten nennt nur Jeremiah ein einziges Mal den Namen des Erlösers (Jer. 50, 34). Jeremiah befaßt sich mit dem Los seines gefangenen Volkes in Babel. In immer neuen Wendungen spricht er von dem Heil, das für Zion und das Volk Jahwes bestimmt ist. Die traurige Gegenwart regt ihn an, von der Dringlichkeit und der Gewißheit der Erlösung zu reden. Der Prophet geht auf jesajanischen Wegen, indem er Jesajahs beliebte Gottesnamen «der Heilige in Israel» (s.d.) und Erlöser (Goèl) mit seiner Weissagung verbindet (Jer. 50, 31). Ganz nach dem Inhalt der Trostweissagung Jesajahs erwartet Jeremiah die Befreiung vom Joche Babels von dem starken Erlöser, von Jahwe Zebaoth (s.d.).
Im dritten Hauptteil der hebräischen Bibel kommt der Gottesname «Erlöser» (Goèl) noch in den Psalmen, in den Sprüchen und im Buche Hiob vor. Es sind nur noch vier Stellen mit diesem Namen zu erwägen.
Am Schluß des 19. Psalms bedient sich der Sänger der Anrede: «Mein Erlöser» (Ps. 19, 15). Im Blick auf den großen Abfall oder Treubruch, der Israels Untergang herbeiführt, ist die Benennung «mein Erlöser» verständlich. Jahwe heißt so, weil Er Israel erlöst hat (vgl. Jes. 44, 24), und weil diese Erlösung vollständig von Ihm durchgeführt wird. Auf die felsenfeste Treue Gottes und Seine erlösende Liebe stützt der Dichter die gnädige Aufnahme seines Gebetes.
Der Gottsname «Erlöser» steht noch in einem Verse, der die Mitte des Psalters bildet, wo er mit dem Namen «Fels» (s.d.) verbunden ist (Ps. 78, 35). Auf beide Gottesnamen besannen sich die Israeliten während des Wüstenzuges, als durch ein göttliches Strafgericht die alte Generation dahinstarb (4. Mose 14, 28-34). Gott hatte Sich den Vätern als «Fels» (5. Mose 32, 15. 18. 37) und «Goèl» (1. Mose 48, 16) erwiesen.
Im Buche der Sprüche steht der Name des Erlösers in einem bedeutungsvollen Zusammenhang. Der weise Spruchdichter ermahnt: «Verrücke nicht die alte Grenze und dringe nicht ein in die Felder der Waisen, denn ihr Erlöser ist stark und streitet ihren Streit mit dir» (Spr. 23, 10. 11). Die Waisen oder die Hilflosen und Schwachen, können sich nicht verteidigen oder ihr Recht behaupten. Gott kämpft darum gegen den Bedrücker und schützt das Eigentum der Waisen als ein starker Erlöser. Dieser Ausspruch zeigt nachdrücklich, wie Gott Sich Selbst als Löser, auch im ungünstigsten Falle dafür kräftig einsetzt, selbst den Ärmsten das geerbte Eigentum zu erhalten (3. Mose 25, 25-34).
Die letzte und eine der bedeutendsten Bibelstellen, in welcher der Erlöser genannt wird, ist Hiob 19, 25: «Ich aber weiß, daß mein Erlöser

lebt, und zuletzt wird er auf dem Staube stehen, nachdem diese meine Haut zerschlagen ist, werde ich ohne mein Fleisch Gott schauen.» Über diese dunklen Schriftworte bestehen vier Erklärungsversuche, zwei davon sind extreme Gegensätze, die beiden anderen Deutungen halten die Mitte.

Nach einer Auslegung findet man hier das Bewußtsein der Auferstehung des Fleisches ausgesprochen. Diese Auffassung wird von einer anderen Erklärung, die als das andere Extrem bezeichnet werden kann, widerlegt. Hiob soll hiernach auf seine Genesung und die Wiederherstellung des vorigen Glückes hoffen. Der Vers wird dementsprechend übersetzt: «Jedoch ich weiß, mein Unschuldsrächer lebt . . .». Diese Auslegung und Übersetzung entspricht nicht dem Zusammenhang der Gedankengänge des Buches.

Die beiden Erklärungen, die in der Mitte liegen, von denen eine mit der ersten Auffassung verwandt ist und die andere der zweiten Auslegung zuneigt, sind noch zu erwägen. Hiob soll eine feierliche Anerkennung seiner Unschuld von Gott in diesem Leben erwarten. Danach wird übersetzt: «Ich aber weiß, daß mein Anwalt lebt . . .». Diese Interpretation läßt sich exegetisch nicht rechtfertigen.

Das Bisherige drängt zur richtigen Deutung der Stelle. Sie ist mit der Auffassung verwandt, daß sie die Rechtfertigung Hiobs ins Jenseits verlegt. Die Hoffnung der Unsterblichkeit und der jenseitigen Vergeltung, lassen sich von dem Glauben an die Auferstehung nicht trennen. In der Nacht des Leidens und der Anfechtung schwingt sich Hiob zu der Gewißheit empor, daß Gott sein «Goèl» ist, der sein Recht einlöst (vgl. Hiob 16, 18). Er tritt als Retter seiner Unschuld auf.

Was Hiob ausspricht, ist eine unbeirrbare Glaubensgewißheit. Der Gottesname «Goèl» fügt sich im ursprünglichen Wortsinn gut in den ganzen Zusammenhang. Beim Ergehen Hiobs geht es nicht um die Einbuße von Glück und Wohlstand. Der fromme Dulder wird mit grausam würgendem Griff vom Satan hingemordet. Sein schuldlos vergossenes Blut schreit nach dem Rächer im Himmel (vgl. Offb. 6, 9). Es ist trotzdem unrichtig, unsere Stelle auf die ursprüngliche Bedeutung des Wortes «Goèl» (Bluträcher) einzuengen. Die Wurzel von «Goèl», das Verbum «gaal» wird an manchen Schriftstellen (vgl. Jes. 43, 1; 44, 22; 48, 20; Ps. 106, 10; 107, 2) im Sinne von «erlösen, erretten, befreien» angewandt. Hiob rechnet mit einem rettenden Eingreifen Gottes. Er hält an dieser Gewißheit mit beispielloser Kühnheit über den Tod hinaus fest.

Nach dem Luthertext heißt es in Daniel 6, 28: «Er ist mein Erlöser und Nothelfer . . .» Der aramäische Text lautet wörtlich übersetzt: «Der befreit und rettet.» Das aramäische Verbum «schesib» hat die Bedeutung von «befreien», was im Propheten Daniel mit Vorliebe angewandt wird (vgl. Dan. 3, 28; 6, 28; 3, 17; 6, 17; 6, 15. 21). Verwandt mit diesem Verbum ist der Personenname «Meschesabeel» von Gott befreit (Neh. 3, 4; 10, 22; 11, 24), dessen Bedeutung einen Leser der hebräischen Bibel an die Danielstellen erinnert.

124. **Erretter** ist hauptsächlich im Alten Testament ein Gottesname, im Neuen Testament wird Jesus nur an drei Stellen so genannt. Gott wird vorwiegend in den Psalmen als «Erretter» bezeichnet. Dieser Name ist die Übersetzung des hebräischen «mazzil», eines Partizipiums von «nazal» – «herausziehen, herausreißen, aus der Gefahr reißen, retten» (Hes. 14, 14) und «miphlat», eines Partizipiums von «palat» – «entkommen lassen, entfliegen, retten, aus einer Gefahr retten». Jesus wird im griechischen Text «sotèr» «Erretter» und «ho rhyomenos», «der Erretter» genannt. Der Name Retter (s.d.) ist von «Erretter» zu unterscheiden, weil im Grundtext andere Ausdrücke dafür gebraucht werden. Der grundtextliche Ausdruck wird auch oft mit «Heiland» (s.d.) übersetzt.

a.) Der Psalmist ruft bei seiner Gefahr zu Gott um Hilfe, der seine einzige Zuflucht ist. Er bedient sich eines Anrufes, wie ihn Bedrängte oft benutzen, um von Gott Trost und Beistand zu finden (vgl. Ps. 7, 3; 11, 1; 16, 1; 31, 2; 71, 1; 141, 8). Es ist gewöhnlich der Anfang eines Gebetes. Die Worte: «Bei dir habe ich Zuflucht»; lassen erkennen, daß der Beter sich von aller menschlichen Hilfe ausgeschlossen und als ein völlig Verlassener fühlt. Der Gottesname «Erretter» steht im Zusammenhang mit der ergreifenden Bitte: «Jahwe, mein Gott, auf dich traue ich, hilf mir von allen meinen Verfolgern und rette mich, daß nicht zerrissen wird wie ein Löwe meine Seele, zermalmend und ohne Erretter» (Ps. 7, 2. 3). Sehr anschaulich schildert der Dichter die Rettungslosigkeit seiner Lage. Interessant ist hier die Anwendung der beiden sinnverwandten Worte: «hazzileni» und «hoschieni», wovon das erste von Herausreißen aus der Gefahr und das zweite eine Hilfe und ein Heil bedeutet. Der Name «Erretter» (mazzil) ist eine Ableitung der Wurzel «nazal» wovon «hazzileni» (rette mich) hergeleitet ist. Der Beter erwartet von Gott eine Rettung aus großer Gefahr. Das Bild vom Löwen, der grausam ein wehrloses Schaf zerreißt, kennzeichnet hier oft die Stärke, die Gewalt und die Gefährlichkeit der Feinde (vgl. Ps. 10, 9; 17, 12; 22, 14; 35, 17; 57, 5; 58, 7; 91, 13). Dieser Gefahr gegenüber fühlt sich der Bedrängte rettungslos verloren, was durch die Ausdrucksweise: «we en mazzil» (und kein Erretter ist da) deutlich wird (vgl. 5. Mose 32, 39; Ps. 43, 13; Hiob 10, 7; Dan. 8, 4. 7). Eine Erläuterung zur ganzen Psalmstelle bieten die Worte Jesajahs, wo er von der Löwin sagt: «Und sie greift die Beute, und sie entflieht, und es ist kein Erretter da» (Jes. 5, 29). Der Psalmsänger erwartet von Gott, seinem Erretter, ein Entreißen aus feindlicher Gewalt (vgl. Ps. 136, 24; Klagel. 5, 8), wo er nur Rettungslosigkeit sieht.

Im Alten Testament kommt noch mehrfach die Anwendung von «Erretter» in der negativen Form: «we en mazzil» (und kein Erretter ist da) vor. Die Zusammenhänge, in denen diese Wendung steht, sind für das Verständnis beachtenswert. Die Nachkommenschaft des Schuldigen wird im Gerichtstor erschlagen, daß sie Gott als Erretter nicht erwarten kann (Hiob 5, 4). Für die Gottesvergessenen besteht nur Rettungslosigkeit (Ps. 50, 22). Um den Gottlosen die Möglichkeit zu nehmen, über die Altersschwäche des Gerechten spottend zu sagen: «Es ist kein Erretter da» (Ps. 71, 11), bittet der Sänger Gott um eine völlige Rettung (Ps. 3, 3. 4). Israel, dem Gott das herrliche Gesetz auf dem Sinai gab, ließ sich von Gott nicht unterweisen, daß es so tief ins Elend sank, von dem Jesajah spricht: «Und es ist ein geraubtes und geplündertes Volk, sie sind allzumal in ihren Berghöhlen in Fesseln gelegt und in ihren Gefängnissen sind sie verborgen, sie sind zum Raub geworden und ist kein Erretter da, geplündert, und keiner spricht: Gib zurück!» (Jes. 42, 22). Durch seine Sünde ist Israel ein rechtloses Volk ohne Gott und Erretter.

In einer anderen Anwendung kommt: «es ist kein Erretter da» im Blick auf den Überrest in Jakob vor. Der Prophet weissagt: «Und es wird der Rest Jakobs unter den Heiden inmitten vieler Völker wie ein Löwe unter den Tieren, wie ein junger Löwe unter den Schafherden, daß, wenn er hindurchgeht, zermalmt und zerreißt, und ist kein Erretter da» (Micha 5, 7). Das Bild vom Löwen ist hier anders zu deuten als in Psalm 7, 3 und Jesaja 5, 29; wo die Feinde der Frommen so mächtig wie ein Löwe sind. Michah schreibt diese so unwiderstehliche Stärke dem heiligen Überrest Israels zu, dem die Weltmächte unterliegen. Für die feindlichen Völker ist dann «kein Erretter» da vor der löwenhaften Stärke Israels.

Die Wendung: «es ist kein Erretter da» ist immer nach den Umständen zu deuten, in welchen sie ausgesprochen wird. Das Volk Gottes und Seine Glieder dürfen in jeder Lage der Rettungslosigkeit erwarten, daß Gott sie aus der Gefahr reißt, der Gottlose ist dagegen dem Elend preisgegeben, weil für ihn kein Erretter da ist.

b.) An fünf Stellen des Alten Testamentes ist «Erretter» die Übersetzung des hebräischen «miphlat». Dieser Gottesname steht an drei Stellen mit mehreren Namen zusammen genannt (2. Sam. 22, 1; Ps. 18, 3; 144, 2), dann wird er noch in zwei Bibelsprüchen erwähnt (Ps. 40, 18; 70, 6), welche Parallelverse sind. Wenn der Psalmist Gott «miphalleti» – «mein Erretter» nennt, so kann auch nach einer anderen Punktation «miphlat» – «Ort des Entfliehens» (vgl. Ps. 55, 9) übersetzt werden. Der Gottesname «mein Erretter» steht mit «Fels» (s.d.) und «Burg» (s.d.) an der dritten Stelle (vgl. Ps. 18, 3) in Verbindung. Es ist die eigentliche Bezeichnung in der Mitte von lauter bildlichen Namen für Gott, die als Erklärung der beiden ersten dient und auf den sachlichen Gehalt hinweist. Die Siebenzahl der Gottesnamen in diesem Verse beruht auf der natürlichen Beschaffenheit Israels, wo die jähen, von Abgründen umgebenden Felsen den Flüchtlingen Schutz gewähren (vgl. Ps. 27, 5; Richt. 6, 2; 1. Sam. 24, 23; 2. Sam. 5, 7). Auf Grund dieser Anschauung wurden dem Psalmisten die bildlicheren Bezeichnungen Gottes, seines Erretters geläufig, als seines Felsens, seiner Burg, dem «Horn seines Heils» (s.d.) und seiner Feste (s.d.), bei welchem er nach anderer Punktation den Ort fand, zu dem er hinfliehen konnte.

c.) Es sind noch drei neutestamentliche Stellen zu beachten, in welchen nach neueren Übersetzungen Jesus ein «Erretter» genannt wird. Diesem Namen Jesu liegt an zwei Stellen das griechische «sotèr» zu-

grunde, dem nach der LXX das hebräische «jescha» – «Hilfe, Rettung», «jeschuah» – «Hilfe, Rettung, Heil», und das Partizipium von «jescha, moschiah» – «Heiland» entspricht. Der griechische Name «sotèr» wird meistens mit «Heiland» (s.d.) übersetzt.
Der Engel kündigt den Hirten in der Nacht zu Bethlehem die Geburt des Erretters an, welcher Christus (s.d.), der Herr (s.d.) ist (Luk. 2, 11). Es gab in Israel manche Männer, die als Erretter des Volkes bezeichnet wurden (vgl. Richt. 3, 9. 15; Jes. 19, 20). Erretter oder Sotèr ist sonst ein regelmäßiges Prädikat Gottes (vgl. Jes. 44, 6; 45, 15; 21; Hab. 3, 18; Ps. 79, 9; Luk. 1, 47). Dieser Titel wird auf Christus übertragen (vgl. Apostelg. 5, 31; 13, 23; Phil. 3, 20; 2. Tim. 1, 10; Joh. 4, 22), weil Gott durch Ihn dem Volke Israel das endgültige Heil (soteria) bringt (Luk. 1, 69. 76. 77). Der zu Bethlehem geborene Sohn der Maria ist der von Gott verheißene Messias (s.d.), der Erretter und Herr (s.d.) Seines Volkes (vgl. Micha 5, 1; Matth. 2, 5; Joh. 7, 42).
Durch die Geburt Jesu von Nazareth hat Gott dem Volke Israel den verheißenen Erretter aus dem Samen Davids gebracht (Apostelg. 13, 23). Paulus leitet in seiner Predigt nach einem Überblick auf Jesus über. Von allen großen Männern der Vorzeit lenkt er die Blicke seiner Hörer ab, um ihre Augen auf Jesum, ihren einzigen Erretter, hinzuweisen. Die Botschaft, daß der verheißene Erretter erschienen ist, heißt «logos tes soterias» – «Wort des Heils». Mit der Geburt Jesu ist für Israel die bedeutendste Verheißung vom künftigen Erretter erfüllt worden.
Die Übersetzung in der Römerbriefstelle: «Er kommt aus Zion, der Erretter» (Röm. 11, 36) ist nach der LXX gebildet. Der alttestamentlichen Grundstelle entsprechend (Jes. 59, 20. 21) kommt aus Zion der «Erlöser» (s.d.), was durch den Namen «Goèl» (s.d.) zum Ausdruck kommt.

125. **Der Erste und der Letzte** ist ein Gottesname an drei Stellen des Propheten Jesajah. In der Offenbarung kommt dieser Name auch dreimal vor. Die verschiedene Formulierung in den alttestamentlichen Schriftaussagen ist sinnvoll und beachtenswert.
Jahwe sagt von sich: «Wer wirkt und vollführt es, daß er die Geschlechter von Anfang ruft. Ich, Jahwe der Erste und bei den Letzten bin ich Derselbe» (s.d.) (Jes. 41, 4). Menschengeschlechter kommen und gehen (Pred. 1, 4), ihr irdisches Dasein ist kurzfristig und sie sind der Vergänglichkeit unterworfen. Dieses Kommen und Gehen der Menschen geschieht durch den Ruf Jahwes. Er ist Derselbe, der alle Generationen ins Leben ruft. Auf Ihn geht der Anfang und Fortgang alles Geschehens zurück, denn Er ist der Urheber aller Dinge. Im Kontrast zu den Heiden und ihren Götzen, die von gestern sind und morgen nicht mehr sein werden, ist Jahwe der Uranfängliche, dessen Sein aller Geschichte vorausgeht und Er ist noch bei den Menschen der spätesten Geschlechter Derselbe. Gott ist durch alle Zeiten hindurch als Gott der Gleiche und Unveränderliche. Das hier Gesagte ist der Sinn des Jahwe-Namens, der den ewig und un-

veränderlich Seienden bezeichnet. Er offenbart Sich in der Geschichte als der «ewige Gott» (Elohe Olam s.d.). Die LXX: «Ego Theos protos kai eis ta eperchomena ego eimi» (Ich Gott der Erste und in den kommenden Zeiten bin Ich) verwischt den tiefen Gedanken des Grundtextes. Vor jedem Anfang ist Er allein und am Ende ist Er Derselbe bei den Letzten und für dieselben.

Jesajah bringt die Wendung: «Ich bin der Erste und Ich bin der Letzte» mit den fünf Gottesnamen: Jahwe (s.d.), König Israels (s.d.), Erlöser (s.d.), Jahwe Zebaoth (s.d.) und Elohim (s.d.) in Verbindung (Jes. 44, 6). Die Übersetzung der LXX: «Ego protos, kai ego meta tauta» (Ich bin der Erste und Ich bin hernach) ist nicht ganz dem Grundtext entsprechend. Jahwe ist der Anfang und der Abschluß der Zeit- und Heilsgeschichte.

Der Gottesname: «Ich bin Derselbe, Ich bin der Erste und bin auch der Letzte» (Jes. 48, 12) steht mit dem Aufruf in Verbindung, daß Israel hören soll. Er ist der Eine (s.d.) und ewig Gleiche, das Alpha und das Omega (s.d.) aller Geschichte. Ganz gut überträgt die LXX diese Stelle: «Ego eimi protos, kai ego eimi eis ton aiona» (Ich, Ich bin der Erste, und Ich, Ich bin bis in Ewigkeit). Dieser Name Gottes ist ein wichtiger Fundamentalsatz der biblischen Glaubenslehre.

In Anlehnung an die jesajanische Gottesbezeichnung nennt Sich Jesus dreimal in der Offenbarung: «Ich, Ich bin der Erste und der Letzte» (griechisch: «Ego eimi ho protos kai ho eschatos»). Jesus gibt Sich vor den Ohren des Johannes (Offb. 1, 17; 2, 8; 22, 13), was im Propheten Jesajah eine Selbstbezeichnung Gottes ist. Die Vision der Apokalypse wird mit dieser Selbstbezeichnung Jesu eröffnet und beschlossen. Ein Ausleger findet in dieser Benennung den dogmatischen Schlüssel zu den Visionen, daß die Geschichte die praktische Auslegung des «Ich, Ich bin der Erste und der Letzte» darstellen.

Es ist zunächst die zweite Hälfte: «Ich, Ich bin der Letzte» zu erwägen. Der Letzte heißt griechisch «ho eschatos», danach heißt die Lehre von den letzten Dingen «Eschatalogie», Jesus der Letzte, ist die Hauptperson dieses Lehrzweiges. Er ist als der Letzte das Ziel aller Entwicklung, der endliche Überwinder sämtlicher Feinde; Er steht auf dem Kampfplatz als der Triumphator, der den ganzen Gang der Entwicklung nach Seinem Wohlgefallen gelenkt hat. Zuletzt gibt Er allen Überwindern den endlichen Frieden. Jesus ist der Letzte, weil Er zugleich der Erste ist, die Quelle, der alles Leben entströmt, von welcher alles abhängig bleibt. Er hat als der Erste auch das Ende in Seiner Hand. Nichts vermag gegen Ihn aufzukommen, denn Er ist es allein, in welchem alles lebt und webt. «Ich, Ich bin der Erste und der Letzte» heißt mit anderen Worten: «Ich bin die Lebensquelle der ganzen Schöpfung und das Ziel des gesamten Universums.» Er ist die Kraft der gesamten Entwicklungsgeschichte. Während die Geschichte aus ihrem Ausgang ihrem Ziele zueilt, bleibt Er Derselbe, der unwandelbar über ihr steht. Diese Gedanken stimmen mit der Tendenz der Jesajahstellen (Jes. 41, 4; 44, 6; 48, 12) überein. Es liegt in diesem Gottesnamen die Bürgschaft, daß Jahwe unüberwindlich

ist und Seine Feinde niederwirft. Dieser Name bildet das Fundament für die Zuversicht des zertretenen Volkes auf eine vollkommene Erlösung.
Jesus ist nicht nur der Erlöser des Menschengeschlechtes, sondern auch der Erste und der Letzte, die Lebensquelle und das Ziel des Universums. In dieser Beziehung ist es verständlich, daß Ihm die Ältesten, die vier Lebewesen, die Engelscharen, und alle Geschöpfe im Himmel, auf der Erde und unter der Erde die Anbetung darbringen (Offb. 5, 13).

126. **Der Erstgeborene** heißt Christus in einigen Paulusbriefen, im Hebräerbrief und in der Offenbarung. Der Ausdruck ist die Übersetzung des hebräischen «bekor» – «Erstgeborener» und des griechischen «prototokos» – «Erstgeborener». Prototokos darf nicht mit «monogenes» – «Eingeborener» (s.d.) verwechselt werden. Dieser Name Christi besagt, daß keine Person in diesem ausschließlichen Verhältnis zu Gott steht wie Er. Die Benennung «prototokos» betont den Vorzug der Art Christi, den früheren Zeitpunkt Seines Eintrittes ins Dasein, aber auch Seine vorzüglichere Stellung, Würde und Macht. Der Name «der Erstgeborene» steht mit und ohne Beisatz in der Bibel, was beides zu beachten ist.
In Altisrael hatte man schon vor der mosaischen Gesetzgebung ein hohes Bewußtsein von der Erstgeburt. Jakob nennt Ruben seinen Erstgeborenen, seine Kraft, den Erstling seiner Stärke und den Vorzug an Hohheit und Macht (1. Mose 49, 3). Im jüdischen Altertum galt neben der Würde der Erstgeburt der Rang der Königs- und Priesterwürde als ebenbürtig. Bei der Erstgeburt glaubte man an einen Übergang der ganzen Kraftfülle des Vaters auf den ersten Sohn. Er galt darum als der Vornehmste unter seinen Brüdern. Die Erstlinge der Öl- und Weinfrucht heißen im Hebräischen «meleah» – «Fülle» (vgl. 4. Mose 18, 27), womit «die Fülle» (s.d.) Christi zu vergleichen ist (Kol. 1, 19; Eph. 1, 23). Der Erstgeborene war in der Urzeit aus diesem Grunde das Haupt der Familie, die er nach dem Tode des Vaters priesterlich vor Gott vertrat. Während der Königszeit wurde der erstgeborene Prinz der Thronfolger (2. Chron. 21, 3). Der Erstgeborene erhielt nach der Bestimmung des Gesetzes von der baren Hinterlassenschaft des Vaters zwei Teile (5. Mose 21, 17).
Neben der geistigen Würde legte man dem Erstgeborenen auch eine eigentümliche physische Kraft bei. Sein Speichel sollte die Kraft besitzen, heftige Augenentzündungen zu heilen (vgl. Mark. 8, 23; Joh. 9, 6). Diese Fähigkeit galt als Charaktermerkmal der wahren Erstgeburt. Es ist nicht zu verwundern, daß nach der Lehre der Synagoge die hohe Würde der Erstgeburt auf den Messias übertragen wurde, in welchem die Fülle aller Herrlichkeit wohnen sollte. In Midrasch Rabba zu Exodus 19 heißt es in diesem Sinne: «Der Heilige sagte zu Moseh: So wie ich Jakob die Würde der Erstgeburt erteilt habe, wie es heißt: Israel ist mein Erstgeborener, 2. Mose 4, 22; also will ich auch dem Könige, dem Messias, diese Würde erteilen, wie es auch (Ps. 89, 28)

heißt: «Ich will ihn zum Erstgeborenen den Königen der Erde machen.» Hierher gehört auch die Paraphrase von Onkelos zu 1. Mose 49, 3: «Es wäre dir geziemend gewesen drei Teile zu nehmen, nämlich die Würde der Erstgeburt (des doppelten Erbes), die des Priestertums und die des Königtums.» Was im Alten Testament von dem Erstgeborenen galt, haben die neutestamentlichen Schreiber auf Christus, den messianischen König des Gottesreiches übertragen.

a.) Im Hebräerbrief wird «der Erstgeborene» ohne eine Spezialbeziehung als ein Terminus technicus genannt, der seine Wurzel in Psalm 89, 28 hat, wo Luther «erster Sohn» (s.d.) übersetzt. Damit ist widerlegt, daß der Ausdruck «Erstgeborener» aus den Schriften Philos stammen soll, in welchen «prototokos» nicht einmal vorkommt. Dieser Name Christi bezieht sich hier auf das Vorhergehende: «Heute habe ich dich gezeugt» (Hebr. 1, 5). Absolut und ohne nähere Bestimmung wird «hyios» – «Sohn» (s.d.) und «prototokos» hier angewandt. «Sohn» und «Erstgeborener» sind identische Begriffe. Beide Namen bezeichnen Christi Vorweltlichkeit, Innerweltlichkeit und Überweltlichkeit, was immer der Zusammenhang zu erkennen gibt. Eine einseitige Erklärung dieses Namens ist also unsachlich. Ein Grundgedanke kommt mit «prototokos» immer zum Ausdruck, nämlich, die Wesensverschiedenheit des Sohnes von der Welt und Sein einzigartiges Verhältnis zu Gott. In jeder Existenzform, in der ewigen, irdischen und überirdischen, unterscheidet Er Sich von allen Geschöpfen, vor allem auch von den Engeln.

Der Wortlaut des in Frage kommenden Verses: «Wenn Er aber wieder einführt den Erstgeborenen in den Erdkreis, spricht Er: ‚Und es sollen ihn anbeten alle Engel Gottes!'» (Hebr. 1, 6), zeigt die Erhabenheit des Sohnes vor den Engeln. Gott führt den Erstgeborenen wiederum in den bewohnten Erdkreis ein. Es ist damit auf die feierliche Einführung hingewiesen, die der hohen Würde des Erstgeborenen vollkommen entspricht. Allen Erdbewohnern wird diese Herrlichkeit sichtbar. Es ist von einer zweiten Einführung des Erstgeborenen die Rede. In der ersten Erscheinung kam Christus als leidender Knecht auf Erden, wenn Er aber alle Seine Feinde überwunden haben wird, erscheint Er in den Wolken des Himmels in Begleitung vieler Engel. Seine Königswürde wird dann offenbar, wie sie Ihm als Erstgeborener entspricht.

b.) Der Sinn und das Ziel von Gottes Vorsatz (prothesis), Seiner Vorhererkenntnis (prognosis) und Seiner Vorherverordnung (proorismus) oder Erwählung ist, daß Christus «der Erstgeborene unter vielen Brüdern» (protokos en pollis adelphois) sei (Röm. 8, 29). Alle, die Gott von Ewigkeit her zuvorerkannt hat, daß sie sich Ihm in Liebe zuwenden, sind zum vollen Heilsempfang vorausbestimmt, um dereinst in himmlischer Leiblichkeit verherrlicht zu werden, was bereits Seinem Sohne durch Auferstehung und Erhöhung zuteil geworden ist. Es ist Gottes Wille, Seinem Sohne viele Brüder zuzugesellen, die Ihm in die himmlische Herrlichkeit folgen. Nach Gottes Ratschluß ist Er der Erstgeborene, dem andere nachfolgen, um sich mit Ihm zu einer großen, völlig verherrlichten Familie zu vereinigen. Die vielen Brüder sind Seine gläubigen Miterben, denen Er Seine Herrlichkeit mitteilt (vgl. Röm. 8, 17). Der ewige Sohn behält jedoch den Vorzug, daß Er der Erstgeborene von unendlicher Würde ist und bleibt. Die Würde des Königs- und Priestertums, die Ihm nach dem Erstgeburtsrecht gebührt, wird auch den Brüdern, Seinen Miterben, aus Gnaden zuteil (vgl. Offb. 1, 6; 5, 10). In dem Namen Jesu Christi «der Erstgeborene» liegt eine unbeschreibliche Gnade, denn damit wird das brüderliche Verhältnis der Gläubigen zu Ihm dargestellt (vgl. Hebr. 2, 11; Ps. 22, 23; Joh. 20, 17). Die Vorauserkannten und Vorherbestimmten werden dem herrlichen Ziel durch Gottes Vaterhand immer näher geführt, um als Erlöste eine brüderliche Einheit mit dem Erlöser zu sein, und die Teilnahme an Seiner Herrlichkeit als Seine Miterben zu genießen (Joh. 12, 26; 17, 21; 22, 24; 2. Tim. 2, 12; Kol. 3, 4; 1. Kor. 15, 49; Phil. 3, 21).

c.) Der Sohn der Liebe Gottes wird von Paulus «Erstgeborener aller Schöpfung» (prototokos pases ktiseos) genannt (Kol. 1,15). Zur Erklärung dieses Namens dienen folgende Worte: «Denn in ihm ist das Alles erschaffen» (Kol. 1, 16a) und: «Und das Alles besteht in ihm» (Kol. 1, 17). Christus ist der Vermittler der ursprünglichen Erschaffung des Alls. Wie der Erstgeborene die erste Schöpfung aus dem Nichts ins Dasein rief, so ist Er auch der Erstgeborene der zweiten Schöpfung, die auf dem Wege des Todes ins Leben geboren wurde. Christus ist der Vermittler der gesamten Schöpfung in doppeltem Sinne. Das «in Ihm» wird in «durch Ihn und zu Ihm» (Kol. 1, 16) auseinandergelegt. Mit «durch Ihn» kommt die ursächliche Vermittlung Seiner Schöpfung zum Ausdruck. Vom Vater aus wohnt in Ihm die Lebensmacht, welche der Welt das Dasein gab. Durch «zu Ihm» wird das Ziel der Schöpfungsvermittlung des All ausgesprochen.

Er ist der Erstgeborene aller Schöpfung, was noch durch Seine Präexistenz vor allem (Kol. 1, 17) betont wird. Daraus erklärt sich, daß Er die Schöpfung vermitteln konnte. Die Hervorhebung der Priorität betont noch die Hoheit Christi. Er konnte die erste Schöpfung vermitteln, weil Er Kraft und Leben aus Gott hat. Der Erstgeborene aller Schöpfung, durch welchen und zu welchem alles erschaffen ist, kann nicht mit dem Erstgeborenen der Geschöpfe gleichartig sein. In einem Geschöpf kann keineswegs die Lebensquelle für die Entstehung, das Dasein und das Bestehen der Schöpfung liegen. Der Sohn Gottes ist als der Erstgeborene dem Kreise des Geschöpflichen enthoben. Dieser Name betont nicht allein das Verhältnis des Sohnes zur Schöpfung, sondern auch Seine eigentümliche Stellung zu Gott. Der Erstgeborene bricht den Nachgeborenen die Bahn des Lebens. Dem Vater gegenüber besitzt Er des Vaters Vollkraft. Wie eines menschlichen Vaters Wesen in seinem Erstgeborenen sich darstellt, so bildet sich Gottes Wesen im Sohne ab. Weil in dem Erstgeborenen Gottes unsichtbares Bild enthüllt ist und des Vaters Vollkraft wiederkehrt, hat Er die Macht, daß das All durch Ihn erschaffen wurde. Die Abhängigkeit der ganzen Schöpfung vom Sohne wird durch die Genitivverbindung «der Erstge-

borene aller Schöpfung» ausgedrückt. Er ist der Bahnbrecher und das Urbild für alle Schöpfung oder für das Universum.
d.) Im Kolosserbrief und in der Offenbarung heißt Christus «der Erstgeborene aus den Toten» (prototokos ek tòn nekron) (Kol. 1, 18; Offb. 1, 5). Für das Verständnis des Namens ist genau auf den Zusammenhang beider Stellen zu achten.
In der Kolosserstelle stehen die Namen in einer Gleichheit der Satzform: «Der Erstgeborene aller Schöpfung» und «der Erstgeborene aus den Toten» (Kol. 1, 15. 18) gegenüber. Wie Christus in Beziehung zu Gott dessen Ebenbild (s.d.) heißt, so heißt Er im Verhältnis zur Gemeinde ihr Anfang oder Gründer. Er, der von jedem Geschöpf der Erzeuger ist, ist der Auferstandene vor jedem Toten. Paulus sagt in seinem letzten öffentlichen Zeugnis, «daß der Christus leiden sollte und der Erste sei aus der Auferstehung der Toten» (Apostelg. 26, 23). Nach dem Alten Testament war es ein charakteristisches Merkmal des Messias. Er ist der Erste, der für immer Auferstandene aus den Toten. Die Auferweckung einiger Menschen im Alten und im Neuen Bunde, die zeitlich vor der Auferstehung Christi stattfanden, kann nicht als Widerspruch dagegen angeführt werden, daß Christus nicht der Erstgeborene aus den Toten ist. Alle, die vor der endgültigen Totenauferstehung auferweckt wurden, lebten mit ihrem sterblichen Leibe, daß sie wieder sterben mußten. Christus ist als Erster mit dem verherrlichten Leibe auferstanden und stirbt nicht mehr, sondern lebt bis in Ewigkeit (vgl. Offb. 1, 18).
Der Name «der Erstgeborene aus den Toten» kennzeichnet Christum als den Überwinder des Todes, der die Unsterblichkeit ans Licht brachte, als den Bahnbrecher des Lebens. Wie Er als «der Erstgeborene aller Schöpfung» alle Dinge ins Leben und Dasein rief, so ist Er auch der Urheber der neuen Schöpfung und der Überwinder der Sünde und des Todes. Die Bezeichnung offenbart Christus in Seiner Erhabenheit über alle, die nach Ihm auferstehen. Der Apostel betont die Erstlingsschaft der Auferstehung Christi, damit Er in allem den Vorrang hat. Nach der paulinischen Verkündigung hat diese Heilstatsache, daß Christus der Anfänger der neuen und verklärten Menschheit ist, eine universelle Bedeutung, denn sie ist für alle Völker bestimmt (Apostelg. 26, 23).
Der Seher der Offenbarung verbindet die drei Prädikate Christi: «der treue Zeuge» (s.d.), «der Erstgeborene (aus) den Toten», und «der Fürst der Könige auf Erden» (s.d.) (Offb. 1, 5). Jeder Name führt zum folgenden über und fordert ihn zur Begründung. Christus ist ein Märtyrer (griechisch martyros – Zeuge) oder Blutzeuge der Wahrheit geworden. Durch Seine Auferstehung hat Er Sich als zuverlässiger Zeuge Seines Zeugnisses erwiesen. Das Heil, die Wahrheit, das Leben, die Gnade und den Frieden hat Er uns durch Seine Hingabe in den Tod und durch Seine Auferstehung zum neuen Leben erworben. Johannes zeigt im Grußworte seinen Lesern Jesus als den Erstgeborenen aus den Toten, der den Nachgeborenen den Weg zum Leben öffnet. Der Erstgeborene macht als der Fürst der Könige auf Erden zu Nachfolgern

der Auferstehung zum neuen, ewigen Leben. Er besitzt alle Gewalt im Himmel und auf Erden, daß alle gottfeindlichen Völker von Ihm überwunden werden. Christus, der durch Seine Auferstehung den Tod überwunden hat, wird bei Seiner Wiederkunft, wenn Er das Reich einnimmt und alle Seine Feinde vernichtet, auch den letzten Feind, den Tod aufheben. Durch die Auferstehung wird Er die des ewigen Lebens teilhaftig machen, denen Er durch Seine Auferstehung als der Erstgeborene aus den Toten vorangegangen ist.
Christus, der zuerst aus der Mitte der Toten ins neue Leben der Verherrlichung herausgeboren wurde, ist der Vorgänger der erneuerten Menschheit geworden (vgl. 1. Kor. 15, 20). Der Erste, der aus dem Tode zum ewigen Leben hindurchdrang, ist im Besitz der höchsten Gotteskraft, die auch den Seinen zugute kommt, daß für sie der Tod der Durchgang zum Leben ist.
Der über alles erhabene «Erstgeborene aller Schöpfung» und «der Erstgeborene aus den Toten» ist zugleich «der Erstgeborene unter vielen Brüdern». Die «Gemeinde der Erstgeborenen» (ekklesia prototokon) kann damit nicht identifiziert werden (Hebr. 12, 23). Der Ausdruck bezeichnet eine irdische Gemeinde. Es ist eine Gemeinde auf Erden, deren Glieder vor Gott die Würde und die Rechte der Erstgeborenen besitzen. Obgleich sie noch auf Erden leben, gehören sie dem Himmel an und haben Himmelsbürgerrechte. Ihre Namen stehen im Buche des Lebens, durch diese Eintragung sind sie mit der Anwartschaft auf das himmlische Erbe bedacht. Sie heißen «Erstgeborene» in bezug auf ihre Würde als Erstlinge der Geschöpfe Gottes (Jak. 1, 18; Offb. 14, 4; 2. Thes. 2, 13). Die Glieder der Gemeinde werden nach dem Würdenamen Christi «Erstgeborene» genannt, was mehr sein dürfte als die üblich gewordene Bezeichnung «Christen», die im Neuen Testament nur dreimal vorkommt (vgl. Apostelg. 11, 26; 26, 28; 1. Petr. 4, 16).

127. **Der Erstling der Entschlafenen** (griechisch aparche tòn kekoimemènon) ist Christus durch Seine Auferstehung geworden (1. Kor. 15, 20). Der Name «Erstling», hebräisch «reschith hagezir» – «Erstling der Ernte», erinnert an die Erstlingsfrucht der Ernte, die Gott dargebracht und geweiht wurde, als Unterpfand für die begonnene Ernte (vgl. 3. Mose 23, 10). Der Ausdruck bezeichnet nicht nur den Ersten, sondern auch den Vorgänger, dem eine ganze Ernte folgt. Die Auferstehung Christi von den Toten hat die Wirkung, daß Er der Erstling der Entschlafenen ist. Er wurde nicht auferweckt wie z. B. Jairis Töchterlein, wie der Jüngling zu Nain und Lazarus, zur Wiederkehr ins sterbliche Leben, sondern Er ist auferstanden im verherrlichten Leibe, daß Er als Erstling die neue Welt und den ewigen Gottesbau des himmlischen Lebens bildet (vgl. Apostelg. 26, 23; 2. Kor. 5).
Die Auferstehung Christi steht nicht für sich da als Seine einzelne Wiederbelebung eines Toten. Wie von Adam der leibliche Tod auf alle Menschen überging, so fand durch Christus die Auferstehung der Toten statt, in welcher Er allen vorangegangen ist (vgl. 1. Kor. 15, 21).

Der auferstandene Christus verhält Sich zu allen, die bei Seiner Wiederkunft auferweckt werden, wie die reife Erstlingsähre zur ganzen Ernte. Die Toten in Christo oder die Entschlafenen, wachen nach ihrem Erstling auf (vgl. 1. Thes. 4, 16).

128. **Der Erstling Seines Weges,** hebräisch «reschith darko», ist eine Selbstbezeichnung der Weisheit (Spr. 8, 22). Der ganze Vers ist nach dem Grundtext zu übersetzen: «Jahwe schuf mich, den Anfang Seines Weges.» Durch die arianischen Streitigkeiten bekam die andere Bedeutung von «qanah» – «erwerben, besitzen» die Oberhand an dieser Stelle. Hiernach lautet die Übersetzung: «Jahwe erwarb mich als Anfang Seines Weges.» Die LXX übersetzt: «Der Herr schuf mich, den Anfang Seiner Wege für Seine Werke.» Auf dem Anfang Seines Weges beruhten alle Ratschlüsse Gottes zum Heil der Menschen und Sein ganzer Weltplan. Der Nachsatz des Verses: «vor seinen Werken, vor dem Damals» (Spr. 8, 22) erklärt, daß von keinem Entstehen oder einer Erschaffung der Weisheit (s.d.) die Rede sein kann. Es ist zu bedenken, daß hier eine poetische Darstellung vorliegt. Was im Anfang schon war oder besser wurde, muß vor Allem gewesen sein, was einen Anfang hatte. Die Weisheit ist demnach von Ewigkeit her.
Es ist hier ein Anfangspunkt, von welchem später die Lehre vom Sohn Gottes als persönliche, göttliche Weisheit ausging. Die Weisheit ist in der ganzen Schöpfung die Regentin und Ordnerin, und von Anfang an die Schaffende. Von hier aus schritt die Erkenntnis weiter vor. Die schaffende, ordnende und leitende Weisheit wurde mit dem Worte Gottes, dem Engel des Angesichtes (s.d.), dem Engel des Bundes (s.d.) und mit dem Sohne Gottes (s.d.) als Eins angesehen. Was hier von der Weisheit erklärt wird, ist mit den ersten Worten des Johannesevangeliums identisch: «Im Anfang war das Wort» (s.d.) (Joh. 1, 1).

129. **Erzhirte,** griechisch archimoimen, eigentlich der erste Hirte oder der Oberhirte, wird Christus im Verhältnis zu den Ältesten, den Hirten der Gemeinden genannt (1. Petr. 5, 4). Er ist der einzige Oberhirte über eine ganze Herde. Anderswo heißt Er der gute Hirte (Joh. 10, 11) und der große Hirte (s.d.) der Schafe (Hebr. 13, 20). In Seinem Dienste stehen sämtliche Hirten einer Gemeinde. Er beruft selbst für diesen Dienst (Eph. 4, 11). Der Oberhirte hält den treuen Ältesten der Gemeinde die Ehrenkrone bereit.
Der Name «Oberhirte» drückt aus, daß Christus alle Gemeindehirten an Würde überragt und Vollmacht über sie hat. In Seinem Auftrag führen sie ihren Hirtendienst aus. Ihm gehören die Hirten samt den Schafen, weil Er Sein Leben für sie gelassen hat. Alle Hirten müssen Ihm Rechenschaft geben von ihrer Arbeit. Von Ihm erwarten sie Lohn und Strafe für den Hirtendienst.

130. **Der Ewige** steht im absoluten Sinne an keiner Stelle des kanonischen Textes. In der apokryphischen Schrift des Baruch kommt der

Name einige Male vor (Bar. 4, 10. 14. 20. 22. 24. 35; 5, 2). Moderne deutsche Bibelübersetzungen erwähnen diesen Namen auch nicht. Die französische Bibel hat für das hebräische «Jahwe» (s.d.) immer die Übersetzung «L'Eternel» – »der Ewige». Weil der Gottesname: «Ich bin, der Ich bin» (s.d.) bedeutet, ist «L'Eternel» eine gute und sinngemäße Wiedergabe.

131. **Der ewige Gott,** vergleiche «El-Olam»!

132. **Ewig-Vater,** hebräisch «Abi-ad», ist einer der fünf Namen des Jungfrauensohnes in der messianischen Verheißung des Propheten Jesajah (Jes. 9, 5). Andere Ausleger sehen an dieser Stelle vier Namen, daß sie zwei Paare bilden, und jeden Einzelnamen aus zwei Wörtern zusammensetzen. Es ist nicht ratsam, jeden einzelnen Namen für sich zu erwägen, der tiefere und vollere Sinn der einzelnen Prädikate ist festzuhalten in der hier vorkommenden Verbindung.
Nach dem herbäischen Text kann übersetzt werden: «Vater der Ewigkeit.» Die Wiedergabe der LXX dieser ganzen Stelle ist ungenau. Der Alexandrinische Text übersetzt «Abi-ad» mit «Vater des kommenden Zeitalters», der Messias ist demnach der Urheber der künftigen Ära. Der messianische Name hat doch noch einen anderen Sinn. Der Vater der Ewigkeit ist ewig Vater, der ein liebender Versorger bleibt (vgl. Jes. 22, 21; Hiob 29, 16; Ps. 68, 6). Die väterliche Liebe, die reiche Güte und Milde paßt trefflich zu den vorhergehenden Namen. Der Name «Ewig-Vater» führt auf göttliche Hoheit (vgl. Jes. 45, 17; 57, 15; Ps. 68, 6), der immer Gottes Fürsorge für sein elendes Volk offenbart. Die Übersetzung: «Beutevater» paßt nicht zum prophetischen Stil und es läßt sich im Hebräischen nichts Analoges anführen.
Der Messias ist ein «Vater der Ewigkeit», weil sein Ursprung die Ewigkeit ist (Micha 5, 1). Es klingt zunächst merkwürdig, den Sohn der Jungfrau auch «Vater» zu nennen. Nach der Grundverheißung, die Gott durch Nathan dem König David gab (2. Sam. 7, 12. 13. 16), ist das messianische Königtum von ewiger Dauer. Ihm, dem ewigen König, werden fort und fort Kinder geboren wie Tau der Morgenröte (Ps. 110, 3; Jos. 1, 12). Der Sohn, der Seinen Erlösten ewiges Leben gibt, sagt von ihnen mit vollem Recht: «Siehe da, Ich und die Kinder, die mir Gott gegeben hat» (Hebr. 2, 14). Wer also den messianischen Namen: «Vater der Ewigkeit» verstehen will, muß ihn im Licht des neutestamentlichen Schrifttums lesen (vgl. Sohn der Jungfrau!).

133. **Fels** ist die Übersetzung des hebräischen «zur» und «sela». Das erstgenannte Wort des Grundtextes bezeichnet das harte und große Gestein; der zweite Ausdruck bedeutet die Felsenkluft oder den zerklüfteten Fels. «Zur» ist der unersteigbare und unnahbare Fels. Sela kennzeichnet einen Einschnitt in einen Berg nach Art einer Schlucht, es ist ein Fels, der als angenehmes Versteck und als Aufenthaltsort dient. Beide Ausdrücke stellen im bildlichen Sinne Gottes Kraft und Macht dar, besonders im Schutze für Seine Auserwählten. Die Israeliten

kannten Felsen von ihrer Wüstenreise und auch Israel ist felsenreich. Felsen mit ihren Spalten und Klüften (Jes. 2, 21; Jer. 4, 29; 49, 16) und ihren steilen Höhen (1. Sam. 24, 3; Ps. 27, 5; 61, 3) waren beliebte Zufluchtsorte. Im übertragenen Sinne ist Fels ein Eigenname, der Gottes unverbrüchliche Bundestreue offenbart.

1.) In der hebräischen Bibel ist «zur» das meistgebrauchte Wort für Fels. Dieser Gottesname bezeichnet allgemein Jahwe als die sicherste Zufluchtsstätte. Wie die Israeliten Gott als ihren Fels während der Wüstenreise zu schätzen wußten, zeigen die Personennamen: «Zuriel» – «Mein Fels ist Gott» (4. Mose 3, 35); «Elizur» – «Mein Gott ist Fels» (4. Mose 1, 5; 2, 10; 7, 30; 35; 10, 18); «Pedazur» – «der Fels erlöst» (4. Mose 1, 10; 2, 20; 7, 54. 59; 10, 23); und «Zurischaddai» – «Mein Fels ist der Allmächtige» (4. Mose 1, 6; 2, 12; 7, 36. 41; 10, 19). Es sind Zeugnisse des Glaubens, der seine Zuflucht zu Gott, dem Fels nimmt.

a.) Im Abschiedsliede Mosehs wird Gott zuerst der «Fels» genannt (5. Mose 32, 4). Die alten Übersetzer wollten nicht ohne weiteres Gott den Fels nennen. Der Alexandrinus hat dafür «Theos» (Gott) in 2. Samuel 22, 32: «Ktistes» – «Schöpfer»; Onkelos und die Peschitto setzen dafür «Thepipha» – «der Starke». Diese Übertragungen verwischen aber geradezu die Hauptsache. «Fels» ist der Inbegriff von allem, was hier vom Namen Gottes gepriesen werden soll. Dieser eine Gottesname enthält gleichsam das ganze Lied, daher ist sein sechsmaliges Vorkommen in diesem Kapitel verständlich (5. Mose 32, 15. 18. 30. 31. 37). Nach einer Einleitung (5. Mose 32, 1-3) bilden die beiden Worte: «Der Fels» die Überschrift oder Inhaltsangabe des ganzen Liedes. Der Doppelpunkt dürfte dadurch verständlich sein, den neueren Übersetzungen an dieser Stelle haben.

Die Gottesbezeichnung «Stein Israels» (s.d.) offenbart seine Festigkeit (1. Mose 49, 24), der auch die Seinen befestigt; der Name «Fels» bezeichnet dagegen Gottes Unerschütterlichkeit und Unwandelbarkeit. Der voranstehende Name «der Fels» (hebräisch hazzur) entspricht dem parallelen «Gott der Treue» (s.d.) (El-Aemunah), im zweiten Versglied und den anderen Prädikaten «thammim» – «vollkommen» und «en awel» – «ohne Falsch» (5. Mose 32, 4). Felsen und Berge machen den Eindruck der Unerschütterlichkeit, weshalb sie oft die «Ewigen» heißen (5. Mose 33, 15; 1. Mose 49, 26; vgl. Ps. 44, 2; 68, 34; Jes. 23, 7; 51, 9; Micha 7, 20; Hab. 3, 6). Das Bild betont neben der Unwandelbarkeit, daß Gott die Zuflucht der Bedrängten ist, der sie schützt und über alle Gefahren erhebt. Felsen und Berge sind Zufluchtsorte.

Fels und Vertrauen sind übereinstimmend, weil Fels geradezu der unwandelbare Hort (s.d.) ist. Gott steht in Seiner Macht und in Seinem Willen unwandelbar. Er ist bereit, die Seinen beständig inmitten aller Wandlungen und Brandungen zu bergen. Moseh und seine getreuen Zeitgenossen fanden in diesem Gottesnamen ihren Haupttrost. Dieser Trost mußte denen in Zukunft immer wieder zugerufen werden, die in Trübsalszeiten Gefahr liefen, an Ihm irre zu werden.

Die Wiederholungen des Namens «Fels» sind nicht eintönig, sondern er erscheint jedesmal in verschiedenen Wendungen. Der Fels heißt geradezu «der Fels des Heils» (5. Mose 32, 15). Die Israeliten haben ihren Heilsfelsen verachtet. Moseh wiederholt mit verschärften Worten den gleichen Gedanken: «Den Fels, der dich geboren, verkanntest du» (5. Mose 32, 18). Es wird hier der mütterlichen Plege und der Liebe Gottes gedacht. Nach dem Grundtext heißt er: «Der dich mit Schmerzen geboren», was auf den Sohn Gottes hinweist, der die Seinen durch Leiden des Todes zum Leben brachte. Diesen gewissen Trost, die allerfesteste Burg und den stärksten Fels in jeder Anfechtung und Not haben sie schändlich verachtet. Er, der Fels, hat sie wie eine Mutter geboren und großgezogen. Diese Verachtung ist der Gipfel der Sünde Israels.
Wenn Jahwe, der Fels, nicht mehr schützt, kann ein Feind tausend verfolgen und zwar vermögen Unzählige sie in die Flucht zu schlagen (vgl. 3. Mose 26, 36; 5. Mose 28, 25-34). Sonst ist es umgekehrt (3. Mose 26, 7. 8; 5. Mose 28, 7). Entzieht sich Israel in seiner Verblendung seinem wahren Fels, werden sie verkauft und preisgegeben (5. Mose 32, 30). Einen Verkauf unter die Hand fremder Völker erlebte Israel oft während der Richterzeit (vgl. Richt. 2, 14; 4, 2; 3, 8; 10, 7). Die verzweifelte Lage der Abtrünnigen wird begründet mit den Worten: «Denn nicht wie unser Fels ist ihr Fels» (5. Mose 32, 31). «Unser Fels» und «ihr Fels» sind auseinanderzuhalten. Durch «unser Fels» schließt sich der Redende mit dem aus Israel zusammen, der Jahwe vertraut. Es ist der Kern aus dem Volke, die an Jahwe, ihrem Fels, festhalten. Der Gegensatz «ihr Fels» ist ein Hinweis auf den falschen Trost und Trotz der ungläubigen Juden, die nicht auf den «geistlichen Fels» trauten, sondern einen «fleischlichen Messias» erwarteten. Moseh stellt den rechten Fels und den falschen Fels gegenüber. Es ist ein offensichtlicher Unterschied zwischen dem lebendigen Gott und den toten Götzen. In Ironie fragt Jahwe: «Wo sind ihre Götter, der Fels, auf welchen sie vertrauten?» (5. Mose 32, 37). Der Gegensatz zu diesem falschen Fels ist der lebendige Gott, der aufruft: «Sehet nun, daß ich, ja ich Derselbe (s.d.) bin» (5. Mose 32, 39). Die göttliche Selbstbezeichnung «Derselbe» ist wie Fels ein Name, der die Unveränderlichkeit und Unwandelbarkeit Gottes ausdrückt. Jahwe erwies Sich Israel gegenüber als «Fels», als einziger Halt und Trost während seiner vierzigjährigen Wüstenwanderung.
Während der Wüstenreise war der Name «Fels» für die Israeliten geläufig und anschaulich. Moseh stand auf dem Felsen, als ihm gewährt wurde, ein Gesicht Gottes zu sehen (2. Mose 33, 21. 22). Der Bergfels wird als Bild des Heilsfelsens gedeutet, oder neutestamentlich ausgedrückt war es Christus, in welchem sich Moseh verhüllen mußte, um Gottes Nähe ertragen zu können. Der aufmerksame Bibelleser wird noch an die zwei Ereignisse erinnert, daß das Volk mit Wasser aus dem Felsen getränkt wurde (vgl. 2. Mose 17, 6; 4. Mose 20, 11). An diese beiden Tatsachen denkt Paulus, wenn er schreibt: «. . . sie tranken aus einem mitfolgenden geistlichen Felsen, der Fels

aber war Christus» (1. Kor. 10, 4). Diese Wasserspende rühmt die Schrift immer als Wunder (Ps. 78, 16; 105, 41; 114, 8). Der Apostel schreibt von einem geistlichen Trank, was auf der geistlichen Natur des Felsens beruht, aus welchem das Wasser herausfloß. Ein geistlicher Trank konnte nur aus einem Felsen fließen, der übernatürlich oder göttlich war.
Die rabbinische Dichtung entwickelte die Vorstellung, jener Fels habe seit dem ersten Wunder die Israeliten beständig auf der Wüstenwanderung begleitet. Das zweite Wunder wurde daraus erklärt, Mirjam, Moses Schwester, wäre im Besitz der geheimen Kunst gewesen, jenes Wasser zu erlangen. Es ist völlig zweifelhaft, daß Paulus auf diese Fabel anspielt, wie einige Erklärer geltend machen. Die Begriffe «mitfolgend» und «geistlich» in 1. Korinther 10, 4 zeigen deutlich, daß der «geistliche Fels» kein materieller Fels war, von welchem in den beiden Geschichten die Rede ist. Jene beiden Felsen standen schon da, als Israel an den Ort kam, sie blieben auch stehen, nachdem das Volk wieder weiterzog. Paulus will betonen, daß hinter jenen materiellen, unbeweglichen Felsen ein unsichtbarer und verborgener Fels war, der sich fortbewegte und der wirkliche Wasserspender, Christus selbst war. Wenn der Apostel Christus als «Fels» bezeichnet, schwebten ihm sicherlich die Stellen des 5. Buches Moseh vor, in welchen Jahwe der «Fels Israels» genannt wird. Er denkt sich Christus als präexistent, der die Leitung des Reiches Gottes in Seiner Hand hatte.
«Fels», hebräisch «zur», ist ein beliebter Gottesname in den poetischen Stücken des Alten Testamentes, besonders in den Psalmen. Luther übersetzt das hebräische «zur» – «Fels» in den Psalmstellen oft mit «Hort» (s.d.) was ungenau ist. Wenn Hannah, die Mutter Samuels in ihrem Lobgesang rühmt: «Und es ist kein Fels wie unser Gott» (1. Sam. 2, 2), dann ist das ein Echo aus dem Abschiedsliede Mosehs, das noch oft wiederklingt.
David sang nach der glücklichen Überwindung aller Feinde und der Rettung aus der Verfolgung Sauls Jahwe zu Ehren ein Heilslied, das die Bibel in abweichenden Lesarten zweimal berichtet (vgl. 2. Sam. 22, 1-51; Ps. 18, 1-51), an das noch der 144. Psalm erinnert. Der König sagt zu Jahwe: «Mein Fels» in einer Reihe von Gottesnamen (Ps. 18, 3; 144, 1. 2). In dem Liede, das ganz auf Gottes Gnadenbund ruht (vgl. 2. Sam. 7, 22) hallt der alttestamentliche und mosaische Ausspruch wider: «der Fels» (hazur) (vgl. 5. Mose 32, 4; Ps. 18, 31-32). Während das herrliche Lied sich dem Ende zuneigt, wird noch einmal die Fülle der göttlichen Großtaten zu seiner Rettung entfaltet. Dankbaren Herzens ruft der Sänger in einer doxologischen Formel aus: «Es lebe Jahwe und gesegnet sei mein Fels!» (Ps. 18, 46).
Der alttestamentliche Psalmsänger benutzt mit Vorliebe das Bild des Felsens für den göttlichen Schutz in Anlehnung an das Abschiedslied Mosehs. Das ist einerseits durch die natürliche Beschaffenheit Israels erklärlich. Die jähen, von Felsen umgebenen Abgründe, gewährten den Flüchtlingen Schutz (vgl. Ps. 27, 5; Richt. 6, 2; 1. Sam. 24, 23; 2. Sam. 5, 7). Die Neigung für diese bildliche Bezeichnung des göttlichen Schut-

zes hat wohl in den Zeiten der Saul'schen Verfolgung ihren Ursprung, weil David oft auf den Felsen seine Zuflucht suchte. Die Hoffnung seiner Sicherheit gründete er nicht auf die natürliche Unzugänglichkeit, sondern sein Gemüt erhob sich von dem natürlichen Felsen zu dem geistlichen Fels. Noch in seinen letzten Worten (vgl. 2. Sam. 23, 3) und in dem Sabbatpsalm preist er Gottes Liebe und Treue in Abhängigkeit von 5. Mose 32, 4: «Zu verkünden, daß Jahwe gerade ist, mein Fels, und Unrecht ist nicht in Ihm» (Ps. 92, 16).

Jahwe, der Fels, ist für David der Vertrauensgrund (Ps. 28, 1). Gestützt auf Gottes felsenfeste Treue und erlösende Liebe bittet er um die gnädige Aufnahme seines Gebetes (Ps. 19, 15). Die Anrede: «Mein Fels» bezeichnet die Treue und Zuverlässigkeit, durch welche Jahwe die Seinen nicht verläßt. Gott verleugnet nicht Seine Felsennatur. Er vergibt die Schwachheiten und bewahrt vor Missetaten.

Beim Andrang der Feinde ruht David in stiller Ergebung in Gott. Inmitten aller Anfechtungen knüpft er feststehende Glaubenswahrheiten sechsmal an das Vertrauenswort «ak» – «nur oder jedoch» (Ps. 62, 2. 3. 5. 6. 7. 10). Die Vollgewißheit seines Glaubens kommt besonders durch die wiederholten Worte zum Ausdruck: «Nur er ist mein Fels und mein Heil» (Ps. 62, 3. 7). Sein Heil kommt von Gott, weil Gott sein Fels ist, sein Heil steht darum unerschütterlich fest. Auf diesen Felsengrund gegründet kann er sein vollgewisses «Nur» oder «Allein» aussprechen.

Fern vom Heimatlande im äußersten Winkel der Erde lag ein Fels von Schwierigkeiten vor ihm, der seiner natürlichen Kraft, seinem Unvermögen zu hoch erschien und unerklimmbar war. Er ist dennoch getrost, daß Gott ihn leitet und allen Gefahren entrückt. Durch sein Vertrauen auf Gott hat er Felsengrund unter seinen Füßen (Ps. 61, 3).

Eine gute Erklärung des Gottesnamens «Fels» ist im Buche des Propheten Jesajah zu finden. In einem Jubelliede, nach welchem die Gemeinde der Endzeit in Jahwe einen festen Halt hat, ermuntert der Prophet: «Verlasset euch auf Jahwe ewiglich, denn Gott Jahwe ist ein Fels der Ewigkeiten» (Jes. 26, 4). Was Moseh am Ende seines Lebens am Eingang der Geschichte Israels bezeugt, hat Gültigkeit bis ans Ende der Wege Gottes. Es ist ein fester Fels, an welchem alles zerschellt was die Gläubigen antastet. Jahwe umschließt gleichsam die Seinen mit Seinem starken Schutz. Jesajah stellt seinen Zeitgenossen warnend vor Augen, daß es mit jeder Sicherheit vorbei ist, wenn Jahwe verlassen wird. Die starkbefestigten Festungsstätten Ephraims werden wie die Ruinen der Wälder und der Berggipfel, der Burgen Altkanaans. Das geschieht, weil sie den Fels ihrer Festung oder Stärke verlassen haben (Jes. 17, 10). Jahwe ist allein die felsenfeste Burg, in welcher Sicherheit und Beständigkeit wohnt.

Mit dem Namen «Fels» (zur) gibt es verschiedene beachtenswerte Verbindungen. Der Übersicht wegen werden sie in alphabetischer Reihenfolge aufgeführt im folgenden. Die Beifügungen sind zum Teil andere selbständige Gottesnamen. Das Hebräische hat keine zusammengesetzten Substantive wie die deutsche Sprache.

134. **Fels des Anlaufens,** siehe das Folgende!

135. **Fels des Anstoßens,** hebräisch «zur mikschol» ist ein Hindernis, über das man strauchelt und fällt. Die LXX übersetzt: «Petra ptomati» – «Fels des Fallens». Der Name steht mit der messianischen Verheißung in Verbindung (Jes. 8, 14). Jahwe wird zum Stein des Anstoßens und zum Fels des Anstoßens für beide Häuser Israels. Die Drohung des tiefen Fallens für die Ungläubigen wird im Neuen Testament durch die Verwerfung Christi als erfüllt angesehen. Der greise Simon spielt auf diese Prophetenstelle an (Luk. 2, 34). Die Person Christi war für das jüdische Volk ein Anstoß, daß es darüber zu Fall kam, was auch Paulus auf Grund von Jesajah 8, 14 betont (Röm. 9, 33). Der griechische Ausdruck «petra skandalou» – «Fels des Ärgernisses» entspricht mehr dem hebräischen Text als die Übersetzung der LXX. Ein «skandalon» ist das krumme Stellholz in der Falle, an dem die Lockspeise sitzt, das, von dem Tier berührt, losprallt, daß die Falle zuschlägt und das Tier fängt. Es ist jede Falle oder Schlinge, durch die einer gehen wird, daß er strauchelt oder fällt. Der Fels des Anstoßens oder Ärgernisses ist Christus, der wegen Seines Auftretens von den Juden verschmäht wurde, weil Er ihren fleischlichen Erwartungen nicht entsprach. Israel ging dadurch des messianischen Heils verlustig (1. Petr. 2, 8). Jesus ist ein Fels des Anstoßens für die Ungläubigen.

136. **Fels des Ärgernisses** siehe Fels des Anstoßens!

137. **Fels meiner Bergung** nennt der Sänger getrost unter dem Druck der Tyrannen Seinen Gott (Ps. 94, 22). Der Name ist durch die Worte erklärt: «Mein Fels, in dem ich mich berge» (Ps. 18, 3). Das Wort «bergen», hebräisch «hasah», von dem «machessi» meine Bergung abgeleitet ist, bedeutet ein gläubiges Zufluchtnehmen, oder ein Sichbergen in den, zu dem man seine Zuflucht nimmt. Jahwe, der Fels, ist des Beters Bergungs- und Schutzort, wohin man läuft, um geborgen zu sein. Im übertragenen Sinne ist es der Ort, zu welchem der zufluchtsuchende Beter vertrauensvoll seine Blicke richtet.

138. Mit den Worten Mosehs (5. Mose 32, 15) rühmt der Sänger des 89. Psalms Gott als **«Fels meines Heils»,** hebräisch «zur jeschuathi» (Ps. 89, 27). Es ist meistens eine Hilfe im messianischen Sinne: Gott ist in Christo der Fels des Heils.

139. **Fels meines Herzens,** hebräisch «zur lebabi», nennt Asaph in jubelnder Zuversicht seinen Gott, trotz der unlösbaren Rätsel im Leben (Ps. 73, 26). Gott ist der feste Grund, auf welchem er stehen bleibt, wenn auch alles wankt.

140. **Der Fels Israels** heißt Gott bei David und Jesajah (2. Sam. 23, 3; Jes. 30, 29). Das wahre Israel hat Jahwe als den ewig Unwandelbaren und Unveränderlichen durch manche Erfahrungen kennengelernt.

141. **Fels der Stärke** (Ps. 62, 8; Jes. 17, 10) bezeichnet den starken Schutz für den, der seine Zuflucht in Gott sucht.

142. **Fels der Wohnung,** hebräisch «zur maon», ist ein nicht zu erstürmendes, hohes Gestein, das ein sicheres Bleiben gewährt. Der Sänger will sich hier bergen, so oft es nötig ist (Ps. 71, 3).

143. **Fels der Zuflucht,** hebräisch «zur maoz», ist ein Felsenschloß. Der Grundtext meint eine Felsenfestung oder einen schützenden Felsen (Ps. 31, 3; Jes. 17, 10). Im Gegensatz hierzu ist in Daniel 11, 38 vom «Gott der Festungen» (Eloah maussim) die Rede, ein Name des Jupiters Capitulinus.

144. In der hebräischen Bibel wird noch «sela» mit **Fels** übersetzt. Es ist ein abgespaltener, freistehender Fels, der ein Echo wiedergibt. «Sela» bedeutet eigentlich Felsenkluft, in welcher man ein sicheres und bequemes Versteck findet.
a.) David nennt Jahwe «mein Fels» (salei) und «mein Fels» (zuri) in einem Verse (Ps. 18, 3). Das ist keine matte Wiederholung. Beide Ausdrücke ergänzen sich. Sela ist ein zerklüfteter Felsen, eine Felsenkluft als Bergungsort, «zuri» bezeichnet einen Felsen nach seiner Festigkeit, Unwandelbarkeit und Unnahbarkeit. In Verbindung «Fels» und «Burg» wiederholt der Sänger den gleichen Gedanken, indem er sich der Ausdrücke «zuri» und «sela» bedient (Ps. 31, 4). Eine solche Wiederholung ist eine Bekräftigung des Glaubens.
b.) Der Psalmist nennt Gott «meinen Fels» noch in tiefer Niedergeschlagenheit, er sehnt sich nach Gottes Nähe. Obgleich er mit Befürchtungen und Zweifeln ringt, klammert er sich in der Kraft des Glaubens an den lebendigen Gott. Aus dieser Gemütsverfassung ist seine Anrede «mein Fels» verständlich (Ps. 42, 10). Es quält ihn die Frage: «Wie kann Gott, der fest und unveränderlich wie ein Fels ist, ihm keine bergende Zuflucht gewähren?» Gott erscheint ihm so hart und unbeweglich wie ein Fels. Die Zuflucht auf den Spitzen steiler Felsen und in natürlichen Höhlen und Klüften regte ihn an, Gott seinen Fels zu nennen, bei dem er Bergung und Sicherung vor den Feinden fand. Solange er sagte: «Gott mein Fels», war sein Glaube noch nicht erloschen.
c.) Der Prophet Jesajah wendet das Bild vom Fels auf den König des messianischen Reiches an. Die Einleitung dieser Weissagung bilden die Worte: «Ein König wird in Gerechtigkeit regieren» (Jes. 32, 1). Dieser König ist für jeden im Volke ein Segen. Er bietet einen Schutz vor dem Sturmwind. Vor dem Platzregen verbirgt Er und spendet den Schatten eines großen Felsens (Jes. 32, 2). Das erlöste Volk genießt eine Sicherheit, daß Felsen seine Feste und sein Schutz sein werden

(Jes. 33, 16). Das Gegenteil erlebte die assyrische Weltmacht bei der Belagerung Jerusalems. Sanherib gab seinem Felsen, das heißt seiner Burg, die Flucht ohne jede Ordnung (Jes. 31, 9). Jahwe ist allein der Fels Seines Volkes, dem man vertrauen kann. Der Prophet knüpft an den Untergang die Reichsverheißung der Christokratie, daß von Zion aus das Reich in Gerechtigkeit regiert wird. In diesem ewigen und unvergänglichen Königreich wird sich Christus als der Fels Seiner Untertanen offenbaren.

145. **Feste** ist ein militärischer Ausdruck, was eine Bergfestung zur Zeit des Krieges bedeutet, daß David, ein kriegerischer König, zuerst den Ausdruck über die Lippen bringt. Oft wird die Feste als Bild der Sicherheit vor dem Feinde gebraucht (vgl. Ps. 89, 15. 41; 97, 2; Jes. 17, 3; 25, 12; 32, 14; 33, 15; Jer. 21, 13; 48, 18; 51, 30). David verdankt sein Leben der Sicherheit in der Höhle Adullam (1. Sam. 22, 1). Ehe er auf den Thron kam, suchte er manchmal in den Höhlen und Klüften der Berge Sicherheit und Schutz. Weil David den göttlichen Schutz erfahren hat und schätzen lernte, diente ihm der Ausdruck «Feste» als Umschreibung des Namens Gottes. Der Luthertext und moderne Übersetzungen geben drei hebräische Worte mit «Feste» wieder. Diese unterschiedlichen Begriffe, obgleich sie sinnverwandt sind, enthalten Feinheiten, welche die Zusammenhänge gut beleuchten, in denen sie vorkommen.

1.) Im Alten Testament wird zunächst an elf Stellen das hebräische «mozo» – «Bergfeste oder Berggipfel» mit «Feste» übersetzt. Die Wurzel «oz» ist eine Bergfeste, ein Ort, wo man Zuflucht sucht (Jes. 30, 2), wohin man flüchtet, um sich in Sicherheit zu bringen (vgl. Jes. 10, 31; Jer. 4, 6; 6, 1).

a.) Auf Grund seiner Erfahrungen auf der Flucht vor Saul und nach der Überwindung aller Feinde, rühmt David am Ende seines Lebens: «Gott ist meine starke Feste» (2. Sam. 22, 33). Es kann auch übersetzt werden: «Meine Zuflucht der Stärke.» Das erinnert an die ähnliche Wendung: «Meine starke Zuflucht» (vgl. Ps. 71, 7). Die Schreibung im 2. Samuelisbuche betont stärker den Hintergrund der göttlichen Leitung, wodurch dem Dichter eine feste Zuflucht gewährt wurde.

2.) David nennt «Jahwe, meines Lebens Feste» (Ps. 27, 1). Diesem bildlichen Ausdruck geht die bildliche Bezeichnung für Gott «mein Licht» (s.d.) und «mein Heil» (s.d.) voraus. Für ihn bricht keine Finsternis herein; im Blick auf alles, was ihn bedrängt, ist Jahwe sein Heil. Alle Gefahren, die ihn umgeben, kann er überwinden, denn sein Leben ist wie in einer Felsenburg geborgen. Das Leben, das ihm seine Feinde rauben wollen, ist geschützt wie hinter Mauern einer starken Feste, die den Angriffen der Belagerer trotzen und ihren Bewohnern Sicherheit bieten.

Sinnvoll ist die Wendung: «Seines Gesalbten heilvolle Feste» (maoz jeschuoth) ist er (Ps. 28, 8). Wenn sich David als Gesalbter Gottes bezeichnet, dann ist er sich als König der göttlichen Hilfe in der heilvollen Feste bewußt, die mit ihm auch dem Volke widerfährt. Der

Plural «jeschuoth» drückt die reiche Fülle des Heils aus (vgl. Ps. 18, 51). Es kann auch übersetzt werden: «Feste aller Heilsfülle seines Messias.» Diese Feste ist ein Hinweis auf die Fülle Christi (vgl. Joh. 1, 18).
In Psalm 30, 5 kann nach einer zweifachen Punktierung übersetzt werden: «Denn du bist meine Feste» und: «Denn du bist mein Hort» (s.d.) wie in Psalm 43, 2. Diese Begründung ergibt sich aus den Erfahrungen mit Jahwe, die offenbart haben, was Gott den Seinen ist. In Jahwes Hand empfiehlt er darum seinen Geist; Ihm vertraut er sein Leben als ein wohlverwahrtes Gut an. Was Ihm anvertraut ist wird wohl aufgehoben und allen Gefahren enthoben. Dieses Zeugnis enthält einen starken Trost in der Not des Sterbens.
Hier auf Erden gibt es manche Widersprüche. Das Wohlergehen der Gottlosen und das Unglück der Gottesfürchtigen erscheint als ein Paradoxum. Diese Tatsache verursacht oft große Anfechtungen, daß Gerechte fast an Gott irre werden. Der Sänger des 37. Psalms befaßt sich mit diesem Problem und mahnt zum Gottvertrauen, weil Gott trotz aller scheinbaren Gegensätze gerecht ist und dem Gerechten hilft. Während die Gottlosen ins Unglück stürzen, ist Jahwe in der Not die Feste der Gerechten (Ps. 37, 39). Es ist ein Ort des Sichbergens, eine Schutzstätte oder ein Asyl.
Das Leben des mörderischen Tyrannen und Hochverräters Doeg, der auch reich begütert war (1. Sam. 21, 7-10; 22, 5. 10. 18-23) regte David an, den 52. Psalm zu dichten. Dieses Lehrgedicht deutet an, was es mit dem Bösen in Wirklichkeit ist. Wenn sich die Gottlosen auch auf ihren Reichtum verlassen, so sind sie für die Gerechten, die sich zu Gott halten, nur ein Gespött. Die ganze Lebenshaltung des von Gott Entfernten liegt in den Worten: «Siehe, den Mann, der Gott nicht zu seiner Feste macht, und er vertraute auf die Menge seines Reichtums, er trotzt auf seinen Frevel» (Ps. 52, 9). Gott, die rechte Feste, oder der wahre Bergungs- und Schutzort ist verlassen worden. Das Vertrauen auf den Mammon, die Sucht nach dem Irdischen führen ins Verderben.
b.) Jahwe wird noch in einigen prophetischen Büchern des Alten Testamentes als «Feste» (maoz) gepriesen. Jesajah war im Gesicht ans Ende der Tage versetzt. Er feiert das Geschaute in Psalmen und Liedern. Der Prophet ist gleichsam ein Psalmist und der Chorsänger der Endgemeinde. Jahwe wird gepriesen, weil er die gottlose Weltstadt Babel vernichtet. Die bis dahin bedrängte Gemeinde erfährt Gott als Schirm und Schutz vor der tyrannischen Weltmacht. Im Blick auf die bedrückte Endgemeinde sagt Jesajah von Jahwe: «Denn du wirst sein dem Dürftigen eine Feste, eine Feste dem Armen in seiner Drangsal . . .» (Jes. 25, 4). In der Drangsal am Ende der Tage wird sich Jahwe den Gliedern Seiner Gemeinde, die in den Augen der Welt arm und elend sind, Selbst als feste Burg erweisen. An der Mauer dieser Feste wird jeder Sturm oder jedes Schnauben des Tyrannen anprallen und sich brechen, ohne sie wegzuschwemmen.
Der Prophet Jeremiah hatte die schwere Aufgabe sein Volk, das zum Gericht reif war, zur Richtstätte zu geleiten. Er sieht mit klaren Blik-

ken das Vergeltungsgericht kommen, das nicht mehr aufzuhalten ist. Während der Gerichtsandrohungen ringt er sich zu dem tröstlichen Gebet durch: «Jahwe meine Kraft und meine Feste und meine Zuflucht am Tage der Bedrängnis» (Jer. 16, 19). Im Hebräischen ist hier das Wortspiel: «Ussi umaussi», was etwa: «Meine Festung und meine Feste» übersetzt werden kann, um den Gleichklang zu erkennen. Ein dreifacher Trost liegt in dem kurzen Gebet. Es wird ihm nicht ein Ort angewiesen, zu dem er hinfliehen kann, Jahwe selbst ist seine Feste oder Zuflucht. Jeremiah betet im echten Psalmenton (vgl. Ps. 27, 1; 18, 23; 46, 2; 62, 3. 7. 8; 81, 2; 84, 6; 90, 1). Der Prophet braucht nichts zu fürchten, denn er hat Gott Selbst.
Die Verkündigung des Propheten Joel hat Bedeutung für die entferntesten Endzeiten, denn er schaut das himmlische Jerusalem. Dieser herrlichen Vollendung geht der große Gerichtstag voraus, den Wunderzeichen am Himmel ankündigen. Die Völker sammeln sich im Tale Josaphat und die Feinde des Volkes Gottes empfangen ihre Strafe. Im Schrecken der Welt bleibt Jahwe der Hort der Seinen auf Zion. Joel sagt: «Und Jahwe ist eine Zuflucht seinem Volke und eine Feste den Kindern Israel» (Joel 4,16). Dieser Hinweis auf die Endzeit, in welcher alle irdischen Stützen zusammenstürzen, ist für die Gemeinde Christi ein starker Trost.
Im Propheten Nahum steht die Feste mit dem Namen Jahwes in Beziehung. Alle Elemente, Erde, Wasser, Luft und Feuer sind entfesselt, wenn Jahwe zum Gericht im Orkan einherfährt. Während Gottes Zorngericht die Feinde trifft, erweist sich Jahwe dann in Not und Verfolgung als eine Zuflucht denen, die Ihm vertrauen. Wenn das Gericht über die Weltmacht hereinbricht, wird der Ausspruch des Propheten verwirklicht: «Gütig ist Jahwe, eine Feste in der Zeit der Drangsal und er kennt, die sich bei ihm bergen» (Nah. 1, 7). Im Zorn gegen die Feinde offenbart sich Gottes Güte gegen die, die bei Ihm die Zuflucht suchen.
Aus dem Büchlein des Propheten Nahum kann Jahwe, unser Heiland, als Richter aller Welt und als Retter Seines Volkes erkannt werden (vgl. Offb. 19). Jahwes Kommen zum Gericht deutet immer auf Christi Wiederkunft. Die Feste in der Zeit der Drangsal ist dann die einzige und sichere Zuflucht der Seinen.
2.) Der zweite hebräische Ausdruck, der mit «Feste» übersetzt wird, ist «mezudah», der eigentlich «Bergfeste» bedeutet. So ist von der Bergfeste Zion (2. Sam. 5, 7. 9; 1. Chron. 11, 5) und Adullam (2. Sam. 23, 14) die Rede. Nach einer anderen Erläuterung ist «mezudah» ein Nachstellungsort, eine Verschanzung, oder ein Spähort und eine Hochwarte. Das Wort wird vielfach mit «Burg» (s.d.) übersetzt.
a.) Die beiden ersten Gottesnamen «Fels» (s.d.) und «Bergfeste», die in Psalm 18, 3 und 2. Samuel 22, 2 mit anderen Eigennamen zusammenstehen, sind von der Naturbeschaffenheit Israels aus verständlich. In dem zerklüfteten, aber waldarmen Berglande flüchtete David auf Felsen, die ihm als Bergfesten dienten. Er vertraute nicht auf den festen Naturfelsen, sondern er nannte Jahwe «meine Bergfeste».

Während der Sänger in der Wüste obdachlos und ohne Schutz umherirrte, sprach er die Bitte zu Jahwe aus: «Sei mir zum starken Fels, zum Hause der Bergfesten» (Ps. 31, 3). Daraus erfolgt die Begründung: «Denn mein Fels und meine Bergfeste bist Du» (Ps. 31, 4). Gott ist ihm eine Berghöhe, ein Haus der Bergfesten. Er hat bei Ihm ein sicheres Asyl, von wo er eine weite Ausschau hat. Die LXX übersetzt: «Kai eis eikon kataphyges»: «Und in ein Haus der Zuflucht.» In Daniel 11, 15 scheint sie «Beth-Mibzaroth» – «Haus der Festungen» gelesen zu haben.

b.) Im sogenannten Alterspsalm (Ps. 71), der vielfach dem Propheten Jeremiah zugeschrieben wird, der auch Anklänge an ältere Psalmen enthält, wird Gott «mein Fels und meine Feste» genannt (Ps. 71, 3). Der Prophet, ein Verfolgter, hält Rückschau auf ein erfahrungsreiches Leben voll wunderbarer Führungen. In Gott fand er Sicherheit, mehr als in Felsklüften und gebauten Festungen. Er ist unveränderlich wie ein Fels und unüberwindlich wie eine Feste. Er nennt alles durch das Wörtlein «mein» sein eigen, was Gott ist. Jeremiah bezeichnet Jahwe als «mein Fels» (s.d.), «meine Feste», «mein Gott» (s.d.), «meine Zuversicht» (s.d.) ,«meine Hoffnung» (s.d.), «mein Ruhm».

c.) In kühner Glaubenszuversicht spricht der Sänger zu Jahwe: «Meine Zuflucht und meine Feste, mein Gott auf den ich traue» (Ps. 91, 2). Schutz und Bergung genießt der Gottesfürchtige. Der Zusammenhang zeigt zwei geläufige Bilder, das des freundlichen Gastgebers und das des beschützenden Gastes. Der Wanderer, der in glühender Mittagssonne ein gastliches Zelt aufsucht, findet unter dem Schatten des Baumes oder des Hauses einen Ruheplatz (vgl. 1. Mose 18, 4; 19, 8). Der Gläubige fühlt sich so im Hause Jahwes geborgen, er genießt dort auch Seinen Schutz. Wenn Feinde einbrachen und das Land ausplünderten, flüchteten die Leute mit ihrer Habe ins Gebirge (vgl. Ps. 11, 1), sie suchten Höhlen und Klüfte als Bergungsorte und Berghöhen als Festungen auf (vgl. Richt. 6, 2). Ist der Gläubige in Jahwes Obhut und Schutz, so bedarf er dessen nicht, denn Er ist seine Zuflucht (s.d.) und Feste.

d.) Noch in Psalm 144, der eine Zusammenstellung von Versen aus anderen Liedern enthält und in die Gruppe eschatalogischer Hymnen gehört, werden fünf Gottesnamen genannt: «Meine Gnade (s.d.) und meine Feste, meine Burg (s.d.) und mein Erretter (s.d.), mein Schild (s.d.) in dem ich geborgen bin» (Ps. 144, 2). Die Reihenfolge: Meine Gnade und meine Feste, ist beachtlich. Es ist lauter Gnade, daß Gott mit den übrigen Namen benannt werden kann. In der hier genannten Feste wohnt man wie hinter unüberwindlichen Mauern und unerschütterlichen Bollwerken. Könige hatten von ihren Festungswerken eine hohe Meinung, der Psalmsänger aber verläßt sich auf Gott, der ihm mehr ist als nur eine Festung. Wie von unnahbarer Höhe schaut er im Glauben auf seine Feinde herab. Es ist den Feinden unmöglich, ihn in seiner erhobenen Stellung zu erreichen. Er wohnt in stolzer Höhe, daß jeder Pfeil oder jedes Geschoß außerhalb seinem Bereich ist, keine Sturmleiter gelangt dorthin.

3.) Neuere Übersetzungen übertragen noch das hebräische «misegab» mit «Hohe Feste», wofür im Luthertext fast immer die Wiedergabe «Schutz» (s.d.) vorkommt. Die Wurzel des Namens «sagab» bedeutet «hoch», «unzugänglich», «uneinnehmbar». Das Substantiv «miseggab» hat dementsprechend die Bedeutung von «Anhöhe», «Hochburg», eines unnahbaren Schutzes. Weder «hohe Feste», noch «Schutz» trifft ganz den Sinn dieses Wortes, das vorwiegend in den Psalmen als Gottesname anzutreffen ist. Angesehene Ausleger übersetzen den hebräischen Ausdruck mit «Hochburg» (s.d.) was unbedingt treffender ist.

146. **Feuer** wird in der Heiligen Schrift oft in Beziehung auf Gott und Sein Wirken erwähnt. Durch Feuer, das von Ihm ausgeht, bekundet Er die Annahme der Opfer, die Menschen darbringen (1. Mose 15, 17; 3. Mose 9, 24; Richt. 6, 21; 1. Kön. 18, 38; 1. Chron. 22, 26; 2. Chron. 7, 1). Es wird auch zur Durchführung der Gerichte Gottes gebraucht (Ps. 148, 8). Strafendes Feuer fiel vom Himmel auf Sodom und Gomorrha (1. Mose 19, 24), auf Ägypten (2. Mose 9, 23), auf Nadab und Abihu (3. Mose 10, 2), auf die Rotte Korah (4. Mose 16, 35), auf die beiden Hauptleute (2. Kön. 1, 10. 12), auf die Herden und Kinder Hiobs (Hiob 1, 16). Das Feuer dient noch mit zur Durchführung des ewigen Gerichtes (Jes. 66, 24; Joel 3, 3; Matth. 3, 12; 25, 41; Offb. 19, 20; 20, 14). Es ist nach der Bibel nicht allein ein Werkzeug in Gottes Hand, sondern auch ein Sinnbild und eine Darstellung Seiner leitenden und schützenden Gegenwart (2. Mose 13, 21s.; 14, 20; 4. Mose 14, 4; Neh. 9, 12. 19; Sach. 2, 9). Durch das Zeichen der Feuersäule und der Feuermauer um Jerusalem wird Gottes Leitung und Schutz angedeutet. Feuer ist schließlich ein Symbol der göttlichen Heiligkeit in ihrer reinigenden und läuternden Wirkung (2. Mose 3, 2; Mal. 3, 2; Matth. 3, 11; Apostelg. 2, 3), aber auch in ihrer richtenden und verdammenden Macht (Jes. 10, 17; Jer. 23, 29). Gott heißt darum ein «verzehrendes Feuer» (5. Mose 4, 24; Hebr. 12, 29; vgl. 2. Mose 24, 17).

Feuer ist ein Ausdruck des göttlichen Zornes und Seines Gerichtseifers gegen die Sünde (vgl. Ps. 79, 5; 89, 47; Hebr. 10, 27; Zeph. 1, 18). So kann nach dem Wortlaut einiger Bibelstellen vom «Feuereifer» gesprochen werden (Hebr. 10, 27; Jes. 26, 11; Hes. 36, 5; Ps. 79, 5). Es ist das verzehrende Feuer für die Abtrünnigen und Ungehorsamen. Der Feuereifer des göttlichen Strafgerichtes ist nicht nur alttestamentlich, er trifft auch die, welche der Gnade des Neuen Bundes nicht folgen (2. Thes. 1, 8).

Gott offenbart Sich in der Welt durch Seine weltbewegende Stimme vom Himmel herab. Es ist alles Gedröhn, der Donner des Gewitters. Auf jedes Donnergekrach folgt der Blitzstrahl. In diesem Sinne sagt der Psalmist: «Die Stimme Jahwes spaltete Feuerflammen» (Ps. 29, 7). Das ist eine Kundgebung der göttlichen Allmacht. Mit Feuerflammen droht, schreckt und zerstreut Jahwe Seine Feinde (vgl. Jes. 66, 15; Ps. 105, 32).

In Erinnerung an die Wolke und Feuersäule während der Wüstenreise schafft Jahwe des Tages eine Wolke und Rauch und einen Feuerglanz des Nachts (Jes. 4, 5). Wie Gott Israel schirmte, als es aus Ägypten zog, so wird Er Sein Volk der endgültigen Erlösungszeit schützen. Es ist eine Kundgebung der göttlichen Gnadengegenwart, die erhaben über dem gegenwärtigen Natur- und Weltlauf steht.

147. **Finger Gottes** ist eine bildliche Bezeichnung Seiner Allmacht und Wirksamkeit. Die Zauberer in Ägypten, die keine Stechmücken aus dem Staube hervorbringen konnten, sagten zu Pharao: «Das ist Gottes Finger» (2. Mose 8, 19). Was Er schafft, kann mit keines Menschen Gewalt nachgemacht werden. Die Allmacht des göttlichen Fingers bewundert der Sänger im Blick auf das großartige Schöpfungswerk (Ps. 8, 4). Jesus trieb mit «Gottes Finger» die bösen Geister aus (Luk. 11, 20). Die Dämonenaustreibung kennzeichnet der Herr als eine reine Wirkung Gottes. Es ist mit anderen Worten Gottes wirkende Kraft durch Jesus (vgl. Luk. 5, 17; 6, 19). Der göttliche Wille wurde durch Ihn verwirklicht. Gottes Finger offenbart nach der Schrift Seine Allmacht in der Schöpfung, gegen heidnische Zauberer und dämonische Geister.

148. **Flamme Jah's** ist nach Hohelied 8, 6 die Liebe. Der hier zu erwägende Versteil lautet: «Lege mich an wie einen Siegelring an dein Herz, wie einen Siegelring an deinen Arm; denn stark wie der Tod ist Liebe, fest wie der Scheol ihr Eifer, ihre Gluten sind Feuergluten, wie eine Flamme Jah's.» Die Liebe soll mit einem Zeichen der Würde, einem Siegelring oder Pfand verbürgt sein. Sie ist das teuerste Gut der unzertrennbaren Gemeinschaft. Die Braut wünscht vom Bräutigam, daß sie in seinem Herzen eingegraben werde, sie will nicht, daß die Liebe aus ihrem Herzen schwindet. Ihre Liebe ist durch schwere Feuerproben hindurchgegangen. Wahre Liebe ist stärker als Tod und Unterwelt. Echter Liebeseifer, Liebesinbrunst ist nach dem hebräischen «schalhebethjah» eine Flamme Jahwes. Sie ist keine menschliche Tugend, sondern eine von Gott erregte und unzerstörbare Flamme oder Feuerglut. Ähnliche Bilder von der Macht der Liebe finden sich in der klassischen Literatur. Wotenobbi bei Bohlen sagt: «In das liebende Herz flammt hoch die Glut der Begierde; stärker als Höllenglut, welche dagegen nur Eis ist.» Weil die wahre Liebe eine von Jahwe angefachte Flamme ist, kann der stärkste Wasserstrom sie nicht auslöschen. Angeschwollene Ströme, die alles mit sich fortreißen, vermögen die Liebe nicht wegzuschwemmen.

149. **Fleisch,** hebräisch «Baschar», griechisch «sarx», ist im Johannesevangelium, im 1. und 2. Johannesbrief, in einigen Paulusbriefen und im Hebräerbrief eine Bezeichnung für die Incarnation (Fleischwerdung) Jesu Christi.
1.) Die klassische Stelle für die Incarnation des Sohnes Gottes sind die Worte des Evangelisten Johannes: «Und das Wort ward Fleisch»

(Joh. 1, 14). Die Fleischwerdung Christi ist schon mit dem Kommen in Sein Eigentum in Bezug auf das Verhältnis zu Israel erwähnt worden (Joh. 1, 11). Die gleiche Tatsache wiederholt der Schreiber des vierten Evangeliums hinsichtlich der ganzen Menschheit. Die beiden Verben «Er kam» (Joh. 1, 11) und «Er wurde» (Joh. 1, 14) sind zu beachten. Das letztgenannte Zeitwort bezieht sich auf das völlige Eingehen des Wortes in das menschliche Leben. Der einfache, aber inhaltreiche Satz: «Und das Wort ward Fleisch», umfaßt den wunderbarsten Gegenstand des Glaubens in seiner ganzen Größe. Wenn auch der Name «das Wort» (s.d.) hier wiederkehrt (vgl. Joh. 1, 1), so liegt jetzt doch der Nachdruck auf dem Prädikat: «Ist Fleisch geworden.» Das Schöpfungswort, dem alles sein Dasein verdankt, das auch uns geschaffen hat, ist selbst ein Glied unserer Menschheit geworden.
a.) Mit «Fleisch» wird die menschliche Natur bezeichnet, die sich der göttliche Logos (s.d.) völlig aneignet. Fleisch ist die Bezeichnung für den ganzen Menschen, nicht allein für den menschlichen Körper, sondern auch für das menschliche Wesen mit Geist, Seele, Leib (vgl. 1. Thes. 5, 23). Die Heilige Schrift benennt mit «Fleisch» die Art des Menschen in seiner Schwachheit und Sterblichkeit, bei welchem die Möglichkeit der Versuchung und der Sünde liegt (vgl. Ps. 78, 39; Jes. 40, 5. 6; Joel 3, 1; Matth. 26, 41; Joh. 17, 2). Das ist der Zustand, zu dem sich das ewige Wort herabgelassen hat.
b.) Der Name «Fleisch» für den Sohn Gottes enthält zunächst den Gedanken, daß der Logos den immateriellen Zustand des göttlichen Wesens verlassen hat. Das ewige Wort nahm einen Leib an, es ließ sich wie die Kreatur in die Schranken von Zeit und Raum einschließen. Wenn der Evangelist geschrieben hätte: «Das Wort hat einen Leib angenommen», würde er die Idee der Incarnation nicht völlig erschöpft haben. Jesus besaß während Seines Erdenlebens mit einem menschlichen Leib eine menschliche Seele und einen menschlichen Geist. Er war ein ganzer Mensch, was in dem Wort ausgedrückt wird: «Er ward Fleisch.» Der Ausdruck «Fleisch» bezeichnet nicht allein die Sichtbarkeit und Leiblichkeit Jesu, sondern auch ebenso wenig nur die Armut und Schwachheit Seiner irdischen Erscheinung. Johannes beabsichtigt vielmehr, die Vollständigkeit der menschlichen Natur Christi zu beschreiben, durch welche Er wie wir leiden, sich freuen, versucht wurde, kämpfen, lernen, lieben, beten konnte. Die Ausdrucksweise: «Das Wort ward Mensch» (s.d.) enthält keineswegs diese Gedankentiefe. Jesus wäre damit eine bestimmte menschliche Person mit einer Sonderstellung. Um diesen Sinn nicht auszusprechen, bedient sich Johannes des Wortes «Fleisch». Wenn Jesus Sich auch Selbst «Mensch» nennt (Joh. 8, 40), dann kommt durch diesen Namen noch ein anderer Gedanke zum Ausdruck.
c.) Logos und Fleisch (sarx) sind die denkbar größten Gegensätze. Beide Begriffe und die Kluft zwischen den Ausdrücken werden durch das Verbum «egeneto» (es ward) verbunden und überbrückt. Der wirkliche Sinn des Wortes «werden» ist zweifellos die Verwendung eines Gegenstandes in den anderen, wenn es bei einem substantiven

Prädikat steht. Der johanneische Satz: «Das Wort ward Fleisch» hat im Laufe der Jahrhunderte Anlaß zu verschiedenen dogmatischen Folgerungen gegeben, die sich widersprechen. Nach einer Lehransicht behielt der Logos die ganze Fülle seiner göttlichen Eigenschaften, das Fleisch war seine äußerliche Umhüllung. Im Gegensatz zu dieser Ansicht betont der Apostel eine völlige Veränderung des göttlichen Logos in Fleisch bis auf den Grund. Die Vollbedeutung des Wortes «werden» ist durch die Theorie «der communicatio idiomatum» (Mitteilung der Wesenseigentümlichkeiten der beiden Naturen in Christo) umgangen worden. Die göttliche und die menschliche Natur, obgleich sie streng unterschieden wurden, sind beide in Christo vereinigt.
Diese Anschauung wird mit folgenden Worten umschrieben: «Das Wort, das im Anfang war und bei Gott war und Gott war (Joh. 1, 1), hat nicht aufgehört zu sein, was vorher war, als es Fleisch ward; es ward aber, was es vorher nicht war.» Der wirklichen Bedeutung des Verbums «werden» entspricht keine dieser Konsequenzen der Dogmatiker.
d.) Der Satz: «Das Wort ward Fleisch» kann nur bedeuten, daß das göttliche Wort ganz ins menschliche Dasein eingetreten ist und auf das göttliche Dasein verzichtet hat. Christus blieb dieselbe Person, aber Er vertauschte den göttlichen Stand gegen den menschlichen Stand. Der Inhalt des johanneischen Satzes ist nicht, daß zwei entgegengesetzte Naturen in einer Person nebeneinander stehen. Die göttliche Natur ist vielmehr in die menschliche übergegangen, daß die menschliche Natur stufenweise in die göttliche umgebildet wurde, um in den endgültigen und völligen Besitz der Fülle Gottes zu gelangen.
Die Aussage: «Das Wort ward Fleisch» enthält das größte Geheimnis, was alle christologischen Kontroversen der Jahrhunderte nicht enthüllt haben. Dieser so unbegreifliche Satz für den menschlichen Verstand gehört zum echten Glaubensbekenntnis. Die Verleugnung dieses Glaubenssatzes wird durch den Geist des Antichristen ausgesprochen (vgl. 1. Joh. 4, 3; 2. Joh. 7).
2.) Die johanneische Auffassung von der Incarnation Jesu Christi ist mit der paulinischen Lehranschauung identisch. Die verschiedenen Äußerungen der Paulusbriefe dieser Art sind keine bloßen Wiederholungen des Gedankens im Johannesevangelium, sondern sie enthüllen noch andere Seiten der Fleischwerdung Christi.
a.) Die Fleischwerdung des Sohnes Gottes gehört nach paulinischer Ansicht mit zum Hauptinhalt des Evangeliums. Das erste, was von Ihm ausgesagt wird, ist Sein Eintritt in menschliches Leben als ein Nachkomme des Geschlechtes David (Röm. 1, 3). Diese Tatsache wird durch den Zusatz: «kata sarka» (nach Fleisch) bekräftigt. Verschiedene Ansichten existieren über diese beiden griechischen Worte. Die Erklärung, daß Jesus nur rücksichtlich des Fleisches ein Nachkomme Davids war, sofern Er ein menschliches und leibliches Leben auf Erden führte, ist abzuweisen. Das griechische «kata sarka» (nach Fleisch) kann auch keinen Gegensatz zu «kata pneuma hagiosynes» (nach dem Geist der Heiligkeit) darstellen. Ebensowenig ist die Deutung

annehmbar, daß «nach Fleisch» den Sinn haben soll, bei der Entstehung des menschlichen Lebens Christi sei es nach Fleischesart zugegangen. Es bleibt allein übrig, daß «kata sarka» mit «ek spermatos David» (aus Samen Davids) in Verbindung steht, was die Bedeutung von Eintritt in ein «Dasein nach Fleisch» hat. Der Sohn Gottes, der als ein Sprößling des davidischen Geschlechtes ins Dasein trat, kam damit in ein fleischgemäßes Dasein.
Das war ein leibliches Leben, wie es alle Menschen führen mit allen Gebrechen und Schwachheiten. Der Lebensanfang Jesu war ein Eintritt, der als Zustand «nach Fleisch» dargestellt wird. Der Sohn Gottes ist zu dem Davidssohn und Menschenkind von Fleisch und Blut im Erdenleben ein starker Kontrast. Der Gottessohn, der auch ein schwaches Menschenkind war, ist dazu bestimmt, Sohn Gottes in Kraft zu sein (Röm. 1, 4). Er kam nicht als Gott zu uns, sondern Er ist völlig entleert, daß Er kam in dem, was wir Menschen sind, in Fleisch.
Christi fleischliche Herkunft von den Vätern Israels ist der höchste Vorzug des auserwählten Volkes (Röm. 9, 5). So oft die leibliche Abstammung und die äußere Erscheinungsform des Messias erwähnt wird, steht in diesem Zusammenhang auch irgend ein Hinweis auf den Gegensatz der Gottheit oder Gottessohnschaft des Fleischgewordenen. Das geschieht auch an dieser Stelle. Christus, der was Fleisch betrifft (griechisch: to kata sarka) ein Mensch war und als solcher dem jüdischen Volke angehörte, aber nach der anderen Seite Seines Wesens, der Gott (s.d.) über alles ist (ho on epi panton).
b.) Ziemlich schwierig sind die apostolischen Worte: «Denn das Unmögliche des Gesetzes, indem es geschwächt war um des Fleisches willen, hat Gott, während Er Seinen eigenen Sohn in der Gleichheit des Fleisches der Sünde sandte, und wegen der Sünde verurteilt die Sünde im Fleische» (Röm. 8, 3). Mit Nachdruck wird betont, daß nur Gottes eigener Sohn vollbringen konnte, was dem Gesetz unmöglich war. Christus wurde als Gottessohn in die Welt gesandt, oder in menschliches Leben versetzt. Es ist dem Apostel ein Anliegen, den Kontrast zwischen Gottessohnschaft Christi und der Erscheinungsform «in Gleichheit des Fleisches der Sünde» (en homoiomati sarkos harartias) völlig klarzustellen.
Die Wendung: **«Gleichheit** des Fleisches der Sünde», in welcher der Sohn Gottes in diese Welt gesandt wurde, ist zunächst schwer zu erklären. Das griechische «homoioma» bedeutet nach der LXX das ähnlich Gemachte, Gewordene, Seiende, Bild, Gestalt, Figur, einem anderen ähnlichen oder gleichen (vgl. Offb. 9, 7). In den Paulusbriefen (Röm. 1, 23; 5, 14; 6, 5; Phil. 2, 7), in Hebräer 2, 17 wird der Ausdruck für «das Gleiche» und «das Ähnliche» benutzt. Der Sinn unserer Stelle ist, Gott sandte Christum in einer Erscheinungsform, die dem «Fleische der Sünde» gleich ist. Beza erklärt: «In forma consimiti carni peccato obnoxiae» (In der ähnlichen Gestalt des geknechteten Fleisches durch die Sünde). Die Ausdrucksweise besagt nicht, daß die Menschengestalt des Gottessohnes anders war als die der übrigen Menschen. Die apostolischen Aussagen betonen keine besonderen Eigen-

tümlichkeiten des Fleisches Christi (vgl. Röm. 1, 3; 6, 5; Phil. 2, 7; 3, 21; Gal. 4, 8; Hebr. 2, 17; 4, 15), wenn auch Seine Gottheit der angenommenen Menschheit gegenübergestellt wird (vgl. Röm. 1, 3; Phil. 2, 6). Paulus wählt nicht das Wort «homoioma» um eine **Verschiedenheit,** sondern um eine **Gleichheit** zu betonen (vgl. Hebr. 2, 17). Christus vollzog das Erlösungswerk, indem Er uns in allem gleich war.
Der Teil der Wendung «Fleisch der Sünde» läßt sich mit der Sündlosigkeit Christi schwer zusammenreimen. Umschreibungen dieses Begriffes führen nicht weiter. Die Erklärung «natura humana sensibus subjecta» (Die den Sinnlichkeiten unterworfene menschliche Natur) entspricht nicht der Ausdrucksweise und ist für das «Fleisch Christi» undenkbar. Unglücklich ist auch die Übertragung: «Fleisch der sündlichen Menschen.» Die Gleichheit bezieht sich hier auf «Fleisch» und «Sünde». Um die Gleichheit des Fleisches Christi und der Menschen und die Unsündlichkeit Jesu festzuhalten, wird oft an diesen Worten willkürlich gekünstelt.
In welchem Sinne sandte Gott Seinen eigenen Sohn in der Gleichheit des Fleisches der Sünde? Das Fleisch Christi kann sicherlich kein Fleisch der Sünde sein, wie das bei uns Menschen der Fall ist. Es dürfte hier der gleiche Gedanke wie in 2. Korinther 5, 21 sein, wo zu lesen ist, Gott hat Ihn zur Sünde gemacht. So wurde Er auch nach Galater 3, 13 ein Fluch (s.d.) für uns. Für das Verständnis der Redewendung: «Gleichheit des Fleisches der Sünde» ist zu erwägen, daß nach dem alttestamentlichen Opferbegriff das Sühnopfer selbst sündig wurde, die ihm auferlegte Sünde wurde die Seinige und an Ihm gestraft (vgl. Joh. 1, 29; 2. Kor. 5, 21). Die Anwendung dieser Vorstellung auf die schwer verständliche Wendung bewahrt allein vor falschen Folgerungen. In diesem Falle ist die Tatsache der Sündlosigkeit Christi damit kein Widerspruch.
Der Sinn der schwierigen Stelle ist: Der Sohn erschien in der Gleichheit des Fleisches der Sünde. Christus nahm als Sohn Gottes Fleisch an wie alle von Adam abstammenden sündigen Menschen, doch ohne Selbst ein Sünder zu werden. Durch Seine Fleischwerdung war es Ihm möglich, Sich in die Gemeinschaft der Sünder zu stellen. Er wurde versucht wie wir, mußte im Leiden Gehorsam lernen, aber Er hatte und tat keine Sünde (Hebr. 4, 15). Er erschien als ein Sündopfer (s.d.); die Strafe, die zu unserer Versöhnung nötig war, lag auf Ihm. Gott verurteilte die Sünde im Fleisch, daß sie ihre Macht über den Menschen verlor. Durch die Sendung des Sohnes Gottes in Gleichheit des Fleisches der Sünde hat das Gesetz des Geistes des Lebens in Christo Jesu uns frei gemacht von dem Gesetz der Sünde und des Todes.
c.) Die Fleischwerdung des Sohnes Gottes, einer der wichtigsten Kernpunkte des biblischen Heilsglaubens, ist ein anerkanntes und großes Geheimnis der Gottseligkeit (1. Tim. 3, 16). Nach einer anderen Leseart heißt es: «Gott ist erschienen in Fleisch.» Diese Schriftstelle wird von jeher als ein alter Gemeindewechselgesang angesehen. Sechs kurze Sätze beziehen sich auf die Fleischwerdung, Verherrli-

chung und Offenbarung Jesu Christi. Gottes Herniederkommen auf die Erde bildet den Anfang. Der Wechselgesang schildert alles, was durch den fleischgewordenen Gott auf Erden geschehen ist. Die Erscheinung in Fleisch, die Rechtfertigung im Geist, werden hier so nebeneinandergestellt, wie an anderen Stellen (Röm. 1, 4). Fleisch ist die menschliche Natur, welche die Folgen der Sünde getragen hat; Geist bezeichnet Sein göttliches Wesen, durch welchen Er als Gottes Sohn erreichen konnte, daß Er über Sünde und Tod triumphierte.
Die gleiche Gegenüberstellung enthüllen die Worte: «Der zwar getötet wurde dem Fleische nach, aber lebendig gemacht wurde dem Geiste nach» (1. Petr. 3, 18). Christus, den Gott in Gleichheit des Fleisches der Sünde sandte, mußte einen gewaltsamen Tod über Sich ergehen lassen. Er war an einen Leib gebunden während Seines Erdenlebens, der unserem mit Sünden behafteten Leib gleich war. Dem sterblichen Fleisch entspricht der ewige göttliche Geist, das Lebensprinzip des neuen Lebens. Jesus, der zur Sühnung unserer Sünden in den Tod ging, empfing für das Leben in Schwachheit und Schranken des Fleisches ein Leben in Macht und Freiheit des Geistes.
3. Der Hebräerbrief bringt mit der Fleischwerdung des Sohnes Gottes die Ursache der Errettung in Beziehung. Christus konnte der Urheber des Heils für Seine Kinder nur unter der Voraussetzung Seines Todesleidens und Seiner Incarnation werden. Sein Kommen in Fleisch rechtfertigt der Schreiber des Briefes durch den Hinweis, daß die Kinder Gottes Menschen sind, die Fleisch und Blut haben. Christus hat deren Teil angenommen (Hebr. 2, 14). Die Reihenfolge «Blut und Fleisch», was sonst in umgekehrter Stellung vorkommt, ist im Hebräerbrief wichtig. Die Redewendung bezeichnet die menschliche Natur. «Blut» (griechisch Haima) steht an erster Stelle im Blick auf das Blutvergießen, was eine so hohe Bedeutung hat, daß Christus die menschliche Natur annahm. Die Wendung zeigt gleichzeitig die Leiblichkeit. Christus ist in dieser Beziehung den Menschen gleich geworden.
Die beiden grundtextlichen Ausdrücke «koinoneo» – «gemeinsam haben» und «paraplesios» – «vollkommene Übereinstimmung, vollständige Gleichartigkeit», als auch «metesche» – «teilhaftig werden», führen tiefer in die Gedanken als nur Übersetzungen oder Umschreibungen.
Zwischen Christus und den Kindern Gottes besteht eine Bluts- und Fleischesgemeinschaft. Die Perfektform besagt, daß diese Gemeinschaft zustande gekommen ist und bleibt. Von einer Verschiedenheit der menschlichen Natur Christi und der Menschennatur der Kinder Gottes ist keine Rede, sondern von einer völligen Gleichheit. Der Sohn Gottes nahm Fleisch und Blut an, um in die Gemeinschaft der Menschen einzutreten. Es wird lediglich das natürliche Verhältnis berücksichtigt, in welchem zwischen Christus und den Menschen eine völlige Gleichheit besteht. Die Sündlosigkeit wird nicht erwähnt. Der Ausdruck «Fleisch und Blut» bezeichnet die Menschennatur nicht nach ihrer Sündhaftigkeit, sondern nach ihrer Hinfälligkeit, Leidensfähigkeit und Sterblichkeit. Es ist eine Tatsache, die der Vergangenheit angehört, daß Christus in gleicher Weise wie wir Blutes und

Fleisches teilhaftig wurde. Christus hat als der Erlöser die menschliche Natur noch an sich, wird sie auch ewig beibehalten, aber in verherrlichter Gestalt. Jesus hat Fleisch und Blut angenommen, um sterben zu können, denn in Seinem Opfertode liegt das Heil der Welt.

Bisher wurde nur die Tatsache der Incarnation Christi festgestellt. Es ist noch ein Hinweis auf die Notwendigkeit Seiner Fleischwerdung vorhanden. Er mußte den Brüdern in allem gleich werden, damit Er ein barmherziger und treuer Hoherpriester wurde (Hebr. 2, 17). Der Hebräerbrief bingt seinen Hauptgedanken vom Hohenpriestertum Christi mit Seiner Fleischwerdung in Beziehung. Hier wird nicht allein die Gleichheit Seines Daseins, sondern auch die Seines ganzen Lebens dargestellt: Seine ganze Lebensgeschichte entfaltete sich auf dem gleichen Boden, wie das Leben Seiner Brüder, mit Ausnahme der Sünde. Die Hebräerbriefstelle faßt die gesamte Erscheinung Christi mit ihrer Schwachheit und Niedrigkeit, ihrem Leiden und Tode, mit Seiner Todesangst in Gethsemane und Seiner Gottverlassenheit am Kreuze zusammen. Dieses Gleichwerden mit dem menschlichen Dasein geschah, damit Er ein barmherziger und treuer Hoherpriester wurde, um die Sünden des Volkes zu sühnen.

Er hat Selbst die schwache irdisch-menschliche Leiblichkeit in Seinem Erdenleben getragen, daß Er Mitleid mit unseren Schwachheiten haben kann (Hebr. 4, 15). Die Verbindung Christi mit dem Menschengeschlecht durch Seine Fleischwerdung ist durch Sein Hindurchgehen durch die Himmel nicht aufgehoben. Christus hat Mitleid (griechisch sympatheia) mit unseren Schwächen, was ausgesprochen wird durch: «Der da versucht worden ist in allem auf gleiche Weise aber ohne Sünde.» Die Allgemeinheit und Gleichartigkeit der Versuchungen Christi und der Menschen wird durch den Zusatz «ohne Sünde» begrenzt und erläutert. Christus war uns in allem gleich geworden, in einem, der Sünde, war Er uns **nicht** gleich. Obgleich Er ohne Sünde war und blieb, erfuhr Er die Macht der Sünde an Sich Selbst, aber nur in dem Sinn, als Er die Sündenlast des ganzen Menschengeschlechtes auf Sich nahm und ihre Bitterkeit in höchstem Maße auskostete. Keiner kann darum mit den Sündern ein so großes Mitleid haben wie Er.

Das ganze Erdenleben des Herrn mit Seinen Schwächen und Versuchungen bezeichnet der Hebräerbrief als «Tage seines Fleisches» (Hebr. 5, 7). Es war die Zeit Seiner Erniedrigung, in welcher Er die Folgen der Sünde zu tragen hatte. Dadurch, daß Christus in allem den Brüdern gleich war, hatte Er die Möglichkeit «Mildherzigkeit» (metropathein) zu üben. Die Leidensfähigkeit durch Seine Fleischwerdung, die Ihn mit der menschlichen Schwäche vertraut machte, ermöglichte Ihm die Mildherzigkeit, die für Sein Hohespriestertum sehr wichtig ist.

150. Ein **«Fluch»** für uns wurde Christus durch Seinen Kreuzestod (Gal. 3, 13). Der aus Glauben Gerechtgesprochene ist von dem Fluch des Gesetzes losgekauft. Alles, was unter dem Gesetz lebt und strebt, ist vom Gesetz aus mit Fluch belastet. Dieser Wirkung des Gesetzes

steht Christus mit Seiner Rettungstat gegenüber. Das Gesetz rechtfertigt nicht, es überhäuft mit Fluch. Christus hat uns von der Gewalt des Fluches, welcher vom Gesetz her drückt, freigekauft. Der kräftigste Beweis dafür ist der Kreuzestod. Paulus sagt damit nichts Neues, aber Sein versöhnender Opfertod (vgl. Gal. 1, 4; 2, 20; 3, 10) ist das Fundamentaldogma des Evangeliums für das Judentum und für alle Völker.

Christus hat die Gesetzesübertreter, was alle Menschen sind, vom Fluche des Gesetzes losgekauft. Das bestehende Recht des heiligen Gesetzes ist nicht durch einen Machtspruch oder ein Gnadenwort aufgehoben oder vernichtet worden, sondern auf dem Wege der Stellvertretung wurde die Forderung des Gesetzes erfüllt. Christus wurde ein Fluch **für uns**. Es heißt nicht «unter dem Fluch», daß Er wie ein Schuldner dem Gesetzesfluch unterworfen war, ebensowenig lautet der Text: «ein Verfluchter», sondern ein «Fluch». Dieser abstrakte Ausdruck ist gewählt, um nicht die Person des Herrn als Gegenstand des Gesetzes oder Gottesfluches anzusehen. Christus wurde nur wie ein Verfluchter für die Verfluchten behandelt. Es ist dasselbe, daß Er zur Sünde gemacht wurde (vgl. 2. Kor. 5, 21). Christus hat Sich stellvertretend als einen Verfluchten behandeln lassen; Er hat den Fluch, der die Schuldner treffen sollte, auf Sich genommen. Die bedeutsamen Worte «für uns», wo sie immer vorkommen, bedeuten «anstatt» oder Stellvertretung. Christus konnte ein Fluch an Stelle der Verfluchten werden, weil Er Selbst nicht unter dem Fluche stand, sondern Gottes Willen erfüllte und ohne Sünde ein Gegenstand des göttlichen Wohlgefallens war. Der Preis des Loskaufens galt dem Gesetz. Das Gesetz ist wie ein Machthaber, der seine Schuldner im Fluche, im Gefängnis verschlossen hält. Weil das Gesetz der Ausdruck der göttlichen Gerechtigkeit ist, sieht Gott diesen Kaufpreis als einen gerechten Ausgleich an. Der Loskauf geschah durch das Zum-Fluch-Werden Christi an unserer Stelle. Es war eine Tat Seiner freien Liebe. Die im Fleisch geoffenbarte und gewordene göttliche Liebe leistet selbst, was Gottes Gerechtigkeit von den Sündern zu fordern hatte.

Die Tatsache, daß Christus für uns ein Fluch wurde, begründet Paulus aus dem mosaischen Gesetz (5. Mose 21, 23). Nach dieser Schriftstelle wurde ein gesteinigter oder hingerichteter Verbrecher zur Abschreckung öffentlich an einen Pfahl gehängt. Das Hängen am Holze bedeutet der Fluch, der über den Gesetzesübertreter erging. Wenn die Kreuzesstrafe auch erst durch die Römer eingeführt wurde, so war es doch eine Schaustellung oder Kundmachung der Verwirklichung des Fluches. Der Kreuzestod Christi ist ein Zeichen dafür, daß Christus der Träger eines Fluches wurde. Das Kreuz hat Christum zum sicht- und greifbaren Ausdruck des Fluches gemacht. Er wurde dadurch förmlich zu einem gestempelt, der Sündenschuld und den Sündenfluch über sich hatte. Dem Zeugnis der Wahrheit folgend ist der entgegengesetzte Schluß zu ziehen. Christus war durch den Kreuzestod zum Sünder und Fluchbeladenen gestempelt, aber sünd- und schuldfrei, daß Er fremde Sünden an Seinem Leibe am Kreuze ertrug (2. Kor. 5, 21; 1. Petr. 2, 24), und den Fluch fremder Schuld erduldete und erlitt. Er hat den Fluch, der vom Gesetz aus gegen die Übertreter gerichtet war, in jeder Form auf Sich genommen. Christus hat dem Gesetze volles Genüge geleistet. Um den Preis Seines Kreuzesleidens hat Er die dem Fluche Verfallenen vom Fluche des Gesetzes rechtsförmlich und vollgültig losgekauft.

151. **Flügel,** nach der hebräischen Wurzel «kanaph» – «verbergen», ist oft ein Bild des liebevollen und sicheren Schutzes, den das Volk Gottes oder Gläubige bei Gott finden. David redet mit Vorliebe von den Flügeln Gottes, was an die Adlerflügel (s.d.) in den mosaischen Schriften erinnert. Das Doppelbild vom «Schatten der Flügel» Gottes ist eine echt davidische Prägung. Die Bildersprache des Psalmsängers enthüllt hier den Gedanken an den Vogel, der seine Jungen bei herannahender Gefahr mit den Flügeln bedeckt und verbirgt.
«Flügel Gottes» sind die Ausspannungen und Erweisungen der Liebe, mit welcher Er Seine Geschöpfe in den Schirm Seiner Gemeinschaft aufnimmt. Der «Schatten» dieser Flügel ist die erquickende Ruhe und Sicherheit, welche die Gemeinschaft der göttlichen Liebe denen gewährt, die sich vor der Hitze äußerer und innerer Anfechtung unter sie flüchten. Flügel (arabisch ganofo), Schutz, Zuflucht, Hilfe sind auch im Arabischen Wechselbegriffe.
a.) Während der Verfolgung durch Saul bittet David, Gott möge ihn geborgen sein lassen im Schatten Seiner Flügel (Ps. 17, 8). Der Schatten der Flügel Gottes ist die Obhut der bergenden Liebe vor Anfechtung und Verfolgung, denn die Menschenkinder suchen dort ihre Zuflucht (Ps. 36, 8). Der Gedanke an die Zuflucht im Schatten der Flügel Gottes wird wiederholt (Ps. 57, 2). Die Schirmung der sanften göttlichen Liebe und die damit verbundene treuliche Tröstung sucht der Dichter immer wieder. Er möchte Bergung unter dem Schatten der Flügel Gottes finden, bis das Verderben (hebräisch hawuoth), die Fülle des abgrundtiefen Verderbens vorüber ist.
b.) Ein kühnes Verlangen nach dem göttlichen Schutz liegt in den Worten: «Ich will weilen in deinem Zelte ewiglich; ich will Zuflucht suchen in der Schirmung deiner Flügel» (Ps. 61, 5). Durch das hier angewandte Verbum «gur» will der Sänger Gottes Gastfreund und Schützling sein. Im Zelte, zur Zeit als Gott noch keine feste Wohnung hatte, wollte er Schutz genießen. Dieses Bild erfährt eine kühne Steigerung dadurch, daß er Zuflucht unter Gottes Flügel finden möchte.
c.) Der Verfolgungszeit, als David in einer wechsellosen Wüste leben mußte, entstammt ein Morgenlied. Kein Grün erfreut auf der weiten Fläche das Auge. Durch die Felsengründe rauscht kein Bach, ausgenommen in der Regenzeit. Bei dieser Trostlosigkeit, die ihn umgibt, haben die Verfolger seinen Untergang im Sinn. Mitten in dieser trostlosen Wüste und unter den lauernden Feinden ist Gott seine Hilfe. Unter dem Schatten der Flügel Gottes weiß er sich wohl geborgen (Ps. 63, 8). Er gewährt ihm Kühlung in der Hitze der Anfechtung und Schirmung vor den Verfolgern. In diesem Schutze der göttlichen Liebe

kann er jubeln. Dieses Morgenlied ist wie die Psalmen aus der Not geboren.

d.) Das Alte Testament gedenkt noch der Flügel Gottes im sogenannten «Schir pegaim» – «Lied der Widerfahrnisse». Es ist ein Schutzlied bei Gefahren verschiedener Art. In der Schirmung des Höchsten (s.d.) und im Schatten des Allmächtigen (s.d.) findet der auf Ihn Trauende und Zufluchtsuchende Errettung vor des Voglers Strick und vor der Pest des Verderbens. Gemeint ist hier mit der Pest der Verderbens, der des Todes Gewalt hat (vgl. Hebr. 2, 14; 2. Tim. 2, 26); des Voglers Strick ist ein Bild der Todesgefahr (Pred. 9, 12). Der Dichter erinnert sich in diesen großen Todesnöten der Flügel Gottes (Ps. 91, 4; vgl. 5. Mose 32, 11). Gott schirmt die Seinen wie ein Adler mit seinen großen und starken Schwingen, Er gewährt ihnen Deckung und Obhut.

e.) Der letzte Prophet des Alten Bundes, Maleachi, verheißt Heilung unter den Flügeln der Sonne der Gerechtigkeit (Mal. 3, 20). «Sonne der Gerechtigkeit» (s.d.) ist ein Name Christi. Der Sonne werden hier, wie der Morgenröte (Ps. 139, 9) und dem Winde (Ps. 104, 3) Flügel beigelegt, um die Schnelligkeit der Sonnenstrahlen zu bezeichnen. Die «Flügel der Sonne» werden auf zweifache Weise gedeutet. Einerseits eilt die Sonne herbei, um Heilung zu bringen; andererseits stellen die Flügel dar, was die Sonne schützend und erwärmend über die Gottesfürchtigen ausbreitet. Die zweite Erklärung dürfte dem Texte entsprechen. Die Heilung **unter** ihren Flügeln bedeutet nicht ihre Schnelligkeit, sondern die Geborgenheit.

f.) Das Bild von der Henne, die ihre Küchlein unter ihre Flügel sammelt (Matth. 23, 37) ist dem Alten Testament fremd. Wie ein Adler seine Jungen aufweckt, zum Mitfliegen anregt, über ihnen schwebt und sie auf seinen Flügeln trägt (5. Mose 32, 11), so offenbart sich Jahwe Seinem Volke. Immer freundlicher und liebreicher zeigen die Psalmen die Schirmung unter dem Schatten der Flügel Gottes. Die schirmende und schützende Gottesliebe wird von der Zärtlichkeit der Liebe Christi überboten, die wie eine Henne die Flügel über ihre Küchlein breitet. Der Prophetenmörderin Jerusalem stehen die Flügel noch offen ehe sie von den Adlerkrallen des Gerichtes erfaßt wird. Die Anwendung des Bildes erinnert an das Prophetenwort: «Wie die flatternden Vögel, so wird Jahwe Zebaoth (s.d.), Jerusalem überschirmen, überschirmend und rettend, verschonend und befreiend (Jes. 31, 5). Gottes Löwengrimm (Jes. 31, 4) verwandelt sich in die zärtlichste Mutterliebe. Jesajah mahnt durch das halb furchtbare und halb tröstliche Zukunftsbild Jerusalem zur Umkehr (Jes. 31, 6). Jesus erinnert durch das liebliche Bild von den Flügeln der Henne, wie oft die Kinder Jerusalems die göttliche Gnade zu ihrer eigenen Verdammnis verworfen haben. Ihr Nichtwollen, das absichtliche Verwerfen der göttlichen Liebe ist die Ursache ihres Untergangs. Jerusalem muß die Strafe wegen seiner Verschmähung Christi tragen. Jesu Weggang aus seiner Mitte verursacht die Verödung seines Hauses. Dieser Zustand ist für Israel kein Dauerzustand. Wenn der Herr wiederkommt, am Ende der gegenwärtigen Weltzeit, wird Jerusalem, das sich jetzt durch Seine Liebe noch nicht sammeln läßt, Ihn dann mit Freuden aufnehmen und als König begrüßen (Matth. 23, 39). In diesem Zusammenhang die Allversöhnung zu sehen, ist ein totaler Irrtum. Jerusalem, das sich in Hartnäckigkeit nicht sammeln ließ, wie eine Henne ihre Küchlein unter ihre Flügel sammelt, muß durch Gerichte hindurch, bis es in anderer Herzensgesinnung den einst verworfenen Messias im Namen Jahwes segnend willkommen heißt.

152. **Fremder** ist nach dem Luthertext eine Gottesbezeichnung in der Gebetsfrage: «Warum stellst du dich, als wärest du ein Gast (s.d.) im Lande und ein Fremder, der nur über Nacht darin bleibt?» (Jer. 14, 9.) Der Grundtext lautet: «Wozu bist du wie ein Fremdling im Lande, und wie ein **Wanderer,** der übernachtet?» Das hebräische «aroach» ist nicht mit «Fremder», sondern mit «Wanderer» zu übersetzen. Die LXX liest «esrach» – «Einheimischer» und überträgt dementsprechend «autochthon», «Einheimischer oder Ansiedler». Die Lesart des masorethischen Textes ist die richtige. Der Beter leitet seine Frage mit dem Worte «lamah» (wozu, warum) ein, es ist der leidenschaftliche Ausruf der Betrübnis und des Vorwurfes, der zum Wesen und Stil der Klage gehört (vgl. Jer. 14, 19; 15, 18; 20, 18; 8, 22; Ps. 22, 2). Die Erregtheit der Frage Jeremiahs, aus welchem Grunde Jahwe nur wie ein Wanderer im Lande übernachtet, ist verständlich, wenn bedacht wird, daß Israel Gottes Besitz ist (vgl. 3. Mose 25, 23; 5. Mose 32, 43; 2. Chron. 7, 20; Ps. 85, 1) unter Seinem Volke, wo Er wohnen will (2. Mose 25, 8; 29, 43-46; Hes. 37, 27; Hos. 2, 18). Jahwe, der Besitzer des Landes scheint fern zu sein, als kümmerte Ihn die katastrophale Dürre nichts. Gott der Allgewaltige, der sonst immer Israels Helfer war, scheint jetzt ratlos zu sein um helfen zu können. Jahwe, der sonst der «Gott Israels» (s.d.) heißt, wird in der Zeit der Bedrängnis ganz nach menschlicher Weise mit einem «Wanderer» oder einem «Fremden» verglichen, der sein Land und Volk bald wieder verläßt.

153. Ein **«Fremdling»** war nach der Frage des Kleopas Jesus, der auf dem Wege nach Emmaus den Auferstandenen nicht erkannte. Er fragte: «Bist du allein ein in Jerusalem wohnender Fremdling, und hast nicht erfahren, was dort in diesen Tagen geschehen ist?» (Luk. 24, 18). Das griechische «paroikeo» – «daneben wohnen, als Fremder in einer Stadt oder einem Lande wohnen»; bezeichnet nicht den vorübergehenden Aufenthalt eines Zugereisten oder Durchfahrenden, sondern die dauernden Niederlassungen eines Menschen, der in einem anderen Lande geboren oder beheimatet ist. Die Meinung, Jesus wäre nicht in Jerusalem beheimatet, beruhte wohl nicht nur auf Seiner veränderten Gestalt (vgl. Mark. 16, 12), sondern auch auf den Klang der Stimme und die fremdartige Färbung der Sprache (vgl. Joh. 20, 14-16). Das führte zu der Meinung, Jesus wäre ein Fremdling oder ein Ausländer.
Beim Völkergericht erklärt der Herr den Gesegneten und Verfluchten, daß Er ein Fremdling geworden ist (Matth. 25, 35. 38. 43. 44). Die zur Rechten Stehenden haben Ihn aufgenommen, die zur Linken Stehen-

den nahmen Ihn nicht auf. Luther übersetzt das griechische «xenos» mit Gast, was dem hebräischen «areach» – «Wanderer» und «ger» – «Fremdling» entspricht. Ein Wanderer weiß die gastliche Aufnahme zu schätzen, ein Fremder bedarf des Schützers. Wenn die Geringsten geistliche Aufnahme finden und geschützt werden, rechnet der Herr das so hoch an, als wäre es Ihm Selbst widerfahren. Was hierin versäumt wird, sieht Er so an, daß es Ihm vorenthalten wird.
Christus wird in der Alttestamentlichen Weissagung als «Fremdling» bezeichnet. Das geschieht im 69. Psalm, der nächst dem 22. Psalm im Neuen Testament am meisten zitiert wird. Er gehört zu den messianischen Leidenspsalmen. Die typische Weissagung erhebt sich von David zu Christus. Gewisse Psalmen, in welchen das Augenmerk besonders stark auf das Vorbild gerichtet ist, sind im engeren Sinne messianisch. Wegen dieser Tatsache kann nicht jeder Einzelzug, der auf David paßt, als messianisch angesehen werden. Der Zusammenhang der Zitate aus dem 69. Psalm im Neuen Testament und die Möglichkeit der Anwendung auf das Leben Jesu Christi, können den Weg zu einer richtigen Deutung zeigen.
Das Wort des Psalmisten: «Entfremdet bin ich geworden meinen Brüdern und ein Fremdling den Söhnen meiner Mutter» (Ps. 69, 9), hat sich mehrfach im Leben des Herrn bewahrheitet. Hier kommt die höchste Verlassenheit zum Ausdruck, die einem Verachteten und Geschmähten widerfahren kann (vgl. Ps. 38, 12; Hiob 19, 13; Jes. 53, 3). Dem nächsten Verwandten fremd zu werden, erlebte auch Jesus. Seine Jünger und Freunde flohen zur Stunde des Leidens. Petrus sagte sogar: «Ich kenne den Menschen nicht.» Die Nichtaufnahme bei den Seinen (Joh. 1, 11) erfüllt sich auf manche Weise. Hier ist die Verwerfung in Nazareth und der Unglaube Seiner leiblichen Brüder (Joh. 7, 5) nicht zu übersehen. Was David vorbildlich erfahren mußte (vgl. 1. Sam. 17, 28. 29), erfüllte sich bei Christus buchstäblich. Er wurde ein Fremdling, damit wir eine Heimat im **ewigen Vaterhause** finden.

154. Meine **Freude** und Wonne (s.d.) wird Gott nach dem Luthertext genannt, zu dessen Altar der Psalmsänger kommen will, weil er unfreiwillig fern vom Heiligtum sein muß (Ps. 43, 4). Das hebräische «El-simchath gili» ist mit «Gott, der Freude meines Frohlockens» zu übersetzen. Es liegt hier ein gehäufter Ausdruck vor, der eine Verstärkung bedeutet. Gott ist der Gegenstand der frohlockenden Freude. Die LXX übersetzt: «pros ton Theon ton euphrainonta then neoteta mou» – «Zu Gott, der meine Jugend erfreut.» Diese einzigartige Gottesbezeichnung steht in Psalm 43, der ursprünglich die 3. Strophe des Psalms bildete. Der dreimalige Refrain: «Was bist du niedergebeugt, meine Seele, und stöhnst in mir? Harre auf Gott, denn ich werde ihm noch danken, daß er meines Angesichtes Heil und mein Gott ist!» (Ps. 42, 6. 12; 43, 5), läßt den Zusammenhang beider Psalmen erkennen. Der Kehrvers zeigt den Kontakt der tiefen Trauer nach außenhin, bei welcher das Innere trotzdem in dankbarer Freude frohlockt. Das ist der Grundgedanke beider zusammengehörigen Psalmen.

Der Dichter des Psalms, ein Glied der korahitischen Sängerfamilie, welche die Tempelmusik ausführte, mußte unfreiwillig in weiter Entfernung vom Heiligtum auf Zion leben. Seine betrübte Seele tröstet sich mit der Aussicht auf Gottes baldige Hilfe. Weinen und Fröhlichsein, Lobpreis und Sehnsucht nach der Stätte der Gnadengegenwart Gottes wechseln in seinem Liede miteinander ab. Der Psalmsänger liebt Gott, und so sehnt er sich nach Ihm. Er teilt mit jedem Israeliten die Liebe und das Verlangen nach dem Heiligtum in Jerusalem, um Gott mit der Schar der Auserwählten Loblieder darzubringen (vgl. Ps. 26, 6-8; 27, 4; 84, 2-5; 122, 1). Der Dichter wünscht, aus der Verbannung heimkehren zu können, um freudig zum Altar Gottes zu eilen.
Der Psalmist kennt mehr als einen äußeren Kultus; außer allen erhebenden Feiern im Tempel weiß er um das Höchste. In heiliger Begeisterung nennt er Gott: «die Freude meines Frohlockens.» Sein Blick haftet nicht an äußeren gottesdienstlichen Formen, sondern er sucht den Quellort der frohlockenden Freude nur bei Gott. Er kennt nur die Freude, die von Gott ausgeht. Darum möchte er dahin kommen, wo Gott gegenwärtig ist, wo die Freude wie in Strömen fließt (vgl. Ps. 36, 9). Gott ist nicht allein die Quelle, der Geber und Erhalter Seiner Freude, sondern Seine frohlockende Freude selbst. Darin liegt das Geheimnis der Freude mitten in der tiefsten Traurigkeit.

155. **Freund** der Zöllner und Sünder wird Christus von Seinen Gegnern genannt (Luk. 7, 34). Im Matthäusevangelium wird das griechische «philos» (Freund) mit «Geselle» (s.d.) übersetzt (vgl. Matth. 11, 19). Christus wurde so bezeichnet, weil Er im Gegensatz zur Askese Johannes des Täufers an Gesellschaften und Gastmählern, wo gegessen und getrunken wurde, teilnahm. Wegen Seines freundlichen Umgangs mit Zöllnern und Sündern wurde der Herr übel beurteilt. Christus verkehrte mit diesen Leuten, um sie von der Sünde abzuwenden. Er war der Sünder Freund, aber der Feind der Sünde.
Im Hohenliede wird der Bräutigam der Braut siebenundzwanzigmal Freund genannt. Die Hoheliedspoesie deutet den Inhalt dieses Buches auf Christus und Seine Gemeinde.

156. **Freundlichkeit,** griechisch chrestotes, erschien mit der Menschenliebe (s.d.) durch Gott unseren Erretter (s.d.) oder Heiland (s.d.). Der Ausdruck des Grundtextes wird auch mit «Güte» (s.d.) übersetzt (Tit. 3, 4). Freundlichkeit und Menschenliebe sind zu unterscheiden. Die erste göttliche Vollkommenheit bezeichnet Seine Huld (s.d.), die zweite mehr Seine Barmherzigkeit (s.d.) gegen die Menschen, beide Begriffe sind mit Gnade (s.d.) identisch, oder in diesem Falle mit «Gnade des Erretters» (Tit. 2, 11) gleichbedeutend. Gottes Freundlichkeit haben auch schon die Gläubigen des Alten Bundes geschmeckt und gesehen (Ps. 34, 9), es war aber nur eine erste Dämmerung gegen den angebrochenen Heilstag des neutestamentlichen Zeitalters. Was dort verheißen ist, wurde durch Christum erfüllt.

Die hebräische Übersetzung «noam» aus dem griechischen «chrestotes», was auch Freundlichkeit und Huld bedeutet, läßt im Alten Testament ein sehnsüchtiges Verlangen nach der göttlichen Freundlichkeit erkennen. David begehrte, im Hause Jahwes Gottes Freundlichkeit zu schauen (Ps. 27, 4). Andere Übersetzungen fassen hier «noam» als «Lieblichkeit, Huld» (vgl. Sach. 11, 7. 10) oder «Schöne» auf. Der Psalmsänger möchte im Tempel Gott und Seine Gemeinschaft genießen, eine Freundlichkeit, die in Seiner Gnade und Liebe begründet ist. David hat diesen Gebetswunsch von Moseh übernommen, der das große Sterben in der Wüste sah und die Bitte aussprach: «Es zeige sich die Freundlichkeit Jahwes unseres Gottes über uns!» (Ps. 90, 17.) Jeder Sterbefall, wenn dieser Sterbepsalm gelesen wird, sollte uns, die Sterblichen ermuntern, mit dieser mosaischen Bitte zu beten in dem Bewußtsein, daß Gottes Freundlichkeit in Christo erschienen ist.
Gott wird in einer Anzahl Psalmen (Ps. 34, 9; 100, 5; 106, 1; 107, 1; 118, 1; 135, 3; 136, 1; 119, 68) nach dem Luthertext als freundlich bezeichnet, wörtlich übersetzt heißt Er «gut». Das heißt, Gott tut Gutes und offenbart damit Sein gutes Herz und Seinen Liebeswillen. Seine Freundlichkeit und Gutherzigkeit lenkt alles zum Besten. Er läßt sich in Seiner Güte zu den Menschen herab. Die Sünder mißbrauchen oft Seine Freundlichkeit, was Er in Seiner Langmut dann nicht immer straft. Gottes Freundlichkeit ist am vollkommensten in Christo erschienen. Es möge immer bedacht werden, daß Gottes Freundlichkeit oder Güte (griechisch chretos) zur Sinnesänderung leiten will (Röm. 2, 4). Der Reichtum Seiner Freundlichkeit soll darum nicht verachtet werden (vgl. Röm. 11, 22).

157. **Friede,** hebräisch «schalom», griechisch «eirene» ist nach biblischer Auffassung das Gegenteil von Krieg (Matth. 10, 34; vgl. Jer. 4, 10), Uneinigkeit (Luk. 12, 51), Feindschaft (Jer. 9, 8) und Unordnung oder Zänkerei (1. Kor. 14, 33). Friede ist das Fundament des Gemeindelebens (Röm. 14, 19; Gal. 5, 22; Eph. 4, 3). Der neutestamentliche Sprachgebrauch von «eirene» – «Friede» ruht auf dem alttestamentlichen «schalom», was in erster Linie «Unversehrtsein, Heil, Wohlbefinden» bedeutet. Das hebräische «schalom» bezieht sich auf den geordneten Zustand einer Gemeinschaft oder das ungestörte Verhältnis zwischen verschiedenen Personen (vgl. Jer. 20, 10; Ps. 41, 10; Jer. 38, 22). Im übergeordneten Sinn ist Friede ein unangefochtenes und ungestörtes Wohlbefinden. Der Mensch besitzt nicht den wahren Frieden, sein Dasein ist nur Unruhe und Streit (vgl. Hiob 7, 1; 14, 1. 6. 14); die göttliche Barmherzigkeit und Errettung schafft und schenkt allein Frieden (vgl. Ps. 85, 8. 9).
Die Botschaft der Heiligen Schrift zeigt den Frieden als ein messianisches Heilsgut, der durch Gottes Gnade und Freundlichkeit geschaffen wird. Der «Friede Gottes» (Phil. 4, 7), «der Friede Christi» (Kol. 3, 15) zeigen die Quelle dieses Heils. Der Name «Gott des Friedens» (s.d.) erläutert den Begriff in seinem ganzen Umfang. Die Wendungen: «Jahwe ist Friede» (s.d.), «Dieser ist Friede», «Er ist unser

Friede», die als Eigennamen aufzufassen sind, enthalten die gleiche Gedankenfülle.
Dem Richter Gideon erschien unter der Eiche in Ophra der Engel Gottes (Richt. 6, 11). Der Bote beauftragte ihn, Israel zu retten. Nachdem er erkannte, einen Engel Gottes von Angesicht zu Angesicht gesehen zu haben, fürchtete er sich, sterben zu müssen. Die tröstliche Zusage: «Friede mit dir! Fürchte dich nicht, du wirst nicht sterben» (Richt. 6, 23), durfte er als einen Beweis der Versöhnung auffassen. Der göttliche Bote war nicht gekommen, um Israel zu strafen, sondern um zu helfen. Gott half auf Grund der Verzeihung. Diese Verzeihung ist der Friede. Gideon war davon überzeugt, daß er einen Altar baute und denselben «Jahwe-Schalom» – «Jahwe ist Friede» (Richt. 6, 24) nannte. Mitten in einer unruhigen und bewegten Zeit, da der Krieg vor der Türe stand, offenbarte sich Gott als «der Friede».
Der Name «Friede» findet im Alten Testament noch seine Anwendung auf den Namen des Messias. Der Prophet Michah zeigt Christi Geburtsort und Königreich. Sein Reich setzt Sein ganzes Erlösungswerk voraus. Er verschafft aller Gerechtigkeit Gottes ihre Erfüllung. Michah schaut Christi erste Erscheinung in Niedrigkeit und die Geschichte des messianischen Königreiches am Ende der Tage. Wenn Er Seine Herrschaft auf die ganze Erde und über die Grenzen Israels ausdehnt, wird die Gemeinde Christi in Ruhe und Sicherheit leben. In der Majestät des Namens Seines Gottes weidet Er Seine Herde in der Kraft Jahwes. Der Name Gottes ist ein Hinweis auf die Fülle Seiner Taten, durch welche Er Seine Herrlichkeit offenbart.
Christus, der in Seinem Reiche Seine Herrlichkeit enthüllt, tritt auf in der Fülle der göttlichen Kraft, wie kein irdischer König (vgl. Jes. 45, 24). Von Ihm, dem herrlichen König, sagt der Prophet: «Und dieser ist Friede» (Mich. 5, 4). Die Erklärung: «Dann wird uns Friede sein» ist sprachlich unmöglich. Was Michah sagt, übertrifft die Worte Sacharjahs: «Und er wird den Völkern Frieden werden» (Sach. 9, 10). Der Messias ist Selbst der Friede. Die hebräischen Worte: «wehajah seh schalom» sind zweifellos eine Anspielung auf den Namen Salomoh. Er ist das Gegenbild dieses Friedenskönigs (vgl. Ps. 72, 7). Christus trägt den Frieden in Sich und verleiht ihn als der Friedefürst (s.d.) den Seinen (Jes. 9, 5; Joh. 14, 27). Das geschieht, wenn Assur in das Land einfällt, oder eschatalogisch gesprochen, wenn die Antichristen und der endzeitliche Antichrist gegen die Gemeinde Christi kriegerisch vorgehen. Christi Name: «Dieser ist Friede» ist die Sicherheit und Ruhe im Reiche Gottes gegen alle feindlichen Angriffe.
Im Anklang an die Stelle des Propheten Michah schreibt Paulus: «Denn er ist unser Friede» (Eph. 2, 14). Die Propheten bezeichnen allgemein das messianische Zeitalter als eine Friedenszeit. Aus diesem Grunde wird der Messias in der jüdischen Theologie «schalom» – «Friede» genannt. Dieser allgemeine Charakterzug des messianischen Dienstes wird von den meisten Auslegern übersehen. Die Bedeutung der Worte ist abgeschwächt worden. Christus ist nicht nur unser Friedensstifter. Er hat den Frieden durch Seine Selbstdahingabe zu-

standegebracht. Fast alle Erklärer legen Nachdruck darauf, daß **Er unser Friede ist,** es muß vielmehr betont werden, daß **Er** der Friede beider ist. In Ihm sind beide, Juden und Heiden, eins, weil Sein gekreuzigter Leib beide mit Gott versöhnt hat. Durch diese Versöhnung können dann beide eins sein. Weil beide in Ihm eins sind, ist Er der Friede beider. Er ist der Friede; es ist keine Ausgleichung des Hasses zwischen Juden und Heiden, sondern der Friede des Versöhnens, wodurch beide den Zugang zum Vater haben (Eph. 2, 17). Im Folgenden (Eph. 2, 14-18) schildert Paulus, was Christus alles getan hat. Durch diese vollbrachten Werke ist Er unser Friede geworden.
Diese fünf Verse rauschen wie ein Friedenshymnus unter dem Kreuze Christi daher. Paulus greift den Frieden zwischen beiden versöhnten Menschheitshälften durch Christi Blut auf. Die Vereinigung von Juden und Heiden ist das Friedenswerk Christi.
Wie Christus unsere Versöhnung (1. Joh. 2, 2) und unsere Gerechtigkeit ist (Jer. 23, 6) so ist Er auch unser Friede. Auf Christi vollendetes Friedenswerk folgt die Friedensverkündigung denen in der Ferne und denen in der Nähe (Eph. 2, 17). Das Ganze erinnert an die Verheißung Jesajahs (Jes. 57, 19). Die logisch umgekehrte Reihenfolge der Fernen und der Nahen bedeutet die Ausbreitung der Friedensbotschaft in der Heidenwelt und danach in Israel.

158. **Friedefürst,** hebräisch «sar-Schalom» ist ein Name des verheißenen Jungfrauensohnes (Jes. 9, 5). Die hebräische Bezeichnung erinnert an Salomoh, welcher die Friedensherrschaft vorbildete. In der messianischen Zeit das Aufhören aller Kriege zu erwarten, würde eine falsche Folgerung aus diesem Namen sein. Der Aufrichtung des ewigen Friedensreiches gehen manche Gerichte und zuletzt der Kampf mit dem Antichristen voraus. Keine Weltmacht und keine Dämonie vermag die Verwirklichung des ewigen Friedens zu hindern oder zu vereiteln.
Bezeichnend ist hier die Reihenfolge der beiden Namen «Ewig-Vater» (s.d.) «Friedefürst». Er ist nicht allein Inhaber der Ewigkeit, sondern auch ein zärtlicher, treuer und weiser Vater, der die Seinen liebt und versorgt. Er ist als Ewig-Vater ein väterlicher König. Der starke Gott benutzt Seine göttliche Macht in Ewigkeit zum Besten Seines Volkes. Der fünfte Name in dieser jesajanischen Aufzählung nennt darum den in Aussicht gestellten Messias «Friedefürst». Christus ist ein Fürst, der alle kriegerischen und friedestörenden Gewalten beseitigt und unter allen Völkern Frieden schafft (Sach. 9, 10). Der Messias erscheint in der Völkerwelt als der Friede (s.d.) selbst (Mich. 5, 4). Er wird geboren, um die davidische Herrschaft zur ewigen Friedensherrschaft zu erheben. Was Er heißt, das ist Er. Der Zusammenhang erklärt, daß Er da sein wird: «Zur Mehrung der Herrschaft und zum Frieden ohne Ende auf Davids Thron und über sein Reich, und zu befestigen und zu stützen durch Gericht und Gerechtigkeit von nun an bis auf ewig» (Jes. 9, 6). Der Jungfrauensohn bringt eine weitausgedehnte Königsherrschaft und einen endlosen Frieden, wenn Er auf dem Throne Davids sitzt und Sein Reich verwaltet. Das Auge des Propheten weilt mit besonderer Freude

auf dem Bilde des Friedens im messianischen Reiche. Jesajahs Blick ist von Anfang an auf dieses Friedensgemälde gerichtet. Die prophetische Beschreibung läßt vor allem den geistlichen Charakter dieses Reiches erkennen. Die Grenzerweiterung und der ewige Friede sind die Basis des Königreiches Christi. Die Weltreiche vermehren und erweitern sich durch Kriege. Der Friedefürst wird über alle Völker regieren, um die Kriegswaffen in nützliche Kulturwerkzeuge umwandeln zu lassen (Jes. 2, 2-4; Mich. 4, 1-3). Er mehrt Sein Reich nicht durch Krieg, sondern mit friedlichen und geistlichen Waffen. Den Anbruch Seines Friedensreiches dürften wir erwarten. Christus ist der Friedefürst. Seine Gemeinde hofft auf ein Gottesreich, in welchem Gerechtigkeit und Friede wohnt (Röm. 14, 17). Vgl. «Sohn der Jungfrau»!

159. **Fromm** ist in einigen alttestamentlichen Stellen eine Eigenschaft Gottes nach dem Luthertext. Die grundtextlichen Ausdrücke haben jedoch einen anderen Sinn. Der Liederdichter Johann Hermann ist durch die Lutherübersetzung angeregt worden, das Lied zu dichten: «O Gott du frommer Gott, du Brunnquell guter Gaben!»
Im Abschiedsliede Mosehs heißt es von Gott nach dem Grundtext: «Gerecht und gerade ist er!» (5. Mose 32, 4.) Das hebräische «jaschar» bedeutet nicht fromm, sondern gerade, rechtschaffen, redlich. Die Gerechtigkeit und Geradheit der Wege Gottes und Seiner Werke ist für Menschen, die durch Strafgerichte heimgesucht werden, sehr schwer zu erkennen. Es wird hier mit Nachdruck betont, weil der Mangel an dieser Erkenntnis der erste Ausgangspunkt des Unglaubens ist. Die Einsicht, daß der Heilige (s.d.) mit Recht straft, bewahrt vor dem Irrtum, zu glauben, Gott macht es nicht richtig.
Der Psalmsänger sagt von Gott: «Gut und gerade ist Jahwe, darum unterweist er die Sünder auf dem Wege!» (Ps. 25, 8.) Güte und Geradheit sind hier vereinigt. Gott meint es gut und redlich. Die Geradheit wird von Seiner Güte bestimmt, daß Er Sünder auf dem Wege belehrt. Eine tiefe Herablassung Gottes, der als der Heilige Sich zu den Sündern neigt, um sie vor dem Wege des Verderbens zu bewahren.
Ein an Erfahrungen göttlicher Gerechtigkeits- und Gnadentaten reiches Leben ist dazu da, das Bekenntnis zu bekräftigen, daß Jahwe gerade ist und keine Unredlichkeit in Ihm ist (Ps. 92, 16; vgl. 5. Mose 32, 4). Er wird nie einen Anlaß geben, an Seiner Redlichkeit irre zu werden. Gläubige im hohen Alter sind Zeugen Seiner unwandelbaren Treue.
Die Lutherübersetzung in 2. Samuel 22, 26 und Psalm 18, 26: «Bei den Frommen bist du fromm», entspricht nicht dem Grundtext. Nach dem hebräischen «thammim» – «vollständig, ganz, vollkommen» ist zu übersetzen: «Mit dem vollkommenen Mann bist du vollkommen.» Die ungeteilte Hingabe an Gott wird dem Menschen rückhaltlos wieder vergolten. Das Umgekehrte ist, daß Er die Verkehrten in ihrer Verkehrtheit dahingibt (Röm. 1, 28) und daß Er sie auf seltsamen Wegen zur Verdammnis führt (vgl. Jes. 29, 14; 3. Mose 26, 23). Diese Worte und

die folgenden enthalten eine wichtige Wahrheit. Gottes Verhalten ist immer ein Spiegelbild der menschlichen Gesinnung. Er verfährt in Gerechtigkeit mit dem Menschen nach seinem Verhalten Ihm gegenüber (vgl. 1. Sam. 2, 30; 15, 23).

160. **Frucht** wird in einem dreifachen Sinne im Alten und im Neuen Testament auf den Messias angewandt.

a.) Der Prophet Jesajah nennt mit vier messianischen Herrlichkeitsnamen «die Frucht des Landes», hebräisch «peri haarez», die zur Hoheit und Pracht den Entronnenen Israels sein wird (Jes. 4, 2). Die beiden Beziehungen «Sproß» (s.d.) oder «Zemach» (s.d.) und «Frucht des Landes» wollen einige Ausleger auf den Erntesegen und den reichen Ertrag der Erde anwenden, den Jahwe schenkt. Zur Begründung werden einige Schriftstellen angeführt (vgl. 1. Mose 2, 9; Ps. 104, 14; Jes. 61, 11). Die Fruchtbarkeit des Landes wird ständig als ein Merkmal der messianischen Zeit in der Prophetie betont (vgl. Jes. 30, 23). Die fruchtreichen Fluren Israels sollen zum Ruhm der Völker werden (vgl. Hes. 34, 29; Mal. 3, 12; Joel 2, 17). Ausführungen dieser Art stehen dem Inhalt der prophetischen Rede entgegen. Es ist hier zu erwägen, daß Jahwe selbst als Schmuck und Zierde des Restes Israels bezeichnet wird (Jes. 28, 5).

«Zemach oder Sproß» und «Frucht des Landes» sind Parallelglieder, die sich ergänzen. Der große König der Zukunft heißt Zemach (s.d.), der als Sproß aus irdisch-menschlich-davidischem Boden hervorgeht. Jahwe hat Ihn in die Erde gesenkt und läßt Ihn zur Zierde Seiner Gemeinde durchbrechen und hervorsprießen. «Die Frucht des Landes» ist der Ergänzungsname zu Zemach für den Messias. Christus ist die Frucht, die das Land Israel bringt. Er ist die Frucht, in welcher alles Wachsen und Blühen in der irdischen Heilsgeschichte ihren verheißungsvollen und gottgewollten Abschluß erreicht. Neutestamentlich betrachtet ist der Zemach und die Frucht des Landes das Weizenkorn (s.d.), das Gott durch Seine erlösende Liebe in die Erde senkte, das durch die Auferstehung die Erde durchbrach; dieses Weizenkorn neigte am Pfingsttage seine reiche Ähre zur Erde, schüttete ihre Samenkörner aus, durch welche die Gemeinde Christi bis ans Ende der Tage gezeugt und geboren wird. Der Doppelname Christi kennzeichnet rein alttestamentlich gesehen die zweifache Herkunft. Der Messias kommt von Jahwe, andrerseits aus der Erde, indem Er aus Israel hervorgeht.

b.) Elisabeth sagte zu Maria, der Mutter Jesu, voll Heiligen Geistes mit starker Stimme: **«Gesegnet ist die Frucht deines Leibes»** (Luk. 1, 42). Diese Wendung ist rein hebräisch und erinnert an die Worte nach der LXX: «Gesegnet sind die Erzeugnisse deines Leibes» (5. Mose 28, 4). Die Mutter Johannes des Täufers preist Maria wegen des in sie gelegten Keimes des verheißenen Davidssohnes.

c.) In Erinnerung an einige alttestamentliche Schriftstellen (vgl. 2. Sam. 7, 12; Ps. 131, 11; 89, 4; 36) lautet der Hinweis des Petrus, daß Gott mit einem Eide dem David bekräftigte, von der **Frucht seiner Lenden** werde auf seinem Throne sitzen (Apostelg. 2, 30). Nach einer anderen

Lesart heißt es: «Frucht seines Leibes». Frucht Seiner Lenden ist der gebräuchlichere Ausdruck (vgl. 1. Mose 35, 11; 2. Chron. 6, 9; Hebr. 7, 5. 10). Dieser bekannte Hebräismus (mechalazeka) setzt die Vorstellung der ununterbrochenen männlichen Stammfolge von David bis auf Christus voraus.

161. **Frucht des Landes** siehe Zweig des Herrn!

162. **Fülle,** griechisch «pleroma», wird im Neuen Testament in sehr verschiedenen Verbindungen gebraucht. Die unterschiedlichen Anwendungen des Ausdruckes ändern jedoch nichts an seiner Grundbedeutung. Der ältere Sprachgebrauch des Profangriechischen und der LXX von «pleroma» deckt sich in etwa mit dem deutschen Wort «Fülle». Der Begriff kennzeichnet zunächst den Zustand des Vollseins, Vollständigseins, den Vollbestand. Man vergleiche in diesem Sinne die Wendung «in der Fülle der Kraft». In anderer Beziehung drückt «pleroma» aus, was im Vollmaß vorhanden ist, wie z. B. «eine Fülle von Gaben». Endlich bedeutet das grundtextliche Wort, was ein Vollsein herbeiführt und was zur Vervollständigung dient. Einige neutestamentliche Stellen bezeichnen mit «pleroma» das Hineinfüllen in ein Gefäß (vgl. Mark. 6, 43; 8, 30) und die Ergänzung eines Flicken zum Kleidungsstück (Matth. 9, 16; Mark. 2, 21).
Die Bibel verwendet «pleroma» in einem mehrfachen Sinne. Der hebräische Text und die LXX erwähnen die «Fülle der Erde» (vgl. Ps. 24, 1; 1. Kor. 10, 26; Jer. 8, 16; Hes. 12, 19; 19, 7; 30, 12), des Erdkreises (Ps. 50, 12; 88, 12), des Meeres (Ps. 96, 11; 98, 7; 1. Chron. 16, 32). Hier ist von einer räumlichen Fülle die Rede. In den achtzehn neutestamentlichen Stellen wird eine Zeitenfülle (Gal. 4, 4; Eph. 1, 10), eine Juden- und Heidenfülle (Röm. 11, 12-25), eine Segensfülle (Röm. 15, 29), eine Gesetzesfülle (Röm. 13, 10), eine Fülle Gottes (Kol. 2, 9; vgl. Joh. 1, 16), eine Fülle Christi (Eph. 4, 13) und nach dem Zusammenhang in Kolosser 1, 19 eine versöhnte Schöpfungsfülle erwähnt.
Einige Ausleger wollen «pleroma» als einen Terminus technicus der heidnischen Theologie, vor allem der Gnosis ansehen. Nach den gnostischen Systemen bedeutet «pleroma» die Fülle der göttlichen, himmlischen Kraft und Geisteswesen, die Gesamtheit der Äonen. Die Gnostiker sollen nach ihrer Tendenz und der paulinischen Polemik behauptet haben, die ganze Fülle Gottes verkörpere sich erst in der Gesamtheit der Geistermächte. Paulus hat demnach seine Gegner mit ihrem eigenen Vokabular geschlagen. Diese Vermutung kann jedoch zur Erklärung des apostolischen Sprachgebrauches nichts grundlegendes beitragen.
Es ist im höchsten Grade wahrscheinlich, daß der Gebrauch des alttestamentlichen «mala» – «Fülle», voll sein, den Apostel zu der Terminologie «pleroma» veranlaßte. Im Alten Testament wird der Ausdruck von der Gegenwart der göttlichen Herrlichkeit angewandt (vgl. 2. Mose 40, 34; Jes. 6, 3). Juden fassen so auch den «Heiligen Geist» (s.d.) und die «Schechinah» (s.d.) auf, weil der Geist auf den Prophe-

ten ruht. Was die Juden unter «Schechinah», d. h. der Gegenwart der göttlichen Herrlichkeit (s.d.) verstanden haben, drückt der Apostel durch «pleroma» aus. Um zu einem Gesamtergebnis über den Sinn der Bezeichnung zu kommen, sind die einzelnen Schriftaussagen zu erwägen, in welchen «pleroma» vorkommt und mit Christus in Beziehung steht.

Christus wird im Epheser- und Kolosserbrief in verschiedenen Wendungen die «Fülle» genannt. Der Gedanke des «pleroma», der auf den ersten Blick als neu erscheint, ist im Grunde genommen ganz bekannt. Das grundtextliche «pleroma» bezeichnet die Fülle der göttlichen Kräfte, die in Christo wohnen, das entspricht genau dem, was andere Schriftstellen des Neuen Testaments mit «Geist» (s.d.) oder «pneuma» (Geist) benennen. Wenn anstelle des Wortes «pneuma» der Ausdruck «pleroma» eingesetzt wird, dann ergibt sich genau, was sich Paulus im Epheser- und Kolosserbrief unter «Fülle» vorstellte. Der Begriff «pleroma» ist noch zum Gedanken des Leibes Christi und der Gesamtpersönlichkeit Christi in Beziehung zu setzen.

a.) Der Apostel erklärt, daß es Gott wohlgefallen habe, die ganze Fülle (to pan to pleroma) in Christo wohnen zu lassen (Kol. 1, 19). In dem Sohne der Liebe sollte nicht nur ein Teil, sondern Gott in Seiner ganzen Fülle wohnen. Paulus begründet das mit der Tatsache, daß durch Ihn eine universale Versöhnung stattfindet. Es wird hier vor allem die Vollwichtigkeit der Person und des Werkes Christi betont. Vor der Fülle der Kraft Gottes (dynamis theou) müssen alle Herrschaften und Gewalten in ihrer angemaßten Selbstherrlichkeit zunichte werden. Mit Fülle wird nach dem Zusammenhang der Vollwert des Erlösungswerkes mit Nachdruck hervorgehoben. Weil in Ihm die Fülle der göttlichen Kräfte wohnt, ist Er das Haupt der Geisterwelt und der Gemeinde. Christus besitzt die Fülle; Er erfüllt darum das All und die Gemeinde; daß sie in Ihm lebt. Er ist das Haupt (s.d.) und umfaßt sie gleichsam, daß das All und die Gemeinde in Ihm beschlossen sind.

b.) Im Gegensatz zu jeder Menschenweisheit und Philosophie, die nur leerer Betrug ist, begründet Paulus: «Denn in ihm wohnt die ganze Fülle der Gottheit leibhaftig» (Kol. 2, 9). Die Herrlichkeit Gottes, alle Vollkommenheiten und Kräfte sind in Christo verwirklicht. Das Prädikat «leibhaftig» oder «leiblich» heißt mit anderen Worten: «Das Wort ward Fleisch (s.d.) und wir sahen seine Herrlichkeit, die des Eingeborenen vom Vater» (Joh. 1, 14). Gott vereinigte Sich auf das Innigste mit dem Menschgewordenen. Er wohnt in Ihm, da Er als der Verherrlichte zur Rechten Gottes thront. Es ist keine symbolische Erscheinung der göttlichen Gnadengegenwart wie über der Bundeslade des Alten Testamentes, sondern in Wirklichkeit. Das ist der stärkste Kontrast gegen die leere, trügerische Menschenweisheit, dem Naturdienst, was die Irrlehrer proklamierten.

In der Verbindung mit der leibhaftigen Fülle der Gottheit, die in Christo wohnt, schreibt Paulus von den Gliedern der Kolossergemeinde: «Und ihr seid Erfüllte in ihm» (Kol. 2, 10). Wer durch den Glauben Christum aufnimmt, hat Teil an der Fülle der Gottheit, d.h. Gottes

Herrlichkeit und Gnadengegenwart ist der Gegenstand seines Herzens. Nach einer paraphrastischen Deutung wird übersetzt: «Weil in Ihm die ganze Fülle der Gottheit wohnt, konnte es so geschehen, daß ihr in Ihm bereits zur Vollkommenheit gelangt seid.»
c.) Paulus betet für die Gemeinde um ein Vierfaches: um Stärkung des inwendigen Menschen; um Christi Wohnen in den Herzen der Gläubigen; um ein erbauliches Innewerden der vielseitigen Größe und Herrlichkeit des Hauses Gottes; um die alles übertreffende Erkenntnis der Liebe Christi. Diese vier Bitten haben das hohe Ziel, daß seine Leser mit der ganzen Gottesfülle erfüllt werden (Eph. 3, 19). Die ganze Fülle Gottes ist die Erscheinung der göttlichen Herrlichkeit auf Erden. Es ist ein Ziel, das die Gläubigen in diesem Leben erstreben sollen. Die Gottesfülle offenbart sich in der Gemeinde gleichsam auf Erden. Der Apostel wünscht, daß die Gläubigen ganz von dieser göttlichen Herrlichkeit erfüllt werden. Die Erreichung dieses Zieles hält Paulus in diesem Leben für möglich. Es ist der glückliche Gedanke von der Verwandlung in dasselbe Bild (s.d.) von Herrlichkeit zu Herrlichkeit, wie vom Herrn, der der Geist ist (2. Kor. 3, 18). Der Ausdruck bezeichnet die Vollendung des Glaubenslebens.
d.) Das Ziel der Vollendung des Glaubenslebens wird näher mit den Worten beschrieben: «Bis wir alle gelangen zu der Einheit des Glaubens und der Erkenntnis des Sohnes Gottes, zum vollkommenen Manne, zum Maße des Alters der Fülle Christi» (Eph. 4, 13). Der Ausdruck: «Fülle Christi» wird verschieden aufgefaßt. Einige glauben, es wäre hier das vollkommene Mannesalter gemeint. Andere meinen, Paulus habe einen Zustand vollkommener Erkenntnis andeuten wollen. Spätere Erklärer denken: «pleroma» wäre eine Bezeichnung der Gemeinde. Rückert erklärt den Ausdruck: «Das Höhenmaß der Vollendung Christi.» Das eigentümliche Wort «pleroma» bedeutet an dieser Stelle «die volle Gnadengegenwart Christi». Die Wendungen «vollkommener Mann» und «Maß des Alters» sind die Reife der Jahre im Gegensatz zur Unmündigkeit der Jugend. Das Maß des Mannesalters besteht in der vollen Gnadengegenwart Christi. Die Gläubigen tragen im Alter die Fülle Christi in sich, wenn Christus in ihrem Herzen wohnt.
e.) In den Worten des Johannesevangeliums: «Und aus seiner Fülle haben wir alle genommen, und zwar Gnade . . .» (Joh. 1, 16) wird «pleroma» im schönsten Sinne auf Christum angewandt. Die hier genannte «Fülle» weist zurück auf das, was vorher gesagt wird von der Herrlichkeit des eingeborenen Sohnes vom Vater voll Gnade und Wahrheit (Joh. 1, 14). Diese beiden Worte gehören zusammen und bezeichnen oft Gottes Vollkommenheit (vgl. Ps. 117, 2; 89, 2. 3). Moseh rühmt Gott als «von viel Gnade und Wahrheit» (2. Mose 34, 6). Die Fülle, von welcher Johannes schreibt, ist der unerschöpfliche Reichtum der Gnade und Wahrheit, der von dem fleischgewordenen Wort ausströmt. Aus dieser unversiegbaren Quelle darf jeder schöpfen, der an Christum glaubt. Der Zusatz: «Gnade für Gnade» bedeutet, daß eine empfangene Gnade das Angeld für den Empfang einer neuen Gnade ist. Der Reichtum Seiner Fülle ist so groß, daß an die Stelle der

früheren Gnade immer wieder eine neue kommt. Es ist ein ununterbrochener, ein sich immer erneuernder Empfang der Gnade. Wer eine Gnade hat, dem werden andere Gnaden ständig aufs Neue gegeben, damit er die Fülle habe (Matth. 13, 12; 25, 29). Was die Menschheit durch Adams Fall verloren hat, kann sie durch Christi Gnadenfülle wieder erlangen (vgl. Röm. 5, 17).

163. **Furcht Isaaks,** hebräisch «pachad jischaq» ist ein Gottesname, den nur Jakob nennt (1. Mose 31, 42. 53). Der väterliche Gott Jakobs, den auch schon Abraham verehrte, war ein Gegenstand der Furcht Isaaks. Der Name «pachad» tritt in dem Eigennamen «Zelophchad» – «der Schatten ist zu fürchten» (4. Mose 26, 33) auf, mit dem «mora» – «Furcht» (Jes. 8, 12. 13; Ps. 76, 12), d.h. Jahwe, der Furchteinflößende und Schreckende, identisch ist. Das Gegenteil dürfte der Schrecken der Nacht (Ps. 91, 5) sein. Die Furcht Isaaks ist der Gott, der Jakob als «Gott seines Vaters» erschien (1. Mose 31, 29), der aber das Leben bedrohte (1. Mose 31, 24). Das Zeugnis, das Jakob von diesem Gott ausspricht: «Wenn nicht der Gott meines Vaters, der Gott Abrahams und die Furcht Isaaks mit mir gewesen wären . . .», ist der Anfang eines Psalms, eines Dankliedes des Alten Bundes (vgl. Ps. 124, 1. 2). Wie Isaak Gott fürchtet, so hält Israel Gott für heilig, daß es Ihn preist (vgl. Ps. 22, 4).

164. **Führer** heißt Christus nach modernen Übersetzungen an zwei Stellen des Neuen Testamentes. Im Grundtext stehen dafür zwei verschiedene Ausdrücke.

a.) Auf die Frage des Königs Herodes, wo der Christus geboren werde, antworteten die Schriftgelehrten und Hohenpriester, in Bethlehem Judah, wie durch den Propheten geschrieben steht: «Und du Bethlehem, Land Juda, keineswegs bist du die Geringste aus den Fürstenstädten Judas, aus dir wird hervorgehen ein **Herrscher,** welcher weiden wird mein Volk Israel» (Matth. 2, 6). An dieser Stelle wird das griechische «hegoumenos» mit «Führer» übersetzt, was «Anführer, Lenker, Herrscher, Fürst» bedeutet. Aus dem kleinen Städtchen Bethlehem soll Israels Herrscher hervorgehen. Die Antwort der Geistlichkeit Jerusalems ist aus Micha 5, 1 entnommen, wo die LXX «ho archon tou Israel» – «Herrscher Israels» nach dem hebräischen «moschel» – «herrschend» übersetzt. Der Ausdruck «hegoumenos» unterscheidet sich nicht wesentlich von «archori» und «moschel». Weil in Matthäus 2, 6 die Weissagung Michas (Micha 5, 1) mit 2. Samuel 5, 2 kombiniert wird, ist der Name «hegoumenos» gewählt worden. Der Samuelistext lautet der LXX nach: «Du wirst weiden mein Volk Israel, und Du wirst zum Herrscher (Hegoumens) über mein Volk Israel sein» (vgl. 1. Chron. 11, 2). Dieser Herrscher unterscheidet sich von den übrigen Herrschern, denn Er weidet das Volk Gottes. Es entspricht noch ganz den patriarchalischen Verhältnissen, Christus den Herrscher mit einem Hirten (s.d.) zu vergleichen (vgl. 2. Sam. 7, 7; Ps. 2, 9; 78, 71).

b.) Gott hat Christum gegen die Absicht Seiner Feinde zum **«Anführer** und Heiland (s.d.) erhöht durch seine rechte Hand» (Apostelg. 5, 31). Der grundtextliche Ausdruck «archegos» bedeutet «Anführer, Oberanführer, Urheber (s.d.), Gründer». Er hat als solcher den ersten Schritt getan, um anderen den Weg zu bahnen und zu zeigen. Er ist der Urheber und Geber des messianischen Heils. «Archegos» im Grundtext kommt noch in verschiedenen Wendungen vor. Christus ist hiernach «der Bahnbrecher (s.d.) des Lebens», «der Herzog (s.d.) der Seligkeit»; «der Anfänger (s.d.) und Vollender des Glaubens» (s.d.).

165. **Fürsprecher,** griechisch «parakletos», hebräisch «meliz», lateinisch «Advokat», thalmudisch «peralit», bezieht sich genau genommen auf einen Gedanken, der mehrere Namen Christi vereinigt. Es sind die Namen «Helfer (s.d.), Beistand, Mittler (s.d.), Fürbitter, Advokat, Tröster» (s.d.) in diesem Zusammenhang zu erwägen. Ein Fürsprecher, Paraklet, oder Advokat, ist vor allen Dingen ein gerichtlicher Beistand oder Verteidiger eines Klienten. Im Neuen Testament kommt der Ausdruck «parakletos» nur an fünf Stellen der johanneischen Schriften vor. Jesus wird ein einziges Mal der «Fürsprecher» (1. Joh. 2, 1) genannt, die übrigen Stellen (Joh. 14, 16; 15, 26; 16, 7) wenden «Parakletos» auf den Heiligen Geist (s.d.) an. Die Lutherübersetzung «Tröster» (s.d.) in diesen Schriftworten entspricht nicht ganz dem Sinne des grundtextlichen Wortes. In diesem Zusammenhang ist die Frage zu beantworten, wie sich der Name «Parakletos» zur Person Jesu Christi verhält.
Die Tatsache, daß «parakletos» sich als Name Christi und des Heiligen Geistes nur in den Schriften des Johannes vorfindet, hat manche Erklärer auf die Idee geführt, dieser Ausdruck gehöre einem dogmatischen Vorstellungskreise an, der sich erst seit langer Zeit nach dem Tode Jesu ausgebildet habe. Die Keimzelle dieses Gedankens soll in der alexandrinischen Religionsphilosophie zu suchen sein. Es wird daran erinnert, daß der Logos (s.d.) oder Sohn Gottes (s.d.) und der Paraklet die Vergebung der Sünden und die Erlangung der Gnadengüter vermittelt haben (vgl. De vita Mosis II, 155). Damit wird die Idee gleichgestellt, daß der Logos als Mittler (s.d.) zwischen dem Schöpfer und dem Geschöpf, ja geradezu als Fürsprecher (hiketes) für die Hilfsbedürftigen und Sterblichen bezeichnet wird (Philo, Quis rerum divinarum heres I, 501). Dadurch erhält er eine hohepriesterliche Mittlerstellung zwischen Gott und der Welt (Philo, Quod a deo mittantur somnia I, 653).
Johannes soll demnach dem Vorgang der alexandrinischen Religionsphilosophie gefolgt sein, daß er das fleischgewordene Wort den Paraklet nennt, der ein Helfer und Anwalt der in Sünde und Not versunkenen Welt bei Gott ist (vgl. Joh. 12, 47).
Diese Ansicht ist nicht annehmbar. Die Herleitung aus Philo oder der alexandrinischen Religionsphilosophie beruht auf einem Festhalten an den bloßen Vokabeln, anstatt an Sätzen und Aussagen nach dem Zusammenhang. Johannes hat den Sprachgebrauch zweifellos dem Alten Testament entnommen. Es ist an den «Maleach Meliz»

(Hiob 33, 23) zu erinnern, das mit Ausleger (s.d.) und Mittler (s.d.) übersetzt wird. Ein solcher Mittlerengel hatte die Aufgabe, sich bei Gott für den schuldbeladenen Menschen zu verwenden (vgl. Hiob 5, 1). So stand auch der Engel Jahwes (s.d.) dem Hohenpriester Jesuah zur Seite (Sach. 3, 1).
Es ist noch zu beachten, daß im Alten Testament das hebräische «menachem» (Tröster) in Hiob 16, 2 die Grundlage nach Aquila und Theodotion von «parakletos» ist, während Symmachus «paragoron» – «Zuspruch, Trost» übersetzt. Der Parakletos war demnach ein Anwalt des Bedürftigen, der Trost und Hilfe benötigte. Der Fürsprecher ist gleichsam der Tröster oder der Fürbitter.
Der zum Himmel gefahrene und zur Rechten Gottes thronende Christus ist für die Seinen der Paraklet, Beistand, Helfer, Verteidiger und Anwalt, der die Sache der Verklagten führt. Er erscheint für uns vor dem Angesichte Gottes (Hebr. 9, 24). Er verwendet sich durch Seine Fürbitten für sie (Hebr. 7, 25; vgl. Röm. 8, 34). Sein Blut ruft unseretwillen im Himmel um Gnade (Hebr. 12, 24). Der Vater erhört die Gebete der Gerechtfertigten, weil Er Christum, den Gerechten (s.d.) und Heiligen (s.d.) ansieht, der ganz an unsere Stelle getreten ist. Durch Seine dauernde Fürsprache ist unser Gebet allein wirksam.
Christus opferte schon im Stande der Erniedrigung Gebet und Flehen mit starkem Geschrei unter Tränen (Hebr. 5, 7; vgl. Luk. 22, 42; Matth. 26, 39). Er betete für unwissende Sünder (Luk. 23, 34), für Petrus, Seinen Verleugner (Luk. 22, 32) und für die Übeltäter (Jes. 53, 12). Im Stande der Erhöhung bittet Christus für die begnadigten Sünder. Sein Opfer umfaßt die ganze Sünderwelt, Seine ständige Fürsprache dagegen umschließt nur die, welche durch Ihn zu Gott kommen (Joh. 17, 9). Der Name «Fürsprecher» enthält einen großen Trost für bekümmerte Menschen, die es sonst nicht wagen würden, sich im Gebet an Gott zu wenden.

166. **Fürst** ist einer, der vor anderen einen Vorzug hat. Er steht in besonderem Ansehen. Ein solcher führt die Herrschaft über seine Untergebenen. Im geistlichen und im weltlichen Stande gab es im Altertum Fürsten (vgl. 1. Chron. 10, 11. 20; 4. Mose 30, 2; 34, 18). Die hebräische Sprache hat zwei Ausdrücke: «nagid», von «nagad» – «erhaben, hohe Gesinnung, Fürst, Edler, Erhabener» und «sar» – «Oberster, Befehlshaber, Mächtiger, Herrscher, Fürst», die beide mit «Fürst» übersetzt werden. Im griechischen Neuen Testament sind diese Worte «archon» – «Anführer, Herrscher, Gebieter, Fürst, Machthaber» und «archegos» – «Wegbereiter, Bahnbrecher, Urheber», die als Grundlage in Frage kommen. Das Alte und das Neue Testament nennt Christus im absoluten Sinne einen Fürsten; meistens aber steht dieser Name mit attributiven Appositionen in Verbindung.
Der Prophet Jesajah bezeichnet Christus als den **Fürsten der Völker** (Jes. 55, 4). Der Zusammenhang, in dem dieser Name steht, ist eine messianische Weissagung. Jesajah zeigt die Heilsgüter des Königreiches Christi. Gott will mit Seinem Volke einen ewigen Bund schließen,

durch welchen die zuverlässigen Gnaden ins Leben treten. David soll der Zeuge (s.d.), Fürst und Gesetzgeber (s.d.) der Völker werden, die sich fröhlich und freiwillig Israel anschließen. Unter David verstehen viele Erklärer den Messias, der den Namen Seiner Vorbilder führt (vgl. Jer. 30, 9). Im Gegensatz zu den Auslegern, welche die messianische Deutung in Frage stellen, kann das Zitat aus Jesajah 55, 3 in Apostelgeschichte 13, 34 angeführt werden, wonach die Gnadengüter, die dem David zugesagt wurden, Christus gebracht hat.
Der Messias ist der Zeuge, der Fürst und der Gesetzgeber der Völker. Diese Verbindung der drei Namen ist wichtig. Das Zeugentum ist mit dem Fürstentum unmittelbar verbunden. Die messianische Herrschaft der Zukunft unterscheidet sich erheblich von der früheren davidischen Regierung. Sie beruht nicht auf Waffengewalt, sondern auf der Kraft des Zeugnisses. Der David des Alten Bundes wird nie ein Zeuge genannt, wohl oft heißt er ein Fürst über Israel (vgl. 2. Sam. 6, 12; 7, 8; 1. Sam. 25, 30; 2. Sam. 5, 2). David wird immer ein Fürst Israels genannt, er übte daneben nur die Zwingherrschaft über einige heidnische Völker aus, der Messias ist dagegen der **Fürst der Völker.** Er ist im umfassendsten Sinne der Völkerregent.
Der Prophet Hesekiel zeigt den Exulanten in seiner Weissagung vom Hirten Israels das Wiederaufgrünen der Verheißung an David. Gottes Zusage: «Und ich, der Herr, werde ihnen Gott sein, und mein Knecht David **Fürst** in ihrer Mitte, ich, der Herr, habe geredet» (Hes. 34, 24), findet in Christo ihre höchste und wirkliche Erfüllung (vgl. Hos. 3, 5). Der größte davidische Nachkomme ist im vollsten Sinne der Knecht Gottes (s.d.). Das göttliche Regiment hat sein Vorbild in David in Beziehung auf seinen früheren Hirtenberuf (vgl. 2. Sam. 7, 8; Ps. 78, 70. 71). Der Fürst in Israels Mitte wird als «Knecht» bezeichnet, um seine Erwählung anzudeuten (vgl. Jes. 42, 1). Mit dem Wohnen des Fürsten unter seinem Volke steht die Schließung des Friedensbundes in Verbindung (Hes. 36, 25). Der Friede Gottes wird durch den Friedefürsten, durch den Messias vermittelt (Jes. 9, 5). Die gesamte Schöpfung genießt diesen Frieden.
In dem Gesicht vom Widder und vom Ziegenbock schaute Daniel ein kleines Horn, oder das griechisch-syrische Reich des Seleukus (Dan. 8, 9), das aus geringen Anfängen zu großer Macht emporstieg. Antiochus IV. Epiphanes, war der Regent dieses Reiches. Dieser König trieb seine frevelhafte Vermessenheit so weit, daß er seine Hand sogar gegen das Heer des Himmels erhob. Er übte Gewalt und versuchte, zerstörend in die himmlische Geisterwelt einzugreifen (Dan. 8, 10). Der unheimliche Herrscher lehnte sich noch gegen den **Fürsten des Heeres** (hebräisch sar hazzaba) auf. Einige Erklärer stellen diesen Namen mit Jahwe Zebaoth gleich. Antiochus nannte sich in seinem Frevelmut selbst Gott. Er führte den Kultus des olympischen Zeus für alle Völker seines Reiches ein. Mit satanischer Gewalt widersetzte er sich dem **Fürsten der Fürsten** (hebräisch sar sarim) (Dan. 8, 25). Es ist eine Auflehnung gegen den Messias. Seine Anschläge gelingen ihm nur durch Gottes Zulassung, weil er eine Zuchtrute zur Erziehung

Seines Volkes war. Ohne Zutun einer Menschenhand wurde er zerbrochen.

Im Gesicht von den 70 Jahrwochen nennt Daniel Christus **«den Gesalbten, den Fürsten»** (Dan. 9, 25). Der hebräische Text lautet einfach: «maschiach nagid». Aus dem Fehlen des Artikels läßt sich nichts folgern. Es kann nicht übersetzt werden: «Bis auf den gesalbten Fürsten.» Nach dem Sprachempfinden des Herbäers folgt das Adjektiv immer dem Substantiv. Das Zusammentreffen beider Namen «Gesalbter» (Messias) und «Fürst» ist zu beachten.

Der Inhalt von Daniel 9, 25-26 zeigt den Messias Jesus und Seinen Kreuzestod. Der Name Messias steht mit den angekündigten Heilsgütern, der Sündenvergebung, der ewigen Gerechtigkeit, in Verbindung. Es sind Merkmale der messianischen Zeit. Dieser Messias tritt nach 69 Jahrwochen auf, wenn die Erteilung der Gnadengüter an das Bundesvolk erfolgt. Der messianische König ist der Urheber dieser Güter. Er ist von allen Propheten der angekündigte Messias.

Der Messias ist der «Fürst». Er führt noch, wie Sein Vorahne David (2. Sam. 7, 8), an noch anderen Stellen diesen Namen (Jes. 55, 4). In Jesaja 9, 6 heißt Er «Friedefürst» (s.d.), Michah nennt Ihn «Herrscher» (s.d.), Hesekiel bezeichnet Ihn als «nasia» (Fürst) (Hes. 34, 24). Diese Namen entsprechen Seinem messianischen Königstitel. Fürst dient dazu, den Messias als einen theokratischen Regenten zu bezeichnen. Ein theokratischer Herrscher wurde gesalbt, um mit den nötigen Gaben ausgerüstet zu werden (1. Sam. 10, 1).

Der Messias, der Fürst, ist kein anderer als Jesus von Nazareth. Nach einem Zeitverlauf von 70 Jahrwochen soll das ganze Heilswerk Christi vollendet sein. Aus der genaueren Bestimmung ist ersichtlich, daß der Messias in der Mitte der 70. Jahrwoche sterben muß. Nach Daniel 9, 27 vergehen bis zum Messias 69 Jahrwochen, daß bis zur Vollendung des Heils ein Zeitraum von 7 Jahren bleibt. Die ganze Zeitentfernung von dem Ausgang des Wortes bis auf den Gesalbten (s.d.) wird durch eine zweiteilige Zeitbestimmung bezeichnet. Die gesamten 69 Jahrwochen teilen sich auf in 7 Jahrwochen bis zur Wiederherstellung der Stadt und in 62 Jahrwochen bis auf den Messias, den Fürsten.

167. **Der Fürst über das Heer des Herrn** (Jos. 5, 14. 16) begegnete dem Josuah. Hebräisch lautet der Name «sar zeba Jahwe». Dieser Fürst legt sich göttliche Ehre bei (Jos. 5, 15), wie der Engel Jahwes (2. Mose 3, 1-6). Er wird hernach sogar Jahwe genannt (Jos. 6, 2).
Es unterliegt keinem Zweifel, daß unter dem Heere Jahwes die himmlischen Heerscharen zu verstehen sind. Diese Heerscharen, die mehrfach erwähnt sind (1. Mose 2, 1; 32, 2; 1. Kön. 22, 19; Neh. 9, 6; Ps. 103, 21; 148, 2; 2. Kön. 6, 27; 2. Chron. 18, 18; Luk. 2, 13), können hier nicht die Israeliten sein, sondern das himmlische Heer. Das Kriegsheer Jahwes ist eine himmlische Macht, welche für Israel streitet (vgl. Richt. 5, 20). Gott führt daher den Namen Jahwe Zebaoth (s.d.). Der

Fürst, der göttliche Ehre annimmt, ist mehr als ein Engelfürst. Er darf darum des göttlichen Wesens teilhaftig sein. Jesus bezeichnet sich deutlich als Heeresfürst Gottes mit den Worten: «Oder meinst du, daß es nicht möglich ist, meinen Vater zu bitten, und er wird mir jetzt mehr als zwölf Legionen Engel senden?» (Matth. 26, 53.)
Der Fürst über das Heer Jahwes ist der Engel des Angesichtes (s.d.) (2. Mose 23, 20), in welchem der Name Gottes ist (2. Mose 23, 21). Gott sagt von Ihm zu Moseh: «Mein Angesicht soll gehen, damit will ich dich leiten» (2. Mose 33, 14). Er nimmt eine Stellung ein, die Ihn über alle Engel erhebt. Es kann in Ihm das fleischgewordene Wort erblickt werden.

168. Die Offenbarung bezeichnet Christus als den **«Fürst der Könige auf Erden»** (Offb. 1, 4). Griechisch heißt der Name «ho archon ton basileon tes ges.», was auch mit «Herrscher der Könige der Erde» übersetzt werden kann. Die Bezeichnung ist eine Anspielung auf die Worte des Psalmisten: «Der Höchste über die Könige der Erde» (Ps. 89, 28). Fürsten und Könige sind in ihrer Herrschaft und Regierung von Ihm abhängig (Spr. 8, 15. 16). Schon der Prophet Daniel stellt Christus als solchen dar (vgl. Dan. 2, 44. 47; 4, 14). Paulus nennt Ihn «das Haupt aller Herrschaft und Macht» (Kol. 2, 10). Ihm ist alle Gewalt im Himmel und auf Erden gegeben worden (Matth. 28, 18). Alle Feinde, selbst den Tod, wird Er unter Seine Füße legen (1. Kor. 15, 25. 26). Christus lenkt jetzt schon die Könige der Erde, daß sie Seinen Willen ausführen müssen. Seine Königsherrschaft gelangt erst zur Vollendung, wenn Er als der König der Könige (s.d.) erscheint (Offb. 19, 16).

169. **Der Fürst des Lebens** ist ein Name des Auferstandenen. In der Urgemeinde bildet die Auferstehung Jesu Christi einen wichtigen Gegenstand der apostolischen Verkündigung. Gegensätzlich zu dem Mörder Barabbas ist der Auferstandene nach der Predigt des Petrus **«der Fürst des Lebens»** (Apostelg. 3, 15). Das griechische «archegos tes zoes» bedeutet den Bahnbrecher oder Urheber des Lebens. Mit diesem Namen wird Christi ganzes Lebenswerk und das messianische Heil ausgedrückt. Der Verleugnete und Getötete ist durch die Auferstehung aus Toten als Urheber des Lebens erwiesen. Petrus bezeichnet Ihn als Bahnbrecher, weil Er von Gott für uns auferweckt wurde (vgl. 1. Petr. 1, 3). Es ist das gleiche, wenn Paulus den Auferstandenen als Erstling (s.d.) bezeichnet (1. Kor. 15, 23). Der Glaube an diesen Namen brachte dem Lahmen, der geheilt wurde, eine Fülle an Leben und Kraft. Die lebendige Kraftquelle des Auferstandenen führte durch die Handlungsweise der Apostel auch anderen Heilungskraft zu. Petrus spricht in dieser Beziehung von dem Glauben an Jesus als den Bahnbrecher des Lebens. Es ist von Bedeutung, sich zum Bewußtsein zu bringen, was es ist, Christum zu verleugnen, den Gott durch Seine Auferstehung zum Urheber des Lebens gemacht hat. Durch den Glauben an diesen Namen werden wir des Lebens Christi teilhaftig (vgl. Joh. 11, 48; Matth. 8, 13).

Während Petrus noch einmal die Untat der Obersten Israels und die Gottestat der Erhöhung Jesu gegenüberstellt, nennt er Christus einen Fürsten und Heiland (Apostelg. 5, 31). Griechisch lautet die Wendung: «archegos kai soteria». Gott hat Ihn zu dem Zwecke erhöht, um ein Bahnbrecher und Erretter (s.d.) zu sein. Beide Namen gehören zusammen. Jesus ist ein bahnbrechender Anfänger, Urheber oder Anführer geworden, um ein Erretter aller zu sein, die Ihm als Bahnbrecher folgen.

170. **Gabe,** hebräisch «mathath», griechisch «dorea, dorema, charisma», ist immer ein Geschenk, das einem aus völlig freien Stücken in die Hand gelegt wird. Der Ausdruck ist mit «Gnade» (s.d.) eng verwandt, bei der jedes Verdienst ausgeschlossen ist. Beide Worte kommen mehrfach zusammen vor. Wenn es sich um höhere Geistesgaben handelt, wird im Neuen Testament das griechische «charisma» – «Gnadengabe» angewandt. Schriftstellen, die von Gottes Gaben und von Geistesgaben erwähnen, gewähren einen tiefen Einblick in den Reichtum der göttlichen Gnade und in das Erlösungswerk Christi, wodurch dem Menschen, der mit Schuld beladen ist, alles Gute geschenkt wird, ohne auf eine ebenbürtige Wiedervergeltung zu rechnen. Die vielseitigen Gaben Gottes werden dem Sünder aus Gnaden geschenkt. Jeder Ruhm menschlicherseits ist ausgeschlossen (1. Kor. 4, 7; 15, 10). Kein Mensch hat alle Gaben. Gott teilt nach Seiner Weisheit einem jeden in dem Maße Gaben aus (1. Kor. 7, 7), daß einer auf den anderen angewiesen ist. Gott schenkt leibliche, geistliche und ewige Gaben. Die Urquellen dieser Gaben sind Gott, Christus und der Heilige Geist.
1.) Das Alte Testament betrachtet alle irdischen und leiblichen Güter als Gottes Gaben und Wohltaten. Leibliche Nachkommenschaft preist Salomoh nach dem Luthertext als «Gabe des Herrn». Der hebräische Text ist zu übersetzen: «Siehe, ein Erbteil Jahwes sind Söhne» (Ps. 127, 3). Der eifrig ersehnte Kindersegen bei den Israeliten hängt allein von Gott ab. Der Segen Jahwes beschert dieses höchste Erdenglück. Kinder sind von altersher als Gabe Gottes erkannt worden (1. Mose 33, 5; 48, 9). Der Nachsatz: «Lohn ist Leibesfrucht» (Ps. 127, 3) ist sonst noch ein Ausdruck für Kindersegen (1. Mose 30, 2; 5. Mose 7, 13), den nur Gott schenkt. Der Mensch kann ihn sich durch Sorge und Mühe nicht verschaffen. Dieses Erbteil wird nicht durch die Kraft und die Natur, sondern durch den Willen und Segen Gottes erzeugt. Die Größe dieser Gottesgabe und der Wert einer blühenden Nachkommenschaft zeigt eindeutig, daß an Gottes Segen alles gelegen ist.
Das alttestamentliche Buch, «Der Prediger», zeigt die Eitelkeit und Vergänglichkeit alles Irdischen. Alle Mühe unter der Sonne verschafft keinen bleibenden Wert. Salomoh betrachtet den Genuß an allem menschlichen Arbeiten und Streben als eine Gabe Gottes (Pred. 3, 13). Der Mensch ist völlig von Gott abhängig. Vermögen, Reichtum und der Besitz aller Lebensgüter können die Fröhlichkeit und Heiterkeit der Gemüter nicht geben. Der frohe Herzensgenuß ist nicht in die Will-

kür der Menschen gelegt. Es ist eine Gottesgabe, wenn Gott dem Reichen den Genuß seiner Güter gestattet (Pred. 5, 18). Der Lebensgenuß ist ein Geschenk Gottes. Die Gabe Gottes eines frohen Lebensgenusses entfernt das Ungemach dieser kurzen Lebenszeit auf Erden (Pred. 5, 19). Der Gedanke, daß Gott der Geber allen Genusses ist, liegt schon in den Worten, daß dies alles von Gottes Hand kommt (Pred. 2, 24). Bei aller Pflichterfüllung kann kein Mensch sein Wohlbehagen und den Genuß vom Ertrag seiner Arbeit finden, es ist allein eine Gabe Gottes.

2.) Im Neuen Testament wird Christus und das durch Ihn bewirkte Heil «Gottes Gabe» genannt. Der Jakobusbrief, die älteste neutestamentliche Schrift, erwähnt, daß von Gott, dem Vater der Lichter (s.d.) jede gute und vollkommene Gabe kommt (Jak. 1, 17). Die griechische Wendung: «dorema teleion» (vollkommene Gabe) erinnert an Christus als «charisma» – «Gnadengabe» (Röm. 5, 15); hier ist allerdings mehr von der göttlichen Offenbarung Seiner Gnadenfülle die Rede. Die größte Gabe besteht nach dem Zusammenhang des Jakobusbriefes in der von Gott bewirkten Wiedergeburt des Menschen durch das Wort der Wahrheit. Aus Ihm, dem ewigen Urquell des Lichtes kommen alle Gaben, ja nur gute Gaben. Die Wendung «jedes gute Geschenk und jede vollkommene Gabe» schildert den unerschöpflichen Reichtum der Güter und Herrlichkeit der Unveränderlichkeit Gottes. Die geistliche Geburt der Gläubigen ist die größte und herrlichste aller Gottesgaben.

a.) Jesus stellte sich der Samariterin am Jakobsbrunnen als «Gabe Gottes» vor (Joh. 4, 10). Das Wasser dieses Brunnens wußten viele als Gottesgabe zu schätzen. Das Weib von Samaria erkannte in Jesus nicht die «Gabe Gottes». Hätte sie Ihn erkannt, würde sie dem Bittenden gerne den Trank Wasser gegeben haben. Der Herr geht jedoch weiter, um dem Weibe die himmlische Gottesgabe näherzubringen, wovon das vor ihr liegende Irdische nur ein Abbild ist. Er, die größte Gottesgabe war ja gekommen, um aus Ihm lebendiges Wasser zu schöpfen. Das Quellwasser, das aus diesem Urquell fließt, ist mit dem Wasser des Jakobsbrunnens gar nicht zu vergleichen (vgl. Ps. 36, 10; Jes. 12, 3; 41, 17. 18; 55, 1). Das erfrischende und belebende Wasser hier auf Erden ist nur ein Abbild der Heilandsgabe des himmlischen Lebens, das Jesus die wahre «Gabe Gottes» dem Bittenden und Dürstenden spendet. Bitten und Gaben stehen hier zusammen. Das bedeutet, Christus, die Gottesgabe ist zum Nehmen bereit, um darum zu bitten.

b.) Paulus dankt Gott für Seine «unaussprechliche Gabe» (2. Kor. 9, 15). Es ist eine Gabe, die mit Worten nicht beschrieben werden kann. Viele beziehen diese Gottesgabe auf die Beisteuer, in welcher Sich Gott ihnen gab, so mildtätig zu sein (vgl. 2. Kor. 8, 1. 16). Das ist jedoch ein zu starker Ausdruck für die Gabe der Gläubigen. Nachdem der Apostel ausführlich von den gespendeten Gaben der Korinther geschrieben hat, erinnert er daran, daß Gott ihnen mit der größten Gabe, durch das Geschenk des in Christo gewordenen Heils, längst zuvor-

gekommen ist. Das ist in Wirklichkeit Gottes «unaussprechliche Gabe» (vgl. Joh. 4, 10; Röm. 5, 15; Hebr. 6, 4).
c.) Die «Gnadengabe Gottes» in Christo ist ewiges Leben (Röm. 6, 23). Dieses Gnadengeschenk steht im Gegensatz zu den Besoldungen derer, die ihre Glieder zu Waffen der Ungerechtigkeit hergeben. Die durch Glauben Gerechtgesprochenen empfangen das ewige Leben als Gnadengabe (vgl. Röm. 5, 15. 17. 21). Diese Gabe ist kein Sold, womit Gott Seine Knechte nach ihrer Arbeitsleistung lohnt, denn das ewige Leben ist kein Lohn der guten Werke.
Im Blick auf Israels Vorzüge schreibt Paulus: «Gottes Gnadengaben und Berufung sind keiner Reue unterworfen» (Röm. 11, 29). Gott braucht nichts rückgängig zu machen. Wen Gott vor Grundlegung der Welt erwählt hat, den verstößt Er nicht. Irrtum und Ohnmacht sind bei Gott ausgeschlossen. Die Gottesliebe ist kaum zu ermessen, die trotz ihres Vorherwissens der Verschmähung es sich nicht gereuen läßt, das abtrünnige israelitische Volk ohne Unterlaß zu lieben. Diese Liebe äußert sich darin, daß Israel Gottes Gnadengabe in reichem Maße empfangen hat.
d.) Neben den allgemeinen Gnadengaben aller Gläubigen um die Sündenvergebung oder Rechtfertigung zum Leben zu empfangen, teilt Gott auch unterschiedliche und besondere Gaben unter die Glieder des einen Leibes aus, um die Gemeinde Jesu Christi aufzubauen (Röm. 12, 6-7). Diese Gnadengaben bewirkt der Eine und Derselbe Geist (1. Kor. 12, 4-11). Innerhalb der einen Gnade, die in der Gemeinschaft vor Gott alle gleich macht, sind jedoch die Gnadengaben verschieden ausgeteilt. Die eine Gnade nach dem Maß der Gabe Christi empfängt jeder (Eph. 4, 7). Die eine Gnade des Heilsstandes entfaltet sich bei jedem einzelnen in besonderer Weise für die gliedliche Zusammengehörigkeit. Die unterschiedlichen Gnadengaben sind als Wirkungen der einen Gnade anzusehen, die jeder in besonderer Weise empfängt, damit keiner über sein Gnaden- und Glaubensmaß hinausgreift (vgl. Röm. 12, 3). Die Gabe Christi ist jedem Begabten und Begnadigten zugewiesen.
e.) Die Errettung aus Gnaden durch Glauben, nennt Paulus eine «Gabe Gottes» (Eph. 2, 8). An Christum glauben ist ein pures Gnadenwerk. Alles ist Gnade und ein Gnadenwerk. Die Rettung durch Glauben, durch Christum, ist kein Menschenwerk. Es ist Gottes Gabe; Christus hat durch Sein Blut die Erlösung vom Zorn vollendet. Der Glaube ist sogar eine Gottesgabe, denn er ist nicht jedermanns Ding (2. Thes. 3, 2).
Paulus bekennt, daß er ein Diener des Evangeliums nach der Gnade und Gabe Gottes geworden ist, aber nicht aus eigener Wahl oder Vorbereitung (Eph. 3, 7). Er betrachtet sich als ein Werk der göttlichen Gnade. Seine Umkehr zum Herrn und seine Berufung zum Apostel sind eine einheitliche Gnadentat Gottes. Sein persönliches Gnadenerlebnis ist der Grund, auf welchem sein Dienst am Evangelium gegründet ist. Mit der ihm geschenkten Heils- und Apostelgnade wurde er eine Gnadengabe des Herrn für die Gemeinden. Die Glieder des

Leibes Christi sind Empfänger des Einen Geistes, der gleichen Hoffnung, desselben Heils, sie schöpfen alles aus der Einen Gnade und Gabe Gottes, die in Christo vollendet ist.
f.) Im Zusammenhang mit zwei ernsten Fragen, ob durch den Geist Erleuchtete abfallen können, und ob Abgefallene die Möglichkeit zur Wiederbekehrung haben, ist von der «himmlischen Gabe» (dorea tes epouraniou) die Rede (Hebr. 6, 4). Der Ausdruck wird verschieden ausgelegt. Einige meinen, die Sündenvergebung, die Rechtfertigungsgnade, der Seelenfrieden, die göttliche Erleuchtung, die das himmlische Licht bewirkt, das Abendmahl, würden im umfassenden Sinne als «himmlische Gabe» bezeichnet. Es dürfte sich hier nicht um einzelne Gaben, sondern vielmehr um die Gesamtheit in Christo handeln, was Paulus als die unaussprechliche Gabe (2. Kor. 9, 15) ausdrückt.
3.) Die Gabe des Heiligen Geistes (dorea tou hagiou pneumatos) wird nach der Pfingstpredigt des Petrus empfangen, wenn die Sinnesänderung und die Taufe im Namen Jesu Christi zum Erlaß der Sünden vorausgegangen sind (Apostelg. 2, 38). Der Apostel verkündigt damit etwas Neues. Es wird nicht in Abrede gestellt, daß die alttestamentlichen Propheten in der Kraft des Heiligen Geistes geredet und geschrieben haben (vgl. Apostelg. 1, 16; 4, 25). Das ganze Alte Testament spricht vom Walten des Geistes Gottes im Umkreis der ganzen Schöpfung (1. Mose 1, 2; Ps. 33, 6; 104, 29). Die Geistesgabe am Pfingsttage war jedoch eine ganz besondere Erscheinung gegen alles, was vorher in der Menschheit an Geisteswirkungen erkannt und erfahren wurde. Es ist das gleiche, was Johannes schreibt, daß der Heilige Geist vor der Verherrlichung Christi noch nicht da war (vgl. Joh. 7, 39). Der von Jesus überströmende Geist ist nach Art und Herkunft ein neuer Geist und doch der Eine ewige Geist.
Das Beispiel des Zauberers Simon zeigt allen Ernstes, daß der Heilige Geist eine Gabe Gottes ist (Apostelg. 8, 14. 25). Er wollte diese Gabe mit Geld erwerben. Petrus weist sein Ansinnen wuchtig zurück und spricht über ihn selbst und sein Geld den Fluch aus. Die Gabe des Heiligen Geistes steht **gegensätzlich** zum Geschäftsgeist.

171. **Gast** wird nach dem Luthertext Gott im Gebet Jeremiahs genannt (Jer. 14, 8). Der hebräische Ausdruck «ger» an dieser Stelle ist eigentlich mit Fremder (s.d.) zu übersetzen. Der Prophet vergleicht Jahwe mit einem fremden Reisenden, der nur in Israel übernachtet. Jeremiah fragt: «Warum bist du wie ein Fremder?», weil Gott doch in Israels Mitte ist, weil Sein Name über Seinem Volke genannt ist. Gott hat doch so oft verheißen, unter Seinem Volke zu wohnen (vgl. 3. Mose 26, 11. 12; Jer. 7, 3; Hes. 37, 26. 28). Jahwe will in Seinem Tempel, in Jerusalem wohnen. Er will ihnen nicht nur für einen Augenblick Seine Gegenwart schenken, Er will vielmehr ewig bei ihnen wohnen. Um diesen hohen Bewohner muß sich alles drehen, jeder Winkel, jedes Gerät muß Ihm zur Verfügung stehen. Die Erinnerung an die Bedingung, warum Jahwe für alle Ewigkeit bei ihnen wohnen will (Jer. 7, 7),

dürfte die Gebetsfrage Jeremiahs beantworten. Die Frage des Propheten ist berechtigt, weil das Land der Verheißung Jahwes Eigentum ist (3. Mose 25, 23; Jes. 8, 8; 14, 25), in dem die Seinen nur Gäste und Fremdlinge sind.

172. **Gebieter der Völker,** hebräisch «mezaweh leummim» – «Gesetzgeber der Völker»; die LXX sehr frei: «prostassonta ethnesin» – «Der da befiehlt den Heiden». Bei diesem einmaligen Ausdruck «Fürst» (s.d.) und «Gesetzgeber der Völker» schwebt dem Propheten wohl 2. Samuel 6, 21 vor Augen: «Jahwe, welcher mich erwählt hat vor deinem Vater und vor seinem ganzen Hause, mich zu verordnen zum Fürsten über das Volk Jahwes über Israel», was David zu Michal, der Tochter Sauls sagte (vgl. 1. Sam. 13, 14; 25, 30; 2. Sam. 5, 2). Jesajah redet hier zweifellos vom Messias, in welchem alle Gottesverheißungen an David zusammenfließen. Das vom Propheten Geweissagte paßt buchstäblich nur auf Christum. Der Messias wird nicht, wie David, über ein einzelnes Volk gebieten, sondern alle Heidenvölker hat Jahwe Seiner Herrschaft unterworfen, die sich an die Gemeinde Israels anschließen.
Die zuverlässigen Gnaden Davids (Jes. 55, 3-5; vgl. 2. Sam. 7, 16; Ps. 89, 29) lauten auf eine ewige Zukunft und sie erreichen in ewiger Unwandelbarkeit ihren Höhepunkt (vgl. Apostelg. 13, 34). David, der Sohn Isais, wurde zum Zeugen der Völker (s.d.), zum Fürsten (s.d.) und Gebieter von Völkern gemacht. Was der Prophet hier ausspricht, bezieht sich auf das Geistliche. David unterwarf wohl Völker mit Gewalt der Waffen, seine erhabenste Größe bestand darin, daß er ein Zeuge und Gesetzgeber der Völker war, ein Zeuge durch die Gewalt des göttlichen Wortes in den Psalmen. Oft entschloß er sich und gelobte in den Psalmen, den Namen Jahwes unter die Völker auszubreiten (Ps. 18, 50; 57, 10). Er, der liebliche Psalmsänger Israels (2. Sam. 23, 1) hat durch die Macht seines Zeugnisses viele Völker überwunden. Was David von sich sagt: «Ein Volk, das mich kannte, diente mir» (Ps. 18, 44). Das erfüllt sich in einem noch viel weiteren Umfang an Israel. Die Jünger und Apostel des Herrn waren auch aus Israel, sie erhielten den Befehl, allen Völkern das Evangelium zu verkündigen. Durch sie beruft Israel Völker, die es vorher nicht kannte, Völker, die vorher nichts von Israel wußten, eilen herzu, um von Zion aus das Gesetz zu empfangen (vgl. Jes. 2, 2. 3). Die Heidenwelt wird mit den zuverlässigen Gnaden Davids beschenkt, sie werden geistlich überwunden und gewonnen, um Jahwes willen, zum Heiligen in Israel hin. Der Anschluß der Völker an Israel ist eins mit dem Anschluß an Gott und die Gemeinde Gottes der Offenbarung (vgl. Jes. 60, 9). Der Gebieter oder der Gesetzgeber der Völker ist gleichsam zum Zeugen der Völker verordnet, was jeden Bibelleser an Christus erinnert (Offb. 1, 5).
Der Gebieter der Völker, der Zeuge (s.d.) und «Fürst» (s.d.) ist ein messianischer Name (Jes. 55, 4). Der Gebietende der Völker stellt die Heiden unter Befehl oder Kommando. Der Name kann auch als «Gesetzgeber der Völker» aufgefaßt werden. Dieser Messiasname läßt sich nach der Prophetie Jesajahs verschiedentlich begründen. Das Gesetz

und das Gericht, das ewige Recht der Gerechtigkeit Gottes und Seines Reiches ist die leitende Idee der jesajanischen Weissagung. Das Gesetz, oder der Wille Gottes an und für die Menschen wird enthüllt in Beziehung auf Israel, auf die Heidenvölker und auf das neue Bundesvolk. Der Messias erscheint als königlicher Richter und richtender König. Das Gesetz, das in Ihm zur Person geworden ist, bringt Er zur Alleinherrschaft. Alle Strafgerichte zielen auf die Zeit, in welcher das göttliche Gesetz durch den Messias zur Vollendung gelangt. Das Königreich Christi ist das Ziel der Verheißung. Christus pflanzt und gründet auf Erden das Recht, das Gesetz zu Seiner Wahrheit. Er führt das Recht aus der Schranke des Partikularismus zu allen Völkern. Der Messias, oder der Knecht Jahwes (s.d.) bringt den rechten Trost, indem Er das Gesetz im ganzen Umfang unter die Völker zur Herrschaft bringt. Er ist der Lehrer der Heiden.
Der herrschende Gedanke des Gesetzes gelangt durch das Leiden und Sterben des Gottesknechtes zur höchsten und vollendeten Würde. Die Gerechtigkeit, die dem Gesetze Gottes entspricht, hat der Messias allein erworben für den an Ihn Glaubenden, weil Er für alle das Gesetz vollkommen erfüllte. Dieser eine Gerechte macht die vielen gerecht. Der Gerechte steht mit dem göttlichen Willen im Gesetz in völliger Harmonie. Seine Person ist die Erfüllung des Gesetzes in der ganzen Allgemeinheit. Der Gerechte macht Seine Gerechtigkeit zur Gerechtigkeit der Vielen. Die Sünden, die Schuld und die Strafe der Vielen trägt Er. Der Gerechte hat das Gesetz mit seinen Folgen und in seinem Gegensatz gegen die Sünder auf Sich genommen. Der Knecht Jahwes hat das Gesetz allein erfüllt. Durch Sein freiwilliges Leiden und Sterben ist das Gesetz, der göttliche Wille in seinem ganzen Umfang in absoluter Einheit mit der Forderung des Gesetzes vollendet. Der Messias ist demnach der Erfüller des Gesetzes und der Gesetzgeber aller Völker, der fordert, was Er längst erfüllt hat.

173. **Geboren von einem Weibe** ist der Sohn Gottes, der in der Fülle der Zeit gesandt wurde (Gal. 4, 4). Das griechische «genomenon ek gynaikos» heißt genau: «Geworden aus einem Weibe». Diese Redewendung hängt mit dem Satzteil zusammen: «. . . da hat Gott von sich aus gesandt seinen Sohn» (Gal. 4, 4a). Beide ergänzenden Aussagen berichten Tatsachen, die uns Gott im Fleische nahe brachten. In dem vorherbestimmten und geeigneten Moment wurde die Verheißung durch Gottes Handeln Wirklichkeit. Die Sendung des Sohnes, die durch «exapesteilen» – «fortentsenden» ausgedrückt wird, ist nach der doppelten Präposition «ek» und «apo» eine Doppelheit des Ausgehens. Der «sein Sohn» ist mit «ton heautou hyion» – «sein eigener Sohn» und der Sohn ist **von** Gott **aus**gesandt. Die Wendung: «ton hyion autou» – idion hyion» – «der eigene Sohn» (vgl. Röm. 8, 3. 32) ist identisch. Der von Gott Ausgesandte wird als Gottes eigener, selbsterzeugter, durch den Artikel (ton hyion autou) als der einzig Erzeugte «monogenes» – «Eingeborener» (s.d.) bezeichnet. Die Beschreibung Seiner Sendung ist durch «exapesteilen» sehr sorgfältig. Die Präposition «apo» deutet

das Sein des Sohnes im und beim Vater an, der Ihn sendet (vgl. Joh. 1, 1. 18; 17, 5). Der Herr Selbst betont mit feierlichem Nachdruck diese Sendung: «Denn ich, aus Gott ging ich aus und ich bin da, denn ich bin nicht von mir selbst gekommen, sondern er hat mich gesandt» (Joh. 8, 42). Die Präposition «ek» drückt den örtlichen Ausgang und Übergang aus der Höhe herab auf die Erde aus (vgl. Apostelg. 12, 11; vgl. Joh. 3, 13; 6, 38; 10, 36; Luk. 1, 78). Die Aussendung des Sohnes von Gott aus ist durch die genaue Ausdrucksweise ein Hinweis auf die Präexistenz und Koexistenz vor Seiner Menschwerdung.
Die Aussendung des Sohnes Gottes erfolgte durch die Incarnation. Der Apostel bezeichnet Christi Menschwerdung nicht als ein «gennetos gynaikos» – «ein vom Weibe Geborener» (Matth. 11, 11; Luk. 7, 28), sondern mit Vorbedacht als ein «genomenon ek gynaikos» – «geworden aus einem Weibe». Durch die Übersetzung «geboren» soll das Fremdartige des Ausdruckes verschwinden. Paulus will dadurch an die Tatsache erinnern, daß der präexistente Sohn Gottes nach des Vaters Willen in den Mutterschoß eines Weibes einging, um als Sohn des Menschen geboren zu werden. Der von Gott ausgesandte Sohn ist «aus einem Weibe geworden» ohne die Mitwirkung eines Mannes zur Erzeugung. Diese apostolische Aussage ist analog mit dem Bericht von der Geburt Jesu aus der Jungfrau Maria (vgl. Matth. 1, 16. 18). Die Lehre des Apostels Paulus befindet sich in schönster Harmonie mit dem Zeugnis des Johannes: «Das Wort ward Fleisch (s.d.) und zeltete unter uns, und wir sahen seine Herrlichkeit, eine Herrlichkeit als den Eingeborenen (s.d.) vom Vater, voller Gnade und Wahrheit» (Joh. 1, 14). Paulus würde nicht so geschrieben haben, wenn er nichts von der übernatürlichen Geburt Christi gewußt hätte. Diese Kenntnis bildet die Voraussetzung zu dem, was er von der Person Christi schreibt. Es ist wohl nicht zu weit hergeholt, wenn angenommen wird, dem Apostel habe die Verheißung vom «Samen des Weibes» (s.d.) vorgeschwebt (1. Mose 3, 15), die durch die Menschwerdung des Sohnes Gottes buchstäblich in Erfüllung ging.

174. **Geduld** bezeichnet in der Heiligen Schrift keine Eigenschaft, sondern ein Verhalten Gottes und Jesu Christi. Die Ursprachen der Bibel haben für Geduld verschiedene Ausdrücke. Im Alten Testament ist es das hebräische «orech appaim» – «Länge des Schnaubens», «Verzögern der Zornesausbrüche», – «ein langes Zurückhalten des Zornes». Das Neue Testament hat die Worte «hypomone» – «unter der Last bleiben», «ausharren»; «anoche» – «ein Ansichhalten»; und «makrothymia» – «Langmut» (s.d.).
1.) Das Alte Testament rühmt in der oft wiederholten Formel: «Jahwe, Gott, barmherzig und gnädig, langsam zum Zorn und großer Gnade und Treue» (2. Mose 34, 6; 4. Mose 14, 18; Joel 2, 13; Jon. 4, 2; Ps. 86, 15; 103, 8; Neh. 9, 17; Nah. 1, 3). Es ist eine herrliche und reiche Titulatur des Gottes Israels. Diese Gnadenpredigt, die auch den Artikel von der Vergebung der Sünden enthält, ist das Thema des biblischen Evangeliums, das vielfach als Echo wiederkehrt. Jahwe ist geduldig,

langsam zum Zorn, der den Sünder nicht plötzlich wegnimmt, sondern auf seine Buße wartet (Röm. 2, 4). Gottes Geduld oder Langmut ist eine verlängerte und fortgesetzte Gnade. Gott zieht nicht nur Seinen Zorn zurück, sondern Er gibt auch Zeit zur Umkehr. Er bietet in dieser Zeit unaufhörlich Seine Gnade an und wartet mit schonender und erbarmender Geduld auf Besserung (2. Petr. 3, 9).

a.) Moseh, der sich auf die göttliche Gnadenpredigt beruft, betont auch, Gottes Geduld nicht auf Mutwillen zu treiben. Wer sich Ihm widersetzt, bleibt nicht ungestraft (4. Mose 14, 18). Beharrliche Sünder spricht Er nicht frei. Gottes Geduld, Barmherzigkeit und Gnade ist von Seiner Gerechtigkeit unzertrennlich (Nah. 1, 3; Jer. 30, 11). Wie Er Gläubige in Gnaden heimsucht, werden Sünder im Zorn heimgesucht.

b.) Die denkwürdige Selbstaussage Jahwes ist mehrfach in die Lobpreisungen der göttlichen Liebesoffenbarung der Psalmen verwoben. Das große Selbstzeugnis Jahwes bildet für den Sänger das Fundament seines Gebetes (Ps. 86, 15). Das aus dieser Gnadenpredigt geschöpfte Bekenntnis ist zur israelitischen Glaubensformel und ein Anlaß des Lobpreises geworden (Ps. 103, 8). Der Sänger, der Gottes Geduld rühmt, weiß, daß Jahwe nicht nur lange mit Seinem Zorn wartet, sondern auch von der Gnade, die nicht ewig grollt (vgl. Ps. 78, 38). Das Verhalten Seiner Gerechtigkeit bemißt Er nicht nach unseren Sünden, sondern nach Seiner Gnadenabsicht. Gottes Wille geht auf Gnade, die sich mitfühlend herabneigt, und auf Barmherzigkeit, welche sich hilf- und trostreich des Sünders annimmt. Der Zorn steht im Hintergrund, der erst in Geduld und langem Warten entbrennt, wenn sie Seine große Gnade von sich stoßen (Ps. 145, 8).

c.) Die Grundoffenbarung von der Gnade und Geduld Gottes hat auch in einigen prophetischen Büchern des Alten Bundes Aufnahme gefunden. Joel vereinigt Jahwes Selbstaussage mit seinem Bußruf im Blick auf den Gerichtstag am Ende der Zeiten (Joel 2, 13). Er begründet seinen Aufruf zur Umkehr durch die herrliche Gnadenpredigt von der Geduld Gottes. Seine Langmut, auf Grund dessen der Prophet sagt: «Wer weiß, es mag ihn wiederum gereuen» (Joel 2, 14), ist eine starke Stütze für bußfertige Sünder. Die Milderung der Strafe stellt Joel ganz in Gottes freie Gnade. Der Prophet lehrt, wie man sich angesichts der großen und schrecklichen Gerichtstage auf Gottes Geduld und Langmut stützen darf.

Jahwes Gnadenpredigt ist im Gebet des Propheten Jonah in partikularistischer Anwendung erwähnt (Jon. 4, 2). Er vertrat die Ansicht, Gottes Heil gehöre nur dem jüdischen Volk, daß die ganze heidnische Völkerwelt von der göttlichen Geduld völlig ausgeschlossen bleiben sollte. Das Beispiel Jonahs lehrt, daß die Gnade Gottes nicht allein für Israel, sondern auch für alle Völker bestimmt ist. Gott hatte Geduld mit Niniveh, als es Buße tat, daß es nicht unterging.

In Anlehnung an Jahwes Selbstzeugnis (2. Mose 34, 6. 7) gestaltet Nahum den Inhalt seiner Prophetie (Nah. 1, 3). Zwei Gedanken von der heiligen Strenge und der Geduld Gottes machen den Begriff der unergründlichen Gerechtigkeit Gottes aus. Gott kann in Seiner Geduld lange zusehen, Er bricht nicht sogleich mit Seinem Zorngericht los. Es dauert oft lange, ehe Gott in Seinem Zorn donnert. Er ist dennoch von so großer Kraft, daß alle Seine Feinde durch Ihn zerschmettert werden könnten. Jahwe kommt langsam, Er wartet mit großer Nachsicht ab, ob die Menschen in sich kehren und ablassen, Seinen Zorn zu reizen.

d.) Nehemiah veranstaltete nach dem fröhlichen Laubhüttenfest einen Buß- und Bettag für das ganze israelitische Volk. Es wurde ihnen das Bundesgesetz der Theokratie vor Augen gehalten. Das historische Dank- und Bußgebet ist ein herrlicher Ausdruck vom Anhören des Alten Testamentes, weil sein Inhalt die ganze Geschichte der Theokratie umfaßt. Der echte Bußglaube verwandelt den Gesamtinhalt aller Geschichtsbücher des Alten Bundes in ein Gebet. Die ganze heilige Geschichte wirkte auf die damaligen Hörer wie ein Gewissensspiegel. Sie bekannten die Sünden des stolzen, unbeugsamen Unglaubens gegen Gottes Offenbarung und Theokratie (vgl. Neh. 9, 1-16). Trotz der Liebesbeweise Jahwes widerstand Israel dem göttlichen Heilsplan. Gottes Verheißung erreichte durch die Eroberung des gelobten Landes ihre Erfüllung. Die Geschichte Israels war auf dem Boden des verheißenen Landes eine Geschichte des Abfalls und der Widerspenstigkeit. Beim Rückblick auf diese geschichtlichen Tatsachen erinnert Nehemiah seine Zuhörer an Jahwe's eigene Gnadenpredigt (2. Mose 34, 6; vgl. Neh. 9, 17. 31).

Israel wurde während der Wüstenreise trotz seiner Verfehlungen durch Gottes große Gnade und Barmherzigkeit nicht im Stiche gelassen, sogar das gegossene Kalb wurde ihnen vergeben (Neh. 9, 16-19a). Überwältigend groß war Jahwes Geduld und Langmut, daß Er Seinem Volke trotz des Abfalls dauernd die gleichen Wohltaten erwies.

Während der Königszeit, die als ein trübes Gebilde menschlichen Versagens anzusehen ist (Neh. 9, 29-31), leuchtet die Sonne der göttlichen Gnade. Rief das Volk um Hilfe, half ihm Jahwe aus der Not, obgleich es Ihn immer wieder enttäuschte (Neh. 9, 27s.). Er hatte Geduld (Neh. 9, 30). Gott ließ das Volk durch Seine Propheten verwarnen (Neh. 9, 26. 29. 30), um ihm den Weg des Lebens zu zeigen (Neh. 9, 29). Selbst wenn Israel zur Strafe den Feinden preisgegeben war und ihm die Verfügung über das Land entzogen werden mußte (Neh. 9, 30), machte Gott in Seiner großen Barmherzigkeit kein Ende seines Daseins (Neh. 9, 31). So ist die Geschichte Israels eine Kette von Beweisen für Gottes Geduld und Langmut.

2.) Im Neuen Testament ist vor allem von der Geduld Gottes die Rede. Alle drei schon erwähnten griechischen Ausdrücke «anoche», «makrothymia» und «hypomone» kommen zur Anwendung.

a.) An zwei Stellen des Neuen Testamentes (Röm. 2, 4; 3, 26) wird das griechische «anoche» mit Geduld übersetzt, neuere Übersetzungen haben die Wiedergabe «Nachsicht» (s.d.). Es wird hiernach als Geduld oder Nachsicht Gottes aufgefaßt. Eine genauere Untersuchung des grundtextlichen Ausdruckes ergibt einen anderen Sinn.

Paulus betont im Zusammenhang der ersten Stelle (Röm. 2, 4) die Unparteilichkeit des höchsten Richters, der alle nach ihren Taten richtet. Der Jude rühmte sich einer Bevorzugung im göttlichen Gericht. Nach Seinem Vorurteil straft Gott nicht das theokratische Volk, das Gericht des Messias soll nur die Heidenwelt treffen. Die Juden hegten den Wahn, sie würden der ewigen Seligkeit nicht verlustig gehen, wenn ihre Sünden auch durch irdische Kalamitäten gezüchtigt würden (vgl. Matth. 3, 8; Joh. 8, 33; Gal. 4, 21). Der Apostel rügt die mutwillige Verkennung der göttlichen Langmut, die zur Buße und zum Glauben an Christum leiten will. Die Verblendung geht so weit, daß aus dem bisherigen Aufschub des Gerichtes eine Straflosigkeit gefolgert wird. Die göttliche Langmut macht sogar sicher und verstockt. Paulus begegnet diesem Vorwand mit der Gewissensfrage: «Oder denkst du gering von dem Reichtum seiner Güte und der Unterlassung und der Langmut, nicht erkennend, daß dich Gottes Güte zur Sinnesänderung leitet?» (Röm. 2, 4.) Diese drei Prädikate «chrestotes», «anoche», «makrothymia» ergänzen sich. Die Güte (chrestotes) äußert sich im Wohltun (Apostelg. 14, 17) und in der baldigen Reue der Strafe (Joel 2, 13). Der Ausdruck «anoche» bedeutet ein Anhalten, Zurückhalten oder Nachlassen der Strafe. Mit «makrothymia» oder nach dem hebräischen «orech happaim» – «zurückhalten der Zornesausbrüche» wird ein geduldiges Abwarten, ein langsames zu Werke gehen (vgl. Luk. 18, 7) ausgedrückt.
Die meisten Lateiner übersetzen «anoche» mit «patientia» – «Geduld» und «sustentia» – «Ausdauer». Es ist richtiger «sustentatio» – «Aufschub, Verzögerung» zu übertragen. Der Reichtum der Güte Gottes erweist sich an Guten und Bösen und in der Fülle der Gaben (Eph. 2, 4; Röm. 10, 12). Die Kehrseite des Verhaltens Gottes ist, daß Er den Strom des Verderbes aufhält, der die Sünder ins Verderben treibt. Seinen Zorn, der gegen alle Gottlosigkeit und Ungerechtigkeit gerichtet ist, hält Er zurück. Der Zorn, den Gott am Tage des Gerichts offenbaren will, wird noch hinausgeschoben.
Gott hat Christus zum Sühnedeckel aufgestellt, um für alle Menschen die Sünden wirksam zu sühnen, um den gegenwärtigen Zorn Gottes durch Gnade aufzuheben, und um vor der künftigen Offenbarung des Zornes Gottes zu bewahren. In Christo hat Gott eine allgemeine Amnestie proklamiert. Es ist eine Freilassung der Schuldverhafteten und der dem Strafgericht verfallenen Menschen. Durch Glauben und auf dem Gnadenwege werden Sünder vor Gott gerecht. Die Erzeigung der Gerechtigkeit geschah «wegen des Hingehenlassens der früher geschehenen Sünden während des Aufschubs (anoche) Gottes» (Röm. 3, 26). Der Apostel schreibt von der tätigen, richterlichen Gerechtigkeit Gottes. Durch die Dahingabe Seines Sohnes zur Versöhnung der Sünde hat Sich Gott als gerechter Richter und barmherziger Verschoner bewiesen. Dem Gericht über die Sünde ist ein Aufschub geboten worden. Die Übertretungen der vorchristlichen Zeit (Hebr. 9, 15) standen unter dem Aufschub Gottes bis zum vollendeten Beweis der Gerechtigkeit in der Erfüllungszeit.

b.) Die Geduld Gottes trägt die Menschen, wenn sie auch lange Seine Heilsabsichten verachten. Gott entzieht ihnen nicht sogleich Seine Gnade. So oft sie zu Ihm in der Not rufen, hat Er Mitleid mit ihnen. Das griechische «makrothymia», dem hebräischen «orech happaim» entsprechend, drückt aus, daß Gott lange den gerechten Zorn gegen die Sünder zurückhält; die wohlverdiente Strafe schiebt Er auf und leitet in Liebe zur Buße und Sinnesänderung.
aa.) Im Gleichnis vom ungerechten Richter ist in alten Lutherbibeln der Satz zu lesen: «Sollte aber Gott nicht auch retten seine Auserwählten, die zu ihm rufen Tag und Nacht und Geduld über ihnen haben?» (Luk. 18, 7.) Die falsche Übersetzung des letzten Satzteils führt zu keiner Klarheit. Dieser Fragesatz am Schluß hat von jeher Schwierigkeiten verursacht. Alte Übersetzer haben ihn gestrichen oder das Ganze umschrieben. Clemens hat die bemerkenswerte freie Wiedergabe: «Weil er langmütig mit ihnen ist, meint ihr, daß er es nicht tun wird? Ja, ich sage euch, er tut es und in Kürze!» Jesus betont, daß Gott über Seine Auserwählten Seine Langmut walten läßt. Der Sinn von «makrothymein epi tini» ist allgemein: «Geduld mit jemand haben, Langmut an jemand üben» (vgl. Matth. 18, 26. 29; Jak. 5, 7; 2. Petr. 3, 9). Von der Verzögerung einer Rettung scheint dort nichts zu stehen, sondern vom Aufschub der Strafe. In diesem Gleichnis braucht die Bedeutung des Wortes nicht unbedingt festgehalten zu werden. Für diesen Fall würde die Langmut sich nicht auf die Auserwählten, sondern auf ihre ungenannten Verfolger beziehen. Diese Auslegung ist unmöglich.
Die Grundbedeutung von «makrothymein» ist nach «thymein» festzustellen, das eine lebhafte, starke Gemütserregung des Zornes, aber auch des Mitleides ausdrückt. Das Verbum «makrothymein» hat demnach den Sinn von einem längeren Zurückhalten einer Gemütserregung, ein Verzögern ihres Ausbruches, das Zurückhalten des Zornes, das Verziehen der Strafe. Je nach dem Zusammenhang, wie hier im Gleichnis, kann es ein Zurückhalten des Mitleids oder ein Verziehen der Hilfe sein. Es ist hier ein längeres Zurückhalten einer wohlwollenden Gemütserregung Gottes den Auserwählten gegenüber gemeint. Der ganze Satz ist demnach zu übersetzen: «Gott aber sollte nicht etwa die Errettung Seiner Auserwählten bewirken, die Tag und Nacht zu Ihm rufen, ob Er auch Sein Mitleid mit ihnen in die Länge zieht?» Was bei dem ungerechten Richter Herzenshärtigkeit ist, heißt bei Gott Langmut. Weisheit und Liebe bewegen Ihn aus guten Gründen zum Warten und Wartenlassen. Der Verzug für die Auserwählten hat nach dem Gleichnis eine wichtige Ursache, die nur der Glaube ermessen kann.
bb.) Gott hat Sein Erbarmen in reichem Maße bewiesen, wenn Er die Gefäße des Zornes in Geduld ertrug, und den Gefäßen des Erbarmens aus Juden und Heiden den Reichtum Seiner Herrlichkeit zuteil werden ließ (Röm. 9, 22). Mit dem Gleichnis vom Töpfer und Seinem Ton begründet Paulus Gottes absolutes Recht über die ganze Kreatur. Es steht Ihm völlig frei, Menschen zur Seligkeit zu befähigen. Der Mensch

hat an den göttlichen Wohltaten keinen Anspruch. Der Apostel zeigt aus dem Herrscherrecht Gottes, daß es Trotz und Anmaßung ist, mit Gott darüber zu hadern. Das Töpfergleichnis deutet an, daß Gott nicht willkürlich, sondern gerecht und heilig handelt. Die Auswahl zur Seligkeit und zur Verdammnis berechtigt nicht zum Vorwurf der Ungerechtigkeit. Gott hat die zum Verderben bereiteten Menschen mit Langmut getragen, um den zur Seligkeit Befähigten Seine Gnade zu offenbaren. Gottes Verfahren ist nicht hart und ungerecht, sondern huldreich und gnädig. Wenn Gott Seinen Zorn und Seine Strafmacht am Geschlecht der Menschen erweisen wollte, weil das Maß der Sünde voll war, so ist es als Langmut anzusehen, daß Er die Strafe verschob. Das Sündenmaß der Menschen war längst voll, Gott aber gab nach Seiner Gnade noch eine Frist, um im Glauben an Christum ein Asyl gegen den gerechten Zorn Gottes zu eröffnen. Nach der paulinischen Ausführung verfährt Gott nicht allein mit Seiner Allmacht, Er beweist vielmehr noch an den Verhärteten Seine Liebe und beseligt die Gefäße der Erbarmung. Gottes Verstockungsgericht ist immer noch mit weisen Liebesabsichten verbunden. Es ist nicht gesagt, daß der Begriff «makrothymia» vorwiegend mit dem Endzweck der Besserung in Verbindung steht, sondern, daß nur an einen Aufschub der Strafe gedacht wird. Im Neuen Testament enthält «makrothymia» vorwiegend den Gedanken an ein Warten auf Besserung (vgl. Röm. 2, 4; 2. Petr. 3, 15). Gottes Langmut gegen die Zornesgefäße und Erbarmungsgefäße enthüllt eine Steigerung Seiner Liebe. Die Verzögerung der Strafe gegen die Verhärteten ist Liebe, die Zuteilung des Reichtums der göttlichen Herrlichkeit an die Erbarmungsgefäße übertrifft diese Liebe.

cc.) Petrus schreibt von einem Ausharren der Langmut Gottes zu den Zeiten Noahs, als die Arche vor der Sündflut erbaut wurde (1. Petr. 3, 20). Die göttliche Langmut bezieht sich auf die vorsündflutliche Zeit (1. Mose 6, 3), sie umfaßt eine Frist von 120 Jahren. Gott ließ vor den Augen der Menschen in Seiner Langmut die Arche errichten. Sie weigerten sich aber, dem Prediger der Gerechtigkeit zu glauben und zu gehorchen (2. Petr. 2, 5). Es war damals Gottes Langmut vor dem Gericht der Sündflut. Jene Verächter Seiner Geduld wurden von der Erde hinweggerafft.

dd.) Paulus erwähnt in Römer 15, 5 nach dem Luthertext den Gottesnamen «Gott der Geduld (s.d.) und des Trostes» (s.d.). Nach dem griechischen «Theos tes hypomones» ist es der «Gott des Ausharrens». Gott heißt noch der «Gott der Hoffnung (s.d.), des Friedens (s.d.) der Herrlichkeit (s.d.), der Ordnung (s.d.), der Lebendigen (s.d.), des Himmels» (s.d.). Gott ist die Quelle und der Ursprung des Ausharrens. Wo bei den Seinen im Leiden oder sonstigen Schwierigkeiten ein geduldiges Ausharren vorhanden ist, ist es eine Gottesgabe.

3.) Die Geduld Christi ist die Geduld, die Er Selbst bewiesen hat. Die Seinen hat Er berufen, die gleiche Geduld zu beweisen. Er Selbst wirkt sie (Röm. 15, 5). Der Herr ging mit Seinem Beispiel voran (1. Petr. 2, 21). Er ertrug die Verfolgungswut des Saulus gegen die Jünger mit großer Langmut (1. Tim. 1, 16). Der Herr gibt den Seinen Gelegenheit, sich in Geduld zu üben, wenn sie in der gottfeindlichen Welt Seinen Namen bekennen (Phil. 1, 29).

a.) Paulus mahnt die Thessalonicher: «Der Herr aber richte eure Herzen auf die Liebe Gottes und auf das Ausharren Christi» (2. Thes. 1, 5). Sie sollen ihre Herzen auf die Liebe richten lassen, die Gott zu ihnen hat, die Er ganz besonders im Erlösungswerke offenbarte. Der Apostel wünscht ferner, daß seine Leser auf die Geduld Christi ihr Herz richten, mit welcher Er Sich für uns in Sein Leiden begab und uns jederzeit trägt. Auf diesen Mittelpunkt, von welchem alle Kraft des Gläubigen ausgeht, sollen die Thessalonicher ihre Herzen richten lassen. Die Liebe Gottes, die sich in der Geduld Christi am völligsten offenbart, ist nicht nur vorbildlich, sondern auch eine Kraftquelle. Die Gemeinde zu Thessalonich bedurfte ganz besonders der Anweisung zum Drunterbleiben, um die eschatalogische Ungeduld zu dämpfen.

b.) Paulus, der sich in seiner Demut als den ersten aller Sünder bezeichnet, begründet seine Belehrung, indem er schreibt: «daß Christus Jesus erzeigte alle Langmut» (1. Tim. 1, 16). Die Langmut, welche der Apostel rühmt, ist die göttliche Eigenschaft des Herrn, wodurch Er das Böse nicht sogleich straft, sondern dem Sünder die Gelegenheit zur Bekehrung verlängert. Christus erwies die ganze Fülle Seiner Langmut an Paulus, weil in ihm alle Feinde des Kreuzes sich gleichsam verkörpern, die Er retten will.

c.) Der Auferstandene und gen Himmel Gefahrene kommt wieder. Das ist keine Fabel. Gottes Verheißung geht in Erfüllung. Menschen, die in ihren Lüsten wandeln, wollen nichts von dem Verderben wissen, das ihrer dann wartet. Sie spotten darüber, als gäbe es keinen Gerichtstag. Seine Schrecken möchten sie am liebsten aus ihrem Gewissen vertreiben. Wie die gottlosen Menschen zur Zeit Noahs Gottes Geduld trotzig verachteten, so spotten die Gottlosen am Ende der Tage über das Ende aller Dinge. Die Verdammnis der gottlosen Menschen ist eigentlich schon vorhanden. Es ist ein Geheimnis der Liebe Gottes, daß in Langmut die Offenbarung Seines Gerichts noch aufgeschoben wird (2. Petr. 3, 9). Die vom Herrn gegebene Verheißung erleidet keinen Verzug. Der Tag des Gerichts und der Verdammnis der Gottlosen ist noch nicht gekommen, weil Gott langmütig ist. Das Urteil ist von lange her nicht säumig und die Verdammnis schläft nicht (vgl. 2. Petr. 2, 3). Petrus denkt an das Wort des Propheten Habakuk (Hab. 2, 3), das auch der Hebräerbrief aufnimmt (Hebr. 10, 37), wonach der Herr kommt und nicht verzieht. Der Apostel sagt, daß Seine Langmut noch währt. Gottes Langmut ist so groß, daß die Bußfrist für die Spötter um nichts verkürzt wird, bis daß das Maß ihrer Sünden voll ist (vgl. Matth. 23, 32; 1. Mose 15, 16). Was die Gottlosen als einen ohnmächtigen Verzug ansehen, ist Gottes Langmut.

Der Herr ist der Herr der Verheißung (s.d.), wie Gott ein Gott der Herrlichkeit (s.d.), des Trostes (s.d.), der Geduld (s.d.), der Hoffnung (s.d.) heißt, weil Er sie ausgesprochen hat und frei darüber verfügt, wann sie verwirklicht wird. Diese Verheißung wird durch nichts begrenzt, Gott wird selbst nicht eingeschränkt als durch langmütige Liebe. Das Gericht, das mit der Verwirklichung der Verheißung in Verbindung steht, schiebt Gott in Langmut hinaus, damit die Menschen in der ausgedehnten Zwischenzeit eine Möglichkeit zur Sinnesänderung finden.

d.) Der Seher der Offenbarung nennt sich «ein Mitgenosse der Geduld Jesu Christi» (Offb. 1, 9). Andere Lesarten lauten: «Geduld in Christo Jesu», und «in der Geduld Jesu». Die Wendung: «Geduld Jesu Christi» entspricht mehr dem johanneischen Stil als die übrigen Lesarten. Nicht ohne Grund ist in der Offenbarung die Bezeichnung «Lämmlein» (s.d.) für Christus aufgenommen worden, um damit Seine Geduld zu kennzeichnen. Christus konnte nur mit der Geduld eines Lammes die Menschheit erlösen. Johannes war ein Mitgenosse dieser Geduld, d. h., er schöpfte vom Herrn selbst die Kraft zum Ausharren in der Drangsal. Gläubige können nur mit der Geduld Christi die schweren Zeiten ertragen, die bis zur Wiederkunft des Herrn eintreten. Bis ans Ende beharren ermöglicht allein das Ausharren Jesu Christi.

e.) Der Herr sagt zu der Gemeinde zu Philadelphia: «. . . Du hast bewahrt das Wort meiner Geduld» (Offb. 3, 10). Es ist wohl kein Wort des Herrn über die Geduld gemeint. Bengel übersetzt: «Mein Geduldswort» und erklärt: «Das Wort Christi ist ein Wort des Kreuzes und der Geduld.» Weizsäcker überträgt: «Mein Wort vom geduldigen Ausharren.» Die Bezeichnung, die der Herr Seinem Worte gibt, ist zu beachten. Sein Wort ist das Wort der Geduld, es zeigt uns Seine Geduld gegen uns und wie es durch Seine Geduld erlangt wird. Die Geduld, welche der Herr an den Gemeinden zu Ephesus und Thyatira (Offb. 2, 3. 19) rühmt, wird nur durch das Wort der Geduld Jesu Christi bewirkt.

175. **Gehenkter,** hebräisch «thalui», griechisch «ho kremamenos» ist ein Schimpfname der Juden für Christus. Die Bezeichnung steht im Anhang der Ergänzungen zu den sieben Geboten, deren Übertretung die Todesstrafe nach sich zog (5. Mose 21, 22-23). Es ist von keiner allgemeinen Todesstrafe die Rede, sondern von einer Verschärfung des Todesurteils, wie sie im Verfahren mit Hingerichteten besteht. Das Aufhängen des Leichnams an einen Baum oder Pfahl enthob den Hingerichteten dem Erdboden. Damit wurde angedeutet, daß ein solcher nicht wert war, die Erde zu betreten (vgl. 4. Mose 25, 4; 1. Mose 40, 19; Jos. 10, 26). Ein Gehenkter war ein von Gott Verfluchter, der das von Gott gegebene Land verunreinigte (3. Mose 18, 24. 28; 4. Mose 35, 34). Auf dem Lande Israels ruht Jahwes segnendes Auge (5. Mose 11, 12). Dieser Segen muß allen Fluch überwinden und vertilgen. Nach dem Thalmud hat Gott einem Gehenkten geflucht. Raschi übersetzt: «Denn eine Schmähung Gottes ist ein Gehenkter», wenn er länger so verächtlich zur Schau gestellt bleibt (vgl. Joh. 19, 31). Durch das Begraben des abgenommenen Leichnams am gleichen Tage wurde der Fluch beseitigt und das Land gereinigt.

Das Erhängen des Verbrechers ans Holz ist vorbildlich auf Christi Kreuzestod. Der Herr Selbst deutet in Erinnerung an dieses mosaische Gesetz die Art Seines Todes an (vgl. Matth. 20, 19; 26, 2; Joh. 3, 14; 8, 28; 13, 32; 18, 32). Nach Gottes Ratschluß mußte Christus gekreuzigt werden. Petrus erinnert mehrfach an dieses Gesetz, wenn er vom Kreuze Christi spricht (vgl. Apostelg. 5, 30; 10, 38), um unsere Sünden auf das Holz hinaufzutragen (1. Petr. 2, 24).
Paulus deutet vor allem diese gesetzliche Verordnung auf den gekreuzigten Christus (Gal. 3, 13). Der Apostel zitiert das Wort des Alten Testamentes weder wörtlich nach dem hebräischen Text noch nach der LXX, sondern dem Sinne nach. Die apostolische Lehre von Christi stellvertretendem Strafleiden ist ein Hauptstück des Evangeliums, auf welchem die Glaubensgerechtigkeit ruht. Die Wichtigkeit des Todes Christi am Kreuz in diesem Zusammenhang des Heils erklärt Paulus mit diesem alttestamentlichen Schriftwort. Wir waren ein Fluch, dieser Fluch (s.d.) ist Christus an unserer Statt geworden, damit wir aufhörten ein Fluch zu sein. Christus hat für uns die ganze Wucht des Fluches auf Sich genommen. Paulus begründet das mit einem doppelten Hinweis, einerseits auf die besondere Todesweise am Kreuze, andrerseits auf die Tötung eines Verbrechers durch Aufhängung an einem Holzpfahl nach dem mosaischen Strafgesetz (5. Mose 21, 23). Das Kreuz hieß «Verbrecherbalken, Schmachholz, Missetäterholz». Der Kreuzestod war bei den Römern für Sklaven und Räuber üblich. Dieser Tod galt nicht allein als die größte Marterstrafe, sondern auch als die schimpflichste Art der Hinrichtung. Augustin sagt: «Der Kreuzestod ist die schmerzlichste aller Todesarten.» Ob die Qual oder das Schimpfliche das Entsetzlichste war, ist schwer zu sagen. Das Letztere wird in Hebräer 12, 2; 13, 13 betont. Die Juden haben der Schmach wegen für Jesus den Kreuzestod begehrt, eine Strafe, die einen Verbrecher und Gotteslästerer nach dem Gesetze traf.

176. **Gehorsam** ist das Edelste während des Erdenlebens Christi, in Seinem schwersten Leiden und Seinen Anfechtungen. Er breitet sich über Sein ganzes Leben aus, daß keiner, nicht einmal der Teufel, einen Tadel an Ihm fand (vgl. Joh. 8, 46; 14, 30). Gehorsam bedeutet nach dem hebräischen «schma» und dem griechischen «parakoe» und «hypkoe» – «Hören auf das, was ein anderer sagt». Der Stimme Gottes Gehör schenken und mit Freuden folgen, wie Er es will, ist Gehorsam im höchsten Sinne des Wortes. Im Deutschen bedeutet Gehorsam: «Gehen um zu hören und das Gehörte tun.»
a.) Christus unterzog Sich in allen Stücken dem Willen Gottes. David zeigt durch den Geist der Weissagung den Messias, der durch Leiden zur Herrlichkeit geht, dessen freiwilliges Selbstopfer die Tieropfer des Alten Bundes aufhob (Ps. 40, 7-9). Die Aussage des Psalmsängers ist ein Echo des wichtigen Ausspruches von Samuel: «Hat Jahwe Gefallen an Ganz- und Schlachtopfern wie daran, daß man gehorche der Stimme Jahwes? Siehe, gehorchen ist besser als Schlachtopfer, aufmerken besser als Widderfett!» (1. Sam. 15, 22.) Gott will keine äußeren

Opfer, sondern Gehorsam. Hörende Ohren und Selbsthingabe in willigem Gehorsam begehrt der Herr. Die Gehorsamsgesinnung, die nach Gottes Willen fragt, kommt mit den Worten zum Ausdruck: «Siehe, ich komme, in der Rolle des Buches ist von mir geschrieben. Deinen Willen zu tun, mein Gott begehre ich, und dein Gesetz ist inmitten meines Inneren» (Ps. 40, 8. 9). Weil Gott vor allem den Gehorsam gegen Seinen Willen fordert, nennt der Sänger die Urkunde des göttlichen Willens das Gesetz, das in seinem Herzen ist. Der willige Gehorsam gegen Gottes Gesetz ist seines Herzens Freude.
Der Hebräerbrief (Hebr. 10, 5-7) beweist mit den Worten des Psalmisten (Ps. 40, 7-9) die Ungültigkeit der alttestamentlichen Opfer durch die einmalige Darbringung des Opfers Christi. Was David ausspricht, hat Christus durch Seine Menschwerdung verwirklicht, indem Er in freiwilligem Gehorsam Sich zur Vollziehung des göttlichen Erlösungsratschlusses als Opfer dahingab. Der Sänger des Alten Bundes hatte schon die Erkenntnis, daß Gott das geistliche Opfer des Gehorsams Seinem Willen gegenüber wollte. Der Schreiber des Herbäerbriefes begründet, daß die willige Vollziehung des göttlichen Willens an die Stelle der Opfer des Alten Bundes getreten ist, was Christus in voller Bedeutung verwirklicht hat. Die Gesamtheit der mosaischen Opfer ist durch das einmalige Kreuzesopfer Christi aufgehoben worden. Die Erfüllung des göttlichen Willens, das Opfer des Gehorsams, die völlige Hingabe gefallen Gott wohl. Die Worte des hebräischen Textes: «Ohren hast du mir gegraben» (Ps. 40, 7) und der griechischen Übersetzung: «Einen Leib aber hast du mir bereitet» (Hebr. 10, 5), legen den Hauptnachdruck auf den Gehorsam. Es ist der innere oder geistliche und der äußere oder leibliche Gehorsam, den Christus vollbrachte. Der Höhepunkt des Gehorsams liegt in Christi Opfertod. Er gab den Ihm bereiteten Leib nach dem Willen des Vaters in den Tod dahin (vgl. Phil. 2, 8).

b.) Der Prophet Jesajah schaut den heiligen Knecht, der in Gehorsam im Dienste der Wahrheit leidet, Sich willig hingibt als der einzig Schuldlose (Jes. 50, 4. 5). Der «Knecht Jahwes» (s.d.), von dem der Prophet so oft spricht, ist erfüllungsgeschichtlich der Messias (vgl. Apostelg. 3, 13. 26; 4, 27. 30). Jesajah gewährt einen tiefen Einblick in das verborgene Leben des Gottesknechtes. Aus freiem Entschluß hält Er sich völlig von Jahwe abhängig, daß Er sagen konnte: «Wie mich der Vater gelehrt hat, rede ich» (Joh. 8, 28). Er ist immer ein nach oben gerichteter Gottesjünger. Gott weckt und belehrt Ihn jeden Morgen. In gelehriger Empfänglichkeit und unerschütterlichem Gehorsam hört Er, wie nur ein Jünger mit ganzer Hingabe hören kann. Er gehorcht auf den Wink, durch nichts läßt Er Sich von diesem Gehorsam zurückschrecken. Sein ganzes Leben ist ein dauerndes Aufmerken und ein pünktliches Gehorchen. Nicht allein in Seinem Beruf, sondern auch im Leiden ist Er zum vollkommenen Gehorsam bereit (Jes. 50, 6).
c.) Paulus stellt im Römerbrief den Ungehorsam Adams und den Gehorsam Christi mit den entgegengesetzten Folgen gegenüber (Röm. 5, 19). Wie die Adamskinder durch den Ungehorsam ihres ersten

Stammvaters als Sünder dastehen, erlangen die vielen durch den Glauben an Christum wegen Seines vollkommenen Gehorsams während Seines ganzen Erdenlebens und im Leiden und im Sterben die Stellung von Gerechten vor Gott. Durch Adams Ungehorsam ist es zu einer Strafordnung gekommen, daß die Sünde den Sündern den Tod als Strafe einträgt; durch die Gehorsamstat Christi ist es zu einer Rechtfertigungsordnung gekommen, daß der Glaube den gläubigen Sündern Gerechtigkeit und Leben einträgt.
d.) Der Sohn Gottes erniedrigte Sich aufs Tiefste, daß Er Knechtsgestalt annahm (Phil. 2, 5-9). Christus demütigte Sich nicht allein unter Gott und Seine Eltern, sondern Er nahm die Sünde und Not aller Menschen auf Sich. Im vollkommensten, wirkenden und leidenden Gehorsam unterwarf Er Sich in allem Seinem himmlischen Vater für uns. Sein Gehorsam und Seine Erniedrigung gingen so weit, daß Er den Tod, die Besoldungen der Sünde nach Seines Vaters Willen für uns schmeckte (Hebr. 2, 9). Er weigerte sich nicht, den schmählichen, qualvollen Tod am Kreuze, als ein Fluch für uns zu sterben (Gal. 3, 13).
e.) Christus, obgleich Er Gottes Sohn war, lernte in allem, was Er litt, den Gehorsam (Hebr. 5, 8. 9). Der schwere, aber gelernte, vollkommen erwiesene, heiligste Gehorsam Christi (vgl. Phil. 2, 8; Ps. 40, 9; Joh. 4, 34) ist unsere Gerechtigkeit (Röm. 5, 19; Jes. 50, 4-6). Er ergab Sich völlig mit Seinem menschlichen Willen in den Willen Gottes, selbst in der größten Gottverlassenheit. Er lernte Gehorsam, nicht im Gegensatz zum Ungehorsam, sondern in immer neuen Proben. Aus Erfahrung lernte Er, wie schwer dieser Weg war. Nachdem Christus Seinen Gehorsam vollkommen geleistet hat, ist Er vollendet und im Himmel verherrlicht. Er leistete völlig an unserer Statt, was wir leisten sollten (Hebr. 2, 10; Joh. 19, 28. 30). Christus ist darum allen, die Sich Ihm in echtem Glaubensgehorsam (Röm. 1, 5; 10, 16) unterwerfen und ergeben (Jes. 45, 22; 1. Joh. 3, 23) der Bahnbrecher (s.d.) oder Urheber der Errettung (s.d.).

177. **Geist,** hebräisch «ruach», griechisch «pneuma», ist im Alten Testament allgemein der Ursprung und die Macht des Lebens aus Gott. Er geht in die Welt aus und wohnt und wirkt in den Knechten Gottes. Der Geist ist der Träger des heiligen Gemeinschaftslebens, wie es von Ewigkeit her und bis in alle Ewigkeit zwischen dem himmlischen Vater und dem Sohne besteht. Wie der Vater-Name (s.d.) im alttestamentlichen Schrifttum keinen Hinweis auf das kirchliche Trinitätsdogma bildet, ist es auch bei dem Ausdruck «Geist Gottes» der Fall. «Gott ist Geist» (Joh. 4, 24), womit nichts Bildliches von Gott ausgesprochen wird, weil im Grundtext «estin» (es ist) fehlt, sondern im universalsten Sinne sämtliche göttlichen Vollkommenheiten bezeichnet werden. Der Geist Gottes offenbart Sich in der Schöpfung und der Erhaltung der Welt (1. Mose 1, 2; Ps. 104, 30). So oft in der Bibel vom Geiste Gottes die Rede ist, kann die Mannigfaltigkeit der göttlichen Fülle wahrgenommen werden. Die übernatürliche und heilsgeschichtliche Beziehung des Geistes mit den Menschen enthüllt alle Tugenden

des einen wahren und lebendigen Gottes in Seiner Gnade und Heiligkeit (1. Mose 6, 3; Ps. 139, 7; 143, 10; 51, 13; Jes. 4, 4; 63, 10). Der Geist Gottes steht in engster Beziehung mit dem «Worte Gottes» (s.d.). Er ist der theokratische Offenbarungsvermittler, das erzeugende und tragende Prinzip des göttlichen Lebens in Glauben und Gehorsam. Alle göttliche Wahrheits- und Zukunftserkenntnis der auserwählten Knechte, Zeugen und Propheten Gottes, hat im Geiste seine Lebensquelle. Der Inhalt der weitergreifendsten und tiefsten Gnadenverheißungen des Alten Bundes zeigt darum die endgültige, allgemeine und überströmende Geistesausgießung in der neuen Bundes- und Gnadenoffenbarung durch den Messias (vgl. Joel 3, 1; Jes. 44, 3; Hes. 39, 29; Sach. 12, 10; Jes. 11, 1; 48, 16; 61, 1). Christus ist eben der erste und absolute Geistträger.

1.) Die alttestamentliche Auffassung vom Geiste Gottes berührt sich eng mit der christologischen und soteriologischen Tendenz des Neuen Testamentes. Die Gottesoffenbarung des Alten Bundes enthält eben keimartig die neutestamentlichen Heilswahrheiten. Petrus konnte mit Recht vom «Geiste Christi» (s.d.) in den Propheten schreiben (1. Petr. 1, 11); Paulus betont, daß Christus das Volk Israel durch die Wüste leitete (1. Kor. 10, 1). Ökonomisch gesehen hat es auch seine volle Wahrheit, daß erst durch die Verherrlichung Christi, die Vollendung des Erlösers und Seines Erlösungswerkes, der Heilige Geist im neutestamentlichen Sinne da ist (Joh. 7, 39) und in den gläubigen Gotteskindern wirkt.

Die Zeugung des in Fleisch gekommenen Gottessohnes ist ein Werk des Heiligen Geistes (Luk. 1, 35), der «Kraft des Höchsten» (s.d.) (Luk. 1, 15. 41. 67; 2, 25). Dasselbe gilt von Seiner menschlichen Entwicklung. Jesus führte Seine vollkommene messianische Wirksamkeit durch die Vollmacht des Geistes Gottes aus (Matth. 12, 28; Luk. 11, 20; Apostelg. 10, 38). Seit der Taufe durch Johannes kann eine besondere Geistesmitteilung bei Jesus beobachtet werden, der Heilige Geist war schon da und in Ihm wirksam. Der Herr erkannte Sich seitdem in ganzer Klarheit als der Sohn Gottes im Fleische und Gott als Seinen Vater (s.d.). Der Vater im Himmel und der «Sohn des Menschen» (s.d.) auf Erden sind persönlich unterschiedlich, im Heiligen Geiste aber innig vereint, wie im vorzeitlichen Sein beim Vater. Dieser Geistesbesitz war für die Seinen noch etwas Zukünftiges. Er stellte ihnen Sein künftiges Kommen in Aussicht, wenn Er für sie Sein irdisches Werk vollendet hatte (vgl. Joh. 14, 16. 26; 15, 26). Der Herr nennt ihn den «Geist der Wahrheit» (s.d.), den Tröster (s.d.), den Anwalt (s.d.).

2.) Der Geist, der Jesu Stelle vertritt und Ihn verherrlicht, ist es, dem die Gläubigen die Gründung, Entwicklung und Vollendung ihres ganzen Gnadenstandes verdanken. Gott gebiert als schöpferisches Lebensprinzip Menschen zum gotteskindlichen Leben von oben her (Joh. 3, 5). Er bezeugt ihnen die Sohnschaft (Röm. 8, 16. 26), stärkt, erleuchtet, heiligt sie (1. Kor. 2, 10; 1. Petr. 1, 2), macht im Glauben gewiß als das lebendig wirksame Angeld (Eph. 1, 13-17). Der Geist macht bleibende Wohnung in den Gläubigen und in Ihm der Sohn und der Vater (Röm. 8,9.10; Joh. 14,23), daß sie zu Tempeln des lebendigen Gottes werden (1. Kor. 3,16; 6,19; 2. Kor. 6,16; Eph. 2,22) und dereinst Erben der Auferstehungsherrlichkeit Christi sind (Röm. 8,11). Die Welt kann den Geist nicht empfangen (Joh. 14,17). Sein Walten ist völlig frei, daß er Freiwilligkeit bei den Menschen voraussetzt (2. Kor. 3,17), Er ist aber auch an den Herzen der Nichtgläubigen wirksam, um sie zum Sohne zu führen (Joh. 16,8) und ihnen den Vater zu offenbaren. Das ganze Wirken des Heiligen Geistes an den Gläubigen und Ungläubigen vollzieht sich in innigster Gemeinschaft mit dem Vater und dem Sohne. Der Heilige Geist ist neutestamentlich von Gott dem Vater und dem Sohne zu unterscheiden, aber auch als Einheit mit beiden aufzufassen (Joh. 10,38), um den verherrlichten Sohn und den Vater vollständig zu offenbaren. Im Blick auf die Haushaltung des Neuen Testamentes ist darum vom «Geiste Christi» die Rede, der die lebendige Einheit zwischen Gott, dem Vater und dem Sohne und den Menschen stiftet und trägt.

3.) Der Geist, der das Göttliche und Menschliche verbindet, regiert in den Herzen der Gläubigen und schmückt die Glieder der Gemeinde mit den verschiedensten Gnadengaben (1. Kor. 12,4-11). Jedes Einzelglied mit seiner besonderen Gabe wird durch die «Liebe des Geistes», das Band der Vollkommenheit (1. Kor. 13,1; Kol. 3,14), zu einer Gesamtheit auf das Innigste verbunden. Der Geist Gottes, der die Gesamtheit der Glieder des Leibes Christi verbindet und mit dem Haupte trägt, ist der Lebensträger der Gemeinde. Der Geist, der sich in vollkommener Herrlichkeit offenbart, vollendet Sich in heiliger Liebe. Diese Liebe kann nicht ohne die Vollendung des Lebens sein. Der Geist mit Seiner ursprünglichen Lebenskraft ist ein Geist der Liebe. Nach einigen neutestamentlichen Zeugnissen ist der Geist der Quell des Lebens (Joh. 6,69; 1. Kor. 15,45; 2. Kor. 3,18).

4.) «Gott ist Geist» (Joh. 4,24), dieser johanneische Ausspruch umfaßt alle übernatürlichen Vollkommenheiten Gottes. Es wird damit ausgesprochen: Gottes freie Selbstherrlichkeit in Lebendigkeit, Ewigkeit, Allgegenwart (s.d.), Allmacht (s.d.), Allwissenheit (s.d.), Allweisheit (s.d.). Im ethischen Sinne wird mit Geist ausgesagt, daß Gott «Liebe» (s.d.) ist, durch freie Hingabe in Heiligkeit (s.d.) und Gerechtigkeit (s.d.).

a.) Gott ist als absoluter Geist das absolute Leben (vgl. 1. Joh. 5,20). Er verleiht allen Geschöpfen Dasein und Leben, denn Er besitzt Selbst die unerschöpfliche Fülle und Kraft des Seins und Wirkens. Im Alten Testament bezeichnet Sich Gott als «der Lebendige» (s.d.) (5. Mose 5,26; Jer. 10,10). Dieser Gottesname bleibt ein unergründliches Geheimnis. Der Name bringt die unerschöpfliche Fülle der schöpferischen Kräfte zum Ausdruck. Es ist die tragende und absolute Potenz, die aktiv, fortwährend und völlig alles durchwaltet und bestimmt von der Herrschaft des mächtigen Geistes. Dieser Geist ist fort und fort wirksam aus der Fülle Seines Lebens. Die Lebensherrlichkeit Gottes vollendet sich als «ewiges Leben». Gott der Vater hat Sein Wohlgefallen daran, alle Herrlichkeitsfülle in den Sohn auszugießen (vgl. Apostelg. 13, 33). Der Sohn empfängt die Gabe der Lebensherrlichkeit (Joh. 5, 26), um sie aus der göttlichen Urkraft zur Ehre Gottes zu betätigen.

b.) Gott der Lebendige, hebräisch «El-Chai» (s.d.) ist der alleinige und vollkräftige Ursprung alles Seins und Lebens im gesamten Universum. Wegen dieses urgründlichen, beständigen Lebens führt Gott den Namen «El-Olam» (s.d.), d. h. «der ewige Gott» (vgl. 1. Mose 21, 33; Ps. 90, 2; 102, 13. 25; Jes. 40, 28; Röm. 16, 26; 1, 23; 1. Tim. 6, 16) und der Unvergängliche (s.d.), der allein Unsterblichkeit hat (s.d.). Es ist ein Dasein ohne Anfang und ohne Ende; Gott besteht unwandelbar über aller Zeit. Keine zeitliche Schranke vermag Ihn einzuschließen. Für Gott existiert keine Gegenwart, die einer dunklen und fremden Zukunft gegenübersteht, oder hinter welche eine sich ins Ungewisse verlierende Vergangenheit liegt. Gott ist außerzeitlich, aber trotzdem von keinem Zeitraum ausgeschlossen, weder im Wissen noch im Dasein. Die Ewigkeit Gottes bedeutet, daß Er in aller Zeit ist und in den Äonen der Äonen gegenwärtig ist und alle Zeitalter in Ihm sind. Er steht über jedem Zeitmaße als der Ewige und wirkt darin. So bezeichnet Sich Gott Selbst nachdrücklich an Moseh als den Seienden über aller Zeit, zugleich als den lebendig und wirksam Gegenwärtigen in der Zeitgeschichte. Dieser Gedanke liegt in dem Gottesnamen «Jahwe» – «Ich bin, der ich bin» (s.d.) (2. Mose 3, 14. 15). Er hat von Ewigkeit zu Ewigkeit den vollkommensten Überblick über das ganze Dasein. Das gesamte Universum hat in dem ewigen Gott seinen Grund und sein Ziel.

c.) In der Ewigkeit ist auch die Unveränderlichkeit Gottes mit einbegriffen (vgl. Ps. 102, 27. 28; Jak. 1, 17). Gott ist als solcher unwandelbar treu (s.d.), der Seine herrliche und heilige Grundordnung festhält. Das Gegenteil ist das Urbild der sündlichen Lebenszerrüttung im Organismus der geschaffenen Dinge. Mitten in der Wandelbarkeit des Geschaffenen beruht auf dieser Unveränderlichkeit das ganze Glaubensvertrauen zu Gott, als dem ewig Gleichen und Getreuen. In diesem Zusammenhang kann von keiner Schranke der freien Lebensbewegung und Wirksamkeit Gottes die Rede sein, sondern Gott offenbart in königlicher Freiheit und Macht eine reiche Fülle der Selbstbewegung und Selbstgestaltung. Der innerste Kern, der des göttlichen Lebens, ist die heilige Liebe, für welche die übernatürlichen Vollkommenheiten Gottes die Voraussetzung bilden.

d.) Gottes Ewigkeit und Unveränderlichkeit steht erhaben über allen Schranken der Zeit, auch des Raumes. Die Unräumlichkeit ist positiv ausgedrückt «Gottes Allgegenwart» (s.d.) (vgl. 1. Kön. 8, 27; Jes. 66, 1; Ps. 139, 7; Apostelg. 17, 24). Es ist eine göttliche Vollkommenheit, welche durch die Grundbestimmung als «Geist» (Joh. 4, 21-24) ausgedrückt wird. Gott ist nicht eingeschlossen oder begrenzt in einen Leib oder in die Himmel, oder in das Raumgebiet der Erde und des Sichtbaren. Gottes Erhabenheit über allem Räumlichen durchdringt und erfüllt alle Räume (vgl. Eph. 1, 23; 4, 10; Kol. 1, 19; 2, 9), weil Er das Leben ist, das alles allgegenwärtig erfüllt und trägt, und allem

Leben und Bestand verleiht. Die Fülle der göttlichen Herrlichkeit wohnt vollständig im Sohne, denn der Vater ist in Ihm allgegenwärtig. Der Vater und der Sohn sind es im Reiche der Gnade und in der Vollendung durch den Heiligen Geist.

e.) Gott der Lebendige, Ewige, Unveränderliche, Allgegenwärtige, erscheint in vollständiger Selbstmächtigkeit. Er ist der Allmächtige, der Herr aller Herren (s.d.). Dieser Gottesname umfaßt die absolute Fülle der Potenzen, wo nach Gott alles vollständig, frei und mächtig, selbständig beherrscht und bestimmt. Der Geist ist die göttliche Selbstmacht, die sich als die schaffende, erhaltende, leitende und vollendende Allmacht Gottes der Welt gegenüber offenbart. Auf die allmächtige Wirksamkeit Gottes kann keine Macht einen bestimmenden oder beschränkenden Einfluß ausüben. In der Schöpfung verdankt Ihm alles das Dasein. Ihm ist alles unterworfen. Durch die freie Selbstbestimmung und Kraft bringt Er alles Geschöpfliche, alle Ordnungen und Wandlungen hervor. Das alles ist das Glaubensbewußtsein nach dem Zeugnis der Heiligen Schrift (1. Mose 18, 14; Matth. 19, 26; vgl. Ps. 33, 9; 135, 6; Jer. 32, 17; Röm. 1, 20; Eph. 1, 19).

Gottes Allmacht ist durchaus nicht blindlings oder unpersönlich, sie steht mit den Geschöpfen nach Seinem Bilde in persönlicher Gemeinschaft (vgl. Jer. 18, 6), obgleich sie sich frei bestimmt. Die Erhabenheit und Freiheit der selbständigen Allmacht Gottes offenbart ihre heilige Liebe, indem sie die gefallene Schöpfung zum Ziele führt, wie es dem ursprünglichen Weltplan entspricht (vgl. Eph. 1, 19 - 2, 10).

f.) Die herrliche und lebenskräftige Erschaffung und Erhaltung durch Gottes Geist offenbart nicht allein eine Allmacht, oder die Kraft Seiner Stärke, sondern auch Seine mannigfaltige Weisheit, Sein absolutes Erkennen und Denken (Eph. 3, 10; Röm. 11, 33). Diese Vollkommenheit des Geistes Gottes offenbart sich in der Allwissenheit (s.d.), die auf der Allmacht ruht, wie diese auf der Allgegenwart (s.d.) begründet ist. Sämtliche Allmachtswirkungen sind von der Allwissenheit getragen. Gottes Allmacht und Allwissenheit haben ihre Wurzel in Seiner Allgegenwart (Ps. 139, 1-4. 5. 7-12). Auf dem Grunde der Allgegenwart Gottes ist die göttliche Allwissenheit verständlich, welche sich über das ganze Universum und seine Fülle, das Kleinste und Größte, das Einzelne und Allgemeine, das Überzeitliche und Überräumliche erstreckt. Seine Allwissenheit ist ein lebendiges, innerzeitliches und innerräumliches Erkennen, ein Sehen und Verstehen alles Seienden nach seinem ganzen Umfang und bis in die tiefsten Gründe. Die inhaltreichen Einzelaussagen der Heiligen Schrift bekunden die göttliche Allwissenheit (Ps. 139, 15; Jer. 1, 5; Jes. 42, 9; Apostelg. 15, 18; Hebr. 4, 13; Matth. 10, 29. 30), die wir nur in geringem Maße ahnen.

g.) Das göttliche Wissen um alles Seiende in Zeit und Ewigkeit hat die Erkenntnis zur Voraussetzung. Gottes Allwissenheit beruht auf einem vollkommenen Denken. Sein bewußtes und gedankenvolles unergründliches Denken führt zur göttlichen Allwissenheit (s.d.). Die Allmacht wird dadurch gotteswürdig. In Gottes Allweisheit, durch welche der «Alleinweise» (Röm. 16, 27; 11, 33. 34; Jes. 40, 13. 14; Ps. 104,

24) alles nach seinem Plane und Ziele ordnet, finden Allmacht und Allwissenheit ihren Ausgangspunkt und ihre Vollendung. Die Gotteserkenntnis ist daher die höchste Weisheit, der Gipfel aller Gottesbetrachtung. Für die Ausführung Seiner Absichten und Ziele ordnet und leitet Gott alles in Weisheit. Die von der Allweisheit regierte Allmacht ist keine grausame und zweckmäßige Allgewalt, sondern Weisheit und Heiligkeit, Erkenntnis und Liebe, Licht und Leben, gehören unzertrennlich zusammen.

h.) Die Allweisheit Gottes ist mit den übernatürlichen und ethischen Vollkommenheiten organisch verbunden. Die Blüte und Krone des Geistes, das Leben (s.d.) leitet zur Liebe (s.d.), der freiwilligen Selbsthingabe des Lebens. Die Geistesliebe und die Geistesweisheit stehen im innigsten Lebenszusammenhang, in welchem sich die göttliche Weisheit in Liebe ursprünglich, vollkommen und ungestört entfaltet. Die Störung des göttlichen Heilsplanes durch den Sündenfall Adams, welche Gottes Allwissenheit voraussah, ist durch die göttliche Liebesweisheit wiederhergestellt worden, damit Gottes Allmacht umso herrlicher ihr Ziel erreicht. Die Liebe ist der Beweggrund und die Inhaltsfülle des gesamten Waltens der Weisheit, sie umfaßt das persönliche Geistesleben Gottes. Die Liebe Gottes ist nach der Schrift in ihrer ganzen Tiefe und Weite aufzufassen, sie kann an keinem menschlichen Denken gemessen werden. Die göttliche Liebe ist eine heilige Liebe, die Lebensvollendung des Geistes, der sich in völlig bewußtem Wissen und Wollen Seiner Selbstherrlichkeit entäußert und in Selbsthingabe einem anderen mitteilt, an ihm teilnimmt und ihn aufnimmt.

i.) Die Selbsthingabe der heiligen Liebe ist die Bewahrung des ewigen Wesens, aber auch des anderen Wesens. Diese Heiligkeit der Liebe ist Gerechtigkeit. Die Liebe Gottes, die im Alten Testament noch verhüllter ist, wird dort als Heiligkeit Jahwes ausgedrückt (Jes. 6, 3). Die Geistes-Herrlichkeit Gottes ist gleichsam Liebes-Heiligkeit. Die Bewährung der Geistesherrlichkeit wird in der Hingabe der Liebe vollendet. Im Neuen Testament ist die Gottesliebe ein Zentralbegriff und ein Grundbegriff für die Vollkommenheit des absoluten Geistes. Heiligkeit und Gerechtigkeit sind untergeordnete Begriffe der Fundamentalbestimmung des Gottes der Liebe. Das anbetende und bekennende Zeugnis des Alten Testamentes: «Heilig, heilig, heilig», derer, die Gott in Seiner Herrlichkeit schauen, kann neutestamentlich: «Liebe, Liebe, Liebe» umgewandelt werden, weil damit die tiefe Bedeutung der Gotteslehre ganz enthüllt wird. Der Vater offenbart die Liebe in der schöpferischen Ursprünglichkeit und Unwandelbarkeit; die Liebe des Sohnes erscheint in vielseitiger, inniger Beweglichkeit und Fülle zu den Verlorenen, Er ist Retter (s.d.) und Richter (s.d.); die Liebe des Heiligen Geistes einigt und hält alle Vielseitigkeit der Offenbarung und Entfaltung zu einem festen Zentrum zusammen. Das Neue Testament spricht in diesem Sinne von der Liebe Gottes, der Gnade des Sohnes und der Gemeinschaft des Heiligen Geistes. In diesem heiligen Liebesleben Gottes haben alle Ordnungen und Rechte der Schöpfung durch

die Offenbarung in Christo ihr Urbild. Für alle Geschöpfe liegt darin die Bewahrung vor aller Verirrung in Sünde und Gottvergessenheit.
j.) Die heilige Liebe Gottes zur Menschenwelt offenbart sich sehr vielseitig. Sie enthüllt zunächst ihre Heiligkeit (s.d.). Unabänderlich und unverletzt bleibt die Göttlichkeit in ihrer Vollkommenheit. Gottes Heiligkeit steht in stärkstem Kontrast zu dem sündigen Weltzustand. Das ist auch der Sinn des alttestamentlichen Begriffes der Heiligkeit. Der Heilige ist der Sich Absondernde vom Gemeinen, Unreinen, Er ist der Gesunde, der die Ansteckung durch Krankheit und Tod flieht (3. Mose 11, 44; 1. Petr. 1, 16; Hebr. 7, 26). Es fehlt nicht an Bibelstellen, in welchen die Selbstbewährung oder die Lebensherrlichkeit der göttlichen Liebe betont wird. Der Heilige erschließt, teilt Sich mit, nimmt teil an dem Verwandten, Empfänglichen und Gehorsamen. Der «Heilige in Israel» (s.d.) erhält heil und gesund als der Heiland (s.d.) Seines auserwählten Volkes (Ps. 22, 4; Jes. 43, 3. 15; 54, 5; vgl. Joh. 17, 11. 17). Er erweist sich als der «Barmherzige» (Jes. 29, 19; 41, 14), die Verlassenheit und Verkommenheit der Menschen hält Ihn nicht ab, Sich ihnen gnadenreich mitzuteilen. Gott ist der Geduldige (2. Mose 34, 6. 7), der Sich durch Wandelbarkeit und Untreue der menschlichen Schwäche in Seiner Hingabe nicht beirren läßt. Er ist der Treue (s.d.) (Jes. 49, 14; Jer. 31, 20. 35), der das einmal Verheißene unwandelbar festhält und das Angefangene zum Ziele führt. Alles wird treu bewahrt und bewährt als die ewige Liebe. Diese im Neuen Testament völlige und offenbarte Herrlichkeit der Liebe Gottes strahlt in ganzer Vielseitigkeit vom Geiste aus, welche der Glaube nur stückweise erkennt.
5.) Geist ist der biblische Begriff, der einen Gegensatz zum Fleisch bildet. Er umfaßt das immaterielle, selbstbewußte, unvergängliche Leben. Ein unpersönliches Leben kommt nie damit zum Ausdruck. Der Name dient dazu, Gottes Vollkommenheit auszusprechen. In einer Anzahl von Schriftaussagen werden Gott Naturanlagen und organische Verrichtungen, einen Arm (s.d.), eine Hand (s.d.), Augen (s.d.), Ohren (s.d.) zugeschrieben. Das Popularbewußtsein des Herbäers faßt Gottes Geistigkeit nicht absolut auf, sondern stellt sich Gott (s.d.) menschenähnlich vor. Dieses Popularbewußtsein von Gott wird schon im Alten Bunde durch eine reinere Gottesvorstellung überboten. Gott wird als absoluter Geist erkannt, endliche Attribute werden von Ihm ferngehalten. Wenn Sich Gott dem Moseh als der «Ich bin, der ich bin», d. h. der Seiende oder Ewige (s.d.) offenbart, dann ist das ein Name für Seine absolute Geistigkeit (2. Mose 3, 14). In einer anderen Erzählung wird Gott als verzehrende Glanzerscheinung dargestellt (2. Mose 33, 18-23). Die höhere Gottesvorstellung tritt hier hinter dem Popularbewußtsein zurück.
a.) Gott heißt der «Gott der Geister alles Fleisches» (s.d.), Er ist der schöpferische Urgrund des Geisteslebens aller organischen Geschöpfe (4. Mose 16, 22; 27, 16). Diese Auffassung führt zur höchsten Gottesvorstellung. Eine solche Anschauung ist im prophetischen Gottesbewußtsein besonders ausgebildet. Das Medium der Selbstoffenbarung Gottes ist darum Sein Geist (Joel 3, 1s.; Jes. 4, 4; 44, 3; 48, 16;

Ps. 33,6; 139, 7; Hes. 39, 29). Der Gedanke der Geistigkeit Gottes findet sich in ganzer Klarheit im Neuen Testament vor. Der Monotheismus ringt auf der alttestamentlichen Offenbarungsstufe noch mit dem Polytheismus, dem Götzen- und Stierdienst und eingedrungenen Kulten aus dem Ausland. Die rein geistige Gottesauffassung konnte sich im Alten Testament oft schwer durchsetzen. Gott als Geist zu erkennen war erst durch die rückhaltlose Betonung des Gottesgedankens im Dekalog möglich (2. Mose 20, 4s.; 5. Mose 5, 8s.).

b.) Für das Gottesbewußtsein Christi ist der Ausspruch klassisch: «Gott ist Geist» (Joh. 4, 24). Gott fordert darum auch die Anbetung im Geist und in der Wahrheit. Die synoptischen Evangelien enthalten keinen Ausspruch dieser Art. Jesus erfaßte auch nach den drei ersten Evangelien Gott als den «reinen Geist». Er verzichtete auf äußere Formen der Gottesverehrung für Sich und Seine Bekenner. Sein Umgang mit Gott bestand im inneren, rein geistigen Gebetsumgang. Der Geist war für Ihn das Medium der göttlichen Selbstoffenbarung, das Ihm die Gemeinschaft mit Gott ermöglichte (vgl. Matth. 5, 48; 12, 28; Matth. 6, 9; Luk. 11, 2s). Der Geist ist deshalb allein das wahre Medium der göttlichen Selbstoffenbarung und Selbstmitteilung. Wenn Gott Sich durch ein sinnlich wahrnehmbares Organ offenbart, so enthüllt Er damit Seine Vollkommenheit, die ein absoluter Geist ist, sich aber nicht konkret darstellen läßt (vgl. Joh. 1, 18; 1. Joh. 4, 12; Jak. 1, 17; 1. Tim. 6, 16). Schon in der Schöpfungsgeschichte wird das göttliche, weltbildende Prinzip als Geist bezeichnet (1. Mose 1, 2; Hiob 33, 4; vgl. Ps. 33, 6).

b.) Der Geist Gottes befähigte die Propheten mit Vollmacht für ihren Beruf (Jes. 61, 1; Mich. 3, 8). Nach der Vorstellung des Alten Testamentes ruhte Gottes Geist in solcher Fülle auf allen Gottesmännern in Israel, daß z. B. Moseh den 70 Ältesten davon mitteilen konnte (4. Mose 12, 25). Richter Israels, Jephtah und Simson, wurden durch den Geist mit Mut und Kraft erfüllt (Richt. 11, 29; 14, 6; 15, 14). David wurde mit dem Geiste Gottes erfüllt, als Samuel ihn salbte (1. Sam. 16, 13). Personen, die an sich keine Empfänglichkeit für den Geist haben, werden gewaltsam von Ihm ergriffen, wie die Boten Sauls (1. Sam. 19, 20), Saul selbst (1. Sam. 19, 23), und der falsche Prophet Bileam (4. Mose 24, 2). Für die messianische Zeit wird eine reichliche Ausgießung des göttlichen Geistes auf alle Stämme der Theokratie verheißen (Joel 3, 1s.; Jes. 44, 3). Hesekiel weissagt, daß Gott dem erneuerten Tempel einen neuen Geist in sein Inneres gibt, um in Seinen Satzungen wandeln zu können (Hes. 36, 26). Dieser Gedanke wird in der Vision von der Wiederbelebung der Totengebeine verwirklicht, welche Jahwes Geist anhaucht. Das Gesicht wird als eine Allegorie auf die Wiedergeburt des im Exil zerstreuten Gottesvolkes gedeutet. Der Glaube, daß durch Gottes Geist die Toten belebt werden, wird durch diese Deutung nicht in Abrede gestellt.

c.) Christus ist im Neuen Bunde der Träger und Offenbarer des göttlichen Geistes. In der Gemeinde waltet der Geist als herrschendes Prinzip. Er Selbst empfing bei der Taufe den Geist (Mark. 1, 10; Matth. 3, 16;

Luk. 3, 22; Joh. 1, 32). Jesus bezeichnet Ihn als das Göttliche in Seiner Person und Wirksamkeit. Die Sünden gegen Seine Person sind verzeihlich, die Lästerung gegen den Geist ist unverzeihlich (vgl. Mark. 3, 29; Matth. 12, 32; Luk. 12, 10). Der Geist galt Ihm als höchste Autorität. Er war die Quelle des Guten im Gegensatz zum Fleisch (Mark. 14, 38; Matth. 26, 41). Die Kraft des Geistes verbürgte Seinem Wirken einen mächtigen Erfolg (Luk. 4, 14). Er wohnte in ungemessener Fülle in Ihm (Joh. 3, 34).

d.) Nach apostolischer Ansicht ist der Stand in Christo eine Frucht des Geistes. Es sind hier mehrere Anschauungen zu unterscheiden. Auf der Stufe des judenchristlichen Denkens sind gute Werke Erzeugnisse des Geistes (Jak. 2, 26). In der Offenbarung erscheint der Geist als eine übernatürliche Kraft (Offb. 2, 29; 3, 13. 22). Die Begeisterung, welche den Apokalyptiker ergreift, kommt von obenher über ihn (Offb. 1, 10s.). Der 1. Petribrief zeigt die vom Geiste durchgedrungene und erneuerte Gemeinde. Die Adressaten sind durch die Heiligung des Geistes Erwählte (1. Petr. 1, 1). Der Geist Christi wohnte in den Propheten des Alten Bundes (1. Petr. 1, 11). Die Gemeinde des Neuen Bundes ist die heilige, weil sie Geistesopfer darbringt und ein Leben im Geiste führt (1. Petr. 2, 5).

Der Hebräerbrief beabsichtigt den Neuen Bund als Geistessache im Gegensatz zum fleischlichen Charakter des Gesetzesbundes zu zeigen (Hebr. 9, 10). Es hat sich die alttestamentliche Verheißung von der künftigen Geistesherrschaft erfüllt (Jer. 31, 35s.; Hebr. 10, 15). Der rein geistige Glaubensbegriff dieses Briefes ist typisch, daß der Glaube am Unsichtbaren festhält (Hebr. 11, 1).

Ein noch höheres Verständnis des Geistes zeigen die Paulusbriefe. Geist und Fleisch bilden nach seiner Auffassung die fundamentalsten Gegensätze. Der Gläubige trägt das Siegel des Geistes (Gal. 3, 2). Wer im Geist wandelt ist den Verlockungen des Fleisches nicht ausgesetzt (Gal. 5, 16). Die Versuchung der Sünde geschieht am Fleisch (Gal. 4, 13). Das Leben des Gläubigen ist ein fortgesetztes Kämpfen zwischen Geist und Fleisch. Beides sind unüberbrückbare Gegensätze (Gal. 5, 17). Der Geist gilt als Prinzip der Befreiung von der Gesetzesherrschaft (Gal. 5, 18). Der Geist bringt eine Fülle von Tugenden hervor (Gal. 5, 22).

e.) Paulus verbindet mit dieser Ansicht seine Lehre von den Geistesgaben. Diese Charismata (Gnadengaben) sind Fähigkeiten und Kräfte, die aus dem Geist hervorgehen (1. Kor. 12-14). Gläubige können dadurch wirken, was Ungläubigen unmöglich ist. Der Apostel nahm für die Glieder der Gemeinde den Besitz außerordentlicher und übernatürlicher Geistesgaben an. Die Wertlosigkeit aller Gaben ohne Liebe (1. Kor. 13, 1) betont der Apostel, um vor schwärmerischer Verirrung zu schützen. Es ist auffällig, daß dem Gläubigen als einem «Geistesmenschen» (pneumatikos) ein unfehlbares Urteil zugeschrieben wird (1. Kor. 2, 15). Seelische Menschen, die keine Empfänglichkeit für den Geist Gottes haben, sind von der Sinnlichkeit beherrscht (1. Kor. 2, 14). Der Gläubige hat als «Geistesmensch» keinen Anspruch auf Un-

fehlbarkeit des Urteils. Paulus warnt darum vor übereilten und anmaßenden Urteilen (Röm. 14, 10).
f.) Paulus denkt sich das Leben der Gläubigen unter der Leitung des Geistes Christi stehend. Der Geist ist eine hilfreiche und fördernde Kraft (Phil. 1, 19). Es geht eine intellektuelle Erleuchtung aus, welche die rechte Erkenntnis bewirkt (Eph. 1, 17). Das Höchste, was eine Gemeinde erreichen kann, ist ihre Einheit als ein Leib und Geist, d. h. in Verfassung und Gesinnung (Eph. 4, 4). Es versteht sich von selbst, daß Sich der Geist den Leib, oder den äußeren Organismus der Gemeinde ausbaut und gestaltet.
Die Einheit des Geistes betonen ganz besonders die Johannesbriefe, dort ist die Liebe das entscheidende Merkmal (1. Joh. 3, 10. 15. 23). Der Geist der Liebe ist der Geist Christi. Er lehrt auch die falschen Geister vom göttlichen Geist zu unterscheiden. Das große Wort: «Gott ist Geist», findet seine noch größere Enthüllung und Erfüllung in dem Spruche: «Gott ist Liebe» (1. Joh. 4, 8). Der Geist der Liebe ist göttlich, Seine Überwindung in der Welt ist die Überwindung des Glaubens über die Welt.

178. **Der Heilige Geist** wird im Alten Testament nur in Psalm 51, 13 und Jesaja 63, 10 erwähnt. Im Neuen Testament ist «heilig» das Prädikat des Geistes Gottes. Er entfaltet die Fülle Gottes und es entspricht so vollkommen dem Verhältnis der neutestamentlichen zur alttestamentlichen Offenbarung, der Heilsgegenwart zur Heilsverheißung. Der Heilige Geist trägt und vermittelt die Gottesoffenbarung auf jeder Stufe, Er erscheint als göttliche Heilsgegenwart und Lebenskraft. Es wird durch Ihn die Erneuerung Heiligen Geistes (Tit. 3, 5) und die Heiligung des Geistes (2. Thes. 2, 13; 1. Petr. 1, 2) bewirkt. Die im Heiligen Geist verwirklichte Heilsgegenwart Gottes entspricht ganz der Offenbarung Seiner Heiligkeit. Im Neuen Testament wird der Geist Gottes als «heilig» bezeichnet (Matth. 1, 18. 20; 3, 11; 12, 32; 28, 19; Mark. 1, 8; 3, 29; 12, 36; 13, 11; Luk. 1, 15; 35, 41. 47. 67). Demnach ist Christi Aussage von der Lästerung des Geistes verständlich (Matth. 12, 32).
Die neutestamentliche Heilsgabe des Heiligen Geistes ist nach dem Inhalt des Alten und Neuen Testamentes nie der eigene Geist des Menschen, es heißt nicht «mein» oder «euer» Geist. Es ist durchweg die Bezeichnung der Heilsoffenbarung Gottes, der göttlichen Heilsgegenwart, die der Heilsgemeinde des Neuen Bundes vermittelt wird, auf dem die gesamte Gottesoffenbarung der Bibel zurückzuführen ist. Es ist derselbe Heilige Geist, der Sich durch Ausrüstung und Erleuchtung der Knechte Gottes und durch Seine Machttaten offenbart (Sach. 4, 6), besonders in der neutestamentlichen Heilszeit (Apostelg. 2, 16). Ihm entstammt die Kunde der Propheten, und das, was diesen zu sehen und zu hören gegeben wurde (4. Mose 24, 2; 1. Sam. 10, 6. 10; 2. Sam. 23, 2; Jes. 42, 1; 61, 1; Mich. 3, 5; Sach. 7, 12; Neh. 9, 30; Luk. 1, 15; 1, 41. 67; 7, 25. 27). Der Heilige Geist ist die Gnade zum Dienst, ja Er rüstet alle aus, die einen besonderen Dienst auszu-

führen haben (vgl. 1. Mose 41,38; 2. Mose 31,3; 35,31; 4. Mose 24,2; 27,18; Richt. 3,10; 6,34; 11,29; 14,6; 2. Sam. 23,2; 1. Kön. 22,24). Petrus schreibt darum: «Vom Heiligen Geist getragen redeten die Menschen Gottes» (2. Petr. 1,11).

Der Heilige Geist redete vorher (Apostelg. 1,16). Das Wort des Alten Testamentes wird nach dem Hebräerbrief durch den Heiligen Geist gesagt, gezeigt oder bezeugt (vgl. Hebr. 3,7; 9,8; 10,15). Er rüstete in einem noch nie dagewesenen Maße den Messias aus (Jes. 11,1; 61,1), der in der Heilszeit dem ganzen Volke zu eigen wird (Joel 3,1; Jes. 44,3; Hes. 36,26). Die Geburt des Messias wurde durch den Heiligen Geist bewirkt (Matth. 1,18.20; Luk. 1,35). Jesus wurde bei der Taufe durch den Heiligen Geist und Kraft für Seinen Messiasberuf ausgerüstet (Matth. 3,16; Mark. 1,10; Luk. 3,22; Apostelg. 10,38). Jesus empfing die Gabe des Heiligen Geistes nicht nach einem begrenzten Maße (Joh. 3,34) für eine begrenzte Aufgabe, sondern der Messias war so ausgerüstet, daß Er von allen Gottesknechten so wirken konnte, wie es nicht einmal der Täufer vermochte (Matth. 3,11; Mark. 1,8; Luk. 3,16; Joh. 1,33). Der Heilige Geist durchwirkt sein ganzes Innenleben. Der Heilige Geist ist die Gotteskraft, die Sich seit der Erhöhung Jesu und durch Seine Wirksamkeit in der Welt offenbart, die Sich mit der Heilswirklichkeit Gottes verbindet und als eine unmittelbare Potenz innerhalb der Gemeinde vorhanden ist. Diese Kraft ist der lebendigmachende Geist (Joh. 6,63).

Der Heilige Geist Gottes ist es, in dem und durch den sich Gott in Seiner ganzen Offenbarungs- und Heilswirklichkeit betätigt, den Christus als den Geist der Gnaden- und Heilsgegenwart Gottes verheißt. Er ist das Heil und der als gegenwärtig gewordenes Eigentum Seiner Gläubigen Sich kundtut (vgl. Luk. 11,13; Apostelg. 1,4.5). Die Ausgießung des Heiligen Geistes ist eben die Vergegenwärtigung des Heiles Gottes und Seiner Gnade, es ist der eigentliche Inhalt und die Erfüllung der Verheißung (Gal. 3,2.5.14). Der Heilige Geist ist die Heilsgabe des Neuen Bundes, der den Genossen Christi mitgeteilt wird und in der Gemeinde im Zusammenhang des Glaubenslebens steht (Joh. 7,39). Die Existenz und das Wirken des Heiligen Geistes ist gleichsam an Jesu Verkündigung und Erscheinung geknüpft, als der selbstbestimmenden wirkenden Gotteskraft in der Gemeinde, seitdem Christi Verkündigung und Heilswerk abgeschlossen ist.

Jesus verheißt darum den Heiligen Geist als den anderen Paraklet (Joh. 1,16s; 26; 15,26; 16,13), der Gottes Sache auf Erden vertritt, dessen Sendung und Mitteilung der eigentliche Zweck des Heilswerkes Christi ist (Joh. 14-16), dessen Gegenwart den Jüngern und den Gläubigen Christi Gegenwart ersetzt, denn Gott und Christus sind in demselben gegenwärtig, ohne mit Ihm identifiziert zu werden (vgl. Röm. 8,9; Gal. 4,6; Phil. 1,19; 1. Petr. 4,14). Daraus ergibt sich, daß in der neutestamentlichen Heilsgemeinde vom gegenwärtigen Heiligen Geist erwähnt wird, wie von Gott und Christo die Rede ist, und von Ihm unterschieden und doch nicht von Ihm geschieden wird. Der Vater ist der Ursprung, der Sohn der Mittler, der Heilige Geist die

Gegenwart, der lebendige und Leben gebende Geist der Verheißung und Erkenntnis, wie das in 2. Korinther 13, 13 ausgedrückt wird.
Der Heilige Geist ist eine Wirklichkeit, Er begründet und regiert Gottes Heilsgemeinde und strebt, sich ihr mitzuteilen. Wie der Geist in der Geistesausgießung den Jüngern gegenwärtig wurde, bleibt Er in der Gemeinde und teilt sich ihr dauernd mit (Apostelg. 2, 4. 17. 33. 38; 8, 17; 19, 2; 1. Joh. 3, 24). An Ihm hat die Heilsgemeinde die Wirklichkeit ihres Heilsstandes, den Er bestätigt (Eph. 1, 13; 4, 30; 1. Kor. 1, 22). Der Heilige Geist erscheint in engster Verbindung mit der Vergebung der Sünden (Apostelg. 2, 38). Der Geist ist damit das Angeld (s.d.), das Unterpfand (s.d.), die Erstlingsgabe (s.d.) der künftigen Vollendung und Erlösung (2. Kor. 1, 22; 5, 5; Röm. 8, 23). Hiermit hängt auch die Ausdrucksweise zusammen: «Er hat uns von seinem Geist gegeben» (1. Joh. 4, 13; vgl. 3, 24; Apostelg. 2, 17). Es ist nirgendwo im enthusiastischen Sinne wie bei der Pfingstgemeinde von der Geistesfülle die Rede (vgl. unter Nr. 179!).
Die Versündigung, oder die Mißachtung gegen den Heiligen Geist, ist sehr schwerwiegend. Man vergleiche die Lästerung (Matth. 12, 31), die Betrübung (Eph. 4, 30), die Verachtung (1. Thes. 4, 8), die Dämpfung (1. Thes. 5, 19), das Belügen (Apostelg. 5, 3. 9), die Schmähung (Hebr. 10, 29) des Heiligen Geistes!
Der Heilige Geist macht die Gemeinde zu einem Tempel Gottes, zu einer Stätte Seiner Gegenwart, wie im Alten Bunde die Stiftshütte und der Tempel die Stätte Seiner Ruhe war (1. Kor. 3, 16). Der Geist Gottes wohnt in der Gesamtgemeinde, als auch in jedem einzelnen Gläubigen, jeder Heilsgenosse schmeckt die Gabe des Geistes (Hebr. 6, 4). Der Geist Gottes wohnt in uns (Röm. 8, 11). Paulus mahnt Timotheus, den in uns wohnenden Geist zu bewahren (2. Tim. 1, 14). Durch die Begabung mit dem Heiligen Geist, durch die heilsgebundene Weisheit des Heiligen Geistes mit dem Licht der Erkenntnis gibt Er in der Heilsgemeinschaft die Fülle des Heils in Christo. Wer im Glauben von Gott und Christo her ist, hat und erfährt die Gabe des Heiligen Geistes. Es ist nicht zu vergessen, daß der Ort der Gnadengegenwart auf Erden, also des Heiligen Geistes die Heilsgemeinde ist. Außerhalb der Gemeinde gibt es keine Wirksamkeit und keine grundlegende Heilsgründung durch den Heiligen Geist (Apostelg. 2, 38. 41; 8, 17). Die Gemeinde ist der Ort, und der Wirkungskreis, von welchem die Verkündigung vom Heil in Christo ausgeht und immer wieder erneuert wird. Wie in ihrer Mitte das Wort Gottes verkündigt wird, so ist sie fortwährend die Trägerin der Wirksamkeit des Heiligen Geistes.

179. **Der Heilige Geist** oder **«Heiliger Geist»?** Die meisten Bibelleser mögen denken oder sagen: «Was soll diese spitzfindige Haarspalterei?» Bei genauerem Zusehen dürfte es etwas anders aussehen! Die sorgfältige Unterscheidung von «der Heilige Geist» und «Heiliger Geist» wird in zahlreichen Übersetzungen oder Übertragungen völlig verwischt, um vielleicht ein besseres Deutsch anzuwenden, was aber einem tief eingebürgerten Irrtum von Pfingstgemeinden und Leuten,

die damit sympathisieren, Vorschub geleistet hat und noch leisten kann. In diesen Kreisen ist immer wieder von der Fülle des Geistes oder von der Geistesfülle die Rede, ohne aber darauf zu achten, wie es nach der Schrift aufzufassen und anzuwenden ist. Was hiermit vor allem zusammenhängt, ist die Erwähnung der Geistestaufe, was auch nur auf einem ungenauen Bibellesen beruht. Die Geistestaufe wird aus den paulinischen Worten gefolgert: «Denn auch in einem Geiste wurden wir alle zu einem Leibe getauft, wir seien Juden oder Griechen, wir seien Sklaven oder Freie, und alle wurden wir zu Einem Geiste getränkt» (1. Kor. 12, 13). Wenn sorgfältig gelesen wird, handelt es sich um die Bestimmung: «**In** einem Geiste, **zu** einem Leibe und **zu** einem Geiste.» Bei der Stelle des 1. Korintherbriefes ist der sogenannte Aorist und das Fehlen des Artikels zu beachten. Der Apostel weist auf eine einstmalige Handlung hin, die sich noch immer wiederholt. Paulus **erinnert** demnach nur an die Taufe, mit welcher er den Empfang des Heiligen Geistes vergleicht. Das Fehlen des Artikels ist auch von Wichtigkeit, nämlich, daß nicht von der unbegrenzten Fülle des Geistes die Rede ist. Das gleiche sagt Johannes der Täufer: «Er wird euch taufen in **Heiligem Geist** und Feuer» (Matth. 3, 11). Der Täufer spricht auch von keiner Geistestaufe, die dem Einzelnen eine vollkommene Fülle des Geistes vermittelt.
Es sind im Neuen Testament mehr als 100 Stellen, in welchen «to pneuma» (der Geist), aber über 300, wo einfach «pneuma» (Geist) steht. Dieser kleine Unterschied ist nicht unbedeutend. Überall, wo «to pneuma» steht, handelt es sich um die vollkommene Fülle des Geistes, wo aber «pneuma» vorkommt, ist die Gabe oder ein Teil des Geistes gemeint, das gläubigen Menschen zugeteilt wird.
1.) Zunächst möge auf eine Anzahl von Schriftstellen geachtet werden, in denen nach «to pneuma to hagion» (der Heilige Geist) vom Heiligen Geist in ganzer Fülle die Rede ist. Es wird von Jesus berichtet: «Denn welchen Gott gesandt hat, er redet die Aussprüche Gottes, denn nicht gibt Er den Geist nach Maß» (Joh. 3, 34). Damit ist die vollkommene Geistesfülle Christi erwiesen, die aber kein Sterblicher besitzt. Der Heilige Geist kam in ganzer Fülle auf Ihn herab, als Er von Johannes getauft wurde: «. . . und er sah den Geist Gottes herabkommend wie eine Taube, auf ihn kommend» (Matth. 3, 16; Mark. 1, 10; Luk. 3, 22; Joh. 1, 32. 33). Alle vier Parallelen in den Evangelien haben sorgfältig «to pneuma». Es erfüllte sich die messianische Verheißung an Jesus: «Ich lege meinen Geist auf ihn» (vgl. Jes. 42, 1-4; Matth. 12, 18). Vor allem wurde auch die Weissagung Jesajahs von dem vollkommenen Besitz des Geistes erfüllt, der Sich auf den Messias niederlassen werde: «Und es senkt sich auf ihn nieder der Geist Jahwes, der Geist der Weisheit, und des Verstandes, der Geist des Rates und der Kraft, der Geist der Erkenntnis und der Furcht Jahwes» (Jes. 11, 2). Mit dieser vollkommenen Geistesfülle erscheint der Herr auch in der Offenbarung, wo die sieben Geister Gottes erwähnt werden (Offb. 1, 4; 3, 1; 4, 5; 5, 6). Jesus kehrte um in der Kraft des Geistes nach Galiläa (Luk. 4, 14). Auf Ihn war der Geist Jahwes, der Ihn ge-

salbt hatte, als Er in der Synagoge in Kapernaum predigte (Luk. 4, 18). Es wird in der Schrift «der Geist Jesu» (Apostelg. 16, 7), «der Geist Christi» (1. Petr. 1, 11), «der Geist seines Sohnes» (Gal. 4, 6) erwähnt, womit auch die Fülle des Geistes betont wird, die der Herr besitzt.

a.) Es ist an zahlreichen Stellen «der Geist» oder «der Heilige Geist» genannt, in welchen von Seinem Wirken oder Seiner Tätigkeit berichtet wird. Ein vollmächtiges Schaffen geht von dem Geiste Gottes aus, weil Er vollkommen ist. Jesus wurde von dem Geiste in die Wüste geführt (Matth. 4, 1), oder geworfen (Mark. 1, 12). Lukas berichtet: «Er wurde in dem Geist in die Wüste geführt, d. h. in der Vollmacht des Geistes (Luk. 4, 1). Wenn sich die Jünger des Herrn vor Gericht verantworten müssen, sind nicht sie, die dann reden, sondern der Geist ihres Vaters (Matth. 10, 20). Jesus erklärt vom Wirken des Geistes: «Das aus dem Geist Geborene ist Geist . . . Der Geist weht wo Er will» (Joh. 3, 6. 8). «Der Geist macht lebendig» (Joh. 6, 63).

Besonders viel berichtet die Apostelgeschichte von der Tätigkeit des Heiligen Geistes. Aus diesem Grunde nannten alte Ausleger dieses biblische Buch: «Das Evangelium des Heiligen Geistes.» Der Selbstmord des Judas ist von dem Heiligen Geist durch den Mund Davids vorausgesagt worden (Apostelg. 1, 16). Die Apostel redeten, wie der Geist es ihnen gab auszusprechen (Apostelg. 2, 4). Jesus hat den Heiligen Geist empfangen (Apostelg. 2, 33). Der Heilige Geist kam oder fiel sonst nie auf einen einzelnen Menschen, sondern auf eine versammelte Gemeinde (Apostelg. 10, 44. 47; 19, 6). Der Heilige Geist sprach zu Philippus (Apostelg. 8, 29), zu Petrus (Apostelg. 11, 12), zu Agabus (Apostelg. 11, 28; 21, 11) und durch die Propheten (Apostelg. 28, 25), Er sandte in Antiochien Seine Boten aus (Apostelg. 13, 1), Er verhielt sich wohlwollend (Apostelg. 15, 28), Er hielt auch zurück (Apostelg. 16, 6). Der Heilige Geist hat Aufseher eingesetzt (Apostelg. 20, 28). Diese kurze Übersicht vom Wirken des Heiligen Geistes nach den Berichten der Apostelgeschichte enthüllt die vollkommene Vollmacht.

Der Geist hat Christum aus den Toten auferweckt (Röm. 8, 11). Der Geist bezeugt mit unserem Geist, daß wir Kinder Gottes sind (Röm. 8, 16). Der Geist nimmt Sich unserer Schwachheiten an, Er vertritt uns mit unausgesprochenen Seufzern, wenn wir nicht wissen, was wir beten sollen (Röm. 8, 26). Der Geist erforscht die Tiefen Gottes (1. Kor. 2, 10. 11). Der Geist wohnt in uns (1. Kor. 3, 16; 6, 19), zu beachten ist «in uns», in einer Anzahl von Gläubigen. Der Geist, der allen Leben und Gaben austeilt, ist derselbe (1. Kor. 12, 4. 8. 9. 11). Der Geist ist gegen das Fleisch (Gal. 5, 17). In den sieben Sendschreiben der Offenbarung heißt es ausdrücklich: «Wer ein Ohr hat, höre, was **der Geist** den Gemeinden sagt» (Offb. 2-3). Am Schluß der Offenbarung ist zu lesen: «Der Geist und die Braut sprechen» (Offb. 22, 17). Es sei noch an Hebräer 10, 15 erinnert: «Es bezeugt uns aber auch der Heilige Geist», oder: «Es sagt der Heilige Geist» (Hebr. 3, 7).

b.) In verschiedenen Appositionen, durch welche auch die ganze Fülle des Geistes ausgesprochen wird, steht auch ständig «to pneuma» (der Geist). So heißt es: «Der Geist Gottes (Matth. 3, 16; 1. Kor. 2, 11. 14), der Geist des Vaters (Matth. 10, 20), der Geist des Herrn (Apostelg. 5, 9), die Gemeinschaft des Heiligen Geistes (2. Kor. 13, 13), der Geist der Wahrheit (Joh. 14, 17; 15, 26; 16, 13; 1. Joh. 4, 6), der Geist der Weissagung (Offb. 19, 10), das Angeld des Geistes (2. Kor. 1, 22; 5, 5), die Frucht des Geistes (Gal. 5, 22), der Geist der heiligen Verheißung (Eph. 1, 13), die Einheit des Geistes (Eph. 4, 3), das Schwert des Geistes (Eph. 6, 17), der Geist Seines Mundes (2. Thes. 2, 8), der Geist der Kraft, der Liebe, der Besonnenheit (2. Tim. 1, 7), der Geist der Gnade (Hebr. 10, 29), derselbe Geist des Glaubens» (2. Kor. 4, 13). Diese Namen können in den einzelnen Abschnitten nachgeforscht werden.

c.) Einige Stellen der Schrift, in welchen die Fülle des Geistes betont wird, reden in dieser Verbindung von der verantwortungsvollen Haltung des Menschen dem Geiste Gottes gegenüber. Jesus preist die Bettler am Geist selig (Matth. 5, 3). Er rügt die Lästerung des Geistes (Matth. 12, 31) oder das Widersprechen dem Geiste gegenüber (Matth. 12, 33; Luk. 12, 10). Ananias hatte den Heiligen Geist belogen (Apostelg. 5, 3), er war sich mit seinem Weibe einig, den Geist des Herrn zu versuchen (Apostelg. 5, 9). Stephanus klagt seine Zuhörer an, daß sie dem Heiligen Geist widerstritten haben (Apostelg. 7, 51). Der Heilige Geist Gottes darf nicht betrübt werden (Eph. 4, 30). Der Geist soll nicht ausgelöscht werden (1. Thes. 5, 19).

2.) Auszugsweise mögen Stellen als Beispiele angeführt und kurz erläutert werden, in denen nur «pneuma» (Geist) steht, die also nichts von der vollkommenen Geistesfülle erwähnen. Der Engel sprach zu Zacharias von Johannes dem Täufer: «Er wird mit Heiligem Geist erfüllt sein» (Luk. 1, 15). Zu Maria sagte der Engel: «Heiliger Geist wird auf dich herabkommen» (Luk. 1, 35). Von Elisabeth heißt es: «Und Elisabeth ward erfüllt von Heiligem Geist» (Luk. 1, 41), ebenso wieder von Zacharias: «Sein Vater ward erfüllt von Heiligem Geist» (Luk. 1, 67). So sind auch Stellen in der Apostelgeschichte, die manche Pfingstler gerne für ihre Ansicht geltend machen. Ausgesprochen heißt es von der Geistesausgießung am Pfingsttage: «Und sie wurden alle erfüllt mit Heiligem Geist» (Apostelg. 2, 4). In der von Joel zitierten Weissagung lautet es sehr vorsichtig: «. . . Ich werde ausgießen von meinem Geist auf alles Fleisch . . . Ich werde in jenen Tagen ausgießen von meinem Geist» (Apostelg. 2, 17. 18). Von Petrus wird berichtet, er war «erfüllt von Heiligem Geist» (Apostelg. 4, 8). Von der versammelten Gemeinde wird gesagt: «Und sie wurden alle erfüllt von Heiligem Geist» (Apostelg. 4, 31). Für das Diakonenamt sollten solche Männer ausgewählt werden, die «voll Heiligen Geistes und Weisheit» waren (Apostelg. 6, 3). Stephanus war ein Mann «voll Glaubens und Heiligen Geistes» (Apostelg. 6, 5). Stephanus blickte zum Himmel hinauf «voll Heiligen Geistes» (Apostelg. 7, 55). Paulus wurde «erfüllt mit Heiligem Geist» (Apostelg. 9, 17). Barnabas hatte das Zeugnis, daß er ein trefflicher Mann war und «voll Heiligen Geistes und Glaubens» (Apostelg.

13, 9). Stellen, die von Pfingstlern für ihre Ansicht von der Geistesfülle geltend gemacht werden, haben ausgesprochen «Geist» ohne Artikel.
Interessant ist das Beispiel von Simeon. «Heiliger Geist war auf ihm» (Luk. 2, 25). Von dem Heiligen Geist war ihm Bescheid gegeben. In dem Geiste kam er in den Tempel (Luk. 2, 26. 27). Die Unterschiede sind sorgfältig zu beachten. Durch die Vollmacht des Geistes kam Simeon in den Tempel, der ihm die Anweisung dazu gab. Er war mit dem Geiste begabt, aber wie jeder Sterbliche nur stückweise. Einen ähnlichen Wechsel zeigt die Apostelgeschichte an einigen Beispielen. Petrus und Johannes wurden nach Samaria gebeten, sie beteten ihretwegen, «auf daß sie Heiligen Geist empfangen möchten» (Apostelg. 8, 15). Durch ihre Handauflegung empfingen sie Heiligen Geist (Apostelg. 8, 17). Simon sah auf seine Art, daß durch ihre Handauflegung «der Heilige Geist gegeben werde» (Vers 18). Simon aber bat, als korrigierte er sich selbst: «Gebet auch mir diese Gewalt, damit jeder, wem ich immer die Hand auflegen würde, Heiligen Geist empfange» (Vers 20). Paulus fragte die Johannesjünger in Korinth: «Habt ihr Heiligen Geist empfangen, als ihr gläubig wurdet? Sie aber sprachen zu ihm: «Doch, nein, wir haben nicht einmal gehört, ob Heiliger Geist da ist» (Apostelg. 19, 2). Nach der Handauflegung des Apostels Paulus «kam der Heilige Geist auf sie» (Apostelg. 19, 5). Zuerst ist von dem nach Maß zugeteilten Geist die Rede, der aber in der ganzen Fülle auf die getauften Gemeindeglieder kam.
Aus der Fülle der Bibelstellen mögen noch einige Aussprüche angeführt werden, aus denen manche den vollkommenen Geistesbesitz herleiten. Jesus sagt: «Wenn ihr nun, die ihr böse seid, wißt gute Gaben zu geben euren Kindern, wie viel mehr wird der Vater aus dem Himmel Heiligen Geist geben, denen die Ihn bitten!» (Luk. 11, 13). Jesus spricht von Strömen des lebendigen Wassers, die aus Seinem Leibe fließen (Joh. 7, 37. 38). Wenn diese Stelle richtig übersetzt und erklärt wird, ist einleuchtend, daß die Ströme lebendigen Wassers aus dem Leibe des Herrn fließen. Jesus sagte das von dem Geist, welchen empfangen sollten, die an Ihn Glaubenden. Es wird von ihm begründet: «Denn Heiliger Geist war noch nicht da.» Paulus ermahnt: «Berauscht euch nicht mit Wein, in welchem Heillosigkeit ist, sondern werdet voll im Geiste» (Eph. 5, 18). Der Heilige Geist teilt nach Seinem Beschluß einem jeden aus. Paulus schreibt: «Alles dieses aber wirkt der eine und derselbe Geist, austeilend einem jeglichen insbesondere so wie er will» (1. Kor. 11). Einem Jeden sind die Geistesgaben nach dem Maße der Gabe Christi verliehen (Eph. 4, 7).
Die hier gebotenen Gegenüberstellungen mögen Klardenkenden zur Genüge zeigen, daß es mit den Vorstellungen der Pfingstler und ähnlicher Typen nach der Schrift nicht ernst zu nehmen ist. Die meisten Leute dieser Art werden erregt, wenn diese Genauigkeiten ihnen in der Bibel entgegengehalten werden, weil sie dieselben nicht verstehen. Auf Kosten der Richtigkeit kann keine Volkstümlichkeit gepflegt werden. Es ist für den einfachen Bibelleser gewiß nicht so leicht, sich in diese Gedanken hineinzudenken, aber ein wenig Denk-

arbeit in diesem Stücke ist doch zu wünschen! Für das Verständnis des Heiligen Geistes war diese Zusammenstellung notwendig.

180. **Geist der Besonnenheit,** griechisch «pneuma tou sophronismou», eine Bezeichnung, die nur einmal vorkommt (2. Tim. 1, 7). Es ist die Fähigkeit, sich immer bewußt zu sein, was getan werden muß. Furcht, Menschengefälligkeit oder eine Leidenschaft, können einen, der diese Geistesgaben hat, nicht vom rechten Wege ablenken. Die Möglichkeit, einen gesunden Leib mit starken Kräften in ausgeglichener Weise in Schranken zu halten, heißt Besonnenheit. Ein übermäßiger Gebrauch der Kräfte verdirbt alles und nützt nichts. Das griechische «sophronismos» bezeichnet eine Gemütsbeschaffenheit, die sich im Deutschen nicht mit einem Worte ausdrücken läßt, am wenigsten durch «Zucht», oder «Geist der Zucht» (s.d.). Luther überträgt meistens den Ausdruck und seine verwandten Worte in den Pastoralbriefen mit «Zucht» und «züchtig», oder «züchtigen» (vgl. 1. Tim. 2, 9. 15; Tit. 1, 8; 2, 12), womit der Begriff nicht ganz erklärt ist.
Für die Klarstellung des Begriffes «sophronismos» ist es ratsam, auf die verwandten Worte und Ableitungen des Ausdruckes zu achten. Das Adjektiv «sophron» heißt soviel wie «gesund im Gemüt», «klug, verständig, weise sein», alle Dinge geistlich und richtig beurteilen zu können, nach ihrer Beschaffenheit zu verstehen, die Ordnung und das rechte Maß zu halten (vgl. 1. Tim. 3, 2; Tit. 1, 8; 2, 2. 5). Das Adverbium «sophronos» bedeutet «nüchtern, ruhig, enthaltsam» (Tit. 2, 12). Das Verbum «sophoronein» hat den Sinn bei gesundem, nüchternem Verstande sein (Mark. 5, 15; Luk. 8, 35; 2. Kor. 5, 13), mäßig sein, die Begierden im Zaume halten (Tit. 2, 6; 1. Petr. 4, 7), im Gegensatz zur Selbstüberschätzung (Röm. 12, 3). Das Verbum «sophronizein» bedeutet, «klug und weise machen», oder «zur Gesundheit des Gemütes führen». Das verwandte Substantiv «sophrosyne» – «der gesunde, reife Verstand» (Apostelg. 26, 25) ist eine Selbstverherrlichung (1. Tim. 2, 9. 15). Der Geist der Besonnenheit gehört zur Erziehung der Gemeinde, vor allem auch zur Selbsterziehung (vgl. 1. Kor. 9, 27). Es ist ein Geist, der nüchtern macht und auf den richtigen Weg leitet, der jede Abirrung von der gesunden Lehre straft und züchtigt.
Die grundtextliche Redewendung, «pneuma tou sophronismou» bringt eine geistliche Gemütsverfassung zum Ausdruck, die fähig ist, alle Tätigkeiten richtig zu beurteilen und alle Ratschläge und Handlungen vorsichtig auszuführen. Der Geist der Besonnenheit regiert die Kraft und die Liebe; er gehört zu dem erleuchteten Verstand, während die Kraft und die Liebe dem geheiligten Wandel angehören.
Die Übersetzung der Vulgata «sobrietatem» – «Nüchternheit» trifft nicht ganz den Sinn. Beza übersetzt besser «sanitatem animi» – «Gesundheit des Gemütes». Es ist die Selbstbeherrschung, welche zur weisen Handlung die Kraft verleiht und in allem das rechte Maß und Ziel einzuhalten weiß. Dieses Verhalten ist bei der Tapferkeit sehr wertvoll, damit sie nicht in Verwegenheit, in rasende Wut und Unbescheidenheit umschlägt. Die Fähigkeit, mit Klugheit und einem ge-

sunden Gemüt des gläubigen Herzens den ganzen Sinn so auszurichten, daß alles zum Ziele der Heiligung leitet, ist eine Frucht des Geistes, der alles nach Seinem Willen austeilt (1. Kor. 12, 4). Die Verbindung dieser Geistesgabe mit dem Geist der Kraft (s.d.) und der Liebe (s.d.) im Gegensatz zum Geist der Furcht (s.d.) ist sinnvoll und beachtenswert (vgl. 2. Tim. 1, 7).

181. **Ein böser Geist Gottes,** hebräisch «ruach raah ha-Elohim» wird in der Geschichte von Abimelech (Richt. 9, 23) und von Saul (1. Sam. 16, 14. 15. 16. 23; 18, 10; 19, 9) erwähnt.
a.) Gott sandte einen bösen Geist zwischen Abimelech und die Bürger von Sichem, daß sie treulos gegen ihn wurden (Richt. 9, 23). Es ist mehr als nur ein böser Wille oder eine übelwollende Gesinnung, sondern ein böser Dämon, der Unfrieden und Zwietracht stiftete. Der Satan selbst war es nicht, wohl aber eine übernatürliche Geistesmacht, die unter seinem Einfluß stand. Gott sandte diesen bösen Geist, um den Frevel Abimelechs und der Sichemiten zu strafen. Nicht **Jahwe,** sondern **Gott** sandte diesen bösen Geist, um das Walten der göttlichen Gerechtigkeit anzudeuten.
Die ganze Geschichte von Abimelech wird als ein Vorbild aus alter und neuer Zeit des revolutionären und antichristlichen Babels angesehen. Alles deutet auf die göttliche Erfüllung des Fluches hin (Richt. 9, 20). Es ist die Schilderung des Blutbades einer thronräuberischen Herrschermacht; Unzufriedenheit, Radikalismus, Parteigreuel, öffentliche Unsicherheit, Spionage, Großsprecherei, Verfall des bürgerlichen Wohlstandes, Meutereien, blutige Aufstände und Räuberbanden sind an der Tagesordnung. In diese ganze Situation sandte Gott aus gerechtem Strafgericht einen bösen Geist unter die Empörer der Theokratie. So sendet Gott auch zur Zeit des großen Abfalls die Wirkung des Irrtums, daß man der Lüge glaubt, damit alle gerichtet werden, die der Wahrheit nicht glauben, sondern Wohlgefallen an der Ungerechtigkeit haben (2. Thes. 2, 11) (vgl. Schwindelgeist!).
b.) Saul wurde von Gott verworfen. Der Geist Jahwe's war dadurch von ihm gewichen und ein böser Geist von Jahwe (ruach raah Jahwe) kam über ihn (1. Sam. 16, 14). Er wurde in Furcht und Angst versetzt. Der böse Geist von Jahwe, der in Saul an die Stelle vom Geiste Jahwes trat, ist nicht nur ein innerliches Empfinden von Schwermut, der in Melancholie ausartet, oder sich bis zum Ausbruch des Wahnsinns steigert, es war vielmehr eine höhere böse Macht, die sich seiner bemächtigte, die ihm nicht allein die Ruhe seiner Seele wegnahm, sondern auch die Empfindungen, Gefühle, Vorstellungen und Gedanken seines Geistes leidenschaftlich bis zur Raserei erregten. Dieser böse Geist war ein böser Geist von Jahwe, oder ein böser Geist Gottes, oder ein böser Geist (vgl. 1. Sam. 16, 15. 23; 18, 10), weil Jahwe ihn zur Strafe aussandte. Es ist eine übernatürliche, geistige, böse Macht, im Gegensatz zum Geiste Jahwes, der auf die Menschen als Geist der Kraft, Weisheit und Erkenntnis einwirkt und der geistliches oder göttliches Leben erzeugt und fördert. Die Steigerung

der Schwermut von Saul war ein Zeichen der Verstockung, in welche Jahwe ihn wegen seiner Unbußfertigkeit dahingegeben hatte.

182. **Geist Christi,** griechisch «pneuma Christou», kommt im Neuen Testament nur zweimal vor. Paulus und Petrus nennen diesen selten vorkommenden Namen.

a.) Die paulinische Aussage: «Wer Christi Geist nicht hat, ist nicht sein» (Röm. 8, 9), zeigt die Bedingung für die Teilnahme an der Gemeinschaft mit Christo. Die Wohltaten, welche die Gläubigen empfangen, sind von der inneren Wirksamkeit des Geistes Christi abhängig. Christi Geist ist im höchsten Sinne göttlicher Natur, der Geist Gottes, der nicht damit verwechselt werden darf, wirkte in Ihm und ruhte auf Ihm in höchster und reinster Energie. Weil der Apostel von dem höchsten Geistesleben spricht, nennt er mit Recht den Geist Christi als Ursache der Lebensgemeinschaft mit dem Auferstandenen. Durch den Besitz des Geistes wohnt Christus in den Gläubigen (vgl. Röm. 8, 10). Christus vermittelt den Gläubigen alle Mitteilungen Gottes, daß die Gemeinde zu einem Tempel Gottes im Geiste heranwächst (vgl. Eph. 2, 21. 22).

b.) Der in den Propheten des Alten Bundes vorhandene «Geist Christi» weissagte von Seinem Leiden (1. Petr. 1, 11). Einige Ausleger meinen es wäre der Geist, der von Christo zeugte. Richtiger ist die Auffassung, daß es der Geist ist, den Christus hat und gibt (vgl. Röm. 8, 8). Der Ausdruck ist aus der Überzeugung des Apostels von der Präexistenz Christi erklärlich. Die Erklärung, der Geist Gottes sei mit dem Geiste Christi nicht zu unterscheiden, ist unklar. Der Geist, der in den Propheten wirkte, soll der gleiche Geist sein, den Jesus bei der Taufe empfing. Die Bemerkung des Apostels hat den Sinn, daß Christus den Propheten durch Seinen Geist die Weissagungen von Seinen Leiden und Herrlichkeiten mitteilte. Christus war demnach schon vor Seiner Fleischwerdung bei den Vätern des Alten Bundes. Der Inhalt der messianischen Verheißung war den Gläubigen des Alten Bundes durch den Geist Christi bekannt, der Zeitpunkt der Erfüllung aber blieb ihnen noch verborgen.

183. **Geist der Erkenntnis,** hebräisch «ruach daath», gehört zu den Gaben der Geistesfülle, die nach der jesajanischen Weissagung auf dem Messias ruht (Jes. 11, 2). Er zählt zum dritten Paare der sechs Geistesgaben, die der eine Geist Jahwes (s.d.) enthält und mitteilt. Die Erkenntnis gründet sich in Gottes Liebesgemeinschaft. Sie ist gleichsam mit der «Furcht Jahwes» die Grundwirkung des Geistes des Herrn (s.d.). Alle großen Eigenschaften des Messias, alle heilsamen Gaben für das Königreich Gottes, beruhen auf der innigen Verbindung mit Gott, die sich in lebendiger Erkenntnis und Gottesfurcht offenbart.

Die Geistesgabe der Erkenntnis wird mehrfach im Johannesevangelium von Christus erwähnt. Der Evangelist berichtet: «Jesus selbst aber vertraute sich ihnen nicht, weil er alle erkannte, und daß er nicht nötig hatte, daß jemand ihm von den Menschen Zeugnis gab, denn er selbst erkannte, was im Menschen war» (Joh. 2, 24. 25). Petrus sagt zu Christus: «Herr, du weißt alles, du erkennst, daß ich dich liebe» (Joh. 21, 17). Johannes erwähnt noch einige Tatsachen (Joh. 1, 48. 49; 4, 18. 19; 6, 64), welche die Gabe der Erkenntnis bei Jesus bezeugen.

184. **Der ewige Geist,** griechisch «pneuma aionion» ist in Hebräer 9, 14 eine artikellose Aussage, welche den Wert des neutestamentlichen Versöhnungsopfers ausspricht. Der Begriff des Opfers Christi wird von einem lebendigen Bewußtsein aufgefaßt. Der Herbäerbrief betont mit Nachdruck, daß sich Christus «Selbst dahingegeben hat». Er brachte Sich dar als ein «makelloses» Opfer durch den «ewigen Geist». Der Wert des Versöhnungstodes liegt demnach nicht im Blutvergießen des Sohnes Gottes, sondern in der inneren Tat der völligen Hingabe des eigenen Willens an Gott (vgl. Hebr. 10, 7-9). Die Opferung als Makelloser ist die Tat eines Schuldlosen, wodurch eine völlig gottwohlgefällige und stellvertretende Hingabe Wirklichkeit wurde. Das harmoniert mit der paulinischen Ansicht, daß der Gehorsam im Tode Christi den Höhepunkt Seines Versöhnungswerkes ausmacht (vgl. Röm. 5, 18. 19; Phil. 2, 8).
Die Selbstdarbringung Christi am Kreuz, in welcher Er Sein Leben zur Erlösung und Heiligung in den Tod dahingab, ist heilskräftig durch den ewigen Geist. Die Ausdrucksweise «ewiger Geist» hat die verschiedensten Auslegungen hervorgebracht. Die Vulgata, Codex D und einige Minuskelcodexe lesen «pneumatos hagiou» – «durch Heiligen Geist», als Ausdruck für die Gottheit Christi. Die andere Lesart «pneumatos aionion» ist besser beglaubigt, aber auch nicht klar. Die zahlreichen Erklärungsversuche dieser Worte können übergangen werden, weil es richtiger ist, sie nach dem Zusammenhang zu erläutern.
Christi Selbstdarbringung durch den ewigen Geist steht gegensätzlich zum fleischlichen Charakter der alttestamentlichen Opfer und deren Wirkung (Hebr. 9, 13). So aufgefaßt bildet «ewiger Geist» den einfachen Kontrast zum vergänglichen oder sterblichen Fleisch. Weil Christi Geist keiner Vergänglichkeit oder Sterblichkeit unterworfen ist, konnte durch Sein Opfer Gottes ewiger Ratschluß vollführt verden. Der ewige Geist ist gleichsam der Kraftgrund und Kraftinhalt, durch welchen der Erlöser eine ewige Erlösung zuwege brachte (Hebr. 9, 12). Dieser Geist, der die Lebenskraft und Lebensfülle des göttlichen Geistes in Sich trägt, verlieh Christus die «Macht des unauslöschlichen Lebens» (Hebr. 7, 16). Christus konnte nur vermöge Seines unauflöslichen Lebens der rechte Hohepriester sein und kraft dieses Lebens das wahre vollgültige Opfer bringen.

185. **Ein falscher Geist,** hebräisch «ruach scheqer» ist eigentlich «ein Geist der Lüge» (1. Kön. 22, 22. 23; 2. Chron. 18, 21. 22), der 400 Propheten zur Zeit Ahabs und Josaphats inspirierte. Ihre Weissagung war dadurch vom Geist der Lüge eingegeben. Der Geist, der als Lü-

gengeist auf die Propheten einwirkte, ist nicht der Satan, auch nicht irgend ein böser Geist, sondern der personifizierte Geist der Weissagung, sofern er mit Gottes Willen als Geist der Lüge wirkt. Es ist ein Geist der Unreinigkeit (Sach. 13, 2) und des Irrtums (1. Joh. 4, 6), soweit er unter dem Einfluß Satans steht. Die Weissagungen der falschen Propheten sind keine bloßen Phantasiegebilde der menschlichen Vernunft, denn auch die Pseudopropheten stehen unter einem übernatürlichen Geistesprinzip, sie befanden sich im Dienste der Lüge unter dem Einfluß Satans, oder des bösen Geistes. Das ist ein krasser Gegensatz zu den wahren Propheten, die im Dienst des Herrn vom Heiligen Geist getrieben werden.
Die Vision Micha's veranschaulicht die übernatürliche Einwirkung des Lügengeistes auf die falschen Propheten. Der Geist der Prophetie täuscht Ahab durch den Geist der Lüge in den falschen Propheten. Jahwe sendet diesen Geist, weil die Verführung Ahabs als ein Gottesgericht für seinen Unglauben über ihn verhängt wurde. Gott verhängte durch Seine Propheten eine Täuschung. Es ist keine bloße Zulassung, Gott wirkte das Böse, ohne dasselbe gut zu heißen. Jahwe hat es so geordnet, daß Ahab einer Weissagung vom Lügengeiste Folge leistete, um die Strafe für seine Gottlosigkeit zu finden. Weil er auf das Wort des Herrn im Munde Seiner wahren Diener nicht hörte, gab Gott ihn dahin (vgl. Röm. 1, 24. 26. 28) in seinem Unglauben, und er war den Einwirkungen des Lügengeistes ausgeliefert.

186. David bittet um die Erneuerung eines **«festen Geistes»,** hebräisch «ruach nakon» (Ps. 51, 12). Es ist das Gegenteil von Schwachheit, Unbeständigkeit und Treulosigkeit (vgl. Ps. 78, 37). Ein fester Geist macht das Herz unerschütterlich und standfest (Ps. 112, 7. 8). Der Psalmist möchte seines Gnadenstandes gewiß und darin wohlgegründet sein. Die Erneuerung eines festen Geistes wird durch die Heilstat des kommenden Erlösers bewirkt, welche die Propheten des Alten Bundes in Aussicht stellen (vgl. Jer. 24, 7; Hes. 11, 19; 36, 26). Für die Verwirklichung dieser Bitte hat erst die neutestamentliche Erfüllungsgeschichte die durchgreifenden und allumfassenden Möglichkeiten geschaffen. Sinnesänderung, eine neue Schöpfung, die Wiedergeburt und die Erneuerung Heiligen Geistes (vgl. Tit. 3, 5) sind die Voraussetzung der Gabe eines festen Geistes.

187. **Der Geist des Flehens,** hebräisch «ruach thachanunim» ist eigentlich der Geist des Gnadenflehens, der mit dem Geist der Gnade (s.d.) über das Haus Davids und die Bewohner Jerusalems ausgegossen wird (Sach. 12, 10). Die Zusammenstellung von Gnade und Gnadenflehen ist bezeichnend. Die Wahl der Ausdrücke, die von einer Wurzel abstammen, zeigt daß dieses Beten oder Flehen im Stand der Gnade seinen Grund hat. Dieser Geist bringt das Gebet hervor, er treibt zum Beten an, er lehrt beten und betet selbst in uns und für uns (Röm. 8, 26. 27), er stärkt zum Gebet und bewahrt darin. Der Geist reinigt und läutert das Gebet. Der Geist des Gnadenflehens vertreibt

die Verblendung der Sinne und legt das rechte Bekenntnis der Sünde und des Glaubens in Herz und Mund. Wenn dieser Geist ausgegossen wird, pochen die Juden nicht mehr auf ihr Verdienst, sondern trauen ganz auf die Gnade, sie werden dann auch von dem Herplappern ihrer Gebetsformeln völlig befreit. Die Folge dieses ausgegossenen Geistes über Israel wird sein, daß es hinsieht auf den Durchstochenen und in eine laute Klage über den Tod des Messias ausbricht.

188. David bittet: «Tröste mich wieder mit deiner Hilfe und mit dem **«freudigen Geiste»,** halte mich aufrecht!» (Ps. 51, 14.) Das hebräische «ruach nedibah» ist eigentlich ein Geist der Willigkeit oder Freiwilligkeit. Die LXX übersetzt: «pneumati hegemoniko» – «mit einem Geiste, der in der Führung erfahren ist». Der Geist der Willigkeit wohnt in einem Herzen, das von der Herrschaft der Sünde befreit ist, daß es freiwillig den edlen Trieben folgt. Der willige oder freiwillige Geist hält aufrecht, daß von selbst ohne Zwang des Herrn Gebote gehalten werden, weil sie keine Last, sondern eine Lust sind. Der durch Buße wiederhergestellte Psalmsänger empfindet für die Zukunft seine Ohnmacht; er bittet darum, daß ihm der Geist Jahwes (s.d.) die Willigkeit zu allem erhält, was Gott gefällt. Dieser Geist gibt ihm die Gewißheit, daß seine Gemeinschaft mit Gott wieder geordnet ist. Der Geist der Freiwilligkeit äußert sich in Dankbarkeit, um sich der Gnade Gottes würdig zu erweisen. Wo dieser Geist wohnt, ist man sich bewußt, welche Gnade nötig ist, um so danken zu können.

189. **Der Geist der Furcht,** griechisch «pneuma deilias» – «Furchtsamkeit, Feigheit», ist nach der paulinischen Überzeugung kein Erzeugnis des Geistes Gottes (2. Tim. 1, 7). Timotheus soll das Feuer seiner Geistesgabe wieder neu entzünden, weil Gott ihm keinen Geist der Verzagtheit gegeben hat (2. Tim. 1, 6). Ein solcher Geist ist oft die Ursache, daß herrliche Geistesgaben in sich vergehen und verlöschen, die zur Ehre Gottes und zur Erbauung der Gemeinde dienen sollten. Die Furchtsamkeit steht der Glaubensfreudigkeit entgegen (vgl. Matth. 8, 26; Mark. 4, 40; Apostelg. 21, 8). Der sklavische Geist (Röm. 8, 15), der oft mit dem Ausdruck dieser Stelle verglichen wird, ist das Gegenteil vom «Geiste der Sohnschaft» (s.d.), aber nicht mit dem Geiste der Verzagtheit identisch. Die Römerbriefstelle erwähnt die sklavische Furcht vor Gott, hier wird dagegen die bange Furcht und Verzagtheit vor Menschen bezeichnet. Der Geist Gottes steht mit dem Geist der Furchtsamkeit in Widerspruch, Er äußert sich in Kraft. Wer den Geist Gottes empfangen hat, kämpft in Glaubensfreudigkeit und mit getrostem Mut den guten Kampf des Glaubens (vgl. 2. Tim. 2, 3).

190. **Der Geist der Furcht Jahwes** bildet den krönenden Abschluß der sieben Geistesgaben, die auf dem Messias ruhen (Jes. 11, 2). Es ist die in Anbetung hingebende Furcht Jahwes. Von allen sieben Geistern, die hier aufgezählt werden, ist die Gottesfurcht der Anfang oder die Grundlage aller Geistesgaben (vgl. Spr. 1, 7; Hiob 28, 28; Ps. 111, 10).

Das Paar «Geist der Erkenntnis (s.d.) und Furcht Jahwes» stehen zuletzt, weil das folgende unmittelbar daran anknüpft: «Er hat sein Wohlgefallen an der Furcht Jahwes» (Jes. 11, 3). Das enthüllt die Entfaltung der herrlichen Geistesgaben des Gesalbten in Seinem königlichen Regiment. Er hat Wohlgefallen an Gottesfurcht, weil sie ein Ausfluß des Geistes ist, der auf Ihm ruht. Der Messias liebt, was mit Seinem Geiste übereinstimmt. Die Furcht Jahwes ist Ihm nach dem Grundtext (hebräisch reach nichoach) ein Wohlgeruch (vgl. 2. Mose 30, 38; 3. Mose 26, 31; Am. 5, 21), was an den Duft der Opfer erinnert. Die Gottesfurcht ist demnach ein ständiges zu Gott aufsteigendes Opfer der Anbetung. Der Geist der Furcht Jahwes richtet sich in seinem Rechtsurteil nicht nach dem äußeren Schein oder Gerede, sondern seine Gottesfurcht ist durch die Erkenntnis mit göttlichem Tiefsinn und Scharfsinn vereinigt.

191. **Geist des Gebetes** siehe Geist des Flehens!

192. **Gewisser Geist** siehe fester Geist!

193. **Der Geist des Gerichts,** hebräisch «ruach mischphat» führt eine doppelte Reinigung durch, indem Er den Unflat der Töchter Zions abwäscht und die Blutschulden Jerusalems hinwegspült (Jes. 4, 4). Der Geist oder Hauch Gottes, der über Jerusalems Bewohnerinnen und Bewohner dahinstürmt (Jes. 30, 28), straft das Böse. Der Erhebung der Gemeinde zur Würde des Heiligen Geistes muß eine durchgreifende Veränderung der sittlichen Zustände und eine energische Ausscheidung der Sünde vorangehen. Der Mensch ist dazu unfähig, nur Gott kann es. Die Beseitigung des Blutes und des Schmutzes geschieht durch die richtende Tätigkeit des Herrn.
Die grundtextliche Apposition «ruach mischphat» kann auch mit «Geist des Rechts» (s.d.) übersetzt werden. Für diese Bedeutung entscheiden einige Stellen. In Micha 3, 8 ist zu lesen: «Ich aber bin voll Kraft durch den Geist des Herrn und von Recht und Stärke.» Von der messianischen Zeit heißt es, daß der Herr als ein Geist des Rechts sein wird, dem der zu Gericht sitzt (Jes. 28, 6). Zion wird durch Recht erlöst, die sich zu Ihm bekehren durch Gerechtigkeit (Jes. 1, 27. 28). Der Heilige Geist kommt als Gerichtsvollstrecker im Alten Testament kaum vor, es ist hier mehr an den innerlich umbildenden Geist zu denken. Bei der Taufe mit Heiligem Geist und Feuer (Matth. 3, 11) ist von einer Waschung der Gnade und des Zorngerichtes die Rede. Der Geist des Gerichts straft die Welt wegen der Sünde, wegen der Gerechtigkeit und wegen des Gerichts (Joh. 16, 8).

194. **Der Geist des Glaubens** ist die Ursache, daß die überschwengliche Kraft Gottes in allen Todesgefahren zum Leben führt (2. Kor. 4, 13). Paulus besitzt den gleichen Glaubensgeist wie der Psalmsänger des Alten Bundes (vgl. Ps. 116, 10). Es ist die Energiequelle für die Auswirkung des Lebens in allen Verfolgungen und Gefahren. Der

Apostel redet wie David nach dem Geiste des Glaubens. Wenn er nicht geglaubt hätte, wäre ihm unter der Menge von Feinden, Mördern und Lügnern der Mut zum Reden vom Namen des Herrn vergangen. Der gleiche Geist, der in den alttestamentlichen Heiligen den Glauben wirkte, wirkt auch in ihm den Glauben an die Auferstehung Christi und die Auferweckung der Gläubigen. Der Glaube des Psalmisten hat es auch mit Erfahrungen des Todes und tiefer Erniedrigung zu tun, aus welchen Gott ihn rettet. Angesichts des Todesdunkels schwingt er sich mit der Gesamtgemeinde zur Lebensgewißheit empor (Ps. 116, 1. 6). Durch den Geist des Glaubens harren die Gläubigen des Alten und des Neuen Testamentes unablässig in Leiden und Todesgefahren auf die dereinstige Auferstehung, der Erlösung vom Tode. Der Glaubensgeist ist auch die Kraftquelle, aus welcher das Reden strömt, das Leiden verursacht, aber auch zu einem fröhlichen Zeugnis ermuntert.

195. **Der Geist der Gnade,** hebräisch «ruach hen» offenbart die herniederneigende Liebe Gottes zu Seinem auserwählten Volk, der seine Umkehr bewirkt, daß Christus als der Gekreuzigte (s.d.) und als Messias von ihm angesehen wird (Sach. 12, 10). Der Geist wirkt die Gnade, daß die Decke der Verblendung von Israel hinweggetan wird, ihm wird das neue Leben zuteil. Diese Tatsache offenbart sich an dem heiligen Überrest am Ende der Tage. Das von Gott begnadigte Israel wird dann Christus als den Herrn im Glauben als seinen Trost ansehen und seine Wonne an Ihm haben. Der ausgegossene Gnadengeist bewirkt das Hinsehen auf den Durchstochenen und eine laute Klage über Seinen Tod. Das ist der stärkste Gegensatz zu der Verachtung und dem Abscheu, womit früher Israel seinen Blick von dem gekreuzigten Messias abgewandt hatte (Jes. 53). Der Geist der Gnade bewirkt an dem heiligen Rest Israels am Ende der Tage eine gründliche und aufrichtige Bekehrung.
Der Geist der Gnade, griechisch «pneuma des charotos» wird noch einmal im Hebräerbrief erwähnt (Hebr. 10, 29). Der nähere Zusammenhang ist eine sehr ernste Warnung vor dem ungläubigen Abfall von Christo. Jeder Abfall vom Gesetz des Alten Bundes wurde streng bestraft, vom Evangelium abfallen, das eine noch unvergleichlich reinere Wahrheits- und Gnadenfülle in sich birgt, zieht eine viel größere Strafe nach sich (vgl. Hebr. 2, 2. 3; 12, 25). Der Abfall ist ein Mit-Füßen-Treten des Sohnes Gottes, was dem Freveln, Mißhandeln und Verspotten des Geistes der Gnade gleichsteht. Die Verabscheuung, Verschmähung und Verhöhnung der heiligenden Wirkung des Blutes Christi ist mit der Lästerung des Heiligen Geistes identisch. Es ist der Geist der Gnade, weil er die Gnadenfülle der Erlösung mitteilt. Der Gnade des Heiligen Geistes wird der Übermut und der Frevel der Abtrünnigen gegenübergestellt, wodurch die Abfallsünde sich als undankbarster Übermut äußert. Es ist von einem fortgesetzten übermütigen Verhalten gegen den Geist der Gnade die Rede. Der Übermut und der Hohn steht mit der Lästerung des Geistes auf einer Stufe, die weder

in diesem noch im jenseitigen Leben vergeben wird (vgl. Matth. 12, 31. 32; Mark. 3, 29; Luk. 12, 10). Das griechische «enybrizein» ist mehr als ein widerwilliges Abweisen des Heiligen Geistes, oder ein Abwehren Seiner Gnadenwirkungen, es besteht in einer Beschimpfung und frivolen Lästerung. Eine solche Sünde ist ein bewußter und roher Kampf gegen die Gnaden des Heiligen Geistes. Wer von dem Geiste der Gnade sich lossagt, kann nur ein schreckliches Gericht und ein verzehrendes Feuer erwarten. Die überströmende Gnade darf also durch ein Verharren in der Sünde nicht mißbraucht werden (vgl. Röm. 6, 1).

196. **Geist Gottes** ist für die Offenbarungstatsachen der Schöpfung, der Erlösung und der Heiligung das Lebensprinzip oder die Quelle des Lebens. Im Alten und im Neuen Testament wird der Geist mit dem Winde verglichen. Das hebräische «ruach» und das griechische «pneuma» kann mit «Geist» und «Wind» übersetzt werden. Die Wiedergabe der beiden grundtextlichen Ausdrücke muß der Zusammenhang entscheiden. Daraus darf nicht gefolgert werden, der Hebräer habe sich den Geist Gottes als einen für menschliche Augen unsichtbaren und feinen Stoff vorgestellt. In Altisrael hat die Fähigkeit der Abstraktion nicht gefehlt, sich eine Kraft ohne jede stoffliche Masse vorzustellen. Das Vorübergehen Gottes wird nicht im Erdbeben und Feuer, auch nicht im Sturmwind gefunden, sondern im sanften, gelinden Säuseln (1. Kön. 19, 11ss.). Gottes Geist, der als ein «neuer Geist» in Israels Herz gegeben wird (Hes. 36, 26. 27; vgl. 11, 19; 18, 31), wird von Hesekiel als Macht und Kraft dargestellt, die das steinerne Herz in ein fleischernes umschafft und für Gottes Stimme empfänglich macht. Es ist die Macht, der göttliche Lebensodem, durch welchen die dürren Totengebeine belebt werden (Hes. 37, 1-14). Der Geist durchweht die ganze Natur, Er gibt und erhält allen Geschöpfen das Leben (Ps. 104, 29. 30). Der Geist, der mit dem Winde verglichen wird (Joh. 3, 8), ist unsichtbar, aber in Seiner Wirkung wahrnehmbar, Er gehört nicht dem Bereich der Phantome an, sondern Er ist real und wirklich.

Wenn die Bibel vom «Geist Gottes» spricht, redet sie von einer übersinnlichen Realität und einer übermenschlichen Macht. Jedes Tun und Wirken Gottes, das Sein Wort und Sprechen hervorbringt, wird als Hauch Seines Mundes bezeichnet, um Seine vollkommene Allmacht zu zeigen (Ps. 33, 6). Gottes Geist steht im völligen Gegensatz zum Menschen. Jesajah sagt ausdrücklich: «Die Ägypter sind Menschen, nicht Gott! Ihre Rosse sind Fleisch, nicht Geist! Daher wird, streckt Jahwe seine Hand aus, der Helfer straucheln und der Unterstützte fällt, und zusamt gehen sie unter» (Jes. 31, 3. 4). Gott und Geist, Fleisch und Mensch, stellt der Prophet gegenüber. Das in sinnlicher Kraft strotzende Fleisch und der staubgeborene Mensch bedürfen zum Lebendigwerden des göttlichen Odems. Unselbständigkeit, Vergänglichkeit und Ohnmacht sind das Wesen des Menschen und alles Fleisches; Unveränderlichkeit und Unvergänglichkeit gehören zu den Eigenschaften des Geistes Gottes.

Das Leben des Menschen ist völlig vom Geiste Gottes abhängig. Gott sagt von dem Flutgericht: «Mein Geist soll nicht im Menschen walten ewiglich!» (1. Mose 6, 3). Er will Seinen Geist zurücknehmen, daß der Mensch als lebloses Naturgebilde wieder zum Staube zurückkehrt, von dem er genommen ist. Der gleiche Sinn liegt im Ausspruch des Predigers, daß, wenn der Geist zu Gott geht, der Mensch zum Staube wird (Pred. 12, 7).

Der Geist Gottes ist größer und mächtiger als jede irdische Gewalt (Sach. 4, 7). Alles Dasein und Leben wird durch die Kraft des Geistes Gottes hervorgerufen, erneuert und erhalten. Von der göttlichen Macht, welche den Anfang der Schöpfung zur Vollendung führte, berichtet die Schrift: «Und der Geist Gottes war schwebend (brütend) über den Wassern» (1. Mose 1, 2). Es ist kein von Gott hervorgebrachter Windhauch, sondern der schöpferische Hauch oder Geist Gottes selbst. Ein abgeleitetes gottgewirktes Leben der Schöpfung ist hier nicht gemeint, sondern das göttliche Prinzip, durch welches dieses gottgewirkte Leben entstand. Der Geist ist kein haltloser Hauch in Sich, sondern geht von Gott aus, der für Sich ein Dasein hat, in bewußter Weise wirkt (Jes. 40, 13); es ist der Geist im höchsten Sinne, der produktive selbstlebendige Geisthauch. Der Geist Gottes weht nicht wie der Wind über die Urgewässer hin und her, sondern er «brütet» darüber. Der Schreiber hält es der Majestät Gottes gegenüber nicht für unwürdig, Seinem Geiste ein Prädikat beizulegen, das sonst von dem Adler gebraucht wird, der über seinem Neste schwebt (5. Mose 32, 11). Damit wird die Liebe angedeutet, womit der Geist Gottes Sich der Schöpfung annahm, aber auch die Erregung des Lebens in ihr. Jüngere Targumisten erklären «ruach Elohim» (Geist Gottes) mit «ruach derachamin» – «Geist der Barmherzigkeit». Gottes Geist schwebt über der Urmaterie, um ihr aus der Fülle Seines absoluten Lebens die Kraft des Lebens mitzuteilen, welche sich in Ordung und Vielseitigkeit, Gestalt und Schönheit entfaltet. In der Wirksamkeit eines brütenden Vogels schwebt Er über dem Uranfang der Schöpfung.

Bei der Erschaffung des Menschen blies Gott dem Gebilde aus Erdenstaub den lebendigen Odem (nischmath chajjim) in seine Nase (1. Mose 2, 7). Es ist der in sich lebendige und lebendigmachende Hauch Gottes. «Der lebendige Odem» ist wie der «Geist Gottes», der von Gott ausgegangene geschöpfliche Geist, das ursprüngliche Prinzip alles menschlichen Lebens. Elihu meint auch den eigentümlichen Akt göttlicher Einhauchung, wenn er sagt: «Geist Gottes hat mich gemacht und Hauch des Allmächtigen mich belebt» (Hiob 33, 4).

Der Geist Gottes wohnt in manchen Menschen. Pharao bezeugt von Joseph «ein Mann, in welchem der Geist Gottes ist» (1. Mose 41, 38). Der König war ein Heide, daß er vom Geiste Gottes in der Art seines mythologischen Glaubens dachte. Seine Ansicht war dennoch richtig, obgleich er mehr aussprach als er wußte. Pharao erkannte in Joseph eine Weisheit und einen «Geist», welcher ihn von den weisesten und höchsten Ratgebern Ägyptens unterschied. Schon die früheste

Gottesoffenbarung zeigt, daß der Geist Gottes Gaben und Talente verleiht, die auf einer höheren Stufe stehen als die edelsten Naturanlagen.

Ein aufschlußreicher Hinweis auf den Geist Gottes bietet die Bemerkung von Bezaleel. Er wurde erfüllt mit dem Geiste Gottes, mit Weisheit, Verstand, Erkenntnis und mit allerlei Kunstfertigkeit, um die Vorbereitung und Herstellung der Stiftshütte zu beaufsichtigen (2. Mose 31, 3). Bezaleel war offenbar ein Genie, ein Künstler und ein geschickter Handwerker. Zu diesen natürlichen Gaben kam der Geist Gottes, der ihm die besondere Fähigkeit für die Aufgabe verlieh, die er zu erfüllen hatte.

Während der trüben Periode der Richterzeit kam der Geist Gottes auf verschiedene Männer, um das Volk Gottes zu befreien und zu richten. Die Gabe dieses Geistes wurde Othniel (Richt. 3, 10. 11), Gideon (Richt. 6, 34), Jephtah (Richt. 11, 29) und Simson (Richt. 14, 6. 19; 15, 14) zuteil. Der Geist Gottes, der alles belebende Odem, weckt Mut und Entschlossenheit zum Kampf, aber auch edle Regententugenden (1. Sam. 16, 13). Er waltet ganz besonders in den Propheten (vgl. 4. Mose 24, 2. 3; 1. Sam. 19, 20-23), wiewohl Er sie nur vorübergehend und noch in begrenztem Maße erfüllt und treibt (4. Mose 11, 29). Die reichste und umfassendste Ausgießung des Geistes ist dem Messias und der mit Ihm beginnenden Weltzeit vorbehalten (Jes. 11, 9; 61, 1; Joel 3, 1; Jes. 44, 3; Hes. 36, 26. 27).

In Übereinstimmung mit dem Alten Testament bezeichnet Jesus den Geist vor allem als eine Kraft. Seine Ausrüstung als ein Erfülltsein mit Geist (Luk. 4, 17-21) und Heilungen von Dämonischen durch Gottes Geist (Matth. 12, 28) werden als Kraftwirkungen dargestellt. Vor dem Hohen Rat sprach Er kurzweg von der Kraft (Matth. 26, 64; Mark. 14, 62; Luk. 22, 69). Der Geist wird als «Kraft aus der Höhe» (s.d.) bezeichnet (Luk. 24, 49; Apostelg. 1, 8). Die durch Jesus erfolgten Heilungen werden Kräfte genannt, die von Ihm ausgehen (Luk. 6, 19; 8, 46). Der Geist ist nicht allein etwas Dynamisches, sondern auch eine ethische Größe, die willig, bereit und eifrig macht (Matth. 26, 61). Der Herr sagt von Seinen eigenen Worten nicht nur, daß sie Geist und Leben sind (Joh. 6, 63), sondern Er sieht in Gottes Geist auch die Quelle, die geben kann, was der Mensch redet (vgl. Matth. 10, 19; Luk. 12, 12; vgl. Luk. 9, 54. 55; 24, 49). Der Geist ist sogar lebendigmachend (Joh. 6, 63), durch dessen geheimnisvolles Walten Leben erzeugt wird (Joh. 3, 7. 8). Nach Christi Anschauung ist der Geist keine unbewußte Seelenkraft, ein Gefühlsstrom oder eine Gefühlsrichtung. Er betrachtet den Geist vielmehr als eine Macht, die persönliches Leben besitzt und hervorbringt. Das Dasein und Walten des Geistes kann der Mensch mit seinen äußeren Sinnen nicht wahrnehmen, wohl aber erfahren und innerlich empfinden. Der Herr vergleicht darum den Geist mit dem Wind (Joh. 3, 8), während Er Seine eigene Gestalt, Person und Erscheinung von einem Schatten oder Gespenst unterscheidet (Luk. 24, 46). Bedeutsam ist, daß Jesus im Geist eine Person sieht. Die

Möglichkeit, den Geist zu schauen, ist bei einer unpersönlichen Kraft undenkbar.

Die Apostelgeschichte, die Urapostel, auch Paulus, betrachten den Geist als Gabe, die der Mensch empfängt (Apostelg. 2, 38; 8, 18; 10, 40; 1. Joh. 4, 13; Apostelg. 2, 38; 7, 39; 19, 2; vgl. Joh. 20, 22), mit dem der Mensch gesalbt wird (Apostelg. 10, 38; 4, 27; 1. Joh. 2, 20. 27; 2. Kor. 1, 21. 22). Diese Aussprüche bezeugen, daß der Geist kein Besitz des natürlichen Menschen ist (vgl. Jud. 19; 1. Kor. 2, 14). Die Urgemeinde betrachtete den Geist nicht als eine physische oder physiologische Potenz, sondern als eine lebendige Kraft, die geistliches Leben gibt. Wer diese Kraft an sich wirken läßt, wird sittlich davon bestimmt. Dem Geist wird ein Begehren (Jak. 4, 3), ein Brennendmachen (Apostelg. 18, 25; Röm. 12, 11) und das Bewirken der Heiligung beigelegt (1. Petr. 1, 2; 2, 5). Der Geist Gottes wird von Anfang an als bewußtes Wesen angesehen, dem der Mensch widerstreben (Apostelg. 7, 31) und das er belügen kann (Apostelg. 5, 3. 9).

Paulus verwendet den Begriff «Geist» sehr vielseitig. Er sieht im Geist eine wirksame Kraft (Röm. 15, 13. 19; 1. Kor. 15, 43. 44; Röm. 2, 29; 2. Kor. 3, 6). Der Apostel setzt nun nicht wie in 1. Korinther 2, 4; 1. Thessalonicher 1, 3; Epheser 3, 16 den Ausdruck «Kraft» statt das Wort «Geist». Er stellt vielmehr «Kraft und Geist» nebeneinander, beide Worte haben eben eine unterschiedliche Bedeutung. Wenn auch der Geist als eine Kraft der Gläubigen genannt wird (Eph. 3, 20), so deutet das die Weise an, in welcher der Geist in ihnen wohnt. Das berechtigt nicht, alle Aussagen von der Kraft Christi (1. Kor. 5, 4; 2. Kor. 2, 12; Eph. 3, 7), oder der Kraft Gottes (1. Kor. 2, 4; 2. Kor. 6, 7; 12, 7; 13, 4; 2. Tim. 1, 8) auf den Geist zu beziehen. Die Wirkungen des Geistes sind in ihren Erfolgen intellektueller und ethischer Art, daß es nicht immer nur wirkende Kräfte sind. Es ist auch kein Ausfluß einer unpersönlichen Kraft. Paulus stellt sich unter Geist ein persönliches Wesen vor.

Es ist noch an Gottes Allmacht zu erinnern, die in Verbindung mit dem Geist allein die Seligkeit oder das Heil schafft (Mark. 10, 27) an dessen Macht Paulus die Zuversicht des Glaubens empfiehlt (Röm. 8, 31ss.). Gottes Macht, die Christum auferweckt und erhöht hat, bewirkt den Glauben (Eph. 1, 19; vgl. 1. Petr. 1, 5; 1. Tim. 6, 15; 1. Kor. 2, 5; 2. Kor. 6, 7; 12, 9; Eph. 3, 7. 20; 2. Tim. 1, 8). Israels Hoffnung gründet sich auf Gottes Macht, wodurch Er Seinen Ratschluß ausführt (Ps. 33, 8; 115, 2; 135, 4; Jes. 50, 2; 59, 1). Gott wirkt immer im Zusammenhang Seiner Heilsoffenbarung in Kraft, auch in den Strafgerichten (Jer. 32, 17. 27; Jes. 14, 27). Die Wirksamkeit der Diener Seines Heilswillens geschieht in Kraft (Apostelg. 6, 8; 1. Thes. 1, 5; 1. Kor. 2, 5; Kol. 1, 29), weil Gott im Geiste mit ihnen ist (Luk. 24, 49; Apostelg. 1, 8; 10, 38; Röm. 15, 13. 19; 2. Tim. 1, 7; 1. Petr. 4, 14). Geist und Kraft gehören zusammen. Gott ist im Geist in Seiner Macht für uns und über uns gegenwärtig. Gottes Geist und Gottes Kraft sind synonym. Das Evangelium ist eine Kraft Gottes (Mark. 1, 9; vgl. 1. Kor. 4, 19. 20).

Gottes Macht wird gepriesen, wenn Gott sich im gegenwärtigen Heil und in der Vollendung Seines Heilsrates offenbart. Dieser Lobpreis Seiner Macht findet in den Doxologien seine Stelle (Matth. 6, 13; Eph. 3, 20; 1. Tim. 6, 16; Offb. 7, 12; 11, 17; 12, 10; 15, 8; 19, 1).

197. **Der Geist aus Gott,** griechisch «to pneuma ek tou Theou», steht im Gegensatz zum Geist der Welt (1. Kor. 2, 12), wie der Geist Gottes zum Geist des Menschen (1. Kor. 2, 11). Dieser Geist erforscht alles, auch die Tiefen Gottes, im furchtbaren Gegensatz zu den Tiefen Satans (Offb. 2, 24). Nur durch Gottes Geist kann Gott erkannt werden. Den Geist, den wir empfangen haben, ist von Gott ausgegangen. Dieser Geist ist der wirksame Grund der Gottes- und Heilserkenntnis.
Der Geist ist uns gegeben worden, um zu erkennen, was Gott denen geschenkt hat, die Ihn lieben. Der Geist der Welt stammt vom Fürsten dieser Welt und ist der Geist des Irrtums (1. Joh. 4, 6). Der Geist, den wir empfangen haben, ist vom Vater ausgegangen (Joh. 14, 17). Der Empfang des Geistes aus Gott befähigt, den Geist der Wahrheit vom Geist des Irrtums zu unterscheiden. Ein seelischer Mensch nimmt nichts davon auf, was des Geistes Gottes ist (1. Kor. 2, 14; vgl. Jud. 19).

198. **Dein guter Geist,** hebräisch «ruchaka tobah», wird im Alten Testament nur an zwei Stellen erwähnt (Neh. 9, 20; Ps. 143, 10). Im Bußgebete Nehemiahs (Neh. 9, 20) erinnert die Ausdrucksweise offenbar an die Mitteilung des göttlichen Geistes, welche den 70 Ältesten widerfuhr (4. Mose 11, 17. 23s). Dieser Geist verlieh den damaligen Empfängern Einsicht und Klugheit, er zeigte den Israeliten den richtigen Weg in der Wüste. In guter Übereinstimmung mit Nehemia 9, 20 bittet der Psalmist (Ps. 143, 10) um die Leitung des Geistes oder um die schützende Führung aus den Gefahren des Lebens. Der Kampf mit gottlosen Feinden veranlaßte David um die Leitung des Geistes zu bitten, um nicht in Zorn oder Leidenschaft Böses zu tun oder nach einer falschen Hilfe zu greifen. Beachtenswert ist die schöne Deutung zu dieser Stelle von Aben-Esra: «Ein von dir gesandter guter Wind bringe mich aus dem Notmeer glücklich ans Land!» Die Führung und Wegbahnung in der Wüste macht auch Jesaja 63, 14 von der Leitung des Geistes abhängig. Der gute Geist vermag in äußeren und inneren Gefahren die Erkenntnis des Rechten und Heilsamen mitzuteilen und den erkannten Gotteswillen auch lehren und auszuführen. Der Geist, der des Menschen Heil gern fördert, läßt den angefochtenen Beter nicht auf dem Irrwege. Das Bewußtsein der eigenen Kraftlosigkeit und Ohnmacht veranlaßt, die Gnadenleitung des göttlichen Geistes zu erflehen (vgl. Ps. 51, 13). Der Stand der Gotteskindschaft im Neuen Bunde erfordert in einem noch viel höheren Maße, um die Leitung des Geistes zu bitten (vgl. Röm. 8, 15; Gal. 4, 6).

199. **Geist der Heiligkeit** steht nur einmal im Alten (Ps. 51, 11) und einmal im Neuen Testament (Röm. 1, 4), hebräisch lautet der Name «ruach haqqodesch» und griechisch «pneuma hagiosynes».

Im 51. Psalm ist der «Geist der Heiligkeit» die Kraft, in welcher Gott wirkt und Sich Seinem Innersten nach betätigt. Gottes Selbsterweisung und Selbstbetätigung wird auf Ihn zurückgeführt. Die Schrift spricht von Ihm als der Quelle und dem Mittel der Offenbarung (Jes. 63, 10). Der Heiligkeit ist keine Amtsgnade, die dem Sänger durch die Salbung zuteil wurde. Es ist hier der zum göttlichen Ebenbilde schaffende Geist. Durch die Lebensgemeinschaft mit dem Geber entwickelt Sich dieser Geist von Seinem ersten Keime an immer herrlicher. Was von dieser Quelle abgeschnitten ist, muß verkümmern, weil dieser Geist ein Bestandteil der menschlichen Natur ist, bittet der Dichter, ihn nicht von ihm zu nehmen. Andrerseits ist der Geist eine Gottesgabe, eine Wirkung der ihm mitgeteilten Gnade Gottes.

Das Alte Testament spricht selten vom Geiste der Heiligkeit. In der rabbinischen Literatur wird durch «ruach haqqodesch» der Geist des göttlichen Wirkens, der göttlichen Offenbarung bezeichnet, um auf den Geist Gottes hinzuweisen, der in Israel Sich als der Heilige offenbart.

Diese Bezeichnung wird im Neuen Testament aufgenommen, um den Geist Gottes als Geist der Heilsoffenbarung darzustellen. Dieser Geist wird dem Messias in unbegrenztem Maße zugeschrieben (Joh. 3, 34) wodurch die Heilsverheißung (Jes. 11, 2; 44, 3) zur Erfüllung gelangt.

Der Geist der Heiligkeit, durch den Christus von den Toten auferweckt wurde (Röm. 1, 4), kann nicht als eine Macht angesehen werden, die Ihm gegenübersteht oder auf Ihn einwirkt, sondern sie ist die Vollmacht, die Er besitzt, die in Seinem Innern wohnt. Insoweit ist «pneuma hagiosynes» nicht mit dem «Heiligen Geist» identisch. Es ist vielmehr der in Christus wirkende, eigene Gottesgeist, dessen Kraft Sein Leben aus dem Tode erweckte. Dieser Geist verlieh Seinem Opfer eine ewige Gültigkeit (Hebr. 9, 14).

200. **Geist der Herrlichkeit,** griechisch «to pneuma tes doxes», der nur in 1. Petrus 4, 14 erwähnt wird, ist nach dem Zusammenhang des ganzen Verses ziemlich schwierig. Ein Blick in den textkritischen Apparat zeigt, wie stark die Schwierigkeit des Grundtextes von jeher empfunden wurde. Es wird gelesen und übersetzt: «Und der Geist der Herrlichkeit und der Kraft», und völlig frei übertragen: «Weil der gepriesene Geist Gottes auf euch ruht»; oder: «Weil der Name und der Geist der Herrlichkeit und der Kraft Gottes usw.» Cyprian hat die Lesart: «Weil der Name der Majestät und der Kraft des Herrn auf euch ruht.» Sehr frei übersetzt die Clementinische Vulgata: «Denn es ist eine Ehre und die Herrlichkeit und die Kraft Gottes, welche sein Geist ist, ruht über euch.» Der gereinigte Vulgatatext lautet: «Weil der Geist der Herrlichkeit Gottes auf euch ruht.» Es ist zu übersetzen: «Der Geist der Herrlichkeit und zwar der Geist Gottes ruht auf euch.»

Der Geist Gottes heißt der «Geist der Herrlichkeit», weil er Herrlichkeit bringt, und sie unter Leiden versiegelt. Dieser Geist wird den Gläubigen mit der Gemeinschaft Christi geschenkt. Im Glauben und in der Hoffnung haben die Glieder der Gemeinde durch diesen Geist

Anteil an der zukünftigen Herrlichkeit. Wer das Zukünftige als Gut der Gegenwart auffaßt, ist glückselig (vgl. 1. Petr. 1, 8). Paulus nennt in weiterer Gedankenentwicklung den Geist das Angeld oder Pfand des Erbes (Eph. 1, 14). Der Geist der Herrlichkeit heißt der Geist Gottes, weil er keiner Kreatur, keinem Menschen und keinem Engel entstammt. Gott ist die Urquelle des Geistes der Herrlichkeit. Weil dieser Geist, der von Gott kommt und auf uns ruht, bleibt dieser Besitz, daß Zweifel und Anfechtungen Ihn nicht umstoßen. In den Leiden dieser Zeit zeigt sich dieser Geist im stillen Duldersinn. Der Geist Gottes strahlt mitten in der Nacht der Leiden und Anfechtungen Seine Herrlichkeit aus. Es ist darum würdig, daß die Menschen und alle Geschöpfe den Geist der Herrlichkeit preisen.

201. **Geist des Herrn,** hebräisch «ruach Jahwe» und «Geist Gottes» (s.d.) wechselt in den Büchern des Alten Testamentes sehr oft. Damit ist nicht gesagt, daß beides dasselbe ist, ein Unterschied kann vielmehr wahrgenommen werden. Der Geist Gottes (s.d.) ist das gegenseitige Lebensprinzip in der Natur- und Menschenwelt. Im Menschen ist dieser Geist das Prinzip des natürlichen Lebens, das er durch die Geburt empfängt, aber auch des geistlichen Lebens, das durch die Wiedergeburt entsteht. In diesem Sinne wechseln beide Ausdrucksweisen (vgl. 1. Mose 1, 2; 6, 3). Das hebräische «ruach Elohim» bezeichnet den göttlichen Geist nur allgemein nach Seiner übernatürlichen Kausalität und Kraft; der Geist des Herrn (ruach Jahwe) kennzeichnet dagegen den Geist in Seiner heilsgeschichtlichen Einwirkung auf das Welt- und Menschenleben. Der Geist Jahwes ist nicht nur im Allgemeinen, sondern auch speziell die Quelle der Gaben und Kräfte, welche Gottes Werkzeuge für ihren heilsgeschichtlichen Beruf benötigen. Jahwes Geist ist die Triebkraft des Wirkens in diesem Berufe. In dieser Hinsicht offenbart Sich der Geist Jahwes als Geist der Weisheit (s.d.), der Kraft (s.d.), der Erkenntnis (s.d.) und der Furcht des Herrn (s.d.) (Jes. 11, 2). Die Mitteilung dieses Geistes erfolgte im Alten Bunde in Form außerordentlicher, übernatürlicher Einwirkung auf den Geist des Menschen (vgl. Richt. 3, 10; 11, 29; 1. Sam. 19, 20. 23; 2. Chron. 20, 14; 4. Mose 24, 2). Das kommt durch die Wendungen: «Und es drang der Geist Jahwes auf ihn ein» (Richt. 14, 6. 19; 15, 14; 1. Sam. 10, 10; 11, 6; 16, 13) oder: «Der Geist Jahwes bekleidete ihn» (Richt. 6, 34; 1. Chron. 12, 18; 2. Chron. 24, 20) zum Ausdruck. Die Einwirkung des Geistes Jahwes auf den Menschen überwindet den Widerstand des natürlichen Willens. Der Geist ist eine Macht, die den Menschen umhüllt. Die Empfänger und Träger dieses Geistes werden mit der Kraft begabt, Wundertaten zu vollbringen, oder sie haben die Fähigkeit zum Weissagen (1. Sam. 10, 10; 19, 20. 23; 1. Chron. 12, 18; 2. Chron. 20, 14; 24, 20), oder Taten auszuführen, welche den Mut und die Kraft des natürlichen Menschen übersteigen. Das fand besonders bei den Richtern Israels statt. Der Aramäer erklärt in Richter 6, 34: «Geist Jahwes» durch «Geist der Stärke vom Herrn». An den Geist der Prophetie oder der Weissagung ist hier nicht zu denken.

Kimchi versteht darunter den Geist der Stärke, der tatkräftig alle Schrecken des Krieges gegen Kusan-Risathaim auf sich nahm. Die einzelnen Kräfte des göttlichen Geistes dürfen nicht so zergliedert werden, daß Seine Einwirkung auf die Richter nur als Geist der Stärke und Tapferkeit verstanden wird. Die Richter bekämpften nicht nur die Feinde mutig und siegreich, sondern richteten auch das Volk, wozu der Geist der Weisheit und Einsicht nötig war, sie steuerten dem Götzendienst, daß der Geist der Erkenntnis und Furcht Jahwes erforderlich war.

Der Geist Jahwes bekleidete Gideon (Richt. 6, 34). Er senkte Sich auf ihn herab und legte Sich wie ein Panzer oder eine starke Waffenrüstung um ihn, daß er in seiner Kraft unverwundbar und unüberwindlich wurde (vgl. 1. Chron. 12, 18; 2. Chron. 24, 20; Luk. 24, 49). Nachdem Simson erwachsen war, fing der Geist Jahwes an, ihn ins Lager Dan zu stoßen (Richt. 13, 25). Die plötzliche Einwirkung des göttlichen Geistes erfaßte ihn und trieb ihn zu übernatürlichen Krafttaten fort. Durch diese übernatürliche Kraft, was die Wirkung des auf ihn gekommenen Geistes Jahwes war, zerriß Simson einen Löwen, ohne eine Waffe in der Hand zu haben (Richt. 14, 6).

Über Saul kam der Geist Jahwes, um ihn mit der Gotteskraft auszurüsten, die für sein königliches Amt erforderlich war. Durch diesen Geist konnte er weissagen und er wurde in einen anderen Mann umgewandelt (1. Sam. 10, 6). Diese Umwandlung war keine Wiedergeburt im neutestamentlichen Sinne, sondern eine Änderung der ganzen geistigen Richtung. Saul wurde aus seiner bisherigen irdischen Lebenssphäre in die Denk- und Sinnesweise seines königlichen Berufes erhoben. Er wurde mit königlichen Gedanken im Dienste Gottes erfüllt. Der Geist Jahwes, der von Gott ausgeht, der auf die Menschen als Geist der Kraft (s.d.), Weisheit (s.d.), Erkenntnis (s.d.) einwirkt, erzeugt und fördert das geistliche und göttliche Leben.

David bezeichnet seine Weissagung als Gottesspruch, als unmittelbare göttliche Offenbarung, denn der Geist Jahwes redet durch ihn (2. Sam. 23, 2). Seine Worte sind göttliche Eingebungen und Einsprachen.

Nach Aussagen in den Geschichten des Propheten Eliah besteht die Überzeugung, daß der Geist Jahwes einen Menschen an einen anderen Ort entrücken kann (1. Kön. 18, 12; 2. Kön. 2, 16). Die wunderbare Entrückung des Philippus in der Geschichte vom Kämmerer aus dem Mohrenlande (Apostelg. 8, 39) liegt auf der gleichen Linie.

Der Prophet Jesajah sieht den Geist Jahwes als den Träger der ganzen Fülle göttlicher Kräfte (Jes. 11, 2). Die von Ihm ausstrahlenden Geister werden in drei Paaren zusammengehalten, deren erstes sich auf das intellektuelle, das zweite auf das praktische Leben und das dritte auf das unmittelbare Verhältnis zu Gott bezieht.

Wenn der Geist Jahwes das Gesamtnaturleben anweht, erzeugt Er Leben und zerstört Leben (Jes. 40, 7). Sein Geist ist das wirksame Prinzip alles Bestandes im Universum. Bei der Weltschöpfung schwebte

dieser Geist über den Gewässern und gestaltete das Chaos zum Kosmos. Keiner hat dem Geiste die Richtschnur gereicht, nach welcher etwas geschehen muß (Jes. 40, 13).
Der Knecht Jahwes, oder der Messias ist mit dem Geiste Jahwes ausgerüstet und gesalbt. Er ist dadurch der Verkünder und Spender der neuen großen Geistesgaben (Jes. 61, 1). Der Geist Jahwes mit Seinen Gaben hat Sich mit der menschlichen Natur Christi vereinigt (Luk. 4, 17). Er war dadurch befähigt, das Evangelium, die tröstliche Lehre von der Gnade zu verkündigen, die zerstoßenen Herzen zu heilen, die Gefangenen zu erlösen, die Blinden sehend zu machen, den Zerschlagenen Erlösung und Vergebung zu schenken. Durch die Gabe und Salbung des Geistes Jahwes ist Jesus im wahrsten Sinne der Gesalbte, der Messias.
Hesekiel wurde vom Geiste Jahwes ergriffen, um Weissagungen aussprechen zu können (Hes. 11, 5; 37, 1). Michah beruft sich den Lügenpropheten gegenüber auf den Geist Jahwes, der ihn mit Kraft für sein Wirken erfüllt (Mich. 3, 8). In dieser Kraft Gottes kann und muß er allein allen Ständen des Volkes ihre Ungerechtigkeiten verkündigen und die Strafe weissagen.
Die Versuchung des Geistes des Herrn ist eine so schwere Versündigung, daß Ananias und Saphira mit dem Tode bestraft wurden (Apostelg. 5, 9). Dieses Ehepaar besaß diesen Geist als den Geist der Wahrheit, den sie belogen hatten. Beide waren sich einig geworden, zu versuchen, ob es Sein Geist sei, der bei der Gemeinde bleibe und sie gegen Belügung schütze.
An dem Verse: «Der Herr aber ist der Geist, wo aber der Geist des Herrn ist, da ist Freiheit» (2. Kor. 3, 17), ist viel herumgedeutet worden. Die Ordnung und der Sinn dieser Satzglieder sind: «Wo der Geist des Herrn ist, ist Freiheit», diesen Geist hat, wer sich zum Herrn bekehrt hat, weil der Herr der Geist ist; dieser ist also frei, nicht mehr von jener Decke umschlossen. «Es bleibt nach dem Inhalt der Worte eine Ineinsetzung Christi mit dem Geist übrig. Der Herr, zu dem Sich das Herz bekehrt hat, ist mit dem Geist identisch. Christus, der Geist, teilt Sich als das lebendige Prinzip Seiner Einwohnung und Wirksamkeit mit (vgl. Röm. 8, 9; Gal. 2, 20; 4, 6; Phil. 1, 19; Apostelg. 20, 28; Eph. 4, 11; Joh. 14, 18). Die Ineinsetzung Christi und des Geistes ist durch Seine Erhöhung und Verherrlichung ins himmlische Geistwesen erfolgt. Daraus ergibt sich, was im Wesen des Geistes liegt. Die göttliche Neugeburt, welche die Freiheit, das freie Einschauen in die Herrlichkeit Gottes ist, ist die Wirkung des Geistes des Herrn.

202. **Geist aus der Höhe,** hebräisch «ruach mimrarom» wird im Zusammenhang einer Weissagung von der Umwandlung des verwüsteten Landes in einen Fruchtgarten erwähnt (Jes. 32, 15). Die völlige Verödung von Stadt und Land war durch den Abfall der Frauen und des ganzen Volkes verursacht. Die Verwüstung dauert solange, bis der «Geist aus der Höhe» über sie ausgegossen wird. Es kommt der Zeitpunkt, daß sich ganz Israel durch die Ausgießung des Geistes be-

kehrt. Sein altes Wesen gibt es dann in den Tod. Der «Geist aus der Höhe», der die Wiedergeburt des Volkes bewirkt, belebt und verklärt auch das Land. Ein Ausleger vertritt die unrichtige Ansicht, es wäre von keiner Wiedergeburt die Rede, die der Geist bewirkte, sondern von Wunderkräften und Gnadengaben, welche die Geistesausgießung im Einzelnen wirkt. Weil vorher vom Abfall die Rede ist, kann nach dem Zusammenhang nur eine Umwandlung gemeint sein, die durch den «Geist aus der Höhe» zustandekommt. (Vgl. Kraft aus der Höhe!)

203. **Geist Jahwes** siehe Geist des Herrn!

204. **Der Geist Jesu Christi** gewährte dem Apostel Paulus eine Handreichung durch das Gebet der Philipper, als er wegen des Evangeliums gefesselt darniederlag (Phil. 1, 19). Es ist der Geist, den Jesus erworben hat und den Gläubigen schenkt. Er erweist Sich als Geist des Trostes, der den Schwachen aufhilft und ihnen alles Schwere erleichtert und erträglich macht. Der Heilige Geist geht nicht nur vom Vater aus, sondern auch vom Sohne (Gal. 4, 6), es heißt darum auch: «der Geist seines Sohnes» (s.d.).

205. **Geist der Kindschaft,** griechisch «pneuma hyiothesias» – «Geist der Sohnschaft». Der Geist der Sohnschaft steht gegensätzlich zum «Geist der Knechtschaft» (Röm. 8, 14). Der Geist der Sohnschaft, der nicht mit dem «Geist seines Sohnes» (s.d.) zu verwechseln ist, ist das Siegel der empfangenen Gottessohnschaft. Der Empfang der Sohnschaft ist das höchste Ergebnis der Menschwerdung des Sohnes Gottes. Paulus läßt es auf die Loskaufung vom Gesetze folgen. Die Erlösung von der Knechtschaft des Gesetzes mußte diesem Geschenk vorangehen. Der Apostel bezeichnet damit den göttlichen Gnadenakt, durch den Er uns, die Fremden, zu Hauseigenen aufnahm, die Adamssöhne, die Knechte oder Sklaven mit der Würde und dem Anrecht der eigenen Söhne begabte.
Sohnschaft ist die Versetzung in den Stand des Sohnes, durch eine Handlung oder ein Erlebnis. Sie wird durch eine rechtsgültige Erklärung, eine Adoption, vollzogen. So oft Paulus davon spricht (Röm. 8, 15. 23; 9, 4; Eph. 1, 5; Gal. 4, 6) ist an keine juristische Handlung zu denken. Die Sohnschaft besteht darin, daß Gott einen Menschen, der vorher nicht Sein Sohn war, zu Seinem Sohn macht. Das geschieht nur durch eine Willenserklärung, vor allem durch eine tatsächliche Wirkung. Die Einwohnung des Geistes Christi ist das untrügliche Kennzeichen der Sohnschaft (Röm. 8, 14). Das Getriebensein durch den Heiligen Geist ist die Voraussetzung der Gottessohnschaft (vgl. Jes. 11, 2; Röm. 11, 8; 1. Kor. 4, 21; 2. Kor. 4, 13; Gal. 6, 1; Eph. 1, 17; 2. Tim. 1, 7). Der Geist ist die Kraft, durch welche die Sohnschaft und die Befreiung von der Knechtschaft des Gesetzes bewirkt wird.
Die Sohnschaft erscheint als Realgrund der Geistesmitteilung. Sie geht nach Ansicht eines Auslegers der Sendung des Geistes voraus. Die Einsetzung in den Sohnesstand geht der Entstehung des Kindheitsbe-

wußtseins voran. Für das Verständnis der paulinischen Heilslehre ist bedeutsam, daß die Verwirklichung des Heils rein von Gott ausgeht, daß auch die menschliche Erfahrung durch Gott bewirkt wird. Es ist hier an dem Grundsatz der Alleinwirksamkeit der göttlichen Gnade in Sachen des Heils festzuhalten.
Die Sohnschaft bedeutet «Einsetzung in die Sohnesstellung», eine Adoption. Der Begriff ist dem Verhältnis Gottes zu Israel entlehnt (Röm. 9, 4). Er gehört der Kategorie des Rechtes und der Gnade an. Die Adoption ist ein Gnadenakt und ein Rechtsakt. Der Geist der Sohnschaft ist es, der die Gerechtfertigten auf Grund des Glaubens des neuen Gnadenstandes innerlich gewiß macht, Er wird dadurch die Kraft des Neuen Lebens. Das gewirkte Bewußtsein der Kindschaft durch den Geist der Sohnschaft ist der schöpferische Anfang und die dauernde Kraftquelle des neuen Lebens.

206. **Der Geist der Kraft** heißt im Alten Testament «ruach geburah» (Jes. 11, 2) und im Neuen Testament «pneuma dynameos» (2. Tim. 1, 7). Es ist noch die «Kraft des Geistes» (s.d.), «die Kraft des Heiligen Geistes» (s.d.) und «Heiliger Geist und Kraft» (s.d.) zu beachten.
Jesajah zeigt den Geist Jahwes als den Träger der ganzen Fülle göttlicher Kräfte, der auf dem Messias ruht. Durch die Wendung: «Der Geist des Rates (s.d.) und der Stärke» (s.d.) wird ausgedrückt, daß der Geist das Vermögen schafft, in jeder Lage das Mittel zu finden, das zum Ziele führt, um jeden Widerstand und jedes Hindernis kraftvoll zu überwinden. Es ist ein Geist der mannhaften Kraft. Er vermag die richtigen Entschlüsse zu fassen und mit ganzer Energie durchzuführen.
Der Geist der Kraft steht gegensätzlich zum «Geist der Furcht» (s.d.) und ist mit dem «Geist der Liebe» (s.d.) und der «Besonnenheit» (s.d.) verbunden (2. Tim. 1, 7). Timotheus hatte wohl einen sanften Charakter, daß er durch manche Schwierigkeiten entmutigt und niedergedrückt wurde und Gefahr lief, kleinmütig zu verzagen. Paulus ermuntert ihn, die Gnadengabe, die ihm der Geist Gottes verliehen hat, aufs Neue anzufeuern. Dieser Geistesbesitz ist kein Geist der Feigheit, Er schafft vielmehr, daß man unter Schwierigkeiten und Gefahren stark bleibt. Die Mutlosigkeit, die Timotheus befallen hatte, wird durch den Geist der Kraft überwunden.

207. **Der Geist des lebendigen Gottes,** griechisch «pneuma Theou zontos», hat die Glieder der Gemeinde zu Korinth, als ein Brief Christi, in die Herzen des Paulus und Timotheus eingeschrieben (2. Kor. 3, 3). Das ist ein völlig anderer Brief als im gewöhnlichen Sinne. Der Brief rührt von Christus her. Er ist mit dem Geiste des lebendigen Gottes und auf fleischerne Herzenstafeln geschrieben worden. Ein Christusbrief waren die Heiligen in Korinth. Ihr Bekenntnis, ihr Dienst, ihr Gemeindestand, ihre Haltung zum Heidentum und Judentum, ihr geheiligtes Gemeindeleben, ihre Geistesgaben, die Gegenwart Christi (2. Kor. 13, 3) ihr Glaubensleben (2. Kor. 1, 24), stellte sie vor allen Menschen als Brief Christi dar. Christus ist der ursprüngliche Ver-

fasser und Urheber dieses Briefes. Paulus und Timotheus waren die Diener und Werkzeuge für die Abfassung dieser Epistel. Er wurde mit dem Geiste des lebendigen Gottes geschrieben. Der Brief wurde in Beweisung des Geistes und der Kraft abgefaßt. Der Geist des lebendigen Gottes steht im Gegensatz zu den toten Götzen. Die Kraft des Geistes, die vom lebendigen Gott ausgeht, hat den Brief Christi, das neue geistliche Leben hervorgebracht. Gott wirkte durch die Apostel und durch ihr Zeugnis von Christo die innerliche Erneuerung. Die Wirkung des göttlichen Lebens in den Herzen der Gläubigen durch den Geist des lebendigen Gottes steht auch im Gegensatz zu dem nur äußerlichen Einprägen der göttlichen Gebote auf steinerne Tafeln. Das im Herzen wohnende Glaubensleben ist die Wirkung des Geistes des lebendigen Gottes.

208. **Der Geist des Lebens,** griechisch «pneuma zoes» belebte die Leichname der beiden Zeugen der Endzeit (Offb. 11, 11). Die Wiederbelebung durch den «Geist des Lebens» erinnert an die neubelebten Totengebeine im Gesicht des Propheten Hesekiel (Hes. 37, 5. 10), dem Septuagintatexte nach. Das hebräische «ruach», das einige mit «Wind», andere mit «Geist» übersetzen, ist beides dem Zusammenhang nach nicht konform, die Übertragung der LXX «pneuma zoes» – «Geist des Lebens», die dem hebräischen «ruach chajjim» entspricht, ist sachlich ganz richtig. In der Sündflutgeschichte (1. Mose 6, 17; 7, 15. 22), wo auch diese Wendung vorkommt, wird meistens mit «Lebensodem, Odem oder Lebensgeist» übersetzt. Bei der Belebung der Totengebeine und der Leichname der beiden Zeugen handelt es sich um den Geist des Lebens von Gott. Der göttliche Lebensodem, der die ganze Natur durchweht und der ganzen Schöpfung das Leben gibt und erhält (vgl. Ps. 104, 29. 30), bringt Leben in die toten Körper. Wie die Erschaffung des ersten Menschen, so ist auch die Wiederbelebung der Toten ein schöpferisches Werk des allmächtigen Gottes, der den Geist des Lebens den Leichnamen einhaucht, daß sie leben und auf die Füße sich aufrichten.

209. **Der Geist der Liebe,** griechisch «pneuma agapes» schafft, daß man von Liebe zu den Brüdern angetrieben wird (2. Tim. 1, 7). Er steht in der Mitte von Kraft und Besonnenheit, damit das Gleichgewicht erhalten bleibt. Die dynamische Kraft artet durch die Liebe nicht in Wildheit aus, die Besonnenheit bleibt vor kalter Vernunft bewahrt. Durch die empfangene Geistesgabe der Liebe ist der Übergang oder die Brücke gegeben, alle übrigen Gnadengaben in rechter Weise am rechten Platz auszuwerten (1. Kor. 12, 31). Die Liebe befähigt, das größte Opfer für des Herrn Sache zu bringen. Diese Geistesgabe, die alle übrigen Gaben und anvertrauten Pfunde erst wertvoll macht, soll angefacht werden, d. h. wie ein Feuer angeblasen werden, damit sie nicht erlöscht. Die empfangene Geistesgabe der Liebe bleibt des Gläubigen Besitz, wenn sie fortwährend geübt wird. Reine Liebe ist bei aller Milde, Wärme und Güte keine Feigheit und Ängstlichkeit. Die

Liebe treibt die Furcht aus. Kraft und Liebe lassen sich wohl vereinigen. Liebe schaltet auch nicht den von Gott gegebenen Verstand aus, hält ihn aber in Bahnen der Mäßigkeit. Die Harmonie des Mutes, der Kraft, der Liebe und der Besonnenheit kennzeichnet die entschlossene Macht der Liebe, die nüchtern und frei von gefühlsbetonter Schwärmerei ist.

210. **Ein neuer Geist,** hebräisch «ruach chadaschah» wird durch Hesekiel dem ins Exil weggeführten Volke verheißen (Hes. 11, 19). Israel wird durch diesen Geist aus allen Völkern gesammelt. Der neue Geist bewirkt vor allem die Erneuerung des Herzens. Diese Umwandlung, die der Prophet in Aussicht stellt, hat erst mit der Predigt Johannes des Täufers und der Erscheinung Christi begonnen. Sie wird vollständig an den Söhnen Israels verwirklicht, wenn sie an Christum glauben und zu Kindern Gottes angenommen werden. Diese Verheißung ist erst teilweise erfüllt. Was in 5. Mose 30, 6 die Herzensbeschneidung genannt wird, ist hier das Geben des fleischernen Herzens. Das geschieht, wenn Gott einen neuen Geist gibt. Er schafft ein einmütiges Herz. Der alte Geist nährt nur den Egoismus und die Zwietracht. Der neue Geist schafft ein Herz von Fleisch, das für die göttlichen Gnadenzüge empfänglich ist.
Die Zusage, einen neuen Geist zu geben, wird noch einmal wiederholt (Hes. 36, 26. 27). Der Herr wird Israel um seines heiligen Namens willen aus der Zerstreuung in sein Land zurückbringen. Das Volk wird von seinen Sünden gereinigt und durch des Herrn Geist zu Seinem Volk geheiligt. Auf die Reinigung von Sünden, die der Rechtfertigung entspricht, folgt die Erneuerung durch den Geist, der das alte steinerne Herz entfernt und ein neues Herz im Inneren schafft. Der Mensch kann dadurch Gottes Gebote erfüllen und in einem neuen Leben wandeln.
Auf Grund dieser göttlichen Zusage läßt der Prophet die Aufforderung ergehen: «Schafft euch ein neues Herz und einen neuen Geist!» (Hes. 18, 31.) Diese Aufforderung kann kein Mensch von sich aus erfüllen, nur Gott Selbst vermag die Kraft dafür zu geben. Weil aber der Herr den neuen Geist vorher verheißen hat, kann der Prophet den Menschen ermuntern, sich zu Gott zu bekehren und durch Gottes Geist Herz und Geist erneuern zu lassen.
Was Hesekiel seinem Volk in Aussicht stellt, als künftige Heilstat Gottes des Erlösers, erbittet schon David mit den Worten: «Und einen festen Geist (s.d.) erneuere in meinem Innern!» (Ps. 51, 12.) Was erst durch die neutestamentliche Erfüllungsgeschichte durchgreifend und umfassend ermöglicht wurde, nämlich durch die Sinnesänderung, die neue Schöpfung, die Wiedergeburt und die Wiedererneuerung des Geistes (vgl. Tit. 3, 5), konnte auch schon im Alten Bunde erfahren werden.
Gott hat den Geist der Wiedererneuerung über uns ausgegossen. Dadurch sind wir aus der bisherigen Beschaffenheit in eine neue gelangt (vgl. Eph. 4, 23). Es ist kein menschliches Werk, sondern ein

erneuerndes Schaffen des Heiligen Geistes. Paulus spricht nicht von der Taufe, wenn er das Bad der Wiedergeburt und die Erneuerung des Geistes erwähnt. Der Empfang dieses Geistes ist nicht von der Taufe abhängig, durch Jesum Christum unseren Erretter wird er vielmehr vermittelt. Ohne Ihn geschieht die Gottestat der Geistesausgießung keineswegs. Es ist Seiner Gnade zu danken, daß wir vor Gott stehen, um das ewige Leben zu erbeten, statt durch Sündenschuld dem Tode überliefert zu werden. Der Geist, der die Erneuerung des Lebens bewirkt und zum Empfang des ewigen Lebens befähigt, kann nur durch die Gnade Jesu Christi dem Menschen zuteil werden.

211. **Der Geist Seines Mundes,** hebräisch «ruach pio», griechisch «to pneuma tou stomatos autou» wird mit der Allmacht Gottes des Schöpfers und des wiederkommenden Christus verbunden. Es wird auch mit «Odem Seines Mundes» und «Hauch Seines Mundes» übersetzt.
a.) Der Psalmist rühmt: «Durch das Wort Jahwes sind die Himmel gemacht und all ihr Heer durch den Geist seines Mundes» (Ps. 33, 6). «Das Wort Jahwes» und «der Geist Seines Mundes» ist von dem kräftigen Willen und Befehl zu verstehen, der vom Allmächtigen ausgeht, der in alles Leben haucht, was lebt. Der Geist des Mundes ist die Belebungskraft, der wirkende Hauch aus Gott. Weil der Psalm auf die mosaische Schöpfungsgeschichte zurückweist, ist der Geist Seines Mundes dasselbe wie der «brütende Geist Gottes» (1. Mose 1, 2), der im Reiche der Natur und der Gnade alles lebendig macht. Das ganze Leben verdankt dem Hauche oder Geiste Gottes seine Entstehung und Erhaltung (Ps. 104, 29. 30; vgl. Hi. 33, 4).
Die gesamte Schöpfung ist ein Werk des Wortes und Geistes Gottes. Ein Wort, ja ein Hauch genügt, um in einem Augenblick das Himmelsgewölbe und die ganze Sternenwelt ins Dasein zu rufen. Gottes schöpferische Allmacht erscheint unter dem Bilde des Odems, der bei den Menschen die erste Lebensbedingung ist (vgl. Hiob 27, 3). Es bedarf nur eines Hauches Seines Mundes um das Weltall zu schaffen, der Mensch vermag dagegen keinen Hauch auszuatmen, wenn Gott ihm den Geist entzieht.
b.) Die Vernichtung der stolzen Kraft des Antichristen vollzieht der Herr mit dem «Geist Seines Mundes» (2. Thes. 2, 8). Es ist hier ein Gegenbild zur Schilderung der Schöpfung (Ps. 33, 6). Der Hauch Seiner Lippen (s.d.) (Jes. 11, 4), was bei Menschen das Ohnmächtige ist, hat bei dem Herrn eine vernichtende Wirkung. Es bedarf zur Vertilgung der widergöttlichen Welt und des Antichristen nur eines Hauches. Die angebliche Machtüberlegenheit der widerchristlichen Menschheit und des Gottlosen oder Antichristen wird durch den Atem des wiederkommenden Herrn ihrem völligen Untergang geweiht. Mit Leichtigkeit und durch die Ankunft des Herrn wird der gefährlichste Feind der Gemeinde Christi getötet.

211a. **Der Geist der Offenbarung** in seiner Erkenntnis (Eph. 1, 17) bringt die besondere Seite zum Ausdruck, nach welcher der Apostel eine Zunahme des Glaubenslebens seiner Leser wünscht. Es wird keine besondere Wirksamkeit des Heiligen Geistes damit ausgedrückt. So wird der Geist genannt, der Geist der Heiligkeit (s.d.), der Geist des Glaubens (s.d.), der Geist der Kraft und der Liebe und der Besonnenheit (s.d.), der Geist aus Glauben der Hoffnung der Gerechtigkeit, den wir empfangen haben (1. Thes. 1, 6), die Freude des Heiligen Geistes (Röm. 15, 30), die Liebe des Geistes. Der Apostel betont, daß die Gaben von Ein- und Demselben Geist unterschiedlich sind (1. Kor. 12, 4). Die Mitteilung des Heiligen Geistes für die Erkenntnis der göttlichen Gnadengeschenke ist notwendig, ohne Ihn ist alles, was heilsnotwendig ist, unmöglich zu erkennen (1. Kor. 2, 14). Weisheit und Offenbarung, die hier genannt werden, sind Unterschiede; mit Weisheit wird der Zustand, mit Offenbarung das Mittel für das Heil ausgedrückt. Es gibt eine menschliche und göttliche Weisheit, aber nur eine göttliche Offenbarung. Der Charakter der göttlichen Weisheit wird durch die Verbindung mit Offenbarung näher charakterisiert. Der Zusatz in seiner Erkenntnis betont mit Nachdruck, daß die Gabe des Geistes zur Erleuchtung dienen möge. Bei der Gotteserkenntnis wünscht Paulus, daß Gott den Gläubigen den Geist der Weisheit und der Offenbarung verleihen möge.

212. **Der Geist der Sanftmut,** griechisch «pneuma praytetos» wird zweimal von Paulus genannt (1. Kor. 4, 21; Gal. 6, 1). In beiden Briefen handelt es sich um die Zurechtbringung von gefallenen Menschen. Für die Ausübung der Gemeindezucht dürfte das lehrreich sein.
a.) Paulus war entschlossen, nach Korinth zu kommen, um die Gemeinde, die einen Blutschänder in ihrer Mitte hatte, wieder in geordnete Bahnen zu leiten. Er deutet seinen Lesern an, daß sein Kommen die Erweisung apostolischer Geisteskraft mit sich führen werde (1. Kor. 4, 19). Er kommt in der Vollmacht des Heiligen Geistes. Er stellt die warnende Frage: «Was wollt ihr? Soll ich mit der Rute zu euch kommen, oder in Liebe und mit dem Geist der Sanftmut?» (1. Kor. 4, 21.) Wenn die Korinther auch zehntausend Pädagogen hätten, viele Väter haben sie nicht (1. Kor. 4, 16). Der Apostel aber dachte väterlich. Die Rute ist das Symbol der väterlichen Strenge. Dem steht die Liebe entgegen, was die Strenge nicht ausschließt. Es ist deshalb mit der Liebe der Geist der Sanftmut verbunden.
Die Ausleger denken verschieden darüber, ob mit dem Geist die Gemütsstimmung des Apostels oder der Heilige Geist gemeint ist. Es ist hier der Heilige Geist, der die Sanftmut bewirkt, die schonende und vergebende Milde. Dieser Geist mußte mächtig in Paulus sein, um in Korinth walten zu lassen, wo neben den Spaltungen noch schwere sittliche Verfehlungen zu rügen waren, die den vollen Ernst der Rute erforderten.
b.) Paulus mahnt die Empfänger des Galaterbriefes: «Wandelt im Geist!» (Gal. 5, 16. 25.) Er zeigt, wie sich ein Gläubiger denen gegenüber zu verhalten hat, die den Wandel im Geist durch einen Fehltritt unterbochen haben (vgl. Gal. 6, 1. 2). Der Apostel wendet sich

an «pneumatikoi» (Geistliche), nicht an «psychikoi» (Seelische), das sind solche, die sich im Besitze geistlicher Gnadengeschenke befinden (1. Kor. 12, 1; 2, 13. 15; 14, 37). Seelische Menschen sind völlig unbrauchbar, von Fehltritten Versuchte wieder zurechtzubringen. Wer durch die Macht des Fleisches unversehens zu einem Fehltritt hingerissen wird, kann nur von denen wieder auf den richtigen Pfad geführt werden, die sich vom Heiligen Geist treiben lassen und im Geiste wandeln.
Das Zurechtbringen soll im Geiste der Sanftmut geschehen. Leibliche Wunden müssen mit behutsamen Händen angefaßt und verbunden werden, um sie zu heilen. Die Behandlung der inneren Schäden und der geistigen Gebrechen erfordert das gleiche Verfahren. Das besondere Verhalten lehrt in jedem Einzelfalle der Geist Gottes, der die Sanftmut wirkt. Diese Tugend ist mit anderen Tugenden die Frucht des Geistes (s.d.). «Geistliche», keine Amtsträger im heutigen Sinne, sondern im Glaubensleben Geförderte, wandeln in der Würde ihrer Berufung mit aller Demut und Sanftmut, mit Langmut vertragen sie sich in Liebe (Eph. 4, 2). Wenn Paulus nicht sagt «in Sanftmut», sondern «im Geist der Sanftmut», dann deutet er damit an, daß die Besserung der Sünder in Milde ein geistiges Gnadengeschenk ist. Was die vom Geist Begnadigten den Fehlenden zu leisten haben, ist eine so schwere Aufgabe, die nur in der Vollmacht des Geistes gelöst werden kann.

213. **Der Geist des Rates,** hebräisch «ruach ezah» ist die Gabe, rechte Entschlüsse fassen zu können (Jes. 11, 2). Es ist die klare Urteilskraft, durch die man sich in verworrenen Umständen zurechtfindet. Die damit verbundene Besonnenheit (s.d.) würde ohne diesen Rat unzureichend sein. Bei zweifelhaften Dingen weiß einer mit dieser Geistesgabe die richtige Entscheidung zu treffen. Der Geist des Rates ist auf den Messias gelegt, daß Er uns in verzweifelten Lagen Rat spenden kann.

214. **Der Geist des Rechts,** hebräisch «ruach mischpath» und der Stärke (s.d.) wird dem Volke verheißen (Jes. 28, 6). Durch diese beiden Schutzmittel wird ein Reich erhalten und geschützt. Jesajah weist darauf hin, daß beides von Gott verliehen wird. Der Herr, im Besitze der Vollkommenheit des Geistes (Jes. 11, 2) wird dem Überrest zum Geist des Rechtes und zur Manneskraft. Ungerechtes Richten und ohnmächtiges Erliegen haben ein Ende.

215. **Der Geist Seines Sohnes,** griechisch «to pneuma tou huiou autou» ist von Gott in unsere Herzen ausgesandt (Gal. 4, 6). Paulus bietet den Galatern ein erfahrungsgemäßes Argument dafür, daß sie wirklich im Besitze der Sohnschaft sind. Die Gnade der Verleihung des vom Himmel gesandten Geistes Seines Sohnes bestätigt die empfangene Sohnschaft (vgl. Eph. 1, 13; 4, 30) als Angeld des Erbteils (2. Kor. 1, 22; 5, 5; Eph. 1, 14). Die Sendung des Sohnes vom Himmel auf die Erde und

die Aussendung des Geistes vom Himmel her hängen zusammen. Der Geist Gottes, welchen der Vater aus der Höhe entsendet, wird vom Geiste Seines Sohnes unterschieden. Es heißt nicht «Geist Gottes» (s.d.) oder «Geist Christi», sondern «Geist Seines Sohnes», was seine tiefe Bedeutung hat. Der Heilige Geist ist derselbe Geist des Sohnes wie des Vaters, d.h. Er geht vom Sohne aus, Er hat auch den Vater zum Quell. Der Geist heißt der «Geist Seines Sohnes» im Blick auf das Einssein mit dem Vater, daß derselbe vom Sohne erbeten und gesandt wurde. Die Geistesaussendung entspricht der Fleischwerdung des Sohnes Gottes. Das Fleisch nahm der Sohn nach unserer menschlichen Art an, den Geist hat Gott der Vater dem Sohne von Seiner eigenen Wesensart und von der Art Seines Sohnes mitgeteilt. Dieser Geist wohnt in uns, daß wir völlig zu Söhnen aufgenommen sind. Damit die Gläubigen der Adoption teilhaftig werden, hat Gott den Geist Seines Sohnes in ihre Herzen gesandt. Der Apostel bezieht sich auf die vom Himmel her geschehene Einsenkung des Sohnes-Geistes in die Herzen der Wiedergeborenen. Kann diese Einwohnung des Geistes bewiesen werden? Paulus bestätigt das durch den Hinweis, daß wir in demselben «Abba, Vater» rufen (Gal. 4, 6; vgl. Röm. 8, 15). In der Vollmacht dieses Geistes werden wir getrieben und gedrängt, Gott als Vater anzurufen. Der Sohnes-Geist ist geradezu der Beweggrund, den Vaternamen als Neugeborener aus dem Herzensgrunde hervorzustoßen. Der wesenseigene Geist des Sohnes treibt mit Energie Herz und Zunge an, daß die Begnadigten in göttlichem Entzücken ausrufen: «Abba, Vater!» Die Erregung und Aussprache des Sohnes-Geistes ist ein Zeugnis des Bewußtseins von der geschenkten Adoption. Der eigene Geist des Sohnes schreit in den Herzen aller Wiedergeborenen ohne Unterschied der nationalen Zugehörigkeit. Paulus stellt den hebräischen (aramäischen) und den griechischen Vaternamen zusammen (Röm. 8, 15), um anzudeuten, daß jeder Mensch in seiner Muttersprache die hebräische Stimme in seiner Muttersprache vertraulich übertragen darf, um als ein adoptierter Sohn im Geiste Seines Sohnes den Eingang des Gebetes bei dem gnädigen Vater zu finden.

216. **Geist der Sohnschaft** siehe Geist der Kindschaft!

217. **Die sieben Geister,** griechisch «ta hepta pneumata», die vor Seinem Throne sind (Offb. 1, 4), erscheinen als sieben Feuerfackeln (Offb. 4, 5) und als sieben Augen des Lämmleins (Offb. 5, 6). Diese sieben Geister stehen in naher Beziehung zum Heiligen Geist (vgl. Jes. 11, 2; Sach. 4, 1-4). Christus sagt von Sich, daß Er die Geister Gottes hat (Offb. 3, 1). Es fragt sich, welches die sieben Geister sind und wie sie aufeinanderfolgen. Der aufmerksame Bibelleser lenkt sogleich seinen Blick auf die Stelle des Propheten Jesajah (Jes. 11, 2). Der Seher des Alten Bundes zählt sieben Geister auf, daß sie von oben nach unten, oder von der Rechten zur Linken genannt werden. Der Geist der Furcht des Herrn (s.d.) ist die Grundlage aller, die Weisheit das Ziel, wohin die Gottesfurcht führt (Ps. 111, 10; Spr. 1, 7; Hiob 28, 28). Der Geist

Jahwes bildet die Mitte, was der Mittelflamme auf dem Schaft des siebenarmigen Leuchters entspricht (Sach. 4, 1-2). Er ist der vierte Arm, denn Vier ist die Mitte von Sieben. Werden die sieben Geister von links nach rechts umgesetzt, daß sie den sieben Flammen des Leuchters entsprechen, dann ordnen sie sich in folgender Aufzählung: 1. Geist der Furcht Jahwes; 2. Geist der Erkenntnis Jahwes; 3. Geist der Kraft; 4. Geist Jahwes; 5. Geist des Rates; 6. Geist der Besonnenheit; 7. Geist der Weisheit. Diese sieben Geister offenbaren eine siebenfache Wirksamkeit des einen Geistes. der auf dem Messias ruht (Joh. 1, 32. 33).

218. **Der Geist des Schlafs,** hebräisch «ruach thardemah» wird wegen der Verschuldung von Jahwe über Israel ausgegossen (Jes. 29, 10; vgl. Röm. 11, 8). Der grundtextliche Ausdruck bezeichnet einen tiefen Schlaf (1. Mose 2, 21; 15, 12), was die LXX beide Male mit «Extasis» übersetzt; es ist nach Sprüche 19, 15 die Schlaftrunkenheit oder Apathie; an unserer Stelle ist die Lethargie oder Schlafsucht gemeint. In der Römerbriefstelle wird er «pneuma katanyxeos» – «Geist der Betäubung, Verstockung, Unempfindlichkeit» genannt.
Jesajah hatte den Auftrag, sein Volk wegen des Unglaubens zu verstocken. In Gottes Wort wußten sie sich nicht zu finden, weil ihre Augen verblendet waren. Ihr selbstverschuldeter Zustand war eine gottgewollte Strafe. Die Sendung des Geistes tiefer Schlaftrunkenheit gehört mit zum Höhepunkt des Verstockungsgerichtes wegen der Selbstverstockung. Der Prophet bezeichnet sie als trunken und taumelnd, aber nicht vom Rauschtrank, sondern durch die Sendung des Schlafgeistes, der eine Ohnmacht und eine völlige geistige Stumpfheit zur Folge hat. Dieses Gericht hat alle Glieder des Volkes betroffen. Die Häupter der Propheten und die Seher sind umschleiert, daß sie blinde Blindenleiter sind.
Die Verstockung Israels dauert von dem langen Zeitraum, bis die Fülle der Heiden eingegangen sein wird (Röm. 11, 26). Eine Auswahl gründet sich auf die Gnade. Der Rest der Verstockten macht nicht den Kern des israelitischen Volkes aus. Dieser Überbleibsel ist in Herz und Gemüt unempfänglich geworden, weil in ihnen die letzten Funken des Geisteslebens erloschen sind. Sie gleichen einer saftlos gewordenen Pflanze, die kein Sonnenstrahl mehr belebt, sondern die mehr und mehr verdorrt. Die Verstockung des Volkes begründet Paulus mit dem Zeugnis der Schrift, indem er ein Zitat aus Jesaja 29, 10; 6, 9; 5. Mose 29, 4 frei kombiniert.
Gott hat ihnen einen «Geist der Schlafsucht oder des Tiefschlafs» gegeben. Es ist keine bloße göttliche Zulassung, sondern der Grund ist eine Verschuldung (Jes. 29, 13). Das mit «katanyxis» übertragene Wort bedeutet eigentlich «das Zerstechen», das Verbum hat den Sinn «durch Schmerz in einen Zustand von Betäubung geraten» (Apostelg. 2, 37). Das hebräische «thardemah» wird in Psalm 60, 5 mit «oinon katanyxis» – «Taumelwein» wiedergegeben, woraus zu schließen ist, daß unter dem Geist tiefen Schlafes ein «Geist der Betäubung und des

Taumels» verstanden werden kann. Die Vulgata hat dafür buchstäblich «Spiritum compunctionis» – «Geist der Zerstechung». Die Lutherübersetzung «einen erbitterten Geist» ist willkürlich. Der Zustand der Verhärtung oder Verstockung wird in den zwei anderen Stellen des Alten Testamentes (Jes. 6, 9; 5. Mose 29, 4) positiv und negativ geschildert.

219. **Geist der Stärke** siehe Geist der Kraft!

220. **Geist des Verstandes** siehe Geist der Besonnenheit!

221. **Geist des Vaters,** griechisch «to pneuma tou patros hymon» ist der Beistand der Jünger und der Zeugen des Herrn, wenn sie verfolgt oder vor Gericht geführt werden (Matth. 10, 20; vgl. Mark. 13, 11). Sie sollen unbesorgt sein, wenn es ihnen vor den irdischen Richtern auch an Worten und Beweisen fehlt, der Geist ihres Vaters spricht dann durch sie. Ihr Verteidiger oder Anwalt wird der Geist des Vaters genannt, weil in Verfolgungszeiten oft die engsten Familienverbindungen zerstört sind. Väter verraten dann ihre eigenen Kinder zum Tode (Matth. 10, 21. 22). In solchen ernsten und gefahrvollen Zeiten ist es für die Jünger ein kräftiger Trost, daß ihnen der Heilige Geist wie ein Vater beisteht, wenn es scheint, als wären sie vogelfrei. Dieser Schutz und Beistand des Geistes ist kein Fundament für die Meinung, der Wortverkündigung brauche keine Vorbereitung und Überlegung vorauszugehen, weil der Geist alles gebe, was gepredigt werden soll.

222. **Der Heilige Geist der Verheißung,** griechisch «to pneuma tes epaggelias to hagio» hat die versiegelt, welche dem Evangelium der Errettung glauben (Eph. 1, 13). Er führt zur inneren Gewißheit des Heilsbesitzes, die durch den Glauben empfangen wird. Wie die Predigt das Werkzeug des Glaubens ist, so schafft der Heilige Geist, daß die Predigt wirksam ist. Der Geist wird näher durch den Zusatz «der Verheißung» bestimmt. Über die Bedeutung dieser Beifügung hat sich eine zweifache Ansicht gebildet. Theophylaktus sagt: «Er wird der Geist der Verheißung» genannt, entweder, daß er durch die Verheißung gegeben wurde, oder, daß der Geist die Verheißung der künftigen Güter befestigt.» Die Wendung wird auch gedeutet: «Der Geist bringt die Verheißung hervor.» Andere wollen in dieser Verbindung ein Zeugnis der Versiegelung sehen. Dieser Sinn ist vielmehr in den Worten: «Ihr seid versiegelt» ausgesprochen. Die Wiederholung, daß der Geist bestätigt, ist überflüssig. Die Worte: «welcher das Angeld ist», erklärt die Art und Weise, wie der Geist versiegelt. Es entspricht nicht der apostolischen Ansicht, den Geist als Quell der Verheißung anzusehen. Das Wort erscheint vielmehr als Träger der vom Geiste Gottes gegebenen Verheißung.
Der Heilige Geist heißt ein Geist der Verheißung, weil Er im Alten Testament verheißen wurde (vgl. Joel 3, 1-5; Jes. 32, 15; 44, 3; Hes. 36, 25. 26; 39, 29). Die Auslegung, den Geist für ein verheißenes Gut anzusehen, wird mit der umgekehrten Wendung: «Die Verheißung des

Geistes» (Gal. 3, 14; Apostelg. 2, 33) und «der Verheißung des Vaters» (Luk. 24, 49) begründet. Der Geist ist der wirksame Grund des Lebens. Der Inhalt der Verheißung wird durch den Geist Wirklichkeit.
Nach dem Wortlaut von zwei Stellen (2. Kor. 1, 22; Eph. 1, 13) ist der Geist das Angeld (s.d.) auf den Besitz der künftigen Herrlichkeit. Die Versiegelung ist eine Verstärkung der Verheißung. Der verheißene Geist verleiht dem Siegel die rechte Prägung. Die Erfüllung der Verheißung offenbart den Gläubigen, daß sie durch Gnade den Erwählten angehören.
Der Apostel charakterisiert den Geist der Verheißung als «heilig». Damit kommt zum Ausdruck, daß die durch den Geist Versiegelten Gott angehören und sich zu den Heiligen rechnen dürfen. Der Geist prägt nicht das Siegel auf, sondern Er ist selbst das aufgeprägte Siegel. Daraus läßt sich nicht folgern, der Apostel habe nur eine geistige Art und Richtung im Sinne. Die Ausgießung des Heiligen Geistes der Verheißung ist im Alten Bunde für die messianische Zeit in Aussicht gestellt worden, dessen Kommen, Lehren und Leiten Jesus den Jüngern verheißt (vgl. Joh. 14-16; Apostelg. 1, 8), der mit Seinen Gnadengaben im engeren und weiteren Sinn die Heiligen erfüllt, und ihnen als Angeld auf den Heilsbesitz der künftigen Herrlichkeit erscheint.

223. **Der Geist der Vertilgens,** hebräisch «ruach bear» steht mit dem «Geist des Gerichtes» (s.d.) in Verbindung (Jes. 4, 4). Nach der Bedeutung des Verbums «baar» – «anzünden, verbrennen, wegräumen, wegschaffen», wird die grundtextliche Apposition übersetzt: «Geist der Ausreinigung», «Geist der Vernichtung», oder wie die LXX: «Geist der Verbrennung», «Geist des Brennens», «Geist des Feuerbrandes», «Geist der Sichtung», «Geist der Läuterung». Der Inhalt der biblischen Heilsoffenbarung veranlaßt, diese Bezeichnung des Heiligen Geistes im Urtext nicht einseitig zu übersetzen und zu erklären.
Der Geist Gottes, der die Welt durchwaltet, betätigt sich vernichtend und sichtend (vgl. Jes. 30, 27. 28). Mehrfach vergleicht die Schrift den Geist mit einem brennenden Feuer (vgl. Luk. 12, 49; Röm. 12, 11; Apostelg. 2, 3; Matth. 3, 11). Der Geist der Sichtung oder Läuterung ist ein reinigendes Feuer der göttlichen Liebe, von dem die Schrift mehrfach redet (Jes. 48, 10; Jer. 5, 7; Mal. 3, 3). Alles Falsche brennt wie Stoppeln und Stroh weg. Der in Jesajah 4, 4 erwähnte «Geist des Gerichts» (s.d.) und der «Sichtung» erinnert an die Taufe mit «Geist und Feuer» (Matth. 3, 11; Luk. 3, 10). Bezeichnend wird vom künftigen Wirken des Messias hervorgehoben, daß eine Läuterung durch den Geist Gottes stattfindet, die Israel entsündigt und heiligt. Wenn Israel sich nicht dieser Sichtung unterzieht, sondern sich als Schlacke erweist, wird der Messias es dem verzehrenden Gottesgericht zuführen (Hebr. 12, 29).

224. **Der Geist der Wahrheit,** griechisch «pneuma tes aletheias» wird in johanneischen Schriften erwähnt. Diese Apposition ist bestimmt, den Jüngern den noch dunklen Ausdruck «Paraklet» (s.d.) zu erklä-

ren (Joh. 14, 17). Der andere Sachwalter (s.d.), Vertreter, Ratgeber und Tröster (s.d.) empfängt im nächsten Zusammenhang einen Namen, der nach seiner Wirkung benutzt wird. Im Alten und Neuen Testament sind viele Benennungen, die den Heiligen Geist nach Seinen Wirkungen und Gaben bezeichnen. Der doppelte Artikel in der Ausdrucksweise: «**Der** Geist **der** Wahrheit» besagt mehr als «Wahrhaftigkeitsgeist», oder nur «wahrhaftiger Geist». Es ist nicht nur ein totes Wort, wie alle Schüler vom Lehrer eins haben, sondern es ist ein lebendiges Wort, der Geist der Wahrheit, denn der Geist ist das Leben des Wortes. Die Jünger haben nicht allein des Herrn Worte und Belehrungen, sondern auch den Geist, der alles belebt und verwirklicht. Der Heilige Geist, der Sachwalter, Beistand oder Advokat sagt die Wahrheit. Dies ist die fundamentale Tätigkeit des himmlischen Beistandes. Damit ist die Wirkung des verheißenen Parakleten noch nicht erschöpft. Der Herr sagt noch nichts Weiteres von dem Wirken des Geistes. Wenn der Geist der Wahrheit kommt betätigt Er sich auch als Geist der Gnade (s.d.) und des Flehens (s.d.), des Glaubens (s.d.), der Kindschaft (s.d.), der Kraft (s.d.), der Liebe (s.d.), der Zucht (s.d.), der Heiligung (s.d.), der Herrlichkeit (s.d.). Er Selbst, der Geist, unterstützt uns.

Der Geist lehrt zunächst das wirklich lebendige Verständnis der Wahrheit. Er zeigt Gottes Willen an, den Weg der Wiederkehr zu Gott durch Christum. Er öffnet den Weg als Wahrheit und Leben. Die rechte, ganze Wahrheit, welche der Geist enthüllt, ist die Sünden- und Heilserkenntnis. Jede Einzelwahrheit, welche der Geist schon im Alten Testament bezeugt und lehrt, wird durch den Geist der Wahrheit vollendet und abgeschlossen.

Die wiederholte Zusage von der Sendung des Geistes der Wahrheit (Joh. 15, 26) steht wiederum mit dem Paraklet in Verbindung. Die Verheißung des Geistes wird als Kraft des Märtyrertums in der Welt enthüllt. Die Jünger würden ohne diesen Beistand dem Haß der Welt erliegen und vom Bösen überwunden werden. Der Geist aber tritt dieser Feindschaft siegreich entgegen und behauptet das Zeugnis von Christo. Der Geist der Wahrheit, der zuerst als Geist des Glaubens und der Erkenntnis Christi erscheint (Joh. 14, 16. 17), wird hier als Geist des standhaften Zeugnisses von Christo verheißen (Joh. 15, 26). Es ist der Geist der weltüberwindenden Kraft des Evangeliums (Joh. 16, 7), der Verherrlichung Christi und der Zukunft bis zur Vollendung (Joh. 16, 13).

Die erste Wirksamkeit des Geistes ist die Belehrung der Jünger (Joh. 14, 17), die zweite, von Jesus zu zeugen, die dritte, die Welt zu strafen (Joh. 15, 26; 16, 8). Der Herr sendet den in der Welt zurückgelassenen Jüngern den Geist des Zeugnisses und der Wahrheit (Joh. 16, 13). Der verheißene Geist ist hier der Geist der Entwicklung und der Zukunftsoffenbarung. Für Ungereifte und Schwache ist diese ganze volle Wahrheit eine schwere Last. Der Herr setzt die Schwachheit der traurigen Jünger voraus, daß sie Ihn nicht völlig verstanden. Er verkündigt ihnen die ganze Wahrheit in pädagogischer Weisheit von Stufe zu Stufe. Es ist nicht damit gesagt, als wäre den Jüngern bisher nicht

die ganze Wahrheit mitgeteilt worden, oder als sollte der Geist neue Stücke lehren.
Wenn der Herr sagt: «Der Geist der Wahrheit wird euch den Weg in die ganze Wahrheit leiten» (Joh. 16, 13), dann bedeutet das, es ist die eine und dieselbe Wahrheit, welche Jesus und der Geist lehrt, der Geist leitet nur noch in die ganze Wahrheit. Der Geist bringt nicht erst die volle Wahrheit, sondern er führt die Jünger in die ganze Heilserkenntnis ihres Wahrheitsbesitzes. Sie erlangen durch die Leitung des Geistes ein ganzes und vollständiges Verständnis der göttlichen Heilswahrheit.
Das Lehren des Geistes ist ein Führen und Einführen in mehrfachem Sinne. Wenn der Geist leitet, muß man ihm folgen und mit ihm gehen. Es ist kein bloßes theoretisches Lehren. Das grundtextliche «hodegein» ist ein allmähliches Fortschreiten in der Erkenntnis, von Station zu Station, durch welche der Zeugenberuf führt. Die Heilserkenntnis der Apostel war an Pfingsten nicht mit einem Schlage fertig, sondern es war ein inneres Reifen und Fortschreiten bei ihnen wahrzunehmen. Die Zusage des Geistes läßt einen Fortschritt und eine Entwicklung zu.
Der Geist der Wahrheit ist das Gegenteil vom Geist der Lüge, der die Welt zum Unglauben verblendet. Er wird verkündigen, was noch kommen wird. Die Erfüllung der vorausverkündigten Geschehnisse drückt Seinem Zeugnis das Siegel der Wahrheit auf. Das grundtextliche «ta erchomena» – «die kommenden Dinge», bezeichnet die gesamte Zukunft, über welche der Geist der Wahrheit belehrt. Der Geist offenbart den ganzen Gang des Reiches Gottes bis zum Ziel. Jesus hat nur das Nächste und Weiteste der Eschatalogie angedeutet, der Geist führte noch in die ganze Offenbarung. Durch Petrus und Paulus wurden Aufschlüsse im einzelnen vorbereitet, welche in der Apokalypse ihren Abschluß fanden.
Der Apostel Johannes stellt in seinem 1. Briefe den Geist der Wahrheit in Gegensatz zum Geist des Irrtums (1. Joh. 4, 6). Damit wird der Blick auf die beiden unsichtbaren Mächte gelenkt, von denen eine die Menschen regiert. Der Geist der Wahrheit leitet in die Wahrheit, der Geist des Irrtums verführt zum Irrtum. Der Geist der Wahrheit geht von Gott aus, er vermittelt die Wahrheit. Der Geist des Irrtums geht vom Teufel aus, er verführt und betrügt (1. Joh. 1, 8; 2, 26; 2. Joh. 8; 1. Tim. 4, 1; 1. Thes. 2, 3; 2. Thes. 2, 11).
Zuletzt erwähnt der Apostel den fortdauernden Zeugendienst des Geistes (1. Joh. 5, 6). Er leitet in die ganze Heilswahrheit, vermittelt die Gemeinschaft mit Christo und gibt das ewige Leben. Die Zuverlässigkeit dieses Zeugnisses wird durch den Nachsatz begründet: «Denn der Geist ist die Wahrheit» (1. Joh. 5, 6). Das Wesen des Geistes ist die im Worte Gottes offenbarte und im Glauben angenommene Wahrheit in vollkommener Fülle.
Das Zeugnis des Geistes offenbart sich der Gemeinde aller Zeiten als Wahrheit. Es ist kein Menschenwort, obgleich der Geist durch irdisch-menschliche Werkzeuge zeugt, in denen Er wohnt und wirkt.

Das Evangelium, das Zeugnis des Heiligen Geistes (1. Thes. 1, 5; 1. Petr. 1, 12), wenn es auch Menschen predigen, ist himmlischer Herkunft und zuverlässige Wahrheit.

225. **Der Geist der Weisheit,** hebräisch «ruach chokmah», griechisch «pneuma sophias» wird im Alten und im Neuen Testament in praktischer und in heilsgeschichtlicher Beziehung erwähnt. Er befähigte zu den Kunstarbeiten für die Zelthütte des Zeugnisses und für Josuahs Führeramt. Der Geist der Weisheit bildet den Mittelpunkt und das Ziel der auf dem Messias ruhenden Geistesfülle. Paulus erbittet diesen Geist, um zur Erkenntnis der in Christo verliehenen Heilsschätze zu gelangen.
a.) Für die Anfertigung der heiligen Priesterkleidung erfüllte Gott Männer aus Israel mit dem Geist der Weisheit (2. Mose 28, 3). Die mit dem Geist Erfüllten hatten ein weises Herz, sie waren verständig und einsichtig. Der göttliche Geist der Weisheit äußerte sich in praktischer Lebensklugheit und Kunstfertigkeit, welche die natürlichen Anlagen des Menschen überragt. Der Heilige Geist kann auch im irdischen Beruf wirksam sein, wenn er heiligen Zwecken dient, wodurch höhere Gnadenwirkungen abgebildet werden. Alle besondere Klugheit, Geschicklichkeit und Kunst im Dienste des Heiligtums verleiht der Geist der Weisheit.
Die außerordentliche, übernatürliche Begabung und Fähigkeit, welche der Geist der Weisheit oder der Geist Gottes verleiht, und alle Arbeiten am Heiligtum in Weisheit, Einsicht und Erkenntnis auszuführen, schließt die natürlichen Gaben und Fähigkeiten nicht aus, sondern setzt sie vielmehr voraus (2. Mose 31, 3). Gott erfüllte die Männer mit einem weisen Herzen, mit dem Geist der Weisheit. Durch die übernatürliche Geistesgabe der Weisheit wurden sie befähigt «Besinnungen zu ersinnen», d. h. künstliche Entwürfe auszuführen. Obgleich Jahwe alle Kunstgeräte genau vorgeschrieben hatte, mußten doch noch Entwürfe und Pläne ausgedacht werden, um das Werk nach göttlicher Vorschrift herzustellen. Neben dem von Gottes Geist und Weisheit geleiteten Nachdenken des Meisters blieb die Freiheit, noch Vieles in Selbständigkeit auszuführen. Alle wahre Kunst, die durch den Geist der Weisheit hervorgebracht wird, steht im Dienste des Heiligtums. Die wahre Freiheit der Kunst wird nicht beeinträchtigt, sondern von der Knechtschaft der Willkür und Mode der Weltförmlichkeit befreit.
Der Geist Gottes erfüllte das Herz der Werkmeister mit Weisheit, daß sie fähig waren, in jenen Kunstwerken göttliche Gedanken zu prägen. Es war ihnen ins Herz gegeben, auch andere zu unterweisen, daß unter ihrer Aufsicht und Anleitung die Geräte des Heiligtums angefertigt werden konnten. Jeder, der andere belehren will, muß vorher durch den Geist der Weisheit ausgerüstet sein, um geben zu können, was er empfangen hat.
b.) Josuah wurde voll Geistes der Weisheit, weil Moseh ihm die Hände aufgelegt hatte (5. Mose 34, 9), um sein Amt ausführen zu können (vgl. 4. Mose 27, 18. 20). Der Amts-Geist Josuahs deutet auf den Hei-

ligen Geist, den Christus in unermeßlicher Fülle hatte. Der Geist, der selbst allmächtig ist, teilte dem Josuah Kraft und Stärke zur Vollbringung großer Taten mit. Dadurch wurden seine Gnadenwirkungen des Neuen Bundes vorgebildet.

c.) Der Messias besitzt für Sein gottgewirktes geistliches Amt mit der Geistesfülle den Geist der Weisheit (Jes. 11, 2). Die Weisheit ist gleichsam das Ziel, die Vollendung der Gottesfurcht, des Anfangs der Weisheit (Ps. 111, 10; Spr. 1, 7; Hiob 28, 28). Weisheit ist die eine Kraft unter den sieben Geistern, welche alle Kräfte zu einem Ganzen vereinigt. Die sieben Geister (s.d.) sind ein Organismus von Harmonie. Die Weisheit, welche personifiziert wird (Spr. 8, 22-30) ist mit der Herrlichkeit identisch. Die Herrlichkeit (s.d.) und Weisheit (s.d.) tragen die göttlichen Gedanken im vorzeitlichen Grundriß in sich. Beide sind siebenfältig. Die Weisheit von oben hat sieben Eigenschaften (Jak. 3, 17), das Haus der Weisheit hat sieben Säulen (Spr. 9, 1). Die göttliche Weisheit ist mannigfaltig (Eph. 3, 10). Der Geist der Weisheit erweist sich als Gegensatz zur Turba aller Kräfte, der sie als Geist harmonisch zusammenhält. Er ist nach der Schrift die ökonomisch, harmonisierende und regierende Weisheit (vgl. Röm. 11, 33; Eph. 3, 9). Die Weisheit Gottes setzt der Weltgeschichte ihr Ziel, sie erwählt die rechten Mittel, um diesem Ziele zuzuführen.

d.) Paulus bittet Gott, den Vater der Herrlichkeit (s.d.), um den Geist der Weisheit (Eph. 1, 17). Es heißt genau: «Weisheits- und Offenbarungsgeist» (s.d.). Die Heilserkenntnis ist kein festes Wissen, sondern ein ständiges Wachsen der Heilserfahrung. Es kann nur von einem Besitz der göttlichen Heilsschätze die Rede sein, wenn sie stets von neuem empfangen werden. Obgleich die Weisheit reichlich vorhanden ist (Eph. 1, 8), muß der Geist der Weisheit erbeten sein, denn wir haben ihn nicht in uns selbst. Aller Weisheit Fülle ist in Christo verborgen (Kol. 2, 3). Er ist uns von Gott zur Weisheit (s.d.) gemacht (1. Kor. 1, 30). Unter den mancherlei Gnadengaben, welche der eine Heilige Geist gibt, ist die Weisheit zuerst genannt (1. Kor. 12, 8). Sie lehrt das Heil in Christo richtig verstehen und einschätzen. Der Geist der Weisheit, der geistlich weise macht, wird durch den Geist der Offenbarung geschenkt.

226. **Der Geist der Weissagung,** griechisch «to pneuma propheteias» ist das Zeugnis Jesu (Offb. 19, 10). Er zeugt in allen Propheten von Ihm (1. Petr. 1, 11). Die letzten Worte des Verses setzen das Zeugnis Jesu und den Geist der Weissagung gleich. In gewisser Beziehung müssen diese beiden identisch sein. Wer das Zeugnis Jesu besitzt, hat auch den Geist der Weissagung. Das Zeugnis Jesu, das von Ihm bezeugte Wort Gottes (vgl. Offb. 6, 9; 12, 17) setzt jeden Gläubigen in den Stand, zu weissagen. Wer das Zeugnis Jesu hat (Offb. 1, 2; 6, 9; 20, 4), in welchem Christi Wort lebendig ist, besitzt eine prophetische Erkenntnis, er hat den Geist, der aus Christi heraus alle Weissagung wirkt, das die Zukunft verkündigt (Joh. 16, 13-15). Es war keine neue Gottesoffenbarung, die dem Johannes zuteil wurde, sondern eine

weitere Entfaltung dessen, was jedem Gläubigen im Zeugnis Jesu zuteil wird. Wer das Zeugnis Jesu hat, Sein Wort hält, ist ein Prophet (vgl. Offb. 22, 9). Die Weissagung war eine Verkündigung aus Jesu Wort, die durch den prophetischen Geist vermittelt wurde.

227. **Der Geist der Willigkeit** siehe freudiger Geist!

228. **Der Geist Seines Zorns,** hebräisch «ruach aphpho» wird nur in Hiob 4, 9 erwähnt und es wird auch mit «Hauch Seiner Nase» übersetzt. Eliphas behauptet Hiob gegenüber, daß nur die Frevler von dem Geist des göttlichen Zornes getroffen werden und zugrunde gehen oder verschwinden. Gottes Zorn vernichtet den Frevler rettungslos, der Unrecht pflügt. Wer Verderben sät, erntet es. Wenn dieser Satz auch eine unumstößliche Warheit enthält, so kann er doch nicht auf Hiobs Elend angewandt werden.

229. **Geist der Zucht siehe** Geist der Besonnenheit!

230. **Die Wirkungen des Geistes.** Der Heilige Geist wird in der Schrift oft nach Seinen Wirkungen und Gaben bezeichnet. Die Einheit des Geistes darf nicht verleiten, daß eine Fülle und Vielseitigkeit übersehen wird, die dem Geiste angehören. Das Alte Testament lehrt entschieden den Monotheismus. Es ist nur ein Gott, aber Seine Herrlichkeit erscheint unter dem Bilde des siebenfachen Regenbogens (vgl. Offb. 4, 4; 4. Mose 12, 8; Sach. 4, 1-4). Gott offenbart eine vielfache Geistesfülle im Messias (Jes. 11, 2). Das Neue Testament enthüllt die Fülle des Geistes Gottes noch deutlicher. In einer großen Zahl von Kräften und Gaben bekundet sich das Wohnen des Heiligen Geistes in den Gläubigen. Weil der Heilige Geist in den Gläubigen sich so vielseitig betätigt und auswirkt, kann er auch nach den Tugenden und Gaben, die Er weckt, mit manchen Namen benannt werden. Ohne die Einheit des Geistes aufzugeben, können die Wirkungen und Gaben desselben in der Schrift wahrgenommen werden, die mehrfach durch Appositionen zum Ausdruck kommen.
Der Heilige Geist wohnt in vielseitigen Wirkungen bei Menschen, die Ihm gläubig ihr Herz öffnen. Alle Seine Tätigkeiten und Gaben sind ein Spiegelbild der Fülle Gottes. Er ist der Träger aller fortgehenden Wirkungen Gottes und der vollbrachten Erlösungstatsache Christi.

231. **Amt des Geistes** siehe Dienst des Geistes!

232. **Das Angeld des Geistes,** griechisch «to arrhabon tou pneuma», verleiht mit der Salbung und Versiegelung die Gewißheit der göttlichen Verheißungen und der ewigen Seligkeit (2. Kor. 1, 22; 5, 5). Gott hat uns in und mit Seinem Heiligen Geist versiegelt auf den Tag der Errettung (Eph. 4, 30). Dieser uns gegebene Geist ist das Angeld der Erlösung und des Erbteils (Eph. 1, 14). In dieser Mitteilung des Geistes liegt die Kraft der Versiegelung. Das griechische «arrhabon» kommt

aus dem Hebräischen (vgl. 1. Mose 38, 17) und bedeutet «Bürge werden». Der Sinn des Wortes ist ein vierfacher: 1. Es ist ein Unterpfand, für ein Teil oder einen Anfang des künftigen Gutes, das verheißen wurde; 2. Es ist eine angezahlte Kaufsumme, die den Besitz des Gegenstandes sichert, den man erwerben möchte. Der Heilige Geist gewährt die Sicherheit, daß Gott Seine Verheißungen erfüllt (2. Kor. 1, 10); 3. Es ist ein Malschatz bei der Verlobung. Eine Braut wird dadurch versichert, daß ihr Bräutigam sie heimführt. Ein solcher Malschatz ist der Heilige Geist im Herzen der Gläubigen, daß sie ihrer Seligkeit als des Erbteils völlig gewiß werden; 4. Es ist das Pfand, das Angeld oder die Gewährleistungssumme bei einem Vertrag, was man auf die Hand bekommt, um in aller Treue verpflichtet zu werden. Paulus versichert damit, daß seine Lehre zuverlässig ist, denn sie ist nicht von Menschen, sondern vom himmlischen Vater und durch die Kraft des Heiligen Geistes auf das gewisseste bezeugt. Durch das Angeld des Geistes haben die Gläubigen die sicherste Beglaubigung von der Gewißheit ihrer Seligkeit. Gott befestigt, salbt und versiegelt mit dem Angeld des Geistes.
Für die Gewißheit, nach dem Zerbrechen dieser leiblichen Zelthütte daheim bei dem Herrn zu sein, bereitet uns Gott, indem Er uns das Angeld des Geistes gegeben hat (2. Kor. 5, 5). Der Geist bewohnt uns und versichert uns durch das innerliche Zeugnis unseres zukünftigen Erbes (vgl. Röm. 8, 15. 16. 26; Eph. 1, 13; 4, 30). Das von Gott empfangene Angeld des Geistes verleiht dem Sterbenden die volle Gewißheit über das Ziel seiner Heimreise ins himmlische Vaterland (2. Kor. 5, 8; Phil. 1, 23; 2, 13). Der Geist Gottes, das Unterpfand der Seligkeit, macht getrost, ob wir leben oder sterben (vgl. Röm. 14, 7. 8). Wir haben dadurch das Bewußtsein, daß wir uns als Fremdlinge und Gäste hier auf Erden auf der Wanderschaft in die ewige Heimat befinden (1. Chron. 29, 15; Ps. 39, 13. 14; 119, 19; Phil. 3, 20; Hebr. 13, 14).

233. **Aus Anregung des Geistes,** griechisch «en to pneumati» kam Simeon in den Tempel (Luk. 2, 27). Die grundtextliche Wendung heißt einfach: «in dem Geiste», was unterschiedlich erklärt wird. Nach Lukas 4, 1. 14; 10, 21, wo «en to pneumati» auch vorkommt, wird gedeutet, «in der Kraft des Geistes»; «in der Vollmacht des Geistes». Simeons Kommen in den Tempel wird auf die Triebkraft des Geistes zurückgeführt. An einen Zustand der Ekstase ist nicht zu denken. Sein Tun war eine innerliche Wirkung des Heiligen Geistes. Die eigene Überlegung oder die Veranlassung durch andere Menschen war für seine Handlung nicht maßgebend. Es wurde dem Simeon im Geiste gesagt, in den Tempel zu gehen, d. h. durch eine geheimnisvolle Eingebung und eine gewisse Offenbarung, daß er Christo begegnen werde. Er stand jedenfalls unter der Leitung des Geistes (vgl. Röm. 8, 14; Gal. 5, 18).

234. **Austeilungen des Heiligen Geistes,** griechisch «pneumatos hagiou merismois» geschehen nach Gottes Willen (Hebr. 2, 4). Es sind dar-

unter die Gnadengaben zu verstehen, die von dem Einen Geiste ausgehen. Ihre Verschiedenartigkeit wird im 1. Korintherbriefe (1. Kor. 12) näher beschrieben. Es wird auch die Wundergabe dazu gerechnet (1. Kor. 12, 9. 10). Diese Gabe scheint der Schreiber des Hebräerbriefes nicht im Auge gehabt zu haben. Sie wird ja schon vorher in ihrem ganzen Umfang erwähnt. Es sind wohl mehr jene Charismen gemeint, die den menschlichen Geist über die gewöhnlichen Grenzen der Natur hinausheben, wodurch er als ein erlauchtes Organ Gottes auf andere einwirken kann. Es sind eben Gnadengaben, die einer empfangen hat, um anderen im Reiche Gottes damit zu dienen.
Der Heilige Geist, der oft in verschiedener Weise ausgeteilt wird, ist das Prinzip aller Charismen. Der Plural «merismoi» – «Austeilungen» deutet auf die Vielseitigkeit und Fülle der Gaben durch die Geistesmitteilung. Es hat noch den Sinn, daß keiner alle Gaben hat, sondern nur einer kann mehr haben als ein anderer.
Austeilungen des Geistes bedeutet nicht, daß der Heilige Geist der Mitteilende ist, denn Gott teilt den Geist aus, Er ist Selbst vielmehr der Mitgeteilte. Die Fülle der Gnadengaben ist im Geist beschlossen. Diese Gaben werden nicht alle jedem in gleichem Maße und in gleicher Weise gegeben, der den Geist hat. Es wird vielmehr dem einen diese, dem anderen jene besondere Geistesgabe verliehen. Dieses unterschiedliche Maß und die verschiedene Fülle der Gnadengaben ist von dem freien Willensentschluß Gottes abhängig, dessen Gabe der Heilige Geist ist.
Der Nachsatz: «nach Seinem Willen» darf nicht übersehen werden. Er betont Gottes Freiheit in der Austeilung der Geistesgaben. Es ist eine absolute Selbstbestimmung oder ein freier Ratschluß. Weil das ganze Tun Gottes auf Weisheit und Gerechtigkeit beruht, ist jede Willkür in den Austeilungen des Heiligen Geistes völlig ausgeschlossen.

235. **Die Beweisung des Geistes,** griechisch «he apodeixis pneumatos» bestätigte die paulinische Predigt von Christus dem Gekreuzigten (1. Kor. 2, 4). Seine Verkündigung bildete einen Gegensatz zu den überredenden Worten philosophischer und menschlicher Weisheit. Der Apostel selbst weilte in Schwachheit und mit Furcht und großem Zittern in Korinth. Trotz aller menschlichen Schwächen und Gebrechen führte der in ihm wohnende göttliche Geist den Beweis, daß seine Wortverkündigung durch ein höheres Geistesleben und eine heilskräftige Macht hervorgebracht wurde. Paulus bediente sich nicht der strengen Beweisführungen und der schwungvollen gewinnenden Reden der großen Rhetoriker und Philosophen. Der Geist, der in ihm wirkte, erwies den Inhalt seiner Rede als Wahrheit und als eine Macht, welche die Hörer überzeugte und die Schwachen und Zaghaften stärkte. Die nicht auf Menschenweisheit gestützte Predigt wurde durch den Beweis des Geistes und der Kraft zur unerschütterlichen Grundlage des Glaubens. Der Inhalt der paulinischen Predigt erweist sich als richtig den Anfechtungen gegenüber, die von menschlicher Macht, Kunst, Philosophie und Wissenschaft ausgehen.

236. **Der Dienst des Geistes,** griechisch «he diakonia tou pneumatos» wird im Zusammenhang mit dem «Dienst des Todes», dem «Dienst der Verdammnis» erwähnt (2. Kor. 3, 7. 8. 9). «Der Dienst des Todes» und der «Dienst der Verdammnis» stehen gegensätzlich zum «Dienst des Geistes» und zum «Dienst der Gerechtigkeit». Der «Gesetzes-Dienst» ist ein Dienst des Todes. Die innere Herrlichkeit der zehn Gebote vom Sinai, die in den Todesdienst hineinleuchtete, verschwindet vor der Herrlichkeit des Dienstes des Geistes. Der Dienst des Neuen Bundes ist der Dienst des Geistes, er ist das Leben. Der Buchstaben-Dienst heißt ein «Dienst des Todes», weil er zur Verdammnis führt. Der «Dienst der Verdammnis» ist das Gegenteil vom «Dienst des Geistes», er heißt auch «Dienst der Gerechtigkeit». Die Herrlichkeit, die vom Angesichte Mosehs ausstrahlte auf den Buchstaben-Dienst der steinernen Tafeln, auf den Dienst des Todes und der Verdammnis, wird glanzlos, sie verschwindet und erbleicht vor dem überschwänglichen Glanze Gottes im Angesichte Jesu Christi, durch welchen der Dienst des Geistes und der Gerechtigkeit verherrlicht wird.

237. **Die Einigkeit des Geistes,** griechisch «he henotes» ist die Eintracht der Gemeindeglieder (Eph. 4, 3). Diese Harmonie und Übereinstimmung wirkt der Heilige Geist. Eine solche Einheit ist eine Frucht der Gemeinschaft des Geistes (s.d.). Sie wird nach des Apostels Worten durch das Band des Friedens bewahrt. Es ist durchaus kein äußerer Friede gemeint, es ist der Friede, den Christus gebracht hat. Der äußere Friede kann nur durch die Einheit des Geistes erhalten werden. Hier heißt der Friede, der Bewahrer der Einheit des Geistes. Die Einheit, welche der Geist wirkt, wird nicht durch den Frieden bewahrt, den Christus brachte, sondern der Geist ist eine Frucht dieses Friedens (vgl. Eph. 2, 14ss. 22).
Mit dem Hinweis auf Kolosser 3, 14 ist die Liebe das Band des Friedens, nach ihrem Verhältnis zur Einheit des Geistes. Der Friede wird durch Liebe erhalten. Indem Liebe die anderen in Langmut trägt, ist sie das Band um die Einheit, welche der Geist in der Gemeinde wirkt und den Frieden in der Gemeinde erhält und bewahrt. Die Liebe baut auf (1. Kor. 8, 1). Sie ist eine rechte Geistesfrucht, welche die Einheit der Gemeinde bewahrt. Wo sie nicht ist, bilden sich Parteien und Streitigkeiten, dort ist keine Geistesleitung, sondern ein fleischlicher Wandel nach menschlicher Weise (1. Kor. 3, 3).

238. **Die Erstlinge des Geistes,** griechisch «he aperche tou pneumatos» ist eine ungenaue Übersetzung der grundtextlichen Apposition, dessen eigentliche Bedeutung nach dem Singular «die Erstlingsgabe des Geistes» ist. Die meisten Übersetzer und Ausleger fassen es im Plural auf als «die Erstlinge» oder «die Erstlingsgaben». Der Empfang des Geistes wird dann als Bürgschaft und Bevorzugung für das künftige Leben angesehen.
Das grundtextliche «aparche» ist die Erstlingsgabe von Früchten, Herden oder Opferkuchen. Es hat den Sinn «das Erste» oder «das Frühe-

ste». Der Ausdruck läßt da, wo er vorkommt, eine Beziehung der Priorität erkennen (vgl. Röm. 16, 5; 1. Kor. 16, 15. 20. 23; Jak. 1, 18; Offb. 15, 20; Kol. 1, 15). Die Übertragung: «Die wir durch die Teilnahme am Geist die Erstlinge unter den Geschöpfen sind», ist nach dem Zusammenhang nicht stichhaltig. Ein Erklärer deutet Geist als erste Gabe, als Unterpfand der Seligkeit, oder als Angeld, und übersetzt: «Die da haben den Geist als Erstlingsgabe.» Für eine solche Definition fehlt es an sprachlichen Beweisen. Stellen, in denen vom «Angeld des Erbes» die Rede ist (2. Kor. 1, 22; Eph. 1, 14) können nicht als Belege gelten. Das Unterpfand der Seligkeit wird eben anders ausgedrückt.

Der Geist ist nach dieser Stelle der höhere, göttliche Sinn des Gläubigen, den ihm Gott durch Christum gegeben hat, der ihn der Gotteskindschaft gewiß macht (Röm. 8, 10. 11. 15). Es wäre zu eng, den Geist nur auf die außerordentlichen Geistesgaben zu begrenzen. Der Genitiv «des Geistes» wird partitiv aufgefaßt, weil Erstlingsgabe ein Teilbegriff ist, dessen Ganzes notwendig angegeben werden muß. Wo dieses Wort in Begleitung eines Genitivs vorkommt, zeigt es an, wovon ein Erstes gegeben ist. Andere deuten den Genitiv subjektiv und übersetzen: «Erstling, welchen der Geist gibt.» Diese Deutung wäre unverständlich. Eine große Anzahl von Auslegern nehmen den Genitiv erklärend: «Die Erstlingsgabe, nämlich den Geist.» Der Geist wäre dann demnach das Erste des Erbteils oder der künftigen Güter. Der Geist ist offenbar die Fülle, von dem uns die Erstlingsgabe geschenkt wurde.

Wer sind nun die Empfänger der Erstlingsgabe des Geistes? Einige denken an die damals Bekehrten. Das ist unmöglich, daß nur ein Teil der seufzenden Schöpfung entgegen gestellt wird. Andere meinen, auf die Apostel, als Empfänger außerordentlicher Geistesgaben, wäre die Ausdrucksweise anzuwenden. Das liegt nicht in den Worten. Ein Erklärer glaubt, die Judenchristen im Gegensatz zu den später glaubenden Heiden waren die Erstlingsgabe. Nach einer Auslegung sollen es die Gläubigen sein, über die sich der Geist am Pfingsttage ergoß. Das ist auch unpassend.

Die Empfänger der Erstlingsgabe des Geistes sind alles bereits Bekehrte. Es sind demnach die bisherigen früheren Gläubigen, im Gegensatz zu den nachherigen. Diese Ausdrucksweise ist den Aposteln geläufig (vgl. Röm. 16, 5; 1. Kor. 16, 15. 20, 23; Jak. 1, 18). Die Ursache, warum der Apostel die Gläubigen als Erstlingsgabe der größeren künftigen Anzahl bezeichnet, ist zweifellos durch den Hinweis auf die Gläubigen der Zukunft (Röm. 11, 25), aber auch, um zu zeigen, daß die Seligkeit erst dann erscheint, wenn die Fülle der Heiden und Juden in Christi Gemeinschaft Aufnahme gefunden hat (Röm. 11, 15. 32).

239. **Die Freude des Heiligen Geistes,** griechisch «he chara pneumatos hagiou» war den Thessalonichern mitten in der Trübsal und Verfolgung geschenkt (1. Thes. 1, 6). Es ist eine Freude, die nicht aus dem Wesen des natürlichen Menschen stammt, sondern der Heilige Geist bewirkt sie. Die Empfindung der Wahrheit und Herrlichkeit des Heils

durch die Predigt des Evangeliums steigert sich zur Freude des Heiligen Geistes. Drangsal, Anfechtung und Verfolgung können diese Freude nicht auslöschen. Der Heilige Geist wirkt diese Freude im Herzen, sie ist ein Gegengewicht gegen die Einschüchterung und Beängstigung der Welt. Die harten Bedrängnisse, in welche die Thessalonicher geraten sind, bilden den Hintergrund, von dem sich ihr freudiger Glaube abhebt. Sie hatten erlebt, wie der Heilige Geist bei großer Drangsal doch Freude ins Herz des Gläubigen gibt. Wie das möglich ist, zeigt die Wirksamkeit des Paulus in Antiochien und sein Abschied von dort. Die Heiden wurden froh und priesen das Wort, während die Juden es ablehnten. Die Jünger wurden voll Freude und Heiligen Geistes (Apostelg. 13, 48. 51). Die Freude ist eben eine Frucht des Geistes (s.d.) (vgl. Röm. 14, 17; Gal. 5, 22).

240. **Die Frucht des Geistes,** griechisch «ho karpos tou pneumatos», nennt Paulus im Gegensatz zu den Werken des Fleisches (Gal. 5, 22; vgl. 5, 19-21). Der Apostel schreibt nicht von «Früchten» wie von den «Werken des Fleisches», sondern von der «Frucht», welche aus neun Tugenden besteht. Das hat seinen tiefen Grund. Es ist auch von keiner Tat oder von Taten die Rede. Einzelhandlungen, wie bei den Ausschreitungen des Fleisches sind es nicht, sondern «ein vollständiges Erzeugnis», das der Geist, die der Baum als Frucht hervorbringt. Die neun Tugenden der Geistesfrucht bilden einen harmonischen Zusammenhang, daß keine für sich von der anderen abgesondert ist. Alle die genannten Tugenden werden wie ein Ganzes aus dem Geist hervorgebracht, sie sind nur in der Erscheinung verschieden und sie entfalten sich in den unterschiedlichen Lebensgebieten als ein vielseitiger Tugendschmuck.
Die hier genannten neun Tugenden sollen an den Granatapfel erinnern, der neun Samenkernzellen hat, der in der reichen Fülle und Üppigkeit ein Symbol der Zeugungs- und Empfängniskraft ist. Er ist gleichsam das Sinnbild, das die höchsten und besten Eigenschaften des vollkommenen Gotteswortes in sich vereinigt. Die jüdische Tradition vergleicht das Erfülltsein von göttlichen Geboten, das Angefülltsein mit Werken des Gesetzes geradezu mit dem Granatapfel. Die Gemara sagt von den Israeliten, daß sie «voll sind von den Geboten Gottes wie ein Granatapfel». Der aramäische Paraphrast schreibt zu Hohelied 4, 13: «Deine Jünglinge sind angefüllt mit göttlichen Geboten wie Granatäpfel.» Ähnlich ist Hohelied 6, 11 umschrieben: «Ob sie voll guter Werke sind wie Granatäpfel.» Dieser Vergleich erinnert trefflich an die Frucht des Geistes mit ihren neun Tugenden, die eine harmonische Einheit und eine Gesamtheit ausmachen.
Die neunfache Geistesfrucht ist in der Aufzählung ihrer Tugenden auch sinnvoll geordnet. Die Liebe wird noch in Römer 15, 30 als Wirkung des Geistes genannt. Die Freude gilt als Einfluß des Geistes (vgl. Röm. 14, 17; 1. Thes. 1, 6), es ist die Freude, welche das Herz in Christo durchströmt (Phil. 3, 1. 4; 1. Thes. 5, 16; vgl. Joh. 15, 11; 17, 13). Der Friede schließt alle Feindschaft aus, pflegt Eintracht und

führt zum Genuß der Freude (Röm. 14, 17; 15, 13; 2. Kor. 13, 11). Die Langmut erträgt jede Unbill und wartet geduldig auf Besserung (2. Tim. 3, 10; Eph. 4, 2). Die Milde, das Gegenteil von Strenge im Umgang (Eph. 4, 32; Röm. 11, 22; Kol. 3, 12). Die Güte ist jederzeit zum Dienst bereit (Röm. 15, 14; Eph. 5, 9; 2. Thes. 1, 11). Der Glaube ist hier eigentlich das Vertrauen, das anderen erzeigt wird (1. Kor. 13, 7). Sanftmut ist das Gegenteil vom aufbrausenden Zorn (Gal. 6, 1). Die Keuschheit ist eine Selbstbeherrschung der eigenen Triebe. So zeigt der Apostel, wie der Geist Gottes das Reich Gottes inwendig baut. Die entwickelten Tugenden bilden die Frucht des Geistes. Diese Ganzheit der Geistesfrucht hat ihren Grund in dem einzigen Lebensverbande, an welchem die Gläubigen mit Christus stehen. Das wird vom Herrn Selbst durch das Gleichnis vom Weinstock und den Reben dargestellt. Was der Weinstock erzeugt, wird auch als «Frucht» bezeichnet (vgl. Joh. 15, 2. 5. 8). Es war dem Apostel darum zu tun, ein Lichtbild der Gläubigen zu zeichnen. Die Geistesfrucht ist ein Spiegel, in dem sich jeder beschauen kann, ob der Geist in ihm wirksam ist. Die vom Geist hervorgebrachten Tugenden sind das Siegel der Kinder Gottes (Röm. 8, 14). Es ist die Grundlage der Hoffnung auf die dereinstige Einführung in das himmlische Erbe.

241. **Die Gabe des Heiligen Geistes,** griechisch «he dorea tou hagiou pneumatos» ist das Höchste, was nach dem Inhalt der Apostelgeschichte im Reiche Christi erlangt werden kann (Apostelg. 2, 38; 10, 45). Nur Gott Selbst kann den Heiligen Geist schenken. Wer das Geschenk des Heiligen Geistes empfängt, ist damit gereinigt und geheiligt. Wenn Gott auch Heiden, wie das die Geschichte von Cornelius zeigt, die Gabe des Geistes schenkt, dann müssen sie, wie die Israeliten, als von Gott Gereinigte und Geheiligte angesehen werden.
Die Gabe des Heiligen Geistes erfolgt, nach dem Bericht der Apostelgeschichte, gewöhnlich auf die Taufe der Gläubiggewordenen zeitlich nach (Apostelg. 2, 38), oder erst nach längerer Zeit und durch das Gebet mit Handauflegung (Apostelg. 8, 15). Nach dem Inhalt der Geschichte von Cornelius kam der Heilige Geist auf die gläubigen Zuhörer, bevor sie getauft waren. Damit ist nicht gesagt, daß die Taufe abgewertet werden soll. Die Taufe ohne die Gabe des Heiligen Geistes genügt nicht. Wer durch den Glauben die Geistesgabe empfangen hat, möge nicht ohne Taufe bleiben, die ein Bekenntnis ist. Für die Gemeinde Christi besteht ohne die Gabe des Heiligen Geistes keine Lebensmöglichkeit. Irenäus sagt gut: «Wo die Gemeinde ist, ist der Geist Gottes; und wo der Geist Gottes ist, ist die Gemeinde und alle Gnade.» Eine Kirche oder Freikirche, in welcher der Geist fehlt, ist eben keine Gemeinde, sondern eine tote Organisation oder Partei.

242. **Die Gemeinschaft des Geistes,** griechisch «koinonia pneumatos» wird im Zusammenhang mit einer Ermahnung genannt, die Paulus im Philipperbrief auf vier Beweggründe stützt (Phil. 2, 1). Zuerst nennt er die Ermahnung in Christo, an zweiter Stelle die Tröstung der Liebe,

das dritte ist die Gemeinschaft des Geistes, das vierte ist die herzliche Barmherzigkeit. Die Geistesgemeinschaft ist die Quelle der erbarmenden Liebe, das oberste und entscheidenste Motiv zur Erfüllung dessen, wozu der Apostel seine Leser so dringend und herzergreifend ermahnt.
Die Gemeinschaft des Geistes ist nicht mit «Einheit des Geistes» (s.d.) identisch, es ist vielmehr eine Frucht der Gemeinschaft des Geistes. Paulus wünscht den Korinthern mit der Gnade Jesu Christi und der Liebe Gottes die Gemeinschaft des Heiligen Geistes (2. Kor. 13, 13). Die Teilnahme am Heiligen Geiste und Seiner Gnadenwirkung führt zum Besitz der Gnade Christi und der Liebe Gottes. Es ist darum ein Irrtum, von der Gnade Christi und der Liebe Gottes ohne von der Gemeinschaft des Heiligen Geistes zu reden. Christi Gnade und Gottes Liebe werden durch den Geist auf den Tag der Erlösung versiegelt. Wie der Heilige Geist ein Geist der Gnade ist (Sach. 13, 10), so wird durch ihn auch die Liebe Gottes in unsere Herzen ausgegossen (Röm. 5, 5). In der Gemeinschaft des Heiligen Geistes haben wir demnach die Gnade Christi und die Liebe Gottes.

243. **Das Gesetz des Geistes des Lebens,** griechisch «ho nomos tou pneumatos tes zoes» in Christo Jesu (Röm. 8, 2) ist eine der zahlreichen paulinischen Wendungen, durch welche die Wirkungen des Gesetzes und des Geistes ausgesprochen werden. Es ist erstaunlich, wie vielseitig der Apostel diese beiden Begriffe verwendet. Paulus erwähnt im Römerbrief «das Gesetz des Glaubens», «das Gesetz der Werke» (Röm. 3, 27), «das Gesetz Gottes» (Röm. 7, 22. 25; 8, 7), «ein anderes Gesetz» (Röm. 7, 23), «das Gesetz des Gemütes» (Röm. 7, 23), «das Gesetz der Sünde» (Röm. 7, 23. 25; 8, 2), «das Gesetz des Geistes» (Röm. 8, 2), «das Gesetz des Todes» (Röm. 8, 2). Der Apostel versteht unter dem Gesetz nicht nur das mosaische Gesetz, oder den Pentateuch, das alttestamentliche Sittengesetz und die zeremoniellen Bestandteile des Gesetzes. Das göttliche Gesetz darf vielmehr in seinem Gesamtumfang als Gottes Offenbarungswillen gewertet werden. Feste Regeln lassen sich nach den hier erwähnten Wendungen nicht aufstellen. Das Gesetz ist nach den paulinischen Redewendungen eine gültige Macht, die eine geordnete Wirkung ausübt. Für das rechte Verständnis des Gesetzes des Geistes ist die Beachtung der wirksamen Kräfte lehrreich, die von den verschiedenen Gesetzen ausgehen.
«Das Gesetz Gottes» ist die in der Gemeinde gültige in Kraft stehende Ordnung, die verwirklicht werden muß. Das andere Gesetz in den Gliedern steht im Gegensatz zum Gesetze Gottes und zum inneren Menschen, es macht zu einem Kriegsgefangenen, was eine Sklaverei zur Folge hat. Das Gesetz des Gemütes ist dem göttlichen Gesetz dienstbar, nur nicht im Augenblick des Handelns, daß es sich dem anderen Gesetz in den Gliedern unterordnet. Im Gegensatz zum Tun des Gesetzes Gottes übt das Gesetz der Sünde seine Knechtschaft aus. Das Gesetz des Todes überliefert den durch Sünde Gefesselten

dem Tode. Dieser Zustand der hoffnungslosen Gefangenschaft des natürlichen Menschen, auch des wiedergeborenen, drängt den Schrei der Verzweiflung über die Lippen: «Ich elender Mensch! Wer wird mich erlösen aus dem Leibe dieses Todes?» (Röm. 7, 25). Der erhöhte Herr hat nach Gottes Gnadenwillen die Errettung aus diesem Elend verwirklicht. Das Gesetz des Geistes des Lebens bewirkte die Loslösung aus der Sklaverei des Gesetzes der Sünde und des Todes.
Paulus beweist das völlige Unvermögen des Menschen, ein Leben zu führen, das dem Gesetze Gottes entspricht (Röm. 7, 14-8, 4). Der Apostel zeichnet das Leben in der Neuheit des Geistes (Röm. 7, 3; 8, 3). Es wird gezeigt, daß der dazu durch das Gesetz unfähige Mensch (Röm. 8, 3) vom Geiste Gottes die Kraft dafür empfängt. Auf den Dankesruf für die Erlösung durch Christum (Röm. 7, 25) folgt die Schilderung des durch Ihn bewirkten Umschwunges (Röm. 8, 1-4). Bei dem durch Christum geänderten Stand des Gläubigen (Röm. 8, 1) ist das Vermögen vorhanden (Röm. 8, 2-4), Gott von Herzen zu dienen (Röm. 7, 23). Es ist eine Erneuerung, eine Befreiung von der Herrschaft der Sünde und des Todes durch Gottes Gnadentat. Die Befreiung vom Gesetz der Sünde ist ein Freispruch, weil der Mensch in diesem Leben von dem Walten des Gesetzes der Sünde in seinen Gliedern nie völlig frei wird (Röm. 7, 20. 21; vgl. Hebr. 12, 1; 1. Joh. 1, 8. 9; 2, 3). Demnach ist von einer Lossprechung vom Tode die Rede (Röm. 8, 2), der als Strafe der Ungerechtigkeit gilt. Der Geist des Lebens in Christo Jesu führt zur Freiheit von der Herrschaft des verdammenden Gesetzes. Paulus redet von einem Gesetz des Geistes, weil die Wirkung des Heiligen Geistes in uns die Befreiung von dem Leben unter der Herrschaft der Sünde und des Todes herbeiführt. Der lebendigmachende Geist bewirkt den Freispruch vom Gesetz der Sünde und des Todes, daß kein Verdammungsurteil mehr vorhanden ist.

244. **Die Gesinnung des Geistes,** griechisch «to phronema tou pneumatos» wird nur im 8. Kapitel des Römerbriefes erwähnt (Röm. 8, 6. 27). Das griechische «to phronema» hat eine mehrfache Bedeutung: Denken, Nachdenken, Verstand, Gesinnung, Sinnesart, Absicht, Trachten, Streben, Wille, Entschluß. Das Gegenteil ist die Gesinnung des Fleisches (Röm. 8, 6. 7). Die Gesinnung des Geistes ist das, was der Geist will, worauf er bedacht ist, oder was er erstrebt. Das Streben des Geistes ist auf Leben und Frieden gerichtet, auf die beiden Stücke der Gerechtigkeit aus Glauben. Der Geist führt aus dem Tode zum Leben, er versetzt aus dem Unfrieden der Welt in den Frieden des Gottesreiches.
Im Blick auf die stellvertretende Fürbitte des Geistes, weiß Gott, der die Herzen erforscht, die Gesinnung des Geistes. Die unausgesprochenen Seufzer werden Seufzer des Geistes genannt. Wie umgekehrt der Geist weiß, was in Gott ist (1. Kor. 2, 11), weiß und kennt Gott die Absicht des Geistes. Gott, der ins Tiefinnerste des Herzens sieht, kennt die Gesinnung des fürbittenden Geistes, was er erstrebt und beab-

sichtigt. Sein Streben sind Gott geziemende und wohlgefällige Gebete für die Heiligen.

245. **Die Handreichung des Geistes Jesu Christi,** griechisch «epichoregias tou pneumatos Jesou Christou» ist nach dem Grundtext eigentlich die Darreichung oder Unterstützung des Geistes (Phil. 1, 19). Paulus stand Brüdern gegenüber, die aus Neid und Zanksucht, oder aus Wohlwollen Christum verkündigten (Phil. 1, 15). Der Apostel freut sich dennoch über die Verkündigung des Evangeliums. Er weiß, daß es für ihn zum Heil gereicht. Die Fürbitte der Philipper sieht er als Hilfsmittel dieser heilsamen Wirkung an, die durch die Unterstützung des Geistes Christi zustande kommt. Paulus betrachtet die Fürbitte, die ihm seitens der Leser zuströmt, als eine heilsame Kraft (vgl. 2. Kor. 1, 11). Er konnte mit dieser Fürbitte rechnen, weil die Darreichung des Geistes hiermit in Verbindung stand. Die Hilfe für das Gebet leistet der Geist (Röm. 8, 9) indem er für die Betenden eintritt.
Unser Heil kann nur durch Christum bewirkt werden, kein Mensch vermag da zu helfen. Auf dem Heilswege können Menschen durch brüderliche Fürbitte förderlich sein. Das Gebet ist besonders wirksam, wenn es von der Hilfeleistung des Geistes Christi ausgeht. Das Gebet des Glaubens und der Beistand des Heiligen Geistes sind die starken Schwingen, die in Not- und Anfechtungszeiten heben und tragen, wenn alle anderen Hilfsmittel längst dahin sind. Die Gewißheit von der Darreichung des Geistes stärkt die getroste Hoffnung, daß der scheinbare Untergang nicht zum Verlust, sondern zum Gewinn führt.

246. **Die Heiligung des Geistes,** griechisch «ho hagiasmos pneumatos» führt nach dem Inhalt beider Schriftstellen (2. Thes. 2, 13; 1. Petr. 1, 2) auf die ewige Erwählung zurück. Durch Heiligung des Geistes und Glauben der Wahrheit ist es zur Erwählung der Rettung gekommen. Es kommt also ein doppelter Heilsvorgang zum Ausdruck. Gott hat uns von Anfang an zum Heil erwählt. Die Ordnung, in welcher der Rat der ewigen Erwählung zum Ziel gelangt, geschieht durch die Heiligung des Geistes. Das umfaßt alle Gnadenwirkungen von den ersten Anfängen bis zur Vollendung.
Einige Ausleger fassen die Heiligung des Geistes als Ziel der Erwählung. Der Rat der freien Gnade ist gar nicht von unserem Streben nach der Heiligung abhängig, um verwirklicht zu werden. Ebensowenig wird die Erwählung zur ewigen Seligkeit durch die Heiligung Wirklichkeit. Nicht die Auserwählung, sondern die Errettung vollzieht sich in Heiligung, die aber nicht von uns ausgeht. Theophylakt macht die Andeutung: «Er hat euch errettet; Er hat geheiligt durch den Geist!» Die Heiligung geht vom göttlichen Geist aus. Auf die Wirkung des Heiligen Geistes, dessen letztes Ziel die Heiligung ist, folgt unsere Glaubensempfänglichkeit für die Wirksamkeit des Geistes. Der Geist der Heiligung wirkt zuerst den Glauben, den Weg zur Auswirkung der Heiligung. Das letzte Ziel des Geistes ist die Erlangung der Herrlichkeit Jesu Christi.

247. **Die Kraft des Geistes,** griechisch «he dynamis tou pneumatos» wird in Übereinstimmung mit dem Alten Testament von Jesus erwähnt, wenn Er Seine Ausrüstung als ein Erfülltsein mit dem Geist darstellt (Luk. 4, 17-20), oder wenn Er Heilungen an Dämonischen durch Gottes Geist vollzieht (Matth. 12, 28). Der Heilige Geist wird als «Kraft aus der Höhe» (s.d.) bezeichnet (Apostelg. 1, 8; Luk. 24, 49). Der Herr meidet es, Sich Selbst Kraft beizulegen, obgleich der Geist auf Ihm ruht (Luk. 4, 18). Er wollte wohl vermeiden, daß gedacht wurde, es wären wie bei den Propheten und Aposteln nur einzelne Kräfte Sein eigen. Im Blick auf die durch Jesus erfolgten Heilungen werden von Ihm ausgehende Kräfte erwähnt (Luk. 6, 19; 8, 46). Vergleiche «Kraft des Höchsten!»
Die Urgemeinde sah im Geist, wie auch Jesus eine Kraft besaß, die geistliches Leben gibt. Paulus wendet den Begriff «Geist» sehr vielseitig an. Der Geist wird von ihm als eine wirksame Kraft angesehen (vgl. Röm. 15, 13. 19; 1. Kor. 15, 43. 44; Röm. 2, 29; 2. Kor. 3, 6). Der Heilige Geist ist eine Kraft der Gläubigen (Eph. 3, 20).
Die Kraft des Geistes erweist sich in mancherlei Machttaten. Wenn Gott zu Ephesus durch die Hände des Paulus außergewöhnliche Taten wirkte (Apostelg. 19, 11-12), dann geschah das im Grunde genommen durch die Macht des Geistes. Mit der Ausgießung des Heiligen Geistes stehen nach der Verheißung Joels Wunder und Zeichen in Verbindung (vgl. Joel 3, 1-5; Apostelg. 2, 17-21).

248. **Ein lebendig machender Geist,** griechisch «pneuma zoopoioun» wurde Christus nach Seinem Erdenleben durch die Auferstehung und Verherrlichung (1. Kor. 15, 45). Paulus spricht in diesem Zusammenhang von dem ersten Adam und dem letzten Adam (s.d.). Der erste Mensch ist der Anfänger des Menschengeschlechtes, alle die von ihm abstammen tragen seinen Typus; der letzte Adam ist der Urheber der Menschheit, die der Vollendung entgegengeht. Bei der Schöpfung des ersten Menschen war ein aus Erdenstaub gebildeter Leib vorhanden (1. Mose 2, 7), der durch Belebungskraft des Geistes eine lebendige Seele war. Der letzte Adam ist ein lebendig machender Geist geworden, das göttliche Leben, das vom Geist ausgeht, durchdrang Seinen Leib und Seine Seele, daß Er Vollmacht hat, ewiges Leben zu erzeugen und die Menschheit zu erneuern und umzubilden, wie es ihrer ursprünglichen Anlage entspricht. Adam, das erste Haupt der Menschheit stellt die psychische (seelische) Lebensstufe dar; in Christo, dem letzten Adam gelangt die pneumatische (geistige) Stufe des Lebens zur Darstellung.
In dem ersten Menschen wurden Geist, Leib und Seele vereinigt. Er war dazu bestimmt, durch den Geist in freier Selbstentscheidung zur Gottesebenbildlichkeit zu gelangen. Sein Geist aber verfiel der Knechtschaft des Fleisches, daß sein göttliches Leben erlosch. Der Mensch wurde nicht geistig, sondern seelisch und fleischlich, im Widerspruch zu seiner Bestimmung ging er des Lebens verlustig und verfiel dem Tode.

In Christo verwirklichte sich ein neuer Anfang. Er führte die Vollendung herbei. Durch Seine Lebenskraft darf die ganze Menschheit die Erneuerung erwarten. Der Geist des ersten Adams hatte Gottes Gegenwart zur tragenden Wurzel, aus der er sich nähren und stärken konnte. Der letzte Adam machte sich zur Quelle dieses Lebens und erwies sich als göttliche Macht. Der Apostel sagt darum, daß der letzte Adam zum lebendig machenden Geist wurde. Er erweist sich als solcher an der Menschheit, daß sie dem Ziele der Vollendung entgegen geführt wird.

Die Bestimmung des Menschen, der durch den Fall in unerreichbare Ferne gerückt ist, wird in Christo verwirklicht. Die alte Menschheit nach dem ersten Adam ist irdisch geartet; die neue Menschheit nach dem letzten Adam muß himmlisch geartet sein. Das Bild des Himmlischen, das wir tragen werden, ist die Auferstehung und die bevorstehende Vollendung. Der Grund dazu ist dadurch gelegt, daß Christus uns aus dem Stand der lebendigen Seele in den Stand des lebendig machenden Geistes versetzt. Ohne Anteil an dem lebendig machenden Geist des Menschgewordenen haben wir keinen Teil an dem geistlichen Leibe des Auferstandenen und Erhöhten.

Der Geist ist im Menschen der Lebensquell. Christus sagt in diesem Sinne: «Der Geist ist es, der lebendig macht» (Joh. 6, 63; vgl. 2. Kor. 3, 6). Alles Leben, auch das höhere Leben, das uns der Herr verheißt, hat im Geiste seinen Ursprung. Der durch den Sohn kommende Geist Gottes macht die Toten wieder lebendig. Wenn Christus schon vor der Ausgießung des Geistes von Seinen Worten sagen konnte, daß sie Geist und Leben sind, so ist Er nach der Auferstehung und Himmelfahrt zu einem lebendig machenden Geist geworden. Er hat Sich durch den ewigen Geist (s.d.) Gott makellos geopfert (Hebr. 9, 14), durch diesen Geist wurde Er lebendig gemacht (1. Petr. 3, 18). Der Mensch Jesus ging aus dem Grabe hervor und wurde uns zugut zu einem «lebendigmachenden Geist». Der Sohn kann lebendig machen, welche Er will (Joh. 5, 21).

249. **Die Liebe des Geistes,** griechisch «he agape tou pneumatos» ist die vom Heiligen Geiste gewirkte Liebe, die sich in brüderlicher Fürbitte äußert (Röm. 15, 30). Paulus meint wohl die durch den Geist hervorgebrachte Liebe, die sich zur Universalität des Reiches Gottes erweitert. Es ist eine Liebe, die für alle Angelegenheiten und Träger des Königreiches Gottes auf der ganzen Erde in den Gebeten mitkämpft.

Eine ähnliche Wendung ist **«die Liebe im Geist»** (Kol. 1, 9). Epaphras leistete in Kolossä einen Dienst der Liebe. Diese Liebe wurde von der Gemeinde erwidert. Es ist nicht die Liebe zu Gott oder Christus, auch nicht zu allen Heiligen gemeint, sondern die Liebe zum apostolischen Kreise. Es war eine Liebe im Geist, es ist eine vom Geiste getragene Liebe. Die Gemeinde hatte den Apostel in echter, geistgetragener Liebe ins Herz geschlossen. Sie war völlig frei von fleischlichen und selbstsüchtigen Motiven.

250. **Die Macht des Geistes,** griechisch «he dynamis pneumatis» (hagiou), kann auch mit «Die Kraft des Geistes» (s.d.) übersetzt werden (Röm. 15, 13. 19). Durch die Macht des Geistes entwickelt sich die Hoffnung innerhalb des Glaubens, zur Freude und zum Frieden, die Hoffnung selbst wird immer reicher. Der Friede kann nur in der Macht des Geistes zustande kommen. Was nicht durch den Geist bewirkt wird, ist Zwietracht oder Disharmonie. Die Macht des Geistes hat nichts mit modernen Kunstgriffen zu tun; sie steht auch nicht außerhalb des Glaubensbereiches; sie bildet den stärksten Kontrast zu jeder Gewaltsmethode. Fleischliche Waffengewalt bei Glaubensangelegenheiten anzuwenden offenbart ein völliges Versagen der Macht des Geistes (Röm. 15, 13).
Paulus war ein priesterlicher Diener für die Heidenvölker, priesterlich diente er dem Evangelium Gottes, um ein angenehmes Opfer darzubringen, das im Heiligen Geiste geheiligt wurde (Röm. 15, 16). Der Apostel war sich bewußt, als ein priesterlicher Diener ganz unter der Geistesleitung und Geistesmitteilung des Hohenpriesters Christi zu stehen. Was Paulus in Wort und Werk, in Macht von Zeichen und Wundern ausübte, von dem die Apostelgeschichte berichtet, führt er auf die Macht des Geistes zurück (Röm. 15, 19). Christus hat dem Apostel Seinen Geist gegeben, dieser Machtwirkung verdankt er seinen Erfolg in der Predigt (1. Kor. 2, 4. 5) und die Ausbreitung des Evangeliums.

251. **Die Neuheit des Geistes,** griechisch «kainotes pneumatos» ist das Gegenteil vom Alter des Buchstabens (Röm. 7, 6). Das Alter des Buchstabens ist das äußerlich wirkende Prinzip, die Neuheit des Geistes ist das innerlich wirkende Prinzip. Das innerlich Wirkende ist der durch Gottes Gnadentat erzeugte Gnadengeist. Der Heilige Geist steht im Widerspruch zum Buchstaben, weil der Geist unseren Willen, dem göttlichen Willen gemäß gestaltet, haben wir unsere Taten nicht nach dem äußerlichen Buchstaben des Gesetzes einzurichten. Das Veralten des Gesetzes nach seinem Buchstaben zeigt die ganze Geschichte Israels. Die Neuheit des Geistes wird in ihrer Erneuerungskraft immer frischer. Das lehrt die Geschichte der Gemeinde Christi. Die wahre Gemeinde, die in der Neuheit des Geistes lebt, offenbart jederzeit eine erfrischende Verjüngungskraft, daß sie nicht veraltet.

252. **Das Schwert des Geistes,** griechisch «he macharia tou pneumatos», gehört zur geistigen Waffenrüstung (Eph. 6, 17). Es ist die sechste Waffe, die der Gläubige in die Hand nehmen soll. Das Schwert ist ein Sinnbild des Geistes, von der durchdringenden Schärfe, die jedes Lügengewebe der satanischen Irrtümer durchschneidet.
Die nähere Bestimmung «welches ist das Wort Gottes» erläutert, wie der Geist zu verstehen ist. Der Apostel bezeichnet das Schwert als das Wort Gottes. Er will nicht sagen, daß Geist und Wort ein und dasselbe sind. Paulus nennt den Geist das Wort, weil es seinem Wesen nach wirklich Geist ist.

Jesus hat mit dem Geistesschwert des Wortes die satanischen Versuchungen überwunden, indem Er dem Versucher: «Es steht geschrieben» entgegenhielt. Es kommt demnach auf den geschickten Gebrauch dieser starken Verteidigungswaffe an. Glaubensstreitigkeiten sind immer mit dem Schwerte des Geistes auszufechten. Jede Zuflucht zu fleischlichen Waffen ist im Kampfe um Gottes Sache ständig das Schwache. Stark ist nur, was aus dem Geiste stammt und seine Prägung hat (vgl. Eph. 6, 11; 2. Chron. 32, 8; Jes. 31, 3; Ps. 78, 39). Die Waffen der paulinischen Kriegsführung waren so beschaffen (2. Kor. 10, 1-5).

253. **Der Trost des Heiligen Geistes,** griechisch «he paraklesis tou hagiou pneumatos» wird auch mit «Zuspruch des Heiligen Geistes» übersetzt (Apostelg. 9, 31). Von der Gemeinde des jüdischen Landes wird ein Dreifaches ausgesagt: Ihre Erbauung durch Wachsen in Erkenntnis; ihr ernster Wandel in der Furcht des Herrn; ihre Mehrung durch den Beistand oder Trost des Heiligen Geistes.
Es ist die einzige Stelle der Apostelgeschichte, daß dem Zuspruch des Heiligen Geistes die Mehrung der Gemeinde zugeschrieben wird (vgl. Apostelg. 6, 1; 12, 24; 7, 17). Das griechische «paraklesis» ist dem johanneischen Beinamen «parakletos» – «Tröster (s.d.) Anwalt (s.d.), Beistand» (s.d.) analog. Der Zuspruch, der alle Gemeindeglieder befähigt, neue Glieder anzuwerben, wird auf die wirkende Ursache des Heiligen Geistes zurückgeführt. Es ist zu beachten, daß es ausdrücklich heißt: «der Heilige Geist», wie an anderen Stellen der Apostelgeschichte (Apostelg. 1, 8; 2, 38; 13, 4). Das ist ein Hinweis auf den Einen, am Pfingstage verliehen Heiligen Geist, der sich in der Gemeinde der Gläubigen mächtig regt.

254. **Die Wiedererneuerung des Geistes,** griechisch «annakainosis pneumatos hagiou», steht mit dem Bad der Wiedergeburt in Verbindung (Tit. 3, 5). Mit dieser Erneuerung ist eine innere Umwandlung gemeint, welche durch die Mitteilung des göttlichen Geistes bewirkt wird. Das Erneuertwerden im Geiste des Sinnes (Eph. 4, 23), und die Umwandlung durch Erneuerung des Sinnes (Röm. 12, 2) liegt auf der gleichen Linie. Der Geist ist die von Christus mitgeteilte und bewegende Kraft, der die Erneuerung bewirkt. Es ist der erneuernde und umgestaltende Geist.
Die Erneuerung und Wiederherstellung geschieht durch den Heiligen Geist. Der Sinn, das Erkenntnisvermögen, wird erneuert und erleuchtet. Die beiden verbundenen Ausdrücke: «Bad der Wiedergeburt» und «Erneuerung Heiligen Geistes» sind zu unterscheiden. Die Wiedergeburt ist der Anfang, die Erneuerung der Fortgang und die Entwicklung des neuen Lebens. Das Erste ist mit der Geburt von obenher und aus Gott nach johanneischer Auffassung identisch; das Zweite entspricht der Heiligung, wie es Paulus ausdrückt.
Der von Christus mitgeteilte Geist belebt alle Glieder und Kräfte des Leibes zum Dienste Gottes. Der Mensch wird dadurch immer mehr von

allem Äußerlichen befreit, daß er in der Heiligung fortschreitet und ein würdiger Tempel des göttlichen Geistes wird (vgl. 1. Kor. 6, 19; 3, 16; 2. Kor. 6, 16).

255. **Der Gekreuzigte,** griechisch «to estauremenon» ist den Juden ein Anstoß, den Heiden eine Torheit, allen Berufenen, ob Juden oder Heiden aber eine Gotteskraft und Gottesweisheit (1. Kor. 1, 23). Die apostolische Predigt bietet der Welt keine Reihe von Taten der Allmacht, durch welche eine Weltumwandlung geschieht, auch keine Lehre, die über das All der Dinge Aufklärung erteilt. Der Inhalt der paulinischen Verkündigung ist «Christus der Gekreuzigte», eine Fülle von Schwachheit, von Leiden, von Schmach und Verachtung. Ein an das Fluchholz Gehenkter (s.d.), ein von Gott Verlassener und Verbannter, war ein Gegenstand des Abscheus und Entsetzens. Das war ganz darnach angetan, die jüdische Messiaserwartung aus der Fassung zu bringen. Es war für Juden ein Ärgernis, daß sie zu Fall brachte. Christus war der Heiden Licht und Trost. Der Gekreuzigte ist der stärkste Kontrast zwischen der ersehnten Offenbarung und der Wirklichkeit.
Christi wunderbare Machtwirkungen waren für die Juden durch die Endkatastrophe am Kreuz vernichtet. Die Predigt vom Kreuz läuft dem Sehnen der ganzen Menschheit schnurstracks entgegen. Der wahre Glaube allein schöpft aus dieser Verkündigung Gottes Kraft und Weisheit.
Wenn Paulus den Namen «Jesus Christus» (s.d.) nennt, meint er Sein Leben, Seinen Tod und Seine messianische Würde. Der Apostel hätte sicherlich Mittel gefunden, um den Herrn zum Gegenstand der Anerkennung und Bewunderung der Weisen zu machen. Paulus aber glaubte, die Seite in den Vordergrund stellen zu müssen, die am wenigsten Anziehungskraft für die menschliche Weisheit hat, die aber die Kraft der Erlösung in sich schließt. Er verkündigt darum Jesum Christum, und zwar den Gekreuzigten (1. Kor. 2, 2).
Wenn Paulus das Ärgernis des Kreuzes nicht gepredigt hätte, würde er allen Verfolgungen von seiten der Juden entledigt gewesen sein (Gal. 5, 11). Die Predigt vom Kreuzestode Christi als alleinige Heilsursache (Gal. 2, 19; 3, 13) steht gegensätzlich zum Beschneidungs- und Gesetzeswerk. Der Apostel machte aber die Verkündigung vom Gekreuzigten durch die Beschneidungspredigt nicht ungültig, trotz aller Leiden und Verfolgungen, die er deshalb erdulden mußte, weil in dem am Fluchholz Gehängten das ganze Heil beschlossen liegt.
Das Kreuz Christi ist für Paulus das einzige Panier seines Ruhmes (Gal. 6, 14). Das Kreuz, der Schandpfahl, an welchem Christus, der Herr aller Herren gehangen hat, ist sein Alles über Alles. Die Schmach, welche der Herr am Kreuz erlitten hatte, erblickte er in göttlichem Licht. Der Gekreuzigte offenbart des himmlischen Vaters weltumfassende Liebe. Der Name des Gekreuzigten, der nur Schmach und Schande bedeutet, bürgt für die höchste Seligkeit.

256. **Gemahl** siehe Mann!

257. **Das Gepräge Seines Wesens** siehe Charakter!

258. **Gerecht,** hebräisch «zadiq», griechisch «dikaios» ist ein biblischer Grundbegriff, der auf verschiedenen Offenbarungsstufen in unterschiedlicher Fülle erscheint. Die Grundbedeutung des urtextlichen «zadiq»» ist «gerade sein», was seine gerade Linie einhält, oder der vorgezeichneten Norm entspricht. Nach dem biblischen Zeugnis ist Gott und der Messias (Christus) gerecht. Gott ist gerecht, sofern Er die Linie einhält, die Er Sich vorgezeichnet hat. Damit wird die Tadellosigkeit Seines Tuns, Seiner unwandelbaren Zuverlässigkeit und Verheißungstreue ausgedrückt. Der Messias heißt gerecht, weil Sein ganzes Sein und Tun durch den göttlichen Willen ausgerichtet war.
a.) In den fünf Büchern Moseh findet der Ausdruck «gerecht» nur zweimal auf Gott seine Anwendung, im Munde Pharaos (2. Mose 9, 27) und als Summe der göttlichen Bezeugungen während der Wüstenwanderung (5. Mose 32, 4).
Gott ist gerecht. Die Fülle der göttlichen Kräfte wird von Gerechtigkeit durchwaltet, das geistig Hohe wird dadurch dem natürlich Niedrigen übergeordnet, alles dient auf diese Weise der Heiligkeit (s.d.) Gottes. In der Offenbarung der Welt sichert der gerechte Gott dem Guten und Heiligen Sein Recht und Seinen Bestand. Gottes Gerechtigkeit verhindert eine Liebe auf Kosten Seiner Heiligkeit. Im Gebiete der Natur offenbart Sich Gott als der Gerechte, indem Er Maß, Zahl und Ordnung der Dinge nach der Rangstufe Seines Willens und Seiner Gedanken gliedert. In der Menschenwelt ist Gott gerecht als der Geber der Rechtsgedanken. Er liebt das Recht, Gerechtigkeit kommt durch Ihn zur Existenz und Geltung. Die Gesetzgebung vom Wissen des Rechts hat Er den Menschen eingepflanzt. Daraus ergibt sich die richterliche Gerechtigkeit, das Werturteil über alles menschliche Tun. Die vergeltende Strafgerechtigkeit erteilt jedem sein Los nach seinem wirklichen Wert. Die Strafgerechtigkeit stellt immer die Ehre des göttlichen Rechtes her. Die Heiligkeit der göttlichen Weltordnung fordert das. Gottes Gerechtigkeit ist nicht nur fordernd, richtend, vergeltend und strafend, sondern auch mitteilend, ordnend, die neues Leben schafft und hervorbringt.
Die ganze Menschheitsgeschichte durchwaltet der gerechte Gott. Gottes königliche Gerechtigkeit gelangt nach ihren sämtlichen Ausstrahlungen in Zeit und Ewigkeit zur Entfaltung, wenn in diesem Leben auch manches Rätsel ungelöst bleibt. Erst der große Tag der Offenbarung des gerechten Gerichtes Gottes enthüllt die verborgenen Probleme (Röm. 2, 1). Der wunderbarste Schauplatz der Gerechtigkeit Gottes ist die Geschichte Seines Reiches, in der alttestamentlichen Vorstufe und in der Erfüllungs- und Vollendungsstufe des Neuen Bundes. Die ganze Ausführung des göttlichen Heilsplanes ist eine Heiligung durch Gerechtigkeit (Jes. 5, 16), Seine Taten sind Rechtstaten.
b.) Im Alten Testament sind alle Bundes- und Rechtsordnungen, die in der mosaischen Gesetzgebung aufgestellt sind, eine Offenbarung

Seiner Gerechtigkeit. Das Walten Jahwes in der Führung Israels, daß Er sich strafend und segnend, rettend und rächend zu erfahren gibt, vermittelt eine Kenntnis des gerechten Gottes. Seine Gerichte werden schnell offenbar, eine Zeit bleiben sie auch verborgen. Der Psalter legt ein tausendfaches Zeugnis von Gottes Gerechtigkeit ab, die Er in Worten und Taten offenbart.

Das alttestamentliche Schrifttum berichtet, daß Gott auch in der Bereitung des Heils für die Sünder nach Rechtsordnungen verfährt. Zion muß durch Recht erlöst werden (Jes. 1, 27). Die Opferanstalten, aber auch die Weissagungen vom Knechte Jahwes legen Zeugnis davon ab, daß das Erlösungswerk durch den Gerechten ausgeführt wird (Jes. 53).

Was das Alte Testament ahnen läßt, kommt im Neuen Bunde durch die Sendung Christi, Seine Hingabe in den Opfertod, zur herrlichsten Erfüllung (Röm. 3, 23). Der Apostel Paulus stellt ganz besonders im Römerbrief die gesamte Ausführung des Heilsratschlusses als eine Offenbarung der Gerechtigkeit Gottes dar. Derselbe Gott, der in der Darreichung des Heils in Christo Seine Gerechtigkeit enthüllt (2. Thes. 1, 6), läßt den Ungehorsamen Seinen Zorn und Seine Rache erfahren (Röm. 2, 1). Treue und Untreue sind in der gerechten Waage Gottes das Entscheidende (Luk. 12, 47; Matth. 25, 29). Der herrlichste Triumph der göttlichen Gerechtigkeit wird sein, wenn am Schluß der Weltentwicklung (Offb. 15, 3; 19, 2) Gottes gerechte Wege und Gerichte des Herrn offenbar geworden sind, und daß Er einen neuen Himmel und eine neue Erde schafft, in welcher Gerechtigkeit wohnt (2. Petr. 3, 3).

259. **Der Gerechte,** hebräisch «zadiq», griechisch «ho dikaios» ist in der Weissagung (Jes. 53, 11) und im Neuen Testament ein Eigenname Christi. Kein Mensch kann mit Fug und Recht «der Gerechte» genannt werden (Röm. 3, 10). Nur Christus, der allein vollständig dem göttlichen Recht entspricht, hat ein Anrecht auf diesen Namen.

a.) Jesajah, der Evangelist des Alten Bundes weissagt: «Durch seine Erkenntnis wird mein Knecht, der Gerechte, die Vielen gerecht machen» (Jes. 53, 11). Der Prophet schaut den erfolgreichen Fortgang des göttlichen Heilswerkes der Gerechtmachung. Der eine Gerechte ist der Mittler der Gerechtigkeit für viele, was auch Paulus andeutet (Röm. 5, 12). Der Gerechte macht der Gerechtigkeit teilhaftig, wenn man Seine Person und Sein Werk erkennt, und mit Ihm in Lebensgemeinschaft gelangt. Es ist die Glaubensgemeinschaft gemeint, die zur Gerechtigkeit führt. Der Gerechte schafft die Gerechtsprechung auf Grund Seiner für uns erworbenen Gerechtigkeit. Diese Rechtfertigung wurzelt in Sündenvergebung, einer verdienst- und werklosen Gnade. Das gerechtmachende Wirken des Gerechten besteht in der Tilgung der Sünde, der Grundlage aller Gerechtigkeit. Christus der Gerechte ist der Bewirker der Glaubensgerechtigkeit.

b.) Die Bezeichnung Christi als «der Gerechte» ist keine paulinische Färbung, sondern der Name ist urapostolisch. Paulus benennt in seinen Briefen Christus nicht mit diesem Namen, er bezeichnet vielmehr den Vater als gerecht (Röm. 3, 26; 2. Tim. 4, 18). Petrus stellt Christus den Gerechten in krassestem Gegensatz zu dem Mörder Barabbas (Apostelg. 3, 14). Jesus war heilig und gerecht, an Barabbas war nichts Heiliges und Gerechtes. Im Zusammenhang der Geschichte Jesu und von Barabbas nennt das Weib des Landpflegers Pilatus Jesus «diesen Gerechten» und auch der Landpfleger selbst (Matth. 27, 19. 24). Der römische Hauptmann, der den Herrn am Kreuze sterben sah, bezeugt Ihn als gerecht (Luk. 23, 47). Er heißt der Gerechte wegen Seiner Gerechtigkeit und Seines Mittleramtes.

Stephanus sagt in seiner Verteidigungsrede, daß die Propheten die Zukunft dieses Gerechten vorausgesagt haben (Apostelg. 7, 52). Mit größtem Nachdruck wird Er «der Gerechte» genannt. Dieser Name hat in der alttestamentlichen Weissagung seine Begründung (Jes. 53, 11; Jer. 23, 5. 6; vgl. 2. Sam. 23, 3; Sach. 9, 9; Dan. 9, 24). «Der Gerechte» ist ein messianischer Eigenname.

Paulus berichtet in einer Erzählung seiner Bekehrung die an ihn gerichteten Worte des Ananias: «Der Gott unserer Väter hat dich verordnet, daß du seinen Willen erkennen solltest, und sehen den Gerechten und hören die Stimme aus seinem Munde» (Apostelg. 22, 14). Der Apostel gibt Jesus mit den Worten des Ananias den Namen «der Gerechte». Darin ist vereinigt der Alte und der Neue Bund, das Gesetz und das Evangelium. Gerechtigkeit ist das Ziel des Gesetzes. Die Gerechtigkeit aus dem Gesetz suchte Saulus als Pharisäer und fand sie nicht. Israel suchte die Gerechtigkeit aus den Werken und erreichte sie nicht. Gesetzliche Gerechtigkeit war das Ideal des Pharisäertums. Christus ist der Gerechte. In Ihm ist die Gerechtigkeit persönlich dargestellt und vollendet. Er ist der Gerechte und macht alle gerecht, die an Seinen Namen glauben.

c.) Petrus bezeugt: «Denn auch Christus ist für Sünder gestorben, der Gerechte für Ungerechte, damit ihr Zugang zu Gott habt» (1. Petr. 3, 18). Im Leiden für die Ungerechten war Christus, der Gerechte, von Gott verlassen, um die von Gott getrennten Sünder, um Seines gerechten Namens willen, wieder in Gottes Gemeinschaft zu führen. Die Gläubigen in dieser Welt leiden von den Ungerechten, der Gerechte litt für die Ungerechten. Das zweimalige «für» betont die Stellvertretung des Leidens Christi. Das Leiden des Gerechten kommt den Ungerechten zugute, weil der Gerechte an Stelle der Ungerechten gelitten hat. Petrus nennt Christum den Gerechten, um alle Menschen ausnahmslos als Ungerechte zu bezeichnen. Er zeigt den einzigen Gerechten, in dessen Blut unsere Gerechtigkeit begründet ist, die dem Glauben an Ihn zugerechnet wird. Wer an diesen einen Gerechten glaubt, ist gerecht, wer nicht an Ihn glaubt, bleibt ungerecht. Glaube und Unglaube scheiden die Menschen in Gerechte und Ungerechte.

d.) Johannes nennt Christum unseren Fürsprecher bei dem Vater «den Gerechten» (1. Joh. 2, 1). Seine kräftige Fürsprache für uns beim Vater, womit Er die Anklage unseres Verklägers (Offb. 12, 10) niederschlägt, liegt darin begründet, daß Er der Gerechte ist (vgl. Röm. 8, 33.

34). Auf Ihm, dem Gerechten, ruht das Wohlgefallen des himmlischen Vaters. Die Gerechtigkeit unseres großen Hohenpriesters genügt der göttlichen Gerechtigkeit, sie kommt uns durch Seinen Gehorsam zugut. Seine Gerechtigkeit bedeckt unsere Ungerechtigkeit (1. Petr. 3, 18; Hebr. 7, 25). Gott hat Ihn für uns zur Gerechtigkeit gemacht (1. Kor. 1, 30). Es ist eine trostvolle Gewißheit, daß die Gerechtigkeit unseres stellvertretenden Fürsprechers uns rechtfertigt oder gerecht spricht. (Vgl. der Heilige!)

260. **Gerechtigkeit Gottes,** hebräisch «zedaqah Jahwe», griechisch «dikaiosyne tou Theou», nicht wie Luther übersetzt: «Die Gerechtigkeit, die vor Gott gilt.» Christus, der Seine Erhöhung an das Kreuz mit der Erhöhung der ehernen Schlange vergleicht, verweist damit auf die richterliche Gerechtigkeit Gottes als die Ursache Seiner Kreuzigung hin. Was Jesus andeutet, spricht Paulus mit klaren Worten aus: «Zur Erweisung seiner Gerechtigkeit hat Gott Christum hingestellt als Sühnung durch den Glauben in seinem Blut, wegen der Vorbeilassung der zuvorgeschehenen Sünden, zur Erweisung seiner Gerechtigkeit in der Jetztzeit, auf daß er gerecht sei und gerechtsprechend den, der aus Glauben Jesu (s.d.) ist» (Röm. 3, 24-26). Gottes Gerechtigkeit ist hier zweifellos die richterliche Gerechtigkeit. Ihre Erweisung ist durch die Vorbeilassung der zuvorgeschehenen Sünden erfolgt. Weil Gott gerecht ist und gerechtspricht, ist die Erweisung Seiner Gerechtigkeit möglich.
Die Bibel meint nicht immer die richterliche Gerechtigkeit, wenn sie von Gottes Gerechtigkeit spricht. Das Lied Mosehs preist Jahwe als «den Felsen, vollkommen ist sein Werk, denn alle seine Wege sind recht, ein Gott der Treue, ohne Falsch, gerecht und gerade ist er» (5. Mose 32, 4). Gottes Gerechtigkeit bedeutet hier, daß Sein Herz und Tun allem Guten zugewandt und ohne Tadel ist und das Vertrauen niemals täuscht. In der Führung Israels hat sich das leuchtend bewährt. Michah sagt dazu: «Ich habe dich heraufgeführt aus Ägypten, aus dem Hause der Knechtschaft dich erlöst; gedenke doch, was geratschlagt hat Balak und was Bileam ihm hat antworten müssen, auf daß du erkennest die Gerechtigkeit Jahwes» (Mich. 6, 4). Der heilige Überrest Israels, der sich als sündig erkannte, darf mitten in der Gottlosigkeit der Masse von Gottes Gerechtigkeit Rettung erwarten: «Jahwes Zorn will ich tragen, denn ich habe gesündigt an ihm, bis er meinen Streit führt und mir Recht schafft, ans Licht mich bringt, ich schaue seine Gerechtigkeit» (Mich. 7, 9). Wie gegensätzlich steht Gottes Gerechtigkeit während Zephanjahs Zeit zu dem Frevel in Jerusalem: «Jahwe aber ist gerecht in ihrer Mitte, er übt kein Unrecht, jeden Morgen bringt er sein Recht ans Licht» (Zeph. 3, 1-5). Den Verstockten Israels in Babel wird sogar zugerufen: «Ich bringe nahe meine Gerechtigkeit ... und mein Heil soll nicht säumen» (Jes. 46, 13). Die Wolken sollen Gerechtigkeit rieseln, die Erde Gerechtigkeit sprossen lassen (Jes. 45, 8). Daniel ruft in tiefer Zerknirschung wegen der allgemeinen Schuld Gottes Gerechtigkeit um Rettung an: «. . . nach

allen deinen Gerechtigkeiten möge sich wenden dein Zorn von deiner Stadt . . . nicht auf unsere Gerechtigkeit legen wir unser Flehen vor dir nieder, sondern auf deine vielen Erbarmungen» (Dan. 9, 16. 18). Man kann denken, es sei Gottes Gerechtigkeit, daß Er trotz Israels Untreue Seinen Bund hält. Die Propheten erinnern allerdings an Gottes Bund und Namen, wenn sie zu Seiner Gerechtigkeit um Hilfe flehen (Dan. 9, 2. 19). Die Enden der Erde sollen auch Seiner Gerechtigkeit froh werden: «Ich schwöre bei mir, es gehet aus von meinem Munde Gerechtigkeit, ein Wort das nicht rückwärts geht: Mir soll sich beugen jedes Knie, zuschwören jede Zunge: In Jahwe habe ich Gerechtigkeit und Stärke» (Jes. 45, 22s).
Nach dem Wort des Apostels Paulus stellt Israels Ungerechtigkeit oder seine Untreue gegen Gott Seine Gerechtigkeit oder Seine Treue gegen Israel ins Licht (Röm. 3, 3-5). Johannes betont, wenn wir unsere Sünden bekennen, ist Gott treu und gerecht, der die Sünden vergibt und reinigt uns von der Ungerechtigkeit (1. Joh. 1, 9). Für die Versöhnungslehre ist daraus zu lernen, daß Gott unsere Sünden trotz Seiner Gerechtigkeit vergibt. Gottes Gerechtigkeit gibt an Stelle des Todes das Leben, sie stiftet statt der Ungerechtigkeit die Gerechtigkeit. Gott der Gerechte bleibt treu; wenn auch die Berufenen untreu sind, führt Er die Ungerechten zur Gerechtigkeit. Damit ist der Begriff der göttlichen Gerechtigkeit noch nicht erschöpft.
Die Propheten des Alten Bundes kennen den Gesichtspunkt der Züchtigung in den Gerichten über Israel durch Gottes Gerechtigkeit auch sehr gut: «Ich will ausschmelzen deine Schlacken, wegschaffen dein Blei. Dann wirst du heißen: Stadt der Gerechtigkeit. Zion wird durch Gericht erlöset und seine Bekehrten durch Gerechtigkeit» (Jes. 1, 25-27). «Werden die Frevler begnadigt, so lernen sie nicht Gerechtigkeit, aber wenn deine Gerichte über die Erde gehen, lernen Gerechtigkeit die Bewohner der Welt» (Jes. 26, 9): «Wenn Israel das Tun seiner Hände schaut, heiligt es den Heiligen Jakobs» (Jes. 29, 23).
Die Propheten stellen die Gerichte auch als Akte der Vergeltung dar. «Erhaben steht Jahwe da durch das Gericht und der Heilige Gott heiligt sich durch Gerechtigkeit» (Jes. 5, 16). «Ist auch dein Volk, o Israel wie Sand am Meer, nur der Rest davon kehrt wieder, Vertilgung ist beschlossen, welche einherflutet Gerechtigkeit» (Jes. 10, 23). Nach der Zerstörung Jerusalems durch Nebukadnezar muß Zion bekennen: «Gerecht ist Jahwe, denn seinem Worte war ich ungehorsam» (Klag. 1, 17). Daniel bekennt: «Es ergoß sich über uns der Fluch und der Schwur, welcher geschrieben steht im Gesetz Mosehs . . . Denn gerecht ist Jahwe» (Dan. 9, 11. 14). Keiner kann bezweifeln, daß sich die Gerechtigkeit des göttlichen Waltens auch im gerichtlichen Vergelten des Frevels offenbart. Gottes Gerechtigkeit kann im Alten Testament im Sinne der Strafgerechtigkeit angewandt werden.
Im Neuen Testament ist es nicht anders. Petrus schreibt von Jesus: «Er stellte es dem anheim, der in Gerechtigkeit richtet» (1. Petr. 2, 23). Paulus empfiehlt, die Vergeltung dem Herrn zu überlassen und dem Zorn Gottes Raum zu geben (Röm. 12, 19). Die Juden, wenn sie Gottes

Langmut verachten, unbußfertig bleiben, häufen sich Zorn am Tage des Zorns und der Offenbarung des gerechten Gerichtes Gottes auf, welcher einem jeden nach seinen Werken vergelten wird (Röm. 2, 4-6).
Die Anschauungen der Propheten, von Christus und den Aposteln über Gottes Gerechtigkeit stimmen harmonisch überein. Der richterliche Ernst der göttlichen Gerechtigkeit wird mit den Worten des Paulus ausgesprochen: «Gott hat die Zeiten der Unwissenheit übersehen, läßt aber überall Buße predigen, weil er festgestellt hat einen Tag, den Erdkreis zu richten in Gerechtigkeit» (Apostelg. 17, 30).
Gott will, weil Er der Gerechte ist, die Sünder aus dem Tode zum Leben, aus der Ungerechtigkeit zur Gerechtigkeit führen. Er zeigt Sich als der Gerechte im entsprechenden Gericht dem Frevler gegenüber. In der Gerechtsprechung der Sünder und Ungerechten erweist sich Gottes Gerechtigkeit.

261. **Gerechtes Gewächs** wird in der Verheißung Christus genannt (Jer. 23, 5; 33, 15). In Erinnerung an die göttliche Zusage durch den Propheten Nathan an König David (2. Sam. 7, 12) will Jahwe in den kommenden Tagen ein gerechtes Gewächs erwecken. Der Ausdruck «Zemach» (s.d.) klingt an Jesaja 11, 1; wenn Rute (s.d.) und Zweig (s.d.) dort auch andere Worte sind. Bei Sacharjah ist der Name ein feststehender messianischer Hoheitstitel (Sach. 6, 12; 3, 8). Die Bezeichnung deutet allgemein auf einen neuen Schössling aus einem alten Stamm. Absichtlich folgt dieser Spruch auf Jeremia 22, 30; wonach dem Chonjah Kinderlosigkeit in Aussicht gestellt wird, daß der königliche Stamm Davids auszusterben drohte. Das Gewächs oder der Sproß (s.d.) soll gerecht sein, daß er allen Anforderungen Gottes entspricht. Die LXX übersetzt «Zemach» mit «Aufgang» (s.d.) so wird der Messias «der Aufgang aus der Höhe» (s.d.) genannt (vgl. Luk. 1, 78). Es ist das Bild eines aufschießenden Sprößlings, das sich mit einem aufsteigenden Stern vermischt (vgl. 4. Mose 24, 17). Der Sproß herrscht als gerechter König. Er übt nach Seinem Titel Recht und Gerechtigkeit auf Erden; Er übt Gericht und verhilft dem durch Unrecht Unterdrückten zum Recht. Ein solcher König ist nicht aufgestanden außer dem, von dem der Dichter singt: «Jesus Christus herrscht als König!» Der verheißene König heißt: «Jahwe Zidkenu» (s.d.) – «Jahwe unsere Gerechtigkeit».
Jahwes gutes Wort wird in kommenden Tagen dadurch erfüllt, daß Er dem David einen Gerechtigkeitssprößling aufsprossen läßt (Jer. 33, 15). Der hebräische Text hat hier ein Wortspiel. In Ihm, dem Messias, wird das gute Wort Jahwes, das Evangelium erfüllt. Im Unterschied zu Jeremiah 23, 5 steht hier statt «Israel» der Name «Jerusalem», das den Namen hat: «Jahwe unsere Gerechtigkeit.» Ein Ehrenname für eine ganze Stadt. Es schien, als wäre es mit dem Königtum aus dem Stamme Davids dahin, nachdem der letzte Sproß elend ins Exil wandern mußte. Jahwe hielt jedoch Seine Verheißung aufrecht, daß David nicht abgeschnitten wurde und seinem Thron kein Mann fehlte. Es ist nicht damit gesagt, daß alle Zwischenglieder bis zum Messias auf

dem davidischen Stuhl sitzen werden. Dein Stuhl soll ewig bestehen (vgl. 2. Sam. 7, 13. 16; 1. Kön. 2, 4; 8, 25; 9, 5), wird oft mit den gleichen Worten wiederholt und der Engel bezieht sich darauf in der Weissagung auf die Geburt Jesu (Luk. 1, 32. 33). Er ist der Letzte der Königsreihe Davids und im wahrsten Sinne das «Gerechte Gewächs».

262. **Gesang** siehe Psalm!

263. **Das Geschlecht Davids** in Offenbarung 22, 16 eine Selbstbezeichnung Jesu Christi, in Verbindung mit Wurzel Davids (s.d.) und der helle Morgenstern (s.d.). Von Interesse in diesem Zusammenhang ist der Doppelname: «Die Wurzel und das Geschlecht Davids.» Die «Wurzel Davids» nennt schon einer der Ältesten den erhöhten Herrn in Beziehung auf Jesaja 11, 10 in Offenbarung 5, 5 (vgl. Röm. 15, 12). Die Wurzel oder der Wurzelschößling, der Zemach (s.d.) (Jes. 4, 2; Sach. 6, 12), heißt Jesus nach Seiner göttlichen Herkunft, von Ihm stammt David. Er ist vom Himmel als solcher auf die verderbte Erde verpflanzt worden, daß aus Ihm ein neues gerechtes Geschlecht, eine Gottesgemeinde, ein priesterlich-königliches Volk erwächst. Er ist der Mann, der solches ausführt. Das Geschlecht Davids bezeichnet Ihn als davidischen Königssohn, aus dem geschichtlichen und geschlechtlichen Verband mit der Familie des Knechtes Gottes David. Der Name bezeichnet die menschliche Seite des Erlösers. In Ihm soll das Heilsvolk Israel Seinen Mittlerberuf, Sein Königtum erkennen, alle Heiden und Könige der Erde sollen in Ihm, dem Menschgewordenen, dem Gottessohn, die Allmacht des wahren Gottes erkennen. Christus, der Nachkomme Davids, ist der Erfüller der Gnaden, die Seinem menschlichen Vorfahren David verheißen wurden (Jes. 55, 3). In dieser Verheißung war es nicht abgezielt, auf die Herrschaftsreihenfolge sterblicher Könige, sondern auf das ewige Königreich des Herrn und Seines Gesalbten. Christus, der königliche Heilsvermittler hat Sein Volk auf dem Wege des Rechtes sich erkauft (Jes. 1, 27), mit Seinem Blute gesühnt, das Reich der Finsternis überwunden und Sich Seine Brautgemeinde bereitet (Jes. 9, 7; Jer. 23, 5; Luk. 2, 32. 33).
Der Doppelname: «Wurzel und Geschlecht Davids» bestätigen die Zwiefältigkeit der Natur Christi, als Gott und Mensch zugleich. Er ist als Gott die Wurzel oder der Grundstamm Davids, der dem David Wesen und Stellung verlieh, aus welchem David hervorkam, der sogar Davids Herr ist. Er ist als Mensch der Sprößling Davids, David Sohn, ein aus dem Hause und Geschlecht Davids Geborener (vgl. Matth. 22, 43). Er ist der Kern der alten Theokratie: beides, die Quelle und die Blüte. Er ist Jahwe, der sie entführte und schließlich als Erzeugnis offenbarte. Er ist der Fleischgewordene der alttestamentlichen Gottesverehrung, der Eine große Verheißene aus Abrahams Samen, aus dem Hause Davids.

264. **Gesetzgeber,** griechisch «nomothetes» steht nur einmal in der ganzen Bibel (Jak. 4, 12). In Psalm 9, 20-21 übersetzt die LXX ziemlich

frei: «Stehe auf, o Herr, daß nicht ein Mensch Gewalttat ausübt, setze o Herr, einen Gesetzgeber über sie, daß die Heiden erkennen, daß sie Menschen sind!» Ein Gesetzgeber ordnet Gesetze für andere an. Jakobus schreibt: «Einer ist der Gesetzgeber und Richter, der vermag zu retten und zu verderben» (Jak. 4, 12). Unter dem Gesetzgeber ist Gott, nicht Christus gemeint.

Jakobus spricht vom alttestamentlichen Gesetz in verschiedenen Schattierungen. Er nennt «das Gesetz» (Jak. 2, 9. 11; 4, 11), «das ganze Gesetz» (Jak. 2, 10), «das königliche Gesetz» (Jak. 2, 8), «das Gesetz der Freiheit» (Jak. 2, 12), «das vollkommene Gesetz der Freiheit» (Jak. 1, 25). Die Nächstenliebe gilt ihm als das «königliche Gesetz nach der Schrift» (Jak. 2, 8; vgl. 3. Mose 19, 15; 5. Mose 16, 19). Unter den vielen Geboten des Gesetzes im Alten Testament räumt er dem Gebot der Liebe den Vorrang ein. Im Jakobusbrief wird das ganze Gesetz betont. Kein Gebot läßt sich vom Gesamtorganismus des Gesetzes loslösen. Wer am unscheinbarsten Punkt des Gesetzes zu Fall kommt, ist damit aller Gesetzesgebote schuldig geworden, wenn er auch eins der übrigen Gebote wirklich halten würde (Jak. 2, 10).

Jakobus hat seinen obersten Grundsatz, der alle seine Ausführungen über das Gesetz beherrscht, dem Worte Jesu der Bergpredigt entnommen: «Meint nicht, daß ich gekommen bin, das Gesetz aufzulösen und die Propheten; nicht bin ich gekommen aufzulösen, sondern zu erfüllen» (Matth. 5, 17; Luk. 16, 17). Seine Ansicht von der unverbrüchlichen Gültigkeit des Gesetzes bis ins Kleinste hat an Jesu Worten eine übereinstimmende Parallele. In keiner Schrift des Neuen Testamentes finden sich so zahlreiche Anspielungen und Beziehungen auf Worte Jesu als in diesem Brief. Der Inhalt seiner Gedanken deckt sich mit Aussprüchen des Herrn. Anklänge und Aussprüche Christi bei Matthäus finden sich bei ihm, eine besonders nahe Verwandtschaft mit der Bergpredigt tritt zutage. Beim engsten Anschluß an Jesu Worte, zeigt der Briefinhalt sehr viele Beziehungen und Anspielungen auf alttestamentliche Worte und Gedanken. Das Christusbild des Jakobus hat das Gepräge der königlichen Herrlichkeit Jesu Christi (Jak. 2, 1). Christus gilt ihm nicht als der neue Gesetzgeber, wohl aber als der große Gesetzeslehrer, der den Inhalt des Gesetzes wieder zur vollen Geltung brachte. In seiner Gesetzesauffassung bewegt sich Jakobus ganz in den Bahnen des Herrn. Diese Hinweise waren erforderlich, um zu begründen, daß hier nicht Christus, sondern Gott der «Gesetzgeber» ist.

Jakobus betont, wie das von Gott gegebene Gesetz im Sinne der Aussprüche Jesu zu erfüllen ist. Wenn er gegen die Verleumdung des Nächsten warnt, begründet er das als ein falsches Handeln gegen das Gesetz. Sehr streng wird ausgesagt, daß er das Gesetz verleumdet und richtet. Die allgemeine Bezeichnung «Gesetz» bedeutet hier die gesamte Kundgebung des Willens Gottes, daß von einem Gegensatz zwischen alt- und neutestamentlichem Gesetz keine Rede sein kann. Beide Offenbarungen sind das «Eine Gottesgesetz» des «Einen heiligen Gottes». Lieblosigkeit gegen den Nächsten ist eine

Schmähung des Gesetzes, ein Richten gegen das Gesetz. Es wird die einzige Stellung vergessen, die dem Gesetz gegenüber einzunehmen ist. Wer so handelt, spielt sich als Richter des Gesetzes auf. Das aber ist ein Amt, das keinem Menschen zukommt (vgl. Matth. 7, 1). Richter zu sein steht Gott allein zu. Im krassen Gegensatz zur menschlichen Anmaßung betont Jakobus: «Es ist **ein** Gesetzgeber (vgl. Jes. 33, 22) und Richter.» Beide Tätigkeiten Gottes erinnern an die einzigartige, drohende Größe Gottes. Gott ist aber der einzige Gesetzgeber, der im Gegensatz zu den kleinen Menschen mit Recht und Gerechtigkeit Gesetze gibt. Er hat auch allein das Recht und die Vollmacht, zu erretten und zu verderben, das endgültige Entscheidungsurteil über alle Menschen liegt in Seiner Hand. Alles im Hochmut gegen Gott angemaßte Richten ist ausgeschlossen, wenn die endgültige Verurteilung des Nächsten dem Einen Gesetzgeber überlassen bleibt, der allein das Recht hat, Seinen Richterspruch zu fällen. Vergleiche «Meister»!

265. **Gestalt Gottes,** griechisch «morphe Theou» bezeichnet in Philipper 2, 6 nicht die Gottheit und die göttliche Natur selbst, sondern das was aus derselben hervorstrahlt. Es bedeutet auch nicht, was Gott gleich sein heißt. Es ist eine Gestalt Gottes, die aus der Herrlichkeit des unsichtbaren Gottes hervorstrahlt (Joh. 1, 14). Die göttliche Natur hat eine unendliche Schönheit, die von keinem Geschöpf abhängig ist. Diese Schönheit war Gottes Gestalt. Gott offenbart Sich durch Seine Gestalt, Seine herrliche Majestät wird so enthüllt. Es ist im Zusammenhang des Philipperbriefes ein Beweis für die Gottheit Christi. Es ist von der Gleichheit Gottes (s.d.) noch zu unterscheiden. Die Gestalt Gottes und die Gleichheit Gottes deuten nicht auf die göttliche Natur. Gott ist dennoch Derjenige, der in göttlicher Gestalt und der hätte Gott gleich sein können. Es heißt genau: «Gott gleich sein», weil Gott ein Ausdruck ist, der für sich selbst besteht. Es heißt darum nicht «Gestalt des Herrn». Mit «Herr» wird ein Verhältnis zu den Untergebenen ausgedrückt. Der Sohn Gottes war in der Gestalt Gottes von Ewigkeit her. Während Er im Fleisch war, hörte Er nicht auf, in Gestalt Gottes zu sein. In Seiner menschlichen Natur fing Er vielmehr erst an, Sich darin zu befinden. Da Er in der Gestalt des Knechtes war, wäre es Ihm möglich gewesen, Gott gleich zu sein, daß Er sich einer Aufführung bediente, die Seiner würdig war. Er wäre von allen Geschöpfen als ihr Herr aufgenommen und behandelt worden. Sein Betragen war dagegen von ganz anderer Beschaffenheit.

Unser Herr und Heiland war in den Tagen Seines Fleisches nicht in Gestalt Gottes. Jesajah sah voraus, daß keine Gestalt noch Schönheit an Ihm war (Jes. 53, 2). Seine Gestalt war häßlicher als die der anderen Menschen (vgl. Jes. 52, 14). Die Herrlichkeit als des «Alleingeborenen vom Vater» war nur für das Auge des Glaubens sichtbar. Einige beziehen die «Gottesgestalt» auf die Verklärung, die Ihm auf dem heili-

gen Berge zuteil wurde. Es wird dabei vergessen, daß es ausdrücklich heißt: «Und er wurde umgestaltet» (Matth. 17, 3).
Die Herrlichkeit, welche der Herr bei dem Vater hatte, ehe der Grund der Welt gelegt war, war eben die Gottesgestalt, in welcher Er Sich befand (Joh. 17, 5). Die Zeit, ehe das Wort Fleisch wurde, wird in den Sprüchen enthüllt, wo das Wort redend als die persönliche Weisheit an der Schöpfung mitwirkt (Spr. 8, 22–31). Christus stand vor Seinem Kommen in Fleisch, in Gestalt Gottes.

266. **Gestalt des Knechtes,** griechisch «morphe doulou» – «Gestalt des Sklaven», nahm Christus an, obwohl Er in «morphe Theou» – «Gestalt Gottes» war (Phil. 2, 6–7). Der Ausdruck des Grundtextes gibt zu erkennen, womit man zu tun hat. Es ist sinnverwandt mit den Worten «eidos» – «Aussehen, Gestalt, Leibes- oder Gesichtsbildung»; «idea» – «Aussehen, die äußere Erscheinung, Gestalt, Beschaffenheit» (vgl. Matth. 28, 3); und «schema» – «Gestalt, Außenseite, Form, Gebärde» (vgl. 1. Kor. 7, 31; Phil. 2, 8). Diese Begriffe können gemeinsam angewandt werden, aber es ist doch die Grenze des Unterschiedes zu beachten. In Markus 16, 12 wird berichtet: «Er wurde offenbar in einer anderen Gestalt», es kann nicht bedeuten «in einer anderen Gebärde», oder «in leiblicher Erscheinung» (Luk. 3, 22), auch nicht: «Es wurde das Aussehen des Angesichtes anders» (Luk. 9, 29). Es kann leicht verwechselt werden mit den Berichten: «Jesus wurde umgestaltet vor ihnen» (Mark. 9, 2), und: «Und er wurde umgestaltet vor ihnen und es leuchtete sein Angesicht wie die Sonne» (Matth. 17, 2).
Die drei Ausdrücke: «Gestalt, Gleichheit, Gebärde» sind nicht gleichbedeutend, können auch keineswegs gegenseitig vertauscht werden, dennoch sind es unter sich verwandte Begriffe. Die Gestalt ist etwas für sich Bestehendes, Gleichheit ist etwas mit anderem gemeinsam, Gebärde bezieht sich auf den Anblick oder auf eine Erscheinung.
Die Annahme der Gestalt eines Knechtes besteht in der Selbstentleerung. Er hätte die Sklavengestalt nicht annehmen können, wenn Er nicht gleich wie die anderen Menschen geworden wäre. Die Gleichheit des Menschen (s.d.) erinnert an Jesu wahre Menschheit. Es ist nicht die Rede von einem ausgezeichneten Menschen mit besonderen Vorzügen. Jesus führte Sich so auf, daß in Wahrheit sich nichts Außergewöhnliches an Ihm zeigte. Keinem anderen gegenüber hatte Er etwas voraus. Die Gestalt Gottes (s.d.) und die Knechtsgestalt sind Gegensätze. Es ist im Zusammenhang von Philipper 2, 6-8 auch ein Unterschied zwischen sichselbstausleeren und sichselbsterniedrigen.
Sichselbstausleeren bezieht sich auf die Knechtsgestalt, sichselbsterniedrigen hat Bezug auf Seinen Gehorsam. Das Erste deutet auf ein Beraubtsein, es ist das Gegenteil vom Gottgleichseinwollen. Er entleerte Sich und Er nahm Knechtsgestalt an bildet einen Stufengang. Die Selbsterniedrigung ist noch ein größerer Tiefgang. Sein Gehorsam ging bis zur Hinrichtung eines Sklaven am Kreuz. Im Tode liegt die tiefste Erniedrigung (vgl. Phil. 3, 21; Apostelg. 8, 33; Ps. 10, 3). Tiefer

konnte Sich der Sohn Gottes nicht herablassen. Die Annahme der Knechtsgestalt und die Selbstentleerung war schon eine Erniedrigung, die Knechtsstrafe am Kreuz, die einem Verbrecher widerfährt, war das Allerniedrigste und Verachtetste.

267. **Gleichheit des Fleisches der Sünde,** griechisch «homoimoma sarkos hamartias» in Römer 8, 3: «Denn das Unmögliche des Gesetzes, in welchem es schwach war durch das Fleisch, da sandte Gott seinen eigenen Sohn in der Gleichheit des Fleisches der Sünde.» Gotteslästerlich ist hier die willkürliche Übertragung in NT. 68: «Er hatte dieselbe sündige Natur wie alle Menschen.» Die sorgfältige Erklärung dieser heilswichtigen Wendung leitet allein auf die richtige Spur und zu der wirklichen Meinung des Apostels. Wenn es auch kein direkter Eigenname ist, dürfte die rechte Erkenntnis doch notwendig sein für die Charakterisierung der Person Jesu Christi.
Die beiden Genitive «des Fleisches» und «der Sünde» sind keine Apposition (hauptwörtliche Beifügung), sondern ein Nebeneinander. Es wird damit einerseits die völlige Gleichförmigkeit ausgesprochen, die gleiche Gestalt, in welcher Christus erschien, aber ganz wahrnehmbar, andrerseits kommt damit nur die Beziehung zum Ausdruck, aber nicht die Identität. Beides bleibt voneinander gelöst und steht nur in Parallele zueinander. Es ist nur die Gleichgestalt. Bedeutend ist, daß Paulus schreibt «in Gleichheit» aber nicht «im Fleisch der Sünde». So stark der Apostel das volle Eingehen Jesu in das Fleischesleben betont, so bleibt für ihn doch der Unterschied und das Gelöstsein vom allgemeinen Fleischesleben oder Wesen. Der Zusatz «des Fleisches der Sünde» macht das deutlich. Jesus hatte vollen Anteil am Fleischesleben, ohne aber in die Allgemeinheit des Sündenwesens verstrickt zu werden. Paulus fügt der Bestimmung «Sünde» ausdrücklich hinzu, daß Christus durch Sein Eingehen in das Fleischesleben die Möglichkeit hatte, «die Sünde im Fleische zu verurteilen». Das Fleisch war nicht ursprünglich, sondern wurde durch die Entwicklung ein Sitz und Organ der Sünde. Jesus konnte in Seinem Fleischesdasein das Verdammungsurteil über die Sünde vollziehen, weil Er nicht in Seinem Fleischeswesen der Sünde verfallen war.
Gottes Verhältnis zu Christus wird mit Nachdruck durch «Seinen eigenen Sohn» ausgedrückt, oder wie Römer 8, 32 «des eigenen Sohnes». Gott sandte «Seinen eigenen Sohn», um zu vollbringen, was dem Gesetz unmöglich war. Christus wurde als Sohn Gottes in die Welt gesandt, in menschliches Leben versetzt. Christi Sendung und Sein Eintritt in das Leben der Menschheit setzt Seine Präexistenz voraus. Jesu Gottessohnschaft ist nach paulinischer Auffassung auch ein wirklicher Mensch (Röm. 5, 15; 1. Tim. 2, 5), ein Israelit (Röm. 9, 5), ein Sprößling des davidischen Hauses (Röm. 1, 3; 15, 12; 2. Tim. 2, 8). Wenn Jesus scheinbar einen Menschen, einen Israeliten, einen Davididen zum Vater haben müßte, würde diese Vorstellung durch «Seinen eigenen Sohn» völlig ausgeschlossen. Beide Gedanken, daß Christus von Gott her in die Welt gesandt und, daß Gott ohne Mitwirkung

eines Mannes der Urheber Seines menschlichen Lebens wurde (Gal. 4, 4), begründet Paulus. Die Erinnerung an beides dient dazu, den Kontrast der Gottessohnschaft Christi und der Erscheinungsform «in der Gleichheit des Fleisches der Sünde» zu betonen, in welcher Er in die Welt gesandt wurde. Der Ausdruck «Gleichheit» kann nicht bedeuten das Abbild oder Ebenbild des sündhaften Fleisches, des Sohnes, den Gott in die Welt sandte. Daraus ergäbe sich der unerträgliche Gedanke, das sündhafte Fleisch wäre eine Gestalt, die dem Wesen Gottes oder des Sohnes Gottes entspräche. Der Sinn kann nur sein, daß Gott Seinen eigenen Sohn in einer Gestalt sandte, die dem menschlichen Fleisch gleicht. Paulus wollte hier keineswegs die Erscheinung Christi ein sündhaftes Fleisch nennen, er hätte dann geschrieben: «Im Fleisch der Sünde». Ein solcher Gedanke wäre mit dem Namen «zweiter Adam» (Röm. 5, 14) für Christum, oder mit der Aussage «zur Sünde gemacht» (2. Kön. 5, 21) völlig unvereinbar. Christi menschliche Natur war auch nicht mit Sünde behaftet. «Gleichheit des Fleisches der Sünde» kann nur eine Eigenschaft der leiblichen Natur der übrigen Menschen bezeichnen (vgl. Röm. 6, 12; 7, 5. 14. 18. 24). Es ist ein Wunder der Gnade, daß Gott Seinen eigenen Sohn in die Welt sandte, der einer Menschennatur gleich war. Die Gleichheit des Fleisches hat den gleichen Sinn wie «die Gleichheit der Menschen» (s.d.) (Phil. 2, 7). Die erbliche Belastung der Menschennatur durch Sünde ist nicht auf Christum übergegangen. Christus hat in jeder anderen Beziehung die allgemeine menschliche Natur an Sich gehabt, es setzt aber voraus, daß Gott Ihn «in Gleichheit des Fleisches der Sünde», nicht aber «im Fleisch der Sünde» gesandt hat.

Es liegt noch ein anderer Gedanke zugrunde, nämlich, daß die Sendung von Gottes eigenem Sohne durch die Sünde veranlaßt wurde. Was dadurch in Bezug auf die Sünde bewirkt werden sollte, wird durch die Hauptaussage ausgedrückt: «die Sünde im Fleisch zu verurteilen», was Gott in und mit der Sendung Seines eigenen Sohnes getan hat. Sehr einleuchtend ist der Gedanke, daß Gott aus Anlaß der Sünde Seinen eigenen Sohn mit einer Natur und einer Gestalt erscheinen ließ, die den mit Sünde behafteten Adamskindern gleichartig ist (2. Kor. 5, 21). Durch den Urteilsspruch wurde der im Fleisch wohnenden und herrschenden Sünde das Recht ihrer Herrscherstellung zunichte gemacht. Eine solche Leistung war dem Gesetz unmöglich. Der Sohn Gottes, der über die Sünde erhaben und jeder Versuchung überlegen war, erschien im Fleisch, konnte es bewirken, daß die Sünde in der menschlichen Natur nicht mehr wohnen und herrschen konnte (Röm. 6, 12; 5, 21). Der grundlegende Anfang der Verwirklichung des Willens Gottes war damit ausgeführt worden. Das mit der Geburt Jesu begonnene Erdenleben des Gottessohnes im Fleisch, begründet die Möglichkeit eines Lebens im Fleisch, das dem Gehorsam gegen Gott entspricht (Röm. 5, 18; Phil. 2, 7s). Gott sandte Seinen Sohn um der Sünde der Menschen willen, damit die Sünde und dem Tode verfallene

Menschennatur eine Wohnung und ein Werkzeug des gerechten und gottwohlgefälligen Lebens werden kann.

268. **Gleichheit Gottes** siehe Gottgleichsein!

269. **Gleichheit der Menschen** (Phil. 2, 7) bezieht sich auf die Menschwerdung Christi im Gegensatz zu dem Doketismus, der Christum einen Scheinleib beilegt. Von Christi Menschheit wird nichts abgeschwächt. Jesus war Gottes Ebenbild im höchsten Sinne und Er wurde ganz das Ebenbild der Menschen.
Christus ist in die Gleichheit der Menschen hineingekommen. Gott sandte Ihn in «Gleichheit des Fleisches der Sünde» (Röm. 8, 3). So befand Er sich in Gleichheit von Menschen. Er wurde nach Davids Samen, nach Fleisch, ein wahrer und echter Mensch (Röm. 1, 3. 4; 5, 15; 1. Kor. 15, 21; 1. Tim. 2, 14). Jesus war dennoch nicht wie wir von unten her, sondern von oben her (Joh. 8, 21). Er war als der von oben Kommende erhaben über alle. Die Gleichheit war demnach bedingt. Wie wir, war Er Fleisches und Blutes teilhaftig geworden (Hebr. 2, 14). Christus hatte Gemeinschaft oder gemeinschaftlichen Anteil an Fleisch und Blut. In nicht durchaus gleicher Weise, sondern nach dem griechischen «paraplesios» auf ganz nahekommende Weise, daß mit der Gleichheit auf eine Verschiedenheit hingewiesen wird. Christus, der in Gleichheit von Menschen hineinkam, wurde in Seiner Haltung wie ein Mensch erfunden. Er war nicht in Ungerechtigkeit empfangen und in Sünden geboren wie die Menschen. Jesus wurde als Kind wie andere Menschen geboren, und wie sie Fleisches und Blutes teilhaftig, Er war aber nicht aus eines Mannes Willen gezeugt, sondern aus einer Jungfrau (Jes. 7, 14) was in ihr gezeugt wurde, war aus Heiligem Geiste (Matth. 1, 20).

270. **Meine Gnade** ist in Psalm 144, 2 eine Abkürzung aus Psalm 59, 11. 18: «Mein Gott, meine Gnade!» Es ist mit Jonah 2, 9 zu vergleichen: «Die bewahrten nichtige Götzen, verließen ihre Gnade.» Es heißt hier: «Jahwe ist meine Gnade», d. h. Er begnadigt mich, läßt mir Seine Gnade widerfahren. Wer wir auch sind, in welcher Lage wir uns auch befinden, wir benötigen Seine Gnade, wie sie in Gott allein zu finden ist. Es ist lauter Gnade, wenn irgend einer der hier genannten Gottesnamen offenbar wird: «Mein Hort» (s.d.), «meine Burg» (s.d.), «mein Schatz» (s.d.), «mein Erretter» (s.d.), «mein Schild» (s.d.). Der Name «meine Gnade» ist sehr umfassend. Wer sich des Besitzes der Gnade Gottes erfreuen darf, hat alles, wie der Herr zu Paulus sagt: «Meine Gnade ist dir genug!» (2. Kor. 12, 9). In mancherlei Weise ist der Herr den Seinen in unermeßlicher Gnade begegnet!
In Psalm 59, 11. 18 wird der Text geändert: «Mein Gott, seine Gnade kommt mir entgegen.» Die Lesart: «Mein Gott, meine Gnade kommt mir entgegen», die vermutlich aus Psalm 59, 18 eingedrungen sei, wird als unverständlich angesehen. Der Text wird nach der LXX geändert: «Mein Gott, seine Barmherzigkeit wird mir zuvorkommen.»

Augustinus leitet aus Psalm 59, 11 die «zuvorkommende Gnade» ab. Diese Gnade kommt mit Segnungen zuvor, sie bewirkt innere Erkenntnis, erleuchtet den Verstand, bewegt den Willen und stärkt das Herz. Sie bildet den Anfang des Heilswerkes. Die Schlußworte: «Mein Gott, meine Gnade!» (Ps. 59, 18) zeigen den heilsnotwendigen Besitz der Gnade, die Wurzel des geistlichen Lebens, das Fundament des Gebäudes der Heiligkeit, den Ursprung des Heils und der Errettung.

271. **Gnadenstuhl** ist das wichtigste und heiligste Gerät im Allerheiligen der Stiftshütte. Es war der goldene Deckel der Bundeslade, über dem sich die zwei Cherubime erhoben (2. Mose 25, 17; 26, 34; Hebr. 9, 5). Der hebräische Name «kapporeth» heißt wörtlich «Deckgerät»; der Übersetzung der LXX: «Hilasterion» entsprechend war es ein «Sühnedeckel». Die Grundbedeutung «decken», drückt ein «zudecken» im Sinne von «sühnen» aus (vgl. 3. Mose 17, 19). Es war ein Sühnegerät, weil der Hohepriester einmal im Jahr das Sühnungsblut des Opfers an die Kapporeth brachte (3. Mose 16, 14); um die Vergebung der Sünden zu erlangen. Paulus bezeichnet in Römer 3, 25 Christus als «Sühnedeckel», der mit der Besprengung Seines Blutes die Sühne öffentlich und wirklich leistete, die im Alten Bunde vorgebildet wurde.
Die Stelle im Römerbrief ist zu übersetzen: «Welchen Gott öffentlich ausgestellt hat als Sühnopfer durch den Glauben, in seinem Blut, zum Erweisen seiner Gerechtigkeit, wegen des Vergehens der früher geschehenen Versündigungen in der Nachsicht Gottes.» Die öffentliche Zurschaustellung geschah am Kreuz auf Golgatha. Paulus mißt der Kreuzigung eine große Bedeutung bei. Gott hat Jesus als Hilasterion ausgestellt. Das bedeutet die Versöhnung (Hebr. 9, 5). Das erinnert an den Deckel über der Bundeslade, richtiger an den «Sühnedeckel». Die Versöhnung kam im Alten Bunde durch das Blut des Sühnopfers zustande.
In der Kreuzigung des Herrn sah die Welt nur die Vollstreckung eines Todesurteils der Hohenpriester und Ratsherren. Was blinde Wut der Masse verübte, hat Gott so erfüllt (vgl. Apostelg. 3, 18; 4, 28). Gott stellte Jesum Christum öffentlich am Kreuze als Versöhnungsopfer aus durch den Glauben. Es ist gefragt worden: «Sind die Worte: ‚In seinem Blute' mit ‚des Glaubens' oder mit ‚Sühnopfer' zu verbinden?» Ein Erklärer schlägt vor zu lesen: «Welchen Gott öffentlich ausgestellt hat in Seinem Blut durch den Glauben», um beide Bestimmungen wirkungsvoller werden zu lassen. Die Bezeichnung des Todes Christi durch Blut (Röm. 5, 9; Eph. 1, 7) betont den schmerzvollen Verbrechertod, um Gottes Gerechtigkeit (s.d.) zu offenbaren. Der Sinn «durch den Glauben» dürfte sein, daß das Sühnopfer durch Glauben wirksam wird. Die Worte «in Seinem Blute» deuten an, daß die Sühnung im gewaltsamen Tode, durch Blutvergießen geschah. **Sein** Blut hat eben die sühnende Kraft, nicht das Tierblut der alttestamentlichen Opfer. Christi Sühnopfer in Seinem Blut ist die Grundlage des Glaubens, um Gottes Gerechtigkeit zu erweisen. Der Erweis der Gerechtig-

keit Gottes geschieht in der Gerechtigkeitserklärung oder Gerechtsprechung aus Glauben Jesu (s.d.), nicht aus Glauben **an** Jesum (Röm. 3, 26). Das ist ein Gegensatz von «aus dem Gesetz sein». Der Glaube Jesu ist das Lebensprinzip, in welchem Er sich durchkämpfte und dadurch für uns der Gnadenstuhl wurde. – Der nach dem Luthertext in Hebräer 4, 16 erwähnte Gnadenstuhl ist nicht mit Römer 3, 25 identisch, denn es heißt nach dem Grundtext an dieser Stelle: «Thron der Gnade» (s.d.).

272. **GOTT** hat Israel durch Seine Taten und Seine Offenbarung zu dem gemacht, was es geworden ist. Es war darin Seines Gottes gewiß, dadurch auch Seiner eigenen Existenz. Ihm strahlte daraus Seine Herrlichkeit (s.d.) entgegen, weit mehr aus der Schöpfung und von allem Sichtbaren her. Im Alten Testament wird die Herrlichkeit des wahren Gottes durch Seine Offenbarung im auserwählten Volke durch die Prophetie und durch Seine Wunder begründet (Jes. 41, 22s.; 43, 9. 11; 44, 7). Das ist eine höhere Offenbarungsstufe als die Weltschöpfung.
1.) Die Herrlichkeit Gottes und Seiner Gesetzesoffenbarung kann auch nur die Natur ins Licht rücken. Um Gottes Allmacht zu erkennen, wird das verzagte Volk zur Glaubensstärkung auf die Weltschöpfung hingewiesen. Hier ist Gottes fortgehendes, unermüdliches Schaffen wahrzunehmen (Jes. 40, 27. 28). Wie Himmel und Erde Gottes Ehre verkündigen, wird mit der Herrlichkeit verglichen, die Gott im Gesetz offenbart (Ps. 19). Der göttliche Ruhm ertönt in jeder Stimme, als ordnende Macht geht sie durch die Lande und strahlt herrlich in der Sonne.
Es gibt Atheisten, die das Dasein Gottes leugnen und Sein lebendiges und gerechtes Regieren in Abrede stellen (Ps. 10, 4. 11). Es ist aber eine Torheit, Gottes Dasein im Unglauben zu leugnen.
An den lebendigen Gott (s.d.) nicht zu glauben ist Dummheit, denn Er offenbart Sich in der Schöpfung und im Völkergericht. Der Psalmist ruft aus: «Kommt zur Einsicht, ihr Unvernünftigen im Volk, und ihr Toren, wann werdet ihr klug werden? Der das Ohr gepflanzt hat, sollte der nicht hören? Oder der das Auge gebildet hat, sollte der nicht erblicken? Der Nationen züchtigt, sollte der nicht ahnden, er, der die Menschen Erkenntnis lehrt?» (Ps. 94, 8-10). Die Pflanzung des Auges und des Ohres und die Bestrafung der Völker wird allenfalls noch anerkannt, aber nicht die Lebendigkeit des göttlichen Waltens. Das entspricht ganz unserer heutigen «Gott-Ist-Tot-Theologie».
Im Neuen Bund wird Gottes Dasein in der Person Jesu Christi erfahren, vor allem durch die von Ihm ausgehenden Wirkungen. In der Zeit, als den Heidenvölkern gepredigt wurde, war es nötig, den wahren Gott aus dem Gebiet zu beweisen, das jene heidnischen Völker kannten. Paulus predigte in Lystra den Gott, der Himmel und Erde schuf und Sich ihnen durch Wohltaten nicht unbezeugt ließ (Apostelg. 14, 15. 17). Zu den Athenern redete der Apostel noch umfassender. Der wahre Gott gibt Leben und Odem, Er ist der Herr der Weltge-

schichte, die Abstammung des Menschengeschlechtes von einem Paar und die Ausbreitung auf dem Erdboden ist von Ihm angeordnet. Das veranlaßt die Menschen, Ihn zu suchen (Apostelg. 17, 15-29). Aus der Natur, aus der Geschichte und dem menschlichen Wesen wird Gottes Dasein bewiesen. Das Nichtsichtbare Gottes wird durch die Erschaffung der Welt offenbart (Röm. 1, 20). Gott macht Sich wie ein Meister durch Seine Werke kenntlich (Hebr. 3, 4). Im Inneren des Menschen wird die Erkenntnis Gottes offenbart (Röm. 1, 19). Zu einem gewissen Wahrnehmen Gottes in der Natur kommt es bei jedem.

Was dieser Gott ist, ergibt sich aus Seinen Werken. Er ist der Schöpfer Himmels und der Erde (1. Mose 24, 3). Er ist demnach überweltlich. Gott bedarf keines Anderen (Apostelg. 17, 25). Er hat aus Sich Selbst Sein Dasein. Wenn Gott der Schöpfer von Geistern ist, muß Er Selbst geistig sein (Apostelg. 17, 29; 4. Mose 27, 16). Gott schuf bewußte Geschöpfe, denn Er ist Selbst bewußt (Ps. 94, 9). Er erweist Gutes (Apostelg. 14, 17), weil Er ein guter Gott ist. Gottes Weisheit wird im weiteren Verlauf der Gottesoffenbarung ausgestrahlt. Gottes Herrlichkeit offenbart sich in der Schöpfung (Ps. 19, 1). Die Heilige Schrift hat hiervon in Jesajah, Hiob und in den Psalmen majestätische Schilderungen. Gottes Herrlichkeit wird gepriesen im Größten, in den Erscheinungen des Himmels, in gewaltigen Naturereignissen, in Katastrophen der Erde, auch im Kleinsten, dem Menschen, dem Säugling, den Vögeln des Himmels, den Lilien des Feldes. Eine ganze Fülle der Gottesgedanken bietet erst die **Offenbarung,** im Unterschied zu den unbestimmten Umrissen.

a.) Von dem Bisherigen aus kann der Wert der Gottesnamen für die Offenbarung des unsichtbaren Gottes ermessen werden. Die Sprache ist eine wichtige Urkunde für die Heilsgeschichte. Die Namen Gottes sind eine treffliche Quelle, aus welcher die Gotteserkenntnis sich erschließen läßt. Was dem Menschen über Gott bekannt wurde, ist kurz gesagt von den Namen Gottes abgeleitet. Die Gotteserkenntnis entspricht den Gottestaten, sie charakterisieren jede Epoche der Heilsgeschichte, der sie angehören. Sie bezeichnen nicht Gott nach Seiner Vollkommenheit und nach Seiner Innerlichkeit, vielmehr wie Er durch die Heilstaten an der Welt erscheint. Jede Wahrheit spiegelt in den Gottesnamen ihr Licht und Recht wieder. Jede Verheißung und Drohung, die im Alten Bundesvolk laut wird, hat in den Namen Gottes ihre Bürgschaft, ihren Sinn, ihre lebendige Kraft. Jedes Gebet aus dem Herzen der Gottesfürchtigen, jedes Vertrauen auf Gottes Hilfe, jeder Trost der Vergebung, jede Hoffnung auf Erlösung und ein zukünftiges Heil, alles das hat seine Sicherheit, seinen Sinn, die ganze Wahrheit und Wirklichkeit in den Gottesnamen.

Die Gottesnamen haben auf den verschiedenen Stufen der Gottesoffenbarung eine sehr unterschiedliche Entwicklung im Blick auf ihren Inhalt und Sinn, den sie zu erkennen geben. Es sind Gottesbezeichnungen, die aus der Gotteserkenntnis bestimmter Zeiten stammen. Für den wahren Gott sind dadurch zahlreiche Namen im biblischen Sprachgebrauch üblich.

b.) Der erste Gottesname ist «El» (s.d.) (Gott), der schon in den Namen «Mehujael» und «Methusael» (1. Mose 4, 18) vorkommt. Er bedeutet «der Mächtige». Er ist unter den Gottesnamen die älteste Benennung. Er hat darum die meisten Zusätze, die Ihn als den wahren Gott charakterisieren. Bemerkenswert ist die Zusammenstellung «El-Elijon» (s.d.), «der höchste Gott» (1. Mose 14, 18). Höher steht der Name «Elohim» (s.d.) (vgl. Jos. 22, 22). Er ist dem Alten Testament eigentümlich und kommt in keiner anderen semitischen Sprache vor. Der Singular davon ist «Eloah» (s.d.) als Bezeichnung des wahren Gottes nur in poetischen Stellen. Er bedeutet ein Gegenstand des Schauderns. Der Plural «Elohim» (s.d.) bezeichnet eine unbestimmte Weite der Ausdehnung, um eine Fülle von Macht und Kraft anzudeuten. Der Name ist daher der allgemeine Ausdruck für Gott, er kann auch für die Heidengötter gebraucht werden. Wegen seiner Weite und Fülle ist dieser Name im Alten Testament die stehende Bezeichnung Gottes. Mit dieser Benennung Gottes werden allgemein kosmische Erweisungen ausgesprochen, während der Gott, der Sich Israel offenbart, den Eigennamen «Jahwe» (s.d.) trägt. «Elohim» nennt das Verehrungswürdige nach der mehrfachen Inhaltsfülle, das vom Leben Gottes durchdrungen wird.

Es ist sicherlich nicht zufällig, daß die ältesten Namen Gottes die Kraft, das Furchterregende, die unbegrenzte Fülle betonen. Die Erkenntnis von Gottes ewiger Kraft in den Schöpfungswerken wird durch den Namen Elohim (s.d.) offenbart (Röm. 1, 20).

c.) Israels Bundesgott, der Gott Abrahams, Isaaks und Jakobs offenbart Sich. Gott sprach zu Abraham: «Ich bin der allmächtige Gott, wandle vor mir und sei vollkommen» (1. Mose 17, 1). Gott bezeugt Selbst, Er sei dem Abraham, Isaak und Jakob als der allmächtige Gott (s.d.), «El-Schaddai» (s.d.) erschienen (2. Mose 6, 3). Dieser Gottesname ist für die patriarchalische Zeit eigentümlich. Er bezeichnet Gottes wunderbare Allmacht, welche die Natur durchbricht und sie den göttlichen Reichszwecken dienstbar macht. Die Verheißung einer großen Nachkommenschaft, auch der göttliche Schutz hängen mit der Enthüllung dieses Namens zusammen. Der Heilige Gottes durfte weder von Pharao, noch von Abimelech angetastet werden. Segen und Schutz wird zusammengefaßt (1. Mose 15, 1). Isaak hielt die Erinnerung an die Taten und Verheißungen des Allmächtigen fest, er segnete in diesem Namen seinen Sohn Jakob (1. Mose 28, 3). Jakob erfuhr Ihn als den gleichen Gott seiner Väter (1. Mose 28, 13-15); er erlebte Ihn in Mesopotamien (1. Mose 31, 42. 53) und bei seiner Rückkehr nach Kanaan (1. Mose 35, 11). Am Ende seines Lebens segnete er im Namen des Allmächtigen seine Söhne (1. Mose 49, 25). Im ganzen Alten Bunde erhält sich dieser Gottesname (vgl. Ps. 91, 1; 68, 15; Joel 1, 15; Jes. 13, 6; Hes. 10, 5), ganz besonders steht er oft im Buche Hiob.

Der Name «Allmächtiger Gott» offenbart die ganze Schöpferkraft, die mit dem Bundesverhältnis in Beziehung steht. Abraham wird auf die Fülle des Sternenhimmels hingewiesen (1. Mose 15, 5). Der Erzvater erfaßt das in ganzer Reinheit und Tiefe, als eine Kraft, die das

Nichtseiende als Seiendes ruft. Er glaubte Gott dem Lebendigmachenden, der ihm seinen Sohn von den Toten wiedergeben konnte. Das war der Höhepunkt der göttlichen Wundermacht (Röm. 4, 17; Hebr. 11, 12. 19). Das Maß der göttlichen Allmacht offenbart auch die Entstehung und den Bestand der Welt, das Universum in seiner Ausdehnung ohne Maß und Zahl und in seiner wohlbemessenen Ordnung (Ps. 104, 5. 24; Hiob 38-41; Jes. 40, 28-31); am wogenden Völkermeer, dessen Gewalt Er bändigt und bricht (Ps. 33, 10; 46, 7). Gottes Allmacht wird erkannt an den Wundern der Heilsgeschichte (5. Mose 3, 24; 11, 7), an den Schlußwundern der Auferstehung, des Weltgerichtes und der Weltumwandlung (Ps. 102, 26-28; Joh. 5, 20; Tit. 2, 13). Das volle Maß der göttlichen Allmacht ist, daß Er alles nach Seinem Wort und Willen bewirkt (Ps. 33, 9; 115, 3).

Die Allmacht des Bundesgottes weist hier in Gottes Innenleben, in Seinen Willen, der Sein Leben trägt und zusammenfaßt. Gott hält den gewaltigen Reichtum Seiner Schöpfung in Seiner Hand, denn Er besitzt die vollkommene Selbstmacht und Unveränderlichkeit. Das ist alles in dem Namen «Jahwe» (s.d.) enthalten.

d.) Der Gottesname «El-Schaddai» gehört der patriarchalischen Offenbarung an, Jahwe ist zur mosaischen Gottesoffenbarung einzugliedern. Nach 2. Mose 6, 3 wird der «Allmächtige Gott» der Zeit der Väter zugewiesen, Gott habe ihnen Seinen Namen Jahwe noch nicht offenbart. Das bedeutet nicht, die Väter hätten den Namen Jahwe noch nicht gekannt. Schon zu Enos Zeiten wurde dieser Name angerufen (1. Mose 4, 26). Evah nannte ihn schon (1. Mose 4, 2). Die Kritik beanstandet den so frühen Gebrauch des Jahwe-Namens, aber mit Unrecht. Jahwe steht in frühen Zeiten mit Eigennamen in Verbindung, was die sichersten Geschichtszeugnisse sind. Abiah, der Engel Benjamins (1. Chron. 7, 8), Bitjah, die Tochter Pharaos (1. Chron. 4, 18), vor allem Jochebed, die Mutter Mosehs (2. Mose 6, 20) sind Beweise. Der Name Jahwe stammt aus der göttlichen Uroffenbarung, da auch schon in der Schöpfung Gottes ewige Kraft wahrgenommen wird. Die Stelle 2. Mose 6, 3 ist so zu verstehen, daß die Väter den Namen Jahwe in seiner Bedeutung noch nicht erfahren haben. Eine spätere Generation erlebte es, daß Gott als Jahwe der Unveränderliche ist.

Bei der Berufung Mosehs gab Sich Jahwe als der «Ich bin, der Ich bin» zu erkennen (2. Mose 3, 13), was Sein Name ewiglich sei (2. Mose 3, 14. 15). Jahwe bedeutet «der Seiende». Es ist kein Sein im übernatürlichen Sinn eines starren, unbeweglichen Seins, vielmehr ein Sein, das in die Zukunft hinein verläuft und vom göttlichen Ich getragen wird, d. h. «Ich werde sein», es pulsiert Leben und Bewegung in demselben. Es ist eine geschichtliche und ethische Betätigung des göttlichen Seins, dem eine göttliche Wesenseigenschaft zugrunde liegt. Die an dieser Stelle gebotene Erklärung (2. Mose 3, 13): «Ich bin, der Ich bin» (s.d.) ist maßgebend. Es kann betont werden: «Ich **bin**» oder: «Ich bin, **der Ich bin.**»

e.) Im ersten Falle ist der Sinn, «Ich habe das Sein durch mich selbst und bin das, was ich von mir aus sein will». Es ist so der Ausdruck einer göttlichen Person, mit persönlichem Selbstbewußtsein und eigener Selbstbestimmung. Sein Wissen und Wollen kommt aus der Quelle des göttlichen Seins. Der Name Jahwe (s.d.) ist eine überirdische Majestät, der Gott der Götter (s.d.). Der Satz: «Ich bin Jahwe» (2. Mose 6, 7; 7, 5. 17) ist im Munde des Bundesgottes sehr vielsagend. Das liegt in der kurzen Form: «Ich bin, der Ich bin!» (s.d.).

Der zweite Fall hat den Sinn: «Ich bin mir stets gleich, Ich bin unveränderlich.» Es hat seinen Ursprung im Ersten. Gott bestimmt Sich rein aus Sich heraus, in Seinem Verhalten kann von nirgendher eine Änderung in Seinem Verhalten bewirkt werden. Diese Bedeutung tritt in dem Namen Jahwe: «Ich bin, der Ich bin» in den Vordergrund, daß er im Sinne der Ewigkeit gebraucht wird (vgl. 1. Mose 21, 33; Jes. 40, 28; 41, 4; vgl. Offb. 1, 8), es ist dann eine Grundlage des Vertrauens (5. Mose 7, 9; Hos. 12, 6. 7; Mal. 3, 6).

e.) Der Begriff **«Ewigkeit»** erscheint in der Bibel zunächst abstrakt als die Erhabenheit über die Zeit. Der Ewige (s.d.) behauptet alle Zeiten hindurch Sein Sein, Er geht in sie ein; Er reicht in alle Ewigkeiten zurück (Ps. 90, 2) und ist immer der Zukunft zugewandt. Der Bundesgott Jahwe verbürgt Israel eine Zukunft, daß Er sagt: «Ich werde sein!» Treffend wird im Neuen Bund dieser Gedanke in dem christologischen Hoheitstitel: «Gott, der König der Ewigkeiten» (s.d.) ausgedrückt (1. Tim. 1, 17).

f.) Es ist die Verbindung «Jahwe Elohim» (Jahwe Gott) zu beachten. Jahwe (s.d.) ist der Gott der Heilsgeschichte, der Sich Seinem Volke offenbart, mit ihm redet und Sich ihm menschlich zu erkennen gibt. Es werden daher die Verbindungen gebraucht: «Wort (s.d.) des Herrn; Name (s.d.) des Herrn; Engel des Herrn (s.d.), Auge des Herrn (s.d.), Hand des Herrn (s.d.), Arm des Herrn (s.d.), Mund des Herrn» (s.d.) und andere Anthropomorphismen. Elohim (s.d.) bedeutet Gott in Seinen allgemeinen schöpferischen Beziehungen. Es ist der Gottesgedanke, der dem natürlichen Bewußtsein entspringt. Bezeichnend ist die Anwendung beider Namen in 4. Mose 27, 16 und 16, 22. Der Bundesgott, von welchem die Geistesgaben ausgehen, heißt an erster Stelle «Jahwe» (s.d.), «der Schöpfer»: Gott, aus dessen Fülle der natürliche Lebensgeist kommt, heißt an beiden Stellen «Elohim». Ebenso ist es im 19. Psalm, Jahwe offenbart Sich im Gesetz, Elohim in der Schöpfung und in der Natur.

g.) Charakteristisch ist die Offenbarung des Gottesnamens «Jahwe» bei der Bundesschließung. Es wird dadurch offenbart, daß Gott Selbst alles frei aus Sich heraus bestimmt und im Bunde so Seine Gnade enthüllt. Die Unveränderlichkeit, die im Namen Jahwes liegt, begründet, daß Sich der Gott Abrahams, Isaaks und Jakobs auch ihrer Nachkommen annimmt, was für den Bestand des Bundes die alleinige Garantie sein kann.

Der Eintritt Jahwes in den Bund mit Israel ist in seiner Heiligkeit und Gnade begründet, was beides mit dem Jahwe-Namen eng zusammenhängt. Heiligkeit und Gnade sind die Quellen der ganzen Heilsge-

schichte Israels. Eine unrichtige Auffassung davon versperrt jedes richtige Verständnis der Heilstatsachen in Israel.
2.) Jahwe, der Gott Israels heißt auch der «Heilige» (s.d.). Das ist nicht nur eine Eigenschaft, sondern ein Name Gottes, ein besonderer Name des Gottes Israels (s.d.). Die Grundbedeutung des hebräischen «qadosch» kann «nur ein sich Verneigen in Furcht» oder «schneiden, abschneiden» ausdrücken. Danach wäre Gott der stets Neue, der zu Fürchtende, und der von allem Auszuschneidende, der Unverletzliche.
a.) Die göttliche Heiligkeit ist nach außenhin die furchtbare, unantastbare Majestät. Der Begriff «furchtbar» ist schon in den ältesten Geschichtsspuren mit dem Gottesnamen Jahwe verbunden. Es heißt in 2. Mose 15, 11: «Wer ist dir gleich unter den Göttern, Jahwe? Wer ist dir gleich, herrlich im Heiligtum, furchtbar, löblich, wundertätig?» Die Furcht erscheint als nächster Eindruck von der Heiligkeit Gottes. Heiligt Jahwe Zebaoth (s.d.) deutet an: «Er sei euer Schrecken und eure Furcht» (vgl. Jes. 8, 13; 29, 23; 1. Petr. 3, 15). Die Abweichung von Gott ist das Gleiche wie den Heiligen in Israel (s.d.) zu verachten. Gott ist unnahbar, daß Ihn niemand sehen kann, ohne zu sterben (2. Mose 33, 20; 1. Tim. 6, 16). Wer die Bundeslade anrührte oder auch nur anschaute, starb (2. Sam. 6, 7; 1. Sam. 6, 19). Wer dem Heiligtum nahte, durfte nicht mit Neugier schauen (4. Mose 4, 20). Moseh mußte die Schuhe ausziehen an dem Ort, wo Gott Sich offenbarte. Im Dunkel der Wolkensäule, im verschlossenen Allerheiligsten, auf dem unnahbar gemachten Sinai war Seine Wohnung. Das griechische «hagios» (heilig) schließt damit übereinstimmend die ehrfurchtsvolle Scheu in sich.
Die Majestät bildet einen wesentlichen Grundzug der Heiligkeit Gottes. Man beachte: «Wer ist wie du?» (2. Mose 15, 11). Gott ist niemand zu vergleichen (Jes. 40, 25). Er ist der Majestätische im einzigen Sinne des Wortes (1. Sam. 2, 2), der Einzige, dem allein der göttliche Name und die göttliche Würde zukommt (Ps. 18, 32; 2. Sam. 7, 22). Vor Ihm, dem Heiligen in Israel (s.d.) (Jes. 12, 6) wird alle Hoffart erniedrigt (Jes. 5, 15). Er ist der Erhabene (s.d.), der in der Höhe und im Heiligtum wohnt (Jes. 57, 15). Jahwe thront auf einem hohen und erhabenen Stuhl, Seraphime beten Ihn an mit bedecktem Angesicht und bedeckten Füßen, von Seiner Ehre ist die ganze Erde erfüllt (Jes. 6, 3). Wer in Furcht (Jes. 8, 12), im Gehorsam (3. Mose 20, 8; 4. Mose 15, 40), im Glauben (4. Mose 20, 12. 13), in Seiner Ordnung Ihn anbetet (Ps. 99, 3. 5. 9; 77, 14) heiligt den Heiligen in Israel.
b.) Mit der Heiligkeit Jahwes berührt sich auch sehr eng die Herrlichkeit (s.d.). Heilig und herrlich stehen oft zusammen (vgl. 2. Mose 15, 11; 3. Mose 10, 3; Jes. 60, 4), sie werden auch füreinander benutzt: «Heiliger Arm» (s.d.) und «Herrlicher Arm» (s.d.) (vgl. Jes. 52, 10; 63, 12). Ausdrücklich wird die göttliche Heiligkeit und die Einzigkeit Seine Verherrlichung genannt (2. Mose 29, 43; Hes. 38, 23). Der Heilige (s.d.) ist auch der Herrliche (s.d.), Seine Wunder eine Offenbarung der Herrlichkeit Gottes, Wunder werden dem Heiligen zuge-

schrieben (2. Mose 15, 11; Ps. 77, 14. 15; 98, 1). Die Heiligkeit ist die verborgene Herrlichkeit, die Herrlichkeit ist die aufgedeckte Heiligkeit. Die Heiligkeit umfaßt noch die Liebe in Herrlichkeit. Die Heiligkeit bezeichnet noch das Ethische in Gott, zur Herrlichkeit gehören Gottes Vollkommenheiten, Seine Macht, Seine Ewigkeit. Gottes Heiligkeit offenbart Sich in Seinem Reich, Seine Herrlichkeit dagegen in der ganzen Welt (vgl. Ps. 8, 2).

Gottes Verhältnis zur Welt besteht zunächst in der Absonderung. Gott in Seiner unnahbaren Majestät hat darum bei Seinem Volk eine abgesonderte Wohnung. Was auf Erden heilig ist und Gott zugehört, muß vom Gemeinen ausgesondert sein, wie der Sabbat (1. Mose 2, 3), die Opfergeräte, die Erstgeburt (2. Mose 13, 12), der Stamm Levi (4. Mose 3, 41), das Volk Israel (2. Mose 19, 5. 6), im Neuen Bunde Christus, der von den Sündern ausgesonderte Hohepriester (Hebr. 7, 26). Gott der Heilige in Israel ist nach alttestamentlicher Auffassung nicht ein Mensch (Hos. 11, 9).

c.) Gott der Heilige sondert Sich nicht nur von der Welt ab, sondern Er läßt die Welt nicht wie sie ist. Gottes Heiligkeit will die Welt heiligen und ihr den Stempel aufdrücken. Gott, der Vater des Lichts (s.d.) ist der Urquell aller guten Gaben (Jak. 1, 17). Gott, der Vollkommene führt auch alles zur Vollkommenheit. Das große Ziel aller Wege Gottes ist, daß die ganze Erde Seiner Ehre voll werde (4. Mose 14, 21; Jes. 6, 3; Hab. 3, 3).

Die Welt ist unheilig. Gottes Wahl und Wille kann das Kreatürliche heiligen (2. Mose 3, 5; 29, 43). Sein Heiligungswerk beginnt damit, daß Er Sich die Absonderung des Volkes Israel vornimmt, das Er es aus allen Völkern herausnimmt, um es zu Seinem Eigentum zu machen (2. Mose 19, 5. 6) und mit ihm in Gemeinschaft zu treten (3. Mose 20, 26). Gott, der in Israel wohnt (Ps. 22, 4), ist sein Bildner (s.d.) (Jes. 45, 11), sein Retter (s.d.) und Wiederhersteller (Jes. 43, 3; 49, 7), der Heilige in Israel (s.d.). Israel kann Gott seinen Heiligen (s.d.) nennen (Hab. 1, 12). Gottes Absicht ist, daß Israel auf die theokratische Ordnung eingeht, Ihn heiligt und ein heiliges Volk wird. Jahwe heiligt Sich umgekehrt durch Gericht an den Unheiligen und Ungehorsamen (3. Mose 10, 3; vgl. 1. Sam. 6, 10). Jesajah mußte dem Volk das Gericht ankündigen (Jes. 6, 9-12), daß ein heiliger Same übrigbleibe (Jes. 6, 13). Beides ist aber ein Ausfluß der göttlichen Heiligkeit (Jes. 6, 3).

d.) Gott der Heilige offenbart auch in dem inneren Inhalt Seine Heiligkeit, Seine unverletzliche Majestät. Der Grundzug des Menschen ist Sünde und Unreinigkeit (Jes. 6, 5). Der Mensch denkt sich sogar seine Götter unrein. Heiligkeit fehlt bei sämtlichen heidnischen Göttern in den vorderasiatischen Religionen, welche das Geschlechtliche in das Göttliche hineintragen und Unzucht zum Gottesdienst erheben. Gott aber, der Heilige, ist nicht wie sie. Er ist der vollkommen Reine. Von Ihm heißt es: «Denn nicht bist du ein Gott, dem Gottlosigkeit gefällt, der Böse wandelt nicht vor dir» (Ps. 5, 5). Er ist rein in vollkommenem Sinne, daß die Engel nicht rein vor Ihm sind (Hiob

4, 17). Auf dem Berge Gottes kann nur der Reine wohnen (Ps. 15, 1-2), nur die reines Herzens sind, können Gott schauen (Matth. 5, 18); was gleichbedeutend ist mit: «Ohne Heiligung wird niemand den Herrn sehen» (Hebr. 12, 14). Heilig und rein sind gleichbedeutend. Auf dem heiligen Berge kann nichts Unreines wandeln (Jes. 35, 8).

Das ganze Gepräge der alt- und neutestamentlichen Offenbarung ist Heiligkeit. Ein reines Leben ist im Dienste Gottes das höchste Ziel. Gottes Majestät ist Vollkommenheit im höchsten Sinne, sie ist vollkommene Reinheit des Willens. Der nach dem Bilde Gottes geschaffene Mensch hat in Gott sein Urbild und die Norm seines Strebens (Matth. 5, 48; Eph. 4, 24; 5, 1; 1. Petr. 1, 15). Nach der theokratischen Gesetzgebung ist die göttliche Heiligkeit die Grundlage für die Herrlichkeit des Volkes (3. Mose 19, 2), sie wird der Reinheit des Volkes vorgestellt (3. Mose 11, 45). Gott der Heilige steht der menschlichen Unreinheit gegenüber, die Heiligkeit der Menschen hat in der göttlichen Heiligkeit ihr Urbild. Gott der Heilige ist Abbild und Vorbild für Sein geheiligtes Volk.

Die Welt ist dem Vergehen, dem Tode ausgeliefert. Gott der Heilige ist über allem Vergänglichen erhaben, Er schließt die Fülle des Lebens in Sich. Gott der Einzige, der Herr und Schöpfer der ganzen Welt, kann nur durch und durch als der Lebendige (s.d.) gedacht werden. Der Tod, die Krankheit und was damit zusammenhängt, ist für Jahwe ein Greuel, für den Menschen etwas Verunreinigendes. Die Verehrung des Heiligen, das Streben des Wollens (Ps. 16, 10; Hab. 1, 12) ist ein innerer Widerspruch. Dieser Gedanke ist nicht allein aus der Heiligkeit Gottes, sondern auch aus dem Namen Jahwes abgeleitet. Der hebräische Jahwe-Name erinnert an «sein» und «leben», oder das Leben. Es ist hier der krasse Gegensatz gegen die vorderasiatischen Religionen wahrzunehmen.

e.) Gottes Heiligkeit besteht in einer unverletzlichen Majestät Seines Lebens. Es ist ein Grundgedanke göttlicher Vollkommenheiten. Die theokratische Ordnung ist mit der Heiligkeit Gottes engstens verbunden, sie ist ein Ausfluß der inneren göttlichen Lebensordnung. Erst im Mosaismus ist bestimmt von der Heiligkeit Gottes die Rede. Die Grundbestimmung der Heiligkeit beherrscht die Bundesschließung im Gesetz, da, wo sonst reinigen gebräuchlich ist, steht hier «heiligen», was sonst furchtbar heißt, wird jetzt heilig genannt (vgl. 2. Mose 19, 10; vgl. 1. Mose 35, 2; 2. Mose 3, 5; 1. Mose 28, 17).

3.) Eine andere Grundbestimmung ist, daß Jahwe **«gnädig»** ist. Sobald es mit der Gründung der Theokratie zur Ausprägung der göttlichen Heiligkeit kam, wurde nach dem Bundesbuch die Barmherzigkeit Gottes enthüllt. Durch die angedrohten Gerichte bricht aus dem Herzen Gottes die Gnade hervor. Gott nennt Sich Selbst in dem feierlichen Augenblick, in welchem Er sich Moseh zu schauen gibt, den Barmherzigen und Gnädigen, der langsam zum Zorn, aber reich an Gnade und Wahrheit ist (2. Mose 34, 6). Diese Prädikate sind mit dem Jahwe-Namen verbunden, die hernach in Psalm 103, 8-13 mit dem Vater-Namen (s.d.) zusammen genannt werden (vgl. Joel 2, 13).

Dieser göttliche Vater-Name kommt schon in 5. Mose 32, 6 vor, wo Gott Israels Vater heißt. Wie ein Mann seinen Sohn trägt und zieht, pflegt Gott Israel (5. Mose 1, 31; 8, 5). Mit mehr als Mutterliebe nimmt Sich Gott dem Volke Israel an (Jes. 49, 15). Es fehlt nicht an dem bestimmten Ausdruck der Liebe (5. Mose 7, 8. 13; 33, 3; Hos. 14, 5; Jer. 31, 3). Für Israel ergibt sich, daß es Gott als Vater danken soll (5. Mose 32, 6), und Ihn als solchen ehren (Mal. 1, 6). Es darf das gläubige Vertrauen aus diesem Vaternamen, die Hoffnung der Erhörung schöpfen (Jes. 63, 16; 64, 8). Es ist ein oberflächliches Gerede, das Alte Testament wisse nur von einem heiligen, zornigen Gott, aber nichts von einem Gott der Liebe. Die Heiligkeit steht allerdings im alttestamentlichen Gesetz im Vordergrund. Gottes ganzes Verhalten zu seinem Bundesvolke ist im Grunde genommen die Liebe. Der leuchtendste Geschichtsbeweis der Gnade Gottes und Seines Vatersinnes gegen Sein Volk ist Israels Sohnesname in Ägypten und seine Errettung aus dem Diensthause. Der Glaube versenkt sich immer wieder darin. Mit dieser Gnadentat war der Anfang gemacht und die Bürgschaft für jede weitere Gnade und Barmherzigkeit gegeben (Hos. 11, 1. 8; Jer. 31, 20). Gottes Liebe zum erwählten Volke fährt fort, wenn auch der Bund gebrochen ist, sie erstreckt sich noch über Israel hinaus (5. Mose 33, 3; Jon. 4, 10. 11).

Die Liebe (s.d.) Gottes ist der Urquell, aus dem der göttliche Entschluß entspringt, eine Welt zu schaffen und in einer stufenweise aufsteigenden Offenbarung sich ihr mitzuteilen. Sie ist das freie, selbstlose sich Erschließen für andere. Gott ist in Sich vollkommene Harmonie und vollendet gut, und die offenbarende Liebe. Es ist Gottes freier Willensentschluß, Sich liebend zu offenbaren und ein Leben zu geben, dem Er Sich in seligem Genuß enthüllt und Sich völlig hingibt. Die Liebe ist eine göttliche Hauptgesinnung, ein Grundgedanke, der eine Reihe von Vollkommenheiten trägt.

4.) Die göttliche Heiligkeit steht auch mit der **Gnade** in Verbindung. Die Heiligkeit geht nicht geradezu in der Liebe auf, denn Bibelstellen wie 2. Mose 15, 1; 1. Samuel 6; Jesaja 6, in welchen Gottes Heiligkeit mit dem Wohnen Gottes in Verbindung steht, mit dem gültigen Loben, Danken, Anbeten (Jes. 57, 15; Ps. 22, 4; 99, 3. 5. 9; 105, 3), oder mit dem Vertrauen (Ps. 33, 21), oder mit dem messianischen Heil (Jes. 41, 14; 43, 3. 14; 47, 4) begründen diese Ansicht keineswegs. Die Stelle Hosea 11, 9: «Nicht will ich ausüben den Grimm meines Zornes, nicht will ich umkehren Ephraim zum Verderben, denn Gott bin ich und nicht ein Mensch in deiner Mitte, heilig, und nicht komme ich in die Stadt» ist keine Stütze für diese Behauptung. Die Heiligkeit wäre dann das Gegenteil vom vernichtenden Zorn. Die genannten Bibelworte könnten schon von Gottes Liebe an Israel reden durch die Niederwerfung der Feinde und das Gericht über die Sünde. Hier aber ist vorwiegend der Gesichtspunkt der Majestät Gottes, daß Ihm von Israel Lob und Dank gebührt. In der erwähnten Hoseastelle (Hos. 11, 9) soll ausgesprochen werden, Gott der Heilige ist nach Seinen himmelhohen Heilsgedanken weit entfernt vom Rachegefühl, das auf

Vernichtung abzielt, auch von dem Wechsel menschlicher Veränderung (1. Sam. 15, 29; 4. Mose 23, 19; Mal. 3, 16), daß Er Sich Selbst aufgeben würde, wenn Er Ephraim aufgeben würde, in dessen Mitte Er wohnen wollte. Die angeführten Stellen bezeugen schon die Offenbarung der göttlichen Vollkommenheit, was als ein Heiligen anzusehen ist, dessen Ziel ist, daß der Name Gottes vor allen Heiden verherrlicht wird (vgl. Jes. 29, 23; Hes. 36, 23). Die Entheiligung des Namens Gottes unter den Heiden ist das Gegenteil. Der Liebe Gottes wäre wenig gedient, wenn die Heiligkeit dadurch aufgehoben würde. Gott bewahrt in Seiner Liebe Seine Gottes-Würde und Hoheit.

a.) Es ist auch unmöglich, die Liebe völlig in der Heiligkeit aufgehen zu lassen. Das Ins-Werk-Setzen der Schöpfung ist lediglich Gottes freier Liebesentschluß. Die Heiligkeit verlangt von der aus Gottes Willensbeschluß hervorgebrachten Schöpfung die Heiligung. Es ist aber einseitig zu meinen, Gottes Heiligkeit werde durch die Sünde aufgeregt. Die Liebe wird schon dadurch in Bewegung gesetzt, wie das die Offenbarung der Gottesnamen in 2. Mose 34, 6 deutlich zeigt. Beachtenswert ist, daß in der göttlichen Vergeltung (2. Mose 20, 2-6) die Gnade die Strenge übertrifft.

b.) Die Liebe und die Heiligkeit Gottes sind sorgfältig auseinander zu halten, um ihr harmonisches Zusammenwirken recht zu begreifen. Die Liebe eröffnet Gottes Heiligkeit für die Schöpfung, für ihren Besitz und Genuß. Die Heiligkeit verleiht der göttlichen Liebe ihren unaussprechlichen Wert in der Herablassung des Majestätischen und Reinen, um den Gegenstand der Gnade zu sich emporzuheben. Die göttliche Liebe erlangt dadurch ihr Maß, in das die Heiligkeit sich bewahrt. Gott kann nur erretten und selig machen auf dem Wege der Heiligung der sittlichen Vollendung.

5.) Mit dem Namen «El-Schaddai» (s.d.), «Allmächtiger Gott» (s.d.), «Jahwe» (s.d.), «der Heilige» (s.d.), «der Gnädige» (s.d.) hängen einige weitere Bestimmungen des göttlichen Wesens zusammen. Es ist die Einheit Gottes, der lebendige Gott, der eifrige Gott. Das ist im Alten Testament von Anfang an eine Voraussetzung.

a.) In der mosaischen Offenbarung gilt der Grundsatz und das theokratische Grundgesetz: «Höre Israel, Jahwe unser Gott, Jahwe ist Einer» (5. Mose 6, 4). Es ist damit zu vergleichen: «Du hast gesehen, zu erkennen, daß Jahwe derselbe ist, der Gott und außer ihm keiner ist» (5. Mose 4, 35). In dem Namen Jahwes liegt das Seiende, daß Er der einzige Gott ist. Andere Götter gibt es keine neben Ihm. Wenn es dagegen in 1. Mose 1, 26; 3, 22; 11, 7; Jesaja 6, 8 scheinen könnte, als wäre eine Vielheit in Gott, so kann dennoch nicht von einer polytheistischen Vorstellung die Rede sein. An diesen Stellen (1. Mose 1, 27; 11, 8; Jes. 6, 8) steht im Zusammenhang die singulare Vorstellung. Wo der Name «Elohim» (s.d.) nicht den wahren Gott bezeichnet, steht die Pluralverbindung (2. Mose 32, 4. 8; 1. Sam. 4, 8). Der Plural in 1. Mose 1, 26 wird als Plural der Selbstaufforderung aufgefaßt, der mit Sich Selbst zu Rate geht und Sich Selbst auffordert, der Sich gleichsam in Zwei aufteilt, in den, der auffordert und aufgefordert wird, daß dann die Mehrheit in «wir» zusammengefaßt wird. Es gibt auch Fälle, wo Gott Sich zum Tun auffordert, daß nur der Singular dort vorkommt (1. Mose 2, 18; Ps. 12, 6; Jes. 33, 10). Schwerlich sind hier, wie sonst (Ps. 89, 7; 8, 6; 1. Mose 3, 22), die Engel mit einbegriffen. Engel waren eben nicht an der Schöpfung beteiligt. Es ist hier an den Majestätsplural zu denken, wonach Gott aus der Fülle göttlicher Vollkommenheiten und Kräfte von und mit sich redet. Damit wird angedeutet, wie tief der Ratschluß aus der Tiefe des inneren Reichtums hervorgegangen ist (Röm. 11, 33), Menschen nach Seinem Bilde zu schaffen.

Der Beweis für die Einheit Gottes sind die großen Rettungstaten im Gegensatz zur Nichtigkeit der Götter. Gott führte Israel aus Ägypten, hielt Gerichte über die Völker und fremden Götter und überwand sie fortwährend (2. Mose 12, 12; 5. Mose 32, 37. 39; 1. Kön. 18, 21). Die heidnischen Götter sind gegen den wahren Gott ohnmächtig (2. Mose 12, 12; 15, 11) und nur innerhalb ihres Landes begrenzt. Der wahre Gott ist Besitzer der ganzen Erde (2. Mose 9, 29), Er hat Himmel und Erde gemacht (2. Mose 20, 11; 31, 17), die Götter sind dagegen nichts (5. Mose 32, 21; Ps. 96, 4. 5; 97, 7), sie sind tot (Ps. 106, 28). Ihre Nichtigkeit ist ihren Schnitzbildern gleich (Jes. 44, 10; Jer. 10, 3). Hinter den Götzen stehen im höchsten Falle Dämonen (1. Kor. 10, 20). Aus der Einheit Gottes ergibt sich, daß man keine anderen Götter neben Ihm haben darf (2. Mose 20, 3), daß man sich dem Einen Gott (s.d.) ungeteilt hingibt und Ihn von ganzem Herzen liebt (5. Mose 6, 4. 5).

b.) Der Eine Gott (s.d.) offenbart Sich als «der Lebendige» (s.d.). Er ist das Gegenteil von den toten Göttern (5. Mose 32, 37-39; Ps. 106, 28; Jer. 10, 10; Ps. 115). Gottes Lebendigkeit ergibt sich aus Seinem Walten in der Schöpfung (Jes. 10, 10), durch Seine Machttaten in der Geschichte am Einzelnen (1. Mose 16, 14) am Volke Gottes (Jos. 3, 10), in Seinem Wohnen unter dem erwählten Volke, durch Sein Reden durch die Propheten und durch Seine Offenbarung am Sinai (5. Mose 5, 26). Für die Gottesfürchtigen liegt darin ein Trost. Sie treten vor Ihn mit ihren Gebeten, wenn auch die Sünde drückt (Ps. 51), oder die Not sie ängstigt (Jes. 37, 14). Ihr tiefster Seelendurst veranlaßt, nach dem lebendigen Gott zu schreien (Ps. 42, 3. 6). Sie erleben Ihn als den Lebensquell (Ps. 36, 10) und freuen sich in dem lebendigen Gott (Ps. 84, 3). Er ist das Fundament des Glaubens (Hos. 1, 10) und der Hoffnung (Jes. 3, 10) Seines Volkes, der nie versiegende Kraftquell für die Müden (Jes. 40, 28-31). Gottes Lebendigkeit ist verzehrend für alles Fleisch (5. Mose 4, 24), auch ein Grund, Ihn nicht lästern zu dürfen (1. Sam. 17, 36), wie der Riese Goliath und der assyrische Mundschenk (Jes. 37, 4. 17). Die Lebendigkeit ist mit Gott engstens verbunden, denn vor Gott und Menschen wird bei dem lebendigen Gott geschworen. Die Propheten bedienen sich oft der Formel: «So wahr Gott lebt!» und: «So wahr Jahwe lebt!» Daraus kann gefolgert werden, daß die Lebendigkeit Gottes mit dem Namen Jahwe zusammenhängt.

c.) Im Neuen Testament erscheint der lebendige Gott ganz im gleichen Sinn, im Sinne des wahrhaftig Seienden (Matth. 16, 16), im Gegensatz zu den Götzen (Apostelg. 14, 15; 1. Thes. 1, 9; 2. Kor. 6, 16; 1. Tim. 3, 15), als Grund des Hoffens (1. Tim. 4, 10; 6, 17), im Sinne des Rächenden (Hebr. 10, 31), der zum Zeugen angerufen wird (1. Tim. 6, 13), bei dem man schwört (Offb. 10, 6). Im Alten Testament ist die Lebendigkeit Gottes die Kraft des Lebens, die Quelle Seines kräftigen Waltens und Eingreifens in der Welt. Das Neue Testament geht hier weiter. Es offenbart, daß Gott der Lebendigmachende ist (Joh. 6, 57). Es wird hier betont, daß Gott das Leben in Sich Selbst hat (Joh. 5, 26).

d.) Die gleiche Betätigungskraft liegt in dem Eifer Gottes (2. Mose 34, 14). Gottes Eifer ist vorwiegend Sache eines heiligen und gnädigen Willens. Es ist das brennende Wallen Seiner Energie, das sich in Gericht und Gnade offenbart (2. Mose 20, 5. 6; Jes. 9, 7). Einerseits ist es der Eifer der Rache oder des Zornes (2. Mose 32, 10; 4. Mose 25, 3; 5. Mose 31, 17; 32, 21), eine Erregung der heiligen Majestät Gottes gegen alles, was sie antastet (5. Mose 4, 23. 24; Jos. 24, 19). So eiferte Gott gegen Sein widerspenstiges und abtrünniges Volk in Gerichten vom Wüstenzuge bis zum babylonischen Exil. Abgötterei (4. Mose 25, 3; 5. Mose 32, 17. 21) und der Bundesbruch (2. Mose 33, 10) entzündeten ganz besonders Gottes Eifer. Sie sind ein Attentat auf Gottes Einheit (s.d.). Die Schrift betont den Zorn Gottes mit Seiner Heiligkeit. Das Licht Israels (s.d.) wird zum Feuer, sein Heiliger (s.d.) wird zur Flamme, welche die Heiden verzehrt (Jes. 10, 17). Weil sie sich an den Heiligen vergreifen, wendet Sich Sein Eifer gegen sie.

e.) Gottes Eifer ist auch die Inbrunst Seiner heiligen Liebe (Sach. 1, 14). Gott machte energisch das Verhältnis geltend, mit welchem der heilige Gott Sein Volk zu Sich erhoben hat. Wenn Gottes Zorneseifer gegen Sein Volk entbrennt, läßt Er Sich alles Übels gereuen (2. Mose 32, 10-14). Gottes Zornes- und Liebeseifer ist ein Entbrennen (Hos. 11, 8). Es sind wohl anthropopathische Ausdrücke, aber sie entsprechen der inneren Bewegung im Herzen Gottes. Der Eifer des Zornes und der Liebe sind engstens miteinander verbunden. Die Energie, mit welcher Gott Seine Liebesabsicht verwirklicht, wendet sich gegen die, welche Ihm im Wege stehen. Die Liebe bewahrt die Heiligkeit der unverletzlichen Majestät Gottes.

6.) Die Propheten und Poeten des Alten Bundes fassen den Bundesgott Israels als Weltregent auf. Die geschichtlichen Beziehungen Israels zu den Weltmächten boten ganz besonders Anlaß zu dieser Erkenntnis.

a.) Gottes kosmisches Walten kommt durch den Namen «Gott Zebaoth» (s.d.) zum Ausdruck. Ausführlich lautet der Name: «Jahwe Gott Zebaoth». Ein Vorkommen dieser Verbindung ist es schon, wenn Gott von Abraham genannt wird «Gott des Himmels» (s.d.) (1. Mose 24, 3), was dann bei Daniel (Dan. 2, 18. 20. 37), Esra (Esr. 5, 11. 12; 6, 9. 10; 7, 12. 21. 23), Nehemiah (Neh. 1, 4. 5; 2, 4. 20) und im Munde des Herrn wiederkehrt (Matth. 11, 25). Der Name «Gott Zebaoth» kommt seit

1. Samuel 1, 11 oft vor, besonders bei Jesajah und Jeremiah. Im Neuen Testament kehrt er wieder in dem Namen «Allherrscher» (s.d.) (pantokrator, der in der Offenbarung aus der griechischen Übersetzung des Alten Testamentes für Zebaoth entnommen ist (Offenb. 4, 8; 21, 22).

Die Bedeutung von Zebaoth (Heerscharen) weist zunächst auf die Sterne hin (Jes. 40, 26). Wenn die umliegenden Völker die Gestirne des Himmels anbeteten, dann wird mit dem Namen «Gott der Heerscharen» Gottes Erhabenheit über alle diese Mächte ausgesprochen (Jes. 24, 23). Damit verbindet sich der Gedanke an die Scharen im Himmel, der Wohnung Gottes, an die dort anbetenden Engel (vgl. 1. Mose 32, 28; 1. Kön. 22, 19; Neh. 9, 6). Sie umstehen gleichsam Seinen Thron als die Großwürdenträger. Wie Gottes Tun auf Erden durch Engel vermittelt wird, so sind sie auch bei Erscheinungen zum Gericht und zur Überwindung auf Erden Gottes Begleiter. In anderer Beziehung ist Gott als Herr ein Gott der Heerscharen. Wenn es sich um das Dasein des Waltens Gottes handelt, verbindet sich auch eine kriegerische Bedeutung mit diesem Gottesnamen (Jes. 31, 4; Joel 2, 11; Sach. 14, 5; vgl. 1. Sam. 17, 45). Mit dem Namen Jahwe Zebaoth werden die Gläubigen daran erinnert, daß Israels Gott der Herr aller Weltmächte und weit über sie erhaben ist. Er vermag Sein Volk gegen die widerstrebenden Mächte zu schützen, um den Zweck Seines Reiches auszuführen

b) Jahwe (s.d.), der Gott Israels (s.d.), der Herr der Welt (s.d.) heißt Zebaoth, Er ist der Heilige und Gnädige in Israel, der Weltregent der Gerechten. Der Begriff kommt schon im Munde Abrahams vor. Er nennt Gott den «Richter aller Welt» (s.d.). Das Gottesgericht der Sintflut offenbarte Gott besonders als Richter (1. Mose 18, 25). Moseh schreibt Gott die Richtertätigkeit zu (5. Mose 32, 4). Die Gerechtigkeit ist ein Grundzug des Wesens Gottes, der ganz besonders bei den Propheten erscheint. Gottes Heiligkeit und Gnade wird ganz besonders in Israel offenbar. Gottes Gerechtigkeit enthüllt Sich im Gebiet der Heidenvölker, in der Natur und der Tierwelt (Ps. 36, 7; Jon. 4, 11). Das Wort «gerecht» weist nach seiner Wurzelbedeutung auf das Gerade und Feste hin. Gerechtigkeit ist die Geradheit und Festigkeit in Seinem Wirken und Walten. Das Gleichbleibende und Feste wird durch die göttliche Wahrhaftigkeit besonders ausgeübt, ein Ausdruck, der mit Gerechtigkeit nahe verwandt ist.

Die göttliche Gerechtigkeit harmoniert mit dem Liebesziel, das Gott in Seiner Verheißung Sich gesetzt hat, mit dem Heil Israels und der ganzen Welt, und der Heiligung und Verherrlichung Gottes. Gottes Verherrlichung ordnet die eigenen Ziele harmonisch zu dem Gesamtziel des Ganzen zusammen. Gottes Gerechtigkeit, die vor allem das Heil der gesamten Schöpfung beabsichtigt, ist in erster Linie mit Seiner Güte und Gnade verwandt (Ps. 145, 7). Die Errettung von Feinden oder von der Sünde, die zunächst auf die Gerechtigkeit Gottes zurückzuführen ist (Ps. 5, 9; 31, 2; 36, 7; 71, 2), kann als Güte angesehen werden. Da wo das Gericht nicht im Gesichtskreis liegt (Ps.

40, 11; 51, 16; 69, 28) ist die Gerechtigkeit mit Gnade gleichbedeutend. So erhält im Propheten Jesajah (Jes. 59, 17; 1, 27) die Gerechtigkeit ganz die Bedeutung des heilschaffenden Tuns (Jes. 45, 8-23; 54, 14; 60, 17; 61, 10. 11; vgl. Jes. 1, 18). Die Gerechtigkeit ist die Macht, um das Bundes- und Reichsziel zu erreichen (Jes. 46, 13; 51, 5). Die levitischen Heiligungssgebote des Gesetzes werden zur Zeit der Propheten und Psalmen mehr auf ihren inneren Gehalt ausgesprochen, auf die Gottes- und Nächstenliebe geleitet, daß die Heiden auch ein Gegenstand des göttlichen Heilsrates sein sollen (Jon. 4, 10. 11). Die Heiligkeit, welche das göttliche Gebot erfüllt, wird damit zur Gerechtigkeit. Die Gerechtigkeit hält unerschütterlich am Ziel der göttlichen Liebe fest, sie führt zur Wahrhaftigkeit und wird zur Treue, die sich nicht verleugnen kann (2. Tim. 2, 13), sie ist auch im Neuen Testament (1. Joh. 1, 9) mit der Gerechtigkeit parallel.

Gottes Gerechtigkeit hält fest an der Heiligkeit in dem weltherrschenden Walten dem Menschen gegenüber, was als Vergeltung anzusehen ist. Gott vergilt allen Geschöpfen nach ihrer Beschaffenheit. Die Gerechtigkeit bekennt sich zu denen, die in Gottes Ordnung leben. Über die Gottlosigkeit verhängt sie auch das Gericht, weil sie Gottes heilige Ordnung übertritt. Die Vergeltung hängt mit Gottes Gerechtigkeit eng zusammen, ebenso mit der Unveränderlichkeit, Heiligkeit und Gnade. Sie ist in dem Namen Jahwe (s.d.) enthalten. Sie findet ihre Veranschaulichung in dem oft wiederkehrenden Namen: «Gott, ein Fels» (5. Mose 32, 4. 30. 31). Die Gerechtigkeit hat ihren Urquell in der Heiligkeit, die in ihren Ordnungen unveränderlich bleibt und sich mit Gottlosigkeit nicht vereinigt (Hab. 1, 13). Sie ist die ausführende Macht der Heiligkeit (Jes. 5, 16).

Die Heiligkeit und die Gnade haben ihr Wirkungsgebiet in der Theokratie, die Gerechtigkeit dagegen umspannt den weiten Umfang der göttlichen Weltregierung. Gottes Gerechtigkeit ordnet den Willen Seiner Heiligkeit und Gnade in dem Gesamten der göttlichen Weltregierung. Die Gerechtigkeit wird so auf diesem Gebiet vermittelt und verwirklicht. Sie schließt die Wohnung und Herstellung des Heils aller in sich, aber auch die Ordnung Gottes innerhalb des göttlichen Herrschaftsgebietes.

c.) Das Prädikat «der Gerechte» zeigt den Willen und das Walten der Heiligkeit und Liebe des Weltherrschers. Der Name «der Weise» (s.d.) offenbart die Intelligenz des göttlichen Weltregimentes. Die göttliche Weisheit dient der göttlichen Heiligkeit und Liebe, um Gottes Heiligung in der Welt zu verwirklichen. Weisheit und Gerechtigkeit berühren sich nahe. Die Weisheit vertieft sich in das Gesetz und leitet die göttliche Lebensordnung des Volkes (Ps. 119, 18; 19, 5). Sie bringt dem geübten Auge die ganze Fülle göttlicher Gedanken entgegen (Ps. 92, 6; 104, 24; 139, 17). Gott hat mit Weisheit die Welt gegründet (Spr. 3, 19), sie richtet in ihrem Sinnen den göttlichen Weltplan aus (Spr. 8, 22; Hiob 28, 23). Im Neuen Testament ist es eine Weisheit, die das Verständnis der Menschen und Engel übertrifft (Röm. 11, 33;

Eph. 3, 10). Sie gestattet eine Ahnung in die Tiefen der göttlichen Weisheit.

7.) Die Grundgedanken von Gott im Neuen Testament sind: «Gott ist Geist» (s.d.), «Gott ist Licht» (s.d.), «Gott ist Liebe» (s.d.). Manche Bestimmungen im Alten Testament über Gottes Vollkommenheiten werden im neutestamentlichen Schrifttum wiederholt. In der Offenbarung, dem einzigen prophetischen Buche im neutestamentlichen Schrifttum, wird die alttestamentliche Sprache gesprochen. Die Aussagen über Gott in den Schriften des Alten Bundes werden in gewissem Sinne abgeändert. Der Gedanke von dem lebendigen Gott führt zu dem Sinn, daß Gott Leben in Sich Selbst hat, was sich in Jesus erfahren läßt (Joh. 5, 26; 1. Joh. 5, 20). Der Name Jahwe (s.d.), wird umgesetzt in «Der da ist, der da war, und der da kommt» (Offb. 1, 4; 4, 8); nachdem sich Christi Wiederkunft erfüllt, heißt es: «Der da ist und der da war» (Offb. 11, 17; 16, 15). Die Aussagen des Alten Testamentes über Gott werden auf die Person Christi und auf die Erlösung in Ihm bezogen. Es kommen hier auch Aufschlüsse hinzu, die noch mehr in Gottes Wesen schauen lassen, als dies im Alten Testament der Fall ist. Um die fundamentalen Aussagen gruppiert sich im Neuen Testament alles, was über Gott offenbart wird. Es sind die Sätze: «Gott ist Geist», «Gott ist Licht», «Gott ist Liebe».

a.) Der erste Satz: «Gott ist Geist» (Joh. 4, 24) wird von Jesus Selbst ausgesprochen. Er begründet damit die Wahrheit (s.d.), daß man Gott im Geist und in der Wahrheit anbeten muß. Was Gott ist, kann aus der Anbetung im Geist gefolgert werden. Gott im Geist anbeten ist nichts Äußerliches oder an einen örtlichen Kult gebunden, es geschieht im Innersten des Herzens (1. Kor. 14, 15). Gott ist als Geist an keinen Raum gebunden, vielmehr erfüllt Er das Inwendige und dringt ins Innerste (1. Kön. 8, 27; Jer. 23, 23). Er ist darum allwissend (Ps. 139). In der Offenbarung wird diese vielfältige, alles durchdringende Tätigkeit Gottes «die sieben Geister Gottes» (s.d.) genannt (Offb. 1, 4; 4, 5). Gott durchwaltet alle Räume und Zeiten. Er ist über alles der Erhabene (s.d.), Er bringt alles hervor, Er ist die allesdurchdringende Kraft (1. Tim. 1, 17).

Gott im Geist anbeten heißt (Eph. 6, 18) anhaltend beten. Im Geist Gott dienen bedeutet, aus ganzer Kraft Gott dienen (Röm. 1, 6). Alles Leben hat seinen Sitz im Geist (Röm. 12, 11). Wenn Gott Geist ist, ist Er lauter Kraft und Leben, ja der Urquell aller Kraft und alles Lebens. Gott und der Geist erscheint auf allen Lebensstufen als Kraftquell des Lebens (Jer. 31, 3). Damit hängt zusammen, daß der Herr vom lebendigen Wasser als von einer Gottesgabe spricht (Joh. 4, 10). Es ist ein Wasser, das in den Gläubigen selbst ein sprudelnder Quell wird. Es wird damit auf den Empfang des Geistes hingewiesen. Wenn Gott einen Lebensquell in die Herzen gibt, muß Er Selbst ein Lebensquell sein. Der Herr sagt das mit Bestimmtheit (Joh. 5, 26). Der Vater (s.d.) hat Leben in Sich Selbst. Das hängt damit zusammen, daß Er Geist ist. Hierher gehört, daß Paulus schreibt, Gott hat Unsterblichkeit und Unvergänglichkeit (1. Tim. 6, 16; Röm. 1, 23; 1. Tim. 1, 17), oder wenn von der Kraft des unauslöschlichen Lebens die Rede ist (Hebr. 7, 16), womit das ewige Leben bezeichnet wird.

Im Geist beten kommt aus dem vollen Gottes- und Selbstbewußtsein, denn wir wissen was wir beten (Joh. 4, 22). Der Geist ist die Leuchte (s.d.) im Gemüt (Spr. 20, 27), im Menschen ist Er das Wissende (1. Kor. 2, 11). Der Geist versichert uns der Gotteskindschaft. Wenn Gott Geist ist, ist Er auch das Persönliche, der Wissende im höchsten Sinne des Wortes, der bis in die Tiefen alles durchschaut (1. Kor. 2, 10-11).

Die Anbetung im Geist bedeutet, im Allerheiligsten anbeten, das heißt, wo der Heilige Geist Seine Stätte hat. Es ist eine Verbindung oder Gemeinschaft zwischen Gott und Mensch, ein rechter Gebetsverkehr (vgl. Apostelg. 17, 28). Der Geist ist, was man mit Gott gemeinsam hat, weil von dem «Vater der Geister» (s.d.) er uns bei der Schöpfung eingehaucht wurde (Hebr. 12, 8). Im gefallenen Menschen ist bereits dieser Geist erloschen, er ist Fleisch (Joh. 3, 6). Es kann darum nur der von obenher Geborene Gott recht anbeten (vgl. Joh. 4, 24), auf Grund der Kindschaft Gottes, der Gemeinschaft mit Ihm (Röm. 8, 15). Gott ist als Geist das Höchste, vollkommenste Leben. Er ist die bewußte Macht des Guten.

Gott in der Wahrheit (s.d.) anbeten, ist auch zu beleuchten. Das bedeutet nicht allein Aufrichtigkeit, daß das Innere mit dem Äußeren harmoniert. Es wird damit auch die Anbetung bezeichnet, die dem Geist entspricht. Es ist das bei der Anbetung einzusetzen, was den Kern, den höchsten Wert der Persönlichkeit ausmacht.

b) Die zweite Ausage: «Gott ist Licht» (1. Joh. 1, 5) ist zu betrachten. Es wird hier vor allem mit Licht die göttliche Heiligkeit betont. Jesus benutzt nur einmal das Prädikat «heilig» (Joh. 17, 11). Seine Gesetzesauslegung in der Bergpredigt fließt aus einem Erfülltsein, aus dem Bewußtsein der göttlichen Heiligkeit. Er verlangt geradezu Vollkommenheit auf Grund der göttlichen Vollkommenheit (Matth. 5, 48). Wie sehr der Herr Gott als den Heiligen ansah, besagen Seine Worte: «Niemand ist gut, denn der Eine Gott» (Mark. 10, 18; Matth. 19, 17). Gott ist für Ihn die Quelle alles Guten. Jakobus nennt Gott als den Urquell des Guten, den Vater der Lichter (s.d.) (Jak. 1, 17). Das bedeutet zunächst «Schöpfer der Himmelslichter» (Hiob 38, 28). Gott, der Quell dieser Lichter hat sie alle überstrahlt, daß bei Ihm keine Veränderung der Ab- und Zunahme, eine Überschattung durch einen Wechsel seine Stelle hat. Er ist eben Sich Selbst, die Fülle des Lichtes, statt eine Versuchung zum Bösen kommt von Ihm jede gute und vollkommene Gabe. Neben dem Ausdruck von «Licht» steht auch der Charakter der Heiligkeit (vgl. Ps. 104, 2; Hes. 1, 10; Hab. 3, 3) und die Seligkeit des göttlichen Lebens (Ps. 4, 7; 27, 1; 36, 10; Joh. 8, 12). Das alles Durchdringende des Lichtes bezeichnet Gottes Allwissenheit (Dan. 2, 22).

Johannes spricht den bestimmten Satz aus: «Gott ist Licht und Finsternis ist nicht in ihm» (1. Joh. 1, 5). Er tritt damit der trügerischen Ansicht entgegen, als vertrage sich die Liebe zur Sünde mit dem

Stand der Gläubigen. Licht bezeichnet hier den Gegensatz zur Sünde, es harmoniert mit Gottes Heiligkeit. Das Licht durchdringt und straft die Sünde (Joh. 3, 20). Licht schließt auch Gottes Liebe und Selbstmitteilung nach außen hin in sich. Wenn vom wahrhaftigen Licht die Rede ist, schließt das auch den Wandel der Liebe in sich. Unsere Liebe muß sich an der göttlichen Liebe entzünden. Es liegt da offenbar die Ansicht zugrunde, daß Licht auch Liebe ist, welche ihr Liebesleben mitteilt (1. Joh. 2, 8-10; 4, 9. 10). Da in Christo das Licht der Liebe als unser Leben erschien (Joh. 1, 1) ist dieser Satz die Gesamtsumme des Evangeliums.

Gott ist ein heiliges Licht im Gegensatz zur Sünde (vgl. 1. Tim. 6, 16), denn Gott wohnt in einem Licht, da keiner hinzukommen kann. Kein Mensch kann Ihn sehen, denn «unser Gott ist ein verzehrendes Feuer» (5. Mose 4, 24; Hebr. 12, 29; vgl. 5. Mose 9, 3).

Das Lichtsein Gottes, mit dem die Selbstoffenbarung und Selbstmitteilung verbunden ist, veranlaßt Paulus, Ihn den Vater der Herrlichkeit (s.d.) zu nennen (Eph. 1, 17). Er hat Christum dadurch auferweckt (Röm. 6, 4); Er wird angerufen, um zur Erkenntnis des herrlichen Erbteils zu erleuchten, um voll zuzubereiten, um mit der ganzen Fülle (s.d.) Gottes erfüllt zu werden (Eph. 1, 18; 3, 16-19). Man hat hier an Gottes Kraft (s.d.), Weisheit (s.d.) (Eph. 1, 18), an Seine Gnade (Röm. 9, 23; Joh. 1, 14) und an Seine Erhabenheit zu denken (Joh. 17, 22; 2. Kor. 3, 18). In der Herrlichkeit Gottes offenbart sich Seine ganze Fülle. Paulus konnte sagen, daß in Christo die ganze Gottesfülle leibhaftig wohnt (Kol. 2, 9), die Herrlichkeitsfülle in Gott zu genießen ist Glückseligkeit. Gott der Selige (s.d.) genügt Sich Selbst (Apostelg. 17, 25). Er hat Leben in Sich Selbst (1. Tim. 6, 15). Durch das Evangelium teilt Er Seine Herrlichkeit mit. Es heißt darum das Evangelium der Herrlichkeit des seligen Gottes (1. Tim. 1, 14). Durch die Zukunft Christi will Er Seine Herrlichkeit verwirklichen, die Er als der selige Gott dann erscheinen läßt (1. Tim. 6, 1s).

c) Gott verwirklicht Seine Herrlichkeit um Seiner Liebe willen. Im Neuen Bunde ist Gottes Liebe auf das Herrlichste erwiesen. Es kommt dadurch zu der Bestimmung: «Gott ist die Liebe» (1. Joh. 4, 8). Schon in dem Namen Vater (s.d.) liegt Gottes Liebe. Im Alten Bunde wurde der göttliche Vatername ausschließlich auf das Volk Israel angewandt, Jesus hat ihn zu der Vaterschaft auf alle Menschen erweitert (Joh. 4, 21). Er gebraucht diesen Namen auch der Samariterin gegenüber (vgl. Eph. 3, 15). Die Wendung: «Euer Vater, Dein Vater» (Matth. 6, 15. 18) deutet ein Vaterschaftsverhältnis zu jedem an. Damit ist eine besondere Liebe bezeugt, eine Fürsorge, die für jeden Einzelnen von großem Wert ist. Im Neuen Bund tritt in Verbindung der Erlösung (s.d.) und der Gabe des Geistes (s.d.) der Wert des Einzelnen in vollstes Licht. Im Alten Bunde war jeder Einzelne in das Ganze der Familie, des Stammes und des Volkes verschlungen. Jesus gebrauchte den Vaternamen Gottes im Blick auf Ihn Selbst, als der vom Vater erzeugte und geliebte Sohn (s.d.).

Gott gab Seinen einzigen geliebten Sohn für die Welt dahin. Das ist der größte Beweis der Gottesliebe (Joh. 3, 16). Diese große Tatsache begründet Johannes gleichsam mit dem Satz: «Gott ist die Liebe» (1. Joh. 4, 8). Gott ist demnach lauter Liebe. Damit stimmt überein, daß auch das Leben eines aus Gott Geborenen in der Liebe aufgehen soll (1. Joh. 4, 8. 12). Die Schöpfung verdankt der göttlichen Liebe ihre Entstehung und ihr Dasein. Gottes Heiligkeit ist die Voraussetzung. Im Verhältnis Gottes zur Schöpfung ist Seine Liebe das Eigenste, Innerste und Höchste. Wenn Gott straft, geschieht es nicht aus Seinem Innersten, denn Er plagt und betrübt die Menschenkinder nicht von Herzen (Klagel. 3, 33). In Barmherzigkeit bewegt Sich Gottes Innerstes (vgl. Luk. 11, 8; 1, 78). Gottes Ratschluß, der auf unser Heil abzielt, kommt aus Seiner Tiefe hervor (1. Kor. 2, 16). Die Strafe hat ein verhältnismäßig kleines Maß, die Gnade währt bis ins tausendste Glied und währt ewig (2. Mose 20, 5. 6; Jes. 54, 7. 8).

In den drei neutestamentlichen Sätzen sind die Grundbestimmungen des Alten Testamentes leicht zu erkennen, daß Gott Jahwe, der Heilige und Gnädige ist. Die Gottesnamen erhalten in Ihm ihr eigentliches Licht, daß sie in der Christusgemeinschaft mit Gott erfaßt werden können, in dem Haben Gottes, wie es ein Versöhnter hat. Gott Jahwe ist Geist, kann klar erkannt werden, wenn man auf Grund der Versöhnung des Heiligen Geistes teilhaftig geworden ist. Die ganze Gottesanschauung wird aus der Hülle der äußeren Grenze emporgehoben. Gottes Heiligkeit ist durch Christi Tod und die Geistesgabe in ein ganz neues Licht gerückt. Die Gnade Gottes ist erst aus der Offenbarung in Christo ganz zu erkennen.

8.) Gewisse Grundbestimmungen über Gottes Vollkommenheit sind aus den Grundgedanken zu folgern, welche die Schrift bietet, um sich vor selbstentworfenen Gesichtspunkten zu schützen. Um ein einheitliches Bild von Gott zu gewinnen, sind die Anhaltspunkte der Bibel festzuhalten. Der Entwicklungsgang der Offenbarung leitet an, die fundamentalen Grundbestimmungen in den Aussagen über Gott zusammenzufassen. Gott wird der Welt gegenüber in einer tragenden Macht einer unübersehbaren Fülle dargestellt, durch die Namen «El» (s.d.) und «Elohim» mit ihren Prädikaten. Die Offenbarung wendet sich nach innen, sie zeigt den inneren Grund der Macht, das aus sich selbst hervorquellende Leben, das unveränderliche Sein Gottes, durch den Namen Jahwe. Es wird bestimmt als unverletzliche Majestät des vollkommenen Lebens. Es ist der Heilige (s.d.) und als der Herablassende, als Geist, als Licht, was der Name Jahwe, der Heilige, die Liebe, der Gnädige (s.d.) enthält. Im Neuen Bund steht Gottes Innenwesen im Vordergrund, im Alten Bunde der Gnädige.

Gott, der das Geschaffene durchdringt, ist der Allgegenwärtige (s.d.), durch Seine Ewigkeit der König der Ewigkeiten (s.d.). Seine Gedanken verwirklicht Er durch Seine Allmacht (s.d.), alles Gewordene und Werdende erkennt Er durch Seine Allwissenheit (s.d.). Seine Allgegenwart (Ps. 139, 1-4; 7-9), die göttliche Durchdringung der Zeiten (Ps.

139, 2. 16) in Verbindung mit Seiner Allwissenheit und mit Seinem kräftigen Schaffen und Tragen aller Dinge (Ps. 139, 5. 10. 13) bezeugt der 139. Psalm. Gott steht über dem Raum, über der Zeit, über der Schöpfung. Das ist Seine Unräumlichkeit, Seine Ewigkeit und Überkreatürlichkeit.

Gott ist über Raum, Zeit und Welt erhaben, Er kann sie frei durchdringen. Die göttliche Durchdringung aller Dinge ist eine lebendige Macht. Gottes Wohnen in den Dingen ist ein lebendiges Wirken. Gott wohnt überall, im himmlischen Heiligtum ist Sein Wohnsitz, Er ist aber auch nahe bei denen, die eines zerschlagenen Geistes sind (Jes. 57, 15). Sein Eingehen in Zeit und Geschichte ist verschieden, ganz nach dem Maß, wie Er sich offenbaren will. Gott durchdringt alle Dinge, weil Er der Mächtige ist. In einer unwandelbaren Herrlichkeit weiß Er Sich als Mittelpunkt. Es ruht alles in Gottes Selbstmacht, aus dem ewigen Geist, der Freiheit Seines Willens.

Gottes freier Wille ist Seine Kraft- und Wissensfülle. Er ist auf das Gute, auf das Seinsollende und Wertvolle gerichtet. Er ist Gott in der Gottheit (s.d.). Gott will das Gute, weil Er Selbst der Gute ist. Gott, der ganz und unveränderlich auf das Gute gerichtet ist, offenbart Sich als der Heilige (s.d.). Die ganze Fülle göttlicher Kräfte ist dem Guten dienstbar, daß die Triebe Seiner Liebe enthüllt werden zum Heil. Aus Gottes vollkommener Seligkeit ergibt sich Sein Liebeswille, um das Gute den Menschen mitzuteilen. In der Welt der Geschöpfe, die durch die Sünde gestört ist, offenbart sich Gottes Liebe als Barmherzigkeit, als Gnade, Geduld, Güte und Treue (2. Mose 34, 6). Gottes Liebe hebt Seine Heiligkeit nicht auf. Gott bewahrt beides, Seine Liebe und Seine Heiligkeit. In Gottes Unveränderlichkeit liegt Sein Beharren in der Liebe.

Die Träger der göttlichen Weltregierung sind Seine Weisheit und Gerechtigkeit. Seine Weisheit ist Seine Allwissenheit im Dienste Seines heiligen Liebeswillens. Ihre Sache ist, die Welt einem göttlichen Ziele zuzuführen, sie einem beherrschenden Hauptzweck einzugliedern. Das Wirken im Dienst des heiligen Liebeswillens ist die Gerechtigkeit (s.d.). Die Wahrhaftigkeit ist das Fundament der göttlichen Gerechtigkeit. Das alles macht die göttliche Fülle (s.d.) aus (Kol. 2, 9). Alles wird zusammengefaßt in dem Begriff der Herrlichkeit Gottes (2. Petr. 1, 3). Diese Grundbestimmungen liegen in dem Herrlichkeitsnamen Jahwe (s.d.). Gottes Herrlichkeit liegt in diesem Namen angedeutet, sie wird auch dadurch vollendet. Alle Momente der Göttlichkeit sind in diesem Namen zusammengefaßt: Sein Geistsein, Seine Macht. Gottes Unveränderlichkeit umfaßt Seine Heiligkeit und Liebe, was sich in der Heilsgeschichte offenbart. Seine Heiligkeit ist vollkommen und unverletzlich. Seine Liebe ist das Hervorgehen aus Sich und das Eintreten in die Heilsgeschichte (Offb. 1, 8). Die Lebendigkeit des Namens Jahwe kann nur in der göttlichen Liebesfülle erkannt werden.

Der tiefsinnigste Name, durch den das göttliche Heilsgut in der Bibel beschrieben wird, ist der des ewigen Lebens. Das Leben stammt aus Gott, weil Er Selbst das Leben ist. Wer sich das Leben in Gott vorstellen will, muß das mit tiefster Beugung tun, wie das die Schrift vorschreibt. Die göttliche Macht, die in dem Gottesnamen «El» (s.d.) liegt, hängt eng mit dem Leben Gottes zusammen. Gottes Macht und Leben sind eine Bewegung des göttlichen Lebens und ein Ausfluß Seines Lebens. Der Name «Elohim» (s.d.) bezeichnet die Fülle, der Name «Jahwe» (s.d.) die Quelle dieses Lebens. Der Besitz des Lebens (vgl. Joh. 5, 26) ist der tiefste Ausdruck für den Geist Gottes, den Quell und die Triebkraft jeder Lebensauswirkung. Das Tiefste davon bleibt ein Geheimnis. Der Gott der Heiligen Schrift trägt eine Lebensfülle in Sich, welche reicher ist als die ganze Welt, wir können sie ebensowenig wie das Leben definieren. Wir können nicht einmal sagen, was das Leben ist. Alles Philosophieren kann nicht auf das unerschaffene Leben übertragen werden. Was die Bibel von Gott offenbart, Seinen Reichtum und die Fülle Seiner Kräfte, können wir nur glaubend ahnen.

273. Wer aufmerksam seine Bibel liest, weiß, daß in ihr von Gott vieles Heilswichtige offenbart wird. Das meiste davon wird überlesen, wodurch eine sehr große Unkenntnis der göttlichen Heilsoffenbarung anzutreffen ist. Mit dem Namen «Gott» sind annähernd 100 Ergänzungen verbunden, die in sehr verschiedenartigem Licht die Größe und den Reichtum des Heils enthüllen, das in der Gottesgemeinschaft uns zuströmt. Was in diesen Beifügungen von Gott ausgesprochen wird, harmoniert mit zahlreichen Schriftaussagen. Eine übersichtliche Klarstellung dieser Heilsbegriffe ist weit mehr als eine bloße Statistik, sie hat auch mit Wortklauberei gar nichts zu tun. Eine eingehende Studie über die Verbindungen mit dem Namen Gottes kann vielmehr als eine Führung zu den frischen Quellen des Heils gewertet werden. Lassen wir uns darum nicht durch übliche Gewohnheiten und Schablonen den Weg zu dieser Heilserkenntnis abriegeln!
Auf der alttestamentlichen Offenbarungsstufe heißt der Gott Israels **«der Gott Abrahams, Isaaks und Jakobs»** (2. Mose 3, 6. 15. 16; 4, 5; 6, 3; 1. Kön. 18, 36; vgl. Ps. 47, 10). Die Bürgschaft der ganzen Heils- und Gnadenführung Israels (vgl. 2. Mose 2, 24; 5. Mose 4, 37; 7, 8; 8, 18) ist mit dem Verheißungsbund verknüpft, den Gott mit den drei Patriarchen schloß. Damit wird Gottes Verhältnis zu den Erzvätern begründet. Es ist eine dauernde Beziehung, die auch durch den Tod der Patriarchen (vgl. 2. Mose 3, 6; 1. Mose 26, 24; 28, 13) nicht aufgehoben wurde (Matth. 22, 32).
Der Gott Abrahams, Isaaks und Jakobs hat mit den Erzvätern einen Gnadenbund aufgerichtet und ihnen verheißen, ihr Gott zu sein, sie zu ernähren, zu schützen, zu heiligen, zu erneuern, ihnen alles Gute zu erweisen, sie nach dem Tode wieder aufzuwecken und ins ewige Leben aufzunehmen. Ihren Nachkommen hat Gott das Land Kanaan zugesagt und daß der Messias aus ihrem Geschlecht kommen sollte.

274. Der verwandte Name: **«Jahwe, Gott Abrahams, Isaaks und Israels»** (1. Kön. 18, 36; 1. Chron. 29, 18; 2. Chron. 30, 6) ist zu beachten. Israel erinnert an die Namensänderung des Stammvaters Jakob, um

darauf hinzuweisen, mit welchem Anrecht sich Israel auf den Gott der Väter stützen darf.

275. **Gott über alles** wird Christus von Paulus genannt (Röm. 9, 5). Das griechische «epi panton» kann heißen «über alle Menschen» und «über alle Dinge». Der weitere Begriff «über alles», was existiert, ist vorzuziehen. Viele namhafte Ausleger setzen sich bei dieser Stelle mit dem gesunden Menschenverstand in Widerspruch. Mit dem «der da ist Gott über alles» meint Paulus den Sohn, der von den 24 Ältesten als «Herr, Gott, Allmächtiger» angeredet wird (Offb. 11, 17). Thomas, der den Auferstandenen mit: «Mein Herr und mein Gott» anredet, wird nicht vom Herrn zurechtgewiesen, sondern Er bezeugt ihm: «Du bist gläubig geworden.» (Joh. 20, 28. 29).

276. **Der alte Gott,** besser übersetzt: «Gott der Urzeit» (5. Mose 33, 27). Der ganze Versteil lautet nach dem Grundtext: «Zuflucht ist bei dem Gott der Urzeit, von untenher sind ewige Arme.» Der helfende Gott ist eine schützende Wohnstätte und ein tragender Grund. Er ist ein Gott der Vorzeit, von der Urzeit her hat Er sich vielfach bewährt als Derselbe (s.d.).

277. **Gott Amen** (Jes. 65, 15) wird auch mit «Gott der Treue» übersetzt. Er heißt «Gott Amen», weil Er Seine Verheißungen in Ja und Amen umsetzt (2. Kor. 1, 20). Es ist eine ebenso bekräftigende Bezeugung, wenn Sich Jesus: «Der Amen (s.d.), der treue und wahrhaftige Zeuge» (s.d.) (Offb. 3, 14) nennt.

278. **Gott der Ehre** (Ps. 29, 3) kann auch mit «Gott der Herrlichkeit» (s.d.) übersetzt werden. Gott offenbart Sich als der Allherrliche im Gewitter durch die Sprache des Donners.

279. **Der eifrige Gott** (2. Mose 20, 5; 34, 14; 5. Mose 4, 24; 6, 15; Jos. 24, 19; Nah. 1, 2) ist eine Bestimmung der göttlichen Heiligkeit. Es heißt darum: «Der allheilige Gott ist ein Gott der Eifersucht» (Jos. 24, 19). Gottes Eifersucht offenbart ein Zweifaches: 1. Seinen Zorneseifer; 2. Seinen Liebeseifer.
1.) Der eifrige Gott wendet sich rächend gegen jede Verletzung Seines heiligen Willens. Der Heilige Gott tilgt durch Seinen Eifer aus, was sich Ihm widersetzt. Gottes Eifer wendet sich vor allem gegen die Abgötterei, welche Seine Einzigkeit antastet (5. Mose 32, 21). Jede Sünde, die Seinen heiligen Namen entweiht, sucht Er heim (2. Mose 20, 5; vgl. Jos. 24, 19). So enthüllt sich die göttliche Eifersucht in Seinem Zorn. Der Gotteszorn ist die gespannteste Energie des heiligen Gotteswillens, der Eifer Seiner verletzten Liebe (vgl. 5. Mose 6, 15; 32, 21; Ps. 78, 58). Die verzehrende Wirksamkeit des göttlichen Zorneseifers wird symbolisch durch das Feuer ausgedrückt. Der eifrige Gott ist ein verzehrendes Feuer (5. Mose 4, 24), das bis in die Unterwelt brennt (5. Mose 32, 21). Der Zusammenhang des Zorneseifers mit der göttlichen Heiligkeit wird klar aus Jesaja 10, 17 erkannt: «Das Licht Israels wird zum Feuer und sein Heiliger zur Flamme, die brennt

und frißt seine Dornen und sein Gestrüpp.» Weil Gottes Zorneseifer Seine Heiligkeit offenbart, ist es nie eine bösartige Laune, wenn Gott im Eifer zürnt. Gottes Heiligkeit läßt Seinen Zorneseifer immer mit Maß erscheinen, wie es dem göttlichen Heilszweck entspricht (vgl. Hos. 11, 9; Jer. 10, 24; Jes. 28, 23).
2.) Jahwe eifert nicht allein für Sich, sondern auch für Sein heiliges Volk, daß es zu Gnaden angenommen werden kann. In diesem Sinne ist Seine Eifersucht ein **Liebeseifer** (vgl. 5. Mose 32, 26; Joel 2, 18; Sach. 1, 14; 8, 2). Der Eifer ist ein Entbrennen im Erbarmen (Hos. 11, 8). Daraus entwickelt sich die göttliche Verschonung (Joel 2, 18). Dieser Zusammenhang ist deutlich wahrzunehmen. Während nach dem ersten Bundesbruch am Sinai der göttliche Zorn ausbrach (2. Mose 32, 10), beschwor Ihn Moseh, indem er den göttlichen Eifer erweckte, das begonnene Erlösungswerk am Volke zu vollenden, schlug der Zorneseifer Gottes um und gab der Barmherzigkeit Raum (2. Mose 34, 6).

280. **Der Eine Gott** (5. Mose 6, 4), genau übersetzt lautet der Text: «Höre Israel, Jahwe unser Gott ist Ein Jahwe!» Er ist der Einzige Gott, der Selbständige und Beständige; Er ist allein der wirkliche Gott. Außer Ihm ist kein Gott (vgl. Jes. 43, 10; 44, 6; 45, 5. 14. 18). Paulus vertrat den gleichen Standpunkt (vgl. 1. Kor. 8, 4. 6; 12, 5. 6; Eph. 4, 6). Jesus zitiert dieses Schriftwort (Mark. 12, 29).

281. **Der ewige Gott** (Jes. 40, 28), ist nicht mit «El-Olam» (s.d.) in 1. Mose 21, 33 zu verwechseln. «Jahwe ist ein ewiger Gott» ruft Jesajah den Kleinmütigen zu. Er hat die ganze Erde von einem Ende zum anderen geschaffen. Die Macht in der Schöpfung, die Er immer noch besitzt, offenbart Ihn als ewig Gleichen, nie alternden Gott. Seine Kraft ermattet nie, Er ist vielmehr die Stärke der Ermüdeten.

282. **Gott ihr Erlöser** (Ps. 78, 35), vollständig: «Gott der Höchste, ihr Erlöser». Bei dem Strafgericht, durch welches das israelitische Geschlecht in der Wüste dahinstarb, besannen sie sich wieder auf Gott ihren Erlöser (s.d.) (vgl. 1. Mose 48, 16). Der Name «Goel» (s.d.) – «Erlöser» wird meistens mit dem Gottesnamen «Jahwe» (s.d.) verbunden.

283. **Großer Gott und Erretter** (Tit. 2, 13) ist ein Name Jesu Christi. Er wird der große Gott genannt, der alle göttlichen Vollkommenheiten in ganzer Fülle besitzt. Übersetzungsversuche, durch welche die Gottheit Christi in Frage gestellt wird, sind abzuweisen. Es ist der gleiche Sinn wie: «Das Königreich unseres Herrn und Erretters Jesu Christi» (2. Petr. 1, 11).

284. **Gott von Ewigkeit zu Ewigkeit** (Ps. 90, 2). Im Gegensatz zur Hinfälligkeit der sterblichen Menschen mit ihrer begrenzten Diesseitsgeschichte liegt in diesem Gottesnamen die immergleiche Erhabenheit des Herrschers, der die gesamte Welt- und Menschheitsgeschichte überdauert. Gott war vor der Schöpfung der Erde, und Er ist von Ewigkeit zu Ewigkeit. Sein Dasein reicht aus unbegrenzter Vergangen-

heit in die unbegrenzte Zukunft. Schon vor dem Anfang der Diesseitsgeschichte war Er, und Er wird sein bis in die entfernteste Zukunft. Gott war vorweltlich und wird überzeitlich sein, alle Ewigkeiten überdauert Er. Er, der von Ewigkeit zu Ewigkeit ist, bietet Sich uns, den Sterblichen und Vergänglichen, als ewige Wohnung an.

285. **Gott der ganzen Erde,** siehe aller Welt Gott!

286. **Gott: der Fels** (5. Mose 32, 4) ist an dieser Stelle der Inbegriff alles dessen, was im Abschiedsliede Mosehs vom Namen Gottes gepriesen werden soll. Dieser eine Gottesname faßt den Inhalt des ganzen Liedes zusammen, daß noch fünfmal vom «Fels» die Rede ist (vgl. 5. Mose 32, 15. 18. 30. 31. 37). Der Name bezieht sich auf den «Stein Israels» (s.d.) (1. Mose 49, 24), auf seine Festigkeit, wodurch auch Gott die Seinen fest macht. Der Name «Fels» bezeichnet Gott als den Unerschütterlichen und Unwandelbaren. «Der Fels» entspricht dem «Gott der Treue» (s.d.) (5. Mose 32, 4). Felsen und Berge machen vor allem den Eindruck der Unerschütterlichkeit, weshalb sie die Ewigen heißen (vgl. 5. Mose 33, 15; 1. Mose 49, 26; Ps. 44, 2; 68, 34; Jes. 23, 7; 51, 9; Mich. 7, 20; Hab. 3, 6). Die Anwendung des Bildes auf Gott betont vor allem seine Unwandelbarkeit, daß Er den Bedrängten eine Zuflucht gewährt, um sie zu schützen und aus allen Gefahren erhebt. Der Fels heißt darum «Fels der Rettung oder des Heils» (s.d.) (5. Mose 32, 15). Fels, Retter und Schild stehen in Verbindung (Ps. 18, 3), ebenso mit «Erlöser» (s.d.) (Ps. 19, 15) und «Burg» (Ps. 71, 3). Man vergleiche die Wendungen «Festungsfels» (Ps. 31, 3; Jes. 17, 10) und «Wohnungsfels» (Ps. 71, 3). Fels und Vertrauen auf Gott sind oft sinnverwandte Ausdrücke (5. Mose 32, 27; Ps. 18, 3; Jes. 26, 4; Ps. 18, 32). Fels ist «der unwandelbare Hort». Es ist der Haupttrost aller Gottesfürchtigen, daß Gott in Seiner Gottheit und Macht und in Seinem Willen unwandelbar ist und bereit ist, sie in allen Wandlungen und Brandungen zu bergen. Wie beliebt der Gottesname schon in alten Zeiten war, zeigen die Personennamen: «Elizur» – «Mein Gott ist ein Fels» (4. Mose 1, 5); «Zuriel» – «Mein Fels ist Gott» 4. Mose 3, 35); «Zurischaddai» – «Mein Fels ist der Allmächtige» (4. Mose 1, 6); «Pedahzur» – «Der Fels erlöst» (4. Mose 1, 10).
Der Gottesname «Fels» ist noch mit anderen Wendungen und Aussagen der Schrift verbunden, deren Betrachtung einen erbaulichen Wert hat. Gott ist nach dem Bekenntnis Davids allein **«der Fels»,** d.h. der unerschütterliche Vertrauensgrund (Ps. 18, 32; 2. Sam. 22, 32). Im gleichen Sinne sagt Jesajah, daß es außer Gott nirgends einen «Fels», einen Vertrauensgrund gibt (Jes. 44, 8; vgl. Jes. 26, 4; 17, 10). Er ist **«der Fels der Ewigkeit»** (Jes. 26, 4), der die Gläubigen umschließt, und alles zerschellt, was sie antastet. Psalmsänger nennen Gott den **«Fels meines Heils»** (Ps. 89, 27) und **«Fels unseres Heils»** (Ps. 95, 1; 2. Sam. 22, 47). Asaph bezeichnet Gott als «Fels meines Herzens» (Ps. 73, 26), wenn auch sein äußerer Mensch vergeht, ist Er der Grund, auf dem der Dichter steht, wenn alles wankt. Die fröhliche Gemeinde

Israels befindet sich auf dem Wege zum Berge Zion, um dort vor Ihm zu erscheinen, dem **«Fels Israels»** (Jes. 30, 29). In Davids letzten Worten wird der Gott Israels als der «Fels Israels» (2. Sam. 23, 3) gepriesen. Er ist des Volkes Vertrauensgrund. Gott wird **«der Fels meiner Stärke»** (Ps. 62, 8) genannt, daß auf jede Selbsthilfe und Selbstrache verzichtet werden kann. Der **«Fels meiner Zuflucht»** (Ps. 94, 22) erklärt sich aus Psalm 18, 2; in dem sich die Lieblingsnamen Gottes zusammenfinden und die Ergebnisse vieler Lebenserfahrungen mit Gott zusammengefaßt sind. Herzensfestigkeit, Heil, Rettung, Stärke und Zuflucht wird durch den Gottesnamen «Fels» dem Gläubigen verbürgt.

287. **Gott alles Fleisches** (Jes. 32, 27). Der ganze Vers lautet: «Fürwahr, ich bin Jahwe, der Gott alles Fleisches, sollte mir irgend ein Ding unmöglich sein?» Ein ähnlicher Ausdruck ist im 4. Buche Moseh zu lesen (4. Mose 16, 22; 27, 16). Vor dem Schöpfer Himmels und der Erde ist alles Fleisch ohnmächtig und vergänglich. Ihm müssen alle Menschen, auch die Feinde, gehorchen. Wenn sie auch die Stadt einnehmen, können sie nicht hindern, daß wieder Handel und Wandel im Lande sein werden. In Jeremia 32, 27 wird noch der Name: «Jahwe, der Gott alles Fleisches» genannt.

288. **Gott des Friedens** (Röm. 15, 33; 16, 20; Phil. 4, 9; 1. Thes. 5, 23; Hebr. 13, 20; vgl. 2. Kor. 13, 11; 2. Thes. 3, 16). Es ist ein neutestamentlicher Gottesname. Er ist kein Gott der Unordnung (1. Kor. 14, 33). Mit diesem Namen stehen verschiedene Heilsmomente in Verbindung. Der Friede ist durch Christum wiederhergestellt worden (Luk. 2, 14). Dieser Friede wird dem Gläubigen zuteil (Röm. 5, 1. 2; 14, 17). Gott ist als solcher der Urheber aller geistlichen und leiblichen Wohltat. Er will, daß Friede und Eintracht unter allen Gliedern Seiner Gemeinde vorhanden ist (Röm. 15, 33). Der Apostel wünscht das der Gemeinde zu Rom. In Erinnerung an die Verheißung vom Weibessamen (1. Mose 3, 15) tritt der Gott des Friedens den Satan in Kürze unter die Füße (Röm. 16, 20). Die Glieder Christi, die noch oft den satanischen Anläufen unterworfen sind, dürfen auf die völlige Besiegung des Satans hoffen. Die völlige Heiligung macht Paulus von dem Gott des Friedens abhängig (1. Thes. 5, 23). Der Hebräerbrief betont, daß der Gott des Friedens den großen Hirten der Schafe aus den Toten herausführte, unsern Herrn Jesum im Blute des ewigen Testamentes (Hebr. 13, 20). Der Gott des Friedens hat selbst das Mittel zur Versöhnung der Sünder erfunden. Seine Friedensgedanken (Sach. 6, 13) hat Er durch Christum verwirklicht. Die Gemeinschaft mit dem Gott des Friedens wird erlangt, wenn die Lehre, das Gehörte und Gesehene der apostolischen Verkündigung befolgt wird (Phil. 4, 9).

289. **Gott der Geduld und des Trostes** (Röm. 15, 5). Hier ist der Hinweis auf die unerschöpfliche Quelle der gemeinsamen Eintracht in der Gemeinde. Geduld oder Ausharren, und jede Tröstung oder Ermahnung (vgl. 2. Kor. 1, 3. 4), was zur Eintracht führt, kommt allein von Gott. Was Gott Selbst im höchsten Grade ist und hat, gibt Er

Seinen gläubigen Gliedern. Dieser Gottesname mit dem näheren Zusammenhang ist die stärkste Waffe für die wahre Einheit der Gemeinde gegen jede Strömung der Zwietracht.

290. **Gott der Geister alles Fleisches** (4. Mose 16, 22; 27, 16). Zweimal wird Gott mit diesem Namen angerufen. Moseh und Aron haben mit der Anrufung dieses Gottesnamens die Vernichtungsstrafe abgewandt, die wegen der Rotte Korah das Volk treffen sollte (4. Mose 16, 22). Sie wollten mit diesem Namen aussprechen, Gott hat alle Menschen erschaffen und ihnen Leben gegeben, daß Er ihren innersten Geist erkennt und durchdringt. Gott weiß darum, daß nicht alle Menschen mit den Aufrührern aus gleicher Bosheit gesündigt haben. Beide Männer leisteten Fürbitte auf Grund dieses Namens, Gott möge nicht der ganzen Gemeinde zürnen!
Moseh bediente sich des gleichen Gottesnamens, als er um einen rechten Nachfolger besorgt war, der das Volk nach seinem Tode führen sollte (4. Mose 27, 16). Von dem «Gott der Geister alles Fleisches» empfangen die Menschen ihre Natur- und Gnadengaben, die zur Verrichtung des Berufes nötig sind. Moseh erbat darum von Gott den rechten Mann, der über die Gemeinde gesetzt werden sollte, damit sie nicht wie Schafe ohne Hirte ist. In diesem Gottesnamen liegt der gleiche Sinn wie in dem Namen «Gott der Herzenskündiger» (s.d.). Vgl. Vater der Geister (Hebr. 12, 8)!

291. **Gott im Fleisch** (1. Tim. 3, 16) bezeichnet die Haupt- und Grundwahrheit des Evangeliums: die Menschwerdung Gottes. Der als Mensch erschienene Gott ist Jesus Christus, der von den Toten Auferstandene, von den Engeln Bezeugte und von Seinen Boten allen Völkern als Gottessohn Verkündigte. Von 171 Handschriften wird Christus an dieser Stelle als «Gott» bezeichnet.

292. **Der Herr Gott der Geister der Propheten** (Offb. 22, 6) hat Seinen Engel gesandt, um Seinen Knechten zu zeigen, was bald geschehen muß. Christus wird hier als Herr (s.d.) und Gott aller Propheten des Alten und Neuen Testamentes bezeichnet. Von Ihm, durch Seinen Geist, haben sie ihre Weissagungen empfangen (2. Petr. 1, 21). Die ganze Offenbarung ist eben eine Auslegung der Propheten, die Ihm unterstellt sind.

293. **Gott meiner Gerechtigkeit** (Ps. 4, 2). Gott ist der Inhaber und Urheber der Gerechtigkeit. Er rechtfertigt die verfolgte und verkannte Gerechtigkeit. Diesen Gerechtigkeitsgott bekennt David gläubigen Herzens als den Seinen (vgl. Ps. 24, 5; 59, 11). Die Gerechtigkeit, die er hat, hat er von Ihm.

294. **Gott des Gerichtes** (Jes. 30, 18) ist bereit, Sein Erbarmen walten zu lassen; den Seinen will Er zum vollen Recht verhelfen. Dieser Gottesname ist für alle Zeiten der Bedrückung und Verfolgung ein großer Trost.

295. **Glanz Gottes** (Ps. 50, 2) eigentlich: «Vollkommene Schönheit Gottes.» Dieser Lichtglanz der göttlichen Erscheinung breitet sich aus von der Stätte der Gegenwart Gottes, des Herrlichen.

296. **Gnädiger und barmherziger Gott** (Neh. 9, 31). Nehemiah begründet in seinem Bußgebet die Bezeichnung auf die Verheißung (Jes. 6, 13; Jer. 4, 27; 5, 18), daß Gott es mit Seinem Volke nicht garaus machen will.

297. **Gott aller Gnade** (1. Petr. 5, 10) offenbart den Urquell der Gnadenfülle. Gott, der allein Gnade gibt, schenkt nicht nur ein Teil, sondern verleiht alle Gnade in reichlicher Fülle. Die Berufungsgnade ist ein Unterpfand der Vollendungsgnade. Petrus vertraut dem Gott aller Gnade ein Vierfaches zu: daß sie vollbereitet, gestärkt, gekräftigt und gegründet werden, die eine kleine Zeit leiden müssen.

298. **Gott aller Götter** (5. Mose 10, 17). «Gott der Götter» (Ps. 136, 2; Dan. 11, 36). Er ist das Haupt, der Inbegriff alles Göttlichen, aller Kräfte und Mächte (vgl. 1. Tim. 6, 15; Offb. 17, 11; 19, 16; Ps. 89, 8; 95, 3; 96, 4). Im negativen Sinne sind die Götter der anderen Völker Götzen; im positiven Sinne Obrigkeitspersonen. Gott überragt alle an Macht und Größe.

299. **Gott der Hebräer** (2. Mose 3, 18). Dieser Gottesname erinnert die Israeliten an die Herkunft von ihrem Stammvater Eber (1. Mose 10, 21. 24. 25); über welchen Noah von Sem her seinen Segen aussprach. Vergleiche «Gott Sems»!

300. **Gott mein Gott und Heiland** (Ps. 51, 16); genau: «Gott, Gott meines Heils.» In einer doppelt dringlichen Bitte um Rechtfertigung und Erneuerung spricht David eine Steigerung des göttlichen Namens aus. Er wünscht Rettung von seiner Blutschuld.

301. **Gott der Hort meines Heils** (2. Sam. 22, 47; Ps. 18, 47). An der ersten Stelle lautet der Name nach dem Grundtext: «Gott der Fels (s.d.) meines Heils»; der Psalmtext heißt einfach: «Gott mein Heil.» Vergleiche die folgenden Namen!

302. **Gott mein Heil** (2. Sam. 22, 3; Ps. 18, 3). Es heißt eigentlich: «Horn meines Heils.» David sagt gleichsam, es ist das für meine Ohnmacht Eintretende, Überwindende und mir Heil Schaffende. Diese Benennung Gottes ist eine Frucht des Leidens. Ähnlich heißt es in Psalm 62, 8 und Jesaja 12, 2: «Gott ist mein Heil.» In Erinnerung an Israels Wüstenwanderung wird nach dem Dankliede Jesajahs der Gott des Heils dem Volke zum Heil, daß es mit Freuden aus den Heilsquellen schöpfen darf. David gründet sein Heil auf Gott, denn Er ist sein Heil. Der Prophet Michah wartet auf den «Gott meines Heils» (Mich. 7, 7) im Blick auf die immer ernster werdende Endzeit, in welcher die Red-

lichen verschwunden sind und einer dem anderen nicht mehr trauen kann. Ephraim verliert die festen Städte (Jes. 17, 3), weil ihm der Vorwurf gemacht werden muß: «Denn du hast vergessen des Gottes deines Heils» (Jes. 17, 10). Der Psalmsänger empfängt von dem Gott seines Heils (Ps. 24, 5) Gerechtigkeit. Diese Gerechtigkeit ist keine Selbstgerechtigkeit, sondern Gottes Heilsgabe (vgl. Ps. 25, 5; 27, 9). Wegen der überschwenglichen Erhörung des Gebetes nennt Israel «Gott unser Heil» (Ps. 65, 6).

303. **Gott mein Heiland,** diesen Gottesnamen spricht David in dem Liede aus, das der Verfolgung durch Saul seine Entstehung verdankt (2. Sam. 22, 3). Mit diesem Namen ruft der Beter am Anfang des trostlosesten aller Klagepsalmen Gott an (Ps. 88, 2). Der Name «Jahwe, Gott mein Heil» zeigt, welchen Gott der Angefochtene anruft. Die Gebetsanrede enthüllt, daß der Glaubensfunke nicht völlig erloschen ist. Er bleibt bei seiner Klage dem Gott seines Heils zugewandt. Diese durch alles Dunkel hindurchdringende Energie der Gebetszuflucht zu dem Gott des Heils ist der Grundcharakter alles Glaubens.

304. **Gott meines Heilandes** (Luk. 1, 47). Maria rühmt: «Mein Geist freuet sich Gottes meines Erretters.» Mit diesem Gottesnamen bekennt die Mutter Jesu, daß auch sie wie alle sündigen Menschen einen Retter haben mußte.

305. **Gott Israels und Heiland** (Jes. 45, 15). Der ganze Vers lautet: «Fürwahr, du bist ein verborgener Gott, du Gott Israels, du Heiland!» Es ist ein Ausruf anbetender Bewunderung. Er waltet in der Völkergeschichte so wundersam, daß Seine Wege, die zu einem herrlichen Ausgang führen, für menschliche Augen verborgen sind. Wie sich dieser Gott jetzt noch verbirgt, offenbart Er Sich als Gott des Heils. Er erweist Sich in Seinen verborgenen Führungen als Heiland oder Retter, daß die Götzenbilder umkommen, Israel aber mit einer ewigen Erlösung erlöst wird (vgl. Jes. 45, 21; Hos. 13, 4).

306. **Gott unser Heiland** (1. Chron. 16, 35; Ps. 85, 5; Tit. 3, 4). In 1. Chron. 16, 35 ist das interessante Wortspiel: «Rette uns, Gott unser Retter!» zu lesen. Der inhaltliche Zusammenhang schildert das Reich Gottes und Christi unter allen Völkern. Die Bitte der gläubigen Israeliten bezieht sich auf die völlige Errettung vom Antichristen. – Der Psalmist bittet mit diesem Gottesnamen nach der Rückkehr aus der Gefangenschaft um die Wiederherstellung des gesamten Volkes (Ps. 85, 5).

307. **Gottes unseres Heilandes,** ist ein Name Gottes, der zu den Eigentümlichkeiten der Pastoralbriefe gehört (1. Tim. 1, 1; 2, 3; Tit. 1, 3; 2, 1. 10; 3, 4; vgl. Jud. 25). Die übrigen Paulusbriefe geben gewöhnlich Christum diesen Namen. Dieser Name wird Gott dem Vater gegeben, um anzudeuten, was Er durch Christum zum Heil der Menschen ge-

tan hat. Er, unser Retter will, daß alle Menschen errettet werden und zur Erkenntnis der Wahrheit kommen (1. Tim. 2, 3). Gott unserm Erretter hat Paulus den Gang der Heilsoffenbarung von der Verheißung bis zur Erfüllung anvertraut (Tit. 1, 3). Die Lehre dieses Gottes soll durch treue Diener in allen Stücken geziert werden (Tit. 2, 10). Der von Paulus eigentümlich geprägte Gottesname wird besonders durch Gottes Güte und Menschenliebe erläutert, die uns errettet hat ohne jedes Verdienst, aus lauter Barmherzigkeit (Tit. 3, 4). -- Der Judasbrief empfiehlt, dem alleinigen Gott, unserem Heilande durch Jesus Christus, Ehre, Majestät, Macht und Gewalt zu geben (Jud. 25).

308. **Gott unseres Heils** (Ps. 68, 20). Wörtlich übersetzt heißt es: «Er, Gott, ist unser Heil.» Von einem majestätischen Zukunftsbild kehrt der Dichter getröstet in die Gegenwart zurück. Israel befindet sich wohl noch unter dem Druck, es ist aber noch nicht von Gott verlassen. Der Herr hilft den Druck der Feinde, der täglich auf ihm lastet, den Seinen tragen. Seine Kraft erweist Sich an den Ohnmächtigen mächtig. Gott ist unser Heil! Der Gedanke dieses Gottesnamens steigert sich noch zu dem Bekenntnis: «Gott ist uns ein Gott der Errettungen» (Ps. 68, 21). Er gewährt durch den Reichtum Seiner rettenden Macht und Gnade eine große Fülle an Hilfe. In Jahwes Macht ist sogar der Ausweg der Errettung aus dem Tode.

309. **Großer und schrecklicher Gott** (5. Mose 7, 21; 10, 17. 21; Neh. 1, 5; 9, 32; Dan. 9, 4). Dieser Name ist an allen Stellen mit dem Zusammenhang zu beachten. Er wird zuerst in der göttlichen Zusage von der Vertilgung der heidnischen Völker gefunden. Die Israeliten sollen sich vor diesen Feinden nicht fürchten, «denn der Herr, dein Gott ist unter dir der große und schreckliche Gott» (5. Mose 7, 21). Gott ist mit Seiner Gegenwart und Allmacht bei Seinem Volke, die Feinde müssen Seine Größe fürchten. Gott wird wegen Seiner herrlichen Taten von den Seinen angebetet, Seine Feinde erschrecken vor Ihm, weil kein Ansehen der Person vor Ihm gilt (5. Mose 10, 17). Er hat große und schreckliche Dinge getan, die den Gläubigen zur tiefsten Ehrfurcht, den Gottlosen zum Schrecken Seiner Allmacht bewegen (5. Mose 10, 21). Nehemiah nimmt diesen Gedanken zweimal in sein Gebet auf. Das Bewußtsein an der Gesamtschuld verleiht seinem Gebet einen ernsten Grundton, daß er Gottes Größe und Fruchtbarkeit empfindet, aber nicht zweifelt, daß Gott ihm seine Gnade nicht versagt (Neh. 1, 5). Trotz der Fruchtbarkeit Gottes und der Größe der Sünde bat Nehemiah um Abwendung der gerechten Strafen (Neh. 9, 32). Daniel entnimmt in seinem Bußgebet diesen Gottesnamen unverkennbar den Gebeten Nehemiahs (Dan. 9, 4). Bei dieser Anrede denkt der Prophet mit Schrecken an die Erhabenheit und Heiligkeit des Allerhöchsten, vor welcher der Sünder nicht bestehen kann. Es ist zu beachten, daß in sämtlichen Zusammenhängen, in welchen dieser Gottesname genannt wird, von der Liebe zu Gott und von dem Halten Seiner Gebote die Rede ist. Diese Tatsache trägt viel zum Verständnis des Namens bei.

310. **Großer und starker Gott** (Jer. 32, 18). Jeremiah versenkt sich in Gottes Verhalten gegen die Menschen. Er beweist Gnade und Huld an Tausenden, aber vergilt auch der Väter Verkehrtheit an den Söhnen. Darin erscheint ihm Gott als groß und gewaltig. Der Prophet denkt zweifellos an 2. Mose 20, 5 und 5. Mose 5, 9; was er auf den Gottesnamen anwendet.

311. **Gerechter Gott und Heiland** (Jes. 45, 21); der ganze Versteil lautet: «Einen Gott gerecht und heilschaffend gibt es nicht ohne mich.» Israels Heil und das Heil der Heiden wird durch Jahwe allein verwirklicht. Das Heil kommt durch das Gericht. Der Prophet schaut eine Reihe von Katastrophen, die in der Endzeit ihren Höhepunkt erreichen. Was sich dann alles ereignet, führt die Völker zu der Überzeugung, daß Jahwe der alleinige Gott ist. Durch die Gerichte hindurch bricht das Heil an. Gott offenbart Sich dann als gerecht, alles, was Er ins Werk setzt, ist auf das Heil der Menschen gerichtet. Er handelt streng nach den Forderungen Seiner Heiligkeit. Wo Sein Zorn nicht herausgefordert wird, schafft Er Heil. Der gerechte und heilschaffende Gott ruft die ganze Welt zur Hinkehr zu Ihm, um Seines Heils teilhaftig zu werden.

312. **Heiliger Gott** (Jos. 24, 19); der Text lautet: «Ihr könnt Jahwe nicht dienen, denn er ist ein allheiliger Gott.» Die Heiligkeit Gottes und Israels hängt mit dem Bundesverhältnis zusammen. Gott allein ist heilig und wer an der göttlichen Heiligkeit teilnimmt. Der heilige Gott ist der Erlöser der Menschheit. Der irdische Abglanz Seiner Heiligkeit ist das Licht; der Heilige Israels (s.d.) ist das Licht Israels (Jes. 10, 17). Gott heißt der Allheilige, weil Er das reine, helle, fleckenlose Licht ist. In Gottes Heiligkeit ist die völlige Reinheit, Vollkommenheit und Herrlichkeit ausgeprägt. Heiligkeit und Herrlichkeit bilden eine unzertrennliche Harmonie. Gottes Herrlichkeit offenbart sich in der Schöpfung und Erhaltung der Welt, Seine Heiligkeit aber in der Erwählung und Führung Israels. Weil Gottes Heiligkeit der Sünde entgegensteht und der Sünder der Heiligung widerstrebt, offenbart sich Gottes Heiligkeit in Seinem Gnadenreiche in der Heiligung derer, die sich heiligen lassen und im Vernichtungsgericht derer, die Seiner Gnadenführung widerstreben.

313. **Gott der Heilige** (Jes. 5, 16); der ganze Satz hat den Wortlaut: «Gott der Heilige heiligt sich in Gerechtigkeit.» Gott der Erhabene und Heilige will erhaben und geheiligt sein, was Jerusalem nicht getan hat. Gott bewährt Sich darum Selbst als der Erhabene durch Seinen Rechtsvollzug (vgl. Hes. 36, 20; 38, 23), durch Erweisung der Gerechtigkeit. Die Bewohner Jerusalems, die wegen ihres Verhaltens der Unterwelt preisgegeben sind, müssen Ihm gegen ihren Willen wie die Unterirdischen (Phil. 2, 10) die Ehre geben. Gott offenbart Sich darin als der Heilige.

314. **Mein Gott mein Heiliger** (Hab. 1, 12); der Prophet fragt: «Bist du nicht von der Urzeit her Jahwe, mein Gott, mein Heiliger?» Habakuk schöpft aus der Heiligkeit des treuen Bundesgottes den Trost und die Hoffnung, daß Israel nicht untergeht, das Gericht dient nur als schwere Züchtigung. Israels Gott ist Jahwe, der Heilige. Habakuk redet fragend mit Gott, nicht weil er an Gottes Strafgericht zweifelt, sondern er enthüllt damit, wie der Glaube in Anfechtung steht. Seine Frage aber ist der Bejahung ihres Inhaltes gewiß, daß Israel nicht untergeht. Seine Hoffnung stützt sich darauf, daß Jahwe von altersher Israels Gott ist, daß Er als der Heilige Israels an den Feinden des Volkes Frevel nicht ungestraft sein läßt. Der Gott, zu welchem der Prophet betet, ist Jahwe, der Ewigbeständige, Derselbe ist «mein Gott», Israels Gott, der sich von der Urzeit her Israel zum Eigentum als Sein Volk erwählte; Er ist «mein Heiliger», der absolut Reine, der das Böse nicht ansieht und nicht duldet, daß der Frevler den Gerechten verschlingt.

315. **Gott der Herrlichkeit** (Apostelg. 7, 2) ist der Gottesname, womit Stephanus seine Verteidigungsrede eröffnet. Der Verleumdung gegenüber, er habe Gott gelästert (Apostelg. 6, 11), bezeugt er damit seine tiefe Ehrfurcht vor Gott und gibt Ihm die gebührende Ehre. Wenn er die Herrlichkeit Gottes betont, denkt er an Seine Größe, Vollmacht und Alleinherrschaft, wonach Gott an Nichts und Niemand gebunden ist, der Sich offenbaren kann, wem und wie und wo Er will. «Gott der Herrlichkeit» faßt eine ganze Lehranschauung in Sich, es ist ein Ausgangspunkt, von dem auszugehen ist, um über die göttliche Offenbarung ins Klare zu kommen. Vgl. Gott der Ehre! → 278

316. **Gott, Herrscher in aller Welt** (Ps. 59, 14). Der Psalmsänger bedient sich dieses Gottesnamens, damit alle erkennen, daß Gottes Herrschaft die ganze Welt umfaßt. Die entferntesten Völker sollen inne werden, daß Gott als der gerechte Herrscher Macht hat, die Gottlosigkeit zu züchtigen. Die Universalherrschaft über die ganze Erde wird dem Messias verheißen (Ps. 72, 8). Diese Psalmstelle deutete und verstand auch der Prophet Sacharjah messianisch (vgl. Sach. 9, 10). Man vergleiche die Wendung: «Herr der ganzen Erde» (Jos. 3, 11. 13) und: «Herrscher der ganzen Welt» (Micha 4, 13).

317. **Gott der Herzenskündiger** (Apostelg. 15, 8). An dieser Stelle bezeugt Petrus, daß Gott, der Kenner der Herzen die Heiden durch den Glauben gereinigt habe. Wenn der Apostel Gott so nennt, bezeugt er, daß Gott sich nicht geirrt hat. – Hier ist die Sache klar, daß Gott der Kenner der Herzen gemeint ist. Anders verhält es sich in Apostelgeschichte 1, 24; worüber sich die Ausleger uneinig sind. Sie fragen sich, ob das Gebet an Gott oder an den erhöhten Herrn Jesum gerichtet ist. Ein Erklärer meint, das Gebet sei an Gott gerichtet, denn schon Jeremia 17, 10 kenne Gott als Herzenskündiger. Stellen, wie Johannes 2, 25; 21, 17; Offenbarung 2, 23 schreiben auch

Jesus eine Kenntnis des menschlichen Herzens zu. Wenn Gott darum gebeten wird, den rechten Mann zu zeigen, erinnert das an Jesu Handlungsweise, als Er die siebzig Jünger aussonderte, die Er im Ratschluß des Herzenskündigers erwählte (Luk. 10, 1). Die Gedanken des Herzens sind vor Gott offenbar (vgl. Ps. 7, 10; Jer. 11, 20; 17, 10; 20, 12).

318. **Gott unsers Herrn Jesu Christi** (Eph. 1, 17). Paulus nennt den Geber im Sinne der Gabe, die er von Ihm für die Gläubigen erbittet. Gotteserkenntnis, die ins ewige Leben reicht (Joh. 17, 3), ist nur da vorhanden, wo Gott erkannt wird als der, welcher Sein Wort: «Ich bin der Herr, dein Gott», durch die Sendung Seines Sohnes zum erfüllten Heilswort gemacht hat. Weil Gott unseres Herrn Jesu Christi Gott ist, ist Er in Ihm auch unser Gott. Der Sohn Gottes, unser Erstgeborener Bruder (Röm. 8, 29) hat uns Gott zum Vater der Herrlichkeit (vgl. 2. Kor. 1, 3), zum «Vater der Barmherzigkeit» (s.d.) werden lassen.

319. **Heiland Gottes** (Luk. 3, 6). Der Text ist zu übersetzen: «Und alles Fleisch wird das Heil Gottes sehen.» Es ist gedächtnismäßig nach der LXX aus Jesaja 40, 3-5 angeführt. Der Evangelist setzt diese Weissagung in deutliche Beziehung zum Heil Gottes, das Jesus gebracht hat.

320. **Gott des Himmels** wird zuerst von Jonah vor heidnischen Schiffsleuten genannt, als sie sich in Seenot befanden (Jon. 1, 8). Er verehrte den Gott des Himmels, der die Erde und das Meer geschaffen hat. Er bekannte den lebendigen Gott, der als Schöpfer der ganzen Erde die Welt regiert.
Der Gott des Himmels ist nach Daniel 2, 18. 37 der Gott, der den Himmel als Sitz aller lebenden Kräfte geschaffen hat, der in diesem Himmel wohnt, den jedoch aller Himmel Himmel nicht fassen.
Dieser Gottesname kehrt in den späteren Schriften des Alten Testamentes immer wieder. Die Juden bedienten sich dieser Bezeichnung ihres Gottes den Babyloniern und Persern gegenüber (vgl. Esr. 1, 2; 2. Chron. 36, 26; Esr. 5, 12; 6, 9. 10; 7, 12. 21). Babylonier und Perser nannten mit diesem Namen den Gott Israels. Im Munde der Heiden sollte dieser Name den im Himmel Wohnenden bedeuten, im Unterschied zu den Sterngottheiten. Bei den Juden hatte der Name die Bedeutung, daß Gott, der Sich in der reinen, heiligen Geisterwelt offenbart, von dort aus auch die Welt beherrscht (Neh. 1, 4. 5; 2, 4. 20). Der Gott des Himmels wird im 136. Psalm gepriesen (Ps. 136, 26).
Im Unterschied zu dem Gott der Erde (Offb. 11, 4) wird noch der Gott des Himmels genannt (Offb. 11, 13), der Sich als solcher durch die Hinwegnahme der beiden Zeugen der Endzeit erwiesen hat.

321. **Jahwe, Gott des Himmels und Gott der Erde** (1. Mose 24, 3) ist ein besonders feierlicher Gottesname. Der Großartigkeit entspricht auch der heilige Eidschwur. Im 1. Buche Moseh und in der vorexilischen

Literatur des Alten Testamentes kommt dieser Gottesname nicht mehr vor. Der Titel: «Gott des Himmels» (s.d.) kommt dagegen in den späteren Schriften oft vor (vgl. Esr. 1, 2; 5, 12; 6, 9; 7, 12. 21. 23; 2. Chron. 36, 23; Neh. 1, 4; 2, 4. 20; Ps. 136, 26; Jon. 1, 9; Dan. 2, 37. 44; 5, 23). Damit ist nicht gesagt, daß die Juden diesen Gottesnamen von den Persern übernommen haben. Schon in der Melchisedeks-Geschichte wird der Allerhöchste Gott genannt, dem Himmel und Erde gehören (1. Mose 14, 19. 22). Wenn dem Abraham noch andere Gottesnamen offenbart wurden, so lag doch in diesem Namen das Bekenntnis zum wahren Gott im Gegensatz zu der Vielgötterei der umliegenden Völker.

322. **Herr, Gott des Himmels** (1. Mose 24, 7) heißt vorher: «Jahwe, Gott des Himmels und der Erde» (s.d.) (1. Mose 24, 3). Hier wird der Himmel als eigentlicher Sitz und Thron des großen Gottes genannt. Von diesem Gott hat sich Abraham aus seiner Heimat und von seiner Verwandtschaft nach Kanaan führen lassen.

323. **Gott im Himmel,** diese Bezeichnung steht zunächst in folgendem Zusammenhang: «Jahwe, Gott, du hast angefangen sehen zu lassen deine Größe und deine Stärke o Gott, denn welcher Gott ist im Himmel oder auf Erden, der da täte wie deine Taten und deine Kraftwerke?» (5. Mose 3, 24). Die göttliche Selbstoffenbarung ist groß, um im Verlauf des Reiches Gottes auf der Erde und im Himmel ihre völlige Darstellung zu finden. Die Begründung der Größe Gottes, die im Himmel und auf Erden ihres Gleichen nicht hat, findet in den Psalmen (Ps. 86, 8; 89, 7) und in den Propheten (Jes. 40-48; Jer. 10, 6; vgl. Ps. 96, 5; 1. Kor. 8, 5) ihren Widerklang.
Moseh faßt in 5. Mose 4, 32. 38 die ganze Geschichte von 2. Mose 3 bis 20 kurz zusammen. Die Zusammenfassung enthält den Grundgedanken, daß der Gott der Offenbarung allein der wahre Gott ist. Israel wird darum aufgefordert: «So erkenne es denn heute, und nimm es zu Herzen, daß Jahwe Gott ist oben im Himmel und unten auf Erden, und keiner mehr» (5. Mose 4, 39). «Jahwe ist allein Gott und keiner mehr» (5. Mose 4, 35). Es wird dem Volke empfohlen, die Wunder der göttlichen Macht sich ins Gedächtnis zu rufen und zu beherzigen! Zu dieser Glaubenserkenntnis, zu welcher Israel durch Gottes wunderbare Hilfe kommen sollte, gelangte Rahab, daß sie Jahwe, den Gott Israels als Gott im Himmel droben und unten auf Erden erkannte und bekannte (Jos. 2, 11). Der geschichtliche Zusammenhang mit diesem Gottesnamen bekundet die Ereignisse der göttlichen Allmacht. Die wunderbare Hilfe soll zur Glaubenserkenntnis des alleinigen Gottes droben im Himmel und unten auf Erden führen.
Die Gottesbezeichnung «Gott im Himmel» findet ihre schönste Erläuterung im 115. Psalm; es heißt dort auf die höhnische Frage der Heidenvölker: «Unser Gott aber ist im Himmel, alles, was er will, führt er aus (Ps. 115, 3): Wo ist doch ihr Gott?» Es sind nur tote Götzen, die sie anbeten. Gottes Allmacht überragt alles Irdische, sie

ist höher als alles, was es gibt. Die Höhe des Himmels über der Erde gilt oft als Maßstab der erhabenen Größe und Heiligkeit Gottes.
Die göttliche Hoheit soll nach der Schrift ständig an die menschliche Niedrigkeit erinnern. Die Ehrfurcht vor Gottes Majestät muß den Menschen davon fernhalten, leichtsinnig und viel vor Gott zu reden, besonders im Gebet, nichts zu geloben, was nicht gehalten wird. Es heißt in Prediger 5, 1: «Nicht übereile deinen Mund, und bring nicht schnell dein Herz ein Wort vor Gott hervor, denn Gott ist im Himmel, aber du auf Erden; darum seien deiner Worte wenige!» Der Mensch im Staube soll mit Ehrfurcht vor Gott im Himmel erscheinen, er soll sich vor gedankenloser Unbedachtsamkeit hüten!

324. **Großer Gott** (Neh. 8, 6), so nennt Esra in seiner Doxologie vor dem Volke Jahwe, bei der Verlesung des Gesetzes. Jahwe heißt sonst im Buche Nehemiah immer, der «große und furchtbare Gott» (Neh. 1, 5; 4, 8;) oder «Gott, der Große, der Gewaltige und Furchtbare» (Neh. 9, 32). Die Bezeichnung «Großer Gott» erinnert an einige Psalmstellen. Der Dichter fragt im Rückblick auf die Geschichte Israels: «Wo ist ein Gott, groß wie Gott?» (Ps. 77, 14). Mit Seiner Größe, die Er in der Erlösung Israels offenbart hat, ist nichts zu vergleichen. Gott ist als Schöpfer über alle Mächte der Natur und Menschenwelt erhaben (vgl. Ps. 95, 3; 96, 4; 97, 9). Der Psalmsänger hofft, daß der große und furchtbare Name Gottes (5. Mose 10, 17) überall zur Anerkennung gelangt (Ps. 99, 2. 3). Preiswürdig ist der Gott Israels, denn Er ist groß und ein Herr über alle Götter (Ps. 135, 5). Einen würdigeren und unerschöpflicheren Gegenstand des Lobes als Gottes Größe gibt es nicht (Ps. 145, 5). An diese Psalmstellen, aber auch an die Gebetsanrede des Propheten Jeremiah (Jer. 32, 18) und Daniels (Dan. 9, 4) erinnert die Bezeichnung Gottes im Buche Esra.

325. **Hoher Gott** (Mich. 6, 6) ist genau «der Gott der Höhe», d. h. «der in der Höhe Wohnende» (vgl. Jes. 33, 5; 57, 15), «der im Himmel Thronende» (Ps. 115, 3). Israel, das Gottes Wohltaten erfahren hat, aber Gott mit schnödem Undank lohnte, fragt: «Womit soll ich Jahwe entgegenkommen, mich beugen vor dem Gott der Höhe? Soll ich ihm entgegenkommen mit Brandopfern, mit jährigen Kälbern?» Bemerkenswert ist im Zusammenhang mit diesem Gottesnamen die Frage nach dem gottwohlgefälligen Opfer, die in einigen Propheten- und Psalmstellen ihre Antwort findet (vgl. Jes. 57, 15; 66, 1. 2; Ps. 113, 5-8; 51, 19). Der «Gott der Höhe» wohnt bei den Niedrigen und Elenden. Opfer Gottes sind ein zerbrochenes Herz, ein zerschlagenes und geängstigtes Herz, es verachtet Gott nicht. Hier ist eine Anweisung, wie der sündige Mensch mit dem «Gott der Höhe» versöhnt werden kann.

326. **Gott der Hoffnung** (Röm. 15, 13) nennt Paulus Gott im Anschluß an das zitierte Wort aus Jesaja 11, 10: «Auf ihn werden die Heidenvölker hoffen» (Röm. 15, 12). Gott war Seinen Lesern als die «Hoffnung

Israels» (s.d.) (Jer. 17, 13) und der «Vater der Hoffnung» (s.d.) (Jer. 50, 7) bekannt, der auch uns eine gute Hoffnung gegeben hat in Gnade (2. Thes. 2, 16). Im Gegensatz zum «Gott der Hoffnung» sind wir «Menschen der Verzweiflung». Der Apostel wünscht der Gemeinde, daß sie von Gott mit Freude und Friede erfüllt wird und durch die Kraft des Heiligen Geistes eine reichliche Zunahme der Hoffnung empfängt (vgl. 1. Kor. 15, 58; 2. Kor. 8, 7; Phil. 1, 9; Kol. 2, 7).

327. **Gott mein Hort** (2. Sam. 22, 47), der ganze Vers heißt wörtlich: «Und es sei erhoben mein Gott, der Fels meiner Rettung.» Der Paralleltext Psalm 18, 47 lautet einfach: «Und es sei erhoben mein Gott, meine Rettung!» Vergleiche hierzu: Gott ihr Fels!

328. **Gott Israels,** dieser Gottesname findet seine würdigste Anwendung fünfmal in der Schlußdoxologie (1. Chron. 16, 36; Ps. 41, 14; 72, 18; 89, 53; 106, 48): «Gepriesen sei Jahwe, der Gott Israels, von Ewigkeit zu Ewigkeit!», wodurch der ganze Psalter planvoll in fünf Bücher aufgegliedert wird. Das ganze Buch der Psalmen enthält ein gewaltiges Zeugnis von Christo und Seinem Reiche. Die Schlußdoxologie eines jeden Psalmteiles verherrlicht Ihn, daß eine Steigerung des verheißenden, messianischen Lobes zu erkennen ist. Das erste Psalmbuch endet mit einem Freudenzeugnis von Christi Erhöhung und Herrlichkeit nach Seinem Leide (Ps. 41, 14). Das zweite Psalmbuch (Ps. 72, 18) schließt mit der Verherrlichung Christi, dessen Reich nach Seiner Vollendung festgegründet ist. Das dritte Psalmbuch (Ps. 89, 53) bezeugt, daß alle Verheißungen für das Haus Davids trotz aller Erniedrigung in Christo herrlich erfüllt werden. Sein Reich überwindet im Unterliegen. Das vierte Psalmbuch (Ps. 106, 48) beendet eine Verheißung der Wiederbringung und Herrlichkeit Israels um Christo willen, dessen Zentralvolk Israel am Ende der Tage wieder werden soll. Das fünfte Psalmbuch (Ps. 150) endet mit dem Lobe Gottes, mit einer Ermunterung zum Preise Jahwes, der in Christo Sein Heilswerk herrlich vollendet hat.
Der Name «Gott Israels» kommt dreiundvierzigmal, der vollständige Gottesname «Jahwe Gott Israels» einhundertsechzehnmal in der Bibel vor. Jakob nennt zuerst den «starken Gott Israels» (1. Mose 33, 20), der sich in der mosaischen Zeit in «Jahwe, Gott Israels» (vgl. 2. Mose 34, 23) wandelt, der ein Lieblingsname des Buches Josuah ist. Alte Erklärer sehen mit Recht in diesem Gottesnamen den Messias, der im Alten Bunde mehrfach Menschengestalt annahm und gesehen wurde, der ein Opfer für uns werden konnte und geworden ist. Moseh, Aaron, Nadab, Abihu und die 70 Ältesten schauten den «Gott Israels» (2. Mose 24, 10). Der Name «Jahwe, der Gott Israels» kehrt in späteren Geschichtsbüchern (vgl. 1. Sam. 25, 32; 1. Kön. 1, 48; 8, 15; 1. Chron. 16, 26; 29, 10; 2. Chron. 2, 11; 6, 4) in der Segensformel wieder: «Gepriesen sei Jahwe, der Gott Israels.» Daran erinnert im Neuen Bunde Zacharias in seinem Lobgesang (Luk. 1, 68), womit er den Herrn dafür preist, daß Er Sein Volk heimgesucht und ihm die Erlösung bereitet hat.

329. **Gott, der ewige König** (1. Tim. 1, 17), heißt eigentlich: «König der Weltzeiten.» Der Gedanke an die große Errettung und an die grundlose Barmherzigkeit veranlaßt den Apostel zu einem begeisterten Lobpreis Gottes, unseres Erretters. Im Anklang an Psalm 145, 13: «Dein Königreich ist ein Königreich aller Ewigkeiten» preist er Gott als König der Weltzeiten, als Beherrscher und Regierer aller Zeitverhältnisse.

330. **Gott ist König** (Ps. 47, 8. 9). Der Zusammenhang des Psalms rühmt Jahwes königliche Erhabenheit über die ganze Erde (Ps. 47, 3). Gott wurde zuerst Israels Gott, um aller Völker Gott zu werden. Sein Herrschaftsgebiet, das Israel zum Mittelpunkt hat, erstreckt sich über die ganze Erde. Gottes Weltherrschaft, die der Psalmsänger besingt, ist ein Vorspiel des endzeitlichen Reichsantrittes, dessen Ankündigung der Seher der Offenbarung vernimmt (Offb. 11, 15-18). Es ist der Inhalt der Botschaft des Friedensboten (Jes. 52, 7).

331. **Mein König und mein Gott** (Ps. 5, 3; 84, 4), ist an der ersten Stelle eine Gebetsanrede. Der Beter ist selbst König, darum hat die Anrede einen besonderen Sinn. David, der theokratische König, vertritt die Sache des unsichtbaren Königs und Gottes. Er betet mit ganz Israel in der Frühe des Tages seinen König und Gott an.
Im 84. Psalm hat die Anwendung des Gottesnamens einen anderen Sinn. Der Dichter ist von inniger Liebe und Sehnsucht nach dem Heiligtum Jahwes erfüllt. Die Altäre Jahwe Zebaoths, seines himmlischen Königs und Gottes sind seine Heimat, in der er herrlich geschirmt wird. Mit innigster und gläubiger Liebe sucht er Anschluß an seinen König und Gott.
Der gleiche Gottesname kommt noch in drei Psalmen in umgekehrter Reihenfolge und in anderen Wendungen vor (Ps. 44, 5; 68, 25; 74, 12). Der 44. Psalm ist ein Klage- und Bittpsalm, weil Israel der Heidenmacht unterlegen ist. Auf Grund der Gnade Gottes bittet er um baldige Erlösung. Der Dichter ruft aus: «Du, du bist mein König, Gott!» (Ps. 44, 5). Israel zieht diese Lehre aus der Geschichte der Vorzeit. Gottes königliche Machtvollkommenheit bietet Jakob das volle und ganze Heil. Wenn Sich Gott, Jakobs König, Seinem Volke wieder gnädig zuwendet, gewinnt es durch Gottes Gnadenmacht in der Ohnmacht die Übermacht.
In Psalm 68, im glanzvollsten «Elohim(Gottes)-Psalm» begegnet uns eine Fülle von Gottesnamen: «Elohim» (Gott) dreiundzwanzigmal, «Jahwe» (Vers 17), «Adonai» (s.d.) sechsmal, «ha-El» (s.d.) zweimal, «Schaddai» (s.d.) (Vers 15), «Jah» (s.d.) (Vers 5), «Jahwe Adonai» (Vers 21) und «Jah Elohim» (Vers 19). Es kommt unser Gottesname hier vor in den Worten: «Man sieht deinen Prachtzug, o Gott, den Prachtzug meines Gottes, meines Königs in Heiligkeit» (Ps. 68, 25). Aus diesen Worten spricht Israels Freude über die Gerichts- und Erlösungstat Seines Gottes und Königs. Israels Heil gilt als Gottes Triumphzug, des Königs, der in Heiligkeit regiert und die unheilige Welt unterwirft und demütigt.

Der 74. Psalm enthält die Lieblingsanschauung von Israel, der Herde Gottes, und einen Rückblick auf die Urgeschichte. Mitten im Elend der Verfolgung schöpft der Dichter Trost aus der Vergangenheitsgeschichte, wo Gott, Israels König, die reiche Fülle Seines Heils überall auf Erden in Heilstaten entfaltete (Ps. 74, 12).

332. **Lebendiger Gott,** kommt dreiunddreißigmal in der Bibel vor. Moseh spricht von der Stimme des lebendigen Gottes, die das Volk hörte, obgleich es Fleisch ist (5. Mose 5, 23). Sterbliche und vergängliche Menschen sind das Gegenteil vom lebendigen Gott (vgl. Jes. 31, 3; 40, 5. 6). Er ist die Quelle des Lebens (Ps. 36, 10). Gott beabsichtigt als der Lebendige nicht, die Menschen zu töten (5. Mose 4, 33), sondern Er will sie in Seiner Lebendigkeit mit Seinen Lebenskräften durchdringen und sie mit Sich zur Unsterblichkeit erheben.
Josuah nennt Jahwe den lebendigen Gott im Gegensatz zu den toten Götzen der Heiden (Jos. 3, 10). Er bezeugt Sich als der Lebendige im Blick auf Seine Werke, durch welche Er Sich als der Erlöser und Führer Seines Volkes erzeigt. Gott offenbart Seine lebendige Gegenwart in der Mitte Seines Volkes durch außerordentliche und einmalige Machttaten.
Der Philister Goliath, den David erschlug, verhöhnte die Schlachtreihen des lebendigen Gottes (1. Sam. 17, 26). Er mußte erfahren, daß er es nicht mit Menschen, sondern mit Gott zu tun hatte. Mit Gott, der lebt, hatte er es zu tun, nicht mit einem toten Götzen. Davids Mut gegen den Riesen ruhte auf dem zuversichtlichen Glauben, daß der lebendige Gott Sein Volk nicht ungestraft von einem Heiden verlästern läßt (1. Sam. 17, 36). Die Schlachtreihen Israels kämpften in der Kraft Jahwes, welcher der Gott der himmlischen Heerscharen ist.
Der assyrische Großkönig Sanherib mit seinem Obermundschenken Rabsake sprachen dem lebendigen Gott Hohn (2. Kön. 19, 4). Der Prophet Jesajah nennt den Oberfeldherrn, den Erzkämmerer und den Obermundschenken, die hohen Beamten des Königs von Assyrien, «böse Buben», weil sie den lebendigen Gott Israels höhnten und lästerten (2. Kön. 19, 6. 7). Das veranlaßte König Hiskiah im Tempel zu beten und den Drohbrief des assyrischen Königs vor Gott auszubreiten (2. Kön. 19, 16). Der lebendige, heilige Gott Israels läßt Sich nicht wie die Götter der Heiden verbrennen, denn Er ist Selbst ein verzehrendes Feuer, das die Widersacher verzehrt (vgl. Hebr. 10, 27; 12, 29). Der lebendige Gott ist kein Werk von Menschenhänden oder Menschengedanken. Hiskiah bezeichnet gegen den Wahn der Assyrer Jahwe den Gott Israels als den lebendigen Gott über alle Königreiche der Erde, weil Er der Schöpfer Himmels und der Erde ist. In der Hilfe gegen das assyrische Heer hat Sich Jahwe als der lebendige Gott erwiesen. (Vgl. Jesaja 37, 4. 17!
Der Sänger des 42. Psalms dürstet in Sehnsucht nach dem lebendigen Gott (Ps. 42, 3). Er ist wie das fließende Wasser der Lebensborn (Ps. 36, 10; Jer. 17, 13), von welchem nie versiegende Gnadenströme

ausströmen, die den Durst der Seele stillen. Der Dichter des 84. Psalms verzehrt sich in Liebessehnsucht nach dem lebendigen Gott (Ps. 84, 3). Sein Herz und Fleisch jubelt dem lebendigen Gott entgegen. Freude über den einstigen Genuß ergreift seine Leiblichkeit, ihn erfüllt das Weh der Sehnsucht ganz und gar, um wieder dem Quell des Lebens nahen zu dürfen.
Jeremiah muß klagen, daß die Bewohner Jerusalems bei dem lebendigen Gott falsch schwören (Jer. 5, 2). Damit verschlimmern sie ihre Sache mehr als wenn sie bei den Götzen schwörten. Der Name Gottes hätte veranlassen müssen, an der Wahrheit festzuhalten und vor unwahren Aussagen und Gelübden zu bewahren.

Der gleiche Prophet stellt den Götzen den lebendigen Gott Israels gegenüber (Jer. 10, 6. 10). Jahwe ist kein Scheingott, sondern ein wirklicher Gott; kein lebloses Holz, sondern ein lebendiger Gott. Er ist ein König der Ewigkeit; Er vergeht nicht wie die Götzen vergehen; Er steht auch nicht regungslos, vor Seinem Zorn erbebt die Erde. Überall offenbart Sich Jahwe im Gegensatz zu den toten Götzen als der lebendige Gott.

Die falschen Propheten haben die Worte des lebendigen Gottes gewendet oder verdreht (Jer. 23, 36). Ihre eigenen Worte werden ihnen zur Last sein, weil sie sich damit an Gott versündigt haben. Für ihre Schuld werden sie gerichtet und gestraft.

Daniel wurde von Darius «Knecht des lebendigen Gottes» genannt (Dan. 6, 21), im Zusammenhang mit der Frage, ob sein Gott ihn von den Löwen erlösen könne. Die Errettung aus dem Rachen des Löwen veranlaßte bei dem König der Meder zu befehlen, in seinem ganzen Reich den Gott Daniels zu fürchten. Er begründet seinen Befehl mit den Worten: «Denn er ist der lebendige Gott, der ewiglich bleibt!» (Dan. 6, 27), im Gegensatz zu den toten Götzen. Der Nachdenkende versteht daraus, daß dieser lebendige Gott allein der wahre Gott ist.

Hosea vergleicht das Reich Israels mit einer Ehebrecherin, die der Prophet zum Weibe nahm und drei Kinder mit ihr zeugte. Die Namen der Kinder sind in ihrer Bedeutung Zeugnisse der bösen Früchte, die Israels Bundesbruch trug. Stufenweise wird Schuld, Gericht und Strafe der Verwerfung angedeutet. Nach der Strafe erfüllt der Herr die alten Verheißungen für Sein Volk; Er nimmt Israel wieder zur Kindschaft an. Wie man vorher zu ihnen sagte: «Ihr seid nicht mein Volk, wird man zu ihnen sagen: O ihr Söhne des lebendigen Gottes!» (Hos. 2, 1; Röm. 9, 26). Der Vater der Söhne Gottes ist der lebendige Gott im Gegensatz zu allen toten Götzen, die sich das abgöttische Volk angefertigt hatte. «Söhne des lebendigen Gottes» drückt das rechte Verhältnis zu Gott aus, in das Israel wieder gelangt ist, um wieder das Ziel seiner Berufung zu erreichen.

Das bekannte Bekenntnis des Petrus lautet: «Du bist Christus, der Sohn des lebendigen Gottes» (Matth. 16, 16). Im Markusevangelium heißt es einfach: «Du bist der Christus» und bei Lukas: «Du bist der Christus Gottes.» Hauptsächlich wird die Messiaswürde betont. Der

Zusatz: «Sohn des lebendigen Gottes» kennzeichnet den Vater Jesu Christi als den einen wahren Gott im Unterschied zu den toten Göttern der Heiden.

In der Leidensgeschichte sagte der Hohepriester zu Jesus: «Ich beschwöre dich bei dem lebendigen Gott, daß du uns sagst, ob du seiest Christus, der Sohn Gottes» (Matth. 26, 63). Jesus wird eidlich verpflichtet, ein offenes Geständnis abzulegen. Der Hohepriester stellt den Begriff des Messias in seiner vollen und höchsten Würde und Bedeutung hin. Jesus bestätigt Seinen Eidschwur mit den einfachen Worten: «Du sagst es!»

Paulus und Barnabas erklärten: «Wir sind sterbliche Menschen, gleichwie ihr und predigen auch das Evangelium, daß ihr euch bekehren sollt von diesen nichtigen Götzen zu dem lebendigen Gott, welcher gemacht hat Himmel und Erde und das Meer und alles, was darinnen ist» (Apostelg. 14, 15). Sie rufen zur Bekehrung von den falschen Göttern; Jupiter und Merkur, allen Himmels-, Erd- und Meergötzen zu dem lebendigen Gott. Das Evangelium der Gnade Gottes in Christo richtet die Erkenntnis des lebendigen Gottes, des allmächtigen Schöpfers, auf.

Die Glieder der Gemeinde zu Korinth waren als ein Brief Christi offenbar geworden, der nicht mit Tinte, sondern mit dem Geiste des lebendigen Gottes geschrieben war (2. Kor. 3, 3). Paulus hat den Brief in Beweisung des Geistes und der Kraft geschrieben (1. Kor. 2, 4). Die das Wort der Predigt aufgenommen haben, sind Empfänger des Geistes des lebendigen Gottes.

Paulus schreibt den Korinthern: «Ihr aber seid der Tempel des lebendigen Gottes» (2. Kor. 6, 16). Das ist die höchste Würde einer Gemeinde. Wie Gott auf dem Zion im Tempel wohnte, will Er unter uns wohnen und wandeln. Die Gemeinde, der Tempel des lebendigen Gottes, kann und darf in ihrer Mitte nichts dulden, was an die stummen und toten Götzen der Heiden erinnert.

Die Thessalonicher sind bekehrt von den Abgöttern zu Gott, zu dienen dem lebendigen und wahren Gott (1. Thes. 1, 9). Die Gottheiten und Götzen der Heiden sind nichts (3. Mose 19, 4; 26, 1; Jes. 2, 20), Nichtiges (5. Mose 32, 21; Jer. 8, 19; Ps. 31, 7), ohne Geist (Jer. 8, 14), tot (Ps. 106, 28). Im Gegensatz gegen diese toten, leblosen, ohnmächtigen und wesenlosen Götzen der Heiden ist unser Gott der lebendige Gott (vgl. Jer. 10, 10. 12–15).

Paulus nennt das Haus Gottes «die Gemeinde des lebendigen Gottes» (1. Tim. 3, 15). Das hat den Sinn, daß Gott mit Seiner Gnadengegenwart dort wohnt. Der lebendige Gott, der beständig in Seiner Gemeinde wirkt, dient den Gläubigen zur Stärkung und zum Trost, indem Er sie Seines Lebens teilhaftig macht. Der lebendige Gott, wie Er aus der Schrift erkannt wird, wird in der Gemeinde geehrt, angerufen und Ihm wird hier gedient.

Der Apostel hat Seine Hoffnung auf den lebendigen Gott gesetzt in allen seinen Trübsalen (1. Tim. 4, 10). Ohne diese Hoffnung wäre er unfähig, solche Verfolgungsleiden zu ertragen. Er findet einen unvergleichlichen Trost darin, daß der lebendige Gott ein Retter aller Menschen ist. Diese Hoffnung auf den lebendigen Gott ist die Triebfeder seines Arbeitens, aber auch des Ausharrens, alle Schmähungen zu ertragen.

Paulus empfiehlt den Reichen dieser Welt ihre Hoffnung nicht auf den ungewissen Reichtum zu setzen, sondern auf den lebendigen Gott (1. Tim. 6, 17). Im irdischen Reichtum ist keine Sicherheit (vgl. Hiob 31, 24; Ps. 62, 11; Mark. 10, 24; Luk. 12, 15. 20), er kann schnell weg sein, durch Diebstahl, Feuersbrunst oder man muß ihn im Tode verlassen. Der ewige, unwandelbare Gott, auf den man hoffen darf, gibt reichlich allerlei zum Genuß. Im Gegensatz zu den toten Göttern, auch zum vergänglichen Reichtum, soll der lebendige Gott der Schatz der Gläubigen sein (vgl. Jer. 10, 16).

Im Hebräerbrief ist die Mahnung zu lesen: «Sehet zu, Brüder, daß nicht sei in einem von euch ein arges Herz des Unglaubens im Abfall vom lebendigen Gott» (Hebr. 3, 12). Der lebendige Gott wird hier nicht genannt im Gegensatz zu den toten Gesetzeswerken (vgl. Hebr. 6, 1; 9, 14), auch nicht im Unterschied zu den toten Götzen (vgl. Apostelg. 14, 15; 2. Kor. 6, 16; 1. Thes. 1, 9), sondern der Sich im Leben wirksam erweist (Hebr. 9, 14; 12, 22), der Seine Drohungen ausführt (Hebr. 10, 31). Er führt als der lebendige Gott Sein Gericht aus, trotz allen Widerstandes der Welt und des Teufels. Er erfüllt auch die Anordnungen Seines Heils.

Das Blut Christi reinigt unser Gewissen von toten Werken, um zu dienen dem lebendigen Gott (Hebr. 9, 14). Die toten Werke tragen in ihrem innersten Wesen und in ihren Wirkungen den Charakter des Todes und der Trennung von Gott an sich. Ein von toten Werken beflecktes Gewissen kann nicht dem lebendigen Gott dienen. Das Ziel der Wirkung des Blutes Christi ist eine neue priesterliche Lebensbetätigung im Dienste des lebendigen Gottes. Dieser Priesterdienst ist ein Leben aus Gott, in Gott und für Gott. Es ist eine Hingabe der ganzen Person in Gesinnung, Wort und Tat an Gott; es ist ein Leben, das fortwährend aus der göttlichen Liebe hervorsprießt, und den Dienst des lebendigen Gottes als das Ziel vor Augen hat.

Bekannt ist der Spruch: «Schrecklich ist es, in die Hände des lebendigen Gottes zu fallen» (Hebr. 10, 31). Oft beruft man sich auf die Worte Davids: «Ich will in die Hand Jahwes fallen und will nicht in Menschenhände fallen» (2. Sam. 24, 14; 1. Chron. 21, 13). Das ist kein Widerspruch zu der Stelle des Hebräerbriefes. David vertraute auf Gottes Barmherzigkeit, als Gott ihn mit einer zeitlichen Strafe züchtigte. Hier im Hebräerbrief ist von der ewigen Strafe die Rede. Die strafende Gerechtigkeit wird von dem lebendigen Gott ausgeführt. Sein Leben ist ewig, Seine Gerechtigkeit erweist sich gewaltig gegen die Abgefallenen. Gottes Leben, Macht und Gerechtigkeit fallen zusammen; Allmacht und Ewigkeit des strafenden Richters machen das Fallen in die Hände des lebendigen Gottes für die Abtrünnigen schrecklich.

Der Hebräerbrief nennt «die Stadt des lebendigen Gottes» (Hebr. 12, 22). Sie heißt so, nicht nur weil Gott ihr Baumeister ist (Hebr. 11, 10. 16), sondern auch, weil diese Stadt die Wohnung Gottes ist, voll Herrlichkeit und Seligkeit, voll Licht und Leben. Der Name bezeichnet einen Gegensatz zum irdischen Zion, in dem nur sterbliche Götter auf dem Stuhle Mosehs saßen (Ps. 82, 6. 7). Die Gemeinde des Neuen Bundes hat Jahwe, den allein lebendigen Gott als König (Jes. 33, 22). Die Glieder dieser Gemeinde sind des geistlichen und göttlichen Lebens teilhaftig geworden (Eph. 2, 6. 19; Joh. 3, 5).
Nach dem Bericht der Offenbarung (Offb. 7, 2) sah Johannes einen Engel, «der hatte das Siegel des lebendigen Gottes». Der Herr gibt und bewahrt als der lebendige Gott das Leben. Weil es sich hier um die Versiegelung und Bewahrung des Volkes Gottes aus Israel handelt, kann kein Gottesname die bewahrende Gnade schöner und sinnvoller ausdrücken als «der lebendige Gott». Dieser Name entspricht dem Attribut «der Lebendige» (Offb. 1, 18).
Die zahlreichen und tiefgründigen Beziehungen und Zusammenhänge mit dem Namen «der lebendige Gott» sind es wert, beachtet zu werden. Sie sind ein wichtiger Teil der Gottesoffenbarung und eine Quelle des Trostes und der Kraft. Hiermit ist die ganze Erbärmlichkeit der «Gott-Ist-Tot-Theologie» begründet.

333. **Gott meines Lebens** (Ps. 42, 9) nennt der Beter Jahwe. Er ist sein Leben, der ihn nicht dem Tode verfallen läßt. Der Sänger spricht diesen Gottesnamen in der Nacht des Leidens aus, in welcher er auf den anbrechenden Morgen hofft. Der Gott des Heils entbietet ihm Seine Gnade. Wenn am Tage das Rettungswerk vollendet ist, folgt auf den Rettungstag eine Dankesnacht. Der nächtliche Lobgesang und sein Gebet sind auf den Gott seines Lebens gerichtet.

334. **Gott der Liebe und des Friedens** (2. Kor. 13, 11) steht mit fünf Mahnungen im Zusammenhang: «Freuet euch, seid vollkommen, tröstet euch, habt einerlei Sinn, seid friedsam!» Gott ist der Urheber und Erhalter des Friedens (vgl. Röm. 15, 33; 16, 20). Er ist der Gott der Liebe; Er läßt sich da finden, wo man Seinen Namen kennt und nach Seiner Gnade lebt, in der Gemeinde der Liebe und des Friedens (1. Kor. 14, 33; Phil. 4, 9).

335. **Gott der Herr, der Mächtige** (Ps. 50, 1), eigentlich heißt «El-Elohim Jahwe»: «der mächtige Gott Jahwe». Drei Gottesnamen werden zusammen genannt. Für die Darstellung Gottes als Weltrichter wird dadurch eine volltönende Einleitung gewonnen. «El» heißt der Mächtige, Elohim vor dem man Ehrfurcht haben soll, Jahwe ist der Seiende, der nach Seinem Plan die Geschichte durchwaltet und gestaltet. So bilden diese Namen einen harmonischen Dreiklang.

336. **Gott mit uns** – Immanuel (Matth. 1, 23) ist eine Auslegung des Namens Jesu. Das Prophetenwort Jesaja 7, 14, in dem dieser Name

vorkommt, wurde durch die Geburt Christi von der Jungfrau Maria in vollem Sinne verwirklicht. Der Name Immanuel deutet an, daß Gott mit uns ist und sein wird (vgl. 2. Kor. 5, 19; Matth. 28, 20; Offb. 21, 3). Dieser Hauptgedanke kommt in dem zusammenhängenden Abschnitt Jesaja 7-12 zum Ausdruck, wo das verheißene Kind von der Jungfrau mit der Fülle des Geistes ausgerüstet wird. Es ist der neugeborene Herrscher. Immanuel wird daher als Herr des Landes ausgerufen (Jes. 8, 8). Die Weissagung ist in Jesus genau erfüllt (Matth. 1, 22). Immanuel war nicht Sein Eigenname, ist aber wie «Sohn Gottes» (Luk. 1, 32) eine Wesensbezeichnung für Ihn. Der Name ist nicht allein die Gewähr für Seinen göttlichen Bestand; Er ist auch wahrhaftiger Gott, der uns durch Seine Menschwerdung nahe gekommen und den Seinen immer gegenwärtig ist (Matth. 28, 20). Immanuel hilft Seinem Volke mit Seiner Gotteskraft aus aller Bedrängnis.

337. **Der Gott Nahors** (1. Mose 31, 53) wird von Laban als Richter zwischen sich und Jakob angerufen. Er nennt noch den «Gott ihrer Väter» in dieser Verbindung ist es der Gott Abrahams und der Gott Nahors. Tharah ist Labans und Jakobs Ahnherr, der Gott Tharahs ist ihnen daher beiden gemeinsam. Wenn nun Laban mit Jakob den gemeinsamen allerhöchsten Gott anruft, so kann er doch die Einheit in der Fülle nicht recht festhalten, er drückt sich polytheistisch aus. Das kann nicht anders sein, über die von Rahel gestohlenen Hausgötzen (1. Mose 31, 19. 30-38) war Laban sehr aufgeregt. Der Monotheismus war im Hause Labans nicht rein ausgebildet. Jakob nannte darum nicht den Gott Abrahams, weil Laban diesen mit den Göttern Tharahs gleichsetzte, sondern er erwähnte den Gott Isaaks. Weil er das Verhältnis seines Vaters zu Gott als lebendig und wirksam kennzeichnen will, nennt er Gott «die Furcht Isaaks» (s.d.) vgl. 1. Mose 31, 42; Jos. 24, 2). So hielt sich Jakob frei von jener heidnischen Anschauung Labans.

338. **Gott der Rache** (Ps. 94, 1; Jer. 51, 56), heißt nach dem hebräischen «El-Neqamoth» – «Gott der Rachevollstreckungen», das sich auf die Grundstelle 5. Mose 32, 35 bezieht. Dieser Name offenbart, daß Gott vollständige Rache oder Genugtuung ausübt (vgl. Richt. 11, 36; 2. Sam. 4, 8). Es ist ein ähnlicher Sinn wie «El-Gemuloth» – «Gott der Vergeltungen» (Jer. 51, 56). Gottes Rachevollstreckungen werden merkwürdig als göttliche Gabe erwähnt (Ps. 18, 48). Nach dem Zusammenhang wird diese Auffassung geklärt. Sie ermöglichen die Angriffe der Feinde zu ahnden. Die göttliche Rache ist die strafende Sicherung der Unverletzlichkeit des Rechtes. In gewissen Verhältnissen hat es seine Berechtigung den «Gott der Rachevollstreckungen» anzurufen. So fleht der Psalmsänger, der über die Verwüstung des Heiligtums zu klagen hatte: «Warum sollen die Heiden sagen: «Wo ist nun ihr Gott?» Möge kund werden unter den Heiden vor unseren Augen die Rache des Blutes deiner Knechte, des vergossenen!» (Ps. 79, 10). Dieser Text hat zahlreiche Anklänge an andere Bibelstellen (vgl. Joel

2, 17; 2. Mose 32, 12; 4. Mose 14, 13s.; 5. Mose 9, 28; 5. Mose 6, 22). Das Gebet, das Blut seiner Knechte zu rächen, daß er und seine Zeitgenossen das erleben, ist dem Abschiedsliede Mosehs entlehnt (vgl. 5. Mose 32, 43).
Es ist der nähere Zusammenhang des Abschiedsliedes von Moseh (5. Mose 32, 34. 43) kurz im Licht der Bibel zu überdenken, in dem von dem «Gott der Rachevollstreckungen» gesprochen wird. Diese angegebenen Worte des Liedes enthalten zahlreiche Anklänge an alt- und neutestamentliche Schriftstellen. Das dürfte schon ein Hinweis sein, den Gottesnamen «Gott der Rache» nicht einfach beseite zu schieben, wie das Weichlinge am liebsten möchten. Moseh kündigt Gottes gerechte Strafen über die Feinde Israels an. Sein Strafgericht offenbart dennoch Barmherzigkeit. Die Abgötterei der Feinde findet ihre Vergeltung. Gott der Richter, der töten und lebendig machen kann, schlägt und heilt auch. Neben dem Schrecken der göttlichen Rache fehlt es nicht an Gottes Langmut, die lieber die Verschonung des Sünders will als sein Verderben. Das Blut der Märtyrer wird mit Blutvergießen der Feinde gerächt. Für das Volk Gottes ist die göttliche Rache ein Trost, daß es jauchzen kann. Gottes strafende Rache, aber auch Seine helfende Barmherzigkeit für Sein Volk bilden wie hier, in allen biblischen Parallelen ein harmonisches Ganzes, nach welchem Gott Seine Rache oder Vergeltung ausübt.
Gott dem Richter aller Welt (1. Mose 18, 25) ist die Rache und die Vergeltung (vgl. 5. Mose 7, 10; Jes. 61, 2; 63, 4; Röm. 12, 19; Hebr. 10, 30; 1. Petr. 2, 23). Er übt die Rache zu Seiner Zeit aus, Menschen sollen Ihm darum nicht vorgreifen. Je sicherer sich die Gottlosen fühlen, umso näher ist Gottes Strafe und Rache (Jer. 18, 7). Am Tage der Rache und der Vergeltung offenbart Sich Gott als der wahre und lebendige Gott. Er zürnt nicht ewig, sondern erbarmt Sich auch wieder. Wie Gott Sich an den Verderbern Seines Volkes rächt, so nimmt Er Sich Seines bedrängten Volkes in Gnaden wieder an. Zuletzt werden die Heidenvölker mit dem Volke Gottes in wahrer Einheit Gott preisen (vgl. Röm. 15, 10). Das ist das Ziel, wonach sich alle Knechte Gottes sehnen, wenn sie Gott um Rache an ihren Feinden bitten (vgl. Offb. 6, 10; 18, 20; 19, 2; Ps. 58, 11. 12). Gott offenbart Sich durch diesen Namen, was Psalmsänger und Propheten glaubensstark in Anspruch nehmen, wenn sie auf Gottes Gerechtigkeit bauen. Der eigentliche Sinn, warum «Gott der Rachevollstreckungen» genannt wird, läßt sich aus folgender Anwendung von Hengstenberg zu Psalm 94, 1 entnehmen: «Daß Gott der Gott der Rache ist, bildet das feste Fundament, auf dem die Zuversicht Seiner Erscheinung beruht. Es ist die ewig kräftige Wurzel, welche die Sprößlinge der Hilfe der Gemeinde hervortreibt.»

339. **Rechter Gott** (Jer. 10, 10); wörtlich lautet der ganze Vers: «Jahwe aber ist **ein Gott der Wahrheit;** er ist ein lebendiger Gott und ein ewiger König, von seinem Zorn erbebt die Erde und nicht ertragen die Heiden sein Strafgericht.» Jeremiah stellt den Gott der Wahrheit

den nichtigen Götzen gegenüber. Die angefertigten Götzen können sich nicht rühren; Er aber ist der Gott des Lebens. Die Götzen sind aus vergänglichen Stoffen gebildet; Er aber ist der ewige König. Wo Leben und Macht ist, ist Gott in Wirklichkeit. Vor Seinem Herrscherzorn erbebt die Erde, Heidenvölker können Seine Strafgerichte nicht ertragen, vor den Götzen braucht keiner Angst zu haben. Maimonides sagt von Gott: «Er ist allein die Wahrheit und nicht eine Wahrheit ist wie Seine Wahrheit.»

340. **Gott der Rettungen** (Ps. 68, 21) ist ein Gottesname, der offenbart, daß Gott unzählige Weisen bereit hält, um vom Tode zu retten. Der Sänger denkt hier wie in Psalm 48, 15 an den eigentlichen Tod, aus dem Gott herausführt. Er ist auch nach dieser Psalmstelle ein so wunderbarer Helfer, daß «Er selbst unser Führer im Tode ist» (vgl. Ps. 23, 2; Jes. 49, 10). Andere übersetzen: «Über den Tod hinaus.» Nach einer anderen Lesart: «Olamoth» – «in Äonen» wird gedeutet: «in dieser und der zukünftigen Welt.» Aquila übersetzt hier: «Athanasia» – «Unsterblichkeit», d.h. «Er führt in die Welt, wo kein Tod ist.» Der Sänger des 68. Psalms knüpft an das Vorhergehende: «Gott ist unser Heil» (s.d.) (Ps. 68, 20) und steigert den Gedanken: «Gott ist uns ein Gott der Rettungen.» Er gewährt Rettungen in reicher Fülle und den Reichtum der rettenden Macht und Gnade. Jahwe, der Allherr, hat die Ausgänge des Todes in Seiner Hand; Er kann gebieten, daß man dem Tode nicht anheimfällt. Selbst im Tode hat Gott noch Auswege der Errettung. Gott kann aus dem Tode retten, weil Er die Schlüssel des Todes und des Totenreiches hat (Offb. 1, 18).

341. **Gott ist Richter** wird in verschiedenen Schriftstellen der Psalmen ausgesprochen. In Psalm 7, 12 heißt es: «Gott ist ein gerechter Richter, der da droht an jedem Tage.» Damit wird ein doppelter Hoffnungsgrund ausgesprochen. Ehe Gottes Zorn losbricht, hat Er die Gottlosen täglich bedroht, um sie heilsam zu erschrecken.
Der Psalmdichter rühmt: «Denn du schaffst mein Recht und mein Gericht; du sitzest auf dem Stuhl, ein gerechter Richter» (Ps. 9, 5). Er sieht Gottes richterliches Tun. Gott vollführt Sein Recht und Seine Rechtsache und verhilft dem Guten zum Recht. Er sitzt als gerechter Richter auf dem Richterstuhl (Jer. 11, 20). Sein richterliches Handeln ist Gerechtigkeit. Gottes gerechtes Gericht bezeugen sogar die Himmel, die vornehmsten und Ihm nächststehenden Zeugen (Ps. 50, 6).
Der Gerechte freut sich, wenn er Gottes Recht sieht (Ps. 58, 11), denn es ist eine Offenbarung des Gerichtes und der Barmherzigkeit Gottes. In der Welt, wo die Gottlosen regieren, lohnt sich dennoch, gerecht zu leben, hoffnungsvoll ruft darum der Sänger aus: «Und es spricht ein Mensch: «Ja, Frucht dem Gerechten, ja, es ist Gott der Richter auf Erden!» (Ps. 58, 12). Der himmlische Richter, der ein gerechtes Gericht übt, steht in Seiner Majestät und Machtfülle über allen irdischen Richtern. Gottes richterliche Erhabenheit kommt darin zum Ausdruck, daß Gott, der Richter der Erde, angerufen wird, Sich zu erheben, um dem Hoffärtigen Vergeltung zu erstatten (Ps. 94, 2).

342. **Gott mein Ruhm** (Ps. 109, 1) bezieht sich auf die Grundstelle 5. Mose 10, 21: «Er ist dein Ruhm und er ist dein Gott, welcher bei dir diese großen und schrecklichen Dinge getan hat, welche deine Augen sehen.» Davon abhängig ist Jeremiah 17, 14: «Heile mich Jahwe und ich werde geheilt, hilf mir und mir ist geholfen, denn du bist mein Ruhm!», womit die Zuversicht auf Gottes Rettung begründet wird (vgl. Ps. 22, 4. 26; 44, 9). Gott hat durch Seine Güte und Gnade mancherlei Ursache gegeben, Ihn zu loben und zu rühmen (vgl. 2. Mose 15, 2; 1. Chron. 16, 35; Ps. 106, 47). Gottes Ruhm wird sich auch jetzt preiswürdig erweisen, daß sich die Bitte auf diesen Glauben gründet: «Schweige nicht!» (Vgl. Ps. 28, 1; 35, 22; 39, 13). Der Gottesname: «Gott mein Ruhm» ist ein sicheres Fundament der Gebetserhörung und der Zuversicht, daß Gott auch jetzt vollführen wird, was Er zu Seinem Ruhm in vergangenen Tagen getan hat.

343. Der Name «Gottes» in Verbindung mit den besitzanzeigenden Fürwörtern: **«Mein; Dein; Unser, Euer»** ist besonders zahlreich im 5. Buche Mose und in den Psalmen. Damit wird die persönliche Glaubens- und Lebensgemeinschaft mit Gott ausgedrückt. Durch «dein» und «euer» werden die Angeredeten auf den hohen Heilsbesitz hingewiesen. Das Wörtlein «unser» bildet einen gemeinschaftlichen Zusammenschluß von solchen, die zuversichtlich auf Gott trauen.

343a. **Gott der Schlachtreihen Israels** (1. Sam. 17, 45), mit diesem Gottesnamen bedient sich David, als er gegen den Riesen Goliath in den Kampf zog. Auf den Hohn des Philisters antwortete der Hirtenknabe mit kühnem Glaubensmut: «Du kommst zu mir mit Schwert und Wurfspieß und Lanze, ich aber komme zu dir im Namen des Jahwe Zebaoth, des Gottes der Schlachtreihen Israels, den du gelästert hast.» Alle Welt soll erfahren, daß Israel einen Gott hat, der nicht durch Schwert und Spieß Rettung schafft (vgl. Hos. 1, 7). Goliath rühmte sich seiner Stärke, David gründete seine Zuversicht auf den allmächtigen Gott Israels, den der Philister verhöhnte. Dieser Gott ist «Jahwe Zebaoth», Er ist der Herr des Krieges, Er hat den Kampf und den glücklichen Ausgang desselben in Seiner Gewalt. David war mit Schleuder und Stein im Namen des Jahwe Zebaoth stärker als der mit Panzer und Schwert bewaffnete Riese der Philister. Aus diesem Gottesnamen läßt sich die Zuversicht schöpfen, daß Jahwe Zebaoth nicht durch Macht und Kraft, sondern durch Seinen Geist den Kampf Seines Volkes zum Heil ausführt (Sach. 4, 6).

344. **Gott mein Schöpfer** (Hiob 35, 10). Dieser Name wird in der Frage von Elihu an Hiob erwähnt: «Aber man denkt nicht: Wo ist Eloah (s.d.) mein Schöpfer?» Hiob wird der Vorwurf gemacht, er klage in seinem Leiden, er fragte aber nicht nach dem rechten Helfer, nach Gott seinem Erschaffer (vgl. Jes. 54, 5; Ps. 149, 2). Hiob hatte jedoch keinen sehnlicheren Wunsch, als Gott zu finden. Gott war ihm kund geworden. Er wußte auch, daß Gott sein Schöpfer war (Hiob 10,

8ss.); er hat aber die falsche Folgerung daraus gezogen, daß Gott ihn nicht so mißhandeln sollte.

345. **Gott mein Schutz**, hebräisch «Elohim Misgabbi» – «Gott mein Zufluchtsort». Es ist eigentlich «die steile Höhe». Hohe Orte haben David auf der Flucht oft Sicherheit gewährt. Er nennt darum Gott einen hohen Ort, einen Felsen, ein festes Schloß, wo man gegen die Angriffe und Stürme der Feinde gesichert ist. Das Bild veranschaulicht einen unnahbaren Schutz. Gott war seine unerklimmbare Burg, sein unnahbares Asyl (Ps. 59, 10. 18). Er wußte sich bei Gott wie auf einem hohen steilen Ort jeder Gefahr entrückt (Ps. 9, 10). Die steile Höhe oder Hochburg wird neben den anderen Gottesnamen «Fels» (s.d.), «Berghöhe», «Erretter» (s.d.), «Hort» (s.d.), «Schild» (s.d.), «Horn meines Heils» genannt (vgl. Ps. 18, 3; 62, 3. 7; 144, 2). In dem bekannten 46. Psalm wird der Gott Jakobs die steile Burghöhe genannt, die von den Feinden nicht erklommen werden kann. Das Heer der verbündeten Völker und Reiche ist zu einem Totenacker geworden, ehe sie Jerusalem erreicht haben. Der Gott Jakobs will in Seiner Hoheit von allen Völkern anerkannt sein. Die Völker werden ermahnt, gewarnt und gedroht, die Gemeinde aber rühmt sich, daß Jahwe Zebaoth ihr Gott und ihre starke, unbezwingbare Bergfeste ist (Ps. 46, 8. 12). Gott hat Sich für Jerusalem als ihre steile Burghöhe erwiesen (Ps. 48, 4), in großer Kriegsgefahr blieb sie für feindliche Könige uneinnehmbar.

346. **Gott Sems** (1. Mose 9, 26) wird im Segen Noahs genannt. Der Spruch lautet: «Gesegnet sei Jahwe, der Gott Sems!» Nicht Sem wird gesegnet, sondern Jahwe der Gott Sems, um darauf hinzuweisen, daß vom wahren Gott alles Heil kommt. Das Segnen Gottes setzt Seine Segnungen von obenher voraus. Die Segensströme sollen auf Sems Nachkommen von Jahwe her fließen. Jahwe soll der Gott Sems sein, der ihm alle Gnadenfülle und alle reichen Güter seines Hauses schenkt. Der Segen des Gottes Sems erreichte seinen Höhepunkt im Samen der Verheißung. Wenn Jahwe der Gott Sems wird, wird Sem Empfänger und Erbe aller Heilsgüter, welche Gott der Menschheit zuwendet.

347. **Starker Gott Israels** (1. Mose 33, 20) ist die Bezeichnung, nach welcher Jakob den Gott der Väter nannte. Der Altar, der von ihm gebaut wurde, ist nach den Beispielen der Väter ein Glaubensdenkmal (vgl. 1. Mose 12, 7; 13, 18; 35, 7; Jer. 33, 16). Der Erzvater gab damit Gott die Ehre, indem er sich an Ihn hielt, der soviel an ihm getan hatte. Gott, hebräisch «der Starke» ist Israels Gott, des Gotteskämpfers. Gott hatte Jakob den bedeutungsvollen Namen Israel gegeben. Bis dahin hieß Jahwe nur der Gott Abrahams und Isaaks, jetzt aber «der Starke, der Gott Israels», weil Er sich ihm als «der Starke» offenbart hatte (vgl. Jos. 22, 22).

348. **Gott meiner Stärke** (Ps. 43, 2) wird übersetzt: «Gott mein Hort» und «Gott meine Feste». Der Zusammenhang des Psalms enthüllt, wie bei zunehmender Glaubenskraft immer zärtlichere Namen von Gott gebraucht werden: «Gott meines Lebens» (s.d.), «Gott, meine Stärke»; «Gott, der meine Freude und Wonne ist». Man begibt sich immer näher unter Seine Flügel, zu Seinem Hause, zu Seinem Altar, zu Ihm selbst, um Zuflucht und Zutritt bei Ihm zu finden.

Der 46. Psalm schildert ein frohes Bewußtsein des Schutzes und der Stärke in Gott (Ps. 46, 2). Seine Stärke müssen alle brennenden Elemente und die tobendsten Völker empfinden. Gott beschwichtigt von dem Sitz Seiner Herrschaft den Sturm der Erde und der Völker und verwandelt den Krieg in aller Welt in Frieden. Das hier Besungene ist ein Vorspiel der Kriege der Endzeit (Offb. 16, 18. 19; 11, 13), in denen sich Gott in Christo als unsere Zuversicht und Stärke offenbart.

349. **Treuer Gott,** wörtlich «Gott ist treu», kommt inhaltlich im Alten und im Neuen Testament vor. In der Predigt Mosehs auf dem Sinai wird Jahwe als Gott von großer Gnade und Treue gerühmt (2. Mose 34, 6). Er wird der «Treue» genannt, in der herrlichen und reichen Titulatur des Gottes Israels. Gott ist groß an Treue und Gnade, der alle Seine Verheißungen treu und gewiß erfüllt. Er verkürzt keinem, der sich zu Ihm bekehrt, nichts von allem Guten, was Er in Seinem Wort zusagt. Gott hält in Seiner Treue den Bund und die Barmherzigkeit bis in tausend Glieder (5. Mose 7, 9). Moseh rühmt noch in seinem Abschiedsliede: «Treu ist Gott!» (5. Mose 32, 4). Diese Schriftzeugnisse von der Treue Gottes im 2. und 5. Buche Moseh finden ihren Widerhall in alt- und neutestamentlichen Schriftausagen.

Die Worte in Psalm 31, 6 können übersetzt werden: «In deine Hände befehle ich meinen Geist, du hast mich erlöst, Gott der Wahrheit.» Gott der Wahrheit oder der Treue entspricht dem: «Du bist meine Feste» (Ps. 31, 5). Gott der Wahrheit oder der Treue ist es, der Bürgschaft für die Rettung als der Helfer der Seinen leistet. Der Sänger hat seine Hoffnung der Errettung auf den Gott der Treue gesetzt. Er setzt nicht sein Vertrauen auf trügerische Eitelkeiten oder auf die Götzen. Der Heilige in Israel (s.d.) bewährt Sich als der Treue in der Erfüllung Seiner Verheißungen (vgl. Jes. 49, 7).

Gott hält Treue und Glauben ewiglich (Ps. 146, 6). Dieser Gedanke kommt mehrfach in den Paulusbriefen zum Ausdruck. Der Unglaube der Menschen kann Gottes Treue und Glauben nicht aufheben (Röm. 3, 3). Der treue Gott hat uns in die Gemeinschaft Seines Sohnes berufen (1. Kor. 1, 9). Wenn wir untreu werden, Er bleibt treu (2. Tim. 2, 12-13). Er versucht uns nicht in Seiner Treue über unser Vermögen (1. Kor. 10, 13). Er vollendet das in uns angefangene Werk in Seiner Treue (1. Thes. 5, 24). Der Herr ist treu, daß Er uns stärkt und bewahrt vor dem Argen oder dem Teufel (2. Thes. 3, 3). So bezieht sich Gottes Treue auf die Vollendung des Gnadenwerkes bis zum Ziele.

350. **Der treue Allheilige** (Hos. 12, 1) ist im Grundtext ein Majestätsplural, d. h. eine majestätische Mehrzahl. Das findet sich auch in Sprüche 9, 12: «Der Anfang der Weisheit ist die Furcht Jahwes, die Erkenntnis des Allheiligen ist Einsicht!»; ebenso in Josua 24, 19: «. . . Denn Gott ist der Allheilige.» Hosea klagt: «Und Judah ist zügellos gegen Gott und gegen den treuen Allheiligen.» Der Allheilige ist fest, treu und zuverlässig im Gegensatz zur Zügellosigkeit Judahs. Er offenbart Sich an Seinem Volke als der Treue; Er bezeugt sich als der Allheilige durch Heiligung derer, die Sein Heil ergreifen und durch Gericht und Vernichtung derer, die dem Zuge Seiner Gnade hartnäckig widerstreben.

351. **Gott alles Trostes** (2. Kor. 1, 3) ist ein Gottesname, aus welchem Paulus nach dem Zusammenhang in 2. Korinther 1, 3-7 den reichsten und stärksten Trost im Leben und im Sterben schöpft. Der himmlische Vater offenbart Sich als Gott alles Trostes, als Er den Grund alles Trostes in Seinen Sohn legte (Luk. 1, 78). Er wurde als unser Mittler und Tröster verordnet, der uns durch den Heiligen Geist den Tröster (s.d.) sandte (Joh. 15, 20), welcher uns das Heil in Christo anbietet und die Verheißungen des Evangeliums in allen Leiden und Trübsalen befestigt.
Der Apostel spricht von dem Gott alles Trostes, weil er hier von Leiden und Trübsalen erwähnt, in denen Gott ganz besonders Seine Barmherzigkeit und Seinen Trost offenbart. Er deutet damit an, daß außer Gott kein Trost zu finden ist, Gott gibt ihn allein. Gott gibt nicht nur einen, sondern allen Trost, daß kein Trost erdacht werden kann, der nicht von Ihm kommt. Es werden alle Stufen des Trostes in Ihm gefunden. Die apostolische Redewendung: Gott des Friedens, der Geduld, der Hoffnung, des Trostes (Röm. 15, 5. 13; 16, 20; Hebr. 13, 20) ist auch in den Psalmen üblich, womit Gott zum Urheber dieser Heilsgüter bezeichnet wird.
Gottes Trost fließt aus Seiner Barmherzigkeit. Daraus kommt der stärkste Trost in allen Widerwärtigkeiten. In unzähligen Leiden hat der Gott alles Trostes einen Trost für alle Leiden. Die Zuwendung alles und jeden Trostes offenbart den Reichtum der Gnade und Barmherzigkeit. Gott tröstet in allen Drangsalen in mitleidiger Liebe wie eine Mutter (Jes. 66, 13). Die reichlich von Gott Getrösteten können wieder andere trösten. Die überfließenden Leiden Christi stehen im gleichen Verhältnis zu den überströmenden Tröstungen (2. Kor. 1, 5). Gottes reichliche Tröstungen in den Leiden befestigen die Hoffnung, daß das von Gott bestimmte Ziel erreicht wird.

352. **Der unbekannte Gott** (Apostelg. 17, 23), genau: «Einem unbekannten Gott», war die Inschrift auf einem Altar in Athen. Damit war kein bestimmter Gott bezeichnet, der den Errichtern des Altars noch unbekannt geblieben ist, sondern ein Gott, den sie als Gott nicht kannten. Die Inschrift erklärt, daß an gewissen Orten bei besonderen Anlässen ein Abhängigkeitsgefühl von Gott ausgedrückt wurde, ohne die bestimmte Gottheit zu kennen. Die Aufschrift: «Einem unbekann-

ten Gott» charakterisiert die Ungewißheit, daß die eigenen zahllosen Gottheiten keine allgenugsamen Gottheiten waren. Paulus wollte den Athenern neben ihren alten Gottheiten keine neue Gottheit verkündigen (vgl. 1. Kor. 10, 20). Wenn der Apostel die Athener zu Zeugen ihrer Unwissenheit macht, zeigt er auch ihre Verschuldung. Er schreibt den wissensstolzen Philosophen die Schuld der Unwissenheit zu und ruft zur Buße. Paulus beweist ihnen den Widerspruch zwischen dem wahren Gott und ihrem Versuch, das Göttliche in eine zahllose Fülle von Tempeln zu fassen. Der Gottheit der Griechen wird der wahre Gott entgegengestellt, der als Schöpfer der Welt und der Herr des Himmels und der Erde als der Eine wahre Gott erscheinen muß. Die Altarinschrift: «Einem unbekannten Gott», beweist das Nichtwissen von dem wahren Gott. Der gesamte Gottesdienst der Griechen bezeugt die Unbekanntschaft mit dem Gott der Heiligen Schrift.

353. **Gott ist groß und unbekannt** (Hiob 36, 26) wörtlich: «Siehe, Gott ist erhaben über unser Erkennen», sagt Elihu als Parallelgedanken zu: «Siehe, Gott waltet erhaben in seiner Kraft» (Hiob 36, 22). Gottes Walten ist über alles erhaben, was der menschlichen Forschung eine unendliche Perspektive bietet. Alle Menschen schauen Sein Walten mit Wohlgefallen und Staunen. Gott offenbart Seine Erhabenheit über unser Erkennen in der wundersamen Entstehung des Regens. Der Sachverhalt der Regenentstehung ist unerklärlich. Sein erhabenes Wirken ist unerforschlich und verborgen. Der niederfallende Regen und ein auf- und heranziehendes Gewitter bieten Anlaß und Anschauungsmittel für diese Erkenntnis. Gottes Bezeugung durch die Gabe des Regens vom Himmel und durch fruchtbare Zeiten (Apostelg. 14, 16) ist kein Widerspruch zu dieser Auffassung.

354. **Gott der Urzeiten,** vergleiche «der alte Gott»!

355. **Gott der Vater** (Joh. 6, 27) ist eine alt- und neutestamentliche Namensoffenbarung. Im Alten Testament kommt der Vatername Gottes nur vierzehnmal vor; im neutestamentlichen Schrifttum wird Gott über zweihunderfünfzigmal Vater genannt.
Der Vatername Gottes kommt zuerst in der Frage vor: «Ist er nicht dein Vater (s.d.), dein Besitzer?» (5. Mose 32, 6.) Damit wird Gottes Gnade gegen Israel, aber auch Sein Recht an das auserwählte Volk betont. Gott ist als Vater nicht allein der Urheber, sondern auch der, welcher die Seinen liebt. In diesem Sinne heißt es: «Kinder seid ihr Jahwe eurem Gott!» (5. Mose 14, 1). Ein Kind Gottes bedeutet in der ganzen Bibel, wie ein Kind vom Vater geliebt zu werden (vgl. 2. Sam. 7, 14. 15; Ps. 89, 27; Jes. 63, 16). «Unser Vater» und «unser Erlöser» steht parallel (Jes. 63, 16). Die väterliche Liebe und Pflege Gottes wird sonstwo angedeutet (vgl. Jes. 64, 7; Ps. 103, 13). Gott ist der Waisen Vater (Ps. 68, 6) und Israels Vater (Jes. 31, 9). Jeremiah (Jer. 3, 4) und Maleachi (Mal. 1, 6) rügen, daß Gott Vater genannt wird, ohne Ihn zu ehren.

Im Neuen Testament offenbart Sich Gott als der Vater Jesu Christi. Die Frage des zwölfjährigen Jesus (Luk. 2, 39), die Stimme bei der Taufe (Matth. 3, 17) und bei der Verklärung (Matth. 17, 5), dann Jesu Wort bei der Tempelreinigung (Joh. 2, 16) begründen Jesu Gottessohnschaft.

Das Verhältnis Jesu zum Vater läßt sich aus seiner oftmaligen Nennung des Vaternamens erkennen. Er redet, wie Sein Vater Ihn lehrt (Joh. 5, 28). Der Sohn tut, was Er den Vater tun sieht (Joh. 5, 19. 20). Er wirkt mit dem Vater (Joh. 5, 17); Er tut die Werke Seines Vaters (Joh. 5, 37) in des Vaters Namen (Joh. 5, 25). Vom Vater ist Er ausgegangen (Joh. 16, 28), in Seines Vaters Namen gekommen (Joh. 5, 43; 17, 28). Er kennt allein den Vater (Matth. 11, 27; Joh. 20, 15); Er liebt den Vater (Joh. 14, 31), der Vater liebt Ihn (Joh. 10, 17; 3, 35; 15, 9). Jesus ist der Geheiligte des Vaters (Joh. 5, 36). Wie der Vater Leben in Sich Selbst hat, hat Er dem Sohne das Leben gegeben (Joh. 5, 26).

Jesus sagt: «Der Vater ist größer als ich» (Joh. 14, 28) aber auch: «Wer mich sieht, der sieht den Vater» (Joh. 14, 9), oder: «Ich und der Vater sind eins» (Joh. 10, 30) und: «Der Vater ist in mir» (Joh. 10, 38). Damit offenbart Sich Jesus als wahrer Mensch und Gott.

Jesus ist heimisch im Hause des Vaters (Joh. 14, 1-4). Er geht zum Vater (Joh. 14, 12). Er bittet den Vater um Sendung des Geistes (Joh. 14, 26; 15, 26; Luk. 24, 49). In Johannes 14 nennt Jesus Gott dreiundzwanzigmal Vater, in Johannes 5 fünfzehnmal. Man beachte Seine Gebete in Gethsemane (Matth. 26, 39. 42; Mark. 14, 36), Sein Hohenpriesterliches Gebet (Joh. 17, 11. 25) und Sein erstes und letztes Wort am Kreuz (Luk. 23, 34. 46).

Gott ist durch Christum unser Vater. Christi Erlösungswerk hat uns mit Gott in das innigste Liebesverhältnis zu Gott gebracht. Er heißt darum der Vater der Erbarmungen (2. Kor. 1, 3), der rechte Vater über alles, was Kinder heißt (Eph. 3, 15), ein Gott und Vater unser aller (Eph. 4, 6; 5, 20). Durch Christum haben wir Zugang in einem Geist zum Vater (Eph. 2, 18). Im Kindesgeist klingt das Abba (Röm. 8, 15). Gott ist der Vater des Lichts (Jak. 1, 17), der gute Gaben gibt (Matth. 7, 11) oder nach Lukas 11, 13 Heiligen Geist.

356. **Verborgener Gott** (Jes. 45, 15), genau: «Fürwahr, du bist ein Gott, der sich verbirgt, du Gott Israels, du Heiland!» Nach dem Zusammenhang bahnt der Sturz des Heidentums die Anerkennung des Gottes Israels an. Die Heiden unterwerfen sich der Gemeinde und ihrem Gott. Die wiederhergestellte Gemeinde erweitert sich durch den Eingang der Fülle der Heiden. Die demutsvolle Anbetung der Heiden veranlaßt die Gemeinde zu dem Rufe der Bewunderung: «Fürwahr, du bist ein Gott, der sich verbirgt.» Damit will sie sagen, Gott waltet in der Geschichte der Völker wunderbar und seltsam. Diese verborgenen Wege, die doch zu einem herrlichen Ziele führen, sind für menschliche Augen unübersehbar und verschlungen. Ähnlich ist der Ausruf: «O Tiefe des Reichtums und der Weisheit und Erkenntnis Gottes!»

(Röm. 11, 33). Gott, der Sich jetzt noch verbirgt, offenbart Sich zuletzt als Gott des Heils.

357. **Gott der Vergebungen** (Neh. 9, 17) nennt Nehemiah in seinem Bußgebet den Gott der Väter, dem sie mit Widerspenstigkeit begegneten. Der Luthertext: «Aber du mein Gott vergabst», trifft den Sinn des Grundtextes nicht vollständig. Die Mehrzahlsform drückt einen Reichtum an Vergebungen aus. Die gleiche Form des Ausdruckes kommt noch in Daniel 9, 9 vor; in Psalm 130, 4 steht die Einzahl. Jesajah drückt wie Nehemiah die Fülle der Vergebungen mit der Wendung aus: «Denn er wird reichlich vergeben» (Jes. 55, 7). Der Gedanke entspricht dem Ausspruch: «Viel Erlösung ist bei Ihm» (Ps. 130, 7). Dieser Gottesname hat im Bußgebete Nehemiahs seine Stelle unter den Ausdrücken des göttlichen Erbarmens.

358. **Gott der Vergeltungen,** hebräisch «El-Gemuloth», ein Gottesname, dessen Übersetzung: «Gott der Rache» (s.d.) nicht genau ist; die Wiedergabe: «Gott der Vergeltung» zeigt nicht die Fülle der göttlichen Vergeltungen. Der Prophet Jeremiah wendet diesen Namen in seiner Gerichtsverkündigung gegen Babel an (Jer. 51, 56). Dieser Name Gottes bezieht sich auf das Vorhergehende in der ganzen Gerichtsweissagung. Jahwes Einschreiten gegen Babel wird mehrfach begründet. Babel hat durch seine Schadenfreude und übermütige Rache Jahwe zur Vergeltung herausgefordert (Jer. 50, 16). Jahwe öffnet Seine Rüstkammer, wie das dem Erbrechen und Entleeren der Vorratshäuser Babels entspricht. Es ist der Tag der Heimsuchung gekommen (Jer. 50, 24-28). Das Land Babels ist gegen Jahwe mit Schuld beladen, es steht deshalb unter dem Fluch des Heiligen Israels (s.d.). Für Jahwe ist eine Zeit der Rache, Vergeltung übt Er an sie (Jes. 51, 6). Der dreifache Drohruf gegen Babel hat seine Begründung in der Rache Jahwes, der Rache Seines Heiligtums, im Beschluß Jahwes und in Seinem Schwur (Jer. 51, 11-14). Jahwe nimmt die Klage Israels an. Er streitet Seinen Streit und rächt ihre Rache (Jer. 51. 34-36). Jeremiah führt allgemein die Ursache der Niederlage Babels an, warum Jahwe ein Gott der Vergeltungen ist. Es liegt ganz in Gottes Gerechtigkeit beschlossen, daß Er vergilt. Gott stellt durch Vergeltung das gestörte Gleichgewicht in der Welt wieder her. Im tiefsten Sinne geschieht das durch Seine Gnade und Barmherzigkeit, die allein die Vergeltungsschläge auffängt, ohne Seine Gerechtigkeit und Heiligkeit zu beeinträchtigen. Die gläubige Gemeinde kann sich ganz besonders an den Gott der Vergeltungen klammern, daß Er am Ende aller Dinge ein gerechtes Vergeltungsgericht an der antichristlichen Weltmacht durchführt.

359. **Wahrhaftiger Gott** siehe Gott Amen!

360. **Gott der Wahrheit** oder Gott der Treue, hebräisch «Elohe-Emeth». Dieser schöne Gottesname ist das Gegenteil von den nichtigen Götzen, die in Psalm 31, 7 und 2. Chronika 15, 3 dem wahren Gott gegenüber-

gestellt werden und «hablim» – «Nichtigkeiten» heißen, was seit 5. Mose 32, 21 und besonders in Jeremiah 8, 19 ein üblicher Götzenname ist. Der Name «Elohe Aemeth» ist inhaltlich nicht verschieden von «El-Aemunah» – «Gott der Treue» (5. Mose 32, 4). Die Gottesvorstellung als Unterpfand wirkt fort, und «Aemeth» und «Aemunah» wechseln als Beifügungen zu den Gottesnamen; Aemeth ist währendes und sich bewährendes Sein. Aemunah der währende und sich bewährende Sinn. Der Gott der Wahrheit offenbart die Wahrheit als wahres und lebendiges Wesen, besonders bewahrheitet Er Seine Verheißungen oder Zusagen. Der Psalmist (Ps. 31, 7) beruft auf die lautere Hingabe an diesen wahren und treuen Gott. Ihm sind die verhaßt, die den Truggebilden huldigen. Der Sänger hängt dagegen an Jahwe. Die Götzen, die «Chable-Schawe» heißen, sind nur täuschende Wesen, die ihren Verehrern nichts nützen.

361. **Aller Welt Gott** (Jes. 54, 5) steht in folgendem Verszusammenhang und heißt nach dem Grundtext: «Denn dein Ehemann, dein Schöpfer, Jahwe Zebaoth ist sein Name, und dein Erlöser, der Heilige Israels, Gott der ganzen Erde wird er genannt.» Die Volksgemeinde Israels war durch das babylonische Exil wie eine verlassene Witwe geworden. Es war aber nur eine scheinbare Witwenschaft, denn Jahwe Zebaoth war ihr angetrauter Ehegemahl, ihr Schöpfer und ihr Erlöser. Ehemann, Schöpfer, Erlöser, stehen im Grundtext in der Mehrzahl, um die Fülle der Gnaden- und Segensgüter auszudrücken, welche diese innige Ehebundsgemeinschaft hervorbringt. Das alles ist Wirklichkeit geworden durch Jahwe Zebaoth, dem die himmlischen Heere zur Verfügung stehen. Jerusalems Erlöser, der Heilige Israels, ist Gott der ganzen Erde. Er hat über alles Vollmacht, daß Ihm Macht und Mittel zu Gebote stehen, Seiner Brautgemeinde zu helfen. Paulus folgert aus diesem Satzteil, daß Gott nicht allein der Juden Gott, sondern auch der Heiden Gott ist (Röm. 3, 28).

362. **Gott unsere Zuversicht** (Ps. 46, 2), kann auch übersetzt werden: «Gott ist uns Zuflucht.» Der Ausdruck wird in der Lutherbibel meistens mit Zuflucht wiedergegeben. Es ist eigentlich ein Ort gemeint, wohin einer flieht, um dort Bergung oder Schutz zu finden. Die Gemeinde des Herrn ist sich des göttlichen Schutzes gewiß, mitten in den stürmischen Bewegungen, durch welche die Herrlichkeit der Welt dem Untergang geweiht ist. Wenn Völker toben, Königreiche vergehen, und feindliche Volksmassen das Land wie Ströme überfluten, ist Jahwe Zebaoth mit den Seinen und bietet ihnen eine sichere Zuflucht. Das ist der sicherste Schutz. Wenn Gott die Zuflucht der Gemeinde ist, weicht der Schutz von ihren Feinden (4. Mose 14, 1–9), daß sie nichts zu fürchten braucht.

363. **Gottgleichsein,** griechisch «to einai isa Theo» – «Gott gleich zu sein» (Phil. 2, 6), hielt Jesus nicht für etwas, das man an sich reißt. Die übliche Übersetzung: «Er hielt es nicht für einen Raub, Gott gleich zu sein», kann nicht als korrekt angesehen werden. Um zu

wissen, wie der Apostel das Wort verstanden hat, muß das Verbum «harpazo» zu Rate gezogen werden, das im Neuen Testament oft gebraucht wird. Es hat nur in Johannes 10, 12 den Sinn von «rauben». An den übrigen 12 Stellen ist der Sinn: wegreißen, an sich reißen, mit sich fortreißen, von Personen im guten Sinne «entrücken». Das Dingwort «harpagmos» kann daher auch nicht den Sinn des Raubens haben, vielmehr des «an-sich-Reißens», mit der Bedeutung des Unbefugten oder Angemaßten. Jesus riß das ihm zukommende «Gottgleichsein» nicht unbefugt an Sich.

Die «Gottgleichheit» Christi ist ausgeprägt in dem Sitzen zur Rechten der Macht in der Höhe. Sie war dem Sohne des Menschen, dem Menschen an unserer Stelle beschieden. «Gottgleichsein» ist ein schwieriger Ausdruck, der nur erklärt werden kann, wenn ihm das Wort «Gestalt Gottes» (s.d.) gegenübergestellt wird. Mit «Gestalt Gottes» bezeichnet Paulus die höchste Würde Christi nach Seinem ewigen Ursprung aus Gott. Diese Würde legte Ihm die Berechtigung nahe, Gott gleich zu sein, zu beanspruchen. Jesus aber, der diese Würde nicht beanspruchte, bewies damit Seine selbstverleugnende Demut. Die Gestalt Gottes ist ein Zustand, der in einen anderen übergehen kann. Die Gottgleichheit schließt einen Zustand ein, der unveränderlich bleibt. Der Apostel spricht nicht von der Möglichkeit, aus der «Gestalt Gottes» in das «Gottgleichsein» überzugehen. Er hält einen solchen Übergang vielmehr für ein «an-sich-Reißen». Christus dachte in Seiner vorweltlichen Existensweise nicht, in Seiner Gottgleichheit in die Welt zu kommen, um die Macht, Herrlichkeit und Herrschaft der Welt an Sich zu reißen. Die beiden Ausdrücke «Gestalt Gottes» und «Gottgleichsein», die nicht beide das gleiche besagen, sind zu unterscheiden. Es ist zu beachten, daß sich der apostolische Ausspruch auf das Wort des Herrn bezieht, daß «Er sich Gott gleich mache» (Joh. 5, 18), was Er ausdrücklich mit den Worten ablehnt: «Nichts vermag der Sohn von sich aus irgend etwas zu tun, wenn er es nicht sieht den Vater tun.» Es wird an eine geschichtliche Tatsache des Lebens Jesu erinnert. Paulus weist mit «Gestalt Gottes» auf die vorweltliche, innergöttliche Existenz Christi zurück, in dem «Gottgleichsein», daß Er das nicht an sich riß. Darin liegt ein Hinweis auf Seine diesseitige Lebenserscheinung und Lebensführung. Paulus stellt damit Christi Gesinnung als nachahmenswert hin.

364. **Gottheit** ist die Übersetzung des griechischen «Theiotes«, von «Theios» – «Göttlichkeit» (Apostelg. 17, 29) und «Theotes» – «Göttlichkeit» (Kol. 2, 9) zu unterscheiden. «Theiotes» steht im Neuen Testament nur in Römer 1, 20; womit ein Komplex von Gottes Eigenschaften ausgedrückt wird, dazu gehört auch Seine «unsichtbare Kraft», die als das Moment der Gotteserkenntnis besonders hervorgehoben wird, die bei der Weltbetrachtung zuerst in Erscheinung tritt. Gottheit wird definiert «was Gott ist» oder «das was Gottes ist». Die Erklärung, was irgendwie eine Gleichheit oder Ähnlichkeit mit Gott zeigt, ist zu eng gefaßt. Nach dem Zusammenhang bezieht sich der Ausdruck auf die Maje-

stät und Herrlichkeit Gottes, die dem Menschen zugänglich ist (Röm. 1, 23).

In Apostelgeschichte 17, 29 steht «Theios» – «Göttlichkeit». Es ist das, was von Gott herrührt. So heißt es 2. Mose 31, 3; 35, 31 nach der LXX: «Und ich habe ihn erfüllt mit göttlichem Geist der Weisheit und des Verstandes.» In Sprüche 2, 17 heißt es: «Und den göttlichen Bund vergessend.» Hiob sagt: «Der göttliche Geist, der mich umgibt in der Nase» (Hiob 27, 3) und: «Der göttliche Geist, der mich gemacht hat» (Hiob 33, 4). Die Göttlichkeit und der Mensch sind in Apostelgeschichte 17, 29 die schlagendsten Kontraste.

Paulus bedient sich in Kolosser 2, 9 des Ausdruckes «Theotes» – «das Gott-Sein». Es ist das, was Gottes ist. Der Ausspruch ist demnach zu übersetzen: «In ihm wohnt die ganze Fülle dessen, was Gottes ist, leibhaftig.» In Christo wohnt in Wirklichkeit alles in vollem Umfang, was Gott ist.

Der Apostel spricht in 1. Korinther 2, 10 nicht von «Tiefen der Gottheit», sondern von «Tiefen Gottes», im Gegensatz zu den «Tiefen des Satans» (Offb. 2, 24). Es sind Gottes Heilsgedanken.

365. **Göttlich** ist in den meisten Bibelstellen eine ziemlich irreführende Übersetzung, die selten den rechten Sinn trifft. Um diese Behauptung zu begründen, werden Schriftstellen, in denen das Adjektiv «göttlich» vorkommt, in einer genauen Wiedergabe geboten.

Henoch und Noah: «Wandelte mit Gott» (1. Mose 5, 22. 24; 6, 9). Bileam sagt von sich: «Ein Spruch des Hörers der Reden Gottes» (4. Mose 24, 4. 16). In Jeremia 17, 12 heißt es: «Ein Thron der Herrlichkeit, eine Höhe von Anfang, ein Ort unseres Heiligtums.» Hesekiel spricht nicht von einem göttlichen Gesicht, sondern: «In Gesichten Gottes» (Hes. 8, 3; 40, 2).

Jesus sagt zu Petrus: «. . . denn du meinst nicht die Dinge Gottes» (Matth. 16, 23; Mark. 8, 33). Paulus betont: «Da wir nun sind Gottes Geschlecht» (Apostelg. 17, 29). In Römer 3, 25 heißt es: «In der Nachsicht Gottes.» Die Frage in Römer 11, 4 lautet einfach: «Was aber sagt ihm die Antwort?» Der Apostel schreibt u. a. an die Korinther: «Christum, Gottes Kraft und Gottes Weisheit, denn die Torheit Gottes ist weiser als die der Menschen, und die Schwachheit Gottes ist stärker als die der Menschen» (1. Kor. 1, 24. 25). Wörtlich heißt es in 2. Korinther 1, 12: «In Heiligkeit und Lauterkeit Gottes.» Paulus beabsichtigte bei den Korinthern: «Euch verkündigend das Zeugnis Gottes» (1. Kor. 2, 1). Der Apostel schreibt, daß die Korinther Gott gemäß betrübt wurden, daß ihre Betrübnis Gott gemäß war (2. Kor. 7, 9. 10. 11). Von dem Sohne Gottes heißt es, daß Er in «Gestalt Gottes» war (Phil. 2, 6). Paulus war «ein Diener nach der Haushaltung Gottes» (Kol. 1, 25). «Der ganze Leib gedeiht, daß das Wachstum Gottes wächst» (Kol. 2, 19). Der Apostel schreibt den Thessalonichern: «daß als ihr das Wort der Predigt von uns als Gottes Wort aufnahmt» (1. Thes. 2, 13). Die Witwen wurden durch Timotheus ermahnt: «Wenn aber eine Witwe

Kinder oder Enkel hat, sollen sie zuerst lernen, daß das eigene Haus gottselig ist» (1. Tim. 5, 4).
Das griechische «Theios» – «göttlich», hat in der schwierigen Satzkonstruktion, 2. Petrus 1, 3. 4, seine einzige Berechtigung. «Seine göttliche Macht» kann nur die Macht Jesu sein. In dem Menschen Jesus wohnte die göttliche Kraft während Seines Erdenlebens und die sich auswirkte (vgl. Luk. 17; 6, 19). Es hindert nichts, auch die vom erhöhten Herrn gesandte Kraft des Heiligen Geistes (s.d.) darunter zu verstehen, die erst den Heilsstand der Jünger zu einem festen und lebensvollen Bestand führt (Apostelg. 1, 8; Röm. 15, 13; 1. Kor. 5, 4). Die göttliche Kraft Jesu, sagt Petrus, hat ihnen alles zum Leben und zur Gottseligkeit geschenkt. Unter dem «Genossen zu werden der göttlichen Natur» (2. Petr. 1, 4) ist das gleiche wie in Römer 5, 2: «die Herrlichkeit Gottes» (s.d.) zu verstehen, welche der Gläubige noch entbehrt, aber auf dessen Besitz er zuversichtlich hofft. Es ist auch dasselbe, was Johannes vom Ähnlichwerden mit Christo nach der Offenbarung schreibt (1. Joh. 3, 2; vgl. 1. Kor. 15, 44; Phil. 3, 21). Wenn der Gläubige auch in seiner Willensrichtung von Gott bestimmt ist, so kann er doch noch sehr ungleichartig von Gott sein. Das Teilhaftigwerden an der göttlichen Natur geschieht durch die Verwirklichung der gegebenen Verheißungen.
Es sind noch drei Stellen des Hebräerbriefes zu erwägen. Die erste Stelle ist zu übersetzen: «Denn auch ihr, die ihr Lehrer sein solltet der Zeit nach, ihr habt wieder nötig, daß man euch belehre, welches die ersten Anfangsgründe der Worte Gottes seien» (Hebr. 5, 12). Damit ist die alt- und neutestamentliche Gottesoffenbarung gemeint (vgl. Apostelg. 7, 38; Röm. 3, 2; 1. Petr. 4, 11). «Logia tou Theou» – «Worte Gottes», sind Aussprüche Jahwes (4. Mose 24, 4; Ps. 12, 4; Jes. 5, 24), hier ist es, was Gott im Sohne geredet hat (Hebr. 1, 1). In Hebräer 8, 5 ist nach «chrematizesthai» zu übersetzen: «Gleichwie Mose eine Weisung erhielt.» Die Peschitto übersetzt einfach: «Es ist gesagt worden.» Zur Sache vergleiche man Matthäus 2, 12. 22; Apostelgeschichte 10, 22; Luk. 2, 26 und Hebräer 11, 7: «Durch Glaube erhielt Noah Anweisung über die noch nicht sichtbaren Dinge.» Es ist nach dem Sprachgebrauch der LXX ein Reden Gottes (vgl. Jer. 26, 2), im Neuen Testament «Antwort geben» und «Antwort erhalten» durch höhere Eingebung (vgl. Matth. 2, 12; Luk. 2, 26).
Die Klarstellung durch eine genaue Übersetzung der Stellen, wo im Luthertext «göttlich» vorkommt, dürfte veranlassen, nicht zu wenig und nicht zu viel in den biblischen Aussprüchen finden zu wollen. Es ist das Anliegen, zu einer sachlichen Exegese anzuregen.

366. **Grund,** griechisch «themelios» der Grundstein oder das Fundament, ist nach 1. Korinther 3, 11 Jesus der Gesandte (s.d.). Er ist die Grundlage des Glaubens zu einem immer vollkommeneren Wachstum. Jesus Christus ist der einzig mögliche Grund von Gottes Hausbau. Irrlehrer legen alle möglichen Gründe, um angeblich das Haus Gottes zu bauen. Gott hat Selbst diesen einzig rechten Grund gelegt, in der Da-

hingabe Seines Sohnes, den Er zum Haupt (s.d.) und Eckstein (s.d.) Seiner Gemeinde gemacht hat (Eph. 2, 20; Röm. 9, 33; Matth. 21, 42; Apostelg. 4, 10. 11. 12; 1. Petr. 2, 6). Wer auf dieses von Gott gelegte Fundament aufbaut, muß dafür würdig und berufen sein. Christus **ist** als Grund des Hauses gelegt, daß es keiner weiteren Grundlage mehr bedarf, es wäre sogar widergöttlich. Der einzige von Gott ein für allemal gelegte Grund ist die Voraussetzung für den Aufbau und Weiterbau der Gemeinde. Die auf das allein richtige Fundament aufgebaute Gemeinde muß in aller Erkenntnis wachsen zum vollständig ausgebauten Tempel Gottes.

367. **Grundfeste** der Wahrheit (s.d.) ist das Geheimnis der Gottseligkeit, daß Gott geoffenbart wurde im Fleisch (s.d.), was durch die Menschwerdung Christi geschah (1. Tim. 3, 16). Nach einer unsachlichen Verseinteilung rechnet man den hier vorliegenden Gedanken noch zum Bild von der Gemeinde des lebendigen Gottes. Es ist an dieser Stelle von der Säule (s.d.) und Grundlage der Wahrheit des Geheimnisses der Gottseligkeit die Rede. Christus ist Selbst die Säule und Grundfeste der Wahrheit. Die Offenbarung Gottes in Fleisch (s.d.) bleibt ein Geheimnis. Alle Versuche, die Tatsache der Fleischwerdung des Sohnes Gottes dogmatisch festzustellen, oder wissenschaftlich zu begründen, dienten der Ketzerei und der Verwirrung der Gemüter der Gläubigen. Es bleibt verborgen (Spr. 30, 4). Wenn an dem anerkannt großen Geheimnis der Gottseligkeit gegenwärtig durch die moderne Theologie gerüttelt wird, wankt und bricht die Säule und Grundfeste der Wahrheit, daß der gesamte Bau der Heilsgeschichte zusammenstürzt.

368. **Grundstein** steht in Jesaja 28, 16 mit dem «Stein der Bewährung» (s.d.) und dem «köstlichen Eckstein» (s.d.) in Verbindung. Der hebräische Text: «musad mussad» bedeutet eigentlich «gegründete Gründung». Es ist eine feste, unerschütterliche Grundlage. Die spöttischen Beherrscher des Volkes in Jerusalem hatten auch ein Fundament, auf das sie sich stützten. Es war aber Lüge und Betrug. Sie hofften von Tod und Hades verschont zu bleiben (Jes. 28, 14. 15). Jahwe sagt dagegen, daß Er in Zion eine Gründung gegründet hat. Wer an dieser Gründung festhält, wer glaubt, wird nicht weichen. Der Bau soll auf diesem Fundament ausgeführt werden. Das Recht wird zur Richtschnur gemacht, die Gerechtigkeit zum Senkblei. Es gibt nur eine Zuflucht, die das Heil garantiert, das ist der zu Zion gelegte Grundstein. Der Stein ist nicht das davidische Königtum, sondern der in Jesus erschienene (Röm. 9, 33; 1. Petr. 2, 6) Same Davids. Der Messias ist die in Zion gegründete Gründung. Aus Jesaja 8, 14 ergibt sich auch, daß Jahwe Sich Selbst als «Stein» (s.d.) und «Fels» bezeichnet. Es ist möglich, daß Jesajah Seinen Ausspruch (Jes. 8, 14 und Psalm 118, 22) vor Augen hatte. Petrus faßt in seinem Briefe alle diese drei Stellen zusammen (1. Petr. 2, 6. 7). Jesus verbindet Jesaja 8, 14 und die Psalmstelle (Matth. 21. 42-44). Paulus sieht auf beide Jesajah-

stellen (Röm. 9, 33). In Apostelgeschichte 4, 11 wird nur an Psalm 118 erinnert, in Römer 10, 11 nur an Jesaja 28, 16.
Der feste Grundstein äußert seine Heilswirkung durch innerliche Empfänglichkeit des Glaubens. Der feste Grund verlangt treues Festhalten an Ihm. Wo der Grund gegründet ist von Gott und der Mensch daran festhält, wird der Aufbau eines heiligen Tempels im Herrn möglich.

369. **Gut** ist das Prädikat, dessen sich der reiche Jüngling in der Anrede Jesu bediente (Mark. 10, 17; Matth. 19, 16; Luk. 18, 18). «Guter Lehrer!», war weder eine bloße Phrase, noch Heuchelei, auch kein bloßer Ausdruck der Wertschätzung, sondern er beurteilt damit Jesu sittliche Vollkommenheit. Der Herr faßte dieses Prädikat in vollem Sinne. Er benutzte diese Anrede, um den Jüngling auf Gott, als das Höchste hinzuweisen. Der Herr antwortete ihm auf seine Frage: «Was fragst du mich wegen des Guten? Einer ist der Gute, Gott!» Verschiedene Lesarten existieren über diesen Text. «Niemand ist gut, außer Gott.» Liberale Theologen wollen hiermit begründen, Jesus verneine Sein Gutsein und Seine Sündlosigkeit, oder gar Seine Gottessohnschaft. Die unrichtige Betonung der Frage des Herrn: «Was nennst du mich den **Guten**?», führt zu diesem Ergebnis. Es ist zu betonen: «Was nennst **Du** mich gut»? Die Gesinnung des Jünglings wird geprüft, er soll sich selbst fragen. Wenn Jesus von ihm nur als Lehrer oder Rabbi angesehen wurde, gebühre Ihm nicht das Prädikat «gut». Jesus sagt aber keineswegs: «Ich bin nicht gut!», oder «nur Einer ist gut, mein Vater». So lesen die Clementinen, um die Scheidung des guten Gottes Christi von dem nur gerechten Gesetzgeber des Alten Testamentes in den Text zu legen. Wenn Sich Jesus den guten Hirten nennt (Joh. 10, 12) und Seine Sündlosigkeit behauptet (Joh. 8, 46), dann ist das mehr als nur «guter Meister». Mit der Frage: «Was nennst du mich gut?», bezeugt Er zugleich verhüllt Seine Gottheit.

370. David sagt: **«Mein Gut** ist nicht außer Dir!» (Ps. 16, 2). Jahwe, von dem der Sänger bekennt: «Mein Herr (Adonai) (s.d.) bist Du», ist auch sein Wohltäter, ja selbst sein höchstes Gut. Der Liederdichter Johann Jakob Schütz (1640-1690) singt nach dieser Schriftstelle: «Sei Lob und Ehr dem höchsten Gut, dem Vater aller Güte!» In mehr als 30 verschiedenen Liedern wird Gott und Christus als das höchste Gut gepriesen. Männer unseres materialistischen und technischen Zeitalters bringen ein solches Bekenntnis nicht mehr über die Lippen. Wer das nicht kann, möge bei dem Psalmisten in die Lehre gehen. Sein Gut, was ihn wirklich erfreut, ist nicht außer Gott und ohne Ihn. Er ist ausnahmslos das einzige Gut. Auf das Gebot: «Ich bin Jahwe dein Gott» (2. Mose 20, 2) erwiderte der Sänger im Herzen: «Du bist allein mein Heil!», auf den Gegenruf: «Du sollst keine anderen Götter neben mir haben!»
Im gleichen Sinne sagt Asaph: «Aber ich, zu Gott nahen ist mir gut» (Ps. 73, 28). Wer sich vom Urquell des Lebens entfernt, verfällt dem Verderben. Von Gott entziehen und die Liebe zur Welt vorziehen führt

zur Vernichtung. Gottesnähe oder Gottverbundenheit achtet der Sänger für sein Gut. Gottentfremdung bringt Verderben, in der Gemeinschaft mit Gott findet man für Gegenwart und Zukunft das Gute.

Das geistliche Gut, das Gott für die Seinen ist, kann auch mit der Zuwendung von irdischen Gütern verbunden sein. In Psalm 65, 11 heißt es in diesem Sinne: «Du bereitest in deiner Güte den Armen, o Gott!» Mitten in feindlicher Umgebung bewirtet Gott Sein armes Volk mit Seinen Gütern. Der Erntesegen wird vom Psalmisten als «das Jahr deiner Güte» (Ps. 65, 12) gepriesen. Jahwe will alle Stämme Israels heimführen und vereinigen. Die Erlösten freuen sich dann: «Und sie kommen und sie jubeln zur Höhe Zions und sie strömen zur Güte Jahwes, zu Korn und zu Most und zu Öl, und zu Söhnen der Herde und zu Vieh und es wird sein ihre Seele wie ein bewässerter Garten und sie werden nicht mehr fortfahren zu schmachten» (Jer. 31, 12). Die Güter Jahwes, über welche sich die Erlösten so sehr freuen, bestehen in den Erzeugnissen des Landes. Die Verheißung kann wörtlich und geistlich aufgefaßt werden. Nach der Verheißung Joels von der Geistesausgießung wird auch ein reicher Erntesegen in Aussicht gestellt (Joel 3-4). Geistliche und irdische Güter werden beide von Gott geschenkt.

In deutlicher Anlehnung an Psalm 107, 9 bezeugt Maria in ihrem Lobgesang: «Die da hungern erfüllt er mit Gütern, und die da reich sind, entläßt er leer» (Luk. 1, 53). Einige deuten das vom Hunger nach dem Reiche Gottes und nach Seiner Gerechtigkeit, die Reichen, welche leer ausgehen, sollen die Weltweisen mit ihrer Kunst und Wissenschaft sein. Es ist kein Grund, von der buchstäblichen Auffassung abzuweichen. Hier werden solche genannt, die nichts vom irdischen Gut besitzen. Gott erweist an den Armen Seine Barmherzigkeit, daß Er sie nicht darben läßt. Mit vollen Händen wird ihm dargereicht, wovon der Hunger gestillt wird. Er empfängt eine Fülle an Gütern.

Im Hebräerbrief ist noch von den zukünftigen Gütern die Rede, die Christus erworben hat (Hebr. 9, 11; 10, 1). Er trat als Hoherpriester von Gütern auf, die noch nicht da waren, die Er durch Sein Hohespriestertum erst erwerben mußte. Es sind keine zukünftigen Güter, weil sie der zukünftigen Weltzeit angehören, oder noch erst kommen sollen. Sie heißen zukünftige Güter vom Standpunkt des Alten Testamentes aus, weil Christus erst kam, um sie zu erwerben. Das Gesetz des Alten Bundes mit seinem Opferdienst war nur eine Abschattung der noch zukünftigen Heilsgüter. Die unaufhörliche Wiederholung der alttestamentlichen Opfer war im Unterschied zu dem einmaligen vollendeten Opfer Christi ein bloßes Schattenwerk. Die für die Haushaltung des Gesetzes «zukünftigen Güter» sind in Christo Tatsachen geworden, die geschehen sind und geschehen mußten. Christi Tod und Auferstehung hat diese Güter erworben.

371. **Güte** ist die Wiedergabe der hebräischen Worte «tub» und «chesed» – «Gnade, Liebe, Gunst», und der griechischen Ausdrücke

«agathosyne» – «Güte» und «chrestos, chrestotes» – «Güte». An vielen Stellen der Schrift, wo im hebräischen Text «chesed» steht, ist die Übersetzung «Gnade» besser, an den übrigen Bibelstellen kann «Güte» so bleiben. Es ist nach den Zeugnissen der Bibel eine der mannigfaltigsten Ausstrahlungen der Liebe Gottes; vom Preise der ewigen Gnade und Treue sind die Herzen der Gottesmänner voll, sie ist alle Morgen neu, sie offenbart sich der ganzen Schöpfung und in allen Seinen Werken an den Geschöpfen, in der Regierung und Erhaltung der Welt. Böse und gute Menschen erfahren Gottes Güte (Matth. 6, 45).

In besonderer Weise offenbart Gott den Seinen Seine Gnade. Diese Erfahrung kommt in der oft wiederkehrenden Doxologie bei verschiedenen Anlässen zum Ausdruck: «Danket Jahwe, denn er ist gut, denn ewiglich ist seine Gnade!» (1. Chron. 16, 34. 41; Ps. 106, 1; 107, 1; 118, 1-4. 29; 136, 1-25; Jer. 33, 11). Im hebräischen Text in 2. Chronika 5, 13; 7, 3; Esra 3, 11; wo das gleiche zu lesen ist, steht in der Lutherbibel «Barmherzigkeit». Der 136. Psalm enthält sechsundzwanzigmal den Nachsatz: «Denn seine Gnade ist ewig.» Im Leben des Einzelnen, in der Geschichte Israels, bei der Einweihung des Tempels unter Salomoh und Esra, kam der freudige Lobpreis der Gnade Gottes immer wieder zum Ausdruck. Bei uns ist der Wortlaut oft nur ein gedankenloses Tischgebet. Von Wichtigkeit ist die oft wiederkehrende Verbindung «Chesed we Emeth» – «Gnade und Wahrheit», oder «Gnade und Treue» (Ps. 25, 10; 40, 11. 12; 57, 4; 61, 8; 85, 11; 86, 15; vgl. Joh. 1, 18). Es ist auf den Preis der großen (Ps. 31, 20; 69, 14; 86, 5. 13. 15; 103, 8; 106, 7. 45; 145, 7. 8; Joel 2, 13; Jon. 4, 2; Jes. 63, 7; Klag. 3, 32) und der wunderbaren Gnade zu achten (Ps. 17, 7; 31, 22). Gottes Gnade hat räumlich eine weite Ausdehnung (Ps. 33, 5; 36, 6; 57, 11; 119, 64), sie überdauert alle Zeiten, bis in Ewigkeit währt sie, wie das aus der erwähnten Doxologie hervorgeht. Die erfahrene Gnade ermuntert zur Dankbarkeit (vgl. Ps. 107. 8..15. 21. 31; 138, 2).

An einigen Schriftstellen besteht die Übersetzung zu Recht, da wo «chesed» steht, ist Güte zu wenig, denn es ist Gottes herablassende Barmherzigkeit und Liebe zu den Sündern. Auf die Bitte Mosehs zu Gott «Laß mich doch deine Herrlichkeit (s.d.) sehen!» (2. Mose 33, 18) bekam er die Antwort: «Ich werde alle **meine Güte** an deinem Angesicht vorüberführen» (2. Mose 33, 19). «Alle meine Güte» bringt die Einheit in der Vielheit der Wege Gottes zum Ausdruck, wie das eine Licht im siebenfarbigen Strahlenspektrum verwirklicht wird. Wie die Gnade die Vorbedingung der Güte ist, liegt in der Bitte: «Nach deiner Gnade gedenke du mir, um deiner Güte willen, Jahwe!» (Ps. 25, 7). Güte ist an sich das, was dem Heil entspricht, dessen Vorbedingung die Gnade sein muß, durch welche das Heil bewirkt wird. Alle meine Güte umfaßt die vielen Erscheinungen, in welchen sie die eine Güte Gottes an Seinen Geschöpfen besonders Seinen Menschen bewährt. Es ist die Vielseitigkeit der Führungen Gottes, durch welche Er zum Heil erzieht. Überall die gleiche Güte und das gleiche Heil. Nur

durch Erleuchtung des Geistes kann hier die Einheit in aller Vielheit, die höchste Harmonie aller Harmonien wahrgenommen werden.
Im Blick auf Gottes gerechtes Urteil fragt Paulus: «Oder verachtest du den Reichtum seiner Gütigkeit und der Geduld (s.d.) und der Langmut, verkennend, daß die Güte Gottes dich zur Sinnesänderung führt» (Röm. 2, 4). Güte besteht im Verzeihen (Luk. 6, 35), oder in Erzeigung von Wohltaten (vgl. Apostelg. 14, 17), daß Gott die Strafe gereut (Joel 2, 13). Der Mensch will nicht verstehen, daß Gottes Güte ihn zur Sinnesänderung führen möchte. Im ersten Satzteil ist Gütigkeit ein Dingwort, im zweiten ist gütig eigentlich ein Eigenschaftswort, um noch strenger Gott als «gütig» herauszustellen. Das Gütige leitet zur Umsinnung an, es ist kein Antreiber mit Zwang, sondern ein gütiges Leiten und Führen. Das Verhalten zur Güte Gottes ist ernst. Paulus schreibt: «Siehe nun Gottes Gütigkeit und Strenge (s.d.); über die Gefallenen zwar Strenge, Gütigkeit aber über dich, wenn du bleibst in der Gütigkeit, sonst wirst du abgehauen werden» (Röm. 11, 22). Der überschwängliche Reichtum Seiner Gnade und Gütigkeit in Christo gegen uns (Eph. 2, 7) erfordert ein Bleiben im Glauben, sonst widerfährt uns Gottes schneidende Strenge. Ernst ist hier zu wenig. Wer nicht bei der Gütigkeit Gottes verbleibt, wird abgehauen.

372. **Gütig** entspricht dem hebräischen «tob» – «gut». Einige Bibelstellen (2. Chron. 5, 13; 7, 3; 30, 18; Ps. 119, 68; 145, 9) sind schon unter dem Worte «Güte» (s.d.) bedacht worden. Aus dem Alten Testament ist Nahum 1, 7 unter dem Namen «Feste» (s.d.) anzusehen.
Im Neuen Testament sind zwei Stellen zu beachten. Das Gleichnis von den Arbeitern im Weinberg enthält die Frage des Hausherrn (s.d.): «Oder ist dein Auge böse, daß ich gütig bin?» (Matth. 20, 15). Es wäre betrübend, wenn die Argheit Anlaß genommen hätte von der Güte. Der Hausherr stellt darum «dein böses Auge» und «Ich bin gütig» beschämend gegenüber. Die Löhnung der Arbeiter bildet den Mittelpunkt des Gleichnisses. Das auffallende und ungewöhnliche Bezahlen war kein Unrecht, sondern Güte, die nur einem Übelgesinnten anstößig sein kann.
Jesus stellt Gottes Güte als vorbildlich hin. Menschen leisten Liebesdienste, wenn sie zu anderer Zeit das gleiche erwarten können. Güte erweisen, wo nichts zu hoffen ist, gibt es bei Menschen nicht. Gott aber ist gütig gegen Undankbare und Boshafte (Luk. 6, 35). Der Psalmist sagt in diesem Sinne: «Gut und gerade ist Jahwe, darum unterweist er Sünder im Wege» (Ps. 25, 8); und: «Denn du Herr bist gut und vergibst, und groß ist die Gnade zu allen, die dich rufen» (Ps. 86, 5). Es wird erklärt, «Gott» habe im Deutschen den Namen von der «Güte», was allerdings nicht feststeht, denn Er ist «gut» (Matth. 19, 17) und der Brunnquell aller Gütigkeit (Jak. 1, 17).

373. **Hand** erwähnt die Bibel von Gott und Christo. Gott ist Geist (s.d.), unsichtbar, über alles Räumliche und Endliche erhaben. Gott ist als Geist lauter Kraft, Stärke, Leben und Licht (1. Joh. 1, 5), Er wohnt in einem unzugänglichen Licht (Ps. 104, 2; 1. Tim. 6, 16; Joh. 4,

24). Gott hat als Geist nicht Fleisch und Bein, keine Leiblichkeit, wie wir Menschen (Luk. 24, 39), wenn wir auch ursprünglich nach Seinem Bilde erschaffen sind. Gott fragt: «Wem wollt ihr mich denn nachbilden, dem ich gleich sei? Gegen wen meßt ihr mich, dem ich gleich sein soll?» (Jes. 40, 18; 46, 5). Die Heilige Schrift spricht dennoch vom Arm (s.d.), der Hand, von Augen, Ohren, Fingern und Füßen Gottes. Das geschieht, um unserer begrenzten und schwachen Fassungskraft in göttlichen Dingen zu Hilfe zu kommen, mit Rücksicht auch darauf, daß der Sohn Gottes wahrhaftiger Mensch geworden ist und in verklärter Menschennatur auf dem Throne Gottes herrscht. Die Ausdrücke, die menschliche Glieder erwähnen, sind allerdings bildlich zu fassen aber auch real möglich. Wir müssen uns hüten, daß solche Begriffe nicht zu sehr vergeistigt werden. Was zum Kern oder zur Schale gehört, darf nicht verringert werden.
Es ist zu bedenken, daß der Sohn Gottes in Seiner Präexistenz vorübergehend menschliche Gestalt annahm. Er erschien als der Fürst über das Heer des Herrn (s.d.) mit einem Schwert in der Hand (Jos. 5, 13-15). Er erschien dem Bileam als ein starker Mann (4. Mose 22, 23. 31; vgl. Jos. 6, 2; 2. Mose 3, 5). Der Engel des Bundes führte und leitete das Volk in der Wüste (1. Kor. 10, 4. 9). Dadurch ist verständlich, daß Gott Israel mit mächtiger Hand führte (2. Mose 13, 3; Ps. 136, 12; 2. Mose 6, 6; 5. Mose 5, 15). Der Herr streckt auch Seine Hand strafend gegen jemand aus, so daß Er Seine züchtigende Macht fühlen läßt (Hiob 10, 7; 2. Mose 9, 3; Richt. 2, 15). Wenn Gott Seine erhaltende und schützende Hand offenbart, kann das keinem schaden (Esr. 7, 6; Jes. 25, 10; Ps. 27, 9).
Christi Hand und Gottes Hand sind ein und dasselbe (Joh. 10, 29. 30). Es kommt beiden die Schöpfer-, und Erhalter- und Richtermacht zu. Wenn die Schrift von Gottes Händen redet, ist nicht nur an Gottes Macht, sondern auch an Seine Weisheit zu denken (Ps. 119, 73; Jes. 66, 2). Es herrscht auch Gottes Güte vor, wenn von Seiner Hand die Rede ist (Ps. 104, 28; 145, 16; Sach. 13, 7). Wenn es von den Propheten heißt, die Hand des Herrn kam über sie (Hes. 1, 3; 2. Kön. 3, 15), dann ist das eine besondere Machterweisung Gottes, nach der sie vom Geiste Gottes erfüllt oder bewegt wurden. So sagt Hesekiel: «Die Hand des Herrn fiel auf mich» (Hes. 8, 1), und: «Der Geist des Herrn fiel auf mich» (Hes. 11, 5).
Leute der Hand Gottes (Ps. 17, 14) sind Seine Strafwerkzeuge (Jes. 10, 15). Die Hand des Herrn ist nicht zu kurz um zu helfen (4. Mose 11, 23; Jes. 59, 1).

374. **Harnisch,** nach dem hebräischen «schirjan» und dem griechischen «thorax» – «der Panzer». Es ist die Gesamtrüstung, mit der man gegen den Feind in den Kampf zog. Nach Weisheit 5, 18 ist Gottes strafender Eifer ein Harnisch. Für Harnisch steht im griechischen Text auch «panoplia» – «Ganzrüstung». Es ist die ganze, volle Rüstung eines Schwerbewaffneten, bestehend aus Schild (s.d.), Helm (s.d.), Brustpanzer, Beinschienen, Schwert und Lanze (Luk. 11, 22). Es ist

die geistliche Waffenrüstung, mit welcher Gott uns wappnet (Eph. 6, 11. 13). Es ist keine fleischliche Waffenrüstung, sondern eine Gottesrüstung. In der Anwendung der Waffen läßt Paulus den Wurfspieß fehlen, die eigentliche Angriffswaffe. Der Gläubige soll sich nur zur Abwehr und Verteidigung rüsten. Er soll gegen die Methoden (Schleichwege) standhalten. Wir sollen den Panzer des Glaubens und der Liebe anziehen und den Helm der Hoffnung (1. Thes. 5, 8). Die drei Haupttugenden der Erlösten des Herrn führen im Kampf gegen das Böse zur Überwindung. Es ist diese Ganzrüstung Gottes mit der Weissagung Jesajahs (Jes. 59, 17) zu vergleichen. Jahwe rüstet Sich mit Brustpanzer, Helm, Gewand und Mantel. Sein Panzer ist die Gerechtigkeit, der Helm (s.d.) Seines Hauptes ist Heil; Er hilft und rettet mit genauester Gerechtigkeit, das Ziel der Vollendung ist Heil und Erlösung (s.d.). Über den Panzer legt Er das Gewand der Rache. Er gelangt durch das Strafgericht an Seinen Feinden zum Ziel. Um alles hüllt Er den Mantel Seines Eifers. Sein glühender Liebeseifer ruht nicht, bis alles zur Vollendung gelangt ist.

375. **Hauch** oder Odem (s.d.) bildet im Hebräischen einen umfassenden Begriff, dem Hauchen und Wind fest verknüpft sind, mit «Leben» (s.d.) als auch mit «Geist» (s.d.). Der hebräische Ausdruck «neschamah» kann mit «Hauch» und «Odem» übersetzt werden; ferner wird auch «ruach» mit «Hauch» und «Wind» an manchen Stellen übertragen, was dann aber meistens «Geist» (s.d.) bedeutet, der wirkliche Lebenshauch oder Odem aus Gott. Das sinnverwandte «hebel» – «Hauch», bezeichnet die Nichtigkeit und Vergänglichkeit. Die im Hebräischen zugrunde liegenden Worte bezeichnen «hauchen», «atmen», «leben» und «Wind-Geist». Das Verbindende liegt in der Grundbedeutung vom wehenden Hauch. Der Hauch des Mundes Jahwes ist ein schaffendes Machtwort (Ps. 33, 6). Der Hauch Seiner Lippen überwindet den Bösen (Jes. 11, 4), es ist ein heiliger Zorneshauch. Die LXX überträgt «Geist seines Mundes» (s.d.). Das hier genannte «neschamah» – «Hauch» und «ruach» – «Geist, Hauch», wird nur in Hiob 27, 3 im Luthertext mit «Hauch» übersetzt, alle übrigen Stellen überträgt Luther mit «Odem» (s.d.). Hiob versichert: «Solange Odem «ruach» in mir ist und der Hauch Gottes in meiner Nase ist, sollen meine Lippen nichts Unrechtes reden und meine Zunge keinen Betrug sagen» (Hiob 27, 4). Es heißt hier, daß das Leben des Menschen von Gottes Odem und Hauch völlig abhängig ist. Gottes Hauch und Wind ist auch eine Betonung Seiner Allmacht, durch welche die Götzen weggeschickt und ausgestoßen werden, weil eben kein Leben in ihnen ist (Jes. 57, 13; Ps. 135, 17; Hab. 2, 19).

376. **Haupt,** oft für die Bezeichnung einer hervorragenden Stellung eines Obersten, Fürsten oder Aufsehers (vgl. 5. Mose 1, 13; Jes. 7, 8). Es wird auf Christum übertragen, um Sein Verhältnis zur Gemeinde der Erlösten, zur Menschheit und zum gesamten Universum anzudeuten. Durch den Abfall in der Geisterwelt und durch den Sünden-

fall der Stammeltern der ganzen Menschheit, kam eine große Uneinigkeit und Zerrissenheit in alle Verhältnisse der göttlichen Schöpfung. Die Erschütterung drang mit ihren Folgen bis in die Wohnsitze der seligen Geister, sie brachte eine Disharmonie zwischen ihnen und allen Menschen hervor. Nach Gottes ewigem Reichs- und Heilsplan soll in Christo alles wieder zusammengefaßt und unter ein Haupt gebracht werden, was sich von Seinem rechtsmäßigen Haupt losgerissen hat. Nach einigen klaren Schriftzeugnissen ist Christus das Haupt, der Fürst und König über alle Geschöpfe im Himmel und auf Erden. Durch Gottes Vorherbestimmung ist Er dazu eingesetzt. Christus ist ganz besonders das Haupt Seiner Gemeinde, der an Ihn Gläubiggewordenen. Die Gemeinde ist Sein Leib, der mit dem Haupte unmittelbar zusammenhängt. Sie soll zunächst mit Seiner Herrlichkeit erfüllt werden. Christus ist das Stammeshaupt der gesamten Menschheit. Das ist auch schon durch den Namen «Sohn des Menschen» (s.d.) angedeutet. Die Gedanken, die mit dem Namen «Haupt» verbunden sind, gehören mit zu den Grundanschauungen der Schrift, die für das Verständnis des Versöhnungswerkes Christi von Bedeutung sind. Die ganze Menschheit, vor allem die Gemeinde der Gläubigen ist ein großer, innig zusammenhängender Organismus, dessen Bundeshaupt Christus in freiwilliger Liebe geworden ist. Christus tritt als Haupt für Seine Glieder stellvertretend ein, Er läßt über Sich ergehen, was diese wegen ihrer Verschuldung zu erdulden hätten. Er macht Seine Gemeinde Seiner Lebenskräfte teilhaftig. Gott schaut die Gläubigen in der Einheit mit dem Haupte (Eph. 2, 6). Diese Gedankengänge sind noch nach dem Inhalt einiger Bibelstellen näher zu betrachten und zu vertiefen.

Paulus zeigt den Korinthern die gottgewollte Ordnung und Zucht in der Gemeinde. Er schreibt in diesem Sinne: «Ich will euch aber wissen lassen, daß das Haupt eines jeden Mannes der Christus ist, Haupt aber eines Weibes der Mann, Gott aber das Haupt des Christus» (1. Kor. 11, 3). Die Weiber verkannten in der Korinthergemeinde ihre Stellung, wie das aus 1. Korinther 14, 33-35 hervorgeht. Sie gingen über ihre Grenzen hinaus, die ihnen in der Gemeinde angewiesen waren. Wenn auch Mann und Weib eins und ein Fleisch sind, so darf das Weib doch nicht vergessen, daß der Mann das Haupt ist. Der Mann muß bedenken, daß Christum sein Haupt ist. Christus hat die Führung und Vollmacht über die Gemeinde. Damit wird die Untertänigkeit unter ihrem Haupte betont. Die Gemeinde ist Christo untergeordnet (vgl. Eph. 5, 24). In gleicher Weise ist Gott Christi Haupt. Nach der organischen Unterordnung im letzten Gliede ist Christus Gott untergeordnet (vgl. 1. Kor. 3, 23; 15, 28; 8, 6; Kol. 1, 15; Röm. 9, 5). Christi Gottgleichheit (Phil. 2, 6) entspricht in der Heilsökonomie der Unterordnung des Sohnes unter den Vater. Gott ist Christi Haupt, nicht vom Wesen, sondern vom Dienst wird Er so genannt. Der Sohn empfing als Mittler den Dienst durch den göttlichen Rat, wie Er oft sagt: «Der Vater hat mich gesandt!» Es wird hier nicht ein verborgenes Wesen erwähnt, sondern des Dienstes. Christus steht als der Erhöhte, Herrschende in diesem Dienst, der zuletzt das Reich dem Vater gibt. Mit dem Satzteil: «Gott aber ist Christi Haupt» wird ausgedrückt, daß die Rangordnung bis zum höchsten Oberhaupt steigt. Christi vollkommene Wesenseinheit mit dem Vater, nach dem Ausspruch des Herrn: «Ich und der Vater, wir sind Eins», bleibt das Verhältnis von Vater und Sohn bestehen. Jesus betont das Sohnes-Verhältnis mit den Worten: «Der Vater ist größer als ich». Darauf ist begründet, daß wenn das Ende kommt, der Sohn auch dem Vater untertan sein wird, dem, der Ihm das Gesamte untergetan hat.

Besonders tiefsinnig verwendet Paulus den Ausdruck «Haupt» im Epheser- und Kolosserbrief, nach dem Hauptthema dieser beiden Sendschreiben: «Die Herrlichkeit des Leibes Christi» (vgl. Eph. 2, 16; 4, 4; 12, 16; 5, 23-30; Kol. 1, 18. 24; 2, 19; 3, 15). Die Gemeinde in ihrer Gliederung eines großen Ganzen hat ihren Bestand nur in der Lebensgemeinschaft mit seinem Haupte.

Paulus schließt sich mit diesem bildlichen Ausdruck an den bestimmten Sprachgebrauch des Alten Testamentes. Der Apostel gebraucht «Haupt» zur Bezeichnung der Oberherrlichkeit. Das ist hier in dem Zusammenhang der Darstellung des Leibes ganz natürlich. Das hebräische «resch» (Haupt) drückt das gleiche aus, was Haupt in irdischen Verhältnissen andeutet (vgl. Jos. 23, 2; Jes. 7, 8; Mich. 3, 1). Paulus nennt Christus das Haupt der Gemeinde (Eph. 1, 22), nach dem Verhältnis, wie sich das Haupt in der menschlichen Gesellschaft gestaltet. Christus ist nicht das Haupt der Gemeinde wie ein König das Haupt seines Volkes ist, sondern wie das Haupt des menschlichen Leibes, durch die Verbindung der Glieder und Gelenke, wie später gesagt wird (Eph. 4, 15-16), es ist die gleiche Lebensverbindung.

Der Apostel ermahnt seine Leser, das geistige Wachstum der wahrhaft Gleichgesinnten zur Einheit des Glaubens und der Erkenntnis zu fördern, in der Liebe zu Christus hin (Eph. 4, 15. 16). Christus ist das Ziel solcher Bestrebungen, weil Er das Haupt ist, von welchem aus der Leib die Kraft seines Gedeihens empfängt. Von den Schleichwegen (Methoden) des Irrtums und der Lüge soll man sich fernhalten, um als Wahrheit wirkende aus der Unmündigkeit zum vollen Mannesalter in Christo heranzuwachsen. Wachstum aber kann nur stattfinden, wenn die Liebe der Boden ist, in welchem die Glieder des Leibes Christi gewurzelt und gegründet sein müssen (Eph. 3, 18). Sie wachsen dann in Beziehung auf Ihn, der das Haupt ist, daß das Wachstum gedeihlich und ersprießlich wird, indem die Glieder mit dem Haupte auf das Innigste verbunden sind. Im Blick auf Ihn, im Anschluß an Ihn, den Gesalbten, wächst dann das Gesamte. Von dem gesalbten Haupt fließt das kostbare Salböl in den ganzen Bart bis in den Saum des Kleides (Ps. 133, 2).

Wir leben in der Zeit des Abfalls und des Irrwahns. Aus den apostolischen Worten kann die Nutzanwendung gezogen werden, daß es gegen das Trugspiel der Menschen und gegen ihre Arglist, was auf die Schleichwege des Irrtums führt, kein besseres Schutzmittel als die Wahrheit gibt. Bei dem Überhandnehmen der Gesetzlosigkeit erkaltet bei den meisten die Liebe. Der eifrigste Anschluß an Ihn, den Gesalbten, dem Haupte des Leibes, um in Liebe an Ihm zu wachsen, ist das Beste gegen die Verführungskünste der Irrlehrer.

Der Apostel stellt seinen Lesern vor Augen, daß das Verhältnis Christi zur Gemeinde schon in dem vom Gesetze festgestellten Wesen der Ehe vorgebildet ist. Der Ehestand ist dem Gnadenverhältnis Christi zur Gemeinde völlig analog. In der Ehe muß sich das Verhältnis der Unterordnung, der heiligen, aufopfernden Liebe, der vollkommenen Gemeinschaft zeigen, wie an Christus der Gemeinde gegenüber. Christus ist das Haupt der Gemeinde (Eph. 5, 23). Was in der Ehe verwirklicht wird, findet in dem Tun Christi für die Gemeinde statt. Die Wendung: «Heiland des Leibes» hat manchem Ausleger Schwierigkeiten bereitet. Das heißt nicht, daß der Mann der Retter seines Weibes ist. Es hat den Sinn, daß Christus, Er derselbe, kein anderer Heiland und Retter des Leibes, der Gemeinde ist. Mann und Weib kennen nur den einen Heiland, dem die ganze Gemeinde untertan ist.

Im Kolosserbrief zeigt Paulus, daß das All in Christo seinen Bestand hat, d. h. Er ist das erhaltende Prinzip der Welt, in Ihm ist auch der höchste Weltzweck begriffen. Christus ist der Grund der Welt und das Haupt der Gemeinde (Kol. 1, 18). Wie Er das Haupt über allen Geschöpfen ist, so ist Er es auch über allen Gliedern der Gemeinde. Durch die Auferstehung ist Christus auch das verklärte Haupt der jenseitigen Gemeinde. In Christo ist die Fülle der Gottheit (s.d.). Die Gemeinde zu Kolossä soll sich vorsehen, daß sie keine Beute der gnostischen Spekulation wird. Schlagend hält der Apostel der leeren Täuscherei, der Irrlehrer, die Herrlichkeit Chisti entgegen. Die göttliche Geistes- und Lebensfülle in der Gemeinde wohnt in Christo, sie ruht in Ihm, Er ist das Band, das sie zusammenhält. Die Gottesfülle wohnt in Ihm leibhaftig. Die Gemeinde ist der Leib, in welcher die Gottesfülle wohnt. Die Gläubigen der Gemeinde gehören der Fülle der Gottheit an, sie wohnen in Christo, sie sind in Ihm und dadurch mit Seinem persönlichen Leben erfüllt (Kol. 2, 10). Was das Erfülltsein mit Christo bedeutet, drückt Paulus mit dem Satz aus: «Welcher ist das Haupt jeder Herrschaft und Vollmacht.» Paulus betont absichtlich und mit Nachdruck die Abhängigkeit der Gemeinde von Christus, dem Haupte. Sie ist von Ihm abhängig wie der Leib vom Haupte. Paulus betont auch die absolute Göttlichkeit Christi, auch der Engelwelt gegenüber (Kol. 1, 16). Wer die Engel verherrlicht, ist ein Irrlehrer, er sagt sich unweigerlich von Christo, dem wahren Haupte los (Kol. 2, 19). Die Worte «nicht festhaltend an dem Haupte» scheinen zu betonen, daß ursprünglich die Irrlehrer an Christo ihrem Haupte festhielten, sich aber durch die Engelverehrung von Christi Göttlichkeit zur Verleugung hinreißen ließen. Die Verkehrtheit der Lossagung von der obersten Autorität wird mit dem Satz begründet: «Von welchem aus der ganze Leib durch die Bänder und Geflechte ausgerüstet und verbunden das Wachstum Gottes fördert» (Kol. 2, 20). Der gesamte Leib mit allen seinen Bestandteilen empfängt sein Leben und Wachstum von Christo. Wer sich demnach von Christo lossagt, trennt sich von seiner eigenen Lebenswurzel (vgl. Eph. 4, 16). Die bildliche Darstellung ist dem menschlichen Organismus entnommen. Christus ist als Haupt gedacht, von welchem auch das Muskel- und Nervengeflecht ernährt und belebt wird. Die Mitteilungen des Heiligen Geistes und alle äußeren Lebensregungen gehen von dem lebendigen und erhöhten Christus, dem Haupte Seines Leibes aus. Die Gemeinde, «das Wachstum Gottes», wird von Gott durch Christum aus gefördert.

377. **Hausherr,** eine Übertragung des griechischen «oikodespotes», das in Markus 14, 14 einen «Hausbesitzer» bezeichnet, steht meistens nur in Gleichnissen. In Matthäus 10, 25 kommt es in einem Wort des Herrn vor: «Wenn sie den Hausherrn Beezeboul genannt haben, wie viel mehr seine Hausgenossen!» Jesus war, im Gegensatz zum Fürst der Dämonen, der Familienvater seiner Jünger (Luk. 22, 35). Er war zugleich das vollkommenste Vorbild des Einzellebens, wie auch des Familienlebens. Jesus ist gleichsam auch der Hausvater Seiner Gemeinde. Jesus ist als «oikodespotes», der Gründer des Hauses Israel oder des Königreiches der Himmel.
Der griechische Ausdruck «oikodespotes» wird übersetzt mit «Herr des Hauses», «Hausvater», «Hausherr» und «Hauswirt» (vgl. Matth. 10, 25; 13, 27. 52; 20, 1. 11; 21, 32; 24, 43; Luk. 13, 25; 14, 21; Mark. 14, 14; Luk. 12, 39). Wo diese Bezeichnung auf unseren Herrn angewandt wird, bezieht sie sich auf Seine Autorität über Seine Jünger, die Glieder Seines Hauses, die es durch den Glauben sind, auch über alle Menschen, bis zu Seiner Wiederkunft. In Form der Erzählung erklärt Er, daß bestimmte Menschen in Seinen Händen sind. Er hat befohlen, das Unkraut auf dem Felde zu lassen, auf welches die gute Saat des Königreiches gesät wurde, bis zur Zeit der Ernte. Der Herr wird dann Engel als Schnitter senden, um das Unkraut zu sammeln und zu verbrennen, während der Weizen in Seine Scheune gesammelt wird. An diesem Tage wird Er auch den verdienten Lohn für Seinen Dienst darreichen, nach Seinem Willen. Unser Herr beansprucht durch diesen Titel die höchste Autorität über alle Menschen in diesem und im zukünftigen Leben.

378. **Hausvater** vergleiche Hausherr!

379. **Hauswirt** vergleiche Hausherr!

380. **Heil** ist bei Luther meistens die Wiedergabe des hebräischen «jeschuah» oder «theschuah» und des griechischen «soteria», es bedeutet «Rettung, Hilfe»; die Übersetzung «Sieg» (s.d.) gehört nicht zur biblischen Sprache, es ist ein Ausdruck aus der heidnischen Kriegssprache, es sollte aus der Theologie ausgemerzt werden. Es

bedeutet eine Rettung aus allen Nöten und eine Zuwendung aller Güter. Der Urheber des Heils ist allein Gott. Im Alten Testament ist Gott der Retter und die Rettung. Er schafft das Heil (vgl. 2. Mose 14, 13; 15, 2). Im alttestamentlichen Schrifttum wird selbst der glückliche Ausgang eines Krieges als Heil, nicht aber als «Sieg» bezeichnet (2. Kön. 5, 1; 1. Sam. 11, 13). Luther hat an manchen Stellen die Übertragung «Hilfe» (s.d.). Diese Stellen, die auch ziemlich zahlreich sind, werden besonders beachtet. In Habakuk 3, 8 übersetzt Luther «Sieg», in dem «Großen Hallelujah» (Ps. 113-118) wechseln die Ausdrücke «Heil und Sieg» (Ps. 118, 14-16). Es ist demnach ratsam, die im Alten Testament erwähnten Siege im Luthertext oder anderen Übersetzungen nicht rein weltlich als Kriegserfolge zu beurteilen, sondern als «Heil» für das Volk Gottes (vgl. 1. Mose 49, 18).

Müßig ist die Frage, ob Gott das Heil ist oder gibt. Er offenbart Sein Heil und ist das Heil. Sehr oft begegnet uns die Wendung: «Mein Heil, meines Heils, dein Heil, deines Heils, sein Heil, unser Heil, unseres Heils, seines Heils» (2. Mose 15, 2; Ps. 27, 1. 9; 118, 14; 2. Sam. 22, 3; Ps. 18, 3; 2. Sam. 23, 5; Hiob 13, 16; Ps. 62, 8; Jes. 12, 2; 51, 5. 6; Mich. 7, 7; 1. Mose 49, 18; Ps. 119, 166; 2. Sam. 22, 36; Ps. 40, 11. 17; 119, 81. 123; Jes. 17, 10). Diese Stellen zeigen das Heil als Gabe Gottes. Gott Selbst ist das Heil (Ps. 50, 23). Die Verbindungen: «Horn des Heils» (Luk. 1, 69), «Schild» (2. Sam. 22, 3; Ps. 18, 3; 36), «Pfeil» (2. Kön. 13, 17), «Helm des Heils» (Jes. 59, 17) und «Kleider des Heils» (Jes. 61, 10) vermindern nicht das Heil, sondern enthüllen das Gesamte des Heils nach einer bestimmten Richtung; in Jesaja 60, 18 stellt das Heil die Mauern Jerusalems dar. Wenn vom «Horn des Heils» (s.d.) die Rede ist (Ps. 18, 3; Luk. 1, 69) wird damit die Zuflucht und das Ergreifen der Hörner des Altars ausgedrückt. Nach Psalm 18, 36 stellt Gott den Schild Seines Heils von oben zur Deckung. Die Kleider des Heils (Jes. 61, 10; 59, 17) erinnern an die volle Waffenrüstung, um das Heil verteidigen zu können (Eph. 6, 17).

Der Knecht Jahwes (s.d.) hat nicht allein den Stämmen Israels zu dienen, sondern Er ist auch ein Licht der Heiden (s.d.) und zum Heil Gottes bis an die Enden der Erde (Ps. 98, 2. 3; 49, 6; Apostelg. 13, 46; Jes. 49, 6; 52, 10).

Der Text der LXX übersetzt das hebräische «jeschuah» immer mit «soteria» oder «soterion» – «Heil» (vgl. Ps. 18, 51; 2. Sam. 22, 51). Luther übersetzt im Neuen Testament nur diesen Ausdruck mit «Heil», öfter mit Seligkeit. Es ist allgemein die Errettung (s.d.), Erhaltung und Befreiung von Gefahren (Luk. 1, 71; Apostelg. 7, 25; 27, 34; Hebr. 11, 7). In geistiger Beziehung wird damit bezeichnet, was dem Heil der Seele dient (Luk. 19, 9; 2. Petr. 3, 15). «Soteria» ist besonders das durch Christus bereitete, das messianische Heil, nicht allein die Rettung von Sündenstrafe, sondern auch der Empfang göttlicher Segnungen und der Seligkeit. Es ist ein Heil, das gegenwärtig beginnt und in der jenseitigen Welt zur Vollendung gelangt. Die Gläubigen genießen jetzt schon das Heil (2. Kor. 1, 6; 7, 10; Phil. 1, 19), im Jen-

seitigen wird es vollendet (Röm. 13, 11; 1. Thes. 5, 9; Hebr. 9, 28; 1. Petr. 1, 5. 10; Offb. 12, 10). Allgemein spricht das Neue Testament vom «Horn des Heils» (Luk. 1, 69. 77) von der Erkenntnis des Heils für Sein Volk zur Vergebung der Sünden (Luk. 1, 77), es nennt «das Wort dieses Heils» (Joh. 4, 22; Apostelg. 4, 12; 13, 26), «den Weg des Heils» (Apostelg. 13, 47; 16, 17), «vom Bekenntnis des Mundes zum Heil» (Röm. 10, 10), «von dem Heil, das am Tage des Heils geboten wird» (Röm. 11, 11; 2. Kor. 6, 2), «das Evangelium unseres Heils» (Eph. 1, 13), «die Bewirkung des Heils» (Phil. 1, 28; 2, 12), «von der Erlangung des Heils in Christo Jesu mit ewiger Herrlichkeit» (2. Thes. 2, 13; 2. Tim. 2, 10), «vom Erbe des Heils» (Hebr. 1, 14), «vom ewigen Heil» (Hebr. 5, 9), «vom Heil der Seelen» (1. Petr. 1, 9), «vom Heil unseres Gottes» (Jud. 3; Offb. 7, 10; 19, 10). Das endgültige Heil wird in der Offenbarung durch die wiederkehrende Formel gefeiert: «Das Heil ist unserem Gott», nach der Überwindung des Antichristentums.
Das griechische «soterion» ist auch das messianische Heil. Alles Fleisch soll es sehen (Luk. 3, 6). Es kommt von Gott (Apostelg. 28, 28; Eph. 6, 17). Vor allem bringt es der Messias (Luk. 2, 30). An einigen Stellen ist im Luthertext die Übersetzung «Heiland» (s.d.).

381. **Heiland,** ein altes Partizipium (der Heilende) entspricht im Hebräischen dem Wort, von dem die Namen «Josuah» (griechisch Jesus) und Jesajah abgeleitet sind, es bedeutet «Retter, Helfer, Befreier», im griechischen Alten und Neuen Testament wird es mit «soter» und in der Vulgata mit «salvator» übersetzt.
Im Alten Testament werden verschiedene Richter als «Heiland» bezeichnet, die das Volk aus der Bedrängnis der Feinde befreiten (Rich. 3, 9. 15; 6, 14; 12, 1; Neh. 9, 27; Ob. 21).
a.) Im Alten Testament nennt Sich Gott Selbst Seinem auserwählten Volke gegenüber «Heiland». Jahwe, der Sein auserwähltes Eigentumsvolk berufen hat, ist Israels Erlöser (s.d.), Er begründet das mit den Worten: «Denn ich bin (s.d.) Jahwe (s.d.), dein Gott, der Heilige Israels (s.d.), dein Heiland» (Jes. 43, 3). Jahwe ist Israels Retter, Er hat Seines Volkes Erlösung fest beschlossen. Der «moschia» – «Retter, Heiland», ist bei Jesajah der, der in dem Gedanken der Erlösung lebt und webt, eine öftere Bezeichnung für Jahwe (vgl. Jes. 43, 11; 45, 15. 21; 47, 15; 49, 26; 60, 16; 63, 8), sie läuft parallel mit Erlöser (Jes. 42, 14). Jahwe ist der alleinige Retter und Heiland (Jes. 43, 11), während die toten Götzenbilder nichts können (Jes. 41, 23). Wenn Sich Gott auch mit Seinen Plänen und Ratschlägen verborgen hält, tritt Israels Heiland doch mit Seinen Plänen offen hervor (Jes. 45, 15). Im Gegensatz zu den Nichtgöttern erweist Sich Jahwe als der alleinige Heiland (Jes. 45, 21), Israels Befreiung aus dem Druck fremder Völker ist ein Ereignis, aus dem erkannt wird, daß Israel unter dem Schutz des wahren Gottes steht, daß der Starke Jakobs (s.d.) sein Heiland ist (Jes. 49, 26). Aus der Größe des Heils erkennt Israel, daß der allein wahre Gott Jahwe sein Heiland und Erlöser (s.d.) ist (Jes. 41, 14; 45, 3; 49, 23). Jahwe erlöste Israel aus Ägypten als sein Heiland (Jes. 63, 8).

Es sind noch einige Stellen in den Propheten zu beachten. In Hesekiel 11, 16 muß es statt Heiland mit «Heiligtum» übersetzt werden. Israel kennt von Ägypten her keinen anderen Gott als Jahwe. Es hat nur den Einen Gott als Helfer und Retter erfahren. Das auserwählte Volk erkannte schon in der Wüste, daß Jahwe Sich seiner in Liebe angenommen hat (Hos. 13, 4; vgl. Amos 3, 2; Jes. 58, 3). In Zephanjah 3, 17; eine der schönsten Stellen der Bibel, von der schweigenden Liebe Gottes zu dem heiligen Überrest, heißt es genau: «Jahwe, dein Gott ist in deiner Mitte ein Starker, der da hilft.» Gott hat Seine innige Freude an Seinem geretteten Volk (vgl. Jes. 62, 5; 65, 19). Das Schweigen der Liebe ist ein Ausdruck der tiefempfundenen Liebe. Das Frohlocken in Jubel eine laute Äußerung der Liebe des Retters oder Heilandes.

In den Psalmen finden sich noch einige sehr schöne Aussprüche, die den Namen «Heiland» zur Geltung bringen. Nach dem Luthertext bittet der Sänger: «Beweise deine wunderbare Gnade, du Heiland derer, die dir vertrauen, wider die so sich wider deine rechte Hand setzen!» (Ps. 17, 7). Genau übersetzt lautet der Text: «Zeichne aus deine Gnade, o Retter, die da Zuflucht suchen, vor den sich Erhebenden bei deiner Rechten!» Er ist der Retter vor den Widersachern, die Schutz suchen. Bei Ihm, dem Retter, finden Bedrängte Bergung und Zuflucht, einen Ort, wohin man fliehen kann. Die Gefahr des Beters ist groß, die Gnaden des Retters sind in ihrer Hilfsbereitschaft noch reicher und größer. Der Sänger bittet, der Retter möge Seine ganze Fülle auftun. David bittet in seinem Bußpsalm: «Errette mich von meinen Blutschulden, Gott meiner Rettung!» (Ps. 51, 16). Die Blutschuld, die mit Davids Ehebruch verbunden war, war immer wieder sein Ankläger, sie forderte wieder Blut. Nur der Gott seiner Rettung konnte ihn von dieser Blutschuld erretten. Ganz im Sinne des Trostbuches Jesajahs (Jes. 40-66) besingt der Psalmist die Bitte um Wiederbegnadigung des vormals begnadigten Volkes. Er legt den Begnadigten die Bitte in den Mund: «Wende dich zu uns, Gott unseres Heils!» (Ps. 85, 5). Das Lied stützt sich auf die gnadenvolle Erlösung aus dem Exil, es ist ein Gesang voll Innigkeit und Schwung, voll messianischer Anklänge. Mit dem Dank für die Befreiung aus Babel gründet sich die Bitte um die Hilfe des Retters in der neuen Not. In dem trostlosesten aller Klagepsalmen zeigt die Gebetsanrede mit dem Gottesnamen «Jahwe, Gott, meines Heils» (Ps. 88, 2), daß der Glaubensfunke nicht ganz erloschen war. In schwerster Anfechtung des Todes, im Dunkel der Schwermut, leuchten vier Sterne, der Name Jahwe in der Anrede (Ps. 88, 2. 10. 14. 15). Im todesnächtlichen Dunkel nimmt er die Zuflucht zu Jahwe, zu dem Gott seines Heils, daß er nicht verzweifelt. Ein solcher Gebetsruf durchdringt alles Dunkel. Der Dichter des 106. Psalms, der einen Überblick über die Geschichte Israels bietet, bedauert es als eine der Hauptsünden während der Wüstenwanderung in Erinnerung an das goldene Kalb, daß sie Gottes ihres Heilandes vergessen hatten, der in Ägypten

Großtaten vollführte (Ps. 106, 21). Im Alten Testament ist mit diesem Gottesnamen auch ein sehr ernster Ton verbunden.

b.) Im Neuen Testament steht der Name «Heiland» nach dem Luthertext sechsundzwanzigmal. Er ist eine Bezeichnung für Gott und Jesus.

aa.) Maria rühmt in ihrem Lobgesang: «Es erhebt meine Seele den Herrn und es frohlockt mein Geist über den Gott meines Heilandes» (Luk. 1, 47). Gott, der Vater unseres Herrn Jesu Christi, wird von Maria als ihr Erretter gepriesen. Der griechische Name «Soter» ist mehr als einer, der das Glück erhöht, sondern ein Erretter, der aus dem Elend befreit, was katholische Ausleger an dieser Stelle unterschlagen. In welcher Tiefe die Mutter Jesu das Wort faßte, geht aus den Worten Zacharias hervor: «Heil von unseren Feinden und aus der Hand derer, die uns hassen» (Luk. 1, 71). Es ist eine Rettung vor dem ewigen Verlorengehen und eine Hilfe für das ewige Leben. Wenn Maria sagt **«mein** Heiland» deutet das ihre Demut an, da sie so hoch begnadigt wurde. Sie vergißt nicht, daß sie selbst der Gnade bedarf, ihr Geist frohlockt, daß sie Gott zum Retter hat, je höher ihr Frohlocken ist, umso tiefer empfand sie, daß sie eines Heilandes bedurfte. In der sündigen Menschheit betonte sie keine Ausnahmestellung, sie bekannte sich vielmehr auch als arme Sünderin, welche nur bei Gott Heil fand. Sie lobte Gott, ihren Heiland, alle Ehre von sich lehnte sie ab, sie legte alle Ehre dem zu Füßen, der sie aus Nichts nach dem Wohlgefallen Seiner Gnade als Mutter des Erlösers erwählt hatte.

Der Engel des Herrn verkündigte den Hirten auf den Feldern von Bethlehem die große Freude, daß sie ohne Furcht sein sollen, mit der Begründung: «Denn euch ist heute ein Retter geboren, welcher ist Christus, der Herr in der Stadt Davids» (Luk. 2, 11). Drei Namen nennt der Engel für das neugeborene Kind in Davids Stadt. Es wird damit erläutert, daß Jesus ein anderer Heiland ist, als zur Zeit der Richter (vgl. Richt. 3, 9. 15; Neh. 9, 27). Er ist Israels Gott und Herr. Christus ist der Gesalbte, der König, Priester und Prophet, der die Salbung des Heiligen Geistes empfangen hatte, und als solcher der Heiland und Retter des Volkes war. Das Kind ist so der verheißene König Israels, von dem die Weissagung redet, der als letzter Trost dem Volke verheißen wurde.

Der greise Simeon, der das Kindlein sah, rühmte als einer, der auf den Trost Israels wartete: «Denn gesehen haben meine Augen dein Heil, das du bereitet hast vor allen Völkern» (Luk. 2, 30). Gott hat das Heil der Rettung bereitet (vgl. Luk. 3, 6; Apostelg. 18, 28). Das Heil, das Gott in dem von Ihm gesandten Heiland bereitet hat, dient Juden und Heiden, es ist universell.

Ganz entsprechend den Worten Simeons ist noch in Lukas 3, 6 und Apostelgeschichte 28, 28 vom Heil Gottes, nach der LXX (Jes. 40, 5; 52, 10) die Rede. Es ist das messianische Heil, das mit der Ankunft des Messias vor aller Augen erscheint. Jedes Fleisch bezeichnet die Menschen in ihrer Rettungsbedürftigkeit und es deutet auf die universelle Bestimmung des Heils Gottes hin (vgl. Apostelg. 2, 16). Es

entspricht sehr der Tendenz des Lukasevangeliums, das auch die Menschenfreundlichkeit Gottes in der Person des Heilandes für alle Völker begründet.
In den johanneischen Schriften steht der Name «Heiland» nur zweimal, aber auf heilsgeschichtlichen Höhepunkten. Die Samariterin am Jakobsbrunnen gelangt zu der Erkenntnis, daß sie von Jesus bekennt: «Denn dieser ist wahrlich der Heiland der Welt!» (Joh. 4, 42). Sie hielt Jesus nicht für den Retter Israels allein, sondern für den Heiland der ganzen Menschheit oder der Welt, durch den alle Geschlechter der Erde gesegnet sein sollen (1. Mose 12, 3). Die Jünger, welche in Jesus die göttliche Herrlichkeit voll Gnade und Wahrheit geschaut hatten, haben auch gesehen und bezeugt, daß der Vater Seinen Sohn als «Heiland der Welt gesandt hat» (1. Joh. 4, 14). Auf Grund dieser Gottesschau ist klar, daß keinem anderen dieser Name zusteht (vgl. 2. Petr. 1, 1; 2. Tim. 1, 10). Das neue Leben, die Gemeinschaft mit Gott, wird nur durch Jesus gewonnen. Das Heil, das Jesus allein der ganzen Welt bringt, ist ein Heilsgut des Evangeliums.
Petrus bezeugt, daß Gott Jesum durch die Kreuzigung und Auferstehung zu einem Anführer (s.d.) und Heiland gemacht hat (Apostelg. 5, 31). Gott hat Ihn zu einem Heiland und Retter aller erhöht, die Ihm als Anführer folgen. Paulus weist nach, daß Gott aus der Nachkommenschaft Davids dem Volke Israel nach der Verheißung Jesum als Heiland erweckte (Apostelg. 13, 23). Es wird ihnen vom Apostel gesagt, daß das Heil in Christo dem Gekreuzigten (s.d.) und Auferstandenen liegt. Er legt ihnen darum das Wort vom Heil besonders ans Herz.
bb.) Es ist noch auf die Stellen der neutestamentlichen Briefe zu achten, in denen der Name «Heiland» angewandt wird. Paulus macht in seinen späteren Briefen, vor allem in den Pastoralbriefen, einen ausgiebigen Gebrauch von diesem Namen. Der Apostel nennt Gott und Jesus «den Heiland».
In den Pastoral- und den Katholischen Briefen wird der Name «Heiland» zehnmal auf Jesus angewandt (2. Tim. 1, 10; Tit. 1, 4; 2, 13; 3, 6; 2. Petr. 1, 1. 11; 2, 20; 3, 2. 18; vgl. 1. Joh. 4, 14), und siebenmal wird «Heiland» auf Gott bezogen (1. Tim. 1, 1; 2, 3; 4, 10; Tit. 1, 3; 2, 10; 3, 4; Jud. 25). Hier in den neutestamentlichen Stellen ist es beachtenswert, daß auch Gott unser Erretter oder unser Heiland genannt wird, wie auch schon im Alten Testament (vgl. Ps. 24, 5; 62, 3. 7; Jes. 17, 10; 45, 15. 21; Mich. 7, 7; Hab. 3, 18). Die meisten benennen Jesus mit diesem Namen und lassen Gott beiseite. Gott hat doch die Versöhnung in Christo geschaffen, keiner kommt zu Christo ohne den Zug des Vaters zum Sohne. Paulus nennt Christus den Heiland des Leibes (Eph. 5, 23). Er steht für die Gemeinde in einem heilsgeschichtlichen Verhältnis. Die gesamte Gemeinde findet nur allein in Jesus ihr Heil, dem Haupte Seines Leibes. Paulus schreibt an die Philipper, daß das Bürgertum der Gläubigen in den Himmeln ist. Ihre ganze Gesinnung ist auf das Himmlische gerichtet (Phil. 3, 20). Das Messiasreich ist noch auf Erden, denn es ist unsichtbar in uns (Luk. 17, 21).

Das Reich Gottes ist noch nicht auf Erden vollendet (vgl. Röm. 14, 17; 1. Kor. 4, 20; Kol. 1, 13; 4, 11). Die Gläubigen erwarten darum nicht das Reich Gottes, sondern Jesum Christum als Heiland, als den Retter aus aller Not vom Himmel her. Wir dürfen uns freuen, daß auch Gott unser Heiland genannt werden darf. Es ist wohlgefällig vor Gott unserem Erretter, daß alle Menschen zur Vollerkenntnis der Wahrheit kommen, (1. Tim. 2, 3). Der lebendige Gott (s.d.) ist ein Retter aller Menschen, besonders der Gläubigen (1. Tim. 4, 10). Im Titusbrief wird einmal Gott und Jesus als Heiland bezeichnet (Tit. 1, 3. 4). Von beiden geht unsere Errettung aus, weil der Tod Seines Sohnes uns erlöste und uns zu Erben machte, der Sohn ist unser Retter, weil Er Sein Blut vergoß, um das Heil zu erlangen. So überträgt der Vater uns das Heil durch den Sohn und der Sohn bringt uns mit dem Vater in Gemeinschaft. Nach der Lehre des Evangeliums ist Gott in Unteilbarkeit unser Heiland, was in Treue zu bewahren ist (Tit. 2, 10). Gott offenbart Sich in Güte und Menschenfreundlichkeit als unser Retter, daß Er uns nach Seiner großen Barmherzigkeit errettet, nicht aber nach unseren Werken (Tit. 3, 4). Der Judasbrief preist den allein weisen Gott als unseren Heiland, durch Jesum Christum unseren Herrn (Jud. 25).

cc.) So sind denn noch die sieben Stellen zu erwägen, in welchen Jesus als «Heiland» benannt wird. Im Moment der Weltentwicklung, als der Sohn Gottes ins Fleisch kam, wurde die Gnade offenbart. Durch die Erscheinung unseres Heilandes Jesu Christi wurde der Tod abgetan und durch das Evangelium Leben und Unvergänglichkeit ans Licht gebracht (2. Tim. 1, 10). Die göttliche Erscheinung der Herrlichkeitsoffenbarung Christi ist eine Herrlichkeit unseres großen Gottes und Heilandes Jesu Christi (Tit. 2, 13). Sie ist heilbringend für alle Menschen. Das Bad der Wiedergeburt und die Erneuerung des Geistes ist reichlich ausgegossen durch Jesus Christus unseren Heiland (Tit. 3, 6).

Der zweite Petribrief fügt regelmäßig dem Namen Jesu Christi die Benennung «Heiland» hinzu (2. Petr. 1, 2. 11; 3, 2. 18). Die Gerechtigkeit Gottes, wie sie im Werke der Erlösung offenbart ist, erscheint als Sühnung der Sünden. Die Gerechtigkeit des Heilandes ist eine Sühnung, die durch das unschuldige und unbefleckte Blut des Lammes bewirkt wurde. Die in Christo geoffenbarte Gerechtigkeit unseres Gottes und Heilandes hat einen Glauben bewirkt, der mit dem Glauben der Apostel gleichwertig ist. Petrus ermahnt seine Leser, die Berufung und die Erwählung fest zu machen, damit sie einen reichlichen Eingang in das ewige Reich unseres Herrn und Heilandes Jesu Christi erlangen (2. Petr. 1, 11). Sie sollen der Verkündigung der Apostel und dem Gebot des Herrn und Heilandes eingedenk sein (2. Petr. 3, 2). Es ist das Gebot des Herrn und Heilandes, das die Apostel verkündigt haben. Im Gegensatz dazu sollen sie sich vor den Irrlehren hüten. Wie Petrus am Anfang seines Briefes die Leser begrüßt, die in der Erkenntnis unseres Herrn und Heilandes Jesu Christi mit den Aposteln den gleichwertigen Glauben empfangen haben, schließt er den Brief mit der Mahnung, in der Erkenntnis unseres Herrn und Heilandes Jesu Christi zu wachsen (2. Petr. 3, 18). Das Wachstum in der Gnade Gottes wird durch das Wachstum in der Erkenntnis unseres Herrn und Heilandes Jesu Christi gefördert.

382. **Der Heilige** heißt Gott nur an wenigen Stellen des Alten Testamentes, obgleich Ihm das Prädikat «heilig» oft zugeschrieben wird, und Er heißt etwa dreißigmal «der Heilige in Israel» (s.d.). Gottes Heiligkeit offenbart sich in gnadenvollen und gerichtsmäßigen Machtwirkungen, um die Heiligung Seines Volkes zu schaffen. Die göttliche Heiligkeit offenbart sich in Seinen Erlösungstaten. Der Heilige ist groß zur Erlösungszeit (Jes. 12, 6). Gottes Heiligkeit offenbart sich in der Erwählung, der Erlösung und den Gnadenführungen Israels, besonders in der grundlegenden Heilstat der Befreiung Israels aus Ägypten (2. Mose 15; 4. Mose 20, 12. 13; Jos. 3, 5). Gott der Heilige erwartet eine gläubige Aufnahme, daß Er nicht durch Unglaube entheiligt wird (4. Mose 27, 14; 5. Mose 32, 51). Gottes Heiligkeit offenbart sich in der Erlösung, sie schafft die Entsündigung (Hes. 36, 23). Es ist derselbe heilige Gott, der die Sünder straft und die Sünder wieder verschont und aus dem Gericht erlöst, und in beidem die Heiligkeit Seines Namens kundtut (Hes. 39, 21). Im Gericht enthüllt sich Gottes Heiligkeit und Erlösung (vgl. Jer. 25, 30; Micha 1, 2; Hab. 2, 20; Jos. 24, 19; 3. Mose 10, 3). Der Heilige offenbart Sich innerhalb der Heilsgeschichte. Die gesamte Heilsgeschichte ist erst vom Gesichtspunkt der göttlichen Heiligkeit aus verständlich. Der Gottesname «der Heilige» ist für das Verständnis der Erlösung von Wichtigkeit, um zu wissen, daß unser Heil von Ihm ausgeht, und wie unser Verhalten zu Ihm sein muß.

Das rechte Verhalten zu dem Heiligen ist in den schwersten Verhältnissen ein Trost. Hiob wünschte, daß Eloah (s.d.) seinem Leiden durch den Tod ein Ende bereitete. Wenn sein Wunsch erfüllt wird, bleibt ihm doch ein Trost. Mitten in der Todespein kann er sich eines guten Gewissens getrösten, daß er die Worte des Heiligen nicht verleugnet hat (Hiob 6, 10; vgl. 23, 11-12). Er kann den Trost mit ins Grab nehmen, daß er sich nicht trotzig oder bitter gegen den Heiligen versündigt hat.

Der oberste Grundsatz der salomonischen Sprüche ist: «Die Furcht Jahwes ist der Weisheit Anfang» (Spr. 1, 7). Der Weisheitslehrer führt seinen Schüler durch alle Lebensbereiche, von der Schwelle des Bauernhofes bis zum königlichen Palast, um ihm weise Lebensregeln mit auf den Weg zu geben, welche die Gottesfurcht zum Ziel haben. Die Furcht Jahwes steht oben an, der alles was Weisheit ausmacht, untergeordnet ist. Parallel mit der Gottesfurcht geht die Erkenntnis des Allheiligen, was Verstand ist (Spr. 9, 10). Die Mehrzahl von «qadosch» – «qadoschim» bedeutet nicht «die Heiligen», sondern «der Heilige» im allumfassenden Sinne, daß keiner, als nur Er, Gott, der Heilige ist. Es ist der majestätische Plural, des dreimalheiligen Gottes (vgl. Jes. 6, 3), wie das noch in anderen Schriftstellen vorkommt (vgl. Jos. 24, 19; Spr. 30, 3; Hos. 12, 1). Furcht und Erkenntnis sind hier gleichlaufend, es ist beides das praktische Verhalten dem Allheiligen gegenüber. Der Heilige ist das Vorbild für jeden, der Weisheit erlangen möchte. Der Lohn dieses Verhaltens macht die Tage zahlreich und mehrt die Jahre des Lebens (Spr. 9, 11). Die Erkenntnis des Allheiligen ist der Kern und Stern der wahren Weisheit (Spr. 30, 3).

Mehrfach nennt Jesajah neben «der Heilige Israels» (s.d.) den Gottesnamen «der Heilige». Gott ist der in Sich Erhabene und der Heilige. Er will auch in Erhabenheit erhoben und als Heiliger geheiligt sein. Alles auf Erden zum Himmel Anstrebende und Erhebende muß darum erdwärts in den Scheol hinab. Gott bewährt Sich als der Erhabene durch den Rechtsvollzug und heiligt Sich Selbst durch Gerechtigkeitserweisung (Jes. 5, 16). Hesekiel spricht auch in diesem Sinne von Gottes Selbstheiligung (Hes. 36, 23; 38, 23). Im Strafgericht strahlt die Majestät des Heiligen in vollstem Glanz. Gott der Heilige richtet gerecht. In der Gerechtigkeit offenbart sich Gottes Heiligkeit (vgl. Hes. 20, 14; 28, 22; 36, 23; 38, 16. 23). Gerechtigkeit und Heiligkeit gehören zusammen wie Leuchten und Brennen. Das bestätigt der folgende Ausspruch des Propheten: «Und es wird das Licht Israels (s.d.) zum Feuer und sein Heiliger zur Flamme, und sie setzt in Brand und frißt Disteln und Dornen an einem Tage» (Jes. 10, 17). Gott ist heilig und ein reines Feuer (5. Mose 9, 3; 1. Joh. 1, 5), oder Licht. Gott ist allein Licht und Liebe. In heiligem Liebeslicht hat sich der Heilige Israels zu eigen gegeben und Israel als Eigentum erworben. Der Heilige hat Seinen Feuergrund in Sich, den die Sünde gegen Ihn aufregt, der an die Sünde Seines Volkes hervorbricht als flammendes Zornesfeuer. Das Zornesfeuer des Heiligen ist die Vertilgungsmacht Seiner Strafgerechtigkeit gegen die Heeresmacht Assurs, die wie Distelgestrüpp und Dorngeknister verzehrt wird.

Mit den Worten des Psalmsängers Asaph (Ps. 50. 78, 35) beklagt und verklagt Jesajah den heuchlerischen Zeremonialdienst ohne Glaubensleben und Heiligungstreben. Es ist ein Grundtthema seiner Prophetie. Der Jahwekult war bewußte Heuchelei aus Menschenfurcht und Menschengunst. Das Volk getröstet sich ohne innere Umwandlung der Werk- und Gesetzesgerechtigkeit (vgl. Mich. 6, 6-8; Matth. 15, 8; Mark. 7, 6). Eine solche Selbstveräußerung und Selbstverblendung straft Jahwe mit entleerender und verwirrender Verstockung. Der Schein von Weisheit und Einsicht, den Israels Leiter angeben, wird verschwinden. Ihr selbstwilliges und geheimtuerisches Treiben, das nicht nach Jahwe fragt, um nicht gestraft zu werden, durchschaut der Prophet im Lichte Jahwes. Der Gott des Propheten, dessen Allwissenheit, Schöpferhoheit und Allweisheit sie so schnöde behandeln, verwandelt die gegenwärtige Weltgestalt. Aus Armen und Erlenden schafft Er eine Gemeinde, das gottentfremdete und stolze Volk wird dagegen vertilgt. Alles Unverbesserliche verfällt dem Untergang, aus dem Gericht geht das Volk hervor. Der Gott des Hauses Jakobs scheidet den heiligen Überrest aus der im Abfall von Jahwe gesunkenen Masse, der die Grundlage einer heiligen Gemeinde wird. Innerhalb Israels vollzieht Jahwe eine gründliche Wandlung durch eine beschämende Strafe. Die neue Generation erkennt in Jahwe den Heiligen in Jakob, den die heilige Gemeinde heiligen wird (Jes. 29, 23). Die neue Gemeinde ist nicht sündlos und vollkommen, aber die bisherige Selbstverstockung in Irrtum wird weichen, daß sie mit williger Lernbegierde die Mahnungen des Heiligen in Jakob aufnehmen und vor dem Gott Israels schaudern.

Mit dem Hinweis auf die Macht über die Gestirne des Himmels fragt Gott: «Und wem wollt ihr mich vergleichen, dem ich gleiche? spricht der Heilige» (Jes. 40, 25). Der Prophet wiederholt die Frage (Jes. 46, 5). Der «Heilige» wird vielfach als Abkürzung des Namens «der Heilige Israels» (s.d.) gewertet. «Wem wollt ihr Gott vergleichen?» (Jes. 40, 18), wird gefragt im Blick auf Gottes Macht über die Erde. Der lebendige Gott und der Heilige läßt sich mit nichts vergleichen oder nachbilden, das wäre Götzendienst und eine Entweihung der Heiligkeit Gottes.

Jesajah, der Israels Erlösung und Heimkehr aus der Gefangenschaft seinem Volke vor Augen stellt, bringt diese Weissagung mit den Gottesnamen: «Jahwe, Erlöser, der Heilige Israels, der Heilige, der Schöpfer, der König», in Verbindung (Jes. 43, 14. 15). Wie Jahwe Sein Volk aus Ägypten erlöste, wird Er es auch aus Babel befreien. Der Heilige Israels, der unter ihnen wohnt, setzt Völker in Bewegung, um Sein Volk zu erlösen. Cyrus bereitet der babylonischen Welt ein Ende. Das treibt Fremde und Einheimische in wilde Flucht. Eilend suchen sie auf Schiffen sich zu retten. Ein solcher Sturm und solche Angst ergreift die Welt, wenn Jahwe Sein Volk retten wird. So offenbart Sich Jahwe in der Erlösung als der Heilige, der Seinem Volk Rettung und Heil gibt, aber Seinen Feinden ein verzehrendes Gerichtsfeuer zufügt. Er offenbart Sich als Israels Schöpfer, der auch Sein Werk vollendet. Jahwe ist Israels König, der Sein Volk regiert, schützt und zum herrlichen Ziele führt. So zeigen diese sechs Gottesnamen die vielseitige Gottesoffenbarung, die in der Erlösung und Heiligung Seines Volkes harmonisieren.

Der Prophet schaut den «Knecht Jahwes» (s.d.) in seiner tiefsten Erniedrigung. Er ist ein sich in Verachtung Befindlicher, ein Abscheuerregender der Leute und ein Knecht der Tyrannen. Was von dem einen Knechte Jahwes gesagt wird, gilt auch vom Volk, besonders von dem berufs- und bekenntnistreuen Teil. Der Messias, in dem sich Israels Knechtschaftsverhältnis zu Jahwe vollendet, ersteht aus Seinem Volke, das sich unter dem Druck der Weltherrschaft befindet. Alle Schmach und Verfolgung, welche die Treugebliebenen Seines Volkes unter heidnischen Tyrannen und Gottlosen zu leiden haben (Jes. 66, 5), entlädt sich über den einen wie ein zusammengeballtes Unwetter. Der hier angeredete Knecht Jahwe ist Israels Wiederhersteller, das Licht der Heiden, Jahwes Heil für die ganze Menschheit. Jahwe bezeichnet Ihn als den Erlöser Israels und als Seinen Heiligen (Jes. 49, 7). Erlösung und Heiligkeit sind also auch beim Messias vereinigt.

Es sind zwei Schriftzeugnisse des Gottesnamens «der Heilige» im Propheten Hosea zu beachten. Gottes tötender Zorn und Seine wieder lebendigmachende Liebe ist der Grundgedanke dieses prophetischen Buches. Der harmonische Doppelgedanke: Gnade und Gericht kommt auch im Zusammenhang der beiden Hoseastellen zur Sprache, wo Gott «der Heilige» erwähnt wird. Die Berechtigung der Strafe bis zur völligen Vernichtung steht zweifellos fest. Wenn das Vertilgungsgericht auch noch so berechtigt ist, hat Gott dennoch einen Entschluß gefaßt, Erbarmen zu üben. Sein Herz hat sich umgewandelt, Seine Mitleidsgefühle sind in Glut geraten, das heißt nach dem hebräischen Text, Seine Eingeweide, der Sitz der zartesten Empfindungen sind entbrannt. In dieser Gesinnung sagt Gott: «Nicht werde ich ausführen meines Zornes Glut, nicht wieder vertilgen Ephraim; denn Gott bin ich und nicht ein Mensch, der Heilige in deiner Mitte und komme nicht in Zornglut» (Hos. 11, 9), Jahwe ändert Seinen Entschluß nicht wie ein Mensch (vgl. 1. Sam. 15, 29; 4. Mose 23, 19; Mal. 3, 6). Gott bezeugt Sich als «der Heilige», d. h. der Reine und Vollkommene. In Ihm ist kein Wechsel von Licht und Finsternis, daher auch keine Veränderlichkeit in Seinen Ratschlüssen (vgl. 2. Mose 19, 6; Jes. 6, 3). In Zorn und Gnade bleibt Er unveränderlich «der Heilige» in Seiner Mitte.

Israel hat trotz aller Liebeserweisungen und Züchtigungen Seines Gottes den Abfall und Götzendienst fortgesetzt, dadurch hat es das ihm angedrohte Gericht vollkommen verdient. Gottes Erbarmen vertilgt sie dennoch nicht, sondern erlöst sie aus Tod und Scheol. Im Namen Jahwes klagt der Prophet gegen Israel: «Umringt haben mich mit Lüge Ephraim und mit Betrug das Haus Israel, und Judah ist ferner zügelos gegen Gott und gegen den treuen Heiligen» (Hos 12, 1). Judah ist zügelos gegen den starken Gott, gegen den Heiligen, der Sich als der Treue an Seinem Volke als heilig erweist, sowohl durch Heiligung derer, die Sein Heil ergreifen, und durch Gericht und Vertilgung derer, die Seinen Gnadenzügen hartnäckig widerstreben.

Im Alten Testament sind noch zwei Zeugnisse des Propheten Habakuk zu beachten, in welchen Jahwe «der Heilige» genannt wird. Mit dem Gottesnamen steht auch hier Gnade und Gericht in Verbindung. Der Prophet klagt über die Herrschaft des Frevels und der Gewalttat. Jahwe antwortet, daß Er die Chaldäer erwecken wird, ein furchtbares, welteroberndes Volk, wodurch das Gericht ausgeführt wird. Habakuk spricht im Vertrauen auf Jahwe die Hoffnung aus, daß diese Züchtigung nicht zum Tode führt. Jahwe hat Sich Seinem Volke als heiliger und gerechter Gott bezeugt. Er fragt Gott, ob Er nach Seiner Heiligkeit dem Frevel ruhig zusehen könne, daß das feindliche Volk die Menschen wie Fische im Netz sammeln und Völker ständig schonungslos erwürgen dürfe. So furchtbar und niederbeugend die göttliche Gerichtsordnung auch lautet, fragt der Prophet doch zuversichtlich: «Bist du nicht von der Urzeit her Jahwe, mein Gott, mein Heiliger? Nicht werden wir sterben, Jahwe, zum Gericht hast du es gesetzt und o Fels (s.d.) zum Züchtigen es gegründet»

(Hab. 1, 12). Auf vier Gottesnamen stützt der Prophet die Hoffnung, daß wir nicht sterben, sondern vielmehr gezüchtigt werden. Jahwe ist der Beständige, der sich in Wort und Tat gleich bleibt. In der Anrede «mein Gott» liegt die Tatsache, daß Er von Urzeit an Sich als Gott zu Israel erzeigt hat, das Er zu Seinem Eigentum erwählt hat. «Mein Heiliger» bezeugt Gott als absolut Reinen, der dem Bösen nicht ruhig zusieht und es dulden kann, daß der Frevler den Gerechten verschlingt. Die Gottesbezeichnung «Fels» (s.d.), die aus 5. Mose 32, 4. 15. 18. 37 stammt, bezeugt das Vertrauen auf Jahwe, den unwandelbaren Hort.

In seinem Lobgesang rühmt Habakuk das Kommen des Herrn zum Gericht über die Völker und zur Erlösung Seines Volkes (Hab. 3, 3-15). Die Schilderung dieser Theophanie lehnt sich durchweg an ältere lyrische Darstellungen der Gottesoffenbarungen in der Vorzeit Israels. Der Inhalt seines Liedes hat Anklänge an das Abschiedslied Mosehs, an das Deborahlied und starke Berührungen mit den Psalmen (Ps. 18 und 68). Habakuk schildert die zukünftige Erlösung mit Bildern aus der Heilsgeschichte Israels der alten Zeit. In der traurigen Gegenwart tröstet er sich an der wunderbaren Erlösung seines Volkes aus Ägypten. Er verkündigt Jahwes Zukunftsoffenbarung zum Gericht über die Völker. In der Schilderung von der zukünftigen Offenbarung der Herrlichkeit Jahwes sagt der Prophet: «'Eloah' (s.d.) kommt von Theman und der Heilige vom Gebirge Paran (Sela). Es deckt den Himmel seine Pracht und seiner Herlichkeit wird die Erde voll» (Hab. 3, 3). Der Kommende heißt «Eloah», eine altpoetische Form, in der Gott benannt wird. Es ist Gott als Schöpfer Israels, der Herr und Regent der ganzen Welt (5. Mose 33, 2. 15). Eloah kommt als der Heilige, der keinen Frevel duldet (Hab. 1, 13), der die Welt richtet und die Frevler vertilgt.

Im Neuen Testament ist «der Heilige» ein Gottes- und Christusname. Dieser Name entfaltet die Fülle Gottes und er entspricht der alttestamentlichen Offenbarung der Heilsgegenwart und Heilsverheißung. David sprach die zuversichtliche Erwartung aus, dem Tode freudig ins Angesicht schauen zu dürfen. Sein Fleisch werde wohnen und wohlgemut liegen, ohne von dem Schauder der Verwesung ergriffen zu werden. Freudig ruft er aus: «Nicht läßt du zu, daß dein Heiliger die Grube schauen muß!» (Ps. 16, 10.) Mit dem Heiligen meint sich der Dichter selbst. Die apostolische Verwendung dieses Psalms (Apostelg. 3, 29-32; 13, 35-37) verleiht den Worten in Psalm 16, 10 einen messianischen Sinn. Davids Hoffnung, dem Tode nicht zu verfallen, hat sich in seinem Leben nicht im ganzen Umfang verwirklicht. Nach der LXX, die den Wortlaut hat: «Nicht wirst du zugeben, daß dein Heiliger die Verwesung sehe», wird im Neuen Testament zitiert, was den Sinn nicht ändert. «Der Heilige» ist Christus. So hat die Hoffnung des alttestamentlichen Psalmdichters in Christo ihre volle heilsgeschichtliche Wahrheit gefunden, durch Ihn erhielten sie auch ihre persönliche Wahrheit. Christus ist durch die Auferstehung als «der Heilige» erwiesen.

Jesus, den Israel verleugnet und getötet hat, den Gott aber auferweckte, wird von Petrus als der Heilige und Gerechte (s.d.) geschildert (Apostelg. 3, 14). Das ist Er nicht nur im Gegensatz zu dem Verbrecher Barabbas, sondern im positiven und vollkommenen Sinne. Im Verhältnis zu Gott ist Er der Heilige, zu Menschen «der Gerechte». Der bestimmte Artikel ist hier von Wichtigkeit, denn darin liegt das Ihm Eigentümliche, im Gegensatz zur gesamten Menschheit. Damit stimmt dann trefflich überein, daß der zum Verbrechertode Verurteilte «der Bahnbrecher des Lebens» (s.d.) genannt wird (Apostelg. 3, 14. 15).

Im ersten Johannesbrief und in der Offenbarung wird Gott und Jesus als «der Heilige» bezeichnet. Der Apostel schreibt von der Gabe der Gläubigen: «Und ihr habt die Salbung von dem Heiligen und wißt alles» (1. Joh. 2, 20. 21). Mit der Salbung ist der Heilige Geist gemeint, den alle Gläubigen besitzen. Weil sie den Heiligen Geist empfangen haben, ist es nicht notwendig, daß jemand sie belehrt (1. Joh. 2, 27). Christus wurde gesalbt (Apostelg. 4, 27) mit dem Heiligen Geist (Apostelg. 10, 38) und mit Ihm die Gläubigen (2. Kor. 1, 21). Die Gabe des Heiligen Geistes wird durch keine besondere Bevorzugung oder durch Tradition von Menschen empfangen, es ist eine Gabe von dem Heiligen. Christus wird der «Reine» (1. Joh. 3, 3), «der Gerechte» (s.d.) genannt (1. Joh. 2, 2). Er heißt «der Heilige» und «Gerechte» (Apostelg. 3, 14), «der Heilige Gottes» (Joh. 6, 69), «der Heilige und Wahrhaftige» (s.d.) (Offb. 3, 7). Christus, der den Geist ohne Maß empfing (Joh. 3, 34) und mit Heiligem Geist taufte (Joh. 1, 33) und Ihn vom Vater sendet (Joh. 15, 26; Apostelg. 2, 33), ist der Geber der Salbung, um die Seinen zu Gesalbten zu machen.

Im Sendschreiben an Philadelphia bezeichnet Sich Jesus Selbst als «der Heilige, der Wahrhaftige» (Offb. 3, 7). Diese Selbstbezeichnung entspricht ganz dem theokratischen Gottesgedanken im Blick auf die Frage: «Was ist das wahre Volk Gottes?» Der Name ist mit der Bedeutung des Menschensohnes verknüpft (Offb. 1, 13; Dan. 7). «Der Heilige» ist ein besonderes Prädikat des Gottes Israels, der Sich ein Volk des Eigentums heiligte (1. Petr. 1, 15. 16). Wenn Christus auch von der Synagoge Satans verworfen wurde, ist Er dennoch der Heilige, der wahre Messias und Herr Seiner Gemeinde. Mit dem Namen «der Heilige» offenbart Gott Sich als Gründer der Theokratie. Der Wahrhaftige, die zweite Bezeichnung, zeigt die Erfüllung der alttestamentlichen Prophetie (2. Kor. 1, 20), aber auch ihrer Vorbilder (Joh. 1, 17). Die Juden, die in Jesus nur einen «Gehenkten» (s.d.), einen falschen Messias sahen, ist «der Heilige», «der Wahrhaftige». Christus, der Heilige, ist die Verwirklichung des alttestamentlichen Grundgedankens, als der Wahrhaftige die Erfüllung und Vollendung des Alten Bundes, der Messias.

Noch an zwei Stellen der Offenbarung wird Gott «der Heilige» genannt. Die erwürgten Märtyrer am Altar rufen laut aus: «Wie lange, o Herrscher, Heiliger und Wahrhaftiger, richtest Du nicht, daß Du unser Blut rächest aus der Gewalt der Erdenbewohner?» (Offb. 6, 10.)

Es ist keine Privatrache derer, die um des Glaubens willen ein Gegenstand des tödlichen Hasses geworden sind. Sie nennen Gott ihren Gebieter oder Herrscher, sie wissen sich als Seine Knechte, daß sie in Seinem Dienst abgeschlachtet wurden. Sie überlassen Gott die Rache und das Gericht. Sie bezeichnen Ihn als den Heiligen, in dem Bewußtsein, daß Er das Böse und Unrecht nicht ungerächt und ungestraft hingehen läßt. Er ist der Wahrhaftige, weil Er in Wahrheit das ausführt, was Er gedroht und verheißen hat, daß das in Aussicht gestellte Gericht nicht ausbleiben wird, das den Märtyrern zur völligen Erlösung, den Widersachern zur Strafe gereicht.

Im Liede Mosehs und des Lämmleins wird Gott allein heilig genannt (Offb. 15, 4). Er ist vollkommen untadelig und in heiliger, treuer Liebe Seinen Geschöpfen zugetan. Im griechischen Text sind zwei Ausdrücke für heilig: «hagaios», womit Gott in Seiner abgesonderten Reinheit von der sündigen Welt bezeichnet wird, und «hosios», nach Seiner göttlichen Vollkommenheit und Liebe zur versöhnten Welt. In diesem Sinne ist Gott allein heilig. Er ist der Urquell jeder wahren Vollkommenheit und Heiligkeit. Gott offenbart Sich auch in den Zornschalengerichten als der Gerechte und «der Heilige» (Offb. 16, 5, Grundtext). Bei den vorherigen Siegel- und Posaunengerichten war für die Menschen noch Gnade übrig, bei der Ausgießung der Zornschalen übt Gott keine Gnade mehr. Der Engel der Gewässer preist, wie die Umstehenden am Krystallmeer Gott als den Gerechten und Heiligen (Offb. 16, 5). Gott offenbart nicht allein durch Seine Gnadenerweisungen Seine Gerechtigkeit und Heiligkeit, sondern auch durch Seine schwersten Gerichte. Wie die Gläubigen lebendige Zeugen der Gnade Gottes sind, so erscheinen die Kinder der Welt als Denkmäler der ewigen Gerechtigkeit und Heiligkeit Gottes. Die blutdürstigen Antichristen, die das Blut der Heiligen und Propheten vergossen haben, werden das in Blut verwandelte Wasser zu trinken bekommen. Gott der Heilige rächt das Blut der Märtyrer, das Blut der getöteten Heiligen der antichristlichen Zeit kommt ins Gedächtnis vor Gott. Er bleibt in Seiner Rache an den Mördern Seiner Heiligen der Gerechte und der Heilige.

383. **Der Heilige Geist** wurde nach dem Glauben der Urgemeinde von dem zu Gott erhöhten Jesus auf die Seinen ausgegossen. Jesus von Nazareth war von Gott mit dem Heiligen Geist und mit Kraft gesalbt (Apostelg. 10, 38; 4, 27). Er ist zur Rechten Gottes erhöht (Apostelg. 4, 27) und Er hat vom Vater die Verheißung des Heiligen Geistes empfangen (Apostelg. 2, 33). Im Titusbrief heißt es im gleichen Sinne: «Gott hat den Heiligen Geist über uns reichlich ausgegossen durch Jesum Christum, unseren Heiland» (Tit. 3, 6). Jesus verfügt als der Auferstandene (s.d.) über göttliche Kraft, die Er den Seinen mitteilt. Das kommt zum Ausdruck in Johannes 20, 22: «Jesus blies die Jünger an und spricht zu ihnen: «Empfangt Heiligen Geist!» Gott (Joh. 14, 16. 26) und Jesus (Joh. 15, 26; 16, 7) senden den Heiligen Geist. Immer-

hin ist Gott der Sender des Heiligen Geistes, Jesus der Vermittler (Tit. 3, 6; Joh. 14, 26; 15, 26).

Ein Merkmal der Urgemeinde ist, daß sie sich alle Gläubigen als Geistbegabte denken. Der Geist ist nicht der Gemeindegeist, der innerhalb dieser wirkt und sich dort fortpflanzt, sondern es ist immer eine freie göttliche Gnadengabe an die einzelnen Glieder der Gemeinde. Gott schenkt den Geist den an Jesus Glaubenden. Jede Geistesgabe ist eine Tat Gottes oder Christi.

Petrus fordert am Pfingsttage auf zur Taufe auf den Namen Jesu, um die Gabe des Heiligen Geistes zu empfangen (Apostelg. 2, 38). Gott gab den Heiligen Geist denen, die Ihm gehorchen (Apostelg. 5, 38). Ananias wurde zu dem erblindeten Saulus vor Damaskus gesandt, damit er sehend und mit Heiligem Geist erfüllt wurde. Diese Zusage erfüllte sich sogleich nach dem Vollzug der Taufe (Apostelg. 9, 17). Auf Cornelius und die Seinen fiel der Heilige Geist während der Predigt des Petrus, wonach sie dann getauft wurden (Apostelg. 10, 44). Paulus setzte voraus, daß jeder Gläubige oder Getaufte den Heiligen Geist besaß. Das geht aus seinen Belehrungen über die Geistesgaben in Korinth voraus (1. Kor. 12-14) und aus einigen anderen Schriftstellen (1. Kor. 12, 13; Gal. 3, 2; Eph. 4, 4; Tit. 3, 5). Andere Stellen bezeugen das gleiche (Hebr. 6, 4; Joh. 3, 5; 1. Joh. 5, 6-8).

Der Bericht von der Predigt des Philippus in Samaria (Apostelg. 8, 15) enthüllt, daß es in der Vollmacht der Apostel lag, durch Gebet über den Gläubigen die Geistesmitteilung hervorzurufen. Gebet und Handauflegung (Apostelg. 15, 17) sind sonst Begleiterscheinungen der Ausrüstung und Einführung in den Dienst. Die Johannesjünger, die von Johannes getauft waren (Apostelg. 19, 1-7; 18, 25) waren nicht im Besitz des Heiligen Geistes.

Im Blick auf die Geistesbegabung aller Gläubigen tritt eine charakteristische Eigenart der neutestamentlichen Gemeinde im Unterschied zum Alten Testament in Erscheinung. Das Alte Testament kennt keine Geistesbegabung aller Volksgenossen. In der ganzen Geschichte des Jüdischen Volkes aber läßt sich bis zum Auftreten Jesu die Erwartung wahrnehmen, daß in der messianischen Zeit der Heilige Geist über das Volk ausgegossen wird.

In der Urgemeinde entstanden Wirkungen durch den Heiligen Geist (Apostelg. 12, 42-47; 4, 31; 6, 5; 11, 24). Es ist besonders das Verdienst des Apostels Paulus, daß er die Erkenntnis der verschiedensten Geistesgaben klar ausgearbeitet hat. Die Pfingstpredigt des Petrus ist die kraftvolle Bezeugung des Heils, das Gott in der Person Christi darbietet. Eine solche Verkündigung war nur durch die Gabe des Geistes möglich. Die hervorragenden Wirkungen des Geistes treten klar in Erscheinung. Am Pfingsttage äußerte sich die Geistesbegabung in der Prophetie, im Zungenreden und in der Lobpreisung Gottes (Apostelg. 2, 13). Petrus korrigiert das Urteil, die Apostel wären betrunken (Apostelg. 2, 15). In Apostelgeschichte 10, 44-46; 11, 15, wo auf das Pfingstfest zurückgeschaut wird, geschah das Zungenreden in der Verzückung. Petrus erklärt in seiner Rede am Pfingsttage die Weissagung Joels als erfüllt (Joel 3, 1-5). In dieser Prophetenstelle werden besonders die Prophetie, die Gesichte und Träume als Geisteswirkungen betont. Ekstatische Erscheinungen sind auch die Erfüllung mit Heiligem Geist nach gemeinsamem Gebet (Apostelg. 4, 31), auch das entzückte Schauen des Stephanus, der den Himmel offen sah und Jesus zur Rechten Gottes stehen (Apostelg. 7, 55), ebenso die Entrückung des Philippus (Apostelg. 8, 39) und das Gesicht des Petrus (Apostelg. 10, 10; 11, 5). Agabus weissagte durch den Geist eine Hungersnot (Apostelg. 11, 28) und die bevorstehende Gefangenschaft des Paulus (Apostelg. 21, 10). Eine solche Begabung steht mit der Prophetie des Alten Bundes auf einer Stufe.

Die Wirkung des Geistes ist in der Urgemeinde verschieden. Im Unterschied zu den pneumatischen Erscheinungen der heidnischen Welt ist es Jesus, der den Geist sendet. In der Gemeinde des Herrn ist die Wirkung des Geistes von der Person Jesu völlig abhängig. Die Jünger des Herrn waren mit der Person Jesu und Seinem Willen ganz und gar verbunden. Durch diese innige Verbindung mit dem Herrn wurde den Jüngern die Gabe des Geistes mit Seinen Wirkungen verliehen.

Es ist zu bedenken, was die Jünger des Herrn vor und nach dem Pfingsttage waren. Nicht die Erinnerung an Jesu Erdenwirken, nicht die Auferstehung des Herrn gab den Jüngern Mut mit dem Evangelium vor das Volk zu treten, sondern die Macht des Geistes. Zungenreden war nur eine äußere Begleiterscheinung des Geisteswirkens. Die Art der Verkündigung war nicht anders als bei Paulus. Sie geschah in Kraft und in Heiligem Geist und in großer Fülle (1. Thes. 1, 5; 1. Kor. 2, 4). Die Personen traten in der Verkündigung zurück, keine menschliche Kunst und irdische Weisheit redete aus den Aposteln, sondern der Geist Jesu Christi. Paulus setzte den Geist in innere Beziehung zum Wort, wie es ihm auch in der Urgemeinde vorlag.

Das Leben der Urgemeinde war belebt vom Geist der Eintracht, der Liebe und der Opferwilligkeit. Das ist das gleiche, was auch Paulus grundsätzlich fordert. Was der gegenseitigen Erbauung der Gemeinde dient, verbindet Paulus mit den verschiedenen Charismen und stellt es in den Vordergrund. Die höchste Geistesgabe, der beste Weg, was Paulus kennt, ist die Liebe. Die Wirkungen des Geistes in der Urgemeinde waren die brüderliche Gemeinschaft, das Gebetsleben und das Bleiben in der Apostellehre. Das war also auch schon vor Paulus vorhanden. Der Apostel aber hat dem Gesamten die theologische Prägung gegeben. Er kannte, wie die Urgemeinde, Propheten und Lehrer als hervorragende Geistesträger. Die erwähnte Vorhersagung der Zukunft, aber auch die Ermahnung und Stärkung der Gemeinde ist eine wichtige Aufgabe (Apostelg. 15, 32). Nach dem Bericht der Apostelgeschichte (Apostelg. 13, 1) werden Propheten und Lehrer zusammengeordnet (vgl. 1. Kor. 12, 28). Die Apostel waren Geistes-

träger, die an der ersten Stelle standen (Apostelg. 8, 15; 1. Kor. 12, 28, Eph. 2, 20).
Über das Verhältnis des Geistes zum Glauben spricht sich die Apostelgeschichte verschieden aus. Es gehen Glaube und Taufe dem Geistesempfang voraus (Apostelg. 2, 38), es sind auch schwebende Berichte darüber, daß man die Aufeinanderfolge der einzelnen Akte nicht klar feststellen kann (Apostelg. 9, 17), die Geistesbegabung fällt auch vor die Taufe (Apostelg. 10, 44). Das Wachstum der Gemeinde beruht auf der Predigt, in welcher das ermunternde, kraftgebende Zusprechen des Geistes zutage trat (Apostelg. 6, 5; 11, 24). Glaube und Geist begegnen sich mehrfach. Stephanus und Barnabas werden als Männer voll Geistes und Glaubens charakterisiert (Apostelg. 6, 3. 10). Das ganze Leben des Stephanus und des Barnabas war eine Wirkung des Glaubens und des Heiligen Geistes. Nach 1. Korinther 12, 8 ist es die besondere Kraft der Erkenntnis des Schriftverständnisses, das geistgewirkte Wort der Weisheit und Erkenntnis.
Die sittliche Art des Geistes tritt auch in Erscheinung (Apostelg. 8, 18-23; 5, 8. 9). Es hat nur der Anteil an der Gnadengabe des Geistes, der Buße tut und sein Herz vor Gott läutert. Die Sünde des Ananias und der Saphira war es, daß sie sich mit dem Geist Jesu in Widerspruch setzten und sich der Heuchelei und Unwahrhaftigkeit schuldig machten. Paulus arbeitet klar heraus, daß kein Heiliger Geist wirksam sein kann, wo Unsittlichkeit und ein gottwidriges Wesen vorhanden sind.

384. **Der Heilige Gottes** ist mit der Bezeichnung «der Kommende» (s.d.) und «der Heilige» (s.d.) identisch. Es sind messianische Hoheitstitel. Er beschreibt einen Menschen, der abgesondert und geweiht worden ist für den Dienst Gottes. In der ältesten Christenheit mag er als messianischer Name gegolten haben. Im Neuen Testament wird der Titel nur an drei Stellen angewandt.
In der Geschichte von der Heilung eines Besessenen wird berichtet: «Und sogleich war er in ihrer Synagoge, ein Mensch mit einem unreinen Geist und er schrie, sagend: 'Was ist uns und dir, Jesus, Nazarener? Kommst du, uns zu verderben? Ich weiß wer du bist, der Heilige Gottes!'» (Mark. 1, 23-24). Es wird hier eine übernatürliche Ursache erwähnt. Der Evangelist Markus ist der Meinung, daß es ein Name für den Messias ist (vgl. Luk. 4, 34). In Lukas 1, 35 heißt es: «Darum auch das aus dir gezeugte Heilige wird Gottes Sohn genannt werden.» Petrus sagt in seinem Bekenntnis nach Johannes 6, 69: «Wir haben geglaubt und erkannt, daß du der Heilige Gottes bist!» Dies sind in den Evangelien die einzigen Beispiele. Es ist eine messianische Bezeichnung. In der Apostelgeschichte wird «heilig» dreimal von Jesus gebraucht, zweimal in dem Satz: «Dein heiliger Knecht Jesus» (Apostelg. 4, 27. 30), und einmal in den Worten des Petrus: «Ihr habt verleugnet den Heiligen und Gerechten» (Apostelg. 3, 14). Das Eigenschaftwort «heilig» wird zweimal in der Apostelgeschichte benutzt (Apostelg. 2, 27; 13, 55) in dem Zitat aus Psalm

16, 10: «Nicht wirst du zugeben, daß dein Heiliger die Verwesung sehe.» Hier ist Christus gemeint.
Es sind noch zwei Stellen zu beachten. In 1. Johannes 2, 2 heißt es: «Ihr habt die Salbung von dem Heiligen.» Hier ist entweder Gott oder Christus gemeint. In Offenbarung 3, 7 ist zu lesen: «Dieses sagt, der da der Heilige ist.» Hier ist der verherrlichte Christus der Sprecher.
Jesus ist der «Heilige Gottes», das heißt, Gott hat Ihn geheiligt wie Er Selbst bezeugt: «Wen der Vater geheiligt und in die Welt gesandt hat, der ist der Sohn Gottes» (s.d.) (Joh. 10, 36).

385. **Der Heilige Israels,** ein besonders bedeutsamer Gottesname, der oft im Propheten Jesajah vorkommt, und vereinzelt an anderen Stellen des Alten Testamentes (vgl. 2. Kön. 19, 22; Ps. 71, 22; 78, 41; 89, 19; Jer. 50, 29; 51, 9; Hes. 39, 7). Er heißt auch der «Heilige in Israel» (Hes. 39, 7). Habakuk redet Ihn an: «Jahwe, mein Gott, mein Heiliger» (Hab. 1, 12). Der Heilige Israels ist sein Erlöser, Er heißt «der Gott der ganzen Erde» (Jes. 54, 5). Gott ist der Heilige Israels in Seinen Erlösungstaten, die Er für Sein auserwähltes Volk erwiesen hat. Die Erlösung steht sogar im Hintergrund der göttlichen Erlösungstaten, die mit den Gerichtsoffenbarungen verbunden sind. Die Offenbarung des Gerichtes hat die Heiligkeit und Erlösung zum Ziel (Ps. 78, 42s.). Gott sagt in Seiner erwählenden Liebe: «Darum spricht Jahwe, welcher treu ist, der Heilige Israels und er segnet dich» (Jes. 49, 7). Er offenbart Sich in dieser Beziehung als der «Goel» – «Erlöser» (s.d.) (vgl. 3. Mose 20, 26; Jes. 41, 14; 43, 3. 14; 47, 4; 48, 17; 49, 7; 55, 5). «Goel» und «der Heilige Israels» sind Gottesnamen, die parallel gehen, daß eine Gottesoffenbarung der beiden Namen aus der anderen folgt. Gott ist als solcher die Zuflucht der Verlorenen (Jes. 17, 7). Gott offenbart als Erlöser Israels auch wieder Seine Heiligkeit als Wesensgrund Seiner Selbstoffenbarung an Israel. Es ist besonders die Heilsoffenbarung, das endgültige Ziel dieser Gottesoffenbarung (Jes. 54, 5). Der Heilige Israels ist groß in der Zeit der Erlösung (Jes. 12, 6). Es ist die gleiche Bedeutung der Heiligkeit Gottes, die in der grundlegenden Erlösung aus Ägypten enthüllt wird (vgl. 2. Mose 15; 4. Mose 20, 12. 13; Jos. 3, 5). In der Erwählung, in der Erlösung und in den Gnadenführungen Israels offenbart Sich Gott als der Heilige Israels. Seine Heiligkeit ist gläubig aufzunehmen, sie darf nicht durch Unglauben entheiligt werden (4. Mose 27, 14; 5. Mose 32, 51). Es ist sehr bedeutsam, daß Gottes Heiligkeit dem Glauben entsprechen soll, der nicht nur ein Vertrauen auf Gottes Macht ist, sondern vor allem auf Gottes Liebesmacht und Gnade. Im gleichen Sinne wird von Gottes Heiligkeit in den Psalmen und sonstwo gesprochen. Die Erlösung geht vom Heiligtum und von Gottes Heiligkeit aus (vgl. Ps. 20, 3; 77, 14; vgl. Jes. 65, 25; Ps. 106, 47; 98, 1; 102, 20; 103, 1; 105, 3. 42; 145, 21; 22, 4. 5; Jon. 2, 5. 8). Gebet und Dank gedenken der Heiligkeit Gottes (2. Chron. 30, 27; 1. Chron. 16, 10; Ps. 30, 5; 97, 12). Das Vertrauen gründet sich auf Seinen heiligen Namen (Ps. 33, 21; Jes. 10, 20). Wenn es sich um die Zuversicht der

Erlösung handelt, schwört Gott bei Seiner Heiligkeit, oder wenn es sich um die Zusicherung und Ausführung Seiner Verheißung handelt (Ps. 89, 36; 60, 8; 108, 8). Gottes Heiligkeit läßt nicht zu, daß Israel untergeht (Hos. 11, 9; vgl. Jes. 57, 15; Hes. 20, 9). Gott verschont und verwirft Israel nicht, um Seinen heiligen Namen vor den Völkern nicht zu entweihen, obgleich Er Sein Volk nicht ungestraft läßt (Hes. 20, 14; vgl. 1. Kön. 9, 3-7; 2. Chron. 7, 16. 20). Gott heiligt den Tempel, Seine Augen sind auf Ihn gerichtet. Das Gegenteil ist Verwerfung. Gottes Heiligkeit enthüllt Sich in der Erwählung. Es heißt: «Ihr werdet mir heilig sein, denn ich bin heilig, Jahwe, der euch ausgesondert hat aus allen Völkern, daß ihr mein seid» (vgl. 3. Mose 20, 26; Jes. 43, 28; 49, 7; Jon. 2, 5). Es sind noch andere Stellen in diesem Sinne zu vergleichen (1. Sam. 2, 2; Jes. 52, 10; Sach. 2, 17; Ps. 68, 5; Jes. 62, 12). Gott ist heilig in Seiner erwählenden Liebe als Gott der Gnade und der Erlösung. Auf Gott, den Heiligen Israels, werden sich die Übrigen Israels verlassen (Jes. 10, 20). Er ist Derselbe (s.d.), der Heilige Gott, der Israel um der Sünde willen straft und doch wieder verschont und aus dem Gericht erlöst. In Gericht und Gnade offenbart Gott Seine Heiligkeit, ebenso wie in der Erlösung (vgl. Jer. 25, 30; Mich. 1, 2; Hab. 2, 20; Jos. 24, 19; 3. Mose 10, 3). Es stellt sich dabei heraus, wie Jesajah ausspricht: «Und es wird erhöht Jahwe Zebaoth im Gericht und Gott der Heilige wird geheiligt in Gerechtigkeit» (Jes. 5, 16). Die Gerichtsoffenbarung ist nicht der Hauptpunkt der göttlichen Heiligkeit, sondern die Heilsgeschichte, die Heiligkeit kommt innerhalb der Heilsgeschichte zum Ausdruck. Die Heiligkeit ist gerade die Kraft, die das Heil bewirkt und schafft, sie überwindet alle Widerstände. Alles, was Israel vom Namen Gottes zu sagen weiß, ist in dem Ausspruch zusammengefaßt «Heilig ist er» (Ps. 99, 3. 5. 9). Es ist hier ein irdisches Echo des dreimaligen «Heilig» der Seraphim (Jes. 6, 3). Die göttliche Heiligkeit, wie sie im Bewußtsein der Gemeinde Israels lebt, kommt in dem Namen «der Heilige Israels» deutlich zum Ausdruck.

386. **Der Heilige Jakobs** siehe der Heilige!

387. **Der Heiligende** ist Jesus, der Urheber des Heils (s.d.), durch welchen die vielen Söhne, die zur Herrlichkeit geführt werden, geheiligt werden (Hebr. 2, 11). Sie stammen aus Einem, aus Gott. Die Söhne Gottes stehen bei allem Unterschied in einem Verhältnis zu Gott, das ihnen allen gemeinsam ist. Wie die ganze Schöpfung Gott zu ihrem Urheber hat, so ist auch das Menschengeschlecht, auch Christus, der Seiner menschlichen Natur nach ein Glied des menschlichen Geschlechtes. Es besteht also ein inniges Gemeinschafts- und Bruderverhältnis zwischen Christus und den Menschen, deren Er sich nicht schämt, sie Brüder zu nennen. Der Schreiber des Hebräerbriefes will auf die gemeinsame Gottessohnschaft und auf das Bruderschaftsverhältnis zwischen Christus und den Brüdern hinweisen.

Der Heiligende ist der Heiland, die Geheiligtwerdenden sind die Brüder. Jesus, der Urheber unseres Heils sprach zu Seinem Vater, ehe Er in Sein Leiden und Sterben ging: «Ich heilige mich selbst für sie, auf daß auch sie seien Geheiligte in der Wahrheit» (Joh. 17, 19). Der Urheber des Heils ist der Heiligende, die in Herrlichkeit gebrachten Söhne sind die Geheiligtwerdenden. Die partizipielle Präsensform ist von einem fortdauernden Geheiligtwerden und von einer dauernden heiligenden Tätigkeit zu verstehen, die Christus an Seinen Gläubigen ausübt. Die Wirkung des ein für allemal von Christus dargebrachten Versöhnungsopfers dauert fort, es ist eine ewige Heiligung des sündigen Menschengeschlechtes, bis Christus wiederkommt. Jesus ist durch Sein Todesleiden der Heiligende geworden.

«Alle» faßt den einen Heiligenden und die vielen Geheiligtwerdenden in einer Einheit zusammen. Der Schreiber des Hebräerbriefes faßt den einen Heiligenden und die vielen Geheiligtwerdenden in «Alle» zusammen. Sie haben alle ihren gemeinsamen Ursprung «aus Einem», aus Gott. Die Geheiligtwerdenden sind Christi Brüder in ihrer ganzen Persönlichkeit. In ihrer Ganzheit ihres Wesens führt sie Gott zur Herrlichkeit. Die gesamte Menschennatur kommt hier in Betracht, denn auch Christus wird nicht nur nach Seiner göttlichen, sondern auch nach Seiner menschlichen Natur vorgeführt, also nach Seiner gottmenschlichen Natur. Christus kann also in dieser Beziehung als «der Heiligende» bezeichnet werden.

388. **Held** wird Gott in vier Kirchenliedern und Jesus in mehr als 25 Liedern des evangelischen Liederschatzes genannt. Dichter und Sänger bedienen sich in Advents-, Weihnachts-, Oster-, Himmelfahrts-, Gemeinde-, Glaubens-, Rechtfertigungs-, Heiligungs-, Vertrauens-, Kriegs- und Friedensliedern dieses Namens und dieser Anrede. Einige Proben mögen davon geboten werden! **Heinrich Held** (1620–1659), vielleicht in Erinnerung an seinen Namen, singt in seinem Adventsliede: «Gott sei Dank durch alle Welt: Zions Hilf und Abrams Lohn, Jakobs Heil, der Jungfrau Sohn, der wohl zweigestammte Held, hat sich treulich eingestellt.» **Johann Franck** (1618-1677) hat seinem Liede: «Komm, Heidenheiland, Lösegeld» die Wendung: «Komm an, du zweigestammter Held!» **Benjamin Schmolk** (1672–1737) hat das Osterlied: «Willkommen, Held im Streite, aus deines Grabes Kluft!» gedichtet. Im Himmelfahrtsliede von **Ernst Christoph Homburg** (1605-1681): «Ach wunderbarer Siegesheld» heißt es: «Herr, Jesu, komm, du Gnadenthron, du Siegesfürst, Held, Davids Sohn.» In dem bekannten Liede: «Wie schön leuchtet der Morgenstern» von **Philipp Nicolai** (1556-1608) wird von Gott gesungen: «Herr, Gott, Vater, mein starker Held.» – Dieser auf Gott und Christus angewandte Name entstammt der Kriegssprache. Meistens ist der Inhalt der geistlichen Lieder aus der älteren Zeit biblisch gut fundiert. In den angedeuteten Liederversen erinnern die Dichter und Sänger an alttestamentliche Stellen oder an messianische Verheißungen nach dem Luthertext oder anderen deut-

schen Übersetzungen, wo der Name «Held» vorkommt. Es entspricht nicht dem Grundtext, Gott und Christus als «Held» anzusehen, denn die biblische Ursprache hat dafür kein eigentliches Wort.

1.) Samuel sagte zu Saul, als er ihm die Wegnahme des Königreiches in Aussicht stellte: «Auch lügt der Held in Israel nicht» (1. Sam. 15, 29). Das wird von Jahwe ausgesprochen. Das hebräische «nezach» an dieser Stelle ist schwierig. Die Vulgata überträgt ungenau: «triumphator» – «Sieger». Nach 1. Chronika 29, 11 wird unrichtig nach der LXX «Sieg» von einigen übersetzt. An Jahwe zu denken, der «Sieg» verleiht, liegt fern, zumal auch im Hebräischen kein Wort für «Sieg» existiert (s.d.). Die Grundbedeutung von «nezach» ist «Glanz, Majestät, Ruhm, Herrlichkeit, Festigkeit, Ewigkeit». Coccejus erklärt: «Und der auch in Ewigkeit in Israel nicht lügt», d. i. «in welchem Israel ewiges Leben hat, im Gegensatz zu den Mächtigen der Heidenvölker». Johannes Simon überträgt den Ausdruck mit «Wahrheit». Das bedeutet dann, Jahwe lügt auf das Wahrhaftigste nicht. Andere wollen «nezach» in «nozer» – «Hüter Israels» (s.d.) verändern, was nicht annehmbar ist. Eine sachliche Parallele dürfte Klagelied 3, 18 «meine Lebenskraft» sein. Jahwe ist demnach **das Vertrauen, die Zuversicht Israels,** vor allem der Gegenstand des Vertrauens, in bezug auf die Unwandelbarkeit Seiner Ratschlüsse (vgl. 4. Mose 23, 19; Jer. 4, 28; Hes. 24, 14).

2.) Jeremiah sagt hoffnungsvoll im Blick auf Gottes Beistand: «Aber der Herr ist bei mir wie ein starker Held» (Jer. 20, 11). Im hebräischen Text steht an dieser Stelle «gibbor» – «Starker». Es ist demnach zu übersetzen: «Und Jahwe ist bei mir wie ein gewaltiger Starker.» Der Prophet wußte, daß Jahwe, der Starke, es mit allen Feinden aufnehmen konnte. Das gibt Mut, einen solchen Mächtigen als Beistand zu haben. Jeremiah erhielt bei seiner Berufung die wiederholte Zusage, daß Jahwe mit ihm sein werde (Jer. 1, 19; 15, 20). Oft hatte er erfahren, daß Jahwe ein gewaltiger Starker ist. Das verlieh ihm Licht in die dunklen Pläne seiner Feinde. Jahwe ist ein gewaltiger Starker, Seine Verfolger wanken und stürzen. Wer gegen ihn lauert, wird unterliegen und geschwächt. Jeder, der mit Seinem Sturz rechnet, verrechnet sich.

3.) Der Allgewaltige erschien dem Propheten, als wäre Er jetzt ratlos und kraftlos zu helfen. Klagend ruft er das «Warum» der Betrübnis und des Vorwurfes aus (vgl. Jer. 14, 9. 19; 15, 18; 20, 18; 8, 22; Ps. 22, 2). Jeremiah fragt verwundert: «Warum bist du wie ein bestürzter Mann, wie ein **Starker,** der nicht vermag zu helfen, und du bist in unserer Mitte, und dein Name (s.d.) ist über uns genannt, nicht lasse uns los!» (Jer. 14, 9.) Der Prophet begründet seine Frage damit, daß Jahwe kein Fremder (s.d.) oder ein Wanderer (s.d.) in ihrer Mitte ist, sondern «die Hoffnung Israels» (s.d.), Er kann in der Zeit der Bedrängnis befreien. Das Volk, über das Gottes Name genannt ist, kann erfahren, daß Israel die Durchhilfe Jahwes nicht vergeblich erwartet.

4.) An einigen Stellen des Alten Testamentes wird nach Ansicht einiger Ausleger der Messias als «Held» angesehen. Ein genaues Achten auf den Grundtext führt zu einem etwas anderen Ergebnis.

a.) Der Wortlaut der messianischen Verheißung in 1. Mose 49, 10 wird übersetzt und umschrieben: «Bis daß der Held (Friedestifter, Heilbringer, der Schilo) komme!» Der Name «Schilo» wird vielfach nicht übersetzt oder erklärt, das dem Namen «Held» zugrunde liegt. Es existiert auch die Deutung: «Der, dem es gebührt, nämlich die Herrschaft oder das Zepter, bis er nach Silo, zur Ruhestadt kommt» (Jos. 18, 1). Einleuchtend ist, daß diese Deutung nicht stimmen kann. Man meint auch, Schilo wäre der Gesetzgeber oder Lehrer des Gesetzes, d. i. die Regierung durch den großen Rat zu Jerusalem, der auf Mosehs Stuhl sitzt (vgl. Matth. 23, 2), der auch ein Lehrer heißt (4. Mose 21, 28). Demnach wird 1. Mose 49, 10 umschrieben: «Es wird das Zepter (königliche Würde) von Judah nicht entwendet (weggenommen) werden, noch ein (der) Meister (s.d.) von seinen Füßen (s.d.) von dem Ort, wo sich sein Land von Benjamin scheidet, denn das Synedrium saß ordentlich im Tempel, an den äußersten Grenzen des Stammes Judah, bis daß der Held (Friedensstifter) komme, und demselben werden die Völker (Heiden) anhangen; der Führer- oder Herrscherstab wird bei Judah bleiben.» Diese ganzen Erklärungen sind unbefriedigend, es muß eine andere Lösung gesucht werden.
Aus dem Worte «Schilo» läßt sich kein klarer Sinn folgern. Nach dem Althebräischen ist «maschlo» zu lesen: «Seine Herrschaft». Der Sinn des Verses wäre dann: «Bis Seine Herrschaft komme!» Dieser Sinn ist gut passend auf den Messias, der in dieser Verheißung in Aussicht gestellt wird.

b.) Es ist der Ausspruch in Psalm 45, 4 zu erwägen: «Gürte dein Schwert an deine Seite, du Held, und schmücke dich schön!» Nach dem hier vorkommenden hebräischen «gibbor» ist zu übersetzen: «Gürte dein Schwert um die Hüfte, **Starker,** deinen Glanz und deine Schönheit!» Hebräer 1, 8 setzt voraus, daß der hier besungene König der künftige Christus, Gottes Sohn ist. Der Messiasname «starker Gott» (Jes. 9, 9; vgl. Sach. 12, 8) weist auf diese Stelle zurück. Der Ewiggesegnete vereinigt mit höchster Schönheit die größte Kraftfülle. Er ist ein Starker. Der Preis Seiner Kraft kleidet sich in die Aufforderung, von ihr Gebrauch zu machen, um das Böse zu überwinden zum Heil der Seinen.

c.) Der Psalmsänger rühmt die Gnadenerweisungen Gottes an David (Jes. 55, 3), die ewig bestehenden (Ps. 89, 1-52). Es heißt von dem Gesalbten des Herrn: «Ich habe einen Held erweckt, der helfen soll!» (Ps. 89, 20.) Nach der hebräischen Bibel ist zu übersetzen: «Damals hast du geredet im Gesicht zu deinem Begnadigten: Du sprachst: Ich habe gelegt eine Hilfe auf einen Starken, ich habe erhöht einen Auserwählten aus dem Volke.» Der Psalmist bezieht sich auf den Bund Gottes mit David. Das Wort des Herrn kam zum Propheten Nathan, das dieser dem König mitteilte (2. Sam. 7, 4s). Jahwe hatte aus David

einen mächtigen Kriegsmann (s.d.) gemacht; Er ließ ihn zum Helfer und Beschützer Israels werden. David war aus dem Volke erwählt, als ein Mann des Volkes zur höchsten Würde des Reiches. In seiner Herkunft und Erwählung war er ein Vorbild auf Christus. Die Salbung mit dem heiligen Öle ist eine andere Ausstattung als die eines Kriegshelden im üblichen Sinne (Ps. 89, 21). Die Zusage: «Mit dem meine Hand beständig sein wird» (Ps. 89, 22) zeigt eine Ausrüstung mit göttlicher Kraftfülle. Ein Heldentum im militaristischen Sinne ist es keineswegs, das wird nach alttestamentlicher Auffassung nicht hoch gezüchtet. So oft in der deutschen Bibel von Helden die Rede ist, steht im Hebräischen der Ausdruck «gibbor» – «Starker, Mächtiger, Mannhafter». Paulus empfiehlt auch keine sogenannte Heldenhaftigkeit im kriegerischen Sinne, sondern er ermahnt: «Wachet, steht in dem Glauben, seid männlich, seid stark!» (1. Kor. 16, 13; vgl. Eph. 6, 10.)
d.) Die bekannte messianische Verheißung (Jes. 9, 5) lautet nach dem Grundtext: «Denn ein Kind ist uns geboren, ein Sohn ist uns gegeben, und es ruht die Herrschaft auf seiner Schulter, und man nennt seinen Namen: Wunderbar (s.d.), Rat (s.d.), starker Gott (s.d.), Ewig-Vater (s.d.), Friedefürst» (s.d.). Der dritte Name «El-gibbor» – «starker Gott» spricht dem verheißenen Sohn göttliches Wesen zu. Die Übersetzung «Kraft, Held» oder «Heldengott», «Kraftheld», ein Gott von einem Helden, der wie ein überwindlicher Gott kämpft und siegt, zerschlägt sich selbst, daß sie keiner Wiederlegung bedarf. «El-Gibbor» – «Starker Gott», ist der Gott, zu dem sich der Rest Israels bußfertig wieder hinwendet (Jes. 10, 21). Es ist bei Jesajah ein Gottesname wie Immanuel (s.d.), der im Gegensatz zu «adam» – «Menschen» steht (vgl. Jes. 31, 3; Hos. 11, 9). Der Name «El-Gibbor» ist schon eine uralte Gottesbezeichnung (vgl. 5. Mose 10, 17; Jer. 32, 18; Neh. 9, 32; Ps. 24, 8). Der Messias heißt hier ein «starker Gott». Das scheint im ersten Blick über die Erkenntnisschranke des Alten Testamentes hinauszugehen. Es steht aber geschrieben, wie auch «Jahwe zidqenu» – «Jahwe unsere Gerechtigkeit» (s.d.) in Jeremiah 23, 6 selbst von der Synagoge als Messiasname anerkannt wird. Der Geist der Weissagung (s.d.) deutet das Geheimnis der Menschwerdung Gottes an. Im Bewußtsein des Propheten war der Messias, wie kein anderer Mensch; Gottes Bild und Gott wohnte in Ihm (Jer. 33, 16). Kein anderer konnte Israel von der drohenden Feindesmacht zum Heil (s.d.) führen als der «starke Gott». Der Messias ist die Gegenwart des starken Gottes, denn Er ist in Ihm, mit Ihm, Er ist mit Ihm in Israel. Der Messias ist Gott und Mensch in einer Person. Zu dieser Tiefe dringt das alttestamentliche Bewußtsein beim Durchdenken und Durchforschen der christologischen Hoheitstitel, vor allem, wenn der Ausdruck «Held» nicht aus Voreingenommenheit auf Gott oder Christus angewandt wird.

389. **Heldenkraft** siehe Stärke!

390. **Ein verzagter Held** (Jer. 14, 9), hebräisch «Isch-nidham» – «ein bestürzter, verblüffter Mann», der wie von einem auf ihn stoßenden

Raubvogel überrumpelt wird. Jeremiah fragt Jahwe in seiner Verzagtheit: «Warum stellst du dich wie ein bestürzter Mann, der keinen Rat mehr weiß?» Trotzdem der Prophet so fragt, hält er doch mit starker Glaubenshand an Jahwe fest, der wohl im Begriff ist, Sein Volk aus dem Lande zu treiben. Sein Glaubensauge schaut dennoch Jahwe in der Mitte Seines Landes. Er war wohl im Stande, Sein Volk mit starker Hand zu befreien. Diese Frage, die mit der Bezeichnung «Fremder» (s.d.) oder «Wanderer» (s.d.) für Jahwe in Verbindung steht, zeigt im Zusamenhang auch die Gottesnamen: «Hoffnung Israels» (s.d.) und «Befreier in Zeit der Bedrängnis» (s.d.), die den Propheten bewahren, im starken Gottvertrauen zu verzagen.

391. **Helfer,** ein Gottesname in der deutschen Bibel, der im hebräischen Text drei verschiedene Grundausdrücke hat.
Vielfach steht für diese Sache «moschiah», ein Partizipium von «jascha» – «helfen, befreien, retten». «Moschiah» wird oft mit «Heiland» übersetzt (vgl. Richt. 3, 9. 15; Jes. 19, 20; Ob. 21; Neh. 9, 27; 2. Kön. 13, 5). An einigen Stellen kommt dafür das Verbum «helfen» oder «retten» zur Anwendung (Richt. 12, 1; 1. Sam. 11, 3). An diesen Stellen handelt es sich um menschliche Helfer. «Moschiah» – «Helfer», wird von Gott angewandt und auch mit Helfer übersetzt (vgl. 1. Sam. 14, 39; 2. Sam. 22, 3; Jes. 43, 3. 11; 45, 15. 21; 49, 26; 60, 16; 63, 8; Hos. 13, 4; Ps. 17, 7; 106, 21), es wird im Luthertext mit «Nothelfer» (s.d.) (Jer. 14, 8) und «Befreier» (s.d.) (Ps. 18, 3) übertragen. In Psalm 18, 42 und 2. Sam. 22, 42 übersetzt Luther das hebräische «Moschiah» mit Helfer. Es wird von denen gesagt, die in Not gedrückt waren, daß sie zu den Götzen beteten und selbst zu Jahwe, aber es war nutzlos, kein Helfer war da.
Eine passive Form «noscha» von «jascha» – «dem geholfen worden ist» in Sacharja 9, 9 wird im Luthertext nach dem Vorgang der LXX und der Vulgata mit «Helfer» übersetzt. Die gleiche Form kommt noch an anderen Stellen vor (vgl. 4. Mose 10, 9; 5. Mose 33, 29; 2. Sam. 22, 4; Ps. 18, 4; Jes. 30, 15; 45, 17; Jer. 4, 14; 8, 20; 17, 14; 23, 6; 30, 7; 33, 16; Ps. 80, 4. 8. 20; 119, 117), aus denen durch die Übersetzung die passive Bedeutung zu erkennen ist. Für das Verständnis der Stelle Sacharja 9, 9 ist das ein vielseitiger Beweis. Der Sinn, «dem geholfen worden ist» wird hier auf den Messias angewandt. Dem einziehenden König und Christus ist von Gott geholfen worden. Er ist aus Leiden errettet und gleichsam von Gott mit Heil und Hilfe begabt (vgl. 5. Mose 33, 29; Ps. 33, 16). Für die Führung Seines Regimentes ist Er mit dem erforderlichen Beistand Gottes versehen. Das liegt auf der gleichen Linie, was der Hebräerbrief sagt: «Christus, ein Hoherpriester nach der Weise Melchisedeks», welcher in den Tagen seines Fleisches, nachdem er Gebet und Flehen zu dem, der ihn vom Tode erretten konnte, mit starkem Geschrei und Tränen dargebracht hatte und wegen der Gottesfurcht erhört worden ist» (Hebr. 5, 7). Sein Bitten und Flehen mit starkem Geschrei fand in Gethsemane statt, in jener Nacht der Betrübnis bis zum Tode (Matth. 26, 39. 44). Nachdem Er voll-

endet war, ist Er denen, die Ihm gehorchen, der Urheber der ewigen Errettung geworden (Hebr. 8, 9).
Im hebräischen Text ist für «Helfer» der dritte Ausdruck «ezer» (Helfer), abgeleitet von «azar» – «beistehen, helfen». Ein Helfer in diesem Sinne bewirkt Hilfe nach einem schweren Kampf. Manche Personennamen, wie Esra, Asarja, Elieser, Asriel sind damit verbunden.
Im Zusammenhang mit einer mehrfach wiederkehrenden sprichwörtlichen Redewendung sagte Jahwe zur Zeit Jerobeams II.: «Denn es sah Jahwe, daß das Elend Israels sehr bitter war, und es war nicht ein Verschlossener und nicht ein Freigelassener und kein Helfer in Israel» (2. Kön. 14, 26; 5. Mose 32, 36; 1. Kön. 14, 10; 21, 21; 2. Kön. 9, 8). Das Volk war wie dem völligen Untergang geweiht. Wie hoch es in Altisrael eingeschätzt wurde, wenn Jahwe Israels Helfer war, geht aus den Worten Amisais hervor, eines Anführers von 30 Tapferen Davids: «Dein sind wir, David, und mit dir halten wir es, du Sohn Isais. Friede, Friede sei mit dir, Friede sei mit deinen Helfern, denn Gott ist dein Helfer!» (1. Chron. 12, 18.) Das erinnert an die bisherige Hilfe, die David von Gott erfahren hatte (1. Sam. 18, 12), daß man hoffte, er werde sie auch in Zukunft erfahren.
Die Glaubenserfahrung Davids, daß Jahwe sein Helfer ist, kommt in einer Reihe seiner Psalmen zur Sprache. Es entgeht nichts dem allsehenden Auge Gottes, was ein Gottloser an einem Unschuldigen verübt (vgl. 2. Chron. 24, 22). Machtlose und Hilfsbedürftige überläßt Er nicht den Frevlern. Jahwe war und ist ein Helfer des Waisen (Ps. 10, 14). Er sieht alles was ihn kränkt und anficht. Der erhöhte König, den Jahwe zum Weltherrscher berufen hat, zeigt Sich in Seinem Sinne als Helfer und Schutzherr der Armen und Niedergebeugten (Ps. 72, 12; vgl. Hiob 29, 12), ihnen gilt Gottes besonderes Augenmerk. David legt dem leidenden Messias in seinem Leidenspsalm die Bitte in den Mund: «Bleib nicht fern von mir, denn Drangsal ist nahe, denn kein Helfer ist da» (Ps. 22, 12). Der zum Ausdruck kommende Hilferuf gründet sich auf die weitreichende Gemeinschaft mit Gott. In der dringenden Not, die ihm naht, bittet er um Hilfe, daß Gott nicht fern bleiben möge. Keiner kann ihm helfen, Gott ist allein sein Helfer. Kurz und inhaltreich betet der Sänger: «Höre Jahwe und begnadige mich! Jahwe sei mir ein Helfer!» (Ps. 30, 11.) Das Gebet um Gnade ist die Grundlage des Wunsches, daß Jahwe ein Helfer sein möge. Es ist die rechte Bitte in allen Lagen, in denen sich einer befinden kann. Läßt Jahwe Seine Hilfe erscheinen, verschwinden alle Schwierigkeiten. Er ist der Seinen Helfer in allen Nöten. Die beiden kurzen Bitten, die hier zusammen ausgesprochen werden, können zu jeder Zeit, auch wenn man von Arbeit überlastet ist, von jedermann ausgesprochen werden. In der bedrängten Lage ist es trostreich zu wissen, daß Jahwe der gnädige Helfer ist. Der Psalmist, der elend und arm ist, hegt die zuversichtliche Hoffnung (vgl. Ps. 109, 22; 86, 1; 25, 16), daß er bekennt: «Mein Helfer und Retter bist du» (Ps. 40, 18; vgl. Ps. 70, 6). Wer mit dieser Bitte nicht zögert, erfährt, daß Gott mit Seiner Hilfe nicht verzieht. Beim Nachsinnen in der

Nacht kommen dem Sänger die Erfahrungen von Gottes Errettungen in Erinnerung. Er begründet: «Denn du bist mein Helfer!» (Ps. 60, 8.) Im Leiden, im Mangel, in der Arbeit und in vielen Verlegenheiten hat Jahwe geholfen. Das ist der edelste Gebrauch von unserem Gedächtnis, für die wachsende Glaubenszuversicht uns an die Beweise zu erinnern, daß Jahwe mein Helfer ist. Vorbildlich ist das Gebet: «Hilf uns, Gott unser Helfer, um deines Namens Ehre willen!» (Ps. 79, 9.) Wörtlich wird der Gott unseres Heils angerufen. Die Appellation an Gottes Ehre und an Seinen Namen hat die stärkste Begründung. Die Entweihung des Heiligtums und die Verlästerung Seines heiligen Namens wäre dann die Zielscheibe der höhnenden Feinde der Knechte Gottes.
Im Neuen Testament kommt nur einmal der Gottesname «Helfer» in Hebräer 13, 6 vor. Es ist dort ein Zitat aus Psalm 118, 6: «Jahwe ist mit mir, ich fürchte mich nicht, was kann mir ein Mensch tun?» Die Wendung im 118. Psalm kann auch übersetzt werden: «Jahwe ist für mich», oder: Jahwe gehört mir, er ist mein» (vgl. Ps. 56, 10). Jahwe ist auf seiner Seite, d. i. sein Beschützer oder Schirmherr. Man vergleiche: «Denn Jahwe, dein Gott ist mit dir» (Jon. 1, 9) oder: «Fürchte dich nicht vor ihnen, denn ich bin mit dir, dich zu erretten» (Jer. 1, 8). Ist Gott der Höchste mit uns, dürfen wir furchtlos sein (vgl. Röm. 8, 31). Weil sich das Zitat des Psalms auf Gottes Hilfe aus großer Not oder Gefahr bezieht, ist die LXX Übersetzung: «Der Herr ist mein Helfer» eine Erklärung, die der Schreiber des Hebräerbriefes so aufgenommen hat. Die Ermunterung in Hebräer 13, 6 bezieht sich auf die Hilfe des Herrn aus leiblicher Not und Armut. Wer sein ganzes Sinnen und Trachten auf das Irdische richtet, wird ermuntert, auf des Herrn Zusage zu achten: «Ich werde dich nicht loslassen, noch dich verlassen» (Hebr. 13, 5; vgl. 5. Mose 31, 6. 8; 1. Chron. 28, 20; Jos. 1, 5). Gottes schützende Gegenwart und die führende Leitung Seiner Hand offenbaren den Herrn als den Helfer in allen Lebenslagen. Die traurige Lage der Leser des Hebräerbriefes in den Verfolgungen der Synagoge regt an, daß in allen Lebensprüfungen fest geglaubt wird, daß der Herr mein Helfer ist, was zur Furchtlosigkeit vor Menschen ermuntert.

392. **Herr** ist im Alten Testament die Übersetzung des hebräischen «Jah», «Jahwe», «Adon», «Adonai» und in der LXX und im Neuen Testament des griechischen «kyrios» und «despotes». Es ist hier noch das aramäische «Maranatha» zu erwägen. In wenigen Fällen wird auch «Baal» (s.d.) auf Gott angewandt.
a.) Zu der Gottesoffenbarung durch den Namen Jahwe (s.d.), was durchweg mit «Herr» übersetzt wird, ist an dieser Stelle nur ein Grundsätzliches zu erwähnen. Gott hat Sich zu verschiedenen Zeiten auf mancherlei Weise offenbart. Am Ende der Tage hat Er Sich völlig durch Seinen Sohn bekanntgemacht, der den Namen Jesus erhielt. Jesus ist eine Abkürzung von «Jehoschuah» – «Jahwe ist Heil». In Ihm sehen wir Jahwe unseren Gott. Er erklärt Selbst von Sich: «Ich,

Ich bin es» (s.d.). Immer wieder nimmt Er den göttlichen Titel in Anspruch, mit allem, was Er in sich schließt (Joh. 5, 58). Er ist der eine Lebendige, der Leben in Sich Selbst hat (Joh. 5, 26), welcher in dem unaussprechlichen Wunder Seiner Gnade für uns Menschen gestorben ist für unsere Rettung, aber wieder lebt bis in Ewigkeit (Offb. 1, 18). In Ihm erkennen wir und beten wir an den Einen, der uns geschaffen hat, von welchem und in welchem wir leben und weben und unser Dasein haben: «Jesus Christus, derselbe gestern und heute und bis in Ewigkeit!» (Hebr. 13, 9.) Der Ewige (s.d.), unveränderliche Herr, unser Erlöser (s.d.) und unser König (s.d.).

b.) Gott wird im Alten Testament auch mit dem Namen «Adonai» (s.d.) benannt, was auch fast immer mit Herr übersetzt wird. Es ist dort auch die Einzahlform «Adon» zu finden. Jahwe wird in alten Lutherbibeln mit «HERR» übertragen, «Adonai» mit «Herr» in gewöhnlicher Schreibweise ausgeführt. Es kommt etwa dreihundertvierzigmal in der Bibel vor. Die Juden benutzten den Namen «Adonai» immer für Gott oder auch für «Jahwe», indem sie den Namen «Jahwe» aus Ehrfurcht nicht gebrauchten.

Die Mehrzahlform «Adonai» ist allein von Gott gebräuchlich, der Singular «Adon» wird auch von Menschen benutzt. Der wirkliche Sinn ist angedeutet durch seine Verbindung zu den Menschen. Es ist nur gebraucht in der Verbindung mit zwei Klassen von Menschen: Der Herr der Sklaven und der Ehemann eines Weibes. Es ist darum ausdrücklich von einer persönlichen Beziehung, einer Beziehung zur Autorität auf der einen Seite, und von einer Untertanenpflicht und Liebe auf der anderen Seite die Rede.

Diese beiden Verbindungen des Namens sind sehr bezeichnend. Der Sklave war zur Zeit des Alten Testamentes das absolute Eigentum seines Herrn. Er hatte keine persönlichen Rechte, sein vollständiges Geschäft war, den Willen seines Herrn zu erfüllen. Das aber war nur eine Seite, sein Herr hatte auch Verantwortungen ihm gegenüber. Seine Nöte waren seines Herrn Sorgen. Wir dürfen nicht von den Sklaven in Altisrael in Ausdrücken von «Onkel Toms Hütte» denken. Etliche wurden zweifellos schlecht behandelt, aber auf das Ganze gesehen wurden Sklaven als Glieder der Familie geachtet. Sie hatten die Vorrechte verneint, Knechte zu mieten. Ihre Beziehung zu ihrem Herrn war nicht nur eine Untertänigkeit, sondern auch oft aus Liebe.

Viel deutlicher ist das Verhältnis zwischen Gott und Seinem Volke versinnbildlicht wie zwischen Ehemann und Weib (Ps. 45). Sarah nannte Abraham «Herr» (1. Mose 18, 12), aber nicht in zaghafter Unterwürfigkeit! Das Wort war dennoch ein wirklicher Ausdruck einer heiligen Ehrerbietung und nicht bloßer Lippendienst. So fordert Gott den Gehorsam und die Treue als der Herr, von denen, die Ihn wirklich lieben (Jes. 54, 5). Dies ist gegenwärtig kaum noch anzutreffen, der Geist unserer Zeit ist charakterisiert durch Unabhängigkeit und Eigenwilligkeit. Wenige sind bereit, aufrichtig zu beten, hinsichtlich

aller Interessen und Erscheinungen des Lebens: «Dein Wille, nicht der meine werde getan!»
Das erste Vorkommen des Gottesnamens «Adonai» in der Bibel ist in 1. Mose 15, 2. 8 in der Geschichte von Gottes Bund mit Abraham, darauf folgte die Befreiung von Lot und Gottes Wiedererneuerung Seiner Verheißung, dem Abram einen Samen zu geben. Obgleich sein Glaube schwer geprüft wurde durch die lange Verzögerung in der Erfüllung der Verheißung, beugte er sich in Herz und Gemüt vor dem Herrn in bedingungsloser Ehrerbietung. Er stützte sich auf das göttliche Unterpfand und die Fähigkeit der göttlichen Kraft und Gnade.
Ebenso aufklärend ist der Gebrauch von diesem Namen bei Josuah, als Israel gedemütigt war bei der Niederlage durch Sünde und den Stolz bei Ai (Jos. 7, 7). Beim Einzug in Kanaan erkannte Josuah, daß sie das Land aus sich selbst nicht überwinden konnten, er ging darum vorwärts im Glauben an Gottes Verheißungen. Die Überwindung von Jericho rechtfertigte zur Genüge den Glauben. Die völlige Vernichtung durch Trompetenblasen gelangte zu den verhältnismäßig wenigen Einwohnern der unbedeutend kleinen Stadt von Ai. Er konnte nur denken, daß Gott nicht allein mit Israel, sondern auch gegen sie sei. Im Bewußtsein der äußersten Schwäche und Abhängigkeit warf sich Josuah nieder auf sein Angesicht vor dem Herrn. In Ihm lag Israels einzige Hoffnung, zu Seinen Füßen machte Josuah das Zugeständnis, daß die Ausgänge des Kampfes in Seinen Händen waren. Wie der Herr, gab er Befehl für die Reinigung des Feldlagers von Israel und für den Kampf gegen ihre Feinde.
Gideon, als er aus der Verborgenheit berufen wurde, Israel von der Unterdrückung zu befreien, bekannte sein Bewußtsein der äußersten Abhängigkeit von Gott durch den Gebrauch des Namens Herr, und vom Herrn empfing er dann seinen Auftrag (Richt. 6, 13. 15). David, in verschiedenen Kreisen seiner Laufbahn, bekannte seine Sünden dem Herrn (Adonai) und erwartete von Ihm die nötige Freiheit, Kraft und Hilfe (2. Sam. 7, 18; Ps. 35, 23; 38, 9; 40, 17; 51, 15).
Ein besonders interessantes Beispiel vom Gebrauch des Namens Adonai ist in Jesaja 6, wo der Prophet, in dem Jahr als König Ussiah starb, den Herrn sah sitzend auf einem hohen und erhabenen Thron (Jes. 6, 1) und bei dem Gesicht in Ehrfurcht ausrief: «Wehe mir! Denn ich bin verloren, denn meine Augen haben den König gesehen, Jahwe Zebaoth!» Er fügt aber noch die Bemerkung hinzu: «Auch ich hörte die Stimme des Herrn sagen: Wen soll ich senden . . . ?» Das Gesicht und die Stimme der göttlichen Majestät und Autorität war die Vision und die Stimme des Herrn (Adonai). Er besaß den ewigen Thron, und Er übte eine bleibende Oberherrschaft aus, unbeeinflußt durch die Wechselfälle des menschl. Lebens. Man vgl. die oftmalige Einleitung: «So spricht der Herr Jahwe» im Propheten Hesekiel!
Viele andere Stellen des Alten Testamentes könnten noch angeführt werden, um die Bedeutung des Namens Adonai (s.d.) noch mehr zu erläutern, es muß in diesem Abschnitt mit der Erinnerung abgeschlos-

sen werden, daß dieser Hoheitstitel «Herr» im Neuen Testament am meisten für unseren Heiland, den Herrn Jesus Christus geschrieben wird, für das griechische «kyrios», es ist das Seitenstück des hebräischen «Adonai» (s.d.). In einem der ergreifendsten Gespräche mit Seinen Jüngern sagte Er: «Ihr nennt mich Meister und Herr und ihr sagt gut, denn ich bin es» (Joh. 13, 13). Er ist also für alle, die Ihn beanspruchen der Heiland (s.d.).

Im Bekenntnis vor Gott, wegen seiner Kinder, bekennt der Prophet wörtlich: «O Herr unser Gott, andere Herren außer dir haben über uns die Herrschaft . . .» Er wandte sich aber um und gab das Unterpfand: «Aber durch dich allein wollen wir machen das Gedächtnis deines Namens» (Jes. 26, 13). Er allein hat das Anrecht an unserer höchsten Liebe und Ehrfurcht, denn Er ist der König der Könige (s.d.) und der «Herr der Herren» (s.d.). Es ist unser höchstes Vorrecht, so gut wie unsere einfachste Pflicht zu Ihm zu bekennen: «Mein Herr und mein Gott!»

c.) Es ist immer wieder wahrzunehmen, daß der Name Jesus (s.d.) und der Titel «Christus» (s.d.) zur Zeit des Erdenlebens unseres Heilandes (s.d.) von Ihm Selbst wenig genannt wurde, es war auch so mit all Seinen übrigen Namen und Titeln. Das war von keinem Namen mehr der Fall als von dem Titel «Herr». Er war zuerst eine respektvolle Anrede, wie unsere Höflichkeitsform. Vor der Zeit des Neuen Testamentes aber enthält der Name ein ganzes Gewicht des Göttlichen.

Das griechische Wort «kyrios» hat eine weitschichtige Anwendung. Es ist im Neuen Testament gebraucht von einem Eigentümer, Herrn oder Meister von Sklaven oder Eigentum, aber auch ein Ausdruck der Achtung gegen einen Höheren. In der LXX, der griechischen Übersetzung des Alten Testamentes, sind die göttlichen Namen «Adonai» und «Jahwe» mit Herr (kyrios) wiedergegeben. Wie der Name auf Jesus angewandt wird, war er gerade eine achtungsvolle Höflichkeitsform, ausgenommen von einem Teil Seiner Jünger, für welche Er der wahre Meister war. In eben ihrem Falle hatte der Ausdruck zuerst keinen klaren Begriff. Er drückt ihren Glauben an Ihn aus und ihre vertrauensvolle Unterwerfung, aber in einer bedeutenden Weise, wie sie sich ihre Verbindung mit Ihm nicht selbst ausdachten. Von diesem undeutlichen Anfang aus kann eine Spur durch das Neue Testament zu einer wachsenden Kenntnis der wirklichen Bedeutung des wichtigsten Titels «Herr» wahrgenommen werden. Wie Jesus und Christus, wurde Ihm schon bei der Geburt der Name «Herr» gegeben. Der Engel in der Bethlehemsnacht kündigte den Schafhirten an: «Euch ist heute geboren . . . Christus der Herr» (Luk. 2, 11). Am Anfang seines öffentlichen Dienstes rief Johannes der Täufer die Nation auf: «Bereitet den Weg des Herrn!» (Luk. 3, 4.) In diesen beiden Auskünften ist einfach «Jahwe» gemeint. Israel aber bewahrte das nicht. Er kam zu Seinem Eigentum, und die Seinen nahmen Ihn nicht auf. Die Jünger glaubten an Ihn und gaben ihr Leben hin für Seinen Dienst. Einige Zeit vorher bemerkte Petrus nach seiner Erfahrung mit Jesus: «Gehe

von mir, Herr, denn ich bin ein sündiger Mensch!» (Luk. 5, 8.) Das bezeichnet eine klare Haltung in seiner Beziehung zu der Person seines Meisters.
Eine Zeit ging auch Jesus dazu über, das Wort mit einem klaren Sinn zu gebrauchen. Während Er nicht versuchte, den Ausdruck zu erklären, bot Er doch einen Kreis der absoluten Autorität in Behauptungen wie: «Der Sohn des Menschen ist Herr des Sabbats» (Mark. 2, 28). Es war nicht bis zur letzten Woche Seines Dienstes, daß Er auch Gebrauch machte von dem Titel, auf welchem Wege Er Seinen Anspruch auf die unmißverständliche, göttliche Autorität machte. Am Palmsonntag schickte Er die Jünger wegen der Eselin und ihres Fohlens aus mit den Worten: «Der Herr bedarf ihrer» (Matth. 21, 3). In der Auseinandersetzung mit den Pharisäern erklärte Er Sich Selbst greifbar als den Herrn Davids (Matth. 22, 41-46). Am Ölberg, als Er Seine Jünger hinsichtlich der kommenden Ereignisse und Seines zweiten Kommens unterwies, ermahnte Er sie wiederholt: «Wachet . . . denn ihr wißt nicht, in welcher Stunde euer Herr kommt!» (Matth. 24, 42; vgl. Vers 46; 25, 13.) In dem Obersaal sagte Er: «Ihr nennt mich Meister (s.d.) und Herr, und ihr sagt gut, denn ich bin es!» (Joh. 13, 13.)
Über alles dieses war das Verständnis der Jünger begrenzt bis nach der Auferstehung, als von Ihm alles neu enthüllt war hinsichtlich der Person ihres Herrn, wie das ausgedrückt wurde in dem vorbehaltlosen Bekenntnis des Thomas: «Mein Herr und mein Gott!» (Joh. 20, 28.) Von der Zeit an aufwärts wurde «Herr» auf Ihn angewandt, es ist ein göttlicher Titel. Das innere Bekenntnis des Thomas ist damit inbegriffen. Es enthält wirklich alles, was «Jahwe» bezeichnet.
In der Apostelgeschichte ist «Herr» ein oft gebräuchlicher Titel, er vertritt «Jesus» als den geschichtlichen Namen. Der Gebrauch des persönlichen Namens «Jesus» wurde jetzt zweifellos zu einem großen bedeutenden Namen, und Christus war sehr feierlich. So war «der Herr» viel bedeutender als ein Titel, aber ein Kennzeichen von der Achtung, welche Anerkennung man Ihm schuldig war. Es hat den Vorteil, den Gedanken auf die Verbindung zu übertragen: «Jesus, Er war nicht nur der Mensch in der Mitte des Thrones und nicht allein der Christus, welcher hervorkam von dem Busen des Vaters, um sündige Menschen zu erlösen und sie zurückzuführen zu ihrer Stellung in der Höhe, sondern Er ist auch der Herr aller, die Ihm vertrauen und Ihn lieben und in Ihm Heil und ewiges Leben finden. Ihn Herr nennen ist beides, ein Bekenntnis des Glaubens und der Liebe und ein Anspruch, Sein Jünger zu sein.
In den Briefen wird in dem verschiedenen Gebrauch dieses Titels eine völlig unverhüllte Herrlichkeit des erhöhten Herrn Jesus dargeboten. Er ist als «der Herr» anzusehen, nicht allein der Erlösten, sondern auch aller geschaffenen Dinge (Röm. 14, 9; Hebr. 1, 3-6). Er ist in der Tat, wie Petrus dem Cornelius erklärt, ein «Herr aller» (Apostelg. 10, 36). Er ist der König der Könige (s.d.) und Herr der Herren (1. Tim. 6, 15). Er ist der Herr der Herrlichkeit (1. Kor. 2, 8).

Ihm ist der Name über jeden Namen gegeben worden, daß jede Zunge bekennen wird, daß Jesus Christus der Herr ist, zur Ehre Gottes des Vaters (Phil. 2, 11). Zurückweisend, wie Jesajah tut (Jes. 45, 23), macht dieser Vers die praktische Anwendung, daß Jesus Christus «Jahwe» ist (vgl. 1. Petr. 3, 15): «Heiligt in euren Herzen Christus als Herrn!» Im Licht des Alten Testamentes spielt diese Stelle auf Jesaja 8, 13 an: «Jahwe der Heerscharen (s.d.), ihn sollt ihr heiligen.»
Wie glückselig sind die, welche im liebenden Vertrauen Ihn nennen können: «Herr!» Die Äußerung des einen Wortes in Reinheit ist ein Siegel der Errettung, denn kein Mensch kann sagen «Jesus ist Herr» als durch den «Heiligen Geist» (1. Kor. 12, 3). Das Wort drückt die ganze Majestät Seiner Person aus und die Wunder Seiner erlösenden Gnade, um Seine sündigen Geschöpfe in eine Beziehung des Vertrauens und der Liebe mit Ihm zu bringen. Der Herr der Herrlichkeit ist unser Herr und Gott!
d.) Es ist auf die Stellen zu achten, wo der «Herr» die Übersetzung des griechischen «despotes» – «Gebieter, Herr», ist. Diese seltene Benennung Gottes oder Christi, im Unterschied zu «kyrios» dient dazu, die bestimmtere Bedeutung eines Herrn von leibeigenen Sklaven zu betonen. Der Name wird von Gott und Christus angewandt.
aa.) Der alte Simeon, der auf den Trost Israels wartete, sprach Gott mit «despota» an (Luk. 2, 29). Er empfand sein Verhältnis zu Gott nicht als Zwang, wie ein Sklave zu seinem Herrn und Gebieter, sondern als einen Zustand der Geborgenheit. Ihm stellte er es anheim, wann Er ihn aus diesem Leben abrufen wollte, da er noch den Anblick des Erretters auf Erden erleben durfte. Die versammelte Gemeinde betete zu Gott, nachdem Petrus aus dem Gefängnis befreit war. In feierlichem Tone redeten sie Gott als «despota» an, der Sich als Gebieter über alles bewiesen hatte, daß trotz aller irdischen Machthaber das messianische Königreich verwirklicht worden ist. Er ist als solcher Herr und Gebieter aller Dinge, denn Er hat Himmel und Erde geschaffen (Apostelg. 4, 24). Die Seelen der Märtyrer unter dem Altar rufen Gott mit dem ungewöhnlichen Namen «despotes» an. Sie mußten unter dem Schwerte irdischer Despoten und Gewaltherrscher verbluten. Im Gegensatz gegen die unheilige und lügnerische Anmaßung der Tyrannenherrschaft nennen sie Gott den heiligen und wahrhaftigen Despoten, in dem Vertrauen, daß Er alles in der Gewalt hat, und den Lauf der Weltgeschichte beenden kann, in dem so viel Drangsal ist und Märtyrerblut in Strömen vergossen wird.
bb.) Zwei Stellen des Neuen Testamentes bezeichnen Jesus als «Despoten». Petrus schreibt, daß durch die verderbenbringende Wirksamkeit der falschen Propheten und Irrlehrer Jesus, der Gebieter, verleugnet wird (2. Petr. 2, 1). Jesus hat sie als solcher zu Seinem Eigentum erkauft, Ihm hatten sie sich durch ein Bekenntnis zu eigen gegeben. Jetzt hatten sie Ihn in Lehre und Wandel verleugnet. Judas schreibt mit Petrus übereinstimmend, daß sie «unseren alleinigen Gebieter (despotes) und Herrn Jesum Christum verleugnen» (Jud. 4).

Die hier erwähnte Verleugnung bezieht sich auf keine Drangsal um des Glaubens willen, sondern auf einen liederlichen Lebenswandel. Christus hat ein Herrenrecht, Seinen unbedingten Herrschaftsanspruch auf die, welche Er durch Sein Blut erkauft hat. Der Wille, der die Heiligung fordert, ist verbindlich. Jesus Christus ist unser Despot, zu dessen Dienst wir Sein verpflichtetes Eigentum sind (vgl. 2. Tim. 2, 21). Er ist der Herr, dessen Wille allein maßgebend ist.
e.) Es ist noch auf die aramäische Bezeichnung: «Maranatha» (1. Kor. 16, 22) zu achten. Nach der Silbenaufteilung kann es verschiedenartig übersetzt werden. «Maran-atha» ist «unser Herr ist gekommen oder kommt!» – «Marana-tha» – «O unser Herr komm!», was der Bitte in Offenbarung 22, 20 entspricht: «Amen, komm Herr Jesu!» Jesus wird damit als «göttlicher Herrscher» bezeichnet.
Zusammenfassend kann gesagt werden, daß die Urgemeinde Jesus «Herr» nennt. Es geschah im Blick auf Sein irdisches Wirken, vor allem auch auf die Hoheit und Vollmacht des Wiederkommenden. Der wiedererwartete Herr wird in der Gemeinde mit «unser Herr» angeredet und angerufen. Die Urgemeinde lebte in der Erwartung auf das endzeitliche Kommen ihres Herrn. Mit der Nennung des Namens «Herr» ist die Vorstellung Seiner Erhöhung zur Rechten des Thrones Gottes verbunden. So liegt in dem Namen «Herr» die göttliche Verehrung der Person Jesu Christi.

393. **Der Herr, der euch heiligt,** hebräisch «Jahwe meqadischkem», heißt eigentlich: «Jahwe, der euch heiligt.» Die meisten Leser erkennen hier keinen Gottesnamen, weil er in Übersetzungen oder Randglossen nicht übertragen ist, wie einige andere Namen Gottes, wie: «Jahwe Jireh» (s.d.), «Jahwe Nissi» (s.d.). Es ist jedoch ein sehr wichtiger Name des Herrn. Der darin enthaltene Wert der Belehrung ist kurz ausgedrückt. Er wird oft in der Schrift gebraucht. Es ist schließlich noch damit verbunden «Jahwe Zidqenu» (s.d.) – «Jahwe unsere Gerechtigkeit».
Das erste Erscheinen ist in 2. Mose 31, 13 in Verbindung mit dem wiederholten Gebot von der Bewahrung des Sabbatgebotes. Das Sabbatgebot ist schon vorher gegeben worden (2. Mose 20, 8-11), es wurde aber wiederholt, als Gott dem Moseh Anweisungen gab für die Herstellung der Stiftshütte. Es ist angedeutet worden, daß dieses verbindlich war in der heiligen Angelegenheit des hergestellten Heiligtums Jahwes, daß sie möglichst achten möchten ihr Werk als einen göttlichen Dienst, welchen sie rechtfertigten im Halten auf den Sabbat. Jahwe machte so klar, daß eben dieses Werk ein Gegenstand des Sabbatgebotes war: «Wahrlich, meine Sabbate sollt ihr halten, denn er sei ein Zeichen zwischen mir und euch, durch eure Generationen hindurch, damit ihr erkennen mögt, daß ich bin Jahwe, der euch heiligt!»
Der Sabbat war Gottes gnädige Gabe für die Menschen. Jede Geschichte bezeugt den unschätzbaren Wert desselben für den Geist, das Gemüt und den Leib. Die Geschichte bezeugt leider auch die

Schwierigkeit, daß Menschen die Bewahrung des Sabbatgebotes nicht recht finden. Es war ursprünglich nicht beabsichtigt, Ruhe und Erquickung zu verschaffen, das ist zweitrangig. Der höchste Vorsatz des Sabbats ist nach Gottes Anordnung, daß Er das Leben Seines Volkes beansprucht. Der eine Tag in sieben ist abgesondert für die Anbetung und den geistlichen Dienst, die rechte Beobachtung wird wirklich leiten zu einer wahren Erkenntnis Gottes und zur Gemeinschaft mit Ihm. Es ist völlig grundlegend für eine Verbindung mit Gott. Das ist deshalb das Gesetz, das es so unnachgiebig erklärt. Das Volk und jeder Einzelne mit Ihm, die völlige Verwirklichung ihres Erbes, wie der Volksmund von Gott, war abhängig von einer genauen Beachtung des Sabbats, denn dementsprechend wird sein ihre Liebe und Treue zu Ihm.

Einen Tag in sieben wirklich heilig zu halten, das ein geringes Maß ausmacht. Menschen sind mehr selbstliebend als Gott. Eben der religiöse Eifer will lieber geschäftlich sein, in welchem er berät, Gott dienstbar zu sein, als ruhig auf Ihn zu warten in Anbetung und Weihe. Diesem Mangel zu begegnen, die Folge des Falles der menschlichen Natur abzudämpfen, gab Gott die Verheißung, die in diesem Namen enthalten ist: «Ich bin Jahwe, der euch heiligt!» Was Er gebietet, wird Er beschaffen. Er gibt ihnen den Wunsch und die Fähigkeit zu gehorchen, wenn dort nur ist eine wirkliche Empfänglichkeit für Seinen Willen auf ihrer Seite. Das ist eine der herrlichsten Wahrheiten der göttlichen Offenbarung, wiederholt auf viele unterschiedliche Weisen und Verbindungen im Alten und im Neuen Testament. Es ist der grundlegende Gedanke dieses Gottesnamens, in ihrer jedesmaligen Erscheinung in der Bibel.

Wir können wahrnehmen «Jahwe meqaddischkem» wird verschiedentlich im 3. Buche Moseh gefunden, wo das Gesetz Gottes im einzelnen fortgesetzt wird in seiner Anwendung auf die tägliche Lebensführung Seines Volkes. «Heiligt euch selbst . . . denn ich bin Jahwe, der euch heiligt» geht wie eine Wiederholung durch die Kapitel des Buches (3. Mose 20, 7. 8; 21, 8. 15. 23; 22, 9. 16. 32). Es ist hier eine zweifache Aktivität, eine menschliche und eine göttliche, sehr klar dargestellt. Heiligt euch selbst!, befiehlt Gott, und dann, weil das dem hilflosen Menschen unmöglich ist, geht Er über zu berichten, von der unmittelbaren göttlichen Gnade das Nötige mitzuteilen: «Ich bin Jahwe, welcher euch heiligt!»

Das Wort «heiligen» hat eine zweifach unterschiedliche Bedeutung in der Schrift. Es wird angewandt auf Personen und Gegenstände, die für den heiligen Dienst bestimmt sind, wie die Priester und für die Ausstattung der Stiftshütte und des Tempels (2. Mose 28, 41; 29, 46; 37, 44; 40, 10). In bezug auf das Volk wird das Wort auch auf den Charakter angewandt, sie sind würdig der «Aussonderung». Die wahre Heiligung des ganzen Lebens wird nicht allein von den Priestern gefordert, sondern auch von der ganzen Nation, seitdem Sein Bund für alle war, der das Volk heiligt. So ist in der frühesten Erscheinung dieser Name für Gott «Jahwe «meqaddischkem», er setzt die höchste Stellung Seiner Bedingung voraus in Seinen Erwählten, gleichförmig zu sein Seiner eigenen Heiligkeit.

Eine wie unmögliche Stellung! Er fordert es dennoch, es kann nicht irgend etwas weniger heilig sein! Sein eigener Charakter gebietet es, wie die Verweisung auf Seine eigene Heiligung in oftmaliger Wiederholung des Befehls: «Heiligt euch selbst» betont: «Denn Ich Jahwe, welcher euch heiligt, bin heilig!» Er erläßt aber nicht nur einen Beschluß, daß Er unerbittlich fordert, sondern: «Er ist Jahwe, der Gott des Gnadenbundes, der unter seinem Volke wohnt sie zu heiligen. Er will wirken in ihnen, beides, das Wollen und das Vollbringen nach seinem Wohlgefallen (Phil. 2, 13). Es ist dennoch eine unwiderstehliche Kraft, sie schafft immerfort wohl oder übel. Seine Heiligungskraft, ebenso Seine allwirkende Gnade wirkt in und durch das empfängliche Herz und den geweihten Willen.

Diese großen Wahrheiten werden zuerst in der ältesten Geschichte Israels ausgeführt, sie erlangen ihre volle Erklärung im Neuen Testament. «Dies ist der Wille Gottes», erklärt Paulus, «eure Heiligung!» (1. Thes. 4, 3.) Das Wort «Heiligung» hat im Neuen Testament eine reichere und zusammengedrängtere Bedeutung als im Alten Testament, wie das volle Wunder der hohen Berufung Gottes in Christo es bekannt macht, daß die Heiligen sollten gleichförmig sein dem wahren Ebenbilde ihres Herrn. So ergeht immer wieder die Aufforderung: «Seid heilig in jeder Weise der Bekehrung» (1. Petr. 1, 15). «Stellt dar eure Leiber als ein lebendiges Opfer, heilig, Gott annehmbar!» (Röm. 12, 1), «Hebt auf heilige Hände!» (1. Tim. 2, 8). Wir können nicht heiliger sein als Israel war. Das Unmögliche aber ist möglich, denn «Ich bin Jahwe, der euch heiligt!»

Im vollsten Licht des Neuen Testamentes verwirklichen wir dieses umgestaltende Werk der Heiligung durch die Wirksamkeit der drei göttlichen Personen: «Wir sind geheiligt durch Gott den Vater (Jud. 1), durch Christus, der uns zur Heiligung gemacht ist (1. Kor. 1, 30; vgl. Hebr. 10, 10; 13, 12) und durch den Geist» (1. Petr. 1, 2). Gott, in der völligen Aktivität Seines Daseins, ist aktiv in der Heiligung Seines Volkes.

Die Belehrung der ganzen Bibel über diesen großen Gegenstand ist zusammengefaßt in dem Namen «Jahwe meqaddischkem». Es ist nicht das Vorhaben, eine Erklärung der Lehre der Heiligung darzustellen, aber die Kardinaltatsache zu unterstreichen, die in diesem Gottesnamen gezeigt wird: «Die persönliche Heiligung ist unsere Empfänglichkeit. Es ist Gottes Sache, unser Werk, dennoch Gottes Wirken. Wir mögen heilig sein, wenn wir uns selbst heiligen, dennoch unsere ganze Heiligung will sein das gnadenvolle Resultat Gottes, der da in uns wirkt das Wollen und das Vollbringen nach seinem Wohlgefallen. Das Geheimnis liegt in den zwei Worten: Streben und Vertrauen!»

394. **Herr der Heerscharen** siehe Jahwe der Heerscharen!

395. **Herrlichkeit Gottes** hat Jesus in Seinem Erdenleben völlig ausgelebt. Die Ehre oder Herrlichkeit Gottes ist der Kernpunkt der gesamten biblischen Heilsgeschichte. Sie war darum Jesu einziges Ziel auf Erden, das ganze Streben Seines Wollens und Wirkens. Was die Synoptiker vom Erdenleben Jesu berichten, enthält diesen großen Leitgedanken. In der Versuchungsgeschichte sucht Jesus im Kampf gegen den Satan Worte aus 5. Mose 6; um die alleinige Ehre des alleinigen Gottes klarzustellen (Matth. 4, 7. 10). Die Verherrlichung Gottes ist die letztgültige Richtschnur für die Lebensführung Seiner Jünger. Im ganzen Lukasevangelium zieht sich die Ehre oder Verherrlichung Gottes wie ein goldener Faden durch die geschichtliche Darstellung. Der Lobgesang der Gemeinde wird aufgenommen, durch den Lobgesang der Engel wird er übertönt, um das Wunder der Menschwerdung des Sohnes Gottes zu verherrlichen (Luk. 1, 46. 68; 2, 14). Die Lebensgeschichte des Herrn wendet sich entscheidend diesem Ziele zu. Der Bericht vom Tode Christi mündet aus in eine Doxologie (Luk. 23, 47). Alle Rettungs- oder Heilungswunder, die Jesus vollbrachte, dienten der Ehre Gottes. Das Volk verherrlichte Gott (Luk. 7, 16; 18, 43), die Geheilten dankten Ihm (Luk. 13, 13; 17, 15; 18, 43). Jesus erwartete und wollte das so (Luk. 17, 17). Die vom Aussatz Geheilten fielen zu Seinen Füßen nieder und verherrlichten Gott mit lauter Stimme. Nur einer der zehn Geheilten hat dies Geschehnis nicht begriffen, daß er Gott die Ehre gab. Die Rettung des Menschen kann nur geschehen, wo die Herrlichkeit Gottes zum Ziele gelangt. Im Gebet des Herrn steht die Heiligung des Gottesnamens, der Bitte um das Kommen Seines Reiches, den übrigen Bitten voran. In der Doxologie der Bethlehemsnacht steht die Botschaft des Friedens auf Erden voran. In Lukas 17, 15 ist die Ehre Gottes das erste, das Heil des Menschen das zweite (Luk. 17, 19). Der Glaube, der die Herrlichkeit Gottes anbetet, bringt Rettung der Menschen.
Gottes Herrlichkeit ist Jesu höchstes Ziel für das Er lebte und kämpfte. Ja noch mehr, sie ist die Wirklichkeit, die sich in Ihm offenbart. Gottes Herrlichkeit sehen wir im Angesichte Jesu Christi. Gottes Ehre und Verherrlichung ist vom Alten Testament her der Grundsinn des Evangeliums Jesu Christi (vgl. Jes. 40, 9). Johannes der Täufer war der Wegbereiter Gottes im Sinne von Maleachi 3, 1, weil er Christum den Weg bereitete (Luk. 7, 27). Christus ist der Immanuel (s.d.), «Gott mit uns» (Jes. 7, 14; Matth. 1, 23). Wir waren nicht mit Ihm, jetzt aber ist Er mit uns. Das Wort des Täufers faßt dieses Anliegen in beziehungsreichen Formeln zusammen. Jesus sagt in diesem Sinne: «Alles ist mir übergeben von meinem Vater, und niemand kennt den Sohn, denn allein der Vater, noch kennt jemand den Vater, denn allein der Sohn, und wem der Sohn ihn offenbaren will.» Für Paulus galt auch das gleiche Erkennen Gottes (2. Kor. 5, 19; Röm. 5, 8; Kol. 1, 19; 2, 9). Herren und Kinder dieser Welt wissen nichts davon (1. Kor. 2, 8; 2. Kor. 4, 4). Wer aber den Geist Gottes hat, erkennt Gottes Herrlichkeit im Angesichte Jesu Christi (2. Kor. 4, 6; 3, 18; 5, 16; 1. Kor. 2, 10).

Johannes hat die Gedanken von Gottes Ehre und Herrlichkeit weiter ausgebaut. Der Eifer um das Haus Gottes ist es, der Christum verzehrt (Joh. 2, 17). Jesus suchte die Ehre dessen, der Ihn gesandt hatte, bis zum Kreuzestod, mit dem Er Gott verherrlichte (Joh. 7, 18; 21, 19). Auf den Vorwurf, Jesus stehe mit dem Teufel im Bunde, antwortete Er mit dem kurzen Gegenargument: «Ich suche nicht die eigene Ehre, ich ehre meinen Vater» (Joh. 8, 49s; vgl. Luk. 4, 8; 11, 15). In der Frage der Selbstherrlichkeit und Gottesherrlichkeit scheiden sich die Geister und Welten. Hier ist der entscheidende Gegensatz zwischen den Häuptern des Judentums und dem Christus Gottes (Joh. 5, 41s.).
Der Gedanke der Herrlichkeit Gottes wird bei Johannes von dem Kerngedanken der Herrlichkeitsoffenbarung Gottes getragen. Gott enthüllt in Christo Seine Herrlichkeit. Das ist die Voraussetzung dafür, daß Gottes Herrlichkeit um Christi willen wirklich wird. In diesem Sinne tritt der johanneische Christus in der bedeutungsvollen Formel in Erscheinung: «Ich, Ich bin» (s.d.) (Joh. 8, 24; Matth. 13, 6), die aus dem hebräischen Namen Jahwe (s.d.) hergeleitet ist, der nach der Offenbarung im Alten Bunde «Jahwe», dem Gott der Geschichte allein zusteht (2. Mose 3, 14; 5. Mose 32, 39; Hiob 31, 31 LXX). Jesus hat Gott nie verdrängt, Er vertritt Ihn vielmehr, Er kann Sich mit Gott gleichsetzen, ja mit Gott eins sein (Joh. 5, 18; 10, 30).
Der fleischgewordene Logos ist der vollkommene Träger der Gottesoffenbarung in der Form dieser Welt. Er sagte deshalb: «Wer mich sieht, der sieht den Vater» (s.d.) (Joh. 12, 45; 14, 9). Der johanneische Christus war nicht nur vor Seiner Menschwerdung und nach der Erhöhung (Joh. 1, 1; 1. Joh. 5, 20), sondern auch in der Zeit Seines Erdenlebens der rechtsmäßige Träger des Gottesnamens und der Gottesoffenbarung (Joh. 1, 18; 10, 33; 20, 28). Die Offenbarung der Gottesherrlichkeit ist darum das Generalthema des Johannesevangeliums, daß es heißt: «Wir sahen seine Herrlichkeit, eine Herrlichkeit als des Eingeborenen vom Vater» (Joh. 1, 14). Die Wunder, welche das Johannesevangelium berichtet, sind Offenbarungswunder, um Gottes Herrlichkeit zu enthüllen. Die Synoptiker erzählen mit Vorliebe Rettungswunder, Johannes liebt Offenbarungswunder, um Gottes Herrlichkeit zu offenbaren. In Kana das Weinwunder, auf dem Berge das Brotwunder (Joh. 2, 10; 6, 13; vgl. 21, 11), vollzog der Herr, um Seine göttliche Herrlichkeit zu enthüllen. Er offenbarte hier Seine Herrlichkeit in größtem Ausmaße (vgl. Joh. 10, 10). Gott, der die Fülle hat, liebt die Fülle, Seine Herrlichkeit in der Fülle gibt Er der vergänglichen Kreatur. Christi Rettungswunder stehen auch ganz im Dienste der Herrlichkeitsoffenbarung Gottes (Joh. 9, 3). Jesus ließ es zum Sterben des Lazarus kommen, ehe Er mit Seiner Wundermacht eingriff. Er sagt: «Diese Krankheit ist nicht zum Tode, sondern zur Ehre Gottes, daß der Sohn Gottes durch sie verherrlicht werde.» Zu den Jüngern und zu Martha sprach Er: «Wenn du glaubst, wirst du die Herrlichkeit Gottes sehen» (Joh. 11, 4. 40). Das ist Gottes Tiefenweg. Seine Herrlichkeit offenbart sich am herrlichsten am Hoffnungs-

losesten, wo alle Rettungsmöglichkeiten der Welt erschöpft sind. Sie offenbart sich nicht im Glorreichen dieser Erdenfürsten, sondern in der Überwindung des Todes durch das Leben, in der Überwindung der Barmherzigkeit Gottes über die Sünde der Menschen. Die Herrlichkeit des Eingeborenen vom Vater ist eine Herrlichkeit voller Gnade (Joh. 1, 14. 17).

Jesus verkündigt Gottes Herrlichkeit, die aber dem enthüllt wird, der im Besitze des Geistes Gottes ist. Gottes Herrlichkeit im Angesichte Jesu Christi bleibt dem verschlossen, der nicht vom Lichte Gottes erleuchtet ist.

396. **Herrscher,** ein Name für Gott und den Messias im Alten Testament, Christus wird im Neuen Testament nur an einer Stelle so genannt. Luther hat vier hebräische Ausdrücke und ein griechisches Wort mit dieser Bezeichnung übersetzt.

a.) Das nächstliegendste hebräische Wort, das mit «Herrscher» im Luthertext übersetzt wird ist «adon», das nach seiner Grundbedeutung «dun» – «unterwerfen, herrschen, walten», noch den Sinn von «Herr, Befehlshaber, Besitzer» hat. «Adon» ist Inhaber einer Gewalt, vor allem über Menschen. Die Herrschaftsausübung steht im Vordergrund. Es ist die Macht und die Autorität Gottes, vor der sich Menschen beugen. Adon bezeichnet im Alten Testament Jahwes Herrschergewalt. Er ist Gebieter und alleiniger Herrscher. Das kommt am deutlichsten durch die Wendung zum Ausdruck: «Der Herrscher der ganzen Erde» (Jos. 3, 11. 13; Micha 4, 13; Sach. 4, 14; 6, 5; Ps. 97, 5). Der gleiche Gedanke liegt in der Forderung, im Gesetz Gottes zu wandeln «. . . nach allen Geboten, Rechten und Sitten Jahwes, unseres Herrschers» (Neh. 10, 30). Dreimal mußte jeder Männliche in Israel vor Jahwe, dem Besitzer erscheinen (2. Mose 23, 17; 34, 23). Die drei Hauptfeste galten als Lebensbedingungen der israelitischen Gemeinschaft. Jahwes Rechtsanspruch auf alle männlichen Erstgeburten zeigt die völlige Abhängigkeit Israels von Gott mit allem Seinem Besitz. Der Gottesnamen «Adon» – «Herrscher oder Besitzer» ist in dieser Festvorschrift sehr sinnreich.

Zur Zeit Josuahs ging Israel trockenen Fußes durch den Jordan. Es sollte merken, daß ein lebendiger Gott (s.d.) unter ihm war. Die Lade des Bundes des Herrschers oder Besitzers der ganzen Erde wurde von den Priestern vorangetragen (Jos. 3, 11. 13). In beiden Gottesnamen lag die Gewähr, daß der lebendige Gott in ihrer Mitte, der Besitzer der ganzen Welt, Seinem Volke zum Besitz des Landes verhelfen konnte, trotz der Feinde und der Gefahren.

Der Psalmist, der die Herrlichkeit des nächtlichen Sternenhimmels besingt, nennt am Anfang und Schluß des Liedes: «Jahwe, unser Herrscher» (Ps. 8, 1. 10). In diesem Zusammenhang ist davon die Rede, daß der Mensch von Gott eingesetzt ist, ein Herr über die Werke der Schöpfung zu sein, es ist alles unter seine Füße getan (Ps. 8, 5. 7). Sehr passend ist hier der Hinweis auf Jahwe, den Herr-

scher über alle Menschen, damit sie ihre Herrscherwürde nicht mißbrauchen.
Jahwe spricht zu Israel als sein Herrscher; menschliche Gebieter haben Jerusalem in ihrem Übermut unterdrückt, daheim im unterjochten Lande und draußen in der Verbannung. Es war zur Zielscheibe herrischer Tyrannei herabgewürdigt. Jahwe, sein Herrscher, führt die Rechtssache Seines Volkes, Er ist sein Anwalt und sein Verteidiger (Jes. 51, 22).
b.) In 4. Mose 24, 19 erwähnt der Luthertext das Kommen des Herrschers aus Jakob. Das hier vorkommende hebräische «radah» bedeutet ein «niedertreten, unterjochen, bewältigen». Es ist hier genau zu übersetzen: «Niedertreten aus Jakob und umbringen wird, was übrig ist von der Stadt.» Bileam sprach eine messianische Verheißung aus, die das antichristliche Reich der Endzeit bezeichnet. Die Zerstörung des endzeitlichen Babel durch den Messias (Offb. 18) ist die endgültige Erfüllung dieser Weissagung.
c.) An zwei Stellen des Alten Testamentes übersetzt Luther «moschel» – «Herrscher, Fürst, Vorgesetzter» mit «Herrscher». Josaphat redete Gott an: «Jahwe unserer Väter Gott, bist du nicht Gott im Himmel, und der Herrscher über alle Königreiche der Erde?» (2. Chron. 20, 16.) Er erinnert Gott an frühere Gnadenwohltaten und weist hin auf Seine unbegrenzte Allmacht. David bittet Gott, Er möge die Feinde in Zornglut vernichten, um zu erkennen, «daß Gott Herrscher in Jakob ist bis an die Enden der Erde» (Ps. 59, 14). Gottes Herrschaft umfaßt die ganze Welt, Seinen Thron aber hat Er unter Seinen Auserwählten aufgerichtet. Von dort aus ergehen Seine Gerichte. Der Sänger wünscht, daß alle Völker das erkennen, daß Gott, der gerechte Herrscher, Macht hat, die Gottlosigkeit zu züchtigen.
d.) Im Neuen Testament wird in Judas 4 das griechische «despotes» mit «Herrscher» übersetzt und verschieden, als Name Christi und Gottes aufgefaßt. Es wird den Gottlosen vorgehalten, daß sie «den alleinigen Gebieter (s.d.) und unseren Herrn Jesum Christum verleugnen». Weil in 2. Petr. 2, 1 dieser Name von Christus gebraucht wird, so faßt man auch hier vielfach es so auf. Viele Alte unterscheiden «despotes» als Bezeichnung Gottes von Jesu Christo. Für diese Unterscheidung spricht, daß im Neuen Testament Gott meistens als «despotes» bezeichnet wird (Luk. 2, 29; Apostelg. 4, 24; Offb. 6, 10), was Luther mit «Herr» übersetzt. Das Wörtlein «allein» kennzeichnet immer Gottes Einzigartigkeit (Jud. 25; Joh. 5, 44; 17, 3; 1. Tim. 1, 17; 6, 15; Offb. 15, 4). Der alleinige Gebieter ist demnach kein christologischer Hoheitstitel, sondern ein Gottesname.

397. **Herzenskündiger,** oder Kündiger des Herzens, kommt nur in der Apostelgeschichte vor (Apostelg. 1, 24; 15, 8). Petrus stellte die Entscheidung der Wahl eines Apostels für Judas Gott anheim, der allein die Tiefe des Herzens erkennt. Die Gemeinde wandte sich in feierlichem Gebet an Ihn, den Herzenskenner. Gott, der Kenner der Herzen, hat auch die Heiden durch den Mund des Petrus zum Heil be-

rufen (Apostelg. 15, 8). Wenn der Ausdruck «Herzenskenner» auch nur in der Apostelgeschichte vorkommt, kommt es als Attribut Gottes noch verschiedentlich in der Bibel vor. Bei der Wahl des Königs sagt Samuel: «Gott aber erkennt die Herzen» (1. Sam. 16, 7). Er prüft die Gedanken der Herzen und Nieren (Ps. 7, 10), sie liegen aufgedeckt vor Ihm. Für Jeremiah, der von Blutdürstigen bedrängt war, galt als Trost, daß Gott das Geheimste durchschaut (Jer. 11, 20), und darum gerecht urteilen kann. Gott nimmt es für Sich allein in Anspruch, daß Er die feinsten Regungen des Herzens erforscht (Jer. 20, 10). Gottes Beistand, der die Herzen und Nieren der Gerechten prüft (Jer. 20, 12) verleiht dem Gerechten Mut vor ungerechten Anklägern. Gott dem Herzenskündiger bleibt nichts verborgen, Ihm sind die Verborgenheiten des Menschenherzens bewußt (Ps. 44, 22). Wie die Unterwelt und der Abgrund, sind Jahwe die Herzen der Menschen gegenwärtig (Spr. 15, 11). Er wägt die Herzen und durchschaut, was in der Seele vorgeht (Spr. 24, 12). Jesus sagte den Vertretern der Selbstgerechtigkeit unter ihrem Volk, daß ihre Herzensgesinnung anders ist, was Er mit dem Nachsatz begründet: «Gott aber kennt ihre Herzen» (Luk. 16, 15). Jesu Wissen um das Innere des Menschen wird auch mehrfach bezeugt (Joh. 2, 24; 5, 42; vgl. 2. Tim. 2, 19). Das Wort des Herrn fällt demnach das Urteil (vgl. 4. Mose 16, 5; Ps. 1, 6). Ein solches Wissen verleiht uns Trost, es wird auch dem Geist zugeschrieben (Röm. 8, 27).

398. **Herz Gottes** klingt zunächst merkwürdig. Gottes Liebe, Gnade, Barmherzigkeit führen auf eine Gefühlsseite. Vom Herzen Gottes zu schweigen ist jedoch unnötig. Die Besorgnis in einen Anthropathismus zu verfallen darf den Blick nicht für das verdunkeln, was die Bibel dazu sagt. Die Heilige Schrift spricht oft vom Herzen Gottes.
Nachdem Gott Saul von seinem Königreich verworfen hatte, ließ Er ihm durch Samuel sagen, daß Er einen Mann nach Seinem Herzen gesucht habe (1. Sam. 13, 14). Paulus erläutert dazu in seiner Predigt zu Antiochien: «Ich habe gefunden David, den Sohn Jesse, einen Mann nach meinem Herzen, der soll tun all meinen Willen» (Apostelg. 13, 22). Verschiedene Verheißungen und Gottesworte, die sich auf David im Alten Testament beziehen, werden verschmolzen. Saul hatte in seinem Ungehorsam nicht nach dem Herzen Gottes gehandelt. David sollte alle Willenserklärungen Gottes ins Werk setzen. König Saul wurde nach dem Willen Gottes gewählt. David, aus dem der Messias hervorgehen sollte, war nach dem göttlichen Herzensbeschluß zum König auserkoren. Von diesem Manne nach Seinem Herzen erweckte Gott nach der Verheißung dem Volke Israel Jesum als Heiland (s.d.).
Gott offenbart ganz besonders Sein Herz im Propheten Jeremiah und in Hosea, aus dessen Prophetie Jeremiah manche Gedanken geschöpft hat. Im Gespräch mit Jeremiah kündigt Gott an, daß Er Selbst die Heilszeit für Ephraim herbeiführt. Er kündigt ihnen an, daß Er ihnen Hirten nach Seinem Herzen geben werde (Jer. 3, 15). Es

sind keine Hirten und Führer nach dem Herzen der Herde, Gott fragt nicht danach, was Menschen zu den Hirten sagen, die Er anordnet.
Im Kriegsgetöse der Weissagung ertönt der lockende Ruf des Herrn, um noch in letzter Stunde, nach Möglichkeit, das festbeschlossene Gericht von Jerusalem abzuwenden. Es ist, als hörten wir des Heilandes letzte Worte über die Stadt, bevor Er starb. Was steht dem Ungehorsam bevor? Es ist noch eine Verbindung zwischen Jahwe und Jerusalem vorhanden. Jahwe bittet, Jerusalem möge sich zurechtweisen lassen, damit Sich Sein Herz nicht wieder von ihm losmache (Jer. 6, 8), daß es nicht zur Wüste wird. Es gehört schon viel dazu, wenn der Herr Sein Herz abwendet, d.h. wenn Er für Israel ein Fremder wird. Wie darf der beste Freund seinem Volke fremd werden?
Jahwe fragte Sich Selbst, ob denn Ephraim Sein Lieblingssohn, Sein Schoßkind sei, daß Sein Innerstes in Ihm wogt, daß Er Sich seiner erbarmen mußte (Jer. 31, 20). Was Luther hier mit Herz übersetzt, sind nach dem hebräischen Text die Eingeweide, der Sitz der innersten und schmerzlichsten Empfindungen. Die Worte gewähren einen Einblick in Gottes erbarmende Gesinnung. Eine inhaltlich verwandte göttliche Zusage ist in Hosea 11, 8 zu lesen: «Umgewandelt hat sich in mir mein Herz, mit eins ist entbrannt mein Mitleid.» Gottes Mitleidensgefühle sind in Glut geraten. Es sind auch hier die Eingeweide, nicht das Herz genannt. Nachdem sich Gottes Herz gewandt hat, wird es nicht zum Zorn zurückkehren, um Ephraim zu vernichten. Gott ändert nicht seine Entschlüsse wie ein Mensch.
Nach Klagelied 3, 33 plagt Gott die Menschen nicht von Herzen (vgl. 5. Mose 2, 7; Jes. 28, 21). Die Grundstimmung Seines Herzens ist Liebe. Schlagen oder Plagen ist nicht der Ausdruck Seiner Gesinnung. Gottes Erbarmen segnet am liebsten. Das Maß Seiner Menschenliebe übersteigt jedes Maß der Pädagogik. Wer Sein Erbarmen verschmäht, muß den großen Ernst Seiner Vergeltung erfahren.
Im Gegensatz zu den Anschlägen im Herzen eines Mannes (Spr. 19, 21) sind die Gedanken des Herzens Gottes von Geschlecht zu Geschlecht (Ps. 33, 11). Der göttliche Rat kommt aus Seinem Herzen. Sein Herz ist die Triebfeder alles Geschehens. Die ganze Weltgeschichte ist die Durchführung des göttlichen Heilsplanes, dessen nächster Gegenstand der Mensch, Sein Volk ist. Alles, was in der Welt durch Gottes Plan geschieht, hat seinen Ursprung in Gottes liebendem Vaterherzen.

399. **Herzlich** ist unseres Gottes Barmherzigkeit (Luk. 1, 78), wörtlich, das Herz, die Eingeweide des Erbarmens. Zacharias rühmt die tiefste innere Liebesbewegung der göttlichen Barmherzigkeit gegen uns. Die Heilige Schrift wird nicht müde, mit solchen menschlichen Ausdrükken die innigste Liebe und Herablassung Gottes gegen uns und Seine Geschöpfe zu schildern. Ihn jammert es herzlich, wenn Sein Volk ins Verderben gehen muß (Jer. 8, 21), daß die große herzliche Barmherzigkeit sich hart stellt (Jes. 63, 15). Wir müssen mit Hiskiah

bekennen: «Du hast dich meiner herzlich angenommen» (Jes. 38, 17). Wir haben keinen toten, kalten Gott, wie die Götzen, der an unserem Elend ohne Teilnahme vorübergeht, sondern den lebendigen Gott (s.d.), dem das Herz bricht (Jer. 31, 21), denn Er ist der Gott der Liebe (s.d.). Ihn bewegt unser Elend bis ins Innerste. Er plagt die Menschen nicht von Herzen (Klagel. 3, 33).

400. **Herzog** ist im Luthertext die Übersetzung des griechischen «hegeomai» – «Herrscher, Führer», und «archegos» – «Anführer, Fürst, Führer, Urheber». Das zweitgenannte Wort ist von Luther verschiedenartig übersetzt worden.
a.) Der Prophet Michah weissagt die Geburt des großen Herrschers (s.d.) in Israel, der aus Bethlehem kommt (Mich. 5, 1). Er gewährt Seinem Volke Rettung gegen seine Feinde und erhebt es zur gefürchteten Macht für alle Völker. Der Herrscher in Israel, der Messias, gründet ein Friedensreich und verherrlicht Israel zu einem heiligen Volk. Die Ausgänge des künftigen Herrschers reichen in die Ewigkeit zurück. Die prophetische Verkündigung des Messias aus dem unbedeutenden Bethlehem, der Stadt Davids, bildet die Grundlage für die Anordnung, daß Christus in Bethlehem geboren wurde. Die göttliche Natur des Messias ist durch die Tatsache der Menschwerdung Gottes in Christo erschlossen (vgl. Joh. 1, 1-3). Die Richtigkeit dieser Auffassung wird durch die Erzählung in Matthäus 2, 1-11 bestätigt. In Matthäus 2, 6 ist das Ausgeführte eine freie Wiedergabe des Gedächtnisses: «Und du Bethlehem, Land Judah, keineswegs bist du die Geringste unter den Geschlechtern Judah, denn aus dir wird hervorgehen der Herrscher (s.d.), der weiden wird mein Volk Israel.»
Die Abweichungen vom hebräischen Text (Micha 5, 1) erklären sich aus dem Bestreben, die Beziehungen auf den Messias bestimmter zu betonen.
b.) Der Herzog ihrer Seligkeit (archegos tes soterias), «der Urheber ihrer Errettung» (Hebr. 2, 10) nach dem griechischen Text. Ein «archegos» macht den Anfang, er geht anderen voran, oder ruft eine Sache ins Leben, daß er ihr Gründer ist. Einerseits ist er der Vorgänger oder Anführer (2. Mose 6, 14; 4. Mose 13, 3. 4; Jes. 3, 5. 6; Apostelg. 5, 31), andererseits der Urheber (s.d.) (vgl. Hebr. 5, 9; 12, 2; Apostelg. 3, 15). Christus ist der Urheber der Errettung. Er wurde durch Seine Vollendung eine Ursache des ewigen Heils, allen, die Ihm gehorchen (Hebr. 5, 9). Die Ausdrucksweise enthält den Gedanken, daß Christus als Begründer des Heils an die Spitze der Menschheit gestellt erscheint, vor ihr herzieht wie ein Herzog und sie zum gleichen Ziele führt.
Christus wurde der «archegos», der Fürst des Lebens (s.d.), der Fürst (s.d.) und Heiland (s.d.). Die verschiedenen Übersetzungen, wie auch «der Anfänger des Glaubens» und Anwendungen dieses urtextlichen Ausdruckes im Luthertext bietet eine abgerundete Erkenntnis des Heilswerkes Christi.

401. **Hilfe,** meistens die Übersetzung des hebräischen «jeschuah», «teschuah» und «aesrah». Die beiden ersten Ausdrücke sind von «jaschah» – «ausgebreitet, weit sein» abgeleitet, es ist das Gegenteil von «zor» oder «zarah» – «enge, enge sein». Mit diesen beiden Worten wird eine Befreiung oder Rettung aus der Gefahr ausgedrückt. Ein enger Raum ist das Bild der Gefahr und des Unglückes, ein weiter Raum das Sinnbild der Rettung aus der Enge. Einer Rettung geht auch ein Hilferuf voraus (vgl. Hiob 30, 24; 36, 19; Ps. 18, 7; 39, 13; 102, 2). Das Wort «ezer» deutet auf einen starken und mächtigen göttlichen Beistand. Im Hebräischen sind mit beiden Worten Personennamen verbunden, die Gottes und Jahwes Hilfe zum Ausdruck bringen. Man vergleiche Jesajah, Josuah, Jesus, Elieser, Esra, Asarjah, Asriel. Gott nennt Sich Selbst ein Mächtiger zu helfen (Jes. 63, 1). Die drei genannten Ausdrücke im Hebräischen bedeuten Rettung aus Not und Unglück, Versetzung in Befreiung, Heilung und Heil. Oft sind die Worte gleichbedeutend mit Heil und Heiland (s.d.). Manchmal wird in der hebräischen Bibel das Wort angewandt, von dem der Name «Jesus» abgeleitet ist, in dem uns Gott eine vollkommene Hilfe gesandt hat. Überall, wo für Hilfe das Wort «jeschuah» steht, wird man an den Namen Jesus erinnert (vgl. Ps. 35, 3; 1. Mose 49, 18).

a.) In den Psalmen kommt für Hilfe oft «jeschuah» vor, das im Luthertext denn auch mit «Hilfe» übersetzt wird, es wird auch genau so gut mit «Heil» wiedergegeben. Der Sänger befindet sich in einer Notlage, daß viele sagen, er habe kein Heil bei Jahwe (Ps. 3, 3). Gott ist der Grund des Heils. Kein Heil bei Ihm haben ist eine Entwurzelung aus der Gnade Gottes. In seiner Bedrängnis denkt der Dichter an seine Hilfsbedürftigkeit, dennoch weiß er, daß bei Jahwe das Heil ist. Ihm steht das Heil in ganzer Fülle zur Verfügung (Ps. 3, 9; vgl. Jona 2, 10; Offb. 7, 10). Im Gegensatz zu den unterirdischen Todestoren wird in den Toren der Tochter Zion von der dort versammelten Gemeinde frohlockt in Jahwes Heil (Ps. 9, 15). In einer Zeit des großen Abfalls, wenn die Redlichen immer weniger werden, sehnt sich der Psalmist nach dem Heil, daß er sich darin versetzt und danach schmachtet (Ps. 12, 6). Israel sehnt sich im Exil nach dem Kommen des Heils aus Zion (Ps. 14, 7; 53, 7). Während der Kriegsnot jubelt der König wegen des göttlichen Heils (Ps. 20, 6). Er frohlockt im Heile Jahwes, denn seine Ehre ist dadurch gerettet (Ps. 21, 2-6). Vorbildlich vom Sohne in seiner Gottverlassenheit klagt der Dichter: «Ferne von meinem Heil ist mein flehentliches Schreien» (Ps. 22, 2). In Kriegsnot und Bedrängnis bittet David zu Jahwe: «Sprich du zu meiner Seele, ich bin dein Heil, der sich dann an seinem Heil erfreut» (Ps. 35, 3. 9). Die Psalmen 42 und 43 enthalten den dreimaligen Kehrreim: «Harre auf Gott, denn noch werde ich ihm danken, daß er meines Angesichtes Heil und mein Gott ist» (Ps. 42, 6. 12; 43, 5). Es wird hier der Beistand des in Gnaden zugewandten Angesichtes Gottes gepriesen. David bittet in seinem Bußpsalm: «Wende wieder zu mir die Wonne deines Heils» (Ps. 51, 14). Die wieder erlangte Heilsfreude ist ein Unterpfand wahrer Sünden-

vergebung. Der Psalmist bittet: «Gott durch deine große Gnade antworte mir mit der Wahrheit deines Heils!» (Ps. 69, 14.) Mitten im Elend ist er getrost in dem Bewußtsein: «Deine Hilfe, o Gott, wird mich entrücken» (Ps. 69, 30). Selbst in einer traurigen Gegenwart blickt der König Israels zurück auf die reiche Fülle des Heils (Ps. 74, 12), die sich auf der ganzen Erde offenbart. Asaph mußte klagen, daß die Israeliten nicht auf Gottes Heil trauten (Ps. 78, 20). In einer Zeit, da sich in Israel alles zum Unglück wandte, kam über des Sängers Lippen die Bitte: «Errege deine Macht und komme uns zum Heil!» (Ps. 80, 3). Gottes Friedenszusage erreicht ihren Höhepunkt in der messianischen Herrlichkeit. Während Gott Seine Großtaten ausübt, ist denen Sein Heil nahe, die Ihn fürchten (Ps. 85, 10). Der Rückblick auf die Geschichte Israels offenbart, daß alle Machttaten Gottes seinem Heile dienen. Der Psalmist fleht darum: «Suche mich heim mit deinem Heil!» (Ps. 106, 4.) David befand sich in größter Gefahr, als Saul ihn verfolgte. Zuversichtlich aber sprach er zu Jahwe: «Jahwe, der Herr ist die Feste (s.d.) meines Heils» (Ps. 140, 8). Er verschafft dem Bedrängten Heil. Am Tage der Bedrängnis beschirmt Jahwe sein Haupt mit Seinem Helm (s.d.). Jahwe ist sein Heil, sein Schirm (s.d.) und Schutzdach (vgl. Ps. 60, 9; Jes. 59, 17).
b.) Mit «theschuah» – «Heil, Errettung» stehen einige Stellen in Verbindung, die hier zu beachten sind. Interessant ist die Anwendung in 1. Samuel 11, 9. 13; an beiden Stellen übersetzt Luther mit «Hilfe» und «Heil» (s.d.), wo es sich um den glücklichen Ausgang eines Krieges handelt. Betont wird, daß Jahwe Heil in Israel geschaffen hat. Es war eine rettende Gottestat. Saul und seine Männer waren da nur Gottes Werkzeuge.
David bittet in einem seiner Bußpsalmen: «Verlaß mich nicht, Jahwe mein Gott, bleibe nicht fern von mir. Eile mir zu Hilfe, o Herr, der du mein Heil bist!» (Ps. 38, 22. 23.) Sein demütiger Glaube wandelt sich in einen Glaubenstriumph. Die Schlußworte: «Herr mein Heil!» zeigen, daß er im Glauben an sich selbst verzweifelte, aber nicht an Gott. Seine Seufzer um Hilfe führen noch nicht zur Lichtung der Finsternis des göttlichen Zorns, wohl aber die Offenbarung Gottes, daß er Ihn als «mein Heil» ansprechen kann.
In der 6. Strophe des 119. Psalms, deren 8 Verse alle mit «waw» (und) beginnen, ist am Anfang zu lesen: «Und es kommen zu mir deine Gnaden, Jahwe, und dein Heil nach deinen Worten» (Ps. 119, 41). Interessant ist die Bemerkung von Cassiodor: «Waw» bedeutet «Nagel, Pflock», was nach Jesajah 22, 21. 23 eine Andeutung auf Christo sei. Demnach ist es hier das messianische Heil, nach den göttlichen Verheißungsworten, der Aufgang aus der Höhe (s.d.), das von dem Glauben ausgeht.
Jeremiah klagt, daß Israel sein Heil auf den Berghöhen sucht. Das Getöse des wüsten Götzendienstes gefiel ihm besser als das Hallelujah in Jerusalem. Es ist aber der tiefste Jammer, wenn jemand die Welt ausgekostet hat und am Ende bekennen muß: «Es ist alles eitel!» Israel aber mußte erfahren: «Bei Jahwe unserm Gott ist Heil» (Jer.

3, 23). Heil steht hier im umfassendsten Sinne. Es gibt kein Verhältnis, in welchem wir nicht auf des Herrn Hilfe und Heil völlig angewiesen sind. Auf dieses Heil, das gewiß ist, preist Jeremiah den glückselig, der in Stille darauf wartet.

c.) Der dritte Ausdruck «aesrah» kommt an zahlreichen Bibelstellen vor, vorwiegend im Alten Testament. Das erste Vorkommen dieses Wortes ist mit dem Namen «Elieser» – «Mein Gott ist Hilfe» verknüpft (2. Mose 18, 4). Moseh sagt dazu: «Der Gott meines Vaters ist meine Hilfe gewesen und hat mich von dem Schwerte Pharaohs errettet.» Moseh rühmt am Ende seines Lebens Jahwe, um Israels Herrlichkeit (s.d.) eine feste Grundlage zu geben. Er faßt zusammen und sagt: «Keiner ist gleich dem Gott Jeschuruns, der am Himmel einherfährt, dir zu Hilfe und auf den Wolken seiner Majestät» (5. Mose 33, 26). «In deiner Hilfe» bringt die Hoheit Jahwes und Seine wunderbare Herrlichkeit zum Ausdruck (vgl. Ps. 35, 2; 40, 8). Israel wird mit Heil von Jahwe beschenkt, Jahwe ist der Schild (s.d.) der Hilfe (5. Mose 33, 29).

Hiob empfand es in seinem Leiden sehr schmerzvoll, daß er ohne diese Hilfe war (Hiob 6, 13; 30, 14). Kraftlos war er jedem Unglück ausgeliefert. Der Name des Gottes Jakobs (s.d.) ist die Macht und die Gnade des Gottes Israels (vgl. 1. Mose 35, 3), der dem König von Zion, Seinem Heiligtum, Hilfe sendet am Tage der Drangsal (Ps. 20, 3). Der Psalmist bittet flehentlich auf Grund seiner Erfahrung: «Meine Hilfe bist du geworden» (Ps. 27, 9). Für die jubelnde Gemeinde ist Jahwe ihre Hilfe geworden, ihr Schild (s.d.) und ihre Lebensquelle. Sein heiliger Name ist für die Gemeinde der Glaubens-, Liebes- und Hoffnungsgrund, denn von dem Namen Jahwe kommt ihr Heil (Ps. 33, 20. 21). In dem bekannten 46. Psalm wird Jahwe Zebaoth als «Hilfe in den Drangsalen» sehr empfunden (Ps. 46, 2). Der Psalmist fühlt sich in seiner Lage wie rettungslos verloren, in Gottergebenheit aber ist er gewiß, von Ihm kommt mein Heil. Gott selbst ist sein Heil (s.d.). Weil Gott sein Heil ist, der das Heil besitzt, steht sein Heil unerschütterlich fest (Ps. 62, 2. 8). Sehnsüchtig fragt der heilige Sänger: «Ich hebe meine Augen auf zu den Bergen, von woher wird kommen meine Hilfe?» Er gibt sich selbst die Antwort: «Meine Hilfe kommt von Jahwe, der erschaffen hat Himmel und Erde» (Ps. 121, 1. 2). Seine Hilfe kommt nirgends anders woher als von Jahwe, dem Schöpfer (s.d.) Himmels und der Erde. Seine hilfreiche Macht erstreckt sich über die ganze Schöpfung. Bei Ihm ist die Hilfe, der auch willig ist zu helfen. Von Jahwe allein kommt das Heil und die Hilfe. Menschenhilfe nützt nichts, Heil dem, dessen Gott der Gott Jakobs ist. Menschen können oft nicht helfen, wenn sie auch wollten. Wer im Glauben seinen Gott nennen kann, findet bei Ihm Hilfe (Ps. 146, 5).

Mehrfach tadelt der Prophet Jesajah, daß Israel Hilfe bei fremden Völkern sucht (Jes. 10, 3). Ein Bund mit Menschen, auch mit Großmächten ist nutzlos, dort ist keine Hilfe zu finden (Jes. 20, 6). Wer bei Ägypten, aber nicht bei Jahwe seine Hilfe sucht, wird zuschanden (Jes. 30, 5).

Der Prophet Daniel gewährt Einblicke in die Engelwelt. Der greise Prophet rang 21 Tage im Gebet. Nach Beendigung des Gebetsringens kam ihm der Erzengel Michael zu Hilfe. Damit war der Kampf des Volkes Gottes entschieden (Dan. 10, 13). Von Antiochus Epiphanes wird berichtet, daß er sein Heerlager zwischen zwei Meeren aufschlägt um den heiligen Berg zu vernichten, daß er keine Hilfe hat (Dan. 11,45). So geht es eben mit den antichristlichen Mächten aller Zeiten, wenn Christus Seiner Gemeinde zu Hilfe kommt, hat es mit dem Antichristentum ein Ende.

Im Neuen Testament ist die eine Stelle Hebräer 4, 16 zu beachten. Am Thron der Gnade (s.d.) finden wir Gnade und Hilfe in der wohlannehmbaren Zeit. Es ist ein bedeutungsvoller Zusatz. Die Hilfe zur rechten Zeit kommt als ein Gnadengeschenk aus der Hand Gottes und sie stimmt das Gemüt zu höchster Dankbarkeit. Der Erzvater Jakob baute einen Altar, der ihm antwortete «am Tage der Not» (1. Mose 35, 3). Gott, der diese Hilfe am Tage der Not spendet, wird von David der Gott Jakobs genannt (Ps. 20, 2). Andere Stellen der Psalmen nennen Gott auch mit diesem Namen. «Heil dem, so der Gott Jakobs Hilfe angedeihen läßt!» (Ps. 146, 4.) Die Hilfe wird durch die Gnade und Erbarmung Gottes vermittelt. Das erbarmende Mitgefühl des großen Hohenpriesters ist die Ursache Seiner Hilfe.

402. **Himmel,** hebräisch «schamajim», vertritt im Talmud und Midrasch wie «maqom» (Ort) die Stelle des göttlichen Namens, den man auszusprechen und zu entheiligen vermeiden wollte. In den Apokryphen findet sich die Anwendung «Himmel» im gleichen Sinne (vgl. 1. Makk. 4, 10. 24. 25; 2. Makk. 3, 15; 9, 20; 15, 34). Im Neuen Testament wird «Himmel» im Gleichnis vom verlorenen Sohne als Gottesname in den Mund genommen (Luk. 15, 18. 21). Einige Ausleger stellen das in Abrede. Folgendes wird dagegen geltend gemacht. Wenn in jüdischen Schwurformeln der Name Gottes vermieden wurde, weist Jesus immer auf Gott hin, der hinter der Verhüllung steht (vgl. Matth. 5, 34s.; 23, 16-22). Der Himmel ist für Jesus nicht Gott, sondern der Thron Gottes (Matth. 5, 34). Aus Matthäus 21, 25 (vgl. Apostelg. 5, 38) folgt auch nicht, daß Jesus Himmel für Gott gebrauchte. Es ist nur vorausgesetzt, daß von Gott kommt, was vom Himmel, dem Throne Gottes kommt. Im Gleichnis vom verlorenen Sohne (Luk. 15, 18. 21) zeigt schon der Gebrauch der Präpositionen «eis» – «in» und «enopion» – «vor», daß keine Versündigung gegen Gott gemeint ist, sondern beide Male bezeichnet Himmel eine Örtlichkeit. Die Sünde des verlorenen Sohnes steht nicht allein dem irdischen Vater vor Augen, sondern sie ist auch gen Himmel aufgestiegen, d. i. in das Bewußtsein Gottes und Seiner Engel gekommen (vgl. 1. Mose 4, 10; Apostelg. 10, 4; Jak. 5, 4).

403. **Himmlischer Vater,** ein Gottesname nur bei Matthäus (Matth. 6, 14. 26. 32; 5, 48; 15, 13; 18, 35; 23, 9). Es ist ein Gegensatz zu allem Irdischen. Das Höchste und Erhabendste wird damit ausgedrückt. Himmlisch ist das Adjektiv von Himmel. Der Name ist mit «Vater in den Himmeln» (s.d.) identisch. Von Ihm aus besteht das Heil, Er entscheidet unser Geschick auf Erden. Für die Heilsgemeinde führt der himmlische Vater die Entscheidung herbei. Ohne Seinen Willen geschieht nichts, was hier auf Erden sich ereignet. Was in Ihm nicht seinen Ursprung hat (Matt. 15, 13), kann nicht bestehen.

404. **Hirte** ist in Erzählungen und Poetischen Stücken der Bibel ein oft gebrauchtes Bild. Die Wachsamkeit und zarte Sorgfalt für die Schafe war im Munde der Propheten und des Herrn zum lieblichsten Gleichnis geworden. Es ist gut verständlich, daß die Vorstellung vom Hirtenleben, von Hirte und Herde auf das Verhältnis des Volkes Israel zu seinen Führern und Lehrern angewandt wurde. Mehrfach wird darüber geklagt, daß Israel auf den Bergen wie Schafe ohne Hirten ist (1. Kön. 22, 17). Im Propheten Hesekiel heißt es: «Meine Schafe sind zertstreut, als die keinen Hirten haben» (Hes. 34, 5). Von Jesus wird berichtet, «da er das Volk sah, jammerte ihn desselben, denn sie waren verschmachtet und zerstreut wie Schafe, die keinen Hirten haben» (Matth. 9, 36). Das dem ganzen Volke so geläufige Bild wird auf sein Verhältnis zu Gott und Christus angewandt.
a.) Der Erzvater Jakob sagte bei der Segnung der Söhne Josephs: «Der Gott, vor welchem meine Väter, Abraham und Isaak gewandelt, der Gott, der mich weidete, seit meinem Dasein bis auf diesen Tag» (1. Mose 48, 15). Ihm, dem das Bild vom Hirtenleben sehr nahe lag, rühmt am Ende seines Lebens Gottes Hirtentreue. Das Bekenntnis: «Ich irre wie ein verlorenes Schaf» (Ps. 119, 176), stimmte zu seinem bewegten Leben. Am Ziele seiner Wallfahrt durfte er sprechen: «Jahwe ist mein Hirte» (Ps. 23, 1). Der Gott der Väter war Jakobs Hirte von Jugend auf. Der Starke Jakobs (s.d.) mit dem der Patriarch zu Pniel rang, erwies sich als Hirte Seines Lebens und als Stein Israels (1. Mose 49, 24). Wenn die Stämme Josephs alle Leiden und Kämpfe bestehen, ist das ein Gnadengeschenk und eine Wirkung des Starken Jakobs, des treuen Hirten, des unerschütterlichen Steines Israels (s.d.). Gott hat Sich als der liebevolle Schöpfer und Hirte Seines Volkes erwiesen (Ps. 95, 7; 100, 3). Er führte Sein Volk durch die Wüste. Sie sind Sein Eigentum, wie Schafe dem Hirten, Seine Hand ordnete, leitete, beherrschte, beschützte und versorgte die Seinen. Sein Volk, die Schafe Seiner Weide hat Jahwe aus der ganzen Menschheit auserwählt als Sein Eigentum. Sie sammelten sich wie Schafe um ihren Hirten.
In vier Psalmen (Ps. 77 bis 80) wird Gottes Hirtentreue an Israel gerühmt. In Erinnerung an den Durchgang durch das Schilfmeer heißt es: «Du führtest wie eine Schafherde dein Volk, durch die Hand Mosehs und Aarons» (Ps. 77, 21). Der Hirte Israels schlug Ägypten.

Es heißt: «Du führtest», Moseh und Aaron waren Gottes Diener, aber keine Hirten des Volkes. Israels Hirte war Selbst gegenwärtig, der Seine Herde führte. Durch Gottes Güte wurde Israel wie eine Schafherde aus Ägypten geleitet (Ps. 78, 52). David, ein Schafhirte von Beruf, wurde vom Herrn zum Hirten des Volkes erwählt (Ps. 78, 71-72). Israel weiß sich als Schafherde der Weide Gottes (Ps. 74, 1; 79, 13). Der Psalmsänger Asaph, der sich an den Segen Jakobs über Joseph erinnert (1. Mose 48, 15; 49, 24), bedient sich der Gebetsanrede: «Du Hirte Israels!» (Ps. 80, 2.)

b.) Die drei großen Propheten: Jesajah, Jeremiah, Hesekiel sehen in Gott den treuen Hirten Seines Volkes. Der Prophet verkündigt dem Volke, das einst aus der Gefangenschaft heimkehrt, daß Jahwe Sein Volk leiten werde wie ein Hirte seine Herde (Jes. 40, 11). Wie der sorgfältige Hirte weidet Jahwe Seine Herde. Die jungen Lämmer, die noch nicht laufen können, auch die ausgewachsenen Tiere und die säugenden Muttertiere, trägt Er auf Seinem Arm und im Busen Seines Kleides. Die Herde ist Sein Volk, das in die Fremde versprengt ist. Mit Liebe wartet Jahwe dieser Herde. Die Erlösung des Volkes wird mit dem Bild des guten Hirten gezeigt. In einer schweren Gerichtskrise fragt ein Beter im Namen des Volkes: «Wo ist hier, der sie heranzog, die Hirten aus dem Meer?» (Jes. 63, 11.) Es ist hier auch an Jahwe zu denken, der Moseh, Aaron, Mirjam (Mich. 6, 4) aus den Meeresfluten herauszog, während die Ägypter versanken. Auf Grund der Erlösungstat aus der alten Zeit ist es dem Beter unverständlich, daß der Hirte Israels es zuläßt, daß Seine Herde ein solches Gericht erleben muß.

c.) Jeremiah spricht von den Hirten des Volkes (Jer. 2, 8; 10, 21; 23, 1; 25, 34). Der Herr verheißt dem Volke gute Hirten (Jer. 3, 15; 23, 4). Jetzt vergleicht Er Sich Selbst mit einem Hirten, wie Hesekiel in Aussicht stellt (Hes. 34, 1), der Sich Selbst Seiner Herde annimmt. Deine Haupttätigkeit ist Sammeln und Bewahren (Jer. 31, 10). Die Völker werden aufgerufen, auf des Herrn Hirtentätigkeit zu achten. Es wird dem Herrn gelingen, eine Herde unter einem Hirten zu sammeln (Joh. 10, 16). Der Sammelarbeit des Herrn an Israel, Seiner Herde, möge in der Gegenwart kein Volk im Wege stehen!

d.) Der Prophet Hesekiel zeigt, wie Sich Jahwe Selbst Seiner Herde annehmen wird (Hes. 34, 11-22). Er nimmt das Hirtenamt von den Hirten weg, welche die Herde verwahrlost haben, daß sie zerstreut und den Raubtieren zur Beute geworden sind (Hes. 34, 1-10). Er bestellt Seinen Knecht David als Hirten über Seine Herde (Hes. 34, 23-31). Jahwe Selbst sucht Seine Herde, Er sammelt sie aus der Zerstreuung, führt sie auf gute Weide und sichtet sie von den schlechten Schafen. Gott wird weiter Seine Hirtentreue an Israel beweisen, in dem Er David zum Hirten bestellt.

Drei Heilsmomente enthält die Weissagung Hesekiels, die Israel für die Zukunft verheißen werden. Jahwe befreit Sein Volk von den schlechten Hirten und Er weidet Seine Herde Selbst; Er sammelt sie aus der Zerstreuung, führt sie ins Land Israel zurück und weidet sie dort, der Hilfsbedürftigen nimmt Er Sich an. Er wird den zukünftigen David zum Hirten erwecken. Die Erfüllung dieser Momente wurde durch die Sendung Jesu Christi bewirkt, der gekommen ist, das Verlorene zu suchen und zu retten (Luk. 19, 10; Matth. 18, 11). Die Sammlung Israels aus dem Exil ging der Sendung Christi voraus, wodurch Sich Gott Seiner Herde annahm. Jedoch nahm nur ein kleiner Teil von Israel den Messias an, der in der Person Jesu erschien. Israels Zerstreuung unter die Völker dauert noch fort, daß die vollständige Sammlung der Einen Herde unter dem Einen Hirten noch aussteht (Hes. 37, 24).

e.) Es sind zwei messianische Verheißungen des Propheten Sacharjah zu beachten (Sach. 11, 4-14; 13, 7-9). Jahwe Zebaoth besucht Sein Volk (Sach. 10, 3). Jahwe kommt in der Erscheinung des Messias zu Seinem Volk. Er besucht Seine Herde und nimmt Sich ihrer an. Der Prophet schaut eine Schafherde, die ihre Herren hinwürgt, sie verkauft, um sich zu bereichern. Jahwe übergibt die Pflege der Herde einem guten Hirten. Der Herr Selbst nimmt Sich Seines Volkes als Hirte an. Um die Herde zu weiden, werden zwei Hirtenstäbe genommen, deren Namen auf die Güter hinweisen, die der Herde durch die Hirtentätigkeit zufließen. Die zwei Stäbe bilden eine zweifache Art des Heils ab, das der gute Hirte dem Volke zuwendet. Der Stab Huld und der Stab Verbindung deuten an, daß der Herde Gottes Huld und der Segen der brüderlichen Einigkeit zugewandt wird. Die drei Hirten, drei Weltherrscher, welche die Herde nicht schonten, werden vertilgt. Mit dem Zerbrechen des Stabes Huld hat der Hirte eine Seite Seiner Fürsorge entzogen; Sein Verhältnis jedoch nicht ganz gelöst. Durch das Zerbrechen des zweiten Stabes hat der Hirte das Weiden der Herde ganz aufgegeben. Die Herde hat dem Hirten Seinen Dienst mit Undank belohnt. Die Erfüllung dieser Weissagung zeigt Matthäus darin, daß der in Christo Mensch gewordene Sohn Gottes (s.d.), der Messias, verraten und verkauft wurde (Matth. 26, 15; 27, 9).

Der Hirte Jahwes, den das Schwert schlagen soll, ist der Messias. Durch das Schlagen des Hirten wird die hirtenlose Herde zerstreut. Israel kommt durch sein Verhalten gegen den Hirten in schweres Unglück. Die verhängnisvolle Zerstreuung wirkt für den größeren Teil des Volkes Verderben, dem übrigen Teil gereicht es zum Heil. Die Erfüllung, die sich zunächst an den Aposteln verwirklichte, ist in Matthäus 26, 31; Markus 14, 27 zu lesen.

f.) Ganz im Alten Testament (Ps. 23; Jes. 40, 11; Jer. 23; Hes. 34, 23; 37, 23; Sach. 11) wurzelt die Rede Jesu vom guten Hirten (Joh. 10, 1-18). Christus zeichnet das Bild des rechten Hirten in Seinem Verhältnis zur Herde. Er sagt es von Sich Selbst: «Ich, Ich bin (s.d.) der gute Hirte» (Joh. 10, 11. 14). Jesus stellt das schöne Gleichnis in Gegensatz zu dem traurigen Charakter des Mietlings. Das hier Dargestellte wird durch Ihn verwirklicht, daß Er die Tür (s.d.) zu den Schafen ist und Sein Leben für sie läßt. Was in allen Einzelzügen und Gestalten im Gegensatz zum Bösen im Gleichnis entgegentritt, ist Christus der treue Hirte. Zwischen dem Hirten und den Schafen besteht die größte Fürsorge und Treue, Hingabe und Liebe, aber auch das tiefste Verständnis für die ganze Person des Hirten. Die Schafe kennen des Hirten Stimme, einem Fremden folgen sie nicht. Der Schlüssel des Verständnisses dieses Gleichnisses liegt in der Person Christi, durch den alles verwirklicht wird. Das Hirtenamt kostet dem guten Hirten das Leben. Die Hingabe Seines Lebens vergrößert die Hirtentätigkeit auf die anderen Schafe. Das sind nicht die Juden in der Zerstreuung, sondern die Heiden (vgl. Jes. 19, 18; 44, 5; Sach. 8, 23; Eph. 2, 12). Es gibt aber nur Einen Schafstall, das Reich Gottes, in das nach der Verheißung an Abraham alle Heiden eingeführt werden. Jesus, der auch die anderen Schafe aus- und einführt, ist der Hirt der Schafe aus Juden und Heiden, die Ihm angehören. Das sind keine zwei getrennte Herden, sondern es wird sein Eine Herde und Ein Hirt (vgl. Joh. 11, 52; Eph. 2, 14-18). Diese Einheit bedeutet keine Grenzverwischung der reinen Lehre, oder die falsche Betonung der Nationalität auf kirchlichem Gebiet. Alle Sonderkirchen, die sich durch verschiedene Bekenntnisse gebildet haben, führen nicht zu diesem Ziele. Das Streben der Glieder des Leibes Christi zur Einheit des Glaubens und der Erkenntnis des Sohnes Gottes (s.d.) durch Wachstum in der Liebe zu Christo, dem Haupte (s.d.) der Gemeinde (Eph. 4, 13. 15), dem Erzhirten (s.d.) und Heiland (s.d.) aller Gläubigen, fördert die Einheit der Herde unter dem Einen Hirten.

g.) Petrus schreibt seinen Lesern: «Denn ihr waret wie die Schafe, die da irrten, aber ihr seid jetzt bekehrt worden zu dem Hirten und Aufseher eurer Seelen» (1. Petr. 2, 25). Menschen, die sich wie Schafe verirrt haben, entbehren der hilfreichen und liebevollen Fürsorge, sie sind an die gleißende Welt und ihren hartherzigen Fürsten ausgeliefert, daß sie aus tausend Wunden bluten (Matth. 9, 36). Das ist jetzt anders geworden. Sie haben nicht Christum, sondern Er hat sie gesucht! Man vergleiche nach der LXX: «Siehe, ich suche meine Schafe und ich besuche sie» (Hes. 34, 11). Das hier angewandte Bild erinnert noch andere Schriftstellen (Matth. 9, 36; 26, 31; Jer. 50, 6). Christus ist der Hirte, in dessen Gemeinschaft und Fürsorge sich die Gläubigen befinden. Ihr Heil beruht auf Christi Selbstdahingabe, seitdem sie Seine Schafe geworden sind. Sie genießen Seine Seelenpflege, wie es heißt: «Ich will über sie einen einigen Hirten einsetzen, der soll sie weiden, nämlich meinen Knecht David» (Hes. 34, 23). Christus ist der Erzhirte (s.d.), der große Hirte der Schafe (Hebr. 13, 20).

h.) Der Gott des Friedens (s.d.) hat unseren Herrn (s.d.) Jesum (s.d.) als den großen Hirten der Schafe aus den Toten heraufgeführt (Hebr. 13, 20). Der Fürst des Lebens (s.d.) konnte nicht in der Gewalt des Todes gehalten werden (Apostelg. 2, 24). Er hat das ganze Erlösungswerk vollendet. In der bildlichen Bezeichnung «den Hirten der Schafe», finden einige Ausleger eine Anspielung auf Jesaja 63, 11 nach der LXX: «Wo ist, der heraufführte aus dem Meer den Hirten der Schafe?» Im Unterschied zu den Hirten der alttestamentlichen Herde ist Er der große Hirte, auch im Vergleich zu allen Führern (Hebr. 13, 17) und

Seelenhirten, ist Er der Erzhirte (s.d.), die wie die ganze Herde Sein Eigentum sind (Apostelg. 20, 28). Er ist der gute Hirte, weil Er für die Schafe Sein Leben gelassen hat (Joh. 10, 11. 15). Jesus wird als der große Hirte bezeichnet, weil Er das Volk Gottes mit den Heilsgütern des Neuen Bundes belebt, ernährt, leitet und schützt. Die Erwähnung des großen Hirten wird mit der Herausführung aus den Toten in Verbindung gebracht, um Ihn als den zu charakterisieren, der ewig lebt und ununterbrochen seine Hirtentätigkeit liebend verwaltet. Er wurde der große Hirte genannt, weil Er durch Seinen Opfertod einen ewigen Bund gestiftet hat. Sehr passend ist der Zusatz: «Unsern Herrn (s.d.) Jesum» (s.d.). Das erinnert an die Menschwerdung des Sohnes Gottes (s.d.) und an Seine Erhöhung (Apostelg. 2, 36).

405. **Hochburg,** entspricht dem hebräischen «misgab», einer Ableitung von «sagab» – «steil sein», von einer schwer zu erobernden Stadt (5. Mose 2, 36). Es ist ein Ort, wo einer sicher gestellt oder geschützt ist (vgl. Spr. 18, 10). Von der Erhabenheit und Größe Gottes und Seines Namens (Jes. 2, 11; Ps. 148, 13; 72, 18) wird der Sinn des Wortes angewandt. Das Dingwort «misgab» ist die Höhe, die Anhöhe, ein Fels, die Zuflucht, die Sicherheit in einem unnahbaren Schutz gewährt. Es sind die Zusammenhänge im Propheten Jesajah und in etlichen Psalmen zu beachten, wo von der Hochburg die Rede ist, die Jahwe den Gottesfürchtigen gewährt.
Jesajah bietet (Jes. 33, 15-16) eine Variation aus Psalm 15 und 24, 3-6; wonach ein redlicher Lebenswandel gefordet wird. Es ist nach rabbinischer Auffassung eine Reduzierung der 613 Gebote für den Israeliten. Wer so wandelt, braucht den Zorn Gottes nicht zu fürchten. Er hat in Jahwe eine Hochburg, er lebt in Gottes Liebe in unnahbarer Höhe, er ist eingeschlossen in einem unbezwingbaren Raum einer Felsenburg (Jes. 33, 16). Hunger und Durst leidet er nicht, denn Gott mißt ihm das tägliche Brot zu und Sein Wasser ist unversiegbar. Die Hochburg der Feinde wird dagegen niedergebeugt und in den Abgrund gestürzt (Jes. 25, 12), wie die Hochburg der Moabiter zerschlagen und zerbrochen wird (Jer. 48, 1).
Es ist dem David, nach seinen Erlebnissen in Verfolgungszeiten, ein geläufiges Bild. Er wünscht darum: «Werde denn Jahwe eine Hochburg dem Bedrückten» (Ps. 9, 10). Wer sich wie im Zustand der Zermalmung befindet, ist dort wie am steilen Ort der Gefahr entrückt. Die steile Höhe, die Jahwe ihm als Zuflucht bietet, rühmt er in dem Dankliede, das er anstimmte, als Saul ihn verfolgte, unter den zehn dort vorkommenden Gottesnamen (Ps. 18, 3; 2. Sam. 22, 3). Selbst in Kriegsnot bietet Jahwe Zebaoth Seinem bedrängten Volk eine steile Feste oder Hochburg, die von keinem Feind erklommen werden kann (Ps. 46, 8. 12). Er ist Selbst die unüberwindliche Hochburg für die Seinen. Gott ist in Jerusalem als unüberwindliche Hochburg bekannt (Ps. 48, 4). Für feindliche Angriffe ist die Stadt des großen Königs uneinnehmbar. In dem zweimaligen Refrain in Psalm 59 (Ps. 59, 10. 17) und Psalm 62 (Ps. 62, 3. 7), wo drei Gottesnamen zusammengenannt

werden, nennt er Jahwe seine Hochburg, daß er nicht wanken wird. Er verzichtet auf Selbsthilfe und Selbstrache. Jahwe ist seine Stärke und seine Hochburg und ein starker Schutz. Das echt davidische Bild von der Hochburg kommt noch in Psalm 94, 22 zur Sprache: «Jahwe ist mir zur Hochburg.» Wie unter den Namen Gottes in Psalm 18, 1-3 steht auch in Psalm 144, 2 der Name: «Meine Hochburg».

406. **Hoffnung Israels,** hebräisch «miqweh Jisrael», ein Gottesname, den der Prophet Jeremiah einige Male nennt. Der Prophet leistet wegen einer zweimaligen Dürre Fürbitte für Israel. In seinem Gebet nennt er zwei Namen Jahwes: «Hoffnung Israels» und «Befreier in Zeit von Bedrängnissen» (Jer. 14, 8). Jeremiah hält Jahwe vor, daß seine zweimalige Abweisung Seinem Namen nicht entspreche. Zuversichtlich nennt er Gott die Hoffnung oder Erwartung Israels, von dem doch Sein Volk nicht vergeblich Sein Heil erwartet. Der zweite Gottesname: «Befreier in Zeit der Bedrängnisse» (s.d.) bildet eine kraftvolle Ergänzung im Gebet. Zuletzt begründet Jeremiah in seiner Fürbitte, daß Jahwe doch Regen und Segen in der Dürre spenden muß mit den Schlußworten: «Bist du es nicht, Jahwe, unser Gott und unsere Hoffnung?» (Jer. 14, 22). Gott ist allein der Gegenstand ihrer Hoffnung und allein der Regenspender. Jeremiah wendet sich mit dem Gottesnamen «Hoffnung Israels» in letzter Instanz an Jahwe (Jer. 17, 13). Von Ihm ist Israel völlig abhängig. Alle, die Ihn verlassen, werden zuschanden. Ihre Namen werden in die Erde geschrieben, nicht aber in unvergänglicher Schrift in die Felsen gemeißelt, auch nicht im Himmel angeschrieben. Israel war wie eine verlorene Herde, seine Hirten hatten es irregeführt und verführt. Sie wurden ein Gespött der Bedränger. Sie machten geltend, daß sie gegen Jahwe, die Hoffnung ihrer Väter, gesündigt hatten (Jer. 50, 6). Die LXX läßt «ihrer Väter Hoffnung» aus. Die Nennung dieses Gottesnamens läßt die Tragweite ihrer Verfehlung erkennen. Jeremiah nennt Jahwe «die Hoffnung Israels», wie Er sonst «Burg» (s.d.), «Sonne» (s.d.), «Schild» (s.d.), «Schatten» (s.d.) genannt wird.
Nach dem babylonischen Exil, als Esra die Verschwägerung mit fremden Weibern verbot, meinte Schekanjah, das Übel könnte noch abgestellt werden. Sein Ausspruch: «Es ist noch trotzdem Hoffnung für Israel» (Esr. 10, 2), erinnert an den Gottesnamen bei Jeremiah: «Hoffnung Israels.» Die Aussage des Psalmisten in Psalm 71, 5: «Denn du bist meine Hoffnung, Herr, Jahwe» erinnert auch an den jeremianischen Gottesnamen. Wegen der Anklänge dieses Psalms an den Inhalt dieses Propheten ist man vielfach der Ansicht, Jeremiah habe ihn gedichtet. Wie Jahwe der Gegenstand der Hoffnung Israels war, so ist Christus unsere Hoffnung (1. Tim. 1, 1). Er ist die Hoffnung der Herrlichkeit (Kol. 1, 27). Wenn nur Christus bei uns ist, so besitzen wir mit Ihm die Hoffnung der Herrlichkeit. Die Rechtfertigung durch Glauben, der Friede mit Gott, der Zugang im Glauben zur Gnade Gottes veranlaßt, uns der «Hoffnung der Herrlichkeit Gottes» zu rühmen (Röm. 5, 1).

407. **Horn des Heils** ist auf Grund alttestamentlicher Schriftstellen ein Name des Messias (Luk. 1, 69). Zacharias bezeichnet damit die Macht, welche Rettung und Heil bringt. Gott erweckt dieses Horn im Hause Davids. Damit wird gleichsam Christi davidische Abstammung ausgesprochen. Das verheißene Horn kann nur Christus sein, der Rettung von allen Feinden und Hassern (Luk. 1, 71) und Erkenntnis des Heils Seinem Volk in Vergebung der Sünden gibt (Luk. 1, 74). Zur Erläuterung dieses christologischen Hoheitstitels dienen einige Stellen des Alten Testamentes.
Das Horn ist oft ein Bild der Stärke (Am. 6, 13), der Ehre und den damit verwandten Begriffen: «Hilfe, Heil, Macht, Herrschaft, Herrlichkeit.» Josephs Herrlichkeit und Herrschermacht vergleicht Moseh mit den Hörnern des Büffels (5. Mose 33, 17). Hannah rühmt: «Es ist erhöht worden mein Horn in meinem Gott» (1. Sam. 2, 1) und sie hofft: «Er wird erhöhen das Horn seines Gesalbten» (1. Sam. 2, 18). Gottes Volk erwartet: «In deinem Wohlgefallen wird erhöht sein Horn» (Ps. 89, 17) und: «Es wird erhöht wie ein Einhorn mein Horn» (Ps. 92, 11). Gott verheißt: «In meinem Namen wird erhöht sein Horn» (Ps. 89, 24). Hesekiel stellt in Aussicht: «An jenem Tage wird aufgehen ein Horn dem ganzen Hause Israel» (Hes. 29, 21). Dem Gerechten gilt das Wort: «Sein Horn wird erhöht in Herrlichkeit» (Ps. 112, 9). Er erfährt Gottes Heil und spricht wie David voll Dank und fröhlicher Zuversicht: «Mein Schild und Horn meines Heils» (2. Sam. 22, 3; Ps. 18, 3). Im Lobgesang des Volkes heißt es: «Und er wird erhöhen das Horn seines Volkes» (Ps. 148, 14). Der treue Bundesgott hat gesagt: «Ihre Priester werde ich kleiden mit Heil und ihre Heiligen werden frohlocken mit Frohlocken, daselbst lasse ich aufgehen ein Horn dem David, ich bereite eine Leuchte dem Gesalbten» (Ps. 132, 16s). Offenbar schwebt diese Psalmstelle dem Zacharias vor Augen. Er schaute jenes Horn, das dem Volke Israel Schutz verleiht und ein völliges Heil verschafft.
Der Name: «Horn des Heils» ist kein Genitivus appositionis, sondern ein Genitivus proprietatis, dem das Heil oder die Rettung wirklich innewohnt. Es beweist sich als wirkliches Horn, das Heil schafft. Worauf spielt der Name an? Alte Erklärer meinen, es würde an die Hörner des Altars gedacht, auf dem Brandopfer geopfert wurden (vgl. 2. Mose 21, 2; Ps. 118, 27). Es sei daran erinnert, daß Adoniah (1. Kön. 1, 50) und Joab (1. Kön. 2, 28) durch Ergreifen der Hörner des Altars ein Schutzasyl suchten. Zacharias pries hiernach Gott, der jetzt einen Gnadenstuhl aufgerichtet hatte, zu dem jeder fliehen kann, wenn Sünde und Missetat ihn in Todesfurcht versetzen, um Vergebung zu erlangen. Für einen Priester war es zweifellos naheliegend an die Hörner des Brandopferaltars zu denken. Der Messias wird nach diesem Bilde als die Macht gepriesen, der die Seinen in Schutz nimmt gegen die Feinde, der die Widersacher zerschmettert und ihnen Vergebung der Sünden gibt.

408. **Horn meiner Rettung** siehe Horn des Heils!

409. **Hoherpriester** wird Christus ausdrücklich nur im Hebräerbrief genannt. Es ist in diesem Sendschreiben das Zentralthema. Wenn dieser Brief auch den Herrn als den «Mittler des Neuen Bundes» (s.d.) bezeichnet, wird der Name «Hoherpriester» hier doch bevorzugt, wenn er Christi Mittlertätigkeit beschreibt. Der Schreiber des Hebräerbriefes gebraucht diesen Titel zehnmal (vgl. Hebr. 2, 17; 3, 1; 4, 14. 15; 5, 10; 6, 20; 7, 26; 8, 1; 9, 11). Er schreibt: «Es geziemte ihm, in allem seinen Brüdern gleich zu sein, daß er möchte sein ein barmherziger und treuer Hoherpriester, in Dingen, die Gott betreffen, zu schaffen die Versöhnung für die Sünden des Volkes» (Hebr. 2, 17). Er spricht auch von Ihm als einem «Priester» (s.d.) (Hebr. 5, 6) und einem «großen Priester» (Hebr. 10, 21). Der Schreiber ist bemüht, beides zu vergleichen und gegenüberzustellen, das Hohepriestertum Christi mit dem des Aaron. Während die Person und das Werk Christi in Aaron vorgeschattet war, übertrifft und setzt beiseite beides das levitische Priestertum. Er erfüllt alles, was in Ihm vorgebildet ist, und die mosaische Ordnung wurde auf diese Weise abgeschafft. Er ging nicht in das Allerheiligste des irdischen Heiligtums, sondern selbst in das Himmlische (Hebr. 9, 7-24). Er brachte nicht dar das Blut von Stieren und Kälbern, sondern Sein eigenes Blut, durch das Er eine ewige Erlösung für Sein Volk erreichte (Hebr. 9, 12). Er hat so alles völlig erfüllt, was in den höchsten Zeremonien der Stiftshütte und des Tempels vorgebildet war, und die höchsten Funktionen des Hohenpriesters am großen Versöhnungstage. Mit einem Wort, unser Herr Jesus Christus hat durch Seinen Tod, Seine Auferstehung und Himmelfahrt was Er immer wollte, mitten unter schuldigen Sündern uns Gott nahe gebracht.
Jesus ist nicht allein über Aaron erhaben, denn Er war kein Glied der priesterlichen Familie Aarons. Der Schreiber des Briefes versichert, daß sein Hohespriestertum von einer völlig anderen Ordnung ist, d. h. von Melchisedek, der ein Königspriester von Salem war (1. Mose 14, 18-20; Hebr. 5, 5-10; 6, 20-7, 28). Sein ist ein königliches Priestertum, es ist Sein durch die Rechte Seiner ewigen Sohnschaft unübertragbar und unererbbar (Hebr. 7, 16-24). Dieses zweifache Werk zu unseren Gunsten, daß Er während Seines Erdenlebens vollendete, und das Er fortführt in der Herrlichkeit in der Höhe, ist durch den Schreiber in einem anschaulichen Satz ausgedrückt: «Der Apostel (s.d.) und Hoherpriester unseres Bekenntnisses.» Der Eine, der vom Vater gesandt war, unsere Erlösung zu vollenden, und dessen Wohltaten jetzt anwendet und ihre Auswirkung in unserer Erfahrung versichert, wird im Hebräerbrief dargestellt.
Christi Anspruch ist, daß Er ein Priester für immer ist nach der Weise Melchisedeks (Hebr. 5, 6). Er erfüllte vollkommen den Dienst, welchen der aaronitische Hohepriester am Versöhnungstage nur unvollkommen ausübte im jüdischen Opfersystem, denn er brachte zuerst ein Opfer für sich selbst, dann für das Volk im Alten Bunde. In der himmlischen Hütte, nicht durch das Blut von Stieren und Kälbern, sondern durch Sein eigen Blut, trat Christus ein für allemal in das

Heilige. Er vollendete so eine ewige Erlösung (Hebr. 9, 12), eben in dem Himmel selbst. Er wird jetzt offenbar für uns vor dem Angesichte Gottes (Hebr. 9, 24). Dieser Glaube ist der beherrschende Begriff des Verfassers, der im ganzen Brief auf verschiedenen Wegen zu finden ist.

Der Schreiber des Briefes begründet diese ganze Belehrung gegen einen machtvollen Einwand des Glaubens und der Liebe für den Herrn auf der Seite aller seiner Leser. Christus hat die Versöhnung vollendet, Er hat für uns den Weg ins Allerheiligste geöffnet, so daß wir mit Freimütigkeit nahen dürfen, wissend, daß unser Gott unser Erretter ist (Hebr. 4, 14-16; 7, 23-28). Er kennt alle unsere Hinfälligkeiten und Schwächen, und Er ist bereit und fähig zu helfen in jeder Zeit der Not. Er, wenn wir Ihm vertrauen und gehorchen, will uns führen zu der Fülle des Zieles und des Vorsatzes Gottes (Hebr. 10, 19-39).

Obgleich der Name «der Hohepriester» allein im Hebräerbrief für Christus gebräuchlich ist, die gleiche Darstellung offenbart die Gestalt des erhöhten Christus in Offenbarung 1, 13: «Und in der Mitte der Leuchter war einer, gleich einem Menschensohn, bekleidet mit einem Gewand bis auf die Füße und einen Gürtel um seine Lenden, mit einem goldenen Gürtel.» Es ist hier keine Beziehung zu einem Dienst des Mittlers. Es ist wahrscheinlich, daß Christus an dieser Stelle als Priester dargestellt wird. Dieser Gedanke aber ist völlig überschattet von einem anderen, ausgedrückt durch die Bezeichnung «das Lämmlein» (s.d.) wo Christus nicht der Priester ist, sondern das geschlachtete Lamm. Sonstwo ist im Neuen Testament Christi Vermittlungsdienst erwähnt, wie in Römer 8, 34, wo Er auch der Mittler für uns ist (vgl. Hebr. 7, 25; 9, 24; 1. Joh. 2, 1), und es ergibt sich an vielen Stellen, in welchen Er beschrieben ist als der sitzt zur rechten Hand Gottes, das ist Er als Überwinder, Herrscher, Helfer und Fürsprecher. Der letzte Einblick, der menschlichen Augen nach Seiner Himmelfahrt und vor Seiner Wiederkunft erlaubt ist, stellt Ihn dar als den König und Priester, jedoch in unsrer Gleichheit, als unsern Retter und unsern Gott.

Ursprünglich war der Name «Hoherpriester» mit dem Werke Christi verbunden, aber es ist nicht weniger eine Bezeichnung für das Verständnis Seiner Person. Wie der Erretter und Mittler als Einer beschrieben wird, ist Er infolge dessen göttlich als auch menschlich. Außerdem, während Er für uns den Dienst erfüllt, bringt Ihn die nächste Beziehung mit Menschen zusammen. Sein Dienst aber ist ausgeübt vor dem Angesichte Gottes. Es ist so ein Dienst, den kein Mensch leisten kann.

410. **Hort** wird in der Lutherbibel dreiundzwanzigmal als Zuflucht für Gott angewandt. Nach dem Altdeutschen heißt «Hort» was verschlossen wird, ein Schatz, auch ein Ort, wo ein Schatz verborgen liegt, oder ein festes Bergschloß. Luther übersetzt an allen Stellen mit «Hort» das hebräische «zur» – «Fels» (s.d.) etwas ungenau. Im Lobge-

sang der Hannah heißt es demnach: «Und keiner ist ein Hort (Fels) wie unser Gott» (1. Sam. 2, 2). Der Ausspruch deutet an, daß Gott einzig und allein ein Fels ist. Gottes Erhabenheit über allem Irdischen und Weltlichen, Seine Herrlichkeit über allem Endlichen und Menschlichen wird durch Seine Selbstoffenbarung als des Festen begründet. Wie ein Fels ist Er, der Unveränderliche, Unbewegliche in der Mitte des Vergänglichen. «Unser Gott» setzt voraus, daß Er Sich als der «Heilige» (s.d.) offenbart, Sich Sein Volk zum Eigentum erwählt, Sich diesem Volk kundgibt und einen Bund mit ihm schließt. Der symbolische Name des Bundesgottes «zur» – «Fels, Hort», der sonst oft vorkommt, wurde wohl durch die natürliche Bodenbeschaffenheit Israels veranlaßt. Die von jähen Abgründen umgebenen Felsmassen boten das Bild des festen und sicheren Schutzes. Gott ist ein Fels nach Seiner unerschütterlichen Treue, die durch das Sinnbild des Felsen veranschaulicht wird. Die Bedeutung der Treue und der unerschütterlichen Zuverlässigkeit hat dieser Gottesname auch an anderen Schriftstellen (vgl. 5. Mose 32, 4; Ps. 18, 3; 92, 16). «Keiner ist ein Hort wie unser Gott» spricht kurz aus, daß man zu unserm Gott das höchste Vertrauen haben kann.

a.) David nennt Jahwe seinen Fels. Auf der Flucht vor Saul waren Felsen oft seine Zuflucht (s.d.). Der wahre Fels war für ihn jedoch Jahwe, der unerschütterliche Grund seiner Hoffnung. Dreimal wiederholt er in dem Psalm, der die Summe seiner Lebenserfahrungen enthält: «Jahwe mein Hort» (2. Sam. 22, 3. 32. 47; Ps. 18, 3. 32. 47). In drei Reihen wird Gott mit zehn Liebesnamen im Eingang dieses Psalms gepriesen. «Stärke (s.d.), Fels (s.d.), Burg (s.d.), Erretter (s.d.), Gott (s.d.), Hort (s.d.), Schild (s.d.), Horn meines Heils (s.d.), Zuflucht (s.d.), Preiswürdiger» (s.d.). Mit dem Namen «Hort», eigentlich «Fels» erinnert sich David an den Abschiedsgesang Mosehs (5. Mose 32, 4. 37). Ihm dient das Bild als Grundlage des unerschütterlichen Vertrauens, als Grund Seiner Hilfe und Seines Schutzes. «Nicht Einer ist wie du, und nicht ist ein Gott außer dir» (Ps. 18, 32; 2. Sam. 22, 32), erinnern an Vertrauensaussagen vergangener Zeiten und Tage (5. Mose 32, 41; 1. Sam. 2, 2; 2. Sam. 7, 22). Am Schlusse des Psalms faßt David zusammen, welche Fülle göttlicher Großtaten er mit Gott seinem Hort preisen kann (vgl. 5. Mose 4, 34. 35; Jes. 34, 8). Der Sänger steht damit nicht im Solo.

b.) Auf Grund der felsenfesten Treue seines Gottes und der Liebe des Erlösers (s.d.) bittet der Sänger um gnädige Aufnahme seines Gebetes. Jahwe, sein Hort, hat Sich in vielen Gefahren herrlich bewährt, Er ist seine Zuversicht, wenn alles wankt. Wenn Er aber schweigt, ist ein Sinken zur Gruft unabwendbar (Ps. 28, 1). Der Beiname Hort (Fels) für Gott steht in Psalm 62, 3. 7 noch mit acht anderen Namen: «Hoffnung (s.d.), Hilfe (s.d.), Schutz (s.d.), Heil (s.d.), Ehre (s.d.), Fels meiner Stärke (s.d.), Zuversicht (s.d.), Zuflucht» (s.d.) in Verbindung. Sehr denkwürdig ist hier der wiederkehrende Wortlaut: «Nur er ist mein Fels und mein Heil» (Ps. 62, 3. 7). Sein Heil, das von Gott kommt, ist ein unerschütterlicher Besitz.

c.) Der Psalmist bittet: «Sei mir ein Hort der Wohnung» (Ps. 71, 3). Mit kühner Umbildung nach Psalm 31, 3 heißt es: «Hort der Zuflucht» (s.d.). Er möchte einen sicheren Aufenthalt, einen Ort, wohin er fliehen kann, um sicher und geschützt zu sein. – Das dahinsterbende Geschlecht der Israeliten während der Wüstenwanderung bewarb sich wieder um die Gunst Jahwes, sie besannen sich wieder auf den Gott, der Sich ihnen als Fels (5. Mose 32, 15. 18. 37) und als Erlöser (s.d.) erwies (1. Mose 48, 16). Sie waren aber nicht fest und beständig in ihrem Bundesverhältnis zu Ihm. Sie suchten Gott nur zu beschwichtigen (Ps. 78, 35). Trotz ihrer Untreue erwies sich Gott als ihr Hort, daß Er in Barmherzigkeit Seinem Zorn Einhalt tat.

d.) Gott stellt dem König David in Aussicht: «Er wird mich anrufen: Mein Vater (s.d.) bist du, mein Gott und der Hort meines Heils» (Ps. 89, 27). Mit Bezug auf 2. Samuel 7, 14 wird Gott als Vater (s.d.) angesprochen. Bei der Innigkeit rühmt der Psalmsänger des messianischen Heils die Festigkeit in Gott. Wie hier, heißt Jahwe der Fels unseres Heils noch in Psalm 94, 22; 95, 1; um die feste und sichere Grundlage des Heils zu betonen.

e.) In einer Nachbildung des großen Dankliedes (Ps. 18) wird Jahwe mein Fels (Ps. 144, 1) genannt (vgl. Ps. 18, 3. 47). Die Namen Gottes, die David in Psalm 18 nennt, klingen hier wieder. Einzigartig ist hier noch die Beifügung, «meine Gnade» (s.d.), eine Abkürzung aus Psalm 59, 11. 18 und Jonas 2, 9.

f.) David hat aus 5. Mose 32, 4 «Fels» als Gottesname an verschiedenen Psalmstellen übernommen, auch noch in Psalm 92, 16: «Zu verkünden, daß Jahwe rechtschaffen ist, mein Fels». In diesem sogenannten Alterspsalm wird Gottes unveränderliche und unwandelbare Liebe und Treue gepriesen. Analog damit ist der Gottesname «Stein Israels» (s.d.), den Jakob rühmt (1. Mose 49, 24). Bezeichnend ist, daß in diesem Psalm siebenmal der Name «Jahwe» (s.d.) vorkommt, der sich im Mittelvers (Ps. 92, 9) als die ewige Höhe erweist, oder die hohe Burg (s.d.).

g.) Der Prophet Jesajah war mit allen Psalmen bekannt. Ein Vergleich beider Bücher zeigt das sehr deutlich. Ihm schwebte an einer Stelle Psalm 18, 32 vor, daß er sagt: «Ist ein Gott außer mir und nicht einen Fels? Ich weiß keinen!» (Jes. 44, 8). Ein Volk nach dem anderen war gestürzt, seine Schutzgötter hatten sich als nichtig erwiesen. Israel braucht deshalb nichts zu fürchten, denn sein Gott ist kein stummer Götze. Auf Grund solcher Beweise kann Jahwe fragen: «Gibt es außer mir einen anderen Gott?» Nur Jahwe ist ein Fels, der Vertrauensgrund (vgl. Jes. 26, 4; 17, 10). Die Heidengötter sind kein Fundament des Vertrauens, wer auf sie vertraut, erkennt mit Schrecken seine Selbsttäuschung.

h.) Jesajah nennt Gott «Fels Israels» (Jes. 30, 29). Israel ist durch Seine Macht und Hilfe erlöst worden. Für die Zukunft ist nur dann Rettung zu erwarten, wenn das auserwählte Volk einzig seine Hoffnung auf diesen Fels setzt. Solange Israel von der eigenen Kraft durchdrungen ist, raubt es Jahwe diesen Ehrennamen, Er ist dann nicht

sein Fels. Die Gebeugten und die Demütigen, die ihr ganzes Vertrauen auf ihre eigene Kraft verloren haben, nehmen ihre Zuflucht zum Fels Israels. Sie ehren Ihn in Wahrheit und innerer Aufrichtigkeit mit diesem Namen.
i.) Der Gottesname «Fels» (Hort) wird noch vom Propheten Habakuk angewandt. Er spricht aus: «Jahwe, zum Gericht hast du ihn gesetzt, und o Fels, zur Züchtigung hast du ihn gegründet» (Hab. 1, 12). Der Babylonier ist durch Gottes Zulassung zum Strafgericht über Israel bestimmt. Der Prophet bedient sich beider Gottesnamen: Jahwe und Fels in der Anrede. Beide Namen offenbaren den Grund der Hoffnung, daß das Gericht, die Züchtigung nicht zum Tode oder zum völligen Untergang führt (vgl. Jer. 46, 28). Der Gottesname «Fels» klingt aus dem Abschiedsliede Mosehs (5. Mose 32, 4. 15. 18. 37) aus den Psalmen herüber. Er ist der ewig Unveränderliche und unverbrüchlich Treue, auf den das Heil und das Vertrauen der Seinen einen festen und nicht wankenden Grund hat. «Fels» ist der einzige Name, der aus dem Mineralreiche auf Gott übertragen wird. Dieser Name ist so üblich geworden, daß er auch als Gebetsanrede «Mein Fels» (Ps. 28, 1) vorkommt. Einige alte Übersetzungen dieser Stelle sind richtig. Aquila überträgt: «Um den Festen, nur zu strafen, hast du ihn gegründet.» Symmachus schreibt: «Und den Starken . . . hast du gestellt ihn.» Die Vulgata: «Und den Starken hast du gegründet, daß er strafe!» Andere deuten sehr sinnwidrig: «Zum Fels des Zorngerichts ihn gegründet» und: «Zum Strafschwert sie bestimmt.» Der Gottesname «zur» (Fels) wird nirgends als Strafwerkzeug bezeichnet, oft steht er mit anderen Namen Gottes in Verbindung, die das Heil oder den Schutz begründen.
Es möge noch ein Hinweis geboten werden auf die Übersetzung Luthers an den hier erwähnten Stellen. Er schreibt: «Hort habe ich verdeutscht, da auf hebräisch stehet «zur», welches heißt einen «Fels». Denn Hort heißen wir, darauf wir uns verlassen und uns sein trösten. So heißt er nun Gott seinen Fels oder Hort darum, daß er seines Herzens Gewissens und sichere Zuversicht auf ihn setze. Sein Heil darum, daß er gläubet und nicht zweifelt, Gott werde ihm helfen mit Heil und Glück. Seinen Schutz darum, daß er hoffet und gewiß ist, Gott werde ihn verteidigen wider alle Übel, wenn gleich Saul und alle seine Hofschranzen sein Verderben und seinen Tod suchen.»

411. **Hüter Israels** heißt Jahwe (Ps. 121, 4. 5). Die bekannten Verse dieses Zusammenhangs lauten wörtlich: «Nicht schlummern wird dein Hüter, siehe, nicht schlummert und nicht schläft der Hüter Israels, Jahwe ist dein Hüter» (Ps. 121, 3-5). Jahwe ist der ständige Begleiter und Wächter bei Tag und Nacht. Gott wird von keiner Müdigkeit oder Erschöpfung übermannt. In Schlaf versinkt Er nie, Seine Augen sind immer wachsam. Der «Hüter Israels» ist ein herrlicher und tröstlicher Gottesname. Dein Hüter ist Jahwe, gewährt eine Sicherheit. Dein Hüter, dein Schatten (s.d.), werden von einigen Auslegern als Kraftquellen der Verheißung eingeschätzt. Es wird hier an

die Gottesnamen: «Sonne (s.d.), Schild (s.d.), Burg (s.d.), Hort (s.d.), unser Teil (s.d.), Erbe» (s.d.) erinnert. Christus nennt Sich «das Licht der Welt (s.d.), das Brot des Lebens (s.d.), den Weg (s.d.), die Wahrheit, das Leben» (s.d.). Der Heilige Geist (s.d.) wird genannt «der Geist der Wahrheit (s.d.), der Heiligkeit (s.d.), der Herrlichkeit (s.d.), der Gnade (s.d.), des Flehens (s.d.), der Versiegelung (s.d.), des Zeugnisses» (s.d.). Der Glaube darf aus diesen Namen den gleichen Trost folgern, wie aus ausdrücklichen Verheißungen. Alle Gottesnamen haben sich in der Erfahrung bewährt. Der Name «Hüter Israels» dürfte die Verheißung an Jakob zur Grundlage haben: «Siehe, ich bin mit dir und will dich behüten überall, wo du hinziehst» (1. Mose 28, 15). Die Behütung vor allem Übel, der Seele und des Aus- und Eingangs bis in Ewigkeit (Ps. 121, 7-8) macht den Namen «Hüter Israels» sehr preiswürdig. Vergleiche «Menschenhüter»!

412. **Ich bin,** griechisch «ego eimi» – «Ich, Ich bin», ist eine bedeutungsvolle Formel, die aus der Erklärung des Gottesnamens Jahwe (s.d.) «Ich bin, der Ich bin» (2. Mose 3, 14) hergeleitet ist. Nach 2. Mose 3, 6 offenbart sich Gott dem Mose mit den Worten: «Ich, Ich bin der Gott Abrahams, Isaaks und Jakobs» (Matth. 22, 32). In den Evangelien, in der Apostelgeschichte und in der Offenbarung bedient Sich Jesus über fünfzigmal dieser Formel, die an Seine göttliche Selbstbezeichnung erinnert. Das Johannesevangelium enthält die meisten Beispiele dieser Art, dessen Hauptanliegen ist, Jesu Gottessohnschaft besonders zu betonen. In der Apostelgeschichte nennt Sich der gen Himmel Gefahrene vor Saulus in Damaskus (Apostelg. 9, 5; 22, 8; 26, 15): «Ich, Ich bin Jesus», und der Erhöhte bezeichnet Sich in der Offenbarung mit: «Ich, Ich bin» siebenmal (Offb. 1, 8. 11. 17; 2, 23; 21, 6; 22, 13. 16). Aus allen diesen Stellen geht deutlich hervor, daß Sich Jesus mit dieser Verdopplung als göttliche Person offenbart. Dieser Sinn geht schon aus einigen Stellen deutlich hervor, an denen «Ich, Ich bin» ohne jeden Zusatz angewandt wird. Jesus rief den vom Seesturm bedrohten Jüngern zu: «Seid getrost, Ich, Ich bin es, fürchtet euch nicht!» (Matth. 14, 27; Mark. 6, 50; Joh. 6, 20). Zu der Samariterin am Jakobsbrunnen sagte der Herr, als sie von dem kommenden Christus sprach: «Ich, Ich bin es, der mit dir redet» (Joh. 4, 26). Auf die Frage des Hohenpriesters: «Bist du der Christus, der Sohn des Hochgelobten?» sprach aber Jesus: «Ich, Ich bin es!» (Mark. 14, 62). Jesus sagte zu den Häschern, die mit Judas kamen, Ihn zu greifen, auf die Frage: «Wen sucht ihr?»: «Ich, Ich bin es!» (Joh. 18, 5-8). Sie fielen zu Boden durch Gottes Vollmacht, die in diesen Worten liegt. Auf das fragende Bekenntnis: «Bist du nun der Sohn Gottes?», antwortete der Herr: «Ihr sagt, daß Ich, Ich es bin!» (Luk. 22, 70). Der Auferstandene offenbarte Sich noch so (Luk. 24, 36. 39). Zu beachten ist, daß Johannes der Täufer mit dieser Doppelbezeichnung es ablehnt, der Christus zu sein (vgl. Joh. 1, 29; 3, 28), was Fälscher sich dagegen anmaßen (Matth. 24, 5; Luk. 21, 8).

Mit der Doppelaussage: «Ich, Ich bin» sind eine Anzahl Prädikate verbunden, welche das Göttliche charakterisieren: «Brot des Lebens (s.d.), das Brot (s.d.), Licht der Welt (s.d.), die Türe (s.d.), der gute Hirte (s.d.), der Weg (s.d.), die Wahrheit (s.d.), das Leben (s.d.), der Weinstock (s.d.), Sohn Gottes (s.d.), Auferstehung (s.d.), König (s.d.), A und O (s.d.), der Erste (s.d.), die Wurzel Davids (s.d.), der Letzte (s.d.), der Anfang und das Ende» (s.d.). Diese Verbindungen stehen sämtlich in den johanneischen Schriften, die mit Nachdruck den Glauben an die Person des Herrn betonen (Joh. 13, 19), daß Er der Sohn Gottes ist (Joh. 20, 31).

413. **Immanuel,** d.h. «Gott mit uns», ist eine Erklärung des Namens Jesu (Matth. 1, 21. 23). Das Prophetenwort in Jesaja 7, 14 wurde durch die Geburt Jesu Christi von der Jungfrau Maria völlig erfüllt.

Gott hatte dem König Ahas durch den Propheten Jesajah sagen lassen, er brauche nicht zu zittern wegen des Bündnisses von Israel mit Syrien gegen Judah. Für seine und seines Volkes Rettung sollte ihm ein beliebig erwähltes Zeichen gegeben werden. Der gottlose König Ahas lehnte das durch Gottes Herablassung angebotene Zeichen höhnisch ab (Jes. 7, 11. 12). Jesajah rügte diese Gottesbeleidigung (Jes. 7, 13). Der Prophet erklärte: «So wird der Herr euch ungebeten ein Zeichen tun» (Jes. 7, 14). Eine Jungfrau wird einem Sohn das Leben geben, den man «Immanuel» nennen wird. Es wird dann, ehe ein Jahr verflossen ist, die Mutter erfahren, daß etwas geschehen ist, woraus erkannt werden kann, daß Gott nicht nur mit ihr persönlich, sondern auch mit Seinem Volk sein wird. Jerusalem wird dann wunderbar errettet werden.

Der damalige «Immanuel» war für die damalige Errettung noch kein Vorzeichen göttlicher Rettung, denn Ahas hatte es verscherzt. Es war jedoch ein Zeichen, ein Vorbild einer künftigen Geburt, bei welcher die Worte in Jesaja 7, 14 in vollem Sinne Gültigkeit gewinnen. Von einer Jungfrau wird dann der geboren, durch welchen «Gott mit uns» ist und sein wird (vgl. 2. Kor. 5, 19; Matth. 28, 20, Offb. 21, 3). Aus den Schilderungen geht deutlich hervor, die der zusammenhängende Abschnitt (Jes. 7-12) bietet, daß darauf der Hauptnachdruck ruht. Immanuel wird als Herr des Landes angerufen (Jes. 8, 8). In Jesus ist diese Weissagung genau erfüllt (Matth. 1, 21). Immanuel wurde nicht sein persönlicher Name, er ist aber vom «Sohne Gottes» (s.d.) eine genaue Wesensbezeichnung für Ihn (Luk. 1, 32). Damit wird nicht nur angedeutet, daß Jesus ein Unterpfand göttlichen Beistandes ist, sondern auch, daß Er als Gott und durch Seine Menschwerdung uns nahe gekommen und uns immer gegenwärtig ist (Matth. 28, 20), um Seinem Volke aus allen Bedrängnissen zu helfen. Von Wichtigkeit dürfte sein, daß das Matthäusevangelium, das diesen Namen mitteilt, die Tendenz enthält, daß in Jesus, dem gekommenen Immanuel, alle prophetischen Weissagungen vom Messias in Christo erfüllt sind.

414. **Ja**, ein kleines, einsilbiges Wörtlein, dem im täglichen Umgang meistens eine geringe Bedeutung beigemessen wird. Es ist gewohnheitsmäßig im Gebrauch, daß nichts dabei gedacht wird. Im Luthertext hat es viele unterschiedliche Bedeutungen und Schattierungen. Der hebräische Grundtext hat dafür 26 besondere Wortbildungen, die griechische Bibel enthält sogar 34 Ausdrücke dafür. Es existiert keine deutsche Konkordanz seit Lanckisch (1718), in der das nachgeprüft werden kann. Wer das ergründen will, ist auf fremdsprachige Nachschlagewerke angewiesen. Meistens sind es Partikel, die in der hebräischen Bibel dem Wörtlein «Ja» zugrunde liegen. Es wird damit eine Aussage oder Tatsache bekräftigt und beteuert, das einem Eidschwur gleichkommt. Die verschiedenen hebräischen Worte können mit «sogar», «ja wenn», «denn ja», «fürwahr», «gewiß», «sicher», «Festigkeit», «wirklich», «Vertrauen», «Zuverlässigkeit» übersetzt werden. Wo in der Bibel das Wort «Ja» angewandt wird, handelt es sich um eine Wahrheit, oder um eine unumstößliche Tatsache oder Wirklichkeit. Im griechischen Text bildet «Wahrheit, Gewißheit, Tatsache» hauptsächlich die Grundlage.

Wichtig ist ganz besonders die Anwendung des «Ja» von Paulus in 2. Korinther 1, 17-20. Der Apostel verteidigt sich gegen den Vorwurf der Leichtfertigkeit und Unzuverlässigkeit. Es ist sein Anliegen, der Gemeinde zu zeigen, daß sein Ja Ja und sein Nein Nein ist. Die Wirklichkeit und die Wahrhaftigkeit seines «Ja» hat ihren tragenden Grund in Gott. Paulus spricht die christologische Begründung aus: «Denn der Sohn Gottes, Christus Jesus, der unter euch gepredigt wurde durch uns, durch mich und Silvanus und Timotheus, ist nicht geworden Ja und Nein, sondern Ja in Ihm geworden, denn alle Verheißungen Gottes in Ihm sind das Ja, darum auch durch Ihn das Amen (s.d.), Gott zur Ehre durch uns.» In diesem Sinne ist auch das Bekenntnis der Martha von grundlegender Bedeutung: «Ja, Herr, ich habe geglaubt, daß du bist Christus der Sohn Gottes, der Kommende (s.d.) in die Welt» (Joh. 11, 27). Das bekennende «Ja» eines Glaubenden beruht im Vollsinne seiner Bedeutung auf der Zuverlässigkeit und Treue Gottes, der Sein Wort bewahrheitet und Seine Verheißungen in Christo erfüllt. Gott vollbringt das durch Christum, Er ist darum in Ihm «das Ja».

Außer der Stelle 2. Korinther 1, 20 zeigen noch Offenbarung 1, 7; 22, 20; wie eng «das Amen» mit «Ja» verbunden ist. Es umschließt alle Weissagungen und Verheißungen der ganzen Offenbarung, aber auch der ganzen Bibel mit ihrem Trost, ihrer Freude. In und mit Christo wird alles erfüllt, erneuert und vollendet, zum seligen Ziel geführt, den einzelnen Gläubigen und die gesamte Gemeinde. Auf die feste Zusage: «Ja, Ich komme bald!», erwidert Johannes, der einzelne Gläubige, die ganze Gemeinde mit dem inbrünstigen Gebet: «Amen, komm Herr Jesu!» Alle Adventsgebete der ganzen Schrift, die in diesem Gebetsruf zusammengefaßt sind, haben ihre Grundlage in dem «Ja» des Herrn.

415. **Jah** ist eine Abkürzung von Jahwe (s.d.), es wird in hebräischen Schriften des Alten Testamentes etwa fünfzigmal angewandt. Immer wird es mit «Herr» (s.d.) im Luthertext übersetzt, in einigen Übersetzungen bleibt es unübersetzt. Durchweg scheint dieser Gottesname den Gedanken der Freude von dem Teil Seines Volkes auszudrücken, in bezug auf das, was Gott ist und was Er für sie getan hat. Der Name «Jah» kommt zuerst im Liede Mosehs am Schilfmeer vor: «Jah ist meine Stärke und mein Lied (s.d.) und Er ist mir geworden zum Heil» (2. Mose 15, 2; vgl. Jes. 12, 2; 26, 4). Die Aufforderung: Lobet Jah!, die sich in dem bekannten Hallelujah erhalten hat, steht fünfundzwanzigmal in den Psalmen und noch in der Offenbarung (vgl. Ps. 104, 35; 105, 45; 106, 1. 48; 111, 1; 112, 1; Offb. 19, 1. 3. 4. 6).

416. **Jahwe** ist nächst «Elohim» (s.d.) der meistgenannte Gottesname im Alten Testament, den die alte Lutherbibel mit «HErr» übersetzt, im Unterschied zu «Herr», was dem hebräischen «Adonai» (s.d.) entspricht. Im Mittelalter ist aus Jahwe «Jehova» entstanden. Der Jude spricht aus Ehrfurcht diesen Namen nicht aus, er bedient sich statt dessen des Namens «Adonai». Der ursprüngliche Sinn von Jahwe ist «der Eine Selbstseiende», buchstäblich wie in 2. Mose 3, 14: «Ich bin, der Ich bin», der dauernd Gegenwärtige, darum «der Ewige» (s.d.). Die göttliche Selbstaussage: «Ich bin, der Ich bin» (s.d.) entspricht der oftmaligen Selbstbezeichnung Christi im Johannesevangelium: «Ego eimi» – «Ich, Ich bin!» (vgl. Joh. 4, 26; 6, 20. 35. 41. 48. 51; 7, 28. 29. 33. 34. 36; 8, 12. 16. 18. 23. 24. 28. 58; 9, 5. 9; 10, 7. 9. 11. 14. 36; 11, 25; 12, 26; 13, 13. 19. 29; 14, 3. 6. 9; 15, 1; 18, 7; vgl. Apostelg. 9, 5; Offb. 1, 4. 8; 4, 8; 11, 17; 16, 5). Die Wurzel «hawah», von welcher Jahwe abgeleitet ist, bedeutet «werden», «sein». Er ist demnach «der Seiende», der Sich als «der Werdende» bekannt macht. Er zeigt Sich also in einer «beständigen und zunehmenden Selbstoffenbarung». Diese Deutung finden wir durch die Ableitung des Namens von «hawah». Er ist der Eine Selbstseiende, der Sich Selbst offenbart. Der Name Jahwe ist im eigentlichen Sinne eine Steigerung des Gottesnamens «El» (s.d.), «Eloah» (s.d.), «Elohim» (s.d.), dem bestimmte Vollkommenheiten (Attribute) beigefügt werden, wie Stärke und dergleichen. Das wesentliche «Sein» wird weniger betont.

Die Bezeichnung des Namens Jahwe erscheint in der Bibel bei der Schöpfung des Menschen. Gott (Elohim) sagte: «Lasset uns Menschen machen nach unserem Bilde» (1. Mose 1, 26). Der Mensch aber, wie er nach dem 2. Kapitel des 1. Buches Moseh gebildet wurde, um ein Herrscher über die Schöpfung zu werden, ist ein Werk von «Jahwe Elohim» (s.d.), das wird in der ganzen Schrift ausdrücklich betont.

Der Gottesname «Jahwe» steht ausdrücklich mit der Erlösung in Verbindung. Beim Eintritt der Sünde, als die Erlösung notwendig wurde, suchte Jahwe Elohim den Sünder (1. Mose 3, 9-13) und Er kleidete ihn mit Röcken von Fellen (1. Mose 3, 21). Es ist hier ein eindrucksvolles Vorbild einer Rechtfertigung, die Jahwe Elohim durch

ein Opfer ermöglichte (Röm. 3, 21. 22). Die erste bestimmte Offenbarung von Ihm Selbst durch Seinen Namen «Jahwe» war in Verbindung mit der Erlösung des Volkes, da Er einen Bund mit ihm in Ägypten schloß (2. Mose 3, 13-17).
Oft steht der Name Jahwe auch mit «Goel» (s.d.) in Verbindung, was vielfach das Grundwort für «Erlöser» (s.d.) ist (vgl. Hiob 19, 25; Ps. 19, 15; Jes. 44, 6. 24; 49, 26; 54, 8; 59, 20; 60, 16; 63, 16; Jer. 50, 34; Dan. 6, 28); einige Stellen haben auch die Verbindung von «Goel» und «der Heilige Israels» (vgl. Jes. 41, 14; 43, 14; 47, 4; 48, 17; 49, 7; 54, 5).
Der Erlöser führt auf die Vollkommenheiten Jahwes, welche auf die Sünde und das Heil des Menschen anzuwenden sind. Solche sind: Seine Heiligkeit (3. Mose 11, 44. 45; 19, 1. 2; 20, 26; Hab. 1, 12. 13); Seine Abscheu und Seine Beurteilung der Sünde (5. Mose 32, 35-42; 1. Mose 6, 5-7; Ps. 11, 4-6; 66, 18; 2. Mose 34, 6. 7); Seine Liebe und die Erlösung des Sünders, aber immer in Gerechtigkeit (1. Mose 3, 21; 8, 20. 21; 2. Mose 12, 12. 13; 3. Mose 16, 2; Jes. 53, 5. 6. 10). Eine Erlösung ohne Blutvergießen ist in der Schrift unbekannt. In dem Gottesnamen Jahwe liegt vor allem der Gedanke, daß Gott mit Israel einen Bund geschlossen hat (vgl. 2. Mose 19, 3; 20, 1. 2; Jer. 31, 31-34). In Beziehung auf die Erlösung des Menschen sind mit Jahwe verschiedene Namen verbunden, welche offenbar mit jeder Not des Menschen durch seinen Zustand der Verlorenheit zusammentreffen. Auf solche Namensverbindungen ist im Folgenden zu achten.

417. **Jahwe Elohim** ist die erste göttliche Namensverbindung. Jahwe Gott (Elohim) ist gebräuchlich: 1. Von der Beziehung Gottes zum Menschen; a.) als Schöpfer (1. Mose 2, 7-15); b.) in Seiner Würde über dem Menschen (1. Mose 2, 16-17); c.) als schaffend und leitend des Menschen irdische Verhältnisse (1. Mose 2, 18-24; 3, 16-19. 22-24); d.) als Erlöser (1. Mose 3, 8-15. 21); e.) von der göttlichen Beziehung zu Israel (1. Mose 24, 7; 28, 13; 2. Mose 3, 15. 18; 4, 5; 5, 1; 7, 6; 5. Mose 1, 11. 21; 4, 1; 6, 3; 12, 1; Jos. 7, 13. 19. 20; 10, 40-42; Richt. 2, 12; 1. Sam. 2, 30; 1. Kön. 1, 48; 2. Kön. 9, 6; 10, 31; 1. Chron. 22, 19; 2. Chron. 1, 9; Esr. 1, 3; Jes. 21, 17).

418. **Jahwe unsere Gerechtigkeit,** hebräisch «Jahwe zidqenu», ist im Propheten Jeremiah der Name für den verheißenen König und für Jerusalem (Jer. 23, 6; 33, 16). Dieser Name erinnert an «Zedekiah» – «Meine Gerechtigkeit ist Jahwe, der König von Judah». Es ist unwahrscheinlich, daß Zedekiah, der damals regierte, damit gemeint sein kann, denn sein Regiment war das Gegenteil von dem, was sein Name bedeutet. Der prophetische Ausspruch: «Und dies ist sein Name, mit dem man **Ihn** nennen wird: «Jahwe unsere Gerechtigkeit» (Jer. 23, 6), bezieht sich auf den verheißenen Messias. Jahwe schafft durch Ihn Recht. Er ist für Sein Volk und Sein ganzes Reich der einzige Quell der Gerechtigkeit. Alle Bewohner der Stadt Gottes haben und kennen keine andere Gerechtigkeit, als die aus dem Glauben an Jahwe kommt, daß sie bekennen: «In Jahwe habe ich

Gerechtigkeit und Stärke» (Jes. 45, 24). Israel wartet auf den Messias, auf das gerechte Gewächs (s.d.), auf seinen Erlöser (s.d.), der auf Erden Recht und Gerechtigkeit anrichtet. Christus, den Gott zur Gerechtigkeit gemacht hat, heißt bei Jeremiah prophetisch nach Seinem Charakter «Jahwe unsere Gerechtigkeit».
In der Parallelstelle heißt es von Jerusalem: «Man wird **sie** nennen: «Jahwe unsere Gerechtigkeit!» (Jer. 33, 16.) Beide Aussagen ergänzen sich. Die Bewohner Jerusalems erkennen, daß ihre Gerechtigkeit in Ihm, dem Messias fundamentiert ist. Die Wahl beider Bezeichnungen deutet an, daß die Gerechtigkeit des Volkes nicht in ihm selbst, sondern in Jahwe beruht. Die jeremianische Weissagung weist tief in zentrale Gedanken des Neuen Testamentes. Der ehrenvolle Rufname des Messias wird nach Gottes Zulassung der Gemeinde Christi gegeben, denn ihre Glieder sind durch den Glauben «Gottes Gerechtigkeit» in Ihm.

419. **Jahwe, Gott Abrahams, Isaaks und Israels** (1. Kön. 18, 36; 2. Chron. 30, 6), ist verwandt mit dem Gottesnamen: «Der Gott Abrahams, Isaaks und Jakobs» (s.d.). Israel erinnert an die Namensänderung des Stammvaters Jakob, um darauf hinzuweisen, mit welchem Anrecht sich Israel auf den Gott der Väter stützen darf.

420. **Jahwe der Heerscharen,** «Jahwe Zebaoth» ist eine weitere Entfaltung des Jahwe-Namens. Der Name lautet vollständig: «Jahwe, Elohe-Zebaoth». In einigen Psalmstellen steht: «Elohim Zebaoth» (Ps. 59, 6; 80, 5. 8. 15. 20; 84, 9); in Jesaja 10, 16 heißt es: «Adonai Zebaoth.» Allein erscheint «Zebaoth» als Gottesname nirgends im Alten Testament. Die LXX behandelt das Wort wie einen Eigennamen, und sie setzt dafür «Sabaoth»; im 2. Samuelisbuche, im Propheten Jeremiah und in den kleinen Propheten ist die Wiedergabe «Pantokrator» – «Allgewaltiger», anzutreffen, vereinzelt kommt auch die Übersetzung: «Herr» oder «Gott der Mächte» dort vor; andere Versionen haben das Genauere: «Herr der Kriegsheere.»
Der Name «Jahwe Zebaoth» kommt in den fünf Büchern Moseh, in den Büchern Josuah und Richter noch nicht vor. Er wird zuerst zur Zeit des Eli erwähnt; in Silo wurde «Jahwe Zebaoth» geopfert (1. Sam. 1, 3; vgl. 4, 4). Hannah ruft mit diesem Namen Gott an (1. Sam. 1, 11). Dieser Gottesname war besonders zur Zeit Samuels und Davids üblich (vgl. 1. Sam. 15, 2; 17, 45; 2. Sam. 7, 8. 26s; Ps. 24, 10). Die Königsbücher haben diesen Namen selten, nur der Prophet Eliah erwähnt ihn. Die Propheten Amos, Jesajah, Jeremiah, Haggai, Sacharja und Maleachi nennen diesen Gottesnamen am meisten, Hesekiel und Daniel erwähnen ihn nie; er fehlt auch in der alttestamentlichen Weisheitsliteratur. Die Chronika hat nur in der Geschichte Davids diesen Namen (1. Chron. 11, 9; 17, 7. 24).
Der Name «Jahwe Zebaoth» soll nach seiner ursprünglichen Bedeutung Jahwe als den Kriegsgott Seines Volkes bezeichnen. Gottes Allmacht über das Universum wird damit ausgedrückt. Die Heerscharen

Gottes sind verschiedene Heere, Engel und Gestirne und die unteren Heere, die Naturelemente und die Heerscharen Israels. Das Volk des Alten Bundes führte den Namen: «Heerscharen Israels» (2. Mose 7, 4; 12, 41). Dieser Ausdruck ist gleichbedeutend mit: «Gott der Schlachtreihen Israels» (s.d.) (1. Sam. 17, 45). In Psalm 24, 8. 10 wird betont, daß Jahwe Zebaoth mächtig im Streit ist. Das Psalmlied feiert den Gott Israels am Eingang und Schluß als Weltgott. Diese Allgemeinbedeutung des Namens «Zebaoth» erinnert an 1. Mose 2, 1, wo vom «Heer des Himmels» die Rede ist, was das Heer Jahwes in der Gesamtheit ausmacht, über das Er allein gebieten kann. Es ist allerdings im Schöpfungsbericht vom «Heer des Himmels», wie in Nehemia 9, 6 erwähnt. Davon hat die Erklärung des Namens auszugehen.

Das Heer des Himmels umfaßt nach dem Alten Testament die Gestirne und die himmlischen Geister. Nach dem Deborahliede erschienen die Gestirne als Streiter Jahwes, die ihre Bahnen verließen, herabstiegen, um für Israel gegen Sisera zu streiten (Richt. 5, 20). Diese Tatsache soll nicht zum Gestirndienst verführen. Die Gestirne sind das Heer Gottes, über das Sein Allmachtswille frei gebietet (vgl. Jes. 40, 26; 45, 12); sie dienen auch der Ankündigung und Verherrlichung Seiner Gerichtsoffenbarungen (Joel 4, 15; Jes. 13, 10; Hab. 3, 11). Der Name «Jahwe Zebaoth» offenbart jedenfalls Gottes Erhabenheit über die Gestirne im Gegensatz zum Gestirnkultus (vgl. Jes. 24, 23). Die Wurzel der Anschauung von Jahwe Zebaoth liegt in der Erscheinung des «Fürsten über das Heer Jahwes» (s.d.) (Jos. 5, 14). Der Name hat seine Hauptbedeutung in seiner Beziehung auf das Heer der himmlischen Geister.

Das Alte Testament spricht in dreifacher Beziehung von dem himmlichen Geisterheer. Es bildet zunächst die obere Gemeinde, die an der Spitze des Responsoriums im Universum (Ps. 148, 2; 150, 1), im himmlischen Heiligtum, Gott Anbetung darbringt. Die Gottessöhne der anbetenden oberen Gemeinde heißen die «Gemeinde der Heiligen» (Ps. 86, 6-8) und der «Ratskreis der Heiligen». Jahwe Gott Zebaoth steht mit den himmlischen Geistern unverkennbar in Beziehung. Im Gesicht Daniels von der himmlischen Gerichtssitzung (Dan. 7, 9) erscheinen die himmlischen Scharen als ausführende Gerichtswerkzeuge. So war auch nach 1. Könige 22, 19 das himmlische Heer um Jahwe geschart, um Gottes Befehle auszurichten.

Das Heer der himmlischen Geister sind vorwiegend Gottes Boten, die Werkzeuge zur Vollstreckung Seines Willens in Gnade und Gericht zum Schutz und zur Rettung der Seinen und zur Überwindung der Feinde (Ps. 103, 20; 148, 2). Gott hat für Seine Reichszwecke und für den Dienst Seiner Knechte auf Erden die himmlischen Geister erwählt (vgl. Ps. 91, 11; 34, 8). Hier wird die Anschauung des himmlischen Heeres als einer göttlichen Streitmacht enthüllt. Schon Jakob wußte sich schützend von einem Heerlager Gottes umgeben (1. Mose 32, 3), womit 2. Könige 6, 16 und Jos. 5, 14 zu vergleichen sind.

Das Heer der himmlischen Geister hat noch die Bestimmung, Jahwe als Zeugen zu begleiten, wenn Er in Seiner königlichen und richterlichen Herrlichkeit erscheint. Jahwe trat aus der Mitte des himmlischen Heeres als Gesetzgeber hervor (vgl. 5. Mose 33, 2). Gott, der Seinen Herrschersitz auf dem Zion einnimmt, ist umgeben von den Wagen- und Reiterzügen der Engelmacht (Ps. 68, 18). Es ist eine himmlische Streitermacht, die Gott gegen Seine Feinde führt, um Sein Volk zu schirmen. Mit dieser Anschauung ist nach Jeremia 31, 4 der Name «Jahwe Zebaoth» verknüpft, wo auch deutlich wird, in welchem Sinne dieser Gottesname Jahwe als Kriegsgott offenbart. Gott kommt als Jahwe Zebaoth mit allen Seinen himmlischen Heeren, den Heeren Israels zu Hilfe. Jahwes Beistand, den Israels Heere in großer Kriegsnot erfahren haben durch die vom Himmel herabkommenden Heere, veranlaßte die Entstehung des Namens: Jahwe Zebaoth. Das himmlische Heer bildet das Geleit bei Jahwes letzter Gerichtsoffenbarung. Himmlische Scharen führt Jahwe ins Tal Josaphat hinab (Joel 4, 11); es sind die Heiligen, mit denen Er in der letzten Entscheidungsschlacht auf dem Ölberg erscheint (Sach. 14, 5). Hiermit ist auch die Darstellung des Auszuges der himmlischen Streiterscharen in Offenbarung 19, 14 zu vergleichen.

In diesem Zusammenhang ist Folgendes in der Offenbarung zu beachten: Neunmal (Offb. 1, 8; 4, 8; 11, 17; 15, 3; 16, 7. 14; 19, 6. 15; 21, 22) wird dort der Gottesname «der Allmächtige» auf den wiederkommenden Herrn angewandt. Dieser Name ist nach dem Vorgang der LXX die Übersetzung des hebräischen «Zebaoth». Der wiederkommende Herr offenbart Sich demnach als der Herr der himmlischen Heerscharen, um Seinem Volke, oder der Gemeinde, am Ende der Tage im Kampfe mit dem Antichristen und seinem Gefolge zum endgültigen Heile zu verhelfen.

Der Name «Jahwe Zebaoth» offenbart den lebendigen Gott in Seiner überweltlichen Machtherrlichkeit. Er greift in freiem Herrscherwillen in den Lauf der Welt ein. Gott ist an die Elemente und Naturkräfte nicht gebunden, sie müssen Ihm vielmehr dienen. Jahwe Zebaoth hat zur Vollstreckung Seines Willens auf Erden alle geistigen Mächte der oberen Welt zur Verfügung. In diesem Namen offenbart Sich Jahwe gegensätzlich zu allen heidnischen Sterngöttern und Götzen. Der Herr der Heerscharen ist der allmächtig gebietende Weltgott (Ps. 24, 10; Jes. 6, 3; 51, 15; 54, 5; Am. 9, 5; Jer. 10, 16).

Der Name «Jahwe Zebaoth» bezieht sich vor allem auf die göttlichen Reichstaten, durch welche im Kampf und Heil gegen die widerstrebende Welt, zum Schutze des Bundesvolkes, Gottes Majestät offenbart wird. Zahlreiche Psalm- und Prophetenstellen bezeugen das (vgl. Ps. 46, 8. 12; 80, 8. 15). In der Weisheitsliteratur des Alten Bundes fehlt der Name «Jahwe Zebaoth», weil sie es nicht mit der heilsgeschichtlichen Offenbarung zu tun hat. Der Hauptgedanke der Überweltlichkeit Gottes, der in diesem Namen liegt, wird später mit dem Gottesnamen «Gott des Himmels» (s.d.) begründet, der im Propheten

Daniel (Dan. 2, 37. 44) und vereinzelt in den Büchern Esra und Nehemiah vorkommt.

421. **Jahwe-Jireh:** Jahwe wird ersehen (1. Mose 22, 13. 14). Abraham bedient sich dieses Gottesnamens, nachdem Gott seinen Glaubensgehorsam als erprobt betrachtete, und nicht mehr von ihm forderte, Seinen Sohn Isaak zu opfern. Er bezieht sich damit auf die Erfüllung seines Wortes: «Gott wird sich das Opferlamm ersehen» (1. Mose 22, 8). Der Patriarch nannte darum den Ort, wo er das erlebte: «Jahwe ersieht oder sorgt.» Es wird vielfach erklärt: «Auf dem Berge Jahwes wird ersehen.» Diese Erklärung, die dem Geschichtsverlauf nahe liegt, ist jedoch bedenklich. Es handelt sich auf dem Berge Morijah um eine Erscheinung, oder Selbstversichtbarung Gottes. Darum ist zu übersetzen: «Auf dem Berge, wo Jahwe erscheint.» Vom Ursprünglichen weicht das nicht allzusehr ab, denn Jahwe ersah ja, indem Er Sich durch Seinen Engel zu sehen gab (vgl. 1. Mose 16, 13).

422. **Jahwe-Nissi** – Jahwe mein Panier (2. Mose 17, 8-15). Noch oft wird das Panier erwähnt, das im Namen Jahwes aufgeworfen wird (vgl. Ps. 20, 6; Jes. 5, 26; 11, 10. 12; 13, 2; 18, 3; 30, 17; 49, 22; 62, 10; Jer. 4, 6. 21; 50, 2; 51, 12. 27; Ps. 60, 6). Der Name erklärt sich aus dem Zusammenhang. Der Feind war Amalek, ein Vorbild des Fleisches und der Streit ist derselbe wie der Streit in Galater 5, 17; der Kampf des Geistes gegen das Fleisch. Der glückliche Ausgang des Kampfes gegen Amalek war völlig der göttlichen Hilfe geziemend. Jahwe mein Panier wurde mit der Losung: «Die Hand am Panier (s.d.) Jahwes, Krieg Jahwes gegen Amalek» den Kämpfern Israels als heilbringendes Zeichen vorgehalten. Zum Preise Jahwes für Seine Hilfe baute Moseh einen Altar mit diesem Namen. Der Altar galt als Stätte der Anbetung und der Dankopfer, er sollte ein Denkmal für die Nachwelt sein wegen der gnadenreichen Hilfe Jahwes. Der Name «Jahwe-Nissi» sollte für Israel eine Losung werden, wodurch diese Gottestat für alle Zukunft unter dem Volk in lebendigem Andenken erhalten blieb.

423. **Jahwe-Rapha** – «Jahwe der heilt» (2. Mose 15, 26). Der ganze Textzusammenhang zeigt ohne Frage eine natürliche Heilung. Es ist aber auch noch die tiefere Heilung der kranken Seele darin enthalten. Luther übersetzt: «Ich bin der Herr dein Arzt» (s.d.). Israel hatte zu Jahwe noch nicht das rechte Vertrauen. Gottes Führung durch die Wüste war zugleich eine Versuchung, die zur Offenbarung des natürlichen Herzens diente. Sie sollte zugleich zur Läuterung und Stärkung des Glaubens gereichen, daß Jahwe in der Not Abhilfe schaffen kann. Jahwe prägte den Israeliten die Lehre ein, daß Er ihnen die Krankheiten Ägyptens nicht auferlegte und sie als Arzt davon befreien konnte, wenn sie auf Seine Stimme hören, das Rechte in Seinen Augen tun und alle Seine Gebote halten werden.

424. **Jahwe-Roi** – «Jahwe mein Hirt» (Ps. 23, 1). Nach Psalm 22, macht Jahwe Frieden durch das Blut des Kreuzes; nach Psalm 23 ist Jahwe

der Hirte (s.d.) der Seinen, die noch in der Welt sind (Joh. 10, 7). Der Zusammenhang der gesamten biblischen Heilsgeschichte regt an, diesen Gottesnamen, so bekannt er ist, christozentrisch aufzufassen.

425. **Jahwe-Schalom** – «Jahwe ist Friede», oder «Jahwe sendet Frieden» (Richt. 6, 24). Nahezu der ganze Dienst Jahwes findet in diesem Kapitel seinen Ausdruck und seine Illustration. Jahwe verabscheut und richtet die Sünde (Verse 1-5); Jahwe liebt und rettet den Sünder (Verse 7-18), aber nur durch ein Opfer (Verse 19-21; vgl. Röm. 5, 1; Eph. 2, 14; Kol. 1, 20). Gideon baute auf Grund der tröstlichen Zusage Gottes: «Friede dir, fürchte dich nicht, du wirst nicht sterben» (Richt. 6, 23) den Altar mit diesem denkwürdigen Namen. Es sollte ein Denkmal und ein Zeuge der Gottesoffenbarung und Erfahrung Gideons sein, daß Jahwe Friede ist, der Israel nicht im Zorn vernichtet, sondern Friedensgedanken mit ihm hegt. Die göttliche Friedenszusage war gleichsam eine Bestätigung der Verkündigung, daß Gideon die Midianiter überwinden werde und Israel von diesen Bedrängern errettet.

426. **Jahwe-Schammah** – «Jahwe ist gegenwärtig», oder «Jahwe wird dort sein» (Hes. 48, 35). Dieser Gottesname bezeichnet Jahwes beständige Gegenwart bei Seinem Volke (2. Mose 33, 14. 15; 1. Chron. 16, 27. 33; Ps. 16, 11; 97, 5; Matth. 28, 20; Hebr. 13, 5). Die Stadt Jerusalem kann diesen Namen nur von der Zeit an führen, wenn Jahwe dort ist und auch dort sein wird. Jahwe wohnt im höchsten Sinne in Seinem Heiligtum, von dort her ist Er Jerusalem mit der Fülle Seiner Gnade und Liebe zugewandt. Sein Wohlgefallen ruht auf ihr, Er ist mit Seiner Liebe in ihr, daß sie diesen Namen führen kann. Jahwe wird dort sein, ist der Name des neuen Jerusalem. Das besagt, daß es eine Stadt Gottes sein wird, daß Er mit Seiner Gnade in ihr sein und walten wird. Jerusalem heißt sonst die Stadt Jahwes, des Heiligen Israels (s.d.), weil Seine Herrlichkeit als ein helles Licht über ihr aufgegangen ist (vgl. Jes. 60, 14).

427. **Jahwe Zebaoth** siehe Jahwe der Heerscharen! 420

428. **Jahwe-Zidqenu** – «Jahwe unsere Gerechtigkeit» (Jer. 23, 6). Dieser Name findet sich in der Weissagung von der künftigen Wiederherstellung und Bekehrung Israels. Israel wird Ihn nennen: «Jahwe unsere Gerechtigkeit» (s.d.).

429. **Jehova** siehe Jahwe!

430. **Jesus** ist von allen Namen im Ohr der Gläubigen und Erlösten der geläufigste und schönste. Der Herr war durch diesen Namen in Nazareth allen bekannt, denn Er wuchs dort bis zum Mannesalter auf. Maria hatte diesen Namen für ihren Sohn nicht aus sich erwählt. Er wurde angekündigt durch den Engel Gabriel schon vor Seiner Geburt (Luk. 1, 31). Seinem Vater wurde gesagt, daß Er Gottes Sohn ist. Gabriel begründet: «Sein Name wird Jesus genannt werden, denn er wird retten sein Volk von ihren Sünden!» (Matth. 1, 21). Jesus ist die griechische Umschrift des hebräischen «Jeschuah» oder «Joschuah» – «Er, dessen Heil Jahwe ist» oder kurz «Heil Jahwes».

Wie oft der Name Jesus im Neuen Testament gebraucht wird, kann aus einer ausführlichen Konkordanz ersehen werden, darin sind zwölf Kolumnen nötig, um alle Beispiele anzuführen, vier und eine halbe Kolumne umfassen allein die Angaben im Johannesevangelium. An fünf Stellen ist der Beiname «der Nazaraios» hinzugefügt. (Matth. 16, 17; Luk. 18, 37; Joh. 18, 5. 7; 19, 19; vgl. Matth. 2, 23), und sechsmal findet sich der Zusatz: «der Nazarener» (Mark. 1, 24; 10, 47; 14, 67; 16, 6; Luk. 4, 34; 24, 19). Im Gegensatz zu «Jesus» ist der Name «Jesus Christus» äußerst selten in den Evangelien, es sind nur zwei bestimmte Beispiele in den Synoptikern (Mark. 1, 1; Matth. 1, 1) und zwei Fälle im Johannesevangelium (Joh. 1, 17; 17, 3). Christus Jesus, oder unser Herr Jesus Christus wird in den Evangelien nie gebraucht, und «Herr Jesus» kommt nur einmal am Schluß des Markusevangeliums vor (Mark. 16, 19), und in einer Lesart in Lukas 24, 3. Ein Vergleich mit der Apostelgeschichte und mit den Briefen zeigt, wie ursprünglich der Gebrauch in den Evangelien ist.

Die Apostelgeschichte enthüllt eine Übertragung in einer völligeren Form der Aussprache. Der Name Jesus wird hier mehr gefunden als sonstwo, nämlich dreimal, so oft als Christus. «Nazaraios» kommt hier siebenmal vor (Apostelg. 2, 22; 3, 6; 4, 10; 6, 14; 22, 8; 24, 5; 26, 9). Die Ausdrücke: «Herr Jesus» (Apostelg. 1, 21; 4, 33; 7, 59; 8, 16; 11, 20; 15, 11; 16, 31; 19, 5. 13. 17; 20, 21. 24. 35; 21, 13), «Jesus Christus» (Apostelg. 2, 38; 3, 6; 4, 10; 8, 12; 9, 24; 10, 36. 48; 16, 18), «der Herr Jesus Christus» (Apostelg. 11, 17; 28, 31) und «Christus Jesus» (Apostelg. 3, 20; 5, 42; 17, 3; 24, 24) sind offenbar gebräuchlicher geworden. Eine streng ursprüngliche Absicht und ein Wunsch für eine reichere weihevollere Form gingen Hand in Hand.

In den übrigen Schriften des Neuen Testamentes, besonders in den paulinischen, katholischen Briefen, und in den Pastoralbriefen sind die Namen «Jesus Christus», «Christus Jesus» und «der Herr Jesus Christus» sehr gebräuchlich. Es ist bezeichnend, wie oft der Name «Jesus» in den paulinischen Briefen vorkommt, in den letzten Briefen des Apostels kommt der Name achtzehnmal vor. Im Hebräerbrief ist die gleiche Betonung in der Weise zu sehen, in welcher der Schreiber den persönlichen Namen allgemein zurückhält, als Höchstes eines ausdrücklichen Satzes. In der Offenbarung und im 1. Johannesbrief wird durch deutliche Sätze die Erinnerung an die Geschichte Jesu bewahrt.

Im allgemeinen wird im Neuen Testament der Name «Jesus» gebraucht, wo die Erzählung vorherrschend ist und gewünscht wird, die Menschheit des Herrn zu betonen. Die Urgemeinde konnte es nicht vergessen, daß die Gnade Gottes für sie in Seiner menschlichen Person offenbart wurde. In seiner Eigenart drückt der vierte Evangelist eine gesammelte Überzeugung der Urgemeinde aus, wenn er schreibt: «Und das Wort war Fleisch und zeltete unter uns, und wir sahen seine Herrlichkeit, eine Herrlichkeit des Alleingeborenen vom Vater, voll Gnade und Wahrheit» (Joh. 1, 14). Zu der gleichen Zeit wurden sie zu der Überzeugung geführt, besonders in den Briefen, wenn die

Schreiber des Neuen Testamentes den Namen «Jesus» gebrauchten, dann wurden sie allein durch die geschichtliche Tatsache dazu geführt. Schon in der Urgemeinde bediente man sich der Pronomia «Er» und «Ihn» um Jesus persönlich zu nennen.

Jesus war zu der Zeit ein allgemeiner Name im Judentum. Doch hat er seine hohe Bedeutung. In dieser Benennung liegt die große Aufgabe der Erlösung oder Befreiung ausgedrückt, die Gott durch Seinen Sohn erfüllte. In Jesus war die wahre und tiefe Bedeutung Seines Namens erfüllt. Gott hat Sein Volk in der Person Seines Sohnes besucht, sie zu erretten. Der Name Jesu erklärt Seine Erlösung für sündige Menschen, er enthält mithin den Kern des Evangeliums.

Eine sehr interessante Tatsache ist, daß von dem Verbum «jascha» – «retten» im Hebräischen der Name «Joschuah» abgeleitet ist. Das erste Vorkommen dieses Verbums in 2. Mose 14, 30 umfaßt schon alles, was in späteren Schriften darüber ausgeführt wird. Das bezeugt die große Treue, daß das erste Vorkommen eines bedeutenden Wortes in der göttlichen Offenbarung das Samenkorn ist, aus welchem alles Bedeutende hervorwächst.

Zur Zeit, als unser Herr Sein messianisches Amt verwirklichte, fügte Er den Titel «Messias» (s.d.) dem Namen Jesu hinzu und die vollständige Ergänzung «Herr Jesus Christus» war sehr oft gebräuchlich. Jesus nahm allmählich die neue Bezeichnung auf. Jesus war der übliche Name, den viele trugen, um sich von einem anderen zu unterscheiden. Hier beobachten wir zunächst eine wichtige Tatsache, wie der Rufname «Jesus» mit allen anderen Namen unseres Herrn verbunden ist, daß Er ihnen mitteilt einen reicheren und tieferen Wert als sie bis dahin besaßen. Was Er war und tat, stattet die Namen, die Er trug, mit einem neuen bedeutenderen Inhalt aus. So ist es mit dem Namen Jesus, seine Bedeutung wächst, wie das Evangelium die Geschichte entwickelt. Die Juden nahmen Abstand von dem Gebrauch dieses Namens für ihre Söhne, wegen seiner Verbindung mit dem «Gekreuzigten» (s.d.), die Gläubigen aber bevorzugten es, dieses zu tun. Es wurde einzig und allein Sein Name. Es blieb dennoch der Widerspruch zurück, obgleich die Ehrerbietung für Ihn verboten wurde, den familiären Namen Jesus zu nennen, Seinem Volke wurde der Name immer köstlicher. Er rief hervor die tiefste Antwort des Glaubens und der Liebe und erregte die höchste Anbetung. Jesus ist der Name von Gott, als Er Mensch wurde, er erklärte Seine wirkliche Menschlichkeit, er drückt alles aus, was im Alten Testament der Name «Immanuel» (s.d.) enthält.

In Jesus war Gott herabgekommen, um unserer Not zu begegnen. In Ihm finden wir die Antwort auf das uralte Verlangen: «Laß mich deine Herrlichkeit sehen!» Gott, welcher vielseitig und in unterschiedlicher Weise in vergangenen Zeiten zu den Vätern durch die Propheten gesprochen hat «. . . sprach zu uns in seinem Sohn» (Hebr. 1, 1). Die unverhüllte Offenbarung Gottes ist uns in Jesus gegeben, die Fülle der Gnade Gottes ist für uns aufgehoben in Ihm.

Der Trost der erstaunlichen Wahrheit ist so einfach in dem einen Wort und Namen «Jesus» ausgedrückt. Sein Name ist darum unermeßlich. Das Alte Testament hat Seinem Volke versichert, daß Gott unser Gebilde kennt: «Er gedenkt, daß wir Staub sind» (Ps. 103, 14), aber Jesus bewegt Sich unter die Volksmenge und hat Mitleid mit der Krankheit, Einsamkeit und Not, daß Er uns heimwärts bringt zu der wunderbarsten Gnade und Güte und gnädigen Fürsorge Gottes. Gott der Sohn wurde Mensch, unsere Sünden zu tragen an Seinem Leibe auf das Holz, was uns Seiner Liebe versichert, die über jede Erkenntnis geht und sie wird in Johannes 3, 16 beschrieben, einem der wohlklingendsten Texte der Bibel.
Jesus lebte unter den Menschen, obgleich Er wahrer Gott ist, Er kehrte zurück zu dem Throne in der Höhe, in unserer menschlichen Gleichheit, jetzt ist Er verherrlicht. In der Herrlichkeit für immer, der Mensch Christus Jesus, unser Fürsprecher (s.d.) und Hoherpriester (s.d.), Er trägt immer den menschlichen Namen, daß vor dem Namen des Jesus sich jedes Knie beugen wird (Phil. 2, 10).
Kein Wunder, Sein Volk hält den Namen Jesus hoch! Er bezeugt, daß Gott unser Erretter ist, daß der Besitzer des Thrones im Himmel der Eine ist, welcher Gutes tut. Er flößt uns ein, mit Freimütigkeit zum Throne der Gnade (s.d.) zu kommen, in dem Bewußtsein, daß wir Gnade finden, zur Hilfe in der Zeit der Not.
Dichter und Mystiker haben hoch erfreut den Namen Jesus gepriesen. Missionare und Prediger schätzen es als ihr Vorrecht, die Gnade und die Herrlichkeit des unvergleichlichen Namens zu erklären. Wer am demütigsten glaubt, erfährt diese Wahrheit im ganzen Leben und in der Stunde des Todes.

431. **Jesus von Nazareth** wurde Christus genannt, weil Er dort bis zu seinem 30. Lebensjahr in der Stille Seinen Eltern untertänig war (Luk. 2, 51; 4, 16). Im ganzen Alten Testament, von Josephus und im Talmud wird dieser Ortsname nirgends genannt. Nazareth ist ein Ort, der vor der Geburt des Herrn nirgendwo genannt wird. Bei den Juden war Nazareth verachtet (vgl. Joh. 1, 46; 7, 52). Durch die Geburt des Weltheilandes bleibt das ewige Heil mit jedem Gedanken an Jesus von Nazareth gebunden. Jesu Eltern wohnten vor Seiner Geburt dort (Luk. 2, 4). Die Geburt des Herrn wurde durch den Engel hier angekündigt (Luk. 1, 26-28). Nach der Rückkehr aus Ägypten zogen die Eltern des Herrn wieder dorthin und wohnten daselbst (Matth. 2, 23). Jesus wurde hier erzogen (Luk. 4, 16). Er hatte noch am Anfang Seines öffentlichen Auftretens dort Seinen Wohnsitz, bis die ungläubigen Bewohner Ihn vom Berg herabstürzen wollten, weil Er ihnen als Prophet nichts galt (Luk. 4, 16-30; Matth. 13, 53-58). Er wohnte dann hernach in Kapernaum (Matth. 4, 13). Von Seiner Vaterstadt erhielt der Herr den Beinamen: «Jesus von Nazareth» (Matth. 21, 11; 26, 71; Mark. 16, 6), den Ihm noch Pilatus in der Kreuzesinschrift gab (Joh. 19, 9). Der Heiland legte Sich Selbst diesen Namen noch nach Seiner Himmelfahrt bei (Apostelg. 22, 8).

432. **Keltertreter** wird zunächst der Gerichtsvollstrecker über das abtrünnige Volk Edom genannt (Jes. 63, 1-6). Der Name ist im Zusammenhang der Weissagung zu erklären. Edom, das in Israels Nachbarschaft wohnt und mit ihm aus einem Vaterhause stammt, haßt Israel mit einem tödlichen Erbhaß, weil es sich durch Israel aus seinem Erstgeburtsrecht verdrängt sah. Wenn Israel aus der Tyrannei der Weltherrschaft erlöst sein wird, kann es kein Nachbarvolk mehr um sich haben, das seinen Frieden unaufhörlich bedroht. Wenn Israel als völlig erlöst gelten soll, muß Edom vorher niedergetreten sein.
Die Züge der Weissagung gegen Edom hat der Prophet der Geschichte des Krieges von König Amazjah entnommen, der die Edomiter im Salztale schlug (vgl. 1. Kön. 14, 7; 2. Chron. 25, 5-12). Amazjah wollte in Gemeinschaft mit anderen Völkern das Gericht über Edom vollziehen, was Jahwe ihm aber untersagte. Er sollte das Werk allein vollziehen. Das ist für Jesajah der Punkt, in dem er den Keltertreter schaut, der allein das Gericht über alle gottfeindlichen Völker vollzieht.
Eine hohe, wundersame Gestalt, die von Bosra kommt, zieht die Aufmerksamkeit des Propheten auf sich. Der Seher fragt: «Wer ist der?» Der Einherkommende antwortet, daß Er in Wort und Tat groß ist, Er redet in Gerechtigkeit, im Eifer Seiner Heiligkeit droht Er Gericht den Unterdrückern und verheißt Heil den Unterdrückten. Was Er droht und verheißt führt Er mit Macht aus. Es läßt sich aus der Antwort ahnen, daß es Jahwe ist, von dessen Munde der Trost der Erlösung ausgeht (vgl. Jes. 45, 23), dessen heiliger Arm die Erlösung durchführt (Jes. 52, 10; 59, 16). Der Prophet fragt weiter nach dem seltsamen Rot seines Gewandes. Beim Treten der Kelter hat der Traubensaft Seine Kleider durchnäßt und gefärbt. Er fügt hinzu, von den Völkern war niemand mit Ihm, als Er die Kelter trat. Das Problem dieser Aussage ist dadurch mit einem Male gelöst. Jahwe hat in Seinem Zorn an die Völker das Messer gelegt, die Trauben abgeschnitten und in die Kelter geworfen (Joel 4, 13). Die Person des Keltertreters ist nicht mehr zweifelhaft, es ist Jahwe. Im Triebe und in der Kraft Seines Zornes hat Er die Völker zertreten, das Rot der Kleider ist der Lebenssaft der Völker, der an Sein Gewand spritzte. Jahwe hat allein Sein Zorneswerk vollbracht, weil Er in Seinem Herzen den Tag der Rache bestimmte, nachdem das Jahr der verheißenen Erlösung gekommen war (Jes. 61, 2). Keiner leistet dem Gott des Gerichtes und des Heils freiwillig Beistand in Seinem Vorhaben. Er mußte die Kelter allein treten. Er zertritt die Völker in Seinem Zorn und berauscht sie in Seiner Zornglut und spritzt ihren Lebenssaft auf die Erde.
Es ist nicht allein von Edom die Rede. Das Gericht ergeht über alle Völker (Jes. 63, 6). Alle Völker haben sich vom edomitischen Geist hinreißen und durchdringen lassen. Der furchtbare Edomitergeist findet zuletzt seinen Ausdruck im Antichristentum. Das Gericht, das der Keltertreter über den Antichristen und sein Heer ausführt, ist der Messias. Der Seher Johannes benutzt darum in der Offenbarung

(Offb. 14, 20; 19, 15) die Erinnerungen an das Gesicht des Propheten Jesajah für die Darstellung des Gerichtes, das der wiederkommende Christus über das antichristliche Heer und über die antichristlichen Völker ausübt.
Jesajah spricht in Ubereinstimmung mit dem Seher der Offenbarung von der Wiederkunft des Messias, nicht aber von Seinem ersten Kommen. Jesaja 63, 1-6 ist eine beliebte Lektion der Karwoche geworden. Man erinnert sich des bluttriefenden Heilandes, der im Ölkeltergarten Gethsemane ohne Menschen- und Engelhilfe die Kelter des Zornes Gottes allein treten mußte, um den Zorn für uns zu überwinden. Von dem leidenden und sterbenden Heiland aber redet die Weissagung nicht. Das Blut an Seinem Gewande ist nicht Sein eigenes Blut, sondern das Seiner Feinde. Das Treten der Kelter ist keine Zornesüberwindung, sondern Zornesbestätigung. Der nach der Schau des Jesajah wie ein Keltertreter erscheint, ist der Treue und Wahrhaftige, das Wort Gottes, der auf einem weißen Rosse sitzt, mit feuerflammenden Augen und auf Seinem Haupte viele Diademe, der mit einem blutgetränkten Gewande angetan ist. Er tritt die Kelter der Zornesweise des Allmächtigen, um Seine Königsherrschaft zur Geltung zu bringen.

433. **Kind** nennt Jesajah den Messias. Seine Geburt (Jes. 9, 5) ist ein Grund des Triumphes, der Freude, der Freiheit und des Friedens. Es ist der neue große König. Der Prophet nannte das Kind einen Sohn (s.d.). Das neugeborene Kind ist die Erfüllung der Verheißung, die an das Königtum Davids gebunden war. Fünf Namen charakterisieren das Kind, den Sohn der Jungfrau (s.d.).
Ganz im erfüllungsgeschichtlichen Sinne wird Jesus in den Kindheitsgeschichten nach dem Bericht des Lukas verschiedentlich «Kind» genannt. Aus Bethlehem, der Geburtsstadt Davids (Luk. 2, 4) sollte nach Micha 5, 1 der Herrscher in Israel hervorgehen. Christus ist dieser Retter (s.d.), der König des Volkes Gottes, der Herr in Israel. Das Zeichen, an welchem der ihnen geborene Retter zu erkennen ist, und wodurch die Wahrheit der Engelbotschaft bestätigt wird, besteht darin, daß die Hirten ein Kind in Windeln gewickelt finden. Wie jedes neugeborene Kind, aber ärmer als jedes andere Kind, lag es in der Krippe (Luk. 2, 12). Die Hirten konnten das neugeborene Jesuskind leicht finden, aber nur durch den Glauben als Retter und Messias erkennen. Die Hirten fanden das Kind und breiteten aus, was von diesem Kinde gesagt wurde (Luk. 2, 16. 17).
Die Eltern Joseph und Maria, brachten das Kind Jesus in den Tempel, um es darzustellen (Luk. 2, 27). Der greise Symeon erkannte in dem Kinde das Heil, das Gott allen Völkern bereitet hat zum Licht der Heiden und zum Preise des Volkes Israel (Luk. 2, 30-32). Das Kind ist der Christus des Herrn, das Symeon auf seine Arme nahm und Gott pries (Luk. 2, 28. 29).
Lukas berichtet die Entwicklung des Kindes bis zum zwölfjährigen Knaben. Es wird erzählt: «Und das Kind wuchs und wurde stark, er-

füllt mit Weisheit und Gottes Gnade war auf ihm» (Luk. 2, 40). Es ist von der leiblichen Entwicklung und dem körperlichen Wachstum die Rede. Sein leibliches Gedeihen war ein Wachsen und Erstarken. Das Kind nahm als ein von Weisheit erfülltes an Kraft zu. Die Weisheit bestand in rechter Erkenntnis Gottes und Seiner Heilsgedanken. Mit dem Wachstum der Körperkraft entwickelte sich bei Jesus auch ein normales Wachsen im Geiste. Bei uns entwickelt sich gewöhnlich eine Seite auf Kosten der anderen, der Wille auf Kosten der Erkenntnis oder umgekehrt, die Erkenntnis auf Kosten des Willens. Jesus aber war frei von jeder menschlichen Einseitigkeit und Begrenzung, Er entwickelte Sich so, wie es einzig richtig ist.

434. **Kindlein** wird Jesus nur in Kindheitsgeschichten nach Berichten von Matthäus genannt. Zunächst wird in der Erzählung von den Weisen aus dem Morgenland (Matth. 2, 1-12) Jesus als «Kindlein» bezeichnet. Herodes beauftragte die Sternkundigen, fleißig nach dem Kindlein zu forschen (Matth. 2, 8). Die Weisen betrachteten das Kindlein als den neugeborenen König der Juden (s.d.), die Schriftgelehrten als Christus. Der Stern, den sie im Aufgang sahen, führte die Weisen zu dem Kindlein hin, daß sie sich freuten und das Kindlein anbeteten (Matth. 2, 9-11).

Joseph wurde im Traum vom Engel des Herrn beauftragt, mit dem Kindlein und seiner Mutter nach Ägypten zu fliehen (Matth. 2, 13). Joseph gehorchte diesem Befehl (Matth. 2, 14). Das Kindlein blieb auf diese Weise bewahrt, daß es Herodes nicht ermordete. Nach dem Tode des Herodes kehrten die Eltern mit dem Kindlein nach Nazareth zurück (Matth. 2, 20-21). Jesus, der verheißene Messias, wie Er im Matthäusevangelium dargestellt wird, heißt hier wohl deshalb ein «Kindlein», um vor allem Seine Niedrigkeit zu zeigen. Es ist der Grundzug im alttestamentlichen Messiasbild, wonach der Davidide wie Sein Stammvater selbst aus niedrigen Ursprüngen zu Hoheit gelangte.

435. **Knabe** nach Jesaja 7, 16 in Judah geboren. Ehe Er Böses verwerfen und Gutes erwählen lernt, wird das Land verwüstet. Wenn Er heranreift, gibt es im Lande keinen Feldbau mehr, sondern Verödung, vor den zwei Königen graut. Eine Jungfrau werde diesem Knaben das Leben geben (Jes. 7, 14). Er wird «Immanuel» (s.d.) heißen. Es ist gewiß, daß der Knabe, der geboren wird, der Messias ist, der wunderbare Erbe des davidischen Thrones, dessen Geburt frohlockend begrüßt wird (Jes. 9, 5-6). Es ist der Messias, dessen Geburt der Prophet voraussieht, der dann geboren wurde (Jes. 9, 5), und der Herrscher werde (Jes. 11, 1). Ein dreistufiges Trostbild in drei Stadien verwoben, deutet auf die Zukunftsgeschichte Israels. Jesajah denkt an eine Jungfrau, die ohne menschlichen Vater einen Knaben gebären werde. Es ist dieselbe, die in Micha 5, 2 genannt wird. Eine von Gott erwählte Jungfrau wird den Knaben gebären, den Retter Seines Volkes in den bevorstehenden Drangsalen.

In der Geschichte vom zwölfjährigen Jesus im Tempel (Luk. 2, 41–52) heißt es: «Jesus, der Knabe blieb zu Jerusalem zurück» (Luk. 2, 43). Das griechische «pais» ist hier mit «Knabe» zu übersetzen, was nicht das gleiche wie «tekon» (Kind) bedeutet (vgl. Luk. 2, 48). Es kann klar gesehen werden, wie sorgfältig der Erzähler in der Wahl der Ausdrücke vorgeht. Lukas beschreibt alles der Reihe nach (Luk. 1, 2), zuerst nennt er die Frucht des Leibes (Luk. 1, 42), dann das «Kind» (Luk. 2, 12), das Kind an dieser Stelle «den Knaben» (Luk. 2, 40. 43), zuletzt als «Mann» (s.d.) (Luk. 24, 19). Jesus war als Zwölfjähriger ein «bene-hathorah» – «ein Sohn des Gesetzes», oder ein «bene-mizwah» – «Sohn des Gebotes». Jesus war nicht sogleich ein Erwachsener wie Adam, Er entwickelte Sich in allen Altersstufen, das Greisenalter war für Ihn nicht von Gott ersehen.

436. **Knecht des Herrn,** hebräisch «Ebed-Jahwe», steht im Mittelpunkt der sogenannten vier «Lieder vom Knechte Jahwes» (vgl. Jes. 42, 1-4; 49, 1-6; 50, 4-9; 52, 13-53, 12), des Propheten Jesajah. Es sind Perlen der gesamten jesajanischen Prophetie. Die Hypothese, daß sie von einem anderen Verfasser herstammen sollen, läßt sich nicht begründen. Die Stilistik dieser herrlichen Lieder findet sich im ganzen Buche des Propheten, denn er war befähigt, die schönste Lyrik hervorzubringen. Der große Zusammenhang (Jes. 40-66), in dem die «Ebed-Jahwe-Lieder» vorkommen, beginnt mit einer Weissagung, die Johannes dem Täufer das Thema seiner Botschaft in den Mund legt. Diese 27 Kapitel schließen mit der Prophetie von der Schöpfung des neuen Himmels und der neuen Erde, worüber das letzte Buch der Bibel, die Offenbarung, nicht hinauskommt. Die Mitte dieses Hauptteils bildet Jesaja 52, 13-53, 12; wo das Leiden und die Erhöhung Christi so deutlich verkündigt wird, als hätte der Prophet unter dem Kreuze gestanden und den Auferstandenen gesehen, wie in einer Klarheit der paulinischen Predigt. Sein Blick haftet zuletzt an der jenseitigen, himmlischen Welt, wie die Offenbarung des Johannes, ohne die alttestamentliche Grenze zu übertreten. Jesajah ist in einer Person Evangelist, Apostel und Apokalyptiker. Seine Reden sind von christologischer Tiefe. Das heitere Königsbild hat hier eine Wandlung erfahren, das um das stellvertretende Sterben und den dreifachen Dienst Christi bereichert ist. Der typische, tiefdunkle Leidenshintergrund, den die Psalmen Davids dem Messiasbilde geben, ist ein Hauptbestandteil der «Ebed-Jahwe-Lieder». Der Knecht Jahwe tritt auf Grund Seines Selbstopfers als Prophet, Priester und König in einer Person auf. Von Seinem eigenen Volke wird Er bis zum Tode verfolgt. Der von Gott priesterlich und königlich erhöhte Gottesknecht wird der Heiland (s.d.) Israels und der Heidenvölker. Jesajah hat der Gemeinde des Exils und der Zukunft bis ins himmlische Jerusalem ein reiches und tiefes Vermächtnis hinterlassen. Keinem Propheten des Alten Bundes ist es verliehen, diese Prophetie zu entsiegeln. Die Erscheinung des Knechtes Jahwes in der Person Jesu von Nazareth hat erst das Siegel dieses Buches gelöst.

In Jesaja 41, 8 wird Israel als der «Knecht Jahwes» bezeichnet mit den Worten: «Und du Israel mein Knecht, Jakob, den ich erwählt habe, Same Abrahams meines Freundes!» Gleich im ersten «Ebed-Jahwe-Liede» (Jes. 42, 1–6) wird der Knecht Jahwes von Israel durch starke individuelle Züge unterschieden. Ein personifiziertes Kollektivum kann es darum nicht sein, der Prophet ist es auch nicht. Was von dem Knechte Jahwes ausgesagt wird, geht weit über alles hinaus, wozu ein Prophet berufen und was je ein Mensch ausrichten konnte. Es ist der zukünftige Christus, wie das Targum anerkennt, indem von ihm übersetzt wird: «Dieser mein Knecht, der Messias!» Ein Zusammenhang mit Israel, dem Knecht Jahwes (Jes. 41, 8) und dem persönlichen Gottesknecht besteht jedoch. Der künftige Heiland erscheint nicht als Sohn Davids (vgl. Jes. 7-12), sondern als Wahrheit und Wirklichkeit Israels. Der Begriff «Knecht Jahwes» ist figürlich aufzufassen, als eine Pyramide, wie Delitzsch in seinem Kommentar ausführt. Die unterste Grundlage ist das Gesamtisrael, der mittlere Durchschnitt das Israel nach dem Geist, nicht nach dem Fleisch, die Spitze ist der Mittler des Heils, der aus Israel hervorgeht. Er ist 1. das Zentrum im Kreise des Königtums der Verheißung, der andere David; 2. das Zentrum im Kreise des Volkes des Heils, das wahre Israel; 3. das Zentrum im Kreise der Menschheit, der andere Adam. Der berufene und erwählte Gottesknecht, der in Israel wurzelt, entfaltet Sich in dem Einen zur reifsten Frucht. Gottes Gnadenabsicht für die ganze Menschheit, die bei Israels Erwählung waltete, kommt durch Ihn zur Vollendung. Während durch Völkerbezwinger Gerichte über die Heiden ergehen, wodurch die Nichtigkeit der Abgötterei enthüllt wird, bringt ihnen der Knecht Jahwes auf friedlichem Wege das Höchste aller Güter (Jes. 42, 1). In der Heidenwelt ist Gottes vorlaufende Gnade wirksam. Durch die ganze Menschheit geht ein sehnender Hilferuf nach Erlösung, dessen letztes Ziel der Knecht Jahwes und die zionistische Thora (Jes. 2, 3), das Evangelium ist. Jahwe wendet Sich in Seiner Rede an den Knecht selbst. In Seiner Erhabenheit und gemäß Seiner Berufung bringt Er zur Ausrichtung, wozu Er berufen ist (Jes. 42, 5-7). Jahwe, der Urheber alles Daseins und des Lebens, der Schöpfer Himmels und der Erde, hat Seinen Knecht in Gerechtigkeit gerufen. Es ist neutestamentlich gesprochen Gottes heilige Liebe, die Gnade für Recht ergehen lassen will. Das Rufen in Gerechtigkeit bewährt sich an dem Knechte Jahwes, daß Er bei der Hand gefaßt wird. Ein unbefangener Ausleger erkennt, daß der «Knecht Jahwes» der ist, in dem und durch den Jahwe den gebrochenen Bund von Neuem wieder mit Seinem Volke schließt. Der Mittler des Bundes ist der Engel des Bundes (s.d.) (Mal. 3, 1). Der Knecht Jahwes vermittelt dem Volke den Bund und den Heiden das Licht. Er ist der Eine, welcher das Ziel und der Höhepunkt ist, zu dem Israels Geschichte von Anfang an emporstrebt; Er ist der Eine, der das Propheten- und Königtum Israels in den Schatten stellt; Er ist nicht allein zu dem weiten Kreise des Gesamtvolkes, sondern auch für die Besten und Edelsten das belebende Herz und das beherrschende Haupt (s.d.).

Der Knecht Jahwes öffnet blinde Augen, Er bringt die Befreiung und die Erlösung aus leiblicher und geistlicher Gebundenheit; Sein Volk, aber auch die Heiden, führt Er zum Licht. Er ist der Erlöser (s.d.) aller Hilfsbedürftigen und Heilsverlangenden. Jahwe bürgt mit der Ehre Seines Namens, daß das Werk Seines Knechtes zur Ausführung gelangt.
Der Knecht Jahwes ist auch im zweiten «Ebed-Jahwe-Liede» (Jes. 49, 1-6) keine Kollektivperson von Gesamtisrael, noch für den heiligen Rest Israels. Der Gedanke vom Knechte Jahwes in Seiner Begrenzung und Ausdehnung konzentriert sich hier auf eine Einzelperson. Er ist der Kern des wahren Israel. Der Knecht Jahwes ist im zentralsten Sinne das Herz des auserwählten Volkes. Von diesem Herzen ergießt sich der Strom des Heils durch die Adern des Volkes und von da aus durch die Adern der Völkerwelt. Wenn es heißt: «Mein Knecht bist du, Israel, du an dem ich mich verherrliche» (Jes. 49, 3), dann bedeutet das, daß sich in der Person des Knechtes Jahwes Israel sonnenklar konzentriert, in dem sich Israels Geschichte knospenartig zu neuer Entwicklung zusammenfaßt. Israels Weltberuf zum Heile der Völker ist in Ihm eingeschlossen. Der Knecht Jahwes ist Israel in Person. Israel als Gesamtvolk ist die Grundlage des Begriffes «Knecht Jahwes», Jahwe und Sein Knecht sind sein Höhepunkt. Der Knecht Jahwes ist der Kern, das innerste Zentrum, das oberste Haupt Israels. Der Knecht Jahwes hat für Israel eine hohe Bestimmung. Die Wiederherstellung des heiligen Überrestes ist Sein Werk. Er ist zu noch Höherem bestimmt, Jahwe hat Ihn zum Licht der Heiden (s.d.) gesetzt und zum Heil bis an das Ende der Erde. Der Knecht Jahwes ist als «Licht der Welt» (s.d.) zugleich das Heil der Welt, was ratschlußmäßig in Ihm geschichtliche Wirklichkeit wird.
Der Knecht Jahwes ist berufsbeständig (Jes. 50, 4-9). Er hat Sich auf das vollkommenste ausrüsten lassen, um Israel auf das herrlichste zu retten. Jahwe ist in Seinem Knechte zu Seinem Volk gekommen. Erfüllungsgeschichtlich ist der Knecht Jahwes der, den der griechische Text des Neuen Testamentes «ton paida tou kyriou», den Knecht des Herrn nennt (Apostelg. 3, 13. 26; 2, 27. 30). Der Knecht Jahwes trat mit dem Evangelium von der Erlösung nicht im babylonischen Exil an Israel heran, die Weissagung zielt auf Jesus von Nazareth. Der Knecht Jahwes gewährt einen tiefen Einblick in Sein verborgenes Leben. Er empfängt die göttlichen Aufschlüsse nicht in der Nacht oder im Traum, sondern jeden Morgen. Jahwe hat Ihm eine Jüngerzunge gegeben, das Ohr hat Er Ihm geweckt, daß Er auf Jüngerweise aufmerkt. Sein Beruf geht auf Errettung, nicht auf Verderben, Er hat dafür Jahwe zum Bildner, dem Er Sich in gelehriger Empfänglichkeit und unerschütterlichem Gehorsam unterordnet. Jahwe hat Ihn in den Stand gesetzt, Seinen Willen innerlich zu vernehmen, um Mittler (s.d.) göttlicher Offenbarung zu werden. Irdische Ehre und weltlicher Vorteil bringt Ihm die Ausrichtung Seines Berufes nicht, sondern Schmach und Mißhandlung. Was kein Gottesknecht erduldete, hat Er ohne Maß erlitten. Er verhüllte Sein Angesicht nicht, um Be-

schimpfungen, Verspeiungen und Schläge auf den Kopf zu erleiden (vgl. Matth. 26, 57; 27, 30; Joh. 18, 22). Was im Buche Hiob vorgebildet (Hiob 30, 10; 17, 6) und die davidischen Leidenspsalmen darstellen (Ps. 22, 7; 69, 8) findet in Ihm die volle gegenbildliche Erfüllung. Keine Schmach macht den Knecht Jahwes zaghaft. Das Bewußtsein Seines hohen Berufes blieb ungetrübt. In heiliger Ruhe und tiefem Schweigen hat Er gelitten. Gegen feindliche Angriffe war Er unempfindlich wie ein Kieselstein. In heiliger Härte der Ausdauer bot Er Sein Angesicht dar wie einen empfindungslosen Stein. Im bittersten Unterliegen hatte Er die Zuversicht, daß Er das große Erlösungswerk vollbringen werde. Von Seinem Volk als größter Sünder verworfen, bleibt Er fest und sicher. Im tiefsten Leiden ist Ihm nahe, der Ihn gerechtspricht. Keiner kann wagen, Ihn zu verklagen. Jahwe hilft Seinem Knechte, Seine Feinde werden zusammenbrechen. Wie die Motte heimlich das Kleid zerfrißt, wird auf den Feinden der Fluch ruhen, an ihnen nagen, aber sicher verderben.

Das vierte «Ebed-Jahwe-Lied» (Jes. 52, 13-53, 12) entwickelt ein vollständiges und vollendetes Bild vom leidenden und sterbenden Gottesknecht, der aus tiefster Erniedrigung erhöht wird. Der Knecht Jahwes führt Sein Volk durch Leiden zur Herrlichkeit. In Seinem Herzen entscheidet sich der Übergang von Jahwes Zorn in Liebe. Er leidet als der schuldlose Gerechte für die Schuld und Sünde Seines Volkes. Durch Sein Selbstopfer beseitigt Er die Schuld. Israels Herrlichkeit ist in Ihm zusammengefaßt. Er ist das Weizenkorn (s.d.), das in die Erde gesenkt wird, um viel Frucht zu bringen. Die viele Frucht ist Israels Herrlichkeit und das Heil der Völker. Die alte Synagoge hat sich der Anerkennung nicht entziehen können, daß diese Weissagung auf den künftigen Messias deutet. Es wird hier der Todesgang des Messias zur Herrlichkeit geweissagt. Der Knecht Jahwes ist der Eine, in dem Jahwe die Erlösung Israels und der Heidenvölker geschafft hat. Der große Unerkannte und Verkannte ist zu erkennen, wie Ihn der Prophet geschaut hat. Der alttestamentliche Evangelist hat geschrieben wie unter dem Kreuze auf Golgatha und wie von der Himmelsklarheit erfüllt. Es ist die Enthüllung von Psalm 22 und Psalm 110. Diese Weissagung bildet die äußere Mitte von Jesaja 40-66, es ist das Zentralste, Tiefste und Höchste, was die alttestamentliche Prophetie geleistet hat.

Der Prophet sieht die Verkennung des Knechtes Jahwes durch Sein eigenes Volk, aber auch Seine Erhöhung, der gestorben, begraben wurde, aber der ewig lebt. Mit Seiner Erhöhung ist die innere und äußere Wiederbringung Israels, die Wiederherstellung Jerusalems in erneuerter Herrlichkeit verbunden. Mit der Wiederherstellung des Volkes Gottes steht die Bekehrung der Völker und das Heil der Menschheit in Verbindung.

Der Prophet Jesajah sang auf der Grenze der Zeit Hiskiahs und Manassehs sein Schwanenlied. Er schaute das Leiden seines Volkes im babylonischen Exil. In der Mitte dieser Leidenszeit, die äußerste Grenze seines Gesichtskreises, sah er Israels Erlösung keimen. Er sah unter den Exulanten den Knecht Jahwes, Er trat auf unter seinem Volke, das unter die Knechtschaft des Weltreiches geraten war. Jesajah sah den Knecht Jahwes, der durch den Tod zur Herrlichkeit aufstieg und Israel mit Ihm. So war denn wirklich die Auffahrt Jesu die Vollendung der Erlösung Israels. Der Unglaube der israelitischen Volksmasse war schuld, daß die Erlösung in Christo zunächst nur den Gläubigen, aber nicht dem Gesamtvolke zugute kam. Zwischen der Erhöhung des Knechtes Jahwes und der zukünftigen Wiederherstellung Israels liegt eine breite Zeitkluft, die der Anschauung des Propheten noch verborgen war. Erst die Wiederkunft Christi in Herrlichkeit wird verwirklichen, was sich mit dem Eingang des Knechtes Jahwes aus Todesleiden in Herrlichkeit durch den Unglauben Israels noch nicht offenbart hat.

Der Titel «Knecht Jahwes» führt ins Zentrum der neutestamentlichen Christologie. Der gebührende Platz wird diesem Hoheitstitel in der theologischen Literatur nicht eingeräumt. Es ist wichtig, daß die Anwendung dieses Namens auf die Person Jesu sich im Neuen Testament vorfindet. Der Hauptgedanke des stellvertretenden Leidens und Sterbens des Gottesknechtes ist der Grundgedanke, nachdem die ganze Heilsgeschichte verläuft. Die Geschichtsschau des Neuen Testamentes ist ohne den Gedanken der Stellvertretung unverständlich. Der Stellvertretungsgedanke findet in der Gestalt des leidenden und sterbenden Gottesknechtes seine Verkörperung. «Knecht Jahwes» ist einer der ältesten Titel, der dazu bestimmt war, die Person und das Werk Christi in der Urgemeinde genauer zu bestimmen.

Nachdem der Begriff «Knecht Jahwes» nach der Auffassung der alttestamentlichen Prophetie festgestellt worden ist, bedarf es der Erklärung, wie das Erlösungswerk Christi mit der Christologie des «Ebed-Jahwe» in der Urgemeinde in Verbindung stand. «Paidologie» ist eine korrektere Bezeichnung dafür, ein Ausdruck, der nach dem griechischen «pais tou Theou» (Knecht Gottes) gebildet wurde. In der LXX ist es die Übersetzung des hebräischen «Ebed-Jahwe». Es handelt sich im Neuen Testament um vier Stellen (Apostelg. 2, 13. 26; 4, 27. 30), in denen Jesus unter diesem Titel erscheint, womit deutlich auf Jesaja 52, 13-53, 12 verwiesen wird. Es ist kein Zufall, daß Jesus an zwei Stellen der Rede des Apostels Petrus in der Apostelgeschichte «der Knecht» genannt wird, die zwei anderen Stellen kommen in Gemeindegebeten vor, bei denen Petrus anwesend war. Daraus kann gefolgert werden, daß Petrus mit Vorliebe den Herrn als den leidenden Gottesknecht bezeichnete. Das harmoniert mit dem, was im übrigen von diesem Jünger des Herrn bekannt ist. Nach Markus 8, 22 war er es, der kein Verständnis für die Notwendigkeit des Leidens und Sterbens Jesu zeigte. Es ist von daher verständlich, daß der gleiche Apostel, der den Auferstandenen als Erster sah (1. Kor. 15, 5), auch zuerst die Notwendigkeit des Leidens und Sterbens Jesu verkündigte. Petrus machte durch den Namen: «Knecht Gottes» Jesu Leiden und Sterben zum Zentrum seiner Erklärung des irdischen Werkes Jesu.

«Knecht Gottes» ist also eine charakteristische Bezeichnung Jesu in den Petrusreden. Dadurch, daß das griechische «pais» mit Sohn und mit Knecht übersetzt werden kann, übersetzt Luther ursprünglich «Kind Jesus» an diesen Stellen. Es liegt jedoch näher, Knecht zu übersetzen, daß man an den jesajanischen Gottesknecht erinnert wird, der auch verachtet, verworfen und in den Tod dahingegeben wurde. Auf den gleichen Gedankengang führt der Hinweis, daß die Versammlung des Herodes und des Pilatus der Heiden und der Völker Israels «gegen deinen heiligen Knecht Jesus, den du gesalbt hast» als Vollführung des göttlichen Ratschlusses gekennzeichnet wird, den Jesaja 53 bekundet. Selbst das Attribut der «Heiligkeit», das Jesus hier gegeben wird, hat einen Anklang in Jesaja 53, 6.
Die älteste Christusverkündigung der Urgemeinde, die sich an die jesajanische Weissagung vom leidenden und sterbenden Gottesknecht anlehnt, wird auch durch Paulus bestätigt, wenn er auch nicht den Namen «Knecht Gottes» benutzt. Inhaltlich stimmt seine Verkündigung mit der Botschaft des Petrus vom leidenden und sterbenden Gottesknecht überein, die in der Weissagung Jesajahs seine Grundlage hat.

437. **Knechtsgestalt** siehe Gestalt des Knechtes!

438. **Der Kommende,** ein Partizipium in der Gegenwartsform, ist an etwa zwanzig Stellen eine ausschließliche Bezeichnung für den Messias. Ausleger und Kommentaristen beachten das in den wenigsten Fällen. Nach den Worten wird «der Kommende im Namen Jahwes gesegnet» (Ps. 118, 26). Zur Zeit des Alten Bundes war der Messias der Kommende, heute ist Er immer noch der Kommende, obgleich Er schon gekommen ist.
Nach der Prophetie des Alten Bundes dachte man sich den Messias als den Kommenden. Ansätze dazu sind schon im Abschiedssegen Jakobs (1. Mose 49, 10) und in der Weissagung Bileams vom Stern aus Jakob, daß der Herrscher (s.d.) kommen wird (4. Mose 24, 19). Der Hebräerbrief (Hebr. 10, 5-10) faßt im Anschluß an die LXX die Worte in Psalm 40, 7-9 als Weissagung auf den in die Welt kommenden Christus. Die Buchrolle spricht von Ihm als dem Gekommenen, als den Gegenstand der weissagenden Verkündigung. Es ist hier an die messianische Prophetie zu denken, die das Leiden und Sterben Christi zum Inhalt hat. Die Rolle des Buches spricht von dem, dessen Kommen der ganze Alte Bund vorbereitet hat. Auf die Worte: «Ich bin gekommen, deinen Willen zu tun», war des Herrn einziges Augenmerk in den Tagen Seines Fleisches gerichtet (vgl. Joh. 4, 34).
Jesajah schaut den kommenden Erlöser (s.d.) für Zion, für die, die sich in Jakob vom Abfall bekehren (Jes. 59, 20). Paulus wendet dieses Schriftwort auf die künftige Wiederherstellung Gesamtisraels an (Röm. 11, 26). Jahwe ist «der da ist und der war und der Kommende» (Offb. 1, 4. 7; 4, 8). Er gilt für Israel als der Gott, der Sich im Alten Bunde dem Ziele Seiner Menschwerdung, und im Neuen Bunde dem Ende der

Weltgeschichte zuwendet, das in der Ankunft in Christo zur Vollendung gelangt.
Der Prophet Habakuk kündigt an, daß die Erfüllung der Weissagung ohne Zögerung eintrifft, nach welcher der Untergang der Weltmacht beschlossen ist (Hab. 2, 3). In Hebräer 10, 37 wird diese Stelle nach der LXX zitiert: «Denn der Kommende wird kommen.» Es wird damit der Prophetenstelle ein messianischer Sinn beigefügt. Die baldige Ankunft des Messias zum Gericht liegt nicht direkt im Wortsinn des Propheten, aber es entspricht doch dem Grundgedanken der prophetischen Verkündigung. Das geweissagte Gericht über die Weltmacht vollzieht eben der Messias.
Maleachi stellt ein plötzliches Kommen Jahwes und des Bundesengels in Aussicht (Mal. 3, 1). Diese Weissagung wurde durch das Auftreten Johannes des Täufers und die Wundertätigkeit Christi erfüllt (vgl. Matth. 3, 11). Der Täufer erkannte durch alttestamentliche Prophetenworte in Jesus den Kommenden. Er wußte sich als Vorläufer des Messias, und er kannte Christus als den Größeren und seinen Vorgänger (Joh. 1, 15, 27). Johannes sah in Jesus den von oben Kommenden, der über allen ist (Joh. 3, 31. 32). Im Gefängnis erlitt der Täufer hernach die Anfechtung, daß er durch seine Jünger den Herrn fragen läßt: «Bist du der Kommende, oder sollen wir einen anderen erwarten?» (Matth. 11, 3; Luk. 7, 19.) Er fragt, ob Jesus der Kommende nach der prophetischen Weissagung ist. Der Herr bewies Seine Messianität durch die Verrichtung Seiner Werke. Der Inhalt der Predigt des Täufers war, daß er dem Volke sagte, daß sie an den Kommenden glauben sollten (Apostelg. 19, 4). Die Richtigkeit dieser Verkündigung bestätigte ihm Jesus.
Durch das Zeichen der Speisung der 5000 riefen die begeisterten Volksscharen: «Dieser ist wahrhaftig der Prophet (s.d.), der in die Welt Kommende» (Joh. 6, 14). Sie meinten damit den Messias nach der mosaischen Verheißung (5. Mose 18, 15). Jesus führte Martha vor der Auferweckung ihres Bruders Lazarus zu der lebenskräftigen Überzeugung, daß sie bekannte: «Ja, Herr, ich habe geglaubt, daß Du bist der Christus, der Sohn Gottes, der in die Welt Kommende» (Joh. 11, 27). Mit «der Kommende in die Welt» wird Jesus als Heiland und Erlöser bezeichnet, dessen Erscheinen in der Welt geweissagt war, der bereits gekommen ist und nicht erst nahe bevorsteht.
Beim Einzug in Jerusalem begrüßte die Volksmenge Jesus mit den Psalmworten: «Hosianna, gesegnet sei der Kommende im Namen des Herrn!» (Ps. 118, 26; vgl. Matth. 21, 9.) Jesus wurde damit als Messias begrüßt, der kommt, sein Reich aufzurichten, was Markus durch den Zusatz andeutet: «Das kommende Königreich unseres Vaters David» (Mark. 11, 10). Nach dem johanneischen Bericht begrüßten sie Ihn als den «König Israels» (s.d.) (Joh. 12, 13), womit erwiesen ist, daß sie den Kommenden als den verheißenen Messias erkannten. Lukas fügt dem Lobpreis: «Gesegnet sei der kommende König im Namen des Herrn», den Lobgesang der Engel in der Bethlehemsnacht hinzu (Luk. 19, 38; vgl. 2, 14). Der Kommende ist der verheißene König des

Friedens für Jerusalem, Seine Herrlichkeit wird den Menschen offenbar. Überaus herrlich ist das Kommen des Messias, des Königs des Friedens. Die Hauptstadt des jüdischen Volkes kann sich entscheiden, ob sie den von den Propheten geweissagten König und Retter aufnimmt, was zu ihrem Frieden dient. Jerusalem hatte durch Schmähung Jesu seinen Gott und Heiland verworfen, darum verläßt es Gott und Er überläßt es seinem Geschick. Er begründet, daß Gottes Gnadengegenwart nicht bei ihm bleibt mit den Worten: «Denn ich sage euch, ihr werdet mich von jetzt an nicht mehr sehen, bis ihr sprecht: «Gesegnet sei der Kommende im Namen des Herrn!» (Matth. 23, 39.) Jesus sagt ihnen das Wiedersehen unter Bedingung zu, daß sie Ihn als den Kommenden mit dem messianischen Huldigungsruf begrüßen, wenn Er Sein Reich durch die Predigt des Evangeliums aufrichtet.
Der «Kommende» wird dreimal (Offb. 1, 4. 8; 4, 8) beziehungsweise viermal (Offb. 11, 17) in der Offenbarung genannt. Der Beisatz: «Der Kommende» zu der Umschreibung des Gottesnamens «Jahwe» (s.d.) deutet auf das eigentliche Thema der gesamten Offenbarung: «Der Herr kommt!» Die Benennung wird wiederum aufgenommen, weil der Herr bei Seinem zweiten Kommen die Drohung gegen den Antichristen und die Verheißungen für die Gläubigen ausführt. Die vier Lebewesen bringen mit der gleichen Bezeichnung zum Ausdruck, daß der Kommende erscheint, um den Plan des Reiches Gottes auszuführen.

439. **König,** hebräisch «melek», griechisch «basileus». Im Alten Testament sind manche Personennamen mit diesem Grundwort verbunden: z. B. Melchisedek – König der Gerechtigkeit; Abimelech – Mein Vater ist König; Elimelech – Mein Gott ist König; Malkiel – Mein König ist Gott. Vielfach sind solche Namen ein Bekenntnis zu Gott dem König.
a.) Die von Moseh gegründete Staatsverfassung ist eine Gottesherrschaft. Josephus hat sie als erster «Theokratie» – «Herrschaft Gottes» genannt. Jahwe ist Israels König. Der alttestamentliche Gedanke des göttlichen Königtums deutet auf kein allgemeines Machtverhältnis zur Welt hin, vielmehr ein besonderes Herrschaftsverhältnis zum auserwählten Volk. Israel ruft in diesem Sinne Gott als Seinen König an (Ps. 44, 5; 68, 25). Die Erzväter nannten Gott ihren Herrn und Hirten. Erst seit der Ausführung aus Ägypten, seit der Gründung des israelitischen Volkes ist Jahwe König für immer und ewig (2. Mose 15, 18). Der eigentliche Tag der Gründung der göttlichen Herrschaft ist die Verkündigung des Gesetzes auf dem Berge Sinai, da durch den Gesetzesbund die Stämme Israels zu einem Gemeinwesen verbunden wurden. Zu der Zeit wurde Jahwe König in Jeschurun (5. Mose 33, 5). Der Begriff des göttlichen Königtums hängt eng mit dem Begriff «Heiliger» (s.d.) und «Schöpfer Israels» (s.d.) zusammen (vgl. Jes. 43, 15; Ps. 89, 19). Die Gottesherrschaft in Israel wird noch an anderen Bibelstellen erwähnt (4. Mose 23, 21; Jes. 41, 21; 44, 6; Ps. 10, 16). Jahwe ist der große König (Ps. 48, 3), der König der Ehren (Ps. 24, 7). Er ist Seines Volkes König von Alters her (Ps. 74, 12), und der König der Heiden, wenn Er in Seiner letzten Reichsoffenbarung kommt.

Jahwe ist als König der Gesetzgeber und Richter Seines Volkes (Jes. 33, 22). Gott ist als König auch der Heerführer Israels (4. Mose 23, 21). Israel bildet Jahwes Heerscharen (2. Mose 12, 41; 4. Mose 23, 21), Er zieht ihnen als Vorkämpfer voraus (4. Mose 10, 35).

In der Vollendung des Heils ist das theokratische Verhältnis, in welchem Jahwe stand, auf die ganze Menschheit übertragen worden. Jahwe ist König über alle Völker (vgl. Sach. 14, 16; Jes. 24, 23; Ps. 96, 10; 97, 1; 93. 99; Ob. 21). Gott ist König aller Könige auf dem ganzen Erdboden (2. Kön. 19, 15). Jahwes weltbeherrschendes Königtum ist seit Israels Erwählung und Erlösung ein Bestandteil des Bekenntnisses des Volkes Gottes. Sein ewiges Königtum, das geweissagt ist (Sach. 14, 9; Dan. 7, 14; Offb. 11, 15) wird Wirklichkeit und es muß sich in seiner Unendlichkeit darstellen. Gott sitzt auf immer auf Seinem Thron, um in Zorn und Gnade zu richten und zu segnen (Ps. 29, 10). Er ist der große und erhabene König über alle Völker der Erde (Ps. 47, 3-10). Die ehrfurchtgebietende Herrschaft über alle Völker bis in die entlegensten Winkel zeigt die weite Ausdehnung des Reiches dieses Königs (Ps. 72, 10-11). Das weltüberwindende und weltbeglückende Königtum des Gesalbten Jahwes offenbart sich in der Herrlichkeit des Königreiches Gottes. Die Königspsalmen des Alten Testamentes (Ps. 93-99) enthalten eine theokratische und christozentrische Weissagung auf die Endzeit. Der eine Gedanke ist, daß der Gesalbte Jahwes von Zion aus alle Völker beherrscht, der andere, daß der ganze Erdkreis Jahwe dem König huldigt. Der König Israels wird zum König der ganzen überwundenen Welt (Jes. 24, 23; 52, 7; Offb. 11, 17; 19, 6). Die Anbetungswürdigkeit Gottes wird damit begründet, daß er als König erhaben ist über alle Götter, über alle Dinge als Schöpfer, über Sein Volk als Hirte und Führer (Ps. 95, 3). Unter den Völkern ist man erfreut, daß Jahwe König ist (Ps. 96, 10; Jes. 52, 7). Jahwe, der Gott Zions, ist ewiger König. Die ewige Dauer Seines Reiches ist die Gewähr für die einstige herrliche Vollendung (Ps. 146, 10). Zur Zeit der Heilsvollendung werden die Könige der Nationen dem Königreiche Gottes ihre Huldigungsgaben darbringen (Jes. 60, 10). Gott läßt Sich mit keinem Menschen vergleichen. Bei allen Wesen der Heiden und im ganzen Umfang ihrer Herrschaft, auf dem ganzen Gebiet ihrer Weisheit und Macht ist kein Gott, der Jahwe gleich ist. Im Gegensatz zu den eingebildeten Gottheiten der Heiden ist Jahwe der wahre und lebendige Gott, Er ist der ewige König der Völker (Jer. 10, 7. 10). Beim Eintritt der Heiden ins Reich Gottes wird der Überrest Israels, Gott den König, in Jerusalem anbeten (Sach. 14, 16). Gott ist der unvergängliche, unsichtbare und einzige König aller Weltzeiten, der Ewigkeiten (1. Tim. 1, 17). Gott, der allein Unsterblichkeit hat, Ihm gebührt die Ehre und die ewige Herrschaft (1. Tim. 6, 15).

Gott ist besonders der König Israels, Seines Volkes und Seines Landes (2. Mose 19, 6). Jahwe nennt das Land der Verheißung «mein Land», die Seinen sind dort Gäste und Fremdlinge (3. Mose 25, 23). Israels Begehren nach einem irdischen König war zur Zeit Samuels eine Beleidigung gegen Jahwe, seinen rechtsmäßigen König (1. Sam.

8, 7; 12, 12). Der echte Israelit nennt Gott «meinen König» (Ps. 44, 5; 68, 25; 74, 12). Israel freut sich Seines Königs, der es erschaffen hat (Ps. 149, 2). Er wird auf dem Berge Zion sein und zu Jerusalem als König, vor seinen Ältesten in der Herrlichkeit (Jes. 24, 23). Sie nennen Jahwe ihren König, der ihnen hilft (Jes. 33, 22). Jahwe ihr Heiliger, der Israel schuf, ist ihr König (Jes. 43, 15). Es kommt hier immer wieder das theokratische Verhältnis zu Israel zum Ausdruck. Im engeren und weiteren Sinn ist es eben das Königreich Jahwes (Ob. 21; Ps. 145, 10; Dan. 6, 26).

b.) Im besonderen Sinne ist der Sohn Gottes König über Israel und über alle Menschen. Der Sohn Gottes ist der Gesalbte Jahwes und auf dem Berge Zion als König eingesetzt (Ps. 2, 2. 6). Der Messias regiert Sein Land mit Gerechtigkeit (Jes. 32, 1). Der Knecht David (s.d.) soll ihr König sein, der Israel wie ein Hirt (s.d.) weidet (Hes. 37, 22-24). Der Prophet sagt der Tochter Zion, daß der Messias ihr König ist (Sach. 9, 9). Jesus wurde als der neugeborene König der Juden (s.d.) von den Weisen angebetet, während Seines Leidens als solcher legitimiert (Matth. 27, 42). Der Engel des Herrn bezeichnete Ihn als König über das Haus Jakob (s.d.) (Luk. 1, 33). Nathanael bekennt Jesus als König Israels (s.d.) (Joh. 1, 49). Christus ist auch König aller Menschen. Beim Völkergericht tritt Jesus als König auf (Matth. 25, 34). Er ist König aller Könige (s.d.) und der Herr aller Herren (s.d.) (Offb. 17, 14; 19, 16). Christus ist der König der Gläubigen (1. Petr. 2, 9). Sein Königreich wird kein Ende haben (Luk. 1, 33; Jes. 9, 7; Jer. 23, 5). Wenn Sein Erlösungswerk vollendet ist, übergibt Er das Reich dem Vater, dem alles untertänig sein wird. Gott ist dann Alles in Allem (1. Kor. 15, 28).

Gott ist Schöpfer und Erhalter aller Dinge, der oberste König und von allen völlig unabhängig im Himmel und auf Erden (Ps. 8, 2; 59, 14; 1. Chron. 20, 6). Christus ist ebenso der König aller Könige (Offb. 17, 14). Er ist Alleinherrscher (Jud. 4), Sein Königtum ist ein Natur-, Gnaden- und Herrlichkeitsreich (Joh. 18, 36; Ps. 8, 7; Matth. 25, 31). Die Weissagung des Alten Bundes schaute Christus als König (Ps. 2, 6. 8; Dan. 4, 31; Mich. 4, 7), der Engel des Herrn bestätigte Ihn (Luk. 1, 33), Pilatus bekannte Ihn so (Joh. 18, 36). Es war ein Vorwand, Ihn deshalb zu töten (Joh. 19, 19). Christus tritt Seine königliche Herrschaft seit Seiner Himmelfahrt an (Ps. 110, 1; Eph. 1, 21. 22).

Christi königliche Tätigkeit besteht darin, daß Er Sein Volk sammelt, erhält, erneuert und mit Seinen Gesetzen regiert, leitet und richtet (Jer. 23, 5; Ps. 75, 4. 13). Vor allem schützt und verteidigt Christus die Seinen vor der Macht der Finsternis (Joh. 10, 28; 2. Thes. 3, 3; Röm. 8, 37). Er sorgt treulich für alle Bedürfnisse Seiner Untertanen (Joh. 10, 11). Gerechtigkeit, Friede und Freude im Heiligen Geist sind die Güter des Königreiches Gottes (Röm. 14, 17). Gottlose und Heuchler sind keine Glieder Seines Königreiches (1. Petr. 2, 9; Tit. 2, 4; Gal. 2, 20; Röm. 6, 11. 12). Das Ziel Seines Königreiches ist die Vollendung, daß Gott sei Alles in Allem in Christo (1. Kor. 15, 28).

440. **König aller Könige** ist ein König aller Regenten (1. Tim. 6, 15). Schon Moseh spricht den gleichen Gedanken von Gott aus (5. Mose 10, 17). Er ist der alleinige Herrscher aller Weltreiche. Die Könige der ganzen Erde sind Ihm untergeordnet.
In der Offenbarung hat Christus den gleichen Namen. Weil Er der König aller Könige ist, wird Er alle antichristlichen Könige überwinden. Alle Könige verdanken Ihm die Macht (Offb. 17, 14). Christus trägt diesen Namen auf Seinem Kleide, wie am Gewand eines Fürsten die Würde zu sehen ist (Offb. 19, 16). Er ist dann nicht zum Spott mit einem Purpurmantel bekleidet, sondern Er trägt ein königliches Ehrenkleid. Er verherrlicht als der Allmächtige (s.d.) den Namen durch Seine Überwindung des Antichristen. Christus ist durch diesen Namen den Königen der Erde gegenübergestellt (Offb. 19, 19).

441. **König David** nennt der Prophet Jeremiah den Messias (Jer. 30, 9). Die Geschichte weiß nur von einem Davididen, der hier in Betracht kommt. Das ist Jesus von Nazareth (s.d.) (vgl. Jer. 23, 5). In der Königsgeschichte werden die Könige rückwärts nach David, dem Manne nach dem Herzen Gottes, beurteilt (1. Sam. 13, 14). Die Weissagung bezeichnet den großen Davididen als den König, welcher der Welt das volle Heil bringen wird. Zur Zeit Jeremiahs zeugt auch Hesekiel von Ihm (Hes. 34, 24; 37, 24). Das wiedervereinigte Reich Israel und Judah am Ende der Tage wird von dem König David, dem Messias regiert (Hes. 37, 24). Das Suchen der Söhne Israels in der Endzeit nach Jahwe ist mit dem Suchen ihres Königs David verbunden (Hos. 3, 5). Die Rückkehr zu Gott kann nicht ohne Umkehr zu ihrem König David erfolgen, Er ist Israels alleiniger König (2. Sam. 7, 13. 16). Dieser König David ist kein anderer als der Messias.

442. **König der Ehren** wird Jahwe Zebaoth viermal in Psalm 24 genannt, der bei der Heimholung der Bundeslade angestimmt wurde (Ps. 24, 7. 8. 9. 10). Dieser Psalm wird messianisch gedeutet. Es ist der ehrenreiche und herrliche König. Die Größe und Herrlichkeit des kommenden Königs wird gerühmt. Die Herrlichkeit des Königs der Ehren würdigt der Dichter durch wiederholtes Fragen. Er ist der König der Ehre oder der Herrlichkeit, weil sich Sein Königtum über die ganze Welt erstreckt (Ps. 22, 29).

443. **König auf dem ganzen Erdboden** (Ps. 47, 3. 8). Gottes Königtum ist nicht auf Israel begrenzt, Sein Reich erstreckt sich bis in die fernsten Inseln. Israels Gott ist keine Landesgottheit, Er herrscht in unbegrenzter Majestät. Er ist der König aller Könige (s.d.), der allerhabene Monarch über alle Lande. Es ist ein Grund der Freude für alle Völker.

444. **König der Ewigkeit** nennt Moseh in seinem Liede Jahwe (2. Mose 15, 18). Der prophetische Blick schaut Jahwes Königtum in seiner Vollendung. In der Erfüllung ist es der Berg Zion, auf dem Jahwe

ewig unter Seinem Volke thront. Im festesten, sichersten und kindlichsten Vertrauen sinnt das Herz des Psalmisten über Gottes Ratschlüsse und Heilsabsichten und bekennt freudig im Gegensatz zu den Frevlern: «Jahwe ist König ewiglich» (Ps. 10, 16). Er vergißt der Armen nicht und ist der Beistand der Waisen (Ps. 10, 12-14). Die Machtoffenbarung im Gewitter zeigt wie Jahwe als ewiger König in Zorn und Gnade richtet und auf der Erde vom Himmel her segnet (Ps. 29, 10). Sein Volk hat Frieden auf Erden. Im ersten der fünf Hallelujah-Schlußpsalmen (Ps. 146-150) schaut der heilige Sänger Jahwe den Gott Zions als ewigen König. Die ewige Dauer Seines Reiches ist die Gewähr für die zukünftige Vollendung in Herrlichkeit (Ps. 146, 10). Gegensätzlich zu den toten Götzen der Heiden ist Jahwe der lebendige Gott (s.d.) in Wahrheit, ein König der Ewigkeit (Jer. 10, 10). Er vergeht nicht wie die Götzen. Jahwe steht nicht regungslos, vor Seinem Zorn bebt die Erde, für die Völker ist Sein Grimm unerträglich. Paulus, veranlaßt durch den Gedanken an die große Errettung und grundlose Barmherzigkeit, spricht in Anlehnung an Psalm 145, 13 den Lobpreis aus: «Dem König der Ewigkeiten» (1. Tim. 1, 17). Er ist der Beherrscher und Regierer alles dessen, was sich in Zeit und Ewigkeit ereignet.

445. **König der Gerechtigkeit und des Friedens** ist die Deutung des Namens Melchisedeks, des Priesterkönigs von Salem, der eine Abbildung des Sohnes Gottes war (Hebr. 7, 2), in seiner zweifachen Namensbedeutung. Der Messias regiert in Gerechtigkeit (Jes. 32, 1; Jer. 23, 5-6), Er ist auch ein Friedenskönig (Jes. 9, 6; Sach. 6, 13). Nur Gerechtigkeit kann den ewigen Frieden schaffen. Ein solcher Friede ist die Grundlage des Reiches Gottes (Jes. 52, 12; 60, 17; Sach. 8, 1; Ps. 146, 14). Der Name Jerusalem, die Stadt des großen Königs, deutet auf den ewigen Frieden des messianischen Reiches.

446. **Der große König** ist Jahwe über die ganze Erde (Ps. 47, 3). Vor allem ist Er Israels Gott, um so aller Völker Gott zu sein. Israel, Sein Herrschaftsgebiet, ist nicht die Schranke, sondern der Mittelpunkt, von dort aus ist Jahwe der große Herrscher aller Völker. Jahwe ist als König über alles groß und erhaben (Ps. 95, 3; vgl. 96, 4; 97, 9). Jahwe Zebaoth (s.d.) nennt Sich Selbst ein großer König (Mal. 1, 14). Wegen Seiner Größe, daß auch Sein Name unter den Heiden gefürchtet wird, ist die Darbringung verdorbener Tieropfer ein Frevel gegen Seine göttliche Majestät. Der Psalmist erhebt sich zum Preis des großen Königs und Seiner heiligen Stadt (Ps. 48, 2-3). Die Stadt des großen Königs ist Jerusalem (Matth. 5, 35). Sie ist der Mittelpunkt der Theokratie; es heißt nicht «eines großen Königs», sondern «**des** großen Königs». Jahwe ist allein der große König in Wirklichkeit.

447. **König der Heiden** deutet auf Jahwes Weltherrschaft (Ps. 47, 9). Was der Psalmist besingt, ist ein Vorspiel der Besitzergreifung der Herrschaft, welche der Seher der Offenbarung schaut (Offb. 11, 15-

18). Gottes Hernieder- und wieder Herauffahren wird als ein Hinaufsteigen des Messias zum Throne der Herrlichkeit verstanden (Ps. 47, 6-9). Unter den Heidenvölkern wird verkündigt, daß Jahwe König ist (Ps. 96, 10). Jeremiah redet Jahwe an: «König der Heiden!» (Jer. 10, 7.) Israels König (s.d.) ist Er selbstverständlich (1. Sam. 12, 12). Der Gedanke an Jahwes Königsherrschaft über die Völker erhebt die Gottesoffenbarung in Israel über alle Weltreligionen. Am Krystallmeer wird in Anlehnung an das Lied Mosehs (2. Mose 15, 1-18) nach Überwindung des Antichristentums Gott der Allmächtige angeredet: «Du König der Heiden!» (Offb. 15, 3.) Es ist nicht zu lesen: «König der Heiligen.» Dieser Gottesname erinnert auch an Jeremiahs Ausspruch (Jer. 10, 6. 7). Gott hat Sich durch die ganze Fülle Seiner Macht und durch Seine Großtaten in der gesamten Völkergeschichte bis zur Vollendung als König der Heiden wunderbar offenbart. Er ist allein würdig, König zu sein in Seiner Gerechtigkeit und Wahrhaftigkeit (vgl. Offb. 6, 10).

448. **König der Heiligen** siehe König der Heiden!

449. **König des Himmels** steht in den Schlußworten des Königs Nebukadnezars als Bekenntnis nach seiner Wiederherstellung vom Wahnsinn (Dan. 4, 34). Der größte König der damaligen Zeit in Babel demütigte sich vor dem himmlischen König. Der vorher so stolze König erniedrigte sich vor dem allmächtigen Gott. Man vergleiche mit diesem Gottesnamen die Bezeichnung in 2. Chron. 36, 23; Esra 1, 2; 5, 11. 12; 6, 10; 7, 12. 23; Nehemiah 1, 4. 5; 2, 4. 20: «Gott des Himmels» (s.d.).

450. **König von Israel** nennt sich Jahwe, außerdem «sein Erlöser» (s.d.), «Jahwe Zebaoth» (s.d.), «Ich bin der Erste und der Letzte» (s.d.) und «Gott» (s.d.) in einem Verse (Jes. 44, 6). Er will und kann helfen als Israels König. Israels König und Erlöser ist eine zeit- und heilsgeschichtliche Gottesoffenbarung, die wie von einem Ringe von Gottes ewigem Dasein eingefaßt ist. Für Israel ist es tröstlich, daß Gott Sich Israels König nennt, dem auch ein überirdisches Herrschaftsgebiet angehört. Jahwe ist Israels König, solange Israel ein Volk ist (5. Mose 33, 5; Ps. 74, 12). Israels Verlangen nach einem menschlichen König war eine Beleidigung Jahwes, des himmlischen Königs (1. Sam. 8, 7; 12, 12). Nachdem Israel ein irdisches Königtum bekam, blieb Jahwe sein eigentlicher und ewiger König, von dem alle irdische Herrschergewalt abhängig ist (Jes. 33, 22). Der König ist der Retter Seines Volkes (Ps. 79, 9; 106, 8). Er will wegen Seiner Ehre nicht, daß Israel zugrunde geht. Es stehen dem König Israels, dem Jahwe der Heerscharen (s.d.) zum Schutze Seines Volkes, unsichtbare Mächte in großer Zahl und Stärke zu Gebote.
Jahwe ist Israels König in der Mitte der Tochter Zions (Zeph. 3, 15). Während der Zeit, als Israel in die Gewalt der Feinde dahingegeben war, hatte Jahwe aufgehört, sein König zu sein. Er befindet Sich als Israels König mitten in Seiner Gemeinde (vgl. Zeph. 3, 17). Jahwe ist als solcher ein starker Helfer.

Nathanael sprach nach der ersten Begegnung mit Jesus das Bekenntnis aus: «Du, du bist der König Israels!» (Joh. 1, 50.) Er erkennt Ihn als Sohn Gottes (s.d.) und mit diesem Nachsatz als Messias (s.d.). Beide Namen ergänzen sich. Jesu Verhältnis zu Gott und zum auserwählten Volke kommt mit den beiden Titeln zum Ausdruck. Das zweimalige «Du» im griechischen Text zeigt die Erregung im Herzen des Jüngers, jetzt den Messias gefunden zu haben, gleichsam freut er sich, den Erlöser zu kennen. Dieser zweite Name ist auch die Antwort auf Jesu Begrüßung als eines echten Israeliten ohne Falsch. Der Untertan begrüßt und bekennt seinen König.
Beim Einzug in Jerusalem begrüßte das Volk Jesu mit den Worten: «Hosianna, gesegnet der Kommende (s.d.) im Namen des Herrn und der König Israels!» (Joh. 12, 13; Ps. 118, 25.) Mit dem Ausruf: «Hosianna» – «Hilf doch» wurde Jesus als der erwartete Heilbringer willkommen geheißen. Der Zusatz: «König Israels» bezeichnet Ihn für den kommenden Messias (vgl. Ps. 2, 6; 72, 1).
Das Bekenntnis der Gottessohnschaft und der Messianität Jesu wird am Kreuz mit bitterem Hohn und schadenfrohem Triumph gelästert (vgl. Mark. 15, 32; Matth. 27, 42). Die Hilflosigkeit des Gekreuzigten veranlaßte die Verspottung. Wenn Er wirklich Gottes Sohn und der König Israels ist, möge Er Seine Wundermacht beweisen! Woher eine solche Verhöhnung? Der Inhalt der Verlästerung erinnert an Psalm 22, 9 (vgl. Matth. 27, 41. 42) aus einem Psalm, der den Leidensweg des Messias weissagt, welche nationaldenkende Juden nicht mit dem König Israels vereinbaren konnten. Die einseitige Auffassung dieses christologischen Hoheitstitels führt zum Ärgernis des Kreuzes.

451. **König in Jakob** nennt sich Jahwe im Gegensatz zu den Schutzgöttern der Heidenvölker (Jes. 41, 21). Er ist als solcher Israels Schutz. Der hiergenannte Gottesname steht nur einmal in der Bibel. Jahwe heißt sonst: «der Mächtige Jakobs» (s.d.) (vgl. 1. Mose 49, 24; Jes. 49, 26; 60, 16; Ps. 31, 2. 5), «der Mächtige in Israel» (s.d.) (Jes. 1, 24), «Herrscher in Jakob» (s.d.) (Ps. 59, 14). Jahwe, der König Jakobs, redet in majestätischer Machtfülle (Jes. 43, 15; 44, 6) als Kläger und Richter die Weltvölker an. Der rechtsmäßige König Jakobs verlangt Rechenschaft von ihnen über den Anspruch auf die Königsherrschaft. In Gegenwart der Völker fordert Er starke Beweisgründe von denen, die sich ihre Herrschaft und Würde angemaßt haben. Die Weltgeschichte begründet, die gewesen ist und sein wird, daß die Weltfürsten mit ihren Götzen vom Nichts und ihr Tun von Nichtigkeit ist. Der König Jakobs zitiert die Völker der Welt bis an die Enden der Erde vor Gericht, daß Gottes Machtfülle und Weisheit der Vergangenheits-, Gegenwarts- und Zukunftsgeschichte ans Licht kommt.

452. **König über das Haus Jakob** nennt der Engel des Herrn den Sohn Gottes (Luk. 1, 33). Viele Erklärer sind bestürzt, daß von einer Herrschaft des Messias nur über das Haus Jakob die Rede ist. Der Gedanke, daß Christus auch über die Heiden herrschen soll, wird

hier oft hineingeschmuggelt. Das Haus Jakob ist weiter nichts als das Volk Israel, die Heiden sind hier keineswegs mit einbegriffen. Der Engel spricht demnach nur von Christi Herrschaft über die Juden. Ist das Messiasreich nur für die Juden? Keineswegs! Die Propheten sind in ihren Weissagungen weit über Israels Grenzen hinausgegangen und beziehen sich auch auf die Heidenwelt. Es liegt dem Engel nicht daran, Maria über das Reich Gottes zu unterrichten. Wichtig ist hier der Gedanke, daß das Haus Jakob sich nicht als Gesamtvolk unter Jesu Zepter beugte. Es ist darum die Zukunftsform zu beachten: «Und Er **wird** König sein über das Haus Jakob!» Von dem aus Jakobs Lenden stammenden Volk schließen sich viele aus, die den König nicht anerkennen. Sein Königreich über das Haus Jakob wird dennoch ewig, ohne Aufhören sein (Dan. 7, 14).

453. **König über Jesurun** wurde Jahwe bei der Gesetzgebung am Sinai (5. Mose 33, 5). Die Theokratie, das Königreich Gottes in Israel, nahm seinen Anfang. Jesurun, das gerade, redliche Volk (vgl. 5. Mose 32, 15; 33, 26; Jes. 44, 2), ist ein Ehrenname für Israel, mit dem Gott im Königsverhältnis steht. Jahwe hält nicht nur als König die Ordnung aufrecht, wodurch Heil und Leben begründet wird, sondern Er gewährt auch Wohlstand, Schutz, Sicherheit, Macht und Herrlichkeit. Das Wort: «Ihr seid mir ein Königtum von Priestern» (2. Mose 19, 6) deutet Gottes Königsein an, außerdem wird es noch oft ausgesprochen (vgl. Ps. 5, 3; 10, 16; 24, 7; 29, 10; 47, 8; Jes. 33, 22; 43, 15; 44, 6; Zeph. 3, 15; Mal. 1, 14). Diese Schriftzeugnisse, die noch mit anderen Gottes- oder Königsnamen verbunden sind, mögen nach dem Bibelstellen-Verzeichnis im Anhang nachgeforscht werden, um zu den verschiedenen Namen geführt zu werden!

454. **König der Juden** nennen die Weisen aus dem Morgenlande den zu Bethlehem geborenen Sohn Gottes, dessen Stern sie gesehen hatten (Matth. 2, 2). Ihre entscheidende Frage: «Wo ist der neugeborene König der Juden?», entsprach ganz der messianischen Erwartung der Heiden, die zur Huldigung des Messias erschienen (vgl. Jes. 60, 3). Die Erwartung der Juden von der Weltherrschaft ihres Messias war damals in auswärtigen Ländern des Orients weithin verbreitet (vgl. Suet. Vesp. 4. Tacit. H. 5, 13. Jos. bell. Jud. 6, 5. 4), daß heidnische Astrologen in Jerusalem nach dem neugeborenen König der Juden fragten.
In der Leidensgeschichte des Herrn wird der Name «König der Juden» von Pilatus, von den spottenden Soldaten und als Kreuzesinschrift erwähnt. Der römische Landpfleger fragte Jesus: «Bist du der König der Juden?» (Mark. 15, 2; Matth. 27, 11; Luk. 23, 3; Joh. 18, 33.) Die Anklage der Hohenpriester, Jesus habe Sich gegen die römische Obrigkeit aufgelehnt, veranlaßte zu dieser Frage. Der Herr bejahte die Frage, nachdem Er dem Römer die Natur Seines Königreiches erklärt hatte (Joh. 18, 33). Im weiteren Verlauf der Gerichtsverhandlung fragte Pilatus das Volk: «Wollt ihr, daß ich losgebe euch den König der Juden?» (Mark. 15, 9; Joh. 18, 39.) Es ist unter Heiden eine weit ver-

breitete Bezeichnung für den Messias, den die Juden erwarten. Der Landpfleger appelierte damit an das Gewissen der Hohenpriester. Es wurde die Losgabe des Barabbas gewünscht. Die dritte Frage des Pilatus lautete: «Was wollt ihr nun, was ich dem tue, den ihr nennt: König der Juden?» (Mark. 15, 12.) Das aufgewiegelte Volk forderte die Kreuzigung. Die Soldaten grüßten den Herrn spottend: «Heil dir, König der Juden» (Mark. 15, 18; Matth. 27, 29; Joh. 19, 3). Die Inschrift des Kreuzes lautete: «Der König der Juden» (Mark. 15, 26; Matth. 27, 37; Luk. 23, 38; Joh. 19, 19). Die Priester protestierten gegen Pilatus und sagten: «Schreibe nicht: der König der Juden!, sondern, daß er gesagt hat: Ich bin der König der Juden!» (Joh. 19, 21.) Pilatus änderte nichts und sagte: «Was ich geschrieben habe, habe ich geschrieben!» Durch die Kreuzesinschrift in hebräischer, griechischer und lateinischer Sprache wurde Jesus im Augenblick Seiner tiefsten Erniedrigung in den Sprachen der drei bedeutendsten Weltvölker als König und Messias ausgerufen.

455. **König über alle Lande** wird in Sacharja 14, 9 Jahwe genannt. Sacharjah weissagt die Vollendung des Heils. Das Kommen des Herrn bringt eine Wandlung der Erde hervor. Der Wechsel von Tag und Nacht hört auf. Von Jerusalem aus ergießen sich lebendige Wasser über das ganze heilige Land. Zu diesem Segen kommt der geistliche Segen, daß Jahwe König über die ganze Erde ist und Sein Name allein genannt und geehrt wird. Jahwes Königtum umfaßt nicht nur das Reich der Natur, sondern auch das Reich der Gnade. Es ist dann eine vollkommene Verwirklichung der angebahnten Gottesherrschaft des Alten Bundes. In Altisrael lehnte man sich durch Sünde und Abgötterei oft gegen Jahwes Königsherrschaft auf. Ein solcher Abfall hört dann auf. Jahwe allein ist König und Gott des erlösten Volkes. Von den Erlösten wird Er allein anerkannt, nur Sein Name wird genannt.

456. **Der König in Seiner Schöne** wird von dem erlösten Volke Gottes geschaut (Jes. 33, 17). Der Prophet sieht die nahe bevorstehende Rettung mit der großen, endlichen, messianischen Heilszeit in Eins zusammen. Der niedergedrückte König von Judah wird dann strahlend in der Freude des Heils erscheinen, Er ist zugleich ein Vorbild des in höchster Schönheit und prangender Herrlichkeit vom Messias. Seine Schönheit besingt der Psalmist in der Erscheinung des Königs-Bräutigams (Ps. 45, 3). Der Ausdruck: «ein Land der Weiten» (Jes. 33, 17) besagt, daß der Blick des Propheten in die messianische Zukunft dringt (vgl. Jes. 8, 9; Jer. 8, 19). Jesajah schaut des Königs königliche Pracht und Schönheit und Sein Land mit einer unermeßlichen Ausdehnung. Die neutestamentliche Heilsgemeinde sieht im Christentum den König in Seiner Schöne, die Herrlichkeit des Eingeborenen Gottes (s.d.) vom Vater (s.d.), voll Gnade und Wahrheit (Joh. 1, 14).

457. **Kraft** ist im Alten Testament die Übersetzung von vielen hebräischen Ausdrücken: 1. «on» – «Vermögen, Kraft»; 2. «ejal» – «Kraft,

Stärke»; 3. «amzah» – «Stärke, Kraft»; 4. «geburah» – «Kraft, Körperstärke»; 5. «zeroa» – «Arm, Kraft, Macht»; 6. «chail» – «Kraft, Stärke, Tapferkeit»; 7. «jad» – «Hand, Macht, Gewalt, Kraft»; 8. «koach» – «Kraft, Macht, Gewalttätigkeit»; 9. «kelach» – «Kraft, Vollkraft»; 10. «meod» – «Wucht, Kraft»; 11. «oz» – «Stärke, Kraft, Macht»; 12. «qeren» – «Horn, Macht, Kraft»; 13. «maamazzim» – «Kräfte, Kraftanstrengungen»; 14. «thaazumoth» – «Kraftfülle»; 15. aramäisch: «chesen» – «Macht, Kraft». Die griechischen Bezeichnungen sind: 1. «dynamis» – «Kraft, Macht, Vermögen»; 2. «ischys» – «Stärke, Kraft»; 3. «kratos» – «Stärke, Kraft, Macht, Herrschaft».

1.) Kraft, im Hebräischen vor allem von «el» oder «ul» abgeleitet, bedeutet auch «Gott» (s.d.). Er ist die Kraft aller Kräfte, der höchste Inhaber der Kräfte. David bringt Gottes höchste und vollkommenste Kraftfülle mit neun Namensbezeichnungen sinnvoll in seinem Dankgebet zum Ausdruck: «Gesegnet seist du Jahwe, Gott Israels unseres Vaters (s.d.), von Ewigkeit zu Ewigkeit! Dein Jahwe ist die Größe (s.d.) und die Stärke (s.d.) und der Ruhm (s.d.) und der Glanz (s.d.) und die Pracht (s.d.), denn alles in den Himmeln und auf der Erde ist dein, Jahwe ist die Königsherrschaft, und die Erhabenheit (s.d.) über alles zum Haupt, und der Reichtum (s.d.) und die Ehre (s.d.) vor dir, und du herrschst über Alles, und in deiner Hand ist Kraft und Macht, und in deiner Hand ist es, alles groß und stark zu machen» (1. Chron. 29, 10-12). Was der König zum Ausdruck bringt ist der Grundton Seiner ganzen Herzens- und Glaubensstimmung, wie das immer wieder in den Psalmen und von den Propheten ausgesprochen wird. Josaphat klammerte sich an Gottes Kraft und Allgewalt, der keiner widerstreben kann (2. Chron. 20, 6), was auch in ähnlichen Schriftstellen betont wird (Ps. 94, 16; 1. Chron. 29, 12; 2. Chron. 14, 10). Der Prophet Sacharjah kündigte dem König Usiah an: «Denn es ist Kraft bei Gott, zu helfen und zu stürzen!» (2. Chron. 25, 8.) Moseh erklärt und begründet die Größe und Kraftfülle Gottes: «Jahwe, Gott, du hast angefangen sehen zu lassen deine Größe (s.d.) und deine starke Hand, denn welcher Gott ist in den Himmeln oder auf Erden, der da tut wie deine Werke und Krafttaten?» (5. Mose 3, 24.) Was Moseh andeutet, klingt wieder bei dem Psalmisten (Ps. 86, 8; 89, 7), besonders bei den Propheten (vgl. Jes. 40-48; Jer. 10, 6). Alle anderen Götter lassen sich mit Jahwe, Gott, nicht vergleichen (vgl. Ps. 86, 8. 10; 96, 5; 1. Kor. 8, 5). Gott offenbart die Kraftvollkommenheit im Werk der Schöpfung. Mehrfach stellt Jesajah die Schöpfermacht des lebendigen Gottes (s.d.) den toten Götzen der Heidenvölker gegenüber (Jes. 10, 10-14; 27, 5; 32, 17; 5, 15). Gott der Schöpfer (s.d.), Erhalter (s.d.) und Regierer (s.d.) der Welt stellt die Berge fest durch Seine Kraft, Er stillt das Brausen des Weltmeeres (Ps. 65, 7). Ihm, dem Schöpfer aller Dinge gebührt Preis, Ehre und Kraft (Offb. 4, 11).

a.) Gott offenbart Seine Kraft in der Erhaltung und Regierung der Welt. Mit großer Kraft führte Er Israel aus Ägypten (2. Mose 32, 11; 4. Mose 14, 13; 2. Kön. 17, 36). Er führt durch Sein Vermögen und Seine große Kraft das zahlreiche Heer der Sterne (Jes. 40, 26). Der

Psalmist bittet: «Erhebe dich in deiner Kraft!» (Ps. 21, 14.) Es ist die übernatürliche (Ps. 57, 6. 12), richterliche (Ps. 7, 7) Obergewalt, der alles Widerstrebende unterliegt. Er ist groß an Kraft, vor Seiner Allmacht erbeben die Berge, Hügel zerfließen, die Erde erhebt sich vor Ihm (Nah. 1, 4-5). Er hilft dem, der Ihm vertraut, daß ihm Seine Kraft zufließt, die er bedarf (Jes. 40, 29). Gott wirkt im Inneren aller Kreaturen (Eph. 1, 11; Phil. 2, 13); Er steht als alleiniger Herrscher (s.d.) dennoch über Allem (Jud. 4). Er ist der Herr Himmels und der Erde (Matth. 11, 25). Gott der Herr umfaßt mit Seiner Kraft, die mit Seiner Allgegenwart und Allwissenheit in Verbindung steht, das Höchste und Tiefste, das Größte und Kleinste, das Nächste und Entfernteste (Offb. 7, 12; 15, 8; Jes. 40, 12; Ps. 147, 4; Hiob 40; Jer. 23, 23). Er kann töten und lebendig machen, geben und nehmen, verletzen und verbinden nach Seinem Wohlgefallen (5. Mose 32, 39; 1. Sam. 2, 6; Dan. 4, 34; Luk. 1, 51). Wie Er den ganzen Naturverlauf leitet, so kann Er ihn aufheben (Ps. 102, 27; Offb. 20, 11), oder ein Neues schaffen (4. Mose 16, 30; Jer. 31, 22). Er tut allein große Wunder, Ihm ist nichts unmöglich (2. Mose 34, 10; Ps. 77, 15; Sach. 8, 6). Gott trägt eine große Kraftfülle in Sich, daß Er Arme und Schwache mit Seiner Kraft erfüllen und stärken kann, daß sie rühmen können: «Ich gehe einher in der Kraft des Herrn Jahwe» (Ps. 71, 16; 18, 33; 27, 1; 2. Sam. 22, 23; Jes. 40, 31; Jer. 16, 19). Gott hat durch Seine Kraft Christum aus dem Tode erweckt (Eph. 1, 19. 20; 2, 5. 6; 3, 16).

2.) Zu den herrlichen Namen, die dem Messias beigelegt werden, gehört auch der Name «Kraft», starker Gott (Jes. 9, 6; 10, 21). Man vergleiche hierzu «Sohn der Jungfrau»! Er führt als solcher den ganzen Heilsrat Gottes zur Vollendung und überwindet alle Hindernisse und Feinde. In Seiner großen Kraft ist Er einst der Überwinder (Jes. 63, 1). Während Seines Erdenlebens ging Kraft von Ihm aus und Er half allen (Luk. 5, 17; 6, 19; 8, 46; Apostelg. 10, 38). Er lebt als der Auferstandene in Kraft (2. Kor. 13, 2). Wer Seinem göttlichen Gnadenruf folgt, erfährt Ihn als Gottes Kraft und Weisheit (s.d.) (1. Kor. 1, 24). Er weckt die geistlich und die leiblich Toten auf (Joh. 5, 21. 25; Phil. 3, 21). Es wird von Ihm heißen: «Du hast empfangen deine große Kraft und herrschest» (Offb. 11, 17; 12, 10; 5, 12).

3.) Der Heilige Geist heißt mit Seinen vielen Gnadengaben «die Kraft Gottes». Der Herr sagte zu den Jüngern: «Ihr werdet angetan werden mit Kraft aus der Höhe» (Luk. 24, 49; vgl. Jes. 11, 2). Der Engel des Herrn sagte zu Maria: «Die Kraft des Höchsten wird dich überschatten» (Luk. 1, 35; Matth. 1, 18). Der Heilige Geist ist eine schöpferische Zeugungs- und Belebungskraft (vgl. 1. Mose 1, 2). Durch die Kraft des Heiligen Geistes haben die Gläubigen völlige Hoffnung (Röm. 15, 13). Er wirkt im Innersten des Herzens (Eph. 3, 20; 1. Kor. 2, 5). Von Ihm fließen alle Gaben und Kräfte aus, welche die Gemeinde empfängt (1. Kor. 12, 4). Die wunderbaren Gaben, besonders auch Heilungsgaben werden Kräfte oder Machtwirkungen des Geistes genannt (Hebr. 2, 4).

4.) Im Neuen Testament ist von der Kraft Gottes, Christi und des Heiligen Geistes die Rede. Die Kraft Gottes nennt Jesus von den Sadduzäern (Matth. 22, 29; Mark. 12, 24) «die Kraft des Höchsten»; «der Engel des Herrn» (Luk. 1, 35) «die Kraft aus den Höhen» (Luk. 24, 49). In Doxologien kommt der Ausdruck auch vor (Matth. 6, 13; Offb. 4, 11; 7, 12). Nach rabbinischem Sprachgebrauch wird Gott «die Kraft» genannt (Matth. 26, 64; Mark. 14, 62; Luk. 22, 29) «die Kraft Gottes». Kraft Gottes heißt auch Christus (1. Kor. 1, 24), das Evangelium (Röm. 1, 16), die Predigt vom Kreuz (1. Kor. 1, 18). Die Kraft Christi offenbart sich bei Seiner Wiederkunft als herrliche Königsgewalt (Matth. 24, 30; Mark. 13, 26; Luk. 21, 27; 2. Thes. 1, 3. 7; 2. Petr. 1, 16; Offb. 5, 12), sie offenbart sich als göttliche Macht (2. Petr. 1, 3). Sie äußert sich im Leben der Gemeinde (1. Kor. 5, 4), in Seinem Einfluß auf die Gemüter (2. Kor. 12, 9). Seine Macht hält und trägt alles (Hebr. 1, 3). Bei Jesu Erdenleben zeigte sich diese Kraft ganz besonders in Seinen Zeichen und Wundern (Mark. 5, 30; Luk. 5, 17; 6, 19). Die Kräfte waren bei Seinen Wundertaten wirksam und vorhanden (Matth. 13, 54; 14, 2; Mark. 6, 14). Der Heilige Geist ist der Geist der Kraft (s.d.) (2. Tim. 1, 7; 1. Petr. 4, 14). Daher die Wendungen: «In der Kraft des Geistes» (Luk. 4, 14) und «Kraft des Heiligen Geistes» (Apostelg. 1, 8), «in Kraft Heiligen Geistes» (Röm. 15, 13. 19) und «Heiliger Geist und Kraft» (Apostelg. 10, 38; 1. Kor. 2, 4).

458. **Die Kraft des Geistes** war wirksam im Leben Jesu. Das Gesamte ist messianisch zu verstehen. Jesu Wirken in der Kraft des Geistes und Jesu Verheißung des Geistes haben ihre alttestamentlichen Voraussetzungen. In der späteren Periode des Alten Bundes ist die Prophetie ein Geistescharisma. Der Prophet ist ein besonderer Geistesträger, die Weissagung ist eine Wirkung des Geistes. Der Messias ist ein Träger des Geistes Jahwes. Der Geist Jahwes wird Sich auf Ihn niederlassen (Jes. 11, 2). Es ist der Geist der Weisheit (s.d.), der Weisheit (s.d.), des Rates (s.d.), der Macht (s.d.), der Erkenntnis (s.d.) und der Furcht Jahwes (s.d.). Die Kraft und die Wirkung des Geistes sind nicht allein Wunder und Machttaten, es liegt der besondere Nachdruck auf der sittlichen Seite. Der messianische Spruch in Jesaja 28, 5 verheißt dem Rest des Volkes einen herrlichen Stirnreif, er verhilft zum Geiste des Rechts, dem der zu Gericht sitzt.
Die Hoffnung auf die Verleihung des Geistes knüpft nicht allein an die Person des Messias an, sondern das Alte Testament erwartet in der messianischen Zeit, daß Gott das Volk von den Sünden reinigt und durch die Kraft des Geistes zu einem neuen, Gott wohlgefälligen Lebenswandel führt. Ein Geist aus der Höhe wird ausgegossen (Jes. 32, 15), durch Ihn werden Recht und Gerechtigkeit zur Herrschaft kommen. Der Herr sprengt reines Wasser über sie, daß sie rein werden von allen ihren Unreinheiten, von ihren Götzen werden sie gereinigt. Er verleiht ihnen ein neues Herz und legt einen neuen Geist in ihr Inneres, das steinerne Herz wird aus ihrem Leibe entfernt und ihnen ein fleischernes Herz verliehen. Er wird Seinen Geist in ihr

Inneres legen und schafft, daß sie in Seinen Satzungen wandeln und Seine Ordnungen halten und darnach tun (Hes. 11, 19; Jer. 31, 33). In diesen Zusammenhang gehört auch die Verheißung von der Ausgießung des Geistes (Joel 3, 1-5). Eine solche Hoffnung ist im Spätjudentum noch lebendig. Zacharias erwartet in seinem Lobgesang vom Volke Gottes, daß es in der messianischen Zeit in Heiligkeit und Gerechtigkeit Gott dient (Luk. 1, 74). Es wird sogar vom Täufer erwartet, daß er vor Gott einhergeht in der Kraft des Geistes des Eliah (Luk. 1, 17), zu bekehren die Herzen der Väter zu den Kindern (Mal. 3, 24) und die Ungerechtigkeit zur Verständigkeit der Gerechten, zu rüsten für den Herrn ein zubereitetes Volk. Johannes weissagt auch, daß der nach ihm Kommende das Volk mit Heiligem Geist und Feuer taufen werde (Matth. 3, 11; Luk. 3, 16).
In diesem Zusammenhang verdienen noch einige andere Zeugnisse Beachtung. Die Zeit der Pneumatiker kennt pneumatische Erscheinungen. Der Prophet weiß sich als Geistbegabter (Jes. 61, 1). Der Knecht Jahwes ist auch ein Geistesträger (Jes. 42, 1; 50, 4. 6. 7). Es ist zu bedenken, daß der Geist Gottes im Alten Bunde nicht immer so deutlich als die Kraft des gottwohlgefälligen Lebens erscheint, wie im Neuen Testament. Zweifellos bestand aber auch im Alten Testament diese innere Verbindung von Geistesbegabung und dem gottwohlgefälligen Lebenswandel (Jes. 63, 10; Ps. 51, 12s.; 143, 10).
Jesus war Sich ganz bewußt, daß Er Seinen messianischen Beruf in der Kraft des Geistes ausrichtete. Lukas spricht mehr vom Geist als die beiden ersten Evangelisten, nicht nur in den Kindheitsgeschichten (Luk. 1, 15. 17. 41. 61. 80; 2, 25. 26. 27) sondern auch, daß Jesus von der Jordantaufe voll des Geistes zurückkehrte (Luk. 4, 1) und in der Kraft des Geistes nach Galiläa zog (Luk. 4, 14). Der Heilandsruf (Matth. 11, 25-27) wird als ein Frohlocken im Heiligen Geist bezeichnet (Luk. 10, 21. 22). Das Wort im Matthäusevangelium, daß der Vater im Himmel den Bittenden gute Gaben geben wird (Matth. 7, 11), erweitert Lukas in den Wortlaut: «Wieviel mehr wird euer Vater, der vom Himmel her wirkt, Heiligen Geist denen geben, die ihn bitten» (Luk. 11, 13). Das Bild von der Sachlage, das die beiden anderen Synoptiker bieten, wird durch Aussagen noch vertieft. Was Lukas über des Herrn Berufstätigkeit ausführt, ist auf Jesu eigene Verkündigung begründet.
Es war Jesu eigene Erfahrung, daß in der Taufe Seine Begabung mit dem Heiligen Geiste erfolgte. Jesus machte in jener Stunde Seine Messiaserfahrung im Sinne der Weissagung (Jes. 42, 1). Es wurde Ihm der Beruf übertragen, den Er nicht Selbst erwählt hatte, sondern Gott stellte Ihn dazu ein. Mit dieser Erwählung rüstete Ihn Gott auch mit der notwendigen Kraft aus. Das ist nichts anderes als Gottes Heiliger Geist. «Ich habe meinen Geist auf Ihn gelegt!», ist eine geschichtliche Tatsache, daß Jesus Seinen messianischen Beruf so ausrichtete, wie es für Ihn vorgezeichnet war (Jes. 41, 2). Bei genauer Beachtung dieser Prophetenstelle ist ersichtlich, daß Jesus darauf Sein Berufsbewußtsein herleitete, und dadurch davon überzeugt wur-

de, Sich allezeit vom Geiste Gottes leiten zu lassen. Der Einwand, dadurch würde die Übernatürlichkeit der Person Jesu in Abrede gestellt, ist nicht stichhaltig. Die Berufsausstattung ist eben ein neuer Abschnitt im Leben Jesu, in der Taufe wurde eben die Einheit mit dem Vater offenbart. Jesus war seit dieser Stunde immer in völliger Abhängigkeit von dem Willen des Vaters, um Seine Heilsabsicht Seinem Ziele entgegenzuführen.

Die Anlehnung dieser Tatsache an die Prophetenstelle ist ganz berechtigt. Wenn die verwandte Stelle (Jes. 11, 2) bei der Taufe auch nicht im Vordergrund steht, kann das Niederlassen des Geistes Gottes auf den Messias bei der Taufstimme doch mit Jesaja 61, 1 begründet werden. Für Jesus hatte auch dieses Prophetenwort eine hohe Bedeutung. Zwei Stellen im Neuen Testament betrachten Jesu messianisches Wirken als Erfüllung dieser Jesajahstelle. In der Synagoge zu Nazareth machte Jesus Jesaja 61, 1 zum Gegenstand der Erfüllung: «Der Geist des Herrn ist auf mir, weshalb er mich gesalbt hat, das Evangelium den Armen zu verkündigen» (Luk. 4, 17-19). Auf die gleiche Prophetenstelle nimmt Jesus Bezug in der Antwort auf die Botschaft des Täufers (Matth. 11, 5). Das Ideal des Propheten in Jesaja 61, 1 ist nahe mit dem in Jesaja 42, 1 verwandt.

Aus dem Erwähnten geht klar hervor, daß Jesus Seine Berufsausrüstung mit dem Heiligen Geist als Erfüllung der alttestamentlichen Verheißung von der Geistesverleihung ansah. Es ist das Kennzeichen der messianischen Zeit. Das gleiche ist aus dem Gespräch Jesu mit Nikodemus ersichtlich (Joh. 3, 3. 10). Der Herr macht Nikodemus den Vorwurf, daß er von der Wirkung des Geistes keine Vorstellung hatte. Er hätte als Schriftgelehrter doch wissen müssen, daß die Genossen des Reiches mit dem Geist begabt sein würden. Es hat hier der Gedanke des Alten Testamentes Aufnahme gefunden, daß nicht nur der Messias, sondern auch die Gemeinde den Geist empfängt.

Jesus hatte von der Taufe die Überzeugung, daß Gott in der Kraft des Geistes allezeit bei Ihm ist. Das ist ein sehr bedeutendes Ergebnis, daß schon die irdische Wirksamkeit des Herrn eine pneumatische ist. Die Geistesausgießung am Pfingsttage ist dann nicht etwas Besonderes und Neues, denn die Jünger standen schon während der irdischen Wirksamkeit ihres Herrn unter den Wirkungen des Geistes. Jesu Wirksamkeit ist eben pneumatisch. Die Kraft des Geistes ist gleichsam die Kraft Gottes. Jesus gewinnt damit zugleich Anteil an der Herrschaft Gottes.

Jesus sieht es Selbst auch so. In der Selbstverteidigung gegen die Pharisäer, die Ihm vorwarfen, Er treibe die Dämonen durch Beelzebub aus, sprach Er das Wort: «Wenn ich im Geiste Gottes (mit dem Finger Gottes) die Dämonen austreibe, so ist das Reich Gottes zu euch gekommen» (Matth. 12, 28; Luk. 11, 20). Im Denken Jesu standen sich zwei übernatürliche Reiche gegenüber, das Reich Gottes und das Satansreich. In der Kraft des Geistes Gottes brach Er in das Reich des Satans ein. Wenn durch den Geist Gottes Dämonen ausgetrieben werden, dann ist damit das Reich Gottes in ihrer Mitte erschienen.

Die Variante: «Es komme dein Heiliger Geist auf uns!» (Luk. 11, 2) erhält von hier aus ein anderes Licht. Jesus betrachtete Seine Heilstätigkeit als Wirkung des Geistes. Wo diese Wirksamkeit ist, da ist das Reich Gottes. Jesus war davon überzeugt, daß Er Seinen messianischen Beruf in der Kraft des Geistes ausführte, das geht aus der anschließenden Rede hervor. Er unterscheidet die Sünde gegen den Menschensohn, die vergebbar ist von der unvergebbaren Lästerung wider den Geist. Er kann in der Niedrigkeit als Menschensohn von Menschen verkannt werden. Wenn sie sich aber gegen Seine Wirksamkeit in der Kraft des Geistes verhärten, dann ist das nicht zu entschuldigen. Sie mußten erkennen, daß Gottes Kraft und Herrschaft in Ihm wirksam war.
Nach einer anderen Stelle wurde Jesus vom Geiste in die Wüste geführt, um versucht zu werden (Matth. 4, 1; Luk. 4, 1). Jesus ging in der Kraft des Ihm verliehenen Geistes, um die falsche Anwendung dieser Kraft zu erkennen und um sie von Sich abzuweisen. Die bestandene Versuchung begründet den messianischen Weg, den Er forthin zu gehen hatte.
Jesus verheißt Seinen Jüngern, wenn sie wegen des Evangeliums sich vor Gericht verantworten müssen, daß sie nicht zu sorgen brauchen, was sie reden sollen: «Denn nicht ihr seid die Redenden, sondern der Geist eures Vaters, der in euch redet» (Matth. 10, 20; Luk. 12, 12). Wie Sich Jesus in Seinem Berufswirken vom Geiste erfüllt wußte, so sollen es auch Seine Jünger in gefahrvollen Umständen wahrnehmen, daß sie nur Zeugen und Werkzeuge sind, daß Gott ihnen durch Seine überragende Macht beisteht.
Die Geisteswirkung im Berufsleben Jesu ist damit noch nicht erschöpft. Alles, was der Herr beruflich ausführte, geschah im Auftrag und in der Kraft Gottes. Die Kraft des Herrn war bei Ihm, als Er Kranke heilte (Luk. 5, 17). Es wurde ein Zeichen vom Himmel von Ihm gefordert (Matth. 8, 11), als man Ihn nach Seiner Vollmacht fragte (Matth. 21, 23). Jesus beansprucht andrerseits die Vollmacht, Sünden zu vergeben (Matth. 9, 6). Sein Lehren erweckte den Eindruck göttlicher Vollmacht (Matth. 7, 29; Mark. 1, 32). Jesu Weissagungen waren auch nur in der Kraft des Geistes Gottes ausgesprochen.
Die gleiche Tendenz begegnet uns auch im Johannesevangelium. Der Geist wurde Jesus bei der Taufe verliehen (Joh. 1, 32; 3, 34). Es wird Wert darauf gelegt, daß der Geist bei Jesus blieb. Die Folge der messianischen Geistesbegabung ist dann, daß Jesus die Fähigkeit hat, Selbst mit dem Heiligen Geist zu taufen (Joh. 1, 33; 3, 34). Jesus hatte im Unterschied zu aller prophetischen Geistesbegabung den Geist ohne Maß in unbegrenzter Fülle. Es ist daher ganz naturgemäß, daß Jesus von Sich sagt: «Die Worte, welche ich zu euch geredet habe, sind Geist und Leben» (Joh. 6, 63). Seine Worte und Taten sind geisterfüllt (Joh. 6, 68; 4, 23). Im Gespräch mit Nikodemus läßt sich eine verwandte Auffassung von der Verbindung des Geistes Gottes mit dem Reiche Gottes feststellen (Joh. 3, 1s.; Matth. 12, 28). Das Auf- und Absteigen der Engel Gottes auf den Sohn des Menschen

symbolisiert Seine Geistesbegabung (Joh. 1, 51). Das Quellwasser, das Er gibt (Joh. 4, 14; vgl. Jer. 2, 13), ist die Gabe des Geistes. Was der Evangelist Johannes ausführt, sind keine Gedanken einer späteren Zeit, die zurückdatiert wurden. Er belehrt seine Jünger ausdrücklich, daß die eigentliche Verleihung des Geistes erst nach Jesu Verherrlichung erfolge (Joh. 7, 39). Jesus verheißt den Geist in Seinen Abschiedsreden für die Zukunft.

Der Geist wird erst nach Jesu Vollendung verheißen. Die Jünger erwarteten den Geist durch Jesu Zusage (Matth. 3, 11; Apostelg. 1, 5; 11, 16). Die zitierten Worte Johannes des Täufers beruhen auf einer geschichtlichen Tatsache, wodurch sie erhalten geblieben sind. Nach der Auferstehung spricht Jesus zu Seinen Jüngern: «Siehe, ich sende die Verheißung meines Vaters zu euch. Ihr aber sollt in der Stadt bleiben, bis ihr Kraft aus der Höhe anzieht» (Luk. 24, 49). Der Ausdruck: «Die Verheißung meines Vaters» deutet an, daß Jesus mit dieser Sendung den Jüngern bereits Bekanntes und von ihnen zu Erwartendes in Aussicht stellt. Es liegt nahe, daß der Herr in Seinen Erdentagen die Seinen darüber belehrt hatte. Der Taufbefehl des Auferstandenen setzt auch die Kenntnis der Jünger voraus (Matth. 28, 19), welche Bewandtnis es mit dem Heiligen Geist hat. Die Jünger werden nach der Auferstehung Jesu angewiesen (Apostelg. 1, 4) in Jerusalem die Erfüllung der Verheißung zu erwarten, die sie von Ihm gelehrt hatten. Jesus wiederholte damit die Weissagung des Täufers, daß die Jünger mit Heiligem Geist getauft werden sollen. Es sind noch die Ausdrucksweisen zu beachten: «Verheißung des Geistes» (Gal. 3, 14; Apostelg. 2, 33), «Verheißung des Vaters» (Luk. 24, 49; Apostelg. 1, 4), «Geist der Verheißung» (s.d.) (Eph. 1, 13). Das sind verwandte Klänge und doch sind die Feinheiten nicht unwichtig. Zusammenfassend kann gesagt werden, daß Jesus schon vor Seiner Auferstehung den Jüngern die Ausgießung des Geistes verheißen hat.

Die Abschiedsreden des Herrn im Johannesevangelium, die auch die Sendung des Geistes in Aussicht stellen, haben die Geschichte Jesu als Grundlage. Es besteht die volle Berechtigung, diese Reden dem Evangelium einzuordnen. Für die hier vorliegende Frage bieten die Reden des abschiednehmenden Herrn an die Jünger sehr wichtige Hinweise. Die Beachtung der johanneischen Theologie ist sehr lehrreich, ohne daß die theologischen Tendenzen der anderen biblischen Schreiber in den Hintergrund gerückt werden.

Jesus gab beim Abendmahl den Jüngern die tröstende Zusage: «Ich will den Vater bitten, und er wird euch einen anderen Tröster (s.d.) geben, damit er bei euch sei in Ewigkeit, den Geist der Wahrheit (s.d.) (Joh. 14, 15-17). Der Geist der Wahrheit, der Heilige Geist (s.d.), wird den Jüngern von Jesus verheißen, als Ersatz für Seine Gegenwart. Der Geist erhält sie in innerer Verbindung mit ihrem Herrn. Jesus legt ihnen Zeugnis davon ab (Joh. 14, 26; 15, 26; 16, 13). Der Heilige Geist führt sie in alle Wahrheit, lehrt sie auch die Zukunft erkennen (Joh. 16, 13) und Er überführt die Welt von der Sünde in ihrem Unglauben. Die zur Vollendung kommende Gerechtigkeit an

Jesus wird auch dadurch erkannt und das zur Ausführung kommende Gericht an dem Fürsten dieser Welt (Joh. 16, 8).

459. **Die Kraft des Heiligen Geistes** siehe Kraft!

460. **Kraft des Höchsten,** griechisch «dynamis hyspistou», wird dich überschatten (Luk. 1, 35), sagte der Engel zu Maria. Der Name bildet ein Parallelglied zu «Heiliger Geist», den Calvin auch als wirksame Kraft oder Kraftwirkung Gottes versteht. Einige Ausleger geben dem Reformator wegen des Parallelismus membrorum Recht. Der Heilige Geist wird durch diese Beifügung des zweiten Gliedes genau bestimmt. «Heiliger Geist» steht gegensätzlich zum «Fleisch der Sünde», «Kraft des Höchsten» ist im Gegensatz zu «Mann». Eine Geisteswirkung, Wirkung des Heiligen Geistes, nicht fleischliches Tun, Tun des Fleisches der Sünde und göttliche Machtwirkung, nicht Mannesvermögen wird es sein, wodurch Maria empfängt. Bengel versteht unter Heiliger Geist die Person des Heiligen Geistes, daß Er «Kraft des Höchsten», als «Gott den Vater» auffassen muß. Es wird von ihm bemerkt: «Geist und Kraft» werden oft verbunden (Luk. 1, 17). An dieser Stelle dürfte «Kraft des Höchsten» soviel bedeuten wie «der Höchste», dessen Kraft unendlich ist. So wird genannt «die Kraft unseres Herrn Jesu Christi» (1. Kor. 5, 4). Wie reimt sich das in diesem Zusammenhang?
Vom Heiligen Geist wird verkündigt, daß Er auf die Jungfrau herabkommen werde, von der Kraft des Höchsten werde sie überschattet. Wollen beide Zeitwörter ein und dasselbe ausdrücken und was ist es? Rationalisten, denen die übernatürliche Geburt kein Glaubensartikel ist, fassen «über dich kommen» und «überschatten» als Ausdrücke für den ehelichen Umgang auf. Nach Apostelgeschichte 1, 8 wird «kommen auf jemand» vom Heiligen Geist angewandt, der Sich auf die Jünger herabläßt und sie mit Seiner Kraft erfüllt. In Lukas 1, 35 wird nur ausgesprochen, daß sich Gottes Geist auf Maria herabließ und in und an ihr Sich wirksam erzeigte. Der Ausdruck «episkiazein» (beschatten) enthält die Vorstellung, wie ein Vogel über seinen Eiern brütet und Leben erweckt. Das wird auf den Geist übertragen, der im Anfang aller Dinge über den Wassern schwebte. Das ist ein Irrtum. Dieser Sinn ist weder im profanen noch im biblischen Griechisch vorhanden, es würde auch dem ersten Vergleich widersprechen. In Lukas 1, 35 ist der «parallelismus membrorum» zu beachten. Einige Ausleger fassen den Schatten als Schirm und Schutz auf. Im Alten Testament läßt sich dieser allgemeine Sprachgebrauch begründen (Ps. 91, 4; 140, 8). Ein Erklärer deutet, der Engel spreche der Maria die Verheißung zu, sie werde durch Gott gegen Gefahren besonders beschirmt und beschützt. Dieser Gedanke verträgt sich jedoch nicht mit der Antwort des Engels auf die Frage der Maria: «Wie mag solches zugehen?» «Herabkommen» und «beschatten» steht im engsten Zusammenhang, beide Ausdrücke sind sinnverwandt. Nach alt- und neutestamentlicher Anschauung ist es so, wenn Gott kommt, daß Er

in einer Wolke kommt, die Ihn verhüllt, denn Er wohnt in einem Licht, dazu niemand kommen kann.
Die Wolkensäule, die am Tage mit dem Volke in der Wüste zog, war ein Symbol der Gegenwart des Gottes Israels (2. Mose 13, 22; 14, 19; Neh. 9, 12. 19). Gott stand in ihr vor der Hütte (2. Mose 33, 10), in der Tür der Hütte (5. Mose 31, 15), erfüllte mit ihr Sein Haus (2. Mose 40, 34; 4. Mose 9, 15; 1. Kön. 8, 10), und Er redete mit ihnen aus ihr heraus (Ps. 99, 7). Bei der Verklärung Christi erschien wieder die Wolke, die Gottes Nähe darstellte, wie auch bei der Himmelfahrt des Herrn. Wie Gott zu den Vätern in der Wolke kam, damit sie Seiner Gegenwart teilhaftig wurden, kam Er jetzt zu Maria, denn sie sollte den empfangen, dessen Name «Gott mit uns» ist. Wie Gott in der Wolke in Seinen von Menschenhänden gebauten Tempel einzog, um Sein Volk aus dem Heiligtum mit der Fülle himmlischer Güter zu segnen, so wurde jetzt die Jungfrau von der «Kraft des Höchsten» beschattet, um sie zu heiligen, daß aus ihr geboren wurde, der das Heil der Welt ist.
Aus der Antwort des Engels kann kein Aufschluß gewonnen werden über das physiologische Geheimnis, daß eine Jungfrau ohne Verlust ihrer Jungfrauschaft empfängt und gebiert. Der Engel aber sagt doch, daß die Empfängnis Jesu Christi nicht aus Fleisch und Blut, sondern aus Heiligem Geist und Kraft des Höchsten geschieht. Calvin sagt ganz richtig: «Der Engel erklärt nicht die Art, welcher der Wißbegierde genügt, wie ein Werk nicht geschieht. Er fordert vielmehr einfach die Jungfrau auf, die Kraft des Heiligen Geistes zu betrachten, als wenn durch Stille und Ruhe sich jenes ganz enthüllte.» Die Ankündigung, daß die Kraft des Höchsten die Jungfrau überschatten werde, deutet an, daß eine Decke über dieser Empfängnis ruht und nach Gottes Willen darüber ruhen soll. Calvin sagt dazu: «Der Vernunft erscheint diese Stelle eigentümlich, natürlich das Werk des Geistes verborgen, selbst wenn die Wolke vor dem Auge des Menschen dem Anblick entfernt würde. Wie aber Gott in den hervorgebrachten Wundern Seiner Werke sie unserm Verstand entzieht, so ist es unsere Sache, in Nüchternheit anzubeten, weil Er will, daß es für uns verborgen ist.»

461. **Kraft aus der Höhe,** griechisch «dynamis ex hyspous» – «Kraft aus den Höhen». Es ist in Lukas 24, 49 eine Bezeichnung für den Heiligen Geist. Der ganze Text lautet: «Und ich sende euch die Verheißung meines Vaters auf euch. Ihr aber bleibt in der Stadt, bis daß ihr die Kraft aus den Höhen angezogen habt!» Die Jünger sollten in Jerusalem nicht länger untätig bleiben, als bis zu dem Zeitpunkt, da sie aus den Höhen mit Kraft bekleidet sind. Das Verbum «endyestahi» – «anziehen, bekleiden», ist ein rein biblischer Ausdruck (vgl. Röm. 13, 14; Gal. 3, 27; Eph. 4, 24; Kol. 3, 12; in der LXX: Spr. 31, 25; Hiob 8, 22. 29; 29, 14; 39, 19; Ps. 35, 26; 104, 1; 109, 18; 132, 9; 2. Chron. 6, 41; Jes. 51, 9; 52, 1; 61, 10; Hes. 7, 27). An einigen Stellen, wie hier in Lukas 24, 49 ist im Alten Testament von einem Bekleiden mit dem

Geist die Rede (Richt. 6, 34; 1. Chron. 12, 18; 2. Chron. 24, 20). Die Jünger sollen die Kraft anziehen oder sich damit bekleiden, die ihnen aus den Höhen zukommt. Gott, der in den Höhen wohnt, reicht ihnen diese Kraft dar. Es ist nach dem griechischen «dynamis» eine Ausdehnungskraft von innen heraus. Diese Kraft ist nicht direkt mit «der Verheißung des Vaters» identisch, wohl aber darin eingeschlossen. Der Heilige Geist ist eben nicht allein der Geist der Kraft (s.d.) und der Stärke (s.d.), sondern auch der Weisheit (s.d.), der Erkenntnis (s.d.), der Gottesfurcht (s.d.), des Gebetes und des Gnadenflehens (s.d.), der Gnade (s.d.). Wo der Heilige Geist ist, fehlt es auch nicht an der Kraft, denn der Geist Gottes manifestiert Sich immer als eine Kraft.
Ältere Ausleger verstehen «aus den Höhen» von dem Himmel und von Gott selbst. Sie fassen das Bild so, als sollte der Heilige Geist wie eine Waffenrüstung angelegt oder angezogen werden. Sie gehen damit über den Sinn des Textes hinaus. Die Worte des Herrn spielen hier auf keinen Kampf an, wenn sich die Jünger wie in ein Kleid hüllen sollen. Die Alten hatten nicht die engen Kleider, wie wir sie tragen, sondern nur weite Gewänder, in welchen man sich einwickeln, ganz einschlagen konnte. Sie sollen sich so in die Kraft hüllen und sich mit ihrer natürlichen Schwachheit in sie hinein verbergen. Mit dieser Anweisung korrespondiert der Bericht: «Er gebot ihnen, von Jerusalem nicht zu weichen, sondern zu warten auf die Verheißung, welche ihr von mir gehört habt, denn Johannes hat zwar mit Wasser getauft, ihr aber werdet getauft in Heiligem Geist, nach nicht vielen Tagen» (Apostelg. 1, 4). Nach der Verheißung Gottes sollten sie den Heiligen Geist empfangen. Durch den Mund des Herrn hatten die Jünger von der Verheißung des Geistes gehört (Joh. 14, 16. 23. 26; 15, 26; 16, 7). Die Wendung: «Kraft aus den Höhen» erinnert ganz an die prophetische Verheißung von der Ausgießung des Geistes aus der Höhe (Jes. 32, 15). Was die Jünger in ihrer Schwachheit nötig haben, kann nur von oben, im Geiste Gottes, als wahre Kraft kommen. Vergleiche «Geist aus der Höhe»!

462. **Herrlicher Kranz,** oder «Prangendes Diadem» (Jes. 28, 5) ist neben der «lieblichen Krone» (s.d.) ein Bild von der rechten, unüberwindlichen Macht, wo Jahwe Selbst mit Seiner Macht die Krone des Reiches bildet. Dort ist die rechte Ehre und die Herrlichkeit Gottes. Jahwe ist der Schmuck Seines Volkes, der unvergängliche Ehrenkranz. Im Reiche Gottes wird das Recht gepflegt. Der Herr ist mit Seiner Gegenwart Selbst ein Geist des Rechtes für den, der zu Gericht sitzt. Alle Reiche der Welt sind hiernach zu bemessen, ob sie die rechte Macht, die rechte Ehre und die rechte Rechtspflege haben. Alle Macht, Ehre und Rechtspflege der Welt vergeht, wenn sie noch so prunkvoll erscheint.

463. **Kriegsmann,** hebräisch «isch-milchamah»; ein verwandter Gottesname ist Jahwe Zebaoth (s.d.). Alte griechische Übersetzungen ha-

ben dafür «kyrios stratiòn» – «Herr der Kriegsheere»; «kyrios tòn dynàmenon» – «Herr der Mächte»; «kyrios ho pantokrator» – «Herr der Allmächtige». Jahwe, der «Mann des Krieges» kündigt an: «Und ich führe heraus meine Heere (zebaoth), mein Volk, die Söhne Israels aus dem Lande Ägypten durch große Gerichte» (2. Mose 7, 4). Die Ankündigung wurde Wirklichkeit: «Am Ende dieses Tages gingen aus alle Heere Jahwes aus dem Lande Ägypten» (2. Mose 12, 41). Wenn der Gottesname «Jahwe Zebaoth» auch erst in der Königszeit üblich wurde, so war Jahwe doch schon als Gott der Kriegsheere bekannt. Nach dem Durchzug durch das Schilfmeer wird Er gepriesen: «Jahwe, ein Mann des Krieges, Jahwe ist sein Name» (2. Mose 15, 3). Wenn dieser Name auch nur ein einziges Mal auf Gott angewandt wird, sachlich können noch andere Schriftstellen angeführt werden, nach welchen Jahwe die Kriege mächtig für Sein Volk führt und mit dem Ziel des Heils vollendet.
Jahwe, der Mann des Krieges, weiß Seine Feinde zu besiegen und ihre Macht zu vernichten. Jahwe kämpft jede Gewalt nieder, die Seinem höchsten Heilsziele widerstrebt. Sein zum Heil führender Weg geht über die Vernichtung des Bösen. Die göttliche Kriegsführung und ihr Ziel hält mit der Strategie heidnischer Großmächte keinen Vergleich aus. Jahwe ist kein Kriegsgott, wie Er von liberaler Seite oft betitelt wird.
Moseh bedient sich des Bildes kriegerischer Waffen in der Hand Jahwes: der Pfeile (5. Mose 32, 23), des Schwertes (5. Mose 32, 41; vgl. Ps. 7, 13). Gott der Herr tritt als Kriegsmann auf mit Waffen des Krieges (vgl. Ps. 38, 3; 91, 5; Hiob 6, 4). Der lebendige Glaube ergreift im Alten Testament Gott als Kriegsmann mit allerlei Waffen. Solange das Volk Gottes gegen Fleisch, Welt und Teufel zu kämpfen hat, müßte es verzagen, wenn es eines kriegerischen Hauptes entbehrte.
Bei der Hinaufführung der Bundeslade auf den Berg Zion wird, zurückdeutend auf das Schilfmeerlied, Jahwe als König (vgl. Ps. 24, 7-10; 2. Mose 15, 3. 18) und «gibbor milchamah» – «Mächtiger des Krieges» (Ps. 24, 9) bezeichnet. Jahwe Zebaoth, der Gott Jakobs, wird als starker und mächtiger Kriegsherr gerühmt, dem sich die geschöpflichen Mächte wie Kriegsheere stellen müssen, der die Weltmacht vernichtet, was die Gemeinde zu ihrer Rettung erfährt. Es ist ein Vorspiel der Aufhebung aller Kriege, denn Er beschwichtigt sie (Ps. 46, 10; vgl. Micha 4, 3; Jes. 2, 4). Jahwe zertrümmert alle Kriegswaffen und übergibt sie den Flammen. Gott fordert zum Ablassen des Bekriegens gegen Sein Volk auf (Jes. 54, 16). Er macht darum bis an die Enden der Erde dem Kriegführen ein Ende (Ps. 46, 9-12).
Sehr kriegerisch klingt der Anfang des 35. Psalms, wie kaum ein davidisches Lied oder Gebet. Die Psalmen 7, 35; 69 und 109 bilden da eine Stufenleiter. Das mosaische Bild vom «Mann des Krieges» ist hier im Drange eines zornerfüllten Gemütes in grellen Farben ausgemalt (Ps. 35, 1-3). Man kann diesen Psalm inhaltlich nicht als Rachepsalm im üblichen Sinne bezeichnen. Jahwe wird gebeten, kriegerisch gegen Seine Feinde einzuschreiten, er möchte aber Gottes tröstlichen Zu-

spruch vernehmen: «Sprich du zu meiner Seele, ich bin dein Heil!» (Ps. 35, 3). Gottes Liebe möge die Zornesgestalt der Gegenwart durchbrechen!

Wie Jahwe als Kriegsmann zur Erlösung Seines Volkes erscheint, zeigt noch Jesajah. Er weissagt: «Jahwe, wie ein Starker wird er ausziehen, wie ein Mann der Kriege anfachen den Eifer, er wird in Schlachtruf, gellende Schlachtrufe ausbrechen, an seinen Feinden sich als Starker beweisen» (Jes. 42, 13). Die Schilderung ist grell und kühn. Jahwe zieht gleich einem Starken in den Kampf, wie ein Mann der Kriege, der kriegsfertig, kriegsgeübt schon viele Schlachten geschlagen hat. Jahwe erweist Sich als mächtig und kühn. Die Niederlage, die Gott dem Heidentum beibringt, ist nach der Prophetie die letzte Entscheidung. Israels Erlösung, die mit ihrem Durchbruch nahe kommt, ist eine Erlösung aus dem Exil und aus aller Sündennot. Die nachexilische und die neutestamentliche Zeit fließen in Eins zusammen. Jesajah, der Jahwe als Kriegsmann Seines Volkes sieht, erinnert noch an die Großtat der mosaischen Zeit, da Gott eine Straße durch das Meer machte (Jes. 43, 17). Nach einer Übersetzung fragt Jeremiah: «Warum willst du sein wie ein Kriegsmann, der nicht helfen kann?» (Jer. 14, 9.) Luther übersetzt an dieser Stelle «Riese» (s.d.), wie auch In Jesaja 42, 13.

Es ist noch zu beachten, daß Jahwe kein Kriegsmann im strategischen Sinne heidnischer Heerführer ist. Hosea sagt ausdrücklich: «Und das Haus Judah will ich begnadigen und sie retten durch Jahwe ihren Gott und nicht werde ich sie erretten durch Bogen und Schwert und Krieg, durch Rosse und durch Reiter» (Hos. 1, 7). Der Herr bedarf nicht der Kriegswaffen und der Kriegsmacht, um Seinem Volke zu helfen. Irdische Hilfsmittel können keinen Schutz gegen die Feinde gewähren (vgl. Hos. 10, 13). Alles, was zum Kriege gehört, Kriegswaffen, Klugheit der Befehlshaber, Tapferkeit der Krieger, die Stärke des Heeres, achtet Gott für nichts. Die Vollendung des Reiches Gottes kommt nach den Worten Sacharjahs zustande: «Es soll nicht geschehen durch Heer oder Kraft, sondern durch meinen Geist geschehen, spricht Jahwe Zebaoth» (Sach. 4, 6).

464. **Liebliche Krone** (Jes. 28, 5) wird der Herr Zebaoth für den heiligen Überrest. Der stolzen Krone Ephraims wird ein Wehe angedroht (Jes. 28, 1. 4). Ein starker Feind wie ein Wettersturm wird die Hand an das Laster der Trunkenheit legen, in das Ephraim versunken ist. Die Weltblüte ihrer Pracht wird wie eine Frühfeige im Sommer verspeist, wie aus der Hand eines Mannes. Das ist der Augenblick, wo Jahwe Selbst Seinem auserwählten Volke zur herrlichen oder lieblichen Krone wird. Jahwe wird durch Seine Gegenwart Seinem Volke die Quelle der höchsten Ehre und Herrlichkeit, aber auch der Urquell der Weisheit und Stärke sein. Jahwe erfüllt mit Seinem Geist, dem Geiste des Gerichts (Jes. 4, 4; 11, 2; 1. Kön. 22, 22) die Richter, daß sie gestärkt werden, die den Krieg zurückwenden.

465. **Lamm** ist ein charakteristischer Name der johanneischen Schriften. In Johannes 1, 29 und 36 wird Jesus als «Lamm Gottes» beschrieben. Nach der ersten Stelle «nimmt das Lamm Gottes die Sünden der Welt hinweg». In der Offenbarung wird der Name «Lämmlein» von ihm nicht weniger als achtundzwanzigmal gebraucht. Der Zusatz von Jesaja 53, 7s. ist in Apostelgeschichte 8, 32 ausgeführt: «Er wurde geführt wie ein Schaf zur Schlachtbank, und verstummte wie ein Lamm vor seinem Scherer, daß er seinen Mund nicht auftat.» In 1. Petrus 1, 19 werden die Leser daran erinnert, daß sie erlöst sind durch das kostbare Blut als eines Lammes ohne Fehl und ohne Tadel, eben das Blut Christi. Es sind alles Stellen in dieser Angelegenheit, es ist aber wahrscheinlich, daß die gleiche Gestalt in den vielen Fällen gemeint ist, in welchen das Blut Christi erwähnt wird.
Der zugrunde liegende Gedanke des Namens ist ein Opfer, es würde aber unrichtig sein zu behaupten, daß sie sonstwo genau das gleiche sind. Diese Voraussetzung kommt besonders in Johannes 1, 29 zum Ausdruck. Hier sind die Ausleger verschiedener Ansicht. Eine gewisse Grundlage bildet die Stelle Jesaja 53, 7: «Wie ein Lamm, das zur Schlachtbank geleitet wird» und in Jeremia 11, 19: «Wie ein zartes Lamm, das zur Schlachtbank geführt wird.» Andere sehen eine Anspielung auf das Lamm, das am Morgen und am Abend als Opfer geschlachtet wurde (2. Mose 29, 38-46), oder auf das Passahlamm (2. Mose 12), oder auf das gehörnte Lämmlein der apokalyptischen Bildersprache. Unter diesen Verschiedenheiten der Auslegungen ist doch meistens das bestehende Element der Gedanke, daß grundsätzlich das Werk Christi zur Erlösung und zum Opfer für die Menschen ist. Die gleiche Ansicht ist aus 1. Petrus 1, 19 abzuleiten. Die Bezugnahme ist auf das Passahlamm (s.d.), das ganz besonders mit Israels Erlösung verbunden war. In der Offenbarung sind zwei Grundgedanken dargestellt: der von Christus als einem Opfer (Offb. 5, 6; 12, 11; 13, 8) und der messianischen Führung des Menschen (Offb. 5, 6; 7, 17; 14, 1. 4). Diese beiden Gedanken sind mit dem Geist des Schreibers verschmolzen (vgl. Offb. 5, 6). Das Lämmlein (s.d.), das überwunden hat, ist das Lämmlein, das Sich Selbst dahingegeben hat als ein williges Opfer. Der Sohn ist eine Offenbarung des Vaters auf dem Schauplatz der Weltgeschichte. Wie hier der Vater der Höchste an Macht ist, so ist Er auch der Höchste in Liebe, der hinging zum Opfer. Das Grundsätzliche der selbstopfernden Liebe reicht bis zum Wesen der Gottheit. Diese Erklärung zeigt, wie einschließlich das Werk und die Person Christi verwandt sind und, wie in anderen Namen in diesem Teil erprobt wird, daß Er von der göttlichen und von der menschlichen Seite verstanden werden muß.

466. **Lämmlein** ist ein Name für Christus, der in der Offenbarung achtundzwanzigmal vorkommt (Offb. 5, 6. 8. 12. 13; 6, 1. 16; 7, 9. 10. 14. 17; 12, 11; 13, 8. 11; 14, 1. 4. 10; 15, 3; 17, 14; 19, 7. 9; 21, 9. 14. 22. 23. 27; 22, 1. 3). Es trägt noch die Merkmale der Tötung an Sich (Offb. 5, 6). Das zeigt Seinen Weg des Leidens zur Herrlichkeit, wodurch Er

die Versöhnung bewirkte. Das Lämmlein hat sieben Hörner und sieben Augen, die Kraft in höchster Fülle und die Erkenntnis der sieben Geister Gottes. Es sind die göttlichen Lebenskräfte, welche die ganze Welt durchdringen. Zu bedenken ist auch, daß das zarte und geduldige Lämmlein auch der starke Löwe aus dem Stamme Judah (s.d.) ist. Der Würdename in der Offenbarung kann keineswegs als Verniedlichung angesehen werden. Beide Seiten, die Erduldung des Todesleidens und die Überwinder- und Herrschermacht sind in dem apokalyptischen Bilde vereinigt.

467. **Leben** bildet in der johanneischen Theologie einen sehr markanten Begriff. Im griechischen Text steht dafür «zoe» im Unterschied zu «bios», es ist das Leben aus Gott, wogegen «bios» das vergängliche, irdische Leben mit seinen Nöten und Sorgen bedeutet. Der Inhalt dieses Begriffes wurzelt bei Johannes in Seiner Gotteslehre. Es ist selbstverständlich in theologischer Sicht, daß Gott der Ursprung alles Lebens ist, im physischen wie auch im geistigen Sinne. Die «Gott-Ist-Tot-Theologie» läßt sich hier nicht unterbringen. Der vierte Evangelist gebraucht den Ausdruck «Leben» in völlig positivem Sinne. Die Heilsverkündigung bestimmt immer diesen Begriff.
Johannes faßt seine Belehrung mit der Aussage zusammen: «Dieser ist der wahrhaftige Gott und das ewige Leben» (1. Joh. 5, 20). Wer Christum als den wahrhaftigen Gott erfährt, besitzt zugleich das ewige Leben. So heißt auch Gott der «lebendige Vater» (Joh. 6, 57). Wie Gott «Geist» (s.d.) (Joh. 4, 24) und «Licht» (1. Joh. 1, 5) ist, so ist Er auch «Leben». Es ist für Johannes von entscheidender Bedeutung, daß Gott «das Leben» ist. Nach seiner Erkenntnis besteht Gottes Heilsratschluß und die geschichtliche Aufgabe des Sohnes darin, den Menschen das göttliche Leben zu vermitteln.
Gott hat als der Vater (s.d.), der Leben in Sich hat, auch dem Sohne das Leben gegeben in Sich Selbst (Joh. 5, 26). Es heißt auch: «Dieses Leben ist in seinem Sohne» (1. Joh. 5, 11). Der Sohn ist nach johanneischer Auffassung für die Menschen selbst das Leben. Im «Logos» (s.d.) war Leben, und das Leben war das Licht (s.d.) der Menschen (Joh. 1, 4). Der Sohn Gottes offenbart sich während Seines Wirkens deutlich als «das Leben» (Joh. 11, 25; 14, 6). Er hat die Vollmacht, lebendig zu machen, d. h. göttliches Leben zu schenken, wem Er will (Joh. 5, 21). Johannes gebraucht den Ausdruck «ewiges Leben» und auch einfach «Leben», ein Unterschied liegt bei ihm nicht in diesem Wechsel. Es ist bei ihm immer das Leben aus Gott gemeint, das auch der Sohn hat, das auch die Menschen von Ihm empfangen sollen. Der deutlichste Beweis für die Gleichheit beider Ausdrucksweisen wird in 1. Johannes 1, 2 gezeigt. Jesus heißt hier in seiner geschichtlichen Erscheinung «das ewige Leben», während sonst nach dem biblischen Sprachgebrauch «ewiges Leben» als Heilsgabe, nicht als Personifikation zu verstehen ist. Jesus nennt sich als Inhaber des göttlichen Lebens, das Er der Menschheit übermitteln will als «das Brot des Lebens» (s.d.) (Joh. 6, 35. 38). Er hat Worte des ewigen

Lebens (Joh. 6, 68), Seine Worte sind Geist und Leben (Joh. 6, 63). Die Verkündigung, die Er uns verkündigt hat, ist das ewige Leben (1. Joh. 2, 25). Er ist dazu gekommen, damit die Menschen ewiges Leben erhalten (Joh. 10, 10-28). Einige Stellen setzen voraus, daß die Vermittlung des ewigen Lebens die Aufgabe seiner irdischen Wirksamkeit ausmacht (Joh. 6, 43. 51).
Die Menschen werden des ewigen, göttlichen Lebens durch den Glauben an den Sohn teilhaftig. Das ewige Leben liegt nicht in der Zukunft, es ist kein Hoffnungsgut, denn wer an den Sohn glaubt, und an Gott, hat jetzt schon das Leben. Er kommt nicht mehr ins Gericht, sondern er ist aus dem Tode in das Leben übergegangen (Joh. 5, 24; vgl. 3, 16. 36). Wer den Sohn hat, der hat das Leben (1. Joh. 5, 12). Das gleiche bestätigt Jesus am Eingang des hohenpriesterlichen Gebetes (Joh. 17, 3). Es ist eine Folge der Erkenntnis des allein wahren Gottes und Jesu Christi. Eine solche Erkenntnis wird nur durch den Glauben gewonnen, sie ist mit dem Glauben identisch. Der Apostel Johannes erklärt, daß das Evangelium in der Absicht geschrieben wurde, damit der das ewige Leben hat, wer glaubt, daß Christus der Sohn Gottes ist. Das ist nur so zu verstehen, daß wo der Glaube vorhanden ist, dort ist auch das ewige Leben.
Das ewige Leben, das hier auf Erden bereits beginnt, reicht auch bis in die Zukunft, in welcher es sich als das ewige Leben erweisen wird. Der Sohn des Menschen (s.d.) gibt Speise, die bis ins ewige Leben bleibt (Joh. 6, 27), einen Trank, der im Menschen ein Wasserquell wird, der ins ewige Leben sprudelt (Joh. 4, 14). Wer von dem Brote ißt, das Jesus darreicht, wird in Ewigkeit leben (Joh. 6, 51. 58). Wer an Jesus glaubt wird leben, wenn er auch stirbt (Joh. 11, 25). Das ewige Leben erscheint auch als ein Gut der Zukunft (Joh. 14, 19). Wer für das Reich Gottes arbeitet, sammelt Frucht zum ewigen Leben (Joh. 4, 36). Wer seine Seele in dieser Welt haßt, bewahrt sie zum ewigen Leben (Joh. 12, 25). Deutlich ist im eschatologischen Sinne vom «Leben» die Rede, wo Jesus von der Stunde spricht, in der die Toten die Stimme des Sohnes Gottes hören werden, die sie dann hören, werden leben (Joh. 5, 25).
Der Inhalt des Lebens kann nach johanneischer Auffassung zweifellos klar sein. Es ist Gemeinschaft mit Gott in vollstem Sinne, Lebens- und Wesensgemeinschaft mit Gott, ein Dasein mit Gott in Vollkommenheit. Der Sohn ist die Erscheinung des ewigen göttlichen Lebens (1. Joh. 1, 1). Im Sohne ist nicht nur ein Ausfluß aus Gott, oder eine Teilkraft Gottes vorhanden, sondern der Sohn ist ganze Offenbarung des Lebens Gottes. Er ist erschienen, um die Menschen in dieses Leben hineinzuführen. Es kann darum mit der Gotteserkenntnis gleichgestellt werden (Joh. 17, 3). Erkenntnis ist im johanneischen Sinne eine innerliche Beziehung des Erkennenden zum Erkannten, eine Einwirkung des Erkannten auf das Erkennende, daß ein Gemeinschaftsverhältnis eintritt. Der Inhalt des ewigen Lebens steht nicht direkt, wohl aber indirekt mit der Gotteskindschaft in Verbindung. Die Gläubigen sind schon Gottes Kinder, trotzdem noch nicht erschie-

nen ist, was sie sein werden (1. Joh. 3, 2). Der Begriff des ewigen Lebens ist jedoch die Grundlage. Die Gläubigen werden Anteil an Gottes Herrlichkeit erhalten, die unauflöslich mit dem ewigen Leben verbunden ist. Johannes ist auch von dem Gedanken beherrscht, daß nur Gott schauen, d. h. in Seine Gemeinschaft eintreten kann, wer Ihm gleichartig ist. Die Geburt aus Gott setzt die Loslösung aus dem Gebiete des Fleisches und die Zugehörigkeit zum Geiste voraus (Joh. 3, 3). Nur auf diesem Wege ist der Eintritt ins Reich Gottes möglich. Die völlige sittliche Bedeutung des Lebens geht aus weiteren Worten des Johannes deutlich hervor (Joh. 12, 50; 1. Joh. 3, 14. 15; 5, 16; 2, 17).

Der Begriff des Lebens bringt eine Seite der Verkündigung zur Ausgestaltung. In der Urgemeinde ist das Leben eschatalogisch bestimmt. Diese Ansicht wurzelt in der Verkündigung Jesu von dem eschatalogischen Reiche Gottes. Jesus nimmt damit einen Gedanken auf, der auch im Judentum lebendig war. Das Evangelium Jesu zeigt jedoch eine neue Entwicklungslinie. Er zeigt den gegenwärtigen Heilsbesitz im gegenwärtigen Gottesbereich durch den Anschluß an Seine Person und an die neuen Lebenskräfte in Seiner Gemeinschaft. Paulus vertritt die gleiche Heilserfahrung. Bei ihm ist zwar die Hoffnung auf die endzeitliche Vollendung stark ausgeprägt. Paulus aber fühlt sich doch im Glauben in der Gegenwart des himmlischen Christus verbunden, in seiner Lehre vom Heiligen Geist ist Paulus von der Ansicht beherrscht, daß die Kraft Gottes schon in der Gegenwart eine machtvolle Wirklichkeit ist. Johannes erreicht jedoch den Höhepunkt dieser Gedankenreihe. Er betont besonders stark den gegenwärtigen Heilsbesitz. Er besteht in der Erkenntnis Gottes, daß Gott und Christus im Herzen der Gläubigen Wohnung gemacht haben. Das Leben Gottes, dessen Träger und Offenbarer Jesus ist, hat der Menschheit eine völlige Erneuerung gebracht. Der Gläubige hat die Versetzung aus dem Tode in das Leben bereits erfahren. Wahrheit (s.d.), Geist (s.d.), Licht (s.d.), Liebe (s.d.), Leben Gottes, erfaßt, überströmt und durchdringt den Glaubenden, er ist von obenher geboren, ein Kind Gottes, das ewige Leben hat Besitz von ihm ergriffen. Was die Zukunft als Vollendung bringt, ist nichts anderes, als was gegenwärtig schon genossen wird.

Leben ist im alt- und neutestamentlichen Sinne das Gegenteil von Tod oder Verderben. In der Gemeinschaft mit Gott, bei dem Wonne über alle Weltfreude geht (vgl. Ps. 4, 7; 17, 14; 23, 5; 27, 4. 13; 36, 9; 63, 27; 73, 23), wird der Weg des Lebens gezeigt (Ps. 16, 11), der auch in den Sprüchen oft erwähnt wird (Spr. 2, 19; 5, 6; 6, 23; 10, 17; 15, 24), wie auch der Baum des Lebens (vgl. 1. Mose 2, 9; Spr. 3, 18; 11, 30; 13, 12; 15, 4). Ewiges Leben ist nur bei Gott zu finden, im Gegensatz zu den flüchtigen Weltfreuden. Er ist die Quelle des Lebens, die in Christo, Seinem Sohne, uns zuströmt.

468. **Lehrer** der Menschen ist nach der biblischen Offenbarung Gott. Alle rechte Lehre kommt von Ihm. Er offenbart Seinen Willen und Er

verleiht den Weisen Einsicht und Verstand. Moseh wurde von Gott belehrt (2. Mose 4, 12. 15) und empfing von Ihm Ordnungen und Anweisungen (2. Mose 25, 22; 4. Mose 7, 89), um Israel in den Rechten und Gesetzen Gottes zu unterweisen (2. Mose 18, 20; 24, 12; 5. Mose 4, 1. 5. 19). Gottes Wille, der Israel zur Belehrung mitgeteilt wird, umfaßt alle Lebensgebiete und erfordert ganzen Gehorsam. Das göttliche Gesetz, das Israel empfing, regelt das gesamte Volksleben nach Gottes Willen. In Altisrael wußte man, daß alle wahre Weisheit nur von Gott kommt (vgl. Ps. 39, 5; 90, 12; 143, 10; Spr. 4, 2; 8, 10; 13, 14; Pred. 12, 13).

Jesus trat als Lehrer auf. Er lehrte das Volk und Seine Jünger (Matth. 4, 23; 9, 35). Formell war Seine Belehrung die wie der jüdischen Schriftgelehrten. Der Herr sammelte, wie die Rabbiner und Johannes der Täufer vor Ihm, einen Jünger- oder Schülerkreis um sich (vgl. Mark. 2, 18; Luk. 11, 1; Joh. 1, 35). Jesus lehrte in Synagogen und Schulen (Matth. 9, 35; 12, 9; Mark. 1, 21; 6, 1-6; Luk. 4, 15; Joh. 18, 20), auch im Tempel, wo auch jüdische Gelehrte anwesend waren (Matth. 26, 55; Mark. 12, 35; Luk. 21, 37; 2, 46). Nach damaliger Sitte verband Er Seine Belehrung mit einer alttestamentlichen Schriftlesung (Luk. 4, 16s.). Wie die Lehrer Seiner Zeit, lehrte Er sitzend (vgl. Matth. 5, 1; Mark. 9, 35; Luk. 5, 3). Jesus befaßte Sich wie die Schriftgelehrten mit der Schrifterklärung des Alten Testamentes (vgl. Matth. 5, 21ss.; Mark. 7, 1ss.; 12, 18; Luk. 4, 16). Gottes Wille kann nur aus der Schrift erfahren werden (Matth. 5, 17). Jesus machte den Eindruck eines umherziehenden Rabbi (s.d.). Seine Zeitgenossen redeten Ihn daher oft als «Lehrer, Meister (s.d.) oder Rabbi» an.

Die Lehrart Jesu stimmte nur in der äußeren Form mit der Lehrweise der Schriftgelehrten überein. Die Evangelien zeigen einen deutlichen Unterschied der Lehre des Herrn von der Lehranschauung der jüdischen Geistlichkeit. Jesus erstrebte nicht aus Männern Seines Jüngerkreises Schriftgelehrte heranzubilden, Er berief sie vielmehr in Seine Nachfolge (Mark. 1, 16-20; 2, 14; Luk. 5, 1). Der Herr wollte keine bessere und höhere Lehre aufstellen, sondern den Willen Gottes offenbaren, weil die Zeit erfüllt ist (Mark. 1, 15). Er berief Sich nicht wie die Schriftgelehrten auf Autoritäten der Überlieferung. Er lehrte vielmehr in Vollmacht (Mark. 1, 22; Matth. 7, 29). Der jüdischen Auslegung des alttestamentlichen Gesetzes stellte Jesus Sein: «Ich aber sage euch» entgegen (Matth. 5, 21ss.). Seine Vollmacht hat Er als Gesandter Gottes, der Seine Lehre nicht von Sich Selbst, sondern von dem, der Ihn gesandt hatte (vgl. Joh. 7, 16; 8, 28). Jesus beruft Sich auf diese Vollmacht vor denen, die geltend machen, Er habe nicht vorschriftsmäßig studiert und könnte nicht die erforderliche Legitimation für Seine Lehre aufweisen (vgl. Mark. 6, 2; Joh. 7, 15).

Jesus lehrte ganz im Sinne Mosehs, dessen Gedanken Er noch vertieft und verinnerlicht. Erhaben über alles menschliche Denken verkündigt Er den Willen Gottes. Seine Lehre wendet Sich und beansprucht das ganze Leben des Menschen, es ist keine Verstandes-

sache. Jesu Ruf zur Sinnesänderung mahnt zur totalen Umkehr, Seine Lehre ruft zur Nachfolge und zum ganzen Gehorsam.
Nach dem Bericht der synoptischen Evangelien belehrt Jesus die Jünger auch über Seinen Leidensweg (Mark. 8, 31; 9, 31; 10, 32). Das Johannesevangelium sagt darüber hinaus, daß der wesentliche Inhalt der Lehre Jesu Sein Selbstzeugnis über Seine Sendung ist (vgl. Joh. 6, 59; 7, 14. 28. 35; 8, 20. 28; 14, 24; 18, 20). Die Lehre des Herrn hat daher oft den Charakter der Offenbarung. Die Zeit (Mark. 1, 15) und die Schrift ist erfüllt vor den Ohren der Menschen (Luk. 4, 21), die Heilszeit ist da (vgl. Matth. 11, 4-6).
Es entspricht nicht der Lehre und Verkündigung des Herrn eine neue Schule zu bilden, von der eine neue Tradition ausgeht. Jesu Jünger bleiben Schüler, wenn sie auch Schüler haben könnten. In der Urgemeinde blieb es bei der Parole: «Einer ist euer Meister, Christus!» (Matth. 23, 8.) Gültig ist allein des Herrn Autorität. Jeder weiß, wer gemeint ist, wenn vom «Meister» gesprochen wird (Matth. 26, 18; Mark. 14, 14; Luk. 22, 11). Er lehrt allein in Gottes Vollmacht.

469. **Lehrer der Gerechtigkeit,** hebräisch «moreh lizdaqah». Das grundtextliche «moreh» kann auch «Frühregen» bedeuten (vgl. Ps. 84, 7). An dieser Stelle, wie auch Psalm 9, 21 hat es den Sinn von «Lehrer». Es ist hier nicht von Lehrern, sondern von einem bestimmten «Lehrer der Gerechtigkeit» die Rede. Der Prophet Joel weissagt: «Und ihr Söhne Zions frohlockt und freut euch in Jahwe eurem Gott! Denn er gibt euch den Lehrer der Gerechtigkeit, und er läßt herabkommen auf euch Regenguß, Frühregen und Spätregen zuerst» (Joel 2, 23). Der Erdboden hatte durch Heuschreckenschwärme und Dürre sehr gelitten Joel 1, 10). Die Tiere des Feldes stöhnten über die Vernichtung der Pflanzen und Gewächse (Joel 1, 18). Die Menschen seufzten über das beispiellose Unglück. Joel ruft zum Frohlocken und zur Freude auf. Eine dreifache Wohltat gewährt Jahwe: 1. Er gibt den Lehrer der Gerechtigkeit; 2. Er spendet reichlichen Regen. Die Erde, die Tiere des Feldes, die Söhne Zions, empfangen als verschiedene Glieder der irdischen Schöpfung Gottes Wohltaten. Alle drei Klassen der irdischen Schöpfung empfangen eine dreifache göttliche Wohltat. Die Verheißung, wenn sie auch zur Zeit des Propheten schon Wirklichkeit ist, so erstreckt sich ihre Vollendung bis in die nächste und entfernteste Zukunft.
Jahwe bezeugt als ihr Gott dem Volke die Abwendung des Strafgerichtes und die Zuwendung neuen Segens. Der Segen ist zweifacher Art: «Es wird ihnen der Lehrer der Gerechtigkeit und der Früh- und Spätregen gegeben.» Die Anwendung von «moreh» für Lehrer und Frühregen ergibt einen Gleichklang an dieser Stelle. Einige Ausleger haben sich zu willkürlichen Übersetzungen verleiten lassen, z. B.: «Regen zur Rechtfertigung», oder zur «Gerechtigkeit», und «Regen zum Segen».
«Der Lehrer der Gerechtigkeit» war nicht nur der Prophet Joel, oder der ideale Lehrer oder das Kollektivum aller göttlichen Boten, auch nicht

der Prophet wie Moseh (5. Mose 18), der Gottes Offenbarungen weiterführt. Moseh, die Priester und andere Propheten hatten das Volk über des Herrn Wege unterrichtet. Sie waren alle Lehrer der Gerechtigkeit, sie sind in diesem Lehrer mit einbegriffen. Bei ihnen dürfen wir nicht stehenbleiben. Der Empfang der Grundgüter, über die sich das Volk freuen soll, sind nicht nur Segnungen, die dem Volk zur Zeit Joels zuflossen, sondern Jahwe erzeigt sie ihnen fort und fort. Die Beziehung auf den Messias darf nicht ausgeschlossen werden, denn die Sendung des Messias ist die endgültige Erfüllung der Joel' schen Weissagung. Das entspricht ganz dem Zusammenhang. Der Prophet erwähnt den geistlichen und leiblichen Segen. Beides sind Folgen der Gabe des Lehrers der Gerechtigkeit. Zuerst werden die leiblichen Segnungen genannt (Joel 2, 24-27), danach die geistlichen Segensgüter (Joel 3-4), vor allem die Ausgießung des Geistes. Es wird die Hypotese hinfällig, der messianische Name «Lehrer der Gerechtigkeit» sei eine Prägung der Essener-Sekte nach dem Inhalt der Qumran-Rolle von Habakuk 2, 5-10; 7, 3-5. Joel kannte diesen christologischen Hoheitstitel schon früher.

470. **Leib,** griechisch «soma» ist nach der biblischen Sprache und Gedankenwelt das Gefäß des Lebens (2. Kor. 4, 7). Der Leib ist nicht, wie nach der griechischen Philosophie, das Gefängnis der Seele, aus dem sie sich nach Befreiung sehnt. Der Leib ist die nötige Vermittlung für den Empfang und den Besitz des Lebens, wie das die Schöpfungsgeschichte zeigt. Es ist die organisierte Grundlage der messianischen Natur, von ihm geht die Fortpflanzung aus. Daraus ergibt sich die Bedeutung der Aussage des Herrn beim Abendmahl: «Dies ist mein Leib» (Matth. 26, 26; Mark. 14, 22; Luk. 22, 19; 1. Kor. 11, 24). Sein Leib dient zur Vermittlung der Gemeinschaft mit uns und zur Festigung der Gemeinschaft mit Ihm. Man vergleiche die Wendung: «Die Gemeinschaft des Leibes Christi» (1. Kor. 11, 24). Unter dem Begriff «Leib» ist schließlich die Person Christi Selbst in ihrer irdischen Erscheinung und ihrem geschichtlichen Dasein zusammengefaßt.
Einige Stellen, in denen vom Leibe Christi die Rede ist, sind von daher verständlich. Der Leib Christi ist die Darstellung und Erscheinung Seiner menschlichen Natur, in welcher Er Seine Gleichheit des Fleisches der Sünde (s.d.) war (Röm. 8, 3). Der Leib ist es, durch den Christus als Opfer für uns eintreten konnte. Er gehört dadurch zu uns, Er hat teil an dem, was unser ist. Diese Tatsache ist es, daß wir mit Ihm in Verbindung kommen.
Der Psalmist, von der tiefen Erkenntnis seiner Sündenschuld erfüllt, bittet: «Errette mich von den Blutschulden, der du mein Gott und Heiland bist; du hast nicht Lust zum Opfer» (Ps. 51, 16. 18). Das heißt sinngemäß: «Blut von Stieren und Böcken kann meine Sünde nicht wegnehmen; das kannst du allein, mein Gott und Heiland, mit dem Opfer deines Leibes.» Es heißt im Gegensatz zu den Tieropfern: «Einen Leib hingegen hast du mir bereitet» (Hebr. 10, 5). In der hebräischen Bibel heißt es: «Ohren hast du mir durchbohrt» (Ps. 40, 7). Im He-

bräerbrief werden die Worte nach der LXX zitiert. Der Sinn beider Lesarten hat im Grunde genommen den gleichen Sinn. Die Durchbohrung der Ohren deutet nach dem Recht der Sklaven (2. Mose 21, 5-6; 5. Mose 15, 16-17) auf die Liebe eines Knechtes zu dem Herrn, auf ein ständiges Dienstverhältnis. Wenn der Gesalbte mit dem prophetischen Worte sagt: «Einen Leib hast du mir bereitet», stellt Er Sich in den Dienst Seines Gottes als Knecht. Er erklärt, wenn Er mit diesem Leibe bekleidet sein wird, nimmt Er Knechtsgestalt (s.d.) an, daß Er Sich ausleert und Selbst erniedrigt und gehorsam ist bis zum Tode (Phil. 2, 7). Er erklärt Sich bereit, mit dem Leibe Seines Fleisches (Kol. 1, 22), das Opfer zu bringen, das alle Opfer im Gesetz zu erfüllen und eine ewige Versöhnung zu bewirken. Durch die Darbringung des Leibes Jesu Christi sind wir ein für allemal geheilt (Hebr. 10, 10). In gleichem Sinne schreibt Petrus, daß Christus unsere Sünden an Seinem Leibe auf das Holz getragen hat (1. Petr. 2, 24). Er erlitt die Kreuzesstrafe, die bei verbrecherischen Sklaven zur Anwendung kam. Wenn Sein Leib vernichtet ist, dann sind auch unsere Sünden mit Seinem Leibe außer Kraft gesetzt (Röm. 7, 4). Durch den Leib des Gesalbten wird unser Blick nach Golgatha gerichtet, wo der Gesalbte Selbst an seinem Leib die Schuld hinaufgetragen hat. Dort sind wir mitgetötet dem Gesetz, das keinen Anspruch mehr an uns hat, weil wir für das Gesetz tot sind. Seitdem die Glieder der Gemeinde gläubig geworden sind, ist durch Christum ihre Versöhnung zustande gekommen. Paulus zeigt, auf welchem Wege sie geschah, und was ihr letztes und höchstes Ziel ist. Er zeigt, daß sich die Versöhnung «im Leibe seines Fleisches» (Kol. 1, 22) vollzogen hat. Der Apostel unterscheidet deutlich den irdischen, aus Fleisch bestehenden Leib Christi, der den Tod erlitten hat, von dem «geistlichen Leib» (1. Kor. 15, 44), den Christus in der Herrlichkeit besitzt. Mit Nachdruck bringt Paulus den irdischen Leib Christi als den Leib der Versöhnung zur Geltung, das ist gegensätzlich zu einem falschen Spiritualismus, der das Werk der Versöhnung einem Geistwesen zuschreibt. Die Versöhnung wurde durch den irdischen Leib Christi vollendet, dadurch, daß Christus den Tod erlitt.

Im Abendmahl wird an Christi geopfertes Versöhnungsleben, an Seinen in den Tod gegebenen Leib erinnert (1. Kor. 10, 16). Sein geopferter Leib und Sein vergossenes Blut begründen die Einheit des Leibes Christi, der Gemeinde. Die Worte des Herrn: «Dies ist mein Leib, der für euch gebrochen wird» (1. Kor. 11, 24. 26. 29; Matth. 26, 26; Mark. 14, 22; Luk. 22, 19) deuten auf die vorangegangene Handlung des Brotbrechens, was die gewaltsame Auflösung und Tötung Seines Leibes anzeigt. «Mein Leib» ist im Abendmahl symbolisch zu verstehen. Der Herr will sagen, das Brot bedeutet Mein zu eurem Heil bestimmter Leib, wie das Brotbrechen die Tötung Meines Leibes zu eurem Heil darstellt. Bei jeder Mahlfeier wird der Tod des Herrn verkündigt. Ein unwürdiges Essen und Trinken führt zu einer Verschuldung an dem für uns in Seinen Tod dahingegebenen Leib. Paulus warnt vor dem unwürdigen Genuß des Abendmahles. Das Essen

und Trinken, das ein Mittel der Heilszuneigung und der Belebung sein soll, erfordert, den Leib des Herrn zu unterscheiden. Der Leib des Herrn, der symbolisch empfangen wird, möge nach Seiner Heiligkeit und Wichtigkeit beurteilt werden. Der lebendige Glaube an die Versöhnung durch die Dahingabe des Leibes Christi bewahrt vor einem unwürdigen Genuß des Abendmahles.
Die Bibelstellen, in denen vom Leibe Jesu Christi die Rede ist, enthüllen einen heilswichtigen Inhalt; ihn sorgfältig zu betrachten, im Zusammenhang der Namen des Erlösers, lehrt Seine Person in besonderer Weise kennen und ehren.

471. **Leuchte** wird oft gleichbedeutend mit Licht (s.d.) gebraucht. Die Leuchte Gottes bedeutet Seine gnadenvolle Aufsicht und Fürsorge (Hiob 29, 3), was dem Wortlaut nach sehr stark an Jesaja 60, 2-3 erinnert (vgl. Ps. 50, 2). Das Verlöschen dieser Leuchte ist ein Aufhören des Glückes, oder des Heils (vgl. Hiob 18, 6; 21, 17; Spr. 13, 9; 20, 20; 24, 20; Ps. 31, 18). Die Leuchte ist nach Davids Worten ein Bild des fortdauernden Lebens in Verbindung mit dem Wohlstand und der Ehrenstellung. Der Fortbestand des Königshauses Davids wird eine Leuchte genannt (2. Sam. 22, 29; Ps. 18, 29; vgl. 1. Kön. 11, 36). Davids königliches Leben und Walten ist die Leuchte, die Gottes Gnade zum Besten Israels anzündet. Diese Leuchte (2. Sam. 21, 17) läßt Gottes Macht nicht auslöschen. Das Dunkel, das über Davids Haus immer hereinbricht, wurde durch Jahwe gelichtet.
In Wahrheit ist das fleischgewordene Wort die dem David verheißene und bereitete Leuchte. Das himmlische Jerusalem bedarf keines kreatürlichen Lichtes von Sonne und Mond, die in ihm wohnende Herrlichkeit Gottes durchdringt und durchleuchtet es so mit ihrem Licht, daß sie selbst das Licht ist, das heller leuchtet als alle Himmelskörper (Offb. 21, 23; 22, 5; vgl. Jes. 24, 23; 60, 19). Der Träger und Vermittler des Lichtes der Herrlichkeit Gottes ist der menschgewordene Gottessohn oder das Lämmlein (s.d.), das mit Recht die Leuchte genannt wird. Er ist in Wahrheit die Leuchte, die David verheißen wurde (2. Sam. 7, 12s.), ihm und seinem Geschlecht (Ps. 132, 17; 2. Kön. 8, 19; 2. Chron. 21, 7). Sie haben sich in dunkler Zeit daran getröstet.

472. **Leutseligkeit** siehe Menschenliebe!

473. **Licht,** obgleich allgemein bekannt, ist es dennoch ein Geheimnis. Das Nachdenken des menschlichen Geistes wird über dieses Rätsel in hohem Grade angeregt. Die Fragen in Hiob 38, 19, von der Natur und dem Weg des Lichtes sind bis heute noch nicht befriedigend gelöst worden. Einige halten es für ein feines körperliches Wesen, das beständig aus der Sonne ausfließt und sich durch den Weltenraum verbreitet. Andere halten das Licht für eine Kraft, eine schwingende Bewegung, die von der Sonne und von jedem anderen Lichtkörper angeregt wird, die sich dem Äther mitteilt und sich mit größter Ge-

schwindigkeit fortpflanzt. Licht ist das Feinste und Edelste, was die Sinnenwelt hat, wie ein Meer umfließt es uns täglich, mächtig erfüllt es unsere Sinne. Eine Dreiheit von Mächten ist in ihm vereinigt: Erleuchtung, Wärme, Verbrennung.
Das Licht ist das erste der sichtbaren Gottesschöpfung, von einem mächtigen und durchdringenden Einfluß. Ohne Licht könnte die gesamte Sinnenwelt nicht bestehen. Was wäre die Pflanzenwelt ohne Licht. Die Haupt-Licht- und Wärmequelle von unerschöpflicher Kraft geht von der Sonne aus, es gibt auch noch andere Lichtarten, phosphorisches und elektrisches, die nicht mit der Sonne verbunden sind.
Das Licht erscheint als Erstling der göttlichen Schöpfermacht, es bricht aus der Finsternis hervor. Es ist dazu kein Widerspruch, daß Sonne, Mond und Sterne erst am 4. Schöpfungstage an die Himmelsfeste gesetzt wurden, um auf die Erde zu scheinen (1. Mose 1, 14).
a.) Das Licht steht nach der Schrift zu Gott und zu Christus in Beziehung. Johannes faßt die Summe der Verkündigung Jesu von Gottes Vollkommenheit in dem kurzen Satz zusammen: «Gott ist Licht und Finsternis ist nicht in ihm» (1. Joh. 1, 5). Das deutet auf das Unbegreifliche und Geheimnisvolle des Göttlichen, aber hauptsächlich auf Gottes lauterste Reinheit und Heiligkeit. Er ist der absolut Gute (s.d.), die Liebe (s.d.) (Mark. 10, 18; Matth. 5, 48). Im Gesetz strahlt Er ein erschreckendes Licht aus, im Evangelium ein erfreuendes Licht, dem, der danach verlangt. Alles Unreine und Böse kann im Lichte Gottes nicht bestehen. In getrostem Glaubensmut spricht der Psalmist aus: «Jahwe ist mein Licht und mein Heil, vor wem sollte ich mich fürchten?» (Ps. 27, 2.) Die Finsternis der Nacht, der Trübsal, der Anfechtung mag hereinbrechen, ihm scheint die Sonne, die nicht untergeht und keine Verdunkelung erleidet. Der tiefe und schöne Gottesname: «Mein Licht» steht nur hier. Es läßt sich vergleichen: «Dein Licht komme!» (Jes. 60, 1) und mit: «Ich, ein Licht bin ich in die Welt gekommen» (Joh. 12, 46). Es ist hier mehr als ein Bild, Gott ist in Wirklichkeit Licht. Der Prophet Michah spricht im Namen der gläubigen Gemeinde Israels, die sich in Zuversicht zur Hoffnung auf Gottes Treue erhebt. Nach der verdienten Strafe wird ihr das Licht der Gnade wieder aufgehen. Die heidnische Weltmacht, die ihren Sitz in Babel hat, soll sich nicht über Zion freuen. Israel sagt: «Ich will harren auf den Gott meines Heils» (Mich. 7, 7). Sie sitzt noch in Finsternis, der Herr aber ist ihr Licht (Mich. 7, 8). Gott erweist Sich als der Treue, der die Seinen wohl züchtigt, aber Seine Gnade nicht verleugnet und die Verheißungen nicht aufhebt. Er führt Sein Volk zum Licht.
Gott ist der Vater der Lichter (s.d.), bei Ihm ist keine Veränderung, kein Wechsel von Finsternis und Licht (Jak. 1, 17). Er ist die unveränderliche und unversiegbare Ursonne, von welcher alles erschaffene Licht in die Himmelskörper, in die Engel und Menschen ausströmt, als geistliches Erkenntnislicht, zur Freude der Empfänger. Das erschaffene Licht hat die Kraft, die Finsternis zu vertreiben, alles sichtbar zu machen, wohin seine Strahlen nur dringen. In Gott ist die

Lichtkraft, die Nebel des Irrtums und der Sünde zu zerstreuen, die Kraft des Wissens und der Offenbarung, daß die geheimsten Dinge entdeckt und beleuchtet werden (Ps. 139, 11). Auf Gott den Übernatürlichen, der Licht in Sich Selbst ist, hat der Unterschied von Licht und Finsternis, oder Tag und Nacht, keine bedingende Einwirkung. Gott ist das Herrlichste, Schönste und Seligste, auf dessen Schauen das Verlangen aller Gläubigen gerichtet ist (Ps. 42, 3; 2. Mose 33, 18). Der Psalmist sagt: «Licht ist dein Kleid, das du anhast!» (Ps. 104, 2.) Gott hüllt sich täglich in ein Lichtgewand wie ein König in ein prächtiges Gewand. Es ist hier wohl vom geschaffenen Licht die Rede. Paulus spricht dagegen vom unerschaffenen, unzugänglichen Licht, das seine Wohnung, seine Lichtgestalt, seine Herrlichkeit bildet (Dan. 2, 22; Ps. 50, 1; Hes. 1, 28; Offb. 4, 3). Das hat seine Erscheinung in der Äußerlichkeit, welche das Licht Deines Angesichtes (s.d.) heißt (Ps. 4, 7).

b.) Wie der Vater, heißt auch der Sohn Gottes (s.d.) ein Licht, oder das Licht der Welt (s.d.). In Ihm war schon in der Präexistenz das Leben (s.d.), und das Leben war das Licht der Menschen (s.d.). Er erleuchtete von Uranfang an alle Menschen (Joh. 1, 4. 5; Röm. 1, 20; 2, 14). Die ganze Haushaltung des Alten Bundes ist von Seinem Lichte durchstrahlt. Jeder Lichtfunke, der in finstere Herzen hineinblitzt, das Suchen, Sehnen, Ringen nach dem lebendigen Gott (s.d.) hat in Ihm seinen Urquell. Er offenbarte Sich am hellsten in Israel, in Seiner Menschwerdung als der helle Morgenstern (s.d.), als die Sonne der Gerechtigkeit (s.d.). Er ist nach manchen Stellen des Alten Testamentes das verheißene Licht (Jes. 9, 2; 42, 6; 49, 6; Mal. 4, 2. 5), oder das Licht der Welt (s.d.) (Joh. 8, 12; 12, 35. 46). Christus ist nicht nur das Licht, weil Er die Wahrheit (s.d.) ist, sondern auch das Abbild (s.d.) Gottes, das lebendige Vorbild wahrer Heiligkeit, daß, wer Ihm folgt, im Licht der göttlichen Heiligkeit wandelt. Licht, Leben (s.d.), Heil (s.d.), Rettung gehören zusammen. Im Sprachgebrauch des Alten Bundes bedeutet «das Licht sehen» soviel wie Rettung, Heil erfahren. Jesus ist als Retter (s.d.) und Heiland (s.d.) das Licht der Welt. Seine Lichtes-Fußstapfen sind gleichsam Heils- und Lichtwege. Die Zeit des Neuen Bundes ist der Heilstag (Röm. 13, 2). Wer das Heil in Christo ergreift, legt Waffen des Lichtes an, eine Bekehrung zu Christo (Apostelg. 26, 18) ist eine Umkehr von der Finsternis zum Licht (1. Petr. 2, 9).

474. **Licht deines Antlitzes** erinnert in Psalm 4, 7 an die Worte des aaronitischen Segens: «Es lasse leuchten Jahwe sein Angesicht», und: «Es erhebe Jahwe sein Angesicht!» (4. Mose 6, 25. 26). Die beiden Wünsche des Segens sind in ein Gebetswort verschmolzen. Es ist hier ein Echo des getrosten Glaubens der priesterlichen Segensworte, das in den Psalmen keine gleiche Parallele hat. Die Gemeinde wünscht auch nach dem herrlichen und geheiligten Segensspruch (4. Mose 6, 24-26) die enthüllte Gegenwart des lichtverbreitenden Liebesantlitzes Gottes (vgl. Ps. 31, 17; 67, 2). In einem dreimal wiederholten Kehrvers (Ps. 80, 4. 8. 20) bittet der Psalmist mit den drei

Gottesnamen: Gott, der Gott Zebaoth, Jahwe Zebaoth, das lang verhüllte Antlitz möge wieder leuchten, dann wird ihnen geholfen. Der Psalmdichter beschreibt, was es für ein Gott ist, auf dessen Verheißung das Königtum in Israel steht. Heil darum dem Volk, das im Lichte des Angesichtes Jahwes wandelt (Ps. 89, 16).
Das Angesicht Gottes (s.d.) ist Seine Herrlichkeit (s.d.), die der Welt zugewandt wird, dessen Gnadenlicht alles durchdringt. Das erinnert an den Priestersegen (4. Mose 6, 25). Die ernste Kehrseite zeigt Moseh mit den Worten: «Du hast unsere Missetaten dir gegenüber gestellt, unser Verborgenstes ist das Licht deines Angesichtes» (Ps. 90, 8). Vor Gott gibt es keine Geheimnisse, das Heimliche des Menschen deckt Er auf und zieht es an Sein Licht. In dieses starke Licht stellte Er die verborgene Sünde Israels. Das Sonnenlicht hält mit diesem Licht keinen Vergleich aus, das von dem ausgeht, der die Sonne geschaffen hat. Das Licht Seines Antlitzes ist ein Bild Seiner Gnade, die alles Dunkel lichtet (Ps. 44, 4). Die letzte Ursache war Gottes Liebeswille.
Das Gegenteil von dem «Licht deines Antlitzes» ist das Verbergen des göttlichen Antlitzes. Die Gegenseite ist auch kurz in einigen Stellen zu beachten, um die vorliegende Gottesbezeichnung in ein noch helleres Licht zu stellen. Der Gottlose wünscht, daß Gott Sein Angesicht verbirgt, ein persönlicher Gott stört ihn in seiner Praxis. Er leugnet den lebendigen Gott (s.d.) und er denkt, Er ist blind, hat keine Augen und kann in nichts eingreifen (Ps. 10, 11). Die Verhüllung des Angesichtes Gottes führt den Psalmisten fast in die Verzweiflung (Ps. 13, 2). In der Zorneserweisung sieht er dennoch eine Verbergung des Antlitzes der göttlichen Liebe, daß er danach verlangt, daß sich ihm dieses Liebesangesicht wieder enthüllt. Das leuchtende Licht, das Liebeslicht des göttlichen Antlitzes begehrt er (vgl. Ps. 31, 17). Licht, Liebe (s.d.), Leben (s.d.) mit ihren Gegensätzen: Finsternis, Zorn, Tod sind in der Schrift verkettete Begriffe. Gottes Liebesanblick belebt, Er gibt neue Lebenskräfte und bewahrt vor dem Schlafe des Todes (Jer. 51, 39. 57; vgl. Ps. 76, 6). Im trostlosesten aller Klagepsalmen fragt der angefochtene Beter: «Warum, Jahwe, verschmähst du meine Seele, verbirgst dein Antlitz vor mir?» (Ps. 88, 15.) Daher ist die Bitte sehr verständlich, Gott möge Sein Angesicht nicht verbergen (Ps. 51, 13; 69, 19). Gott ist die Urquelle des Lebens (Ps. 36, 10; Jer. 2, 13), alles Leben strömt von Ihm auf die Seinen aus. Wie Gott die Lebensquelle ist, so ist Er auch der Lichtquell: «Denn in deinem Licht sehen wir das Licht!» Es ist darum die Bitte der Gemeinde: «Es erleuchte uns das Licht deines Angesichtes!»

475. **Licht der Gerechten** steht gegensätzlich zur Leuchte der Gottlosen (Spr. 13, 9). Licht (s.d.) und Leuchte (s.d.) ist mehrfach eine Gottesbezeichnung (vgl. Hiob 18, 5; 21, 17). Das göttliche Licht leuchtet dem Gerechten (Hiob 29, 3). Es ist auch zu bedenken, daß der Spruchdichter das Gesetz ein Licht und das Gebot eine Leuchte (Spr. 6, 3) nennt. So wird der Gerechte ein Licht des Lebens (Spr. 4, 18; 2. Petr. 1, 18) genannt, der Gottlose eine ausgelöschte Leuchte.

476. **Licht der Heiden** ist ein Name, der sich im Alten und im Neuen Testament auf den «Knecht Jahwes» (s.d.) oder auf den Messias (s.d.) bezieht. Jahwe hat Seinen Knecht in Gerechtigkeit zum «Licht der Heiden» gerufen (Jes. 42, 6). Er wird der finsteren Heidenwelt zum erleuchtenden Licht. Das ist mehr als das, was von den Propheten gesagt werden kann. Der Knecht Jahwes öffnet die Augen der Blinden. Er führt Sein Volk (vgl. Jes. 49, 8), aber auch die Heiden aus Nacht zum Licht. Er ist der Erlöser aller Erlösungsbedürftigen und Heilsverlangenden. Der Knecht Jahwe ist dazu bestimmt, die Stämme Jakobs aufzurichten und die Bewahrten Israels wieder zu bringen (Jes. 49, 6). Die Wiederbringung der Übriggebliebenen Israels ist nicht allein das Werk des Messias, Jahwe hat Ihn noch zu Höherem erwählt, Er hat Ihn gesetzt zum Licht der Heiden, um Sein Heil bis an die Enden der Erde zu werden, so übersetzt die LXX an dieser Stelle. Indem der Knecht Jahwes das Licht der Welt (s.d.) ist, ist Er auch das Heil der Welt.

Durch eine Kombination der hier erwähnten messianischen Stellen mit Jesaja 52, 10 sprach der alte Simeon von dem Heil Jahwes (Jes. 40, 5) vor den Augen aller Völker (vgl. Ps. 98, 2) «als ein Licht zur Offenbarung der Heiden (s.d.) und als Herrlichkeit deines Volkes Israel» (Luk. 2, 32). In dem Jesuskinde erkannte Simeon die Errettung als Licht der Heiden. Paulus erkannte aus Jesaja 49, 6 einen heidenfreundlichen universalistischen Sinn (Apostelg. 13, 47), daß er das Recht der Heidenmission damit begründete. Der Apostel betont, daß Christus dem eigenen Volk und den Heidenvölkern Licht in das Dunkel ihres Lebens bringt (Apostelg. 26, 23).

477. **Licht des Herrn,** nach dem Hebräischen «Licht Jahwes» (Jes. 2, 5). Der Prophet Jesajah schaut in die fernste Zukunft. Er sieht die Herrlichkeit Jahwes und Seines Volkes. Mit Worten seines Zeitgenossen Michah schildert er die Erhabenheit des Herrn und Israels (vgl. Mich. 4, 1-5). Zu diesem Höhepunkt ist das auserwählte Volk bestimmt. Eine große Kluft besteht zwischen dem, was Israel ist und sein sollte! Das Volk wird darum aufgefordert, im Lichte Jahwes zu wandeln. Es möge sich in das Licht des Verheißungswortes stellen, d. h. in jene verheißene Herrlichkeit. In der dunklen Gegenwart gibt es ein Wandel im Lichte Jahwes. So zu wandeln bedeutet, die Offenbarung der Erkenntnis der Liebe Gottes im Leben umzusetzen, diese Liebe durch Gegenliebe zu erwidern. Eine solche Mahnung, im Lichte Jahwes zu wandeln, ist an der Zeit, Israel bedarf dessen. Jahwe hat Israel wegen seiner Verkehrtheit dahingegeben. Mit der Anrede: «Haus Jakobs» wendet sich Jesajah an sein Volk, das Jahwe zur Stätte Seiner offenbaren Gnadengegenwart gemacht hat. Israel, das einer so herrlichen Zukunft entgegengeht, wird aufgerufen, in dem Lichte des Gottes zu wandeln, zu dem sich am Ende der Tage alle Völker hinzudrängen werden. Wie Paulus (Röm. 11, 14), will auch Jesajah seine Volksgenossen durch das Beispiel der Heiden zum Eifer anspornen.

478. **Licht vom Himmel** wird in den drei Erzählungen der Apostelgeschichte von der Bekehrung des Saulus erwähnt (Apostelg. 9, 3; 22, 6. 9; 26, 13). Das himmlische Licht, das den Verfolger der Christusgläubigen plötzlich umstrahlte, ist die «Herrlichkeit des Herrn» (Luk. 2, 9), mit der die Himmlischen, besonders der erhöhte Christus, bekleidet sind. Saulus sah noch keine Gestalt, aus dem Lichtglanz aber ertönte eine Stimme (vgl. 5. Mose 4, 12. 36). Saulus wußte sogleich, daß er es mit einer erhabenen Himmelserscheinung zu tun hatte. Seine feierliche und ehrfurchtsvolle Anrede: «Herr» ist daher erklärlich. Es war ein Licht, heller als der Glanz der Sonne (Apostelg. 26, 13). Das himmlische Licht umschloß Saulus ganz allein, nach dem Wortlaut des Textes. Er sah Jesus Selbst in dem blitzähnlichen Lichtglanz. Das Licht, das ihn mit Blitzzesschnelle und Blitzeshelle plötzlich umstrahlte, war ein Licht vom Himmel, ein Lichtglanz, wie er die Himmelsbewohner umgibt. In einem solchen Lichtglanz erschien Jesus dem Saulus, daß er und seine Reisegefährten zu Boden fielen (Apostelg. 26, 14). Die ganze Erscheinung zeugt von Jesu Herrlichkeit in Seiner Verklärung.

479. **Licht Israels** (Jes. 10, 17) und sein Heiliger (s.d.) wird den Feinden des Volkes Gottes zum Verderben. In diesem Zusammenhang wird eine ganze Anzahl Gottesnamen genannt, weil es sich um einen großartigen göttlichen Machterweis handelt (vgl. Jes. 10, 16). Über Assur geht ein verderbliches Feuer von Jahwe, dem Gott Israels aus. Es ist das Feuer Seines heiligen Zornes, ein Korrelat der göttlichen Liebe. Sie ist Israels Licht (vgl. 2. Sam. 22, 29; Ps. 18, 29; 27, 1; Mich. 7, 8), aber ein verzehrendes Feuer für alles, was gegen Gott und Sein Reich ist (5. Mose 4, 24; 9, 3; Jes. 30, 33; 33, 14). Gott ist Feuer (5. Mose 9, 3) und Licht (1. Joh. 1, 5). Licht und Heiliger (s.d.) steht in Parallele (Jes. 10, 17). Gott ist heilig und gleichsam ein reines Licht. Bei allen Kreaturen und im ganzen Kosmos ist eine Mischung von Licht und Finsternis. Gott allein ist absolutes, reines Licht. Licht ist Liebe. In heiligem Liebeslicht hat Gott Sich Israel zu eigen gegeben und Israel als Eigentum aufgenommen. Er hat auch einen Feuergrund in Sich, der gegen Assur, das sich an Israel versündigt, als flammendes Zornesfeuer ausbricht. Die prächtige Heeresmasse von Assur wird von diesem Feuer des Zornes, von der Vertilgungsmacht der göttlichen Strafgerechtigkeit wie Distelgestrüpp und Dorngenist mit Leichtigkeit verbrannt. Assur gleicht einem Wald und einem Park, ist aber rettungslos verloren.

480. **Licht der Lebendigen** entspricht in Hiob 33, 30; Psalm 56, 14 dem Wortlaut der Lehnstelle: «In Landen der Lebendigen» (Ps. 116, 8). Elihu verwendet diesen Gottesnamen in seiner Rede an Hiob. Er zeigt, daß die Begnadigten das göttliche Angesicht mit Jubel schauen. Gott läßt Gnade für Recht ergehen. Die Seele des Begnadigten wird erlöst und fährt nicht in die Grube. Sein Leben labt sich am Licht. Durch das Licht des göttlichen Antlitzes (Ps. 89, 16) wird Gottes Gnadenge-

genwart sichtbar und die Neubelebung fühlbar. Im Gegensatz zum Todesdunkel wird es licht im Licht des Lebens. Der Psalmist rühmt, daß Gott sein Leben vom Tode errettet und seine Füße vom Sturz bewahrt hat. Gottes Absicht bei Seiner Rettungstat war, daß er vor Gott im Licht der Lebendigen wandelt. David sollte wie Hennoch, Noah und andere Heiligen, vor und mit Gott wandeln, um in Gottes Huld und Nähe die Freude des Lebens zu finden. Das Licht der Lebendigen bedeutet, leben im Lichte Gottes, der das Leben gibt, oder das Licht im Lande der Lebendigen genießen läßt (vgl. Ps. 27, 13; Jes. 38, 11; 53, 8; Ps. 142, 6), im Gegensatz zu dem Lande oder der Finsternis des Todes.

481. **Licht des Lebens,** eine berechtigte Selbstbezeichnung des Herrn (Joh. 8, 12) gegen die Einwendungen der Juden, die sich daraus ergibt, daß Er das «Licht der Welt» (s.d.) ist. Wer dieses Licht hat, wandelt nicht in der Finsternis. Es ist ein Bild geistlicher Erleuchtung, das die Propheten oft benutzen (vgl. Joh. 9, 1; Jes. 9, 6; Mal. 3, 20; Matth. 4, 15; Luk. 2, 32). Das Leben (s.d.) kommt durch Ihn zur vollen Entfaltung. Von Ihm geht die wahre Gotteserkenntnis, alles geistliche Leben in der Menschheit aus. Christus ist der Urquell alles Lichts in der Welt (s.d.). Die Menschheit ist durch die Sünde in die Finsternis der Gottesunkenntnis und Heillosigkeit gefallen. Der Eintritt in die Nachfolge des Herrn führt aus dieser Unseligkeit heraus. Wer Ihm im lebendigen Glauben nachfolgt, bleibt nicht in der Finsternis der Sünde und des Todes, sondern erlangt für das ewige Leben das nötige Licht. Es ist das zum Leben führende Licht. Das Leben ist die unmittelbare Kehrseite des Lichtes, daß das Licht schon das Leben ist. Das Licht kommt aus dem Leben, nicht umgekehrt. Weil Gott das Leben ist, ist Er auch das Licht. Gott ist die Quelle des Lebens (s.d.), in Seinem Licht sehen wir das Licht (Ps. 36, 10). Das Leben war das Licht der Menschen (s.d.) (Joh. 1, 4). Das Licht ist nicht das erste, sondern das Leben. Der Herr ist als das Leben auch das Licht. In diesem Sinne nennt Sich Jesus das Licht des Lebens.

482. **Licht der Menschen** war nach Johannes 1, 4 das Leben (s.d.) in Ihm. Leben und Licht gehören hier zusammen. Es kann hiernach vom Lebenslicht gesprochen werden. Das Licht ist ein Haupterfordernis für die Entwicklung des Lebens. Ohne Licht gedeiht kein Leben. Das irdische Licht wurde darum am ersten Schöpfungstage geschaffen. Die Kraft des schöpferischen Wortes rief das irdische Licht aus der Finsternis hervor. Das Wort (s.d.), der Logos (s.d.), ist auch der schöpferische Lebensquell für das Licht der Menschen. Das Licht beleuchtet die Dinge, um sie zu erkennen. Es ist darum auf geistigem Gebiet der Urquell der Erkenntnis und Erleuchtung. Die Kraft des Lichtes bringt das Leben zur vollen Entfaltung und Blüte. Es ist ein Bild des Heils. David sagt darum: «Jahwe ist mein Licht und mein Heil» (s.d.) (Ps. 27, 1). Jesajah sagt vom Knechte Jahwes (s.d.): «Ich habe dich zum Licht der Heiden (s.d.) gesetzt, daß du mein Heil seist bis

an der Welt Ende» (Jes. 49, 6). Dieser Doppelsinn des Lichtes ist hier festzuhalten. Licht ist Gotteserkenntnis und heilsgeschichtliche Offenbarung.

Alles Licht, das die Menschen über ihr Verhältnis zu Gott besitzen und über ihre Lebensbestimmung, stammt aus göttlicher Offenbarung. Die Uroffenbarung Gottes ist unter dem Lichte mitbegriffen, das die Menschen aus dem Leben des Logos (s.d.) empfingen. Leben und Licht ging vom Logos in die Welt aus. Leben und Licht entspricht dem Lebenslicht, im Gegensatz zur Todesnacht. Das Licht der Menschen ist nicht nur auf das Bundesvolk begrenzt, sondern es erleuchtet die ganze Menschheit. Das ist kein Widerspruch zu der Heilsverheißung des Alten Bundes. Gott offenbarte Sich im Worte der Propheten immer deutlicher als das Licht der Menschen. Die Gläubigen des Alten Testamentes erfreuten sich der Offenbarung des Lichtes. Die Verheißung der künftigen Erscheinung des Lichtes war die Grundlage ihrer Hoffnung. Sie genossen nur eine Vorstufe des vollkommenen Lichtes. Es glich der Morgenröte der aufgehenden Sonne im Dunkel der Menschheit. Das wahrhaftige und vollkommene Licht der Menschen erschien erst durch die Menschwerdung des Sohnes Gottes. Die volle Offenbarung des Lichtes setzt die Anbahnungen des Lichtes durch die Prophetie voraus und schließt sie in sich.

483. **Ewiges Licht** (Jes. 60, 19. 20) ist das Allerherrlichste, wenn Jahwe Seinem Volke im himmlischen Jerusalem gegenwärtig sein wird. Der Prophet rühmt Jerusalems Herrlichkeit durch das Leuchten Jahwes, der ihr ewiges Licht ist. Der allesbeherrschende Gedanke: «Jerusalem wird Licht», bildet den Inhalt der Weissagung. Dieser Kernpunkt entfaltet sich majestätisch und erschließt sich in ganzer eschatologischer Tiefe. In der Anschauung des Propheten fließt die Herrlichkeit des diesseitigen und des himmlischen Jerusalems ineinander. Die himmlische Stadt ist nicht mehr auf das Sonnenlicht am Tage und das Mondlicht in der Nacht angewiesen. Die unvergängliche Herrlichkeit Jahwes strahlt ihm viel heller. Sie ist das ewige Licht Jerusalems. Was Jesajah schon weissagte (Jes. 4, 5; 30, 26; 24, 23) findet den vollendetsten Ausdruck. Der Triumph des Lichtes über die Finsternis ist das Ziel der Weltgeschichte. Das ewige Licht ist keinem Wechsel und keiner Veränderung unterworfen. Dadurch, daß die himmlische Stadt ihr Licht weder von der Sonne noch vom Monde empfängt, gibt es nach Offenbarung 21, 25 dann keine Nacht mehr. Die Summe der Trauertage, welche der Gemeinde zugemessen waren, ist voll. Die Gemeinde genießt ganz und gar heilige, selige Freude ohne Wandel und Trübung, denn sie ist nicht mehr vom natürlichen Lichte abhängig, sondern sie wandelt im innerlich und äußerlich reinen, friedlichen, milden, ewigen, unveränderlichen Lichte Jahwes.

484. **Licht zur Offenbarung der Heiden** (Luk. 2, 32) nennt der alte Simeon Jesus, als Er im Tempel beschnitten und dargestellt wurde. Es ist das Licht, das Gott zur Erleuchtung der Völker bereitet hatte.

Das bis dahin verborgene Heilsgeheimnis Gottes wird ihnen dadurch offenbar. Die Allmacht und Heiligkeit des göttlichen Waltens auf Erden soll durch dieses Licht erkannt werden. Die Bezeichnung des Heilandes an dieser Stelle ist eine Kombination einiger messianischer Aussprüche, die den Messias «Licht der Völker» (s.d.) nennen (Jes. 42, 6; 49, 6), mit Jesaja 52, 10, wo Zions Wiederherstellung und Verherrlichung als Offenbarung des heiligen Armes Gottes vor allen Völkern in Aussicht gestellt wird. Alle Enden der Erde sehen dann das Heil Gottes. Der Knecht Jahwes (s.d.), der Messias, wird für die finstere Heidenwelt zum erleuchtenden Licht, zum Erlöser aller Erlösungsbedürftigen und Heilsverlangenden. Der Knecht Jahwes ist das Licht (s.d.) zur geschichtlichen Wirklichkeit und leibhaftigen Erscheinung. Das Heil unseres Gottes (Jes. 52, 10) ist in aufgedeckter Herrlichkeit enthüllt. Die ganze Völkerwelt und alle Enden der Erde bekommen es zu sehen. Simeon sieht die Weissagungen Jesajahs in Jesus **erfüllt.**

485. **Licht der Völker** wird durch Jahwes Schaffen für das Recht eine Wohnstätte (Jes. 51, 4). Das große Zukunftswerk, das über Israels Wiederherstellung weit hinausreicht, wird zum Quell des Heils (s.d.) für die gesamte Völkerwelt. Die Völker sollen nicht im Dunkel verharren. Die ganze Welt wird vom Lichte Gottes erhellt. Seinen Ausgang wird Gottes Licht und Recht von Israel aus nehmen. Das Gesetz, das nach dieser Stelle von Jahwe ausgeht, ist das Evangelium, das Recht, das zum Licht der Völker gesetzt wird, ist die neue Lebensordnung, die ihre Stütze auf das Opfer von Golgatha hat.
Ein Licht des Volkes und der Heiden ist der leidende und auferstandene Christus nach paulinischer Lehranschauung (Apostelg. 26, 23). Diese Ansicht harmoniert mit der Prophetie. Der Messias, der gelitten hat und der Erstling aller ist, der auferstanden ist und ewig lebt, ist der Inhalt der stufenweisen Verheißung des Alten Bundes, was im Neuen Testament erfüllt wurde. Das ist das volle Licht zur Erlangung der Heilserkenntnis. Der Auferstandene und Lebendige ist als solcher das Licht der Welt (s.d.) (vgl. Luk. 2, 32; 24, 37; Joh. 8, 12; 2. Tim. 1, 10). Paulus bekundet das in der Sprache eines Mannes, der die Wahrheit liebt, der das Außerordentliche durch Schriftbeweise vor dem König Agrippa begründet.

486. **Wahrhaftiges Licht** wird in einem Satz erwähnt (Joh. 1, 9), der sich auf dreifache Art konstruieren läßt. Der Vers wird demnach übertragen: 1. «Er war das wahrhaftige Licht, welches jeden Menschen erleuchtet, der da kommt in die Welt»; 2. «Er war das wahrhaftige Licht, kommend in die Welt, welches jeden Menschen erleuchtet»; 3. «Das wahrhaftige Licht, welches jeden Menschen erleuchtet, in die Welt kommend, war da.» Der eigentliche Sinn ist, daß das wahrhaftige Licht durch das Kommen Christi in die Welt jeden Menschen erleuchtet. In diesem Falle bezieht sich die Erleuchtung aller Menschen durch den Logos auf die Allgemeinheit der Heilsverkündigung der Ge-

schichtserscheinung Christi. Es kommt hier ein Heilsuniversalismus zum Ausdruck.

Eine doppelte Charakterisierung des Lichtes liegt vor: es ist das wahrhaftige Licht, das bestimmt ist, alle Menschen zu erleuchten. «Jeden Menschen» ist stärker als «alle Menschen». Von selbst ergänzt sich hier: einen jeden, welcher überhaupt erleuchtet wird. Die Welt ist das Gebiet der Finsternis, daß eine Erleuchtung geschehen muß. Das Licht, das in Christo erschien, hat diesen Beruf für alle. Das Wort «wahrhaftig» wird auch sonst von Christus gebraucht (1. Joh. 5, 20; Joh. 15, 1; Offb. 3, 14; 1. Joh. 2, 8), es ist im Johannesevangelium sehr geläufig (Joh. 4, 23. 37; 6, 32; 7, 28; 19, 35). Es bezeichnet die Wirklichkeit, es ist nicht bildlich. Christus ist das Licht, das allein verdient Licht zu heißen, allem anderen gegenüber, was unberechtigt diesen Namen führt. Sein Wirken ist allein im wahren Sinne ein Erleuchten, ein Versetzen in das Reich des Lichtes und die Beschaffenheit des Lichtes. Christus ist das wahre Licht für alle Menschen, wie Er Sich Selbst das Licht der Welt nennt (Joh. 8, 12).

487. **Licht der Welt** nennt Sich Jesus mit Nachdruck (Joh. 8, 12). Mit dem Ausdruck Seines Gottesbewußtseins: «Ich, Ich bin» (s.d.) beginnt der Herr. Auf Ihn kommt alles an, in Ihm ist alles, was die Welt braucht. Er gibt sich nicht nur für Israel eine Bezeichnung, Er hat vielmehr Bedeutung für die ganze Welt. Die Form dieses Selbstzeugnisses Jesu steht mit der messianischen Hoffnung in Beziehung. In der Geschichte vom Blindgeborenen, da Er sich den gleichen Namen beilegt (Joh. 9, 5), wird damit der Inhalt Seines Berufes bezeichnet. Die Welt, so wie sie ist, entbehrt das Licht, sie steht in Finsternis. Die Heilung des Blindgeborenen zeigte deutlich, daß Jesu Beruf war, das Licht der Welt zu sein. Er leuchtet wie die Sonne am Himmel in Seiner Majestät, ohne nur einen Strahl durch die Finsternis von untenher zurückzuziehen. Die von Jesus vorgenommene Blindenheilung ist ein Beweis dafür, daß Er das Licht der Welt ist.

Auf dem Wege nach Bethanien sagte Jesus zu den Jüngern: «Sind nicht zwölf Stunden des Tages? Wenn jemand wandelt am Tage, stößt er sich nicht, denn er sieht das Licht dieser Welt» (Joh. 11, 9). Er Selbst ist das Licht dieser Welt (Joh. 11, 9; vgl. Joh. 9, 5). Jesus ist das Licht im Aufblick zum Vater, weil Er im Lichte Gottes lebt. Im Lichte des Vaters kann der Herr getrost Seines Berufes warten. Das Licht, das Er sieht, ist die Erkenntnis des göttlichen Vorsatzes und Sein Gehorsam.

In Erinnerung an Johannes 8, 12; 9, 5 nennt Sich Jesus «das in die Welt gekommene Licht» (Joh. 12, 46). Er erinnert besonders daran, daß das Licht eine kleine Zeit unter ihnen ist (Joh. 12, 35). Jesus ist als die sichtbare Gottesoffenbarung in die Welt gekommen, um aus der Finsternis zu erretten und in das Reich des Lichtes zu versetzen (Kol. 1, 10). Jesus rettet als das Licht der Welt aus der Gewalt der Finsternis.

488. **Wunderbares Licht** (1. Petr. 2, 9) bezeichnet Gottes Vollkommenheit. Er hat die Gläubigen aus der Finsternis in Sein wunderbares Licht berufen. Sein Kleid ist Licht (Ps. 104, 2). Gott ist Licht und keine Finsternis in Ihm (1. Joh. 1, 5). Er ist der Vater der Lichter (s.d.) (Jak. 1, 17). Dieses Licht erschien im Sohne, in welchem Leben war, und das Licht der Menschen, das warhaftige Licht, das alle Menschen erleuchtet (Joh. 1, 4. 5. 9). Durch Ihn, der Sich als das Licht der Welt bezeugt (Joh. 8, 12), werden alle an Ihn Glaubenden aus der Finsternis in das Licht des Lebens versetzt. Durch Ihn, der gekommen ist, das Reich der Finsternis zu zerstören, hat Gott uns von der Herrschaft der Finsternis errettet und in das Königreich des Sohnes Seiner Liebe versetzt (Kol. 1, 13), in welchem wir zum Lichte Gottes, zur Erkenntnis Gottes und zur Seligkeit des Lebens im Lichte gelangen. Petrus nennt das ein «wunderbares Licht», weil es so herrlich und selig ist, das über alles menschliche Denken und Verstehen weit hinausgeht.

489. **Liebe** gehört zum Tiefsten und Ergreifendsten, was Johannes über Gott und den Sohn Gottes gesagt hat. Hierher gehören auch Jesu Worte von der Liebe Gottes. Unüberboten ist in der ganzen Bibel der einfache aber inhaltreiche Satz: «Gott ist Liebe» (1. Joh. 4, 8. 16). Die summarische Zusammenfassung der Liebesoffenbarung Gottes in Christo ist der Grundgedanke des Johannesevangeliums. Die synoptische Verkündigung faßt von Jesus alles im göttlichen Vaternamen zusammen. Paulus weiß, daß die Liebe bleibt, wenn Prophetie, Zungenreden und Erkenntnis nicht mehr sein werden. Die Liebe überragt den Glauben und die Hoffnung (1. Kor. 13, 8. 13).

Die Erkenntnis des Sohnes Gottes und Seine Sendung offenbart Johannes, daß Gott die Liebe ist. Jesus sagt nicht: «Ich bin die Liebe», Johannes behauptet nirgendwo: «Der Sohn ist die Liebe.» Jesus weiß und Johannes erkennt, daß der Sohn das Organ der Liebe Gottes ist. Liebe bleibt Gott allein im absoluten Sinne vorbehalten. Christus ist die Offenbarung der Liebe Gottes und der feste Anker des Glaubens. Johannes ist dadurch der Apostel der Liebe und der Verkündiger der Herrlichkeit des Eingeborenen Sohnes. Gott, der die Liebe ist, wird nur durch die Offenbarung im Sohne erkannt (Joh. 3, 16). Gottes Liebesoffenbarung im Sohne richtet nicht, sondern rettet und schenkt das ewige Leben.

Paulus sieht auch in der Hingabe Jesu in den Tod für die Menschen den Höhepunkt des Liebeswerkes Gottes (Röm. 5, 8; 8, 32). Johannes bezieht ebenso die Hingabe auf den Tod (Joh. 3, 16). Deutlich sagt er: «Darin besteht die Liebe . . . daß er uns geliebt und seinen Sohn als Sühnung (s.d.) für unsere Sünden gesandt hat» (1. Joh. 4, 12). Gottes Liebe und Christi Liebe sind identisch, Christus ist die Offenbarung der Liebe Gottes. Die Gottesliebe wird erkannt, weil Christus für uns Sein Leben dahingegeben hat (1. Joh. 3, 16). Durch Dahingabe des Lebens ist Jesus der Gegenstand der göttlichen Liebe (Joh. 10, 17). Gott hat Jesus vor der Weltschöpfung mit Seiner Herrlichkeit bekleidet, weil Er Ihn liebte (Joh. 17, 24). Die Liebe des Vaters zum Sohne war der Anlaß, daß Er Jesus alles in Seine Hand gab. Der Vater liebt den Sohn, weil beide eine Einheit sind. Jesus ist das Werkzeug, Gottes Liebesratschluß in und an der Welt durchzuführen. In dieses Licht sind die johanneischen Worte zu stellen, in welchen Jesus von der Liebe Gottes zu dem Sohne spricht (Joh. 13, 1. 34; 15, 12; 1. Joh. 3, 16). Alle diese Aussprüche enthalten Hinweise auf Jesu Liebestod für die Menschen.

Die Liebe des Vaters und des Sohnes ist enthüllt. Es ist die tiefe Glaubens- und Lebensüberzeugung, daß die Gottesliebe auch im Menschen Liebe auslösen muß (1. Joh. 4, 7-21). Gottes Liebe wird durch Glaubenserkenntnis ein Besitz des Menschen (1. Joh. 4, 16). Die Erfahrung, daß die Liebe aus Gott ist, ergibt, daß auch der Mensch Liebe haben muß. Wer Liebe hat, gilt als Gotteskind, der Besitz der Liebe ist Gotteserkenntnis (1. Joh. 4, 9). In der Vollendung hat diese Liebe die Freudigkeit, dem Gerichtstag entgegenzusehen (1. Joh. 4, 17). Gottes Liebe ist unendlich, sie gibt das Größte, was ein Mensch empfangen kann. Gott liebt die Menschen mit der gleichen Liebe wie den Sohn (Joh. 17, 23). Es sind dies alles eigentlich johanneische Gedankengänge. Johannes gebraucht ständig den Ausdruck «die Liebe Gottes». Alles, was Liebe ist, ist Gottes Eigentum. Menschliche Liebe ist von der göttlichen Liebe abhängig. Liebe von Menschen kann nur bewiesen werden, wenn sie mit Gottes Liebe in Verbindung bleibt. Johannes bleibt bei der Forderung stehen, daß der Mensch aus Gott lieben muß, aber er verlangt auch die Bruderliebe (1. Joh. 4, 7. 11). Der Apostel zieht keine Verbindungslinie von der Gottesliebe zur Bruderliebe, beides ist ihm eins. Wer den Erzeuger liebt, liebt auch den von Ihm Gezeugten (1. Joh. 5, 1). Liebe zu den Gotteskindern ist der Erkenntnisgrund der Gottesliebe (1. Joh. 5, 2). Gott hat niemand gesehen, Liebe richtet sich darum gegen die Brüder (1. Joh. 4, 11). Wer diese Liebe ausübt, steht mit Gott in vollendeter Liebesgemeinschaft (1. Joh. 4, 12).

Das Liebesgebot ist das «neue Gebot» (Joh. 13, 34; 1. Joh. 3, 11. 23). Im Halten der Gebote Gottes bekundet sich die Liebe der Gläubigen zu Jesus (Joh. 14, 15. 21. 23). Die Folge ist, daß Gott und Jesus bei solchen Menschen wohnt. Die Erfüllung des Liebesgebotes bringt die reichste Gottesoffenbarung. Es werden von Johannes die Verbindungen gezeigt: Liebe und Wandel im Licht (1. Joh. 2, 10), Liebe und Sein in Gott (1. Joh. 3, 10), Liebe und Übergang aus dem Tode in das Leben (1. Joh. 3, 14), Liebe und Besitz des Geistes (1. Joh. 4, 12).

490. **Mein Lobgesang** nennt Moseh Jahwe in seinem Schilfmeerlied (2. Mose 15, 2). Er hat Ursache, Jahwe, der so Großes getan hat, Lob und Dank zu sagen. Der Lobpreis Jahwes, des Heilsgottes in der Geschichte Israels ist in die Psalmendichtung übergegangen, er ist auf die höhere Poesie auch begrenzt geblieben. Wie das aus Ägypten erlöste Volk Israel Lobgesänge anstimmte, so rühmte auch das wieder heimgebrachte Gottesvolk nach dem babylonischen Exil Jahwe mit Lob und Dank. Es ist im Lobgesang der Erlösten ein Widerhall aus

dem Gesang am Schilfmeer wahrzunehmen. Israel vertraut auf den Gott seines Heils (s.d.), die Begründung dazu liegt in den Worten: «Denn mein Ruhm (s.d.) und Lobgesang ist Jah, Jahwe» (Jes. 12, 2). Eigentümlich ist diesem Widerklang die Verdoppelung des Gottesnamens «Jah Jahwe», womit das Vorbild überboten wird. Jahwe, Israels Bundesgott, ist der Gegenstand des Lobgesanges, der Psalmen des Alten Bundes. Das Lied am Schilfmeer erneuert sich in Israels Herz und Mund, daß es heißt: «Mein Ruhm und Lobgesang ist Jah, und er ward mir zum Heile» (Ps. 118, 14). Gute Lieder, gute Verheißungen, gute Sprichwörter, gute Lehrsätze, verlieren nichts an Kraft und Güte durch ihr hohes Alter. Was einst Moseh und die Israeliten nach dem Durchgang durch das Schilfmeer sangen, singt Jesajah und der Psalmist auch, es wird bis an das Ende der Welt von den Erlösten des Herrn immer wieder angestimmt. Jeder Gläubige rühmt: «Jahwe ist mein Lobgesang!»

491. **Lobpreis** siehe Ruhm!

492. **Logos** ist durch allgemeine Übereinstimmung einer der höchsten Titel, der im Neuen Testament auf Christum angewandt wird. Viele Theologen behaupten, es ist der erhabenste Name von allen. Der Name ist allein im Prolog des Johannesevangeliums gebräuchlich (Joh. 1, 1-18) und in den Einleitungsworten des 1. Johannesbriefes (1. Joh. 1, 1-4). Das Kolorit aber seiner Gedanken ist in der Belehrung von Paulus in Kolosser 1, 15-20 und in Hebräer 1, 1-3.

Der Name hat eine lange Geschichte. Der Ausdruck «Logos» oder «das Wort» (s.d.) wurde oft von Philo von Alexandrien gebraucht in seiner Ausführung von der göttlichen Vernunft, welche wirkte als eine Unmittelbarkeit zwischen Gott und Seiner Welt. Obgleich Philo manche Personennamen gebraucht, um den Logos zu beschreiben, wie z. B. «Hoherpriester» (s.d.), «Erstgeborener» (s.d.) und «Sohn Gottes», so dachte er doch in der letzten Analyse davon als ein unpersönliches Prinzip, und völlig entfernt war ihm der Gedanke, daß das Wort Fleisch wurde, es war seiner Lehre buchstäblich fremd.

Es ist viel darüber diskutiert worden, wie weit der vierte Evangelist durch Philo beeinflußt wurde. Irgend ein Grad von Verpflichtung, direkt oder indirekt kann schwerlich geleugnet werden, andere Einflüße spielten auch eine Rolle. Unter dieser, weit größeren oder geringeren Gewißheit, hat die Beschreibung von der Weisheit in Sprüche 8, 22-31 ihren Einfluß ausgeübt. Die Gleichsetzung der Weisheit mit der Thorah ist eine alte rabbinische Spekulation, der gnostische Erlösungsmythos und die Schöpfungsgeschichte in 1. Mose 1 mit ihrer Belehrung hinsichtlich des Wortes Gottes, welche Ordnung aus dem Chaos hervorbrachte. Verschiedene Schulen machen geltend, der Evangelist habe einen älteren Hymnus für das Wort zum Preise der Weisheit benutzt. Höchst wahrscheinlich ist, daß er den Prolog nach der Fertigstellung des Evangeliums hinzufügte, denn während er den Brennpunkt seiner Christologie scharf umgrenzte, gebrauchte er «Logos»

in seiner Weise, die sich von der Meinung im Johannesevangelium deutlich unterschied.
Im Prolog war das Wort im Anfang bei Gott und als Göttlichkeit (Joh. 1, 1). Seine Aktivität ist persönlich, denn Er ist die Ursache in der Schöpfung und die Quelle des Lebens und des Lichtes (Joh. 1, 3). Unbekannt bei der Welt, kam es in Sein Eigentum, aber Seine Eigenen nahmen Ihn nicht auf, so viele Ihn aber aufnahmen, denen gab Er Vollmacht Kinder Gottes zu werden (Joh. 1, 10-12). Das Wort, erklärt der Schreiber, wurde Fleisch, und er gebraucht ein Wort, welches an die Schechinah erinnert, an das sichtbare Wohnen Gottes unter Seinem Volke, er sagt, daß es unter uns zeltete, und wir sahen Seine Herrlichkeit, eine Herrlichkeit als des Eingeborenen vom Vater, voll Gnade und Wahrheit (Joh. 1, 14). Die Gleichstellung des Wortes ist enthalten in dem Zeugnis des Täufers in Johannes 1, 15. 17: «Denn das Gesetz ist durch Moseh gegeben, die Gnade und Wahrheit aber durch Jesum Christum.» In Johannes 1, 18 ist die Ausdrucksweise von der Sohnschaft gebräuchlich: «Niemand hat Gott zu einer Zeit gesehen, der Eingeborene Sohn, der in des Vaters Busen ist, der hat ihn ausgelegt.»
Es ist dort der Raum für die Debatte, auf welchen Punkt der Prolog anfängt zu sprechen von der Menschwerdung des Lebens Jesu in Johannes 1, 11 oder in Johannes 1, 14; es kann aber dort weniger bezweifelt werden, wie der erste Evangelist von Christus denkt. Er ist es, der im Anfang bei Gott war und Gott war, durch welchen alle Dinge geschaffen wurden, der in Sein Eigentum kam und Fleisch wurde, dessen Herrlichkeit den Menschen erschienen war. Er ist das Wort, nicht die Weisheit, nicht die Thorah, auch nicht irgend eine dazwischenliegende Beschreibung durch die Philosophen. Der Gebrauch ist parallel mit dem, was Christus sagt, daß Er die Wahrheit ist, das Leben und die Sühne.

Es ist zweifellos gefährlich, anzunehmen, der Evangelist habe die Gedanken entfaltet, welche er nicht genau erklärte. Es kann aber mit Sicherheit gesagt werden, er ist grundsätzlich beeinflußt worden durch die Schöpfungsgeschichte in der Genesis. In der Ausdrucksweise: «Und Gott sprach», sah er eine göttliche Aktivität, selbst eine Ausdrucksweise in persönlicher Aktivität. Nach dem Denken des Alten Testamentes ist das gesprochene Wort als eine wirksame Ausdehnung des Persönlichen anzusehen. Diese Annahme gibt unzweifelhaft einen reichen Inhalt zu manchen Stellen, wie z. B. Psalm 33, 6: «Durch das Wort Jahwes wurden die Himmel gemacht und all ihr Heer durch den Hauch seines Mundes» und: «Er sandte sein Wort und heilte sie und er erlöste sie von ihrem Verderben» (Ps. 107, 20). Noch mehr Jesaja 55, 11: «So wird mein Wort sein, das aus meinem Munde geht, es wird nicht leer zurückkommen, sondern es wird ausrichten, was ich will, und es wird ausrichten, wozu ich es sende.»

Diese Erklärung des Wortes Gottes ist immer hilfreich, schon allein in dem Punkt, daß im Alten Testament das Wort die Auswirkung der Person Jahwes ist, während im Prolog, ob der Schreiber es verwirklicht oder nicht, eine völlig neue Annahme des Seins von Gott gegenwärtig ist. Er ist nicht länger der Eine Hohe und Erhabene, der ewiglich thront, dessen Name heilig ist (Jes. 57, 15), oder Gott, welcher sagt: «Ich bin Jahwe und keiner mehr» (Jes. 45, 6). Der unterschiedliche Grundzug im Prolog ist, daß das Wort Gott gegenüber gestellt ist und selbst göttlich ist, und diese Annahme bringt es mit sich, daß es die Absicht ist, dort die Fülle seines Daseins persönlich zu unterscheiden.

Es ist eine Frage, die verschieden beantwortet wird, ob die Gedanken des Prologs auch in 1. Johannes 1, 1-4 zu finden sind. Grundsätzlich sind sie dieselben, aber es ist dort der Satz: «Das Wort des Lebens» (1. Joh. 1, 1), der mit Philipper 2, 16 harmoniert: «Haltet fest das Wort des Lebens» im Sinne des Evangeliums. Es ist dort zweifellos ein bezeichnender, praktischer Grundsatz an dieser Stelle, eine starke Betonung direkt gegen die Gnosis, der grundsätzlich zeigt, daß Christus wirklich in der Geschichte erschien, daß Er gehört, gesehen, bezeugt und betastet wurde. Die Sätze aber: «Das was von Anfang war» und: «Der mit dem Vater war», so gut wie das Wort: «Wir haben gesehen», haben die verständige Gewißheit ebenso wie diese des Prologs beeinflußt. Das Fehlen des Namens «der Logos» in Kolosser 1, 15-20 und Hebräer 1, 1-3 ist von dem gleichen Empfinden geleitet, was Paulus und den Schreiber des Hebräerbriefes leitete, der den Ausdruck «Weisheit Gottes» vermied. Es ist die Abneigung, sektiererische Parolen zu benutzen. Paulus überwand diese Abneigung in 1. Korinther 1, 24 durch die Erwähnung der Weisheit Gottes, das gleiche tat er im Kolosserbrief, wenn Irrlehrer den Kolossern Plagen bereiteten mit dem Namen «das Wort». Der Schreiber des Hebräerbriefes trägt andere Namen vor: Ausglanz (s.d.), Ebenbild (s.d.), Erstgeborener (s.d.) und Hoherpriester (s.d.).

493. **Lohn** ist der schuldige Entgelt für eine geleistete Arbeit. Wer im Dienst eines anderen steht, hat das Recht, sein Verdienst zu fordern oder zu empfangen. Ganz anders ist das Verhältnis des Menschen zu Gott. Wenn die Heilige Schrift in dieser Beziehung vom Lohn redet, den Gott gibt, kann es sich eigentlich nur um ein Geschenk handeln, das durch Seine herablassende Gnade empfangen wird. Der Lohn, den Gott gibt, ist demnach ein Gnadenlohn, aber keine Pflicht und Schuldigkeit (vgl. Röm. 4, 4).

Jeder, der im Weinberg des Herrn arbeitet, empfängt seinen Lohn (Matth. 20, 1). Nach seiner Arbeit erhält jeder sein Entgelt (1. Joh. 3, 8), wie seine Werke sein werden (Offb. 22, 12). Es kommt hier nicht auf die Quantität, vielmehr auf die Qualität des Schaffens im Dienst des Herrn an. Das Werk eines Dieners Christi muß die Feuerprobe des Gerichtes aushalten, danach wird es belohnt (1. Kor. 3, 14). Auf den von Gott gelegten Grund bleibt nur ein bewährtes Bauwerk (1. Kor. 3, 15). Auf die Zeitdauer einer Arbeit kommt es auch nicht an (Matth. 20, 1-16), sondern auf den Sinn im Dienste des Herrn. Lohnsucht, die nur Gewinn sucht, die Bezahlung als Schuldigkeit betrachtet,

bringt um den wirklichen Gewinn einer langen Dienstzeit. Der Dienst um des Herrn willen, von noch so kurzer Dauer, wird vom Herrn voll angerechnet, als wäre mit ganzer Kraft ein ganzer Tag geschafft worden. Die Liebe zum Herrn wird durch die Gnade des Herrn wert gehalten. Das Kleinste, was einem Gesandten, oder einem Geringsten des Herrn aus Liebe getan wird, findet seine Belohnung. Das Halten der Rechte des Herrn hat seinen großen Lohn (Ps. 19, 12). Wer um des Herrn willen sich selbst verleugnet, oder den Haß und die Verfolgung der Welt auf sich nimmt, gewinnt einen großen Lohn (Luk. 6, 22. 23; Matth. 19, 27). Feindesliebe, Leihen ohne Hoffnung auf Wiedergabe (Luk. 6, 35), wird von Gott belohnt. Der Herr gibt Sich den Seinen Selbst zum Lohn (1. Mose 15, 1). Gott sagt zu Abram: «Ich bin dein sehr großer Lohn.»
Die Treue gegen den Herrn findet schon in diesem Leben ihren Lohn (1. Mose 15, 1; Ps. 19, 12). Die eigentliche und volle Belohnung ist der künftigen Welt vorbehalten, wenn die Arbeitszeit nicht mehr sein wird. Die Zukunft des Herrn ist der große Entscheidungstag (1. Kor. 3, 13). Der Herr wird kommen und Sein Lohn mit Ihm (Offb. 22, 12) und Seine Vergeltung vor Ihm (Jes. 40, 10). Im Aufblick auf diesen Tag soll man zusehen, daß ein voller Lohn empfangen wird (2. Joh. 8). Es ist dazu nötig, daß keiner in Leiden und Kämpfen um Christi willen weich wird. Die große Belohnung, die wahre Glaubenszuversicht hat, läßt nicht zuschanden werden (Hebr. 10, 35). Moseh schaute auf diese Belohnung, daß er mit dem Volke Gottes Ungemach erduldete (Hebr. 11, 25. 26). Bileam liebte dagegen den Lohn der Ungerechtigkeit (4. Mose 22, 7; vgl. 2. Mose 2, 15). Wer Lohn von Menschen erwartet, dessen Lohn ist dahin (Matth. 6, 1; 5, 46). Ein Diener Gottes lehrt nicht um Lohn, das ist Sache des Mietlings (Mich. 3, 11).

Wie Gott den treuen Knechten Seinen Gnadenlohn gibt, so straft Er die bösen Knechte, daß sie Seine Strafgerechtigkeit fühlen. Die Vergeltung des Bösen wird auch Lohn genannt. Gott bedroht Sein untreues Volk mit dem verdienten Lohn (Jer. 6, 19; 13, 25), wie auch die Räuber Seines Volkes (Jer. 17, 14). Der böse Knecht empfängt am Tage des Herrn seinen Lohn mit den Heuchlern und Ungläubigen (Matth. 24, 51; Luk. 12, 46). Der Gottlosen Lohn ist nichtig (Hiob 15, 31; 20, 29). Gott gibt ihnen ein Wetter zum Lohn (Ps. 11, 6). Die Sünde findet schon in diesem Leben ihren Lohn, sie selbst bereitet sich ihn (Röm. 1, 27). Wohl dem, der das Wort des Herrn für sich beanspruchen kann: «Ich bin dein sehr großer Lohn!»

494. **Lohnvergelter,** griechisch «misthapodotes» – «Vergelter», ist unvollständig. Gott gibt dem, der Ihn sucht, Seinen Lohn (Hebr. 11, 6). Die Grundbedingung jeder Gemeinschaft mit Gott ist der Glaube, der Ihn als Belohner ansieht. Das ist auf die allgemeine Wahrheit zurückzuführen, daß der innere Trieb des Glaubenden in Gott sein Höchstes sucht. Es ist die göttliche Zusage vom «Lohn» (1. Mose 15, 1) und das Gut (s.d.) und Teil (s.d.) (Ps. 73, 25. 26). Im diesseitigen Leben ist das noch begrenzt, im jenseitigen Leben ist die Vollendung

zu erwarten. Gott ist dann dem Glaubenden ein Lohnvergelter, daß er die Krone des Lebens empfängt, die der Herr denen verheißen hat, die Ihn lieben (Jak. 1, 12).

495. **Lösegeld** ist inhaltlich zu erforschen. Der Menschensohn ist der Gegenstand. Was von Ihm in dieser Beziehung ausgesagt wird, lehnt sich deutlich an die Weissagung vom leidenden und sterbenden Gottesknecht (Jes. 53). Hauptsächlich berühren sich folgende Aussagen damit: 1. «Zu geben sein Leben» ist die Wiedergabe des «dafür, daß Er sein Leben dahingab in den Tod». Sachlich und formell sagen beide Stellen das gleiche. 2. Das Gegenständliche wird beide Male ähnlich charakterisiert. Das Dienen, das Jesus erwähnt, ist eine Anspielung auf den Knecht Jahwes (s.d.). Diese Beziehung ist nach dem LXX-Text noch deutlicher: «Den, der vielen gedient hatte.» Der alttestamentliche Gottesknecht entäußert sich seiner Macht und Würde, Er gibt sogar sein eigenes Leben in diesem Dienst dahin. Aus dem Prophetenwort geht hervor, daß die Hinopferung des Knechtes Gottes, des Menschensohnes, den «Vielen» zugute kommt.

Wer ist mit den «Vielen» gemeint? Sind es die Genossen des Neuen Bundes, ist es die Volksmasse, oder sind es viele Ungläubige? Jesus prägt damit eine bestimmte Anzahl. Matthäus und Markus bedienen sich des gleichen Ausdrucks. Beim Abendmahl schwebte das alttestamentliche Vorbild des sich aufopfernden Gottesknechtes vor Augen. Das «für Viele» ist ein Zitat aus Jesaja 53, 11s.

Der Sinn, den Jesus mit dem Wort von den «Vielen» verbindet, läßt sich nur aus dem Jesajahtext ermitteln. Die Vielen stehen hier in Gegensatz zu dem Einen, der durch Sein Leiden ihnen den Liebesdienst der Erlösung erweist. Jesus hat mit diesem Begriff den gleichen Sinn verbunden. Er stellt Sich in Gegensatz zur Gesamtheit, der Seine Erlösungstat gilt.

Was ist der Sinn des Wortes Lösegeld? Die Dahingabe des Lebens bedeutet an sich keine Hingabe in den Tod (vgl. Apostelg. 15, 26; Joh. 10, 11. 15. 17; 1. Thes. 2, 8). In unserem Zusammenhang und im Blick auf Jesaja 53 spricht Jesus von der Dahingabe Seines Lebens in den Tod. Es kann konstruiert werden: «Zu geben sein Lösegeld für Viele.» Die Dahingabe des Lebens Jesu als Lösegeld kommt den Vielen zugute. Der Ausdruck «Lösegeld» wird in der LXX achtzehnmal gebraucht, was verschiedenen hebräischen Ausdrücken entspricht: 1. «gaullah» – «Wiederkaufs- oder Lösungspreis»; 2. «koper» – «Sühne- oder Lösegeld»; 3. «padah» – «loskaufen»; 4. «mechir» – «Kaufpreis» (vgl. Jes. 45, 13). In Jesaja 53 kommt der Ausdruck nicht vor. Es ist immer die Vorstellung eines Wertes, der hingegeben werden muß, um Personen aus einer Verhaftung oder Gebundenheit zu befreien. Im Hebräischen, Aramäischen und Griechischen ist immer der Sinn, daß ein Kaufpreis gezahlt wird. Jesus bezeichnet demnach die Dahingabe Seines Lebens als einen Kaufpreis, den Er für die Vielen entrichtet hat. Ein Lösegeld für Viele hat Er bezahlt.

Der Gottesknecht ist in Jesaja 53 unter Anwendung von Opferbegriffen gezeichnet. Er setzt nach Jesaja 53, 10 ein Schuldopfer ein, Er ladet die Verschuldungen vieler auf sich (Jes. 53, 11. 12); Er gab Sein Leben in den Tod dahin und trug die Sünden vieler. Jesus betrachtete es als Seine Aufgabe, Sein Leben zu opfern, es als kostbaren Preis einzusetzen, damit die Vielen losgekauft werden. Er denkt wohl an die Schuldverhaftung der Menschen. Der Herr hat den Preis an Gott gezahlt. Es ist eine Opferleistung Jesu Gott gegenüber. Der Stellvertretungsgedanke liegt auch klar zutage.

Die neuere Kritik hat dem Wort vom Lösegeld mehrfach die Echtheit abgesprochen. Es soll einen paulinischen Klang haben. Ein Einfluß von Paulus liegt hier nicht vor. Er gebraucht nie den Ausdruck «lytron» (Lösegeld), sondern einmal das Kompositum «antilytron» (Gegenlösegeld), vorwiegend ist bei ihm von «apolytrosis» – «Erlösung» (s.d.) die Rede (1. Kor. 1, 30; Röm. 3, 24; Kol. 1, 14; Eph. 1, 7), oder er wählt «exagorazein» – «loskaufen». Markus und Matthäus greifen hier in das Arsenal des Alten Testamentes. Für Jesus Selbst gründet sich der Sühnopfergedanke auf Jesaja 53. In den Worten vom Lösegeld denkt Jesus an das alttestamentliche Vorbild des leidenden Gottesknechtes. Die Dahingabe Seines Lebens ist das Lösegeld für Viele, um sie von ihrer Sündenschuld vor Gott loszukaufen.

496. **Der Löwe aus dem Stamme Judah** bezieht sich in Offenbarung 5, 5 auf die Weissagung Jakobs: «Judah ist ein junger Löwe» (1. Mose 49, 9). Es wurde damit ein Mächtiger in Aussicht gestellt, der sich die Völker mit unwiderstehlicher Gewalt eines Löwen untertänig machen wird. Christus, der verheißene Messias hat angefangen, diese Weissagung zu erfüllen. Christus wird ein Löwe genannt, weil Er mit einem Löwenmut den Fürsten der Finsternis, der auch mit einem Löwen verglichen wird, (1. Petr. 5, 8) überwunden hat und noch alle Seine Feinde vernichten wird. Der Zusatz «aus dem Stamme Judah» bezeichnet Christum nach Seiner menschlichen Herkunft. Jesus konnte nur als Gottesmensch Sünde, Tod und Teufel am Kreuz überwinden (vgl. Joh. 16, 33). In der scheinbar tiefsten Niederlage, als Gekreuzigter, überwand der Herr, als der Löwe aus Judah, die größten Gewalten. Seine Überwindung ist die Bürgschaft für die Vollendung des Heils.

Jesus, der als Löwe nach Seiner unwiderstehlichen Gewalt geschildert wird, steht auch als geschlachtetes Lämmlein (s.d.) vor den Augen des Sehers. Er hat als Lämmlein nicht durch Kraftentfaltung, sondern durch Hingabe, Opfer und Dienen überwunden. Der große Gegensatz: der Löwe in seiner majestätischen Kraft und das Lämmlein in seiner Zartheit und Wehrlosigkeit, wirken harmonisch für die Durchführung des göttlichen Heilsplanes.

497. **Macht,** wird wie die sinnverwandten Worte «Kraft» (s.d.) und «Stärke» (s.d.) im Luthertext für verschiedene hebräische Ausdrücke angewandt. Luther übersetzt damit: «geburah» – «Kraft, Körperstärke, Macht»; «koach» – «Kraft, Macht, Stärke, Tüchtigkeit»; «oz» – «Stärke,

Kraft, Macht»; «ezoz» – «Macht». Die Bibel spricht von der Macht Gottes und Christi. Beides, Macht und Kraft werden zusammen genannt (1. Chron. 29, 12; Ps. 21, 14), um die Kraftfülle Gottes zu kennzeichnen. Es wird die Allmacht des Schöpfers, des Regierers und Erhalters der Welt betont (Ps. 65, 7; Jes. 51, 9). Diese Gottesmacht offenbart sich immer in der Niederstürzung der Feinde Gottes und in der Erlösung des Volkes Gottes. In der Geschichte und durch Zeichen beweist Gott Seine Macht, ganz besonders unter den Völkern an Israel, in der Rettung, Führung und Bewahrung (Ps. 77, 15; Jes. 51, 10). Ganz besonders kann von der Macht Christi gesprochen werden, Sünden zu vergeben, oder Dämonen auszutreiben (Matth. 9, 15; 6; 10, 1), ebenso auch Wunder zu tun (Luk. 4, 36), Gericht zu halten (Joh. 5, 27) die Macht über alles Fleisch (Joh. 17, 2) und die Heil- und Herrschermacht über die ganze Welt (Dan. 7, 13; Matth. 28, 18; Offb. 12, 10). Er gibt den Überwindern Macht über die Heiden (Offb. 2, 26), d. h. Seine richtende Gewalt (1. Kor. 6, 2).
Der Ausdruck «Macht» bezeichnet die Vollmacht oder die Befugnis, die Kraft, die Vollmacht zu verwirklichen. «In dem Herrn und in der Macht Seiner Stärke» werden und können die Seinen stark werden (Eph. 6, 10). Das ist keine Macht im weltlichen Sinne und der menschlichen Bereiche, sondern eine Macht der göttlichen Liebe und des Heiligen Geistes, eine gewaltlose und machtlose Macht oder Gewalt, eine nichtweltliche und gegen-weltliche Vollmacht, die geglaubt und erfahren wird. Sie wird nur in Christo erschlossen. Seine Macht wird erst völlig sichtbar, offenbar, wirklich und vollmächtig mit der Wiederkunft des Herrn. Alle dämonischen, antichristlichen und höllischen Gewalten werden dann niedergeworfen. Es ist die Königsmacht und Herrschaft der Gnade (Röm. 5, 20), die Macht Christi, welche den Apostel mächtig macht, daß er frei ist im Haben und Nicht-Haben und alles vermag (Phil. 4, 12). In der Vollendung des Reiches Gottes fällt die Allmacht des Schöpfers und die Liebesmacht der Erlösung zusammen.
Sehr bezeichnend ist, daß die Begriffe von der Macht Gottes in Christo (Dynamis) und Heiliger Geist (s.d.) im Neuen Testament nahe beieinander stehen und eng miteinander verbunden sind (vgl. Luk. 4, 14; 24, 49; Apostelg. 1, 8; 1. Kor. 2, 4). Es ist die Kraft Christi, die Sich in den Schwachen mächtig erweist (2. Kor. 19, 2). Auf die Einzelheiten ist noch zu achten.

a.) Es ist zunächst auf die Anwendung von «geburah» – «Macht» zu achten, das mehrfach in der Mehrzahl «Machttaten» erwähnt wird. Moseh fragt: «Denn wo ist ein Gott im Himmel und auf Erden, welcher tut deine Werke und deine Machttaten?» (5. Mose 3, 24.) Er beruft sich hier auf die Größe und starke Hand Gottes. Moseh wollte damit Gott zu ferneren Machterweisungen bestimmen, indem er an die bisherigen Machtoffenbarungen erinnert (4. Mose 14, 13; 5. Mose 1, 30). Es hängt damit die Überzeugung zusammen, was Gott begonnen hat, läßt Er nicht unvollendet. Seine Überzeugung von der göttlichen Selbstoffenbarung ist so groß, die erst im Verlauf der Reichsgottesgeschichte im

Himmel und auf Erden ihre volle Verwirklichung findet, vor allem durch die Dahingabe des Eingeborenen Gottes und durch die Offenbarung der Herrlichkeit. Gott hat zur Zeit Mosehs angefangen zu offenbaren, was Er in Christo vollendet hat. Am Schluße des Deborahliedes heißt es: «Die ihn aber lieben, sind wie der Aufgang der Sonne (s.d.) in ihrer Macht» (Richt. 5, 31). Nach Richter 5, 11. 13. 23 werden die Mächtigen oder die Helden genannt, die gegen Israel kriegten, gegen die der Überrest im Namen Gottes rannte. Im furchtbaren Hochmut wird die Kraft der Kriegshelden gebrochen. Die aber Gott lieben sind wie die Sonne in ihrer Macht. Wolken und Dunkel werden von dem Licht der Sonne herrlich überwunden. Josaphat war von der unbegrenzten Macht Jahwes, des Gottes der Väter überzeugt, daß er sein Volk an die früheren Gnadenbeweise Gottes erinnerte. Seine unbegrenzte Allmacht ist so groß, daß Ihm niemand widerstehen kann (vgl. 2. Chron. 20, 6; Ps. 94, 16; 1. Chron. 29, 12; 2. Chron. 14, 10).
Jahwe hilft Seinem Gesalbten (s.d.) mit helfenden Machttaten Seiner Rechten (Ps. 20, 7). Es wird bestimmt, daß Gottes Heiligkeit und Seine Machtfülle dem Messias (s.d.) in Seinem Kampfe zu Hilfe kommen. Seine Machttaten zielen auf die Errettung Seines Volkes. Der Psalmist bittet: «Erhebe dich Jahwe in deiner Kraft, wir wollen singen und spielen deine Machttaten!» (Ps. 21, 14.) Alle göttliche Kraft- und Machtfülle ist geeignet, gepriesen und besungen zu werden. Jahwe möge Seine Übermacht gegen die Feinde offenbaren, daß sie Seine starke Hand fühlen. Der sehnsüchtige Rückblick in die mosaische Erlösungszeit veranlaßt den Propheten zu der Frage: «Wo ist dein Eifer und sind deine Machttaten, der Drang deines Inwendigen und deine Erbarmungen halten sich gegen mich zurück?» (Jes. 63, 15). Bei Jahwe sind die größten Machttaten mit der empfindsamsten Liebe vereinigt. Weil er die Liebe Jahwes zu seinem Volke vermißt, bittet er, Seine Gewalt Israel zugut anzuwenden.

b.) An vier Stellen kommt das hebräische «koach» – «Kraft, Macht» vor. In dem schon beachteten Worte Davids in 1. Chronika 29, 12 steht «geburah» – «Kraft» (s.d.) und «koach» – «Macht», zusammen. Damit wird die Kraftfülle Gottes von verschiedenen Seiten betont. Jahwe, der die Berge setzt in Seiner Kraft, ist gegürtet mit Macht (Ps. 65, 7). Eine rechte Naturbetrachtung soll hiernach anspornen, bei Gott dem Allmächtigen die Kraft und Macht zu suchen. Ohne Seine unverkürzbare Macht würden die Berge in Staub zerfallen. Einen festen Halt findet man allein bei Ihm, dem Mächtigen. Die babylonische Weltmacht machte ihre Kraft zu ihrem Gott (Hab. 1, 11), was im Gegensatz zum gläubigen Israel ist, daß es die Zuversicht setzt auf Jahwe, von dem der Prophet sagt: «Bist du nicht von der Urzeit her Jahwe, mein Gott, mein Heiliger?» (s.d.) (Hab. 1, 12.)

c.) Bei der Heimholung der Bundeslade heißt es: «Fraget nach Jahwe und nach seiner Macht!» (1. Chron. 16, 28.) Beide Aufforderungen stehen in den Psalmen (Ps. 96 und 106). Der Inhalt des 96. Psalms ist durchaus messianisch, er verkündigt das Kommen Jahwes bei der Vollendung des Königreiches Gottes. Gott, der Eine, Lebendige und Herrliche, soll angebetet werden. Wegen der Heils- und Herrlichkeitsoffenbarung sollen die Völker Seine Macht suchen und würdigen. In 2. Chronika 6, 41 und Psalm 132, 8 wird die Lade «die Bundeslade seiner Macht» genannt. Die Lade hat noch eine Reihe anderer Namen: Lade des Bundes, Lade des Zeugnisses, usw. Wenn sie hier die «Lade deiner Macht» heißt, dann offenbart Jahwe durch sie Seine Gegenwart, die durch die Lade symbolisiert ist, Seine Allmacht vor allem.

Während der Zeit, als David von Blutmenschen umgeben war, die nach seinem Leben trachteten, nannte er Gott: «Meine Stärke» (s.d.) auf den er harren wollte (Ps. 59, 10), hernach rühmt er Jahwe «seine Stärke» (Ps. 59, 17). Der Psalmist sucht Trost in den geschichtlichen Macht- und Gnadenoffenbarungen, daß er zu dem Ergebnis kommt, daß Jahwe den Völkern Seine Macht offenbart hat (Ps. 77, 15). Durch die Erlösung Seines Volkes aus Ägypten hat Sich Jahwe als der Lebendige und Überweltliche offenbart. Die Ruhmestaten, Machterweisungen und Wunder, die Gott den Vätern offenbarte (Ps. 78, 4), hat Asaph niedergeschrieben für die kommende Generation, um sie zum Gottvertrauen und zur Gesetzestreue zu ermuntern. In Psalm 105, der die Geschichte Israels wie Asaph (Ps. 78) wiederholt, werden die Leser aufgefordert, nach Jahwe und Seiner Stärke zu fragen (Ps. 105, 4). Seine Macht durchbricht alle Gefahren. Jahwe half Seinem Volk und erlöste sie, um Seine Macht ihnen kundzutun (Ps. 106, 8). In Israels Herz und Mund erneuert sich immer wieder der Inhalt des Schilfmeerliedes. Der Psalmist sagt ganz in diesem Sinne: «Meine Stärke und Lobgesang ist Jah» (Ps. 118, 14; vgl. 2. Mose 15, 2; Jes. 12, 2). Im Besitz der Gewalt verbindet sich hier ein hohes Selbstbewußtsein. Im letzten Psalm wird aufgefordert: «Lobet Ihn wegen seiner Machttaten» (Ps. 150, 1). Es ist Gottes Allgewalt und Seine alles überwindende Stärke.

Das von Feinden bedrängte Gottesvolk sehnt sich nach Zions Wiederherstellung. Die neue Welt der Gerechtigkeit und des Heils ist nur ein Werk der Machtbestätigung Jahwes. Weil es scheint, als befinde sich der Arm Jahwes in einem schlafenden Zustande, ruft der Prophet aus: «Werde wach, kleide dich in Macht, Arm Jahwes, werde wach, wie in den Tagen der Vorzeit, den Zeitläufen der Vorwelt!» (Jes. 51, 9.) Der Arm Jahwes kann leisten, was die Weissagungen in Aussicht stellen. Die Gemeinde darf hoffen, denn Jahwe hat Israel so wunderbar aus Ägypten erlöst. Jahwe hat feierlich bei dem Arm Seiner Allmacht geschworen, daß Israels Feinde nicht mehr ihr Getreide verzehren werden (Jes. 62, 9). Jahwe steht die ganze Allmacht zur Verfügung, die Früchte des Verheißungslandes werden nicht mehr von Feinden verzehrt. Die Erscheinung Gottes zum Gericht ist wie die Sonne vom Strahlenglanze umgeben, dort verbirgt Sich Seine Allmacht (Hab. 3, 4). Gottes Macht erscheint wie im Gewitter.

d.) Nur an zwei Stellen ist das hebräische «azoz» die Grundlage für die Übersetzung «Macht». Im Psalm von Asaph wird Rückschau auf die Geschichte des Volkes Gottes gehalten, in der Jahwe den Vätern

Seine Machttaten offenbarte. Der Prophet stellt seinem Volke die Erlösung und Heimkehr in Aussicht. Es ist ein Gotteswerk, das nicht geringer sein wird, als die Errettung aus Ägypten. Er macht ihnen in starken Wassern Bahn, Er läßt ausziehen Wagen und Roß, Heer und Macht (Jes. 43, 17). Wenn auch die feindlichen Großmächte meinen, Israel wäre ein kleiner, schwacher Rest in ihrer Gewalt, Gott greift ein in ihrer größten Not. Jahwe, der einst Sein Volk aus Ägypten erlöste, offenbart dann noch in einem viel größeren Maße Seine Macht.

498. **Der Mächtige in Israel** siehe der Mächtige Jakobs!

499. **Der Mächtige Jakobs,** hebräisch «abir jaakob», ein Gottesname, der in 1. Mose 49, 24 zuerst vorkommt. Jesajah und der Verfasser des 132. Psalms haben diesen Namen von hier entlehnt. Gott gehörte Jakob an und verlieh ihm Seine Stärke. Es ist eine Gottesbezeichnung, besonders wegen der Erlösung Israels durch die Erhebung Josephs. David war sehr darum bemüht, der Bundeslade eine feste und würdige Wohnung zu verschaffen. Er gelobte dem Starken Jakobs, sich keine Ruhe zu gönnen, bis er für Jahwe eine Stätte gefunden hatte. Zweimal erwähnt der König den alten Gottesnamen (Ps. 132, 2. 5). Die Philister hatten mit ihrem Dagon den starken Gott Israels zu fühlen bekommen, als sie die Lade mit sich genommen hatten (1. Sam. 5). Jesajah nennt die drei Gottesnamen: «Herr, Jahwe der Heerscharen, der Starke Israels» (s.d.) (Jes. 1, 24). Eine solche Aneinanderreihung der Gottesnamen ist sonst bei Jesajah selten. Die hier erwähnten Namen Gottes bezeichnen die unwiderstehliche Allmacht und besiegeln den unwiderruflichen Beschluß des Sichtungsgerichtes. Das weltgeschichtliche Ziel des Starken Jakobs ist Heil und Erlösung. Der Hinweis auf die Treue und Allmacht des Gottes Israels hebt jeden Zweifel an der Möglichkeit der Erlösung auf (Jes. 49, 26). Fast wörtlich wird dieser Gedanke wiederholt (Jes. 60, 16). Die Gemeinde Israels erlebt durch Gottes gnädige Fügung, daß Jahwe ihr Heiland (s.d.), ihr Erlöser (s.d.), der Starke Jakobs ist, der für sie überwunden hat und sie triumphieren läßt.

500. **Mächtiger des Krieges** siehe Kriegsmann!

501. **Mann,** hebräisch «Baal» – «Herr, Besitzer». Der Mann ist als Herr der Frau gedacht (vgl. 5. Mose 21, 13; 24, 1). Im übertragenen und geistlichen Sinne ist Jahwe Israels Ehemann (s.d.) oder Eheherr. Das Gnadenverhältnis Jahwes mit Seinem Volke wird nach der Anschauung der ganzen Heiligen Schrift unter dem Bilde des Ehebundes dargestellt. Jerusalem, die Repräsentantin des Gottesreiches und des Bundesvolkes wird als Weib geschildert. Die Gerechtigkeit des göttlichen Strafgerichtes über Jerusalem wird aus dem Ehebund hergeleitet, welchen Jahwe aus freier Gnadenwahl mit Israel geschlossen hat. Abgötterei unter dem Bundesvolke Gottes war sündliche Hurerei und Ehebruch, abgesehen davon, daß mit dem Götzendienst immer ge-

meine Fleischeslust und leibliche Hurerei in Verbindung stand (4. Mose 25). Jahwe mußte Israel wegen seiner Abtrünnigkeit einen Scheidebrief geben (Jer. 3, 8). Aus Liebe aber sagt Jahwe: «Ich will euch mir wieder vermählen» (Jer. 3, 14). Jesajah schaut eine Brautgemeinde der Erlösten Gottes. Das Weib, welches Sich Jahwe angetraut hatte, glich einer Witwe, der ihr Gatte gestorben war. Es war aber nur eine scheinbare Witwenschaft (Jer. 51, 5), denn Jerusalems Gemahl lebt noch, es heißt in diesem Sinne: «Denn dein Mann ist dein Schöpfer (s.d.), Jahwe Zebaoth ist sein Name und dein Erlöser (s.d.), der Heilige Israels (s.d.) (Jes. 54, 5). Es sind hier Pluralformen: «boalaik» – «deine Ehemänner» und «osaik» – «deine Schöpfer», um damit die Fülle des Inhaltes des Einen Gottes auszudrücken. Durch Gott, den Eheherrn und Schöpfer, dem die himmlischen Heere zur Verfügung stehen, ist Seine Braut ins Dasein getreten. Jerusalems Erlöser, Israels Heiliger, ist der Gott der ganzen Erde. Er hat Macht und Mittel, ihr zu helfen, das Liebesverhältnis zu erneuern. Auf Grund der Gnadenwahl ruft Jahwe das verlassene und harmbestatete Weib wie ein Weib der Jugend. Er ruft wie der Mann Sein jugendliches und geliebtes Weib zurück.
Zion wird wieder Gottes Geliebte und ihre Heimat die Vermählte ihrer Kinder. Jahwe findet Seine Wonne an Seiner Braut (Jes. 62, 4. 5). Die Gemeinde ist im Verhältnis zu Jahwe ein schwaches, aber geliebtes Weib, daß Ihn zum Herrn und Mann hat.
Der Prophet Hosea vergleicht Jahwes Verhältnis zu Israel mit einer Ehe. Es sind zwei Momente im Ehestand, welche die Vergleichungspunkte bilden. Es ist die Liebe, mit welcher der Mann seinem Weibe zugetan ist, oder die Treue oder Gegenliebe, die der Mann an sein Weib stellt. Der Vergleich mit einem Ehebund Jahwes mit Seinem Volk hat darin seinen Grund, daß Gottes Liebe so stark zu Seinem Volke ist wie die Liebe eines Mannes zu seinem Weibe. Wie der Mann aus Liebe sich sein Weib erwählt, wohl auch die arme Jungfrau von Liebe getrieben zu seinem Weibe nimmt, um des Weibes Beschützer und Wohltäter zu sein, ebenso ist es Jahwe zu Seinem Volke.

Das Eheverhältnis Jahwes mit Seinem Volke war durch die Abgötterei getrübt. Jahwe sagte: «Rechtet mit eurer Mutter, rechtet!, denn sie ist nicht mein Weib, und ich bin nicht ihr Mann» (Hos. 2, 4). Die Kinder haben Ursache zum Streiten, weil ihre Mutter nicht mehr die Gattin Jahwes ist und Jahwe nicht mehr ihr Gemahl ist. Die Ehe mit dem Herrn ist gebrochen. Der Gnadenbund ist innerlich, sittlich aufgelöst, die Verstoßung des Volkes ist unausbleiblich. Mit dem Hinweis auf das Tal Achor, dessen Name Trübung bedeutet, daß es zu einem Hoffnungstal werden soll, will der Prophet offenbaren, daß Jahwe in Gerechtigkeit und Gnade Sein Volk wieder lieben will. Auf die tröstliche Zusprache des Herrn antwortet das begnadigte Volk in Anerkennung und Annahme der göttlichen Liebesbeweise, wie in den Tagen der Jugend: «daß es geschieht an jenem Tage. Spruch Jahwes, du wirst rufen: Mein Mann, und nicht wirst du mir ferner rufen: Mein Baal» (Hos. 2, 18). Israel tritt dann wieder in das richtige Verhältnis zu seinem

Gott. Der Gedanke wird so ausgedrückt, daß die Gattin dann ihren Gemahl nicht mehr «Baal», sondern «meinen Mann» nennt. Israel nennt Gott seinen «Mann», wenn es im rechten Verhältnis zu Ihm steht. Wenn Israel Gott so anerkennt, verehrt und liebt, wie Er sich offenbart, als den alleinigen und wahren Gott. Gott wird Baal genannt, wenn der wahre Gott dem Baal gleichgestellt wird, oder, wenn der wirkliche Unterschied zwischen Jahwe und Baal verwischt wird, wenn der Jahwedienst und Götzendienst, oder die Gottesoffenbarung in Israel mit dem Heidentum vermengt wird.

Mann in der Anwendung auf den Messias im Alten und im Neuen Testament, kennzeichnet gleichzeitig die Gottheit und die Menschennatur des Sohnes Gottes. Es ist zunächst der Name dessen, der nach der Verheißung (1. Mose 3, 15) der Schlange den Kopf zertreten werde. Evah ruft darum bei der Geburt Kains freudig aus: «Ich habe gewonnen einen Mann mit Jahwe!» (1. Mose 4, 1.) Im Sinne der hilfreichen Gemeinschaft Gottes, durch die erfahrene Wirksamkeit Gottes, erblickt die Mutter aller Lebendigen in der Geburt ihres Erstgeborenen den Anfang der Erfüllung der Verheißung. Für diese Gnadenerweisung der göttlichen Hilfe wird erfreut der Name Jahwes (s.d.) genannt. Der Gott des Heils (s.d.), der Gnaden- und Verheißungsname, weckt die Glaubens- und Hoffnungsfreude über den Mann, der die Verheißung erfüllen wird. Evah meint den verheißenen Messias (s.d.). Sie nennt Ihn nach Seiner menschlichen Natur, «den Mann». Dieser Name wird im Alten und Neuen Testament noch mehrfach erwähnt.

a.) Gott trat dem Jakob in Pniel in der Gestalt des Mannes entgegen (1. Mose 32, 24), in dem Hosea einen Engel (s.d.) erblickte (Hos. 12, 4). Josua schaute den Fürst des Heeres Jahwes (s.d.) als einen Mann mit einem gezückten Schwert (Jos. 5, 13). Die Stelle Jeremia 31, 22: «Das Weib wird den Mann umfangen», gab zu verschiedenen Deutungen Anlaß, die keiner Widerlegung bedürfen. Es wird hier das Verhältnis der Gemeinde Israels am Ende der Tage zu Jahwe ausgesprochen. Die Bekehrung Israels, in der Endzeit, ist jedenfalls der Hauptgedanke dieses ganzen Zusammenhangs. Israels Verhältnis zu Jahwe wird neu gestaltet. Der Hinweis auf den Neuen Bund (Jer. 31, 31) offenbart Gottes Herablassung zu Seiner Gemeinde. Er gibt Sich ihr so hin, daß sie Ihn liebend umfassen kann. Das Weib, das Schwache, die Hilfsbedürftige, oder die Gemeinde, wird dann den Mann, den Messias liebend umfassen. Die Prophetenworte enthalten einen messianischen Kern. Sacharjah schaut den Mann, dessen Name Zemach (s.d.) ist (Sach. 6, 12). Er sitzt als Herrscher und Priester auf Seinem Thron, Er vereinigt König- und Priestertum in einer Person. Es ist der Messias.

b.) Nach Matthäus 8, 27 wird gefragt: «Was ist das für Einer, daß Ihm Wind und Wellen gehorchen!?» Luther hat dafür «Mann». In den Parallelen bei Markus 4, 41 und Lukas 8, 25 lautet die Frage einfach: «Wer ist nun dieser?» Jedenfalls läßt sich aus diesem verschiedenen Wortlaut erkennen, daß Jesus die Herrschermacht über das gewaltigste

Naturelement offenbarte, nämlich in der Stillung des Seesturmes. Johannes der Täufer nennt Jesus den Mann, der vor ihm war und nach ihm kommen werde (Joh. 1, 30). Jesus der Nazaräer (s.d.) war ein Mann, der von Gott erwiesen wurde durch Kräfte, Wunder und Zeichen (Apostelg. 2, 22). Jesus ist der jüdische Mann, der aus dem Tode auferstandene Retter und Richter aller Menschen. Ihm hat Gott das Gericht übertragen (Apostelg. 17, 31).

c.) Paulus eiferte mit einem Gotteseifer, die Gemeinde zu Korinth in ein Verlöbnis zu bringen, nämlich mit einem einigen Manne, Christo darzustellen (2. Kor. 11, 2-3). Das Verhältnis zwischen Christo und der Gemeinde gleicht einem Braut- oder Eheverhältnis. Die Gemeinde steht als eine reine Jungfrau vor Ihm. Es ist ein Brautstand der Gemeinde wie auch im Alten Bunde mit Israel und Jahwe (vgl. Hos. 2, 19s.; Jes. 62, 5; Hes. 16, 8; Eph. 5, 23; Matth. 22, 9; Joh. 3, 29; Jes. 54, 5; Jer. 3, 1). Wie Gott Jahwe oder Adonai, der Ehemann Israels ist, so ist Christus, der Mann, der Bräutigam Seiner Gemeinde.

502. **Bestürzter Mann** vergleiche verzagter Held!

503. **Der Mann meiner Gemeinschaft** nennt Jahwe Seinen Hirten, über den sich das Schwert aufmachen soll (Sach. 13, 7). Das hier erwähnte hebräische «Geber amithi» wird verschieden übersetzt. Im Luthertext steht: «Der Mann, der mir der nächste ist», andere schreiben: «Der Mann, der mein Nächster ist.» Jahwe nennt Ihn Seinen Nächstverbundenen. Der seltene Ausdruck «amith» entstammt nicht der lebenden Sprache zur Zeit Sacharjahs, sondern der Prophet hat ihn aus dem Pentateuch entlehnt. Das Wort findet sich dort in den Gesetzen über die Verletzung des Nächsten, es weist mit Nachdruck darauf hin, wie schwer ein Verbrechen ist, wenn einer geschädigt wird, mit dem man durch leibliche und geistige Abstammung in Verbindung steht. Es wechselt gleichbedeutend mit «Bruder». Das Wort «amith» steht nur an elf Stellen des 3. Buches Moseh (3. Mose 19, 11. 15. 17; 18, 20; 24, 19; 25, 15. 16. 17; 5, 21; 18, 20; 25, 14). Diese Schriftstellen enthüllen einen tieferen Sinn als unser abgegriffenes «der Nächste». Es ist die Bezeichnung der engsten Verbindung, die unter Menschen möglich ist. Es ist keine Gemeinschaft, die man selbst schließen kann, sondern in die der Mensch hineingeboren wird, die auch gegen seinen Willen fortbestehen kann. Wer sie verletzt, muß sich vor dem Richter verantworten. Wenn diese Bezeichnung auf den Hirten übertragen wird, der vor Gott steht, so erhellt daraus, daß es sich um eine geheimnisvolle Einheit und die innigste Gemeinschaft handelt, wie sie schon in Sacharja 11 und 12 erwähnt wird. Der Mann meiner Gemeinschaft mit Jahwe kann nur Christus sein, der von Sich sagt: «Ich und der Vater, wir sind Eins» (Joh. 10, 30) und von dem ausgesprochen wird: «Der Eingeborene Sohn, der in des Vaters Busen war» (Joh. 1, 18). Jesus steht also mit dem Vater in der innigsten Gemeinschaft.

Der Hirte Jahwes, den Jahwe als den Mann meiner Gemeinschaft bezeichnet, kann kein schlechter Mensch sein, der die Herde verdirbt, oder der törichte Hirte sein (Sach. 11, 15-17). In dieser Bezeichnung liegt mehr als nur die Einheit und das Gemeinsame des Berufes, daß Er wie Jahwe die Herde weidet. Kein Herdenbesitzer oder Herr einer Herde nennt einen Mietling oder gekauften Hirtenknecht seinen Nächsten. Gott hat auch nicht irgend einen Frommen oder Gottlosen zum Hirten über Sein Volk gesetzt. «Der Mann meiner Gemeinschaft» deutet nicht nur auf Gleichheit der Lebensstellung hin, sondern auch das Gemeinsame der leiblichen und geistlichen Abstammung. Mit dieser Benennung kann kein bloßer Mensch gemeint sein, sondern nur ein solcher, der teil hat an der göttlichen Natur. Der Hirte Jahwes, den das Schwert schlagen soll, ist kein anderer als der Messias, der auch mit Jahwe identisch ist, oder der gute Hirte (Joh. 10, 30; vgl. Sach. 12, 10). Es wird mit diesem Namen auf die Größe der Aufforderung aufmerksam gemacht, was es Jahwe gekostet hat, Seinen Hirten, Seinen Nächsten vom Schwerte schlagen zu lassen. Gott hat Seines eigenen Sohnes nicht verschont (Röm. 8, 32). Er hat den Sohn dahingegeben, der mit Ihm in engster Gemeinschaft steht.

504. **Mauer** bezeichnet die Befestigung einer Stadt, um vor feindlichen Überfällen gesichert zu sein. Es ist ein Bild der Bewahrung, des Schutzes und der Verteidigung. Um die Seinen lagert sich Gott Selbst mit Seinem Schutz, Er ist wie eine Mauer oder ein Wall. Die Bewohner der Stadt Jerusalem konnten freudig bekennen: «Heil setzt er zu Mauern und Bollwerk» (Jes. 26, 1). In der Ferne lagen die zerbrochenen Mauern Moabs (Jes. 25, 10-12). Jahwe Selbst schützt mit Seiner Erlösungsgnade Jerusalem gegen Seine Feinde. Die Mauern und das Bollwerk der heiligen Stadt sind kein totes Gestein, sondern es ist das lebendige und ewige Heil. David bat in seinem Bußpsalm zu Gott, die Mauern Jerusalems zu bauen (Ps. 51, 20). Er wollte das als Erweis der Gnade Gottes an Zion erkennen. Wenn Jerusalem auch Mauern hat (Jes. 60, 10), so ist dennoch das Heil Gottes ihre unüberwindliche und sichere Schutzmauer (Jes. 60, 18). Wo Gottes Heil schützend über der Stadt schwebt, braucht sie keine Mauern. Wenn auch die Mauern Jerusalems in Trümmer liegen und zerbrochen sind, Jahwe wird sie in unbeschreiblicher Herrlichkeit wieder aufrichten, der treue Gott hat sie beständig vor Augen (Jes. 49, 16). Gott hat die Baumeister zum Wiederaufbau der Mauern heraufgeführt, daß die letzten Feinde flohen.

Jahwe ist Selbst Jerusalems Schutz. Wie Gottes Heil die Mauern der Stadt sind, so sagt er in gleichem Sinne: «Ich werde ihr, sprach Jahwe, eine feurige Mauer ringsum, und zur Herrlichkeit werde ich sein in ihrer Mitte» (Sach. 2, 8). Jerusalem wird so groß sein und eine Menge Menschen und Vieh in sich fassen, daß es eine offene Stadt ohne Mauern ist. Das Jerusalem der Zukunft gleicht einer offenen Landschaft mit mauerlosen Städten und Dörfern. Sie ist so vergrößert, daß sie wegen der Menge an Menschen und Vieh nicht mehr von Mauern begrenzt ist (vgl. Jes. 49, 19. 20). Jerusalem hat dann keine schützende Umgebungsmauer, sie erfreut sich des höchsten Schutzes.

Jahwe Selbst ist eine Mauer von Feuer um sie herum. Das ist eine Schutzwehr von Feuer, die jeden Angreifer verzehrt (vgl. Jes. 4, 5; 5. Mose 4, 24). Jahwe erfüllt die Stadt mit Seiner Herrlichkeit (Jes. 60, 19).

505. **Meister,** im Alten Testament eine Bezeichnung für Gott, im Neuen Testament oft ein Name für Christus. Das alttestamentliche Hebräisch hat dafür fünf Benennungen, das neutestamentliche Griechisch drei Ausdrücke.

1.) Israel bediente sich in Schamlosigkeit der Anrede zu Gott: «Mein Vater (s.d.), du Vertrauter meiner Jugend!» (Jer. 3, 4). Der hebräische Ausdruck: «Alluoh neurai» ist nach Sprüche 2, 17 das Gegenteil von einem Ehebrecher, ein Vertrauter. Das innige Brautverhältnis zwischen Gott und dem Volk, wie in der Jugendzeit (Jer. 2, 1), war gebrochen. Die Berufung auf einen vertrauten Umgang mit Gott wie in der Zeit der ersten Liebe, war eine verantwortungsvolle Erinnerung bei aller Heuchelei der entarteten Kinder.

2.) Jahwe ist für Jerusalem, was große Festungsgräben für andere Städte sind. Seine Einwohner sagen erfreut von ihrem großen Gott und Schirmherrn: «Denn Jahwe ist unser Richter (s.d.), Jahwe ist unser Gesetzgeber (s.d.), Jahwe ist unser König (s.d.), der uns Heil schaffen wird» (Jes. 33, 22). Das im Luthertext mit «Meister» übersetzte «mechoqeq» ist der Befehlende, der Gesetzgeber (vgl. 5. Mose 33, 21), oder der Kommandostab (4. Mose 21, 18). Wenn Jerusalem in Gefahr kommt, ist Jahwe in jeder Hinsicht der größte Beschützer.

3.) Luther übersetzt: «Gib ihnen Herr, einen Meister!» (Ps. 9, 21.) Diese Übersetzung beruht auf der LXX, was an der Punktierung «moreh» – «Lehrer» (s.d.) liegt, wie in Hiob 36, 22! Andere übersetzen: «Bereite ihnen Schrecken!» Die Erkenntnis von der Schwachheit und Vergänglichkeit des Menschen kann der göttliche Lehrer am besten vermitteln. Selbst wenn der Mensch eine Königskrone trägt, bleibt er ein Sterblicher. Eine wahre Selbsterkenntnis erlangt der Mensch oft nur durch Furcht und Schrecken.

4.) Jesajah vergleicht den Menschen als Gottes Gebilde mit dem Tongebilde des Töpfers (s.d.). Jahwe, der Heilige Israels (s.d.), ist sein Bildner (s.d.), Ihn sollen seine Söhne um die Zukunft fragen (Jes. 45, 11). Was Luther hier mit «Meister» wiedergibt, ist nach dem grundtextlichen «jozer» der Töpfer oder Bildner. Die Fürsorge für das Volk Israel soll seinem Vater (s.d.), Jahwe überlassen werden, der sein Schöpfer ist (s.d.).

5.) In der Mitte des Landes Ägypten wird nach der Verheißung ein Zeichen und Zeugnis für Jahwe Zebaoth (s.d.) sein. Es kommt zur Bekehrung des ganzen Landes. Die Erfüllung steht noch aus. Die Erbauung des jüdischen Tempels in Leontopolis 162 v. Chr., den der römische Kaiser Vespasian im Jahre 71 n. Chr. schloß, hat die Weissagung nicht erfüllt. Jahwe sendet den Ägyptern, wie Seinem Volke, einen Helfer (s.d.) und einen Mächtigen und wird sie retten (Jes. 19, 20). Die Zeit der endgültigen Erfüllung wird noch Größeres bringen. Das hebräische «rab» – «groß, mächtig», mit «Meister» wie auch in Jesaja 63, 1 zu übersetzen, ist wohl nach dem rabbinischen, aber nicht nach dem alttestamentlichen Sprachgebrauch belegbar.

Edom gehört zur unheimlichen Erscheinung der Menschheitsgeschichte wegen seines Hasses gegen das Volk Gottes. Ihm droht das Gericht des Messias über die antichristliche Welt (Jes. 63, 1-6). Der Prophet schaut den Messias. Die erhabene Gestalt kommt von Bozra, der Hauptstadt Edoms. Staunend fragt der Prophet, wer dieser Mächtige ist. Die machtvolle Gestalt gibt Selbst die Antwort: «Ich bin es, der Gerechtigkeit redet, der mächtig ist zu helfen» (Jes. 63, 1). Der Einherkommende ist groß in Wort und Tat (vgl. Jer. 32, 19). Er droht in Seiner Heiligkeit den Unterdrückern und verheißt Heil den Unterdrückten. Was Er droht und verheißt, führt Er mächtig aus. Der Trost der Erlösung und die Tat des Heils geht vom Messias aus, dessen Mund Gerechtigkeit redet (Jes. 45, 23), dessen heiliger und mächtiger Arm (Jes. 52, 10; 59, 16) die Tat der Erlösung vollbringt.

6.) Der Ausdruck «Lehrer», griechisch «didaskalos», kommt in den Evangelien öfterer vor als «Rabbi» (s.d.), es wird hauptsächlich mit «Meister» übersetzt (vgl. Matth. 8, 19; 12, 38; 19, 16; 26, 18; Mark. 5, 35; 9, 17; 10, 20; Luk. 22, 11; Joh. 13, 14). Sinngemäß war Jesus nicht «ein Lehrer» sondern «der Lehrer». Das Volk empfand, «daß Er sie lehrte als Einer, der Vollmacht hatte und nicht wie die Schriftgelehrten» (vgl. Matth. 7, 29). In Seiner Unterredung mit Nikodemus betonte der Herr diesen Unterschied. Nikodemus hatte die größte Hochachtung als «Rabbi» vor Ihm, in dem er zu Ihm sagte: «Wir wissen, daß du bist ein Lehrer von Gott gekommen» (Joh. 3, 2). Es war eine bezeichnende Erkenntnis eines Mannes, der als «Lehrer von Israel» (Joh. 3, 10) anerkannt war. Christus aber wollte ihm aus diesem Grunde nicht entgegentreten. Er wollte nicht mit ihm verhandeln, wie ein Lehrer mit ihm. Nikodemus stand in rechter Stellung vor Ihm, als ein wirklicher dem anderen. Er sprach in höchster Vollmacht und Göttlichkeit mit Anfänger und Lernender. Unser Herr ist nicht unter die großen Lehrer der damaligen Zeit zu zählen, Er ist der Lehrer, die Quelle aller Wahrheit und Weisheit. Wir sehen wie bei allen anderen Titeln, wird «Lehrer» in einem anderen Sinne auf Christum angewandt. Er ist weit mehr, als das Wort immer ausdrückt: «der Lehrer», der von Gott kommt, Er ist der Sohn Gottes (s.d.), Sein Volk in aller Wahrheit zu leiten.

Lehrer ist in den Synoptikern der gebräuchlichste Ausdruck für Jesus. Von 24 Beispielen ist an 19 Stellen der Vokativ oder die Anrede von «didaskalos» – «Lehrer». Im Markusevangelium sind 10 Stellen (vgl. Mark. 4, 38; 9, 17. 38; 10, 17. 20. 35; 12, 14; 19, 32; 13, 1), drei Parallelen sind davon im Matthäusevangelium und fünf im Lukasevangelium (vgl. Matth. 8, 19; 12, 38; 22, 36; Luk. 7, 40; 10, 25; 11, 45; 12, 13; 19, 39; 21, 7). Diese Beispiele mit den noch fünf übrigen Stellen zeigen, daß Jesus während Seines Dienstes als «der Lehrer» angesprochen wurde. Diese Gewohnheit ist angedeutet in Mark. 5, 35, wo die Knechte des Jairus Einspruch erhoben: «Warum bemüht ihr den

Lehrer noch?» und in Matthäus 9, 11 und 17, 24, wo die Jünger, die Pharisäer und der Sammler des Halbschekels in der Anrede die Phrase gebrauchen «euer Lehrer». Jesus Selbst benutzt das Wort in Seiner Botschaft an den Hausherrn in Jerusalem. Der Lehrer sagt: «Wo ist mein Gastzimmer, wo ich mit meinen Jüngern das Passah essen werde?» (Mark. 14, 14; Matth. 26, 18; Luk. 22, 11), und in der Aussage: «Ihr sollt euch nicht Rabbi (s.d.) nennen, denn Einer ist euer Lehrer, und ihr alle seid Brüder» (Matth. 23, 8). Johannes benutzt «didaskalos» (Lehrer) zweimal in dem Ausspruch: «Ihr nennt mich Lehrer und Herr (s.d.) und ihr sagt recht, denn ich bin es auch. Wenn ich also, der Herr und Lehrer, eure Füße gewaschen habe, sollt ihr auch tun, einer dem anderen die Füße zu waschen» (Joh. 13, 13s.). In Johannes 1, 38 und 20, 16 wird erklärt, daß «didaskalos» (Lehrer) mit «Rabbi» (s.d.) und «Rabbuni» (s.d.) gleichbedeutend ist. In Johannes 3, 2 schildert Nikodemus, daß Jesus ein von Gott gesandter Lehrer ist; und in Johannes 11, 28 stellt Martha ihrer Schwester vor Augen, «der Meister ist hier und er ruft dich!» Johannes ist diesbezüglich mit den Synoptikern einig. Er gebraucht achtmal den Namen «Rabbi» und einmal «Rabbuni», seine Ausdrucksweise erscheint einfacher.
7.) Lukas allein hat für Meister den Ausdruck «epistates», er kommt in seinem Evangelium sechsmal vor (Luk. 5, 5; 8, 24. 45; 9, 33. 49; 17, 13). In Lukas 8, 24 steht der Doppelruf: «epistata, epistata», was ein Beweis für die Vorliebe des Evangelisten ist, einen Namen zweimal zu nennen (vgl. Luk. 10, 41; 22, 31; Apostelg. 9, 4; 22, 7; 26, 14). Das wichtige Wort bezeichnet ein «Haupt, Befehlshaber, Gebieter, Leiter oder Aufseher», es erläutert des Herrn absolute Autorität, dem der Jünger unbedingten Gehorsam zu leisten hat.
8.) Der griechische Ausdruck «kathegetes» – «Führer», den Luther auch mit Meister übersetzt, kommt im ganzen Neuen Testament nur einmal vor. Er folgt auf die Anordnung des Herrn an Seine Jünger, sich nicht Rabbi zu nennen. Er sagt: «Nennt euch nicht Meister (Führer), denn Einer ist euer Meister, Christus!» (Matth. 23, 10.) Das Wort ist praktisch mit «Lehrer» verwandt, aber es zeigt den Einfluß, den ein Lehrer in der Führung eines Knaben ausübt. Unser Herr erleuchtet nicht nur den Verstand der Jünger, sondern Er leitet sie auch auf den Weg der Wahrheit.

506. **Mensch** ist im Neuen Testament mehrfach eine Bezeichnung des Sohnes Gottes, um Ihn, wie Seine Selbstbezeichnung «Sohn des Menschen» (s.d.), oder «Adam» (s.d.), «Fleisch» als wirklichen, wahrhaftigen Menschen darzustellen. Jesus Selbst und Seine Apostel bezeugen einmütig Seine Gottessohnschaft. Er war der Sohn des Vaters vor Seiner Sendung in die Welt, vor Gründung der Welt war Er in Herrlichkeit beim Vater (s.d.). Jesus, der solches von Sich bezeugte, war ein Mensch unter Menschen. Die Geschichte von Ihm in den vier Evangelien, Aussprüche von Ihm Selbst und bestimmte Züge stellen das vor Augen. Für das rechte Verständnis der Menschheit Christi ist das wichtig.

Der Sohn Gottes wurde von einem Weibe geboren, Er war hilfsbedürftig wie jedes Kind eines Menschen, Er wuchs, wurde stark und Gottes Gnade war über Ihm (Luk. 2, 40). Zwölfjährig wußte Er Sich im Hause des Vaters, bei Seinem ersten Besuch im Tempel, daß die Eltern Ihn nicht zu suchen brauchten (Luk. 2, 46-49). Von Johannes ließ Er Sich als 30jähriger im Jordan taufen. Er unterzog Sich einer Reihe göttlicher Prüfungen, Verzichtleistungen, Selbstverleugnungen und Leidensproben. Jesus sagt auch wie Er als Mensch die Leidenstaufe empfindet (Luk. 12, 50). Auf das Selbstzeugnis von Seiner wahren Menschheit folgt das Herabkommen des Geistes auf Ihn, um über Ihm zu bleiben (Matth. 3, 16; Joh. 1, 32). Wenn der Logos (s.d.) in Seiner Fleischwerdung kein wirklicher Mensch geworden wäre, hätte Jesus der Salbung mit Gottes Geist und Kraft nicht bedurft (Apostelg. 10, 38). Nach der Taufe führte der Geist den Herrn in die Wüste (Matth. 4, 1; Luk. 4, 1), in dessen Kraft Er nach Galiläa ging (Matth. 4, 14). In der Wüste bekannte Jesus durch sein 40tägiges Fasten, daß Er Mensch war. Die Versuchung des Teufels beruhte auf der Möglichkeit, als Mensch versucht werden zu können. Jesu Wundertaten werden sogar zu Bekenntnissen Seiner menschlichen Hilfsbedürftigkeit, daß Er erst vor der Heilung des Taubstummen seufzend zum Himmel blickt (Mark. 7, 34). Am Grabe des Lazarus leitet Er Seine Krafttaten von der Erhörung Seines Gebetes ab (Joh. 11, 41). Das stimmt mit Aussprüchen überein in Johannes 5, 20: «Der Vater hat den Sohn lieb und zeigt Ihm alles, was er selbst tut», und Johannes 9, 3: «Weder dieser hat gesündigt noch seine Eltern, sondern daß die Werke Gottes an ihm offenbart werden»; Johannes 10, 38: «Glaubet den Werken, auf daß ihr erkennt und glaubt, daß in mir der Vater ist und ich in ihm»; 14, 10: «Der Vater, der in mir bleibt, der tut die Werke.» Jesus war demnach nicht Selbst die Quelle, aus welcher die wundertätigen Kräfte strömten, sondern der Vater. Sein erhörliches Beten, was dem Vater wohlgefällig war, verlieh Ihm die Wunderkraft. Petrus sagt: «Gott war mit ihm, darum konnte er wohltun und heilen, alle, die vom Teufel überwältigt waren» (Apostelg. 10, 38). Ein wichtiger Zug ist, daß Jesus Mensch war, ist Sein Verhalten unter den Eindrücken, die über Ihn kamen und Ihn ins Leiden versetzten. Beim Anblick des schnöden Treibens im Tempel ergriff Ihn heiliger Zorn (Joh. 2, 17). Die Zeichenforderung der Pharisäer rang Ihm ein inneres Seufzen ab (Mark. 8, 12). Die Tränen von Lazarus Schwestern beim Herzutreten zum Grabe überwältigten Ihn zweimal vom Schmerz (Joh. 11, 33-38). Der Blick in die Zukunft Jerusalems kostete Ihn Tränen (Luk. 19, 41). Die Ahnung von Seiner Leidenstaufe machte Ihn bange (Luk. 12, 50). Auf dem Zuge von Galiläa nach Jerusalem war Er so ernst, daß auch den Jüngern bange wurde (Mark. 10, 32). Weil Sein eigener Kampf schon sehr schwer war, nannte Er Petrus einen Satan (Matth. 16, 23). Bei Hereinbrechen des letzten Kampfes war Sein Geist bald auf der höchsten Höhe und in der tiefsten Tiefe. Der Gedanke, daß Sein Wirken durch Sterben beginnen mußte, erschütterte Seine Seele derart, daß Er den Vater um Rettung aus dieser Stunde bat (Joh. 12, 20-27).

Bei Seinen Abschiedsreden überfiel Ihn eine große Wehmut, der Gedanke an Judas, den Verräter, erschütterte Ihn (Joh. 13, 21). Sein Zagen in Gethsemane, daß Er um Verschonung des Kelches den Vater bat (Matth. 26, 38). Die Schwachheit des Fleisches und die Willigkeit des Geistes standen sich gegenüber (Matth. 26, 41). Kurz vor Seinem Tode wollte Er Seinen Durst stillen, da fühlte Er Sich von Gott verlassen. Die Übergabe Seines Geistes vertraute Er dem Vater an. Jesu ganzes Erdenleben war ein Stand Seiner Selbstentäußerung.

Die Lebensentwicklung Jesu auf Erden galt den Aposteln für wirklich menschlich. Die Geschichte Jesu ist ein wirkliches Menschsein (1. Joh 1, 1). Jesus der Versühner, der Urheber des Lebens, das heilige Vorbild, war nach der Ansicht der Apostel als Gottes Sohn ein wahrhaftiger Mensch. Die Heilskräftigkeit und Vorbildlichkeit Seiner Lebensgeschichte steht und fällt mit Seinem wirklichen Menschenwesen. Die Jünger des Herrn betonten die Gottessohnschaft Jesu als Grund des Heils und zugleich Seine wahre Menschheit in ihrer Predigt. Keinen Augenblick haben die Apostel Jesu Gottheit über Seine Menschheit gestellt, ebensowenig Seine Gottheit vor Seiner Menschheit zurückgestellt.

Petrus erkannte, daß der Vater die Geburtswehen des Todes auflöste und Jesus auferweckte, daß der Tod den Bahnbrecher des Lebens (s. d.) nicht halten konnte (Apostelg. 2, 24; 3, 15). Christus wurde getötet nach dem Fleisch, Er wurde aber lebendig gemacht nach dem Geist (1. Petr. 3, 18). Paulus wußte, daß Jesus, ehe Er Knechtsgestalt annahm, Er Gott gleich war, daß durch Ihn das All geworden ist (Phil. 2, 6; 1. Kor. 8, 6; Kol. 1, 15-16). Während Seines Erdenlebens ist Jesu Inneres «Geist der Herrlichkeit» (s.d.) (Röm. 1, 4). Jesus ist die Fülle der Gottheit (s.d.) (Kol. 1, 19). Paulus nennt kurzweg den Herrn auch «Mensch». «Es ist ein Mittler (s.d.) zwischen Gott und den Menschen, der Mensch Christus Jesus» (1. Tim. 2, 5). Durch Einen Menschen kam der Tod, durch Einen Menschen die Auferstehung der Toten (1. Kor. 15, 21). Durch den Fall des Einen sind die Vielen gestorben, so ist die Gabe der Gnade Gottes des Einen Menschen, Christus Jesus, auf die Vielen überströmend (Röm. 5, 15). In der gleichen Stelle, wo der Apostel von Jesu Selbstentäußerung aus der Gottgleichheit redet, stellt er die himmlische Erhöhung als Lohn hin, der auf menschlichem Wege seines Gehorsams erworben wurde (Phil. 2, 5-11). Paulus redet von der Auferstehung immer so, daß Gott Ihn aus Toten auferweckte (vgl. Eph. 1, 19). Jesu Tod war ein wirklicher Tod, ein tiefes Versunkensein in Ohnmacht und Hilflosigkeit.

Der Hebräerbrief spricht auch von der vorirdischen Existenz des Sohnes Gottes (Hebr. 1). In diesem Briefe wird dem äußeren und inneren Leben der Stempel der menschlichen Niedrigkeit aufgedrückt. Neben der hohen Erhabenheit über die Engel wird auch die tiefe Erniedrigung des Sohnes Gottes zum Tode gezeigt. Der Herzog der Seligkeit (s.d.) wurde durch Leiden vollendet (Hebr. 2, 10). Der Heiligende ist ein Sohn Abrahams wie die, welche geheiligt werden. Er wurde wie sie Fleisches und Blutes teilhaftig, um durch Seinen Tod den Todesfürsten zu überwinden und die Todesknechte zu befreien (Hebr. 2, 14. 15). Er mußte in allem den Brüdern gleich werden. Was Er unter eigenem Versuchtwerden gelitten hat, darin kann Er uns helfen (Hebr. 4, 14s.). Die Betonung der wirklichen Menschheit Christi hängt innigst mit Seinem Versühnungsdienst zusammen. Der Hebräerbrief stellt uns Christus in Seinem wahren Menschsein vor Augen. Sehet den Apostel und Hohenpriester unseres Bekenntnisses, Jesus, welcher treu war Seinem Schöpfer wie Moseh (Hebr. 3, 1. 2); Sehet von allem hinweg, auf Jesum den Urheber und Vollender des Glaubens (Hebr. 12, 2). Das sind alles Züge, die von Ihm als einem Menschen zeugen.

Johannes, der die Gottheit Jesu sehr stark betont, der Ihn den Logos nennt, bezeugt, daß das Wort (s.d.) Fleisch (s.d.) wurde (Joh. 1, 14). Johannes erklärt, wer leugnet, daß Jesus der Christus ist, sei ein Lügner und Antichrist. Das Bekenntnis, daß Jesus ins Fleisch kam, ist das Kennzeichen göttlicher Lehre (1. Joh. 2, 22; 4, 2). Johannes hat viele Selbstzeugnisse Jesu von Seiner wirklichen Menschheit aufbewahrt, neben der Betonung Seiner Gottheit. Es ist nötig, auch kurz auf die apostolischen Zeugnisse von Jesu Sündlosigkeit hinzuweisen (1. Joh. 3, 3. 5. 7; 2. Kor. 5, 21; Hebr. 4, 15). Wenn die Apostel betonen, daß Jesus Mensch war, möge auch der heilige Sinn wahrgenommen werden, denn ihre Briefe atmen.

Die Wirkungskraft des Lebens Jesu liegt eben in Seiner Mensch- oder Fleischwerdung. Die Erzeugung aus dem Heiligen Geiste darf nicht zurücktreten. Ein Sohn Josephs (s.d.) hätte nicht sündlos oder der Heiland der Welt sein können. In der Weihnachts- Karfreitags- und Osterpredigt muß Jesu Gottheit, der menschgewordene ewige Sohn Gottes hervorleuchten, die übernatürliche Empfängnis ist eine Vorbereitung zu Seinem Retterberuf. Die Geburt, das Sterben, das Auferstehen des Herrn ist mit Seiner Menschwerdung zu verbinden. Paulus betont, daß Jesus von einem Weibe geboren wurde (Gal. 4, 4), er schreibt nicht: «Geboren aus Menschen». Der Apostel sagt auch, daß Gott Seinen Sohn in der Gleichheit des Fleisches der Sünde sandte (Röm. 8, 3). Er wurde nicht im Fleisch der Sünde gesandt. Das Fleisch Jesu war kein Fleisch der Sünde, sondern nur ähnlich oder gleich. Die Gotteslästerung in NT 68 an dieser Stelle: «Er hatte dieselbe sündige Natur wie alle Menschen», ist gar zu fürchterlich. Die Entstehung der menschlichen Seite Jesu konnte nur durch ein Wunder geschehen. Willkürlich ist die Behauptung, die von Lukas berichtete Geburt des Herrn sei für Paulus fremd gewesen. Das Fleisch Jesu, das unserem Fleisch der Sünde ähnlich war, und doch kein Fleisch der Sünde war, erklärt sich am einfachsten, wenn die Empfängnis aus dem Heiligen Geist geschehen ist. Die Geburtsgeschichte Jesu, die Lukas berichtet, widerspricht keineswegs der paulinischen Ansicht. Johannes hätte die Worte in Johannes 1, 12. 13 nicht schreiben können, wenn er die menschliche Seite Jesu aus dem Fleischeswillen Josephs abgeleitet hätte.

Im Leben Jesu auf Erden erscheint auch immer wieder die göttliche Herrlichkeit. Worte aus menschlich-irdischen Verhältnissen wie Licht (s.d.), Liebe (s.d.), Zorn (s.d.), Vater (s.d.), Geist (s.d.) schildern die göttliche Offenbarung im Erdenleben Jesu. Sehr oft wird in der Schrift der Ausdruck «Ehre» (s.d.) oder «Herrlichkeit» (s.d.) benutzt, um die göttliche Gegenwart oder Herrlichkeit zu schildern. Das Johannesevangelium zeigt Gottes Herrlichkeit im Erdenleben Jesu. Von dem verherrlichten Christus wird auch immer wieder die göttliche Herrlichkeit verkündigt. Jesus, der Seine vorzeitliche Herrlichkeit beim Vater wieder hat, hat auch noch die wahre Menschheit im Stande der Verherrlichung. Jesus ist in Seiner Verherrlichung noch Mensch geblieben. Er ist der «Sohn des Menschen» (s.d.), der zur Rechten der Kraft sitzt und in des Himmels Wolke wiederkommt (Matth. 26, 64; 25, 31; 16, 27). Dem Stephanus stellte Er sich als Menschensohn dar (Apostelg. 7, 56). Er rief dem Saulus von Tarsus zu: «Ich bin Jesus von Nazareth» (s.d.) (Apostelg. 22, 8). Einem Menschensohne ähnlich erschien der erhöhte Herr dem Johannes (Offb. 1, 13). Einem Menschensohne ähnlich sah er Ihn zum Gerichte kommen (Offb. 14, 14). Jesu letztes Wort an den Seher ist: «Ich bin die Wurzel und das Geschlecht Davids» (s.d.) (Offb. 22, 16).
Paulus, der Hebräerbrief und Johannes reden von einem Menschen, der zur Rechten des Vaters mit Seiner Fürbitte die Menschen vertritt (Röm. 8, 34; Hebr. 4, 14; 5, 8; 7, 26; 8, 1; 1. Joh. 2, 1). Der Erhöhte (s.d.), der lebendig machende Geist (s.d.) ist der zweite Adam (1. Kor. 15, 45; vgl. 2. Kor. 3, 18). Das fortdauernde Menschsein des Erhöhten ist eine Grundanschauung des Neuen Testamentes. Der ganze Organismus der neutestamentlichen Heilswahrheit würde verändert, wenn wir Jesus nicht als Mensch erkennen würden. Er kann als solcher für uns der Hohepriester (s.d.) sein, der Mitleid mit unseren Schwachheiten hat, daß Er uns mit Seiner Fürbitte vor dem Vater vertritt.

507. **Menschenfreundlichkeit** siehe Menschenliebe!

508. **Menschenhüter,** ein tröstlicher Gottesname, der auch Hüter Israels (s.d.) heißt (vgl. Hiob 7, 20; Ps. 121, 4; Spr. 24, 12). Es sei erinnert an die Verheißung, die Gott dem Jakob gab: «Siehe ich bin mit dir und behüte dich auf allen deinen Wegen» (1. Mose 28, 14). Dieser Name offenbart auch, daß Gott auf alles in uns und an uns genau achtet und uns zur Rechenschaft fordern wird.

509. **Menschenliebe,** griechisch «philanthropia» kommt im Neuen Testament nur zweimal vor (Apostelg. 28, 2; Tit. 3, 4), als Umstandswort nur einmal (Apostelg. 27, 3). Nach dem klassischen Griechisch bedeutet es die Menschenfreundlichkeit, das zuvor- und entgegenkommende Wohlwollen, das sich allgemein in einem freundlichen, rücksichtsvollen Benehmen, besonders in der Gastfreundschaft und Hilfsbereitschaft in Mildherzigkeit in der Gemeinschaft betätigt. Der Sinn, den Philanthropia im griechischen Altertum hatte, würde nach dem neutestament-

lichen Schrifttum «Menschengefälligkeit» genannt. In der Reihe der Israelitischen Tugenden und bei den Gläubigen des Neuen Bundes kann von keiner Philanthropia in dieser Bedeutung die Rede sein. Im Alten Testament schließt der Begriff «Gerechtigkeit» das alles in sich, im Neuen Testament tritt die «Liebe» (s.d.) und die «Bruderliebe» an ihre Stelle.

Im Neuen Testament wird die Menschenliebe oder Menschenfreundlichkeit der Barbaren gerühmt, wegen ihrer gastlichen Aufnahme der Schiffbrüchigen (Apostelg. 28, 2), und der humanen Behandlung des Julius dem Paulus gegenüber (Apostelg. 27, 3). Ganz einmalig schreibt Paulus an Titus: «Da aber die Gütigkeit und Menschenliebe Gottes unseres Erretters erschien» (Tit. 3, 4). Die Wahl des Ausdruckes ist auffallend und tiefgründig. Gütigkeit und Menschenliebe sind zu unterscheiden. Der erste Ausdruck ist Gottes Huld, der zweite bezeichnet Gottes Erbarmen gegen die Menschen. Beide Begriffe sind identisch mit der Gnade, hier im Zusammenhang mit der Gnade des Erretters (Tit. 2, 11). Hier wie in 1. Timotheus 1, 1 wird Gott «Heiland» (s.d.) genannt. In Ihm erschien die göttliche Sünderliebe. Wenn auch schon im Alten Bunde die Gläubigen Gottes Liebe und Freundlichkeit genossen (Ps. 34, 9), so sahen sie doch nur ihre erste Morgendämmerung des später angebrochenen Heilstages, sie hatten nur die Verheißung, was der Gläubige des Neuen Bundes wirklich als Erfüllung genießt. Die Erscheinung der Menschenliebe Gottes, des Erretters, ist ein Hinweis auf die Menschwerdung Gottes in Christo. Im Griechentum wurde mit Philantropia den Menschen ein gesetzlicher Weg gewiesen, um zu den Göttern hinaufzusteigen, hier zeigt Paulus, wie Gott in Christo in Seiner Menschenliebe zu den Menschen herabsteigt.

510. **Menschenrute**, dieses Ausdruckes bedient sich Gott in der Verheißung an David über seinen Sohn Salomoh (2. Sam. 7, 14). Es wird seinem Sohne verheißen: «Ich will ihn mit Menschenruten und mit der Menschenkinder Schlägen strafen!» Wie Väter ihre Kinder erziehen, ohne ihnen das Herz zu entziehen, mit väterlicher Lindigkeit, wird damit ausgesprochen (vgl. Hiob 2, 5; Ps. 39, 12; Jes. 27, 7; Jer. 30, 11; 10, 24).

511. **Menschensohn,** eine Bezeichnung der Person Jesu Christi, die Er Selbst am meisten anwendet, sie kommt über achtzigmal im Neuen Testament vor. Diese Selbstbezeichnung ist geeignet, sich vor unempfänglichen Gemütern zu verhüllen, sich aber vor Verständigen und Tieferblickenden zu offenbaren (vgl. Matth. 8, 20; Luk. 9, 58; Joh. 5, 27; Apostelg. 7, 55; Offb. 1, 13; 14, 14). Sprachlich gesehen konnte es soviel wie Mensch bedeuten, oder wie oft gesagt wird: «Dein Knecht, deine Magd.» Es ist oft von Menschenkindern in diesem Sinne die Rede (vgl. Mark. 3, 28; Hes. 40, 4; 44, 5). Die Bedeutung des Namens ist damit noch nicht erschöpft, die so oft im Munde Jesu benutzte Selbstbezeichnung nicht erklärt. Die Beziehung auf das Gesicht Daniels vom

Menschensohne (Dan. 7, 13) liegt am nächsten, wo der Messias als Menschensohn in den Wolken des Himmels als der Kommende erscheint (vgl. Jes. 4, 2; Jer. 23, 5; 33, 15). Es kann nicht mit Sicherheit behauptet werden, ob Menschensohn zur Zeit Jesu ein üblicher Name für den Messias war (vgl. Joh. 12, 34). Bekannt aber ist, daß die Prophetie Daniels vom Messias damals doch in großem Ansehen stand. Jesus bezieht Sich Selbst mehrfach auf jenes daniel'sche Gesicht (vgl. Matth. 24, 30; 26, 64; vgl. Mark. 13, 26; Luk. 21, 27). Seine Zuhörer sollen demnach in Ihm den erkennen, den Daniel als den Messias prophezeite. Es ist gleichzeitig damit angedeutet, daß Er in einem ganz besonderen Sinne «Mensch» (s.d.) war, das Ziel der Menschheit, der echte Weibessame (s.d.), der andre Adam (s.d.), das Haupt der Menschheit (s.d.), auf das die ganze Welt- und Menschheitsgeschichte hinzielt. Er vereinigt das Höchste und Niedrigste in sich, was das wahre Menschsein in sich birgt. Der Name Menschensohn erinnert daran, daß Christus, der Sohn Gottes, die vollkommene Menschennatur an Sich genommen hat, mit Ausnahme von der Sünde. Wir dürfen das herzlichste Vertrauen zu Ihm haben als zu unserem Bruder (s.d.) (vgl. Ps. 8, 5; Hebr. 2, 6-8). In dieser Selbstbezeichnung liegt schließlich noch mehr. Jesus war mehr als ein Mensch. Sein Menschsein war bei Ihm ein Wunder und Folge der Menschwerdung. Der Herr legte Sich nicht ohne Grund den Namen «Menschensohn» bei, den andere Menschen nicht für sich beanspruchen können. In diesem Namen liegt gleichzeitig die göttliche Seite Seiner Person. Er war Menschen- und Gottessohn in einer Person (vgl. Matth. 16, 13-16; vgl. Vers 27). In Seinem ganzen Erdenleben war Niedrigkeit und Hoheit wunderbar und harmonisch verbunden (vgl. Joh. 18, 6. 12; Mark. 4, 38-39). Das Johannesevangelium, dessen Hauptanliegen es ist, Jesus als Sohn Gottes zu offenbaren (Joh. 20, 31), versäumt nicht, auch menschliche Züge im Leben Jesu zu zeigen. Schon im Prolog nennt es neben den göttlichen Namen Christi auch den Namen «Sohn des Menschen» (Joh. 1, 51). Er berichtet davon, daß Jesus hungerte, daß Er müde war, daß Er dürstete.

Menschensohn heißt eigentlich «Sohn des Menschen», hebräisch «ben haadam», aramäisch «bar-nascha», griechisch «hyios tou anthropou», steht neunundsechzigmal in den synoptischen Evangelien, zwölfmal im Johannesevangelium, einmal in der Apostelgeschichte, zweimal in der Offenbarung. Es ist der Titel, den Sich Jesus Selbst beilegt. Mit Absicht hat Er Sich Selbst nicht als «Messias» bezeichnet. Es war zu jener Zeit der Messiastitel «Christus» (s.d.) vorherrschend. Wenn sich Jesus als «Sohn des Menschen» bezeichnet, ist damit eine weitverbreitete Ansicht aus dem Alten Testament verknüpft. Der Name «Sohn des Menschen» erscheint zum erstenmal in Daniel 7, 13. Der Menschensohn wird hier den vier Tieren gegenübergestellt, die nach der folgenden Erklärung Könige von vier Weltreichen sind. Der Löwe ist das babylonische, der Bär das medo-persische, der Leopard das griechisch-mazedonische, das ungenannte, greuliche Tier das römische Reich. Nachdem sah der Prophet die Aufstellung von Thronen, auf die sich der Alte der Tage als Richter setzte (Dan. 7, 9). In diesem Nachtgesicht sah der Prophet einen in den Wolken des Himmels kommen wie den «Sohn des Menschen», der zu dem Alten kam. Ihm wurde die Herrschaft und Ehre und ein Königtum gegeben, daß alle Völker, Nationen und Sprachen und Zungen Ihm dienen. Seine Gewalt und Sein Königtum sind unvergänglich und ewig. Es ist hier die deutlichste Weissagung von dem Einen, der die Königsherrschaft empfängt. Es war aber ein Königtum, das völlig anders war, als wie die Juden es erwarteten. Es glich keineswegs dem römischen Weltreich. Das verheißene Königreich ist kein Reich von dieser Welt. Der König dieses Reiches empfängt von Gott dem Vater die Macht. Er ist der König der Könige (s.d.) und der Herr der Herren (s.d.).

Die letzte Erfüllung der Weissagung ist noch zu erwarten. Der Name «Sohn des Menschen» ist sehr bedeutsam. Er steht mit dem ersten und zweiten Kommen des Messias in Verbindung. Das erste und zweite Kommen darf nicht voneinander getrennt werden. Unser Herr hat diesen Namen Selbst gewählt. Er verbindet die wichtige Verbindung mit Seinem zweiten Kommen. Er ist in Niedrigkeit gekommen, Er kommt wieder in großer Kraft und Herrlichkeit. Das zweite Kommen ist die Ergänzung des ersten, wie das erste das bedeutende Vorspiel des zweiten Kommens ist.

Es ist darum nicht überraschend, daß Jesus diesen Namen «Sohn des Menschen» in drei verschiedenen Verbindungen anwendet: 1. im Blick auf Seinen irdischen Dienst (Matth. 8, 20; 9, 6; 11, 19; 16, 13; Luk. 19, 10; 22, 8); 2. wenn Er Sein Leiden voraussagt (Matth. 12, 40; 17, 9; 22; 20, 18 Mark. 10, 33; Luk. 9, 22; Joh. 3, 14; 8, 28; 12, 23; 13, 31); 3. in der Belehrung von Seiner Wiederkunft (Matth. 13, 41; 24, 27. 30; 25, 31; Luk. 18, 8; 21, 36). Von Seinem irdischen Dienst sagt Er: «Der Sohn des Menschen ist nicht gekommen, sich dienen zu lassen, sondern zum Dienst und sein Leben zum Lösegeld für viele zu geben» (Mark. 10, 45). Das Wort «kommen» schließt Seine Präexistenz in sich, Seine Gottheit und erklärt, auch Seine Menschheit, und für ein hohes Ziel. Er war nicht nur ein Mensch, sondern die Verkörperung des Menschen, der letzte Adam (s.d.), der zweite Mensch, Er war das Haupt der neuen Schöpfung (s.d.). Wie in Adam alle sterben, so werden in Christo alle wieder leben (1. Kor. 15, 22). Das alles ist zusammengefaßt in dem bezeichnenden Namen «Sohn des Menschen».

Nach dem Bericht der Apostelgeschichte sah der Märtyrer Stephanus den Himmel offen und den «Sohn des Menschen» sitzen zur Rechten Gottes (Apostelg. 7, 56). Jesus befindet sich als «Mensch» (s.d.) in Seiner himmlischen Herrlichkeit. Das hier Bemerkte erinnert an die Weissagung Daniels (Dan. 7, 13). Der Titel ist geändert durch die Worte: «Gleich einem.» Er ist über Allem für immer ein Gesegneter Gottes, dennoch ist Er «der Mensch Christus Jesus». Im himmlischen Heiligtum ist Er der große Hohepriester (s.d.) unserer Natur. Er ist jetzt zum Throne erhöht, unser Erlöser (s.d.) und der Kommende (s.d.), der König (s.d.), uns aber immer gleich, aber diese Gleichheit (s.d.)

wird auf die himmlische Herrlichkeit übertragen. Er ist der Gottmensch, dessen Ankunft wir erwarten.

Schauen wir auf die Berichte vom «Menschensohn» in der Offenbarung. Der «Sohn des Menschen» ist bekleidet mit einem Gewand bis auf die Füße, um Seine Lenden ist ein goldener Gürtel. Sein Haupt und sein Haar sind wie weiße Wolle, weiß wie Schnee. Seine Augen sind wie eine Feuerflamme und Seine Füße wie glühend Kupfer, das im Ofen brennt (Offb. 1, 13-15). Es ist ein Gesicht vom Königpriestertum in der Mitte der Gemeinde, in Seiner unübertrefflichen Herrlichkeit. Es ist unbestreitbar ein Gesicht von Gott, obgleich es Gott ist, ist Er gleich einem Menschensohn. Johannes beschreibt auch sonst Jesus als Gott und Mensch, in unserer Gleichheit, dennoch ist Er verherrlicht. Das Gesicht erinnert an Daniels Weissagung (Dan. 7, 9; 10, 5. 6). Die daniel'sche Weissagung verbindet auch den erhöhten Herrn, den «Sohn des Menschen» und den «Alten der Tage». Seine wahre Menschheit ist vereinigt mit Seiner Gottheit. In dieser einen Beziehung wird Sein priesterlicher Dienst, Seine göttliche Majestät, Seine Allgewalt und Sein Richteramt in der Gemeinde vereinigt.

Es ist ein großartiges Gemälde, von dem Johannes seine Ausdrücke nimmt, und er benutzt sie in seiner Einleitung für die Botschaften an die sieben Gemeinden, um ihnen die verschiedenen Erscheinungen und den Vorsatz des gegenwärtigen Herrn darzustellen, nach den Bedürfnissen der damaligen und künftigen Gemeinden. Es ist ohne Zweifel für den vorurteilsfreien Leser klar, daß Jesus Christus Gottes Sohn ist und der Sohn des Menschen, daß Er ist der Erlöser (s.d.) und das Haupt der Gemeinde (s.d.). Diese letzte Offenbarung an Sein Volk beherrscht die beiden Kapitel der Offenbarung (Offb. 2-3). Er wandelt als Herr in der Mitte der sieben goldenen Leuchter. Er hält die Sterne, die Boten oder Diener der Gemeinde in Seiner Hand. Es bezeichnet eine absolute Autorität, die über jeden nach Seinem Willen verfügt (Offb. 2, 1).
Im Sendschreiben an Smyrna ist Seine Gottheit, als der Erste und der Letzte (s.d.) mit Seinem Erlösungswerk verbunden: «Er war tot und ist wieder lebendig», was aus Offenbarung 1, 17 wiederholt wird. Er, der das ewige Leben besitzt nach Seiner Gottheit, hat den Tod überwunden, Er triumphiert darüber zum Nutzen sündiger Menschen, und Er lebt bis in alle Ewigkeit, Er ist der Erlöser und Urheber des Lebens für alle Gläubigen.

Wenn Er erscheint, werden wir Ihm gleich sein, denn wir werden verwandelt in einem Augenblick in einem unteilbaren Zeitpunkt, unsere Leiber werden seinem verherrlichten Leibe gleich sein.

Der Titel «Sohn des Menschen» ist von unserem Herrn offensichtlich im Blick auf Daniel 7, 13. 14. 27 angenommen worden (Matth. 24, 30; Mark. 14, 62). Er wird so in den Evangelien achtundsiebzigmal von Ihm Selbst angewandt. Christus wählte diesen Titel nicht, um ein mitfühlender Genosse der Menschen zu sein, oder wie ein Bruder zu allen Menschen zu sein, noch wollte Er damit bemerken, Er wäre mehr

Mensch als göttlich, denn Er beanspruchte beständig göttliche Attribute (Luk. 5, 24). Er wählte einen Titel, der eine verschiedene Übersetzungsmöglichkeit hat, bis durch Jesus Selbst erklärt wurde, daß Seine Gegner ihn nicht gegen Ihn Selbst benutzen könnten. 1. Er stellt Sich gleich mit dem Menschen, der nach der Vision Daniels eine allgemeine und ewige Herrschaft empfing (Dan. 7, 14; Matth. 16, 18; 28, 18). 2. Er stellt Sich den Heiligen des Höchsten gleich, Er betrachtet sie als ein gesammeltes Volk, welches die menschliche Gestalt im Gesicht symbolisiert, Er macht Sich Selbst zu ihrer Verkörperung und ist vor Gott ihr Vertreter (Dan. 7, 13. 27; vgl. Matth. 25, 41; Mark. 10, 45), ein Lösegeld für viele (Luk. 12, 8. 9). 3. Er nimmt für Sich auf die Leiden und die darauf folgenden Herrlichkeiten für das menschliche Königtum in ihren Wirkungen zu befestigen und der Überwindung der Welt (Dan. 7, 21. 22. 24; vgl. Matth. 17, 22. 23; Luk. 9, 26; 18, 31-33). 4. Er begreift mit ein, daß Er kommen will mit den Wolken des Himmels, um das Königreich zu empfangen (Dan. 7, 13; Matth. 24, 30; 26, 64). 5. Er betont den Menschen und das Menschliche im Gegensatz zum Brutalen und Bestialischen (Dan. 7, 3-9. 13; Matth. 25, 31. 35. 36; Mark. 10, 45). Er dient und gibt Sein Leben (Luk. 19, 10).
Der «Sohn des Menschen» und der «Sohn Gottes» (s.d.) sind in einer Person vereinigt. Was sagen die Menschen, wer der Sohn des Menschen ist?, darauf anwortet Simon Petrus und sagt: «Du bist Christus (s.d.), der Sohn des lebendigen Gottes.» Und Jesus antwortet und sagt zu ihm: «Glückselig bist du Simon Bar-Jonah, denn Fleisch und Blut hat dir dies nicht offenbart, sondern mein Vater im Himmel (Matth. 16, 13. 16. 17). Der Hohepriester sagte zu Ihm: «Ich beschwöre dich bei dem lebendigen Gott, daß du uns sagst, ob du der Christus, der Sohn Gottes bist?» Jesus sagte zu ihm: «Du sagst es! Außerdem sage ich euch: Von jetzt an werdet ihr sehen den 'Sohn des Menschen' sitzend zur Rechten der Macht und kommend auf den Wolken des Himmels» (Matth. 26, 63-64).

512. **Messias,** nur in Johannes 1, 41 und Johannes 4, 25, die griechische Form des hebräischen «Maschiach» – «Gesalbter» und des aramäischen «Meschicha» – «der Gesalbte». Die Ausdrucksweise wurde angewandt für irgend eine gesalbte Person mit dem heiligen Öl, wie der Hohepriester (3. Mose 4, 3; 5, 16; 1. Sam. 12, 3. 5), oder ein König (2. Sam. 1, 14. 16). Der Titel wurde den Patriarchen Abraham und Isaak gegeben, und Cyrus, dem König der Perser, der erwählt wurde, das Königreich Gottes zu verwalten (Ps. 105, 15; Jes. 45, 1). Nachdem Gott dem David verheißen hatte, daß der Thron und das Zepter in seiner Familie für immer bleiben sollte (2. Sam. 7, 13), erlangte der Titel eine besondere Beziehung und er bezeichnete die Verkörperung der königlichen Linie Davids (Ps. 2, 2; 18, 50; 84, 9; 89, 38; 51; 132, 10. 17; Klagel. 4, 20; Hab. 3, 13). Wenn die Propheten anfingen zu sagen von einem König, der in dieser Linie erscheinen werde und ein großer Befreier Seines Volkes würde (Jer. 23, 5. 6), dessen Ausgänge von der Ewigkeit her waren (Mich. 5, 2-5) und der behalten sollte den

Thron und das Königtum Davids für immer (Jes. 9, 6. 7), war der Titel «Messias» besonders und natürlich mit ihm verbunden (Dan. 9, 25. 26; vgl. Onkelos zu 4. Mose 24, 17-19), und zuletzt wurde die Bezeichnung gebräuchlich für Ihn, den «Sohn des David» (s.d.) (Joh. 1, 41; 4, 25), und die griechische Form «Christus» (s.d.) (Matth. 1, 1). Juden und Christen waren überzeugt, der Messias ist ein Gesalbter (s.d.), d. i. Er war bevollmächtigt durch Gottes einwohnenden Geist, Sein Volk zu befreien und Sein Königtum zu befestigen.
Die messianische Prophetie bezeichnet alle Weissagung, welche Christi Person, Werk und Königreich behandelt. Durch die Ausdehnung ist es oft auf Stellen angewandt worden, welche von dem zukünftigen Heil, der Herrlichkeit und Vollendung des Königreiches sprechen, ohne Erwähnung eines Mittlers. Der Ausdruck «messianische Zeiten» wird nicht oft ausschließlich auf die Periode des Erdenlebens Jesu angewandt. Im allgemeinen umfaßt die Ordnung, welche Christus eröffnete und einführte als mittlerischer König, beabsichtigte es, weder in ihrer Ganzheit noch in irgend einer ihrer Erscheinungen.
Wir lesen auch von der Salbung zum Dienst des Propheten (1. Kön. 19, 16). Neben dem untergeordneten Gebrauch dieses Ausdruckes, der unzweifellos die drei großen Ämter Christi abschattete als Prophet, Priester und König, zeigt dort dessen höchsten Gebrauch, auf welchen er angewandt war zur Bezeichnung des Einen von Gott Verheißenen, als den großen Befreier, der in einem hervorragenden und anderen einzigartigen Sinne der Gesalbte (s.d.) ist oder der Messias von Gott. Der Gegenstand ist darum sehr umfassend, und er bietet für das Studium ein unermeßliches Feld für die Erforschung, nicht nur in den Schriften des Alten und des Neuen Testamentes, sondern auch in der jüdischen und christlichen Literatur. Es steht hier nur ein begrenzter Raum für eine solche Darstellung zur Verfügung.
a.) Der Name «Messias» regt an, die messianische Offenbarung im Alten Testament zu beachten. Es sind offenbar nicht nur wenige Weissagungen. Das ganze Alte Testament ist mehr als Träger der Prophetie anzusehen. Der Grundgedanke, die ganze Entfaltung dieser Geschichten, das ganze Leben, was darin pulsiert, ist Gottes gnädige Offenbarung an die Menschen und die Errichtung Seines Königreiches auf Erden. Dieser Grundgedanke wird immer mehr bestimmt, und er zentralisiert sich immer mehr völlig in der Person des kommenden Königs (s.d.), auf den Messias. Die Schöpfung und der gefallene Mensch, die wachsende Sündhaftigkeit der Menschheit, macht die notwendige Befreiung klar. Die Bewahrung eines Teils der Menschheit vor der Sündflut, und die Fortdauer der menschlichen Geschichte, hat ihren großen Einfluß auf die Verheißung. Die Berufung Abrahams mit der Verheißung: «In deinem Samen sollen alle Völker der Erde gesegnet sein», offenbart den göttlichen Vorsatz, welcher vorläufig gezeigt hat, dennoch sehr bestimmt (vgl. 1. Mose 22, 18; 12, 3; 9, 26; 3, 15). Die Gründung der jüdischen Nation, ihr theokratischer Charakter, ihre Einrichtungen, ihr Ritual und ihre Geschichte, drehen sich um den Mittelpunkt dieses Grundgedankens. Die Sündhaftigkeit der Sünde, die Mög-

lichkeit und Göttlichkeit der Versöhnungsmethode der Befreiung von der Sünde, liegt auf der reinen Grundlage der jüdischen Haushaltung, ebenso die Beziehung eines Königtums der Gerechtigkeit. Die auserwählte Nation trug ihren eigentümlichen Charakter nicht nur ihretwegen, sondern auch wegen der Welt. Auf der Grundlage der Treue war der Bund der Verheißung gegeben: «Ihr werdet mir sein ein Königtum von Priestern und eine heilige Nation» (2. Mose 19, 6). Der innige Wunsch des Moseh war bezeichnend in der gleichen Richtung: «Wollte Gott, das ganze Volk wären Propheten» (4. Mose 11, 29). Die höchste Herrlichkeit Israels in der Tat war, daß Einer kommen werde, in dessen edlen Beziehungen zu Gott und Menschen, nur zu einer groß ausgedehnten Symbolisierung durch die ganze Nation vollkommen erfüllt sein werde. Tatsächlich: «Sohn» (s.d.) und «Knecht» (s.d.) Gottes, der wahre Prophet (s.d.), Priester (s.d.) und König (s.d.) was der Messias sein wird. Dies ist der Schlüssel des ganzen Alten Testamentes.

b.) Es war nur natürlich, dem Messias verschiedene Bezeichnungen zu geben, was auch erwartet wurde. Unter diesen sind: «Same Abrahams» (s.d.), «Sohn Davids» (s.d.), «Mein Auserwählter» (s.d.), «Menschensohn» (s.d.), «Mein Sohn» (s.d.), «Mein Knecht» (s.d.), «Der Zweig» (s.d.), «Fürst des Friedens» (s.d.), «Wunderbar» (s.d.), «Ratgeber» (s.d.), «Starker Gott» (s.d.), «Ewigvater» (s.d.) (vgl. 1. Mose 22, 18; 2. Sam. 23, 5; Ps. 2, 7; Jes. 42, 1; 9, 6; Sach. 3, 8; 6, 12; Dan. 7, 13. 14; 10, 16-18).

c.) Die Zahl der Stellen im Alten Testament, welche die Juden der vorchristlichen Zeit als Weissagungen auf den Messias beziehen, sind weit mehr als die besonderen Prophezeiungen als das allgemein von den Christen vermutet wird. Es sind insgesamt 456 Stellen, davon sind 75 in der Thorah, 243 in den Propheten und 138 in den übrigen Schriften des Alten Bundes messianisch. Es sind verhältnismäßig wenige wörtliche messianische Weissagungen. Sie harmonieren immer mit dem, was im Blick auf den allgemeinen Charakter der Offenbarung des Alten Testamentes gesagt wird. In der rabbinischen Literatur ist eine vollständige Liste der messianischen Verheißungen enthalten. Die Verheißungen, welche von den Juden und Christen für besonders wichtig gehalten werden, sind folgende: 1. Mose 3, 15; (das Proteevangelium) 9, 27; 12, 3; 22, 18; 49, 8. 10; 5. Mose 18, 18; 2. Samuel 7, 11-16; 23, 5; die Psalmen 2, 16, 22, 40, 110; Jesaja 2, 7, 9, 11, 40, 42, 49, 53; Jeremia 23, 5. 6; Daniel 7, 27; Sacharja 12, 10-14; Haggai 2, 8; Maleachi 3, 1; 4, 5. 6. Kommentare und Erklärungen des Alten Testamentes geben darüber jede nähere Auskunft.

d.) Welch einen Messias erwarten die Juden, ist eine Frage, und zu welcher Erwartung führt die Offenbarung des Alten Testamentes, ist ein anderes Problem. Die Tatsache erfordert eine Erklärung, daß die jüdische Erwartung davon abhängig war, und in welchen Erwartungen mehr endgültiger und wirklicher Dauer die vorhergehenden Jahrhunderte der christlichen Ära, so daß zur Zeit unseres Herrn es offenbar erschien, als habe man die unmittelbare Erfüllung erwartet, das jüdische Volk war nicht bereit, wie sie sich immer auf die größte Erwartung rüsteten, Jesus als den Messias anzuerkennen. Die Ursache ist in der rabbinischen und völkischen Auffassung zu finden von der Idee des Messias. Die verhängnisvolle Verkennung der Juden war nicht in der Verachtung der Schriften zu suchen, sondern in der Darbietung der beengten und ungeistlichen Erklärung. Jesus sagte wirklich: «Ihr forscht die Schriften, weil ihr denkt, daß ihr das ewige Leben in ihnen habt, und diese sind es, welche Zeugnis von mir geben, und ihr wollt nicht zu mir kommen, daß ihr das Leben habt» (Joh. 5, 39. 40). Ihre Auslegung war völlig fern vom Falschen, wie das die rabbinische Liste der messianischen Weissagungen zeigt. Es umfaßte solche Lehren wie die vorherverkündigte Erwartung des Messias, Seine Erhebung über Moseh und eben über die Engel, Seinen stellvertretenden Charakter, Seinen qualvollen Tod, und das für Sein Volk, Sein Werk, zum Besten der Lebenden und der Toten, Seine Erlösung und Wiederherstellung von Israel, die Opposition der Heiden, ihre unvollständige Umkehrung und ihr Gericht, das Vorherrschen Seines Gesetzes und Sein Königtum. Die gleiche Erklärung aber hebt auf gewisse Elemente von größter und bestimmender Bedeutung. Die Lehren der Erbsünde, und die Sündhaftigkeit der ganzen menschlichen Natur waren größtenteils von ihrer Schriftauffassung zurückgeführt und praktisch weggelassen von der herrschenden jüdischen Lehre. Folglich, der tiefste Gedanke von dem Messiastum, die Rettung der Welt von der Sünde fehlte. Mit dieser Auffassung war das priesterliche Amt des Messias aus der Sicht verloren. Das prophetische Amt des Messias war auch verdunkelt. Die völlig in Anspruch genommenen Gedanken waren das Königtum und die Befreiung. Diese waren hauptsächlich von nationaler Bedeutung. Die Wiederherstellung der nationalen Ehre war die größte Hoffnung Israels. Alles andere war dem untergeordnet. Ansichten der modernen Juden erlauben nur eine geringere Aufmerksamkeit. Während beständig geleugnet wurde, daß Jesus der Messias ist, und weil die Juden während vieler Jahrhunderte den Blick auf ihren nationalen Befreier richten, und ihre Hoffnung immer wieder erregt und enttäuscht wurde durch die Erscheinung eines falschen Messias, kennzeichnet die Änderung der Stellung, welche Juden in Jahren unseres modernen Zeitalters gegen diesen Gegenstand eingenommen haben. Eine verhältnismäßig kleine und geringe Gruppe bekennt sich als orthodoxe Juden zu der alten Erwartung. Die Reformjuden, welche die gelehrten und einflußreichen umfassen, haben diese Erwartung beiseite gelegt. Bei dieser Gruppe ist die Vorstellung vom Messias sehr trübe und verwirrt. Es ist zweifelhaft, ob der Messias als eine Person oder eine Zeit aufgefaßt wird. Der Hauptteil der modernen Juden schaut vorwärts auf die Sammlung der Juden und ihre Wiederherstellung der nationalen Ehre und fortwährend erwarten sie eine Ära des universalen Friedens im Lande ihrer Vorfahren und eine Harmonie unter den Menschen. Es ist aber immer ein großer Unterschied in der Ansicht und in der Methode und den Meinungen, wie sich solche Erfolge erfüllen. Der

Messias wird aufgefaßt als eine geborene Einzelperson von dem jüdischen Geschlecht, oder als stehender Ausdruck für eine Verbindung von Ereignissen, die über das jüdische Volk gebracht werden. Ein in die Augen fallender Grundzug im gegenwärtigen Judentum ist die Leugnung des Messiastums unseres Herrn in der Weise, in ihrer Ansicht, die Prophetie predige die vollen und gesegneten Erfolge der messianischen Regierung als kommend mit der Ankunft des Messias, und solche Erfolge wären noch nicht gekommen und sie würden nicht gefunden in einer zweiten Ankunft. Für uns hat dieser Einspruch keinen Einfluß. Im Blick auf die Ausdehnung und dieselbe Zeit, die schwierige und unvollständige Entwicklung der Prophetie des Alten Testamentes, wie das von Juden betont wird, können wir uns nicht einig damit erklären. Die Weissagungen der alten Erwartungen schauen in der Tat auf gereifte Erfolge der Regierung Christi. Die Weissagungen des Neuen Testamentes aber ergänzen diese des Alten in der Enthüllung der schwierigen Methoden durch welche diese Erfolge zu erlangen sind, und in der Predigt vom endlichen herrlichen Kommen Christi.

e.) Die messianische Verwirklichung ist zu beachten. Die Frage «Ist Jesus der Messias?», ist von größter Wichtigkeit, nicht allein für Juden, sondern auch für alle Geschlechter der Menschen. Die Frage ist bejahend zu beantworten, weil Jesus bestimmt beansprucht, der Messias zu sein, ein Anspruch, der sich nur vereinbart durch die Voraussetzung, daß Sein Anspruch rechtskräftig war. Die Vorstellung des Messiastums, welche Jesus hegte und verkündigte, war unaussprechlich mehr als die vorherrschende Auffassung der Juden, und dennoch in Wirklichkeit die Weissagung des Alten Testamentes. Das Matthäusevangelium bietet besonders die Offenbarung des messianischen Königtums. Die Phrase: «Königreich der Himmel» ist bei Matthäus eigentümlich und sie bezeichnet die messianische Herrschaft auf der Erde von Christus, als dem Sohne Davids. Die Bezeichnung ist angemessen, weil es die Herrschaft vom Himmel her ist (Matth. 6, 10). Diese Phrase ist schon im Alten Testament beschrieben (Dan. 2, 34-36. 44; 7, 23-27), und es ist gesagt, daß der «Gott des Himmels» (s.d.) auf dieses Königtum des Verbündeten Davids setzen wird, seine Nachkommenschaft (2. Sam. 7, 7-10) nach der Zerstörung der heidnischen Weltmächte bei der Wiederkunft Christi. «Der Stein ohne Hände» (s.d.) zermalmt sie. Dieses Königtum wurde befestigt für den Sohn Gottes (s.d.) durch den Engel Gabriel (Luk. 1, 31-33). Im Matthäusevangelium ist das Königreich der Himmel auf dreifache Weise beschrieben: 1. Seit dem Anfang der Predigt Johannes des Täufers (Matth. 3, 2) und der Abweisung seiner neuen Botschaft (Matth. 12, 46-50). 2. In den sieben Geheimnissen vom Königreich der Himmel, die vollendet werden in diesem Zeitalter. 3. Die Schau der Zukunftsprophetie, wenn das Königreich befestigt sein wird (bei der Wiederkunft Christi in Herrlichkeit) (Matth. 24, 25; Luk. 9, 12-19; Apostelg. 15, 14-17). Von dieser künftigen messianischen Herrlichkeit ist das Bewußtsein unseres Herrn völlig erfüllt in Seinem irdischen öffentlichen Dienst.

513. **Mittler,** ein Name, über den Bände geschrieben worden sind. Der Gedanke der Vermittlung ist in der biblischen Lehre tief begründet. Das Opfersystem des Alten Testamentes ist darauf begründet und das tiefe Kolorit der Geschichte von der Fürbitte Abrahams für Sodom (1. Mose 18, 16-33, ebenso das Gebet Mosehs für das Volk nach der Anbetung des goldenen Kalbes (2. Mose 32, 1-35). Von vielen Beispielen möge nur eins angeführt werden, das sich durch besondere Schärfe auszeichnet. Es sind die Worte in Hiob 9, 33: «Dort ist kein Schiedsrichter zwischen uns, der die Hand auf uns beide legen möge!» Im Neuen Testament entspricht das dem großen Gedanken vom Lösegeld (Mark. 10, 45) und der Gestalt des Hohenpriesters (s.d.) (vgl. Joh. 1, 29) im Brief an die Hebräer, und dem Symbol des Lämmleins (s.d.) in der Offenbarung, vor allem dem Hinweis auf den Fürsprecher (s.d.) bei dem Vater (1. Joh. 2, 1). Alle diese Gedanken erläutern den zentralen Kernpunkt der Vermittlung. Es mag eine Ursache sein, daß der Name Mittler nicht ungewöhnlich in der Lehre des Neuen Testamentes vorkommt.

In der Tat kann der Name «der Erlöser» (s.d.) mehr ein charakteristischer Titel für Jesus sein als «der Mittler» im Neuen Testament. Er wird von Ihm nur viermal gebraucht, niemals in den Evangelien, nur einmal in den Paulusbriefen für den Herrn angewandt. In Galater 3, 19s. benutzt Paulus den Ausdruck «Mittler» von Moseh, indem er auf die Verordnung des Gesetzes durch die Vertretung der Engel hinweist und wieder in der folgenden dunklen Stelle: «Jetzt ist ein Mittler nicht Einer, Gott aber ist Einer», eine Stelle, die über 300 Erklärungen hervorgebracht hat. Die vier Stellen, in welchen der Name von Jesus gebraucht wird, sind Hebräer 8, 6; 9, 5; 12, 24 und 1. Timotheus 2, 5. Im Hebräerbrief wird das Wort nicht mit seinem Erlösungswerk in Verbindung gebracht, sondern Christus wird als Gründer des Neuen Bundes beschrieben. Die einzige Stelle, die von Seinem Versöhnungsdienst spricht, ist 1. Timotheus 2, 5: «Denn dort ist Ein Gott, auch ein Mittler zwischen Gott und Menschen, derselbe Mensch, welcher sich selbst dahingab zum Lösegeld für alle.»

Dieser Gedanke ist im Neuen Testament auf andere Weise ausgedrückt, es muß ein guter Grund für das Fehlen des Namens Mittler vorliegen. Die Erklärung ist vielleicht in dem Sinn des Wortes «Mittler» zu suchen. In der LXX wird das Wort nur in Hiob 9, 33 gefunden. In der volkstümlichen Sprache ist damit ein Schiedsrichter oder Schlichter, ein unparteiischer Richter, ein Bürge, ein Gewährsmann, eine Bürgschaft gemeint. Es war ein gesetzlicher und kommerzieller Ausdruck. Es ist möglich, daß dies die Ursache ist, abgesehen von Galater 3, 19, daß Paulus das Wort nur einmal gebraucht. Wie es in der Koine gebraucht wurde, war es unzureichend, den theologischen Gedanken der Vermittlung im wirklichen Sinne des Wortes auszudrücken. Im buchstäblichen Gebrauch wird die Bedeutung von Mittler im späteren Griechisch bei Philo gefunden, wo er den Satz gebraucht: «Mittler und Friedensstifter» um das Werk Mosehs zu beschreiben. Es ist be-

zeichnend, daß im Neuen Testament Mittler offenbar in dem Sinne von Mittler im Hebräerbrief steht. Der Schreiber dieses Briefes hat literarisch einen guten Geschmack, daß er sich von jedem Buch des neutestamentlichen Kanons unterscheidet, auch von dem späteren Griechisch des 1. Timotheusbriefes. Wenn diese Erklärung richtig ist, daß die Tatsache in 1. Timotheus 2, 5 nur an dieser Stelle Christus den Mittler nennt, mit Rücksicht auf Seine Erlösungstat, dann ist das mehr eine terminologische Angelegenheit. Die Urgemeinde hatte noch kein bestimmtes Wort und später fand sie es in einem volkstümlichen Ausdruck, in das Philo einen theologischen Inhalt legte. Außerdem bevorzugte man andere Titel oder Namen: der Hohepriester (s.d.) und «das Lamm» (s.d.). Alle diese Namen und Ausdrücke, «Fürsprecher» (s.d.) und Versöhnung gebrauchte nur Johannes in den letzten Jahrzehnten des ersten Jahrhunderts, obgleich sie aber später sind, drücken sie doch formal den Wert aus, was der Titel «Menschensohn» (s.d.) erklärt mit den Ausdrücken vom «leidenden Knecht» (s.d.) und in dem Ausspruch vom Lösegeld (Mark. 10, 45). Ein Mittler nimmt viel auf sich, was in der Urgemeinde immer bekannt war, aber im Neuen Testament ist es seltener als ein theologischer Begriff, nur in 1. Timotheus 2, 5.
Von den Anfängen bis in die Gegenwart ist über den Titel «Mittler» eine große und bezeichnende Geschichte geschrieben worden. Christologisch ist der Name «Mittler» vorherrschender geworden als «der Retter», gerade weil er mehr erklärt. In der Verbindung eines Mittlers zwischen Gott und Menschen, der Mensch selbst, leitet die biblische Begründung zur Zweinaturenlehre. Der Wert dieser späteren theologischen Konstruktionen ist ein Problem für sich, nicht zu verwirren mit der Grundmeinung des Namens «der Mittler» und ihre lehrhafte Bezeichnung. Die Wichtigkeit dieses Namens steht außer Zweifel. Christus wird als der Mittler dargestellt als Mensch und Er hat göttliche Würde und das macht Seine Stellung aus, daß Er allein der Schiedsrichter zwischen Gott und den Menschen ist. Der Name ist ein wichtiges theologisches Problem.
Das Wort «Mittler» wird im Neuen Testament nicht oft angewandt, im Gegenteil, es wird nur viermal auf Christum bezogen. Die Wahrheit, die es dennoch ausdrückt, begründet alle göttliche Offenbarung in Beziehung auf Ihn. Paulus zählt auf in einem Satz: «Dort ist Ein Gott und Ein Mittler zwischen Gott und Menschen, der Mensch Christus Jesus» (1. Tim. 2, 5). Er erklärt, Jesus ist die Antwort auf das Verlangen des menschlichen Herzens. Er drückt das in Erinnerung an die Worte Hiobs aus: «Wie kann ein Mensch vor Gott gerecht sein? Dort ist kein Schlichter zwischen uns, der möchte seine Hand auf uns beide legen» (Hiob 9, 2. 33). Nur Einer überbrückt die Kluft zwischen dem allheiligen Gott und dem sündvollen Menschen. Moseh redete mit Gott wegen des Götzendienstes Israels, und Abraham wegen der Städte der Ebene. Dieses sind schwache Andeutungen eines mittlerischen Dienstes, aber sie waren mehr Fürsprecher als Mittler. Unser Herr konnte allein Seine Hand auf beide legen, denn die genügende Fähig-

keit eines Mittlers ist, daß Er beides war, Gott und Mensch, und Jesus allein hatte diese Voraussetzung. Allein, wer ein wirklicher Mensch ist, kann in unserem Interesse vor Gott stehen und nur Einer, der wirklich Gott ist, kann ein Stellvertreter sein in der mittlerischen Gnade gegen irrende Menschen. Der wahre Gebrauch des Wortes «Mensch» trägt Paulus in den Satz: «Der Mensch Christus Jesus», daß Er nicht nur ein Mensch ist, Er ist der Eine, der in Gottes Gestalt war, Er war geschaffen in Gleichheit des Menschen (s.d.) (Phil. 2, 6. 7), und Er trug unsere Sünden in seinem eigenen Leibe auf das Kreuz (1. Petr. 2, 24). Jetzt thront Er verherrlicht in unserer menschlichen Gleichheit, der Eine Mittler zwischen Gott und Menschen. Er, der für unsere Sünden starb, ist auferweckt worden wegen unserer Gerechtigkeit (Röm. 4, 25).
Der Schreiber des Herbäerbriefes fügt den besonderen Gedanken von Ihm hinzu: «Der Mittler des Neuen Bundes» (s.d.), der Eine, welcher hineinbrachte den neuen Grund der Verbindung zu Gott, an Stelle des Gesetzes (Hebr. 8, 6; 9, 15; 12, 24). Das umfaßt den ganzen Bereich der Lehre des Neuen Testamentes hinsichtlich der Aufhebung des Bundes mit Israel und Moseh und der Errichtung der Gemeinde, die erlöst und Gott nahegebracht wurde durch Sein Blut. Vielleicht hat das Wort «Mittler» ursprünglich eine heilsgeschichtliche Bedeutung, es kann jedoch nicht begrenzt werden auf Christus in Seinem Werk und Dienst als Erlöser, es nimmt Seinen Dienst als Fürsprecher wahr und als Hoherpriester und ihr Bereich umschließt die ganze Gemeinde.

514. **Mittler des Neuen Bundes,** griechisch «mesistes diathekes kaines», findet sich an drei Stellen des Hebräerbriefes (Hebr. 9, 15; 8, 6; 12, 24): Ein Mittler steht zwischen zwei Parteien, er übernimmt die Vereinbarung und Gewährleistung von der einen zur anderen. Er macht die Sache gerade (vgl. Hiob 9, 33). Nach dem Syrischen ist es ein in der Mitte stehen (vgl. Gal. 3, 19. 20). Es ist ein in der Mitte stehen von zwei Teilen, um zwei Teile miteinander zu verbinden. Im Unterschied zu Moseh ist Christus der Mittler des «besseren Bundes» (Hebr. 8, 6). Wie Christus als Gottmensch den Moseh unendlich überragt, so ist auch Seine Mittlertätigkeit von Moseh durchaus verschieden. Ein tatsächlicher Mittler kann nur sein, der an der Gottheit und an der Menschheit gleichen Anteil hat. Das war nur bei Christus der Fall. Er ist darum der Mittler eines besseren Bundes, wie auch Sein hoherpriesterlicher Dienst besser ist als der alttestamentliche Opfer- und Priesterdienst.
Christus ist bei der Schließung des Neuen Bundes die Mittlerperson zwischen Gott und Menschen, weil Er teilhat an der göttlichen und menschlichen Natur. Christus ist Gott und Mensch, darum nennen ihn die Griechen den Mittler zwischen Gott und Menschen. In dem Worte Mittler liegt nicht die Aufrechterhaltung des Bundes, sondern die Gründung und Stiftung desselben. Das Endziel der Bundesschließung ist die Verschaffung des ewigen Erbbesitzes, das von der vorausgegange-

nen Sündenreinigung bedingt ist. Dadurch, daß Jesus als der Mittler des Neuen Bundes gilt, gibt es im neutestamentlichen Gottesreiche vollendete Gerechte (Hebr. 12, 24). Das Blut der Besprengung Seines dargebrachten Versöhnungsopfers hat die vollkommene Erlösung vollbracht, es redet besser als Abels Blut. Es ist das Gegenbild vom Blute des Alten Bundes, womit Moseh am Fuße des Sinai das Volk besprengte. Das Blut des neutestamentlichen Bundesmittlers, des dargebrachten Versöhnungsopfers, ist das Blut der Besprengung, das reinigt und heiligt und befähigt, Gott zu nahen. Der Name des gnädigen, heilsspendenden Mittlers des Neuen Bundes bürgt dafür, daß Gott, der Richter aller, Seinen Richterstuhl in einen Gnadenstuhl verwandelt hat.

515. **Morgenstern,** genau genommen ein Unterschied von dem Stern (s.d.), den Bileam voraussah (Offb. 22, 16; vgl. 4. Mose 24, 17). Es ist auch nicht der Morgenstern in Jesaja 14, 12; womit der König von Babel gemeint war. Alte Ausleger haben hier den «Lucifer» (Lichtträger), den Satan oder den Antichrist in der Jesajahstelle gefunden. Christus nennt Sich Selbst «der helle Morgenstern» (Offb. 22, 16). Er bezeichnet Sich so, weil von Ihm das Licht des neuen Tages ausgeht, des Tages, der neuen vollendeten Welt, die Er für die erneuerte Menschheit herbeiführt. Auf den Tag, wenn Christus, der helle Morgenstern erscheint, folgt keine Nacht mehr. Christus ist der Morgenstern, auf dessen Licht die Heiden hoffen, der den Tag der seligen Vollendung herbeiführt. Für die Heidenvölker bricht dann der Tag des vollen Heils an.

Auf den ersten Blick erschienen des Herrn Worte ein wenig dunkel: «Ich werde ihm geben den Morgenstern» (Offb. 2, 28). Der Herr verheißt jedem Überwinder den Morgenstern als Gabe, damit der Besitzer ihn zur Erleuchtung seiner Umgebung gebraucht. Die meisten Ausleger erklären diese Stelle so, als hieße es: «Ich will ihn zum Morgenstern machen», das dann nur an den Glanz der Herrlichkeit erinnert. Es würde dem Überwinder dann in Aussicht gestellt, daß sie im himmlischen Glanze strahlen (vgl. Dan. 12, 3; Matth. 13, 43). Eine solche Auffassung soll hier verhindert werden. Die Überwinder empfangen den himmlischen Glanz nicht nur zur eigenen Verherrlichung, sondern ihnen wird der Morgenstern gegeben als Träger des Lichtes, um andere zu erleuchten. Es heißt darum: «Ich werde ihm den Morgenstern geben.»

Der Morgenstern unterscheidet sich von den anderen Sternen nicht allein dadurch, daß er der größte und glänzendste unter ihnen ist, sondern auch als der Lichtbringer (griechisch «phosphoros», lateinisch «lucifer»), welcher der Morgenröte vorangeht und den neuen Tagesanbruch ankündigt. Für die Nacht ist der Morgenstern allein von Bedeutung, indem er ihr den Tag ankündigt. Beim Anbruch des Tages verbleicht er. Es folgt daraus, daß mit dem Bilde des Morgensternes den Überwindern nicht verheißen wird, im himmlischen Glanze erleuchtet zu werden. Christus nennt Sich Selbst der Morgenstern (Offb. 22,

16), weil durch Sein Erscheinen in der Parousia der Anbruch des Tages der Herrlichkeit, der Eintritt der neuen Weltvollendung angekündigt wird. In Offenbarung 2, 28 wird angedeutet, daß Er Sich dem Überwinder gibt, wenn Er ihm in Seiner Parousia als der Morgenstern erscheinen wird. Christus wird allen Überwindern, denen Er Vollmacht gibt, die Heiden mit eisernem Stabe zu regieren, ein Licht als Leuchte verleihen, das den Anbruch der Herrlichkeit des neuen Tages für die noch in Finsternis sitzenden Völker herbeiführt.
Wie schon Bileam im Gesicht (4. Mose 24, 17) den Stern aus Jakob (s.d.) schaute, worauf sich Jesaja 60, 1ss. und Lukas 1, 78 gründet, so verheißt Christus an dieser Stelle (Offb. 2, 26-28) die dereinstige Teilnahme an der Regierung und Erleuchtung der Heiden. Der Überwinder soll mit dem Morgenstern, d. h. mit dem Lichte und der Herrlichkeit betraut werden, um in die Finsternis der Heidenmengen hineinzuleuchten, bis auch ihnen der Tag anbricht und der Morgenstern in ihrem Herzen aufgeht. Sie werden dann völlig ohne Unterbrechung in dem allerleuchtenden Lichte Gottes wandeln.
Petrus schreibt von dem prophetischen Wort, das wie ein Licht zu beachten ist, bis der Tag aufleuchtet und der Morgenstern in ihrem Herzen aufgeht (2. Petr. 1, 19). Der hier vorkommende vielgedeutete Satz erfordert eine sorgfältige Beachtung. Es ist von dem festen prophetischen Wort die Rede, das wie ein scheinend Licht am schmutzigen Ort ist. Der Gläubige befindet sich in einer solchen Umgebung, das alttestamentliche Wort der Propheten ist wie ein Licht, das seine Strahlen auf die unwegsame Wegstrecke wirft, die reichliche Ursache zum Stolpern und Fallen, zum Anstoßen und Irren dem Wanderer gibt. Ein solcher Zustand dauert an, bis der Tag durchblitzt und der Morgenstern aufgeht in euren Herzen. Der Apostel meint den Tag der Parousia, der auf das Schwinden des letzten Teiles der Nacht, auf das Durchblitzen der ersten Morgenröte folgt. Es ist die Ankündigung des großen Tages Jesu Christi und das Aufgehen des Morgensternes oder Lichtbringers.
Der Apostel gibt seinen Lesern zu bedenken, daß sie dem Weissagungswort ihre ganze Aufmerksamkeit zuwenden. Es möge so sein, bis es zur Morgendämmerung in ihrem Herzen kommt. Wenn sie das Licht und seine Strahlen auf ihr geistliches Erkenntnisvermögen wirken lassen, wird die finstere Nacht um sie herum erleuchtet. Das Anschauen des Lichtes, das Gott angezündet hat, erleuchtet das Auge des Herzens. Die schwierige und gefahrvolle Lage können sie jedesmal überschauen, allerdings noch nicht in vollkommener Erkenntnis, die sich noch zur Vollkommenheit wie das Dämmerlicht verhält. Es ist das Durchblitzen zum hellen Tageslicht. Der Herr sagt: «An jenem Tage werdet ihr mich nichts fragen» (Joh. 16, 23). Wir werden dann von Angesicht zu Angesicht schauen (1. Kor. 13, 12). Der Tag ist völlig durch alle Wolken und Nebel hindurchgebrochen, die Sonne hat den vorangegangenen Morgenstern zum Erbleichen gebracht (vgl. Offb. 21, 23; 22, 5; 2. Petr. 3, 18). Das Hindurchleuchten der ersten Tagesstrahlen und das Aufleuchten des Morgensternes, veranschaulichen das er-

strebenswerte und erreichbare Ziel, das die Beschäftigung mit dem Weissagungswort der Schrift voraussetzt und empfiehlt.

516. **Nachsicht Gottes,** griechisch «anoche tou Theou» kommt nur in Römer 2, 4 und 3, 26 vor. Luther übersetzt beide Male «Geduld». Es wird als ein «Ansichhalten Gottes» gedeutet. Ein genaues Achten auf den Zusammenhang führt zu einem etwas anderen Ergebnis. Paulus stellt die ernste Gewissensfrage: «Oder verachtest du den Reichtum seiner Güte und seiner Langmut und Nachsicht, verkennend, daß die Güte Gottes dich zur Sinnesänderung führt?» (Röm. 2, 4). Die drei Worte: Güte, Nachsicht und Langmut stellen den Umfang der göttlichen Güte oder Gnade umfassend dar (vgl. 2. Mose 34, 6). Die Güte äußert sich in Erteilung von Wohltaten (vgl. Luk. 6, 35; Röm. 11, 22; Eph. 2, 7; Tit. 3, 4). Die Nachsicht, ein Codex liest am Rande «anabole» – «Aufschub», bedeutet nach dem Verbum «anechesthai» sich in der Höhe erhalten, sich aufrechterhalten, aushalten, ertragen. Gott erträgt hiernach die Beleidigung in der Hoffnung auf Besserung, statt sogleich vom Strafrecht Gebrauch zu machen. Das sinnverwandte «makrothymia» – «Langmut», das Gegenteil von «oxythymia» – «schneller Zorn», bezeichnet das Gegenteil, die Milde, welche das Vergehen nicht sogleich im Zorn rächt (vgl. Jak. 1, 19). Die beiden Worte «Nachsicht und Langmut» deuten auf den Aufschub der verdienten Strafe. Das darf nicht unwissend oder nicht wissen wollend übersehen werden, denn Gott will durch diese Gesinnung zur Sinnesänderung führen.
Gottes Nachsicht wegen des Übergehens der früher geschehenen Versündigungen ist der Grund, daß Er Seine Gerechtigkeit in Christo erzeigte (Röm. 3, 26). Nachsicht ist hier von Gnade zu unterscheiden. In Nachsicht verschiebt Gott die Sündenstrafe, die Gnade hebt sie völlig auf. Die Nachsicht geht aus dem Übersehen der Schuld hervor, die Gnade folgt auf die Vergebung der Sünde. Die Erzeigung der Gerechtigkeit darf nicht veranlassen, Gottes Nachsicht und Langmut zu verachten!

517. **Name** ist eine Allgemeinbezeichnung der Offenbarung der göttlichen Vollkommenheit. Er gehört mit zu den Grundbegriffen des Alten und des Neuen Testamentes, der eine genauere Behandlung erfordert. Jede Benennung Gottes setzt eine Enthüllung des bis dahin Unbekannten voraus. Solange die Gotteserkenntnis verschlossen bleibt, kann nur von einem «Akatonomaston» – «Unnennbaren» die Rede sein. Der Mensch vermag nur falschen Göttern einen erdichteten Phantasienamen beizulegen. Der wahre Gott aber wird von Menschen erst richtig benannt, wenn Er Sich ihnen offenbart, oder Sich ihnen erschließt. Gott enthüllt den Namen Selbst, der Seiner Ewigkeit, Übernatürlichkeit und Vollkommenheit entspricht. Der ewige, unsichtbare Gott nennt Sich nach dem Verhältnis zu Seinen Geschöpfen, wie Er Sich zu uns herabläßt und mit uns in Gemeinschaft eingeht. Durch den Namen will Gott von uns erkannt, bekannt und angerufen werden. Die göttliche

Namenskundgebung geschieht nicht seinet-, sondern unseretwegen. Gottes Selbstdarstellung in der Menschheit, besonders im Volke Israel, zeigt ständig eine entsprechende und übereinstimmende Namensprägung. Jeder einzelne Gottesname enthüllt immer nur eine Seite Seiner Gottheit.

Gott ließ die verlassene Hagar erfahren, daß Seinem allsehenden Auge kein Hilfloser entgeht. Er offenbarte Sich mit dem Namen «Gott des Schauens» (s.d.) (1. Mose 16, 13). Das Charakteristische der patriarchalischen Offenbarungsstufe prägt Sich in dem Gottesnamen «El-Schaddai» (s.d.) – «Allmächtiger Gott» (s.d.) aus. Das Verhältnis, in das Sich Gott zu den Erzvätern setzt, wird in dem Namen Gott Abrahams, Isaaks und Jakobs (s.d.) begründet (2. Mose 3, 6). Die Erlösung Israels aus Ägypten steht mit der Enthüllung und Bedeutung des Namens Jahwe in Verbindung (2. Mose 3, 15; 6, 2). Mit der Gründung der Theokratie tritt die Bezeichnung «heilig» (s.d.) auf (2. Mose 15, 11). Nach dem ersten Bundesbruch fügen sich zu den bisherigen Namen Gottes die neuen: «barmherziger (s.d.), gnädiger (s.d.), langmütiger Gott» (s.d.) (2. Mose 34, 6). Auf der Stufe des Neuen Bundes, nachdem der Eingeborene Sohn Gottes (s.d.) den Namen Gottes offenbarte (Joh. 17, 6), wird Gott als Vater unseres Herrn Jesu Christi (s.d.) benannt. Um das vollendete Heilswerk allseitig anzudeuten wird der Name des Vaters (s.d.), des Sohnes (s.d.) und des Heiligen Geistes (s.d.) genannt (Matth. 28, 19).

Der biblische Begriff des Namens Gottes ist damit noch nicht erschöpft. Es ist keineswegs nur ein Titel, mit dem Er Sich in Beziehung zu den Menschen setzt, sondern «Name Gottes» bezeichnet die gesamte göttliche Selbstdarstellung, Seine persönliche Gegenwart, Seine göttliche Wesensart, mit welcher Er Sich ganz dem Menschen zuwendet. Wo der Gott der Heilsoffenbarung Sich zu erkennen gibt, um Ihn zu bekennen und anzurufen, ist der göttliche Name. Der Name Gottes, der nur durch Offenbarung erkannt wird, kann auch allein auf diesem Wege richtig genannt werden, denn sonst kann keiner Seinen Namen wissen. Die göttliche Selbstdarstellung wird allerdings auch gegen besseres Wissen verleugnet und entheiligt.

Der Israelite kennt seinen Bundesgott als Schöpfer und Erhalter des Universums, er erkennt Gottes Namen, Gottes Selbstoffenbarung im ganzen Naturablauf. Es heißt deshalb: «Wie herrlich ist dein Name auf der ganzen Erde!» (Ps. 8, 2.) Der göttliche Name führt nach dem Inhalt der fünf Bücher Moseh in die göttliche Reichssphäre. Die Offenbarung des Namens Gottes steht mit Orten, Einrichtungen und Tatsachen in Verbindung, wo und wodurch sich Gott Seinem Volke zu erfahren gibt. Von dem «maleach» (Engel), in welchem das göttliche Angesicht (s.d.) das Volk leitet (2. Mose 33, 14), ist der Träger der persönlichen Gnadengegenwart Gottes; von Ihm heißt es, Sein Name ist in Seinem Inneren (2. Mose 23, 21). Das ist die Schechinah (s.d.) der göttlichen Herrlichkeit (s.d.) im Heiligtum (2. Mose 40, 34; 3. Mose 9, 23; 1. Kön. 8, 11). Es wird als ein Wohnen Seines Namens bezeichnet (5. Mose 12, 5. 11; 14, 23; 1. Kön. 8, 29; vgl. Jer. 3, 17). Der Dienst

heißt darum: «Dienst im Namen Jahwes» (5. Mose 15, 5. 7). Wo Gott persönlich erkannt und erfahren wird, da ist Sein Name.
Gott sendet Sein Wort, wo aber Sein Name ist, offenbart Er Sich Selbst. In Jeremia 14, 9 heißt es darum: «Dein Name ist über uns genannt.» Das ist eine Erklärung für: «Du bist in unserer Mitte.» Weil Gott Sich Israel zum Volk erwählte, in welchem Er Seine Offenbarungsgemeinschaft aufrichtete (5. Mose 28, 9. 10), wird über ihm der Name Jahwes genannt. In der Erlösung des Volkes und in der Stiftung des Bundes ist Gottes Name groß und herrlich (Ps. 111, 9). Mit Jeremia 14, 9 vergleiche man die Wechselbegriffe in Jesaja 43, 7! Israel wandelt im Namen seines Gottes (Sach. 10, 12), es erfährt die Kraft durch Gottes Offenbarung in seiner Mitte. In der Erfüllung des Gesetzes fürchtet Israel den Namen Jahwes (5. Mose 28, 58). Alle Heiden werden einst nach Zion kommen, um das Gesetz zu empfangen, weil Israel im Namen Jahwes wandelt (Mich. 4, 5). Das auserwählte Volk steht mit dem wahren Gott in Gemeinschaft. Das Ziel des Reiches Gottes ist, daß der Name des wahren Gottes über die aus dem Gerichte geretteten Überreste der Heidenvölker genannt wird (Am. 9, 12; vgl. Mal. 1, 11). Jahwe tritt zu ihnen in ein königliches Verhältnis (Sach. 14, 9), Er führt sie zu Seiner Offenbarungsgemeinschaft, damit sie den Namen Jahwes bekennen und anrufen (Zeph. 3, 9).
Von den zahlreichen Stellen, in welchen der Name Gottes erwähnt wird, mögen zur Erläuterung noch einige genannt werden. Jesajah, der Jahwe zum Gericht kommen sieht, sagt: «Siehe, Jahwes Name kommt von ferne, brennend sein Zorn!» (Jes. 30, 27.) Man vergleiche: «Auf dem Pfade deiner Gerichte harren wir, Jahwe, dein, nach deinem Namen und deinem Gedächtnis steht das Verlangen der Seele» (Jes. 26, 8). Der Psalmist bittet: «Hilf mir durch deinen Namen!» (Ps. 54, 3); dem entspricht: «Durch seine Kraft», oder: «Groß ist dein Name in Kraft» (Jer. 10, 6). Damit ist identisch, dem großen Namen, die starke Hand, der ausgereckte Arm (1. Kön. 8, 42). Es kann deshalb gesagt werden: «Der Name Jahwes ist ein starker Turm» (s.d.) (Spr. 18, 10). Im Namen Gottes wird der Gerechte geschützt (Ps. 20, 2; 44, 6), in Seinem Namen ist Hilfe (Ps. 124, 8). Wenn Israel durch Wundertaten Gottes Gegenwart erfährt, heißt das: «Dein Name ist nahe» (Ps. 75, 2). Gott gibt Seinem Namen die Ehre (Ps. 115, 1).
Ein Vergleich der verschiedenen Stellen zeigt deutlich, welche wirkliche charkteristische Benennung Gottes in solchen Fällen gemeint ist, sei es Jahwe (s.d.) (Hes. 6, 3; 5. Mose 28, 58; Hos. 12, 6; Am. 9, 6; Ps. 82, 19), oder «der Gott Abrahams, Isaaks und Jakobs» (s.d.) (2. Mose 3, 15), oder «der Heilige in Israel» (s.d.) (Jes. 12, 6; 54, 5; Hes. 39, 7), oder «Jahwe Zebaoth» (s.d.) (Jes. 18, 7; Jer. 15, 16). Wenn z. B. wie in 1. Mose 12, 8; 2. Mose 20, 7; 2. Samuel 6, 2; Psalm 20, 2; 102, 22 ein Gottesname als Apposition im Genitiv dabeisteht, dann ist eben der betreffende Name gemeint. Sehr oft werden die hier genannten Namen vorausgesetzt. Es ist so in den Ausdrucksweisen: Gottes Namen verkündigen (2. Mose 9, 16), Seinem Namen Ehre geben (Ps. 115, 1),

Seinen Namen lieben, fürchten, entheiligen (Ps. 5, 12; 61, 6; 3. Mose 20, 3), Seinen Namen kennenlernen (Jes. 52, 6), Seinem Namen danken (Ps. 138, 2; 140, 14), Ihn rühmen (Ps. 74, 21). Hier zeigt immer der Zusammenhang, welche Namen gemeint sind.

In diesen Namen ist Gottes Gemeinschaftsverhältnis zu Israel ausgedrückt; Er steht zu ihnen als Bundesgott. Daraus ergibt sich, daß Gott um etwas gebeten wird: «Um deines Namens willen!» (Jes. 48, 9; Jer. 14, 7; Ps. 23, 3; 31, 4). Von dieser Sicht aus wird die Verbindung mancher Redefiguren in einer Reihe von Ausdrücken und Stellen verständlich, die sonst sehr künstlich erklärt werden, oder daß dem Begriff Gewalt angetan wird. Dahin gehören besonders folgende Aussprüche: «Durch deinen Namen hilf mir!» (Ps. 54, 3), oder: «In deinem Namen zertreten wir unsere Widersacher» (Ps. 44, 6), «die Gerechten werden deinem Namen danken» (Ps. 140, 14), «gebt Jahwe die Ehre seines Namens» (Ps. 96, 8), «dein Name währet immerdar» (Ps. 135, 13), «der Name des Gottes Jakobs schützt dich» (Ps. 20, 2) oder: «der Name Jahwes ist ein fester Turm» (s.d.) (Spr. 18, 10), «seinem Namen ein Haus bauen» (2. Sam. 7, 13), «mein Name ist in ihm» (2. Mose 23, 21), «beim Namen Jahwes schwören» (Jer. 44, 26), «ich will harren auf deinen Namen» (Ps. 52, 11), «sie sollen meinen Namen auf die Söhne Israels legen, daß Jahwe sie segne» (4. Mose 6, 27), «im Namen Gottes das Panier (s.d.) schwingen» (Ps. 20, 6; 63, 5), «seine Hände aufheben» (Sach. 10, 12), «seinen Namen anrufen» (1. Mose 12, 6), «mein Name sei gefürchtet» (Mal. 1, 11), «unsere Hilfe stehet im Namen Jahwes» (Ps. 124, 8), «wir segnen euch im Namen Jahwes» (Ps. 129, 8). Es ist immer ein gedachter oder ein ausgesprochener Gottesname gemeint, an den sich das Bewußtsein des Beters erinnert. Von den Prädikaten, die dem Namen Gottes beigelegt werden, ist besonders das Prädikat «heilig» zu beachten (Ps. 111, 9; Hes. 36, 21), was den Begriff des Vollkommenen, Reinen in sich faßt. Die Entheiligung des Namens Gottes ist, Ihn durch Worte oder Handlungen diesen Charakter zu entweihen (3. Mose 20, 3; Hes. 36, 21; Jer. 34, 16).

Der Gebrauch des Ausdruckes «Name» im Alten Testament stimmt in seinen Grundzügen auch im neutestamentlichen Schrifttum überein. Es sind hier die Redeweisen: «Über jemand einen Namen nennen» (Apostelg. 15, 17; Jak. 2, 7), «einen Namen anrufen» (Apostelg. 9, 14; Röm. 10, 13; 1. Kor. 1, 2), «einen Namen fürchten» (Apostelg. 11, 18), «offenbaren» (Joh. 17, 6. 26), «verherrlichen» (1. Thes. 1, 12; Apostelg. 19, 17), «auf den Namen hoffen» (Matth. 12, 21), «an den Namen glauben» (Joh. 1, 12; 3, 18; 1. Joh. 3, 23), «Ihn nennen» (2. Tim. 2, 19), «Ihn bewahren» (Offb. 2, 13); Name im Sinne von Person (Apostelg. 1, 15; 18, 15; Offb. 3, 4; 11, 13), oder in der Bedeutung eines Würdenamens (Eph. 1, 21; Phil. 2, 9; Hebr. 1, 4).

Die Anwendung des Ausdruckes «Name» ist im Neuen Testament sehr vielseitig. Die Redeweise: «Im Namen Gottes oder Christi» hat eine weite Bedeutung. Es wird damit nicht nur eine Tätigkeit im Auftrag oder in Vertretung jemandes ausgedrückt (Mark. 11, 9; Joh. 5, 43; Jak. 5, 10; Matth. 7, 22), sondern auch ein Reden oder Handeln in der Vollmacht desselben, daß die Urheberschaft dem Namen, der Person zukommt (Luk. 10, 17; Apostelg. 3, 6; 4, 7. 10; Joh. 5, 14), das Tun in ihrem Sinn und Geist, daß der Name als Autorität gilt, durch welche etwas geschieht (1. Kor. 5, 4; 2. Thes. 3, 6), im Glauben an sie oder im Bekenntnis zu ihnen (Apostelg. 4, 12; 1. Kor. 6, 11; Joh. 20, 31; 17, 11). Der Ausdruck «Name» wird auch angewandt, um die Abhängigkeit einer Tätigkeit auszusprechen, z. B. tun, denken, bitten im Namen Jesu (Kol. 3, 17; Eph. 5, 20; Joh. 14, 13). Die Redeweise «Name» kann auch eine Beziehung bedeuten, z. B. auf den Namen eines Propheten hin (Matth. 10, 41) oder in bezug auf den Namen Jesu (Matth. 18, 20), oder auch des Glaubens und des Bekenntnisses (Matth. 28, 19; Apostelg. 8, 16; 1. Kor. 12, 15). Selten wird mit «auf den Namen» der Grund bezeichnet (Apostelg. 2, 38; Röm. 5, 14; Matth. 18, 5). Es ist hier auch immer an Bezeichnungen Gottes und Jesu Christi zu denken. Der neutestamentliche Name für Gott ist mehr als einhundertmal «der Vater» (s.d.) (vgl. Joh. 12, 28; 17, 11; Röm. 8, 15; Eph. 4, 6). Für Jesus (s.d.) wird oft der Name selbst, dann Christus (s.d.), Messias (s.d.), Jesus Christus (s.d.), Herr (s.d.), Herr Jesus, Herr Jesus Christus (s.d.) und Wort (s.d.) (Joh. 1, 1. 12; Offb. 19, 13) angewandt. Sehr oft wird der Name auch nicht genannt, wenn von «seinem, deinem, meinem» Namen die Rede ist.

Eine besondere Erläuterung bedarf die Anwendung «Name» noch an einigen Stellen. «Dein Name werde geheiligt!» (Matth. 6, 9), d. h., der Vater in Seiner Beziehung zum Beter; «Viele werden kommen in meinem Namen» (Matth. 24, 5), d. i., die falschen Messiasse pochen auf den Namen des Herrn; «aufnehmen in meinem Namen» (Matth. 18, 5), Sein Jünger, der sich nach Seinem Namen benennt. «Meinen Namen vor die Heiden tragen» (Apostelg. 9, 15) durch die Predigt. Wegen des Namens etwas tun oder leiden (Matth. 10, 22; 19, 29; Röm. 1, 5). Das Verhältnis zu diesem Namen ist die Ursache des Tuns und Leidens. Jemand ermahnen durch den Namen Christi (1. Petr. 1, 10), darin liegt die Begründung der Ermahnung. Vergebung der Sünden durch den Namen Christi empfangen (Apostelg. 10, 43) ist eine Vergebung, die durch Christus vermittelt wird. Wer euch tränkt im Namen Christi (Matth. 9, 41), es sind Angehörige Christi. Die Taufe im Namen Christi (Apostelg. 10, 48), ist eine Beziehung zu diesem Namen.

Es möge noch einiges in der Hauptsache zusammengefaßt werden. Für die Bestimmung des göttlichen Namens ist besonders wichtig, daß Gott gnädig, barmherzig und langmütig ist (2. Mose 34, 6). Hier liegt der beste Verständnisschlüssel des Namens Jahwes (s.d.). Der Name Gottes in seiner Fülle erklärt sich aus den verschiedenen Redensarten der Bibel, in welchen die Vielseitigkeit Seiner Vollkommenheit betont wird. «Mein Name ist in seinem Innersten» (2. Mose 23, 21) bringt die göttlichen Eigenschaften zum Ausdruck, die in dem «Engel des Bundes» (s.d.) gegenwärtig sind (vgl. 2. Mose 14, 19). Er ist der Träger der Gottesoffenbarung. Er ist in Einheit mit Jahwe verbunden (2. Mose 33, 15; 1. Kor. 10, 4; 1. Mose 22, 11; 31, 11; 48, 16. 19. 21).

Die Bitte: «Um deines Namens willen, Jahwe, sei gnädig meiner Missetat» (Ps. 25, 11) besagt, du bist gnädig und barmherzig, handle mit mir nach deinem Namen, und laß ihn bei mir zur Tat und Wahrheit werden! Der Name Gottes ist mein Ruhm und Seine Worte (Ps. 48, 11; Jer. 14, 7). Der Name des Gottes Jakobs schütze dich (Ps. 20, 2. 8). Derselbe Gott, der Sich Jakobs angenommen hat, möge den schützen, der Ihn anruft. Wo Sein Name ist, da ist Er Selbst mit Seiner Offenbarung gegenwärtig. Er hilft mit Seinem Namen, man hofft auf Ihn und handelt darin (1. Kön. 8, 29; Ps. 54, 3; 52, 11; 44, 6; Spr. 18, 10). Ich will Deinen Namen predigen meinen Brüdern, d. h. Dich und Deinen Ruhm, Deine Großtaten verkündigen unter den Nachkommen Israels (Ps. 22, 23; vgl. Hebr. 2, 12). Zu der Zeit wird Jahwe nur Einer sein und Sein Name nur Einer (Sach. 14, 9). Der Prophet schaut bis in die letzte Entwicklung des Reiches Gottes, wo auch der Sohn wird untertan sein dem, der Ihm alles untergeordnet hat, damit Gott sei Alles in Allem (1. Kor. 15, 28). Die Götzennamen werden dann auf der ganzen Erde ausgerottet (Sach. 13, 2) und der Herr wird nur Einer sein, so soll auch Sein Name nur Einer sein. Dieser Eine Name ist der Name des Jesus (Apostelg. 4, 12; Phil. 2, 9-11; 1. Joh. 5, 20). Der Prophet wird in meinem Namen reden (5. Mose 18, 19), als mein Gesandter und Stellvertreter, der durch Wunder und Zeichen beglaubigt wird.

Die Propheten, die falsch im Namen Jahwes weissagten, beriefen sich fälschlich auf Jahwe, als hätte Er sie gesandt und es ihnen befohlen (Matth. 7, 22). Wenn es heißt: «Viele werden kommen unter meinem Namen» (Matth. 24, 8; Luk. 21, 8), dann bedeutet das, unter dem Vorwand Seines Namens, daß sie angeben, der Messias zu sein.

Im Namen des Herrn wandeln bedeutet, im Vertrauen auf Ihn und im Gehorsam gegen Ihn das Leben einzurichten (vgl. Mich. 4, 5; Sach. 10, 12).

Gottes Namen heiligen, heilig halten (Jes. 8, 13; 29, 23; Matth. 6, 9) hat den Sinn, Ihn als Den anzuerkennen, der Er ist, das was Er will und tut, Ihn in tiefster Achtung und höchster Ehrerbietung ehren. Das wird verwirklicht, wenn Herz und Wille dahin gerichtet sind, was die Verherrlichung Gottes zum Ziele hat. In allen Nöten soll zu Ihm allein die Zuflucht genommen werden, daß man von Ihm nur die Hilfe erwartet. Damit wird betont, daß Er die allmächtige Liebe ist. Die Danksagung für alle geistlichen und leiblichen Wohltaten mündet aus in den Ruhm Seiner Herrlichkeit, was auch bei anderen den Lobpreis Seines Namens erweckt. Die Wertschätzung und Benützung des Namens Gottes ist Heiligung. Alles was zur Verherrlichung Gottes beiträgt, ist ein Heiligen Seines Namens.

Wer hat alle Enden der Welt gestellt? Wie heißt Er? Wie heißt Sein Sohn? Weißt du das? (Spr. 30, 4). Auf diese Frage gibt schon das Alte Testament eine vielseitige Antwort. Er heißt: Jahwe unsere Gerechtigkeit (Jer. 23, 6; 33, 16), weil Er uns von Gott zur Gerechtigkeit gemacht ist, damit wir in Ihm Gottes Gerechtigkeit werden (1. Kor. 1, 30; 2. Kor. 5, 21). Er ist das gerechte Gewächs aus dem Stamme

Davids (Jer. 23, 5; Jes. 4, 2; 11, 1; Sach. 3, 8). Es ist wundersam (Richt. 13, 8), Er hat die Namen: Wunderbar, Rat, Kraft, starker Gott, Ewigvater, Friedefürst (Jes. 9, 6), Immanuel – Gott mit uns (Jes. 7, 14; 8, 8; Matth. 1, 23), Wort Gottes (Offb. 19, 13; Joh. 1, 1).
Der Glaube an den Namen des Sohnes Gottes umfaßt die ganze Person des Herrn mit Seinem Amt und Werk (Joh. 1, 12; 3, 18; 20, 31; Luk. 24, 47; Apostelg. 3, 16; 4, 12; 10, 43; 1. Joh. 3, 23; 5, 13). Gott hat Ihm einen Namen über alle Namen gegeben (Phil. 2, 9), d. h. den hochheilgen Namen Jahwe, der auch nach Römer 14, 11 auf Jesaja 45, 23 begründet ist.

518. **Nazarener** wurde Jesus genannt, weil Er in Nazareth aufwuchs. Er heißt darum auch Jesus von Nazareth (s.d.). In Matthäus 2, 23 wird bemerkt, daß dadurch eine Weissagung der Propheten erfüllt wurde. Es ist zu beachten, daß Matthäus nicht die Weissagung eines Propheten, sondern der «Propheten» erwähnt. Wörtlich kommt eine solche Stelle in keinem der prophetischen Bücher vor. Es sind aber einige Stellen in den Propheten, die hiermit in Beziehung stehen. Jesaja 11, 1 nennt den Messias «Nezer», das ist ein kleiner Wurzelschoß, der aus dem abgehauenen Wurzelstumpf Isais aufschießt. Damit will der Prophet Seine Niedrigkeit, Sein geringes Ansehen vor den Menschen andeuten. Der Name «Nazareth» hat seine Bedeutung von «nezer» – schwaches Reis, weil in dieser Gegend viel Buschwerk und Gesträuch war. Die Propheten nennen Christus auch mehrfach «Zemach» (s.d.) oder Gewächs (s.d.) (Jer. 23, 5; 33, 15; Sach. 3, 8; 6, 12), was mit «nezer» gleichbedeutend ist. Die LXX übersetzt diesen Eigennamen mit «Aufgang aus der Höhe» (s.d.). Matthäus will hier sagen, daß durch göttliche Fügung diese Weissagungen in dem ganzen unscheinbaren Lebenslauf Jesu auf Erden in Seiner völligen Unscheinbarkeit in Erfüllung gegangen sind. Es wird noch gezeigt, daß der Name der verachteten Stadt Nazareth (schwaches Reis), der Anlaß wurde, Jesus «Nazarener» zu nennen. Sein Beiname wurde auch der Schmähname, die Gläubigen der Urgemeinde als «Nazarener» (Apostelg. 24, 5) zu bezeichnen.

519. **Nothelfer,** ein Gottesname, der nur an zwei Schriftstellen vorkommt (Jer. 14, 8; Dan. 6, 28), hat im Grundtext zwei verschiedene Ausdrücke. Das hebräische «moschia» wird an vielen Stellen mit «helfen» oder auch mit «Heiland» übersetzt, dann auch mit «Helfer» oder «Retter». In Daniel 6, 28 steht die Zeitform «mazal», ein Partizipium von «nazal» – «retten, herausreißen».
Jeremiah nennt im Gebet zwei Gottesnamen: «Hoffnung Israels» (s.d.), «sein Retter in Zeit von Bedrängnis» (Jer. 14, 8). Gottes augenblickliches Verfahren ist dem Beter unerklärlich. Jahwe, die Hoffnung Israels, war allezeit Seines Volkes Heil. Er nennt Jahwe den Befreier von Bedrängnissen, indem er sich auf die zahlreichen Durchhilfen Gottes beruft in schweren Zeiten der Geschichte Seines Volkes. Jetzt stellt Sich Gott wie ein Fremder (s.d.) in Seinem Lande.

Daniel rühmt seinen Gott als einen Retter und Helfer aus der Gewalt des Löwen (Dan. 6, 28). Das geht parallel mit dem Bekenntnis Nebukadnezars, nachdem die drei Männer unversehrt aus dem Feuerofen kamen, daß er sagte: «Denn es ist kein andrer Gott, der zu retten vermag, wie dieser» (Dan. 3, 29).
Dieser Name ist einer der tröstlichsten Gottesnamen. Er heißt sonst ein «Meister» (s.d.), ein Großer zu helfen (Jes. 63, 1). Die Anwendung dieses Namens Gottes in besonders schweren Notzeiten darf zum Trost und zur Hoffnung ermuntern.

520. **Odem** ist ein Hauch des Lebens und der Lebendigen (Hab. 2, 19). Der Odem Gottes bedeutet eine Gnade und Erquickung (Jes. 57, 16), aber auch Zorn und Rache, wie ein starker Sturmwind, der das Zornfeuer anbläst (vgl. 2. Sam. 22, 16; Ps. 18, 16; Hiob 4, 9; 15, 30; Jes. 30, 28). Es ist auch der belebende Einfluß Gottes, die Wirksamkeit des Heiligen Geistes. Endlich ist es Christi Wort und strafender Geist (vgl. Hiob 32, 8; 33, 4; Jes. 11, 4).
Vorwiegend sind es Stellen im Buche Hiob, vereinzelt auch sonstwo, da Luther die beiden hebräischen Worte «neschamah» – «Hauch» (s.d.) und «ruach» – «Geist», mit Odem übersetzt. Nach dem Schöpfungsbericht blies Jahwe Gott den Hauch des Lebens in den Menschen, und er wurde eine lebendige Seele (1. Mose 2, 7). Es ist der von Gott ausgegangene geschöpfliche Geist, der Ursprung alles menschlichen Lebens. Sonst wird der Odem als «Geist des Lebens» bezeichnet (Ps. 104, 30; 1. Mose 6, 3; Hiob 34, 14). Es ist die Begabung mit dem göttlichen Lebensgeist, oder der göttliche Aushauch. Gott bläst in ganzer Fülle Seiner Person den Einen Odem des Lebens in die Nase des Menschen. Hiob sagt in diesem Sinne: «Gottes Geist hat mich gemacht und des Allmächtigen Hauch hat mich belebt» (Hiob 33, 4). Gottes Odem erhält unser Leben, täglich bedürfen wir Seinen Hauch (Hiob 10, 12). Er gibt allen Menschen Leben und Odem (Apostelg. 17, 25; vgl. Jes. 42, 5; Ps. 104, 30). Gott hat den Odem in Seiner Hand (Dan. 5, 23). Wenn Er Seinen Geist zurücknimmt und Seinen Hauch an Sich zieht, schwindet alles Fleisch dahin (Hiob 34, 14; Ps. 104, 29).
Töten ist auch ein entscheidendes Tun des Lebensodems Gottes, des Richters und des Zürnenden. Zorn, Wasserfluten, Feuer, Töten, Naturereignisse und Naturkatastrophen sind Wirkungen des göttlichen Odems und Aushauchens (vgl. Jes. 11, 4; 30, 28. 30; Hiob 4, 9; 2. Sam. 22, 16; Ps. 18, 16). Wenn die Verheißung des Lebens ihre endgültige Erfüllung erreicht, dann wird es sein nach des Herrn Wort: «Siehe, ich will meinen Odem in euch bringen, daß ihr lebendig werden sollt!» (Hes. 37, 5s.) In diesem Kapitel, das von der Auferstehung aus den Toten handelt, ist vom Odem (Vers 6, 8. 10), vom Wind (Vers 9) und vom Geist (Vers 14) die Rede, was die dürren Totengebeine, wo keine Hoffnung mehr für sie vorhanden war, wieder neu belebt. Odem, Wind (s.d.) und Geist (s.d.), diese drei sinnverwandten Ausdrücke werden hier angewandt.

521. **Offenbarung Gottes** in der Person Christi wird von Johannes dargestellt, als vom Menschensohn (s.d.) und vom Logos (s.d.) oder vom Worte Gottes. Diese Lehraussagen bilden den Hauptinhalt des Johannesevangeliums. Gottes Offenbarung in Christo, als dem Wort oder in Jesu Wort führt zu einer anderen Gruppe von Vorstellungen, in welcher auch der Offenbarungsgedanke zum Ausdruck kommt. Es sind die Begriffe Leben (s.d.), Licht (s.d.), Liebe (s.d.), Wahrheit (s.d.), Geist (s.d.). Sie beherrschen die Theologie des Johannes, in der Art, daß sie oft untereinander in Beziehung stehen, z. B. Geist und Wahrheit, Wort und Leben, Liebe und Leben, Licht und Leben, Licht und Wahrheit. Wer oberflächlich liest, meint hier den Eindruck des Unbestimmten und Fließenden wahrzunehmen. Für das johanneische Denken tragen sie ein konkretes Gepräge. Sie führen immer wieder in den Charakter des in Christo gewordenen Gottes zurück. Johannes wird von keiner Geistesarmut getrieben, nur so wenige Begriffe anzuwenden, sondern er ist befähigt, mit kaum 900 Worten in seinem Schrifttum seinen Gedanken Wucht und Nachdruck zu verleihen, wie es dem inhaltlichen Reichtum in seiner umfassenden Bedeutung entspricht.
In der johanneischen Theologie handelt es sich grundlegend um die Offenbarung Gottes in Christo an die Menschheit. Sehr bedeutsam ist dem Evangelisten das Glauben und Erkennen, um sich diese Gottesoffenbarung anzueignen. Der Ring der Offenbarungsvorstellung des Apostels ist in Verbindung der Tätigkeit des Menschen geschlossen.
Der Offenbarungsgedanke im 1. Johannesbrief zeigt im Vergleich mit dem Evangelium eine Eigenart. In seinem 1. Briefe können eine Reihe von Aussagen auf Gott oder auf Christus gedeutet werden, was sich nicht immer entscheiden läßt. In 1. Johannes 2, 27-3, 9 kann nicht genau ermittelt werden, wie die Aussagen von Gott und Christus zu verteilen sind. Nach 1. Johannes 3, 23 ist Sein Gebot nach Vers 22 Gottes Gebot, das Liebesgebot ist nach 1. Johannes 2, 7; Johannes 13, 34 Christi Gebot. Da in 1. Johannes 3, 24 von Christus die Rede ist, besteht die Möglichkeit, 1. Johannes 2, 3. 4 auf Christus zu beziehen. «In Christo sein» (1. Joh. 2, 5) oder «bleiben» (1. Joh. 2, 38; 3, 6), wechselt mit «bleiben in Gott» (1. Joh. 4, 16), «Christus erkennen» mit «Gott erkennen» (1. Joh. 4, 7).
Der Grund dieses Ineinanderdenkens von Gott und Christus ist der apostolische Glaube, daß in der geschichtlichen Person Christi und Gottes Vollkommenheit offenbart und entgegentritt. Darin liegt eine starke Gleichsetzung Gottes und Christi, des Vaters und des Sohnes, wie sie im Evangelium erscheint. Jesus sagt auch dort: «Ich und der Vater sind eins» (Joh. 10, 30; 17, 22), und: «Wer mich gesehen hat, hat den Vater gesehen» (Joh. 14, 9). Der Grund wird sein, daß im Evangelium mehr die Geschichte der Wirksamkeit Jesu geschildert wird, während der 1. Brief das Lehrmäßige der Sendung des Sohnes Gottes herausarbeitet. Die theologische Anschauung des Johannesevangeliums und seines 1. Briefes stimmt jedoch harmonisch überein.

522. **Opfer** wird im ganzen Neuen Testament unter dem Gesichtspunkt dargestellt, daß es von Jesus für Gott dargebracht wurde. Diese Anschauung wurde im Alten Testament vorbereitet. Dort bahnte sich die Erkenntnis an, daß das Tieropfer nicht genügen konnte, sondern daß es die Selbstopferung eines Menschen sein müßte. Wer aber ist ein Mensch, der ein gottwohlgefälliges Opfer bringen kann? Die Antwort gibt die Weissagung von dem leidenden und sterbenden Gottesknecht (Jes. 53). Jesajah schaute den Knecht Jahwes (s.d.), der im Gehorsam dem Herrn gegenüber für fremde Sünde leidet und Sein Leben zum Schuldopfer hingibt. Jahwe erzeigt aus diesem Grunde Heil. Der Alte Bund schließt mit der Erwartung des Gotteslammes, womit der Neue Bund anhebt. Johannes der Täufer erkennt im Lamme Gottes (s.d.) den Sohn Gottes (s.d.) und den Messias (s.d.). Er sieht gleichzeitig das wirkliche Gotteslamm, das Gott erwählt hat, Ihm die Sünden der Welt aufzubürden, damit Er sie wegträgt. Das Hinwegtragen der Sünden geschieht nach übereinstimmender Lehre des Neuen Testamentes, wie sie Jesus Selbst (Matth. 20, 28; 26, 28) und die Apostel aussprechen. Jesus läßt Sich als Opferlamm auf dem Altar des Kreuzes schlachten, Sein Leben gab Er freiwillig als Priester (s.d.) und Opfer zugleich in den Tod. Das charakterisiert den stellvertretenden Opfertod. Es entsprach Sein heiliges Leben dem Willen des Vaters, daß Er als Haupt (s.d.) der Menschheit dahingab. Für unser sündiges und unheiliges Leben erlitt Er stellvertretend die Todesstrafe für uns Sünder. Es wurde dadurch den Sündern Vergebung und Leben erwirkt. Das Vergießen des reinen Blutes Christi, als eine sühnende Wirkung, wird im ganzen Neuen Testament beschrieben. Der Hebräerbrief betont das ganz besonders. Dieses Sendschreiben begründet das Ungenügende der alttestamentlichen Opfer. Im Opfertode Christi ist das Schattenhafte des Alten Bundes erfüllt. Der Inhalt des Hebräerbriefes stimmt hierin auch mit der paulinischen Lehranschauung überein. So wird erklärt, wie es erst zur vollen Vergebung, Reinigung und Vollendung des Gewissens kommt. Durch die Opfer des Alten Testamentes wurde nur ein langmütiges Tragen und Dulden der Sünde von seiten Gottes erzielt (vgl. Röm. 3, 25; Hebr. 9, 14).

523. **Panier** wird etwa dreißigmal in der Bibel erwähnt. In der Geschichte Israels, in den Psalmen und an einigen Prophetenstellen ist davon die Rede. Die Israeliten waren noch nicht weit auf ihrer Reise von Ägypten ins verheißene Land, da wurden sie in einen Krieg mit Amalek verwickelt. Von ihnen war der Streit nicht gesucht, sie wurden angegriffen, und sie mußten kämpfen oder umkommen. Sie waren unvorbereitet und schlecht gerüstet. Moseh aber ermutigte sie mit der Zusage, daß er stehen werde auf der Spitze des Berges «mit dem Stabe Gottes in meiner Hand». Es war ehemals ein reichliches Zeichen der Gnade und Kraft Gottes, während der Befreiung aus Ägypten, auf dem Wege durch das Rote Meer, und bei der Beschaffung des Wassers aus dem Fels. Vor dem Angesicht des ganzen Volkes hielt er den Stab nach oben, um sie zu erinnern, «von woher ihre Hilfe

kommt». Moseh verwandte sich bei Gott für die Heere Israels. Gott gab ihnen Heil (2. Mose 17, 8-16).
Der Kampf war lang und schwer. Oft erschien der Ausgang zweifelhaft. Die Mutigen des Krieges schwankten, bis Moseh merkte, daß diese Bewegung rückwärts und vorwärts ging durch sein Gebet. Wenn Moseh seine Hand hochhielt, hatte Israel die Oberhand, wenn er aber seine Hand abließ, hatte Amalek die Oberhand (2. Mose 17, 11). Moseh aber konnte die Haltung des Gebetes in jenen Tagen nicht aufrecht halten, unaufhörlich mit aufgerichteten Händen. Seine Hände waren schwer, darum unterstützten ihn Aaron und Hur, jeder an einer Seite, und seine Hände waren fest bis zum Untergang der Sonne. Der Ausgang war: «Josuah schlug Amalek und sein Volk mit der Schärfe des Schwertes.»
Bei der Feier dieses Ausganges und in Erinnerung ihrer Befreiung «baute Moseh einen Altar und er nannte den Namen desselben: Jahwe Nissi (s.d.), was bedeutet: Jahwe mein Panier!» Der neue Titel: «Jahwe Jireh» (s.d.), «Jahwe sieht», war eine Beschreibung für Ihn, aber es war die Namengebung eines Ortes, oder besser, eines Altars, welcher als Gedächtnisstein diente.
Dieser Name ist offenbar nur an dieser Schriftstelle, aber er kommt doch wiederholt vor, beim Psalmisten und bei den Propheten. Das hebräische Wort «nis», von dem «Nissi» abgeleitet ist, wird mit «Kennzeichen, Fahne und Standarte», so gut wie «Banner» übersetzt. David sagt: «Du hast ihnen ein Panier gegeben, dich zu fürchten» (Ps. 60, 4). Jesajah fordert auf: «Hebt auf ein Panier für das Volk!» (Jes. 62, 10.) Jeremiah zeigt einen anderen Gesichtspunkt, wenn er berichtet, daß es Gott schmerzt, wenn Er das Panier feindlicher Armeen in ihr Land senden muß, als Züchtigung für ihre Sünde. «Wie lange soll Ich sehen das Panier und hören den Ton der Posaune?» (Jer. 4, 21.)
Dieser Gottesname ist mit der Kriegsführung Seines Volkes verbunden. Es mußten sich alle im Kampf früher oder später verpflichten, nicht wünschte Er sie anzugreifen, sondern weil dort Feinde sind, welche sie angreifen. Gott könnte natürlich alle diese Gegner schlagen und Sein Volk befreien durch ein sofortiges Dazwischentreten vom Himmel her, wie Er das immer wieder für Israel getan hat. Es ist aber nicht der übliche Weg. Er hat angeordnet, daß Israel kämpfen sollte, nicht allein mit eigener Kraft, sondern bauen auf Seine überströmende Gnade. Sie waren nicht zum kämpfen da mit ihrer eigenen Stärke, sondern zu erkennen in der ganzen Zeit, daß der Krieg Jahwes ist und daß Er ihnen das Heil gibt. Er will den Kampf nicht verspotten, sondern sie sollten sich bemühen mit größter Anstrengung und Entschlossenheit, aber an seinem guten Ausgang sollen sie nicht zweifeln. Sie werden die Genugtuung der Eroberung haben, sie werden auch erkennen, daß das Heil von Jahwe kommt.
Alle diese Ereignisse unter ihnen sind Vorbilder, sie sind geschrieben für unsere Ermahnung (1. Kor. 10, 11). Ihre Erfahrungen im täglichen Leben sind Typen der geistlichen Umstände und Zustände, wir

sind aufgerufen zu antworten. Kampf ist eine unvermeidliche Erscheinung des Glaubenslebens. Es sind einige Gotteskinder, die scheinen im ganzen Leben hindurch friedlich und ohne Versuchung oder Sturm zu sein. Sie sind selten. Wenn wir die ganze Geschichte ihres Lebens kennen, werden wir sicherlich finden, daß sie der Unruhe und den Wogen des Kampfes nicht entgehen, die Verachtung der Erscheinungen sind entgegengesetzt. Wenn Paulus den Gläubigen mit einem Soldaten vergleicht, dann war das kein bloßer bildlicher Ausdruck, noch war sein oftmaliger Gebrauch des fachmännischen Ausdruckes von der Kriegsführung nicht nur bildlich.

Es sind dort Herrschaften und Gewalten des Bösen, welche den Gläubigen bekämpfen (Eph. 6, 12). Dort ist auch, und es ist uns auch oft bewußt, Feindschaft mit uns selbst; denn Amalek, Nachkomme von Esau, stellt das Fleisch dar, das feindlich zum Geist ist (Gal. 5, 17), der «alte Mensch», der gegen den «neuen Menschen» streitet (Eph. 4, 22-24). Wenn wir nicht kämpfen, sind wir unweigerlich die Unterlegenen. Der Kampf ist kein bloßes Geplänkel, der Streit erfordert Blut, Schweiß und Tränen. Der Kampf aber ist des Herrn! Er hat am Kreuz herrlich triumphiert über Seine Gegner und uns (Kol. 2, 15), und Er macht, daß die Überwindung in unserer Erfahrung winkt (Röm. 8, 1-4). Wir sagen mit dem Psalmisten: «Wir wollen fröhlich sein in deinem Heil und im Namen unseres Gottes wollen wir unser Panier aufstellen!» (Ps. 20, 5.) Er unterwirft nicht unsere Feinde für uns, wir müssen das tun. Wir können das aber nicht von selbst. Israel konnte Amalek nicht überwinden, sie taten das niemals. Wir können! Es kann aber nicht sein durch unsere eigene Stärke oder Ausdauer. Die Überwindung wie der Krieg ist des Herrn! Es ist dennoch ein Wunder Seiner Gnade, Er will der Überwinder für uns sein. Wir werden demütig und dankbar bekennen: «Jahwe ist mein Panier!»

Drei Lehren im Blick auf den geistlichen Kampf sind vor allem in der Geschichte des zweiten Buches Moseh klarzustellen. Erstens müssen wir lernen, daß wir mit aller unserer Macht den guten Kampf ausfechten müssen, in dem Bewußtsein der völligen Abhängigkeit vom Herrn. Das leitet zum zweiten Punkt: Gebet und Überwindung gehen Hand in Hand. Das Aufheben der Hände Mosehs ist oft als Vorbild der anhaltenden Fürbitte betrachtet worden. Ganz recht so! Unsere Zuversicht muß nicht auf das Gebet, sondern auf den Herrn sein! Drittens: Die höchste Lehre, die Gott wünscht ist, daß das Volk ein für alle Mal lernt, in diesem ernsten Kampf ihrer Erfahrung, daß es sich im Vertrauen auf Gott bis zuletzt stützt. Es ist nicht genug, sich nur oberflächlich auf Gott zu verlassen, und dann vergessen, daß der Ausgang von Ihm abhängig ist. Die aufgehobenen Hände Mosehs versinnbildlichen den Glauben an Gott unwandelbar durch alle Gefahren des Krieges hindurch. Ein solcher Glaube kommt im Gebet zum Ausdruck, aber die wichtige Lehre ist zu lernen, daß die Rettung vom Herrn ist. Das ist buchstäblich zu lesen in Psalm 3, 8: «Das Heil kommt von Jahwe.»

In dem Augenblick der Überwindung betete Israel an. Moseh errichtete einen Altar. Der Ort des Opfers wurde ein bleibendes Denkmal, eine beständige Erinnerung an Gottes Güte. In künftigen Kriegen gedachte Israel an «Jahwe-Nissi» (s.d.). In der Stunde der Not ist es in der Tat stärkend, Seine Barmherzigkeit immer wieder anzurufen. Dann und wann tragen Gedächtnissteine die Inschrift: «Zur Ehre Gottes und in Erinnerung an . . .», ein Ereignis, in welchem Seine Gnade erschienen war. Wir alle sollten unsere Altäre bauen mit dem freudigen Zeugnis: «Jahwe-Nissi.» Sie würden uns stellen in eine gute Stellung, die sich in Zukunft bewährt.
Endlich, Moseh auf dem Berge ist ein klarer Vorschatten des Alten Testamentes von unserem Herrn Jesus Christus, unseres Mittlers (s.d.) und Herrschers in der Höhe, des Urhebers unseres Heils. Es ist, wenn auf Jesus aufgeschaut wird, daß wir überwinden werden! Jesajah erklärt: «Wenn der Feind kommen wird wie eine Flut, der Geist Jahwes wird aufrichten ein Panier gegen sie» (Jes. 59, 19). Es wird so erklärt, daß Christus Selbst das Panier ist, der Prophet sagt: «An dem Tage wird sein eine Rute (s.d.) aus Jesse, welche stehen wird für ein Panier der Völker, ihn werden die Heiden suchen» (Jes. 11, 10).
Der Krieg ist wirklich des Herrn! Er hat den Sieg (s.d.) errungen und macht uns einen Triumph (2. Kor. 2, 14). Jesus, in welchem alle Verheißungen enthalten sind, wird von Gott genannt «das Ja und das Amen». Er ist «Jahwe-Nissi», der Herr mein Panier! Schwach, unzulänglich in uns selbst, dennoch sind wir mehr als Überwinder, durch Ihn, der uns geliebt hat (Röm. 8, 37).

524. **Parakletos** siehe Fürsprecher und Tröster!

525. **Passah** (3. Mose 23, 4. 5) spricht von Golgatha und von der Erlösung durch Blut aus Ägypten. Es ist ein Typus der Welt und von Pharao, ein Typus vom Satan und von der ägyptischen Knechtschaft, ein Typus der Sünde. Das Passahfest spricht von unserer Erlösung von der Sünde durch das Lamm Gottes (1. Petr. 1, 19). Christus ist unser Passah geworden (1. Kor. 5, 7). Wie die Passahlämmer im Tempel geschlachtet und geopfert wurden (2. Mose 12, 21), so wurde Christus für uns am Kreuz getötet, um das vollkommene Opfer für alle Menschen zu werden (1. Kor. 15, 3. 20; Hebr. 9, 28; 12, 14; Jes. 53, 7; 1. Petr. 2, 24; 3, 18). Die durch Christi Tod Erlösten dürfen keine Sünden und Laster dulden, so wenig die Juden in ihren Häusern den alten Sauerteig dulden durften.
Paulus bezeichnet Christus als das geschlachtete Passahlamm der gläubigen Gemeinde (vgl. 5. Mose 16, 6; Mark. 14, 12; Luk. 22, 7), weil Er der Antitypus des gesetzlichen Passahlammes ist, weil durch Sein Blut nicht der Anfang der Erlösung, sondern die Versöhnung der Gläubigen gewirkt wurde. Paulus nennt Christum das Passahlamm, nicht weil mit dem Passahfeste der Todestag Jesu zusammenfiel, sondern wegens des Vergleiches mit den Wirkungen des Todes mit denen des Passahopfers. Die Schlachtung des Passahlammes erfordert

eine Festfeier mit Ungesäuertem, daß der alte Sauerteig ausgefegt wird. Die Führung eines geheiligten Wandels in Lauterkeit und Wahrheit wird gefordert.

526. Der von Mutterleib an gerufene Knecht Jahwes ist aus einem «glatten **Pfeil»** (Jes. 49, 2) gemacht worden. Dieses Bild geht parallel mit: «Er macht meinen Mund gleich einem scharfen Schwert» (Jes. 49, 2). Das Wort Seines Mundes gleicht einem scharfen Schwert, um Widerstrebendes zu überwinden und Verderbliches zu scheiden (Jes. 11, 4; Offb. 1, 16; Hebr. 4, 12). Nicht nur der Mund, wie beim Schwert, sondern die ganze Person des Knechtes Jahwes ist ein glatter Pfeil, um die Herzen zu durchbohren (vgl. Ps. 45, 6), und ihnen die allerheilsamsten Wunden beizubringen. Jahwe hält das scharfe Schwert im Schatten Seiner Hand versteckt und den blanken Pfeil hält Er in Seinem Köcher verborgen. Das Versteckt- und Verborgenhalten von Schwert und Pfeil deutet auf den verborgenen Liebesratschluß Gottes, um in der Fülle der Zeit Sein Schwert zu ziehen und Seinen Pfeil auf den Bogen zu legen. Es wird dem Knechte Jahwes eine tief eindringende Wirkung auf den Menschen zugeschrieben, die Ihn im Innersten ergreift. Eine solche Einwirkung ist dem Menschen unangenehm, der nicht aus dem Geiste geboren ist. Schwert und Pfeil des Knechtes durchdringen die Herzen. Wer von einem anderen Geist beherrscht wird, reagiert darauf in mörderischem Sinne und Grimm. Sie sind unfähig, gegen die Streiche, die der Knecht des Herrn gegen sie führt, mit geistlichen Waffen vorzugehen, sie suchen mit fleischlichen Waffen Ihn zum Schweigen zu bringen. Das gelingt ihnen nicht, weil Er unter höherem Schutz steht. Der Prophet zeigt deshalb Schwert und Pfeil gleichzeitig als scharf einschneidend und wohl geschützt. Es ist sonst nicht üblich, Schwert und Pfeil zu verstecken und zu verbergen. Der Prophet will sagen, wie Schwert und Pfeil auf die Menschen wirkt und zugleich gegen den feindlichen Widerstand der Betroffenen geschützt wird. Der Knecht Jahwes, der durch Sein Auftreten die Welt zum grimmigen Zorn reizt, wird zugleich von Jahwe geborgen. Der Herr läßt Seinen Knecht nicht ohne Schutz, durch den Er Sich verherrlichen will.

527. **Pfleger** der heilgen Güter und der wahrhaftigen Zelthütte wird Christus genannt (Hebr. 8, 2). Im griechischen Text heißt Er: «leitourgos.» Nach dem Sprachgebrauch der LXX bezeichnen die Ausdrücke «leitourgos, leitourgein und leitourgeia» den Dienst der Priester und Leviten im alttestamentlichen Heiligtum. Ihr hauptsächlicher Dienst war der Opferdienst. Diesem Sprachgebrauch schließen sich auch die neutestamentlichen Schriftsteller an (vgl. Luk. 1, 23; Hebr. 9, 21; 10, 11). «Leitourgos» ist der Name des Priesters, als Diener des Heiligtums. Im Hebräischen stehen dafür die Worte: «mischrath, schereth, haschreth» (2. Mose 28, 43; Jes. 61, 6; Jer. 33, 21). Christus ist als leitourgos ein Diener des himmlischen Heiligtums, in Seiner Eigenschaft als Hoherpriester. Die Vorzüglichkeit der Liturgie des verherrlichten gott-

menschlichen Hohenpriesters besteht vor allem darin, daß Er der Diener im himmlischen Heiligtum ist. Er wird darum der Diener der heiligen Güter und der wahrhaftigen Zelthütte genannt. Einige Erklärer fassen unter dem Ausdruck «ton hagion» das Heiligtum, vor allem das Allerheiligste, weil Christus als Liturgos zur Rechten Gottes sitzt, als im wahren Allerheiligsten. Die Ausdrücke «hagia» und «skene» (Heiliges und Zelthütte) hat man als Synonym aufgefaßt und ausschließlich das Allerheiligste darunter verstanden. Nach dem genauen Sprachgebrauch in Hebräer 9, 2-3 sind beide Ausdrücke doch zu unterscheiden. Christus ist demnach der Diener der wahrhaftigen Zelthütte. Ohne Frage ist das himmlische Heiligtum im Gegensatz zum irdischen Heiligtum gemeint. Es ist das Allerheiligste, die eigentliche Wohnstätte Gottes. So besteht zwischen dem Heiligen und dem Allerheiligsten keine Scheidewand mehr, zwischen dem verklärten Hohenpriester und den Seligen. Die gesamte Zelthütte ist vielmehr von der Lebens- und Herrlichkeitsfülle Gottes erfüllt, alle in ihr Wohnenden erfreuen sich der vollkommensten Gnadengegenwart Gottes. Ist Christus der Diener der Zelthütte, dann ist Er der Liturg im Heiligen und im Allerheiligsten. Christus ist unser Hoherpriester im wahren Allerheiligsten. Nachdem Er Sich zur Rechten Gottes gesetzt hat, erscheint Er als der Liturgos im himmlischen Allerheiligsten. Nach der Erhöhung auf den Thron der Majestät ist und bleibt Christus der Hohepriester vor dem Angesichte Gottes.

528. **Preiswürdiger,** hebräisch «mehullal» ist Jahwe als Lobgepriesener oder Lobpreiswürdiger. Siebenmal wird Jahwe als solcher gerufen und gepriesen. Luther übersetzt: «Hochgelobter», vergleiche «Sohn des Hochgelobten», sonst steht im Luthertext: sehr löblich. David, der Jahwe als den Lobgepriesenen anruft, bekennt mit dem Hilferuf die zusammenfallende Erhörung. Die Geschichte Israels zeigt, daß mit der Anrufung des Preiswürdigen die Hilfe verbunden ist, denn Er kann und will helfen (Ps. 18, 4; 2. Sam. 22, 4). Jahwe, der Jerusalem wundermächtig von den Feinden errettet hat, wird als groß und sehr preiswürdig gerühmt (Ps. 48, 2). Die Heils- und Herrlichkeitsoffenbarung in der gesamten Völkerwelt spornt an, die Größe und Preiswürdigkeit des Namens Jahwes zu rühmen (Ps. 96, 4; 1. Chron. 16, 25). Die Preiswürdigkeit des Namens Jahwes ist von Sonnenaufgang bis zum Niedergang (Ps. 113, 3). Jahwe, den Preiswürdigen zu loben ist der eigentliche Grund und Zweck des Dienstes für Gott, es soll alle Zeit und jeden Raum erfüllen (vgl. Mal. 1, 11). Jahwe, der Preiswürdige, ist der höchste und unerschöpflichste Gegenstand des Lobes. Die Größe Gottes ist so hoch und tief, daß keine Forschung ihren Grund und ihre Höhe erreicht (Ps. 145, 3; vgl. Jes. 40, 28; Hiob 11, 7). Das wiederholte Lob Jahwes, des Preiswürdigen, in der Schrift regt an, in Würdigkeit die Ehre Gottes zu rühmen und zu preisen.

529. **Ein Priester nach der Ordnung Melchisedeks,** an drei Stellen des Hebräerbriefes (Hebr. 5, 6; 7, 17. 21), nach dem Zitat aus Psalm

110, 4 ein Name des Messias. Das Psalmwort ist eine Anrede an den Sohn Gottes, der den Ausspruch eidlich bekräftigt. Die Art und Weise des Priestertums Christi wird bekräftigt und erläutert. Es ist dem Schreiber des Hebräerbriefes ein Anliegen, die Hohenpriesterwürde Christi zu beweisen, indem aller Nachdruck auf dem Worte «Priester» liegt. In der späteren thematischen Abhandlung, wo Christus mit Melchisedek verglichen wird (Hebr. 5, 10), liegt der Nachdruck auf den Worten: «nach der Weise Melchisedeks.» Bei aller Ähnlichkeit zwischen Aaron und Christus leuchtet aus der angeführten Psalmstelle die Erhabenheit des neutestamentlichen Hohenpriesters, die den Grundgedanken und Höhepunkt bildet, im ganzen Hebräerbrief. In der Berufung zum Priesterdienst ist Christus dem Aaron ähnlich, aber in der Berufung ist Seine unvergleichliche Erhabenheit mitenthalten. Er ist als Gottmensch der Sohn Gottes (s.d.) und als solcher Priester, ja ein königlicher Hoherpriester. Die Worte des Psalms: «Du bist ein Priester!» begründen, daß der Messias (s.d.), von dem der 110. Psalm handelt, von Gott zum Hohenpriester berufen wurde. Der Psalmist erkannte den Sohn Gottes als König und Priester zugleich. Im Blick auf dieses Doppelamt stand dem Psalmsänger Melchisedek, der König von Salem und der Priester des Allerhöchsten vor Augen (1. Mose 14, 18). Das Priestertum nach der Ähnlichkeit Melchisedeks hat Gott dem Messias zugeschworen, es ist ein königliches und ewiges Priestertum, daß Er im Himmel und in Seiner Gemeinde verwaltet (Hebr. 7, 3. 24; 8, 1). Die Ähnlichkeit des Hohenpriestertums Christi mit dem des Melchisedek wird im Hebräerbrief eingehend behandelt (Hebr. 7).
Der Ausdruck «Priester» ist soviel wie «Hoherpriester» (s.d.), wie das in Hebräer 5, 10; 6, 20 ausdrücklich erklärt wird. Der Hohepriesterbegriff liegt schon in der Anwendung auf Melchisedek, denn wenn jener zugleich König war, konnte sein Priestertum nur ein Hohespriestertum sein. Das Hohepriestertum kommt ihm umso mehr zu, da Er der Priesterkönig im erhabendsten Sinne ist. Das königliche Priestertum Christi wurzelt in der Ewigkeit, in der Kraft Seines unvergänglichen Lebens (Hebr. 7, 16). In Christo hat sich das Vorbild Melchisedeks wirklich erfüllt. Darin liegt der besondere Unterschied des Priestertums Christi vom Aaronitischen.
Das ewige Priestertum Christi ist dem melchisedekschen ähnlich im Blick auf die Unvergänglichkeit. Das ewige Priestertum Jesu Christi beruht auf der Kraft des unvergänglichen Lebens. Die Ewigkeit des Priestertums Melchisedeks war nur typisch, bei Christus ist es wirklich erfüllt. Christi Priestertum ist insoweit über das aaronitische und melchisedeksche Priestertum erhaben. Der ewige Bestand des Priestertums Christi enthält auch den Gedanken der Selbstaufopferung am Kreuz, das ein bleibendes und unvergängliches Opfer ist. In der Ewigkeit Seiner priesterlichen Person wurzelt die Ewigkeit Seines Opfers.

530. **Prophet** heißt nach dem Griechischen ein «Vorhersager» oder ein «Heraussager» ein «Ausleger göttlicher Rede». Im Hebräischen wer-

den neben bildlichen Ausdrücken die Namen «roeh» – «Seher», «Choseh» – «Schauer» und «Nabi» – «Vertrauter» angewandt. Die beiden ersten Bezeichnungen sind sinnverwandt, sie weisen darauf hin, daß ein Prophet erst durch innerliche Anschauung empfängt, was er ausspricht. Das gilt von Gesichten und Weissagungen (vgl. Jes. 1, 1; 2, 1; 13, 1; Amos 1, 1; Hab. 1, 1). So heißt es von Bileam, daß er des Allmächtigen Offenbarung sah (4. Mose 23, 3). Die Schau der Propheten ist nicht nur nach innen, sondern auch nach außen gerichtet, sie geht auch in die Zukunft. Aus diesem Grunde heißen die Propheten auch «Zophim» – «Späher» (vgl. Jer. 6, 17; Hes. 3, 17; Hab. 2, 1), oder Hüter und Wächter (Jes. 56, 10; Hes. 3, 17; Hos. 9, 8). Wie die Wächter überall auf dem Turm nach Gefahren ausschauten und sogleich ins Horn stießen, um das Volk aufzuwecken und zu warnen, so war es auch der Beruf der Propheten, daß sie auf der Warte standen (Hab. 2, 1), um das unwissende Volk zu wecken, zu warnen und zu trösten (Jes. 52, 8; 62, 6; 56, 10). Oft werden die Propheten auch Hirten genannt, weil sie das Volk im Einzelnen überwachten, weideten, bewahrten und pflegten (Hes. 34, 2; Sach. 10, 2; 11, 3. 16). Der Prophet war im erhabenen Sinne das Auge und der Mund des Reiches Gottes (4. Mose 10, 31; 29, 15; 2. Mose 4, 16; Jer. 15, 19). Der übliche Name des Propheten ist «Nabi» – «Vertrauter Gottes», dem Gott die Geheimnisse seines Heilsplanes einflüstert, er ist ein Sprecher Gottes, der aus göttlichem Antrieb und göttlicher Offenbarung heraus, mit göttlicher Vollmacht redet, um Hoch und Niedrig zu ermahnen und ihnen das Heil oder das Gericht anzukündigen (5. Mose 13, 1; Richt. 6, 8; 1. Kön. 22, 7; 2. Kön. 3, 11; 2. Mose 7, 1). Sie waren Abgesandte Gottes, Ausleger der göttlichen Reichsgeheimnisse, Boten zwischen der himmlischen und irdischen Welt, ausgerüstet mit besonderen Geistesgaben und oft durch Wunder und Zeichen vor der Welt als Knechte Gottes bestätigt. Ihre Tätigkeit erstreckte sich auf Vergangenheit, Gegenwart und Zukunft, in diesem Sinne waren sie auch heilige Geschichtsschreiber.

Der größte Prophet, von dem alle andern nur Vorbilder waren, ist Jesus Christus. Von Moseh heißt es, daß in Israel kein Prophet aufstand wie er, der mit Gott von Angesicht zu Angesicht verkehrte (5. Mose 34, 10). Er kündigte an: «Einen Propheten wie mich, wird Jahwe dein Gott dir erwecken» (5. Mose 18, 15). Die synoptischen Evangelien zeigen, daß Jesus nach volkstümlicher Meinung als ein Prophet angesehen wurde. Unter Seinen Zeitgenossen dachten auch etliche, Johannes der Täufer wäre von den Toten auferstanden, andere bezeichneten Ihn als «einen Propheten» oder als einen der Propheten (Mark. 6, 15; Luk. 9, 8; Matth. 16, 14; Luk. 9, 19). Jesus Selbst ließ durchblicken, daß Er Sich für einen Propheten hielt, wenn Er erklärt, daß ein Prophet nicht weniger geehrt wird als im eigenen Land und unter seiner Verwandtschaft und im eigenen Hause (Mark. 6, 4; Mark. 13, 57; vgl. Luk. 4, 24; Joh. 4, 44), und wenn Er spöttisch sagt: «Es ist nicht möglich, daß ein Prophet umkommt, außerhalb von Jerusalem (Luk. 13, 33). Ohne Frage sah Er Sich Selbst als einen

Propheten an, denn Er hatte Anteil an der Entzückung und Einsicht eines Propheten (Luk. 10, 21; Mark. 7, 29). Er hatte auch die Gewißheit, gesandt zu sein.
Matthäus berichtet, daß die Menge beim Eintritt schrie: «Dieser ist der Prophet, Jesus von Nazareth von Galiläa» (Matth. 21, 11). Die Pharisäer enthielten sich von einem Anschlag, Ihn zu verhaften, weil die Volksmenge Ihn für einen Propheten hielt (Matth. 21, 46). Lukas vermehrt die Beispiele dieser volkstümlichen Meinung (Luk. 7, 16. 39) und sagt ausdrücklich von Jesus, daß Er ein Prophet war, mächtig in Wort und Tat vor Gott und allem Volk (Luk. 24, 19).
Das Beweismaterial von Johannes geht parallel mit dem der Synoptiker. «Herr», schrie das Weib von Samaria: «Ich weiß, Herr, daß du ein Prophet bist!» (Joh. 4, 19). Die Pharisäer sagten zu Nikodemus: «Forsche und siehe, daß aus Galiläa kein Prophet aufsteht» (Joh. 7, 52). Auf die Frage von Jesus wegen dieser Angelegenheit antwortete der Blinde: «Er ist ein Prophet!» (Joh. 9, 9. 17.)
Ein neuer Grundzug wird im Johannesevangelium eingeführt durch den Ausdruck: «der Prophet». Der Evangelist stellt den Täufer dar, daß er leugnete, ein Prophet zu sein. Von Jesus sagt er dagegen, daß Er «der Prophet» ist. Nach der Speisung der 5 000, als das Volk dieses Zeichen sah, sagten sie: «Dieser ist in Wahrheit der Prophet, der in die Welt gekommen ist» (Joh. 6, 14). Ähnlich erklärt die Menge zu Jerusalem: «Dieser ist in Wahrheit der Prophet» (Joh. 7, 40). An diesen Stellen wird an die Verheißung des Propheten wie Moseh erinnert (vgl. 5. Mose 18, 15). Hier, wie in Apostelgeschichte 3, 22 und 7, 37 lehrt die Urgemeinde, daß sie die Weissagung aus dem 5. Buche Moseh von der Ordnung und Einrichtung der Propheten als eine Weissagung von Jesus darstellt. Es ist das Günstige in dieser Beziehung, obgleich die Erwartung eines einzelnen Propheten unter den Samaritanern zu finden war, war das unter den Juden nicht geläufig, und daß dort kein Echo in den Synoptikern oder in den Briefen ist, muß der Gebrauch des Satzes im Johannesevangelium und in der Apostelgeschichte als ein begrenzter Versuch betrachtet werden, in gewissen Kreisen für eine christologische Erklärung gelten, aber ohne als Fehlgriff bewiesen zu sein. Nichtsdestoweniger, der Name ist von großem Interesse, denn kein Name hat einen solchen Erfolg als dieser. Die vielen Versuche, im Leben Jesu Spuren zu den Propheten aufzufinden rechtfertigen, Ihn den Propheten zu nennen. Der Name führt zu dem gesunden Empfinden, daß das Kommen Jesu in der Erfüllung des Vorsatzes Gottes war.
Wiederum, wie in dem Gebrauch des Ausdruckes «Rabbi» (s.d.) und «Lehrer» (s.d.) haben wir in den Titeln «Prophet» und «der Prophet» Namen, die über den Gebrauch hinausgehen, weil sie bewußt unzulänglich sind. Wie die Propheten des Alten Bundes, war Jesus mit dem Geist erfüllt, Gottes Worte auszusprechen, aber Er war unähnlich ihnen gegenüber in der Art, daß Er den Einfluß des Geistesbesitzes mehr als die Propheten im allgemeinen behielt. Im Gegensatz zu der Formel: «So spricht der Herr», rief Er ständig Seine göttliche Vollmacht ins

Gedächtnis der Hörer: «Ich aber sage euch!» Auf allen Spuren Seines Erdenlebens ist Jesus als «der Prophet» wahrzunehmen.

531. **Psalm,** hebräisch «simrath» – «Gesang, Psalm». Dreimal kommt der Satz vor: «Meine Stärke und Psalm ist Jah» (2. Mose 15, 2; Ps. 118, 14; Jes. 12, 2). Die Masorethen schreiben: «Mein Psalm» wie auch «Meine Stärke» (s.d.). In 2. Mose 15, 2 wird der Name mit «Lobgesang» (s.d.) übersetzt. Die ursprüngliche Stelle steht im Schilfmeerlied. Es kommt hier das hörbare Emporringen des Gemütes zur ganzen Höhe der Begeisterung und Reife zum Ausdruck. Es ist die höchste Arbeit des menschlichen Geistes, in welcher die edelste Energie zur Entfaltung gelangt. Der Psalm ist ein Wirken Gottes im Herzen des Sängers. Der König und Psalmsänger Israels spricht darum aus, daß der Geist Gottes ihn befähigte, Psalmen zu singen (2. Sam. 23, 2). Ein Erklärer beachtet, daß es nicht heißt «mein Psalm», sondern einfach «Psalm», womit der Sänger sagen will, daß es nicht sein Psalm ist. Es ist bezeichnend, daß an allen drei Stellen der Gottesname «Jeschuah» – «Heil», im Zusammenhang vorkommt. Das erinnert an den Namen Jesus. In Ihm, unserem Erretter, gipfelt der Inhalt des Psalms, wie ihn Gott nach vollbrachter Erlösung dem Sänger ins Herz gibt.

532. **Quelle des Lebens** (Ps. 36, 10) ist eine der schönsten Gottesbezeichnungen des Alten Testamentes. Die Fülle der Bedeutung zu erschöpfen, vermag kein Ausleger. Der einfach ausgesprochene Name enthält den Kern und Keim mancher der tiefsten Aussprüche der johanneischen Schriften. Die Lebensquelle ist einzig und allein der Schöpfer. Alles geschöpfliche und geistliche Leben hat in Ihm seinen Urquell. Der Ursprung, die Erhaltung und die Vollendung des Lebens ist von Ihm durch Ihn und zu Ihm. Die Gottesgemeinde zu Zion rühmt darum: «Alle meine Quellen sind in Dir!» (Ps. 87, 7 Grundtext.) Von Jerusalem aus quillt das Lebenswasser für die ganze Menschheit. Das prophetische Wort (Joel 4, 18; Hes. 47, 1; Sach. 14, 8) spricht von der Quelle des Lebenswassers, die dem Hause Gottes entspringt. Der Herr Selbst ist diese Quelle. Im Gegensatz zu den irdischen Bächen hat Gottes Brunnenquell eine unerschöpfliche Wasserfülle in irdischer und geistlicher Beziehung (Ps. 65, 10). Jesajah spricht von dem Heilsbrunnen, aus dem sie mit Freuden Wasser schöpfen (Jes. 12, 3). Hesekiel ging im Gesicht so tief in das Wasser, bis er es nicht mehr ergründen konnte (Hes. 47, 5). Sacharjah weissagt, daß für die Bürger Jerusalems ein Quell gegen Sünde und Unreinheit aufgetan wird (Sach. 13, 1). Jesus sagte an jenem herrlichen Tage des Laubhüttenfestes, daß aus Seinem Leibe, wie die Schrift gesagt hat, Ströme lebendigen Wassers fließen (Joh. 7, 37-38).
Wehmütig klingt es, wenn der Herr sagt: «Mich, die lebendige Quelle verlassen sie» (Jer. 2, 13). Von dem Brunnquell guter Gaben haben sich alle abgewandt. Jeremiah wiederholt den Gedanken mit den fast gleichen Worten: «Verlassen haben sie, Jahwe, die Quelle des lebendigen Wassers» (Jer. 17, 13). Was aus Gott strömt, ist Leben. Wer

sich von Ihm abwendet, wählt den Tod. Wir brauchen nur Gefäße zu sein, um das erfrischende Lebenswasser aufzunehmen.
Israels Erbarmer leitet die Seinen an sprudelnde Wasserquellen (Jes. 49, 10). Die Verfolgten aus der Drangsal führt das Lämmlein zu des Lebens Wasserbrunnen (Offb. 7, 16). Die Gläubigen, die aus der Quelle des Lebens genießen, werden auch lebendige Quellen. In den Psalmen und den Propheten ist es Gott, der die Quelle des Lebens genannt wird. Die Spruchdichtung verpflanzt das Bild auf das ethische Gebiet und versteht darunter eine Lebensmacht, von der heilsame Wirkungen auf dessen Inhaber (Spr. 14, 27) und von ihm auf andere übergehen (Spr. 13, 14). So heißt der Mund des Gerechten ein Lebensquell (Spr. 10, 11). Die Lehre des Weisen ist ein Lebensborn, der dem Empfänglichen entgegenquillt, ihm Kraft und Erkenntnis mitteilt. Die Furcht Jahwes ist ein Born des Lebens. Ihr entquillt Leben, das den scharfblickend und willensstark macht, der dies quellende Leben in sich trägt.
Jesus bietet der Samariterin am Jakobsbrunnen die Gabe des lebendigen Wassers an (Joh. 4, 10), die mit Seiner Person verknüpft ist (vgl. Offb. 7, 17; 21, 6; 22, 1). Er bezeichnet das Lebenswasser als eine Gottesgabe, das Er gibt, aber es kommt alles auf Ihn an. Es ist ein Wasser zum ewigen Leben (Joh. 4, 14). Das Wasser, das Jesus zu trinken gibt, wird im Inneren des Menschen eine Quelle lebendigen Wassers, die zum ewigen Leben quillt.
Der Quell Jakobs (5. Mose 33, 28) ist kein Gottesname, sondern damit wird die Herkunft der Israeliten bezeichnet. Andere Parallelen besagen das gleiche. Israel ist der Patriarch, von welchem aus sich das Volk wie von einem Quellort ausgebreitet hat (Jes. 48, 1). Israel ist aus den Wassern Judahs geflossen (vgl. Ps. 68, 27). Mit einem anderen Bild wird das Volk an seine Abstammung von Abraham und Sarah erinnert (Jes. 51, 1).

533. **Rabbi,** hebräisch «mein Großer», übertragen «mein Lehrer» (s.d.). Es war die Höflichkeitsanrede für jeden öffentlichen Lehrer des Gesetzes, ihn mit seinem persönlichen Namen anzureden galt als Beleidigung. In den Evangelien steht der Name selten. Die Evangelisten, die griechisch schrieben, haben den hebräischen Ausdruck mit einem gleichbedeutenden Wort übersetzt (vgl. Joh. 1, 38). Mehrfach wird «Rabbi» umschrieben (Joh. 4, 31; 9, 2; 11, 8). Im Markusevangelium wird dieser Titel dreimal benutzt, zweimal von Petrus (Mark. 9, 5; 11, 21) und einmal von Judas (Mark. 14, 45). Getrennt davon ist der Ausspruch: «Nennt euch nicht Rabbi!» (Matth. 23, 7. 8). Matthäus hat außerdem nur ein Beispiel in der Frage des Judas: «Bin ich es, Rabbi?» (Matth. 26, 25; vgl. Vers 49; Mark. 14, 45.) Lukas gebraucht das Wort nirgendwo, Johannes aber führt den Namen achtmal an (Joh. 1, 38. 49; 3, 2. 26; 4, 31; 6, 25; 9, 2; 11, 8). Aus diesen Schriftstellen ist ersichtlich, daß der Herr als «Rabbi» angeredet wurde von Seinen Jüngern, von Nikodemus und vom Volk. Während der Herr diesen Titel annimmt, warnt Er Seine Jünger, sich den Namen geben zu lassen:

«Denn Einer ist euer Lehrer, Christus» (Matth. 23, 7-12). Christi Verbot gegen diesen Titel für Seine Jünger will verhindern, die Herrschaft über den Glauben anderer auszuüben. Gott ist allein der Vater (s.d.), der Meister (s.d.), der Lehrer (s.d.) im höchsten Sinne. Auf Ihn allein kann ein unbedingtes Vertrauen gesetzt werden. Alle sind vor Ihm Brüder, keiner ist durch einen Dienst oder Vorrang Gott näher als der andere.

534. **Rabbuni,** aramäisch «mein Meister», steht nur zweimal in den Evangelien. Der blinde Bartimäus ruft in seiner Bitte den Namen aus, um sein Augenlicht wieder zu bekommen (Mark. 10, 51). Maria Magdalena gab mit diesem Titel ihrer Freude Ausdruck, als sie den Herrn nach der Auferstehung wiedererkannte (Joh. 20, 16). Es liegt eine enge persönliche Beziehung und Hochachtung in dieser Anrede.

535. **Rat** siehe Sohn der Jungfrau!

536. **Reis** ist ein junger Zweig, ein Schößling, der aus einem Baume hervortreibt (vgl. Hiob 8, 16; 27, 10). Vom Messias heißt es: «Er wächst vor ihm aus wie ein Reis» (Jes. 53, 2), wie ein Zweig aus einem abgehauenen Baumstumpf. Es wird damit angedeutet, daß Er in Seiner ganzen Erscheinung gering und unansehnlich sein wird. Es ist hervorgegangen aus dem tief herabgesunkenen und unfruchtbar erscheinenden Geschlechte Davids. Die stolze Zeder des davidischen Königtums war gefällt. Nur noch ein Wurzelstumpf eines gefällten Baumes war im Boden zurückgeblieben. Der zurückgebliebene Stumpf treibt ein zartes Senkreis. Es ist ein geringer, aber triebkräftiger Anfang. Rabbiner erklären hierzu: «Der Gerechte wird groß vor ihm wie ein Senkreis, welches blüht, und wie ein Baum, welcher nach der Dürre seine Zweige nach dem Gewässer aussendet. So werden sich die Heiligen im Lande mehren, welches sie bedürfen.» Der Prophet denkt ohne Frage an die Weissagung Jesaja 11, 1. Es ist von einem Emporsteigen aus einer Wurzel in dem Sinne die Rede, daß sie einen Schössling aus sich hervortreibt. Eine Wurzel aus dürrem Erdreich hat wenig Hoffnung des Gedeihens. Das war die Lage des davidischen Königshauses um die Zeit, als Christus geboren wurde. Der Zimmermann Joseph war genötigt, durch das Gebot des Kaisers Augustus (Luk. 2, 1), sich von Nazareth nach Bethlehem zu begeben. Das Haus Davids glich einem dürren Erdreich. Die scheinbar hoffnungslose Wurzel trieb doch noch ein Reis hervor, das hernach prachtvoll aufblühte.

537. **Richter,** im Alten und im Neuen Testament ein oft angewandter Name für Gott, Seinen Geist, den Messias, für Jesus Christus und das Wort Gottes. Richten bedeutet nach dem lateinischen «rectus» – «recht, gerade machen». Das dafür in der hebräischen Bibel stehende «schaphat, schophet» ist ein Richten und Herrschen, ein Richter und Regent. Ein Richter bringt etwas zurecht, er führt jeden zu seinem Rechte, er fällt oder spricht das Urteil, das der Wahrheit entspricht. Nach diesem Urteil hebt er rechtswidrige Zustände auf, er schafft das

Recht. Richten in diesem absoluten Sinne ist das Tun des Willens Gottes, was den göttlichen Gesetzen entspricht. Der Richter wendet sich in seiner Tätigkeit gegen das Verkehrte, das Krumme, Ungleiche und Ungerade, er richtet seinen ganzen Sinn auf die Wahrhaftigkeit, Geradheit und Redlichkeit.
a.) Gott ist als der Gerechte und Wahrhaftige ein rechter Richter. Sarah, die mit dem Verhalten ihrer Magd unzufrieden war, rief Jahwes Gerechtigkeit an und sprach: «Es richte Jahwe zwischen mir und zwischen dir» (1. Mose 16, 5; vgl. 1. Sam. 24, 16; Richt. 11, 27). Der Herr im Himmel soll zwischen dem Herrn auf Erden und der Herrin über die Magd richterlich entscheiden. Es ist eine Anwendung des Namens Gottes, die man nicht empfehlen kann. Wenn Sich Gott als Richter dazwischen stellen soll, dann muß Er einen von den beiden strafen. Ein solcher, in der Heftigkeit des Zornes ausgesprochener Wunsch ist gefahrvoll. Abraham, der von der Zerstörung Sodoms vorher wußte, wegen der dortigen Gottlosigkeit, konnte es sich nicht vorstellen, daß Jahwe, der Richter der ganzen Erde, den Gerechten mit dem Ungerechten umbringen werde (1. Mose 18, 25). Der Weltenrichter konnte Sein Vertilgungsgericht nicht über Gerechte verhängen, denn die Gerechtigkeit ist nicht durch Strenge, sondern durch Recht bedingt. Während sich Laban und Jakob trennten, riefen beide Gott als Richter an. Laban sprach aus: «Der Gott Abrahams und der Gott Nahors und der Gott ihrer Väter sei Richter zwischen uns!» (1. Mose 31, 53.) Laban drückt sich hier polytheistisch aus, daß Jakob hernach bei seinem Eidschwur die Furcht seines Vaters Isaak (s.d.) nennt.
Jahwe ist Gott und Richter aller Völker. Diese Erkenntnis leitet den Richter Jepthah mit den Ammonitern zu verhandeln, ehe es zwischen Israel und Ammon zum Kriege kam. Er erklärt in wenigen Sätzen dem ammonitischen König die Ungerechtigkeit seines Anspruches. Er wollte besitzen, was Israel erobern konnte von Jahwe aus. Israel hatte das Land nicht durch sündige Gewalt erobert, Gott gab es ihm. Jephthah bestritt auch nicht, daß Jahwe den Söhnen Ammons das Land zum Besitz gegeben hatte (vgl. 5. Mose 2, 21). Jahwe ist eben der Gott aller Völker. Um aber einem Kriege und dem Unrecht möglichst aus dem Wege zu gehen, ruft Jephthah Gott zum Richter zwischen Israel und Ammon an (Richt. 11, 27). Die Gebietsansprüche eines Volkes können nicht nach menschlichen Gesetzen und Staatsschriften geltend gemacht werden, es lassen sich darüber keine rechthaberischen, sondern nur wahrhaft gerechte Akten abfassen. Staatsmänner müssen sich vor Augen halten, daß Gott der Richter, der Zeuge und Hörer für alle Fürsten der Völker ist.
Zur Zeit Samuels, als Jahwe im Begriff war, Sein Gericht über das Haus des Hohenpriesters Eli zu vollziehen, kündigte Er an: «Denn ich habe es ihm gesagt, daß ich Richter sein will über sein Haus ewiglich um der Missetat willen, daß er recht wußte, wie seine Söhne schändlich hielten und hätte nicht sauer dazu gesehen» (1. Sam. 3, 13). Es war keine Warnung, sondern eine Gerichtsandrohung, es ist gleichbedeutend mit Strafe (vgl. 1. Mose 15, 14). Die Strafe wird über das

Haus Eli's auf immer verhängt. Das Gericht wird nie wieder von demselben hinweggenommen. Eli hat als Hoherpriester und Richter versäumt, strenge Zucht und Strafe an seinen Söhnen zu üben. Weil er als Richter versagte, übt Jahwe selbst das Strafgericht aus. Die Schuld seiner Söhne konnte nicht mehr gesühnt werden, das Gericht wurde nach dem Worte Jahwes am Hause Eli's vollzogen. Ein furchtbarer Ernst der göttlichen Gerechtigkeit, den Gott als Richter offenbart, sogar gegen das Priestertum, wenn es nicht in seinen Wegen wandelt.

In den Psalmen wird Gott am meisten als der Richter aller Völker und aller Menschen gepriesen, dem sich ein Unterdrückter anvertrauen kann. Der Sänger spricht die prophetische Hoffnung aus, daß Jahwe die Völker richten werde. Daraus geht seine Bitte hervor: «Richte mich nach meiner Gerechtigkeit und Unschuld in mir» (Ps. 7, 9; vgl. Ps. 26, 1; 35, 24). Gott ist ein gerechter Richter (Ps. 7, 12), ehe Sein Zorn losbricht, hat Er den Gottlosen alltäglich bedroht (Jes. 66, 14; Mal. 1, 4). Er gibt dem Gottlosen fort und fort Seine Bedrohung zu fühlen, um ihn heilsam zu erschrecken. Jahwe vollzieht das Recht (Mich. 7, 9), Er vollführt den Rechtsstreit und Rechtsanspruch (Ps. 140, 13). Er verhilft dem Gerechten und seiner guten Sache zum Recht, Er schreitet für ihn richterlich ein. Jahwe sitzt auf dem Richterstuhl als Richter der Gerechtigkeit (vgl. Jer. 11, 20; Spr. 8, 16). Sein richterliches Handeln ist Gerechtigkeit (Ps. 9, 5). Wenn Jahwe Israel gegenübertritt, hat Er Recht, denn Er ist Israels Gott. Wenn Er sagt: «Jahwe, dein Gott bin ich» (Ps. 50, 7), erinnert Er an das erste Wort des Dekalogs (vgl. 2. Mose 20, 2). Er tritt als Kläger und Ermahner Seines Volkes auf. Jahwe ist Richter, die Himmel verkündigen Seine Gerechtigkeit (Ps. 50, 6). Damit ist begründet, daß Jahwes Gericht unparteiisch ist. David wendet sich im 58. Psalm gegen ungerechte Richter. Er schildert ihr sündhaftes Treiben und kündigt an, daß die Strafe sie ereilen wird. Daraus ist ersichtlich, daß es dennoch Gerechtigkeit auf Erden gibt. Der Dichter fragt: «Auf der Erde wägen eure Hände Gewalttat dar; sprecht ihr Götter in Wahrheit Recht?» (Ps. 58, 2. 3.) Das zeigt, daß dem Hebräer auch das Bild von der Waage des Rechtes bekannt war (vgl. Hiob 31, 6). Die Richter teilen nach dieser Waage kein Recht aus, sondern wägen die eigene Gewalttat dar. Der Dichter stellt den ungerechten Richtern das unausbleibliche Gericht auf Erden vor Augen. Die Majestät und Machtfülle des himmlischen Richters hält er ihnen entgegen (Ps. 58, 12).

Jahwe ist der Gott des Heils, der durch die Macht freier Gnade in der Geschichte waltet. Sein Name ist für Sein Volk eine Quelle des Frohlockens. Der Hocherhabene, der im Himmel der Herrlichkeit thront, waltet in der Geschichte auf Erden und nimmt Sich der Niedrigsten und Elenden an. Er geht den Seinen hilfreich in allen Lebenslagen nach. Er ist der Waisen Vater (s.d.) und der Witwen Richter (Ps. 68, 6). Er nimmt Sich der Waisen als Vater an, den Rechtsstreit der Witwen fechtet er aus.

Der Sänger des 75. Psalms sieht die Nähe des Richters mit dem Zorneskelch. Gottes Gericht über die stolzen Sünder wird ihm eine

Quelle des Lobpreises und des triumphierenden Mutes. Er hat Hoffnung auf Gottes richterliches Einschreiten. Israel harrt nicht auf menschliche Hilfe, es weiß vielmehr, daß Jahwe Richter ist, der den Schwachen erhöht und den Starken erniedrigt und dem Gottlosen Seinen Zornesbecher reicht (Ps. 75, 8). Gott hält Gericht über die Götter, d.h. über die Obrigkeiten in der Mitte der Gemeinde Gottes. Der 82. Psalm hat Ähnlichkeit mit dem 58. und 94. Psalm, besonders auch mit Jesaja 3, 13-15. Die Rechtspflege über das Leben und den Tod ist in der Gemeinde Gottes ein göttliches Majestätsrecht (Ps. 82, 1. 2). Gott hat der Menschheit den Gerichtsvollzug übertragen, das Schwert zu führen, was auch in der theokratischen Gemeinde Gültigkeit hat. Die Obrigkeit, Gottes Dienerin, übt Gottes Gericht aus (vgl. 2. Mose 21, 6; 22, 7. 8. 27). Gott, welcher der Ihm untergeordneten Obrigkeiten Seine Macht übertragen hat, hält in ihrem Kreise Gericht. Ohne Ansehen der Person sollen sie die Wohltat der Rechtspflege den Wehrlosen, Mittellosen und Hilflosen zukommen lassen, auf welche Gott der Gesetzgeber Sein besonderes Augenmerk richtet. Nach Jesaja 1, 17 wird den Inhabern der Gerichtshoheit und Gerichtsbarkeit die Gerechtigkeit eingeprägt, gegen diejenigen, die sich nicht mit Gewalt Recht verschaffen können. Ungerechtigkeit und Tyrannei auf Erden bringt Gottes Zorn über Richter und Regenten. Die ihnen von Gott übertragene Würde schützt ungerechte Richter nicht vor dem Sturz. Bürgerliche Gerechtigkeit ist noch nicht die Gerechtigkeit, die vor Gott gilt, zivile Ungerechtigkeit ist vor Ihm der allerschädlichste Greuel. Der Sänger bittet darum Gott, Selbst Gericht zu halten (Ps. 82, 8). Das Gottesgericht über die Welt ist auch ein Gericht über das verweltlichte Israel und Seine gottentfremdeten Obrigkeiten.

Der Psalmist ruft Jahwe, den Gott der Rache (s.d.) an, als Gott der Rache zu erscheinen (Ps. 94, 1). Gott möge Sich als Richter der Erde erheben (Ps. 94, 2), um der Gottlosigkeit richterlichen Einhalt zu gebieten. Der Dichter blickt hoffnungsvoll in die Zukunft, daß Jahwe zum Gericht kommen wird, nachdem Er strafgerecht gerichtet und gesichtet hat und in Gnadengerechtigkeit und Verheißungstreue regieren wird (Ps. 96, 13).

In den Propheten sind nur vereinzelte Stellen, in denen Gott ausdrücklich als Richter bezeichnet wird, meistens wird Gottes richterliches Handeln mit Tätigkeitsworten ausgedrückt. Jahwe ist in Jerusalem mit Seiner Majestät gegenwärtig. Er beendet seine Weissagung mit einem aufsteigenden Hymnus. Er sagt: «Jahwe ist unser Richter, Jahwe ist unser Gesetzgeber, Jahwe ist unser König, Er wird uns Heil schaffen» (Jes. 33, 22). Er wacht als Richter über Jerusalems Recht und Ehre (vgl. Jes. 2, 4; 11, 3. 4). Er richtet zwischen den Völkern, daß sie in Frieden miteinander leben werden. Er wird die Armen mit Gerechtigkeit richten und schafft Recht den Elenden des Landes (Jes. 11, 4. 5).

Jeremiah kennt Jahwe als einen gerechten Richter (Jer. 11, 20). Er richtet darum mit Gerechtigkeit. Er läßt Seinen Boten nicht im Stich, sondern richtet Seine gerechte Sache aus. Jahwe kann recht richten, weil Er Herzen und Nieren prüft. Er durchschaut die geheimste Werkstätte des menschlichen Inneren. Gott läßt Sich nicht täuschen, Er urteilt nicht nach dem äußeren Schein. In solcher Erkenntnis kann Jeremiah dem Herrn sagen: «Ich werde deine Rache an ihnen sehen.» Er hat darum seine Streitsache Jahwe übergeben. Der Prophet versucht nicht, sich selbst zu rächen oder Recht zu verschaffen.

Der Prophet Michah befindet sich im Geist mit seinem Volk im belagerten Zion. Die Belagerung führt zur Eroberung. Der Richter Israels kann hier mit dem Stabe auf die Backe geschlagen werden oder eine schimpfliche Behandlung erfahren (Mich. 4, 14). Michah hebt von der Belagerung nur die Mißhandlung des Richters Israel hervor. Er ist der höchste Würdenträger Israels. Dieser Name ist schwerlich auf den König Israels zu begrenzen. Wie in Micha 5, 1 der Messias nicht König, sondern Herrscher genannt wird, so wird Er auch hier als Inhaber der höchsten richterlichen Gewalt der Richter genannt. Der Prophet nennt die Schmach, die Ihn für die Ungerechtigkeiten des Volkes treffen wird. Die Erfüllung dieser Weissagung trat in der chaldäischen Periode ein, sie wiederholte sich bei jeder Zerstörung Jerusalems bis zur Vernichtung durch die Römer. Nach Micha 5, 2 wird Israel eine Zeit in die Gewalt des Weltreiches dahingegeben, bis zur Erscheinung des Messias, aber nicht nur bis zu Seiner Geburt und Seinem öffentlichen Auftreten, sondern bis zu der Zeit, wenn Israel den Messias als seinen Erlöser annehmen wird.

Im Neuen Testament sind nur vier Stellen zu erwägen, in welchen Gott oder Christus als Richter bezeichnet wird. Christus ist der von Gott verordnete Richter über Lebendige und Tote (Apostelg. 10, 42). Der Vater Selbst richtet niemand, Er hat alles Gericht (Joh. 5, 22. 27), schon während dieser Weltzeit dem Sohne übergeben. Das Richten des Sohnes ist während dieser Gnadenzeit kein Verdammen (Joh. 3, 17), sondern ein Retten, Scheiden, Herausreißen aus der Sünde und aus der Gewalt des Satans (Joh. 16, 11). Christus konnte sagen: «Ich bin nicht zum Gericht in diese Welt gekommen» (Joh. 12, 47; vgl. 3, 17; 8, 15; 9, 39). Am Schluß dieser Weltzeit, am Ende Seiner Gnadenwege mit der Menschheit (Apostelg. 17, 26. 30) hat Gott einen Tag gesetzt, an welchem Er durch Seinen Sohn den Erdkreis mit Gerechtigkeit richten will. Er wird zukünftig richten die Lebendigen und die Toten (Matth. 16, 27; 25, 32; Luk. 19, 22; Röm. 2, 6; 2. Thes. 1, 5; 2. Tim. 4, 1. 8; Hebr. 9, 27; 13, 4; 2. Petr. 2, 9; 3, 7; 1. Joh. 4, 17; Offb. 11, 18; 14, 7; 20, 12).

Paulus erwartet nach seinem ausgekämpften Kampf und der Vollendung des Glaubenslaufes den Kranz der Gerechtigkeit, den ihm an jenem Tage der gerechte Richter geben wird und allen, die Seine Erscheinung lieb gehabt haben (2. Tim. 4, 8). Der Herr ist der gerechte Richter. Bei Ihm ist es recht, nach aller Drangsal mit Ruhe und Frieden zu vergelten. Er, der Richter, gibt einem jeden nach seinen Werken. Es ist kein anderer als Christus, dem der Vater das Gericht überantwortet hat (vgl. Joh. 5, 22; Matth. 7, 22; 16, 27; 25, 31; Röm. 14, 9; 1. Kor. 4, 5; 2. Kor. 5, 10; Apostelg. 10, 42; 17, 31; Offb. 14, 14).

Der Hebräerbrief zeigt die Vorzüge der Offenbarung des Neuen Bundes (Hebr. 12, 18-24). Es ist die Rede vom Kommen zu dem Berge Zion, der Stadt des lebendigen Gottes, zum himmlischen Jerusalem, zur Festversammlung von Myriaden Engel, zur Gemeinde der Erstgeborenen, die im Himmel angeschrieben sind, und zu einem Richter, der aller Gott ist, und zu den Geistern der vollendeten Gerechten. Die Übersetzung: «Zu Gott, der Richter ist über Alle» ist nach der Wortstellung im griechischen Text unmöglich. Die Vulgata hat richtig: «Dem Richter, der aller Gott ist.» Der Luthertext ist daher unrichtig. Es ist das Trostreichste für die im Himmel Angeschriebenen, daß sie zu einem Richter hintreten dürfen, der Gott ist über alle. Der Vater hat dem Sohne das Gericht gegeben. Die Befugnis, Gericht zu halten, hat Er, weil Er der Menschensohn ist. Der Sohn des Menschen sitzt zur Rechten Gottes (Luk. 22, 29), Er ist «Gott über Alle» (Röm. 9, 5). Er wird die Völker recht richten (Ps. 96, 10). Er richtet nicht, nach dem Seine Augen sehen und straft nicht, nach dem Seine Ohren hören, sondern Er richtet mit Gerechtigkeit (Jes. 11, 3-4).
Jakobus ermahnt zum rechten Verhalten gegen die Brüder. Im Umgang miteinander sollen sich die Brüder vor Gott demütigen, aber die Demut auch im Urteil über den anderen nicht verleugnen (Jak. 4, 11. 22). Die Selbstüberhebung im Richten über Brüder darf nicht sein, das ist in Wirklichkeit ein anmaßendes Eingreifen in Gottes Richteramt. Das böse Beurteilen und Verurteilen des Nächsten führt zur Selbstüberhebung über das Gesetz. Wer das ausübt, ist ein Übertreter und Richter des Gesetzes. Der Diener des Herrn sagt darum: «Einer ist der Gesetzgeber (s.d.) und Richter» (Jak. 4, 12). Dieser Hinweis drückt aus, daß das Gericht nur Gott dem Einen Gesetzgeber zusteht. Gott steht als höchster Richter über dem Gesetz, das Er Selbst gegeben hat. Er hat die Macht, zu retten und zu verderben. Würde Ihm die Macht fehlen, könnte Er weder Gesetzgeber noch Richter sein. Ohne diese Doppelmacht werden Gesetze vergeblich gegeben und Übertreter würden ohne Erfolg gerichtet. Der Allmächtige kann allein die Würde des Gesetzgebers und Richters beanspruchen. Er hat allein das Recht, ein abschließendes und rechtskräftiges Urteil über die Menschen zur Rettung oder zum Verderben zu fällen.
Unter dem Hauptgesichtspunkt der nahen Ankunft des Herrn mahnt Jakobus seine Leser zur Geduld. Er fügt dieser Mahnung noch hinzu: «Seufzet nicht, Brüder, wider einander, damit ihr nicht gerichtet werdet. Siehe, der Richter steht vor der Tür» (Jak. 5, 9). Für die Wartezeit bis zur Parusia wird Geduld gefordert. Das Seufzen untereinander verträgt sich nicht mit der Geduld, es ist kein Stöhnen unter dem Druck der Verfolgung, sondern ein gereiztes und feindseliges Auftreten gegeneinander. Das gegeneinander Seufzen ist Ausdruck einer solchen Verfeindung, daß die Brüder fähig sind, miteinander vor den Richter zu treten. Diese Gesinnung läßt sie gerade dem Gericht verfallen. Jakobus mahnt darum: «Damit ihr nicht gerichtet werdet!» Das Seufzen gegen den Bruder ist auch ein Zeichen der Glaubensschwäche, das durch den Hinweis angedeutet wird: «Siehe, der Richter steht vor

der Tür.» Wenn der Richter so nahe ist, daß Er vor der Türe steht, als stände Er sichtbar bereit, steht es uns fern, den Richter an Seine Aufgabe zu erinnern. Das Bewußtsein von der unmittelbaren Nähe und dem sicheren Eingreifen des Richters würde vor jedem lieblosen Aburteilen und Verdammen bewahren. Lieblosigkeit und eigenwilliges Eingreifen ist eine Versündigung am Richteramt des bald kommenden Herrn. In der Wartezeit, bis zum Kommen des Richters, sollen sie sich des Seufzens enthalten, sondern geduldig sein. Geduld und Festigkeit unter dem Druck der Leiden (Jak. 5, 11) soll gepflegt werden, bis der Herr als Richter die rechte Entscheidung bringt.

538. **Riese** vergleiche Kriegsmann!

539. **Ruhm,** in den meisten Fällen die Übersetzung des hebräischen «thehillah» – «Ruhm, Lobpreis». Moseh mahnt zur Gottesfurcht und zur Anhänglichkeit an Jahwe. Ein solches Verhalten ist würdig wegen der großen Heilstaten. Das wird begründet mit den Worten: «Denn er ist dein Ruhm und dein Gott!» (5. Mose 10, 21.) Er hat die großen und furchtbaren Taten an Israel vollbracht (vgl. 2. Mose 15, 2; Ps. 106, 20; Jer. 17, 14; Ps. 109, 1; 22, 4. 26; 44, 9). Er ist dein Lobpreis, oft hat Er zum Loben oder Rühmen veranlaßt. Nehemiah, der auf die ganze Heilsgeschichte Israels zurückblickt, fordert im Gebet auf: «Und preisen mögen sie deinen herrlichen Namen, der erhaben ist über allen Preis und Ruhm» (Neh. 9, 5). Ähnlich, wie am Anfang der Psalmen, wird von ihm zum Lobe Gottes aufgefordert.
Der Psalmist, der sich der Großtaten Gottes in der Vergangenheitsgeschichte Israels erinnert, wird zum lobpreisenden Dank gestimmt. Der Name Gottes, die Summe Seiner bisherigen Selbstbezeugungen, hat sich bewahrheitet: «Wie dein Name, Gott, so dein Ruhm an den Enden der Erde» (Ps. 48, 11). Sein Ruhm reicht bis an die äußersten Grenzen (2. Chron. 20, 29). David bittet um das Auftun seines Mundes, um Jahwes Ruhm zu verkündigen (Ps. 51, 17). So erfüllt er sein Vorhaben, daß seine Zunge über die Gerechtigkeit des Gottes seines Heils jubelt (Ps. 51, 16). Alle Völker werden aufgefordert: «Preiset, Völker, unseren Gott, laßt laut erschallen seinen Ruhm!» (Ps. 66, 8.) Israel, das Jahwe aus Ägypten erlöste, soll wiederholt die Heidenvölker zum Lobpreis Gottes mit ermuntern.
Ein greiser Gottesknecht hält Rückschau auf die ersten und kleinsten Anfänge seines Daseins. Gott, dem er den Ursprung seines Lebens und die bisherige Erhaltung allein verdankt, ist immer der unerschöpfliche Gegenstand des Lobpreises oder Ruhmes (Ps. 71, 6). Gott, der ihn so wunderbar erhalten hat, veranlaßt den ergrauten Dichter, daß er sich vornimmt: «Voll werden wird mein Mund deines Ruhmes, den ganzen Tag deiner Verherrlichung» (Ps. 71, 8). Der Sänger ist angefochten. Er faßt sich aber in Geduld. Wenn die gerechte Vergeltung an seinen Feinden eintritt, gibt ihm das Anlaß, neuen Stoff, Grund und Antrieb, zu allem Lobpreis Gottes unaufhörlich Gottes Gerechtigkeit und Heil zu erzählen (Ps. 71, 14).

Asaph führt seinen Zeitgenossen die Geschichte Israels seit dem Auszug aus Ägypten bis auf die Zeit Davids vor Augen (Ps. 78, 1-72). Für die Gegenwart zieht er daraus die Folgerung, treu an Jahwe festzuhalten, treuer als das widerspenstige Volk der Vorfahren. Was die Väter erzählt haben, soll der Nachwelt erhalten bleiben (vgl. Ps. 44, 2; Richt. 6, 13; Hiob 15, 18). Der kommenden Generation, den Epigonen der Väter, soll der Ruhm Jahwes erzählt werden (Ps. 78, 4). Es sind wörtlich «die Ruhmestaten Jahwes» oder die «Machterweisungen». Die Erinnerung an jene Großtaten sind überlieferungsmäßig fortzusetzen (vgl. 2. Mose 13, 8. 14; 5. Mose 4, 9). Der gleiche Psalmsänger spricht ein Flehgebet über die Verwüstung des Tempels und der Stadt Jerusalem (Ps. 79, 1-13). Es klingt wie ein Klagepsalm Jeremiahs über die Trümmer der geliebten Stadt. Die trüben Zeiten des Volkes Gottes werden jedoch ein Präludium zu außerordentlichen Erweisungen der Liebe und Allmacht Jahwes. Das Klagelied klingt mit dem Dankgelübde aus: «Wir, dein Volk und die Herde seiner Weide, wir wollen Dir danken auf ewig, in Geschlecht und Geschlecht deinen Ruhm erzählen» (Ps. 79, 13).

David spricht im 109. Psalm den Zorn über die Gottlosen aus, die Liebe mit Undank lohnen, die Unschuld verfolgen, die keinen Segen, sondern Fluch wollen. Oberflächliche Leser reden hier von einem furchtbaren «Rachepsalm». Der Anfang dieses Psalms ist ein Seufzer um Hilfe und eine Klage über undankbare Verfolger. Er fleht: «Gott, meines Ruhmes, schweige nicht!» (Ps. 109, 1.) Der Ausruf ist identisch mit: «Gott, der du mein Ruhm bist!» (Jer. 17, 14; vgl. 5. Mose 10, 21.) Der Dichter ist zuversichtlich, daß Sich Gott auch jetzt ihm preiswürdig beweist, den er als solchen aus Erfahrung kennt. Auf Grund dieser Glaubenserfahrung bittet er: «Schweige nicht!» (vgl. Ps. 28, 1; 35, 22; 39, 13.) Das Ganze, das ist auch zu bedenken, endet mit der zuversichtlichen Erwartung, daß der Dichter Jahwe in der Mitte der Völker rühmen wird (Ps. 109, 30). Die Summe des Lobes und des Dankes ist, daß Gott rechtfertigend zur Rechten der Gepeinigten steht.

Im Propheten Jesajah sind einige wichtige Zeugnisse dieser Art. Der «Knecht Jahwes» (s.d.) ist der Erlöser (s.d.) aller Heilsbedürftigen und Heilsverlangenden. Für die Ausführung dieses Heilswerkes bürgt Jahwe mit Seinem Namen und Seiner Ehre (Jes. 42, 8). Sein Name offenbart die Einzigartigkeit Seiner Lebens-, Macht- und Gnadenerweisungen von alters her (2. Mose 3, 15). Er, der so heißt, kann nicht zulassen, daß Sein Ruhm auf die Scheingötter übertragen wird. Siebenmal wird in der Bibel das «neue Lied» genannt (Ps. 33, 3; 40, 4; 96, 1; 98, 1; 144, 9; 149, 1; Jes. 42, 10), fünfmal wird aufgefordert: «Singe Jahwe ein neues Lied! Sein Ruhm soll bis an die Enden der Erde besungen werden (vgl. Jes. 5, 26; 13, 5; 43, 6; Ps. 48, 11). Das große Erlösungswerk Jahwes soll durch das neue Lied auf der ganzen Erde und auf allen Meeren und Inseln gerühmt werden! Es verallgemeinert sich der Aufruf (Jes. 42, 12), Jahwe die Ehre zu geben (Ps. 66, 2) und Seinen Ruhm bis in die weitesten Entfernungen der Völkerwelt zu verkündigen. Israel, das sich Jahwe durch Seine großen Erlösungstaten

so gebildet hat, soll Seinen Ruhm erzählen (Jes. 43, 21). Jesajah hat ein mitleidiges Herz für das Weh der Menschheit, aber auch ein offenes Ohr für die Tierwelt (Jes. 11. 30, 23; 35, 7). Er weiß, daß das Ende der Leidenszeit des Volkes Gottes auch das Leiden der Kreatur beendet, die Menschheit ist das Herz des Universums und das Volk Gottes ist das Herz der Menschheit. So verwandelt sich das Seufzen der Schöpfung in den Lobpreis Jahwes. Das treulose, zum Abfall geneigte Volk will Jahwe nicht vernichten, sondern aus unverdientem Erbarmen retten. Um Seines Namens willen verlangsamt Er Seinen Zorn, um Seines Ruhmes willen hält Er zurück, um Sein Volk nicht auszurotten (Jes. 48, 9). Um Seines Namens und Ruhmes willen ist die Durchführung des göttlichen Heilsplanes erforderlich, auf den Israels Existenz angelegt ist. Der Ruhm Jahwes ist nach der Prophetie Jesajahs die Verherrlichung des neuen Jerusalems. Die Gemeinde der vollendeten Gerechten (Jes. 60, 21) schaut die äußere und innere Schönheit der himmlischen Stadt. Was wird darüber ausgesprochen? Es heißt: «Und du nennst Heil deine Mauern, und Ruhm deine Tore» (Jes. 60, 18). Sie hat Mauern (Jes. 60, 10), in Wahrheit gilt das Heil Gottes als ihre unüberwindliche Umwallung, sie hat Tore (Jes. 60, 11), aber mehr als ihre Sicherheitstore in ihrer Schönheit ist der Ruhm Jahwes.
Jeremiah wird wegen seiner traurigen Ausführungen der Prophet der Tränen genannt. Es kann jedoch wahrgenommen werden, daß er auch in der tiefsten Trauer immer noch Grund zum Jubel hatte. Mit dem Verderben des Volkes möchte der Prophet nicht umkommen. Für seine Krankheit sieht er nur bei Jahwe Heilung, daß er bittet: «Heile mich Jahwe, so werde ich geheilt, rette mich, so werde ich gerettet» (Jer. 17, 14). Seiner Bitte um Heilung entspricht die Rettung und Befreiung, was ihm bei Jahwe gewiß ist. Die gläubige Gebetszuversicht beruht auf seiner Gotteserkenntnis, daß er sagen kann: «Denn mein Ruhm bist Du» (Jer. 17, 14). Jahwe ist der Gegenstand des Lobpreises, weil er Seine Macht und Seine hilfsbereite Liebe kennt.
Ein selten vorkommendes Wort für Ruhm ist im hebräischen Text «thiphereth» – «Schmuck, Zierde, Glanz, Ruhm». Jahwe machte Sich einen ruhmvollen Namen (Jes. 63, 14). So heißt die Bundeslade, Macht und Herrlichkeit Gottes (Ps. 78, 61), als Ort der Offenbarung. Nach Davids Anordnung sollte Salomoh das Haus Jahwes bauen zum Namen und Ruhm für alle Lande (1. Chron. 22, 5). Es sollte Jahwe zur Verherrlichung gereichen.
Glücklich ist das Volk, das einen Gott der Allmacht, Treue und Gerechtigkeit hat. An Heil mangelt es dann nicht. Der heilige und erhabene Gott ist der Beschützer Seiner Gesalbten. Es wird begründet: «Denn du bist die Zierde ihrer Stärke!» (Ps. 89, 18.) Er ist Zier und Ruhm, Stärke ist nicht des Menschen Ruhm. Keiner, den Jahwe stärkt, kann sich selbst rühmen, er muß Ihm alle Ehre geben.
Israels Erlösung und Wiederbringung bildet aus dem verachteten Volk der Juden in der Weltgeschichte ein herrliches Volk, das ruhmbedeckt, mit allen Vorzügen geschmückt, auf Erden gepriesen wird. Das heim-

geführte Volk wird Jahwe zu einem Wonne-Namen, zu Ruhm und Zier bei allen Völkern der Erde (Jer. 33, 9). Der Ruhm Jahwes unter allen Völkern ist vom Ergehen Israels abhängig (4. Mose 14, 13s; 5. Mose 29, 24).
Eine Stelle aus Hesekiel 16, 14 ist noch zu erwägen. Hesekiel zeigt, was Jahwe in Seiner erbarmenden Liebe für Israel getan hat. Er hat ihm Leben verheißen und Kraft zum Leben verliehen. Israels Schönheit oder Herrlichkeit ist so groß, daß deshalb Israels Name oder Ruf unter die Völker erscholl, weil Jahwe Seine Herrlichkeit auf Seine Gemeinde gelegt hatte. Israels Ruhm ist von der Herrlichkeit Jahwes völlig abhängig. Es ist die Herrlichkeit der Theokratie, von welcher sich der Name oder der Ruhm in alle Lande verbreitet.

540. **Rute,** hebräisch «choter» ist die schwankende Rute, oder der zarte Zweig (s.d.) eines Baumes (Jes. 11, 1). Er schießt auf aus dem alten abgehauenen Stamme Isais. Es ist ein Bild des Messias, der aus dem herabgekommenen Geschlecht Davids stammt. Die assyrische Weltmacht gleicht dagegen einem mächtigen Waldesdickicht (Jes. 10, 33-34). Der hohe Stolz des Waldes hat sein Gegenbild in dem Wiederaufblühen des davidischen Reiches aus einer scheinbar verdorrten Wurzel des Hauses David. Wenn die Weltmacht in der höchsten Blüte ihrer Macht steht, wird das Haus Davids auf einen unscheinbaren Wurzelstock reduziert. Aus dem scheinbar erstorbenen Wurzelstumpf wird doch noch ein Schößling hervorgehen. Auf Ihm wird ruhen der Geist Jahwes in ganzer Fülle seiner vielseitigen Kräfte.

540a.) **Sachwalter** siehe Tröster!

541. **Same Abrahams** ist nach Galater 3, 16 Christus. Mit Same wird eine Nachkommenschaft bezeichnet, was auch Viele mit einschließen kann. Unter der Nachkommenschaft Abrahams aber befand sich nur Einer, auf den alles Warten des Glaubens gerichtet war, durch den jede Verheißung erst in Erfüllung ging. Nach dem Christus bei Seinem Kommen und Dasein in der Welt von den Wenigsten erkannt wurde, mußte das erste aus Seinen Worten und Werken gesehen werden. Wie Er in Seinem Erdenleben für viele verborgen war, so war es auch in der Verheißung, daß Er unter der gesamten Nachkommenschaft Abrahams wie unbekannt blieb. Erst in der Fülle der Zeit konnte mit Gewißheit gesagt werden, der Same Abrahams ist Christus.
Paulus führt dazu aus: «Dem Abraham aber wurden die Verheißungen gegeben und seinem Samen. Nicht aber sagt Er «und den Samen» wie von vielen gesagt wird, sondern wie von Einem: «Und dem Samen, welcher ist Christus» (Gal. 3, 16). Die Verheißung des Erbes (vgl. 1. Mose 22, 18; 13, 15; 17, 8; 24, 7) erschöpft sich nicht mit Abraham, sondern sie hatte auch Geltung für seinen Samen. Der Apostel zeigt besonders, daß die Verheißungen, die dem Samen Abrahams gegeben wurden, auch Christum geschenkt wurden. Die Folgerung: «Der Same Abrahams ist Christus» ergibt sich aus der Einzahlform: dem

Samen. Man will diese Auslegung als ein rabbinisches Überbleibsel bei Paulus erklären, daß er ganz genau auf die Einzahl achtet. Eine rabbinische Willkür kann dem Apostel nicht unterschoben werden. Es ist nicht zu übersehen, daß Paulus im Licht der göttlichen Offenbarung in der Verheißung an Abraham «den Samen» vom Messias versteht. Seine Ansicht kann aus dem Zusammenhang der Schrift und aus dem tiefsten Wesen nachgewiesen werden.
Es ist auf die messianischen Verheißungen zu achten, in welchen die Worte «und deinem Samen» vorkommen. Das sind die Stellen 1. Mose 3, 15. 16. 17; 17, 8; woran zu erinnern ist. Der Beweis, daß diese Stellen mit Recht herangezogen werden, findet sich in Galater 3, 18; wo von einem Erben die Rede ist, daß jene Stellen die Verheißung eines Erbes enthalten. Kann nun aus den Worten: «deinem Samen» gefolgert werden, daß nur eine Person, nämlich Christus der Same ist? Ist Christus nicht vielmehr der Mittler (s.d.) und Bringer des Erbes? Hier ist eine Versenkung in die heilsgeschichtliche Weissagung nötig. Der Messias empfängt das verheißene Erbe, der das volle Erbteil dauernd in Besitz nimmt, um es in der Zeit des Heils und des Reiches Gottes herbeizuführen. Christus ist Abrahams Same, der das Erbe der Verheißung empfängt, um für die Seinen die Teilnahme daran und damit den Segen zu vermitteln.

542. **Der Seiende,** vergleiche: Der da ist und Der war und kommt!

542a. **Der Selige** und **der selige Gott,** nach dem Grundtext: «Der Glückselige» und «der glückselige Gott». Es ist ein einzigartiger und seltener Gottesname, den nur Paulus im 1. Timotheusbriefe anwendet (1. Tim. 1, 11; 6, 15). Der Apostel schreibt an Timotheus von dem Evangelium der Herrlichkeit des glückseligen Gottes (1. Tim. 1, 11). Die Frohe Botschaft der Herrlichkeit hat in Gott, dem der allein Glückseligkeit besitzt, ihren einzigen Ursprung. Gott findet darin Seine Glückseligkeit, eine Welt in Christo mit Sich Selbst zu versöhnen, indem Er ihnen die Sünden nicht zurechnet. Ihm ist es eine Glückseligkeit, Seine Herrlichkeit darin zu offenbaren, daß Er Verlorene sucht und rettet, damit sie Aufnahme in Seine Gemeinschaft finden.
In dankbarer Lobeserhebung nennt Paulus den «Seligen und allein Gewaltigen» (1. Tim. 6, 15). Gott bietet als der Glückselige und Alleingewaltige die höchste Bürgschaft dafür, daß das Streben nach den unvergänglichen Heilsgütern und Schätzen sein Ziel erreicht. Gott, der Glückselige, ist die alleinige Quelle der höchsten Seligkeit ganz in Sich Selbst. Arme, Leidtragende, Sanftmütige, Hungernde und Dürstende nach der Gerechtigkeit, Barmherzige, reine Herzen, Friedensstifter, wegen der Gerechtigkeit Verfolgte, werden nach den Worten des Herrn in der Bergpredigt glückselig gepriesen, denn nach Gottes Ordnung ist ihnen das Königreich der Himmel, der göttliche Trost, das Erbteil der Erde, die volle Sättigung, die Barmherzigkeit, das Schauen Gottes, die Gotteskindschaft, das Königreich der Himmel zugedacht (Matth. 5, 1-11). Paulus nennt ganz in diesem Sinne Gott den Glück-

seligen. Er zeigt mit diesem Gottesnamen das Leben Gottes in Seiner Allgemeinheit, in Seiner Freude, Seiner Friedensharmonie, in der ganzen Fülle des Guten, was ihn gegen alles bedürfnislos macht, daß Er vielmehr Seine Freude am Geben und Mitteilen hat (vgl. Apostelg. 20, 35).

543. **Sohn Abrahams** wird Jesus in Seiner Ahnenreihe genannt, wie sie Matthäus aufführt (Matth. 1, 1; vgl. Luk. 3, 34). Nach Seiner wahren Menschheit wird Seine Herkunft von dem großen Vorfahren der Nation und dem Vater der Gläubigen (Röm. 4, 16) abgeleitet. Unser Herr war nach dem Fleisch ein Israelite (Röm. 9, 4. 5). In dieser Tatsache liegt unsere größte Verpflichtung für die Juden (Gal. 3, 14).
Der Messias mußte von Abraham herkommen, damit durch Ihn, den Samen Abrahams (s.d.), alle Geschlechter der Erde gesegnet werden! In Christo, dem eigentlichen Sproß Abrahams erfüllen sich alle Verheißungen, seit Gott Sich Sein Volk erwählte. Paulus führt den gleichen Gedanken aus (Röm. 4, 10ss.; Gal. 3, 6). Abraham freute sich auf seinen Tag (Joh. 8, 56).
David wird auch als Sohn Abrahams bezeichnet, was besagen soll, daß er ein Träger der abrahamitischen Verheißung in gleichem Sinne ist, in seinem Nachkommen Jesus. Es gelangt die dem David gegebene Verheißung in Christo zur Erfüllung, wie bei Abraham, dem Stammvater Israels. Wenn Lukas in seinem Geschlechtsregister bis auf Adam zurückgeht, deutet das auf Christi Zugehörigkeit an die ganze Menschheit. Der Name «Sohn Abrahams» ist ein Hinweis auf die Verheißung Abrahams, durch den und dessen Samen alle Geschlechter der Erde gesegnet werden. So bezeichnet der Name auch einen Heilsuniversalismus.

544. **Sohn des Allerhöchsten** siehe Sohn des Höchsten!

545. **Sohn Davids** war bei den Juden der meist geschätzte christologische Hoheitstitel. Er drückt ihre nationalen Bestrebungen aus. In dem Gebrauch sahen sie eine irdische Herrlichkeit für Israel, die das goldene Zeitalter Davids und Salomohs übertraf. Wenn unser Herr in Aufrichtigkeit so angesprochen wurde, wie durch den Blinden Bartimäus (Luk. 18, 38. 39), oder durch die Kinder am Palmsonntag (Matth. 21, 15. 16), nahm Er den Titel an. In dem Wortstreit aber mit den Pharisäern, zerstörte Er ihre falschen Auffassungen durch den Hinweis, daß Davids Sohn auch Davids Herr (s.d.) war (Matth. 22, 41-45). Es war hier nicht zu leugnen, daß Er «Sohn Davids» war, wie einige Kritiker behaupten, aber Er beansprucht eine größere Ehre, eine höhere Würde, als eine irdisch-königliche. Christus ist die Wurzel Davids (s.d.) (Offb. 5, 5). Er ist die höchste messianische Majestät. Seine Ausführung von der höchsten Majestät war unvorstellbar. Er war nichtsdestoweniger die Erfüllung all ihrer Erwartungen, wie das der Überrest Israels eines Tages erkennen wird (Röm. 11, 25-27). Paulus, ein wirklicher Jude, der er war, freute sich auszuführen, daß unser Herr

aus dem Samen Davids nach dem Fleisch war, aber er erhob Ihn in Seine höchste Gemeinschaft und größte Würde. Er war für ihn der «Sohn Gottes» (s.d.) (Röm. 1, 3. 4; 2. Tim. 2, 8).

546. **Sohn Gottes,** griechisch «hyious Theou» ist der höchste Name der unserem Herrn während Seines irdischen Dienstes zugeschrieben wird. Er erklärt einfach Seine Gottheit, daß auch gelesen werden kann «Gottessohn» oder «Gott der Sohn». Er umfaßt die höchste und wundervollste Offenbarung des Neuen Testamentes. Gegen die Belehrung von Gott im Alten Testament ist es eine völlig neue Offenbarung. Kristische Bemerkungen sind auch oft darüber laut geworden. Es wird geleugnet, daß unser Herr der Sohn Gottes ist. Man macht geltend, Er sei nur ein Sohn Gottes wie alle Menschen Söhne Gottes durch die Schöpfung sind. Ein ehrlicher Forscher des Neuen Testamentes erklärte das für unhaltbar. Es ist wahr, daß im Alten Testament der Ausdruck «Söhne Gottes» gebräuchlich ist für Menschen (Hes. 1, 10), für Engel (1. Mose 6, 2; Hiob 1, 6; 38, 7). Im Neuen Testament ist der Titel «Sohn Gottes» völlig ohne Unterschied von und durch unseren Herrn gebräuchlich. Jedes Beispiel zeigt, daß Er der Eine ist, der Eingeborene Sohn (s.d.), der mit dem ewigen Vater gleich ist.
Bei der Verkündigung Seiner Geburt sagte der Engel Gabriel zu Maria: «Er wird groß sein, und wird ein Sohn des Höchsten (s.d.) genannt werden», buchstäblich «der Sohn des Allerhöchsten» (s.d.) und «der Sohn Gottes» (Luk. 1, 32. 35). Während Er als Zwölfjähriger im Tempel war, antwortete Er auf die Mahnung von Joseph und Maria: «Wißt ihr nicht, daß ich sein muß in dem, was meines Vaters ist?» (Luk. 2, 49). Hier ist Seine erste Beziehung zu dem Vater, in dem Ausdruck wahrzunehmen, der klar das einzigartige Verhältnis ausdrückt. Sie aber verstanden nicht, was Er zu ihnen sagte (Luk. 1, 50). Beim Beginn Seines öffentlichen Dienstes, als Er durch Johannes im Jordan getauft wurde, bezeugte Ihm der Vater: «Dies ist mein geliebter Sohn, an welchem ich Wohlgefallen gefunden habe» (Mark. 1, 11). Während Seiner Versuchung in der Wüste schalt Ihn der Teufel: «Wenn Du Gottes Sohn bist . . .» (Luk. 4, 3. 8. 9) und Er triumphierte über den Widersacher. Auf dem Berge der Verklärung sagte der Vater vom Himmel: «Dieser ist mein geliebter Sohn!» (Mark. 9, 7). Der Sinn dieser Schriftstellen kann nicht bezweifelt werden.
Der Titel «Sohn Gottes» und seine verwandten Namen «Sein Sohn» (Joh. 3, 17; Apostelg. 3, 13) und «Der Sohn» (Matth. 11, 27; Mark. 13, 32) werden oft von unserm Herrn Selbst benutzt, aber gar nicht «Sohn Davids» (s.d.), solche Titel werden niemals in der Anrede zu Ihm gebraucht, ausgenommen von den Dämonen, welche schrien: «. . . du Sohn des allerhöchsten Gottes» (s.d.) (Mark. 5, 7; vgl. 3, 11; Luk. 4, 41), sie wußten, wer Er war, auf diese Weise sprachen sie zuletzt die Wahrheit. In dem Gebrauch dieses Titels durch Jesus liegt ein deutlicher Anspruch, mit dem Vater gleich zu sein (vgl. Joh. 10, 33-38). Sein wiederholter Gebrauch des Ausdruckes «Sohn» in der Rechtsstellung

zum Vater (s.d.) erklärt nicht allein Seine Beziehung zur ersten Person der Gottheit, sondern Er entfaltet die große Wahrheit von der Dreieinigkeit (Matth. 23, 9. 10; Mark. 13, 22; Joh. 3, 35; 5, 19-27; 6, 27; 14, 13). Gewöhnlich erwähnt Er zu Gott Seinem Vater die Verbindung der Beziehung wie nur: «Er war der Alleingeborene Sohn» (Joh. 3, 16). Er beansprucht nur die Erkenntnis des Vaters, und daß es von Ihm offenbart wird (Matth. 11, 27). Wenn Petrus das große Bekenntnis bei Cäsarea Philippi ausspricht: «Du bist Christus der Sohn des lebendigen Gottes», antwortet Jesus: «Glückselig bist du, Simon Bar-Jona, denn Fleisch und Blut hat dir dies nicht offenbart, sondern mein Vater in dem Himmel» (Matth. 16, 16. 17).

Vor Kajaphas, als Er das Zeugnis der falschen Zeugen beschwor, da Er Sich darüber hinwegsetzte, legte der Hohepriester mit einem Eid fest und sagte: «Ich beschwöre dich bei dem lebendigen Gott, daß du uns sagst, ob du der Christus bist, der Sohn Gottes (Matth. 26, 63; vgl. Mark. 14, 61), der Sohn des Hochgelobten (s.d.), und Er antwortete: Ich bin es, wie du sagst» (Matth. 26, 64; vgl. Mark. 14, 61. 62). Die Juden verstanden Seine Antwort richtig, ebenso mit all Seiner Belehrung, hinsichtlich Ihn Selbst, als ein Anspruch auf die Gottheit. Wenn Er nicht Gott wäre, dann wäre Seine wiederholte Behauptung eine bloße Lästerung; dort ist kein Ausweg zu der Verlegenheit. Seine Gegner sahen ganz klar, daß sie Seinen Anspruch verschmähten, Ihn verspottend, als Er am Kreuze hing: «Hat er auf Gott vertraut, laß er ihn jetzt befreien, wenn er Gefallen an ihm hat, denn er hat gesagt: Ich bin der Sohn Gottes» (Matth. 27, 43). Das größte Geheimnis der Gnade ist, daß der Sohn Gottes, der Sohn des Menschen, dort hing, der Gerechte (s.d.) für die Ungerechten um uns zu Gott zu führen.

Weil Er der Sohn Gottes ist, konnte Ihn das Grab nicht halten. Er sprengte die Banden des Todes und stand triumphierend auf. Gott, welch ein Raum zwischen uns, und Er erlöst uns in Seinem Sohn, Er hat Ihn wieder erhöht zu Seiner rechten Hand zum Thron in der Höhe. Zu Seinem Sohne sagt Er: «Dein Thron o Gott ist von Ewigkeit zu Ewigkeit!» (Hebr. 1, 8). Es ist das Wunder der göttlichen Gnade, daß unser Gott unser Retter (s.d.) ist.

Der Titel «Sohn Gottes» und seine Verschiedenheiten sind besonders oft in den Schriften des Johannes und des Paulus zu finden. Johannes erzählt, daß er sein Evangelium aus dem Grunde schrieb: «daß ihr glauben sollt, daß Jesus der Christus, der Sohn Gottes ist» (Joh. 20, 31). Diese Bezeichnung des Herrn wiederholt er immer wieder in allen Kapiteln seines Evangeliums. Paulus beschreibt auch Jesus als Gottes eigenen Sohn (Apostelg. 13, 33), und in seinen Briefen läßt er keinen Zweifel an der Gottessohnschaft Christi übrig. Er gebraucht den Ausdruck sechzehnmal. Der Schreiber des Herbäerbriefes erhöht mit Vorliebe den Sohn Gottes. Es ist interessant zu bemerken, daß alle diese Stellen lehrhaft und praktisch sind. Der Titel wird selten in der Anrede an den Herrn benutzt, in Zuschriften von Danksagungen und Lobpreisungen. Der Titel «Der Sohn» und «Sein Sohn» waren nur familiär in der Allgemeinheit, er war mehr mit der Lehre, als mit der Anbetung verbunden. In der Urgemeinde glaubte man eifrig an den Sohn, aber sie riefen den Herrn (s.d.) an. Wir halten unzweideutig fest an der Lehre von Christi Gottheit, den Ausdruck «Sohn Gottes, bewahren wir als ein Heiligtum, und unsere Anbetung und Weihe unterliegt dieser Lehre.

Sohn Gottes ist ein Titel des Messias (Ps. 2, 7; Joh. 1, 49). In seiner tiefsten Bedeutung drückt er die geheimnisvolle Beziehung zwischen dem ewigen Vater und dem ewigen Sohne aus. Im Neuen Testament wird die Bezeichnung «Sohn Gottes» etwa fünfundvierzigmal gebraucht, wohl vierundvierzigmal wird unser Herr damit benannt (vgl. Matth. 4, 3. 6; 16, 16; 26, 63; Mark. 1, 1). Sehr bezeichnend heißt Er «Ein Sohn Gottes, Adams» (Luk. 3, 38). In Johannes 3, 18 wird Christus der alleingeborene Sohn Gottes genannt. Zwei Ursachen sind angedeutet durch diese Benennung: Seine ewige Herkunft (Hebr. 7, 3) und Seine wunderbare Geburt durch die Wirksamkeit des Heiligen Geistes (Luk. 1, 35). Der Sohn Gottes, Christus, ist Gott mit allen unendlichen Vollkommenheiten der Gottheit (Joh. 1, 1-14; 10, 30-38; Phil. 2, 6), und Er ist Gott gleich (Joh. 5, 17. 25). Er ist untergeordnet in der Art des Daseins und des Wirkens, d. h. Er ist vom Vater, Er ist durch den Vater gesandt, und der Vater wirkt durch Ihn (Joh. 3, 16. 17; 8, 42; Gal. 4, 4; Hebr. 1, 2). Das Wort «Sohn» ist auch kein Ausdruck des Amtes, sondern der Natur. Er hat die gleiche Natur, welche tatsächlich die Gleichheit mit Gott in sich schließt.

Der Anspruch wurde durch unseren Herrn fortgesetzt (Luk. 22, 70; Joh. 5, 17-47; 10, 36; 11, 4) und durch die Apostel weiter geführt (Apostelg. 9, 20; Gal. 2, 20; 1. Joh. 2, 18; 5, 5. 13. 20). Er wurde durch die Weiterführung vom Sanhedrium verurteilt, wegen einer Lästerung (Matth. 26, 63-66; Mark. 14, 61-64). Das Anrecht dieses Anspruches aber wurde erkannt durch das Herabkommen des Heiligen Geistes auf Ihn und war begleitet von einer hörbaren Aussage Seines himmlischen Vaters (Matth. 3, 16. 17; Mark. 1, 10. 11; Luk. 3, 22; Joh. 1, 32-34). Bei der Verklärung erkannte Er das auch (Matth. 17, 5; Mark. 9, 7; Luk. 9, 35; 2. Petr. 1, 17). Er war bekräftigt durch Seinen Charakter und durch Seine Werke als Sohn Gottes (Joh. 1, 14; 10, 36-38; Hebr. 1, 3). Mit Macht wurde Jesus als der Sohn Gottes erklärt, nach dem Geist der Heiligkeit (s.d.), durch die Auferstehung aus Toten (Röm. 1, 4) und durch Seine Himmelfahrt (Hebr. 1, 3).

547. **Sohn des Hochgelobten** (Mark. 14, 61), griechisch «ho hyios tou eulogetou», hebräisch «ben habaruk» – «Sohn des Gesegneten». Damit bezeichnet der Hohepriester in der Frage des Verhörs den Herrn. Die Messiasfrage war feierlich. Jesus empfing den höchsten Ehrennamen «Sohn Gottes» (s.d.). Der Name Gottes bleibt hier ungenannt. Gott heißt der «Hochgelobte», «der Gebenedeite!», «der Heilige» (s.d.), «gebenedeit sei Er» ist eine Umschreibung, mit welcher die Juden von Gott sprechen. Jesus brach Sein Schweigen auf die Frage nach Seiner Messianität. Er bekannte: «Ich, Ich bin es!» Er bezeugte Sich als

Christus, der von den Propheten Verheißene und von den Gläubigen erwartete König aus dem Geschlechte Davids, der Israel und die Welt beherrschen wird.

Die Antwort des Herrn: «Ich, Ich bin es» (s.d.) schließt einen großen Inhalt in sich. Dem Tode preisgegeben sprach Jesus die Worte vom Sohn des Menschen (s.d.) von «Davids Herrn» (s.d.) (Dan. 7, 13; Ps. 110, 1). Messias (s.d.), Sohn Gottes (s.d.), Menschensohn, der neben Gott thronende Weltrichter, was nach jüdischer Überlieferung gleichgesetzt wird, davon sagt Jesus: «Ich, Ich bin es!» Der Hohepriester brach das Verfahren ab und beschuldigte Ihn der Gotteslästerung.

548. **Sohn des Höchsten** wird in der Ankündigung der Geburt Jesu durch den Erzengel Gabriel der Sohn Gottes (s.d.) genannt (Luk. 1, 32. 35). Es wird hier an die davidische Herrschaft über Israel gedacht. Der von dem Engel angekündigte Name ist ein Prädikat, das Auskunft über die Messiasvorstellung gibt. Es ist mit an die Inthronisation des Messias gedacht (Ps. 2, 7). Durch die Rede des Engels soll Maria erfahren, was ihr angekündigter Sohn werden wird. Es wird daher eine besondere Bezeichnung für Gottes eingeborenen Sohn gewählt. In Bezug auf die Person Christi beginnt die Schilderung: «Dieser wird groß sein!» (Luk. 1, 32.) Von Johannes heißt es: «Er wird groß sein vor dem Herrn» (Luk. 1, 15). Der Zusatz: «vor dem Herrn» fehlt hier bei Jesus. Dieser Wegfall bezeichnet nicht, daß Johannes größer als Jesus sein werde. Die Größe des Johannes fiel nicht jedem Menschen in die Augen. Bei Jesus fällt diese Begrenzung weg, denn Er wird nicht allein groß vor Gott sein, sondern auch vor den Menschen. Die Größe des Herrn wird so auffallend sein, daß jeder gestehen muß: «Er ist der Größte unter allen Menschen!» Ungläubige und Widersacher müssen Ihm diesen Ruhm lassen. Johannes der Täufer war wohl ein scheinendes Licht, das aber nicht lange Zeit schien. Der Herr ging durch Seine Zeichen und Wunder wie ein strahlender Stern auf, dessen Erscheinung heute noch als ein Stern erster Größe erklärt werden muß. Die Größe des Herrn durchbricht jede Schranke, übersteigt alles Maß, erhebt sich über alle Kreaturen, offenbart Ihn als den Sohn dessen, der über alles im Himmel und auf Erden erhaben ist. Er wird ein Sohn des Höchsten genannt werden. Aus der Zukunftsform: «Er wird genannt werden» kann die ewige Gottessohnschaft Christi nicht geleugnet werden. Es ist von Jesus die Rede, als Er noch nicht geboren war. Wenn es heißt, daß ihr Kind ein Sohn des Höchsten genannt werde, bedeutet das nicht, daß Maria Ihn so nennen wird. Jesus wird Sich als Sohn des Höchsten erweisen. Der Engel kündigt an, daß Jesus eine solche Größe offenbart, daß jeder gezwungen ist, daß Ihm diese Würde zuerkannt wird.

Der Begriff «Sohn des Höchsten» ist sinnverwandt mit «Sohn Gottes» (s.d.). Aus dem Neuen Testament läßt sich erweisen, daß Sohn Gottes mit Christus (s.d.) und mit «König Israels» (s.d.) (Joh. 1, 50; Matth. 26, 63) identisch ist.

Jesus wird von den Dämonischen: «Jesus, Sohn Gottes des Allerhöchsten» genannt (Mark. 5, 7; Luk. 8, 28). Der Höchste ist schon ein alttestamentliches Gottesprädikat, das in «El-Elyon» (s.d.) dort vorkommt. Man meint, weil der Name «Allerhöchster Gott» (s.d.) im Alten Testament durchweg von Heiden genannt wird, habe auch hier dieser Gottesname einen heidnischen Gemütsuntergrund. Jedenfalls erkannte der Besessene die überragende Macht des Sohnes Gottes, die in diesem Namen zum Ausdruck kam.

549. **Sohn Josephs,** war Jesus, wofür man Ihn hielt, nach dem Geschlechtsregister des Lukas (Luk. 3, 23). Joseph galt in dem Sinne als Sein Vater, daß er Marias Mann und Verlobter war. Matthäus und Lukas begründen einwandfrei, daß Jesus nicht von Joseph gezeugt war. Der übernatürliche Ursprung und die Zeugung des Sohnes Gottes durch den Heiligen Geist berichten beide Evangelisten (Matth. 1, 18-20; Luk. 1, 26-35). Das Bedenken des Joseph, Maria, seine Verlobte als Ehefrau anzuerkennen, weil sie ein Kind erwartete, begründet, daß Jesus nicht von Joseph, sondern von Maria stammte (Matth. 1, 19). Vorwiegend wird Maria, die Mutter Jesu erwähnt (Matth. 1, 16. 18. 20; 2, 11; 13, 55; Mark. 6, 3; Luk. 1, 27ss. 30. 34. 38. 39. 41. 46. 56; 2, 5. 16. 19. 34; Apostelg. 1, 14). Joseph wird von genau unterrichteter Seite von der übernatürlichen Zeugung und Geburt nicht als Vater des Sohnes Gottes genannt, sondern er heißt: «Joseph, der Mann der Maria» (Matth. 1, 16), «Joseph ihr Mann» (Matth. 1, 19), «ein Mann namens Joseph» (Luk. 1, 27), «die Maria als auch den Joseph» (Luk. 2, 16), «Joseph und seiner Mutter» (Luk. 2, 33. 43), nur der Volksmund macht Joseph als den Vater des Herrn geltend. Es ist an den einzelnen Stellen klarzustellen, in welcher Gesinnung.
Um den Sinn der Schriftstellen richtig zu erfassen, in denen Jesus ein Sohn Josephs genannt wird, ist Lukas 3, 23 als Ausgangspunkt zu nehmen: «Und er selbst, Jesus war, da er anfing etwa 30 Jahre, welcher ein Sohn war, wie man meinte, Josephs.» Euthymius erklärt ganz richtig: «Wie die Juden glaubten, denn wie es wirklich war, daß Er nicht sein Sohn war.» Lukas hat nicht wie Matthäus einen Stammbaum des Joseph, sondern der Maria aufgestellt, ohne ihren Namen zu nennen, um auch den genealogischen Nachweis der Abstammung Jesu von David zu begründen. Der dritte Evangelist hat bewiesen, daß Joseph nicht wirklicher Vater ist. Die Erfüllung der davidischen Abstammung, hinsichtlich des messianischen Merkmals durch die prophetische Weissagung ist vollendet, was durch das einstimmige Zeugnis des Neuen Testamentes bestätigt wird (Röm. 1, 3; 2. Tim. 2, 8; Hebr. 7, 14; Joh. 7, 41; Offb. 5, 5; 22, 10). Lukas war auch selbst von Jesu davidischer und übernatürlicher Herkunft überzeugt (Luk. 1, 26. 27. 32. 69; Apostelg. 2, 30), daß er keinen Stammbaum brachte, der die Abstammung des Herrn von Joseph, nicht eben von David bezeugte. Die Einschiebung: «wie von Joseph gehalten» (Luk. 3, 23) deutet eben an, daß Joseph für Jesu Vater gehalten wurde, aber es nicht war.

Es könnte gegen diese Erklärung geltend gemacht werden, daß Maria zu dem Zwölfjährigen im Tempel sagte: «Kind» (s.d.), warum hast Du uns also getan, denn **dein Vater** und ich suchten Dich mit Schmerzen (Luk. 2, 48). Josephs Eheweib nennt zuerst dem Knaben gegenüber Joseph als Seinen Vater. Die Antwort des Knaben ist hier aufschlußreich: «Was ist es, daß ihr mich suchtet? Wußtet ihr nicht, daß ich in dem, was meines Vaters ist, sein müße?» (Luk. 2, 49.) Der Hauptsinn dieser Erwiderung ist, daß Er auf Seinen übernatürlichen Ursprung hinweist, daß Er nicht von einem menschlichen Vater gezeugt worden ist, sondern durch Wirkung des Geistes und der Kraft Gottes von Maria geboren wurde (Luk. 1, 35).
In der Synagoge zu Nazareth bezeugte Jesus auf Grund der Alttestamentlichen Weissagung Sich als der Messias (Luk. 4, 16-30). Alle bezeugten Ihm Beifall und Wohlgefallen. Seine Zuhörer aber waren nicht bereit, Seine Rede gläubigen Herzens anzunehmen und Ihn als Heiland anzuerkennen. Sie machten Seine Herkunft geltend mit der kritischen Frage: «Ist dieser nicht der Sohn Josephs?» (Luk. 4, 23.) Wenn sie Jesus für den von Jesajah geweissagten und gottgesandten Heiland halten sollten, müßte Er, wie in Kapernaum, Sein Zeugnis durch Taten bezeugen. Er soll durch Wunder zeigen, daß Er mehr als nur Josephs Sohn ist, daß Er ein Prophet oder der Messias ist. Jesus, der ihre Herzen erkannte, deckt den Nazarenern den Unglauben auf, der ihrer Frage zugrunde liegt: «Ist dieser nicht Josephs Sohn?» Sie kannten nur Seine menschliche Herkunft, Ihn aber nicht als den von Gott gesandten Heiland Seines Volkes.
Philippus weist Nathanael auf Jesus hin, daß Er der Messias ist, mit den Worten: «Den, von welchem Moseh im Gesetz und die Propheten geschrieben, haben wir gefunden, Jesum, Josephs Sohn, von Nazareth» (Joh. 1, 46). Jesus galt dafür unter den Leuten, daß Er in Nazareth aufgewachsen und Seinen Eltern untertänig war. Seine übernatürliche Empfängnis war Familiengeheimnis geblieben. Fernstehende wußten nichts davon. Philippus bediente sich der volkstümlichen Bezeichnung Jesu, um Nathanael über die Person des Messias zu orientieren. Die Aussage des Philippus: «Von welchem Moseh geschrieben hat» drückt aus, daß Jesus der verheißene Messias und von göttlicher Natur ist.
Die Frage des Nathanael: «Aus Nazareth kann etwas Gutes sein?» (Joh. 1, 47) drückt ein Befremden darüber aus, daß der Messias aus dem unbedeutenden Nazareth sein soll. Nazareth stand mit Israels Hoffnung in keiner Beziehung. Etwas Gutes, geschweige der Messias, kann aus dieser geringen und verachteten Ortschaft nicht kommen. Aus seinen Worten spricht das Vorurteil des natürlichen Menschen.
Jesus bezeichnete Sich als das vom Himmel herabgekommene Brot. Die Juden stießen sich an dieser Aussage, weil Seine irdische Herkunft nach ihrer Ansicht sich nicht damit reimte. In der Behauptung Jesu, Er sei himmlischer Herkunft, sahen sie Seine persönliche Überhebung. Ohne Rücksicht auf Seine Zeichen sahen sie nur auf Jesu äußere Erscheinung. Jesus wird von ihnen «der Sohn Josephs» ge-

nannt (Joh. 6, 42). Der von Christus behaupteten himmlischen Herkunft wird die irdische Abstammung als unvereinbar entgegengesetzt. Seine Kritiker schauten scharf, aber ungenau. Über die Erzeugung Jesu läßt sich nichts aus den Worten der Gegner erkennen, aber auch nicht, daß der Evangelist Johannes Ihn für einen Sohn Josephs gehalten hat. Das Volk hielt Jesus für einen natürlichen Sohn Josephs. Die einseitige Kenntnis von Jesu irdischer Abstammung war ein Hindernis für den Glauben an Seine himmlische Herkunft. Alle Stellen, wo Jesus der Sohn Josephs genannt wird, zeigen, daß Fernstehende Christum diesen Namen beilegen, die Seine übernatürliche Herkunft und Geburt nicht erkennen.

550. **Sohn der Jungfrau** ist nach Seiner wunderbaren Geburt der Messias (Jes. 7, 14). Er steht unter Seinem Volke mit Seiner Heilandsmacht und Königsmajestät. Der Gekommene ist in jeder Beziehung Gottes Wunderwirkung. Er ist von Gott geschenkt: «Uns ist ein Kind geboren, ein Sohn ist uns gegeben» (Jes. 9, 5). Die Herrschaft ist auf Seiner Schulter. Auf Seinen Schultern trägt Er den Herrschermantel und als der König aller Könige und Herr aller Herren das Herrscherabzeichen (Offb. 22, 22; 3, 8). Was Seine Untertanen an Ihm haben, wird mit den fünf Namen ausgesprochen, mit denen Er benannt wird. Der Name Immanuel (s.d.) und die fünf genannten Namen (Jes. 9, 5) gipfeln in dem Namen Jesus (s.d.). Maria, die Mutter Jesu und alle Gläubigen nennen diesen anbetungswürdigen Namen des Messias. Jesajah steht einzig unter den Propheten, daß er eine solche Reihe von Namen zusammen nennt.
Der erste der fünf Namen ist «Wunderbar». Alte Übersetzer und Erklärer meinen, es müßten die beiden ersten Namen zusammengenannt werden: «Wunderbarer Rat». Die LXX übersetzt: «Wunderbarer Rat» indem sie sich nach Jesaja 28, 29 richtet: «Sein Rat ist wunderbar.» Theodoret überträgt: «Wunderbar beratend», «Wunderbarer Ratender». Eine solche Übersetzung ist möglich. Besser ist jedoch, Wunderbar und Rat als zwei gesonderte Namen aufzufassen. Ein Nebenbeispiel sei, daß der Engel Jahwes dem Manoah auf die Frage nach seinem Namen antwortet: «Wunderbar ist mein Name» (Richt. 13, 18). Damit ist Seine Gottheit bezeichnet, die für einen Sterblichen unbegreiflich ist. Der von Gott geschenkte Herrscher ist ein Wunder, eine Erscheinung, die jenseits des menschlichen Begreifens und des natürlichen Geschehens liegt. Es ist nicht allein dieses oder jenes an Ihm wunderbar, Er ist Selbst ganz und gar ein Wunder. Symmachus übersetzt: «paradoxasmos» – «Unbegreifliches».
Der zweite Name ist Berater. In Seinem Königtum (Mich. 4, 9) weiß Er durch den Geist des Rates (s.d.) (Jes. 11, 2) immer zum Besten Seines Volkes Rat zu finden und Rat zu schaffen. Kein Ratgeber braucht Ihm einen Rat zu geben, Er Selbst berät vielmehr die Ratlosen. Für Sein Volk ist durch Ihn alle Ratlosigkeit zu Ende.
Der dritte Name «starker Gott» spricht dem Messias göttliches Wesen zu. Es ist nicht mit Luther zu übersetzen: «Kraft, Held» (s.d.),

oder wie andere übertragen: «Kraftheld», ein Gott von einem Helden und Heldengott, der wie ein unüberwindlicher Gott kämpft und siegt. Alle diese Übersetzungen zerschlagen sich, sie bedürfen keiner besonderen Widerlegung. «Starker Gott» ist der, dem sich der heilige Rest Israels wieder bußfertig zuwendet (Jes. 10, 21). Es ist ein alter Gottesname (vgl. 5. Mose 10, 17; Jer. 32, 18; Neh. 9, 32; Ps. 24, 8). «El» (s.d.) an dieser Stelle in der Bedeutung von «Gott» ist in Verbindung mit dem Messiasnamen nicht anders aufzufassen als «Immanuel» (s.d.). Bei Jesajah ist «El» immer der Name Gottes (vgl. Jes. 31, 3; Hos. 11, 9) im Gegensatz zu «Adam» – «Mensch», um die Stärke Gottes auszudrücken. Der Messias ist demnach ein «starker Gott». Das scheint auf den ersten Blick über die Erkenntnisgrenze des Alten Testamentes hinauszugehen. Es steht ja auch der Messiasname «Jahwe unsere Gerechtigkeit» (s.d.) dort (Jer. 23, 6), den sogar die Synagoge als Messiasname anerkennt. Es muß hier auf den Geist der Weissagung (s.d.) geachtet werden, um nicht fehl zu gehen. In solchen Aussagen wird das Geheimnis der Menschwerdung Gottes angedeutet. In dem Bewußtsein des Propheten liegt nun das, daß der Messias, wie kein anderer Mensch, Gottes Bild ist (vgl. Ps. 82, 1), daß Gott in Ihm wohnt (vgl. Jer. 33, 16). Wer aber soll sonst Israel zum Heil führen als der «starke Gott», wenn sich die feindliche Welt mit allen Mitteln zusammenrottet und kriegt? Der Messias ist dieses starken Gottes leibhaftige Gegenwart. Er ist mit Ihm, Er ist in Ihm, Er ist in Ihm mit Israel. Der Ausdruck schließt nicht aus, daß der Messias Gott und Mensch in einer Person ist, zu dieser Tiefe des Bewußtseins und der Erkenntnis dringt nicht jeder gläubige Jude vor, solange Gott nicht die Decke Mosehs hinweggenommen hat.
Aus dem dritten Messiasnamen geht der vierte Name «Ewig-Vater» hervor. Die Übersetzung «Beute-Vater» ist viel zu dürftig. Was ewig ist, das ist göttlich. Der Ursprung des Messias ist ja die Ewigkeit (Mich. 5, 1). Er trägt die Ewigkeit in Sich. Der Sohn heißt hier auch Vater. Er gibt Seinen Erlösten neues Leben bis in Ewigkeit, daß Er sie mit vollem Recht als Seine Kinder bezeichnen und ansprechen darf (Hebr. 2, 14). Er ist bis in Ewigkeit der zärtliche, treue und weise Erzieher, Pfleger und Versorger der Seinen (Jes. 22, 21). Er ist «Ewig-Vater» als ewiger und liebreicher König (vgl. Ps. 72).
Der Messias, der «starke Gott» benutzt Seine Stärke bis in Ewigkeit nicht zum Kampf und Streit, sondern zum Besten Seines Volkes. Sein fünfter Name «Friedefürst» offenbart, daß Er alle friedestörenden Mächte beseitigt und den Frieden unter den Völkern redet (Sach. 9, 10). Er schafft den Frieden nicht mit brutaler Waffengewalt, sondern durch Sein Wort. Es kommt durch Ihn der herniederkommende Friede unter den Völkern (Mich. 5, 4). Die Völker werden dann das Kriegen verlernen, Kriegswerkzeuge werden umgeschmiedet in Werkzeuge für friedliche Zwecke (Jes. 4, 1-6; Mich. 2, 1-5). Die davidische Herrschaft erhebt sich zu einer ewigen Friedensherrschaft. Dazu ist der Messias geboren, um die Herrschaft und den Frieden zu mehren, um das Reich zu befestigen und zu stützen durch Gericht und Gerech-

tigkeit (Jes. 9, 6). Der Herr erfüllt die Seinen mit Seinem Frieden, daß Er spricht: «Den Frieden lasse ich euch, meinen Frieden gebe ich euch, nicht gebe ich euch, wie ihn die Welt gibt. Euer Herz erschrecke nicht und fürchte sich nicht!» (Joh. 14, 26). Der Auferstandene grüßte die Jünger mit dem Gruß: «Friede sei mit euch!» Mit der Erscheinung der messianischen Königsherrschaft wird der endgültige und große Weltfriede herbeigeführt.

551. **Sohn des lebendigen Gottes** ist die Bezeichnung des Petrus in seiner Antwort auf die Frage des Herrn: «Ihr aber, was sagt denn ihr, daß ich sei?» (Matth. 16, 16.) Der Jünger sah in Jesus den Menschensohn (s.d.), den Sohn Gottes (s.d.). Es ist das bekannte Petrusbekenntnis. Bei Markus sagt er: «Du bist der Christus!» (Mark. 8, 29), was bei den anderen Evangelisten erweitert ist: «Du bist der Christus Gottes» (Luk. 9, 20), «Du bist der Heilige Gottes» (s.d.) (Joh. 6, 69). Gottes Messias heißt der Erwartete (Ps. 2, 2; vgl. Luk. 2, 26). Der Heilige Gottes wird Jesus nach Markus 1, 24 genannt. Der Hohepriester nennt Jesus im Verhör «Christus, der Sohn Gottes» (Matth. 26, 63; «Sohn Gottes» (s.d.) ist ein Würdename des Alten Testamentes (Ps. 2, 7; Matth. 3, 17). «Der lebendige Gott» (s.d.) ist ein wichtiger Name der alttestamentlichen Sprache. Gott wird «der Lebendige» an mehr als 40 Schriftstellen genannt, in Wendungen, die Ihn als den Wirkenden, Richtenden, Gegenwärtigen beschreiben (5. Mose 5, 23; Ps. 84, 3; Jer. 5, 2; Ps. 42, 3; Jes. 37, 4). Zur Zeit Jesu nennt man den «ewig lebendigen» (s.d.), «den lebendigen Gott» (s.d.) und «den ewigen König» (s.d.). Das Neue Testament spricht an wichtigen Stellen vom «lebendigen Gott» (Joh. 6, 57; 2. Kor. 3, 3; 6, 16; 1. Thes. 1, 9; Hebr. 3, 12; 9, 14; Offb. 10, 16). Nach dem Petrusbekenntnis ist Jesus der, in dem Gott Selbst redet, wirkt und erscheint. Das sollte mit allen Sprüchen der Evangelien gesagt werden. Das letzte Geheimnis der unmittelbaren Gegenwart Gottes gelangt in Jesus zur Offenbarung (Matth. 11, 5. 10; Mark. 2, 8. 9).

552. **Sohn der Maria** wird Jesus öfter genannt als ein «Sohn Josephs» (s.d.). Sie war eine Jungfrau von Nazareth, eine Tochter Elis, aus dem Geschlechte Davids (Luk. 3, 23. 31). Jesajah weissagt von ihr, der Jungfrau, der Mutter des Immanuel (Jes. 7, 14). Der Engel Gabriel kündigte Maria die Erzeugung und Geburt des Sohnes durch die Kraft des Heiligen Geistes (s.d.) an (Luk.1 , 26-38). Maria bekannte sich in Demut als des Herrn Magd.

Nachdem Maria Elisabeth besuchte und im Glauben gestärkt wurde, ergoß sich ihr Herz im prophetischen Lobgesang, der von ihrem festen Gottvertrauen und von ihrer Bekanntschaft mit den Weissagungen des Alten Testamentes zeugt.

Durch die Schatzung des römischen Kaisers nach Bethlehem geführt, gebar Maria dort ihren verheißenen Sohn (Luk. 2, 1-6). Der Lobgesang in der Bethlehemsnacht brachte das hellste Licht in den Stand ihrer Niedrigkeit. Der Bericht der Hirten von der herrlichen Erscheinung wurde von ihr bewahrt und im Herzen bewegt (Luk. 2, 19).

Bei der Beschneidung legte Maria dem Sohne den Namen Jesus bei. (Luk. 2, 21). Er enthielt das Bekenntnis ihres Glaubens, daß in dem Kinde die Verheißung erfüllt ist. Die Weissagung des greisen Simon eröffnete ihr neue Tiefen von der weltumfassenden Bedeutung ihres Sohnes, aber auch von dem Widerstand, den Er findet, und von den Leiden, durch welche Er gehen muß (Luk. 2, 22-39).

Bei der nächtlichen Flucht nach Ägypten erfuhr Maria Gottes sichtbare Fürsorge (Matth. 2, 11. 13. 20) und die herrliche Entwicklung des Kindes.

Die Erzählung von der Festreise nach Jerusalem (Luk. 2, 41) gewährt einen Einblick in Marias inniges Gottvertrauen und in ihre eheliche Liebe. Zwei Tage suchten die Eltern ihren zwölfjährigen Sohn vergeblich mit Schmerzen. Diese Begebenheit machte auf das nachdenkliche Gemüt Marias den tiefsten Eindruck (Luk. 2, 44-48). Maria scheint schon vor dem öffentlichen Auftreten Jesu Witwe geworden zu sein. Bei der Hochzeit zu Kana war sie Zeuge von der göttlichen Herrlichkeit, die Jesus offenbarte (Joh. 2, 1-11). Im Drange der pharisäischen Feindseligkeiten gegen Seine messianische Tätigkeit machte sich Marias mütterliche Besorgnis geltend (Matth. 12, 46ss.; Mark. 3, 31; Luk. 8, 19). Aus diesen Stellen ist erwiesen, daß Maria noch aus der Ehe mit Joseph nach dem erstgeborenen Sohne Jesus Söhne und Töchter hatte (vgl. Matth. 13, 55). Weit höher wird der Wert geistiger Lebensgemeinschaft mit Jesus aufgefaßt, als die äußere Familienverbindung (Luk. 11, 27). Calvin sagt im Blick auf diese Begebenheiten: «So stark jene Zurückweisung erscheinen mag, wo der Sohn Selbst den Namen der Mutter vermeidet, so ist für die verblendete Menschheit noch nicht auffallend genug gewesen und hat sie nicht verhindert, der Maria nicht etwa auf ein einzelnes Wunder Einfluß zuzuschreiben, sondern die ganze Macht, Würde und das Werk des Sohnes dergestalt auf sie zu übertragen, daß Ihm beinahe nichts mehr übrig geblieben ist.»

Während der ganzen öffentlichen Wirksamkeit Jesu trat Maria immer mehr in völlige Verborgenheit zurück. Erst unter dem Kreuze Jesu trat sie wieder auf (Joh. 19, 25-27). Durch die liebende Fürsorge des sterbenden Sohnes wurde der Mutter wieder ein Sohn in Johannes anvertraut. Von der Himmelfahrt an gehörte Maria zu dem Kreise der Brüder des Herrn (Apostelg. 1, 14). Vom ersten Pfingstfest an wird der Name Maria nicht mehr genannt. Das ist ein stilles, aber lautredendes Zeugnis gegen die katholische Marienverehrung, durch welche der Sohn Gottes in den Schatten gestellt wird. Es ist dagegen zu sagen, daß die Kirche bis zum 11. Jahrhundert nichts von der Sündlosigkeit der Maria wußte. Unmöglich kann ein aufmerksamer Bibelleser einer solchen Menschenvergötterung beipflichten.

553. **Sonne** und Schild (s.d.) wird Gott an einer einzigen Stelle der Bibel genannt (Ps. 84, 12). Gott wird damit als der in unnahbarem Lichte Wohnende bezeichnet, das von Ihm in Liebe auf die Menschen ausgeht. An Stelle des Bildes der Sonne wird Gott allgemein das Licht (s.d.) genannt (vgl. Ps. 27, 1). Bibelstellen, wo sonst die Sonne erwähnt wird, kommen unserer Psalmstelle besonders nahe. So sind denn einige Stellen aus dem Propheten Jesajah, eine aus Maleachi und der Offenbarung in dieser Beziehung zu erwägen.
Der Prophet rühmt die Verherrlichung Jerusalems durch das Leuchten Jahwes als ihres ewigen Lichtes (Jes. 60, 19. 20). Der alles beherrschende Gedanke: «Jerusalem ist Licht!» erschließt sich hier in seiner ganzen eschatalogischen Tiefe. Das irdische und das jenseitige Jerusalem fließen nach seiner Weissagung ineinander. Die Herrlichkeit Gottes erleuchtet die ewige Stadt und ihre Leuchte ist das Lämmlein (Offb. 21, 23). Es wird dann recht offenbar, wie die prophetischen Worte gemeint sind: «Werde Licht, dein Licht kommt und die Herrlichkeit Jahwes geht auf über dir» (Jes. 60, 1). Das Licht der göttlichen Herrlichkeit durchleuchtet das neue Jerusalem. Wie Mond und Sterne vor dem aufgehenden Licht erblassen, so wird auch die irdische Sonne vor der Herrlichkeit Jahwes erbleichen (vgl. Jes. 24, 23). Der Urquell des Lichtes wird das Licht sein wie von sieben Tagen (Jes. 30, 26). Die Herrlichkeit Jahwes, die sich über Jerusalem herabläßt, ist forthin ihre Sonne und ihr Mond, sie ist eine Sonne, die nie untergeht und ein Mond, der nicht verschwindet. Im neuen Jerusalem konzentriert sich der Triumph des Lichtes über die Finsternis. Die Gemeinde ist dann ganz und gar heilige und selige Freude ohne Wandel und Trübung, denn sie wandelt nicht mehr im vergänglichen Lichte, sondern in ewig gleichem Lichte Jahwes.
Der Prophet Maleachi nennt die «Sonne der Gerechtigkeit» (Mal. 3, 20). Ältere und neuere Erklärer verstehen darunter Christus, welcher wie Jahwe in Psalm 84, 12; Jesaja 60, 19 als die aufgehende Sonne dargestellt wird. Dieser Auffassung liegt die Wahrheit zugrunde, daß mit der Erscheinung Christi die Gerechtigkeit und das Heil verwirklicht wird. Einige fechten diese Ansicht an, weil die Gerechtigkeit als Sonne dem Zusammenhang nach nicht persönlich, sondern sachlich gedacht sein soll. Die persönliche Fassung ist jedoch zu befürworten. Die Sonne der Gerechtigkeit hat Heilung in ihren Flügeln. Die Flügel der Sonne sind die Strahlen, welche sie umgeben. Wie die Strahlen der Sonne Licht und Wärme geben und sich über die Erde ausbreiten für das Wachstum und Gedeihen von Pflanzen und lebenden Wesen, so bringt die Sonne der Gerechtigkeit Heilung von allen Schäden und Wunden, welche die Macht der Finsternis verursacht hat.
553a. **Sonne der Gerechtigkeit** siehe Sonne!
554. **Sproß Jahwes** siehe Zweig des Herrn!

555. **Schatten** wird in der Schrift von Gott und Christus angewandt. Es ist ein besonderer Schutz, eine Bedeckung und Erquickung,

welche Gläubige unter Beschwerden ihrer Wanderung oder in ihrer Trübsalshitze genießen dürfen. Bald liegt das Bild eines großen Felsens in einer dürren, heißen Gegend (Jes. 30, 2) zu Grunde, oder eines blätterreichen Baumes (Hos. 14, 8; Hohel. 2, 3), einer schützenden Hütte (Jes. 4, 6; 25, 4) und von Flügeln einer Henne oder eines Adlers (vgl. Ps. 17, 8; 36, 8; 57, 2; 63, 8; 91, 1), oder von Gottes allmächtiger Hand (Jes. 49, 2; 51, 16; vgl. Klagel. 4, 20; Matth. 23, 37). Der erquickende Schatten kann auch weichen (4. Mose 14, 9). Weil «Schatten» als Bild sehr verschieden angewandt wird, ist für die genaue Erfassung des Sinnes darauf zu achten. Schatten ist oft ein Sinnbild von der Flüchtigkeit, Eitelkeit und Vergänglichkeit des Menschen (vgl. Hiob 14, 2; 8, 9; Ps. 10, 2. 12). Im Schatten des Todes (Matth. 4, 16; Jes. 9, 2) deutet auf Gefahren und Schrecken leiblicher und geistlicher Art. Es kann auch die Finsternis der Unwissenheit, des Sündenelends und Gewissensunruhe sein (Hiob 3, 6; 10, 21. 22). Das Bild dient noch zur Bezeichnung der Größe und Ausdehnung (Ps. 80, 11; Hes. 17, 23). Wenden wir unsere Aufmerksamkeit dem göttlichen Namen zu!

Der Psalmist rühmt den Schatten des Allmächtigen als Zuversicht (s.d.) und Burg (s.d.) des Gottesfürchtigen (Ps. 91, 1). Gottes Allmacht sichert vor jedem Überfall. Wo des Allmächtigen (s.d.) Schatten ist, da ist Er Selbst. Kühlende Labung bietet dieser Schatten von der Sonnenhitze. Nach dem Zusammenhang des ganzen Psalms ist unter Löwen, Bären, Schlangen, in Feuer und Wasser, bei Wetter und Sturm Gottes Schatten ein sicherer Schutz. Nach Psalm 121 ist Jahwe dein Hüter (s.d.) und «dein Schatten» (Ps. 121, 5). Es ist ein Schutz eines Baumes oder Felsens vor den glühenden Sonnenstrahlen und der Gefahr des Sonnenstiches (vgl. 4. Mose 14, 9; Jes. 30, 2; Jer. 48, 45).

Der Prophet Jesajah befaßt sich besonders mit diesem Gottesnamen. Am Ende der Tage breitet sich Gottes Gnadengegenwart wie eine Hütte zum Schatten des Tages vor der Hitze über die verherrlichte Gemeinde aus (Jes. 4, 6). Gott gibt durch den Propheten einen Rat um des Schutzes teilhaftig zu werden. Das Volk Gottes soll die armen Verjagten und Flüchtlinge aus Moab aufnehmen. Es soll seinen Schatten wie die Nacht am Mittag machen, um selbst in Gottes Schutz geborgen zu sein (Jes. 16, 2-6). Wenn die antichristliche Verfolgung hereinbricht, hält Gott Seine starke Hand über die Seinen. Er ist dann eine Feste (s.d.) der Armen und Geringen, eine Zuflucht (s.d.) vor dem Ungewitter, ein Schatten vor der Hitze (Jes. 25, 5). Bei Ägypten, dem erbarmungslosesten Feinde Israels Schatten zu suchen ist eine Anhäufung der Sünde (Jes. 30, 2). Wenn nach dem Sturz der letzten Weltmacht die Königsherrschaft Gottes erscheint, dann wird jeder Fürst sein wie eine Zuflucht (s.d.) vor dem Winde, wie ein Schirm (s.d.) vor dem Platzregen, wie der Schatten eines großen Felsens (Jes. 32, 2). Man beachte hier die stilistische Eigenart des Propheten in der Zusammenstellung der Bilder! Jesajah schaut den Knecht Jahwes (s.d.) wie Er Sich rüstet, um als Richter zu erscheinen. Er ist unantastbar unter Gottes Allmacht, denn Er bedeckt Ihn mit dem

Schatten Seiner Rechten (Jes. 49, 2). Wie der Sohn Gottes, steht auch das bekehrte Israel am Ende der Tage unter dem Schatten der Hände Gottes (Jes. 51, 16). Israel ist das Volk, dem für alle Völker das Offenbarungswort anvertraut wurde und wieder sein wird. Der Schatten Gottes gewährt Sicherheit für immer, der Schatten aber der weltlichen Großmächte, die mit den größten und stärksten Bäumen verglichen werden, enttäuscht (Hes. 31, 6. 12. 17).

556. **Schatten deiner Flügel** ist ein von David geprägtes Doppelbild von der erquickenden Ruhe und Sicherheit in der Gemeinschaft der Liebe Gottes. Es erinnert an den Adler, der seine Jungen unter die Flügel (s.d.) birgt (5. Mose 32, 11). Das Bild von der Henne (Matth. 23, 37) ist dem Alten Testament fremd. Die Bitte um Bergung (s.d.) unter Gottes Flügel (Ps. 17, 8) sind die Ausspannungen oder Erweisungen der göttlichen Liebe, welche ihre Geschöpfe in den Schirm ihrer trauten Gemeinschaft aufnimmt. Vor der Hitze äußerer und innerer Anfechtung ist ein Hineinbergen unter dem Schatten Seiner Flügel möglich. Es ist eine anbetungswürdige Tiefe der Gnade Gottes, daß Menschen vor Anfechtung und Verfolgung die Obhut der bergenden Liebe unter dem Schatten der Flügel Gottes finden (Ps. 35, 8). Der Psalmist sucht Bergung im Schatten Seiner Flügel (Ps. 57, 2). Er begehrt Schirmung der göttlichen Liebe und erquickende Tröstung, um der drohenden Gefahr zu entgehen. Gott war ihm zur Hilfe (s.d.) geworden. Er hat ihn in der Wüste gerettet. Wohlgeborgen kann er unter dem Schatten Seiner Flügel jubeln (Ps. 63, 8). Er gewährt ihm Kühlung in der Hitze der Anfechtung und Schirmung vor den Verfolgern.

557. **Schatz Jakobs,** hebräisch «cheleq jaakob» ist nach Jeremia 10, 16; 51, 19 Jahwe. Es kann auch mit «Teil Jakobs» (s.d.) übersetzt werden. In den beiden gleichlautenden Stellen werden die Verehrer Jahwes den Götzendienern gegenübergestellt. Jahwe Selbst bildet einen Gegensatz zu den Götzen. Die ganze Kraft der Beweisführung konzentriert sich in dem bedeutungsvollen Gottesnamen. Nicht wie diese ist Jakobs Schatz, das faßt Jahwe und Seine Diener geschickt zusammen. Jahwe ist der Bildner des Alls, nicht wie die Götzen und als solche, die diesen Gott zu ihrem Teil und Erbe haben. Die Israeliten sind dadurch anders als die Heidenvölker. Wie Jakob Jahwe gehört, so gehört Ihm Israel. Es ist der Stamm Seines auserwählten Eigentums. Das ist ein gegenseitiges und inniges Verhältnis. Jeremiah vergleicht Jahwe und die Götzen. Jahwe, der Schöpfer und Herr der Welt, ist der stärkste Kontrast zu dem Götzenfabrikanten und seinem Werk in seiner Torheit und Ohnmacht. Babels Götzen können zur Zeit der Heimsuchung nicht schützen, sie gehen selbst zugrunde. Alles von Menschenhänden Geschaffene geht zugrunde, Bestand hat nur der Bildner des Alls. Israel kann getrost sein, weil Jahwe sein Schatz und Erbgut ist. Wenn Babel mit seinen Götzen untergeht, wird es bleiben, so gewiß sein Gott bleibt. Jahwe ist der einzige Schatz und bleibende Besitz.

558. **Schild** steht im Luthertext für vier hebräische Ausdrücke im Alten Testament und für ein griechisches Wort im neutestamentlichen Schrifttum. 1. Die kleinere Art des Schildes wird mit «magen» bezeichnet; es ist nach der Grundbedeutung der den Körper deckende Schild für die Leichtbewaffneten. An den meisten Stellen wird dieser Begriff angewandt. 2. Der größere Schild, der den ganzen Leib des Kriegers bedeckt, heißt «zinnah» (1. Kön. 10, 16. 17), er entspricht dem lateinischen «scutum», dem Tür- und Langschild der schweren Infanterie, der den Rücken bedeckt. Der ebenbürtige griechische Name «Thyreos», ein großer, viereckiger Schild in Türgestalt. 3. Selten steht das Wort «schelet» für Schild, was meistens für «Zierschilde» gebräuchlich ist (vgl. 2. Sam. 8, 7; 2. Kön. 11, 10; 2. Chron. 23, 9; Hohel. 4, 4; Hes. 27, 11), die für das Heilsgeschichtliche unbedeutend sind. 4. Das Wort «socherah» ist eine Ableitung von «sachar» – «umgeben»; es kommt selten vor (vgl. Ps. 91, 4). 5. Im Neuen Testament heißt Schild «panoplia» (Luk. 11, 22), es ist die ganze, volle Rüstung des schwerbewaffneten Kriegers, Luther übersetzt «Harnisch» (s.d.). Alle Namen enthalten den Grundbegriff des Bedeckens, Umgebens, Beschützens. Dieser Sinn liegt auch in «hyperaspistes», womit die LXX meistens im Alten Testament die hebräischen Ausdrücke übersetzt. Das griechische Wort bedeutet: «den Schild darüberhalten, mit dem Schild überdecken, mit ihm beschützen.» Die Schriftaussagen dieser Art gewinnen dadurch an Anschaulichkeit.
1.) Jahwe sprach im Gesicht zu Abram: «Fürchte dich nicht Abram, ich bin dein Schild» (1. Mose 15, 1a). Der Erzvater hatte Ursache, auf Grund dieser Verheißung, alle Furcht fahren zu lassen. Gott will Abram unter Seiner Hand sicher machen, durch Seine Kraft ihn schützen. Wie Sich Gott zum Schild des Heils macht, so soll diese Verheißung wie eine Mauer sein, daß der Gläubige in keiner Gefahr zu verzagen braucht. Es wäre schon sehr groß, wenn Gott gesagt hätte, Ich will dir an Meiner Gnade oder an Meinem Engel einen Schild geben. Er ist aber vielmehr Selbst sein Schutz (s.d.). Kräftiger und tröstlicher konnte Sich Jahwe nicht ausdrücken, um bei Abram jede Furcht zu beseitigen. Was Gott ihm zusagt, ist nicht nur ein Gleichnis, sondern Geist, Kraft und Leben.
Jahwe ist der Schild der Rettung Israels (5. Mose 33, 29). Das bewahrheitet sich bei der Überwindung der Kanaaniter, in der gesamten Geschichte des Volkes Gottes, es wird sich verwirklichen bis in die entferntesten Endzeiten. Mit dem Schild Seiner Hilfe steht das Schwert Seines Heils in Verbindung. Es sind keine Mordinstrumente aus der Waffenschmiede der Weltvölker.
2.) Nach den Grundstellen 1. Mose 15, 1; 5. Mose 33, 29 tröstet sich der Psalmist: «Du aber Jahwe bist ein Schild um mich!» (Ps. 3, 4.) Wenn auch viele sagten: «Keine Hilfe ist ihm bei Gott» (Ps. 3, 3). Israels treuer Bundesgott beschirmt ihn. Wer den Namen (s.d.) Jahwes liebt, wird wie mit einem Schild größten Umfangs umhegt und behütet (Ps. 5, 13). Es ist hier ein Schild (zinnah), wie Goliath ihn durch einen Schildknappen vor sich hertragen ließ (1. Sam. 17, 7).

Es ist die volle Waffenrüstung, die allseitig schützt (vgl. Eph. 6, 16). Wenn Gott auch als gerechter Richter Herzen und Nieren prüft, darf der, der geraden Herzens ist, getrost bekennen: «Mein Schild ist auf Gott!» (Ps. 7, 11.) Das kann den Sinn haben, Gott hat ihn auf Sich genommen, Er trägt ihn, um den Geraden zu schützen. In der dreireihigen Aufzählung in Psalm 18, 1-3; 2. Samuel 22, 1-3 der Gottesnamen, nennt David Jahwe: «Mein Schild». Es ist die Schutzwaffe, um die Streiche des Feindes abzuwehren und sich vor Pfeil und Schwert abzudecken. Nach dem Rühmen des göttlichen Wortes preist der Dichter Jahwe selbst: «Er ist ein Schild allen, die in ihm sich bergen» (Ps. 18, 31; 2. Sam. 22, 31). Der Gedanke wird in Sprüche 30, 5 wiederholt. Wer sich zu dem Gott der Verheißung zurückzieht, ist vor allen Gefahren mit dem Schild geschützt. David, obgleich ein tüchtiger Krieger, bekennt: «Du gibst mir den Schild deines Heils» (Ps. 18, 36). Es ist kein Schild des Sieges (s.d.). Nicht der eherne Bogen, sondern die hilfreiche Kraft Gottes verursachte den guten Ausgang des Krieges. Jahwes Heil deckte ihn wie ein Schild, an dem jeder feindliche Hieb abprallte. Im Glaubensbekenntnis Davids wird aus eigener Erfahrung bezeugt: «Jahwe ist meine Stärke (s.d.) und mein Schild» (Ps. 28, 7). Der Glaube findet in Jahwe Kraft und Schutz, das Eine ergänzt das Andere. Ein Schild ohne Kraft und Kraft ohne Schild wäre nutzlos. Die auf Jahwe harrende Seele legt das Bekenntnis ab: «Unsere Hilfe (s.d.) und unser Schild ist Er!» (Ps. 33, 20.) Der Hauptton liegt hier, wie auf dem dreimaligen: «Er ist» in Psalm 115, 9-11; deren Grundstelle 5. Mose 33, 26. 29 ist und Psalm 33, 20 ist eine Anspielung auf die Worte des sterbenden Jakob (1. Mose 49, 18).

Sehr kriegerisch beginnt der 35. Psalm: «Bestreite Jahwe die mich Bestreitenden, bekriege die mich Bekriegenden!» (Ps. 35, 1.) Jahwe wird aufgefordert: «Ergreife Schild und Tartsche!» (Ps. 35, 2.) Luther übersetzt: «Schirm (s.d.) und Schild.» Es ist hier ein kleiner und ein großer Schild gemeint (Ps. 5, 13). Er bedurfte im Gedränge des Krieges des kleinen Schildes, den er handhaben konnte, des großen Türschildes, der ihn schützte. Beides zugleich konnte er nicht benutzen, er traute aber einen solchen Schutz der Macht Gottes zu.

Der Psalmist schaut die Weltherrschaft Jahwes nach der Überwindung der letzten Feindschaft. Die Edlen unter den Völkern sind dann versammelt zu dem Einen Gott Abrahams. «Die Schilde der Erde» (Ps. 47, 10) sind die Schirmherren oder Beschützer der Völker. Sie scharen und schließen sich als ein Volk des Gottes Abrahams zusammen. Die Schilde gehören Gott, sie haben die Aufgabe, die Erde zu schützen.

Oft nennt David Gott den Schild der Gerechten (Ps. 3, 4; 18, 3; 28, 7). Wenn er sich der Anrede bedient: «Du unser Schild, o Herr!» (Ps. 59, 12), dann ist das ein Hinweis, daß sein Anliegen auch die ganze Gemeinde Israels angeht. Gott hat in Jerusalem Seine Wohnung. Hier hat Er Seinen Namen groß gemacht. Alle Waffen, die zum Kriege gehören, Bogen, Schild und Schwert, hat Er zerbrochen (Ps. 76, 4).

Sämtliche Waffen der Weltmacht, die gegen Judah gerichtet sind, hat Gott vernichtet, und damit wurden die weltlichen Großmächte selbst zerstört (vgl. Jes. 10, 14. 17. 29. 31. 33. 37; Hos. 1, 7). Das Volk Gottes wurde dadurch ohne eigenes Zutun auf wunderbare Weise errettet. David wußte, daß er ohne Gottes Schutz verloren war. Er fleht darum Gott als «unseren Schild» an (Ps. 84, 10; vgl. Ps. 59, 12; 89, 19). Ein einziges Mal wird in der Schrift Gott «Sonne (s.d.) und Schild» genannt (Ps. 84, 12). Ein Schild ist Gott als der unnahbare Schirmende, Sonne als der, der in einem unnahbaren Licht Seine Wohnung hat, das von Ihm in Liebe auf die Menschen ausgeht.
Die Wahrheit der göttlichen Verheißung wird als Schild und Schirm (s.d.) gepriesen (Ps. 91, 4). Es ist nach dem Grundtext ein Türschild und ein runder Schild gemeint. Damit wird uns ein unüberwindlicher Schutz geboten. Der Psalmist, der nicht müde wird, immer wieder Gottes Wort zu rühmen, benennt Schirm und Schild als seine zweifache Schutzwehr (Ps. 119, 114). Er erfaßt Gott in Seiner Bundestreue. Was er ausspricht, bezieht sich auf Stellen, in denen auch vom Schild die Rede ist. Unter diesen sieben Gottesnamen nennt der heilige Sänger auch Gott seinen Schild (Ps. 144, 2). Er ist der Schild, bei dem er seine Zuflucht (s.d.) sucht. Die auf Ihn losstürzenden Feinde werden abgewehrt.
3.) Paulus ermahnt, den Schild des Glaubens zu ergreifen um die brennenden Pfeile des Bösen auszulöschen (Eph. 6, 16). Es ist hier der viereckige Türschild gemeint, der zum ersten Stück der Gesamtausrüstung eines Soldaten gehörte. Der Glaube soll der Schild sein. Von einer Angriffswaffe ist keine Rede, der Schild ist für die Verteidigung. Er schützt vor allen giftigen Pfeilen, die abgeschossen werden. Der Glaubensschild ist auch geeignet, die brennenden Pfeile des Teufels zu löschen. Petrus nennt die Versuchungen eine Feuerglut (1. Petr. 4, 12). Der Glaubensschild ist der einzige Widerstand gegen den Widersacher (1. Petr. 5, 9).

559. **Schirm** ist ein Gegenstand oder Ort, nur kein Regenschirm, wodurch Unheil oder Gefahren abgehalten werden. Gott ist der Schutz (s.d.) der Seinen, die Ihm vertrauen. Bei Ihm ist der Glaubende gegen Trübsalshitze geborgen, gegen Sturmwinde der Anfechtungen, gegen Wasserfluten und Unglück ist der Gottesfürchtige gesichert. In der Gewißheit, daß Jahwe die Sünden vergeben hatte, sagt David mit kurzen, aber inhaltsreichen Stätzen: «Du bist mir Schirm, wirst mich vor Not bewahren, mit Rettungsjubel mich umgeben» (Ps. 32, 7). Unter dem Schutze der Hand, die vorher schwer auf ihm lag, kann er jetzt sicher ruhen. Der Psalmist schwingt sich auf zur Höhe der Glaubenszuversicht und sagt freudig: «Der im Schirm des Höchsten sitzt» (Ps. 91, 1). Das hebräische «seter» bedeutet Heimlichkeit, Verborgenheit, im übertragenen Sinne auch «Schirm» oder «Schutz» (s.d.). Er weiß sich als Hausgenosse, Pflegling und Schützling des Allerhöchsten (s.d.). Er ist wohl geborgen. Der Höchste steht dem Gläubigen wie ein Schildträger zur Seite, Er

birgt ihn unter Seine Flügel, Schild (s.d.) und Tartsche ist Seine Treue (Ps. 91, 4). Das hier vorkommende «soherah», das mit Schirm übersetzt wird, bedeutet eine den Körper rings umgebende Schutzwaffe. Ein unüberwindlicher Schutz in Kriegszeiten ist ihm Gottes Wahrheit oder Treue, Seine Verheißung. Der Sänger des 119. Psalms, der die Herrlichkeit des Wortes Gottes besingt, nennt Jahwe selbst seine zweifache Schutzwehr: «Du bist mein Schirm und Schild» (Ps. 119, 114). Auf Gottes Wort konnte er getrost hoffen.

Was Luther in Jesaja 4, 5 mit «Schirm» übersetzt, bedeutet nach dem hebräischen «chupah» eine schützende Decke, ein Thronhimmel, Baldachin. Über alle Herrlichkeit wird ein Baldachin sein. Ein Ausleger meint, für alles Herrliche zieme sich Schutz und Decke. Es ist keine Decke für die Verwahrung, sondern zur Verschönerung, zur Ehre des Bedeckten. Der «chupah» ist heute noch bei den Juden der Trauhimmel. Jerusalem, das dann ganz Herrlichkeit ist, wie seine Einwohner Heiligkeit sind, wird von dem Schirm oder Baldachin überdeckt. Zions Herrlichkeit unterliegt keiner Zerstörung, Jahwe bekennt Sich dazu in Seiner Gnadengegenwart. Über Seine Herrlichkeit wölbt sich leuchtend, bergend, wehrend und schmückend ein Baldachin.

Zion soll für Moab ein Schirm sein, wie ein Schatten (s.d.) am Mittag (Jes. 16, 4). In bitterer und schrecklicher Ironie sagt der Prophet in Gottes Auftrag zu den Spöttern: «Denn wir haben die Lüge zu unserer Zuflucht (s.d.) und die Heuchelei zu unserem Schirm gemacht» (Jes. 28, 15). Gott läßt sie zur wahren Zufluchtsstätte rufen, deren Bündnis Lug und Trug, Lüge und Heuchelei ist. Wenn Gottes Gerichtszorn entbrennt, treibt der Hagel die falsche Zuflucht weg und Wasser schwemmen den Schirm weg (Jes. 28, 17). Das Zufluchtsgebäude wurde durch das Geheimbündnis mit Ägypten zunichte, das Volk Gottes stand schutzloser und hilfloser als je zuvor da. Wie ein Schirm vor dem Platzregen wird das Volk Gottes gefunden, wenn Gottes Königsherrschaft erscheint (Jes. 32, 2).

In Nahum 2, 6 ist «Schirm» die Übersetzung des hebräischen «hassokek» – «das Deckende», es ist ein Sturmdach nach der militärischen Sprache. Der Zusammenhang enthüllt, daß eine solche Sicherungsmaßnahme nutzlos ist, Gott ist eben der wirkliche Schirm Seines Volkes. Jahwe sandte ein gewaltiges Heer gegen die Stadt Niniveh, um die Herrlichkeit Judahs wiederherzustellen. Die Stadt wurde erobert, die Einwohner flohen und wanderten in die Gefangenschaft, die Schätze wurden geplündert, die Herrlichkeit der Weltstadt war spurlos verschwunden. Judah vernahm die Freudenbotschaft, daß sein Dränger vernichtet war. Der Herr machte der Unterdrückung Seines Volkes ein Ende. Vergeblich versuchte der Assyrer die Stadt gegen den Sturmangriff der Feinde zu verteidigen. Die Feinde, gleich überströmenden Fluten, drangen von den Toren her in die Stadt. Das aufgestellte Sturmdach konnte die Öffnung der Stadttore nicht verhindern. Niniveh, die Königin oder Herrin der Völker wurde entblößt und mit Schmach bedeckt. Das Sturmdach an der Stadtmauer konnte die große Stadt nicht beschirmen.

560. **Ein festes Schloß** ist der Name Jahwes (Spr. 18, 10). Nach dem hebräischen «migdol-oz» ist es ein «starker Turm» (s.d.). In diesem Zusammenhang ist in zwei Versen von einem starken Turm des Glaubens und einer Burg des Wahns die Rede (Spr. 18, 10-11). Der Name (s.d.) Jahwe ist die Offenbarung Gottes und der Gott der Offenbarung, der Sich in Schöpfung und Geschichte fort und fort offenbart. Er ist das Tetragramm (vier Buchstaben JHVH) und das Anagramm (Umstellung der Buchstaben um ein neues Wort zu bilden) des über- und innergeschichtlichen Daseins Gottes, das Zeichen Seines freien und allmächtigen Waltens in Gnade und Wahrheit, die Selbstbenennung Gottes des Erlösers. Der Name Jahwe wurde später mit dem Jesus-Namen verflochten. Er ist ein starker Turm (Ps. 61, 4), der jedem starken, feindlichen Anprall Trotz bietet. In seinen Mauern birgt sich der Gerechte, und wird der Gefahr hoch hinausgerückt. Im Gegensatz dazu sagt der Spruchdichter: «Des Reichen Wohlstand ist seine feste Burg und gleicht einer unnahbaren Mauer in seiner Einbildung» (Spr. 18, 11). Der Reiche bildet sich in seiner Phantasie die Festigkeit seines Wohlstandes ein. Er fühlt sich inmitten seiner Schätze wie von einer uneinnehmbaren Mauer umgeben. Wer auf den Mammon vertraut ist betrogen. Ein starker Turm, ein festes Schloß, eine feste Burg ist der Name Jahwes.

561. **Schmelzer,** einer der Metalle im Feuer flüßig macht, um sie vom Gestein auszuscheiden und die Reinigung von unedleren Mineralien durchzuführen. Die Tätigkeit des Schmelzers ist ein Bild der Reinigung und Läuterung durch das Feuer der Gerichte Jahwes (vgl. Jer. 9, 7; Hes. 22, 20). Mit dem Schmelzen durch das Feuer des Goldschmiedes, als Läuterung des Innersten des Menschen (Mal. 3, 2), ist die Seife des Wäschers, die Reinigung des Äußeren verbunden. Es heißt von Jahwe dem Schmelzer: «Er wird sitzen und schmelzen und das Silber reinigen» (Mal. 3, 3). Jahwe gleicht bei Seiner Erscheinung dem Feuer des Schmelzers, das alle unedlen Bestandteile ausbrennt, die dem Gold und Silber beigemischt sind (vgl. Sach. 13, 9). Das Laugensalz wird erwähnt, durch das die Kleider vom Schmutz gereinigt werden (vgl. Jes. 4, 4). Das Doppelbild hat die gleiche Bedeutung. Das erste Bild wird nur anders gewendet und weiter ausgeführt. Jahwe wird (Mal. 3, 3) nicht mehr mit dem Feuer verglichen, Er wird vielmehr als Schmelzer dargestellt. Wie der Schmelzer Gold und Silber von den Schlacken reinigt, so läutert Jahwe die Söhne Levi's. Beim Schmelzen und Reinigen fließt das reine Metall ab, so daß die erdigen Bestandteile im Tiegel zurückbleiben (vgl. Ps. 12, 7; Hiob 28, 1). Jahwes läuternde Tätigkeit bezieht sich auf die Leviten, die entartet waren (Mal. 1, 6). Die Läuterung besteht in einem Zweifachen: «Wer sich bessert, wird gebessert, die Unverbesserlichen werden ausgerottet.» Das liegt in der Läuterungstätigkeit des Schmelzers, womit Jahwes Gericht verglichen wird.

562. **Schöpfer,** ein Gottesname, der nur in der biblischen Gottesoffenbarung anzutreffen ist. Der Inhalt der Heiligen Schrift unterscheidet sich darin von der Auffassung der verschiedensten Religionen heidnischer Völker. Gott wird im Anfang als der Schöpfer erkannt (1. Mose 1, 1). Er ist der lebendige Gott (s.d.), der Himmel und Erde, das Meer und alles, was darin ist, gemacht hat. Das ist das krasseste Gegenteil zu den toten, stummen und falschen Götzen.
Gottes Schaffen ist eine Tätigkeit, wodurch etwas hervorgebracht wird, was vorher nicht vorhanden war, oder nicht so bestand, wie es jetzt ist. Für die Schöpfertätigkeit gibt es im Hebräischen verschiedene Ausdrücke. Das Wort «bara» kann ein Bilden, Bearbeiten und Schaffen bedeuten. Die Wörter «jalad» und «cholel» haben den Grundsinn von zeugen und gebären (vgl. Ps. 90, 2), womit nicht gesagt wird, daß die Welt eine Geburt ist. Die Verben «asah» (machen) «jazar» – bilden, «kun» – gründen, werden angewandt wie das erstgenannte «bara». Alles, was Gott schuf, bildete Er zugleich, wie es nach göttlicher Bestimmung sein sollte. Einem allmählichen Werden der Dinge aus Gott stehen die Worte der Schrift entgegen: «Gott sprach: Es werde Licht und es ward Licht» (vgl. 1. Mose 1, 3; Ps. 148, 5). Damit wird der Übergang vom Nichtsein zum Sein bezeichnet. «Er ruft dem, das nicht ist, daß es sei» (Röm. 4, 17). Alles Sichtbare ist nicht gewesen, Gottes Schöpfermacht hat es ins Dasein gerufen (Jes. 41, 4; 48, 13; Joh. 1, 3). In diesem Sinne heißt es: «Denn er spricht, so geschieht es, er gebietet, so steht es da» (Ps. 33, 9; Jer. 10, 16). Er breitet die Himmel allein aus (Hiob 9, 8): «Ich bin Jahwe, spricht er, der Alles tut, der allein den Himmel ausbreitet und die Erde weit macht ohne Hilfe» (Jes. 44, 24; Jer. 10, 11; 32, 17; Offb. 4, 11). Gott hat die Welt aus Nichts erschaffen. Das göttliche Schaffen vom Unendlichen zum Endlichen, vom Unsichtbaren zum Sichtbaren, vom Unerschaffenen und Erschaffenen läßt die Schrift nicht ohne Aufschluß. Gott ist nicht untätig, sondern tätig (Joh. 5, 17).
Gott der Schöpfer, der eine Einheit ist, wird nach einigen Schriftstellen als eine Mehrheit dargestellt (vgl. 1. Mose 1, 26. 27; Pred. 12, 1; 1. Mose 3, 22; 11, 7; Jes. 6, 8). Das liegt schon in der Mehrzahl «Elohim», noch bestimmter geht es aus Stellen des Neuen Testamentes hervor (Joh. 1, 3; Kol. 1, 16; Hebr. 1, 10; 1. Kor. 12, 4. 6; Joh. 3, 5; Tit. 3, 5; Röm. 1, 4).
a.) Im Buche Hiob wird zunächst durch Elihu auf die rechte Einstellung dem Schöpfer gegenüber hingewiesen. Gegensätzlich zu den drei Freunden, die den Leidenden durch ihre Reden sehr verletzten, bemühte er sich unparteiisch zu sein. Elihu fürchtete, Gott würde ihn hinraffen. Für keinen nahm er Partei, daß er sagte: «Denn auf Schmeicheleien verstehe ich mich nicht, leicht würde mich hinraffen mein Schöpfer» (Hiob 32, 22). Es lag ihm fern, die Wahrheit schmeichelnd zu verleugnen. Die unrichtige Herzensstellung des Menschen offenbart sich in lautem Jammern und Wehklagen über das Unmäßige der Unterdrückung und Gewalttat auf Erden. Der Mißbrauch der Gewalt, dessen sich große Tyrannen und Blutsauger auf politi-

schem und wirtschaftlichem Gebiet schuldig machen, ist mit nichts zu entschuldigen. Gott ergreift zu jeder Zeit Partei für die Unterdrückten und Ausgebeuteten (Hiob 34, 28). Ewiges Jammern und Klagen gereicht dem Menschen nicht zur Ehre. Es kommt weit mehr darauf an, wie Gott zu Seiner Ehre gelangt. Der egoistische Grundzug des menschlichen Herzens wird offenbar durch den Hinweis auf die Frage, die keiner stellt: «Wo ist Gott mein Schöpfer, der Lobgesänge gibt in der Nacht?» (Hiob 35, 10.) Mitten in der Nacht der Trübsal gibt der Schöpfer den Unterdrückten Loblieder in den Mund. Es ist das durchbrechende Licht der Hilfe. Es wird ein tiefer Einblick in Gottes verborgenes Wirken gewährt. Elihu sah sich genötigt, in seiner Widerlegung Hiob gegenüber mit seinem Wissen weit auszuholen. Zur Verteidigung Gottes sagt er: «Ich werde erheben mein Wissen zu Fernem und meinem Schöpfer Gerechtigkeit zusprechen (Hiob 36, 3). Er ist bestrebt, seinen Schöpfer von dem ungerechtfertigten Verdacht in den Augen des Dulders freizusprechen. Elihu bezieht sich hier auf die Theodizee. Gott steht trotzdem als gerecht und fehlerlos da, wenn auch in der Welt lauter Ungerechtigkeit erscheint.
b.) In der Weisheitsliteratur wird Gott nur viermal als «Schöpfer» bezeichnet. Ganz im Geiste der Weisheit, die sich im Sinne Jahwes der Gottesfurcht und nach dem Nationalgesetz dem Humanen zuwendet, heißt es: «Wer den Niedrigen bedrückt, beschimpft dessen Schöpfer und es ehrt ihn, wer wohltätig ist gegen den Dürftigen» (Spr. 14, 31). Es ist nichts gemeiner, als Grausamkeit gegen Bedrückte und Leidende auszuüben, um ihnen noch mehr Leid zuzufügen, oder die Schwäche zu benutzen, um die Triebe der Rachsucht zu befriedigen. Wer dem ins Unglück Gesunkenen seinen Mutwillen zu fühlen gibt, verhöhnt dessen Schöpfer, der Leiden zur Prüfung und Läuterung verhängt, aber nach Seiner Verheißung das Schreien gegen die Dränger hört. Wer den Schöpfer ehrt, tritt auf die Seite der Bedrängten und Armen (vgl. Hiob 31, 15). Ein neutestamentliches Seitenstück ist das Wort des Herrn: «Amen, ich sage euch, was ihr irgend einem dieser meiner geringsten Brüder getan habt, habt ihr mir getan» (Matth. 25, 40). Eine Variation zu diesem Ausspruch ist Sprüche 17, 5: «Wer des Armen spottet, beschimpft dessen Schöpfer, wer über Unglück sich freut, bleibt nicht ungestraft.» Gott ist der Schöpfer der Armen und Reichen (Spr. 22, 2). Der Arme, als Mensch und als Armer, ist das Werk Gottes des Schöpfers und Regierers aller Wesen. Wer darum den Armen verhöhnt, höhnt den, der diesen ins Dasein rief und ihm diese Stelle anwies. Dem Unglück gegenüber ziemt Mitleid, aber keine Schadenfreude. Gott hat alle, Reiche und Arme in der Gesamtheit ihrer Individuen erschaffen. Die Begegnung beider ist sein Wille und seine Ordnung. Im Leben sollen sie einander begegnen, das Wechselverhältnis ist eine Schule der Tugend, der Arme soll den Reichen nicht beneiden (Spr. 3, 31), der Reiche darf den Armen, der mit ihm einen Gott und Vater hat, nicht mißachten (Spr. 14, 31; 17, 5; Hiob 31, 15; Spr. 22, 2). Sie sollen sich bewußt sein, daß die Mischungen der Standesunterschiede dazu da sind, daß der Nie-

drige dem Hohen und der Hohe dem Niedrigen dient. So entspricht es dem Sinne des Schöpfers.
In Prediger 12, 1 wird der Jüngling ermahnt: «Gedenke deiner Schöpfer in deinen Jünglingstagen!» Nach Ansicht der Rabbiner wird aus Ehrfurcht vor dem Höchsten die Mehrzahl im Hebräischen für «Schöpfer» erwähnt. Christliche Erklärer wollen hier eine Vorahnung der göttlichen Dreieinigkeit erblicken. Weil Gott jeden Menschen einst ins Gericht führt, soll der Jüngling seiner Schöpfer und des Richters gedenken.
c.) Die Propheten des Alten Bundes erinnern auch nur einige Male an Gott den Schöpfer. Jesajah warnt, die Wege Jahwes meistern zu wollen. Im Vergleich des Menschen als Gebilde Gottes mit dem Tongebilde des Töpfers heißt es: «Wehe dem Hadernden mit seinem Schöpfer!» (Jes. 45, 9.) Gott ist nicht nur Schöpfer, sondern auch Bildner (s.d.) oder Töpfer (s.d.). Ein Hadern mit dem Schöpfer ist töricht. In einem Verse erwähnt der Prophet sechs Gottesnamen, womit das Verhältnis Jahwes zu Seinem Volk hervorgehoben wird. Er ruft Jerusalem zu, das einer verlassenen Witwe glich: «Denn deine Ehemänner (s.d.) sind deine Schöpfer, Jahwe der Heerscharen (s.d.) ist sein Name, dein Erlöser (s.d.), der Heilige Israels (s.d.), Gott der ganzen Erde (s.d.) heißt Er» (Jes. 54, 5). Die biblisch-israelitische Gottesoffenbarung hat eine Mehrheit des Göttlichen zum Inhalt des Einen, im Gegensatz zum Polytheismus. Jahwe trat zu Jerusalem in eine Ehe oder in ein Brautverhältnis, es ist eben durch seine Schöpfer ins Dasein getreten. Gott, dem die himmlischen Heerscharen zu Gebote stehen, der Jerusalems Erlöser, der Heilige Israels heißt, ist der Gott der ganzen Erde. Er hat Macht und Mittel Seinem Volke zu helfen, wie das Seinem Liebes- und Brautverhältnis entspricht.
Hosea befaßt sich mit dem Verfall des Reiches. Sie opferten Schlachtopfer, an denen Jahwe keine Lust hatte. Er gedachte darum ihrer Vergehungen. «Es vergaß Israel seines Schöpfers» (Hos. 8, 14). Ihre Opfer können keine Sünden sühnen. Ihre Gottvergessenheit und Vergötterung der eigenen Macht, die sich im Bauen von Palästen offenbart, vermehrt ihre Sünde. Solche Burgen falscher Sicherheit wird Jahwe zerstören.
d.) Im ganzen Neuen Testament wird Gott dreimal der Schöpfer genannt. Paulus betont den Grund des göttlichen Strafgerichtes. Die Heidenvölker konnten durch die Werke der Schöpfung den unsichtbaren Gott erkennen, aber sie haben die Wahrheit in Ungerechtigkeit aufgehalten. Sie sind darum nicht zu entschuldigen. Im Heidentum wird Gottes Wahrheit mit der Lüge der Götzen vertauscht und die Herrlichkeit des Schöpfers mit den Geschöpfen (Röm. 1, 25). Gott hat sie darum in schandbare Laster dahingegeben.
Petrus empfiehlt den Märtyrern nach Gottes Willen, ihre Seelen dem treuen Schöpfer anzubefehlen im Gutestun (1. Petr. 4, 19). Gott ist der Schöpfer der Seele oder des Lebens. Er kann das Leben erhalten, darum soll es Ihm anvertraut werden (vgl. Ps. 31, 6; Luk. 22, 46; Apostelg. 7, 58). Die Gläubigen sollen ihre Leiden als göttliches Er-

ziehungsmittel annehmen. Das Gericht Gottes beginnt am Hause Gottes, in diesem Gericht sollen sie Gottes Willen erkennen, um ihre Seelen zu retten. Gott ist hier, wie in Römer 1, 25 der Schöpfer der Menschheit. Der Schöpfer in Seiner Treue läßt die Menschen, die Er schuf, nicht untergehen, Er versucht sie nicht über Vermögen (1. Kor. 10, 13). Wer nach Gottes Willen leidet und die Treue des Schöpfers kennt, kann die Zuversicht zu Ihm hegen und die apostolische Mahnung zur Richtschnur seines Verhaltens im Leiden nehmen. Kein Leiden möge zur Nachlässigkeit im Gutestun veranlassen. Wer in Drangsaal in gottwohlgefälliger Tätigkeit dem treuen Schöpfer sein Leben anvertraut, wird errettet.

Der Erzvater Abraham erwartete die Stadt, die feste Grundlagen hat, deren Baumeister (s.d.) und Schöpfer Gott ist (Hebr. 11, 10). Das bezieht sich auf das himmlische Jerusalem. Gott ist nach dem griechischen Text der «technites» – «Baumeister» und «demiourgos» – «Urheber» (s.d.) oder Schöpfer. Beide Ausdrücke bezeichnen das Gegenteil von dem, was Menschenhände anfertigen. Die himmlische Stadt ist, wie das himmlische Heiligtum (Hebr. 8, 2; 9, 11), ein Gebilde und Bau Gottes. Der «technites» (Techniker) entwirft den Plan, der «demiourgos» bringt den Bauplan zur Ausführung. Gott ist beides, Er hat den Plan des himmlischen Jerusalems entworfen und schöpferisch ausgeführt. Die hier ersehnte Stadt kann nicht das irdische Jerusalem sein, denn dessen Bildner (s.d.) und Baumeister (s.d.) war Gott nicht. Es ist das himmlische Jerusalem, das nach göttlichem Ratschluß geplant, gegründet und erbaut worden ist.

563. **Schutz,** meistens die Übersetzung des hebräischen «misgab» – «eine Höhe, Anhöhe, ein Fels», wodurch Zuflucht und Sicherheit gewährt wird. Es ist ein unnahbarer Schutz. Gott ist ein festes Schloß (s.d.) und eine sichere Freistadt gegen alle Anfälle und Stürme der Feinde. Die Seinen finden dort unter dem Schatten Seiner Flügel Ruhe und Frieden. Vielfach heißt Jahwe der Schutz der Elenden, Armen und Bedrängten. Weil hohe Orte oder Felsen dem David oft Schutz gewährten, nennt er Gott ein festes Schloß (s.d.).

In dem Dankliede für die Rettung von allen Feinden nennt David Gott seinen Schutz (2. Sam. 22, 3; Ps. 18, 3). Was ihm damals als Naturumgebung des Gebirges in glücklichen Fällen, in äußerster Gefahr gewährte, sieht er alles in Jahwe selbst. Es ist, als wollte er sagen, meine steile Höhe, meine Hochburg, wo mich kein Feind erreicht, von wo aus ich ohne Besorgnis und Angst herabschaue. Jahwe, der Richter der Völker erweist Sich in Zeiten der Bedrängnis den Niedergedrückten als Schutz (Ps. 9, 10). Ein hoher, steiler Ort, wo man aller Gefahr entrückt ist, erfahren die Bedrückten an Gott. An Jahwe Zebaoth, auf dessen Aufgebot hin sich alle Mächte wie Kriegsscharen stellen müssen, hat Israel Schutz, eine steile Höhe, die kein Feind erklimmen kann (Ps. 46, 8. 12). Ehe das Heer der verbündeten Weltvölker Jerusalems erreicht, ist es zum Totenacker geworden. Gott ist in den Palästen Seiner Stadt als Schutz bekannt. Die Bewohner

der Stadt des großen Königs kennen keine andere Schutzwehr (Ps. 48, 4). Während der Zeit, als Saul Davids Haus bewachte, um ihn zu töten, sagte er dennoch zuversichtlich: «Denn Gott ist mein Schutz» (Ps. 59, 10. 18). Er betrachtete Gott in dieser gefährlichen Lage als seine Stärke (s.d.) und als unerklimmbare Berghöhe, als sein unnahbares Asyl. In Gottergebenheit beim Andrang der Feinde rühmt David Gott als seinen Fels (s.d.), sein Heil (s.d.) und seinen Schutz (Ps. 62, 3. 7), daß er nicht wankt. Es kommt nicht zum Fallen und Liegenbleiben. Wenn sich auch Boshafte zusammenscharen und auf ihn eindringen, ist er davon überzeugt, daß er bekennt: «Aber Jahwe ist mein Schutz» (Ps. 94, 22). Bei Ihm findet er einen sicheren Schutz, mag die Welt um ihn her toben, wie sie will. Unter einer Anzahl von Gottesnamen nennt David Jahwe «meine Gnade» (s.d.), «mein Schild» (s.d.), «meine Burg», «mein Schutz», «mein Erretter». Hier ist es die steile Höhe (Ps. 144, 2). Er schaut von unnahbarer Höhe auf seine Feinde nieder. Aus allen Gottesnamen schöpft er ein starkes Gottvertrauen. Jesajah wendet das Bild auf den Gerechten und Redlichen an. Er sagt davon: «Der wird in der Höhe wohnen und Felsen werden seine Feste (s.d.) und sein Schutz sein, sein Brot wird ihm gegeben, sein Wasser hat er gewiß» (Jes. 33, 16). Wer in Gottes Gemeinschaft sein Leben führt, wohnt in unantastbarer Sicherheit wie auf einer hohen Felsenburg. Gott ist sein Schutz. Ihm mangelt nichts, der reiche Gott versorgt ihn.
a.) Es ist im Luthertext noch an zwei Stellen vom Schutz die Rede, wo es sich nicht um eine Gottesbezeichnung handelt, sondern um einen falschen Schutz, zudem ist der Ausdruck des Grundtextes anders zu übersetzen. Jahwe sagte zu Josuah und Kaleb von den Völkern Kanaans, die sie erobern sollten: «Gewichen ist ihr Schatten von ihnen» 4. Mose 14, 9). Das heißt, mit ihrem Schutz ist es aus, das Maß ihrer Sünden ist voll (1. Mose 15, 16). Jahwe übergibt sie dem Verderben und nimmt ihnen das Land (2. Mose 34, 24; 3. Mose 18, 25; 20, 23). In Jesaja 30, 1 ist zu übersetzen: «Sie schließen ein Bündnis ohne meinen Geist.» Sie glaubten auf diesem Gebiete ohne Gott arbeiten zu können. In frommen Kreisen wird das auch oft geglaubt. Das ist eine große Verwirrung und ein Abfall. Jesajah kündigt an, daß der Schutz unter dem Schatten Ägyptens zum Hohn wird (Jes. 30, 3). Das hebräische «chasath» ist eine Bergung oder ein Schutzsuchen. Es gereicht aber zur Schmach. Die Aufzeichnung dieser Gegensätze ist für die Erklärung des Gottesnamens «Schutz» auch von Wichtigkeit.

564. **Schwert,** vergleiche Pfeil!

565. **Schwert deiner Erhabenheit** heißt in 5. Mose 33, 29 nicht wie im Luthertext: «Schwert deines Sieges.» Es ist neben dem Schild (s.d.) eine Bezeichnung Jahwes, weil Er im Kriege Israel Macht gab. Der Name «Schwert der Erhabenheit» besagt, daß Jahwe Seinem Volke die Herrschaft über die feindseligen Völker verleiht. Danach ist die Parole verständlich: «Schwert Jahwes und Gideons!» (Richt. 7, 19. 20.) Es ist das Höchste, was Moseh seinem Volke in Aussicht stellt, daß

die Feinde sich verstellen, oder ihm Freundschaft heucheln (vgl. Ps. 18, 44. 45; 2. Sam. 22, 45; Ps. 81, 16; 66, 3), und daß sie die Herrschaft über ihre Feinde erlangen. Israel war eben eine kämpfende Gemeinde. Für die Streiter des Herrn gibt es keinen nötigeren und herrlicheren Trost als die Gewißheit, daß sie auf den Höhen ihrer Feinde treten werden (5. Mose 32, 13). Alle Reiche werden Gottes und Seines Christus werden. Israel hat beim Einzug in Kanaan erfahren, daß Jahwes Schwert für sie streitet. So werden auch alle antichristlichen Feinde vertilgt (Offb. 19, 15). Das Schwert der Erhabenheit Israels führt keinen Sieg (s.d.) im heidnisch-völkischen Sinne herbei, sondern man freut sich über das Heil (s.d.) und die Ehre und die Macht unseres Gottes (Offb. 19, 2).

566. **Schwert des Geistes** wird in Verbindung mit dem «Helm des Heils» (s.d.) das Wort Gottes bezeichnet (Eph. 6, 18). Paulus will sagen, macht euch das Wort Gottes zu eigen, es verbürgt wie der Helm auf dem Haupte und das Schwert in der Hand euer Heil. Das Schwert wird charakterisiert, daß es vom Geiste stammt. Der Helm des Heils und das Schwert des Geistes werden als Wort Gottes gedeutet. Das Wort ist demnach das Schwert des Geistes, denn es ist Kraft und Geist (Röm. 1, 16; 1. Kor. 1, 18; 4, 20; Röm. 7, 6), es ist ein lebendiges und wirksames Wort (Hebr. 4, 12), schärfer als ein zweischneidiges Schwert. Das Wort, das so freudig macht, ist allein die rechte Waffe des Kampfes. Das Wort Gottes ist das Schwert, welches Geist ist. Mit dem Worte Gottes hat Christus den Versucher geschlagen (Matth. 4, 4. 7).
Das Wort Gottes als Schwert des Geistes zu bezeichnen, beruht auf einigen Stellen des Alten Testamentes. In Jesaja 11, 4 ist zu lesen: «Und er schlägt mit dem Stabe seines Mundes die Erde!» Die LXX übersetzt: «Und er wird schlagen mit dem Worte seines Mundes.» Der Sinn des Prophetenwortes ist damit getroffen, denn das Wort Seines Mundes gleicht einem Stab, der eine vernichtende Wirkung ausübt. Das andere Wort Jesajahs lautet: «Und er machte meinen Mund zu einem scharfen Schwert» (Jes. 49, 2). Das Wort des Mundes gleicht einem scharfen Schwert, das Widerstrebendes überwindet und verderblich Verbundenes scheidet (vgl. Offb. 1, 16). Hosea sagt von dem Worte der Propheten: «Ich habe sie getötet durch die Worte meines Mundes» (Hos. 6, 5). Dem Worte Gottes wohnt die Macht inne, zu töten und zu beleben.
Die Waffen unserer Kriegsführung sind nicht Fleisch, sondern mächtig durch Gott zum Niederwerfen von Festungen (2. Kor. 10, 4). Unter diesem Gesichtspunkte ist auch Psalm 149, 6 zu erwägen: «Hochgesänge Gottes erfüllen ihre Kehle und ein zweischneidiges Schwert führt ihre Hand.» Knechte Gottes ziehen mit dem zweischneidigen Schwert in den Kampf um Gottes Sache. Wie die Makkabäer: «Mit den Händen zwar kämpfend, mit den Herzen aber zu Gott betend» (2. Makk. 15, 27). So läßt sich der Kampf auf das Geistliche übertragen, mit dem Schwerte des Geistes zu kämpfen.

567. **Schwert deines Sieges** vergleiche Schwert deiner Erhabenheit!

567a. **Schwindelgeist,** ist von Jahwe unter die Fürsten Ägyptens ausgegossen worden (Jes. 19, 14). Er bewirkte eine Verführung in allem Tun. Es ist das gleiche wie der «Geist des Schlafes» (s.d.) (Jes. 29, 10; vgl. 1. Kön. 22, 21) und wie der Geist, der Sanherib ein Gerücht hören ließ (Jes. 37, 7), das ihm den Untergang herbeiführte. Der Luthertext hat hier sehr abweichend «einen anderen Mut». Im Gegensatz zu dem Geist des Heils führt dieser Geist des Strafgerichtes zur Wahnweisheit, in den Taumel der Trunkenheit. Jahwe gibt dann die Menschheit in geistiger Verwirrung und Selbstauflösung dahin. Der Geist von Gott kann dann weltzerstörend und welterhaltend sein. Die Empfänger des göttlichen Strafgeistes verfallen der ohnmächtigen Passivität und der völligen geistigen Stumpfheit. Eine solche Verwirrung des Verstandes wird in Revolutionszeiten, besonders am Ende der Tage offenbar (2. Thes. 2, 11; vgl. Hes. 23, 31. 33. 34; Offb. 14, 10; 17, 4; Jes. 51, 17; Sach. 12, 2). Nach dem Hebräischen kann in Jesaja 19, 14: «Geist der Verwirrung» und «Geist des Taumels» übersetzt werden. (Vgl. Ein böser Geist Gottes, Nr. 181!)

568. **Der Starke Israels** siehe der Mächtige Jakobs!

569. **Stärke** von Gott und Christus bezeugt die Bibel. Gott offenbart Seine Gewalt in Beschützung und Befreiung Seines Volkes und in der Überwindung Seiner Feinde (Jos. 22, 22; Hiob 22, 16; Jer. 20, 11; 50, 34; Offb. 18, 8). Vor Ihm gibt es keine Widerstände, alle Feinde und Verfolger werden zu Schanden. Jahwe zerstreut sie mit Seinem starken Arm (Ps. 89, 11; 24, 8; Jes. 10, 21). Christus ist in geistiger Stärke und Macht überlegen (Matth. 3, 11). Er hat eine größere Geisteskraft und Vollmacht, Er kann dadurch tiefergreifende Bewegungen hervorbringen, gewaltiger predigen, das Böse vom Guten scheiden, Seine Lehre mit Zeichen und Wundern bekräftigen, Gottes Gerichte ausführen und den Satan überwinden. Er hat den «Geist der Stärke» (s.d.). Gott ist die Stärke der Gläubigen, sie werden durch Ihn mit Kraft aus der Höhe angetan, auch im Äußeren genießen sie Seinen kräftigen Beistand.
1.) Im hebräischen Text stehen für Stärke sieben verschiedene Ausdrücke, der griechische Text hat drei verschiedene, sinnverwandte Worte für diesen Begriff. Nur einmal kommt in Psalm 22, 20 «ejaluth» vor. Es ist eine Ableitung von «ul» oder «el» – «Stärke, Kraft», womit der Gottesname «El» (s.d.) – «Gott der Starke» in Verbindung steht. In dem messianischen Psalm vom Leiden des Herrn ist dieser Gottesname sehr sinnvoll. Die weissagende Leidensschilderung des Messias, auf die bald der Tod erfolgt, hat ihren Gipfel erreicht. Die Blicke des Leidenden und Sterbenden konzentrieren sich jetzt auf Jahwe. Er nennt Gott «meine Stärke» und bittet: «Eile zu meiner Hilfe!» (Ps. 22, 20.) In diesem Namen ist der Inbegriff der Kraft enthalten (vgl. Ps. 88, 5). Gott Seine Stärke möge Ihm zu Hilfe eilen,

wie das ein Leidender benötigt (vgl. Ps. 71, 12; 38, 23). Der Sohn Gottes nennt Jahwe in Seiner äußersten Schwäche: «Meine Stärke.» Nach Seinem Vorbild darf gesagt werden: «Wenn ich schwach bin, so bin ich stark» (2. Kor. 12, 10).

2.) Selten wird im hebräischen Text «chail» – «Kraft, Stärke, Tapferkeit» als Gottesbezeichnung angewandt. Meistens wird damit die Stärke und Tapferkeit eines Kriegers bezeichnet. Die Gegenüberstellung einiger Psalmstellen ergibt einen tiefen Sinn. Von der Stärke des Königs und der Kraft eines Kriegers sagt der Psalmist: «Nicht wird errettet ein König durch große Stärke, täuschend ist das Roß zum Heil, und durch die Größe seiner Stärke entrinnt es nicht» (Ps. 33, 16. 17). Ohne Ihn geschieht nichts, Alles aber durch Ihn. Der glückliche Ausgang eines Krieges, die Rettung eines Helden sind nicht ihr Selbstzweck. Eine große Heeresmacht und Leibeskraft ist ohne Gott ohnmächtig, der in den Schwachen mächtig ist. Das Kriegsroß, durch seine große Stärke vielversprechend, rettet den Reiter nicht aus der Gefahr (vgl. Spr. 21, 31). David, ein geübter Kriegsmann sagt zweimal, daß Gott ihn mit Stärke umgürtet (Ps. 18, 33. 40; 2. Sam. 22, 33. 40). Indem er seine ganze Waffenrüstung betrachtet, preist er den Herrn, der ihm Seine Stärke verliehen hat.

3.) In Psalm 18, 2; 2. Samuel 22, 3 ist das hebräische «chezeq» – «Macht, Hilfe, Stärke» zu beachten. Der Name «Hiskiah» – «Stärke Jahwes» ist davon hergeleitet. Es wird damit eine feste, entschlossene Kraft und Herrschergewalt ausgedrückt. David sagt in Verbindung mit diesem Gottesnamen: «Herzlich lieb habe ich dich, Jahwe, meine Stärke» (Ps. 18, 2). Mit einer herzinnigen, zarten und gleichsam starken Liebe umklammert der König Jahwe, seinen Bundesgott. Die brünstige Herzensliebe ist mit größter Stärke verbunden, was keineswegs als Doppelherzigkeit zu deuten ist, sondern als tiefste Liebesempfindung gilt. Das Lied von Scheffler: «Ich will Dich lieben meine Stärke», in dem der Dichter immer wieder sein eigenes «Ich will» betont, läßt sich in Wirklichkeit nicht mit diesem Bibelwort vergleichen oder gleichstellen. Gott ist die Stärke unseres Lebens, unseres Charakters und unserer Hoffnung, der Werke und des Kampfes. Alle drei Gottesnamenreihen in Psalm 18, 2 werden von der erbarmenden Gottesliebe getragen, die in des Dichters Herzen ein volltönendes Echo fand.

4.) An einigen Stellen ist auf das hebräische und aramäische «geburah» – «Kraft, Körperstärke, Tapferkeit, Stärke» zu achten. Es ist vorwiegend Stärke und Tapferkeit im Kriege. Es wird auf Gottes Macht angewandt (vgl. Ps. 54, 3; 66, 7; 71, 16; 89, 14), wo Luther mit «Gewalt» übersetzt. «Jahwes mächtige Taten» werden mit «Jahwe geburoth» bezeichnet (vgl. 5. Mose 3, 24; Ps. 106, 2; 150, 2). Der Prophet stellt dem heiligen Überrest Israels am Ende der Tage in Aussicht, daß Jahwe Zebaoth (s.d.) ein Geist des Rechtes (s.d.) dem Richter und eine Stärke den Kriegern sein wird (Jes. 28, 6). Sie werden dann die Feinde, die schon in Jerusalem eingedrungen sind, mit unwiderstehlicher Gewalt zum Tore hinaus- und zurückdrängen. Daniel preist

in seinem Lob- und Dankgebet den Namen Gottes. Fast wörtlich, wie in Hiob 12, 13, rühmt er von Gott: «Ihm ist Weisheit (s.d.) und Stärke» (Dan. 2, 20). Der Prophet dankt dem Gott der Väter (s.d.) für die Weisheit, den Traum Nebukadnezars deuten und für die Stärke, der drohenden Todesgefahr kühn begegnen zu können (Dan. 2, 23). Sehr tröstlich ist, daß der Name des Erzengels Gabriel «Mann, Starker Gottes» von «geburah» abgeleitet ist, der Engelfürst, der in Daniel 8, 16; 9, 21 dem Propheten Daniel Unterweisungen gab.
Der Prophet Michah hatte mit falschen Propheten und Wahrsagern zu kämpfen. Im Gegensatz zu diesen widergöttlichen Menschen betont der wahre Prophet: «Ich aber bin erfüllt von Kraft (koach) mit dem Geiste Jahwes, und von Gericht und Stärke, anzuzeigen Jakob sein Vergehen und Israel seine Sünde» (Mich. 3, 8). Sein Wirken war von der Kraft, dem Beistand des Geistes Gottes erfüllt, durch die von Gott verliehene Stärke und Mannhaftigkeit konnte er dem Volke seine Sünden und das göttliche Gericht vorhalten. In dieser Gotteskraft mußte er allen Volksständen die Ungerechtigkeiten und Gottes Strafe offenbaren.
5.) Zur Ermunterung der Kleinmütigen weist Jesajah auf den Schöpfer aller Enden der Erde hin, der in Seiner Kraft nie ermattet, der vielmehr die Schwachen stärkt. Der Prophet sagt: «Gebend dem Matten Kraft, und dem Unvermögenden gibt er Stärke in Fülle» (Jes. 40, 29). Der Urtextausdruck «azmah» deutet auf einen unerschöpflichen Vorrat an Stärke für die Müden. Wer entkräftet zusammensinkt, dem verleiht Gott eine Fülle von Stärke.
6.) An der Mehrzahl der Schriftstellen wird der urtextliche Ausdruck «oz» – «Stärke, Kraft (s.d.), Macht (s.d.), Ruhm», als Gottesbezeichnung erwähnt. Es stehen damit die Personennamen «Ussiel» – «Meine Stärke ist Gott», «Ussijah» – «Meine Stärke ist Jahwe» in Verbindung. Das aus dem Schilfmeer erlöste Volk jubelt: «Meine Stärke und mein Lobgesang (s.d.) ist Jah (s.d.), und Er ward mir zum Heil» (s.d.) (2. Mose 15, 3). Was hier von Gott gerühmt wird, ist in die Psalmendichtung übergegangen. Die Erlösung aus Ägypten und die Führung durch das Rote Meer zur heiligen Wohnung geschah durch Seine Stärke (2. Mose 15, 13).
Hiob schrie zu Gott um Hilfe, sein Schreien blieb ohne Antwort. Im Gebet verharrend, in ehrfürchtiger Haltung zu Gott aufblickend, begegnete ihm Gottes beängstigender Blick, der ihm nicht hilfsbereit, sondern mehr feindselig erschien. Gott wandelte Sich in einen Grausamen gegen ihn um, mit der Stärke Seiner Hand befehdete er ihn (Hiob 30, 21). Hiob bekam die Stärke der göttlichen Allmachtshand zu fühlen.
David bekennt: «Jahwe ist meine Stärke und mein Schild» (s.d.) (Ps. 28, 7). Der Sänger eignet sich im Glauben die Allmacht seines Bundesgottes an. Wenn er noch sagt: «Jahwe ist ihre Stärke» (Ps. 28, 8), dann deutet er damit an, daß Gott die Stärke aller Gläubigen ist. Die Feinde des Psalmisten waren so hinterlistig und mächtig, daß sie ihm Netze stellten. Er fühlte sich gefangen in der verderblichen Schlin-

ge, daß er zu Gott um Befreiung schrie. David begründet seine Bitte: «Denn du bist meine Stärke» (Ps. 31, 5). In dem Netz geheimer List verstrickt, erweist sich Jahwes Stärke als vollgenügend. Wer sich im Glauben einzig auf die Stärke des starken Gottes Israels (s.d.) verläßt (Jos. 22, 22), darf sein Flehen in der Not mit heiliger Zuversicht begründen. In größter Kriegsnot ist Gott uns Zuversicht (s.d.) und Stärke (Ps. 46, 2). In der Aufzählung von 9 Gottesnamen im 62. Psalm sagt David in Gottergebenheit trotz aller Feindschaft ringsum: «Der Fels (s.d.) meiner Stärke, meine Zuflucht (s.d.) ist in Gott» (Ps. 62, 8). Die Worte und Bilder sind zusammengetragen, mit denen Gott gepriesen wird. Er hat in vielen Proben Gott treu erfunden, darum möchte er Ihn hoch ehren. Die Erfahrung so reicher Schätze der Gotteserkenntnis bedarf vieler Namen und Ausdrücke, um so wertvolle Kleinodien unterzubringen. Jedem Gottesnamen prägt der Psalmist sein Monogramm auf, immer wieder ist der Besitz mit «Mein» ausgedrückt: «Meine Hoffnung (s.d.), mein Hort (s.d.), meine Hilfe (s.d.), mein Schutz (s.d.), mein Heil (s.d.), meine Ehre (s.d.), Fels meiner Stärke, meine Zuflucht (s.d.), meine Zuversicht» (s.d.). Die tröstlichen Namen Gottes sind sein persönliches Gut, die ihm das Heil des treuen Bundesgottes offenbaren und übermitteln. Die Gesamtgemeinde wird durch ein fröhliches Keltertreterlied (vgl. Ps. 8. 81. 84) aufgerufen, Gott zu jubilieren, «der unsere Stärke ist» (Ps. 81, 2). Jahwe war die Stärke Israels bei der Erlösung aus Ägypten. Am Festtage sollen sie dem Gott Jakobs (s.d.), dem Gott ihres Stammvaters mit fröhlicher Musik lobpreisen, der ihre Stärke ist. Auf der Wüstenwanderung leitete Gott den Südwind durch Seine Stärke (Ps. 78, 26). Die Winde dienen der Absicht des Herrn, sie beweisen die erhabene und allumfassende Macht Gottes. Die Veränderlichkeit der Winde ist Zeugnis Seiner Stärke, denn sie müssen Seinen Befehlen gehorchen (vgl. Matth. 8, 27). Auf dem Wege zum Heiligtum Jahwes, der wahren Heimat, sagt Asaph zu dem einzelnen Pilger: «Glückseligkeiten dem Menschen, der in dir Seine Stärke hat» (Ps. 84, 6). Auf dem Wege nach Zion sind viele Hindernisse zu überwinden, die den Wanderer ermüden. Selig ist schon der Mensch, der in Gott seine Stärke hat. Die Kraft des Allvermögenden ist in seiner Schwachheit mächtig. Während die Kraft des Reisenden sonst abnimmt, geht es bei den Pilgern zur Heimat umgekehrt. Sie gehen von Kraft zu Kraft (s.d.), d. h. sie empfangen Kraft um Kraft (Ps. 84, 8). Die Übersetzung «Sieg» (s.d.) ist hier nicht angebracht. Die Kraft steigert sich, je näher die Pilgerschar dem ersehnten Ziele kommt, das sie unfehlbar erreicht (vgl. Jes. 40, 31; Joh. 1, 16), vor Gott in Zion. Der 89. Psalm ist ein Bundeslied von den zuverlässigen Gnaden Davids. In diesem Psalm wird die Gnade Gottes am meisten in der ganzen Bibel gerühmt. Der Ruhm der Macht, Gerechtigkeit und Gnade Jahwes führt den Dichter dazu, die Glückseligkeit des Volkes zu besingen, dessen Herrlichkeit und Stärke ein solcher Gott ist. Frohen Sinnes spricht er aus: «Denn Du bist die Zierde ihrer Stärke» (Ps. 89, 18). Wenn wir stark sind in Ihm, ist Er unser Trost und unsere Stärke, wenn wir im Bewußtsein unserer Schwäche zittern. Wen Jahwe stärkt, darf sich nicht selbst rühmen, sondern muß Ihn allein ehren. Außer Ihm haben wir keine Stärke und Schönheit.

7.) Luther übersetzt an fünf Stellen das hebräische «maoz» mit Stärke, das den Sinn hat von «Feste, Festung (s.d.), Schutzwehr (s.d.), Fels (s.d.), Schutz (s.d.), Schirm (s.d.), Zuflucht (s.d.), Rettung (s.d.), Rüstung». Zur Zeit Nehemiahs wurde an einem Tage dem Volke das Gesetz vorgelesen. Der Tag war dem Herrn heilig. Das Volk trauerte und weinte. Nehemiah ermahnte, nicht zu trauern und zu weinen. Seine Ermunterung begründete er: «Die Freude Jahwes ist eure Feste» (Neh. 8, 10). Es ist die Freude, die sie an Jahwe haben, aber nicht die Freude, die Jahwe an ihnen hat. Unsere Freude an Ihm bildet eine Feste oder Burg. Es ist eine Burgfeste, die vor Traurigkeit schützt, sie erhält die Zuversicht aufrecht, was uns auch immer niederzubeugen droht. Wenn auch jemand Ursache hat, traurig zu sein, im Herrn darf er fröhlich sein. Die Freude an Jahwe macht in den größten Schwierigkeiten getrost.

Die Zukunft der Gottlosen wird vernichtet. «Das Heil» (s.d.) aber der Gerechten ist von Jahwe, ihre Schutzwehr (s.d.) in der Zeit der Not (Ps. 37, 39). Jahwe ist während der Drangsal für die Gerechten eine Bergung, sie haben in Jahwe den rechten Schirmherrn, der sie schützt und befreit. Der heilige Sänger liebt Gott, er sehnt sich nach Ihm. Er fühlt sich aber in einer falschen und bösen Gesellschaft, daß Gott von ihm gebeten wird, ihn da herauszuretten. Seine Bitte wird begründet: «Denn du bist der Gott, mein Hort» (s.d.) (Ps. 43, 2). Bei Ihm allein ist seine Bergung, darum sucht er bei Gott seine Zuflucht. Er überläßt sich Seinen Händen, die Feinde zu bekämpfen.

Jesajah kündigt Ephraim schwere Gerichte an. Die Stätte ihrer Festungen sind wie verlassene Burgen im Walde und auf der Höhe. Es sind dann Ruinen. Das Gericht ist unausbleiblich. Der Prophet sagt und begründet: «Denn du hast vergessen des Gottes deines Heils (s.d.) und des Felsens deiner Festung hast du nicht gedacht» (Jes. 17, 10). Es ist also eine Gottentfremdung, daß es sich von Jahwe, der wahren felsenfesten Burg abgewandt hatte. In der antichristlichen Verfolgungszeit erweist Sich Jahwe als Feste der Geringen, der Armen Feste (s.d.) in der Drangsal, eine Zuflucht (s.d.) vor dem Ungewitter, ein Schatten (s.d.) vor der Hitze (Jes. 25, 4). Wenn das Heer des Antichristen auf das Volk Gottes losstürzt, wird die Welthauptstadt und der Antichrist und sein Gefolge vernichtet. Gegen die Wut der Verfolgung schützt, beschirmt und bewahrt Jahwe die Seinen.

8.) Im Epheserbrief steht die Apposition: «Die Wirkung der Gewalt seiner Stärke» (Eph. 1, 19) und: «Die Kraft seiner Stärke» (Eph. 6, 10). Es ist Paulus sehr darum zu tun, daß seine Leser eine Einsicht in die Macht (dynamis) Gottes erlangen. Der Apostel zeigt die Ursache dieser Macht als Wirkung der Kraft Seiner Stärke. Die Macht oder «dynamis» kommt von Gott aus (vgl. Matth. 26, 64; Mark. 14, 62), oder ist Gott Selbst. Die Stärke (ischus) Gottes ist der Grund Seiner Gewalt (kratos), welche sich in Seiner Weltregierung äußert. Seine Gewalt ist die wirksame Kraft Seiner Allmacht. Diese Steigerung der Kraftwirkungen geht von Gott aus. Gottes Kraftäußerung ist ganz besonders bei der Auferweckung Christi aus den Toten offenbar geworden (Eph. 1, 20. 21). Wir werden ermahnt, «werdet stark im Herrn und in der Kraft seiner Stärke» (Eph. 6, 10). Mit Josaphat muß bekannt werden: «In uns ist keine Kraft» (2. Chron. 20, 12). Jahwe umgürtet die Schwachen mit Stärke (1. Sam. 2, 4). Paulus schreibt darum: «Wenn ich schwach bin, alsdann bin ich stark» (2. Kor. 12, 10).

570. **Starker Gott** vergleiche Sohn der Jungfrau!

571. **Stein** wird in der Schrift im Blick auf den Namen Gottes und Christi als ein Bild der Festigkeit und Zuverlässigkeit angesehen. In einem vielsagenden, heilsgeschichtlichen Sinne nennt der Prophet Sacharjah den Stein in seiner tiefgründigen und inhaltreichen Symbolik. Die prophetische Darstellung im Einzelnen ist sehr dunkel, die nur im Lichte des Neuen Testamentes erhellt werden kann. Der Prophet spricht von Vorbildern auf den Knecht Jahwes, der schon bei Jesajah «Sprößling» (Jes. 4, 1; 11, 1) heißt, Sacharjah nennt Ihn «Zemach» (s.d.). Von dem Sprößling geht er zu dem «Stein» über, der vor Jesuah gelegt ist.
Für die Exegese ist der vor Jesuah gelegte Stein ein schwieriges Problem. Man hat geraten auf den Grundstein des Tempels, auf den Giebelstein, auf die Bausteine, auf den Tempelbau selbst. Es wurde sogar die jüdische Tradition zu Rate gezogen, nach welcher der Stein im Allerheiligsten für die fehlende Bundeslade lag, auf den der Hohepriester am Versöhnungstage die Räucherpfanne stellte. Abenteuerlich ist die Deutung auf die zwölf Steine im Brustschild des Hohenpriesters, oder auf Israel als Einheit dieser Steine. Einige wollen den Stein nicht als Symbol des Messias auffassen, weil der Stein vor Jesuah gelegt und Jahwe Ihm erst Gewalt geben muß.
Beides hat sich in Christo erfüllt, daß an den kostbaren Stein der Bewährung (s.d.) gedacht werden kann, der in Zion gelegt ist (Jes. 28, 16), von dem auch der Psalmist (Ps. 118, 22) das Geschick Christi voraussagt. So ernst die Lehre von der Sündhaftigkeit der menschlichen Natur Christi zu verwerfen ist, so ist nach der Schrift daran festzuhalten, daß Gott Ihn durch Leiden vollkommen gemacht hat (vgl. Jes. 53; Phil. 2; Hebr. 2, 10).
Die sieben Augen auf dem Stein sind sehr verschieden gedeutet worden. Sie sind schon da, ehe Jahwe Seine Inschrift in den Stein gräbt. Die sieben Augen, die auf den Stein schauen, sind ein Ausdruck dafür, daß die sieben Geister (s.d.), die auf Christum ruhen (Jes. 11, 1; Offb. 1, 4; 3, 1; 4, 5; 5, 6), ein Augenmerk besonderer Vorstellung und Vorsehung darstellen. Die siebenfältige Ausstrahlung des Geistes Jahwes wird sich an diesem Stein kräftig erweisen, um Ihn für Seine Bestimmung zuzubereiten. Seine Inschrift entspricht der Zubereitung. Das Tilgen der Missetat dieses Landes wird durch den Stein bewirkt. Die Bestimmung «an einem Tage» meint das ein-

malige Versöhnungsopfer auf Golgatha (Hebr. 7, 27; 7, 12; 9, 12; 10, 10), das durch den Messias für die Sündentilgung vollbracht wurde. Die bewirkende Tilgung der Schuld wird nicht mehr wiederholt, wie beim vorbildlichen Priestertum, sie ist mit einem Male vollendet. Durch die Tilgung aller Sündenschuld, die auf dem ganzen Volke liegt, wird jeder Unfriede und alles Elend, das aus der Sünde fließt, hinweggeräumt. Die entsündigte Gemeinde des Herrn genießt den Zustand des seligen Friedens.

Der Stein, der von den Bauleuten verworfen wurde, wird im Alten Testament in Psalm 118, 22 erwähnt. Das Psalmwort erinnert an den Wiederaufbau des Tempels unter Esra (Esr. 3, 12), bei dessen Grundsteinlegung lauter Jubel der Menge mit lautem Weinen der Alten gemischt war. Die Trauer wurde durch die Kümmerlichkeit der Gegenwart verursacht, da man sich an den herrlichen Tempel Salomohs erinnerte. Vor Serubabel türmten sich große Schwierigkeiten auf. Gott aber befähigte ihn aus seiner Verborgenheit den Eckstein (s.d.) hervorzubringen. Die Mißachtung des geringen und kümmerlichen Anfangs bei der Grundsteinlegung (Esr. 3, 10) deutet auf das Psalmwort. Der von den Bauleuten verachtete Stein ist zum Eckstein geworden.

Die Bauleute sind jüdische Arbeiter am Tempel. Sie mißachteten den geringen Anfang einer neuen Zeit. Jesus wendet dieses Psalmwort im Zusammenhang des Gleichnisses von den bösen Weingärtnern auf die Volkshäupter an. Er wußte Sich als der von den Bauleuten verworfene Stein (Matth. 21, 42-44; Mark. 12, 10). Nachdem die Arbeiter des Weinberges den Sohn des Besitzers gesteinigt und seinen Leichnam beschimpften, stellte Jesus die Frage: «Was wird der Herr des Weinberges tun?» (Mark. 12, 8.) Der Herr verbindet Seine Antwort mit Psalm 118, 22; ohne die Anwendung und Deutung auf die jüdischen Oberen. Die enge Verknüpfung der Psalmworte mit der Parabel ergibt sich von selbst für jeden aufmerksamen Leser. Das geschilderte Verfahren des Herrn des Weinberges erinnert an das Schriftwort von den Bauleuten, die den Stein verwarfen, welchen der Herr zum Eckstein (s.d.) des Reiches Gottes machte. In den Augen der Menschen war das wunderbar. Nach dem Lukastext fragte Jesus die Zuhörer, was das Psalmwort von dem verworfenen Stein ihnen zu sagen hat (Luk. 20, 17). Das anerkannte Bibelwort ist nicht bedeutungslos, es bleibt auch nicht unerfüllt. Der verachtete Stein ist Christus, welchen Gott zum Grund- und Eckstein des neuen Gottesreiches bestimmt hat. Die messianische Deutung des verworfenen Steines in Jesaja 28, 16 berechtigt Jesus, Sich als den von Gott auserwählten Eckstein anzusehen. Der Stein ist das Königtum der Verheißung. Dieser Sinn wird mit Recht aus dieser Stelle gefolgert, denn die Geschichte Israels wiederholt sich gipfelhaft in der Geschichte Christi.

Jesu Ausspruch vom Tempel Seines Leibes (s.d.) in Johannes 2, 19-21 (vgl. Sach. 6, 12), erinnert noch genauer daran, daß Er im Stande Seiner Niedrigkeit, als der Verachtete und Verworfene befähigt ist, der ewige und herrliche Tempel zu werden, in dem die ganze Fülle

der Gottheit leibhaftig wohnt, in dem die versöhnte Menschheit für immer vereinigt ist (vgl. Apostelg. 4, 11; Eph. 2, 20-22; 1. Petr. 2, 4).
Die Bestimmung des verworfenen Steines zum Eckstein bedeutet, daß das Reich Gottes von dem auserwählten Volke genommen wird und einem Volke gegeben wird, das seine Früchte bringt (Matth. 21, 43). Die Verwerfung des Ecksteins hat nicht nur den Verlust des Reiches Gottes zur Folge, sondern auch das Verderben seiner Widersacher. «Wer über diesen Stein fällt, wird sich zerschellen und auf welchen er fällt, den wird er zerschmettern» (Matth. 21, 44). Messianische Aussprüche von diesem Stein zeigen den Untergang der ungläubigen Gegner. Der erste Teil dieser Aussage wird in Jesaja 8, 14. 15 bestätigt, wo Jahwe vom Propheten als Heiligtum bezeichnet wird, für die, welche Ihn fürchten. Wer Ihn von sich stößt oder verachtet, wird sich daran stoßen, fallen und zerschellen. Es ist für die Gegner ein Stein des Anstoßes (s.d.) und ein Fels des Ärgernisses (s.d.). In Christo wird dieses Schriftwort völlig erfüllt. Der zweite Satzteil erinnert an den großen Stein im Monarchienbilde Nebukadnezars (Dan. 2, 34. 45), der sich von dem Berge losriß und den Koloß der Weltreiche anschlug und sie zertrümmerte. Dieser Stein bildet das Reich Gottes ab, von dem es heißt: «Er wird alle Königreiche zermalmen» (Dan. 2, 44). Die Weissagung von dem Stein ohne Hände (s.d.) erfüllt sich in Christo, dem Gründer des Himmelreiches. Wer Ihm widerstrebt, wird vernichtet. Das gedrohte Gericht begann mit der Zerstörung Jerusalems. Das hier vorkommende griechische «likman» bedeutet neben «worfeln» auseinanderstreuen oder werfen, auch in Stücke zertrümmern. Das Volk, das Christum verworfen hat, ist bis in die jüngste Vergangenheit wie die Spreu vor der Wurfschaufel zerstoben. Möge Gott Gnade geben, daß Israel den verworfenen Stein als den von Gott bestimmten Eckstein erkennt!

572. **Stein des Anstoßens** siehe Fels des Anstoßens!

573. **Stein der Bewährung** bildet im Gegensatz zu dem falschen Vertrauen der Magnaten der zu Zion gelegte Grundstein (Jes. 28, 16), der die Gläubigen unerschütterlich trägt, aber die Ungläubigen zerschellt (vgl. Matth. 21, 44). Der im Alten Bunde verheißene, der im Neuen Bunde erschienene Messias ist der zu Zion gelegte Grundstein, auf dem der ganze Bau ineinandergefügt wächst zu einer Behausung Gottes im Geist (Eph. 2, 20). Das persönliche Wort Jahwes wird auch ein Stein genannt (Jes. 8, 14), Jahwe Selbst wird ein «Stein des Anstoßens» und ein «Fels des Strauchelns» (s.d.) genannt. Es ist nicht unmöglich, daß sich Jesajah hier an sein früheres Wort erinnert. Vielleicht schaut der Dichter des 118. Psalms (Ps. 118, 22) auf beide Jesajahworte zurück. Petrus faßt jedenfalls in seinem ersten Briefe alle drei Worte des Alten Testamentes zusammen (1. Petr. 2, 6. 7). Jesus hatte in Seinem Gleichnis von den Weingärtnern die Psalmstelle (Ps. 118, 22) und Jesaja 8, 16 vor Augen, ebenso den Stein ohne Hände (s.d.). Paulus erinnert an beide Jesajahworte. Petrus erwähnt

in Apostelgeschichte 4, 11 nur Psalm 118, 22; in Römer 10, 11 wird allein auf Jesaja 28, 16 zurückgewiesen.
Der zu Zion gelegte Stein wird ein «Stein der Bewährung» genannt. Der Begriff kann aktiv und passiv aufgefaßt werden, als ein «bewährter und ein bewährender Stein». Das Erstere bezeichnet seine erprobte Festigkeit, das Andere sagt aus, daß an ihm die Gedanken der Herzen offenbar werden. Keiner kann ihn umgehen, sie müssen alle an ihm vorbei. Er wird den einen zum Fall, den andern zum Aufstehen. In Matthäus 21, 44; Lukas 2, 34 wird die letztere Bedeutung betont. Der Prophet hat mit Stein der Bewährung einen doppelsinnigen Ausdruck gewählt. Die erstere Auffassung des Begriffes empfiehlt sich nach dem Zusammenhang in Jesaja 28, 16. Nach dem Worte des Propheten erwartet man ein Lob auf die Beschaffenheit des Steines, nicht allein eine Aussage über die Dienste, die er leistet.
Der Stein der Bewährung ist eine feste Grundlage in seiner Heilswirkung, die vom Glauben abhängt. Die feste Grundlage erfordert ein treues Festhalten. Der Prophet fügt darum hinzu: «Wer glaubt, flieht nicht!» Wo der feste Grund gelegt ist und der Mensch im Glauben daran festhält, ist der Aufbau eines heiligen Tempels möglich.

574. **Lebendiger Stein** wird Christus, der Grundstein, von Petrus genannt, auf welchen sich die Gläubigen als die lebendigen Steine erbauen sollen zu einem geistlichen Hause und einem heiligen Priestertum (1. Petr. 2, 4. 5). Der Apostel, der sich hier auf alttestamentliche Stellen bezieht (Ps. 118, 22; Jes. 28, 16; vgl. Röm. 9, 33; Apostelg. 4, 11), fügt «lebendig» als Prädikat hinzu. Er nennt Christus einen lebendigen Stein, nicht nur im passiven Sinne, sondern auch aktiv hat Er Leben in Sich Selbst, weil Er uns Sterbliche lebendig macht. Im Gegensatz zu gebrochenen Steinen wird Christus der lebendige Stein genannt (vgl. Joh. 6, 51). Wie Er der lebendige Stein ist, sind durch Ihn auch die Gläubigen «lebendige Steine». Auf Ihn, den lebendigen Stein, werden auch die Gläubigen als lebendige Steine aufgebaut. Sie werden dem noch im Werden begriffenen Bau einverleibt, indem dadurch ein geistliches Haus entsteht. Es ruht auf Christum, dem festen Grunde. Es ist ein Organismus, der organisch zusammenhängt, vielfach gegliedert und nach einem bestimmten Plan der Vollendung zustrebt. An Christus, dem lebendigen Stein, ist kein Atom tot oder ohne Leben. Alles ist echt, lauter, rein, lebendig. Seine Festigkeit ist Zuverlässigkeit, Treue, Wahrheit, Leben. Es gibt Steine, die zerbröckeln, wenn sie lange Zeit der Luft oder der Feuchtigkeit ausgesetzt sind, sie fallen dahin und sterben. Christus ist keinem Einfluß erlegen, Er ist lebendig, Er ist das Leben (s.d.). Dieses Leben behält Er nicht für Sich, Er durchdringt und erfüllt damit alle, die zu Ihm kommen. Er ist lebendig und macht lebendig. Er hat das Leben und erzeugt Leben. Der lebendige Stein hält und trägt alle, die auf Ihn gebaut werden.

575. **Der Stein ohne Hände** zermalmt die vier Weltreiche, die Nebukadnezar im Traume von dem Monarchienbilde schaute (Dan. 2, 34.

35). Der Stein, der ohne menschliche Mitwirkung sich losriß, zertrümmerte die bisherigen Weltmonarchien, wodurch das Reich Christi gegründet wurde. Mit dem Wachsen des Steines wird die Ausbreitung des Königreiches Gottes bis zur Erfüllung des Erdkreises angedeutet. Es erfährt eine Ausdehnung über alle Länder der Welt. Das Herabrollen des Steines und die Zertrümmerung des Monarchienbildes hat schon seine heilsgeschichtliche Erfüllung gefunden, als Christus, der von den Bauleuten verworfene Stein zum auserwählten Eckstein (s.d.) in Zion wurde; an dem alle Feinde des Reiches Gottes anlaufen, zerschellen und zu Schanden werden (Matth. 21, 42-44; 1. Petr. 2, 6-8; vgl. Jes. 8, 14; 28, 16). Die Erfüllung ist fortwährend im Zunehmen begriffen, daß die Zermalmung und Auflösung der Weltreiche immer vollständiger wird und der Stein mehr und mehr zu einem Berge heranwächst, der die ganze Erde erfüllt, bis daß Er an Seinem gottgewollten Ziele angelangt ist. Die Welt, mit Satan ihrem Haupte, ist schon durch Christus gerichtet. Der in Christo geoffenbarte wahre Gott offenbart Sich als der Stein Israels (s.d.) (1. Mose 49, 24; 5. Mose 32, 4; Jes. 30, 29; 44, 8; 1. Sam. 2, 2), als der Fels der Stärke (s.d.) (Jes. 17, 10), der Fels der Ewigkeiten (s.d.) (Jes. 26, 4), der Fels der Zuversicht (Ps. 94, 22) (s.d.). In der Gemeinde wird das bestätigt. Der Stein ohne Hände deutet auf den Messias und Sein von Ihm gegründetes Reich.

576. **Stein Israels,** ein Gottesname im Munde Jakobs (1. Mose 49, 24). Gott ist ihm als solcher der feste, unerschütterliche Grund auf den man sich verlassen kann, wenn auch alles wankt. Er besagt das gleiche wie der «Fels» (s.d.), der auch oft im Alten Testament als Gottesname zur Anwendung gelangt (vgl. 1. Sam. 2, 2; Ps. 18, 3. 32; Jes. 26, 4; 30, 29). Jakob bezieht sich wohl auf den Stein zu Bethel, wo er die Gotteserscheinung hatte und sein Gelübde vor Gott aussprach (1. Mose 28, 18. 22). Gott, der Sich als Gott von Bethel zu erkennen gab, hieß ihn in seine Heimat zurückkehren (1. Mose 31, 13). In Erinnerung an die Gotteserscheinung in Bethel errichtete Jakob einen Stein, den er mit Oel und einem Gußopfer begoß (1. Mose 35, 14). Der Stein sollte für längere Zeit ein Gedenkstein bleiben. Jakob, Israels Stammvater, legte den ersten Grundstein zu dem Bau des geistlichen Tempels, den seine Nachkommenschaft ausführen sollte. Jakob war so erfüllt von der gegenwärtigen Gottesoffenbarung, daß er den Ort wiederum Bethel nannte (1. Mose 35, 15). Es war keine müßige Wiederholung, sondern der Name stieg aufs Neue aus seinem Inneren hervor. Wenn er in seinem Abschiedssegen den Gott der Väter den «Stein Israels» nennt, erinnert er sich an den Gott, der ihm mehrfach in Bethel erschienen ist.

577. **Stern aus Jakob,** nennt Bileam den Messias, den er schauen werde, aber nicht von nahem (4. Mose 24, 17). Der prophetische Blick und der Spruch zielen im entferntesten Hintergrund auf «Ihn», den Einen, der die Krone Israels und das Grundthema der ganzen Heili-

gen Schrift ist. Die Bibel erwähnt Ihn immer, bald enthüllt, bald verhüllt, namentlich und namenlos, bildlich und vorbildlich. Er ist sichtbar erschienen und mit Händen berührt worden (1. Joh. 1, 1). Er wird als König aller Könige wiederkommen, alle Augen werden Ihn dann sehen.
Bileam redet vom Messias, der ihm noch unbekannt und entfernt war. Im Folgenden beschreibt er Ihn deutlicher. Einige Erklärer meinen, seine Weissagung hätten die Weisen aus dem Morgenland buchstäblich erfahren (vgl. Matth. 2, 1). In der prophetischen Sprache der Heiligen Schrift bezeichnet «Stern» einen himmlischen Lehrer oder göttlichen Propheten, der in der Finsternis leuchtet (Dan. 8, 10; Offb. 1, 20; 22, 16), wo Christus auch der helle Morgenstern heißt (vgl. 2. Petr. 1, 19; Luk. 1, 78; Matth. 4, 16). Der Messias ging als der Stern aus Jakob auf. Tieferschauende Israeliten, nach Origenes auch die Samaritaner, verstanden diese Weissagung von Christus.
Im 2. Jahrhundert stützte sich ein Pseudomessias auf diese Weissagung und er führte den Namen «Barkochba» – «Sohn des Sterns». Nachdem aber die Juden seinen Betrug entdeckten, nannten sie ihn «Barkosiba» – «Sohn der Lüge».

578. **Sühnedeckel** siehe Gnadenthron!

579. **Sünd- und Schuldopfer** siehe Opfer!

580. **Teil,** hebräisch «cheleq» – «Teil, Anteil». Der Name steht im Alten und Neuen Testament in heilswichtigen Zusammenhängen. Es sei daran erinnert, daß der Name «Hilkijah» – «Jahwe ist mein Teil», ein beliebter Personenname bei Priestern war, was an die göttliche Zusage erinnert: «In ihrem Lande sollst du kein Erbe und kein Teil soll dir sein in ihrer Mitte. Ich bin dein Teil und dein Erbe in der Mitte der Kinder Israel» (4. Mose 18, 20; 5. Mose 10, 9; 12, 12; 14, 27; 29, 18; Jos. 14, 4; 18, 7). Es war für die Leviten das Höchste, wenn Jahwe ihr Teil war, als daß sie ein Stück Land als Erbe hatten. Unter diesem Gesichtspunkte sind die Stellen zu beachten, die vom Teil oder Anteil reden.
Josuah sagt den ostjordanischen Stämmen Israels nach der Bestimmung der Landesverteilung, der Freistädte und der Levitenstädte: «Kein Teil ist euch an Jahwe» (Jos. 22, 25. 27). An dem Herrn keinen Anteil zu haben, ist das Schlimmste, was einem Volke, einer Gemeinde, oder auch einem Einzelnen widerfahren kann. Wie tief ein solcher Gedanke einst Petrus erfaßte, zeigt die Geschichte von der Fußwaschung (Joh. 13, 8. 9). Man sieht, in welche enge Verbindung man die Teilnahme am Lande des Herrn und die Teilnahme am Herrn Selbst setzte.
Der Psalmist betrachtet Jahwe als die ganze Fülle der Güter und Gaben. Er spricht darum aus: «Jahwe ist mein Teil und mein Becher»

(s.d.) (Ps. 16, 5). Er sucht darum allein, was Jahwe hat und gibt. Der Sinn dieses Psalmwortes wird durch die Vergleichung der Stellen im Pentateuch richtig erkannt, in denen Jahwe Levis Anteil und Erbe genannt wird. Im Besitze Jahwes und Seiner Güter und Gaben überläßt der Sänger alle Scheingeber und Scheingüter gerne der Welt. In Übereinstimmung hiermit sagt Asaph, wenn auch sein Fleisch vergeht: «Mein Teil ist Gott in Ewigkeit» (Ps. 73, 26). Es ist ein Kompendium der bekannten Worte Hiobs von seinem Erlöser, der ihm bleibt, wenn auch er selbst dem Tode verfallen ist (vgl. Hiob 19, 25-27). Jahwe ist sein Teil im Lande der Lebendigen (Ps. 142, 6; vgl. Ps. 27, 13; 52, 7; 16, 9; 56, 14).
Für den Dichter der Klagelieder ist die Gewißheit der Trost- und Hoffnungsanker, daß er sagen kann: «Jahwe ist mein Teil» (Klag. 3, 24). Weil Jahwe so treu, gnädig und barmherzig ist, erkannte der Dichter Ihn als den teuersten Schatz seiner Seele, als das beste Teil und den festen Grund seiner Hoffnung. Sein Ausspruch: «Mein Teil ist Jahwe» beruht auf dem Wort Jahwes an Aaron: «Ich bin dein Teil und Erbe» (4. Mose 18, 20), wenn er auch kein Erbteil im Lande haben werde. Sein Trost erinnert an die bisherigen Bibelworte, in denen vom Teil die Rede ist, vor allem auch an die mosaischen Worte: «Denn Jahwes Teil ist sein Volk, Jakob sein Erbe» (5. Mose 32, 9). Nicht zu vergessen ist hier auch das gute Teil, das Maria erwählt hat, das nicht von ihr genommen wird (Luk. 10, 42).

581. **Der Tempel Seines Leibes** (Joh. 2, 21) ist ein Gegenbild von dem steinernen Tempel, der in 46 Jahren aufgebaut wurde (Joh. 2, 20). Im Blick auf Seinen Leibes-Tempel sagt Jesus zu Seinen Widersachern: «Brechet diesen Tempel und am dritten Tage will ich ihn aufrichten» (Joh. 2, 19). Für die ungläubigen Zuhörer war diese Bildersprache völlig unverständlich. Sie enthielt eine symbolisch-prophetische Vorhersage Seiner Auferstehung. Inhaltlich haben die in bildlich gehüllten Worte den Sinn: «Tötet mich und innerhalb drei Tagen werde Ich auferstehen.» Einige Erklärer lehnen den Hinweis Jesu auf Seinen Leib entschieden ab, weil sie Seine Worte nur auf den äußeren Tempel begrenzen und die Deutung des Evangelisten für irrtümlich erklären. Jesus kann nichts Ungereimtes ausgesprochen haben. Die richtige Deutung ergibt sich aus der Erkenntnis der typischen Bedeutung des Tempels, als Sinnbild und Abbild der Wohnung Gottes unter Seinem Volke. Die typische Bedeutung des Tempels wurde durch die Erscheinung Christi Wirklichkeit. Das Wort, das Gott war, zeltete unter uns (Joh. 1, 14). Das alttestamentliche Heiligtum, das Gottes Gemeinschaft mit den Seinen abschattete, wurde Wahrheit. Jesus läßt diese gegenbildliche Bedeutung in Seinem rätselhaften Worte sofort in Gedanken an die Stelle des äußeren Tempels treten. Die Juden verstanden nicht bei ihren fleischlichen Erwartungen die vorbildliche Bedeutung des Tempels, denn sie bezogen die Worte des Herrn auf den steinernen Tempel. Der Evangelist hebt sogleich den tieferen Sinn der Worte Jesu hervor.

Jesus wußte, daß das Widerstreben der Oberen sich gegen Sein Zeugnis bis zu Seiner Verwerfung und Tötung steigern werde. Mit Seiner Verwerfung aber brechen sie den Tempel ab, jedoch nicht so, daß sie die Katastrophe seiner Zerstörung herbeiführen. Wenn Israel sich nicht von Seinem Heilande sammeln läßt, sondern Ihn wie die Propheten tötet, wird ihr Haus, ihr Tempel wüste werden. Gott der Herr entzieht Seinem Volke Seine Gnadengegenwart, über Stadt und Tempel sammeln sich die Adler des göttlichen Gerichtes, wie über dem Aas. Jesus wird in drei Tagen wieder auferstehen, wenn sie Ihn getötet haben und damit den wahren Tempel Gottes aufrichten. Wird der Tempel in der Person des Messias abgebrochen, wird er auch in Seiner Person wieder aufgerichtet. Es wird nicht der äußere Tempel, das Schattenbild der Wohnung Gottes unter Seinem Volke aufgerichtet, sondern das Wesen des Schattens, der verklärte Leib Christi, in welchem Gott wohnt. Christus der Verklärte, in welchem die Fülle der Gottheit leibhaftig wohnt (Kol. 2, 9), der das Haupt der Gemeinde ist (Kol. 1, 18), bleibt Gottes Wohnung unter den Gläubigen bis ans Ende der Welt. In diesem Sinne ist vom Tempel Seines Leibes die Rede, den Er aufbaut als den wahren Tempel des Herrn, wie schon der Prophet Sacharjah weissagt (Sach. 6, 12).

582. **Testator,** vergleiche Mittler des Neuen Bundes!

583. **Thron der Gnade** ist in Hebräer 4, 16 ein eigentümlicher Ausdruck, der im Alten Testament nur in Jesaja 16, 5 vorkommt. Luther übersetzt ungenau «Gnadenstuhl» (s.d.) wie in Römer 3, 25, was auch dort unkorrekt ist. Vom Gnadenthron des Messias spricht die Stelle des Hebräerbriefes, der in Johannes 1, 16 innig und tiefgründig geschildert wird mit den Worten: «Und aus seiner Fülle haben wir alle genommen Gnade für Gnade.» Das alttestamentliche Schrifttum hat folgende Prädikate mit dem hebräischen «kisse» – «Sessel, Stuhl, Thron» auszuweisen: «Thron des Königtums» (5. Mose 17, 18), «Thron Israels» (1. Kön. 2, 4 und oft), «Thron Davids» (1. Kön. 2, 12), «Thron des Hohenpriesters» (1. Sam. 1, 9), «Thron des Gerichtes» (Spr. 20, 8), «Thron der Heiligkeit Gottes» (Ps. 47, 9), «Thron der Herrlichkeit» (Jer. 17, 12).
Im Zusammenhang mit dem vorigen Verse (Hebr. 4, 15) wird hier ausgesprochen, weil Christus unsere Schmerzen und Leiden Selbst fühlt, hat Er Barmherzigkeit und Mitleid mit uns. Wenn wir auch meinen, der Sündenlast zu unterliegen (Ps. 38, 5), dürfen wir uns dennoch dem Throne der Gnade vertrauensvoll nähern. Die Gewißheit der Gnade darf ermuntern, mit Freimütigkeit hinzuzutreten, in der sicheren Hoffnung, Barmherzigkeit zu empfangen und Gnade zu finden zur rechtzeitigen Hilfe. Das zuversichtliche Hinzutreten zum Throne der Gnade bewahrt vor den Versuchungen des Abfalles vom Glauben.

584. **Töpfer** wird in der Bibel oft erwähnt (Ps. 94, 9; 1. Chron. 4, 23; Jes. 29, 16; 45, 9; 64, 8; Hiob 10, 9). Gott will nach Seinem heiligen,

allweisen und allgütigen Schöpferwillen mit einem Töpfer verglichen sein. Gott schafft wie der Töpfer Menschen mit verschiedenen Anlagen, die dementsprechend sich verschiedenartig entwickeln. Von einer Erschaffung des Bösen kann keine Rede sein. Kein menschlicher Töpfer verfertigt mit Absicht unbrauchbare Gefäße, sondern nur solche, die einem edlen Gebrauch dienen sollen. Nach dem Gebrauch oder Mißbrauch der Gaben können Gefäße der Barmherzigkeit zu Gefäßen der Unehre und des Zornes werden.

Das Volk ging auf seinem Unheilswege beharrlich weiter. Es versuchte vor dem Propheten, ja vor Gott selbst seine Pläne mit Ägypten zu verbergen. Es wird dem Volke die Verkehrtheit vorgehalten: «O über eure Verkehrtheit! Ist wie Ton der Töpfer zu achten, daß sprechen könne ein Machwerk zu seinem Schöpfer (s.d.), er hat mich nicht gemacht und ein Gebilde zu seinem Bildner (s.d.) er versteht nichts» (Jes. 29, 16). Vor Jahwe und vor Seinem Propheten ist nichts verborgen. Gott sieht ihr Geheimnis und der Prophet durchschaut alles im Lichte Jahwes. Wie der Ton zum Töpfer, messen sie sich Klugheit bei, die sie Jahwe absprechen. Der Gott des Propheten wird in Seiner Allwissenheit, Schöpferhoheit und Allweisheit schnöde verkannt. Die gegenwärtige Weltgestalt wird Er in Kürze verwandeln und Sich aus Armen und Elenden eine Gemeinde schaffen, Sein gottentfremdetes Volk aber vertilgen.

Der Mensch ist von Gott aus Staub und Erde gemacht. Es ist darum die Frage töricht: «Spricht auch der Ton zu seinem Töpfer: Was machst du?» (Jes. 45, 9). Wie Gefäße vom Töpfer aus Ton geformt werden, die zerbrechlich sind, steht der Mensch vor Gott, wie jede andere Kreatur. Sinnlos ist, wenn sich ein Gefäß beklagt, daß der Töpfer es nicht recht geformt hat.

Israels Sündenmaß war voll, es war im Exil. Unter der Volksmasse war eine Minderheit, die sich unter Gottes gewaltige Hand demütigte, als die Erlösung nahte. Im Glauben ertönt der Gebetsruf: «Und nun, Jahwe, unser Vater (s.d.) bist du, und wir sind der Ton und du unser Töpfer, und Werke deiner Hände sind wir alle» (Jes. 64, 7). Jahwe ist Israels Erzeuger und Er liebt Sein Volk nicht nur als Bildner (s.d.) oder Töpfer, sondern auch als Vater. Gott kann als Schöpfer, Gestalter oder Bildner das Werk Seiner Hände nicht aufgeben.

Jeremiah war Zuschauer in der Handwerkstube eines Töpfers. Es geschah zu ihm das Wort Jahwes, das er dem Volk weitersagen mußte: «Etwa wie dieser Töpfer vermag ich auch nicht zu tun, Haus Israel, Spruch Jahwes? Schau, wie der Ton in des Bildners (s.d.) Hand, so seid ihr in meiner Hand, Haus Israel!» (Jer. 18, 6.) Die Frage schließt eine unbedingte Bejahung in sich. Jahwe vergleicht Sich mit dem Töpfer an der Drehscheibe, das Haus Israel mit dem Ton in des Töpfers Hand. Jahwe hat ein unbestreitbares Recht so mit Israel zu verfahren, denn Er hat Israel, den Ton, geschaffen.

In Erinnerung an Jesaja 29, 16; 45, 9. 10; 64, 8; Jeremia 18, 6; fragt Paulus: «Das Gebilde wird doch nicht zum Töpfer sagen: Warum hast du mich in solcher Art gemacht?» (Röm. 9, 20.) Es soll bedacht werden, daß der Mensch nach Gottes Bild erschaffen wurde, das er durch Ungehorsam verunstaltet hat. Der Apostel fragt weiter: «Oder hat der Töpfer nicht die Vollmacht über seinen Ton, aus derselben Masse zu machen das eine Gefäß zu Ehren, das andere aber zu Unehren?» (Röm. 9, 21.) Wie der Töpfer aus einem Teig verschiedene Gestalten bildet, je nach seiner Bestimmung, so bildet Gott aus derselben Erdmasse heilige Menschen zum Heil und unheilige zum Verderben. Gottes zeitliches Tun geht auf einen ewigen Ratschluß zurück. Er hat den Menschen ursprünglich zu dem geschaffen, wozu Er ihn bestimmt und bildet. Paulus will nicht veranlassen, eine Lösung des Problems der ewigen Erwählung zu suchen, sondern er weist vielmehr zurück, einen Einwand gegen die unbedingte und unbestreitbare Machtvollkommenheit des Schöpfers zu erheben. Gottes Gerechtigkeit ist nicht an die menschliche Rechtsforderung gebunden. Die Kreatur muß erst zur Selbstvernichtung dem Schöpfer (s.d.) gegenüber gelangt sein, daß sie Ihm als dem unbeschränkten Herrn das freie Recht zuerkennt, nach Seinem Wohlgefallen zu erretten oder zu verderben, ehe sich Seine Liebes- und Gerechtigkeitsordnung enthüllt. Die gefallene und sündige Schöpfung kann die Seligkeit nur von der freien Gottesliebe und der von der Gnade des Richters erwarten. Es ist so dem Apostel darum zu tun, daß die Kreatur Gott in Seinem Tun die völlige Freiheit zuerkennt. So entspricht es dem Inhalt der Schriftstellen, die Gott den Schöpfer mit dem Töpfer vergleichen.

585. **Tröster** ist der Heilige Geist. Der griechische Ausdruck «parakletos» bedeutet eigentlich «zu Hilfe gerufen», besonders vor Gericht, der Anwalt, der Advokat, der Beistand, Fürsprecher (s.d.), Fürbitter von Christus (1. Joh. 2, 1), dann der Tröster, Helfer, vom Heiligen Geist gebraucht. Es wird von Johannes benutzt von dem erhöhten Herrn: «Wenn jemand sündigt, so haben wir einen Fürsprecher bei dem Vater, Jesus Christus, den Gerechten» (1. Joh. 2, 1). Es ist das gleiche Wort, das Jesus vom Heiligen Geist gebraucht, das vielfach mit «Tröster» übersetzt wird (Joh. 14, 16). Dort ist von einem anderen Tröster die Rede, unser Herr ist miteinbegriffen, daß Er Selbst den Jüngern ein solcher war. Das Wort übermittelt den Gedanken von allem, was Er für die Zwölfe war und alles was Er für sie tat. «Parakletos» ist buchstäblich ein «terminis technicus» des Gesetzes, in dem Sinne: «Ein Freund beim Gerichtshof.» Wie unser Herr es hier gebraucht, kann es den entgegengesetzten Sinn mitenthalten: «Ein Freund vom Gerichtshof», Gnade bringend von der Höhe. Johannes gebraucht das Wort in seinem Brief im üblichen Sinne: «Wenn wir sündigen, haben wir einen Freund beim Gericht, unseren Fall zu vertreten.» Es wird ernst zu erwägen sein, daß durch den Satz: «Ein Fürsprecher bei dem Vater» gemeint ist, durch Seine Vermittlung bewegt Christus den Vater, daß Er gnädig gegen die Sünder ist. Gott ist als der Vater (s.d.) immer gnädig und bereit. Der Gedanke kann allein der sein, als unser Tröster ist Christus mit uns identisch und

Er spricht für uns, bringt zum Ausdruck unsere Reue und unser Verlangen nach Versöhnung mit Gott.
Dies erhebt die Frage, die schon mehrfach geäußert wurde, hinsichtlich der Beziehung zwischen dem Vater und dem Sohn mit der Einheit der Gottheit. Für unser Ziel aber ist die Lehre des Textes einfach, daß der Gläubige vor Gott versöhnt ist in Christo, im ganzen Bereich unserer Not auf der einen Seite und des Herrn Erlösungswerk auf der anderen Seite. Seine Verdienste sind nützlich für uns, in unserer Unzulänglichkeit als Gläubige ebenso wie in unserer Wiedergeburt. Er und Sein Wort sind die Antwort auf jede Antwortstimme und auf jeden Gedanken, jedes Wort und jede Tat von uns, die uns in die Verdammnis führen würde. Er ist Jesus Christus der Gerechte (s.d.), nicht allein in Sich Selbst, sondern auch als unser Stellvertreter. Er hat das Gesetz erfüllt zu unseren Gunsten, und Seine Gerechtigkeit ist uns angerechnet (Röm. 4, 22-24). Die Fürsprache Christi besteht darum nicht als Vertretung jederzeit zu unseren Gunsten, wenn wir sündigen. Seine wahre Vertretung vor Gott ist die völlige und genügende Antwort in unserer Not. In Ihm haben wir Vergebung und in Ihm sind wir dargestellt bei dem Vater.
Der ganze Wert des Namens «Tröster» (Joh. 14, 16; 15, 26) liegt in der Betonung unseres Herrn, daß Er durch den Geist immer mit den Jüngern sein will, Er will sie nicht einsam zurücklassen wie Waisenkinder, Er will zu ihnen kommen (Joh. 14, 18). Alles was Er für sie gewesen ist, will Er immer sein durch den Geist. Er wird wohl der Tröster genannt, aber das Wort drückt nicht alles aus, was (Parakletos» bedeutet. Dieses Wort ist bei Johannes bezüglich auf Christus selbst gebräuchlich, es wird auch mit «Advokat» übersetzt (1. Joh. 2, 1). Buchstäblich bedeutet es, einer, der nebenan Hilfe zuruft. Ein unergründlicher Reichtum der Verheißung und der Zuversicht ist in diesem Wort enthalten. Es bedeutet, daß Er dem Gläubigen immer gegenwärtig ist und ständig bei ihm ist zu helfen, es ist alles das, was Christus in Seiner wunderbaren Gnade ist. Der Geist bringt die Gegenwart, die Hilfe des Herrn selbst.

586. **Trost Israels,** griechisch «paraklesis tou Israel» heißt auf Grund von Jesaja 40, 1 die Erlösung von dem geistigen und leiblichen Elend, in das Israel durch seinen Abfall von Gott geraten war. Der greise Simon erwartete diese Tröstung durch den Messias (Luk. 2, 25). Der Ausdruck «paraklesis» bezeichnet nicht ohne Weiteres den Trostbringer, den Messias, aber er schließt diesen Begriff in sich. Simon gehörte dem gleichen Kreise an, der auf die Erlösung Jerusalems durch den Messias wartete (Luk. 2, 38). Der greise Simon, im Besitz der prophetischen Gabe, war von der Sehnsucht auf die verheißene Tröstung Israels erfüllt. Der Messias ist auch aller Heiden Trost (Hag. 2, 8). Er vermag den rechten Trost zu geben (Jes. 49, 13; 66, 13). Der Trost der nahen Erlösung ist das Hauptthema des zweiten Hauptteils in Jesaja 40-66, dessen Erfüllung durch nichts abgewandt wird. Jahwe bestätigt mit einem Doppelruf: «Ich, ich bin euer Tröster» (Jes. 49,

13) die Zusage. Die Zusicherung des Trostes zeugt von der zartesten Fürsorge: «Wie ein Mann, welchen seine Mutter tröstet, so werde ich euch trösten und in Jerusalem sollt ihr getröstet werden!» (Jes. 66, 13.) So bildet die verheißene Tröstung bei Simon die sehnsüchtige Erwartung auf den Trost Israels, deren Erfüllung er beim Anblick des Jesuskindes erblickt.

587. **Tugenden Gottes,** soll Sein Volk des Eigentums verkündigen (1. Petr. 2, 9). In der Dogmatik spricht man von Eigenschaften Gottes, was für einen aufmerksamen Bibelleser kein rechter Wohlklang sein kann. Moseh sagt in seinem Abschiedsliede, daß die Werke Gottes vollkommen sind (5. Mose 32, 4). Der Herr sagt in der Bergpredigt, daß der himmlische Vater «vollkommen» ist (Matth. 5, 48). Demnach könnte besser von «Gottes Vollkommenheiten» die Rede sein. Petrus spricht von Gottes Tugenden. Tugend ist nun in der menschlich-wissenschaftlichen Sittenlehre ein hervorragender Begriff. Er bezeichnet in der Ethik das sittlich Gute als tätige Kraft und tatkräftige Gesinnung, eine erworbene Neigung durch sittliches Streben und eine Fertigkeit zum sittlichen Handeln. Der Begriff «Tugend» wird auch mit «Tüchtigkeit» und «Tapferkeit» erklärt. In der Bibel hat «Tugend» nicht diesen Sinn, wie in weltlichen Schriften. Die Heilige Schrift hat dafür Ausdrücke, die einen volleren und entsprechenderen Sinn ergeben, wie z. B. Gerechtigkeit, Heiligkeit, Gottseligkeit, Frucht des Geistes. Wenn von Gottes Tugenden die Rede ist, muß die Ergründung dieses Wortsinnes in der LXX nachgesucht werden. Das griechische «arete» – «Tugend» ist in der LXX die Übersetzung von verschiedenen hebräischen Ausdrücken: Es wird das hebräische «hod» – mit «Pracht, Majestät, Glanz, Schmuck» übersetzt; nach Habakuk 3, 3: «Es offenbart der Himmel seine Pracht», und nach Sacharja 6, 13: «Und er empfängt Schmuck.» Es wird in der LXX «thehillah» mit Tugend übersetzt, was den Sinn von Preis, Ruhm, Lob hat (vgl. Jes. 42, 8. 12; 43, 21; 63, 7). In diesem Sinne spricht Petrus von den Tugenden Gottes.

587a. **Tür** nennt sich Jesus in der Gleichnisrede von dem guten Hirten (Joh. 19, 7-10). Die beiden Bilder, der gute Hirte und die Türe stehen zueinander in Beziehung, sie sind aber nicht identisch, sie bilden eine Steigerung. Sein Gleichnis von der Türe zu den Schafen richtet sich gegen das willkürliche, tyrannische Verfahren der Pharisäer, welche die Theokratie durch Gewalt begründeten. Jesus zeigt mit diesem Bilde von der Türe, was Er Seiner Herde sein will, daß Er ihr Wohlsein und Sicherheit gewährt. Das ist ein Gegensatz zu dem Verderben, das den Schafen im alten Schafstall droht, wo sie den darin eingedrungenen Herren schutzlos ausgeliefert sind.
Das Bild von der Türe des Schafstalles erinnert an die Einrichtung des Stalles für die Herde im Morgenlande. Die Schafe gehen in dem Gehege, das mitten in der Weide steht, beliebig aus und ein. Suchen sie Schutz, gehen sie hinein, treibt sie der Hunger zur Weide, gehen

sie wieder hinaus, denn die Türe steht ständig für sie offen. Für die Schafe ist beides vorhanden: Sicherheit und Fülle an Nahrung. Nicht der Hirte, sondern die Türe steht jetzt im Vordergrund.
Durch die Türe gelangen die Schafe in den Schafstall. Im übertragenen Sinne ist der Messias für die Schafe die Türe zum beständigen, täglich genießenden Heil. Christus ist die Tür der Schafe, durch welche sie beliebig aus- und eingehen dürfen. Er vollbringt für sie immer das Werk der Vermittlung. Ihnen mangelt nichts bei Ihm. Im Falle der Gefahr ist Er ihr Schutz. Um ihre geistlichen Bedürfnisse ist Er besorgt. In Ihm besitzen sie innere Ruhe und göttliche Macht.

588. **Turm** nennt der vertriebene König auf dem Rückwege zum Thron in einem Bitt- und Dankgebet seinen Gott (Ps. 61, 4). In der Empfindung der Heimatlosigkeit und der Ohnmacht seines Herzens bedarf er ganz besonders des hilfreichen, göttlichen Einschreitens. Die Schwierigkeiten übersteigen seine natürliche Kraft und sein menschliches Vermögen. Gott leitet ihn sicheren Schrittes, daß er einen festen Fels (s.d.) unter seinen Füßen hat. Er ist getrost, Gott hat Sich als seine Zuflucht (s.d.) bewährt. Gott ist ihm ein starker Turm, oder ein festes Schloß (s.d.), der ihn, den Verfolgten, umschließt. Der Feind kann ihm hier nichts anhaben (Spr. 18, 10). David wohnte wie in einem Festungsturm, weil Gottes Allmacht ihn umgab.

589. **Urheber der Errettung** wird im Hebräerbrief Christus genannt. Das griechische «archegos tes soterias» bezeichnet Jesus als Begründer des Heils, der an der Spitze der Menschheit steht, der vor ihr herzieht und sie zum gleichen Ziele führt. Luther übersetzt «archegos» mit «Herzog» (s.d.). Der gleiche Brief nennt Christus noch mit dem sinnverwandten Namen «Urheber» der ewigen Errettung (Hebr. 5, 9). Christus ist als «archegos» das Haupt (s.d.) der erhöhten und verherrlichten Menschheit, darum auch umfassender als «aitios» (Ursache), der die Erlösten auch Seiner Herrlichkeit teilhaftig sein läßt. Um zu diesem Ziele zu gelangen, ist Christus auch der Urheber und der Vollender des Glaubens (Hebr. 12, 2). Luther überträgt hier «archegos» mit «Anfänger» (s.d.). Er hat den Glauben, der uns zum Heil führt, in uns geweckt und begründet, Er führt ihn auch zur Vollendung.

590. **Urheber des Glaubens** siehe Anfänger des Glaubens!

591. **Vater,** ein Gottesname, der vierzehnmal im Alten und mehr als einhundertachtzigmal im Neuen Testament vorkommt. Gott ist nach der biblischen Offenbarungsurkunde nicht allgemein der Vater aller Menschen, sondern wegen eines besonderen Bundesverhältnisses der Vater des auserwählten Volkes Israel. Nach Maleachi 2, 10 kann kein Begriff des Allvaters gefunden werden. Im Neuen Testament ist der Vatername auch nicht ohne Unterschied auf alle Menschen ausgedehnt. Wir sind nicht von Natur aus Kinder Gottes, denn die Sünde

hat uns von Gott getrennt und uns Ihm unähnlich gemacht (Eph. 2, 3). Erst durch eine neue geistliche Zeugung und Geburt wird das Kindschaftsverhältnis zu Gott wiederhergestellt. Der Vatername Gottes bedeutet mehr als die göttliche Erhabenheit über alles Geschöpfliche, es wird damit vielmehr die innige Lebensgemeinschaft, die herablassende, sich vollkommen mitteilende Liebe offenbart, die Gott Seinen Auserwählten zu genießen gibt. Der göttliche Vatername birgt einen unaussprechlichen Reichtum an Trost in sich. Die Eigenschaft eines Vaters besteht darin, daß Er seine Kinder liebt, für sie sorgt, sie ernährt, sie schützt, sie erzieht und belehrt, er erbarmt sich über sie, und hinterläßt ihnen ein Erbe. Wenn das alles bedacht wird, liegt in dem Wort «Vater» ein großer Trost. Der gütige Vater hat uns in Christo Sein liebendes Herz aufgeschlossen. Auf Ihn dürfen wir darum vertrauen und bauen, Ihm können wir uns mit ganzer Liebe und Zuversicht des Herzens hingeben (Luk. 11, 11; 15, 12; Joh. 3, 16; 16, 27; Kol. 1, 12).

1.) Jahwe ist der Vater des Volkes Israel. Das auserwählte Volk ist Gottes erstgeborener Sohn, Sein Eigentum von allen Völkern der Erde. Die göttliche Vaterschaft im Alten Testament beruht nicht auf einer natürlichen Grundlage, als wäre Gott der Vater der Menschen, weil Er ihnen das natürliche Leben gibt. Es kennzeichnet der Name «Vater» vielmehr das Verhältnis der Liebe zum Volke Israel. Wenn Jahwe der Vater des auserwählten Volkes ist, dann ist Er das nicht für die übrigen Nationen. Gott ließ dem Pharao sagen: «Mein erstgeborener Sohn ist Israel» (2. Mose 4, 22). Daraus ist zu entnehmen, daß hernach auch die anderen Völker zur Sohnesstellung Gottes erhoben werden sollen, daß aber Israel den zeitlichen Vorzug hatte. In diesem Sinne ist auch die nächste Hauptstelle zu erklären: «Vergeltet ihr Jahwe so, du törichtes, unverständiges Volk! Ist Er doch dein Vater, der dich geschaffen, er hat dich gemacht und dich bereitet» (5. Mose 32, 6). Die urtextlichen Ausdrücke «qanah» – «gründen, schaffen, bereiten»; «asah» – «tun, schaffen»; «kun» – «gründen, herrichten, bereiten», besagen, daß Israel als Eigentums- und Bundesvolk zubereitet wurde, im Unterschied zu allen anderen Völkern, ist es von Gott dem Vater zur Sohnschaft erhöht worden. Ganz in diesem Sinne ist Jahwe Israels Schöpfer (s.d.) und Bildner (s.d.) (Jes. 43, 1. 15; 45, 11). So heißt es denn: «Und nun Jahwe, Werk deiner Hände, wir der Ton, du unser Bildner» (Jes. 64, 7). Alles, was Israel ist und hat, verdankt es der Gnadenmacht seines Gottes (vgl. Ps. 100, 3).

Jahwes Vaterschaft bestätigt sich vor allem in der Erlösung aus Ägypten (Hos. 11, 1), in der Führung durch die Wüste, die eine väterliche Erziehung war (5. Mose 8, 5; vgl. Hos. 11, 3). Jede künftige Erlösung und Führung Israels ist eine Erweisung der göttlichen Vaterschaft (Jes. 63, 16). Die Weissagung Jeremiahs von der Heimkehr der verstoßenen 10 Stämme durch Jahwes Eingreifen, offenbart Gott als Vater (Jer. 31, 9), denn Er sagt: «Ich bin Israel zum Vater geworden» und: «Ephraim ist mein treuer Sohn» (Jer. 31, 20). In Maleachi 2, 10 (vgl. Mal. 1, 6) ist der Begriff der göttlichen Vaterschaft auch so aufzufassen. Der Prophet rügt die Mischehen der Israeliten mit ausländischen Weibern nach der Verstoßung der israelitischen Gattinnen. Wenn es heißt: «Haben wir nicht alle einen Vater? Hat uns nicht ein Gott geschaffen? Warum handeln wir treulos, einer gegen den andern, zu entweihen den Bund unserer Väter?» Israel heißt demnach im Gesamten Gottes Sohn, daß dieser Name auf die Angehörigen des Volkes übertragen wird: «Söhne Jahwes seid ihr eures Gottes!» (5. Mose 14, 1.)

Die Gottessohnschaft einer Einzelperson tritt im messianischen Königtum in Erscheinung. Es ist ein Verhältnis, das auf Erwählung beruht und nicht jedem Einzelnen zukommt. Das ist besonders bei David der Fall, und auf den Davids Königtum hinzielt (2. Sam. 7, 14; Ps. 89, 27). Es besteht eine Vaterschaft und eine Sohnschaft zwischen dem Bundesgott Israels und dem Samen Davids. Eine gegenseitige innige Liebe bewährt sich in der Treue, dem Herrn gegenüber in dienendem Gehorsam. Das Verhältnis des Samens Davids als Sohn, zu Gott seinem Vater, deutet auf den Ursprung des Sohnes, vom Vater. Der mit ewiger Königswürde betraute Same Davids hat seine Herkunft in Gottes Willen, er verdankt sein Königtum der göttlichen Erwählung und Berufung (Ps. 2, 7; 89, 27. 28). Die Benennungen «Vater» und «Sohn» deuten auf eine Besitzgemeinschaft. Der Same empfängt als Sohn vom Vater die Herrschaft als Erbe. Weil Seine Herrschaft ewig ist, herrscht Er als Sohn und Erbe des Königreiches bis in Ewigkeit. Das Reich des Vaters ist unbegrenzt, es umfaßt die ganze Welt. Mit der Sohnschaft ist gleichsam die allesumfassende Weltherrschaft in Ewigkeit verbunden (vgl. Ps. 89, 26-30; 2, 7-9).

2.) Eine Zusammenfassung der alttestamentlichen Verheißung ist in 2. Korinther 6, 18 vorhanden: «Und ich werde euch sein zum Vater und ihr werdet mir sein zu Söhnen und zu Töchtern, spricht der Herr der Allmächtige.» Es liegt nahe, eine Bezeichnung Gottes als Vater auch eine Zusammenfassung alttestamentlicher Verheißungen im Munde Jesu zu vernehmen. Das Besondere in dem Gebrauch des Vaternamens im Munde Jesu ist zunächst, daß Er sehr oft sagt: «Mein Vater», wodurch auf Gottes Verhalten hingewiesen wird, was im Alten Testament der Gegenstand der Verheißung ist. Der Vatername Gottes ist besonders ein neutestamentlicher Gottesname, weil die Zeit des Neuen Bundes die Zeit der Erfüllung ist. Es kommt dadurch eine Gotteserkenntnis zum Ausdruck, die durch Jesus aufgegangen und vermittelt wurde.

Jesus spricht von Seinem eigenen Vater (Joh. 5, 18; 10, 33). Er redet im Sinne einer neuen und höchsten Gottesoffenbarung, die längst verheißen und ersehnt war (Joh. 5, 37; Matth. 11, 25). Es wird dadurch die von Gott verwirklichte Erlösung bezeichnet. Sein Vaterschaftsverhältnis Gottes wird auf den Kreis der Jünger erweitert. Der Herr sagt in diesem Sinne: «Fürchte dich nicht, kleine Herde, denn es hat eurem Vater wohlgefallen, euch das Königreich zu geben» (Luk. 12, 32; 10, 21-24): «Denn ihr seid es nicht, die da reden, sondern der Geist

eures Vaters, der redet in euch» (Matth. 10, 20). Jesus bedient Sich dieser Anrede auch vor Zuhörern (vgl. Matth. 23, 9; 5, 1. 48). Ein besonderes Gewicht hat die Stelle Johannes 20, 17 für die Jünger: «Geht hin zu meinen Brüdern und sagt ihnen: «Ich gehe hinauf zu meinem Vater und eurem Vater!» Man vergleiche: «Alsdann werden die Gerechten leuchten . . . in dem Königreich ihres Vaters.» Das führt in das innige Vaterverhältnis Gottes, in die neutestamentliche Gotteskindschaft der Gläubigen. Es kommt damit die Begnadigung und der Gnadenstand zum Ausdruck, was den Inhalt und Umfang der Verkündigung ausmacht (1. Joh. 3, 1; Röm. 8, 15; Gal. 4, 6).
Es ist auf das oft vorkommende «unser Vater» zu achten (Röm. 1, 7; 1. Kor. 1, 3; 2. Kor. 1, 2; Gal. 1, 3; Eph. 1, 2; Phil. 1, 2; 4, 20; Kol. 1, 2; 1. Thes. 1, 1. 3; 3, 11. 13; 2. Thes. 1, 1; 2, 16; 1. Tim. 1, 2; Phil. 3). Man vergleiche «Ein Gott und Vater aller» (vgl. Eph. 4, 3-5.6). Die Anrede «Vater» im Munde Christi ist neutestamentlich eigentümlich und als zentrale Erfüllung der Verheißungen anzusehen. Die Wendung «euer Vater» geht nicht allein mit «mein Vater» im Munde des Herrn parallel (vgl. Matth. 7, 11. 21; 10, 29. 32; 18, 10. 14. 19; 20, 23; 13, 43), es wird auch dadurch vermittelt. Der Gebrauch des Vaternamens Gottes steht unauflöslich mit dem messianischen Selbstbewußtsein Jesu in Verbindung. Weil Sich Jesus als Sohn Gottes weiß, d. h. als Messias, kann Er Gott Seinen Vater nennen. Er ist der Christus (s.d.), den Gott sandte, dem Gott und alles was Gottes ist gehört, für den Gott eintritt. Der Vatername Gottes ist damit auch für das Volk der Verheißung, für die Gemeinde Gottes, für die Messiasgemeinde, im Sinne der Verheißungserfüllung. Der messianischen Gemeinde gilt alles, was dem Messias ist, und deshalb alles, was Gott für den Messias ist und hat. Darin liegt begründet, daß keiner den Vater kennt als nur der Sohn und dem es der Sohn offenbart (Matth. 11, 27; vgl. Joh. 5, 37). Ebenso kennt nur der Vater den Sohn und die Wenigen, denen es der Vater offenbart (Matth. 11, 25; Joh. 6, 44; Matth. 16, 17). Diese Aussagen widersprechen sich nicht. Der Ausspruch Jesu richtet sich gegen die Verkennung Seiner Person, in Matthäus 16, 17 bezieht sich, was Jesus sagt, auf die Erkenntnis der Jünger, ohne die Vermittlung des Herrn auszuschließen (vgl. Joh. 5, 37; 8, 18). Nur der Sohn Gottes, den Gott zur Erlösung erwählt hat, weiß den Vater zu offenbaren, indem Er das Zeugnis von der göttlichen Heilsgegenwart bezeugt. Der Vater wirkt in und durch Jesus. Das erscheint sehr deutlich in der Nennung «der Vater» und «mein Vater» (Matth. 11, 27; 24, 36; 25, 34; 26, 39). Jesus sagt nur in der Gebetsanweisung «unser Vater», sonst immer «der Vater» und «mein Vater». Das ist also genau zu beachten.
Nach den Berichten des Johannesevangeliums sagt Jesus immer «der Vater», um Sein Vaterschaftsverhältnis zwischen Sich und Gott, und Gottes Verhältnis zu den Jüngern und zur Gemeinde Gottes anzudeuten (Joh. 4, 21. 23; 5, 45; 6, 27; 10, 15; 14, 8. 13. 16; 15, 16; 16, 3. 20; 20, 17). Die vielen Stellen des vierten Evangeliums, in denen der Vater genannt wird, ist «mein Vater» von Jesus gemeint. Es wird damit das Verhältnis Jesu zu Gott, aber auch Gottes Verhältnis zu den Jüngern

ausgedrückt. Die Anrede Jesu «mein Vater» ist auch für die Jünger von Bedeutung, sie gibt auch Aufschluß für ihr Verhältnis zu Gott.
Ganz die gleiche Anschauung begegnet uns in den apostolischen Briefen. Dort wird Gott genannt: «Gott unser Vater», oder «Gott der Vater», «Gott Vater», «Gott und Vater», oder «der Vater». Die Vollbezeichnung: «Der Gott und der Vater unseres Herrn Jesu Christi» begegnet uns hier. Der Name «Vater» ist eine eigentümliche Bezeichnung Gottes im Neuen Testament. In diesem Gottesnamen konzentriert sich die Erfüllung der alttestamentlichen Verheißungen. Man meint, der Vatername Gottes wäre das gleiche wie Jahwe (s.d.) im Alten Testament, was doch wohl nicht zutrifft, sonst wäre das Vorkommen dieses Namens in alttestamentlichen Schriften unnötig. Der Name «Vater» für Gott ist ohne Frage eine besondere Offenbarung der göttlichen Liebe (vgl. Ps. 103, 13), welche durch die Menschwerdung des Sohnes Gottes ihre vollkommenste Erfüllung erlangt hat.

592. **Ein Gott und Vater aller,** der über alle und durch alle und in allen ist (Eph. 4, 6). Nach verschiedenen Lesarten heißt der letzte Satzteil: «in uns allen», oder: «in euch allen.» Hieronymus trägt eine doppelte Ansicht darüber vor. Er erklärt: «In allen», entweder: «Weil ohne ihn nichts ist» (vgl. Apostelg. 17, 28) oder in bezug auf den Heiligen Geist: «Denn er selbst wurde den Gläubigen gegeben, wir sind der Tempel des Heiligen Geistes, und der Vater und der Sohn wohnen in uns.» Gegen diese Auslegung sind Bedenken erhoben worden, weil der letzte Satzteil «in allen» ohne Zusatz als die ursprünglichste Lesart verteidigt wird. Nach dem Zusammenhang spricht Paulus von dem Fundament der Gemeinschaft der Gläubigen.
Es wäre dem Zusammenhang und der gesamten apostolischen Lehre entgegen, «Vater aller» so aufzufassen, als wäre Gott der gemeinsame Vater aller Menschen, im Sinne eines «Allvaters». Gott ist Vater aller, indem Er jeden gerechtspricht, der glaubt (vgl. Röm. 3, 29).
Die Auffassung von dem dreimaligen «aller» und dem «in allen» war oft schwankend. «In allen» wurde als persönlich, die anderen «alle» als sächlich gedeutet. Eine solche Erklärung ist grundlos. Der letzte Satzteil «in allen» bezieht sich auf die geistige Gemeinschaft der Glieder mit Christus. Die gleichgestellten Prädikate beziehen sich alle auf das Verhältnis Gottes zu allen Gliedern der Gemeinde. Die präpositionellen Bestimmungen werden von bedeutenden Auslegern ziemlich übereinstimmend erklärt, Abweichungen sind mit den Gesetzen der Auslegung unerklärlich.
Die charakteristische Verschiedenheit der Präpositionen darf nicht verwischt werden. Calvin erklärt ungenau: «Durch alle» mit: «Gott hat den Geist der Heiligkeit durch alle Glieder der Gemeinde ausgebreitet», daß «in allen» nicht unterschieden wird. Winer deutet «dia» (durch) uns durchdringend, «en» (in) uns erfüllend. Man beruft sich auf den Satz von Macrobius: «Die Sonne in allen und durch alle.» Ein Unterschied ist auch damit nicht geboten. Wird es auf die allesdurchdringende Schöpfermacht bezogen, werden durch diese Aus-

legung nicht die verschiedenen Fundamente der Gemeinschaft der Gläubigen herausgestellt. Die Meinung: «durch alle» bedeute: «Alle Dinge sind durch dasselbe geworden», ist völlig unverständlich. Die verbreitete Ansicht, «durch» beziehe sich auf die Vorhersehung ist unannehmbar. Die Vorhersehung kann unmöglich in «durch» liegen, was eigentlich eine Ausbreitung ausdrückt.
Wenn auf die feststehende Ansicht des Apostels für die Erklärung der Präpositionen geachtet wird, kommt es zu folgendem Ergebnis: Gott ist über allen als Gott der Vater, Er wirkt durch alle als Haupt durch die Glieder, Er ist in allen als Geist in Seinem Leibe. Der Unterschied zwischen «dia» (durch) und «en» (in) ist zu beachten; «dia» führt dann auf den Begriff des Wirkens, wozu Epheser 4, 16; Kolosser 2, 19 leitet, besonders auf «in allen», auf die Wirksamkeit des Geistes. «Durch alle» ist dann eine Wirksamkeit, die Gott durch Christum ausübt. In diesem Sinne wäre dann eine Wiederholung des Gesagten: «Ein Geist (s.d.), Ein Herr (s.d.), Ein Gott» (s.d.).
Die Heiden haben viele Herren und Götter, wir haben nur Einen Gott und Einen Herrn, den Vater, von dem der Vatername überhaupt herstammt. Wenn Er Gott und Vater aller genannt wird, so sind darunter nicht alle Menschen zu verstehen. Die Vaterschaft ist vielmehr auf alle begrenzt, die zur Sohnschaft verordnet sind. Er ist unser Schöpfer (s.d.) und Herrscher (s.d.), der in liebevoller Fürsorge über alle wacht. Er streckt nicht nur Seine Vaterhand über alle aus, Er ist auch durch alle, indem Er durch Seine Güte auf den Weg des Heils leitet. Er ist in uns allen nach Seiner Verheißung: «Ich will in ihnen wohnen und in ihnen wandeln, und ich werde ihr Gott, und sie werden mir sein ein Volk.»

593. **Der Vater der Barmherzigkeit,** genau übersetzt: «Der Vater der Erbarmungen» (2. Kor. 1, 3). Das hier vorkommende «oiktirmos» – «Mitleid, Barmherzigkeit», entspricht dem hebräischen «rachamim» – «Eingeweide, Erbarmungen». In der LXX wird der Ausdruck oft von Gott angewandt (vgl. 2. Sam. 24, 14; Ps. 25, 6; 52, 3; 103, 4; Hos. 2, 19). Im Neuen Testament möge an das paulinische Wort erinnert werden: «Ich ermahne nun euch, Brüder, durch die Barmherzigkeit Gottes» (Röm. 12, 1). Das bezeugt mehr als der «barmherzige Vater». Es gibt zu erkennen, daß in Gott die Fülle der Barmherzigkeit wohnt und von Ihm als ihrem Ursprung ausgeht. Jahwe nennt Sich Selbst «der Erbarmer» (s.d.) (Jes. 49, 10; 54, 10). Jakobus bezeugt, «Er sei voller Eingeweide und barmherzig» (Jak. 5, 11). Der Vater der Erbarmungen ist gleich der Gott alles Trostes (s.d.). Jesus mahnt in diesem Sinne: «Werdet Barmherzige, gleichwie euer Vater barmherzig ist!» (Luk. 6, 36.)

594. **Vater der Geister** steht in Gegensatz zu den Vätern des Fleisches (Hebr. 12, 9). Es wird damit Gott als Vater oder Schöpfer aller kreatürlichen Geister bezeichnet, der Menschen- und Engelgeister. Alle Geister stammen von Ihm ab. Die menschlichen Geister sind dem-

nach nicht durch den Akt der physischen Zeugung, sondern durch Gottes Schöpferkraft ins Dasein gerufen worden. Der Vater der Geister ist nur Gott, es heißt von Ihm darum: «Der Geist geht zurück zu Gott, der ihn gegeben hat» (Pred. 12, 7). «Der Gott der Geister alles Fleisches (s.d.) (vgl. 4. Mose 16, 22; 27, 16) ist für die Söhne der Vater der Geister.»
Es ist Lebensbedingung, sich dem Vater der Geister unterzuordnen. Die Fügsamkeit unter Gottes züchtigende Hand ist wahres Leben. Die Züchtigung der leiblichen Väter erfordert Anerkennung, wieviel-mehr die Erziehung Gottes unseres Schöpfers! Die Zucht des Vaters der Geister unterscheidet sich von der Zucht der Väter unseres Fleisches darin, daß sie ewiges Leben gibt.

595. **Gerechter Vater!,** eine Anrede Jesu an Gott in Seinem Hohenpriesterlichen Gebet (Joh. 17, 25). Der Herr ist am Ziele Seines Bittens. Von hier aus geht Er rückwärts, daß das Ende mit dem Anfang verknüpft wird in der Absicht, die Erhörung Seines Gebetes zu begründen, die von der Gerechtigkeit des Vaters erwartet werden kann. Vor dem gerechten Gott begründet Jesus die unvergleichlichen Vorrechte, die Er für die Seinen beim Vater beansprucht. Die Welt hat sich geweigert Gott zu erkennen, wenn die Jünger noch von der Welt wären, würde die göttliche Gerechtigkeit Ursache haben, Seine Bitte abzuschlagen. Er aber erscheint an ihrer Spitze, Er hat Gott erkannt, sie haben Ihn als den von Gott Gesandten erkannt, und sie sind in das Licht der Erkenntnis Gottes eingeführt. Jesus hat zwar die ersten Strahlen der Gotteserkenntnis über die Jünger leuchten lassen, Er bittet darum Gott den Vater, ihnen künftig Seine ganze Erkenntnis mitzuteilen. Die göttliche Gerechtigkeit hat gegen diese Bitte nichts einzuwenden, vielmehr verbindet Sich der Vater mit der Liebe, um den Gebetswunsch Jesu zu unterstützen. Die Anrede: «Gerechter Vater» an Stelle von «Heiliger Vater» (s.d.) ist nicht unbeabsichtigt. Jesus stellt Sich hier der vergeltenden Gerechtigkeit Gottes gegenüber, welche die Welt von der Herrlichkeit ausschließt, für die Jünger aber hat Er das Mittel gefunden, daß die Gerechtigkeit für sie spricht. Jesus versenkt Sich in die Betrachtung der göttlichen Gerechtigkeit, der vergeltenden, die das künftige Geschick nach dem Verhalten der Menschen gegen die göttliche Offenbarung bestimmt.

596. **Heiliger Vater** nennt Jesus Gott in der Gebetsanrede (Joh. 17, 11). Der Name steht in genauer Beziehung zu der an Gott gerichteten Bitte. Bei Menschen ist Heiligkeit die ganze Hingabe, den göttlichen Willen zu erfüllen. Gottes Heiligkeit besteht in freier, selbstbewußter, ruhiger und unabhängiger Bejahung Seiner Selbst. Er Selbst ist das Gute. Gott zieht in Seiner Heiligkeit eine scharfe Grenze zwischen uns und den Menschen, die unter der Herrschaft ihrer Naturtriebe dahinleben. Die Schrift nennt diese Menschenklasse außerhalb von Gottes Gemeinschaft die «Welt». Der Name «Heiliger Vater» bezeichnet Gott, der die Grenzlinie zwischen den Jüngern und der Welt

gezogen hat. Die Bitte: «Bewahre sie!», beabsichtigt, diese Trennung festzuhalten. Jesus bittet den Vater, die Seinen im Lebensbereich der Heiligung zu bewahren, der von dem Welt-Leben getrennt ist, der Gott Selbst zum Mittelpunkt hat. Gottes Heiligkeit ist der Beweggrund, die Seinen von der Welt frei zu erhalten, wenn sie auch noch in der Welt leben müssen. Das ist der Begriff der göttlichen Heiligkeit. Der heilige Gott, der von den Sündern abgesondert ist, der die Macht hat, unheilige Einflüsse von der Sünde fernzuhalten, kann die Seinen vor dem Bösen in der Welt bewahren.

597. **Der Vater der Herrlichkeit** ist in Epheser 1, 17 ein Unikum der ganzen Heiligen Schrift, es darf nicht mit «Herrlichkeit des Vaters» (Röm. 6, 4) verwechselt werden. Viele Erklärungen dieses Gottesnamens sind verwirrend. Die Ausdrücke «Herrlichkeit Gottes» (s.d.) (Tit. 2, 13; Apostelg. 7, 55) und «Jesum Christum der Herrlichkeit» (Jak. 2, 1), dienen schwerlich der Auslegung dieses göttlichen Namens. «Der Gott unsers Herrn Jesu Christi ist der Vater der Herrlichkeit» nach diesem Zusammenhang. Man will diesen Gottesnamen mit «zum Lobe seiner Herrlichkeit» (Eph. 1, 6. 12. 14) verbinden, was auch nicht weiter führt. Den Zusatz «Herrlichkeit» auf die Gaben zu deuten, stimmt mit anderen Verbindungen nicht überein, wie z. B. «Herr der Herrlichkeit» (s.d.) (1. Kor. 2, 8), «Gott der Herrlichkeit» (s.d.) (Apostelg. 7, 2), «der König der Herrlichkeit» (s.d.) (Ps. 24, 7). Am nächsten dürfte liegen, daß Sich Gott als Vater der Herrlichkeit durch die Größe der göttlichen Kraft offenbarte, durch welche Er Jesum von den Toten erweckte. Wer solches tut, erweist auch die Kraft der Herrlichkeit (Kol. 1, 11) an den Seinen. Das soll nicht veranlassen, Herrlichkeit mit Kraft zu deuten. Vater der Herrlichkeit besagt, daß Er der Urgrund und Selbst die Herrlichkeit ist.

598. **Vater im Himmel,** griechisch «ho pater ho en tois ouranois» – «der Vater in den Himmeln», ist eine oftmalige Anrede Gottes im Munde Jesu nach dem Matthäusevangelium (Matth. 5, 16. 45. 48; 6, 1. 9; 7, 11. 21; 10, 32s; 12, 50; 16, 17; 18, 10. 14. 19; 23, 9); im Markusevangelium steht sie nur einmal (Mark. 11, 25s), Lukas hat nur «Der Vater aus dem Himmel wird geben» (Luk. 11, 13). Johannes bedient sich auch nicht dieses Ausdrucks. Es ist nicht zu verwechseln mit der Bezeichnung: «Herr des Himmels und der Erde» (Apostelg. 17, 24; Matth. 11, 25), oder: «Gott des Himmels» (Offb. 11, 13; Neh. 1, 5; 2, 4; 1. Mose 24, 7; Ps. 96, 5). Die Rabbiner redeten Gott an mit «Herr der Welt, König der Welt, Gott der Welt», wovon sich die Gottesanrede im Munde Jesu sinnvoll abhebt.

Die Anrede: «Vater im Himmel» ist nicht nur ein symbolischer Ausdruck der unendlichen Erhabenheit Gottes über allen irdischen Vätern. Der Himmel ist die Örtlichkeit, wo Gott, obgleich allgegenwärtig (1. Kön. 8, 27; 2. Chron. 2, 5; Ps. 139, 7ss.; Jer. 23, 23), in Seiner Herrlichkeit thront (Jes. 66, 1; Ps. 2, 4; 102, 19). Christus fuhr gen Himmel, um Sich zur Rechten Gottes zu setzen (Mark. 16, 19; Luk. 24, 51;

Apostelg. 1, 9); vom Himmel kommt der Geist Gottes (Matth. 3, 16; Luk. 24, 51; Apostelg. 2), die Stimme Gottes (Matth. 3, 17; Joh. 12, 28). Im Himmel ist das Haus Gottes mit seinen vielen Wohnungen (Joh. 14, 2). Im Himmel ist das Vaterland der Gläubigen (Hebr. 11, 14; Phil. 3, 20). Der Vater im Himmel ist der in der Herrlichkeit des Himmels Thronende, der Seinen Eingeborenen Sohn in die Welt sandte, das Königreich der Himmel auf Erden zu gründen, um den an Ihn Glaubenden das ewige Leben zu geben und sie ins Reich der Herrlichkeit aufzunehmen (Matth. 25, 34). Die Mehrzahl: «in den Himmeln» bringt den Gedanken der Größe und Unermeßlichkeit zum Ausdruck, wie die Wendung: «Himmel der Himmel» (5. Mose 10, 14; Ps. 148, 4; 1. Kön. 8, 27). Damit wird die göttliche Majestät und Erhabenheit dessen ausgedrückt, den wir Vater nennen dürfen.

599. **Vater der Lichter** in Jakobus 1, 17 soll nach einigen Auslegern eine astronomische Ausdrucksweise sein. Gott wird als Urheber der Himmelskörper angesehen. Philo bezeichnet Gott als «Quelle der wahrnehmbaren Sterne». Es ist ein Irrtum, hier im Jakobusbrief astronomische Ausdrücke und Verhältnisse finden zu wollen. Feierlich wird Gott die Quelle aller guten Gaben genannt. Die griechische Präposition «anothen» – «von obenher», gilt als Umschreibung für «von Gott» (vgl. Jak. 3, 15; Joh. 3, 31; 19, 11. 23). Durch das verhüllende «von obenher» wird die Feierlichkeit erhöht, daß Gott nicht ausdrücklich genannt wird. Jakobus deutet den großen und guten Geber nur an. In dem «von obenher» liegt auch ein Werturteil. Was von obenher kommt, ist für den Menschen gut und heilsam, der nur im unvollkommenen und sündigen Irdischen steht.
Es ist dem Jakobus ein Anliegen, Gottes völlige Reinheit zu betonen. Er nennt Gott als Urbild vollendeter Reinheit, den «Vater der Lichter». Mit «ton photon» wird sicherlich auf die Himmelslichter Bezug genommen (vgl. LXX Ps. 136, 7; Jer. 4, 23). Auf jüdischem Gebiet ist der Ausdruck in der «Apokalypsis Moseh», Kapitel 36 anzutreffen: «(Sonne und Mond) können nicht leuchten angesichts vom Lichte des Alls, dem Vater der Lichter», in Kapitel 38 bat Michael den Vater der Lichter. Später ist der Ausdruck im Manichäismus geläufig. Dort wird gebetet: «Ich falle nieder und preise mit reinem Herzen und aufrichtiger Zunge den großen Gott, den Vater der Lichter.» Im Syrischen wird übersetzt: «Abba dinahire» – «Vater der Leuchtenden», griechisch «der Lichter». Das sind die ersten Lichter, Wort und Geist, die zweiten Lichter die Engel, die dritten die Propheten, Apostel und Lehrer, denn sie nannte der Herr «Licht der Welt». Theophylakt erklärt, «die englischen Mächte und die durch Heiligen Geist Erleuchteten». Didymus nennt «den Vater der Lichter der Verständigen», d.h. er nennt Gott «die Vernunft der Erleuchteten». Im Text des Jakobusbriefes ist jedoch der Vergleich zur Mangelhaftigkeit der irdischen Lichter.
Jakobus bezeichnet Gott den Vater, nicht aber den Schöpfer der Lichter. Das entspricht dem poetischen Charakter der Sprache des Alten Testamentes, das zwischen Gestirnen und Engeln nicht immer

eine scharfe Grenze zieht. Der jüdische Monotheismus schließt die Naturbeseelung nicht klar aus (vgl. Hiob 38, 7). Morgensterne und Gottessöhne sind Parallelbegriffe. Der Vaterbegriff wird den Gestirnen und der ganzen Welt gegenüber angewandt. Philo bezeichnet die Welt als Sohn Gottes. Oft nennt er Gott den Vater aller Dinge, den Vater und Schöpfer, oder Künstler, Erzeuger und Bewirker des Ganzen. Die Welt nennt er umgekehrt «Werke und Erzeugnis Gottes», Gott «die Sonne der Sonnen». Josephus bezeichnet Gott als «Vater der Väter, als Gott und Vater und Gebieter des jüdischen Volkes». Jakobus gibt seiner Aussage über Gott an dieser Stelle eine völlig neue Wendung und zugleich eine Steigerung, er vergleicht Gott mit den Gestirnen, der aber über alle Veränderungen und Trübung des Naturlaufes erhaben ist.
Mit einem Terminus technicus der Astronomie zeigt Jakobus die Veränderungen und Unterschiede bei den Gestirnen. Eine solche Änderung jeder Art ist bei Gott ausgeschlossen. Jeder denkbare Wechsel wird von Gott energisch in Abrede gestellt. Eine Veränderung wie beim Schatten (Ps. 102, 11; 109, 23; 144, 4) einer Sonnen- oder Mondfinsternis ist bei Gott ausgeschlossen. Das Licht irdischer Lichtkörper erleidet durch Beschattung eine Veränderung, bei Gott ist eine solche Minderung seiner Reinheit völlig unmöglich. Eindrucksvoll stellt Jakobus gegenüber, daß Gott der reine Urquell der Lichter ist und zugleich den wandelbaren Lichtern vollständig überlegen ist. In Gott gibt es keine Änderung und wechselnde Verdunkelung Seines Lichtes. Er bleibt unwandelbar Derselbe (s.d.), hoch erhaben über allen Veränderungen und jedem Wechsel der kreatürlichen Welt. Gott ist in Seiner Liebe und Gnade fern von allem, was dem leiblichen Auge in der von Ihm erschaffenen, leuchtenden Sternenwelt als Veränderlichkeit und Wandelbarkeit mit Beschattung und Verdunkelung erscheint. Von oben herab, von Gott, dem Vater der Lichter, kann immer nur gute und vollkommene Gabe kommen.

600. **Der rechte Vater,** ein Ausdruck der Lutherbibel in Epheser 3, 15; der dem griechischen Text an dieser Stelle nicht entspricht. Der textliche Zusammenhang ist zu übersetzen: «Dieserhalb beuge ich meine Knie zu dem Vater unsers Herrn Jesu Christi, von welchem jeder Vatername in den Himmeln und auf Erden benannt wird» (Eph. 3, 14. 15). Der Vatername oder das Vatersein stammt ursächlich von dem Vater Jesu Christi. Er kommt von Ihm her, weil Er als Vater Jesu Christi der Vater aller derer geworden ist, die Christo angehören, ob sie in den Himmeln oder auf Erden sind. Der Herr gebietet darum: «Vater von euch sollt ihr niemand nennen auf der Erde, denn Einer ist euer Vater, der in den Himmeln» (Matth. 23, 9).

601. **Ein Vater der Waisen** (Ps. 68, 6) und ein Richter oder Sachwalter der Witwen ist Gott. Jahwe, der Gott Israels, durchwaltet in der Macht Seiner freien Gnade die Geschichte. Sein Name ist ein Quell des Frohlockens. Der Hocherhabene, der im Himmel der Herr-

lichkeit thront, waltet in der Geschichte, daß Er Sich gerade der Ärmsten und Niedrigsten annimmt. Er geht den Seinen in allen Lebensverhältnissen nach. Bei den Verwaisten vertritt Er die Vaterstelle. Es ist Gottes höchster Ruhm, daß Er Sich der Elendesten und Hilflosesten wie ein Vater erbarmt.

602. **Vergelter** siehe Lohnvergelter!

603. **Vergewaltiger** siehe Verstörer!

604. **Versöhnung,** griechisch «hilasmos» – «das Versöhnungsmittel, Sühnemittel oder das Sühnopfer». Versöhnung und Versühnung sind Unterschiede, auch in den Ursprachen der Bibel. Die Sühne (hebräisch kapporeth) ist die Voraussetzung der Versöhnung (griechisch katalagge). Die Versöhnung ist die göttliche Seite des Werkes Christi am Kreuz. Christi Versöhnungstod für die Sünde ändert die ganze Stellung der Menschheit in ihrer Beziehung zu Gott. Gott erkannte an, was Christus wegen der Welt vollendet hat, es gereicht den Menschen entweder zum Segen oder zum Fluch. Das Kreuz offenbart einen gnädigen Gott gegen den Unerlösten, wie auch gegen den verirrten Heiligen (1. Joh. 2, 2). Weil Christus alle Sünden getragen hat, haben wir einen gnädigen Gott. Die griechischen Worte, welche die Lehre von der Versöhnung behandeln, sind: «Hilasmos», es bezeichnet, was unser Herr für die Sünder getan hat (1. Joh. 2, 2; 4, 10), «Hilasterion» zeigt den Ort der Versöhnung (Röm. 3, 25; Hebr. 9, 5), «Hilaskomai» deutet an, daß Gott gnädig oder barmherzig ist (Luk. 18, 13; Hebr. 2, 17). In diesem gegenwärtigen Zeitalter ist Gott seit dem Tode Christi ohne Frage gnädig. Im Blick auf das Opfer Christi die Gnade Gottes in Frage zu stellen, ist offenbarer Unglaube. Im Alten Testament war nur das Allerheilige der Ort des Versöhnungsopfers (Hebr. 9, 5). Jetzt ist ein für allemal der Gnadenstuhl für die Sünder die Blutbesprengung des Leibes Christi am Kreuz. Der Gnadenstuhl ist also ein beständiger Gnadenthron. Auf keine andere Weise konnte der furchtbare Gerichtsthron ein Altar der unendlichen Barmherzigkeit werden. Das Gebet des Zöllners: «Gott sei mir Sünder gnädig!», kann übertragen werden in die Bitte: «O Gott, sei versöhnlich mit mir, dem Sünder!» Es ist ein Gebet um Gnade im vollen Vertrauen auf Gottes Versöhnung. Es ist also eine innigere Beziehung als im Alten Testament zwischen Gott und dem Bundesvolk auf Grund des Versöhnungsopfers am Versöhnungstage. Der Gläubige kann jetzt fröhlich sein, daß Gott ihn versöhnt hat. Der Glaube an die Versöhnung in Christo ist der Eintritt in alle Wohltaten Gottes.

605. **Verstörer,** hebräisch «schoded» wird mit Verwüster, Verheerer und Vergewaltiger übersetzt. Der Prophet Jeremiah spricht besonders oft davon, daß Jahwe verwüstet, ja daß Er Selbst der Verwüster ist. Man kann sagen, es ist ein jeremianischer Spezialausdruck und ein besonderer Gottesname dieses Propheten.

Jeremiah schaute das Weltgericht über alle Völker der Erde, ohne Rücksicht auf ihre größere oder geringere Bedeutung in der Geschichte. Es kann hier, wie oft wahrgenommen werden, daß einzelne, zeitliche Gerichtsakte Gottes Vorbilder und Vorstufen des letzten und höchsten Gerichtes sind. Das Gericht geht von Jahwes heiliger Wohnung aus. Der Sturm wälzt sich von Volk zu Volk, bis die ganze Erdoberfläche voll von Erschlagenen liegt. Die Gerichteten werden heulen und sich wälzen, denn der Schlachttag ist gekommen und keine Möglichkeit des Entrinnens. Das Gericht ist in vollem Gange, man hört das Geschrei der Verfolgten. Es wird stille, nachdem der Löwe das Land verwüstet hat (Jer. 25, 30-38). Jahwe ist vor den Augen der Hirten tätig, ihre Weiden zu verwüsten.
Die Philister waren unter allen Nachbarvölkern die längsten Erbfeinde der Israeliten. Diese furchtbaren Gegner sind nicht einmal in der Blütezeit des alttestamentlichen Bundesvolkes völlig unschädlich gemacht worden. Sie weideten sich in boshafter Schadenfreude am Fall Jerusalems. Die theokratische Weissagung denkt ganz natürlich auch an die Philister, zu den heilvollen Lichtpunkten der Zukunft Israels gehört auch die Vernichtung dieser alten Feinde. Die Prophezeiung Jeremiahs entspricht ganz dem Verhältnis der Philister zu Israel (Jer. 47, 1-7). Jahwe ist es, der alle Philister vertilgt, Er rottet auch Tyrus und Sidon aus, jeden Entronnenen, der helfen könnte (Jes. 47, 4).
In der Weissagung gegen Babel betont Jeremiah, daß es keine tote und keine lebendige Mauer retten kann. Jahwe, ihr gerechter Vergelter hat ihren Untergang beschlossen. Die Mauer hilft nichts, weil Jahwe Verstörer senden wird (Jes. 51, 53). Aus diesen Zusammenhängen ist klar, daß Jahwe die Arbeit eines Verstörers ausübt an den Feinden des Volkes Gottes.
Mehrfach nennt Jeremiah feindliche Völker «Verstörer», die von weit her kommen, um das Volk Gottes zu läutern (Jer. 6, 26). Jahwe läßt über die Mutter des jungen Mannes einen Verstörer kommen (Jes. 15, 8). Der Verstörer übergeht keine Stadt und keine Gegend. Die von Gott vorausgesagte Verwüstung wird eintreffen (Jer. 48, 8). Der Verwüster wird die Weinlese und die Obsternte schonungslos überfallen (Jer. 48, 32). Über den Fall Babels jauchzen Himmel und Erde. Alle Völkerschaften, die unter dem Druck Babels Unrecht erlitten haben, freuen sich über seinen Sturz. Der Rest Israels freut sich besonders, weil für ihn eine neue Zeit anbricht und sich Gottes Verheißungen erfüllen. Nach dem Spruch Jahwes kommen vom Norden Verstörer. Das Gericht bringt die Vergeltung für alles, was Babel an Israel verschuldet hat (Jer. 51, 48). Babel scheint zu mächtig zu sein, daß es kaum wahr sein könnte, niedergeworfen zu werden. Ihm aber werden von Jahwe aus Verstörer kommen, wenn es auch zum Himmel emporsteigen und solche Kraft entwickeln würde, die von keiner Macht der Erde erreicht wird. Ein solcher Sturz ist vor allem möglich, weil Jahwe Selbst die babylonische Weltmacht verstört (Jer. 51, 53. 55). An Wendepunkten ähnlicher Art in der Weltgeschichte kommen sogar Gottent-

fremdete zu der Einsicht, daß hier Einer eingreift, der nicht in einer Reihe der irdischen Gewalten steht. Jahwes Eingreifen macht dem Großsprechen ein jähes Ende (Jer. 51, 55). Jahwe ist demnach der eigentliche Verstörer Babels (Jer. 51, 56). So oft wie im Propheten Jeremiah von den Verstörern die Rede ist, steht Jahwes Vergeltungsratschluß im Hintergrund.
Der Gottesname «Verstörer» kann im ersten Augenblick erschüttern. Wer sich aber im ganzen Zusammenhang des Propheten Jeremiah darin vertieft, was Jahwe durch Seine Verstörung der Weltmächte beabsichtigt und erzielt, darf mit Zuversicht dem Ende aller Dinge entgegensehen. Der Prophet Jeremiah hätte es nicht gewagt, mit diesem Gottesnamen, den auch Feinde des Volkes Gottes tragen, so gewaltige Dinge auszusprechen, wenn sie ihm Jahwe nicht offenbart hätte. Die Gottesoffenbarung beseitigt alle Bedenken, die einem im Blick auf die Befestigungen und Rüstungen weltlicher Großmächte kommen können. Die Rüstungen gegen das Volk Gottes sind am Ende der Tage groß und gewaltig. Sie sind aber nur ein Kleid der Weltmacht, in das sie sich einhüllt, daher ist vom Entblößen die Rede. Für Jahwe ist nichts zu stark und zu groß. Vor Gottes Gerichten schützen keine Verschanzungen. Die neuesten Fortschritte der Technik, die schrecklichsten Zuchtruten, Bürgerkriege, nimmt Jahwe zuweilen in Seinen Dienst zur Durchfürung Seiner Pläne. Jahwe, der Verstörer, vernichtet die stärksten Bollwerke, wie Er die Bauten Ägyptens und die Befestigungen Babels gestürzt hat. Alle diese Werke haben keinen Ewigkeitswert, ein Zusammenstoß schleudert sie in den Abgrund. Im Blick auf die Vernichtung der antichristlichen Heeresmassen liegt für die Endgemeinde in dem Gottesnamen «Verstörer» ein Trost.

606. **Mein Vertrauen,** hebräisch «mibtach» – «Gegenstand des Vertrauens». Luther übersetzt «Hoffnung» (s.d.). Sinnvoll wird der Ausdruck mit «Vertrauensgrund» wiedergegeben. Der Psalmsänger preist den Mann glückselig, der Jahwe zu seinem Vertrauensgrund macht (Ps. 40, 5). Gott hat Sich durch zahlreiche Wunderbeweise an Israel verherrlicht. Die Seligpreisung hat in Jeremia 17, 7 einen Nachklang: «Gesegnet der Mann, dessen Vertrauen auf Jahwe ist und nicht auf das Fleisch. Ein solches Vertrauen steht gegensätzlich zum Selbstvertrauen. Im gleichen Sinne sagt Hiob: «Wenn ich Gold erhob zu meiner Zuversicht und zum Feingold sprach: «O mein Vertrauen!» (Hiob 31, 24.) Irdischer Reichtum war nicht der Gegenstand und der Grund seines Vertrauens.

607. **Vertrauter,** hebräisch «meschullam» ein Eigenname vieler Personen, die sich oft schwer unterscheiden lassen. Jesajah meint damit den Messias-Israel, den Knecht Jahwes (s.d.). Der Sinn dieses Namens ist nicht der Vollendete, noch der Bezahlte oder Erworbene, sondern der in Frieden und Freundschaft Verbundene (vgl. Hiob 5, 23), der «Gottvertraute», man vergleiche zum arabischen «muslim» das Passiv, der Gottvertrauende. Der Luthertext hat die Übersetzung:

«der Vollkommene» (s.d.). Wenn man hier unter dem Knechte Jahwes und dem Boten Gottes den Messias versteht, erschwert man sich das Verständnis des Textes. Erklärer, die hier das Volk Israel sehen, übertragen: «Wer ist so blind wie der mit Heil Begabte und so blind wie der Knecht Jahwes» (Jes. 42, 12-13). Gott hat Israel unter allen Völkern erwählt als Seinen Knecht und Boten. Sein Knecht und Bote ist tiefer gefallen als alle übrigen Völker. Der Gottvertraute ist über Gottes Heilsratschluß mehr erleuchtet worden als irgend ein anderes Volk. Es ist erwählt worden, allen Völkern die Augen zu öffnen und Gottes Wege zu zeigen, aber Israel ist blind und taub. Kein Volk hat solche Gottestaten geschaut wie Israel, aber es hat sie nicht bewahrt, keinem Volk ist soviel gepredigt worden, aber es hört nicht mit offenen Ohren. Diese Erläuterung ist notwendig, um die Bezeichnung «Vertrauter», wie es oft geschieht, nicht als messianischen Namen anzusehen.

608. **Verwüster** siehe Verstörer!

609. **Vollender des Glaubens,** griechisch «teleiotes tes pisteos» (Hebr. 12, 2) steht mit «Anfänger des Glaubens» (s.d.) in Verbindung. Christus wird durch diesen Namen als der bezeichnet, der durch Ausharren den Glauben bis zum Ende in seiner Vollendung darstellt und offenbart. Das hier vorhandene Schlußglied des Verses zeigt auch, daß Er das Ziel des Glaubens erreicht hat, und den Lohn des Glaubens errang, indem Er Sich zur Rechten des Thrones Gottes setzte. Das Wort «Vollender» erhält durch diese Erklärung die ihm zukommende Bedeutung. Es ist genau darauf zu achten, daß hier nicht «unser Glaube», sondern der «Glaube Jesu Christi» (s.d.) erwähnt wird. Sein Glaube ist allerdings dem von uns geforderten Glauben völlig gleichartig. So wird auf Sein Verhalten als auch auf das höchste und schönste Glaubensvorbild hingewiesen. Die Tugend des Glaubens, die Christo beigelegt wird, unterliegt nach Hebräer 2, 17; 4, 15 keinem Zweifel. Er ist uns in allem, ausgenommen die Sünde, gleich geworden. Er stand während Seines Erdenlebens im gleichen Glaubensverhältnis zu Gott, wie Seine Brüder, die Menschen (Hebr. 2, 13). Sein Bitten und Flehen, auch Seine Angst (Hebr. 5, 7-8) haben den Glauben zur Voraussetzung und zum Inhalt. Es kann demnach nicht befremden, wenn Christo eine Vollendung im Glauben zugeschrieben wird. Das liegt schon in Christi menschlicher Natur, denn Christus ist wahrer Mensch, was aus Seiner Vollendung im Gehorsam hervorgeht (Hebr. 5, 8), die mit der des Glaubens Schritt hält. So wird der vorbildliche Glaube Jesu beschrieben, der durch Erduldung des schmachvollen Kreuzestodes bewährt wird und zur Vollendung gelangt.

610. **Vollkommener,** vergleiche Vertrauter!

611. **Wahrhaftiger,** vergleiche der Heilige!

612. **Wahrheit** hat für den gesamten Glaubensinhalt der Bibel eine hohe Bedeutung. Es ist die Grundlage der Gotteserkenntnis. Die Verwendung in der Lutherbibel kann nicht immer wegweisend sein. Die hebräischen Worte für diesen Begriff drücken das Feste, Beständige, Bewährte und Zuverlässige aus. Im griechischen Neuen Testament wird das, was «nicht verborgen», sondern offenbar ist, dadurch ausgesprochen. Der unterschiedliche sprachliche Ausgangspunkt macht sich in der Sache im ganzen Umkreis beider Testamente deutlich bemerkbar. Das ist zu beachten, damit das gleichlautende deutsche Wort der Übersetzung dem Leser nicht die Fülle und Vollständigkeit des ursprünglichen Sinnes verbirgt.
Wenn meistens in der Bibel von Wahrheit die Rede ist, wird damit die göttliche Offenbarung der Erkenntnis und des Lebens erschlossen. Das Wort der Wahrheit bringt dann zum Bewußtsein, daß sich hier alles um eine volle Wirklichkeit handelt. Die im Alten Testament oft gerühmte Wahrheit Gottes zeigt die Zuverlässigkeit Gottes und die Wirklichkeit Seines Waltens. Was beim Menschen Stückwerk ist, denn alle Menschen sind Lügner (Röm. 3, 4), ist in Gott vollkommen. In den Psalmen wird diese Vollkommenheit Gottes immer wieder gerühmt. Alles, was von Gott kommt, bewährt sich als absolute Zuverlässigkeit. Luther übersetzt oft das betreffende Wort «aemeth» mit Treue. Gottes Wahrheit im Gericht über die Völker (Ps. 96, 13; 98, 2), in Seinen Geboten (Ps. 19, 10; 119, 86. 142. 151), in Seinen Ratschlüssen und Wegen (Ps. 25, 10; Jes. 25, 1), in Seinen Verheißungen (Ps. 132, 11; 33, 4; 119, 160) wird mit «Treue» meistens nur ungenau wiedergegeben. Die Zusammenstellung von Wahrheit und Gerechtigkeit (Ps. 40, 11; 89, 15; 111, 7) offenbart den Sinn von unbedingter Zuverlässigkeit. Gottes Wahrheit erscheint oft wie eine mächtige Gestalt, die in Gottes Umgebung Seines Winkes wartet (Ps. 89, 9), die vor Ihm hergeht (Ps. 89, 15); sie wird zum Geleit der Gläubigen gesandt (Ps. 33, 3; 89, 25). «Gnade und Wahrheit» (Ps. 89, 15), «Güte» (Ps. 36, 6), «Barmherzigkeit» (1. Mose 24, 27), «Licht» (Ps. 43, 3) erscheinen als Begriffspaare. Gottes Wahrheit ist ein Schirm und Schild (Ps. 91, 4).
Im Neuen Testament ist Wahrheit eines der vielsagendsten Grundworte für die Sprache des Johannesevangeliums und der Johannesbriefe. Im Bereich der Offenbarung Gottes in Christo erscheint die Wahrheit als Gottes Wirklichkeit und alles dessen, was in Ihm lebt und Ihm angehört, als eine Wirklichkeit in vollstem Sinne des Wortes. Der johanneische Wahrheitsbegriff ist ein fester und sicherer Bestandteil der Heilsverkündigung.
Es heißt nicht bei Johannes: «Gott ist die Wahrheit», er spricht auch nicht wie in Römer 1, 25 von der «Wahrheit Gottes». Johannes aber bezeichnet es als die Aufgabe des Sohnes Gottes, die Menschen zur Erkenntnis des Wahrhaftigen und in Gemeinschaft des Wahrhaftigen zu führen (1. Joh. 5, 20). Der Wahrhaftige ist Gott, denn Er ist die Wahrheit. Damit stimmt das Zeugnis Jesu überein, daß Gott wahr ist (Joh. 3, 33; vgl. 8, 26; 7, 28). Gott ist nach Johannes die Wahrheit in

der Offenbarung des Sohnes. Alle johanneischen Aussagen über Gott wurzeln in der Offenbarung im Sohne.
Der Eingeborene vom Vater steht vor dem Glaubensauge des Evangelisten als geschichtliche Erscheinung voller Gnade und Wahrheit (Joh. 1, 14). Gnade und Wahrheit waren der Inhalt Seines Wesens. Sein Denken, Reden und Wirken war von göttlicher Gnade und Wahrheit erfüllt. Ähnlich werden diese beiden Begriffe zusammengeordnet in Johannes 1, 17: «Die Gnade und die Wahrheit ist durch Jesum Christum geworden.» Das heißt, die Gnade und die Wahrheit ist uns durch Ihn zuteil geworden. Gnade hat hier den Sinn von göttlicher Huld, die dem Menschen das Heil schenkt. Es ist die Heilsgabe in der Befreiung von Sünde und Schuld. Der Begriff Wahrheit bringt zum Ausdruck, daß in der Heilsgabe die volle Wahrheit Gottes erschlossen wird. Wer mit dem johanneischen Denken vertraut ist, sieht hier die Gaben wie Leben (s.d.), Licht (s.d.), Liebe (s.d.). Ein weiteres Wort des Johannesevangeliums zeigt diesen Sinn: «Ich bin der Weg (s.d.), die Wahrheit und das Leben» (Joh. 14, 6). Bei aller Zusammenordnung hat jeder dieser drei Begriffe seinen besonderen Gedanken. Weg drückt eine Vermittlung aus, Wahrheit und Leben sind Sachbegriffe. Wenn Jesus die Tür (s.d.) genannt wird (Joh. 10, 7. 9), wird Er hier als der Weg bezeichnet. In Jesu Dasein, Reden und Wirken bestehen alle Gottesgaben für die Menschen. Jedes Seiner Worte und Werke ist eine Bejahung Gottes, Er Selbst ist die persönliche Bejahung Gottes, dadurch ist Er Selbst die Wahrheit. Jesus ist der Führer zu Gott. Mit ganzer Bestimmtheit sagt Er: «Niemand kommt zum Vater denn durch mich» (Joh. 14, 6). Er ist der Weg zu Gott, weil Er die Verkörperung der Wahrheit und des göttlichen Lebens ist. Die Wahrheit ist demnach die volle Erkenntnis und Erfahrung Gottes, das ist wiederum mit dem Leben identisch. Das wird durch das Wort in Johannes 17, 3 bestätigt, wonach das Leben darin besteht, daß die Menschen den allein wahren Gott erkennen und Jesum Christum, den Gott gesandt hat. Die Wahrheit ist als vollkommene Gotteserkenntnis zu verstehen (Joh. 1, 14. 17; 14, 6). Auf der gleichen Linie liegt das Verständnis einer Reihe von anderen Stellen. Jesu Verkündigung ist die Wahrheit (Joh. 18, 37). Die Erkenntnis der Wahrheit besitzt eine freimachende Kraft (Joh. 8, 32). Der Apostel erklärt, daß sich die Wahrheit nicht mit der Sünde und dem Nichthalten der Gebote verträgt (1. Joh. 1, 6. 8; 2, 4). Die Anbetung Gottes besteht im Geist und in der Wahrheit (Joh. 4, 24). Die wahre Anbetung gründet sich auf Erkenntnis Gottes, die Gott Selbst durch den Sohn darbietet. Die Wahrheit ist Gotteserkenntnis, weil der Heilige Geist, der Geist der Wahrheit genannt wird (Joh. 14, 17; 15, 26; 16, 13). Gott leitet durch den Geist die Gläubigen in alle Wahrheit, was eine umfassende Erkenntnis der Vollkommenheit und des Willens Gottes ist. Der 2. und 3. Johannesbrief bietet auch für diese Bedeutung Belege. In 3. Johannes 8 heißt es, daß die wahren Gläubigen Mitarbeiter für die Wahrheit sind. 2. Johannes 1, 2 spricht vom Bleiben in der Wahrheit und nennt die Gläubigen, welche die Wahrheit erkannt haben.

Alle diese Schriftzeugnisse begründen, daß die Wahrheit Gottes Gabe in Christo an die Menschheit ist und daß Jesus die Wahrheit selbst verkörpert. Die Wahrheit besteht auch unabhängig von Christus, denn Er ist der Zeuge der Wahrheit (Joh. 18, 37), was auch von Johannes dem Täufer ausgesprochen wird (Joh. 5, 33). In der Person Christi aber ist die gegenwärtige und erfaßbare Wirklichkeit. Wenn die Wahrheit Gotteserkenntnis ist, dann ist Jesus der Inhaber der Wahrheit, nicht weil Er im vorzeitlichen Dasein an des Vaters Busen ruhte, sondern weil Er in zeitloser und ewiger Lebensgemeinschaft mit Gott verbunden ist. Er hat die Wahrheit geschaut und gesucht und Er kann sie offenbaren. Jesu Wirken ist nicht allein Verkündigung der Wahrheit, sondern auch göttliche Tat. Jesus trat auf im öffentlichen Leben, Sein Lebensgeschick war von der Aufnahme der Wahrheit abhängig. Der vollkommene Erkenntnisbesitz entspricht bei Jesus der völligen Hingabe an die Wahrheit. Bei Ihm vollzieht die Wahrheit sich im Willen. Sie ist dadurch im höchsten Sinne ethisch bedingt. Die Jünger besitzen Wahrheit in der Aufnahme des Wortes Christi, im lebendigen Zusammenhang mit der Person des Herrn und in der Begabung mit dem Geist. Das Gegenteil der Wahrheit ist Unwissenheit (Joh. 15, 5), was nicht nur an dieser Stelle im intellektuellen Sinne zu verstehen ist. Der Widerspruch gegen die Wahrheit liegt auch deutlich auf sittlichem Gebiet. Der Teufel hat in der Wahrheit nicht bestanden, weil die Wahrheit nicht in ihm ist, denn sein Grundelement ist die Lüge (Joh. 8, 44). Es ist der Gegensatz zum Geist der Wahrheit (1. Joh. 4, 6) vor allem der Geist der Verführung.
Damit kommt die eigentliche Prägung des johanneischen Wahrheitsgedankens zur Geltung. Die Wahrheit ist nach seiner Auffassung nicht nur die Gabe Christi, sondern die Menschen haben auch ein Verhältnis zu ihr. Wer aus der Wahrheit ist, hört die Stimme des Herrn (Joh. 18, 37). Ähnlich wirft der Herr den Juden vor, daß sie die Verkündigung der Wahrheit von sich weisen (Joh. 8, 46), weil sie nicht von Gott sind. Verwandt damit ist die Vorstellung, daß nur zu Jesus kommen kann, den der Vater zieht (Joh. 6, 64. 65). Jesu Aufgabe besteht eben darin, daß Er die zerstreuten Kinder Gottes zur Einheit zusammenführt (Joh. 10, 16; 11, 52). Es gibt eben solche, die nicht aus der Welt sind, sondern Gott gehören, die der Vater dem Sohne gegeben hat (Joh. 17, 6-16). Das Tun des Menschen wird auch in diesen Gedanken einbezogen (Joh. 3, 19-21). Wer die Wahrheit tut, kommt an das Licht, damit seine Werke als in Gott getan kundwerden; wer Böses tut, haßt das Licht und kommt nicht zum Licht, damit seine Werke nicht überführt werden. Nathanael und Pilatus standen zunächst der Wahrheit neutral gegenüber. Pilatus wußte nicht, was Wahrheit ist, weil er kein Verständnis für Jesus hatte. Nathanael, ein echter Israelit ohne Falsch, bekannte Ihn als Sohn Gottes und König von Israel. Wahrheit ist eine Lebensbetätigung im Sinne des vollkommenen Gotteswillens (1. Joh. 1, 6 - 2, 4; 3, 18; Joh. 8, 43). Es ist daher logisch, daß ein Gotteskind nicht sündigen kann (1. Joh. 3, 9).

Wer die Wahrheit tut, ist aus der Wahrheit. Es können nur diejenigen zu Jesus kommen, die der Vater Ihm gibt (Joh. 6, 37. 39. 44. 65; 17, 2. 6; 9, 24). Die Seinen sind aus der Welt erwählt (Joh. 15, 19), sie zieht Er alle zu Sich (Joh. 12, 32). Jesus bittet nicht für die Welt (Joh. 17, 9), sie kann den Geist der Wahrheit nicht empfangen (Joh. 14, 17). Gotteskinder sind aus der Wahrheit, sie hören Jesu Stimme, der Vater zieht sie zum Sohne. Das Sein aus der Wahrheit ist keine Naturanlage des Menschen, sondern es ist Empfänglichkeit für Gottes und Jesu Gabe. Das Sein aus der Wahrheit und das Tun der Wahrheit vollzieht sich, wenn Gottes Gegenwart im Menschen wirksam ist.

613. **Der Weg** ist in der Bibel ein oftmaliges Sinnbild für den Lebenswandel, der sich in einer bestimmten Richtung einem Ziele zu hinbewegt (vgl. Ps. 1, 6). Gott gestaltet und leitet die menschliche Geschichte, Er hat auch Seine Wege in Seiner Hand (Ps. 103, 7; Jes. 55, 8; Hos. 14, 10). Das Nilpferd heißt: «Anfang der Wege Gottes» Hiob 40, 14), das heißt, es ist ein Meisterwerk der göttlichen Schöpfung. Gott hatte im Anfang Seiner Wege die Weisheit (s.d.) (Spr. 8, 22), es entsprang aus ihr alles göttliche Schaffen und Wirken. Der Weg des Herrn ist der Lebensweg, den Er dem Menschen zeigt und anbahnt, den dieser zu bewahren (1. Mose 18, 19) und zu befolgen hat (5. Mose 8, 6; Matth. 22, 16). Der Weg des Rechtes, des Verstandes (Jes. 40, 19), der Weg der Gerechtigkeit (Spr. 16, 31; 2. Petr. 2, 21), der Weg der Weisheit (Spr. 4, 11), der Weg der Wahrheit (2. Petr. 2, 2), der Weg der Zeugnisse und Gebote Gottes (Ps. 119, 14), der Weg des Lebens (Spr. 2, 19; Ps. 16, 11), der Weg der Errettung (Apostelg. 16, 17), bezeichnet den Weg oder Lebenswandel, auf dem und durch den diese Heilsgüter gefunden und unser Besitz werden. Der Mensch, der sich dem Gebote Gottes zu- oder abwenden kann, steht vor einem Doppelweg (Matth. 7, 13), der Lebensweg ist schmal, der Weg zum Verderben dagegen breit. Jesus ist der Weg, der zum Vater führt (Joh. 14, 4). Er trägt alles in Sich und bietet alles, was für die Gemeinschaft mit Gott notwendig ist. Christus hat einen neuen und lebendigen Weg ins Heiligtum hergestellt, durch die Kraft Seines Versöhnungstodes (Hebr. 10, 20). Er heißt lebendig, weil es der lebendige Christus ist, der uns die Frucht Seines Todes immer zu genießen gibt. Der Weg der Gemeinde Jesu Christi ist der Glaube mit allem, wohin Er sie führt. Der Glaube an Christum und an Seine Verkündigung wird in der Apostelgeschichte kurz zusammengefaßt «der Weg» genannt (Apostelg. 9, 2; 19, 9. 23; 22, 4; 24, 14).

614. **Weingärtner,** griechisch «georgos» – «Ackerbauer, Landmann, Weinbauer, Winzer». Jesus nennt Seinen Vater den Weingärtner. Gott ist nach dem griechischen Wortlaut gleichsam der Eigentümer und Pfleger der Pflanze. Sein Eigentum war die Theokratie, es ist jetzt die kleine messianische Gemeinschaft, von der Jesus umgeben war. Er wacht über die Erhaltung dieses göttlichen Organismus und führt ihn der Entwicklung auf Erden entgegen. Jesus ist Sein inneres Le-

ben, der Vater pflegt ihn durch Seine Vorsehung. Jesus will offenbaren, daß Gott dieses Gewächs in Seinem Werte schätzt und Selbst dafür Sorge trägt. Dieser Gedanke hindert nicht, dieses Gotteswerk durch die Vermittlung des Sohnes vollzogen zu sehen. Das Bild vom Weinstock selbst zeigt nicht diese Wahrheit. Jesus lebt in den Seinen durch Seinen Heiligen Geist, in dieser Beziehung vergleicht Er Sich mit dem Weinstock (s.d.). Er herrscht auch über sie im Auftrage des Vaters. Diese Tätigkeit, wie sie in dem Bilde zum Ausdruck kommt, bleibt mit der Wirksamkeit des Vaters verschmolzen. Paulus vereinigt beide Beziehungen (vgl. Eph. 1, 22).
Die Pflege des Weingärtners am Weinstock schließt zwei Haupttätigkeiten in sich: jede unfruchtbare Rebe wird abgeschnitten, um die fruchtbaren Reben von den unfruchtbaren Schößlingen zu reinigen, damit sich der Saft auf die sich bildende Traube konzentriert.
Der Vater ist im höchsten Sinne der Pflanzer und Anbauer des Weinstockes. Er ist der Herr von Allem, was in der Welt wächst und im Reiche Gottes gedeiht. Er hat Seinen Sohn zum Weinstock als Menschensohn, der Sich zu Reben ausbreiten soll, in unser Fleisch und Blut gepflanzt. Im Leidenswege und im Tode pflanzt Er Ihn noch mehr zum wahren Weinstock, um viel Frucht zu bringen (Joh. 12, 24). Christus ist eben durch das Leiden des Todes vom Vater zu einem Reben ansetzenden Weinstock gemacht worden. Die Leiden, die Ihm und den Seinen widerfahren sind, ist die fleißige Arbeit und Wartung, die ein Winzer oder Weingärtner an dem Weinstock und an den Reben durchführt, damit er Frucht trägt. Es ist, als sagte der Herr: «Laßt meinen himmlischen Vater nach Seinem Wohlgefallen mit mir machen, Er wendet alles zum Vielfruchtbringen.»
Der Vater, der Weingärtner, weiß wohl, wie das Land, der Weinberg und der Weinstock zu bearbeiten sind. Er sucht Frucht, darum tut Er weislich und fleißig an dem Weinstock, den Er gepflanzt hat. Wozu Er den Weinstock gepflanzt hat, so tut Er auch an den Reben. So ist im Zusammenhang des Gleichnisses vom Weinstock die Tätigkeit des himmlischen Weingärtners klar zu erkennen.

615. **Der wahre Weinstock** nennt Sich Jesus, als Er mit den Jüngern den Saal verließ, in dem Er mit ihnen das Passah und das Abendmahl feierte (Joh. 15, 1). Wenn Jesus dem Eingangssatz ein «Ich» an die Spitze stellt, ist ersichtlich, daß Er einen Kontrast zwischen Seiner Person und irgend einem Weinstock darstellen will, der in Seinen Augen nicht der wahre ist. Welcher äußere Anlaß führte den Herrn zu dieser Bildrede? Einige Ausleger meinen, Jesus habe den Saal noch nicht verlassen, sie nahmen ihre Zuflucht zu der Anwendung des Weines bei der Einsetzung des Abendmahles. Sie denken auch an die Ranken eines Rebengeländes, die in den Saal hineinragten. Einige erinnern an den goldenen Weinstock, der an einem der Tempeltore als Zierrat angebracht war. Verschiedene Erklärer erinnern daran, daß Israel im Alten Testament oft unter dem Bilde des Weinstockes dargestellt wird. Viel einfacher und leichter wird die Erklärung, wenn man

vermutet, Jesus sei wirklich vom Saal zur Stadt hinausgegangen (Joh. 14, 31). Beim Anblick eines von Reben umrankten Weinstockes blieb Jesus stehen, Seine Jünger scharten sich um Ihn, Er sah in dieser Pflanze das Bild Seines Verhältnisses zu ihnen. Der natürliche Weinstock erschien Ihm als Bild, als irdische Abschattung des wahren und geistlichen Weinstockes. Der Herr entwickelte den Gedanken Seiner künftigen Vereinigung mit den Seinen. Von dem vor Augen liegenden Anblick entlehnte Er die Ausdrücke, um den Jüngern den Gedanken faßlich darzustellen. Es kann auch vermutet werden, daß sich am Abhang des Kidrontales Weinstöcke befanden, vor denen Jesus mit den Jüngern stehen blieb.

Das Wort «Weinstock» umfaßt den Stamm und die Zweige, oder Christus und die Gemeinde (vgl. 1. Kor. 12, 12). Der Vergleich zwischen dem Weinstock und Christus ist die organische Verbindung, die das Leben des Stammes zum Leben der Reben schafft. Die Reben ziehen den Saft aus dem Weinstock. Die Jünger empfangen ihr Leben aus dem verherrlichten Christus. Für diesen Vergleich hätte auch irgend eine andere Pflanze als Bild dienen können. Der Weinstock aber hat eben einen besonderen Vorzug in der edlen Natur seines Saftes und in der Vortrefflichkeit seiner Frucht. Das Bild des Weinstockes war dem Herrn vom Alten Testament her bekannt (vgl. Jes. 5, 1ss.; Jer. 2, 21; Hes. 15, 1; 19, 10; Ps. 80, 9). Dort war Israel der von Gott gepflanzte Weinstock, hier nennt Sich Jesus den wahren Weinstock, den Weinstock, der dem göttlichen Heilsgedanken vollkommen entspricht.

Israel war durch den im Gesetz geoffenbarten Gotteswillen mit Gott in Lebensgemeinschaft. Die unvollkommene Verwirklichung der theokratischen Gemeinschaft in Israel veranlaßte, nach dem wahren Weinstock Ausschau zu halten. Wenn die vollkommenere Gottesgemeinschaft im Neuen Bunde dem Alten gegenübergestellt werden soll, geschieht das, indem sich Christus als der wahre Weinstock offenbart, an dem die schlechten Reben hinweggetan und die guten dagegen weiter gepflegt werden. Eine Verwilderung des wahren Weinstockes ist unmöglich, daß Er für die Verwirklichung des Lebens nichts mehr taugt.

616. **Weisheit** Gottes ist Sein Vermögen, Seine allezeit vollkommen guten Ziele mit dem Vollkommensten zu erreichen. Das kann in Einzelnen, im Kleinen, im Gesamten und Großen der Schöpfung wahrgenommen werden. Das Alte Testament bewundert in diesem Sinne die Werke Gottes (Spr. 3, 18-19; Jer. 10, 12; 51, 15; Ps. 104, 24; 136, 5). Im alttestamentlichen Schrifttum wird auch anerkannt, daß die Spuren der göttlichen Weisheit nicht immer leicht zu erkennen sind. Es wird aber nicht daraus gefolgert, an Gottes Weisheit zu zweifeln. Die Erhabenheit der göttlichen Weisheit, die sich der menschlichen Forschung oft verbirgt, kann nur durch Offenbarung erkannt werden (Hiob 28, 12; 38, 1; 39, 1). Gottes Weisheit hat in der Weltschöpfung und Weltregierung und -erhaltung ihre Wirksamkeit. Die Weisheit,

die mit Seiner Stärke verbunden ist, wirkt in der Überwindung aller feindlichen Gewalten (Hiob 9, 4; 12, 13; Jes. 31, 2; Dan. 2, 20). Im Neuen Testament wird der Gedanke der göttlichen Weisheit erweitert auf die Offenbarung der Welterlösung (Röm. 11, 33). Der hochmütige Menschenverstand sieht das als Torheit an, weil eben die Spuren der göttlichen Weisheit in der Schöpfung schnöde verkannt werden (1. Kor. 1, 21-25). Es ist eine verborgene Weisheit, die sich nur denen erschließt, die durch Gottes Geist geistlich urteilen können (1. Kor. 2, 4-10). Bei ihnen rechtfertigt (Matth. 11, 19) und enthüllt sich Gottes Weisheit in einer unerschöpflichen Tiefe und Vielseitigkeit (Röm. 11, 33; Eph. 3, 10; 1. Kor. 1, 30). Gott bewährt Sich als der «allein Weise» (s.d.) (Röm. 16, 27; 1. Tim. 1, 17). Die Ewigkeit wird noch erfüllt sein vom Lobpreis der göttlichen Weisheit.
Die Weisheit war nach der Belehrung Salomohs bei der Weltschöpfung mit Gott in Gemeinschaft (Spr. 8, 22-31). Dieser Gedanke liegt in einer Reihe von Zeugnissen, wo Jesus von dem Bewußtsein Seines Lebens vor Seinem Erdendasein redet. Nikodemus gegenüber bezeichnet Er Sich als den, der vom Himmel gekommen ist (Joh. 3, 13). Zweifellos verstand Jesus unter Seiner Sendung in die Welt die Sendung vom Himmel herab (Joh. 3, 17). Das gleiche Zeugnis, vom Himmel herabgekommen zu sein spricht Jesus von dem Festzuge zum Passah (Joh. 6, 33. 38). Wenn Jesus sagt: «Ihr werdet von nun an sehen des Menschensohn auffahren dahin, wo er zuvor war» (Joh. 6, 62). Der Herr war sich völlig bewußt, vorher im Himmel gewesen zu sein. Aus Seinem Ausspruch: «Aber gerechtfertigt wird die Weisheit von ihren Kindern» (Matth. 11, 19) ist ersichtlich, daß Er Sich im Blick auf Sprüche 8, 22s.; 9, 1ss. Selbst als die persönliche Weisheit bezeichnete. Er war als ein besonderes Ich neben Gott bei der Ordnung der Schöpfung und bei der Begründung eines göttlichen Reiches beteiligt. In Lukas 11, 49: «Darum hat die Weisheit Gottes gesprochen» ist auch ein Ausspruch Jesu über Seine Präexistenz. Jesus bezeichnet Sich hier als «die Weisheit», von welcher Sprüche 8, 22 als von der Vermittlerin der Schöpfung der Welt spricht.
In Matthäus 11, 19 und Lukas 11, 49 liegt nahe, daß Sich Jesus Selbst als «die Weisheit Gottes», bezeichnet. Es ist nicht nur ein Fingerzeig auf Seine Präexistenz, sondern auch auf die Vermittlung der Weltschöpfung und der Offenbarung des Alten Testamentes. Es ist in Sprüche 8, 22 wohl zu erkennen, daß die Weisheit als persönliche Bildnerin der Welt und Erzieherin der Menschen erscheint. Jahwe bereitete sie als Anfang Seines Weges (Spr. 8, 22). Sie war dort, als Jahwe den Himmel bereitete (Spr. 8, 27). Sie war Ihm als Werkmeister (s.d.) oder Busensohn (s.d.) zur Seite, als Jahwe den Grund zur Erde legte (Spr. 8, 30). Sie war spielend auf dem Kreis Seiner Erde, Seine Wonne war bei den Menschensöhnen (Spr. 8, 31). Sie baute ihr Haus auf sieben Säulen und lud die Menschen zu ihrem Gastmahl (Spr. 9, 1). Nach der gesamten biblischen Offenbarung ist uns Christus von Gott zur Weisheit gemacht (1. Kor. 1, 30-31).

617. **Weizenkorn,** ein Bild aus dem Landleben, benutzt Jesus, um den Griechen Seine Verherrlichung zu erklären (Joh. 12, 24). Die Stunde der Verherrlichung war gekommen, als die Griechen Jesus sehen wollten (Joh. 12, 23). Der tiefe Grundgedanke der Verklärung des Menschensohnes wurde den verlangenden Griechen offenbart. Sie wollten Jesus sehen, sie sollten Ihn bald sehen, sie sollten Ihn aber anders sehen, als sie es sich vorstellten. Die Jünger mit den Griechen und die Griechen mit den Jüngern, erwarteten nach dem Hosianna große Dinge und eine weltliche Herrlichkeit. Die Verherrlichung des Herrn hatte jedoch einen anderen Werdegang. Jesus, der Heiland aller Völker wird als Sohn des Menschen verherrlicht, nur in einem Ersterben wird die Gotteswirksamkeit Seiner Menschheit für alle Menschen erzielt. Um das den Griechen zu beweisen, beruft Sich Jesus auf kein Prophetenwort, sondern Er entnimmt dafür ein Gleichnis aus der Natur. Der Doppelruf: «Amen, Amen» am Verseingang begründet, daß Sich Jesus mit dem Weizenkorn Selbst meint. Mit dem Naturgleichnis spricht der Herr von dem Geheimnis des erlösenden Todes. Aus dem Tode, den Besoldungen der Sünde, wodurch der Tod in die Welt gekommen ist, entsteht neues Leben. Der erlösende Tod des Gottes- und des Menschensohnes lag schon im Ratschluß der Ewigkeiten. Der Schöpfer hat dafür Vorbilder in die Schöpfung gelegt. In der göttlichen Ordnung der Natur, wonach die Frucht aus dem Samen, das neue Gewächs aus dem Tode des alten hervorgeht, liegt schon die Weissagung vom Erlösungs- und Aufopferungsgeheimnis. Wie Gottes Bund über Saat und Ernte beschlossen ist, so steht Sein Ratschluß über Christi Tod zum Leben der Welt. Das Samenkorn stirbt, um Frucht zu bringen. Das in die Erde gelegte Weizenkorn erstirbt, um die in ihm beschlossene Lebenskraft zu entfalten. Paulus verwendet ohne Bedenken das gleiche Bild von dem Vorgang des Säens, Ersterbens und Belebtwerdens des Weizen- oder Samenkornes auf die Notwendigkeit des Sterbens zur Erlangung des Auferstehungslebens (1. Kor. 15, 35-37).

Jesus deutet mit dem Bild des Weizenkornes an, wie eng Er Sich mit der Menschheit verbunden fühlt. Acker und Weizenkorn müssen sich entsprechen. Der Acker bleibt ohne das Weizenkorn eine öde Fläche, das Weizenkorn bleibt ohne Acker allein. Die Natur erfordert, daß beide zueinander in Beziehung kommen. Das Weizenkorn erfüllt seinen Zweck, der Acker zeigt sein Vermögen. Das beiderseitige Ineinandergehen bewirkt, daß auf dem Acker die grüne, hoffnungsvolle Saat steht. Der Tod des Menschensohnes bedeutet für die Menschheit das Leben. Sein Tod bringt die reichste Frucht, der Hoffnung, des Lichtes und des Lebens. So vergleicht Sich Jesus mit dem Weizenkorn. Durch Seinen Tod erfüllte sich das Prophetenwort: «Wenn er sein Leben zum Schuldopfer gibt, wird er Samen haben und in die Länge leben, ich will ihm eine große Menge zur Beute geben, und er wird die Starken zum Raube haben» (Jes. 53, 12). Es erfüllt sich auch das Wort des Sehers, der eine große Schar sah, die niemand zählen konnte, die ihre Kleider gewaschen und helle gemacht hatte im Blute des Lämmleins.

618. **Wer ist wie Gott?** Die bisherigen Erklärungen führen dazu, sich auch mit der wiederholten Frage in der Bibel zu befassen. Die zahlreichen Namen von Gott, von Jesus, vom Heiligen Geist, ermitteln uns nur eine stückweise Gotteserkenntnis, trotz allen Suchens und Forschens in der Heiligen Schrift. Die Fragestellung der heiligen Gottesmänner und Propheten zu beachten, dürfte mehr als nur eine müßige Spielerei sein. Was in der Bibel im Laufe der Geschichte gefragt wurde, möge aufmerksam erwogen werden!
Nach dem Durchzug durch das Schilfmeer fragt der Sänger des Liedes: «Wer ist dir gleich unter den Göttern? Wer ist wie du gleich verherrlicht in Herrlichkeit?» (2. Mose 15, 11.) «Es ist ein Nachhall der Erfahrung, daß niemand ist, wie Jahwe unser Gott» (2. Mose 8, 10), was auch Pharao einsehen mußte. Jahwe sagte: «Meinesgleichen ist nicht in allen Landen» (2. Mose 9, 14). In dem Strafwunder an Pharaoh und seinem Heer erwies Sich Jahwe groß über alle Götter (2. Mose 18, 11). David bekannte vor Jahwe: «Darum bist du auch groß geachtet, Jahwe, Gott, denn es ist keiner wie du, und kein Gott wie du, nach allem, was wir mit unseren Ohren gehört haben» (2. Sam. 7, 22). Er erinnert sich an alte Großtaten Gottes, wie an die Erlösung aus Ägypten. Salomoh begründet in seinem Tempelweihegebet, daß kein Mensch fähig ist, sich Gottes Größe vorzustellen, Er sagte am Eingang des Gebetes: «Jahwe, Gott Israels! Es ist nicht wie du ein Gott im Himmel droben und unten auf Erden, der du hältst den Bund und Gnade deinen Knechten, die vor dir wandeln von ganzem Herzen» (1. Kön. 8, 23; 2. Chron. 6, 14). Er will damit sagen, Jahwe der Gott Israels ist mit nichts zu vergleichen, Er ist der Einzige, allein wahre Gott (vgl. 5. Mose 4, 39; Jes. 2, 11; 2. Sam. 7, 22; 22, 32). Der weise König spricht in diesem Gebet eine Gottes- und Heilserkenntnis aus, die in ihrer Tiefe, Reinheit und Wahrheit die Gottesanschauungen aller anderen Völker übertrifft. Gottes Unermeßlichkeit und Allgegenwart kann kein menschliches Bauwerk und Denken umfassen. Alle anthropomorphistischen Vorstellungen von Gott, wie das Heidentum sie hat, sind abzulehnen. Der Psalmist bekennt in Demut im Blick auf Gottes große Heilstaten: «Nichts ist dir zu vergleichen!» (Ps. 40, 6.) Eine Vergleichungsmöglichkeit mit Ihm ist unmöglich. Er ist über Himmel und Engel unvergleichlich erhaben (Ps. 89, 7). Der Psalmist fragt mehrfach: «Wer ist wie du?» (Ps. 89, 9; vgl. Ps. 35, 10; 71,19; 77, 14; 89, 6-8; 113, 5. 6.) In Micha 7, 18 ist die Frage mit der Bedeutung des Namens »Michah» – «Wer ist wie Jahwe?» verbunden.
Jesajah berichtet verschiedentlich inhaltlich die gleiche Frage. Jahwe fragt die Götzendiener: «Und wem könnt ihr Gott vergleichen und welcherlei Bild ihm nebenordnen?» (Jes. 40, 18.) Jahwe stellt dem Propheten die Frage: «Und wem wollt ihr mich vergleichen, dem ich gleiche, spricht der Heilige?» (Jes. 40, 25.) Gottes Unvergleichlichkeit ist immer zu bedenken: «Wem könnt ihr mich vergleichen und gleich-

stellen und gegenüberhalten, daß wir gleichen?» (Jes. 46, 5.) Jeremiah stellt noch einige Male diese Frage. Im Gegensatz zu den Götzen sagt er von Jahwe «Keiner ist wie du, Jahwe!» (Jer. 10, 6.) Er ist der Höchste, keiner ist Seinesgleichen. Jahwe sagt den feindlichen Völkern des Volkes Gottes, die sich so selbstsicher dünken, daß sie einen Höheren über sich haben, dem sie nicht widerstehen können. Er stellt ihnen die besinnliche Frage: «Denn wer ist wie ich?» (Jer. 49, 19; 50, 44.) Während der antichristlichen Zeit fragt die abgefallene Menschheit: «Wer ist dem Tier gleich?» (Offb. 13, 4.) Die angedeuteten Fragen wegen der Unvergleichlichkeit Gottes in der Schöpfung, in der Erlösung, in Seiner Bundestreue im stärksten Gegensatz zu den heidnischen Göttern und Götzen, offenbaren deutlich, daß unser Denken über Gott schon innerhalb der biblischen Grenzen Stückwerk bleibt, daß aber unsere außerbiblischen Gedanken von Gott zur Abgötterei verleiten können. Das sind die Beweggründe, daß im Rahmen der göttlichen Namen von Gottes Tugenden (s.d.) oder Vollkommenheiten gesprochen wird.

619. **Werkmeister** siehe Busensohn!

620. **Wesen** siehe Charakter!

621. **Wind** ist eine stärkere Luftbewegung. Sie entsteht durch Temperaturänderung in verschiedenen Schichten und Orten. Der Ursprung und Ausgangspunkt des Windes ist geheimnisvoll. Sein Lauf und seine Stärke entziehen sich der menschlichen Berechnung. Der Wind ist ein redender Zeuge der Allmacht und Weisheit des Schöpfers (Hiob 28, 25; Ps. 135, 7; Pred. 11, 5; Jer. 10, 13; Spr. 30, 4; Amos 4, 13; Joh. 3, 8). Er ist ein kräftiges Werkzeug in Gottes Hand, um mit Güte und dem Ernst der Heimsuchung zu wirken (1. Mose 8, 1; Hiob 26, 13; 37, 21; 1, 19). Der Wind, der bewegende, erfrischende, reinigende, stärkende, beugende und stürzende Odem (s.d.) der leiblichen Schöpfung, hat in der hebräischen und griechischen Sprache den gleichen Namen wie der Heilige Geist (s.d.), der geistliche Lebensodem aus Gott. Jesus vergleicht beides (Joh. 3, 8) im Gespräch mit Nikodemus. Am ersten Pfingsttage der Urgemeinde war ein daherfahrender Wind der irdische Träger der himmlischen Geistesmitteilung (Apostelg. 2, 2). Das erinnert an das Anhauchen der Jünger aus dem Munde des Auferstandenen (Joh. 20, 22). Der Wind ist in seiner zerstörenden Wirkung ein Bild der göttlichen Strafe (Jes. 64, 6; Jer. 4, 11). Mit der Schnelligkeit des Windes wird der Dienst der Engel Jahwes verglichen (Ps. 104, 4; Hebr. 1, 7).

622. **Wohnung** siehe Zuflucht!

623. **Wohnung der Gerechtigkeit,** hebräisch «neweh-zadak», wird in Jeremia 50, 7 Jahwe genannt. Andere übersetzen: «Aue oder Trift der Gerechtigkeit.» Es ist aber hier wie in 2. Mose 15, 13 von einer Wohnung

Jahwes die Rede. Sonst wird der heilige Berg eine Wohnung der Gerechtigkeit genannt (Jer. 31, 23). Bei Jahwe ist gut wohnen, bei Ihm und in Ihm ist man sicher vor aller Ungerechtigkeit. Das Land ist durch Ihn mit Gerechtigkeit, wie mit Meereswogen bedeckt. Jahwe wird hier Wohnung der Gerechtigkeit genannt, wie sonst «Burg (Ps. 18, 3), Sonne (s.d.), Schild (Ps. 84, 12), Schatten» (Ps. 121, 5), in welchen die Gerechtigkeit als die Quelle des Heils Israels beschlossen ist. Jahwe ist als solcher die Hoffnung der Väter (s.d.).

624. **Wonne,** hebräisch ein vollständiger und schöner Gottesname: «El simchath-gili» – «Gott meiner frohlockenden Freude» (Ps. 34, 4). Der gleiche Psalmsänger bedient sich der Namen: 1. «jeschuoth panai wa elohai» – «Heil meines Angesichtes und mein Gott» (Ps. 42, 6. 12; 43, 6) im dreimaligen Kehrreim. 2. «El-Chai» – «Gott des Lebens» (s.d.) (Ps. 42, 3. 9). 3. «El-sali» – «Gott mein Fels» (Ps. 42, 10). 4. Elohe mauzzi» – «Gott mein Hort» (Ps. 43, 2). Es ist die Antwort auf die höhnische Frage: «Wo ist dein Gott?» (Ps. 42, 4. 11), wozu sich die lechzende Seele in ihrer Sehnsucht und ihrem Durst emporringt. Die bangende Seele labt sich im voraus in Zuversicht und Hoffnung am Erbetenen. Die Freude, die mitten im Elend von Gott ausgeht (Ps. 42, 9) ist ihm das Höchste. Der Sänger sagt: «Ich will hingehen zum Altar Gottes, zu Gott meiner frohlockenden Freude», denn er kennt kein höheres Sehnsuchtsziel als den Quellort dieser Jubelfreude (vgl. Hos. 9, 5), wo die Wonne in Strömen fließt (Ps. 36, 9). Es ist die leiblich-geistliche Freude. Wonne bedeutet nach dem Gotischen: «Weide». Das erinnert an das Lied von Johann Franck: «Jesu meine Freude, meines Herzens Weide.» Der Dichter des Psalms empfindet an Gott einen hohen Grad der gesteigerten Freude. Der hebräische Text kann das schöner und tiefgründiger ausdrücken als im Deutschen, es sind dort etwa 40 Ausdrücke für Freude.

625. **Wort** ist in der Heiligen Schrift die Willensoffenbarung Gottes, des Geistes, als Wort Gottes. Der Schöpfung gegenüber ist das Wort die schaffende und erhaltende Kraft (Ps. 33, 6. 9; Hebr. 11, 3; 1. Mose 1, 3). Es ist ein Allmachtswort, wodurch die Schöpfung erhalten (2. Petr. 3, 7; Hebr. 1, 3) und zu Seinen Diensten gebraucht wird (Ps. 147, 15; 148, 8). Sehr oft steht in der Schrift das Wort dem Menschen gegenüber, entweder ohne Beisatz (Mark. 4, 14; Gal. 6, 6; Jak. 1, 21), oder mit dem Zusatz «Gottes» (Luk. 8, 11; Joh. 10, 35; Apostelg. 13, 46; Röm. 10, 17; 2. Kor. 2, 17; Hebr. 4, 12; 13, 7), des Herrn (Jes. 2, 3; Jer. 6, 10; 22, 29; Apostelg. 13, 48; 2. Thes. 3, 1), Christi (Joh. 14, 23; Kol. 3, 16).
Gottes Wort ist in seinen Eigenschaften «gerecht und heilig» (Ps. 119, 137. 140), wahrhaftig (2. Sam. 7, 28; Ps. 33, 4; 93, 5; 119, 33. 160; Spr. 30, 5; Joh. 17, 17; 2. Tim. 2, 15; Tit. 1, 9; 2. Petr. 1, 19; Jak. 1, 18; Offb. 19, 9; 22, 6). Es ist ein Brunnen der Weisheit (Ps. 119, 104. 130), unveränderlich und ewig (Jes. 40, 8; Ps. 119, 89; Matth. 24, 35; 1. Petr. 1, 18), trotz aller Hindernisse ist es wirksam (Jes. 55, 11; Jer. 5, 14;

Ps. 119, 91; Matth. 4, 4; Apostelg. 6, 7; 12, 24; 19, 20; 2. Tim. 2, 9), es verwundet (Jer. 23, 39; vgl. Hebr. 4, 12) und heilt (5. Mose 32, 47; Ps. 119, 9. 116; Luk. 4, 18; 2. Tim. 1, 13; Tit. 1, 9; Hebr. 6, 5). Gottes Wort ist ein Lebenswort (Joh. 6, 24; 6, 63. 68; 8, 51; Phil. 2, 16), es ist aller Annahme wert (1. Tim. 1, 15). Bildlich heißt Gottes Wort ein Hammer, Feuer (Jer. 5, 14; 23, 29), ein Schwert (Eph. 6, 17; Hebr. 4, 12; Offb. 19, 15), ein Licht, eine Leuchte (Ps. 119, 105).

Inhaltlich enthält das Wort Gottes Gesetz und Evangelium, Befehle (2. Mose 20, 1; 4. Mose 14, 41; 5. Mose 6, 6; 30, 14; 32, 46; Ps. 27, 8; Röm. 13, 9), Verheißungen und Drohungen (2. Mose 9, 20; 1. Sam. 3, 19; 2. Kön. 10, 10; Jer. 20, 8; Jes. 9, 8; 31, 2; Röm. 9, 6). Befehle und Verheißungen stehen miteinander in Verbindung wie z. B. beim Wasserbad der Taufe (Eph. 5, 26), in der prophetischen und apostolischen Verkündigung (2. Tim. 4, 2). Es muß darum richtig gegliedert werden (2. Tim. 2, 15). Das Evangelium heißt auch das Wort vom Kreuz (1. Kor. 1, 18), der Versöhnung (2. Kor. 5, 19), vom Königreich (Matth. 13, 19), das Wort der Gnade (Apostelg. 20, 32), des Heils (Apostelg. 13, 26), oder auch nur das Wort (Apostelg. 8, 21; 13, 42; 2. Tim. 4, 2; Hebr. 2, 1).

Gottes Wort wird den Menschen auf verschiedene Weise mitgeteilt. Es kommt an Sein Volk vom Berge Sinai herab (2. Mose 20, 1), die zehn Worte (5. Mose 4, 13; 6, 6; 27, 26; 29, 9; 30, 14). Sein Volk ist der Träger des Wortes, um es der übrigen Menschheit zu übermitteln (Ps. 147, 19; Jes. 2, 3; Micha 4, 2; 7, 11). Im Alten und Neuen Bund geschah das durch die Propheten (1. Kön. 17, 24; Jer. 1, 9; 5, 14; 23, 28), durch die Evangelisten (Ps. 68, 12), die Apostel (1. Thes. 2, 13) und die Lehrer (Hebr. 13, 7), die im Namen Gottes redeten (5. Mose 18, 19; Jes. 44, 26; Jer. 44, 16; Hes. 2, 7; 1. Petr. 4, 11). Am vollkommensten hat Gott am Ende der Tage durch den Sohn, das fleischgewordene Wort geredet (5. Mose 18, 19; Hebr. 1, 2; Joh. 3, 34; 1, 14. 17; 12, 49; 14, 10). Schon vor der Erscheinung Christi im Fleisch sind alle Gottesoffenbarungen in und an der Schöpfung durch Ihn, das ewige Wort, geschehen. Durch Ihn, die himmlische Weisheit, ist alles erschaffen (Spr. 8, 22; Luk. 11, 49; Joh. 1, 3. 10; Hebr. 1, 2), sie wird durch Ihn erhalten (Hebr. 1, 3), durch Ihn, den Engel des Bundes (Mal. 3, 1) hat Gott mit den Erzvätern (1. Mose 48, 16) mit Moseh (2. Mose 23, 21; 33, 14) und den Propheten geredet.

Der Sohn Gottes ist als ewige Gottesoffenbarung das Wort Gottes im höchsten Sinne (Joh. 1, 1; Joh. 5, 7; Offb. 19, 13). Er ist das persönlich gewordene Wort Gottes von Ewigkeit her bei Gott, oder zu Gott hin. Gott ist verschieden von Ihm. Gott offenbart Sich in Ihm auf ewige Weise. Gott ist auf das Innigste mit Ihm verbunden oder mit Ihm vereinigt. Für Sich Selbst ist Er unerschaffen und Geist. Er offenbart Seinen ewigen Liebeswillen, Er macht Sich zum Gegenstand Seiner Erkenntnis und Liebe (Joh. 17, 5; Kol. 1, 15; Hebr. 1, 3). Das Wort Gottes ist so aus Gott, ein Geist (Joh. 4, 24), die Liebe (1. Joh. 4, 8), es ist ewig, der anfanglos gezeugte Sohn Gottes, mit dem Vater,

gleich wie das Wort mit dem denkenden Geist, es faßt Ihn in Sich, ist innig mit Ihm vereinigt und doch verschieden von Ihm.
Das ewige Wort, das im Anfang war, ist nicht in Gott verschlossen geblieben, es ist offenbar geworden, es wurde hörbar und sichtbar; die Welt wurde durch das Wort erschaffen, es offenbarte sich hörbar und sichtbar. Das für sich schon ewige, innergöttliche Urbild des geschöpflichen, menschlichen Wortes lehrte es den Menschen, veranlaßte Ihn aus Sich herauszugehen, Sich zu äußern (1. Mose 2, 16-23), es erschien den Menschen, in den gottebenbildlichen Mittelpunkt hinein und wirkte als dessen Leben (s.d.) und Licht (s.d.) (Joh. 1, 4). Es leuchtete auch forthin in die Finsternis durch den Sündenfall (Apostelg. 14, 17; Röm. 2, 14), um die Menschheit aus Finsternis und Tod wiederherzustellen. Menschen, die Seine Lebens- und Lichtoffenbarung im Glauben aufnahmen, empfingen die Vollmacht, schon im Alten Bunde, Gotteskinder zu werden (Joh. 1, 12). Um die zerstreuten Kinder Gottes, die in der Vorbereitungszeit für die Lebens- und Lichtoffenbarung empfänglich sind, zusammenzubringen, wurde das Wort Fleisch, in menschlicher Weise hörbar und sichtbar. Was von Anfang war, erschien in der Gestalt des Fleisches, wurde als Mensch in diese sichtbare Welt hineingeboren, wir haben es gehört, gesehen und betastet (1. Joh. 1, 1), Seine Lieblichkeit geschmeckt (Hebr. 6, 5) und Seine Herrlichkeit gesehen (Joh. 1, 14). Wer das lebendige Wort Gottes im Glauben aufnimmt wie den unvergänglichen Samen (vgl. Matth. 13, 23; Mark. 3, 14), wird wiedergeboren zur lebendigen Hoffnung (1. Petr. 1, 23; 1. Joh. 1, 3. 5; Jak. 1, 8. 21). Er war das Wort, das Alpha und das Omega (s.d.) vor Seiner Menschwerdung. Er wird auch am Ende als Gottmensch erscheinen, wenn der ganze Liebesratschluß Gottes an Seiner Brautgemeinde vollführt wird. Das Wort der Verheißung wird dann durch Seine Person erfüllt. Gottes Herrlichkeit, Seine Gnade und Wahrheit, Seine Gerechtigkeit und Liebe, wird dann vollkommen offenbart. Er heißt dann das Wort Gottes im vollkommensten Sinne (Offb. 19, 13).

626. **Wunderbar** siehe Sohn der Jungfrau!

627. **Wurm** ist ein Bild der Verachtung und Verwerfung, des Zertretenseins von Menschen. In der Tiefe des Leidens sieht der Psalmist erfüllungsgeschichtlich, was der sterbende Messias am Kreuze empfinden wird. Der Gekreuzigte drückt Seine Empfindung mit den Worten aus: «Ich aber bin ein Wurm und nicht ein Mann» (Ps. 22, 7). Der Leidende fühlt sich gänzlich von Gott verlassen. Im Gegensatz zur Errettung der Väter (Ps. 22, 5-6) muß Er die tiefste Erniedrigung und Schmach erdulden. Sein «aber Ich bin» bringt zum Ausdruck, daß das gegenwärtige Leiden nicht mit den früheren Führungen und Gebetserhörungen harmoniert. In der tiefsten Leidensschmach findet Sein Hilferuf kein Gehör, Er ist ohne Rettung. Wie ein krümmender Wurm, den jeder zertreten kann, wird Er in Seiner Hilflosigkeit verachtet. Der Inhalt des Psalmwortes findet seinen Widerhall in der

Prophetie Jesajahs vom leidenden Knechte Jahwes. Israel wird wie hier ein Würmlein genannt (Jes. 41, 14). Die vom Psalmisten geschilderten Leidenszüge faßt der Prophet in der Weissagung vom leidenden und sterbenden Gottesknecht zusammen (Jes. 49, 7; 53, 3; vgl. 50, 6). Besonders sei auf Jesaja 52, 14 hingewiesen: «So entstellt, daß er einem Manne nicht mehr gleich sah, war sein Angesicht.» Der Prophet zeigt damit das ganz wehrlose und völlig schmachvolle Leiden. Was die Weissagung hier ausspricht, hat in der Passionsgeschichte so deutlich ihre Erfüllung gefunden, daß die evangelische Verkündigung von Christi Kreuzesleiden sich am klarsten mit den Psalm- und Prophetenworten ausdrücken kann.

628. **Wurzel Davids** ist der Weissagung des Propheten Jesajah entnommen (Jes. 11, 1. 10). Ein Zweig (s.d.) aus dem abgehauenen Stumpf Isais bringt Frucht. Es ist eine Wurzel wie aus dürrem Erdreich (Jes. 53, 2). Aus dem Wurzelstumpf, d. h. von dem Stamm, der seiner königlichen Herrlichkeit beraubt ist, geht ein zweiter David, ein Anfänger eines neuen Stammes hervor. Er heißt abgekürzt «die Wurzel Isais» (Jes. 11, 10) (s.d.). Das Geschlecht des Vaters, aus dem David selbst herkommt, ist abgehauen bis auf die Wurzel, aus der ein neuer Schößling hervortreibt. Paulus führt diese Stelle in einer etwas veränderten Form an (Röm. 15, 12). In Beziehung hierauf heißt Jesus «die Wurzel Davids» (Offb. 5, 5). In Offenbarung 22, 16 nennt Sich Christus Selbst «die Wurzel und das Geschlecht Davids». Der ganze Name bedeutet, aus Christus kam David, wie der Stamm aus der Wurzel, Er ist der Urheber des davidischen Geschlechtes, sein Schöpfer und Herr (vgl. Ps. 110, 1). Es liegt hier auch der Gedanke darin, daß Er dem königlichen Geschlecht Davids entstammt. Er ist der verheißene Davidssohn. Jesus entsproß diesem Stamme in elender Zeit. Mit Christo beginnt ein neues Geschlecht, das aus Ihm sein Leben empfängt.

629. **Wurzel Jesse** wird in Römer 15, 12 nach der LXX aus Jesaja 11, 10 zitiert. Der hebräische Text lautet im Alten Testament: «Und es geschieht an diesem Tage, die Wurzel Isai, welche steht zum Panier (s.d.) der Völker, zu ihm werden Heiden sich wenden.» In der LXX heißt es: «Und es wird sein an jenem Tage, die Wurzel Jesse, und der da aufsteht, die Heiden zu beherrschen, auf ihn werden die Völker hoffen.» Die hier geweissagte Segensfülle ist nicht auf Israel begrenzt, sie ist vielmehr ein Mittel zu grenzenloser Verallgemeinerung. Der stolze Baum des davidischen Königtums ist umgehauen, nur noch die Wurzel ist übriggeblieben. Der neue David ist die Wurzel Isais, in gewissem Sinne die Wurzel selbst. Sie wäre längst untergegangen, wenn sie nicht von Anfang an in sich trüge, der aus ihr hervorsproßt. Wenn von der Wurzel Jesse die Rede ist, dann stammt nicht der Messias von Jesse, sondern umgekehrt Jesse vom Messias ab.
Es ist der Unterschied «Wurzel Jesses» und «Wurzel Davids» zu beachten (vgl. Offb. 22, 16; 5, 4). Isai war als Stammvater der Könige

und des Messias bestimmt. Vor der Erwählung Davids hätte man an einen anderen Sohn Isais denken können (1. Sam. 16, 7). David wurde König, aber nicht Isai. Von David her, war hinsichtlich der Juden, das Reich Christi ein Erbfolgereich (Luk. 1, 32), aber nicht im Blick auf die Heiden. Christus heißt darum hier nicht «Wurzel Davids», sondern «Wurzel Jesse».

630. **Zebaoth** siehe Jahwe Zebaoth!

631. **Zemach** – «Sproß». Der Prophet Sacharjah weissagt unter diesem Namen von dem Messias (Sach. 3, 8; 6, 12). Die LXX übersetzt diesen hebräischen Namen mit «Aufgang» (s.d.). Jesajah (Jes. 4, 2) und Jeremiah (Jer. 23, 5; 33, 15) prophezeihen nach dem hebräischen Text mit dem gleichen Namen von Christo, sonst bedient sich Jesajah des Ausdruckes «nezer» – «der Zweig» (s.d.), der aus der Wurzel Isais hervorgeht (Jes. 11, 7). Im letzteren Wort liegt eine Anspielung auf das verachtete Nazareth, das ursprünglich «Nezer» hieß (vgl. Matth. 2, 23). Die gleiche Ansicht wird in Jesaja 53, 2 ausgedrückt. Er wächst auf vor Gottes Angesicht, wie ein Reis und wie eine Wurzel aus dürrem Erdreich. Sehr bezeichnend ist Hesekiel 17, 22: «Ich will von dem Gipfel des hohen Zederbaumes nehmen und oben von seinen Zweigen ein zartes Reis abbrechen und will es auf einen hohen erhabenen Berg pflanzen (vgl. Jes. 2, 2), daß es Zweige gewinne und Frucht bringe und ein herrlicher Zederbaum werde, daß allerlei Vögel unter ihm wohnen» (vgl. Matth. 13, 22). Das Bild ist sehr sprechend, weil sich die Zeder nicht durch abgeschnittene Reiser fortpflanzen läßt. In dem Ausdruck ist demnach die göttliche Lebenskraft angedeutet, wodurch das erniedrigte Haus Davids allein wieder zu einem neuen Aufschwung gelangen kann. Je weniger Hoffnung der äußere Anblick zur Erfüllung der Verheißung (2. Sam. 7) gab, umso mehr entwickelt sich die Zuversicht des Glaubens, daß der erstorbene Baum aus der Wurzel heraus neue Schößlinge hervortreiben kann, daß Jahwe einem abgeschnittenen Zweig (s.d.) neue Wurzelkraft geben wird.
Die Niedrigkeit des Zemach wird angedeutet durch das beigefügte «Knecht» (s.d.) (Sach. 3, 12), der «Mann Zemach» (Sach. 6, 12) beschreibt dagegen den herrlichen Priesterkönig. In Jesaja 4, 2 wird auch die Zierde und Herrlichkeit des davidischen Sprößlings in der Endzeit, bei dem zweiten Kommen Christi gepriesen (vgl. Jes. 11, 10). Bei Jeremiah heißt Er nach dem Luthertext «das gerechte Gewächs» (s.d.) (Jer. 23, 5), der auf Erden Recht und Gerechtigkeit aufrichtet. Die Propheten, die den Zemach auf das Land Kanaan (Jes. 4, 2) und auf die Wurzel Davids zurückführen, bezeichnen damit die menschliche Abstammung des Messias nach dem Fleisch. Wenn sie Ihn den Zweig des Herrn nennen, zeigen sie Seinen göttlichen Ursprung.

632. **Zepter aus Israel** deutet Bileam in seiner Weissagung (4. Mose 24, 17), in Anlehnung an 1. Mose 49, 10 auf die königliche Macht.

Seine Aussprüche haben durchweg patriarchalische Verheißungen und Hoffnungen zur Grundlage. Das Zepter bezeichnet das Insigne der Herrschaft. Der Inhalt dieses Bildes wird kurz in den Worten angegeben: «Und ein Herrscher wird aus Jakob kommen!» (4. Mose 24, 19.) Von dem hier angekündigten herrlichen König sind die Ansichten verschieden. Im nicht übersetzten Fragmententargum von Ginsburger heißt es an dieser Stelle: «Es wird auftreten ein König aus dem Hause Jakob und ein Erlöser und Herrscher aus dem Hause Israel . . .» Im Targum von Onkelos wird der Messias ausdrücklich erwähnt: «Auftreten wird der König aus Jakob und groß werden wird der Messias aus Israel.» Ibn Esra versteht Zepterträger ausdrücklich vom Messias. Im kabbalistischen Buche Sohar wird der messianische Sinn nicht so streng betont. Es heißt zu den Worten: «Ich sehe Ihn, aber nicht jetzt»: «Dies ist zum Teil damals erfüllt worden, aber zum Teil wird es in den Tagen des Messias seine Erfüllung finden.» Juden blickten mit Vorliebe auf 4. Mose 24, 17 zurück. Ihre messianische Hoffnung hatte wesentlich einen politischen Charakter.
Einige Erklärer sehen hier einen Doppelsinn. Das von Bileam Gesagte soll sich auf das Königtum, vor allem auf David beziehen, dann im höchsten Sinne sich in Christo erfüllt haben. Der Endbeziehung nach geht die Weissagung auf Christum. Das israelitische Königtum erreichte in und mit dem Messias die ganze Höhe seiner Bestimmung. Der Spruch Bileams findet am Ende der Tage (4. Mose 24, 14) seine völlige Erfüllung. Ohne den Sinn total vergeistigen zu wollen, ist daran festzuhalten, daß die Königsmacht in Israel alle Widersacher des Reiches Gottes zerschmettern wird.

633. **Der treue Zeuge,** eine Benennung Christi in Offenbarung 1, 5; 3, 14, die an Psalm 89, 38 erinnert: «Wie der Mond, wird er ewig bestehen, und der Zeuge in den Wolken ist treu.» Es ist eine messianische Verheißung von der Ewigkeit des davidischen Thrones. Wie Sonne und Mond soll das Königtum Davids ewig bestehen, wenn diese Himmelslichter einst auch eine Wandlung erleiden (Ps. 102, 27), vernichtet aber werden sie nicht. Im Blick auf 2. Samuel 7, 16 meint man übersetzen zu müssen: «Und wie der Zeuge in den Wolken, soll er (Davids Thron) beständig sein!» Der Zeuge wäre demnach der Regenbogen in den Wolken als himmlisches Denkzeichen des ewigen Bundes. Diese Übersetzung und die noch näherliegende: «Und wie der beständige, treue Zeuge in den Wolken», sind zuverlässig. Hengstenberg übersetzt dementsprechend: «Und der Zeuge ist in den Wolken beständig», womit er den Mond meint. Die Fortdauer des davidischen Geschlechtes ist keineswegs an den Mond, wie an den Regenbogen geknüpft. Es ist eine andere Erklärung zu suchen.
Das Buch Hiob ist der Schlüssel zu Psalm 88, 19 und Psalm 89, 39, daß der Vers nach Hiob 16, 19 erklärt werden kann: «Siehe, im Himmel ist mein Zeuge und mein Gewährsmann in den Höhen.» Jahwe, der treue Gott (5. Mose 7, 9; vgl. Jes. 47, 9; Hos. 12, 1), besiegelt

Seine eidliche Zusage mit den Worten: «Und der Zeuge in den Wolken ist treu.» Der Einwand, Jahwe könne nicht Sein eigener Zeuge sein, erübrigt sich. Mehrfach wird Jahwe der Zeuge genannt, und Jahwe legt Sich Selbst diesen Namen bei (1. Mose 31, 50; 1. Sam. 12, 5; Jer. 49, 23; 42, 5; Micha 1, 2; Mal. 3, 5; Hiob 16, 19), um eine Sache zu bezeugen, zu bekräftigen oder zu beteuern. Die ganze Thora wird in diesem Sinne als «Zeugnisse Jahwes» bezeichnet.

In der Offenbarung wird dieser Gottesname auf Jesus übertragen. Er heißt «der treue Zeuge» (Offb. 1, 5), griechisch «ho martys ho pistos». Er wird so genannt, weil Er dem Johannes die vorliegende Offenbarung mitteilte. Jesus, der hier wie in Offenbarung 3, 14 auch «der treue und wahrhaftige Zeuge» heißt, wird mit diesem Namen benannt, weil Er schon während Seines Erdenlebens die Wahrheit und das Heil durch Wort und Tat bis in den Tod bezeugt hat, wie vor Ihm keiner. Jesus, der Sein Zeugnis mit dem Tode besiegelte, ist ein Märtyrer oder Blutzeuge der Wahrheit, durch die Auferstehung ist Er der zuverlässige Bürge. Sein Zeugendienst besteht noch fort durch Seine Knechte und Propheten, die Er seit Seiner Erhöhung mit dem Geist der Wahrheit (s.d.) und der Weissagung (s.d.) erfüllt bis zu Seiner Wiederkunft. Christus hat die Wahrheit, das Heil, das Leben, die Gnade und den Frieden nicht nur bezeugt, sondern auch erworben durch Seine Hingabe in den Tod und durch die Auferstehung zum neuen Leben.

Im Einklang mit dem Zustand der Gemeinde zu Laodizea nennt Sich der Herr «der treue und wahrhaftige Zeuge» (Offb. 3, 14). Christi Selbstbezeichnung steht hier mit «der Amen» (s.d.) in Verbindung, damit griechischen Lesern der hebräische Name verständlich ist. Christus offenbart Sich mit diesem Namen, weil Er das ist, was Er sagt, Gottes zuverlässiges und wahres Wort. Herber Tadel und ein harter Klang ändern nichts am Zeugnis der Wahrheit und Zuverlässigkeit. Christus steht mit Seiner ganzen Person für Sein Zeugnis ein. An Ihm haben wir die unantastbare Bestätigung Seines Vaters. Das gilt besonders von dem, was Er im Sendschreiben an Laodizea ausspricht. Der Vorsteher der Gemeinde und ihre Glieder sollen auf diese Selbstbezeichnung Christi alles beziehen.

634. **Zeuge der Völker,** hebräisch «ed leummim», die LXX: «Martyrion en ethnesin» – «Ein Zeugnis unter den Völkern». Es ist immerhin ein Personenname oder besser gesagt ein Titel. Das hebräische «ed» mit Lehrer oder Herrscher wiederzugeben, ist ungenau. Kimchi deutet mit Berufung auf Jesaja 2, 3. 4: «Lehrer und Richter», was nach dem ganzen Zusammenhang zu wenig ist. Von der Verklärung des königlichen Davididen in einen «Fürsten beglückender Lehre» zu reden, liegt dem Inhalt des Textes fern. An einen Lehrregenten zu denken, ist bedenklich. An Gesetzgeber, Herrscher, Fürst festzuhalten, entspricht nicht diesem Ausdruck. Jarchi führt aus: «Ein Fürst und Großer über sie, der zurechtweist und belehrt ihre Wege vor ihnen.» Ein Gotteslehrer und Gesetzgeber wird nicht mit einem Titel,

vor allem nicht mit diesem, bezeichnet. Ein Ausleger erinnert an «zum Bunde des Volkes» (Jes. 42, 6; 49, 8) wäre Er als Zeuge eingesetzt. Ein aufmerksamer Bibelleser wird an Offenbarung 1, 5 erinnert, wo Christus «der treue Zeuge» genannt wird (vgl. Offb. 3, 14). Während Seines Erdenwandels versicherte Christus oft (Joh. 8, 13-18; 45, 46), daß Er ein Zeuge der Wahrheit ist. Durch den Heiligen Geist sind Seine Jünger Seine Zeugen bis an das Ende der Erde (Apostelg. 1, 8; vgl. Jes. 43, 10). In Offenbarung 22, 18 bezeugt Johannes die Worte der Weissagung der Offenbarung, die allen Völkern aller Zeiten bis ans Ende der Tage gelten.

635. **Zierde** siehe Ruhm!

636. **Zimmermanns Sohn** wird Jesus in Nazareth aus Verachtung genannt (Matth. 13, 55; Mark. 6, 3). Matthäus und Markus stimmen in ihrem Bericht über den Vorgang in Nazareth überein. Markus ist nur ausführlicher. Jesus lehrte in Seiner Vaterstadt am Sabbat in der Synagoge. Die Mehrzahl fragte im Gegensatz zu den Einzelnen: «Woher hat dieser solches?» Seine große Weisheit, Seine Macht- und Wunderwirkungen versetzte in Staunen. Die Fragen sind ein Ausdruck der Verwunderung über die Gaben und Leistungen, die man Jesus nach Seiner geringen Herkunft nicht zutrauen konnte. Verächtlich fragen die Hörer und Zuschauer: «Ist er nicht der Zimmermann, der Sohn der Maria?» (s.d.) Joseph Sein Vater wird nicht genannt, vielleicht lebte er nicht mehr. Sie nennen Jesus einfach den «Zimmermann», weil Er vor Seinem messianischen Auftreten am Handwerk Seines Pflegevaters beteiligt war. Seine Mutter und alle Seine Verwandten waren den Bewohnern Seiner Stadt bekannt (vgl. Matth. 12, 46). Der Hinweis auf die in Nazareth lebende, wohl bekannte Verwandtschaft und auf die niedrige Herkunft, soll ihren Unglauben an Seine höhere Würde rechtfertigen. Die Bemerkung: «Und sie ärgerten sich an ihm» (Matth. 13, 57) deutet an, daß sie Anstoß an Seiner Herkunft nahmen und Ihn nicht als Messias anerkannten. Die Verachtung eines Propheten in der Vaterstadt und in der Familie war ein Sprichwort, das sich immer wieder bewahrheitet (vgl. Joh. 4, 44; Luk. 4, 24). Jesus konnte in Nazareth keine Wunder verrichten wegen ihres Unglaubens. Der Glaube ist eben die notwendige Voraussetzung des Wundertuns. Jesus tat nur Wunder zur Stärkung des Glaubens. Es wird mit diesem Ereignis bewiesen, daß die Herkunft und der äußere Bildungsgang für die Tätigkeit im Reiche Gottes nicht immer ausschlaggebend ist. Ein charakteristisches Beispiel liegt hier vor, daß die Welt nach dem Fleisch urteilt.

637. **Zuflucht** ist die Wiedergabe von sechs hebräischen Ausdrücken, die verschiedentlich auch anders übersetzt werden. Einige Worte des Grundtextes dienen nur vereinzelt als Grundlage dieser Gottesbezeichnung. Es ist deshalb nicht unwichtig. Die unterschiedliche Übersetzung und Anwendung dient dem Verständnis.

1.) Israel hat an Gott einen großen Helfer, vor allem eine schützende Wohnung, einen festen Grund, einen Mächtigen, der die Feinde aus dem Wege räumt. Moseh sagt in diesem Sinne im Segen an die zwölf Stämme: «Zuflucht ist der Gott der Urzeit, von untenher sind ewige Arme» (5. Mose 33, 27). Vielfach wird das hebräische «meonah», wie «maon» in Psalm 90, 1, mit «Wohnung» (s.d.) übersetzt. Gesenius erklärt den Ausdruck mit «Bergungsort». Wenn Gott «Wohnung» ist, bietet Er auch einen Zufluchtsort (vgl. Jes. 4, 6), einen Schatten vor Hitze, einen Schutz vor Regen und Sturm, und gegen alle feindlichen Angriffe. Man vergleiche in Jesaja 17, 10 die Verbindung «Wohnung und Fels» (s.d.). Gott ist für Israel Zuflucht oder Wohnung, daß es sich in Ruhe und Behaglichkeit beheimatet fühlt, schon mitten in der Wüste (Ps. 90, 1), erst recht später in Kanaan. Die Ursache liegt darin, daß Gott ein Gott der Urzeit (s.d.) ist. Ewige Arme von untenher tragen Sein Volk. Israel wohnt unter Gottes Schutz von allen Völkern abgesondert, durch Gottes Kraft und Heil ist es vor seinen Feinden geborgen.

2.) Moseh, der Sprecher der Gemeinde Israels in der Wüste sagt zum Herrn in seinem Gebet: «Du bist unsere Zuflucht» (Ps. 90, 1). Das hier vorkommende, echt mosaische «maon» bedeutet Stützort, einen Ort, wo man sich fest niederläßt (vgl. Ps. 26, 8) und sich sicher fühlt. Es ist vor allem Gottes himmlische und irdische Wohnung, auch die Wohnung, die Gott den Seinen ist, in welcher Er in Sich aufnimmt, birgt und schützt (Ps. 71, 3; 91, 9), die vor dem Bösen und dem Übel zu Ihm fliehen.

3.) David, der königliche Psalmsänger, stimmt nach Überwindung aller seiner Feinde ein Lob- und Danklied an, das in 2. Samuel 22 und Psalm 18 mitgeteilt wird. Beide Berichte weichen im Wortlaut an einigen Stellen ab. Die Worte: «Und meine Zuflucht, mein Helfer (s.d.), der mir von Gewalttat hilft!» (2. Sam. 22, 3) fehlen im 18. Psalm. Das hier zugrundeliegende hebräische «manos» ist ein Ort, zu dem jemand hinflieht, um in Sicherheit zu sein. Der Psalmist und Jeremiah rühmen mit diesem Ausdruck Jahwe als die Zuflucht am Tage der Bedrängnis (Ps. 59, 17; Jer. 16, 19). Es wird kein Ort angewiesen, wie dem Totschläger in die Freistadt, wohin einer fliehen kann, Jahwe ist Selbst die Zuflucht. Der Ausdruck wird auch mit «Hoffnung» (s.d.) übersetzt, die den Gottlosen völlig fehlt (Hiob 11, 20).

4.) Eine schwer zu übersetzende Stelle hat bei Luther den Wortlaut: «Zu dir habe ich Zuflucht» (Ps. 143, 9). Das hier stehende Verbum «kasah» hat den Sinn «sich bedecken, verhüllen, verbergen». Die LXX und die Vulgata bilden die Grundlage für den Luthertext. Hieronymus überträgt: «Von dir bin ich geschützt.» Besser ist: «Bei dir bin ich verborgen.» Bei Jahwe hat er Bergung gefunden, daß er geschützt ist.

5.) Einige Psalmstellen zeigen das Vorkommen von «Zuflucht» auf der Grundlage des hebräischen «chasah» – «Zuflucht nehmen, Zuflucht suchen, sich bergen, vertrauen». Luther übersetzt verschiedentlich mit «Zuversicht» (s.d.). In der Erklärung der einzelnen Stel-

len sind diese Feinheiten zu unterscheiden. Der Psalmist rühmt von dem Reichtum der Gnade Gottes: «Und Söhne der Menschen, unter dem Schatten deiner Flügel, finden sie Bergung» (Ps. 36, 8). Es ist die Obhut der bergenden Liebe vor Anfechtung und Verfolgung. Eine solche Geborgenheit ist die unaussprechliche Seligkeit, die in vollen Zügen von den Gütern und Gaben des Hauses Gottes genießt (Ps. 36, 9). Der Herr überschattet den zu Ihm Fliehenden wie ein Adler seine Jungen mit seinen Fittichen. David bittet auf seiner Flucht vor Saul: «Sei mir gnädig, o Gott, sei mir gnädig, denn in dir ist geborgen meine Seele, und im Schatten deiner Flügel suche ich Bergung» (Ps. 57, 2). Der Schatten (s.d.) der Flügel Gottes ist die Schirmung der sanften Liebe, der Flügelschatten ist mit der erquickenden Tröstung dieser Schirmung verbunden. Der Dichter sucht in diesem Schatten seine Zuflucht. Der Sänger, in der Empfindung der Heimatlosigkeit und der Abgeschiedenheit von der Wohnung Gottes betet: «Denn du bist mir geworden eine Zuflucht, ein starker Turm (s.d.) vor dem Feinde, ich werde weilen in deinem Zelte bis in die Ewigkeiten, ich suche Bergung im Schirm (s.d.) deiner Flügel» (Ps. 61, 5). Gott hat sich ihm als Zufluchtsort bewährt, als starker Turm erwiesen, der jedem feindlichen Angriff standhält, der den Verfolgten umschließt (Spr. 18, 10). Auf dem Wege zur Heimat weilt er im Zelte Gottes. Mit seiner Fremdlingsschaft verbindet er die Vorstellung des göttlichen Schutzes. Der Schützling Gottes flieht unter die Obhut der Flügel Gottes im Vertrauen, daß er hier eine Zuflucht findet. In einem Wanderzelt ist eine so feste Wohnung noch unmöglich, erst als die Lade Gottes einen dauernden Wohnsitz hatte, fand der Sänger diesen Ausdruck der Liebesgemeinschaft mit dem Gott der Offenbarung.
6.) Im Alten Testament wird nach dem Luthertext noch das hebräische «machseh» mit Zuflucht übersetzt, vorwiegend ist die Wiedergabe dieses Wortes «Zuversicht» (s.d.). Das Wort wird auch mit «Obdach» und «Hoffnung» wiedergegeben. Sehr anschaulich wird der Ausdruck in Psalm 104, 18 illustriert: «Die hohen Berge sind für die Steinböcke, die Felsen eine Zuflucht der Klippdachse.» Gottes Fürsorge bietet diesen Tieren eine Beherbergung. Nicht weniger anschaulich schildert Jesajah die Zuflucht des Volkes Gottes. Er verheißt durch Gottes Gnadengegenwart eine Zuflucht und Bergung vor Wetter und Regen (Jes. 4, 6). Was der Prophet in Aussicht stellt, sieht er am Ende der Tage erfüllt, eine Zuflucht vor dem Ungewitter (Jes. 25, 4). Während der antichristlichen Verfolgung bietet Gott für die Geringen und Armen eine Zuflucht. Man beachte auch hier die Gottesnamen: «Schatten (s.d.), Feste (s.d.), Schirm» (s.d.). Wenn der Herr die letzte Entscheidungsschlacht im Tale Josaphat durchführt und das Endgericht vollzieht, ist Er dem wahren Israel eine Zuflucht und eine feste Burg (s.d.) (Joel 4, 16).
7.) Im Neuen Testament ist auf die Stelle Hebräer 6, 18 zu achten: «Damit durch zwei unumstößliche Tatsachen, wobei es unmöglich ist, daß Gott gelogen habe, die da Zuflucht gefunden, eine starke Ermunterung hätten, um sicher und gewiß zu sein der vorliegenden Hoff-

nung.» Das griechische «katapheugein» ist ein Hinabfliehen, ein Fliehen aus der großen Menge, um die vor uns liegende Hoffnung zu ergreifen. Ein Flüchten aus dem Elend zu der Gnade, um Zuflucht zu finden, dazu bieten die beiden unumstößlichen Tatsachen eine mächtige Ermunterung und einen starken Zuspruch. Die Vollgewißheit der Hoffnung bleibt trotz aller Anfechtung des Fleisches und alles Widerspruches des Sichtbaren.

638. **Zuversicht** ist ein Vertrauen auf ein Gut oder auf einen Menschen, um dadurch bereichert zu werden. Der Glaube als solcher hat einen festen, beständigen Grund, der nicht wankt. Es ist die höchste Glaubensstufe, eine lebendige, unbewegliche Festigkeit, ein restloses Vertrauen auf die Gnade Gottes. In der Zuversicht findet sich ein Verlangen nach Gottes Erbarmen, das sich durch Gebet, Seufzen und Flehen äußert. Ein zuversichtlicher Beter setzt sein völliges Vertrauen und seine Hoffnung auf den Herrn, seinen Gott. Bibelstellen, in denen von Zuversicht die Rede ist, haben im hebräischen Text einen Ausdruck, der richtiger mit «Zuflucht» (s.d.) übersetzt wird. Es ist dann ein Vertrauen und eine gewisse Hoffnung, um vor Gewalt und Unglück sicher zu sein. Gott nimmt die Seinen unter Seine Allmachtsflügel, Er beschützt sie und läßt ihnen Gutes widerfahren. In der hebräischen Bibel sind vier Ausdrücke, die im Luthertext mit «Zuversicht» übersetzt werden, oft werden auch solche Worte mit «hoffen» oder «Hoffnung» wiedergegeben.
1.) An acht Schriftstellen steht im hebräischen Text das Wort «mabat» und «mibtach», was durchweg mit «Zuversicht, Vertrauen, Sicherheit und Aussicht» wiedergegeben wird. Hiob veranschaulicht sehr treffend, worin die rechte Zuversicht nicht bestehen kann. Er sagt vom Ruchlosen: «Ein Spinnenhaus ist sein Vertrauen» (Hiob 8, 14). Ein Spinnengewebe wird schon durch die leiseste Berührung zerrissen, so schnell wird zerstört, auf das der Gottlose vertraut. Für Hiob selbst war nicht einmal das feinste Gold sein Vertrauen (Hiob 31, 24). Das Glanzvolle war nicht seine Zuflucht. Das echte Gottvertrauen ist bei dem Messias verhöhnt worden, als Er leiden mußte, Er betete darum um Gottes Antwort (Ps. 22, 10). Der Psalmsänger nennt Jahwe: «Mein Vertrauen von meiner Jugend an» (Ps. 71, 5). Psalm 71 wird als der Alterspsalm bezeichnet. Der ergraute Knecht Gottes rühmt das beim Rückblick auf sein ganzes Leben. Der Gott des Heils (s.d.) ist die Zuversicht aller Enden der Erde (Ps. 65, 6). Es ist die gläubige Anerkennung, welche der Gott Israels durch Seine richterliche Erlösertätigkeit auf der ganzen Welt gewinnt. Er ist der Vertrauensgrund aller Bedrückten auf Erden. Sehr ernst warnt Jeremiah gegen das Vertrauen auf Fleisch. Der Prophet sagt: «Gesegnet der Mann, der auf Jahwe vertrauen wird, und es ist Jahwe sein Vertrauen» (Jer. 17, 7). Er gleicht einem fruchtbaren Baume an Wasserbächen, er bringt Früchte, Jahre der Dürre trocknen ihn nicht aus. Die Zuversicht der Völker auf eine große Weltmacht wird zunichte. Mit dem Sturz des mächtigen Tyrus wird jede Hoffnung auf

Rettung vor dem drohenden Untergang zuschanden (Sach. 9, 5). Jesajah sah Ägypten überwältigt und seine Bewohner nach Assur in die Gefangenschaft wandern. Die Kleinstaaten an der Küste, die das Schauspiel sahen, sprachen verzweifelt: «Siehe, so ist unsere Zuversicht, dahin wir flüchteten, um Rettung zu finden vor dem König Assurs. Und wie werden wir errettet werden?» (Jes. 20, 6.) Jede Hoffnung ist dahin.

2.) Vorwiegend sind die Stellen, in denen «machseh» nach dem hebräischen Text steht, und eigentlich mit «Zuflucht, Obdach, Hoffnung» zu übersetzen ist. Die Weltkinder, die im Besitz irdischer Macht sind, versuchen bei den Gottesfürchtigen, die darunter leiden, alles zu vereiteln. Von der letzten Entscheidung aus ist das vergeblich. Der vom Leid Geplagte begründet: «Denn Jahwe ist doch seine Zuflucht» (Ps. 14, 6). In Kriegsnöten bekennt die Gemeinde: «Gott ist uns Zuflucht und Stärke, eine Hilfe, in Nöten sich finden lassend gar sehr» (Ps. 46, 2.) Das ist das Ergebnis der Erfahrung. Der Sänger ist in allen Schwierigkeiten und Gefahren getrost, denn Gott hat Sich ihm als Zuflucht bewährt, als ein starker Turm (s.d.), der jedem Angriff standhält, und ihn den Verfolgten aufnimmt und schützt. David ist beim Andrang der Feinde gottergeben. Sein Heil und seine Ehre ruht auf Gott. Der Fels (s.d.) seiner Stärke (s.d.) ist Er. Seine Zuflucht ist in Gott, sie ist, wo Gott in Person ist (Jes. 26, 4). Er ermuntert darum seine Leute, alle Zeit auf Ihn zu vertrauen. Sich mit ihnen zusammenschließend bekennt er: «Gott ist uns Zuflucht» (Ps. 62, 8. 9). Der Psalmsänger Asaph will nach der LXX in den Toren der Tochter Zion erzählen: «Ich setze in den Herrn, Jahwe, meine Zuflucht» (Ps. 73, 28), in dem Bewußtsein, er wird durch Leiden zur Herrlichkeit geführt. Der Sänger nennt ganz persönlich Jahwe: «Meine Zuflucht» (Ps. 91, 2). Im Anklang an Psalm 18, 2 nennt David Jahwe: «Er wird mir zur Feste (s.d.) und mein Gott zum Fels (s.d.) meiner Zuflucht» (Ps. 94, 22). In einer Zeit, als David an allem Sichtbaren verzagte, rief er zu dem Unsichtbaren, Er ist seine Zuflucht, sein Anteil (Ps. 91, 9; 16, 5; 73, 26). Jahwe seinen Gott nennen zu dürfen genügt. Er ist der Lebendige (s.d.), wer Ihn hat, befindet sich im Lande der Lebendigen (vgl. Ps. 27, 13; 52, 7). Der Prophet Jeremiah äußert sich über seinen schweren Lebensweg. Es war bald sein Mut dahin. Am bösen Tage berief er sich auf den Namen seines Gottes, der ihn kennt und zum Dienst berufen hatte. Gott blieb seine Zuflucht (Jer. 17, 17).

3.) An nur zwei Stellen steht «chasah», das Luther mit Zuversicht übersetzt, es wird sonst mit Zuflucht nehmen, Zuflucht suchen, sich bergen, vertrauen, hoffen, wiedergegeben. Boas sagte zu Ruth: «Es vergelte Jahwe dein Tun und es sei dein Lohn (s.d.) völlig von Jahwe dem Gott Israels (s.d.), daß du gekommen bist, zu bergen unter seinen Flügeln» (Ruth 2, 12). Israels Gott gibt vollen Lohn, wie es Abram verheißen wurde (1. Mose 15, 1). Wer Ihn aufnimmt, gleich von welchem Volk er stammt, kann auf Ihn bauen. Gott deckt mit Seinen Flügeln, wer in Ihm seine Zuflucht sucht, er ist geborgen. Die assyrische Heeresmacht zog vor Jerusalem und ging dort zugrunde

(2. Kön. 19, 35; Jes. 37, 36). Die Völker kamen zu der Einsicht, daß sie sagten: «Jahwe hat Zion fest gegründet und dort werden die Elenden seines Volkes geborgen» (Jes. 14, 32). Es ist eine Stätte und Heimat, die nicht von Menschenhänden, sondern von Jahwe gegründet wurde. Sie bleibt darum unantastbar und unzerstörbar.
4.) Der in der hebräischen Bibel selten vorkommende Ausdruck «misch-an», der eigentlich Stab oder Stütze bedeutet, wird von Luther mit Zuversicht übersetzt. David war ein heimatloser und wehrloser Flüchtling, sie alle überfielen ihn. Jede Möglichkeit der Selbstrettung war abgeschnitten, aber Jahwe war am Unglückstage seine Stütze (2. Sam. 22, 19; Ps. 18, 19), daß er sich aufrecht erhielt.

639. **Zweig des Herrn** (Jes. 4, 2) hebräisch «zemach hajaweh» – «Sproß Jahwes», wird mit der Frucht des Landes genannt. Beide Ausdrücke sollen den von Jahwe geschenkten Erntesegen, den reichen Ertrag des Landes bedeuten. «Zemach (s.d.) Jahwes» kann das sein (vgl. 1. Mose 2, 9; Ps. 104, 14; Jes. 61, 11), weil Fruchtbarkeit des Landes ein Grundgedanke der eschatalogischen Verheißung ist (vgl. Jes. 30, 23), man vergleiche den Schluß des Propheten Joel und Amos! Die fruchtreichen Fluren werden Israels Ruhm sein vor den Augen der Völker (Hes. 34, 29; Mal. 3, 12; Joel 2, 17). Solche irdischen Segensgüter sind jedoch ungeeignet, die überweltliche Herrlichkeit zu veranschaulichen. Jahwe ist Selbst der Schmuck und die Zier des Restes Israels (Jes. 28, 5). «Zemach Jahwes», der aufsproßt, ist weder der gerettete Gemeinderest, noch die Feldfrucht, sondern nur der Name des Messias.
Der große König der Zukunft heißt «Zemach» (s.d.), «anatole» – «Aufgang» (s.d.) im Sinne von Hebräer 7, 14; ein Sproß, der aus irdisch-menschlich-davidischem Boden hervorsproßt. Jahwe hat Ihn in die Erde gesenkt und läßt Ihn in Christi Menschwerdung durchbrechen und emporsprießen, die Gemeinde harrt Ihm entgegen. In dem Parallelgliede «Frucht des Landes» ist auch der Messias gemeint, durch den alles Wachsen und Blühen in der Heilsgeschichte zum verheißungsvollen, gottgewollten Abschluß gelangt.
Ohne Eintragung neutestamentlicher Gedanken in diese Prophetenstelle kann die Doppelbenennung des Messias nach seinem doppelten Ursprung erklärt werden. Er kommt von Jahwe und aus der Erde, in dem Er aus Israel hervorgeht. Nach der Betrachtung des Neuen Testamentes kann gesagt werden: «Zemach Jahwes und Frucht des Landes» ist das Weizenkorn (s.d.), das Gottes erlösende Liebe am Karfreitag in die Erde senkte. Das Weizenkorn, das am dritten Tage die Erde durchbrach und zu wachsen begann; das Weizenkorn, dessen Halm am Himmelfahrtstage himmelwärts aufstieg; das Weizenkorn, das am Pfingsttage Sich zur Erde neigte und Seine Samenkörner ausschüttete, aus welchen die Gemeinde geboren wurde und immerfort geboren wird.
Die Prophetenstelle (Jes. 4, 2) ist das Fundament, auf dem «Zemach» bei Jeremiah (Jer. 23, 5; 33, 15) und Sacharjah (Sach. 3, 8; 6, 12) zum

Eigennamen des Messias ausgebildet wurde. Matthäus hat nach der alttestamentlichen Weissagung den künftigen Messias «Nazarenus» (s.d.) nennen können, indem er den Eigennamen «Zemach» und «Nezer» (Sproß) verband (Jes. 11, 1; vgl. Jes. 53, 2). Was der Prophet Jesajah hier in den ersten Kapiteln (Jes. 1-6) nur mit Skizzenstrichen vom Messias andeutet, führt er im Folgenden (Jes. 7-12) weiter aus. Das hier angedeutete Problem findet die allseitigste Lösung.

ENDE!

Inhalts-Übersicht

Oftmalige Ueberlegungen während der jahrzehntelangen Stoffsammlung und Bearbeitung, wie auch der monatelangen Reinschrift des vorliegenden Nachschlagewerkes schienen die Anlage einer Inhaltsübersicht zum Gesamten zu rechtfertigen. Die alphabetische Anordnung erleichtert schon das Auffinden des Gesuchten. Weil aber manche Namen sich auf «Gott», auf «Jesus» beziehen, ebenso auf den «Heiligen Geist» in der Schrift angewandt werden, ist doch eine übersichtliche Gliederung in drei Hauptgruppen angebracht. Im Hauptteil des Buches wird die oft zwei- oder dreifache Anwendung der einzelnen Namen in den jeweilig kleineren und größeren Abschnitten entsprechend unterteilt. In dieser Uebersicht sind drei Hauptgruppen zahlenmäßig und alphabetisch gesondert aufgeführt, um sie an den bestimmten Stellen leicht nachlesen zu können. Es ist überlegt worden, von jeder der drei Hauptgruppen ein besonderes Buch zu schreiben, was aber der Vereinfachung und der Raumersparnis wegen nicht zur Durchführung kam, sondern das gesamte wurde schließlich in einem Band zusammengestellt, was denn auch für die Benutzung praktischer sein dürfte. Die Aufstellung und Erklärung ist als Seitenstück zum «Biblischen Namens-Lexikon» gedacht, vor allem war es ein ernstes Anliegen, den Dienern des göttlichen Wortes ein brauchbares Hilfsmittel zu bieten. Für die Förderung der biblischen Gottes- und Christuserkenntnis, aber auch für die sachliche Einsicht über die Gabe und das Wirken des Heiligen Geistes, ist noch ein ausführliches Bibel-Stellen-Register hinzugefügt worden.

Anordnung der drei Hauptgruppen der heiligen Namen

I. Die Namen Gottes

28. Baum des Lebens
29. Baumeister
30. Becher
31. Befreier in Bedrängnis
32. Beistand
33. Belohner
34. Berg
35. Bergung
36. Berufer
37. Bild
38. Bildner
39. Bräutigam
40. Brunnen
41. Burg
42. Bürge
43. Der da ist und der war und der kommt
44. Derselbe
45. Eifer
46. Eifriger Gott
47. Einer
48. El
49. El-Chai
50. El-Elohe Israel
51. El-Elyon
52. Eli
53. Eloah
54. Elohai
55. El-Olam
56. El-Kanna
57. El-Roi
58. El-Schaddai
59. Mein Entbinder
60. Erbarmer
61. Erbgut
62. Der Erhabene
63. Erlöser
64. Erretter
65. Der Erste und der Letzte
66. Der Ewige
67. Der ewige Gott
68. Fels
69. Fels des Anstoßens
70. Fels meiner Bergung
71. Fels meines Heils
72. Fels meines Herzens
73. Fels Israels
74. Fels der Stärke
75. Fels der Wohnung
76. Fels der Zuflucht
77. Feste
78. Feuer
79. Finger Gottes
80. Flamme Jah's
81. Flügel
82. Fremder
83. Freude
84. Freundlichkeit
85. Fromm
86. Furcht Isaaks
87. Gabe
88. Gast
89. Geduld
90. Gemahl
91. Gerecht
92. Gerechtigkeit Gottes
93. Gesang
94. Gesetzgeber
95. Meine Gnade
96. Gott
97. Der Gott Abrahams, Isaaks und Jakobs
98. Jahwe Gott Abrahams, Isaaks und Jakobs
99. Gott über alles
100. Der alte Gott
101. Gott Amen
102. Gott der Ehre
103. Der eifrige Gott
104. Der Eine Gott
105. Der ewige Gott
106. Gott ihr Erlöser
107. Gott von Ewigkeit zu Ewigkeit
108. Gott der ganzen Erde
109. Gott der Fels
110. Gott alles Fleisches
111. Gott des Friedens
112. Gott der Geduld und des Trostes
113. Gott der Geister alles Fleisches
114. Gott im Fleisch
115. Der Herr, Gott der Geister der Propheten
116. Gott meiner Gerechtigkeit

117. Gott des Gerichtes
118. Glanz Gottes
119. Gnädiger und barmherziger Gott
120. Gott aller Gnade
121. Gott aller Götter
122. Gott der Hebräer
123. Gott, mein Gott und Heiland
124. Gott, der Hort meines Heils
125. Gott, mein Heil
126. Gott, mein Heiland
127. Gott meines Heilandes
128. Gott Israels und Heiland
129. Gott, unser Heiland
130. Gott unseres Heilandes
131. Gott unseres Heils
132. Großer und schrecklicher Gott
133. Großer und starker Gott
134. Gerechter Gott und Heiland
135. Heiliger Gott
136. Gott, der Heilige
137. Mein Gott, mein Heiliger
138. Gott der Herrlichkeit
139. Gott, Herrscher in aller Welt
140. Gott, der Herzenskündiger
141. Gott unseres Herrn Jesu Christi
142. Heiland Gottes
143. Gott des Himmels
144. Jahwe, Gott des Himmels und der Erde
145. Herr, Gott des Himmels
146. Gott im Himmel
147. Großer Gott
148. Hoher Gott
149. Gott der Hoffnung
150. Gott, mein Hort
151. Gott Israels
152. Gott, der ewige König
153. Gott ist König
154. Mein König und mein Gott
155. Lebendiger Gott
156. Gott meines Lebens
157. Gott der Liebe und des Friedens
158. Gott der Herr, der Mächtige
159. Gott mit uns
160. Der Gott Nahors
161. Gott der Rache
162. Rechter Gott
163. Gott der Rettungen
164. Gott ist Richter
165. Gott, mein Ruhm
166. Gott, in Verbindung mit Pronomen
167. Gott, mein Schöpfer
168. Gott, mein Schutz
169. Gott Sems
170. Starker Gott Israels
171. Gott meiner Stärke
172. Treuer Gott
173. Der treue Allheilige
174. Gott alles Trostes
175. Der unbekannte Gott
176. Gott, groß und unbekannt
177. Gott der Urzeiten
178. Gott der Väter
179. Verborgener Gott
180. Gott der Vergebungen
181. Gott der Vergeltungen
182. Wahrhaftiger Gott
183. Gott der Wahrheit
184. Aller Welt Gott
185. Gott, unsere Zuversicht
186. Gottheit
187. Göttlich
188. Gut
189. Mein Gut
190. Gütig
191. Hand
192. Harnisch
193. Heil
194. Heiland
195. Der Heilige
196. Der Heilige Israels
197. Der Heilige Jakobs
198. Held
199. Heldenkraft
200. Verzagter Held
201. Helfer
202. Herr
203. Der Herr, der euch heiligt
204. Herr der Heerscharen
205. Herrlichkeit Gottes
206. Herrscher
207. Herzenskündiger

208. Herz Gottes
209. Herzlich
210. Hilfe
211. Himmel
212. Himmlischer Vater
213. Hirte
214. Hochburg
Hoffnung Israels
215. Horn des Heils
216. Horn meiner Rettung
217. Hort
218. Hüter Israels
219. Ja
220. Jah
221. Jahwe
222. Jahwe Elohim
223. Jahwe, Gott Abrahams, Isaks und Israels
224. Jahwe der Heerscharen
225. Jahwe Jireh
226. Jahwe Nissi
227. Jahwe Rapha
228. Jahwe Roi
229. Jahwe Schalom
230. Jahwe Schammah
231. Jahwe Zebaoth
232. Jahwe Zidqenu
233. Jehovah
234. Keltertreter
235. König
236. König der Ehren
237. König auf dem ganzen Erdboden
238. König der Ewigkeit
239. Der große König
240. König der Heiden
241. König der Heiligen
242. König des Himmels
243. König Israels
244. König in Jakob
245. König aus Jeschurun
246. König aller Könige
247. König über alle Lande
248. König in seiner Schöne
249. Kraft
250. Herrlicher Kranz
251. Kriegsmann
252. Liebliche Krone
253. Leben
254. Lehrer
255. Leuchte
256. Leutseligkeit
257. Licht
258. Licht deines Antlitzes
259. Licht der Gerechten
260. Licht des Herrn
261. Licht Israels
262. Licht der Lebendigen
263. Licht des Lebens
264. Ewiges Licht
265. Wunderbares Licht
266. Liebe
267. Mein Lobgesang
268. Lobpreis
269. Lohn
270. Lohnvergelter
271. Macht
272. Der Mächtige in Israel
273. Der Mächtige in Jakob
274. Mächtiger des Krieges
275. Mann
276. Bestürzter Mann
277. Mauer
278. Meister
279. Menschenfreundlichkeit
280. Menschenhüter
281. Menschenliebe
282. Menschenrute
283. Nachsicht Gottes
284. Name
285. Nothelfer
286. Odem
287. Offenbarung
288. Panier
289. Pfeil
290. Preiswürdiger
291. Psalm
292. Quelle des Lebens
293. Richter
294. Riese
295. Ruhm
296. Der Seiende
297. Sonne
298. Schatten
299. Schatten deiner Flügel
300. Schatz Jakobs

301. Schild
302. Schirm
303. Festes Schloß
304. Schmelzer
305. Schöpfer
306. Schutz
307. Schwert
308. Schwert deiner Erhabenheit
309. Schwert des Sieges
310. Der Selige
311. Der Starke Israels
312. Stärke
313. Stein Israels
314. Teil
315. Töpfer
316. Trost Israels
317. Tugenden Gottes
318. Turm
319. Vater
320. Ein Gott und Vater aller
321. Der Vater der Barmherzigkeit
322. Vater der Geister
323. Gerechter Vater
324. Heiliger Vater
325. Vater der Herrlichkeit
326. Vater im Himmel
327. Himmlischer Vater
328. Vater der Lichter
329. Der rechte Vater
330. Vater der Waisen
331. Vergelter
332. Vergewaltiger
333. Mein Vertrauen
334. Verwüster
335. Wahrhaftiger
336. Wahrheit
337. Weingärtner
338. Weisheit
339. Wer ist wie Gott?
340. Wohnung
341. Wonne
342. Wort
343. Wohnung der Gerechtigkeit
344. Zebaoth
345. Zierde
     Der zu Zion Wohnende
346. Zuflucht
347. Zuversicht

II. Christologische Hoheitstitel

1. A und O
2. Abbild
3. Abglanz der Herrlichkeit
4. Adam
5. Der alleinige Machthaber
6. Allerverachtester
7. Allmächtiger
8. Allweise
9. Der alles in allen erfüllt
10. Alpha und Omega
11. Altar
12. Amen
13. Anfang
14. Anfang der Kreatur Gottes
15. Von Anfang, vor der Erde
16. Anfang und Ende
17. Anfänger einer neuen Menschheit
18. Anfänger und Vollender des Glaubens
19. Anstoß
20. Anteil
21. Apostel
22. Arm
23. Arzt
24. Auferstehung
25. Aufgang aus der Höhe
26. Auge
27. Auserwählter Gottes
28. Ausgang und Anfang von Ewigkeit
29. Ausleger
30. Ausrichter
31. Bahnbrecher
32. Barmherzigkeit
33. Baum des Lebens
34. Bild
35. Bischof eurer Seelen
36. Der immerdar Bittende
37. Bluträcher
38. Born
39. Bote
40. Brandopfer
41. Bräutigam

42. Brot
43. Bruder
44. Brunnen
45. Bürge
46. Busenssohn
47. Ceder
48. Christus (vgl. die Unterpunkte)
49. Davids Herr
50. Davids Sohn
51. Der Dazwischentretende
52. Demütig
53. Derselbe
54. Der vor mir gewesen ist
55. Dieb
56. Diener der Beschneidung
57. Dolmetscher
58. Durchbrecher
59. Ebenbild
60. Eckstein
61. Eingeborener
62. Elohai
63. El-Schaddai
64. Ende
65. Engel des Bundes
66. Erbe aller Dinge
67. Erbschichter
68. Der Alles in Allem Erfüllende
69. Der Erhabene
70. Erretter
71. Der Erste und der Letzte
72. Der Erstgeborene
73. Der Erstling der Entschlafenen
74. Der Erstling Seines Weges
75. Erzhirte
76. Fels
77. Fels des Anstoßens
78. Fels des Aergernisses
79. Fels des Heils
80. Fleisch
81. Fluch
82. Fremdling
83. Freund
84. Friede
85. Friedefürst
86. Fülle
87. Führer
88. Fürsprecher
89. Fürst
90. Fürst über das Heer des Herrn
91. Fürst der Könige auf Erden
92. Fürst des Lebens
93. Gabe
94. Gebieter der Völker
95. Geboren von einem Weibe
96. Geduld
97. Gehenkter
98. Gehorsam
99. Ein lebendig machender Geist
100. Gekreuzigter
101. Das Gepräge seines Wesens
102. Der Gerechte
103. Gerechtes Gewächs
104. Gerechtigkeit Gottes
105. Geschlecht Davids
106. Gestalt Gottes
107. Gestalt des Knechtes
108. Gleichheit des Fleisches der Sünde
109. Gleichheit Gottes
110. Gleichheit der Menschen
111. Gnadenstuhl
112. Großer Gott und Erretter
113. Gott im Fleisch
114. Gottgleichsein
115. Grund
116. Grundfeste
117. Grundstein
118. Hand
119. Haupt
120. Hausherr
121. Hausvater
122. Hauswirt
123. Heil
124. Heiland
125. Der Heilige
126. Der Heilige Gottes
127. Der Heiligende
128. Held
129. Helfer
130. Herr
131. Herr der Herren
132. Herzog
133. Hilfe
134. Hirte

Hoffnung

Hoffnung der Herrlichkeit

135. Horn des Heils
136. Hoherpriester
137. Hort
138. Ich bin (der Ich bin)
139. Immanuel
140. Jahwe
141. Jahwe, unsere Gerechtigkeit
142. Jesus
143. Jesus von Nazareth
144. Keltertreter
145. Kind
146. Kindlein
147. Knabe
148. Knecht des Herrn
149. Knechtsgestalt
150. Der Kommende
151. König
152. König aller Könige
153. König David
154. König der Gerechtigkeit und des Friedens
155. König in Israel
156. König über das Haus Jakobs
157. König der Juden
158. König in seiner Schöne
159. Kraft
160. Lamm
161. Lämmlein
162. Leben
163. Lehrer
164. Lehrer der Gerechtigkeit
165. Leib
166. Leuchte
167. Licht
168. Licht der Heiden
169. Licht vom Himmel
170. Licht der Menschen
171. Licht der Offenbarung der Heiden
172. Licht der Völker
173. Wahrhaftiges Licht
174. Licht der Welt
175. Liebe
176. Logos
177. Lösegeld
178. Löwe aus dem Stamme Judah
179. Macht
180. Der Mann meiner Gemeinschaft
181. Meister
182. Mensch
183. Messias
184. Mittler
185. Mittler des Neuen Bundes
186. Morgenstern
187. Name
188. Nazarener
189. Offenbarung Gottes
190. Opfer
191. Passah
192. Pfleger
193. Priester nach der Ordnung Melchisedeks
194. Prophet
195. Rabbi
196. Rabbuni
197. Rat
198. Reis
199. Richter
200. Rute
201. Same Abrahams
202. Der Seiende
203. Sohn Abrahams
204. Sohn des Allerhöchsten
205. Sohn Davids
206. Sohn Gottes
207. Sohn des Hochgelobten
208. Sohn Josephs
209. Sohn der Jungfrau
210. Sohn des lebendigen Gottes
211. Sohn der Maria
212. Sohn des Menschen
213. Sproß Jahwes
214. Starker Gott
215. Stein
216. Stein des Anstoßens
217. Stein der Bewährung
218. Lebendiger Stein
219. Stein ohne Hände
220. Stern aus Jakob
221. Sühnedeckel
222. Sünd- und Schuldopfer
223. Der Tempel seines Leibes
224. Testator
225. Thron der Gnade

226. Tröster
227. Türe
228. Urheber der Errettung
229. Urheber des Glaubens
230. Versöhner
231. Vertrauter
232. Vollender des Glaubens
233. Vollkommener
234. Wahrheit
235. Weg
236. Weinstock
237. Weisheit
238. Weizenkorn
239. Werkmeister
240. Wesen
241. Wort
242. Wunderbar
243. Wurzel Davids
244. Wurzel Jesse
245. Zemach
246. Zepter aus Israel
247. Der treue Zeuge
248. Der Zeuge der Völker
249. Zimmermannssohn
250. Zweig des Herrn

III. Namen und Bezeichnungen des Heiligen Geistes

1. Advokat
2. Augen
3. Gabe
4. Geist
5. Heiliger Geist
6. Geist der Besonnenheit
7. Ein böser Geist Gottes
8. Geist des Brennens
9. Geist Christi
10. Geist der Erkenntnis
11. Der ewige Geist
12. Ein falscher Geist
13. Geist des Feuerbrandes
14. Der Geist des Flehens
15. Freudiger Geist
16. Geist der Furcht
17. Der Geist der Furcht Jahwes
18. Der Geist des Gebetes
19. Der Geist des Gerichtes
20. Der Geist des Glaubens
21. Der Geist der Gnade
22. Der Geist des Gnadenflehens
23. Geist Gottes
24. Der Geist aus Gott
25. Dein guter Geist
26. Geist der Heiligkeit
27. Geist der Herrlichkeit
28. Der Geist des Herrn
29. Der Geist aus der Höhe
30. Der Geist Jahwes
31. Der Geist Jesu Christi
32. Der Geist der Kindschaft
33. Der Geist der Kraft
34. Der Geist der Läuterung
35. Der Geist des lebendigen Gottes
36. Der Geist des Lebens
37. Der Geist der Liebe
38. Der Geist Seines Mundes
39. Ein neuer Geist
40. Der Geist der Offenbarung
41. Der Geist des Rates
42. Der Geist des Rechtes
43. Der Geist der Sanftmut
44. Der Geist der Sichtung
45. Die sieben Geister
46. Der Geist Seines Sohnes
47. Der Geist der Sohnschaft
48. Der Geist des Schlafs
49. Der Geist der Stärke
50. Der Geist des Verstandes
51. Der Geist des Vertrauens
52. Der Geist des Vaters
53. Der Heilige Geist der Verheißung
54. Der Geist des Vertilgens
55. Der Geist der Wahrheit
56. Der Geist der Weisheit
57. Der Geist der Weissagung
58. Der Geist der Willigkeit
59. Der Geist Seines Zornes

60. Der Geist der Zucht
61. Die Wirkungen des Geistes
62. Das Amt des Geistes
63. Das Angeld des Geistes
64. Aus Anregung des Geistes
65. Austeilung des Heiligen Geistes
66. Die Beweisung des Geistes
67. Der Dienst des Geistes
68. Die Einigkeit des Geistes
69. Die Erstlinge des Geistes
70. Die Freude des Heiligen Geistes
71. Die Frucht des Geistes
72. Die Gabe des Heiligen Geistes
73. Die Gemeinschaft des Heiligen Geistes
74. Das Gesetz des Geistes des Lebens
75. Die Gesinnung des Geistes
76. Die Handreichung des Geistes Jesu Christi
77. Die Heiligung des Geistes
78. Die Kraft des Geistes
79. Die Kraft des Höchsten
80. Die Kraft aus der Höhe
81. Ein lebendig machender Geist
82. Die Liebe des Geistes
83. Die Liebe im Geist
84. Die Macht des Geistes
85. Die Neuheit des Geistes
86. Das Schwert des Geistes
87. Der Trost des Heiligen Geistes
88. Die Wiedererneuerung des Heiligen Geistes
89. Der Zuspruch des Heiligen Geistes
90. Hauch
91. Hauch Seines Mundes
92. Der Heilige Geist
93. Odem
94. Parakletos
95. Sachwalter
96. Schwindelgeist
97. Tröster
98. Wind

Bibelstellen-Verzeichnis

Anmerkungen zu dem vorliegenden Bibelstellen-Verzeichnis

Die folgenden Seiten (644 bis 710) enthalten ein Verzeichnis aller Bibelstellen, die im Text des Nachschlagewerkes vorkommen. Es erübrigt sich, von dem großen Zeitaufwand und von der Mühe zu reden, die damit verbunden war. Für den «Diener des göttlichen Wortes» möge es eine Hilfe sein, besonders wenn es sich um schwierige Stellen handelt. Alle Schriftstellen sind eben nach guten, nicht mehr zu habenden Kommentaren sorgfältig überdacht worden, um an jeder Stelle eine möglichst zuverlässige Auskunft zu bieten. Die angebrachten Sternchen (*) deuten an, daß solche Stellen der Bibel mehrfach in dem betreffenden Abschnitt vorkommen. Die römischen Zahlen deuten auf die Seiten des Vorwortes.

1. Buch Moseh

Kapitel, Vers, Nummer

Das zweite Buch Moseh

Kapitel, Vers, Nummer

Das dritte Buch Moseh

Kapitel, Vers, Nummer

Das vierte Buch Moseh

Kapitel, Vers, Nummer

Das fünfte Buch Moseh

Kapitel, Vers, Nummer

Das Buch Josuah

Kapitel, Vers, Nummer

Das Buch der Richter

Kapitel, Vers, Nummer

Das Buch Ruth

Kapitel, Vers, Nummer

Das 1. Samuelisbuch

Kapitel, Vers, Nummer

Das zweite Samuelisbuch

Kapitel, Vers, Nummer

Das erste Buch der Könige

Kapitel, Vers, Nummer

Das zweite Buch der Könige

Kapitel, Vers, Nummer

Das erste Chronikabuch

Kapitel, Vers, Nummer

Das zweite Chronikabuch

Kapitel, Vers, Nummer

Das Buch Esra

Kapitel, Vers, Nummer

Das Buch Nehemiah

Kapitel, Vers, Nummer

Das Buch Esther

Kapitel, Vers, Nummer

Das Buch Hiob

Kapitel, Vers, Nummer

Die Psalmen

Psalm, Vers, Nummer

Das Buch der Sprüche

Kapitel, Vers, Nummer

Der Prediger

Kapitel, Vers, Nummer

Das Hohelied

Kapitel, Vers, Nummer

Der Prophet Jesajah

Kapitel, Vers, Nummer

Der Prophet Jeremiah

Kapitel, Vers, Nummer

Die Klagelieder

Kapitel, Vers, Nummer

Der Prophet Hesekiel

Kapitel, Vers, Nummer

Der Prophet Daniel

Kapitel, Vers, Nummer

Der Prophet Hosea

Kapitel, Vers, Nummer

Der Prophet Joel

Kapitel, Vers, Nummer

Der Prophet Amos

Kapitel, Vers, Nummer

Der Prophet Obadjah

Vers, Nummer

Der Prophet Jonah

Kapitel, Vers, Nummer

Der Prophet Michah

Kapitel, Vers, Nummer

Der Prophet Nahum

Kapitel, Vers, Nummer

Der Prophet Habakuk

Kapitel, Vers, Nummer

Der Prophet Zephanjah

Kapitel, Vers, Nummer

Der Prophet Haggai

Kapitel, Vers, Nummer

Der Prophet Sacharjah

Kapitel, Vers, Nummer

Der Prophet Maleachi

Kapitel, Vers, Nummer

Das Evangelium des Matthäus

Kapitel, Vers, Nummer

Das Evangelium des Markus

Kapitel, Vers, Nummer

Das Evangelium des Lukas

Kapitel, Vers, Nummer

Das Evangelium des Johannes

Kapitel, Vers, Nummer

Die Apostelgeschichte

Kapitel, Vers, Nummer

Der Römerbrief

Kapitel, Vers, Nummer

Der 1. Korintherbrief

Kapitel, Vers, Nummer

Der zweite Korintherbrief

Kapitel, Vers, Nummer

Der Galaterbrief

Kapitel, Vers, Nummer

Der Epheserbrief

Kapitel, Vers, Nummer

Der Philipperbrief

Kapitel, Vers, Nummer

Der Kolosserbrief

Kapitel, Vers, Nummer

Der 1. Thessalonicherbrief

Kapitel, Vers, Nummer

Der 2. Thessalonicherbrief

Kapitel, Vers, Nummer

Der 1. Timotheusbrief

Kapitel, Vers, Nummer

Der 2. Timotheusbrief

Kapitel, Vers, Nummer

Der Titusbrief

Kapitel, Vers, Nummer

Der Philemonbrief

Vers, Nummer

Der Hebräerbrief

Kapitel, Vers, Nummer

Der Jakobusbrief

Kapitel, Vers, Nummer

Der 1. Petribrief

Kapitel, Vers, Nummer

Der 2. Petribrief

Kapitel, Vers, Nummer

Der erste Johannesbrief

Kapitel, Vers, Nummer

Der zweite Johannesbrief

Vers, Nummer

Der dritte Johannesbrief

Vers, Nummer

Der Judasbrief

Vers, Nummer

Die Offenbarung

Kapitel, Vers, Nummer

Aus den Apokryphen

Rückblick und Ausblick

Die vorliegende Arbeit ist jetzt vollendet. Von gestern auf heute wurde sie nicht fertig. Die erste Anregung für die Studien gewann ich als Achtzehnjähriger. Beim fortlaufenden Lesen der ganzen Bibel bemerkte ich einige unterschiedliche Gottesnamen: «Gott, Herr, HErr, Herr Zebaoth, Hirte, Licht, Leben, Fels.» Eine Unterhaltung mit meinem lieben und größten Lehrer führte zu der Erkenntnis, daß die Heilige Schrift hunderte von Namen dieser Art enthält, durch welche Gott, Jesus und der Heilige Geist offenbart werden. Aus dem Wechsel der verschiedenen Gottesnamen die Quellen des Elohisten und Jahwisten im Pentateuch abzuleiten, erwies sich durch diese langjährige Studienarbeit für mich immer als unmöglicher. Jeder einzelne Name enthält ständig eine Teilerkenntnis der heiligen, göttlichen Vollkommenheit, weil Sich Gott durch einen Einzelnamen nie vollkommen zu erkennen gibt. Mein lieber Lehrer, der in seinen Predigten oft zu solchen Forschungen anregte, meinte mehrfach, alle Gottesnamen der Bibel zu ordnen und zu erklären wäre die Aufgabe eines geduldigen, gründlichen und befähigten Auslegers, was einige Jahrzehnte dauern würde.

Eine solche Arbeit zu leisten lag mir damals noch fern. Für ein einziges Problem soviel Zeit und Kraft aufzuwenden, erschien mir gar nicht förderlich für meine zahlreichen Pläne zu sein. In den Zwanziger Jahren wurde mir ein Buch mit dem Titel: «Die Namen Gottes» zugänglich. Der Verfasser dieser nicht allzu umfangreichen Schrift behandelt sieben Namen Gottes. Vertreter der Allversöhnungslehre suchten mit diesen Ergebnissen damals ihre Ansichten zu begründen. Das spornte mich an, solche Erklärungen gewissenhaft nachzuprüfen. Durch Erlernung der lateinischen, griechischen, hebräischen und aramäischen Sprache wurde ich angespornt, die Gottesnamen nach dem Grundtext zu erklären. Die Übertragung der göttlichen Namen in anderen deutschen Bibelübersetzungen wurde auch mit erwogen, aber ständig nach dem Grundtext überprüft. Alle Ergebnisse dieser Erklärungen wurden dauernd notiert, daß ich oft bis tief in die Nacht beim Wachskerzenlicht damit beschäftigt war, bis eine solche Kerze verbrannt war. Ein fortlaufendes Lesen der hebräischen, griechischen und lateinischen Bibel enthüllte eine immer größere Fülle der göttlichen Namen. Das Quantum der Notizblätter wurde immer stärker. Neben dem regelmäßigen Bibellesen wurden auch alle mir zugänglichen Kommentare zu jedem biblischen Buch gründlich ausgewertet. Lange, unfreiwillige Arbeitslosenkrisen vor und während der Nazizeit füllte ich mit biblischen Forschungsarbeiten aus.

Eine vollständige Bibelübersetzung, Einleitungen und Exegesen zu allen biblischen Büchern, sämtliche heilswichtigen Begriffe der Bibel und umfangreiche systematische Studien sind in einer Zeit von mehr als fünfzig Jahren fertig geworden. Acht Semester Theologie studierte ich als Achtundvierzigjähriger nach dem Abitur. Sämtliche theologischen Disziplinen sind gründlich durchstudiert worden, dreißig Seminar-Arbeiten über alle Studiengebiete sind geleistet worden. Von dieser Plattform her, ohne dogmatische Befangenheit wurden oft die biblischen Gottesnamen erwogen.

Im Jahre 1958 gab ich die Anregung, ein Lexikon zur Elberfelder Bibel herzustellen. Das veranlaßte mich, sämtliche Namen Gottes, Jesu Christi und des Heiligen Geistes zusammenzustellen und zu erklären. Meine Notizen von mehr als vierzig Jahren dachte ich dafür auszuwerten. Ein solches Angebot wurde völlig ignoriert und verächtlich beiseite geschoben, man meinte keine großen Geschäfte damit machen zu können. Erfahrungen dieser Art, die ich auch oft in christlichen Reihen wegen gründlicher Bibelerklärungen erleben mußte, veranlaßten mich, niemals schaffensmüde zu werden. In den Fünfzigerjahren begann ich denn, die vielen Anmerkungen von den göttlichen Namen gut und leserlich zu Papier zu bringen. Die Niederschrift, die weit mehr als 1 100 Seiten umfaßt, ist immer wieder verbessert und mit Ergänzungen versehen worden.

In den letzten Monaten wurde die große Stoffsammlung und Vorarbeit mit der Maschine ins reine geschrieben. Während dieser intensiven Schreibarbeit zogen alle Ergebnisse und Erlebnisse, die mit dieser jahrzehntelangen Forschung verknüpft sind, an meinem Geiste vorüber. Vieles Betrübende, Enttäuschende und Entmutigende stimmte mich oft sehr traurig. Die Arbeitsfähigkeit und die Ausdauer haben keine Einbuße dadurch erlitten. Beim Rückblick auf den Werdegang des vorliegenden Nachschlagewerkes regte es mich auch zu Lob und Dank zu meinem himmlischen Vater an. Wie alle meine Studien, mehr als 40 000 Seiten, wäre auch diese Arbeit nie durch meine Körperkraft zustande gekommen. Von der höheren Kraft, die in der Schwachheit vollendet wird, weiß ich mich täglich in meiner Arbeit getragen. Die Erkenntnis, die ich durch die vielen Gottesnamen gewinnen durfte, dient mir sehr oft zur leiblichen und geistlichen Stärkung. Eine biblische Gottesanschauung ist weithin anders, als was uns die modernen «Gott-Ist-Tot-Theologen» (?) plausibel machen wollen.

Eine ernste Rückschau zeigt mir sehr deutlich, daß durch Gottes Gnade mein Leben, das während der Nazizeit ständig bedroht war, ebenso meine umfangreiche Bibliothek und die vielen Niederschriften erhalten geblieben sind. Unersetzliche Werte, die oft durch Fliegerangriffe vernichtet wurden, stehen noch unversehrt in meinem Bücherzimmer. Die Gestapo, die auch mehrfach Haussuchungen bei mir hielt, hat den Bestand der Studien nicht angetastet, Gott der Herr hat ihnen die Augen dagegen verschlossen gehalten. Ein solches Erleben verleiht Mut und Freudigkeit, mit diesem Gesamtergebnis an die Öffentlichkeit zu treten. Dreimal stand ich nahe vor dem Tode. Gottes Güte gab mich dem Leben wieder, daß ich nicht in der Hälfte meiner Tage hinweggenommen wurde.

Was mich erfreut, ist die Bestätigung einiger Theologen vom Fach, daß mit diesem Nachschlagewerk eine Lücke ausgefüllt wird. Wer als «Diener des göttlichen Wortes» eine Einsicht in die Inhaltsübersicht gewinnt, wartet auf die Gelegenheit, das Buch unter seine Standardwerke einzugliedern. Manche burschikosen Äußerungen, die mir immer wieder wegen dieser großen Arbeit in unseren eigenen Reihen widerfahren sind, mögen dem Wortlaut nach unerwähnt bleiben, der Rückblick auf den ganzen Werdegang veranlaßt, auf die Durchhilfe des lebendigen Gottes frohen und getrosten Mutes zu achten. Aussagen, die durch einen immer größer werdenden Abfall diktiert worden sind und noch werden, mögen einen freudigen Ausblick auf Gottes Vatergüte nicht verdunkeln! Neben dieser vorliegenden Arbeit ist auch mein «Biblisches Namen-Lexikon» entstanden, das einen guten Absatz gefunden hat, wozu das jetzige Nachschlagewerk als Seitenstück gedacht ist. Eine dritte Studie: «Die Würdenamen der Gemeinde Jesu Christi» könnte noch im Gefolge erscheinen. Die vielen Namen dieser drei Bücher haben mir selbst oft in sehr schweren Stunden Stärkung und Trost gegeben. Mit den Gebetsworten Mosehs möge mein Nachschlagewerk beendet werden: «Es sei die Lieblichkeit Jahwes unseres Gottes über uns, und das Werk unserer Hände richte auf, ja das Werk unserer Hände, laß es gelingen!» (Ps. 90, 17.)

Anno Domini 1972 am 5. Juni